미스트본 1부
마지막 제국

미스트본 1부

Mistborn

마지막
제국

브랜던 샌더슨 장편소설
송경아 옮김

나무옆의자

내가 살아온 시간보다 더 오래 판타지를 읽었으며

당신만큼 괴짜인 손자를 둘 자격이 충분한 할머니,

베스 샌더슨을 위하여

차례

프롤로그　011

1장 하스신의 생존자　031

2장 재의 하늘 아래　229

3장 피 흘리는 태양의 아이들　349

4장 안개의 바다 속에서　563

5장 믿는 자들　757

에필로그　831

부록　845

프롤로그

때때로, 내가 모든 사람이 생각하는 영웅이 아닐까 봐 걱정스럽다.

학자들은 지금이 그때라고, 징후들이 맞아떨어진다고 내게 장담한다. 그러나 나는 여전히 그들이 사람을 잘못 본 것이 아닐까 생각한다. 내게 의지하는 사람들이 너무나 많다. 그들은 전 세계의 미래가 내 손에 달려 있다고 말한다.

자신들의 전사, '영원의 영웅', 자신들의 구원자가 스스로를 의심한다는 걸 알면 그들은 어떻게 생각할까? 어쩌면 그들은 전혀 충격받지 않을 것이다. 어떤 면에서는, 내가 가장 걱정하는 것이 바로 그것이다. 아마 마음속으로는 그들도 궁금해할 것이다. 나와 마찬가지로.

그들은 나를 거짓말쟁이로 보고 있을까?

하늘에서 재가 떨어졌다.

로드 트레스팅이 얼굴을 찌푸리며 위를 쳐다보자, 하인들이 서둘러 달려가 트레스팅과 그의 위엄 있는 손님 위로 파라솔을 폈다. '마지막 제국'에서 화산재는 별로 드물지 않았지만, 트레스팅은 루서델*에서부터 운하용 보트에 실려 갓 도착한 멋진 새 정복 코트와 붉은 조끼에 검댕 얼룩을 묻히기 싫었다. 다행히 바람은 세지 않았다. 파라솔이 제 역할을 해줄 것 같았다.

트레스팅은 들판이 내려다보이는 작은 언덕 꼭대기의 파티오(담이나 건물에 둘러싸인 스페인식 안뜰) 위에 손님과 함께 서 있었다. 떨어지는 재 속에서 갈색 작업복을 입은 사람 수백 명이 농작물을 돌보고 있었다. 그들은 느릿느릿 일

---

* 루서델(LUTHADEL): 로드 룰러[神]가 지배하는 '마지막 제국(FINAL EMPIRE)'의 수도, '중앙 지배지(CENTRAL DOMINANCE)' 안에 있다.

했다. 하지만 스카*들이 일하는 방식이 원래 그랬다. 농부들은 게으르고 비생산적인 종자들이었다. 그들은 물론 불평하지 않았다. 그 정도로 어리석지는 않으니까. 대신 머리를 숙인 채 성의 없게 조용히 돌아다니며 일했다. 작업 감독이 잠깐 채찍을 휘두르면 잠시 동안 억지로 열심히 일하는 척하겠지만, 작업 감독이 지나가자마자 도로 나태한 태도를 취할 것이다.

트레스팅은 언덕 위, 자기 옆자리에 선 사람을 보고 말했다.

"저놈들이 일하는 걸 보지 못한 사람들은 천 년 동안 들판에서 일했으니 약간은 일을 더 능률적으로 할 거라고들 생각하겠죠."

오블리게이터**는 한쪽 눈썹을 치켜세우고 그를 돌아보았다. 그 동작은 그의 가장 독특한 특징인, 눈 주위 피부에 수놓인 복잡한 문신을 강조하기 위한 것 같았다. 그의 문신은 엄청나게 커서 이마 전체와 코 옆쪽을 다 덮고 있었다. 즉 훈련을 다 마친 프렐란, 매우 중요한 오블리게이터라는 뜻이었다. 트레스팅은 영지에 개인 오블리게이터를 두고 있었지만, 그들은 눈 주위에 겨우 몇 개의 표시만 있는 하위 공무원들일 뿐이었다. 이 남자는 트레스팅의 새 정복을 실어온 운하용 보트를 타고 루서델에서 왔다.

"당신이 도시 스카들을 보셔야 합니다, 트레스팅." 오블리게이터는 다시 몸을 돌려 스카 일꾼들을 바라보며 말했다. "이자들은 루서델 안의 스카들에 비교하면 사실 아주 부지런한 겁니다. 당신은 여기 있는 당신의 스카들을 더…… 직접적으로 통제하니까요. 한 달에 얼마씩 줄어듭니까?"

"아, 대여섯 정도지요. 어떤 놈은 맞아서, 어떤 놈은 지쳐서 죽습니다." 트레스팅이 말했다.

"도망자는?"

---

* 스카(SKAA): '미스트본'의 배경 세계 스카드리알에 사는 여러 인종 중 하나. 로드 룰러가 창조했으며, 인간의 대부분을 차지한다. 귀족의 농노나 도시의 노동자, 직공 등의 일을 담당한다.

** 오블리게이터(OBLIGATOR): '마지막 제국'에서 온갖 일의 공증을 서는 공무원이자, 로드 룰러를 섬기는 종교적 지도자다. 그들은 로드 룰러의 교의를 귀족과 스카 양쪽 모두에 가르친다. 눈 주위에 복잡한 문신을 한다. 프렐란(PRELAN)은 고위 오블리게이터.

"절대 없습니다! 아버지에게 처음 이 땅을 상속받았을 때는 도망자가 몇 명 있었습니다. 하지만 나는 그놈들 가족들을 처형했어요. 그러자 나머지는 금세 용기를 잃었지요. 난 자기 스카 때문에 고생하는 사람들을 전혀 이해할 수가 없습니다. 저놈들은 적당히 매운 매맛만 보여주면 다스리기 쉽거든요."

회색 로브를 입은 오블리게이터는 조용히 서서 고개를 끄덕였다. 그는 만족하는 것 같았다. 좋은 일이었다. 스카는 사실 트레스팅의 재산이 아니었다. 모든 스카들은 로드 룰러의 것이었다. 로드 룰러의 오블리게이터가 제공하는 서비스에 돈을 지불하는 것과 마찬가지로, 트레스팅은 신(神)인 로드 룰러에게서 일꾼들을 빌린 것뿐이었다.

오블리게이터는 아래를 내려다보며 회중시계를 살핀 후 태양을 쳐다보았다. 이날은 화산재가 내렸지만 해는 밝았다. 검고 연기 자욱한 하늘 뒤에서 밝은 진홍빛을 비추고 있었다. 트레스팅은 손수건을 꺼내 이마를 닦으며, 대낮의 열기를 막아주는 파라솔 그늘이 있어서 다행이라고 생각했다.

"좋습니다, 트레스팅. 요청하신 대로 당신의 제안을 로드 벤처에게 전하겠습니다. 당신이 이곳에서 하는 활동에 대해서는 호의적으로 보고하겠습니다."

트레스팅은 안도의 한숨을 억눌렀다. 오블리게이터는 귀족들 사이의 모든 계약이나 사업상 거래에 입회하여 증언해야 했다. 사실, 트레스팅이 고용한 하위 오블리게이터도 그런 증인이 될 수 있었다. 그러나 스트라프 벤처의 오블리게이터에게 좋은 인상을 주는 것은 훨씬 더 큰 의미가 있었다.

오블리게이터가 그를 보았다.

"저는 오후에 도로 운하를 타고 떠나겠습니다."

"그렇게 빨리요? 저녁을 드시고 가지 않으시겠습니까?"

트레스팅이 물었다.

"아닙니다." 오블리게이터가 대답했다. "하지만 당신과 의논하고 싶은 일이 또 하나 있습니다. 나는 로드 벤처의 명령만을 받고 온 것이 아니라⋯⋯

'심문 캔턴*'의 일도 처리하러 왔습니다. 소문으로는 스카 여자들을 갖고 노신다면서요."

트레스팅은 오싹했다.

오블리게이터가 미소 지었다. 경계심을 누그러뜨리려고 지은 것이었겠지만, 트레스팅이 보기에는 으스스할 뿐이었다. 오블리게이터가 말했다.

"걱정 마십시오, 트레스팅. 당신 행동이 진짜로 걱정할 만한 것이었다면, 여기에 나 대신 '강철 심문관**'이 파견되었을 겁니다."

트레스팅은 천천히 고개를 끄덕였다. 그는 인간이 아니라는 그 괴물을 한 번도 본 적이 없었다. 그러나…… 이야기는 들었다.

"당신이 스카 여자들을 처리한 건 만족스러웠습니다." 오블리게이터는 다시 들판을 바라보며 말했다. "여기서 보고 듣기로는 당신은 언제나 뒤처리를 깔끔하게 하는 것 같더군요. 당신같이 효율적이고 생산적인 사람은 루서델에서도 성공할 수 있어요. 몇 년 더 일하면서 탁월한 무역거래 솜씨를 보인다면, 그다음은 누가 알겠습니까?"

오블리게이터는 시선을 다른 곳으로 돌렸고, 트레스팅은 자기도 모르게 미소 짓고 있었다. 그 말은 약속도 보증도 아니었다. 오블리게이터는 성직자보다는 관료이자 증인에 가까운 역할을 했다. 그러나 로드 룰러의 종에게서 그런 말을 듣는다는 것은……. 트레스팅은 어떤 귀족들은 오블리게이터가 있으면 불안해한다는 것을 알고 있었다. 어떤 사람들은 그들을 불편한 존재라고 생각하기까지 했다. 그러나 그 순간만큼은, 트레스팅은 자기의 위엄 있는 손님에게 키스라도 할 수 있을 것 같았다.

트레스팅은 다시 스카들을 보았다. 그들은 핏빛 태양과 느릿하게 떨어지

---

* 심문 캔턴(CANTON OF INQUISITION): 로드 룰러의 정부 조직 중 하나. 강철 미니스트리(STEEL MINISTRY) 산하에 있으며, 알로맨시(ALLOMANCY, 16쪽 참고) 사용자들 사이에서 경찰 역할을 한다.
** 강철 심문관(STEEL INQUISITOR): 로드 룰러가 인간을 변형시켜 만든 생물. 강철 미니스트리를 구성한다. 두 눈이 있어야 할 곳을 커다란 대못이 관통하고 있다. 알로맨시의 사용자들을 감찰하고 통제한다.

는 재 조각들 아래에서 조용히 일하고 있었다. 트레스팅은 언제나 시골 귀족이었다. 농장에서 나오는 것으로 먹고살면서 루서델로 이사 가는 꿈을 꾸었다. 그는 무도회와 파티, 부유함과 음모 따위의 이야기를 들으면서 흥분했으나 실제로 자기가 낄 수 있는 곳은 없었다.

'오늘 밤에는 축하를 해야겠군.' 그는 생각했다. 열네 번째 우리에 얼마 동안 지켜봤던 젊은 여자가 있었다…….

그는 다시 미소 지었다. 오블리게이터는 '몇 년 더 일하면서'라고 말했지만, 좀 더 열심히 일하면 그 시기를 앞당길 수 있지 않을까? 최근에 그의 스카 수는 늘어나고 있었다. 그들을 약간만 더 밀어붙이면 이번 여름에는 더 많은 수확을 얻어내 로드 벤처와 한 계약을 초과 달성할 수 있을 것이다.

트레스팅은 고개를 끄덕이며 게으른 스카 무리를 지켜보았다. 어떤 이들은 괭이를 쥐고 일했고, 어떤 이들은 손과 무릎으로 땅을 짚고 어린 작물들에서 재를 떨어내고 있었다. 그들은 불평하지 않았다. 희망을 갖지 않았다. 감히 생각하지도 않았다. 당연히 그래야 했다. 그들은 스카니까, 그들은…….

스카 한 명이 위를 쳐다보는 바람에 트레스팅은 얼어붙었다. 그자는 트레스팅과 눈을 마주쳤다. 그의 표정에서 반항의 불꽃, 아니 불길이 타올랐다. 트레스팅은 스카의 얼굴에서 그런 표정을 한 번도 본 적이 없었다. 트레스팅은 반사적으로 뒤로 물러났다. 등이 꼿꼿한 이상한 스카가 그의 눈을 쳐다보자 몸에 한기가 흘렀다.

그 스카가 미소 지었다.

트레스팅은 시선을 돌리며 소리쳤다.

"커돈!"

건장한 작업 감독이 비탈길을 달려 올라왔다.

"예, 주인님?"

트레스팅은 몸을 돌려 그자를 가리키려고…….

그는 얼굴을 찌푸렸다. 그 스카가 어디 서 있었지? 스카들은 모두 머리를 숙이고 일하는 데다 몸은 검댕과 땀으로 얼룩졌기 때문에 그들을 분간하기는 매우 어려웠다. 트레스팅은 주저하며 그자를 찾았다. 그자가 서 있던 곳을 알 것 같았다. 그러나 그 자리에 지금은 아무도 없었다.

아니다, 그럴 리가 없었다. 그 남자가 무리에서 그렇게 빨리 사라질 수는 없었다. 그 근처에서 이제는 제대로 머리를 숙인 채 일하고 있을 것이다. 하지만 명백히 보였던 순간적인 반항을 용납할 수는 없었다.

"주인님?" 커돈이 다시 물었다.

오블리게이터는 옆에 서서 무슨 일인가 하고 지켜보고 있었다. 스카 한 명이 그렇게 뻔뻔스럽게 행동한 것을 그가 알게 내버려둘 수는 없었다.

"저 남쪽 구역 스카들을 좀 더 열심히 일하게 해라." 트레스팅은 그쪽을 가리키며 명령했다. "스카인 걸 감안해도 게으르게 굴고 있는 게 보여. 몇 명 때려라."

커돈은 어깨를 움츠렸으나 곧 고개를 끄덕였다. 크게 때릴 만한 이유는 아니었지만, 일꾼을 때리는 데 별 이유가 필요하지는 않았다.

그들은 결국 스카가 아닌가.

켈시어는 여러 가지 이야기를 들었다.

그는 오래전, 태양이 빨갛지 않던 시절에 대해 수군거리는 말들을 들었다. 하늘이 연기로 덮이고 식물들이 기를 쓰고 자라야 하기 전, 스카들이 노예가 아니던 때. 로드 룰러 이전의 시간. 그러나 그 시절은 거의 잊혔다. 전설들조차 희미해지고 있었다.

켈시어는 태양을 지켜보았다. 서쪽 지평선으로 조금씩 움직이는 거대한 붉은 원반을 눈으로 따라갔다. 그는 빈 들판에 오랫동안 홀로 조용히 서 있었다. 그날의 일은 다 끝났다. 스카들은 도로 우리로 끌려갔다. 곧 안개가 피어날 것이다.

켈시어는 한숨을 쉰 다음 돌아서서, 고랑과 오솔길들을 가로질러 커다란 잿더미 사이를 누비며 조심조심 나아갔다. 그는 식물들을 피해 지나갔지만, 왜 그런 걸 신경 쓰고 있는지 자신도 몰랐다. 작물들은 그런 신경을 써줄 가치가 없어 보였다. 시든 갈색 잎이 달린 힘없는 식물들은 식물을 돌보는 사람들만큼이나 암울해 보였다.

스카 우리는 이울어가는 빛 속에 우뚝 솟아 있었다. 안개가 솟아나기 시작한 게 보였다. 안개는 공중을 흐리고, 흙더미 같은 건물들에 형언할 수 없는 초현실적인 모습을 부여하고 있었다. 우리에는 경비가 없었다. 밤이 오면 어떤 스카도 감히 밖으로 나가지 못하기 때문에 경비병은 필요 없었다. 안개에 대한 스카의 공포는 너무나 강했다.

'언젠가는 스카들이 공포에서 벗어나게 만들어줘야겠지.' 켈시어는 꽤 큰 건물로 다가가면서 생각했다. '하지만 모든 것엔 때가 있는 법이야.' 그는 문을 당겨 열고 미끄러지듯이 안으로 들어갔다.

오가던 대화가 즉시 멈췄다. 켈시어는 문을 닫은 후, 미소 지으며 돌아서서 방을 마주 보았다. 스카가 서른 명 정도 있었다. 한가운데 화덕이 약하게 타올랐고, 그 옆 커다란 가마솥에는 채소가 듬성듬성 떠 있는 물이 들어 있었다. 저녁을 먹으려는 참이었다. 물론 스프는 별맛이 없겠지만, 그래도 냄새는 좋았다.

"모두 안녕하십니까?" 켈시어는 미소를 지으며 발치에 꾸러미를 놓고 문에 기댔다. "오늘 어땠습니까?"

그의 말에 침묵이 깨지자 여자들은 저녁 준비로 돌아갔다. 그러나 조잡한 식탁에 앉은 한 무리의 남자들은 계속 불만스러운 표정으로 켈시어를 쳐다보았다.

"일로 꽉 찬 하루였지, 여행자. 당신이 피해낸 일로." 스카 노인 중 한 명인 테퍼가 말했다.

"나한테는 언제나 들일이 안 맞았어요. 내 연약한 피부에는 너무 힘들더군요."

켈시어는 웃으며, 가는 흉터로 겹겹이 선이 그어진 팔과 손을 위로 들었다. 무슨 짐승이 되풀이하여 발톱으로 팔을 위아래로 긁은 것같이, 흉터는 그의 피부를 세로로 덮고 있었다.

테퍼는 코웃음을 쳤다. 그는 노인이라기에는 젊었다. 아마 갓 40대일 것이다. 기껏해야 켈시어보다 다섯 살 더 먹었을 것 같았다. 그러나 비쩍 마른 테퍼는 한자리하기 좋아하는 사람의 태도를 보이고 있었다.

"까불거릴 때가 아니야." 테퍼가 엄격하게 말했다. "우리가 여행자를 숨겨줄 때는 그 여행자가 예의 바르게 행동하고, 의심받을 일을 피할 거라고 생각하기 때문이야. 자네가 오늘 아침 들판에서 빠져나왔을 때, 자네 주변 사람들이 자네 때문에 채찍질을 당했을 수도 있어."

"맞아요. 하지만 일어서서는 안 되는 장소에서 일어섰다고, 너무 오래 쉬었다고, 이니면 작업 감독이 지나갈 때 기침했다고 채찍질당했을 수도 있죠. 난 주인이 '눈을 잘못 깜박였다'고 트집을 잡는 바람에 맞는 사람도 본 적 있어요." 켈시어가 말했다.

테퍼는 눈을 가늘게 뜨고 식탁 위에 팔을 놓은 채 뻣뻣한 자세로 앉아 단호한 표정을 지었다.

켈시어는 한숨을 쉬며 눈을 굴렸다.

"좋아요. 내가 가는 게 좋겠다면, 꺼질게요."

그는 어깨에 꾸러미를 휙 둘러메고 태연하게 문을 당겨 열었다.

즉시 짙은 안개가 입구로 쏟아져 들어오기 시작해 켈시어를 느릿느릿 지나 바닥에 고이더니, 머뭇거리는 짐승처럼 땅 위로 기어 왔다. 몇 사람이 공포에 질려 숨을 들이켰다. 하지만 대부분은 너무 놀라 소리도 내지 못했다. 켈시어는 잠시 서서 짙은 안개 속을 뚫어져라 내다보고 있었다. 화덕에서 타는 석탄 불빛이 안개의 흐름을 약하게 비추었다.

"문 닫게."

테퍼의 말은 명령이 아니라 간청이었다.

켈시어는 부탁받은 대로 문을 밀어 닫아 흰 안개가 흘러 들어오지 못하게 막았다.

"안개는 당신들 생각과 달라요. 당신들은 안개를 너무 무서워합니다."

"겁 없이 안개 속으로 들어간 사람들은 영혼을 잃어버려." 한 여자가 속삭였다. 그녀의 말은 한 가지 의문을 불러일으켰다. 켈시어는 안개 속을 걸어보았을까? 그렇다면, 그의 영혼은 어떻게 되었을까?

'당신들이 그 정체를 알기만 한다면.' 켈시어는 생각했다.

"뭐, 이건 내가 머물러도 된다는 뜻이겠죠?" 그는 한 소년에게 등받이 없는 의자를 갖다 달라고 손짓했다. "그것도 좋은 일입니다. 내가 가진 소식을 알려주지 않고 떠났다면 나도 부끄러웠을 테니까."

그 말에 여러 사람의 얼굴에 생기가 돌았다. 그들이 그를 참아주는 진짜 이유는 바로 이것이었다. 켈시어같이 로드 룰러의 의지에 반항해 농장에서 농장으로 여행하는 스카를 소심한 농부들까지도 숨겨주는 이유였다. 그는 사회 전체의 위험 요소인 배교자일 수도 있었지만, 바깥 세계의 소식을 가져오는 사람이기도 했다.

"난 북쪽에서 왔습니다. 로드 룰러의 손길을 덜 느낄 수 있는 땅이죠." 켈시어는 또렷한 목소리로 말했고, 사람들은 일을 하면서도 무의식적으로 그쪽으로 몸을 기울였다. 다음 날이면 켈시어의 말은 다른 우리에 사는 몇백 명에게 되풀이될 것이다. 스카들은 순종적일지는 몰라도 구제불능의 수다쟁이들이었다.

"서쪽에서는 지역 영주들이 다스리는데, 그들은 로드 룰러나 그의 오블리게이터들같이 철권통치를 하지 않아요. 이렇게 멀리 있는 귀족 중에는 학대당하는 스카보다 행복한 스카가 더 좋은 일꾼이 된다는 걸 깨닫는 사람도 있습니다. 심지어 로드 르노라는 사람은 작업 감독들에게 스카를 때릴 때 자기 허가를 받으라고 명령했어요. 그는 도시 공예가들이 돈을 버는 것처럼 자기 농장 스카들에게 임금을 주려고 생각한다는 소문도 돌고 있고요."

"말도 안 돼." 테퍼가 말했다.

"미안합니다. 굿맨 테퍼가 최근 로드 르노의 영토에 다녀오신 걸 몰랐네요. 로드 르노와 마지막으로 만찬을 함께할 때, 그가 나한테는 말하지 않은 이야기를 해주던가요?" 켈시어가 말했다.

테퍼의 얼굴이 붉어졌다. 스카는 여행을 하지 않을뿐더러, 영주들과 만찬을 하지 않는 건 말할 나위가 없다. 테퍼가 말했다.

"날 바보로 알고 있군, 여행자. 하지만 난 자네가 무슨 일을 하는지 알고 있어. 자네가 바로 사람들이 말하는 '생존자'지. 자네 팔의 흉터를 보면 다 알 수 있어. 자넨 말썽꾼이야. 농장들을 여행하고, 불만을 불러일으키지. 우리 음식을 먹고 근사한 이야기와 거짓말을 한 다음 사라지면, 나 같은 사람들이 남아서 자네가 우리 아이들에게 준 허황한 희망을 처리해야 해."

켈시어는 흰쪽 눈썹을 치켜세웠다.

"자, 자, 굿맨 테퍼. 그런 걱정은 전혀 근거 없어요. 난 당신들 음식을 먹을 생각이 없어요. 내 음식을 가져왔으니까요."

그 말과 함께 켈시어는 손을 뻗어 테퍼의 식탁 앞 바닥에 꾸러미를 던졌다. 느슨한 꾸러미가 옆으로 쓰러지며 음식 무더기가 땅에 쏟아졌다. 좋은 빵과 과일, 심지어 소금에 절인 두꺼운 소시지 몇 개도 제멋대로 튀어 굴렀다.

여름 과일 한 개가 다져진 땅바닥을 가로질러 굴러다니다 테퍼의 발에 가볍게 부딪혔다. 중년 스카는 그 과일을 어리둥절한 눈으로 바라보았다.

"저건 귀족 음식이야!"

켈시어는 코웃음을 쳤다.

"그렇다고 칩시다. 있잖아요, 유명한 특권 계급의 사람치고 당신네 로드 트레스팅의 취향은 대단히 형편없어요. 그의 식료품실은 자기 귀족 지위에 먹칠을 하죠."

테퍼는 훨씬 더 창백해졌다.

"오늘 오후 자네가 간 곳이 거기군. 자네는 영주 저택에 갔어. 주인에게서…… 훔쳤어!"

"맞아요. 한마디 덧붙여도 된다면, 당신네 영주의 음식 취향은 형편없는데 병사 보는 눈은 그보다 훨씬 좋더군요. 낮에 그 저택에 숨어드는 건 상당히 어려운 도전이었어요." 켈시어가 말했다.

테퍼는 아직 음식 꾸러미를 뚫어져라 쳐다보고 있었다.

"작업 감독이 여기서 이걸 발견하면……."

"자, 그럼 이걸 없애버리시죠. 맹탕 팔렛* 수프보다는 훨씬 맛이 나을 거라고 내기해도 좋은데요." 켈시어가 말했다.

스물네 쌍의 굶주린 눈이 그 음식을 살펴보았다. 테퍼가 입씨름을 더 하고 싶었다면, 자기는 반대한다고 더 빨리 말했어야 할 것이다. 그의 침묵은 동의로 받아들여졌다. 몇 분 만에 그들은 꾸러미 안에 들어 있던 물건을 조사하고, 나누었다. 솥에 든 수프가 끓어올랐지만 무시당했고, 스카들은 훨씬 더 이색적인 음식으로 잔치를 벌였다.

켈시어는 우리의 나무 벽에 편히 기대서서 사람들이 우걱우걱 음식을 먹는 모습을 지켜보았다. 그의 말은 정말이었다. 식료품실에서 나온 물건은 맥이 빠질 정도로 평범했다. 그러나 이 사람들은 어렸을 적부터 수프와 죽밖에 먹지 못한 사람들이었다. 그들에게 빵과 과일은 드물게 맛보는 진미였다. 보통은 집 하인들이 오래돼 버릴 물건을 가져다줄 때나 먹었다.

"자네 이야기가 끊겼군, 젊은이."

초로의 스카가 절뚝거리며 걸어와, 켈시어 옆에 있던 등받이 없는 의자에 앉았다.

"아, 나중에 더 이야기할 시간이 있겠지요. 일단 내가 도둑질한 증거를 전부 먹어치운 다음에요. 어르신께선 하나도 안 드십니까?" 켈시어가 말했다.

---

* 팔렛(FARLET): '마지막 제국'에서 키우는 식용 채소.

"필요 없네. 마지막으로 영주의 음식을 먹었을 때 사흘 동안 배를 앓았어. 새 맛은 새로운 생각과 비슷해, 젊은이. 나이 들수록 소화시키기가 더 어렵다네." 노인이 말했다.

켈시어는 흠칫했다. 노인은 그다지 눈에 띄는 모습이 아니었다. 피부가 가죽 같고 머리가 벗어진 그는 현명해 보인다기보다 연약해 보였다. 그러나 그는 겉보기보다 더 강한 것이 틀림없었다. 농장 스카가 그 정도 나이까지 살아남는 일은 거의 없다. 노인들이 낮일을 하지 않고 집에 남아 있어도 된다고 허락하는 영주는 많지 않았고, 스카의 삶에서 빠질 수 없는 잦은 매질이 노인에게서 가져가는 대가는 끔찍했다.

"이름 좀 다시 말씀해주시겠습니까?" 켈시어가 물었다.

"메니스."

켈시어는 도로 테퍼를 흘끗 보았다.

"음, 굿맨 메니스. 말씀해주시죠. 왜 그가 앞에 나서게 내버려두시죠?"

메니스는 어깨를 으쓱했다.

"내 나이가 되면 기운을 낭비하지 않도록 아주 조심해야 하네. 어떤 싸움은 전혀 할 필요가 없지." 메니스의 눈은 뭔가를 암시하고 있었다. 테퍼와 자기의 싸움보다 더 큰 일을 이야기하고 있다는 암시.

"그럼 여기에 만족하십니까?" 켈시어가 우리와 그곳에 살며 반쯤 굶어 죽어가는, 과로한 사람들 쪽을 고개로 가리키며 말했다. "매질과 끝없는 고된 일로 가득 찬 삶에 만족하는 겁니까?"

"적어도 삶이잖나." 메니스가 말했다. "난 임금과 불만과 반역이 가져오는 게 뭔지 알고 있어. 매질 몇 번보다 훨씬 더 무서운 로드 룰러의 눈과 '강철 미니스트리'의 분노지. 자네 같은 사람들은 세상이 변화돼야 한다고 설교하지만, 나는 그런 생각이 들어. 이게 우리가 진짜 할 만한 싸움일까?"

"당신은 이미 그 싸움을 하고 있어요, 굿맨 메니스. 다만 지독하게 지고 있을 뿐이지요." 켈시어는 어깨를 으쓱했다. "하지만 내가 뭘 알겠습니까?

난 그저 길 가는 악당이고, 여기 와서 음식을 축내고 여러분의 어린애들을 홀리기나 하는데요."

메니스는 고개를 저었다.

"농담도. 하지만 테퍼 말이 옳을지도 몰라. 자네가 온 것이 우리에게 큰 슬픔을 가져다줄까 봐 두렵네."

켈시어는 미소를 지었다.

"그래서 나도 그에게 반박하지 않은 겁니다. 적어도 말썽꾼이라는 점에 대해서는요." 그는 말을 잠시 멈추고 더 활짝 미소 지었다. "사실 내가 말썽 꾼이라는 건 내가 여기 와서 지금까지 테퍼가 한 말 중에서 유일하게 맞는 말일걸요."

"자넨 어떻게 그렇게 하지?" 메니스가 눈살을 찌푸리며 물었다.

"뭘요?"

"그렇게 많이 미소 짓는 거 말이야."

"오, 난 행복한 것뿐이에요."

메니스는 켈시어의 손을 내려다보았다.

"그런데 말이야, 난 이런 흉터를 가진 사람을 딱 한 번 다른 데서 본 적이 있어. 죽은 사람이었지. 그의 시체는 그가 받아야 할 벌을 받았다는 증거로 로드 트레스팅에게 돌아왔어." 메니스는 켈시어를 쳐다보았다. "그는 반역 을 일으키자고 이야기하다가 붙잡혔거든. 트레스팅은 그를 '하스신의 갱*'으 로 보냈고, 그는 거기서 일하다가 죽었지. 그 녀석은 한 달을 채 못 버텼어."

켈시어는 자신의 손과 팔뚝을 내려다보았다. 그곳은 아직도 이따금 타오 르듯 아팠지만, 그는 그 고통이 자기 마음속에서 느껴지는 것뿐이라고 확신 했다. 그는 메니스를 쳐다보며 미소 지었다.

---

* 하스신의 갱(PITS OF HATHSIN): 루서델 근처에 있는 동굴계(界). 스카들의 강제 노동 수용소로도 쓰인다.

"내가 왜 미소 짓는지 궁금합니까, 굿맨 메니스? 음, 로드 룰러는 웃음과 기쁨이 자기 것이라고 생각하는 것 같아요. 난 그가 그렇게 여기도록 놔두고 싶지 않고요. 이건 별로 힘들이지 않고 할 수 있는 싸움이죠."

메니스가 켈시어를 뚫어져라 바라보았다. 잠깐 동안 켈시어는 노인이 답례로 미소를 지을지도 모르겠다고 생각했다. 그러나 메니스는 결국 고개만 저었다.

"난 모르겠어. 다만……."

비명 소리에 그의 말이 끊겼다. 바깥에서 난 소리였다. 안개 때문에 소리가 웅웅 울렸지만 아마 북쪽에서 나는 소리인 것 같았다. 우리 안이 조용해지며 사람들이 높고 희미한 외침에 귀를 기울였다. 먼 거리와 안개 속에서도, 켈시어는 그 비명에 담긴 고통을 들을 수 있었다.

켈시어는 주석을 태웠다.

몇 년 동안 연습했기 때문에 이제 그에게는 간단한 일이었다. 주석은 아까 삼킨 다른 알로맨시* 금속들과 함께 배 속에서 그가 써주기를 기다리고 있었다. 그는 마음을 뻗어 주석을 만지며, 아직도 간신히만 이해할 뿐인 그 힘들을 썼다. 몸 안에서 주석이 터지면서, 뜨거운 음료수를 너무 빨리 삼켰을 때처럼 배 속이 화끈거렸다.

알로맨시의 힘이 몸을 휩싸며 오감을 향상시켰다. 주위의 공간이 산뜻해졌고, 흐릿하던 화덕이 눈이 멀 것같이 밝게 불타올랐다. 엉덩이 아래 의자의 나뭇결이 느껴졌다. 아까 가볍게 먹은 빵의 남은 찌꺼기 맛이 아직도 느껴졌다. 그리고 가장 중요한 것, 초자연적인 청력으로 비명을 들을 수 있었다. 서로 다른 사람 두 명이 외치고 있었다. 한 명은 나이 든 여자이고, 다른 한 명은 젊은 여자…… 어린아이 정도 나이인 것 같았다. 어린 쪽의 비명이

---

* 알로맨시(ALLOMANCY): '합금(ALLOY)'과 '점, 주술(–MANCY)'의 합성어. 스카드리알에서 일종의 마법 같은 역할을 한다. 알로맨시를 사용하기 위해서는 사용하고 싶은 힘을 끌어내는 금속을 먹고 '태워서(BURN)' 활성화시켜야 한다. 더 강한 힘을 사용하고 싶을 때는 금속을 '폭발시킨다(FLARE)'.

점점 더 멀어져가고 있었다.

"가엾은 제스. 제스에게 그 아이는 저주였어. 스카에게는 예쁜 딸이 없는 게 나아."

가까이 있던 여자가 말했다. 그녀의 목소리는 청력이 향상된 켈시어의 귀에서 웅웅 울렸다.

테퍼가 고개를 끄덕였다.

"로드 트레스팅은 조만간 그 아이를 데려오도록 사람을 보냈을 거야. 우리 모두 알고 있었어. 제스도 알고 있었어."

"하지만 안된 일이야."

다른 남자가 말했다.

멀리서 비명이 계속 들려왔다. 주석을 태우고 있었기 때문에, 켈시어는 비명의 방향을 정확히 가늠할 수 있었다. 그 소녀의 목소리는 영주의 저택 쪽으로 움직이고 있었다. 그 소리에 그의 마음속에서 뭔가가 폭발했다. 그는 얼굴이 분노로 붉어지는 것을 느꼈다.

켈시어는 몸을 돌렸다.

"로드 트레스팅은 여자애들과 일을 끝낸 다음 여자애들을 돌려보내나요?"

늙은 메니스는 고개를 저었다.

"로드 트레스팅은 법을 잘 지키는 귀족이야. 몇 주 후 그 아이들을 죽이지. 그는 '심문관'들의 눈길을 끌지 않으려고 해."

그것은 로드 룰러의 명령이었다. 로드 룰러는 서자들이 살아서 돌아다니게 놔둘 수 없었다. 스카라면 그 존재를 알지도 못해야 하는 힘을 가질 수도 있는 아이들을⋯⋯.

비명은 잦아들었지만, 켈시어의 분노는 쌓여가기만 했다. 그 외침을 듣자 다른 비명들이 생각났다. 과거의 한 여인의 비명이. 그는 갑자기 일어섰다. 등받이 없는 의자가 그의 뒤쪽 바닥으로 넘겨졌다.

"조심하게, 젊은이." 메니스가 걱정스럽게 말했다. "힘 낭비 문제에 대해서 내가 한 말을 명심해. 오늘 밤에 살해당한다면 자네가 일으킨다던 반역을 절대 하지 못할 거야."

켈시어는 노인을 흘끗 쳐다보았다. 그러고는 비명과 고통을 느끼며 억지로 미소 지었다.

"난 여기서 여러분의 반역을 일으키려는 게 아닙니다, 굿맨 메니스. 약간 말썽을 피우고 싶을 뿐이에요."

"그게 무슨 소용이 있어?"

켈시어의 미소가 짙어졌다.

"새 시대가 오고 있어요. 좀 더 오래 사세요. 그러면 '마지막 제국'에서 엄청난 사건이 일어나는 걸 볼지도 모르니까요. 여러분의 대접 고마웠어요."

그 말과 함께, 그는 문을 당겨 열고 안개 속으로 성큼성큼 걸어 나갔다.

메니스는 이른 아침 잠에서 깬 채 누워 있었다. 늙어갈수록 잠이 더 안 오는 것 같았다. 어떤 일로 괴로워할 때면 더욱 그랬다. 그 여행자가 우리에 돌아오지 않는 일 같은.

메니스는 켈시어가 제정신을 차리고 계속 길을 갈 마음을 먹기를 바랐다. 그러나 그것은 있을 수 없는 일 같았다. 메니스는 켈시어의 눈 속에서 타오르는 불길을 보았다. '갱'에서 살아남은 사람인데, 그곳에서도 죽지 않았으면서 어쩌다 마주친 농장에서 다른 이들은 모두 죽은 것으로 여기고 단념한 소녀를 보호하려다 죽는 건 아주 애석한 일 같았다.

로드 트레스팅은 어떻게 대처할까? 사람들은 그가 자기 밤놀이를 방해하는 사람에게 특별히 잔인하다고들 했다. 켈시어가 주인의 기쁨을 방해했다면, 트레스팅은 연좌제를 적용해 나머지 스카도 벌하려고 들 것이다.

결국 다른 스카들도 깨어나기 시작했다. 메니스는 딱딱한 땅에 누운 채로, 일어난다는 것이 과연 그럴 만한 가치가 있는 일일까 판단하려고 애썼다. 뼈가 아프고, 등이 투덜거리고, 근육은 힘이 쫙 빠졌다. 매일 그는 포기하다시피 했다. 매일매일, 일어나기가 조금씩 더 힘들어졌다. 어느 날 그는 결국 우리에 머무른 채, 작업 감독이 너무 아프거나 늙어서 일하지 못하는 자들을 죽이러 오기만을 기다릴 것이다.

그러나 오늘은 아니었다. 스카들의 눈에서 너무도 큰 공포가 보였다. 켈시어의 밤 활동이 말썽을 불러오리라는 것을 그들도 알고 있었다. 그들에게는 메니스가 필요했다. 그들은 그만 바라보았다. 일어나야 했다.

그래서 그는 일어났다. 일단 움직이기 시작하자 나이에서 오는 고통이 약간은 줄어들었다. 그는 우리에서 발을 끌며 걸어 나와, 더 젊은 사람에게 몸을 기대고 들판으로 갈 수 있었다.

그가 공기 중에서 냄새를 맡은 것은 바로 그때였다.

"저게 뭐지? 연기 냄새 나지?" 그가 물었다.

메니스가 기대 있던 청년 셈이 멈추었다. 전날 밤 남은 안개의 마지막 부분은 타서 없어지고, 보통 때와 같이 거무스름한 구름 탓에 희뿌연 하늘 뒤로 붉은 태양이 떠오르고 있었다.

"요즘은 언제나 연기 냄새가 나요. 올해 화산들이 격렬해요." 셈이 말했다.

"아냐." 메니스가 점점 더 불안을 느끼면서 말했다. "이건 달라."

북쪽으로 몸을 돌리자 한 무리의 스카가 모여 있었다. 그는 셈을 놓고 그 무리를 향해 발을 끌며 걸었다. 그의 발길에 먼지와 재가 날아올랐다.

사람들 무리 한가운데에 제스가 있었다. 모두들 로드 트레스팅이 데려갔다고 생각했던 제스의 딸이 그녀 옆에 서 있었다. 어린 소녀의 눈은 수면 부족으로 빨갰지만, 해를 입은 것 같지는 않았다.

"사람들이 데려간 지 얼마 안 돼서 얘가 돌아왔어요." 제스가 설명하고 있었다. "얘는 돌아와서, 안개 속에서 울면서 문을 두드렸어요. 플렌은 안개유령*이 얘를 흉내 내는 것뿐이라고 확신했지만 난 얘를 안으로 들여야만 했어요! 플렌이 뭐라고 말하든 무슨 상관이에요. 난 이 아이를 포기하지 않아요. 내가 애를 햇빛 속에 데리고 나왔지만 애는 사라지지 않았어요. 애가 안개유령이 아니라는 증명이잖아요!"

군중은 점점 늘어갔고, 메니스는 비틀거리며 뒤로 물러났다. 아무도 이걸 보지 못했나? 작업 감독 중 아무도 무리를 흩으러 오지 않았다. 아침 점호를 하러 오는 병사도 하나 없었다. 뭔가 크게 잘못됐다. 메니스는 계속 북쪽으로, 영주 저택으로 미친 듯이 나아갔다.

그가 도착했을 때, 다른 사람들은 아침 햇빛 속에 비틀린 선을 간신히 그려내는 연기를 바라보고 있었다. 메니스는 얕은 언덕바지 공터가에 늦게 도착했지만, 그가 오자 사람들은 길을 터주었다.

영주 저택은 사라졌다. 그을리고 검게 탄 자국만 남아 있을 뿐이었다.

"로드 룰러시여! 무슨 일이 일어난 건가?" 메니스가 속삭였다.

"그가 모두 죽였어요."

메니스는 돌아보았다. 말한 사람은 제스의 딸이었다. 그녀는 앳된 얼굴에 만족스러운 표정을 띠고 서서 무너진 집을 내려다보고 있었다.

"그 사람이 날 데리고 나올 때 이미 죽어 있었어요. 모두들…… 군인, 작업 감독, 귀족 들…… 다 죽었어요. 로드 트레스팅과 그의 오블리게이터들도요. 시끄러운 소리가 시작되자 주인은 살펴보겠다고 나를 놔두고 갔어요. 나가는 길에 주인이 흘린 피 속에 누워 있는 걸 봤어요. 가슴에 찔린 상처가 나 있었고요. 날 구해준 사람은 우리가 떠날 때 건물에 횃불을 던졌어요."

"그 사람은 손과 팔에 흉터가 있었지. 팔꿈치까지던가?" 메니스가 말했다.

소녀는 조용히 고개를 끄덕였다.

"그 작자는 대체 무슨 악마랍니까?" 스카 한 명이 거북해하며 중얼거렸다.

"안개유령이야." 켈시어가 낮에 나가 있었던 것을 잊어버린 듯, 다른 사람이 속삭였다.

---

* 안개유령(MISTWRAITH): 로드 룰러가 만들어낸 생물종.

'하지만 안개 속으로 가버렸지. 그리고 어떻게 이렇게 대단한 일을 해냈을까……? 로드 트레스팅의 병사들은 스물다섯 명도 넘었어! 켈시어가 반역도 무리를 숨겨두고 있었던 걸까?' 메니스는 생각했다.

전날 밤 켈시어의 말이 귀에 울렸다. '새 시대가 오고 있어요…….'

"하지만 우리는 어쩌죠?" 테퍼가 겁에 질려 물었다. "로드 룰러께서 이 일을 들으면 어떻게 될까요? 그분은 우리가 이 짓을 했다고 생각하실 거예요! 우리를 '갱'으로 보내거나, 아니면 콜로스*를 보내 완전히 학살해버릴 겁니다! 그 말썽꾼은 왜 이런 일을 했지? 자기가 무슨 피해를 끼쳤는지 알까?"

"알아. 그는 우리에게 경고했어, 테퍼. 자기는 말썽을 일으키러 왔다고." 메니스가 말했다.

"하지만 왜요?"

"우리끼리만으로는 절대 반역을 일으키지 않는다는 걸 아니까, 우리가 도망갈 길을 막아버린 거야."

테퍼는 창백해졌다.

'로드 룰러시여, 저는 이 일을 할 수 없습니다. 저는 아침에 일어나는 것도 힘겹습니다. 이 사람들을 구할 수는 없습니다.' 메니스가 생각했다.

하지만 달리 무슨 방법이 있겠는가?

메니스는 돌아섰다. "사람들을 모으게, 테퍼. 우린 이 참사가 로드 룰러 귀에 들어가기 전에 도망쳐야 해."

"어디로 가는 거죠?"

"동쪽 동굴들. 여행자들 말로는 반역도 스카들이 그 속에 숨어 있다고 해. 그들은 우리를 받아줄 거야." 메니스가 말했다.

테퍼는 더욱 창백해졌다. "하지만…… 그러려면 며칠이나 여행해야 해

---

* 콜로스(KOLOSS): 로드 룰러가 만들어낸 야수종. 12피트(약 3.6미터)까지 성장할 수 있으며, 로드 룰러의 충실하고 강력한 군대 노릇을 한다.

요. 안개 속에서 며칠 밤을 보내야 한다고요."

"우린 그렇게 할 수 있어. 아니면 여기 머물러서 죽을 수도 있고." 메니스가 말했다.

테퍼는 잠시 얼어붙은 듯이 서 있었다. 메니스는 이 일의 충격으로 그가 압도되었는지도 모르겠다고 생각했다. 그러나 결국, 손아래인 테퍼 쪽이 명령받은 대로 서둘러 사람들을 모으러 갔다.

메니스는 한숨을 쉬며, 길게 나부끼는 연기를 쳐다보고 마음속으로 조용히 켈시어를 욕했다.

정말로 새로운 시대였다.

1장

하스신의 생존자

1

나는 내가 원칙을 중요시하는 사람이라고 생각한다. 하지만 그렇지 않은 사람이 어디 있겠는가? 심지어 살인자도 자기 행동이 어느 정도는 '도덕적'이라고 생각한다는 걸 나는 알게 되었다.

내 생애를 다른 사람이 읽는다면 그는 아마 나를 종교적인 폭군으로 부를 것이다. 오만하다고 할지도 모른다. 내 의견보다 그 사람의 의견이 덜 타당할 이유가 무엇이겠는가?

모두 한 가지 사실로 요약될 것이다. 결국, 군대를 가진 자는 나다.

재가 히늘에서 떨어졌다.

빈은 공중을 떠도는 보송보송한 재 조각을 지켜보았다. 느릿하고, 무신경하고, 자유롭게. 검은 눈송이 같은 검댕 조각들이 어두운 도시 루서델 위로 내려왔다. 조각들은 모퉁이에 떠돌고 바람에 날리고 작은 조약돌 위의 돌개바람 속에서 빙빙 돌았다. 아주 무심해 보였다. 저렇게 되면 기분이 어떨까?

빈은 패거리의 감시 구멍에 조용히 앉아 있었다. 안전가옥 옆 벽의 벽돌 속에 만든 숨은 벽감이었다. 그 안에서 패거리 일원은 거리를 지켜보며 위험한 기색이 있나 감시할 수 있었다. 그러나 빈은 당번을 서고 있는 것이 아니었다. 감시 구멍은 그녀가 혼자 있을 수 있는 몇 안 되는 장소 중 하나일 뿐이었다.

그리고 빈은 혼자 있는 것을 좋아했다. '너 혼자 있으면 아무도 널 배신할 수 없어.' 린이 한 말이었다. 빈의 오빠는 그녀에게 아주 많은 것을 가르쳤고, 그런 다음 언제나 할 거라고 약속했던 일을 실행해서—자기가 빈을 배신해서—그 가르침을 보강했다. '네가 배울 방법은 그것뿐이야. 누구라도 널

배신할 거야, 빈. 누구라도.'

　재는 계속 떨어졌다. 때때로 빈은 자기가 재라고, 아니면 바람이나 안개라고 상상해보았다. 생각 없이 존재만 할 수 있는 사물이라면, 생각하거나 관심을 갖거나 상처받지 않는다면. 그러면 그녀는…… 자유로워질 수 있을 것이다.

　조금 떨어진 곳에서 발을 끄는 소리가 들리더니, 작은 방 뒤쪽의 함정 문이 홱 열렸다.

　"빈!" 울레프가 방 안으로 머리를 들이밀며 말했다. "여기 있었구나! 카몬이 반 시간째 너를 찾고 있어."

　'애초에 그래서 여기 숨었는걸.'

　"너, 가봐야 해. 작업 시작할 준비가 거의 다 됐어." 울레프가 말했다.

　울레프는 키가 크고 마른 소년이었다. 나름대로 다정했고, 암흑가에서 자란 사람이 '순진하다'는 말을 들을 수 있는 한도 안에서는 순진했다. 물론 그가 그녀를 배신하지 않으리란 뜻은 아니었다. 배신은 우정과 상관없었다. 배신은 생존이라는 현실일 뿐이었다. 거리의 삶은 냉혹했고, 스카 도둑은 잡혀 처형당하기 싫으면 현실적이 되어야 했다.

　그리고 무자비함은 가장 현실적인 감정이었다. 린의 또 다른 입버릇이었다.

　"너 가야 한다니까. 카몬이 엄청나게 화났어." 울레프가 말했다.

　'언제는 안 그랬대?'

　빈은 고개를 끄덕이고, 비좁지만 위로가 되었던 감시 구멍에서 재빨리 나왔다. 그녀는 울레프 옆을 스쳐 지나 함정문 밖으로 훌쩍 뛰어나가 복도로 진입해서 황량한 식료품실로 들어갔다. 그 방은 안전가옥을 위장하는 가게 뒤에 있는 여러 공간 중 하나였다. 패거리의 은신처는 건물 아래 뚫어놓은 석굴 속에 숨겨져 있었다.

　빈은 뒷문을 통해 건물 밖으로 나갔고, 울레프가 그녀 뒤를 따라갔다. 작업은 이곳에서 몇 블록 떨어진 더 부유한 도시 구역에서 벌어질 것이다. 그것은 복잡한 작업이었다. 빈이 본 것 중 제일 복합적인 작업이었다. 카몬이 잡히지 않는다면 보수가 어마어마할 것이다. 만약 그가 잡힌다면……. 뭐, 귀족과 오블리게이터에게 사기를 치는 것은 매우 위험한 직업이었다. 하지만 대장간이나 방직공장에서 일하는 것보다는 확실히 나았다.

빈은 좁은 길에서 나와, 공동주택이 줄지어 선 어두운 거리로 나왔다. 이 도시의 여러 스카 빈민가 중 하나였다. 너무 아파서 일할 수 없는 스카들이 길모퉁이와 배수로에 몸을 옹송그린 채 모여 있었고, 재가 그들 주위를 떠돌았다. 빈은 계속 고개를 숙이고, 여전히 떨어지는 재 조각들을 막으려고 클록(clock)의 후드를 덮었다.

'자유라니. 아냐, 난 절대로 자유로워지지 못할 거야. 린이 떠나면서 그렇게 만들었어.'

"어기 있구나!" 카몬은 땅딸마차고 살찐 손가락을 들어 올려 그녀의 얼굴 쪽으로 찔러댔다. "어디 있었어?"

빈은 증오나 반항심을 눈에 내비치지 않았다. 그녀는 아래를 내려다보며, 카몬이 예상하는 모습만 보여주었다. 강하게 사는 방법에는 여러 가지가 있었다. 그녀는 그 교훈을 스스로 터득했다.

카몬은 약간 딱딱거리더니, 손을 올려 손등으로 빈의 얼굴을 때렸다. 그 힘찬 일격에 그녀의 몸이 뒤로 날아가 벽에 부딪쳤다. 뺨이 아파서 화끈거렸다. 그녀는 나무 벽에 기댄 채 쓰러졌지만, 조용히 벌을 참았다. 그저 또 하나의 멍일 뿐이다. 그녀는 그걸 견딜 수 있을 정도로 강했다. 전에도 견뎠다.

"잘 들어." 카몬이 속삭였다. "이건 중요한 일거리야. 수천 박싱*짜리야. 너보다 백배는 더 가치 있는 일이라고. 네가 이걸 망치게 놔두진 않을 거야. 알겠어?"

---

* 박싱(BOXING): '마지막 제국'의 통화 단위 중 하나.

빈은 고개를 끄덕였다.

카몬은 분노로 붉어진 통통한 얼굴로 그녀를 잠시 살펴보았다. 마침내 그는 눈길을 돌리며 혼자 뭐라고 중얼거렸다.

그는 뭔가에 화가 나 있었다. 빈 때문만은 아니었다. 아마 며칠 전 북쪽의 스카 반역 이야기를 들은 것 같았다. 지방 영주인 테모스 트레스팅이 살해당했고, 저택은 타서 무너졌다는 것 같았다. 그런 소란이 일면 사업에 좋지 않았다. 귀족들은 더 경계하고, 잘 속지 않게 된다. 그러면 결과적으로 카몬의 이익이 심각하게 줄어들 수 있었다.

'아무나 벌줄 사람을 찾고 있는 거야. 일하기 전에는 언제나 초조해하니까.'

빈은 입술에 피 맛을 느끼며 카몬을 쳐다보았다. 그녀의 자신감이 어느 정도 드러나 보인 게 분명했다. 그가 빈을 곁눈질로 쳐다보더니, 표정이 어두워졌다. 그는 손을 들어 올렸다. 그녀를 다시 때리려는 것 같았다.

빈은 '행운'을 약간 사용했다.

아주 약간만 썼다. 나머지는 그 작업을 할 때 필요할 것이다. 그녀는 카몬에게 '행운'을 겨누어 그의 초조함을 진정시켰다. 패거리의 두목이 손을 멈추었다. 빈의 접촉을 의식하지는 못했지만, 그 효과는 느끼고 있었다. 그는 잠시 서 있다가 한숨을 쉬고, 돌아서서 손을 내렸다.

카몬이 뒤뚱뒤뚱 걸어서 멀어지는 것을 보며 빈은 입술을 닦았다. 도둑 두목은 귀족 정장을 입고 있어도 매우 그럴싸하게 보였다. 빈이 본 것 중에서 제일 값비싼 의상이었다. 문양이 새겨진 금단추가 달린 진한 녹색 조끼와 흰색 셔츠였다. 검은 양복 상의는 요즘 유행대로 길었고, 상의와 어울리는 검은 모자를 썼다. 손가락에선 반지들이 빛났고, 멋진 결투용 지팡이도 들고 있었다. 사실 카몬은 귀족 흉내를 아주 훌륭하게 해냈다. 역할 연기 부문에서 카몬보다 더 능숙한 도둑은 거의 없을 것이다. 그가 성질만 억누를 수 있다면.

방 자체는 평범한 편이었다. 카몬이 다른 패거리 일원에게 쏘아붙이기 시작하자 빈은 일어섰다. 그들은 그 지역 호텔 꼭대기의 스위트룸을 빌렸다. 아주 호화로운 건 아니었지만 괜찮은 아이디어였다. 카몬은 재정적으로 힘든 시기를 맞아 필사적으로 마지막 계약을 따내기 위해 루서델로 온 시골 귀족 '로드 제듀' 역할을 할 예정이었다.

큰 방은 일종의 알현실이 되었다. 카몬이 앉을 커다란 책상이 놓이고, 벽에는 싸구려 미술 작품이 걸렸다. 책상 옆에 정식 관리인 옷을 입은 남자 둘이 서 있었다. 그들은 카몬의 하인 역할을 할 것이다.

"이게 무슨 소동이야?" 한 남자가 방으로 들어오며 물었다. 그는 키가 컸고, 소박한 회색 셔츠와 바지를 입었으며 허리에는 가는 검을 차고 있었다. 테론은 다른 패거리의 두목이었다. 사실 이 사기는 그의 작품이었다. 그는 동업자로 카몬을 끌어들였다. 로드 제듀 역할을 할 사람이 필요했는데, 모두가 카몬이 최고라는 것을 알고 있었다.

카몬은 그를 쳐다보았다.

"흠? 소동이라고? 오, 사소한 훈육 문제야. 신경 쓰지 마, 테론."

카몬은 오만하게 손을 저어 자기 말을 끝맺었다. 그가 귀족 노릇을 그렇게 잘하는 이유가 있었다. 그는 '대가문' 출신이라고 해도 믿을 만큼 오만했다.

테론의 눈이 가늘어졌다. 빈은 그가 무슨 생각을 하고 있는지 알았다. 그는 일단 이번 사기 일이 끝나면 카몬의 뚱뚱한 등에 칼을 꽂아 넣는 일이 얼마나 위험할지 가늠하고 있었다. 결국, 키 큰 테론은 카몬에게서 눈을 돌려 빈을 슬쩍 보았다.

"이건 누구야?" 그가 물었다.

"그냥 내 패거리 애야." 카몬이 말했다.

"다른 사람은 필요 없다고 생각했는데."

"음, 그 애는 필요해. 하지만 무시해. 내 작전 목적은 네가 알 바 아니잖아." 카몬이 말했다.

테론은 빈을 쳐다보았고, 그녀의 입술에 피가 난 것을 알아차렸다. 그녀는 눈길을 돌렸다. 그러나 테론의 눈길은 그녀의 몸에 더 오래 머물더니 몸을 따라 세로로 내려갔다. 빈은 소박한 흰 단추로 잠그는 셔츠와 작업복을 입고 있었다. 사실, 그녀는 전혀 매력이 없었다. 앳된 얼굴에 뼈만 앙상해서 제 나이인 열여섯 살로 보이지도 않을 것이다. 하지만 어떤 남자들은 그런 여자들을 더 좋아했다.

그녀는 그에게 '행운'을 약간 써야 하나 생각했지만, 결국 그는 눈을 돌렸다.

"오블리게이터가 거의 다 왔어. 준비됐어?" 테론이 말했다.

카몬은 눈을 굴리며 책상 뒤 의자에 자리를 잡았다.

"모두 완벽해. 날 놔두고 가, 테론! 네 방에 돌아가서 기다려."

테론은 얼굴을 찌푸리더니, 빙글 돌아 방에서 나가면서 혼자 투덜거렸다.

빈은 방을 훑어보고 실내장식과 하인들, 분위기를 살펴보았다. 마침내 그녀는 카몬의 책상으로 갔다. 패거리 두목은 앉아서 서류 무더기를 휙휙 넘기고 있었다. 어떤 서류를 책상 위에 내놓을까 보는 것 같았다.

"카몬, 하인들이 너무 멋져요." 빈이 조용히 말했다.

카몬은 얼굴을 찌푸리고 쳐다보았다.

"뭐라고 조잘거리는 거야?"

"하인들 말이에요." 빈은 여전히 작게 속삭여서 되풀이했다. "로드 제듀는 절박한 걸로 되어 있잖아요. 전에 남아 있던 비싼 옷이야 입겠지만, 비싼 하인을 둘 여유는 없을 거예요. 스카 하인을 쓸 거예요."

카몬은 그녀를 노려보았지만 입은 다물었다. 육체적으로는, 귀족과 스카 사이의 차이는 거의 없었다. 그러나 카몬이 정한 하인들은 소귀족 차림을 하고 있었다. 그들은 다채로운 조끼를 입어도 된다는 허락을 받고 좀 더 자신 있는 자세로 서 있었다.

"오블리게이터는 당신이 가난하다고 생각해야 해요. 대신 방에다 스카 하인을 많이 채워놔요." 빈이 말했다.

"네가 뭘 알아?" 카몬이 그녀를 노려보며 말했다.

"충분히 알죠."

그녀는 즉시 그 말을 후회했다. 너무 반항적으로 들리는 말이었다. 카몬은 보석을 장식한 손을 올렸고, 빈은 또 한 번 귀싸대기를 맞을 준비를 했다. '행운'을 더 쓸 여유는 없었다. 어쨌든 조금밖에 남지 않았고, 그것은 귀중했다.

그러나 카몬은 그녀를 때리지 않았다. 그러는 대신 한숨을 쉬더니, 통통한 한 손을 그녀의 어깨에 올려놓았다.

"왜 계속 고집을 부리면서 날 화나게 하는 거야, 빈? 네 오빠가 달아날 때 남긴 빚을 알잖아. 나보다 덜 너그러운 사람이면 벌써 오래전에 널 포주에게 팔아넘기고도 남았다는 거, 알아? 어떤 귀족 침대에서 시중들다가 그가 널 질려 했을 때 처형당했으면 좋겠어?"

빈은 자기 발만 내려다보았다.

기몬의 손아귀에 힘이 더 들어가면서, 손가락이 그녀의 피부를 꼬집었다. 목과 어깨가 만나는 곳이었다. 그녀는 자기도 모르게 아파서 헐떡였다. 그 반응을 보고 그는 웃었다.

"솔직히 내가 왜 널 계속 여기 두고 있는지 모르겠어, 빈." 그가 손아귀에 힘을 더 세게 주면서 말했다. "몇 달 전에 네 오빠가 나를 배신했을 때 너도 없애버렸어야 했는데. 난 마음이 너무 다정한가 봐."

마침내 그는 그녀를 놓아준 후, 방 옆쪽에 놓인 키 큰 실내식물 옆에 서 있으라고 손으로 가리켰다. 그녀는 명령대로 하면서 방 전체를 볼 수 있는 위치를 잡았다. 카몬이 눈을 돌리자마자 그녀는 어깨를 문질렀다.

'또 한 번 아팠을 뿐이야. 아픈 건 견딜 수 있어.'

카몬은 잠시 앉아 있더니 예상대로 옆에 서 있던 두 '하인'에게 손을 저었다.

"너희 둘! 너희가 입은 옷은 너무 비싸. 가서 스카 하인처럼 보이는 옷을 걸치고, 올 때 여섯 명 더 데려와."

곧 방은 빈의 제안대로 꾸며졌다. 그러고 나서 조금 후에 오블리게이터가 도착했다.

빈은 오만하게 방에 걸어 들어오는 프렐란* 레어드를 지켜보았다. 그는 모든 오블리게이터가 그렇듯이 완전히 민 대머리에, 짙은 회색 로브를 입었다. 눈 주위에 있는 미니스트리 문신을 보면 그가 미니스트리 '재정 캔턴**'의 고위 관료 프렐란이라는 것을 알 수 있었다. 그의 뒤를 하위 오블리게이터 한 무리가 따랐는데, 그들의 눈 문신은 훨씬 단순했다.

프렐란이 들어오자 카몬은 존경의 표시로 자리에서 일어섰다. '대가문'의 최고위 귀족들도 레어드 서열의 오블리게이터에게는 이런 예의를 보였다. 레어드는 고개를 숙이거나 알았다는 티를 내지 않고, 대신 성큼성큼 앞으로 걸어와 카몬의 책상 앞 의자에 앉았다. 하인으로 꾸민 패거리 일원이 앞으로 달려와, 차갑게 식힌 와인과 과일을 오블리게이터에게 내놓았다.

레어드는 음식 접시를 든 하인을 마치 가구처럼 공손하게 세워둔 채 과일을 집었다. 그가 드디어 입을 열었다.

"로드 제듀, 마침내 만나게 되어 기쁩니다."

"저도 그렇습니다, 각하." 카몬이 말했다.

"다시 묻겠는데, 제게 여기로 오라고 하는 대신 당신이 캔턴 건물로 올 수 없는 이유가 뭡니까?"

"제 무릎 때문입니다, 각하. 저를 돌보는 의사들은 제게 최대한 적게 여행하라고 했습니다."

'그리고 넌 당연히 미니스트리의 중심지로 끌려가는 게 불안할 테고.' 빈은 생각했다.

"알겠습니다. 무릎이 안 좋으시군요. 운송업을 하는 사람에게는 불행한 일입니다." 레어드가 말했다.

---

* 프렐란(PRELAN): 상위 오블리게이터.
** 재정 캔턴(CANTON OF FINANCE): '강철 미니스트리' 산하에 있는 기관. '마지막 제국'의 재정을 관리한다.

"제가 여행을 갈 필요는 없습니다, 각하. 저는 그냥 여행을 조직하지요." 카몬은 고개를 숙이면서 말했다.

'좋아, 계속 순종적으로 굴어, 카몬. 넌 필사적인 것처럼 보여야 해.' 빈은 생각했다.

빈에게는, 이 사기가 성공해야 했다. 카몬은 그녀를 위협하고 때렸지만, 그녀를 행운의 부적으로 생각하기도 했다. 그녀가 방에 있을 때 자기 계획대로 더 잘되는 이유를 카몬이 아는지는 모르지만, 그 두 가지에 연관이 있음을 느낀 것 같았다. 그래서 그녀는 그에게 귀중해졌다. 그리고 린은 언제나, 암흑가에서 계속 살아남을 수 있는 가장 확실한 방법은 자신을 없어서는 안 되는 존재로 만드는 것이라고 했다.

"알겠습니다." 레어드가 다시 말했다. "음, 우리가 너무 늦게 만나는 바람에 당신의 목적에 도움을 줄 수 없을 것 같아 안타깝습니다. 재정 캔턴은 이미 당신의 제안에 대해 투표했습니다."

"그렇게 빨리요?" 카몬은 진짜로 놀라서 물었다.

"그렇습니다." 레어드는 여전히 하인을 그대로 세워둔 채 와인 한 모금을 마시며 대답했다. "우리는 당신과 계약하지 않기로 결정했습니다."

카몬은 잠시 얼떨떨한 채로 앉아 있었다.

"그런 말씀을 듣게 되어 유감입니다, 각하."

'레어드는 널 만나러 왔잖아. 그건 그가 아직 협상할 수 있는 입장에 있다는 거야.' 빈은 생각했다.

카몬은 빈이 하는 생각을 알고 말을 계속했다.

"사실 제가 미니스트리에 훨씬 더 좋은 제안을 하려고 했기 때문에 더 유감스럽군요."

레어드는 문신한 눈썹을 치켜세웠다.

"그게 중요할지 의심스럽군요. 위원회 회원 중에는 우리가 더 안정적인 가문을 찾아 아랫사람들을 수송해야 캔턴이 더 좋은 서비스를 받을 거라고 생각하는 사람들이 있습니다."

"그건 심각한 오산입니다." 카몬이 차분하게 말했다. "솔직하게 말씀드리지요, 각하. 우리는 둘 다 이 계약이 제듀 가문에 남은 마지막 기회라는 걸 압니다. 이제는 파완 거래선이 없어졌기 때문에 우리는 더 이상 루서델로 운하용 보트를 운행할 여유가 없습니다. 미니스트리의 후원이 없다면 우리 가문은 재정적으로 파멸합니다."

"그걸로는 설득이 안 되는데요, 로드." 오블리게이터가 말했다.

"그런가요?" 카몬이 물었다. "한번 자문해보십시오, 각하. 누가 당신께 더 잘 봉사하겠습니까? 주의를 여러 군데로 나누어 수십 개의 계약을 돌보아야 할 가문이겠습니까, 아니면 당신의 계약을 마지막 희망으로 생각하는 가문이겠습니까? 필사적으로 살아남아야 하는 파트너가 재정 캔턴에게 제일 협조적인 파트너가 될 것입니다. 각하의 견습들을 제 보트로 북쪽에서 실어 오게 해주십시오. 제 병사들이 호위를 하도록 해주십시오. 실망하지 않으실 겁니다."

'좋아.' 빈은 생각했다.

"알겠…… 습니다." 오블리게이터가 이제 생각이 복잡해져서 말했다.

"연장 계약서를 1인당 50박싱 가격으로 기꺼이 맞춰드리겠습니다, 각하. 각하의 견습들은 여가 시간에도 우리 보트를 타고 여행할 수 있고, 언제나 필요한 만큼 호위를 받을 겁니다."

오블리게이터는 한쪽 눈썹을 치올렸다.

"그건 예전 수수료의 절반이군요."

"말씀드렸잖습니까. 우리는 필사적입니다. 우리 가문은 보트를 계속 운행해야 합니다. 50박싱으로는 우리에게 이익이 되지 않겠지만, 그건 중요하지 않습니다. 일단 미니스트리와 계약을 하면 우리는 안정될 것이고, 다른 계약을 찾아 우리 금고를 채울 수 있습니다." 카몬이 말했다.

레어드는 생각에 잠긴 듯했다. 환상적인 거래였다. 보통이라면 의심스러울 거래였다. 그러나 카몬의 연기는 재정적으로 붕괴 직전인 가문의 이미지를 창조했다. 다른 패거리 두목인 테론은 이 순간을 만들어내기 위해 5년 동안 계획을 짜고, 사기 치고, 속임수를 썼다. 미니스트리가 태만하지 않다면 이 기회를 고려할 것이다.

레어드도 바로 그것을 깨닫고 있었다. '강철 미니스트리'는 '마지막 제국'의 관료 체제 조직이자 사법 당국일 뿐만 아니라, 독자적인 귀족 가문 같은 데가 있었다. 더 부유하고 더 좋은 거래 계약을 체결할수록, 미니스트리의 캔턴들은 서로에게—그리고 귀족 가문들에—더 큰 영향력을 가질 수 있었다.

그러나 레어드는 여전히 주저하고 있는 것이 분명했다. 빈은 그의 눈에 떠오른 표정을 볼 수 있었다. 그녀가 잘 아는 의심의 표정이었다. 그는 그 계약을 맺지 않을 것이다.

'지금이야, 내 차례야.' 빈은 생각했다.

빈은 레이드에게 '행운'을 썼다. 망설이며 마음을 뻗었다. 그녀는 자기가 뭘 하고 있는지, 어떻게 그렇게 할 수 있는지 제대로 알지도 못했다. 그러나 그녀의 마음의 손길은 본능적이었고, 오랫동안 교묘한 연습으로 훈련된 것이었다. 그녀는 자기가 할 수 있는 일을 다른 사람이 하지 못한다는 것을 열 살 때 깨달았다.

그녀는 레어드의 감정을 밀어붙이고 꺾었다. 그의 수상해하는 마음이 약해지고, 겁이 줄었다. 고분고분해졌다. 걱정이 차츰 사라지면서, 그의 눈에 차분한 통제력이 나타나기 시작하는 게 보였다.

그렇지만 레어드는 여전히 좀 머뭇거리는 것 같았다. 빈은 더 세게 밀어붙였다. 그는 고개를 똑바로 든 채 생각에 잠긴 것 같았다. 말을 하려고 입을 열었지만, 그녀는 그를 더 밀어붙였다. 마지막 '행운' 한 조각까지 다 써서 필사적으로.

그는 다시 머뭇거렸다.

"좋습니다." 그가 마침내 말했다. "새 제안서를 위원회에 들고 가지요. 아직 합의할 여지가 있을 겁니다."

2

만약 사람들이 이 글을 읽는다면, 권력은 무거운 짐이라는 것을 그들에게 알리고 싶다. 권력의 사슬에 묶이지 않도록 애써라. 테리스의 예언자들은 내가 세계를 구할 힘을 갖게 된다고 말한다.

그러나 그들은 내가 세계를 파괴할 힘 또한 갖게 될 것이라고 암시한다.

켈시어가 보기에, 로드 룰러의 보금자리인 루서델 시의 정경은 음울했다. 건물은 대부분 벽돌로 지어졌는데, 부자들은 기와지붕을 얹고 나머지는 소박하고 뾰족한 나무 지붕을 얹었다. 건물들은 빽빽하게 서로 몰려 있어서 평균 3층 높이인데도 땅딸막해 보였다.

공동주택과 가게들의 모습은 획일적이었다. 이곳은 주의를 끌려는 장소가 아니었다. 물론, 고위 귀족이 아닐 때 말이지만.

십여 개의 획일적인 아성(牙城)이 전 도시에 드문드문 흩어져 있었다. 창같이 높은 첨탑이나 깊은 아치 길이 줄줄이 늘어서서 복잡하게 얽힌 이 아성들은 고위 귀족들의 집이었다. 사실, 그것은 고위 귀족 가문의 표시였다. 루서델에 아성을 짓고 눈에 띄는 존재감을 유지할 수 있는 가문은 '대가문'으로 여겨졌다.

도시의 공터는 대부분 이 아성 주변에 있었다. 공동주택들 가운데 조각난 공간들은 숲 속 공터 같았다. 아성들은 나머지 풍경 위로 솟아오른 외로운 산 같았다. 검은 산들. 도시 나머지 부분과 마찬가지로, 아성들은 무수한 세월 동안 떨어진 화산재 때문에 얼룩져 있었다.

루서델의 모든 건물, 켈시어가 본 사실상 모든 건물은 어느 정도 검어져 있었다. 심지어 켈시어가 지금 올라와 서 있는 도시 성벽도 검댕 얼룩으로 검었다. 보통은 재가 모이는 건물 꼭대기가 제일 검었지만, 얼룩은 빗물과 저녁에 맺히는 물방울을 타고 벽의 선반과 아래로 내려갔다. 캔버스 아래로 흘러내리는 물감같이, 어둠이 고르지 않게 번지며 건물 벽을 살살 기어 내려오는 것 같았다.

물론 거리는 완전히 검었다. 켈시어는 도시를 살펴보면서 누군가를 기다리며 서 있었다. 스카 일꾼 한 무리가 아래쪽 거리에서 최근에 쌓인 잿더미를 치우느라 힘겹게 일하고 있었다. 그들은 그 재를 도시 중심부를 거쳐 흐르는 채너럴 강*으로 가져가, 재 무더기가 쌓여 도시를 파묻어버리지 않도록 씻어 내려보냈다. 때때로 켈시어는 왜 제국 전체가 커다란 잿더미로 변하지 않을까 생각했다. 그는 그 재가 결국 분해되어 흙이 될 거라고 짐작했다. 그러니 도시의 돌판을 쓸 만하게 치우려면 황당할 정도의 노력을 해야 했다.

다행히 그 일을 할 스카는 언제든 충분했다. 아래쪽에 있는 일꾼들은 그가 몇 주 전 남겨두고 온 농장 일꾼들처럼 재로 얼룩지고 닳은 소박한 코트와 바지를 입고 있었다. 그들은 기진맥진하고 풀 죽은 동작으로 일했다. 다른 스카 무리들이 멀리서 울리는 종소리를 듣고 그 일꾼들을 지나쳐 갔다. 시간을 알리고, 대장간이나 공장으로 아침 작업을 하러 오라고 부르는 종소리였다. 루서델의 주 수출품은 금속이었다. 도시에는 수백 개의 대장간과 제련소가 있었다. 그러나 밀려드는 강물 덕에 곡물을 가는 제분소와 옷감을 만드는 공장을 세우기에도 훌륭한 장소였다.

스카들은 일을 계속했다. 켈시어는 그들에게서 눈을 돌려 멀리 도시 중심부 쪽을 쳐다보았다. 도시 한가운데에는 로드 룰러의 궁전이 여러 개의 가

---

* 채너럴 강(RIVER CHANNEREL): '마지막 제국'의 주요 강 중 하나. 동쪽 산맥에서 발원해 루서델 호수를 지나 루서델 시를 관통해 흐른 후 바다로 간다.

마지막 제국

시털이 달린 거대한 곤충처럼 우뚝 솟아 있었다. '천 개의 첨탑 언덕', 크레딕 쇼였다. 궁전은 어떤 귀족의 아성보다 몇 배나 더 컸고, 단연코 도시에서 제일 큰 건물이었다.

켈시어가 도시에 대해 생각하며 서 있는 동안, 또 화산재가 떨어지기 시작했다. 재 조각들이 거리와 건물들에 가볍게 떨어졌다.

'최근에는 화산재가 많이 내리는군.' 그는 클록에 달린 후드를 쓸 핑계가 생긴 것을 반가워하며 생각했다. '화산들이 활동하고 있는 거야.'

루서델에서 누가 그를 알아볼 것 같지는 않았다. 그가 잡혔던 지도 3년이 지났다. 그러나 후드를 쓰면 안심이 되었다. 모든 일이 잘된다면 켈시어가 남에게 모습을 보이고 사람들이 자기를 알아보기를 바랄 때가 올 것이다. 하지만 지금으로서는 익명인 쪽이 나았다.

마침내 어떤 사람이 벽을 따라 접근해왔다. 독슨이었다. 켈시어보다 키가 작고, 적당히 다부진 체격에 잘 어울리는 네모진 얼굴을 갖고 있었다. 별 특징 없는 갈색 후드 클록으로 검은 머리를 가렸고, 20년쯤 전 그의 얼굴에 처음 구레나룻이 싹트기 시작했을 때부터 자랑스럽게 내보인 짧은 턱수염을 길렀다.

그는 켈시어처럼 귀족 정복을 입고 있었다. 다채로운 조끼, 짙은 색 코트와 바지, 화산재를 막기 위한 얇은 클록. 옷은 비싸지 않았지만 귀족적이었고, 루서델의 중산층이라는 것을 시사했다. 귀족 태생 대부분은 '대가문'으로 여겨질 정도로 부유하지는 않았다. 그러나 '마지막 제국'에서 귀족은 돈으로만 정해지는 것이 아니었다. 혈통과 역사가 필요했다. 로드 룰러는 불멸이었고, 처음 통치할 때 자신을 지원했던 사람들을 아직도 기억하고 있는 것 같았다. 그 사람들의 후예는 아무리 가난해져도 늘 총애받을 것이다.

그 옷차림은 지나가는 순찰 경비병들이 너무 많은 질문을 하지 못하게 막아줄 것이다. 물론 켈시어와 독슨의 경우에는, 그 옷은 위장이었다. 둘 다 사실은 귀족이 아니었다. 엄밀히 말하면 켈시어는 혼혈이었지만, 그것은 보통 스카보다 여러모로 더 나빴다.

독슨은 켈시어 옆에서 걷다가 성가퀴에 기대더니, 탄탄한 양팔을 돌 위에 얹었다.

"며칠 늦었어, 켈."

"북쪽 농장을 몇 군데 더 들렀다 왔거든."

"아, 그럼 네가 로드 트레스팅의 죽음에 뭔가 관계가 있구나." 독슨이 말했다.

켈시어가 미소 지었다.

"그렇다고 말할 수 있지."

"그가 살해되는 바람에 지방 귀족들 사이에 큰 동요가 일어났어."

"그것도 내 의도에 들어 있었지만, 솔직히 그렇게 극적인 일을 계획했던 건 아니었어. 무엇보다도 그 일은 우연에 가까웠어."

독슨은 한쪽 눈썹을 치켜세웠다.

"어떻게 귀족을 자기 저택에서 '우연히' 죽일 수 있냐?"

"가슴에 칼을 하나 꽂아서. 아니면 한 쌍의 칼을 꽂아서. 언제나 신중한 게 좋지." 켈시어가 가볍게 말했다.

독슨은 눈을 굴렸다.

"그가 죽은 게 꼭 손해는 아니야, 독스. 귀족들 사이에서도 트레스팅은 잔인하다고 이름나 있었어." 켈시어가 말했다.

"트레스팅에 대해 신경 쓰는 게 아니야. 그냥 너와 또다시 일할 계획을 짜다니 내가 얼마나 정신이 나간 건가 생각하고 있어. 지방 영주를 경비병들로 둘러싸인 그의 저택에서 공격하다니⋯⋯. 솔직히 켈, 네가 얼마나 무모하게 구는지 잊어버릴 뻔했어."

"무모하다고?" 켈시어가 웃으며 물었다. "그건 무모한 게 아니었어. 사소한 딴짓이었을 뿐이야. 넌 내가 뭘 계획하고 있는지 알아야 해!"

독슨은 잠시 서 있다가 웃었다.

"로드 룰러시여. 네가 돌아오니 좋구나, 켈! 난 지난 몇 년 동안 내가 좀 재미없어진 것 같아 걱정이었어."

"그건 고쳐질 거야." 켈시어가 약속했다.

그는 깊은숨을 들이쉬었다. 그의 주위에 재가 가볍게 떨어졌다. 스카 청소부들은 아래쪽 거리에서 검은 재를 쓸어내며 다시 일하고 있었다. 뒤에서 순찰 경비병이 지나가며 켈시어와 독슨에게 고개를 끄덕였다. 그들은 그 경비병이 지나갈 동안 침묵 속에서 기다렸다.

"돌아오니까 좋군." 마침내 켈시어가 말했다. "루서델은 어딘가 집 같은 데가 있어. 우울하고 삭막한 갱 같은 도시지만. 회의는 준비했어?"

독슨은 고개를 끄덕였다.

"하지만 오늘 저녁까지는 시작할 수 없어. 그런데 어떻게 들어왔어? 부하들에게 성문을 감시하게 해뒀는데."

"음? 아, 간밤에 슬쩍 들어왔어."

"하지만 어떻게……" 독슨은 말을 멈추었다. "아, 맞아. 익숙해지려면 좀 걸릴 거야."

켈시어는 어깨를 으쓱했다.

"왜 그런지 모르겠는데. 넌 언제나 미스팅*들과 일하잖아."

"그래, 하지만 이건 달라." 독슨은 말했다. 그는 한 손을 들어 더 입씨름하지 말자는 뜻을 표시했다. "필요 없어, 켈. 난 얼버무리려는 게 아니야. 그냥 익숙해지려면 좀 걸릴 거라고만 말했어."

"좋아. 오늘 밤에 누가 와?"

"음, 브리즈와 햄은 당연히 올 거야. 그들은 우리의 이 수수께끼 같은 일을 매우 궁금해하고 있어. 지난 몇 년 동안 네가 뭘 하느라 바쁜지 내가 이

---

* 미스팅(MISTING): 알로맨시를 사용하는 알로맨서의 일종. 한 가지 금속만 '태울' 수 있기 때문에 팀을 짜서 서로의 능력을 보충하며 일할 때가 많다.

야기해주지 않았다는 것 때문에 화가 나 있는 건 말할 필요도 없고."

"좋아." 켈시어가 웃으며 말했다. "궁금해하게 놔둬. 트랩은 어때?"

독슨은 고개를 저었다.

"트랩은 죽었어. 결국 두 달 전에 미니스트리가 그를 체포했지. 놈들은 그를 '갱'에 보내지도 않았어. 현장에서 목을 벴어."

켈시어는 눈을 감고 작게 숨을 내쉬었다. '강철 미니스트리'는 결국 모든 사람을 체포했다. 켈시어는 때때로, 스카 미스팅의 삶은 살아남는 것이 아니라 언제가 죽을 때인지를 고르는 것 같다고 느끼곤 했다.

"그러면 우리에겐 스모커*가 없어졌군." 켈시어가 마침내 눈을 뜨며 말했다. "무슨 제안이 있어?"

"러디." 독슨이 말했다.

켈시어는 고개를 저었다.

"안 돼. 그는 좋은 스모커지만, 좋은 사람은 아니야."

독슨이 미소를 지었다.

"도둑 패거리에 끼지 못할 정도로 좋은 사람이 아니라니……. 켈, 너와 일하던 때가 그리웠어. 좋아, 그럼 누구?"

켈시어는 잠시 생각했다.

"클럽스가 아직 자기 가게를 운영하고 있어?"

"내가 아는 한에는 그래." 독슨이 천천히 말했다.

"그는 이 도시 최고의 스모커일 거야."

"그럴 거야. 하지만…… 같이 일하기 좀 어렵지 않아?"

"일단 그에게 익숙해지기만 하면 그렇게 나쁘지 않아. 게다가 그는……이 일이라면 기꺼이 할 거라고 생각해." 켈시어가 말했다.

---

* 스모커(SMOKER): 구리(COPPER)를 태우는 알로맨서. 다른 알로맨서들을 시커(SEEKER, 75쪽 참고)의 탐지 능력에서 숨겨준다.

"좋아." 독슨이 어깨를 으쓱하며 말했다. "그를 초대할게. 그의 친척 중 하나가 틴아이*라던데, 같이 초대하면 좋겠어?"

"괜찮겠지."

"좋아. 그럼 남은 건 예덴뿐이야. 예덴이 아직 흥미를 갖고 있다면 말이지만……."

"그는 거기 올 거야." 켈시어가 말했다.

"오는 게 좋을걸. 결국 우리한테 돈 줄 사람이 될 테니까." 독슨이 말했다.

켈시어는 고개를 끄덕이다가 얼굴을 찌푸렸다.

"마쉬 이야기는 안 하는군."

독슨이 어깨를 으쓱했다.

"너한테 경고했잖아. 네 형은 우리 방식을 절대 인정하지 않아. 그리고 지금은…… 음, 마쉬를 잘 알잖아. 심지어 예덴이나 반역자들과 더 이상 아무 관계도 갖지 않으려고 한다고. 우리 같은 범죄자 무리는 말할 것도 없고. 오블리게이터들 사이에 잠입할 사람은 다른 사람을 찾아야 할 것 같아."

"아냐. 형은 할 거야. 내가 형에게 들러 설득하기만 하면 돼." 켈시어가 말했다.

"네가 그렇게 말한다면야."

그리고 독슨은 침묵에 잠겼고, 둘은 잠시 서서 벽에 몸을 기댄 채 화산재로 얼룩진 도시를 바라보았다.

독슨은 마침내 고개를 저었다.

"이건 미친 짓이야, 그렇지?"

켈시어가 미소 지었다.

"기분 좋잖아, 안 그래?"

독슨은 고개를 끄덕였다.

---

* 틴아이(TINEYE): 주석(TIN)을 태우는 알로맨서. 오감을 더 예민하게 향상시킬 수 있다.

"환상적이야."

"전대미문의 일이 될 거야." 켈시어가 북쪽을, 도시를 가로질러 도시 중심부에 있는 일그러진 건물 쪽을 보면서 말했다.

독슨은 벽에서 걸어 물러났다.

"모임까지 몇 시간 남았어. 너한테 보여주고 싶은 게 있어. 서두르면 아직 시간이 있을 것 같아."

켈시어는 호기심에 찬 눈으로 돌아보았다.

"음, 난 가서 우리 형이 점잔 빼는 걸 꾸짖어줄 참이었는데. 하지만……."

"네가 시간을 낼 만한 가치가 있을 거야." 독슨이 약속했다.

빈은 안전가옥 주(죠) 은신처 구석에 앉아 있었다. 그녀는 보통 때와 같이 계속 그늘에 있었다. 안 보이는 곳에 있을수록 다른 사람들이 그녀를 더 무시할 것이다. 그녀는 사람들의 간섭을 막기 위해 '행운'을 쓸 여유가 없었다. 며칠 전 오블리게이터와 만날 때 써버린 것을 간신히 재생시킬 시간밖에 없었던 것이다.

보통 때처럼 와자한 무리가 그 방의 테이블마다 느긋이 앉아 주사위 놀이를 하거나 사소한 일 이야기를 하고 있었다. 십여 개의 파이프에서 나온 연기가 방 꼭대기에 모였고, 벽은 무수한 세월 동안 비슷한 취급을 받은 탓에 검게 얼룩져 있었다. 바닥은 재 조각들이 묻어 검었다. 대부분의 도둑 패거리들처럼, 카몬 패거리도 깨끗한 편은 아니었다.

방 뒤에는 문이 하나 있고, 문 너머에는 구부러진 돌계단이 있었다. 그 계단은 좁은 골목길의 가짜 배수구 뚜껑으로 이어졌다. 제국 수도 루서델의 다른 여러 은신처들처럼, 이 방은 존재하지 않는 것으로 되어 있었다.

방 앞쪽에서 거친 웃음소리가 났다. 카몬과 패거리 대여섯 명이 앉아 에일 맥주와 무신경한 농담이 오가는 전형적인 오후를 즐기고 있었다. 카몬의 테이블은 바 옆에 붙어 있었다. 카몬은 자기 부하들을 간단하게 등쳐먹는 방법 중 하나로 바에서 바가지를 씌워 술을 팔았다. 루서델의 범죄자 부류는 귀족들이 가르친 교훈을 아주 잘 배웠다.

빈은 전력을 다해 눈에 띄지 않으려고 했다. 여섯 달 전이었다면, 린이 없으면 자기 삶이 더 나빠질 수 있다는 사실을 믿지 않았을 것이다. 그러나 그녀의 오빠는 폭력적으로 화를 내기는 했어도 패거리의 다른 작자들이 빈에게 집적거리지 못하게 막아주었다. 도둑 패거리에는 상대적으로 여자들이 거의 없었다. 일반적으로 암흑가의 여자들의 삶은 창녀가 되는 신세로 끝이 났다. 린은 언제나 여자애는 억세어야 한다고 말했다. 살아남고 싶으면 남자보다 더 억세어야 한다고.

'어떤 패거리 두목이 자기 팀에 너 같은 골칫거리를 두고 싶겠어? 난 네 오빠인데도 너와 같이 일하고 싶지 않다고.' 그는 이렇게 말한 적도 있었다.

그녀의 등은 아직도 쿵쿵 울렸다. 전날 카몬은 그녀에게 채찍질을 했다. 피가 나면 셔츠가 엉망이 되는데, 그녀는 다른 셔츠를 살 돈이 없었다. 카몬은 린이 남겨놓고 간 빚을 지불하라고 이미 그녀의 급료를 압류하고 있었다.

'하지만 난 강해.' 그녀는 생각했다.

아이러니였다. 매질은 이제 별로 아프지 않았다. 린이 자주 학대한 덕분에 빈은 회복력이 생겼고, 동시에 어떻게 하면 불쌍하고 망가진 것처럼 보이는지 알게 되었다. 어떤 의미로는, 매질은 오히려 허사였다. 멍과 붓기는 나았지만 채찍질을 당할 때마다 빈은 더 단단해졌다. 더 강해졌다.

카몬은 일어섰다. 그는 조끼 주머니에 손을 넣어 금으로 된 회중시계를 꺼냈다. 그는 같이 있던 동료 한 명에게 고개를 끄덕인 후, 방을 훑어보았다…….그녀를 찾고 있었다.

그의 눈이 빈을 좇아왔다.

"때가 됐어."

빈은 얼굴을 찌푸렸다.

'무슨 때?'

미니스트리의 재정 캔턴은 인상적인 건물이었다. 하지만 그렇게 치면 강철 미니스트리의 거의 모든 것이 인상적이었다.

높고 큰 덩어리 같은 건물 앞쪽에는 거대한 장미꽃 무늬 창이 있었다. 그러나 바깥에서 유리를 보면 어둡기만 했다. 커다란 현수막 두 개가 창문 옆에 매달려 있었다. 검댕으로 얼룩진 붉은 천에는 로드 룰러 찬양 문구가 또렷이 쓰여 있었다.

카몬은 비판적인 눈으로 건물을 살펴보았다. 빈은 그의 불안을 느낄 수 있었다. '재정 캔턴'은 미니스트리의 집무실 중에서는 전혀 위협적인 편이 아니었다. '심문 캔턴'이나 '정교(正敎) 캔턴*'의 명성이 훨씬 더 불길했다. 그러나 미니스트리 집무실에 자발적으로 들어가…… 스스로 오블리게이터의 세력하에 들어가는 것은…… 음, 심각하게 고려한 다음에 할 일이었다.

카몬은 깊은숨을 들이쉰 다음 결투용 지팡이로 바닥의 돌을 두드리며 성큼성큼 앞으로 걸어갔다. 그는 값비싼 귀족 정복을 입었고, 자기 '하인' 역할을 할 패거리 대여섯 명과 함께 있었다. 빈도 그 속에 있었다.

빈은 계단을 올라가는 카몬을 따라갔고, 패거리 한 명이 앞으로 뛰어나가 '주인'을 위해 문을 열어주는 동안 기다렸다. 여섯 명의 수행원 중에서 카몬의 계획에 대해 아무것도 듣지 못한 사람은 빈뿐인 것 같았다. 미니스트리 사기의 이른바 동업자인 테론은 아무 데도 보이지 않았다.

빈은 캔턴 건물에 들어갔다. 파란색 선이 반짝거리는 강렬한 붉은 빛이 장미창에서 떨어졌다. 눈 주위에 중간 지위급 문신을 한 오블리게이터 한 명이 길게 연장한 입구 통로 끝 책상 뒤에 앉아 있었다.

카몬은 지팡이로 카펫을 두드리며 걸어서 그에게 다가갔다.

---

* 정교 캔턴(CANTON OF ORTHODOXY): 모든 사회적 거래와 의식을 총괄하는 캔턴. 정교 캔턴의 오블리게이터가 목격하지 않은 사건, 봉인하지 않은 문서는 사회적 효력을 갖지 못한다.

"로드 제듀입니다." 그가 말했다.

'뭐하고 있는 거야, 카몬?' 빈은 생각했다. '테론한테는 프렐란 레어드를 캔턴 사무실에서 만나지 않겠다고 했잖아. 그런데 왜 지금 여기 와 있어?'

오블리게이터는 고개를 끄덕이며 장부에 기호를 표시했다. 그는 옆쪽으로 손짓을 했다.

"대기실에는 수행원 한 명만 데려갈 수 있습니다. 나머지는 여기 남아 있어야 합니다."

카몬이 경멸하듯 씩씩거리는 소리를 들으니 그가 그 금지를 어떻게 생각하는지 알 수 있었다. 그러나 오블리게이터는 장부에서 고개를 들지 않았다. 카몬은 잠시 서 있었다. 빈은 그가 정말로 화가 난 건지, 오만한 귀족 역할을 하고 있는 것뿐인지 알 수 없었다. 마침내 그는 한 손가락으로 빈을 찔렀다.

"따라와."

그는 몸을 돌려 오블리게이터가 가리킨 문으로 뒤뚱뒤뚱 걸어갔다.

문 너머의 방은 호화롭고 안락했으며, 귀족 몇 명이 이런저런 자세로 느긋하게 앉아 기다리고 있었다. 카몬은 의자 하나를 골라 앉은 다음, 붉은 당의를 입힌 케이크와 와인이 놓인 테이블 쪽을 가리켰다. 빈은 자신의 배고픔은 숨긴 채, 공손히 그에게 와인 한 잔과 음식 접시를 가져다주었다.

카몬은 작게 입맛을 다시며 게걸스럽게 케이크를 집어 먹기 시작했다.

'초조해하는군. 전보다 더.'

"일단 들어가면 넌 아무 말도 하지 마." 카몬이 먹으면서 낮은 소리로 웅얼거렸다.

"두목은 테론을 배신하고 있군요." 빈이 속삭였다.

카몬은 고개를 끄덕였다.

"하지만 어떻게? 왜?"

테론의 계획은 실행하기엔 복잡했지만 개념은 단순했다. 매년 미니스트리는 새 견습 오블리게이터를 북쪽 훈련 시설에서 남쪽 루서델로 이동시켜 마지막 지도 과정을 밟는다. 그러나 테론은 견습과 그 감독들이 대량의 미니스트리 기금을 루서델에 안전하게 보관하기 위해 짐으로 위장해 갖고 내려온다는 것을 알아냈다.

'마지막 제국'에서는 운하 길을 따라 끊임없이 순찰을 돌기 때문에 강도질이 매우 어려웠다. 그러나 견습들이 타고 있는 운하용 보트를 누군가 조종하고 있다면, 강도질을 할 수도 있었다. 딱 시간에 맞춰 준비해서…… 경비병들이 승객을 공격하기만 하면…… 아주 큰 이익을 낸 다음 모두 강도질 탓으로 돌릴 수 있었다.

"테론 패거리는 약해. 그는 이 일에 너무 많은 자원을 썼어." 카몬이 조용히 말했다.

"하지만 그가 벌어들일 대가는……." 빈이 말했다.

"내가 지금 손에 넣을 수 있는 걸 갖고 튀어버리면 그런 건 결코 생기지 않을걸." 카몬이 미소를 지으며 말했다. "난 오블리게이터들을 설득해서 싼 선금으로 캐러밴 보트(여러 척이 한 부대를 이루어 운반이나 호송을 하는, 육지의 캐러밴 같은 보트)들을 띄우고, 그다음에는 테론을 남겨둔 채 사라질 거야. 미니스트리가 사기당했다는 사실을 알게 될 때 맞을 재앙을 처리하도록."

빈은 약간 충격을 받고 뒤로 물러섰다. 테론은 이 사기를 위해 수천수만 박싱을 들였을 것이다. 거래가 지금 깨지면 그는 파산할 것이다. 그리고 미니스트리가 그를 사냥한다면, 그에게는 복수할 시간도 없을 것이다. 카몬은 더 강력한 적수 하나를 없애버릴 뿐 아니라 즉석에서 이익을 얻을 것이다.

'카몬을 이 일에 끌어들이다니 테론은 바보야.'

그녀는 생각했다. 하지만 그런 것치고는 테론이 카몬에게 주겠다고 약속한 돈이 엄청났다. 테론은 자기가 배신하기 전에는 카몬이 욕심 때문에 정직하게 굴 거라고 생각했을 것이다. 카몬은 다른 누구보다, 심지어 빈조차 예상하지 못했을 정도로 빨리 배신했을 뿐이다. 카몬이 캐러밴 보트에서 물건을 훔치려고 기다리는 대신 그 일의 기반 자체를 약화시키리라는 것을 테론이 어떻게 알 수 있었겠는가?

빈의 뱃속이 뒤틀렸다.

'이건 또 하나의 배신일 뿐이야.' 그녀는 역겨워하며 생각했다. '왜 아직도 이게 이렇게 괴로울까? 모두들 다른 모든 사람을 배신하는데. 삶이란 그런 거야……..'

그녀는 구석을 찾아, 어딘가 비좁고 외딴 곳을 찾아가 숨어 있고 싶었다. 혼자서.

'누구든지 널 배신할 거야. 누구든지.'

하지만 갈 곳이 없었다. 드디어 하위 오블리게이터가 들어와 로드 제듀를 불렀다. 빈은 카몬을 따라갔다. 그들은 알현실로 안내받았다.

알현실 접견 책상 뒤에 앉아 기다리는 남자는 프렐란 레어드가 아니었다.

카몬은 문가에서 멈추었다. 방은 꾸밈없었다. 책상 하나와 소박한 회색 카펫뿐이었다. 돌벽에는 아무 장식이 없었고, 단 하나 있는 창은 간신히 한 뼘 정도 될 넓이였다. 그들을 기다리던 오블리게이터의 눈 주위 문신은 빈이 본 것 중에 가장 복잡했다. 그녀는 그 문신이 무슨 서열을 뜻하는지도 잘 몰랐지만, 문신은 오블리게이터의 귀까지 이르는 뒤쪽과 이마 전체를 덮고 있었다.

"로드 제듀시군요." 낯선 오블리게이터가 말했다. 레어드처럼 회색 로브를 입었지만, 그는 카몬이 전에 보았던 근엄하고 관료적인 남자들과 매우 달랐다. 이 남자는 마른 근육질이었고, 깨끗하게 면도한 삼각형 머리 때문에 포식 동물 같아 보였다.

"나는 프렐란 레어드와 만날 거라고 예상하고 있었는데요." 카몬이 여전히 방 안으로 들어가지 않은 채 말했다.

"프렐란 레어드는 다른 일 때문에 불려갔습니다. 나는 하이 프렐란 아리에브입니다. 당신의 제안서를 검토하는 위원회의 회장입니다. 나한테 직접 설명할 수 있는 기회는 드뭅니다. 보통은 내가 직접 상황을 듣지 않지만, 레어드가 없으므로 그의 일을 좀 나누어 할 수밖에 없게 되었습니다."

빈은 본능적으로 긴장했다.

'우린 떠나야 해. 지금.'

카몬은 오랫동안 서 있었고, 빈은 그의 생각을 알 수 있었다. 지금 도망갈까? 아니면 더 큰 보상을 얻기 위해 위험을 무릅쓸까? 빈은 보상 같은 건 상관없었다. 그냥 살고 싶었다. 그러나 카몬은 종종 도박을 하지 않았더라면 패거리 두목이 되지 못했을 것이다. 그는 천천히 방 안으로 들어갔다. 경계하는 눈으로 오블리게이터의 맞은편 자리에 앉았다.

"음, 하이 프렐란 아리에브." 카몬은 조심스러운 목소리로 말했다. "다시 여기 오기로 약속을 잡은 다음부터, 위원회가 내 제안서를 고려하고 있었던 것이 아닌가요?"

"사실 그렇습니다. 이렇게 경제적으로 파멸에 가까운 상황에 처한 가문과 거래하는 것을 불안해하는 위원회 회원들이 있다는 건 인정해야겠습니다만. 미니스트리는 재정 사업에서는 보통 보수적인 쪽을 선호합니다." 오블리게이터가 말했다.

"알겠습니다."

"하지만 위원회에는 당신이 제안한 싼 금액으로 배를 이용하고 싶은 사람들도 있습니다." 아리에브가 말했다.

"그럼 각하는 어느 쪽입니까?"

"나는, 아직까지는 결정하지 않았습니다." 오블리게이터는 앞으로 몸을 숙였다. "그래서 당신이 드문 기회를 잡았다고 말한 겁니다. 날 설득해보시오, 로드 제듀. 그러면 당신은 계약을 따게 될 겁니다."

"우리가 했던 세부적인 제안의 개요는 프렐란 레어드가 분명 이야기했겠지요." 카몬이 말했다.

"그렇습니다. 하지만 그 주장을 당신에게서 직접 듣고 싶습니다. 날 만족시켜주시지요."

빈은 얼굴을 찌푸렸다. 그녀는 방 뒤쪽 문 근처에 남아 있었다. 도망쳐야
한다고 여전히 반쯤 믿고 있었기 때문이다.

"자?" 아리에브가 물었다.

"우리에겐 그 계약이 필요합니다, 각하. 그게 없으면 우리 가문은 운하 수
송 활동을 계속할 수 없습니다. 미니스트리에서 계약을 해주신다면 우리에
게 매우 필요한 안정기가 생길 겁니다. 우리가 다른 계약을 찾는 동안 캐러
밴 보트를 당분간 유지할 수 있는 기간 말입니다."

아리에브는 잠시 카몬을 살펴보았다.

"그것보다 더 잘할 수 있잖소, 로드 제듀. 레어드는 당신이 매우 설득력
있었다고 말했습니다. 당신이 우리에게 지원받을 만하다는 걸 증명해주십
시오."

빈은 '행운'을 준비했다. 그녀는 아리에브가 더 믿기 쉽게 만들 수 있었
다……. 하지만 뭔가가 그녀를 막았다. 상황이 어딘가 잘못되었다는 느낌
이 들었다.

"여러분이 할 수 있는 최선의 선택은 우리 가문입니다, 각하." 카몬이 말
했다. "우리 가문이 경제적으로 실패할까 봐 걱정이십니까? 음, 그렇다고 해
도 미니스트리가 무엇을 잃습니까? 최악의 경우 내 거룻배들이 운행을 못
하게 될 것이고, 여러분은 다른 상인을 찾아 거래해야 하겠지요. 그렇지만
여러분이 우리 가문이 유지될 만큼 충분히 후원해주신다면, 여러분은 부러
움을 받을 만한 장기 계약처를 찾으신 거겠지요."

"알겠습니다." 아리에브는 부드럽게 말했다. "그런데 왜 미니스트리지요?
왜 다른 사람과 거래하지 않습니까? 당신 보트를 채택할 다른 선택지들은
분명 있을 텐데요. 그런 요금에 달려들 다른 집단들 말입니다."

카몬은 얼굴을 찌푸렸다.

"이건 돈 문제가 아닙니다, 각하. 미니스트리의 계약을 따내면 우리가 승

리하는 겁니다. 여러분의 신뢰를 보여주는 거죠. 여러분이 우리를 믿으신다면, 다른 사람들도 믿을 겁니다. 나는 여러분의 지원이 필요합니다." 카몬은 이제 땀을 흘리고 있었다. 그는 이 도박을 후회하기 시작했을 것이다. 그가 배반당한 걸까? 이 이상한 만남 뒤에 테론이 있는 걸까?

오블리게이터는 조용히 기다렸다. 그가 그들을 파멸시킬 수 있다는 것을 빈은 알고 있었다. 그들이 자신에게 사기를 치고 있다는 의심만 가지고도 그는 그들을 '심문 캔턴'에 넘길 수 있었다. 캔턴 건물에 들어왔다가 돌아가지 못한 귀족은 많았다.

빈은 이를 갈면서, 마음을 뻗어 오블리게이터에게 '행운'을 사용해 덜 의심하게 만들었다.

아리에브는 미소 지었다. "흠, 당신이 날 설득시켰습니다." 그가 갑자기 선언했다.

카몬은 안도의 한숨을 쉬었다.

아리에브는 말을 계속했다. "최근에 보낸 편지에서 장비를 재단장하고 배를 다시 운영하려면 3천 박싱이 미리 필요하다고 제안하셨더군요. 본관 복도에서 필경사를 만나 필요한 자금을 요청하기 위한 서류 작업을 끝내고 가십시오."

오블리게이터는 서류 더미에서 두꺼운 관청 문서 한 장을 빼내 아래쪽에 도장을 찍었다. 그는 그 종이를 카몬에게 내밀었다.

"당신의 계약서입니다."

카몬은 크게 미소 지었다.

"미니스트리에 오는 것이 현명한 선택이라는 제 생각이 맞았습니다."

그가 계약서를 받으며 말했다. 그는 일어서서 오블리게이터에게 정중하게 고개를 끄덕인 후, 빈에게 문을 열라고 손짓했다.

그녀는 문을 열었다.

'뭔가 잘못됐어. 매우 잘못됐어.'

카몬이 나갈 때 그녀는 잠깐 멈춰 서서 오블리게이터를 돌아보았다. 그는 여전히 미소 짓고 있었다.

오블리게이터의 기분이 좋다는 건 언제나 나쁜 징조였다.

하지만 대기실과 그곳을 사용 중인 귀족들을 지나쳐 올 때, 아무도 그들을 막지 않았다. 카몬은 계약서를 봉인해서 알맞은 필경사에게 전해주었지만, 군인이 그들을 체포하러 나타나지는 않았다. 필경사는 동전으로 가득 찬 작은 상자를 내밀더니 무관심한 손길로 그것을 카몬에게 건네주었다.

그 후 카몬은 안도감을 드러내 보이며 다른 수행원들을 모았고, 그들은 캔턴 건물을 그냥 떠났다. 경고하는 고함 소리도, 병사들이 쿵쾅거리는 발자국 소리도 없었다. 그들은 자유로웠다. 카몬은 미니스트리와 다른 패거리 두목 양쪽 모두를 성공적으로 속여 넘겼다.

그렇게 보였다.

켈시어는 작고 붉은 당의 케이크를 입에 한 조각 더 집어넣고, 만족스럽게 씹었다. 뚱뚱한 도둑과 그의 깡마른 수행원은 대기실을 지나 그 너머의 입구 통로로 들어갔다. 두 도적을 면접한 오블리게이터는 자기 사무실에 남아 있었다. 겉보기에는 다음 약속을 기다리는 것 같았다.

"자, 어떻게 생각해?" 독슨이 물었다.

켈시어는 케이크를 슬쩍 보았다. "아주 좋군." 그가 또 하나 집으며 말했다. "미니스트리의 취향은 언제나 훌륭해. 일급 간식을 내놓는 것도 이해가 돼."

독슨은 눈을 굴렸다.

"저 여자애 말이야, 켈."

켈시어는 케이크 네 개를 손안에 쌓으면서 미소 지은 다음, 문가 쪽으로 고갯짓을 했다. 까다로운 문제를 이야기하기에는 캔턴 대기실에 사람이 너무 많아졌다. 그는 나가는 길에 잠시 멈춰 구석에 있던 오블리게이터 비서에게 일정을 다시 잡아야겠다고 말했다.

그다음 둘은 입구 방을 가로질러, 선 채로 필경사와 이야기를 하고 있는 과체중 패거리 두목을 지나쳤다. 켈시어는 거리로 발걸음을 내딛으며, 아직도 떨어지고 있는 화산재를 막기 위해 후드를 쓰고 앞장서서 길을 건넜다. 그는 골목 옆에서 걸음을 멈춰 독슨과 함께 캔턴 건물의 문을 지켜볼 수 있는 곳에 섰다.

켈시어는 자기 케이크를 만족스럽게 우적우적 먹었다. "저 여자애는 어떻게 알게 됐어?" 그는 베어 먹는 중간에 물었다.

"네 형 때문에." 독슨이 대답했다. "카몬이 몇 달 전에 마쉬에게 사기를 치려고 했는데, 그때도 저 소녀를 데려왔어. 사실, 카몬의 작은 행운의 부적은 알 만한 사람들 사이에서는 꽤 유명해. 난 카몬이 그녀의 정체를 아는지 모르는지 아직 잘 모르겠어. 도둑들이 얼마나 미신적으로 굴 수 있는지 알잖아."

켈시어는 고개를 끄덕이며 손을 툭툭 털었다.

"그 애가 오늘 여기 올 줄 어떻게 알았어?"

독슨은 어깨를 으쓱했다.

"적당한 곳에 뇌물을 좀 썼지. 마쉬가 나한테 그 애를 지목해주었을 때부터 난 계속 지켜보고 있었어. 네게 그녀가 하는 일을 직접 보여주고 싶었어."

거리 맞은편에서, 마침내 캔턴 건물의 문이 열리고 카몬이 '하인' 무리에 둘러싸여 계단을 내려왔다. 짧은 머리의 키 작은 소녀는 그와 함께 있었다. 그녀의 모습을 보고 켈시어는 얼굴을 찌푸렸다. 발걸음은 초조하고 불안한 데다, 누군가가 빠르게 움직일 때마다 가볍게 펄쩍 뛰곤 했다. 얼굴 오른쪽은 아직 멍이 낫지 않아 약간 색이 변해 있었다.

켈시어는 거드름을 피우는 카몬을 바라보았다.

'저놈한테 특히 잘 맞는 대접을 찾아줘야겠어.'

"가엾은 것." 독슨이 중얼거렸다.

켈시어가 고개를 끄덕였다.

"저 애는 곧 카몬에게서 놓여날 거야. 이전에 아무도 저 애를 발견하지 못했던 게 신기하네."

"그럼 네 형 말이 맞아?"

켈시어가 고개를 끄덕였다.

"저 애는 최소한 미스팅이고, 그 이상이라고 마쉬가 말한다면 난 형을 믿는 쪽을 택하겠어. 저 애가 미니스트리 사람에게 알로맨시를 쓰는 걸 보고 약간 놀랐어. 특히 캔턴 건물 안에서. 저 애는 자기 능력을 자기가 사용하고 있다는 것도 모를 거야."

"그럴 수도 있어?" 독슨이 물었다.

켈시어는 고개를 끄덕였다.

"아주 작은 힘만 얻기 위해서라면 물속의 미량 무기물을 태울 수도 있어. 로드 룰러가 자기 도시를 여기 지은 이유 중엔 그것도 있었어. 땅속에 금속이 많다는 거. 내 말하건대……."

켈시어의 말소리가 잦아들었다. 그는 얼굴을 약간 찌푸렸다. 뭔가 잘못됐다. 그는 카몬과 그 패거리들 쪽을 흘끗 보았다. 그들은 여전히 가까운 곳에 보였다. 길을 건너 남쪽으로 향하고 있었다.

캔턴 건물 문가에 한 사람이 나타났다. 호리호리하고 자신만만한 분위기를 띤 그는 눈 주위에 '재정 캔턴' 하이 프렐란의 문신을 하고 있었다. 카몬이 조금 전 만난 사람이 바로 그일 것이다. 그 오블리게이터는 건물에서 걸어 나갔고, 또 한 사람이 그를 뒤따라 나왔다.

켈시어 옆에 있던 독슨의 몸이 갑자기 굳었다.

두 번째 남자는 튼튼한 체격에 키가 컸다. 그가 돌아서자 굵은 금속 말뚝이 뾰족한 끝부터 눈을 뚫고 머리 뒤쪽으로 튀어나와 있는 게 보였다. 자루가 눈구멍만큼 넓은, 못같이 끝이 뾰족한 말뚝은 날카로운 끝부분이 남자의 깨끗이 민 두개골 뒤로 1인치가량 튀어나와 있을 정도로 길었다. 눈이 있어야 할 얼굴 앞 눈구멍으로 튀어나온 그 대못의 납작한 끝부분이 두 개의 은빛 원반처럼 빛났다.

'강철 심문관'이었다.

"저게 여기서 뭐 하고 있어?" 독슨이 물었다.

"침착해."

켈시어는 자기도 침착하려고 애쓰면서 말했다. 심문관은 그들을 쳐다보았다. 못 박힌 눈이 켈시어를 바라보다가, 카몬과 소녀가 사라진 방향으로 향했다. 심문관들이 다 그렇듯이 그의 눈 문신은 복잡했다. 대체로 검은데, 뚜렷한 붉은 선이 하나 있었다. 그가 심문 캔턴의 고위직에 있다는 표시였다.

"우리 때문에 여기 온 게 아니야. 난 아무것도 태우고 있지 않아. 그는 우리가 보통 귀족이라고만 생각할 거야." 켈시어가 말했다.

"그럼 그 소녀군." 독슨이 말했다.

켈시어가 고개를 끄덕였다.

"카몬이 미니스트리에 이 사기를 치기 시작한 지 좀 됐다고 네가 말했었지. 음, 어느 오블리게이터가 그 소녀를 탐지한 게 확실해. 그들은 알로맨서가 자기 감정에 손을 대면 알아차리도록 훈련받았으니까."

독슨은 생각에 잠겨 얼굴을 찌푸렸다. 길 건너에서 심문관이 오블리게이터와 상의를 하더니, 둘 다 카몬이 간 방향으로 돌아서서 걸었다. 그들의 발걸음에는 급한 기색이 없었다.

"그들에게 미행을 붙여놓은 게 틀림없어." 독슨이 말했다.

"미니스트리가 하는 일이야. 미행이 적어도 둘은 있을 거야." 켈시어가 말했다.

독슨이 고개를 끄덕였다.

"카몬이 그들을 자기네 안전가옥으로 곧장 이끌어 가겠지. 수십 명이 죽을 거야. 모두 썩 존경할 만한 작자들은 아니겠지. 하지만……."

"그들은 자기 나름의 방식으로 '마지막 제국'과 싸우고 있어." 켈시어가 말했다. "게다가 나는 미스트본일지도 모르는 사람을 놓치지는 않을 거야. 난 그 소녀와 이야기해보고 싶어. 미행자들을 다룰 수 있겠어?"

"내가 재미없어지고 있다고 말했지 서툴러지고 있다고 하진 않았어, 켈. 미니스트리 끄나풀 두엇은 다룰 수 있어."

"좋아."

켈시어가 클록 주머니에 손을 넣어 작은 병을 꺼냈다. 안에 든 알코올용액 속에 여러 개의 금속 조각이 떠돌았다. 철, 강철, 주석, 백랍, 구리, 청동, 아연, 놋쇠 등 여덟 가지의 기본 알로맨시 금속들이었다. 켈시어는 마개를 뽑고 병 안의 물을 한 번에 빠르게 꿀꺽 들이켰다.

그는 빈 병을 주머니에 넣고 입을 닦았다.

"난 저 심문관을 맡을게."

독슨은 불안해 보였다.

"그를 잡아보려고?"

켈시어는 고개를 저었다.

"너무 위험해. 그냥 한눈만 팔게 만들 거야. 이제 시작하자. 저 미행자들이 안전가옥을 찾게 놔둘 수는 없으니까."

독슨이 고개를 끄덕였다.

"15번 교차로에서 다시 만나." 그는 그렇게 말하고 골목길을 내려가 모퉁이를 돌아서 사라졌다.

켈시어는 친구가 가는 동안 열을 세고 나서 마음을 뻗어 금속을 태웠다. 그의 몸에 기운과 명징한 감각, 그리고 힘이 넘쳐났다.

켈시어는 미소 지었다. 그다음 아연을 태우면서 그는 마음을 뻗어 심문관의 감정을 세게 확 잡아당겼다. 그 괴물은 그 자리에서 얼어붙더니, 빙글 몸을 돌려 캔턴 건물 쪽을 돌아보았다.

'이제 너랑 나랑 술래잡기를 해보자.' 켈시어는 생각했다.

3

우리는 이번 주에 테리스에 도착했고, 그곳의 전원은 아름다웠다는 것을 말해두어야겠다. 이 풍요로운 녹색 땅 위에, 북쪽의 거대한 산맥이 대머리 같은 산 정상의 눈과 숲으로 뒤덮인 지층을 보여주며 이곳을 지켜보는 신들처럼 서 있다. 내가 있던 남쪽 땅은 대체로 평평하다. 그곳에도 산이 몇 개 있어 지형에 변화를 준다면 덜 따분해 보일 거라고 생각한다.

이곳 사람들은 대부분 목동이다. 벌목꾼과 농민도 드물지는 않지만, 일단은 목축지다. 이렇게 두드러지게 농사를 주업으로 삼고 있는 장소가, 지금 전 세계가 의지하고 있는 예언과 신학을 생산해낼 수 있었다는 것이 이상하게 느껴진다.

카몬은 금박싱을 테이블 위에 놓인 작은 상자 속에 하나하나 떨어뜨리면서 동전을 세었다. 그는 아직도 약간 얼떨떨한 듯이 보였다. 그렇게 보여야 하기도 했다. 3천 박싱은 엄청난 돈이었다. 카몬이 아주 벌이가 좋은 해에 버는 것보다 훨씬 더 많은 돈이었다. 그와 가장 가까운 친구들은 함께 테이블에 앉아 있었다. 맥주와 웃음이 마구 넘쳐흘렀다.

빈은 구석 자리에 앉아서, 자신이 느낀 공포감을 이해해보려고 했다. 3천 박싱이라니. 미니스트리가 그런 금액을 그렇게 빨리 내놓을 리가 없었다. 프렐란 아리에브는 쉽게 속일 수 없을 정도로 교활해 보였다.

카몬은 동전을 또 하나 상자 속에 떨어뜨렸다. 빈은 그가 그렇게 돈을 전시해 보여주는 것이 바보같이 구는 행동인지 영리하게 구는 행동인지 판단할 수가 없었다. 암흑가 패거리들은 엄격한 합의하에 일했다. 모두들 패거리 내에서 가진 지위에 비례해 번 돈의 몫을 받았다. 그것 때문에 때때로 패거리 두목을 죽이고 그의 돈을 직접 가지려는 유혹이 일어나긴 하지만, 성공하는 지도자는 모두에게 더 많은 부를 가져다준다. 그런 두목을 너무 일찍 죽이면 패거리의 다른 사람들에게 분노를 사는 것은 말할 필요도 없고, 미래의 수입처까지 막아버리는 것이다.

하지만 3천 박싱……. 그 돈은 가장 이성적인 도둑이라도 유혹할 만한 돈이었다. 모두 잘못되었다.

'여기서 빠져나가야겠어. 뭔가 일어날 경우에 대비해서 카몬에게서도, 은신처에서도 도망쳐야 해.' 빈은 결심했다.

하지만…… 떠난다고? 혼자서? 빈은 한 번도 혼자였던 적이 없었다. 그녀에게는 언제나 린이 있었다. 그는 여러 도둑 패거리에 합류하면서 도시에서 도시로 그녀를 데리고 다녔다. 그녀는 고독을 사랑했다. 하지만 도시 바깥에서 혼자 있게 된다는 생각을 하자 겁이 났다. 그녀가 린에게서 절대 달아나지 않은 이유가 그것이었다. 카몬과 머무른 이유도 그것이었다.

그녀는 갈 수 없었다. 하지만 가야 했다. 그녀는 방 한구석에서 방을 살펴보았다. 패거리에 그녀가 애착을 느낄 만한 사람은 많지 않았다. 하지만 실제로 오블리게이터들이 패거리를 습격해서 다친다면 유감을 느낄 만한 사람은 두엇 있었다. 그녀를 학대하려고 하지 않은 남자들 혹은 아주 드문 경우 실제로 어느 정도 친절을 보여준 몇몇 남자들.

울레프는 그 목록 맨 꼭대기에 있었다. 그는 친구가 아니었지만, 린이 가버린 후 그녀에게 가장 가까운 사람이었다. 그와 함께 간다면 적어도 혼자는 아닐 것이다. 빈은 조심스럽게 일어서서, 방의 벽을 따라 울레프가 패거리의 젊은 사람들과 앉아 마시고 있는 곳으로 갔다.

그녀는 울레프의 소매를 잡아당겼다. 그는 그녀를 돌아보았는데, 아주 살짝 취해 있었다.

"빈이야?"

"울레프, 우리 가야 해." 그녀가 속삭였다.

그는 얼굴을 찌푸렸다.

"가다니? 어디로 가?"

"떠나야 해. 여기서 나가야 해." 빈이 속삭였다.

"지금?"

빈은 급히 고개를 끄덕였다.

울레프는 자기 친구들을 흘끗 바라보았다. 그들은 빈과 울레프에게 음란한 시선들을 쏘아대며 자기들끼리 낄낄 웃고 있었다.

울레프의 얼굴이 확 붉어졌다.

"너랑 나랑만 어디로 가고 싶다는 거야?"

"그런 거 아니야. 다만…… 난 은신처에서 떠나야겠어. 그리고 혼자 가기는 싫어." 빈이 말했다.

울레프는 얼굴을 찌푸렸다. 그는 몸을 더 가까이 숙였다. 그의 숨결에서 약한 맥주 냄새가 났다.

"무슨 일 때문이야, 빈?" 그가 조용히 물었다.

빈은 잠시 침묵했다.

"난…… 무슨 일이 일어날 것 같아, 울레프." 그녀가 속삭였다. "오블리게이터와 얽힌 일이. 난 그냥 지금 당장 은신처에서 나가고 싶어."

울레프는 잠시 조용히 앉아 있다가 마침내 말했다.

"좋아. 얼마나 오래 걸릴 것 같아?"

"몰라. 적어도 저녁때까지는 나가 있어야 할 거야. 하지만 우린 가야 해. 지금."

그는 천천히 고개를 끄덕였다.

"여기서 잠깐만 기다려."

빈이 속삭이고 몸을 돌렸다. 그녀는 카몬을 슬쩍 보았다. 카몬은 자기 농담에 웃고 있었다. 그것을 확인하고 그녀는 재로 얼룩지고 연기가 자욱한 방에서 천천히 움직여 은신처 뒷방으로 들어갔다.

패거리의 일반 침실은 침낭이 줄지어 있는 소박하고 긴 복도였다. 그곳은 붐비고 불편했지만, 린과 여행할 때 잠자던 차가운 골목길보다는 훨씬 나았다.

'난 골목길에 다시 익숙해져야 해.'

그녀는 생각했다. 전에도 그곳을 견디고 살아남았다. 그녀는 다시 그렇게 할 수 있었다.

그녀는 자신의 짚 매트로 갔다. 옆방에서 남자들의 작은 웃음소리와 술 마시는 소리가 났다. 빈은 무릎을 꿇고 앉아 몇 안 되는 자기 물건들을 보았다. 패거리에게 무슨 일이 일어난다면 그녀는 은신처로 돌아오지 못할 것이다. 영영. 그러나 지금 침낭을 가져갈 수는 없었다. 그건 너무 눈에 띄었다. 그러자 그녀의 개인 소지품이 담긴 작은 상자 하나만 남았다. 그녀가 들렀던 도시마다에서 하나씩 가져온 조약돌, 빈의 어머니가 그녀에게 주었다고 린이 말한 귀걸이, 그리고 커다란 동전 크기의 흑요석 조각. 그것은 불규칙적인 패턴으로 깎여 있었다. 린이 행운의 부적으로 갖고 다니던 것이었다. 그가 반년 전 그녀를 버리고 패거리에서 빠져나갈 때 남긴 유일한 물건이었다.

'오빠는 언제나 그럴 거라고 말했잖아.' 빈은 스스로에게 단호하게 말했다. '난 오빠가 정말 갈 거라고 생각한 적이 한 번도 없었어. 바로 그래서 그가 떠나야 했던 거야.'

그녀는 흑요석 조각을 손에 움켜쥐고 조약돌들을 주머니에 넣었다. 귀걸이는 귀에 달았다. 귀걸이는 매우 소박한 물건이었다. 스터드(Stud)와 마찬가지였고, 훔칠 가치도 없었다. 그래서 그것을 뒷방에 남겨두고도 걱정하지 않았던 것이다. 하지만 장식품을 걸치면 더 여성스럽게 보일까 봐 걱정스러워서, 빈은 그것을 거의 끼지 않았다.

그녀에겐 돈이 없었다. 그러나 린은 그녀에게 쓰레기 더미를 뒤지는 법과 구걸하는 법을 가르쳐주었다. '마지막 제국'에서는 둘 다 어려운 일이었다.

특히 루서델에서는. 그러나 그녀는 해야만 한다면 방법을 찾아낼 것이다.

빈은 상자와 침낭을 남겨두고 도로 휴게실로 나갔다. 그녀가 과민반응을 하고 있는 건지도 몰랐다. 패거리에게 아무 일도 일어나지 않을 수도 있었다. 하지만 그런 일이 일어난다면…… 그래, 린이 그녀에게 딱 하나 가르친 것이 있다면, 모가지를 보존하는 방법이었다. 울레프를 데려간다는 건 좋은 생각이었다. 그는 루서델 안에 연줄이 있었다. 카몬 패거리에 무슨 일이 일어난다면 울레프를 통해 일자리를 구할 수 있을 것이다…….

큰 방에 들어서자마자 빈은 얼어붙었다. 울레프는 아까 있던 테이블에 없었다. 대신, 방 앞쪽 테이블 근처에 살그머니 서 있었다. 바 근처…… 카몬 근처에.

"뭐라고!" 카몬이 일어섰다. 그의 얼굴은 햇빛만큼 붉었다. 그는 의자를 밀어버리고, 반쯤 취한 채 휘청거리며 그녀에게 다가왔다. "달아나? 가서 날 미니스트리에 일러바치려고, 그렇지!"

빈은 필사적으로 테이블과 패거리를 밀치며 층계참 문을 향해 내달렸다.

카몬이 던진 나무 의자에 등을 정통으로 맞고 그녀는 땅에 나동그라졌다. 어깨 사이에서 고통이 타올랐다. 그녀의 몸에 맞고 의자가 튀어 올라 근처 마룻장에 쿵 떨어지자 패거리 몇 명이 소리를 질렀다.

빈은 멍하니 누워 있었다. 그러다가…… 그녀 내부의 어떤 것, 그녀가 알고는 있지만 이해하지는 못하는 어떤 것이 그녀에게 힘을 주었다. 빙빙 돌던 머리가 멈추고, 빈은 고통에 집중할 수 있게 되었다. 그녀는 엉거주춤하게 일어섰다.

그곳에 카몬이 있었다. 그는 그녀가 일어나자마자 손등으로 때렸다. 그 일격으로 머리가 옆으로 확 꺾이면서 목이 고통스럽게 비틀리는 바람에 그녀는 마룻바닥에 다시 쓰러질 뻔했다.

카몬은 몸을 굽혀 그녀의 멱살을 잡아 일으키며 주먹을 들어 올렸다. 빈은 생각하거나 말할 여유가 없었다. 할 수 있는 일은 하나밖에 없었다. 모든

'행운'을 기울여 맹렬하게 힘을 써서 카몬을 밀어붙이며 그의 분노를 진정시켰다.

카몬은 비틀거렸다. 잠깐 그의 눈이 부드러워졌다. 그는 그녀를 약간 내려놓았다.

다음 순간, 그의 눈에 분노가 되돌아왔다. 거세게. 무시무시하게.

"쌍년." 카몬은 그녀의 어깨를 움켜쥐고 흔들면서 중얼거렸다. "내 뒤통수를 친 네 오빠는 날 존경한 적이 없었고, 너도 똑같아. 내가 너희 둘에게 너무 물렀어. 그래서는 안 되었는데……."

빈은 몸을 비틀어 빠져나오려고 했지만, 카몬의 손아귀는 풀리지 않았다. 그녀는 패거리의 다른 사람들에게 필사적으로 도움을 구했다. 그러나 그들에게 무엇을 얻게 될지 이미 알고 있었다. 무관심. 그들은 고개를 돌렸고, 당황한 얼굴이었지만 상관하지는 않았다. 울레프는 여전히 카몬의 테이블 근처에 선 채 양심의 가책을 느끼는 듯이 아래를 내려다보고 있었다.

마음속에서, 그녀에게 속삭이는 목소리가 들리는 것 같았다. 린의 목소리였다. '바보! 잔인함이라는 건 가장 논리적인 감정이야. 넌 암흑가에 친구가 아무도 없어. 아무도 없을 거야!'

그녀는 다시 몸부림치기 시작했지만, 카몬이 그녀를 또 때려 땅에 쓰러뜨렸다. 아뜩할 정도의 일격이었고, 그녀는 헐떡거렸다. 숨이 폐에서 빠져나갔다.

'그냥 견뎌. 날 죽이진 않을 거야. 그에겐 내가 필요해.'

그녀는 뒤죽박죽인 정신으로 생각했다.

그러나 힘없이 몸을 돌리자, 어둑한 방 안에서 카몬이 자기 위에 우뚝 서 있는 것이 보였다. 그의 얼굴에는 취기 어린 분노가 떠올라 있었다. 이번엔 다르다는 것이 느껴졌다. 이번에는 단순한 매질로 끝나지 않을 것이다. 그는 빈이 자기를 미니스트리에 고발하려 했다고 생각했다. 그는 통제력을 잃었다.

그의 눈 속에는 살의가 있었다.

'제발!'

빈은 절망하며 생각했다. '행운'에 마음을 뻗어 작동시키려고 했다. 하지만 반응이 없었다. '행운'은 조금도 그녀를 돕지 못했다.

카몬은 몸을 굽혀 그녀의 어깨를 움켜잡으며 혼자 뭐라고 중얼거렸다. 그는 한 팔을 올렸다. 그의 두툼한 손이 또 한 번 주먹을 쥐었고, 근육이 긴장하며 홧김에 솟아난 땀방울이 턱에서 흘러내려 그녀의 뺨으로 떨어졌다.

몇 피트 떨어진 곳에서 층계참 문이 흔들리더니 터지듯이 열렸다. 카몬은 팔을 높이 들어 올린 채 동작을 멈추었다. 대체 어떤 불운한 패거리가 이런 좋지 않은 순간에 은신처로 돌아오는지 보려고 문을 쏘아보았다.

빈은 그가 잠시 정신을 파는 순간을 놓치지 않았다. 새로 온 사람은 쳐다보지도 않고, 그녀는 카몬의 손아귀에서 벗어나기 위해 몸을 흔들었다. 그러나 그녀는 너무 약했다. 카몬에게 맞은 얼굴이 타는 듯이 아팠고, 입술에서는 피 맛이 났다. 어깨는 불편하게 비틀렸고, 떨어지면서 부딪친 옆구리가 아팠다. 그녀는 카몬의 손을 할퀴었지만 갑자기 힘이 약해지는 기분이었다. '행운'이 그랬던 것처럼, 그녀의 마음속 기운이 도와주지 않았다. 아픔이 갑자기 점점 더 커지고, 더 벅차고, 더…… 힘들게 느껴졌다.

그녀는 필사적으로 문 쪽을 보았다. 문은 가까웠다. 고통스러울 정도로 가까웠다. 거의 다 빠져나왔다. 조금만 더 가면…….

그때 층계참 문가에 조용히 서 있는 남자가 보였다. 낯선 사람이었다. 키가 크고 얼굴은 매 같았으며, 밝은 금발에 헐렁한 귀족 정복을 입고 있었다. 클록은 아무렇게나 늘어져 있었다. 그는 30대 중반 정도인 것 같았다. 모자는 쓰지 않고, 결투용 지팡이도 없었다.

그리고 그는 매우, 엄청나게 화난 것 같았다.

"이놈은 뭐야? 넌 누구냐?" 카몬이 날카롭게 물었다.

'어떻게 정찰병 있는 곳을 통과해 왔지?' 빈은 제정신을 차리려고 애쓰면서 생각했다. 아팠다. 하지만 아픔은 참을 수 있었다. '오블리게이터들

이…… 그들이 저 사람을 보냈나?'

방금 온 사람은 빈을 내려다보았다. 그의 표정이 약간 부드러워졌다. 다음 순간 그는 카몬을 쳐다보았고, 눈이 어두워졌다.

카몬이 화가 나서 한 질문은 그가 강력한 주먹에 맞고 뒤로 나가떨어지는 바람에 답을 얻지 못했다. 그의 손이 빈의 어깨에서 떨어졌고, 그는 바닥에 넘어졌다. 마룻장이 흔들렸다.

방은 조용해졌다.

'빠져나가야 해.'

빈은 억지로 무릎부터 일어나려고 했다. 카몬은 몇 피트 떨어진 곳에서 고통으로 신음하고 있었고, 빈은 그 반대 방향으로 기어가 사람 없는 테이블 밑으로 들어갔다. 은신처에는 숨겨진 출구가 있었다. 뒤쪽 벽 옆의 함정 문이었다. 거기까지 기어갈 수 있다면…….

갑자기 빈은 평온한 마음에 압도되었다. 그 감정은 갑자기 떨어진 추처럼 마음속에 쾅 부딪혔고, 그녀의 감정은 마치 강력한 손에 으스러지는 것처럼 조용히 으깨졌다. 그녀가 느끼던 공포는 촛불처럼 훅 꺼졌고, 심지어 아픔마저 사소해지는 것 같았다.

그녀는 왜 그렇게 불안해했나 궁금해하면서 느릿느릿 움직였다. 그녀는 일어서서 함정 문을 마주 본 채 동작을 멈추었다. 아직 약간 멍한 채로 힘들게 숨을 쉬었다.

'카몬이 방금 날 죽이려고 했어!' 마음속 논리적인 부분이 경고했다. '그리고 누군가가 은신처를 공격하고 있어. 빠져나가야 해!'

그러나 그녀의 감정은 논리와 따로 놀고 있었다. 그녀는…… 평온했다. 아무 걱정도 없었다. 그리고 상당한 호기심을 느꼈다.

누군가가 방금 그녀에게 '행운'을 썼다.

전에 누가 자기에게 '행운'을 쓰는 것을 한 번도 느껴본 적은 없었지만, 어떻게 그랬는지 몰라도 그녀는 그것을 알아차렸다. 그녀는 테이블 옆에 멈춰 서서 한 손을 나무 테이블 위에 올려놓고 천천히 돌아섰다. 새로 온 사람은 여전히 층계참 문가에 서 있었다. 그는 그녀를 비평하듯이 살펴보더니, 보는 사람을 무장해제시키는 태도로 미소 지었다.

'무슨 일이 일어나고 있는 거지?'

새로 온 사람은 마침내 방 안으로 걸어 들어왔다. 카몬 패거리의 나머지 사람들은 의자에 계속 앉아 있었다. 그들은 놀란 것 같았지만, 이상하게 태평해 보였다.

'모두에게 "행운"을 쓴 거야. 하지만…… 어떻게 동시에 이렇게 많은 사람에게 할 수 있지?'

빈은 필요할 때 짧게 밀어붙일 수 있는 정도 이상으로 '행운'을 많이 비축해두었던 적이 없었다.

새로 온 사람이 방에 들어오자, 그의 뒤편 계단통에 서 있는 두 번째 사람이 보였다. 두 번째 사람의 인상은 더 평범했다. 키가 더 작았고, 반쯤 면도한 짙은 턱수염과 바싹 깎은 직모 머리에, 역시 귀족 정복을 입고 있었다. 그러나 그의 옷은 좀 헐렁하게 재단된 것 같았다.

방 맞은편에서 카몬이 신음하며 일어나 앉아 머리를 부여잡았다. 그는 새로 온 사람들을 흘끗 보았다.

"마스터 독슨! 왜, 어, 저, 놀랐습니다!"

"그렇지."

키가 작은 쪽 남자, 독슨이 말했다. 빈은 얼굴을 찌푸렸다. 이 사람들에게서 약간 낯익은 기운이 느껴졌다. 그들을 어디선가 본 적이 있었던 것 같았다.

'재정 캔턴이야. 카몬과 내가 나올 때 대기실에 앉아 있었어.'

카몬은 일어서서 새로 온 금발 남자를 살펴보았다. 그는 남자의 손을 내려다보았다. 양쪽 손에 이상한, 겹겹이 겹쳐진 흉터가 깔려 있었다.

"로드 룰러시여…… '하스신의 생존자'로군요!" 카몬이 속삭였다.

빈은 얼굴을 찌푸렸다. 낯선 호칭이었다. 알고 있어야 했던 사람일까? 그녀의 마음은 평온했지만 상처가 여전히 쿵쿵 울렸고, 머리는 어질어질했다. 그녀는 몸을 지탱하려고 테이블에 기댔지만, 앉지는 않았다.

새로 온 이 사람이 누군지는 몰라도, 카몬이 그를 대단하다고 생각하는 건 확실했다.

"아, 마스터 켈시어! 들러주시다니 귀한 영예입니다!" 카몬이 더듬거리며 말했다.

새로 온 사람, 켈시어는 고개를 저었다.

"이봐, 난 네 말에 흥미 없어."

카몬은 다시 뒤로 내던져지면서 "억!" 하고 고통의 소리를 질렀다. 켈시어는 눈에 띄는 몸짓은 하나도 하지 않고 그런 솜씨를 보였다. 카몬은 보이지 않는 힘에 떠밀린 것처럼 땅에 쓰러졌다.

카몬이 조용해지자, 켈시어는 방을 살펴보았다.

"너희도 내가 누군지 아나?"

패거리 중 많은 사람이 고개를 끄덕였다.

"좋아. 친구들, 내가 너희 은신처에 온 건 너희가 내게 큰 빚을 졌기 때문이다."

카몬의 신음 소리만 제외하면 방은 조용했다. 마침내 패거리 한 명이 말했다.

"그렇……습니까, 마스터 켈시어?"

"그래. 이봐, 나와 마스터 독슨은 방금 너희 생명을 구했어. 너희 덜떨어진 패거리 두목은 한 시간 전쯤에 미니스트리 '재정 캔턴'에서 나와 곧장 이 안전가옥으로 돌아왔어. 하지만 미니스트리 정찰병 두 명에게 뒤를 밟혔어. 하나는 고위 프렐란이고…… 하나는 '강철 심문관'이야."

아무도 입을 열지 않았다.

'오, 로드…….'

빈이 옳았다. 그녀가 그만큼 빠르지 못했던 것뿐이었다. 만약 '심문관'이 있다면…….

"내가 '심문관'을 처리했다." 켈시어가 말했다. 그는 잠시 말을 멈추고 그 의미가 공중에 퍼지기를 기다렸다. 대체 어떤 사람이기에 저렇게 가볍게 '심문관을 처리했'고 주장할 수 있을까? 소문으로 듣기에는 심문관은 불멸이고, 사람의 영혼을 볼 수 있고, 타의 추종을 불허하는 전사들이라고 했다.

"나는 내가 한 일에 대한 대가를 요구하겠어." 켈시어가 말했다.

카몬은 이번에는 일어나지 않았다. 그는 세게 넘어졌고, 방향감각을 잃은 것 같았다. 방 안은 계속 조용했다. 마침내 밀레브─카몬의 부관인 검은 피부의 남자─가 미니스트리의 박싱 상자를 들고 앞으로 달려갔다. 그는 그것을 켈시어에게 내밀었다.

"카몬이 미니스트리에서 가져온 돈입니다. 3천 박싱입니다." 밀레브가 설명했다.

'밀레브는 저 사람을 기쁘게 하려고 열심이군. 이건 '행운'보다 더 뛰어난 것이든가, 아니면 내가 한 번도 써본 적이 없는 '행운'이야.' 빈이 생각했다.

켈시어는 잠시 침묵하다가 동전 상자를 받았다.

"그런데 네 이름은?"

"밀레브입니다, 마스터 켈시어."

"음, 밀레브 두목. 자네가 한 가지 일만 더 해준다면 이 대가에 만족하겠네."

밀레브는 잠시 말이 없었다.

"무엇을 해드릴까요?"

켈시어는 의식이 거의 없는 카몬을 향해 고갯짓을 했다.

"저놈을 처리해."

"물론입니다." 밀레브가 말했다.

"난 저놈이 살아 있으면 좋겠어, 밀레브." 켈시어가 한 손가락을 들어 올리며 말했다. "하지만 그 삶이 즐겁기를 바라지는 않아."

밀레브가 고개를 끄덕였다.

"그를 거지로 만들겠습니다. 로드 룰러는 거지를 싫어하지요. 카몬은 이곳 루서델에서 편히 지내지는 못할 겁니다."

'어찌됐든 밀레브는 켈시어가 주의를 딴 데로 돌렸다고 생각하자마자 카몬을 없애버릴 거야.'

"좋아." 켈시어가 말했다. 그는 동전 상자를 열고 금박싱들을 세기 시작했다. "자넨 지략이 있는 사람이군, 밀레브. 재빠르고, 다른 사람들처럼 쉽게 겁먹지 않았어."

"저는 전에도 미스팅들과 만나보았습니다, 마스터 켈시어." 밀레브가 말했다.

켈시어는 고개를 끄덕였다.

"독스. 우리가 오늘 밤 어디서 모이기로 했더라?" 그가 동료에게 말했다.

"클럽스의 가게를 써야 할 거라고 생각했는데." 두 번째 남자가 말했다.

"별로 중립적인 장소가 아니군. 특히 그가 우리와 함께 일하지 않기로 했다면." 켈시어가 말했다.

"맞아."

켈시어는 밀레브를 보았다. "난 이 지역에서 일거리를 하나 계획하고 있어. 이 지역 사람들에게 지원을 받을 수 있다면 편하겠지." 그는 100박싱 정도로 보이는 동전 무더기를 내밀었다. "오늘 저녁 자네들의 안전가옥을 쓸 수 있게 해주게. 준비할 수 있겠나?"

"물론입니다." 밀레브가 열성적으로 동전을 받으면서 말했다.

"좋아, 이제 나가게." 켈시어가 말했다.

"나간다고요?" 밀레브가 머뭇거리며 물었다.

"그래. 자네 전 두목과 부하들을 데리고 떠나. 난 미스트리스 빈과 개인적으로 이야기하고 싶어." 켈시어가 말했다.

방은 다시 조용해졌다. 빈은 켈시어가 어떻게 그녀의 이름을 알았는지 궁금해하는 사람이 자기만이 아니라는 걸 눈치챘다.

"자, 마스터 말씀 들었지!"

밀레브가 날카롭게 말했다. 그는 깡패 몇몇에게 가서 카몬을 붙잡으라고 손짓한 다음, 나머지 패거리들을 층계 위로 쫓아 보냈다. 빈은 그들이 가는 것을 지켜보며 불안해졌다. 켈시어라는 사람은 강했고, 그녀의 본능은 강한 사람들은 위험하다고 경고하고 있었다. 그는 그녀의 '행운'에 대해 알고 있을까? 아는 것 같았다. 달리 무슨 이유로 그녀를 지목했겠는가?

'켈시어는 나를 어떻게 이용하려고 할까?' 그녀는 마루에 부딪친 팔을 문지르며 생각했다.

"그런데, 밀레브." 켈시어가 느긋하게 말했다. "내가 '개인적'이라고 말할 때는, 네 사람이 맞은편 벽 뒤의 엿보기 구멍으로 우리를 훔쳐보지 않았으면 좋겠다는 뜻이야. 부탁이니 그들도 함께 골목길로 데려가게."

밀레브는 창백해졌다.

"물론입니다, 마스터 켈시어."

"좋아. 그리고 골목길에 보면 죽은 미니스트리 스파이가 두 명 있을 거야. 우리 대신 그 시체들도 치워주게."

밀레브는 고개를 끄덕이고 돌아섰다.

"아 참, 밀레브." 켈시어가 덧붙였다.

밀레브는 다시 돌아섰다.

"자네 부하들이 아무도 우리를 배신하지 못하도록 살펴보게." 켈시어가 조용히 말했다. 빈은 다시 자신의 감정으로 새로운 압력이 밀려오는 것을 느꼈다. "이 패거리는 이미 '강철 미니스트리'의 눈에 띄었어. 나까지 적으로 만들지는 말게."

밀레브는 재빨리 고개를 끄덕인 후 문을 꼭 닫고 계단통으로 사라졌다. 몇 초 후, 엿보는 방에서 발소리가 났고, 그다음 완전히 조용해졌다. 그녀는 어떤 이유에선지 몰라도 살인자와 도둑들로 가득 찬 방 전체를 겁에 질리게 할 수 있을 정도로 위압적인 남자와 함께 있었다.

빈은 빗장이 걸린 문을 바라보았다. 켈시어는 그녀를 지켜보고 있었다. 그녀가 달아나면 그는 어떻게 할까?

'그는 "심문관"을 죽였다고 했어. 그리고…… "행운"을 사용했어. 그가 알고 있는 것을 알아낼 때까지만이라도 여기 머물러야 해.'

켈시어의 미소가 커졌고, 마침내 그는 소리 내어 웃었다.

"이거 너무 재미있군, 독스."

카몬이 독슨이라고 부른 사람은 코웃음을 치며 방 앞쪽으로 걸어왔다. 빈은 긴장했지만, 그는 그녀 쪽이 아니라 바 쪽으로 걸어갔다.

"넌 전에도 충분히 골치 아팠어, 켈." 독슨이 말했다. "네가 이렇게 쌓은 새로운 명성을 내가 어떻게 처리해야 할지 모르겠다. 적어도, 처리하면서 어떻게 안 웃고 버틸지 모르겠어."

"너 부럽구나."

"그래, 바로 그거야." 독슨이 말했다. "시시한 범죄자들을 겁주는 네 능력이 미칠 듯이 부러워. 너한테는 전혀 중요하지 않겠지만, 난 네가 카몬에게 너무 심했다고 생각해."

켈시어는 방을 걸어가 한 테이블 앞에 앉았다. 그의 웃음이 약간 어두워졌다.

"그놈이 이 여자애한테 무슨 짓을 하고 있었는지 봤잖아."

"사실 난 못 봤어." 독슨은 바의 물품들을 뒤지면서 냉정하게 말했다. "누가 입구를 막고 있었거든."

켈시어는 어깨를 으쓱했다.

"저 애를 봐, 독스. 저 가엾은 애는 거의 기절할 정도로 맞았어. 난 그놈한테 전혀 동정심을 못 느껴."

빈은 자신이 어디 있는지를 잊지 않은 채, 계속 두 남자를 지켜보았다. 순간적으로 강해졌던 긴장이 약해지면서 상처가 다시 쿵쿵 울리기 시작했다. 견갑골 사이에 맞은 일격은 큰 멍을 만들 것이고, 카몬이 얼굴을 갈긴 곳도 타는 듯이 아팠다. 아직 약간 어지럽기도 했다.

켈시어가 그녀를 지켜보고 있었다. 빈은 이를 악물었다. 아팠다. 하지만 그녀는 아픔을 견딜 수 있었다.

"뭐 필요한 거 있니, 애야? 얼굴에 젖은 수건을 좀 댈래?" 독슨이 물었다.

그녀는 그 말에 대답하지 않고 대신 켈시어에게 계속 집중하고 있었다.

'어서. 내게 뭘 원하는지 말해봐. 당신 패를 내봐.'

독슨은 마침내 어깨를 으쓱하더니, 바 뒤로 잠시 몸을 숙였다. 마침내 그는 병 두 개를 들고 올라왔다.

"뭐 좋은 거 있어?" 켈시어가 돌아보며 물었다.

"어떨 것 같아? 카몬은 도둑들 중에서도 취향이 고상한 편은 아니었어. 이 와인을 먹느니 양말을 입에 물겠어." 독슨이 말했다.

켈시어가 한숨을 쉬었다.

"아무튼 한 잔 줘봐." 그다음 그는 빈을 다시 보았다. "뭐 마실래?"

빈은 대답하지 않았다.

켈시어는 미소 지었다.

"걱정 마라. 우리는 네 친구들이 생각하는 것만큼 무섭지 않아."

"그놈들이 그 애 친구들인 것 같지는 않던걸, 켈." 독슨이 바 뒤에서 말했다.

"좋은 지적이야. 아무튼 애야, 우리를 두려워할 필요는 없어. 독스의 입 냄새 말고는." 켈시어가 말했다.

독슨이 눈을 굴렸다.

"켈의 농담이나."

빈은 조용히 일어섰다. 그녀는 카몬에게 해왔던 것처럼 약한 척할 수도 있었다. 그러나 이 사람들에게는 그 전술이 잘 먹혀들지 않을 거라고 본능적으로 깨달았다. 그래서 그녀는 그 자리에 그대로 머물러 상황을 가늠했다.

차분한 감정이 다시금 덮쳐왔다. 그 감정은 그녀에게 편안히 있으라고, 사람을 신뢰하고 그 사람들이 제안하는 대로 하라고 부추겼다······.

'안 돼!'

그녀는 자기 자리에 그대로 있었다.

켈시어는 한쪽 눈썹을 치켜세웠다.

"예상 밖인걸."

"뭔데?" 독슨이 와인 한 잔을 따르면서 물었다.

"아냐." 켈시어가 대답하며 빈을 살폈다.

"아가씨, 한 잔 마실 거야, 아니야?" 독슨이 물었다.

빈은 아무 말도 하지 않았다. 그녀가 기억하는 한 평생 그녀에겐 '행운'이 있었다. '행운'은 그녀를 강하게 해주었고, 다른 도둑들보다 우위에 서게 해주었다. 그 덕분에 그녀가 지금까지 살아 있을 수 있었을 것이다. 그러나 그녀는 '행운'이 무엇이고 왜 자기가 그것을 쓸 수 있는지 그동안 알지 못했다. 이제 논리와 본능은 같은 방향을 가리키고 있었다. 그녀는 이 남자가 알고 있는 것을 알아내야 했다.

그가 그녀를 어떻게 이용하려고 들든, 무슨 계획을 짰든, 그녀는 참아야 했다. 그가 어떻게 그렇게 강해졌는지 알아내야 했다.

"맥주요." 그녀가 마침내 말했다.

"맥주? 그걸로 돼?" 켈시어가 물었다.

빈은 고개를 끄덕이며 그를 조심스럽게 지켜보았다.

"난 그게 좋아요."

켈시어는 턱을 문질렀다.

"그것도 바꿔야 하겠군. 아무튼 자리에 앉아." 그가 말했다.

빈은 머뭇거리며 걸어가 작은 테이블 건너 켈시어의 맞은편에 앉았다. 상처가 쿵쿵 울렸지만, 약점을 보일 수 없었다. 약점은 치명적이었다. 그녀는 고통을 무시하는 척해야 했다. 적어도, 앉을 때 그녀의 머리는 맑았다.

독슨은 잠시 후 그들이 있는 곳으로 와서 켈시어에게 와인을 주고 빈에게 맥주를 주었다. 그녀는 맥주를 마시지 않았다.

"당신들은 누구예요?" 그녀가 조용한 목소리로 물었다.

켈시어는 한쪽 눈썹을 추켜세웠다.

"너 참 직설적이구나, 응?"

빈은 대답하지 않았다.

켈시어가 한숨을 쉬었다.

"그러면 호기심을 불러일으키는 나의 신비로운 분위기는 이쯤 해두고."

독슨이 작은 소리로 코웃음 쳤다.

켈시어가 미소 지었다.

"내 이름은 켈시어야. 네가 패거리 두목이라고 부를 만한 사람이지. 하지만 네가 아는 패거리와는 다른 패거리를 운영하고 있어. 카몬 같은 자들과 그 패거리들은 자기들이 귀족과 미니스트리 조직들을 먹고 사는 포식자라고 생각하고 싶어 하지."

빈은 고개를 저었다.

"포식 동물이 아니에요. 스캐빈저예요."

어떤 사람은 로드 룰러와 이렇게 가까이 있으면 도둑 패거리 같은 것은 있을 수가 없다고 생각할 것이다. 그러나 린은 사실은 그 반대라는 걸 알려주었다. 로드 룰러 주위에는 강력하고 부유한 귀족들이 모였다. 그리고 권력과 부가 있는 곳에는 부패도 있었다. 특히 로드 룰러가 귀족들에 대한 감시를 스카보다 훨씬 느슨하게 하면서부터 그렇게 되었다. 그건 그가 그들의 조상을 편애하기 때문인 것 같았다.

어느 쪽이건, 카몬 패거리 같은 도둑 패거리들은 도시의 부패를 먹고 사는 쥐들이었다. 그리고 쥐들과 마찬가지로, 그들을 완전히 근절하기란 불가능했다. 특히 루서델만 한 인구의 도시에서는.

"스캐빈저라." 켈시어가 미소 지으며 말했다. 그는 미소를 아주 많이 짓는 것 같았다. "적절한 표현이야, 빈. 자, 독스와 나, 우리도 스캐빈저야……. 다만 더 윗길에 있는 스캐빈저지. 우리가 더 본데 있다고 말할 수도 있고. 아니면 더 야심이 클 뿐일 수도 있고."

그녀는 얼굴을 찌푸렸다.

"당신들은 귀족인가요?"

"맙소사, 아냐." 독슨이 말했다.

"적어도 순혈 귀족은 아니야." 켈시어가 말했다.

"혼혈은 있을 리가 없어요. 미니스트리가 그들을 사냥하잖아요." 빈이 조심스럽게 말했다.

켈시어가 한쪽 눈썹을 치올렸다.

"너 같은 혼혈?"

빈은 충격을 받았다.

'어떻게……?'

"강철 미니스트리도 절대 실수를 안 하는 건 아니야, 빈. 그들이 너를 놓쳤다면, 다른 사람들도 놓칠 수 있겠지." 켈시어가 말했다.

빈은 잠시 침묵하며 생각에 잠겼다.

"밀레브가 당신을 미스팅이라고 불렀어요. 그건 알로맨서의 일종이죠, 맞죠?"

독슨이 켈시어를 바라보았다.

"관찰력이 있는 애군." 키 작은 남자는 감탄으로 고개를 끄덕이며 말했다.

"맞아." 켈시어가 동의했다. "그는 우리를 미스팅이라고 불렀어, 빈. 독스도 나도 엄밀히 말해서 미스팅이 아니니까, 그 호칭은 좀 성급하지만 말이야. 하지만 우리는 그들과 많이 어울리지."

두 남자가 자세히 살피는 가운데, 빈은 잠시 조용히 앉아 있었다. 알로맨시. 귀족들이 가진 신비로운 힘. 천 년쯤 전에 로드 룰러가 충성에 대한 보답으로 귀족들에게 준 힘. 그것은 미니스트리의 기본 교의(敎義)였다. 빈 같은 스카도 그 정도는 알았다. 귀족은 선조 덕분에 알로맨시와 특권을 가진다. 스카가 같은 이유로 벌을 받은 것처럼.

그러나 사실 그녀는 알로맨시가 뭔지 몰랐다. 그녀는 언제나 그것이 싸움과 관계있을 거라고 짐작했다. '미스팅'이라고 불리는 자들은 한 사람이 전체 도적 팀을 죽일 수 있을 만큼 위험하다고들 했다. 그녀에게 그 이야기를 해준 스카는 그 힘에 대해 불안한 목소리로 속삭였다. 이 순간이 오기 전에는, 빈은 그것이 자신의 '행운'과 같은 것일 수도 있다는 가능성에 대해서 전혀 생각해보지도 않았다.

"말해보렴, 빈." 켈시어가 흥미를 갖고 앞으로 몸을 기울이며 말했다. "넌 '재정 캔턴'에서 네가 그 오블리게이터에게 무슨 일을 했는지 알고 있니?"

"내 '행운'을 썼어요. 난 사람들이 화를 덜 내게 할 때 그걸 써요." 빈이 조용히 말했다.

"아니면 의심을 덜 하게 하거나. 사기 치기 좋게." 켈시어가 말했다.

빈이 고개를 끄덕였다.

켈시어는 한 손가락을 들었다.

"넌 배워야 할 게 많아. 기술, 규칙, 연습. 하지만 한 가지 교훈은 미뤄둘 수가 없군. 절대로 오블리게이터에게 감정 알로맨시를 쓰지 마라. 그들은 모두 자기 감정이 조작되면 알아차릴 수 있는 훈련을 받았단다. 고위 귀족마저도 오블리게이터의 감정을 '밀거나 당기기'는 금지되어 있어. 그 오블리게이터가 심문관을 부른 건 바로 너 때문이야."

"그 괴물이 절대로 네 꼬리를 다시 잡지 못하도록 기도해, 아가씨." 독슨이 자기 와인을 마시며 조용히 말했다.

빈은 창백해졌다.

"당신들이 심문관을 죽인 거 아니었어요?"

켈시어는 고개를 저었다.

"나는 그를 약간 혼란스럽게 만들었을 뿐이야. 덧붙여 말하자면, 그것만으로도 충분히 위험했다고. 하지만 걱정 마. 그들에 대한 소문은 사실이 아닌 부분이 많아. 이제 네 흔적을 잃어버렸으니, 널 다시 찾을 수는 없을 거야."

"거의 그럴 거란 말이지." 독슨이 말했다.

빈은 키 작은 남자 쪽을 불안한 눈으로 바라보았다.

"거의 그럴 거야." 켈시어가 동의했다. "우리는 심문관에 대해서 모르는 게 많아. 그들은 일반적인 법칙을 따르는 것 같지 않아. 예를 들어, 대못이 눈을 뚫고 나왔으니 그들은 이미 죽었어야 해. 내가 아는 어떤 알로맨시 지식으로도 그 괴물들이 어떻게 계속 살아가는지 설명되지 않았어. 네 뒤를 쫓는 자가 보통의 미스팅 시커*일 뿐이었다면 우린 걱정할 필요가 없었을 거야. 하지만 심문관이니…… 음, 넌 계속 눈을 크게 뜨고 살피는 게 좋을 거야. 이미 아주 잘하는 것 같지만."

빈은 잠시 불안해하며 앉았다. 마침내 켈시어가 그녀의 맥주잔 쪽으로 고갯짓을 했다.

"안 마시네."

"당신이 여기다 뭘 넣었을 수도 있잖아요." 빈이 말했다.

"오, 네 술에 뭘 몰래 넣을 필요는 없어." 켈시어는 미소를 지으며 정복 코트 주머니에서 물건 하나를 꺼냈다. "결국 넌 이 신비의 액체가 담긴 병을 기꺼이 마실 테니까."

그는 그 작은 유리병을 테이블 위에 놓았다. 빈은 안에 있는 액체를 보고 얼굴을 찌푸렸다. 병 바닥에는 검은 찌꺼기가 있었다.

"이게 뭐예요?" 그녀가 물었다.

"너한테 말해주면 신비가 깨지잖아." 켈시어가 미소를 지으며 말했다.

독슨이 눈을 굴렸다.

"그 병에는 알코올용액과 금속 조각들이 들어 있어, 빈."

"금속?" 그녀는 얼굴을 찌푸리며 물었다.

---

* 시커(SEEKER): 청동(BRONZE)을 태우는 알로맨서. 알로맨시가 사용되면 그 진동을 찾아내는 힘을 갖고 있다.

"여덟 가지 알로맨시 기본 금속 중에서 두 가지야. 시험해봐야 할 게 있어." 켈시어가 말했다.

빈은 그 병을 바라보았다.

켈시어는 어깨를 으쓱했다.

"네 '행운'에 대해서 조금이라도 더 알고 싶다면 이걸 마셔야 할걸."

"먼저 절반 마셔봐요." 빈이 말했다.

켈시어는 한쪽 눈썹을 치켜세웠다.

"좀 편집증적인 구석이 있군."

빈은 대답하지 않았다.

마침내 그는 한숨을 쉰 후 병을 집어 들고 마개를 뽑았다.

"먼저 잘 흔들어요. 당신도 앙금을 좀 먹도록." 빈이 말했다.

켈시어는 눈을 굴렸지만 요청대로 했다. 병을 흔든 다음 용액 절반을 들이켰다. 그는 딸깍 소리를 내며 병을 도로 테이블에 올려놓았다.

빈은 얼굴을 찌푸린 다음 켈시어를 바라보았다. 그는 미소 짓고 있었다. 그는 자기가 그녀를 손에 넣었다는 걸 알고 있었다. 자기 힘을 과시했고, 그 힘으로 그녀를 유혹했다. '힘 있는 사람들에게 고분고분하게 대하는 이유는 언젠가 그들이 가진 힘을 빼앗는 법을 배우기 위해서일 뿐이야.' 린의 말이었다.

빈은 손을 뻗어 병을 쥔 다음 안에 든 것을 들이켰다. 그녀는 앉아서, 마법으로 변신을 한다거나 힘이 솟구친다거나, 심지어 독약의 징후라도 나타나지 않나 기다렸다. 그러나 아무것도 느껴지지 않았다.

'너무…… 실망스러운걸.'

그녀는 얼굴을 찌푸리며 의자에 뒤로 몸을 기댔다. 호기심에서 그녀는 '행운'을 더듬어보았다.

충격으로 그녀의 눈이 휘둥그레졌다.

거대한 금괴가 들어앉은 것 같았다. 힘의 저장고가 믿을 수 없을 정도로 커져서 그녀의 이해력을 시험하는 것 같았다. 전에는 언제나 '행운'을 아껴야 했다. 비축해두고 조금씩 아껴 써야 했다. 지금 그녀는 굶주려 죽어가다가 고위 귀족의 향연에 초대받은 듯한 기분이었다. 그녀는 얼떨떨하게 앉아서 자기 내면의 엄청난 부를 바라보고 있었다.

"그럼 해봐. 날 '달래* 봐." 켈시어가 재촉하는 어조로 말했다.

빈은 마음을 뻗어, 새로 발견된 '행운' 덩어리를 조심스럽게 어루만졌다. 그녀는 '행운'을 한 조각 떼어 켈시어 쪽을 겨냥했다.

"좋아." 켈시어가 열을 띠고 몸을 앞으로 기울였다. "하지만 네가 그걸 할 수 있다는 건 이미 우리도 알아. 이제 진짜 시험이야, 빈. 너 다른 쪽으로 가볼 수 있니? 넌 내 감정을 약화시킬 수 있어. 하지만 흥분시킬 수도 있니?"

빈은 얼굴을 찌푸렸다. 그녀는 '행운'을 그런 식으로 써본 적이 한 번도 없었다. 자기가 그렇게 할 수 있는지 알지도 못했다. 그는 왜 저렇게 열심일까?

의심쩍어하며, 빈은 '행운'의 원천에 마음을 뻗었다. 그렇게 하면서 그녀는 흥미로운 것을 알아차렸다. 처음에는 거대한 하나의 힘의 원천으로 알았던 것이 사실은 두 가지 다른 힘의 원천이었다. '행운'에는 다른 종류들이 있었다.

'여덟. 그는 이런 게 여덟 가지 있다고 말했어. 하지만…… 다른 금속은 무슨 일을 하지?'

켈시어는 여전히 기다리고 있었다. 빈은 두 번째 낯선 '행운'의 원천에 마음을 뻗어, 아까 한 것처럼 그에게 겨누었다.

켈시어의 미소가 커졌다. 그는 뒤로 기대앉아 독슨을 바라보았다.

"그럼 그렇지. 이 애는 할 수 있었어."

독슨은 고개를 저었다.

"솔직히, 켈, 난 어떻게 생각해야 할지 모르겠어. 자네 같은 사람 하나가

---

* 달래다(SOOTHE): 놋쇠(BRASS)를 태우는 알로맨서인 수더(SOOTHER)의 능력. 말 그대로 감정을 달래고 누그러뜨린다.

근처에 있는 것만으로도 충분히 불안해져. 그런데 둘은……."

빈은 눈을 가늘게 뜨고 의심쩍어하며 그들을 바라보았다.

"둘은 뭐요?"

"빈, 귀족들 사이에서도 알로맨서는 상당히 드물어. 사실 그건 고위 귀족의 강력한 가계들 사이에서 유전되는 기술이야. 하지만 핏줄만으로는 알로맨시의 힘을 물려받는다고 보장할 수 없어.

고위 귀족들도 알로맨시 기술을 단 한 가지만 쓸 수 있는 사람이 많아. 여덟 가지 기본 측면 중 한 가지만 알로맨시를 쓸 수 있는 사람들을 미스팅이라고 불러. 때때로 이 능력은 스카에게서도 나타나지만, 그 스카의 가까운 조상 중에 귀족의 피가 섞였을 때만 그래. 보통…… 음…… 만 명 정도의 혼혈 스카 중에서 미스팅 하나가 나와. 더 고귀하고 더 가까운 귀족 조상을 두었을수록 스카가 미스팅이 될 가능성이 커져." 켈시어가 말했다.

"네 부모는 누구야, 빈? 부모를 기억하니?" 독슨이 물었다.

"이복 오빠 린이 날 키웠어요."

빈이 불편한 마음으로 조용히 말했다. 그녀는 다른 사람들과 이런 일을 이야기하지 않았다.

"네 오빠가 어머니와 아버지에 대해 이야기했니?" 독슨이 물었다.

"가끔요." 그녀가 털어놓았다. "린은 우리 엄마가 창녀였다고 했어요. 자기가 선택해서 된 게 아니라, 암흑가라서……."

그녀는 말꼬리를 끌었다. 그녀가 아주 어릴 때 어머니가 그녀를 죽이려고 한 적이 있었다. 그녀는 그 사건을 흐릿하게 기억했다. 린이 그녀를 구했다.

"네 아버지는, 빈?" 독슨이 물었다.

빈은 위를 쳐다보았다.

"'강철 미니스트리'의 하이 프렐란이에요."

켈시어가 작게 휘파람을 불었다.

"음, 직무 위반 치고는 좀 아이러니한데."

빈은 테이블을 내려다보다가, 마침내 손을 뻗어 잔을 들고 맥주를 죽 들이켰다.

켈시어가 미소를 지었다.

"미니스트리의 고위 오블리게이터들은 대부분 고위 귀족이지. 네 아버지는 네 핏줄에 귀한 재능을 주었구나."

"그럼…… 나도 당신이 말한 그 미스팅이에요?"

켈시어는 고개를 저었다.

"사실은 아니야. 있잖아, 우리가 네게 흥미를 갖는 게 바로 그 부분 때문이야, 빈. 미스팅은 알로맨시 기술 한 가지밖에 쓰지 못해. 그런데 넌 방금 두 가지를 쓸 수 있다는 걸 증명했어. 그리고 여덟 가지 중 적어도 두 가지를 쓸 수 있는 건 다른 기술도 쓸 수 있다는 뜻이야. 그냥 원래 그런 거야. 알로맨서라면 기술을 하나만 가지거나 전부 갖거나야."

켈시어는 앞으로 몸을 기울였다.

"빈, 너는 보통 미스트본이라고 불리는 알로맨서야. 귀족들 사이에서도 아주 드물어. 스카 중에서는…… 음, 난 평생 다른 스카 미스트본은 단 한 사람밖에 만나지 못했다고 말해둘게."

왠지 방이 더 조용해지는 것 같았다. 더 고요해졌다. 빈은 산만하고 불편해진 눈길로 맥주잔을 뚫어지게 바라보았다. '미스트본'. 그녀도 물론 그 이야기를 들어본 적이 있었다. 그건 전설이었다.

켈시어와 독슨은 조용히 앉아 그녀가 생각에 잠기도록 놔두었다. 결국 그녀가 말했다.

"그럼…… 이게 다 무슨 뜻이에요?"

켈시어가 미소 지었다.

"그건 빈, 네가 아주 특별한 사람이라는 뜻이야. 넌 고위 귀족 대부분이 부러워하는 힘을 갖고 있어. 네가 귀족으로 태어났다면, 넌 그 힘 때문에 '마지막 제국' 전체에서 가장 치명적이고 영향력 있는 사람이 되었을 거야."

켈시어는 다시 앞으로 몸을 기울였다.

"하지만 넌 귀족으로 태어나지 않았어. 빈, 넌 귀족이 아니야. 그들의 규칙에 따라 살지 않아도 돼. 그건 널 훨씬 더 강력하게 만들어준단다."

4

내 탐색 여행의 다음 단계를 밟으려면 테리스의 산악 지대로 가야 할 것 같다. 그곳은 춥고 매우 힘든 곳이라고 한다. 얼음으로 산이 만들어진 땅.

우리의 보통 수행원들은 이런 여행에는 도움이 되지 않을 것이다. 아마 테리스 행상인을 몇 명 고용해 우리 장비를 운반시켜야 할 것이다.

"그가 한 말 들었지! 그는 작업 계획을 짜고 있어." 흥분한 울레프의 눈이 빛났다. "그가 '대가문' 중 어느 곳을 치려는 걸까?"

"가장 강력한 곳 중 하나일 거야." 카몬의 선두 척후병 디슨이 말했다. 그에게는 손이 하나 없지만 눈과 귀는 패거리 중에서 제일 날카로웠다. "켈시어는 절대로 시시한 일에 귀찮게 손대지 않는다고."

빈은 조용히 앉아 있었다. 켈시어가 그녀에게 주었던 맥주잔은 거의 가득 차 있는 채로 테이블 위에 놓여 있었다. 그녀가 있는 테이블에는 사람들이 붐볐다. 켈시어는 자기들 모임을 시작하기 조금 전에 도둑들이 집에 돌아와도 좋다고 허락했다. 그러나 빈은 혼자 남아 있는 쪽이 더 좋았을 것이다. 린과 함께 살면서 그녀는 고독에 적응했다. 누가 자기와 너무 가까워지도록 놔두면, 그들이 배신하기 더 좋은 기회를 줄 뿐인 것이다.

린이 사라진 후에도 빈은 계속 혼자 지냈다. 그녀는 패거리를 떠나고 싶지 않았다. 그러나 패거리의 다른 사람들과 친하게 지내야겠다는 생각도 들지 않았다. 그들 쪽에서는 기꺼이 빈을 혼자 놔두었다. 빈의 위치는 아슬아슬했고, 그녀 주위에 있으면 연좌제로 찍힐 수도 있었다. 친구가 되어주려는 행동을 조금이라도 보여준 건 울레프뿐이었다.

'누군가 너와 가까워지게 놔두면, 그 사람이 널 배신할 때 더 아프기만 할 거야.' 린이 그녀의 마음속에 속삭이는 것 같았다.

울레프는 정말 그녀의 친구였을까? 그는 확실히 그녀를 재빨리 팔아넘겼다. 게다가 패거리 사람들은 자기들의 배신이나 그녀를 돕지 않았던 행동에 대해서는 전혀 말하지 않으면서, 빈이 매질을 당하다 갑작스럽게 구출된 것은 침착하게 받아들였다. 그들은 딱 예상대로 행동했다.

"'생존자'는 최근에 아무 일도 손대지 않았어." 하몬이 말했다. 나이가 더 많고 수염이 들쭉날쭉 자란 빈집털이 도둑이었다. "그는 지난 몇 년 동안 겨우 한 손으로 셀 수 있을 정도로만 루서델에 모습을 나타냈어. 사실, 그때부터 어떤 작업도 하지 않았어……."

"이게 첫 번째 일이야?" 울레프가 열을 띠며 물었다. "'갱'에서 도망친 후 처음 손대는 일? 그러면 대단한 일일 수밖에 없잖아!"

"그가 일에 대해 무슨 말을 했니, 빈?" 디슨이 물었다. "빈?" 그는 뭉툭한 팔을 그녀 쪽으로 흔들어 주의를 끌었다.

"뭐라고요?"

그녀는 그를 쳐다보며 물었다. 그녀는 카몬의 손에 맞은 후 마침내 독슨에게서 손수건을 건네받아 얼굴의 피를 닦아냈다. 그러나 멍은 어쩔 수 없었다. 맞은 곳들이 여전히 쿵쿵 울렸다. 부러진 곳이 없기만을 바랐다.

"켈시어 말이야." 디슨이 되풀이했다. "자기가 계획하는 일에 대해서 무슨 얘기 했어?"

빈은 고개를 저었다. 그녀는 피 묻은 손수건을 흘끗 내려다보았다. 켈시어와 독슨은 조금 전에 떠나면서, 자기들이 말해준 것에 대해 시간을 두고 좀 생각하고 있으면 돌아오겠다고 약속했다. 그러나 그들의 말에는 암시가, 제안이 함축되어 있었다. 무슨 일을 꾸미고 있는지는 몰라도, 그녀는 거기에 참여하라고 초대받은 것이다.

"그런데 그가 왜 널 골라서 자기 끄나풀이 되라고 한 거야, 빈? 그 이유는 말해줬어?" 올레프가 물었다.

패거리의 짐작은 이랬다. 켈시어가 카몬…… 밀레브 패거리의 연결 고리로 빈을 선택했다는 것이었다.

루서델 암흑가에는 두 부류가 있었다. 우선 카몬 패거리 같은 평범한 패거리와 그다음에는…… 특별한 쪽이 있었다. 매우 솜씨 좋고, 무모하거나, 매우 재능이 있는 자들이 이룬 패거리들. 알로맨서들.

지하 세계의 이 두 축은 섞이지 않았다. 보통 도둑들은 상위 패거리들을 건드리지 않았다. 그러나 때때로 미스팅 패거리들은 평범한 도둑 팀을 고용해서 좀 더 세속적인 일들을 시키곤 했다. 그리고 그들은 양쪽 패거리를 이어줄 끄나풀…… 매개자를 골랐다. 올레프는 빈이 그렇게 되었으리라고 추측하는 것이었다.

밀레브 패거리는 그녀가 대답하지 않으리라는 것을 알아차리고 다른 주제로 넘어갔다. 미스팅 이야기였다. 그들은 확신 없고 속삭이는 어조로 알로맨시 이야기를 했고, 그녀는 불편한 마음으로 귀 기울였다. 그들이 이렇게 경외하는 존재와 그녀가 대체 무슨 관계가 있는 것일까? 그녀의 '행운'…… '알로맨시'…… 는 사소한 것, 그녀가 살아남기 위해 쓰던 것, 하지만 정말 하찮은 것이었다.

'그렇지만 이렇게 큰 힘이…….' 그녀는 자신의 '행운' 저장고를 들여다보며 생각했다.

"지난 몇 년 동안 켈시어가 하던 일이 무엇일지 궁금하네?" 올레프가 물었다. 그는 처음 대화가 시작될 때는 빈 옆에 있는 게 좀 불편한 것 같았지만 금방 전처럼 스스럼없이 대했다. 그는 그녀를 배신했으나 암흑가라는 곳의 생리가 원래 그랬다. 친구란 없었다.

'켈시어와 독슨은 그렇게 보이지 않았어. 그들은 서로 믿는 것 같았어.' 위장일까? 아니면 그들은 진짜로 서로를 배신할지 걱정하지 않는 희귀한 팀인 걸까?

켈시어와 독슨을 생각할 때 가장 마음이 흔들리는 지점은 그들이 그녀에게 보이는 솔직한 태도였다. 그들은 상대적으로 짧은 시간만 보고도 빈을 믿으려 하고, 심지어 받아들이려는 것 같았다. 그런 것이 진짜일 리 없었다. 누구라도 그런 전술을 쓰다가는 암흑가에서 살아남을 수 없다. 그렇지만 그들의 다정함은 당혹스러웠다.

"2년이야……." 흐루드가 말했다. 얼굴이 납작하고 조용한 깡패였다. "그는 꼬박 2년 동안 이 작업을 계획한 게 확실해."

"진짜 엄청난 작업이겠구나……." 울레프가 말했다.

"그 사람에 대해 말해줘." 빈이 조용히 말했다.

"켈시어?" 디슨이 물었다.

빈은 고개를 끄덕였다.

"남쪽에서는 사람들이 켈시어 이야기를 하지 않았어?"

빈은 고개를 저었다.

"그는 루서델에서 제일가는 패거리 두목이었어. 심지어 미스팅들 사이에서도 전설적인 존재였지. 이 도시에서 가장 부유한 '대가문'들을 털었어."

"그런데?" 빈이 물었다.

"누군가가 그를 고발했어." 하몬이 조용한 목소리로 말했다.

'물론 그랬겠지.' 빈은 생각했다.

"로드 룰러가 직접 켈시어를 붙잡아서 켈시어와 그의 아내를 '하스신의 갱'으로 보냈어. 하지만 그는 도망쳤어. '갱'에서 빠져나왔어, 빈! 거기서 빠져나온 사람은 켈시어밖에 없어."

"그럼 그의 아내는?" 빈이 물었다.

울레프는 하몬을 흘끔 보았고, 하몬은 고개를 저었다. "그녀는 빠져나오지 못했어."

'그럼 그 사람도 누군가를 잃었구나. 그런데 어떻게 그렇게 많이 웃을 수 있지? 그렇게 진심으로?'

"그러니까, 거기서 그 흉터들이 생긴 거야." 디슨이 말했다. "그의 팔에 난 흉터 말이야. '갱'에서 생긴 거야. 그는 그곳을 빠져나오기 위해 가파른 벽을 기어올라야 했는데, 그 위의 바위들에 긁혔어."

하몬은 코웃음을 쳤다. "그래서 생긴 게 아니야. 그는 도망치다가 심문관을 죽였어. 그러다가 그런 흉터가 난 거야."

"난 '갱'을 지키던 괴물과 싸우다가 흉터가 생겼다고 들었는데." 울레프가 말했다. "그는 그 괴물 입속에 손을 집어넣고 목구멍 안에서부터 목을 졸라 죽였지. 그런데 괴물의 이빨이 그의 팔을 긁었어."

디슨이 얼굴을 찌푸렸다. "어떻게 목구멍 안에서 목을 졸라 죽일 수 있다는 거야?"

울레프는 어깨를 으쓱했다. "난 그렇게 들었을 뿐이야."

"그 사람은 요사스러워." 흐루드가 중얼거렸다. "'갱'에서 무슨 일인지 몰라도 나쁜 일이 그에게 일어났어. 그 전에는 알로맨서가 아니었다고. 이봐, 그는 '갱'에 들어갈 때는 보통 스카였어. 그런데 지금은…… 음, 확실히 미스팅이야. 아직도 인간이라면 말이야. 그 사람은 바깥 안개 속에 너무 오래 있었어. 어떤 사람들 말로는 진짜 켈시어는 죽었고, 그의 얼굴을 뒤집어쓰고 있는 건…… 뭔가 다른 거래."

하몬은 고개를 저었다. "이봐, 그건 농장 스카들의 바보 소리일 뿐이야. 우리는 모두 안개 속에 나갔다 왔잖아."

"도시 바깥의 안개는 아니었지." 흐루드가 고집스럽게 말했다. "안개유령들은 거기 바깥에 있어. 그들은 사람을 잡아서 얼굴을 빼앗아. 로드 룰러만큼 확실해."

하몬은 눈을 굴렸다.

"흐루드 말이 한 가지는 맞아." 디슨이 말했다. "그 사람은 인간이 아니야. 안개유령은 아닐지 모르지만 스카도 아니야. 난 그가 '그들'만 할 수 있는 일들을 한다는 이야기를 들었어. 밤에 나오는 거 말이야. 그가 카몬에게 어떻게 했는지 봤잖아."

"미스트본." 하몬이 중얼거렸다.

'미스트본.'

빈은 켈시어가 말하기 전에도 그 말을 들어보았다. 안 들어본 사람이 누가 있겠는가? 그러나 미스트본에 대한 소문을 들으면 심문관이나 미스팅 이야기가 오히려 말이 되는 것 같았다. 미스트본은 로드 룰러에게 엄청난 힘을 받았고, 안개의 전령들이라고 했다. 미스트본이 될 수 있는 것은 고위 귀족뿐이었다. 그들은 로드 룰러에게 봉사하는 비밀 암살단이고, 밤에만 바깥에 나온다고도 했다. 미스트본은 전설일 뿐이라고 린은 언제나 빈에게 가르쳤고, 그녀는 그의 말이 맞을 거라고 생각했다.

'그런데 켈시어는 자기와 마찬가지로 나도 그런 사람이라고 해.'

빈이 어떻게 그가 말한 존재일 수 있을까? 그녀는 창녀의 아이이고, 하찮은 자였다. 그녀는 아무것도 아니었다.

'너한테 좋은 소식을 이야기하는 사람을 절대로 믿지 마.' 린은 언제나 말했다. '그건 사람을 속이는 가장 오래됐지만 가장 쉬운 방법이야.'

하지만 빈은 '행운'을, 자신의 알로맨시를 갖고 있었다. 켈시어가 준 병에 든 액체를 마시고 얻은 비축량을 여전히 느낄 수 있었고, 패거리들에게 자기 힘을 시험해보기도 했다. 더 이상 하루에 '행운' 한 조각만 써야 할 필요가 없었고, 전보다 훨씬 더 놀라운 효과를 낼 수 있었다.

빈은 옛날에 가졌던 삶의 목표인 '살아남기만 하자'가 얼마나 밋밋한 것인지 깨닫고 있었다. 그녀가 할 수 있는 일은 훨씬 더 많았다. 그녀는 린의 노예였다. 그다음엔 카몬의 노예였다. 궁극적인 자유로 통하는 길이라면 기꺼이 켈시어의 노예가 될 것이다.

밀레브는 회중시계를 보고 테이블에서 일어섰다.

"좋아, 모두 나가."

켈시어의 모임을 준비하느라 방이 비기 시작했다. 빈은 그대로 남았다. 켈시어는 그녀를 초대했다는 사실을 다른 사람들에게 분명히 알렸다. 그녀는 잠시 조용히 앉아 있었다. 방이 비어버리자 훨씬 더 마음이 편안해졌다. 켈시어의 친구들이 곧 도착하기 시작했다.

처음 계단을 내려온 남자는 체격이 군인 같았다. 느슨하고 소매 없는 셔츠를 입고 있어서, 조각된 것 같은 한 쌍의 팔이 그대로 드러났다. 그는 엄청난 근육질이었지만 덩치가 크지는 않았고, 머리카락은 약간만 남겨두고 바싹 깎았다.

군인과 함께 온 사람은 깔끔한 옷차림을 하고 있었다. 근사한 조끼, 금단추, 검은 오버코트에 챙이 짧은 모자와 결투용 지팡이로 귀족 정복 차림을 완전히 갖추었다. 군인보다 나이가 많아 보였고, 약간 뚱뚱했다. 들어오면서 모자를 벗자 잘 손질된 검은 머리카락이 나왔다. 두 남자는 다정하게 잡담을 하면서 걸어오다가, 비어 있는 방을 보자 말을 멈추었다.

"아, 이 아이는 우리 끄나풀이겠군." 정복을 입은 남자가 말했다. "켈시어는 도착했나, 아가씨?"

그는 오랜 친구를 대하는 것처럼 소박하고 친근하게 말했다. 자기도 모르게 빈은 잘 차려입고 또박또박 말하는 이 사람을 좋아하게 되었다.

"아뇨."

그녀는 조용히 말했다. 그녀는 언제나 편한 작업복과 작업용 셔츠를 입었지만, 불현듯 자기 옷차림이 좀 더 나았으면 좋겠다는 생각이 들었다. 이 남자의 모습을 보자 자기도 보다 공식적인 분위기를 갖춰야 할 것 같았다.

"켈이 자기가 여는 모임에 늦게 오리라는 걸 알았어야 하는데." 군인이 방 한가운데 놓인 테이블 옆에 앉으며 말했다.

"맞아. 하지만 그가 지각한 덕분에 간식을 먹을 기회가 생긴 것 같군. 난 술을 좀 마실 수도 있겠고." 정복을 입은 남자가 말했다.

"뭐 갖다 드릴까요?" 빈이 재빨리 뛰어 일어서며 말했다.

"정말 고맙구나." 정복을 입은 남자가 군인 옆자리 의자를 골라 앉으며 말했다. 그는 앉아서 다리를 꼬고, 결투용 지팡이는 끝이 마루에 닿도록 옆에 기대두었다. 한 손은 지팡이 위에 놓여 있었다.

빈은 바로 걸어가 술을 뒤지기 시작했다.

"브리즈……." 빈이 카몬의 가장 비싼 와인을 한 병 골라 잔에 따르고 있을 때, 군인이 경고하는 어조로 말했다.

"으응……?" 정복을 입은 남자가 한쪽 눈썹을 치올렸다.

군인은 빈 쪽으로 고갯짓을 했다.

"아, 알았어." 정복을 입은 남자는 한숨을 쉬며 말했다.

빈은 와인을 반쯤 따르다 말고 얼굴을 살짝 찡그렸다.

'내가 지금 뭘 하고 있는 거야?'

"정말이지, 햄. 넌 때때로 끔찍하게 고지식하다니까." 정복을 입은 남자가 말했다.

"네가 근처에 있는 사람을 '밀' 수 있다고 해서 꼭 그래야 한다는 뜻은 아니니까, 브리즈."

빈은 말문이 막힌 채 서 있었다.

'그는…… 내게 "행운"을 사용했어.'

켈시어가 그녀를 조작하려고 했을 때는 그의 마음을 느끼고 저항할 수 있었다. 그러나 이번에는 자기가 무엇을 하고 있는지 깨닫지도 못했다.

빈은 그 사람을 쳐다보며 눈을 가늘게 떴다.

"당신, 미스트본이군요."

정복을 입은 남자, 브리즈가 껄껄 웃었다.

"설마. 네가 만날 수 있는 스카 미스트본은 켈시어뿐일 거야, 얘야. 그리고 귀족 미스트본은 절대 만나지 않도록 기도하렴. 아니, 난 그냥 평범하고 변변찮은 미스팅이야."

"변변찮다고?" 햄이 물었다.

브리즈는 어깨를 으쓱했다.

빈은 반쯤 찬 와인 잔을 내려다보았다.

"내 감정을 '당겼'군요. 내 말은…… 알로맨시로요."

"사실은 '밀었어'." 브리즈가 말했다. "'당기는' 건 사람을 덜 믿게 만들고 더 단호하게 하지. 감정을 '미는' 건 감정을 누그러뜨려서 사람을 더 잘 믿게 만들고."

"아무튼 당신은 날 조종했어요. 내가 술을 가져오게 만들었잖아요." 빈이 말했다.

"오, 네가 그렇게 하도록 '만든' 건 아니야." 브리즈가 말했다. "난 그냥 네 감정을 약간 바꿔놨을 뿐이야. 내가 바라는 대로 하기 더 쉬운 마음으로."

햄은 턱을 문질렀다.

"난 모르겠어, 브리즈. 이건 아주 흥미로운 질문인데, 넌 저 애의 감정에 영향을 끼쳐 선택 능력을 빼앗은 거 아냐? 예를 들어, 네가 조종하는 동안 저 애가 누구를 죽이거나 훔친다면 그 범죄는 저 애가 저지른 거야, 네가 저지른 거야?"

브리즈는 눈을 굴렸다.

"그건 사실 질문할 만한 거리가 아니야. 네 골치나 아플 테니 그런 생각은 하지 마, 해먼드. 나는 그녀를 부추겼어. 좀 변칙적인 수단을 썼을 뿐이야."

"하지만……."

"이 문제로 너랑 말다툼하지는 않을래, 햄."

우람한 남자는 약간 쓸쓸한 듯이 한숨을 쉬었다.

"그 술 좀 갖다 줄래……?" 브리즈는 희망을 품고 빈을 바라보며 물었다. "그러니까, 넌 이미 일어섰고 어차피 네 자리로 오려면 이쪽으로 와야 하니까……."

빈은 자기 감정을 돌아보았다. 그 남자가 부탁할 때 변칙적으로 끌려들어가는 것 같았나? 그가 다시 자기를 조작하고 있는 것일까? 기어이 그녀는 술을 그 자리에 놔두고 바에서 걸어 나왔다.

브리즈는 한숨을 쉬었다. 그러나 일어서서 직접 술을 가져오지는 않았다.

빈은 망설이며 두 남자가 앉은 테이블로 걸어갔다. 그녀는 그늘과 구석에 익숙했다. 엿들을 수 있을 만큼 가깝지만, 도망칠 수 있을 정도로는 먼 곳. 그러나 방이 이렇게 비어 있으면 이 남자들에게서 숨을 수가 없었다. 그래서 그녀는 두 남자가 앉은 테이블의 옆 테이블 의자를 골라 조심스럽게 앉았다. 그녀에게는 정보가 필요했다. 아무것도 모르고 있는 한 그녀는 이 새로운 세계, 미스팅 무리의 세계에서 상당히 불리한 위치에 놓일 것이다.

브리즈가 껄껄 웃었다.

"겁이 많은 어린애네, 안 그래?"

빈은 그 말을 무시하고 햄을 턱으로 가리켰다.

"당신요. 당신도…… 미스팅이에요?"

햄이 고개를 끄덕였다.

"나는 써그*야."

빈은 혼란스러워서 얼굴을 찌푸렸다.

"나는 백랍을 태워." 햄이 말했다.

빈은 다시 질문하는 눈으로 그를 바라보았다.

"햄은 자기 몸을 더 강하게 만들 수 있어, 애야. 우리가 하고 있는 일에 간섭하려는 것, 특히 그런 사람이 있으면 때리는 거지." 브리즈가 말했다.

"그보다는 훨씬 많은 일을 해." 햄이 말했다. "난 작업할 때 전체적인 보안을 담당하고, 패거리 두목이 필요로 할 때면 인력과 전사들을 대주지."

* 써그(THUG): '폭력배, 깡패'라는 뜻. 백랍을 태우며, 육체적인 능력을 증진시킨다.

"그리고 필요 없을 때면 개똥철학을 펼쳐서 지루하게 하려고 하고." 브리즈가 덧붙였다.

햄이 한숨을 쉬었다.

"브리즈, 솔직히 난 가끔 왜 내가……." 문이 다시 열리면서 다른 남자가 들어오자 햄은 말꼬리를 흐렸다.

새로 온 사람은 칙칙한 황갈색 오버코트와 갈색 바지, 소박한 흰색 셔츠를 입고 있었다. 그러나 옷보다는 그의 얼굴이 훨씬 독특했다. 그의 얼굴은 뒤틀린 나뭇조각처럼 울퉁불퉁 얽었고, 눈에서는 노인들에게서나 보이는 탐탁잖은 불만이 번쩍였다. 빈은 그의 나이를 짐작할 수가 없었다. 그는 아직 등이 굽을 나이는 아니었지만, 중년의 브리즈조차 그보다는 젊어 보였다.

새로 들어온 사람은 빈과 다른 사람들을 훑어보고 경멸하듯이 씩씩거리더니, 맞은편 테이블로 걸어가 앉았다. 절뚝거리는 발걸음이 눈에 띄었다.

브리즈는 한숨을 쉬었다.

"트랩이 그리워."

"우리 모두 그렇지." 햄이 조용히 말했다. "하지만 클럽스도 아주 잘해. 전에 그와 함께 일해본 적이 있어."

브리즈는 새로 온 사람을 살펴보았다.

"그가 내 술잔을 가져다주게 만들 수 있을지 모르겠는데……."

햄이 껄껄 웃었다.

"자네가 그런 시도를 하는 걸 볼 수 있다면 돈이라도 내겠어."

"자넨 분명 그러겠지." 브리즈가 말했다.

빈은 새로 온 사람을 바라보았다. 그는 그녀와 다른 두 남자를 무시하면서 아주 만족해하는 것 같았다.

"저 사람은 뭐예요?"

"클럽스?" 브리즈가 물었다. "그는 스모커야, 아가씨. 심문관이 우리를 발견하지 못하게 지켜주는 사람이야."

빈은 입술을 씹으며 클럽스를 살펴보고 새 정보를 소화했다. 그가 그녀를 쏘아보았고, 그녀는 시선을 돌렸다. 고개를 돌리자 햄이 자기를 바라보고 있는 게 보였다.

"애야, 넌 맘에 들어." 그가 말했다. "내가 같이 일해봤던 다른 *끄나풀*들은 너무 겁을 먹어서 우리랑 말도 못하거나, 자기네 영역에 들어왔다고 우리를 시샘하거나 둘 중 하나였어."

"맞아." 브리즈가 말했다. "넌 대부분의 부스러기들과 달라. 물론 네가 저 와인 잔을 갖다 주면 훨씬 더 좋겠지만……."

빈은 그를 무시하고 햄을 흘끗 바라보았다.

"부스러기라고요?"

"우리 사교계에서 더 거드름을 피우는 작자들이 잔챙이 도둑들을 그렇게 불러." 햄이 말했다. "너희를 부스러기라고 부르는 건…… 너희가 별로 뛰어나지 않은 일을 맡는 경향이 있으니까 그래."

"물론 기분 나쁘라고 한 말은 아니야." 브리즈가 말했다.

"오, 그런 말에 기분 나쁘지는……." 빈은 잘 차려입은 그 남자를 기쁘게 하고 싶다는 비정상적인 갈망을 느끼고 말을 멈추었다. 그녀는 브리즈를 노려보았다. "그만둬요!"

"저거 봐." 브리즈가 햄을 슬쩍 바라보며 말했다. "저 애는 여전히 선택 능력을 갖고 있잖아."

"넌 답이 없다."

'그들은 날 부스러기라고 생각하는구나. 그럼 켈시어는 그들에게 내 정체를 말하지 않은 거야. 왜 그랬을까?'

시간이 없어서? 아니면 너무 귀중한 비밀이어서 알려줄 수 없었나? 이 사람들은 얼마나 믿을 만한 걸까? 그리고 빈이 '부스러기'일 뿐이라고 생각한다면 왜 이렇게 잘해주는 걸까?

"우린 또 누구를 기다리고 있는 거지? 켈과 독스 말고." 브리즈가 문 쪽을 바라보며 말했다.

"예덴." 햄이 말했다.

브리즈는 시큰둥한 표정으로 얼굴을 찌푸렸다.

"아, 그래."

"나도 동감이야." 햄이 말했다. "하지만 그가 우리를 보는 느낌도 똑같을 거라고 장담할 수 있어."

"난 그가 왜 초대받는지도 모르겠어." 브리즈가 말했다.

햄은 어깨를 움츠렸다.

"분명 켈의 계획과 관계가 있겠지."

"아, 그 악명 높은 '계획' 말이지." 브리즈가 생각에 잠겨 말했다. "그건 대체 무슨 작업일까? 정말로 뭘까……?"

햄은 고개를 저었다.

"켈의 연극적 감각은 욕 좀 먹어야 해."

"정말 그래."

얼마 후 문이 열리고 그들의 입에 오르내리던 예덴이 들어왔다. 직접 보니 그는 남의 눈에 띄지 않으려는 사람이었고, 빈은 왜 다른 두 사람이 그가 참석한다는 데 대해 그렇게 불쾌해했는지 이해할 수가 없었다. 갈색 곱슬머리에 키가 작은 예덴은 단순한 회색 스카 옷과 검댕으로 얼룩지고 여기저기 기운 갈색 노동자용 코트를 입고 있었다. 그는 못마땅하다는 표정으로 주위를 바라보았지만, 클럽스처럼 대놓고 적대적인 태도를 보이지는 않았다. 클럽스는 방 맞은편에 앉아 여전히 자기 쪽을 바라보는 사람이 있으면 누구에게든 얼굴을 찌푸리고 있었다.

'그렇게 큰 패거리는 아니네.' 빈은 생각했다. '켈시어와 독슨까지 합하면 여섯 명이야.'

물론 햄은 자기가 써그 한 무리를 이끈다고 했다. 이 모임에 나온 사람들은 그런 대표들일까? 더 작고 더 전문적인 그룹의 두목들? 어떤 패거리들은 그런 식으로 일하기도 했다.

브리즈가 회중시계를 세 번 더 살펴보고서야 마침내 켈시어가 도착했다. 이 패거리의 두목인 미스트본은 쾌활하고 열정적으로 문을 밀어젖히며 들어왔고, 그 뒤를 독슨이 느긋하게 따랐다. 햄은 즉시 일어나 활짝 미소 지으며 켈시어와 손을 움켜쥐었다. 브리즈도 일어났다. 브리즈의 인사는 좀 더 점잖았지만, 빈은 어떤 패거리 두목도 부하들에게 이렇게 기분 좋게 환영받는 걸 본 적이 없었다.

"아." 켈시어가 방 맞은편을 바라보며 말했다. "클럽스와 예덴도 있군. 그럼 모두 왔네. 좋아. 난 기다려야 하는 건 질색이거든."

브리즈는 햄과 함께 도로 의자에 자리 잡고 앉으면서 한쪽 눈썹을 치켜세웠다. 독슨도 같은 테이블에 앉았다.

"네가 늦은 건 어떻게 설명할 건데?"

"독슨과 나는 형한테 들렀다 왔어."

켈시어가 은신처 앞쪽으로 걸어가며 설명했다. 그는 돌아서서 바에 등을 기대고 방을 살펴보았다. 빈과 눈길이 마주치자, 켈시어는 윙크했다.

"네 형?" 햄이 물었다. "마쉬도 모임에 와?"

켈시어와 독슨은 서로 시선을 교환했다.

"오늘 밤은 안 와. 하지만 형은 결국 패거리에 들어올 거야." 켈시어가 말했다.

빈은 다른 사람들을 살펴보았다. 그들은 회의적인 것 같았다.

'켈시어와 그의 형 사이가 안 좋은 거겠지?'

브리즈는 결투용 지팡이를 들어 올려 그 끝으로 켈시어를 가리켰다.

"좋아, 켈시어. 넌 이 '작업'을 여덟 달 동안 우리에게 비밀로 했어. 우린 그일이 크다는 것도 알고, 네가 흥분했다는 것도 알겠어. 하지만 네가 그 일을 그렇게 비밀로 해서 우리 모두 제대로 화났어. 그래, 왜 우리한테 그게 뭔지 말해주지 않는 거야?"

켈시어는 미소 짓더니 똑바로 일어서서 추레하고 평범하게 생긴 예덴 쪽으로 한 손을 흔들었다.

"자, 너희의 새 고용주야."

보아하니, 이건 아주 충격적인 말인 것 같았다.

"그가?" 햄이 물었다.

"그가." 켈시어가 고개를 끄덕이며 말했다.

"그게 뭐?" 예덴이 처음으로 물었다. "자네들은 진짜로 도덕적인 사람과 일하는 데 무슨 문제라도 있나?"

"그렇진 않아, 이 사람아." 브리즈가 결투용 지팡이를 무릎에 가로놓으며 말했다. "그냥, 음, 난 자네가 우리 같은 타입을 별로 안 좋아한다는 묘한 인상을 받았거든."

"맞아." 예덴이 딱 잘라 말했다. "자네들은 이기적이고, 규율도 없고, 다른 스카들에게 등을 돌렸어. 옷은 멋지게 입지만 마음속은 재처럼 더럽지."

햄이 코웃음을 쳤다.

"우리 패거리 사기 올리기에 참 좋은 일이로구먼."

빈은 입술을 씹으며 조용히 지켜보았다. 예덴은 스카 일꾼이 확실했다. 대장간이나 직물 공장 노동자 같았다. 그가 암흑가와 무슨 연줄이 있었을까? 그리고…… 어떻게 도둑 패거리에게 돈을 주고 일을 시킬 수가 있을까? 특히 켈시어의 팀처럼 전문적인 패거리에?

켈시어는 그녀의 혼란을 눈치챈 것 같았다. 다른 사람들이 계속 이야기하는 동안 그녀를 바라보고 있었기 때문이다.

"난 아직 좀 헷갈리는데." 햄이 말했다. "예덴, 자네가 도둑들을 어떻게 보는지 우리도 모두 알아. 그런데…… 왜 우리를 고용해?"

예덴이 조금 움찔하더니 말했다.

"왜냐면 자네들이 일을 얼마나 잘하는지 모두들 아니까."

브리즈가 빙긋 웃었다. "우리의 도덕률이 못마땅하다고 우리 기술을 이용하기 싫지는 않다는 거지. 알겠어. 그런데 그 일은 뭔가? 스카 반역도*가 우리에게 뭘 바라지?"

'스카 반역도?'

대화 조각들이 제자리에 맞아 들어가고 있었다. 암흑가에는 두 무리가 있었다. 대부분은 도둑, 패거리, 창녀, 그리고 주류 스카 문화 바깥에서 살아남으려는 거지들이었다.

그리고 반역도들이 있었다. '마지막 제국'에 반대해 일을 꾸미는 사람들. 린은 언제나 그들을 바보라고 불렀다. 빈이 만나본 암흑가 사람들과 보통 스카들 양쪽 다, 대부분이 그렇게 생각했다.

모두의 눈이 천천히 켈시어에게 향했고, 그는 다시 바에 등을 기댔다.

"스카 반역도 지도자가 허가한 일이고, 예덴은 우리에게 매우 독특한 일을 시키려고 우리를 고용했어."

"뭔데? 강도? 암살?" 햄이 물었다.

"양쪽 다 조금씩." 켈시어가 말했다. "그렇지만 둘 다 아니야. 여러분, 이건 보통 때 하던 일과는 다를 거야. 어떤 패거리가 하려고 한 일과도 달라. 우리는 예덴이 '마지막 제국'을 타도하는 걸 도울 거야."

침묵.

"뭐라고 했지?" 햄이 물었다.

"내 말 제대로 들은 거야, 햄." 켈시어가 말했다. "내가 계획하던 '작업'이 바로 그거야. '마지막 제국' 또는 최소한 그 중앙정부를 파괴하는 것. 예덴은 자기에게 군대를 마련해주고, 그 후 이 도시의 지배권을 잡을 수 있는 유리한 기회를 만들어달라고 우리를 고용했어."

햄은 도로 앉더니 브리즈와 시선을 교환했다. 두 사람 다 독슨을 보았고, 독슨은 진지하게 고개를 끄덕였다. 방은 고요했으나 잠시 후 침묵은 깨졌

---

* 스카 반역도(SKAA REBELLION): '마지막 제국'하에서 스카들이 결성한 반란 단체.

다. 예덴이 유감스럽다는 듯이 혼자 웃기 시작한 것이다.

"이 일에 절대로 동의하지 말았어야 했는데." 예덴이 고개를 저으며 말했다. "자네가 이제 그렇게 말하니까, 그게 전부 얼마나 터무니없는 일로 들리는지 알겠어."

"내 말 믿어, 예덴." 켈시어가 말했다. "이 사람들은 첫눈에는 터무니없어 보이는 계획을 해내는 데 도가 텄다고."

"그건 사실일지도 모르지, 켈." 브리즈가 말했다. "하지만 이번 경우에는 우리의 못마땅해하는 친구에게 나도 동의해. '마지막 제국'을 타도한다……. 스카 반역도들이 천 년 동안 이루려고 노력해온 일이야! 그 사람들은 다 실패했는데 우리는 조금이라도 성공할 수 있다고 생각하는 이유가 뭐야?"

켈시어가 미소 지었다.

"우리는 통찰력을 갖고 있으니까 성공할 거야, 브리즈. 그건 반역도들에게 한 번도 없었던 거잖아."

"방금 뭐라고 했지?" 예덴이 분개해서 말했다.

"불행히도 그건 사실이야." 켈시어가 말했다. "반역도들은 우리 같은 사람들을 탐욕스럽다고 규탄하지. 하지만 그들은 아무리 고귀하고 도덕적이어도—난 그걸 존경하지만— 아무것도 해내지 못했어. 예덴, 자네 편 사람들은 숲과 언덕 속에 숨어 언젠가 봉기해 '마지막 제국'에 대항해서 영예로운 전쟁을 이끌 계획을 짜고 있어. 하지만 자네 부류는 제대로 계획을 짜고 실행하는 법을 몰라."

예덴의 표정이 어두워졌다.

"그리고 자넨 자기가 무슨 말을 하고 있는지 모르고."

"오, 그래?" 켈시어가 가볍게 받아쳤다. "저기, 자네 반역도들이 천 년 동안 투쟁하면서 이뤄낸 게 뭐지? 자네들의 성공과 승리는 어디 있지? 7천 스카 반역도가 학살당했던 3세기 전의 '투지어 대학살'? 가끔식 운행하는 운하용 보트를 습격하거나 소귀족 공무원들을 납치하는 거?"

예덴의 얼굴이 붉어졌다.

"그게 우리에게 남은 사람들로 할 수 있는 최대한의 일들이야! 내 부하들이 실패했다고 비난하지 말고 나머지 스카들을 비난해. 아무리 해도 그들은 우리를 돕지 않아. 그들은 천 년 동안 굴종했기 때문에 의기라곤 조금도 남아 있지 않아. 천 명 중 한 명이 우리 말에 귀를 기울이게 하기도 힘들어. 반역은 말할 것도 없고!"

"진정해, 예덴." 켈시어가 한 손을 들어 올리면서 말했다. "난 자네들의 용기를 모욕하려는 게 아니야. 우린 같은 편이잖아, 안 그래? 자네는 자네 군인이 될 사람들을 모병하는 게 힘들어서 내게 왔고."

"그 결정이 점점 더 후회스러워, 도둑." 예덴이 말했다.

"뭐, 자넨 이미 우리에게 돈을 지불했잖아. 그러니 이제 이 일에서 빠지긴 늦었어. 하지만 우린 자네에게 군대를 만들어주겠어, 예덴. 이 방에 있는 사람들은 이 도시에서 가장 유능하고, 가장 영리하고, 가장 숙련된 알로맨서들이야. 두고 봐." 켈시어가 말했다.

방은 다시 조용해졌다. 빈은 자기 테이블에 앉아 얼굴을 찌푸린 채 오가는 대화를 지켜보고 있었다.

'무슨 게임을 하고 있는 거죠, 켈시어?'

'마지막 제국'을 타도한다는 그의 말은 거짓이 확실했다. 그가 스카 반역도들에게 사기를 치려 한다는 게 제일 그럴듯해 보였다. 하지만…… 이미 돈을 받았다면 왜 이런 가식적인 일들을 계속하는 걸까?

켈시어는 예덴에게서 눈을 돌려 브리즈와 햄을 쳐다보았다.

"좋아, 여러분. 어떻게 생각해?"

두 사람은 시선을 교환했다. 마침내 브리즈가 말했다.

"로드 룰러에 맹세코, 나는 한 번도 도전을 거절한 적이 없어. 하지만 켈, 네 논리를 물어볼게. 넌 정말로 우리가 이걸 할 수 있다고 생각해?"

"난 그렇게 생각해." 켈시어가 말했다. "이전에 로드 룰러를 타도하려던 시도들은 제대로 된 조직과 계획이 없었기 때문에 실패한 거야. 우린 도둑이야, 여러분. 그리고 매우 훌륭한 도둑이지. 우리가 훔칠 수 없는 것은 없고 우리가 속일 수 없는 자들도 없어. 우린 믿을 수 없을 만큼 커다란 일을 각자 맡아 감당할 수 있는 부분으로 나눈 뒤에 처리하는 법을 알아. 우리는 원하는 걸 손에 넣는 법을 알아. 그래서 우리가 바로 이 일에 완벽하게 맞는 거야."

브리즈는 얼굴을 찌푸렸다.

"그런데…… 우리가 이 불가능한 일을 해내면 얼마나 받게 되지?"

"3만 박싱." 예덴이 말했다. "반은 지금, 반은 자네들이 군대를 데려올 때."

"3만? 이렇게 큰 작전에?" 햄이 말했다. "그건 준비에 드는 비용에도 못 미칠 거야. 귀족들 사이에서 소문을 엿들을 스파이가 필요할 테고, 안전가옥도 두어 채 필요할걸. 전 군대를 숨기고 훈련시킬 만큼 큰 장소는 말할 것도 없고."

"지금 와서 흥정해봤자 소용없어, 도둑." 예덴이 쏘아붙였다. "자네 부류에게는 3만이 그렇게 큰 액수로 들리지 않을지도 모르지만, 우리에게는 수십 년 저축한 결과야. 우린 더 주고 싶어도 더 가진 게 없어."

"이건 좋은 일이야, 여러분." 독슨이 처음으로 대화에 끼어들었다.

"그래, 뭐, 엄청나게 위대한 일이지." 브리즈가 말했다. "난 내가 아주 좋은 사람이라고 생각해. 하지만…… 이건 너무 이타적인 일인 것 같아. 어리석다는 건 말할 것도 없고."

"어…… 그런데 이 계획에서 우리에게 떨어지는 게 좀 더 있을 수도 있어……." 켈시어가 말했다.

빈은 활기가 돌았고, 브리즈는 미소 지었다.

"로드 룰러의 금고야." 켈시어가 말했다. "지금 이야기한 것처럼, 이번 일은 예덴에게 군대와 도시를 점령할 기회를 주는 거야. 일단 그가 궁전을 점령하면 왕궁 보물 창고를 손에 넣어 거기 있는 돈을 사용해 권력을 굳히겠지. 그리고 그 보물 창고의 중심에는……."

"로드 룰러의 아티움이 있지." 브리즈가 말했다.

켈시어는 고개를 끄덕였다.

"우린 궁전에서 찾아내는 아티움 저장량의 절반을 갖기로 예덴과 합의를 봤어. 아무리 양이 많더라도 말이야."

아티움. 빈도 그 금속에 대해 들어보았지만 실제로 본 적은 한 번도 없었다. 그건 믿을 수 없을 정도로 희귀했고, 귀족들만 사용한다고 했다.

햄이 미소 지으며 천천히 말했다.

"자, 그 정도면 구미가 당길 만큼 큰 보상인데."

"아티움 저장량은 엄청날 거야. 로드 룰러는 그 금속을 작은 조각으로만 팔면서 귀족들에게 말도 안 되는 액수를 받아. 시장을 확실히 지배하고 비상사태에 대비해 돈을 충분히 갖고 있으려면…… 그가 비축해둔 양은 어마어마할 거야."

"맞아." 브리즈가 말했다. "하지만 그 일이 있은 다음 이런 일을 그렇게 빨리 해보고 싶은 게 확실해……? 우리가 지난번에 궁전에 들어가려고 했을 때 무슨 일이 일어났지?"

"이번에는 다른 방식으로 일할 거야." 켈시어가 말했다. "여러분, 솔직하게 말할게. 이건 쉬운 일이 아니야. 하지만 할 수 있어. 계획은 간단해. 우리는 루서델 주둔군을 무력화시킬 방법을 찾아내서 루서델 지역의 경찰력을 없앨 거야. 그다음 도시를 혼란으로 몰아넣는 거야."

"그렇게 하는 방법에는 두 가지 선택지가 있는데, 그건 나중에 말하지." 독슨이 말했다.

켈시어가 고개를 끄덕였다.

"그런 다음 그 혼란 속에서 예덴이 자기 군대를 루서델로 진군시켜 궁전을 장악하고 로드 룰러를 사로잡아야 해. 예덴이 도시를 확보하는 동안 우리는 아티움을 빼돌릴 거야. 우린 예덴에게 반을 주고, 나머지 반을 갖고 사라지는 거야. 그 후에 자기가 손에 넣은 걸 지키는 일은 예덴이 알아서 해야지."

"자네가 좀 위험하겠는걸, 예덴."

햄이 반역도의 지도자를 슬쩍 보면서 말했다.

그는 어깨를 으쓱했다.

"아마 그렇겠지. 하지만 기적이 일어나서 우리가 결국 궁전을 지배하게 된다면, 우린 최소한 이전에 어떤 스카 반역도들도 해내지 못한 일을 성취하는 거야. 내 부하들에게 이 일은 돈 때문에 하는 일이 아니야. 심지어 생존과 관련된 일도 아니야. 이건 스카에게 희망을 주기 위한 원대하고 훌륭한 일인 거야. 하지만 자네들이 그런 걸 이해하리라고 기대하지는 않아."

켈시어가 재빨리 예덴에게 조용히 하라는 시선을 던지자, 예덴은 코웃음을 치고 뒤로 기대앉았다.

'알로맨시를 쓴 건가?'

빈은 궁금했다. 그녀는 전에도 고용자와 패거리의 관계를 보았지만, 예덴은 고용자라기보다 켈시어의 주머니에서 놀아나는 것 같았다.

켈시어가 다시 햄과 브리즈를 바라보았다.

"이 일에는 대담성을 보여준다는 것보다 더 큰 의미가 있어. 우리가 아티움을 훔쳐낸다면, 우리는 로드 룰러의 재정적 기반에 한 방 먹이는 거야. 그는 아티움에서 나오는 돈에 의존하고 있어. 그게 없으면 자기 군대에 돈을 지불할 방법이 없어질 거야.

로드 룰러가 우리가 친 덫에서 도망간다고 쳐도, 아니면 그를 처리하는 부담을 최소화하기 위해 그가 없을 때 우리가 도시를 접수한다고 해도, 그는 재정적으로 무너질 거야. 그러면 군인들을 진군시켜 예덴에게서 도시를 빼앗을 수가 없지. 이 일이 제대로 되면 어쨌든 도시는 혼돈에 빠질 테고, 귀족들은 너무 약해서 반란군에 반격하지 못할 거야. 로드 룰러는 당황할 테고, 큰 군대를 조직할 수는 없을걸."

"그럼 콜로스는?" 햄이 조용히 물었다.

켈시어가 잠시 말을 멈추었다.

"그가 자기 수도에 그 괴물들을 진군시킨다면, 그것 때문에 일어날 파괴는 재정적인 불안정보다 더 위험할 수도 있어. 혼란 속에서 지방 귀족들은 반역을 일으키고 왕을 자칭할 거야. 그리고 로드 룰러는 그들을 흡수할 만한 병력이 없겠지. 예덴의 반역도들이 루서델을 장악할 수 있을 테고. 친구들, 우리는 엄청난 부자가 될 거야. 모두들 자기가 원하는 걸 얻는 거지."

"'강철 미니스트리'는 잊어버리고 있군." 거의 잊힌 채 방 옆쪽에 앉아 있던 클럽스가 날카롭게 말했다. "심문관들은 자기들의 멋진 신권정치가 혼란 속에 굴러떨어지도록 손 놓고 있지는 않을걸."

켈시어가 말을 멈추고 클럽스 쪽으로 시선을 돌렸다.

"미니스트리를 처리할 방법을 찾아내야겠지. 난 몇 가지 계획을 세워놨어. 하지만 어느 쪽이건, 그런 문제는 우리가 패거리로서 함께 풀어나가야 해. 우리는 루서델 주둔군을 없애야 해. 그들이 거리 치안을 유지하고 있으면 아무것도 할 수가 없으니까. 우리는 도시를 혼돈으로 던져 넣을 적당한 방법과 우리 꿍무니에서 오블리게이터를 떼어놓을 방법을 찾아야 할 거야.

하지만 이 일을 제대로 해내면, 로드 룰러는 도시의 질서를 되찾기 위해 궁전 경비대를 보낼 수밖에 없을 거야. 어쩌면 심문관들을 보낼지도 모르고. 그러면 궁전은 무방비 상태로 남을 테고, 예덴에게는 궁전을 칠 완벽한 기회가 생길 거야. 그 후에는 미니스트리나 주둔군에 무슨 일이 일어나든 상관없을걸. 로드 룰러에게는 제국의 지배권을 유지할 돈이 없을 테니까."

"난 모르겠어, 켈." 브리즈가 고개를 흔들면서 말했다. 그의 경박하던 모습이 사라졌다. 그는 그 계획에 대해 진지하게 생각하고 있는 것 같았다. "로드 룰러는 그 아티움을 어디에선가 손에 넣었을 거야. 그가 그냥 거기 가서 더 파내면 어떡하지?"

햄이 고개를 끄덕였다.

"더구나 아티움 광산이 어디에 있는지 아무도 모르잖아."

"나라면 '아무도'라고는 하지 않겠어."

켈시어가 미소를 지으며 말했다.

브리즈와 햄이 서로를 쳐다보았다.

"넌 알아?" 햄이 물었다.

"물론이지." 켈시어가 말했다. "나는 1년을 거기서 일하면서 보냈다고."

"'갱?'" 햄이 놀라며 물었다.

켈시어가 고개를 끄덕였다.

"그래서 로드 룰러가 거기서 일하는 사람들을 아무도 살아 나가지 못하게 하는 거야. 자기 비밀이 새어 나가면 안 되거든. 그건 그냥 죄수의 유형지나, 스카가 끌려가 죽는 지옥이 아니야. 그곳은 광산이야."

"그렇군……." 브리즈가 말했다.

켈시어는 똑바로 일어서서, 바에서 나와 햄과 브리즈의 테이블로 걸어왔다.

"여기 우리에게 기회가 있어, 여러분. 다른 도둑 패거리가 아무도 해내지 못한, 위대한 일을 할 기회야. 우리는 다름 아닌 로드 룰러에게서 도둑질을 할 거야!

하지만 그 밖에도 더 있어. '갱' 때문에 거의 죽을 뻔하다가 도망친 다음부터…… 난 세상을 다르게 보고 있어. 희망 없이 일하는 스카들, 귀족의 찌꺼기를 먹고 살아남으려고 하다가 도중에 스스로 죽기도 하고 다른 스카도 죽이는 도둑 패거리들이 보여. 스카 반역도가 그렇게 열심히 로드 룰러에게 저항하려고 하는데 아무 진전 없는 모습 또한 보이고.

반역도들은 너무 통솔하기 힘들고 흩어져 있기 때문에 실패하는 거야. 여러 부분 중에 힘을 얻는 부분이 생기면 강철 미니스트리가 그 부분을 부숴버리고. 그래서는 '마지막 제국'을 이길 수 없어, 여러분. 하지만 작고 전문화되고 매우 숙련된 팀에겐 희망이 있어. 우리는 별로 노출될 위험 없이 일할 수 있어. 강철 미니스트리의 촉수를 피하는 법도 알아. 우리는 고위 귀족들이 생각하는 방식과 그들을 이용하는 법을 알아. 우린 이 일을 할 수 있어!"

그는 브리즈와 햄의 테이블 옆에 멈춰 섰다.

"난 모르겠어, 켈. 네 동기가 나쁘다는 건 아니야. 다만…… 음, 이건 좀 무모해 보여."

켈시어가 미소를 지었다.

"나도 알아. 하지만 어쨌든 넌 여기 찬성할 거잖아. 안 그래?"

햄은 잠시 말이 없다가 고개를 끄덕였다.

"네 패거리 일이라면 뭐든지 내가 같이한다는 걸 알고 있으면서. 이 일은 미친 소리처럼 들리지만 네 계획이 대부분 그렇지 뭐. 그냥…… 이것만 말해줘. 너, 로드 룰러를 타도한다는 거 진심이야?"

켈시어는 고개를 끄덕였다. 왜인지 몰라도 빈은 그를 믿고 싶었다.

햄이 단호히 고개를 끄덕였다.

"좋아, 그럼. 난 낄게."

"브리즈는?" 켈시어가 물었다.

잘 차려입은 남자는 고개를 저었다.

"난 잘 모르겠어, 켈. 이건 좀 극단적이야. 너라고 해도 말이야."

"우리에겐 네가 필요해, 브리즈." 켈이 말했다. "아무도 너만큼 군중을 달랠 수 없어. 우리가 군대를 일으킨다면 너의 알로맨서들과 네 힘이 필요할 거야."

"음, 그건 사실이지." 브리즈가 말했다. "하지만 그래도……."

켈시어는 미소 짓더니 테이블에 뭔가를 올려놓았다. 빈이 브리즈를 위해 따라놓았던 와인 잔이었다. 그녀는 켈시어가 바에서 나올 때 그 잔을 갖고 나온 것을 알아차리지도 못했다.

"도전이라고. 생각해봐, 브리즈." 켈시어가 말했다.

브리즈는 잔을 흘끔 보더니 켈시어를 바라보았다. 마침내 그는 웃으며 와인 잔에 손을 뻗었다.

"좋아, 나도 낄게."

"그건 불가능해." 방 뒤편에서 걸걸한 목소리가 말했다. 클럽스가 팔짱을 끼고 앉아 켈시어를 쏘아보고 있었다. "네가 진짜 계획하고 있는 게 뭐야, 켈시어?"

"난 진심이야." 켈시어가 대답했다. "내 계획은 로드 룰러의 아티움을 빼앗고 그의 제국을 타도하는 거야."

"넌 할 수 없어. 어리석은 짓이야. 심문관들이 우리 목구멍에 갈고리를 걸어 매달아버릴 거야." 클럽스가 말했다.

"아마 그렇겠지." 켈시어가 말했다. "하지만 우리가 성공했을 때 받을 보상을 생각해봐. 부와 권력, 그리고 스카가 노예가 아니라 사람답게 살 수 있는 땅."

클럽스는 크게 코웃음을 친 다음 일어났다. 그가 앉았던 의자가 뒤로 넘어졌다.

"어떤 보상으로도 충분하지 않을걸. 로드 룰러는 널 한 번 죽이려고 했지. 그가 널 제대로 죽일 때까지 만족하지 않을 작정이군."

그 말을 남기고 초로의 남자는 돌아서서 절름대는 걸음걸이로 성큼성큼 방을 나갔다. 그 뒤로 문이 쾅 닫혔다.

은신처는 조용해졌다.

"음, 다른 스모커가 필요하겠군." 독슨이 말했다.

"그냥 가도록 내버려둘 거야? 그는 모든 걸 알고 있잖아!" 예덴이 날카롭게 물었다.

브리즈가 빙그레 웃었다.

"자네는 이 작은 그룹에서 단 한 명 도덕적인 사람인 거 아니었어?"

"이건 도덕과 아무 상관 없어." 예덴이 말했다. "저렇게 가도록 놔두는 건 바보짓이야! 그가 몇 분 안에 오블리게이터들을 끌고 올 수도 있다고."

빈은 동의의 뜻으로 고개를 끄덕였지만, 켈시어는 고개를 저을 뿐이었다.

"난 그런 식으로 일하지 않아, 예덴. 난 클럽스를 모임에 초대하고 위험한 계획을 대강 말했어. 어떤 사람은 어리석다고 할지도 모르지. 하지만 그가 그 일이 너무 위험하다고 판단했다고 해서 그를 암살하지는 않겠어. 자네가 그런 식으로 일한다면, 곧 아무도 자네 계획에 귀 기울이지 않게 될 거야."

"게다가 우린 우리를 배신할 리 없다는 믿음을 주지 못하는 사람이라면 이런 모임에 초대하지 않아." 독슨이 말했다.

'말도 안 돼.'

빈은 얼굴을 찡그리며 생각했다. 켈시어는 패거리의 사기를 떨어지지 않게 하려고 허세를 부리고 있는 게 분명했다. 아무도 그 정도로 사람을 믿지는 않는다. 결국, 몇 년 전 켈시어가 실패해서 '하스신의 갱'에 간 것도 배신 때문에 벌어진 사건이라고 사람들이 말하지 않았던가? 아마 지금 이 순간에도 그는 클럽스에게 암살자들을 붙여 당국에 가지 못하게 지켜보도록 해 두었을 것이다.

"좋아, 예덴." 켈시어가 일 이야기로 돌아왔다. "우리는 의뢰를 받아들였어. 계획은 시작된 거야. 자네도 하는 거지?"

"내가 안 한다고 하면 반역도의 돈을 도로 줄 거야?" 예덴이 물었다.

햄이 조용히 껄껄 웃은 것 외에는 아무도 답이 없었다. 예덴의 표정이 어두워졌다. 그러나 그는 고개를 저을 뿐이었다.

"나한테 다른 선택지가 있었다면……."

"아, 불평은 그만해." 켈시어가 말했다. "자넨 이제 공식적으로 도둑 패거리에 들어왔어. 그러니 여기 와서 우리와 함께 앉는 게 좋겠어."

예덴은 잠시 가만히 있다가 한숨을 쉬고는 걸어와 브리즈, 햄, 독슨이 앉은 테이블에 앉았다. 그 옆에는 아직 켈시어가 서 있었다. 빈은 여전히 그 옆 테이블에 앉아 있었다.

켈시어가 돌아서서 빈 쪽을 보았다.

"너는 어때, 빈?"

그녀는 가만히 있었다.

'왜 나한테 묻는 거지? 이미 자기가 날 쥐고 있다는 걸 알잖아. 그가 아는 지식을 배울 수만 있다면 계획이 어떤지는 중요하지 않아.'

켈시어는 기대에 차서 기다렸다.

"나도 낄게요."

빈은 그가 그 말을 듣고 싶은 것이리라 짐작하고 말했다.

그녀의 짐작이 옳았던 것 같다. 켈시어가 미소를 짓더니, 테이블의 마지막 의자 쪽으로 고갯짓을 했기 때문이었다. 빈은 한숨을 쉬었지만, 그가 가리킨 대로 일어서서 걸어가선 마지막 의자에 앉았다.

"이 아이는 누구야?" 예덴이 물었다.

"끄나풀." 브리즈가 말했다.

켈시어는 한쪽 눈썹을 치켜세웠다.

"사실은, 빈은 우리 신병 비슷해. 형은 몇 달 전 애가 자기 감정을 '달래는' 걸 눈치챘어."

"수더야?" 햄이 말했다. "수더는 언제나 구할 수 있잖아."

"사실은 사람 감정을 '격동시킬' 수도 있는 것 같아." 켈시어가 말했다.

브리즈는 깜짝 놀랐다.

"정말이야?" 햄이 물었다.

켈시어가 고개를 끄덕였다.

"겨우 몇 시간 전에 독스와 내가 시험해봤어."

브리즈가 빙긋 웃었다.

"그런데 난 여기서 애한테 너 말고는 절대 다른 미스트본을 만나지 못할 거라고 말하고 있었단 말이지."

"팀의 두 번째 미스트본이라……." 햄이 감탄한 듯이 말했다. "음, 성공 가능성이 어느 정도 커지는군."

"무슨 말을 하고 있는 거야?" 예덴이 씩씩거리며 말했다. "스카는 미스트본이 될 수 없어. 난 미스트본이란 게 존재하는지도 잘 모르겠어! 한 사람도 만나본 적이 없는 건 확실해."

브리즈는 한쪽 눈썹을 추켜세우더니, 예덴의 어깨에 한 손을 얹었다.

"그렇게 말 많이 하지 않는 편이 좋겠어, 친구. 그러면 훨씬 덜 바보 같아 보일 거야."

예덴은 몸을 흔들어 브리즈의 손을 떨어냈고, 햄은 웃었다. 그러나 빈은 조용히 앉아서 켈시어가 한 말의 의미를 생각했다. 비축된 아티움을 훔친다는 부분은 매혹적이었지만, 그러기 위해서 도시를 장악한다고? 이 사람들 진짜 그렇게 무모한가?

켈시어는 자기가 앉을 의자를 테이블로 끌어왔다. 그는 거꾸로 의자에 앉아 팔을 등걸이 위에 놓았다.

"좋아. 우리는 패거리가 되었어. 명확한 계획은 다음 모임에서 짤 거야. 하지만 자네들 모두 그 일에 대해 생각하고 있으면 좋겠어. 나한테는 계획이 있지만, 다들 맑은 정신으로 우리 일을 생각해보면 좋겠어. 우리는 루서델 주둔군을 도시 바깥으로 몰아내고, 루서델을 엄청난 혼돈으로 던져 넣어서 예덴의 군대가 공격해도 '대가문'들이 자기 군대를 동원해 막을 수 없도록 만들 방법을 논의해야 해."

모임에 있는 사람들은 예덴만 제외하고 전부 고개를 끄덕였다.

"하지만 오늘 저녁 모임을 끝내기 전에 자네들에게 미리 알려놓고 싶은 계획이 더 있어."

"더 있다고?" 브리즈가 빙긋 웃으며 물었다. "로드 룰러의 재산을 훔치고 그의 제국을 타도하는 걸로 충분하지 않아?"

"충분하지 않아. 할 수 있다면 난 그를 죽일 거야." 켈시어가 말했다.

침묵.

"켈시어." 햄이 천천히 말했다. "로드 룰러는 '무한의 조각'이야. 신 그 자체의 한 조각이라고. 넌 그를 죽일 수 없어. 아마 그를 붙잡는 것도 불가능할 거야."

켈시어는 대답하지 않았다. 그러나 그의 눈은 단호했다.

'그렇구나. 그는 미친 게 분명해.' 빈은 생각했다.

"로드 룰러와 나 사이에, 청산하지 못한 빚이 있어." 켈시어가 조용히 말했다. "그는 내게서 메어를 빼앗아 갔고, 내 정신도 무너뜨릴 뻔했어. 내가이 계획을 짠 이유 중에는 그에게 복수하겠다는 마음도 있다는 걸 여러분 모두에게 털어놓겠어. 우리는 그의 정부, 그의 집, 그의 재산을 빼앗을 거야.

하지만 그렇게 하려면 그를 제거해야 해. 자기 지하 감옥에 가둔다든가…… 적어도 그를 도시 밖으로 몰아내야 해. 그러나 어느 쪽보다 더 좋은 선택지가 있어. 그가 나를 처넣었던 갱 속에서, 나는 알로맨시의 힘을 '끊고*' 각성하게 되었어. 이제 난 그를 죽이는 데 그 힘을 쓸 거야."

켈시어는 정복 주머니에 손을 넣어 뭔가를 꺼내더니 테이블 위에 놓았다.

"북쪽에는 어떤 전설이 있어." 켈시어가 말했다. "그 전설에 따르면 로드 룰러가 불멸이 아니라고…… 완전히 불멸은 아니라고 해. 맞는 금속을 고르면 그를 살해할 수 있다고. 열한 번째 금속. 그 금속 말이야."

사람들의 눈이 테이블에 있는 물체로 향했다. 빈의 새끼손가락만 한 길이와 너비의, 납작하고 얇은 금속 막대기였다. 은백색이었다.

"열한 번째 금속이라고?" 브리즈가 머뭇거리며 물었다. "그런 전설은 들어본 적이 없어."

"로드 룰러가 그걸 숨겨뒀지." 켈시어가 말했다. "하지만 찾아야 할 곳을 알면 찾아낼 수 있어. 알로맨시 이론에서는 열 가지 금속을 가르치지. 기본금속 여덟 가지 그리고 고위 금속 두 가지. 하지만 대부분이 알지 못하는 금

---

* 끊다(SNAP): 알로맨시의 힘을 얻는 과정. 미스팅이나 미스트본이 심한 스트레스나 고통, 죽음에 가까운 상황을 겪을 때 일어나기 쉽다.

속이 또 하나 있어. 다른 열 가지보다 훨씬 더 강력한 금속."

브리즈는 얼굴을 찌푸리며 의심스럽다는 표정을 지었다.

그러나 예덴은 강한 흥미를 느낀 것 같았다.

"그러면 그 금속으로 어떻게든 로드 룰러를 죽일 수 있어?"

켈시어는 고개를 끄덕였다.

"이게 그의 약점이야. '강철 미니스트리'는 사람들에게 로드 룰러가 불멸이라고 믿게 하려고 해. 하지만 이걸 불태우는 알로맨서라면 그도 죽일 수 있어."

햄은 손을 뻗어 그 얇은 금속 막대기를 집어 들었다.

"이걸 어디서 얻었어?"

"북쪽에서." 켈시어가 말했다. "'먼 반도' 근처 땅에서 얻었어. '승천*' 전에 옛 왕국이 어떻게 불렸는지 사람들이 아직 기억하고 있는 땅이야."

"이건 어떻게 작용해?" 브리즈가 물었다.

"나도 잘 몰라." 켈시어는 솔직하게 말했다. "하지만 알아낼 작정이야."

햄은 도자기 같은 색깔의 금속을 바라보다가, 손가락으로 돌려 보았다.

'로드 룰러를 죽인다고?'

빈은 생각했다. 로드 룰러는 바람이나 안개 같은 힘이었다. 그런 것들을 죽일 수는 없다. 그런 것들은 실제로 살아 있지 않으니까. 그냥 있을 뿐이다.

"그렇지만 자네들이 이 일에 대해 걱정할 필요는 없어." 켈시어가 햄에게서 그 금속을 돌려받으며 말했다. "로드 룰러를 죽이는 건 내 일이야. 그게 불가능하다면, 그를 속여 도시 밖으로 끌어낸 다음 넋 나갈 정도로 탈탈 털어주는 걸로 만족하겠어. 난 자네들이 내가 무엇을 계획하는지 알아야 한다고 생각했을 뿐이야."

---

* 승천(ASCENSION): 승천의 우물(THE WELL OF ASCENSION)의 힘을 얻는 과정. 로드 룰러는 승천의 우물 덕택에 세 가지 금속술(METALLIC ARTS)을 쓰고 거의 전능에 가까운 힘을 갖게 된다.

'난 미친 사람의 부하가 되었구나.'

빈은 체념하며 생각했다. 하지만 사실 그건 중요하지 않았다. 그가 그녀에게 알로맨시를 가르쳐줄 수만 있다면.

5

난 내가 해야 할 일이 무엇인지도 모르겠다. 테리스 학자들은 때가 오면 저절로 내가 할 일을 알게 될 거라고 주장하지만, 그건 별로 위안이 되지 않는다.

디프니스*를 파괴해야 한다. 그리고 그걸 할 수 있는 사람은 나뿐이라고 한다. 그것은 지금도 세계를 유린하고 있다. 내가 빨리 막지 않으면, 이 땅에는 뼈와 먼지밖에 남지 않을 것이다.

"아하!"

카몬의 바 뒤에서 켈시어가 만족스러운 표정을 띠고 의기양양한 모습으로 뛰어나왔다. 그는 팔을 올려 먼지투성이 와인병을 카운터 상판 위에 쿵 내려놓았다.

독슨은 재미있어하며 병을 살펴보았다.

"이걸 어디서 찾았어?"

"비밀 서랍에서."

켈시어가 말하면서 병에서 먼지를 떨어냈다.

---

* 디프니스(DEEPNESS): 로드 룰러가 승천하기 전 스카드리알 세계를 덮고 있던 사악한 그림자. 식물을 점차 멸종하게 만들었다.

"비밀 서랍은 내가 다 찾아낸 줄 알았는데." 독슨이 말했다.

"맞아. 그런데 그중 하나의 뒤판이 가짜였어."

독슨이 빙긋 웃었다.

"영리하네."

켈시어는 고개를 끄덕이며 병마개를 뽑아 세 잔을 따랐다.

"절대로 그만두지 않고 살펴보는 게 요령이지. 언제나 또 비밀이 있어."

그는 잔 세 개를 들고 빈과 독슨이 앉은 테이블로 걸어갔다.

빈은 머뭇거리는 손으로 컵을 받아 들었다. 모임은 조금 전에 끝났고, 브리즈와 햄과 예덴은 켈시어의 말을 생각해보기 위해 나갔다. 빈은 자기도 나가야 한다고 느꼈지만 갈 곳이 없었다. 독슨과 켈시어는 당연히 그녀가 자기들과 함께 남아 있을 거라고 생각한 것 같았다.

켈시어는 불그레한 와인을 길게 한 모금 들이키더니 미소 지었다.

"아, 이건 훨씬 낫군."

독슨이 동의한다는 뜻으로 고개를 끄덕였다. 그러나 빈은 자기 술을 맛보지 않았다.

"다른 스모커가 필요해지겠군." 독슨이 말했다.

켈시어가 고개를 끄덕였다.

"하지만 다른 사람들은 받아들인 것 같았어."

"브리즈는 아직 확신이 없어." 독슨이 말했다.

"빠지지는 않을 거야. 브리즈는 도전을 좋아하는데, 이보다 더 큰 도전은 절대로 못 찾을 테니까." 켈시어가 미소 지었다. "게다가 자기가 끼지 않은 일을 우리가 하고 있는 걸 알면 돌아버릴걸."

"그래도…… 그가 불안해할 만해. 나도 좀 걱정되는데." 독슨이 말했다.

켈시어는 동의한다는 뜻으로 고개를 끄덕였고, 빈은 얼굴을 찌푸렸다.

'그럼 이 사람들은 진심으로 그 계획을 세우는 거야? 아니면 아직 나 보라고 하는 쇼일까?'

두 사람은 매우 유능해 보였다. 하지만 '마지막 제국'을 타도하겠다고? 안개가 흐르지 못하게 하거나 해가 뜨지 못하게 막는 쪽이 더 빠를 것이다.

"네 다른 친구들은 여기 언제 와?" 독슨이 물었다.

"이틀 뒤에." 켈시어가 말했다. "그때쯤엔 다른 스모커가 있어야 할 거야. 또, 아티움이 좀 더 필요할 테고."

독슨은 얼굴을 찌푸렸다.

"벌써?"

켈시어는 고개를 끄덕였다.

"오어쇠르*와 계약하느라 거의 다 써버렸어. 그리고 남은 조각은 트레스팅의 농장에서 다 썼고."

'트레스팅이라고.' 지난주에 자기 저택에서 살해당한 귀족이었다. '켈시어와 어떤 관계가 있는 거지? 그리고 켈시어가 아티움 이야기를 하기 전에 뭐라고 했더라?' 그는 로드 룰러가 그 금속을 독점해서 고위 귀족들을 지배하고 있다고 했었다.

독슨은 턱수염이 난 턱을 문질렀다.

"아티움은 구하기 힘들어, 켈. 자네가 그 조각을 훔치는 계획을 짜는 데거의 여덟 달이 걸렸어."

"그건 자네가 세심하게 해야 했기 때문이지." 켈시어가 의뭉스러운 미소를 지으며 말했다.

독슨은 약간 걱정하는 표정으로 켈시어를 바라보았지만, 켈시어는 더 환히 미소 지을 뿐이었다. 마침내 독슨은 눈을 굴리며 한숨을 쉬더니 빈을 쳐다보았다.

"넌 술에 손도 안 댔구나."

---

* 오어쇠르(ORESEUR): '승천' 후 로드 룰러가 창조한 종인 칸드라(KANDRA)의 일원. 칸드라는 몸을 재배열(RESHAPE)해서 다른 사람의 모습을 흉내 내는 능력이 있다.

빈은 고개를 끄덕였다.

독슨은 설명을 기다리는 눈치였고, 결국 빈은 대답할 수밖에 없었다.

"난 내가 직접 준비하지 않은 건 뭐든지 마시고 싶지 않아요."

켈시어가 빙긋 웃었다.

"벤트가 생각나는걸."

"벤트?" 독슨은 코웃음을 치며 말했다. "이 아가씨는 편집증이 좀 있지만 그렇게 심하진 않아. 장담하지만 녀석은 늘 조마조마해서 자기 심장 고동 소리에도 깜짝 놀랄걸."

두 사람은 함께 웃었다. 그러나 빈은 그 다정한 분위기 때문에 더 불편해 지기만 했다.

'나한테 뭘 기대하는 걸까? 난 도제 같은 게 되는 걸까?'

"자, 그럼 아티움을 어떻게 손에 넣을 계획인지 말해주겠어?" 독슨이 말했다.

켈시어가 막 대답하려는 참에, 누군가 덜커덕거리며 계단을 내려오는 소리가 났다. 켈시어와 독슨은 그쪽을 돌아보았다. 빈은 움직이지 않고도 방의 입구 양쪽을 다 볼 수 있는 자리에 앉아 있었다.

빈은 지금 오는 사람이 카몬 패거리 중 한 명이고, 켈시어가 은신처를 다 사용했는지 보러 오는 거라고 예상했다. 그래서 문이 활짝 열리고 클럽스라는 남자의 퉁명스럽고 울퉁불퉁한 얼굴이 드러났을 땐 깜짝 놀라고 말았다.

켈시어가 눈을 반짝거리며 미소 지었다.

'그는 놀라지 않았어. 기뻐하는 것 같지만, 놀라지는 않았어.'

"클럽스군." 켈시어가 말했다.

클럽스는 문간에 서서 셋을 매우 못마땅하게 바라보고 있었다. 마침내 그는 절름거리며 방으로 들어왔다. 마르고 어색해 보이는 10대 소년이 그를 따라왔다.

그 소년은 클럽스가 앉을 의자를 하나 가지고 와서 켈시어의 테이블 앞에 놓았다. 클럽스는 그 자리에 앉아 혼자 약간 투덜거렸다. 마침내 그는 가늘게 눈을 뜨고 코에 주름을 잡은 채 켈시어를 쳐다보았다.

"수더는 갔어?"

"브리즈?" 켈시어가 물었다. "응, 갔어."

클럽스가 끙 소리를 내더니 와인병을 바라보았다.

"마음대로 마셔." 켈시어가 말했다.

클럽스는 바에서 잔을 가져오라고 소년에게 손짓으로 가리킨 다음 도로 켈시어를 보았다.

"확인을 할 필요가 있었어. 수더가 근처에 있을 때는 자네를 절대 믿을 수가 없거든. 특히 브리즈 같은 수더가."

"자네는 스모커잖아, 클럽스." 켈시어가 말했다. "자네가 허용하지 않는 한 그가 자네한테 할 수 있는 일은 별로 없어."

클럽스는 어깨를 으쓱했다.

"난 수더들이 마음에 안 들어. 그건 그냥 알로맨시가 아니야. 그런 녀석들은…… 음, 구리가 있건 없건 그자들이 근처에 있으면 내 마음이 조작당하지 않는다고 믿을 수가 없어."

"난 그런 것에 기대어 자네의 충성심을 얻지는 않을 거야." 켈시어가 말했다.

"나도 그 말은 들었어." 소년이 클럽스에게 와인을 한 잔 따라주었다. "하지만 확실하게 해둬야 했어. 브리즈가 주변에 없을 때 생각을 해봐야 했어." 빈은 그가 왜 그런 말을 하는지 알 수 없었지만, 그는 얼굴을 찌푸리더니 컵을 들어 단숨에 반 잔을 들이켰다.

"좋은 와인이군." 그는 끙 소리를 내며 말하더니, 켈시어를 바라보았다. "그럼 자네는 그 '갱'에서 정말 정신이 나갔구먼, 응?"

"완전히." 켈시어가 정색을 하고 말했다.

클럽스는 미소를 지었지만, 그 미소는 얼굴에 떠오르자 일그러진 표정이 되었다.

"그럼 이걸 성사시킬 작정이야? 이른바 자네의 이번 작업을?"

켈시어는 근엄하게 고개를 끄덕였다.

클럽스는 남은 와인을 들이켰다.

"그럼 자네는 스모커를 얻었어. 하지만 돈 때문이 아니야. 자네가 진심으로 이 정부를 무너뜨릴 작정이라면 나도 끼겠어."

켈시어가 미소 지었다.

"그리고 나한테 미소 짓지 마. 나 그거 아주 싫어." 클럽스가 쏘아붙였다.

"안 그럴게."

"자, 그럼 스모커 문제가 풀렸군." 독슨이 자기 잔에 또 한 잔 따르면서 말했다.

"별로 중요하진 않을 거야. 자네들은 실패할 테니까." 클럽스가 말했다. "나는 로드 룰러와 오블리게이터들에게서 미스팅들을 숨기면서 평생을 보냈지만, 결국 그는 미스팅들을 모두 손에 넣어버리지."

"그럼 왜 수고스럽게 우리를 돕는 거야?" 독슨이 물었다.

"왜냐하면 로드가 조만간 날 잡을 테니까." 클럽스가 일어서며 말했다. "최소한 이런 방법으로는 내가 가더라도 그의 얼굴에 침을 뱉을 수는 있을 거야. '마지막 제국'을 타도한다라……." 그는 미소 지었다. "이건 멋이 있어. 가자, 얘야. 가게에 가서 손님들 맞을 준비를 해야지."

빈은 그들이 가는 모습을 지켜보았다. 클럽스는 다리를 절며 문밖으로 나갔고, 소년이 그의 뒤에서 문을 닫았다. 그녀는 켈시어를 바라보았다.

"그가 돌아오리라는 걸 알고 있었군요."

그는 어깨를 으쓱하더니 일어서서 기지개를 폈다.

"기대는 했지. 사람들은 비전에 끌리니까. 내가 제안하는 작업은…… 음, 그냥 걷어차버릴 수 있는 일은 아니거든. 적어도 네가 삶 전체에 화가 나 있는 데다 지루해하는 노인이라면. 자, 빈. 이 건물은 전부 네 패거리네 거지?"

빈은 고개를 끄덕였다.

"위층 가게는 위장이에요."

"좋아." 켈시어는 자기 회중시계를 살펴보더니 독슨에게 건네주었다. "네 친구들에게 은신처로 돌아와도 된다고 얘기해. 이미 안개가 깔리고 있을 거야."

"그럼 우리는?" 독슨이 물었다.

켈시어가 미소 지었다.

"우린 지붕으로 가지. 아까 말한 것처럼, 난 아티움을 좀 가져와야 하니까."

낮의 루서델은 검댕이 끼고 붉은 햇빛에 그을어 칙칙한 도시였다. 딱딱하고 윤곽이 또렷하고 답답한 공간이었다.

그러나 밤에는 안개가 모든 것을 흐릿하고 모호하게 만들었다. 고위 귀족의 아성들은 우뚝 선 유령 같은 실루엣이 되었다. 안개 속에서 거리들은 더 좁아 보였고, 주요 도로도 모두 쓸쓸하고 위험한 골목길로 변하는 것 같았다. 심지어 귀족과 도둑들도 밤에 나가기를 불안해했다. 불길한 예감을 느끼게 하는 자욱하고 고요한 안개 속을 용감히 걸어가려면 강심장이어야 했다. 어두운 밤 도시는 절망적인 사람들과 무모한 사람들의 장소였다. 소용돌이치는 수수께끼와 이상한 괴물들의 땅이었다.

'나같이 이상한 괴물.' 켈시어는 생각했다. 그는 은신처 평지붕의 가장자리를 따라 붙어 있는 벽 선반 위에 서 있었다. 주변 어둠 속에는 그늘진 건물들이 우뚝 솟아 있었고, 안개 때문에 모든 것이 어둠 속에서 움직이고 일렁대는 것 같았다. 이따금 보이는 창문에서 약한 불빛이 새어 나왔지만, 작은 구슬 같은 조명들은 겁에 질려 옹송그린 채로 모여 있었다.

시원한 바람이 옥상을 가로질러 불어왔다. 바람은 아지랑이를 움직이고, 누군가 내쉬는 숨결처럼 안개로 젖은 켈시어의 뺨을 간지럽혔다. 지나간 시절, 모든 것이 잘못되기 전에는 언제나 일하는 날 저녁에 옥상을 찾아 도시를 내려다보았다. 그는 오늘 밤 자신이 옛 습관을 지키고 있다는 걸 깨닫지 못했다. 언제나 그랬듯이 메어가 그의 옆에 서 있을 거라고 생각하며 옆쪽을 바라볼 때까지는.

그의 옆에는 허공뿐이었다. 외로웠다. 고요했다. 안개가 그녀를 대신하듯 옆에 있었다. 형편없는 대체품.

그는 한숨을 쉬고 몸을 돌렸다. 그의 뒤편 옥상에는 빈과 독슨이 서 있었다. 둘 다 안개 속에서 밖에 나와 있는 게 불안한 듯 보였다. 그러나 그들은 자신들의 공포를 견뎌냈다. 안개를 견디는 법을 배우지 못하면 암흑가에서 오래가지 못한다.

켈시어는 안개를 '견디는' 수준을 넘어 훨씬 더 많은 것을 배웠다. 지난 몇 년 동안 안개 사이로 너무나 자주 나가는 바람에 낮보다 안개가 포옹하듯 가려주는 밤이 더 편안해졌다.

"켈." 독슨이 말했다. "너 벽 선반에 꼭 그렇게 서 있어야 해? 우리 계획이 좀 정신 나갔을지 모르지만, 네가 저 아래 돌바닥에 떨어져 피 곤죽이 돼서 계획이 끝나버리는 건 싫다고."

켈시어는 미소 지었다.

'독슨은 아직 내가 미스트본이라고 생각하지 않아. 모두들 거기에 익숙해지는 데 시간이 좀 걸릴 거야.'

몇 년 전, 그는 루서델에서 가장 악명 높은 패거리의 두목이 되었다. 심지어 알로맨서도 아니었을 때였다. 메어는 틴아이였지만, 그와 독슨…… 둘은 그냥 보통 사람이었다. 한 명은 특별한 힘이 없는 혼혈, 다른 한 명은 도망친 농장 스카였다. 그들은 함께 '대가문'들을 굴복시키고, 넉살 좋게도 '마지막 제국'에서 가장 강력한 사람들의 물건을 훔쳤다.

이제 켈시어는 더, 훨씬 더 큰 존재였다. 옛날에는 그도 메어 같은 힘을 얻고 싶어 하며 알로맨시를 꿈꾸었다. 그녀는 그가 '끊어져서' 힘을 얻기 전에 죽었다. 그가 그 힘으로 무엇을 할지 그녀는 결코 보지 못할 것이다.

전에는 고위 귀족들이 그를 두려워했다. 켈시어를 잡으려고 로드 룰러가 직접 덫을 놓아야 했다. 이제는…… '마지막 제국' 자체가 흔들릴 것이고,

그는 제국을 끝장낼 것이다.

그는 다시 한 번 안개를 들이마시며 도시를 살펴본 다음, 벽 선반에서 뛰어내려 독슨과 빈이 있는 곳으로 느긋이 걸어왔다. 그들은 등잔을 갖고 있지 않았다. 대부분의 경우 안개에 번진 은은한 별빛으로도 충분히 보였다.

켈시어는 재킷과 조끼를 벗어 독슨에게 건네준 다음, 셔츠를 끄집어내 긴 옷을 느슨하게 풀었다. 천 색깔은 밤에 모습이 드러나지 않을 정도로 어두웠다.

"좋아, 내가 누구를 털어야 하지?" 켈시어가 말했다.

독슨은 얼굴을 찌푸렸다.

"너, 이거 정말 하고 싶은 거야?"

켈시어는 미소를 지었다.

독슨은 한숨을 쉬었다.

"어베인과 테니어트 가문은 최근에 털렸어. 아티움 때문은 아니지만."

"지금은 어느 가문이 제일 강해?" 켈시어가 쭈그려 앉아 독슨의 발치에 놓인 꾸러미의 끈을 풀면서 물었다. "아무도 습격하려고 들지 않을 곳은 어디일까?"

독슨은 잠시 말이 없었다.

"벤처." 그가 마침내 말했다. "벤처 가문은 지난 몇 년 동안 맨 위에 있었어. 상비 병력 수백 명을 유지하고, 집 안에는 미스팅이 스물다섯 명은 있지."

켈시어가 고개를 끄덕였다.

"좋아, 그럼 난 거기로 가겠어. 분명 아티움을 좀 갖고 있겠지."

그는 꾸러미를 풀고 짙은 회색 클록을 휙 꺼냈다. 몸을 감싸는 커다란 클록이었는데, 천이 통으로 쓰인 게 아니라 수백 개의 길고 가는 리본 같은 조각들로 만들어진 것이었다. 어깨와 가슴을 가로지르는 곳은 통으로 꿰매져 있었지만 대부분은 겹쳐진 띠처럼 서로 갈라져서 매달려 있었다.

켈시어가 그 옷을 걸치자 천 조각들이 비꼬이고 말렸다. 마치 안개 같았다.

독슨이 작게 숨을 내쉬었다.

"난 그 옷을 입은 사람과 이렇게 가까이 있어본 적이 없어."

"이게 뭔데요?" 빈이 물었다. 그녀의 조용한 목소리는 밤안개 속에 유령처럼 울렸다.

"미스트본의 클록이야." 독슨이 말했다. "미스트본들은 모두 저걸 입어. 저건 일종의…… 클럽 회원권 같은 거야."

"이건 입은 사람이 안개 속에 숨을 수 있는 색깔과 모양으로 만들어져 있어." 켈시어가 말했다. "그리고 도시 경비병들과 다른 미스트본들에게 이 옷을 입은 사람을 귀찮게 하지 말라고 경고하기도 하지." 그가 빙글 돌자 클록이 화려하게 공중으로 치솟았다. "나한테 어울리는 것 같아."

독슨은 눈을 굴렸다.

"좋아." 켈시어가 몸을 굽혀 꾸러미에서 천 허리띠를 꺼내며 말했다. "벤처 가문이라. 내가 알아두어야 할 게 있나?"

"로드 벤처의 금고는 아마 서재에 있을 거야." 독슨이 말했다. "거기에 아티움을 숨겨두고 있을 거야. 서재는 3층에 있어. 남쪽 위 발코니에서 안쪽으로 세 번째 방. 조심해. 벤처 가문에는 일반 군대와 미스팅들뿐만 아니라 헤이즈킬러*도 열두어 명 있으니까."

켈시어는 고개를 끄덕이며 허리띠를 맸다. 버클이 없는 허리띠에는 작은 칼집 두 개가 달려 있었다. 그는 가방에서 한 쌍의 유리 단검을 꺼내 시험 삼아 자국을 내보곤 칼집 속으로 매끄럽게 넣었다. 신발을 벗어 던지고 스타킹을 벗어 차가운 돌 위에 맨발로 섰다. 신발을 벗자 그의 몸에는 동전 지갑과 허리띠에 달린 금속 용액 세 병 외에는 금속 조각이 하나도 남지 않았다. 그는 가장 큰 병을 골라 안에 든 용액을 꿀꺽 삼키고, 빈 병을 독슨에

---

* 헤이즈킬러(HAZEKILLER): 알로맨서를 죽일 수 있도록 전문적으로 훈련받은 비(非) 알로맨서 자객.

게 건넸다.

"다 됐지?" 켈시어가 물었다.

독슨은 고개를 끄덕였다.

"행운을 빌어."

옆에서, 소녀 빈은 맹렬한 호기심을 불태우며 켈시어가 준비하는 모습을 보고 있었다. 그녀는 조용하고 존재감 없는 아이였지만 그에게 인상을 준 강렬한 심성을 숨기고 있었다. 맞다, 그녀는 편집증적이었다. 그러나 소심하지는 않았다.

'너에게도 기회가 생길 거야, 애야. 다만 오늘 밤이 아닐 뿐이지.' 그는 생각했다.

"자, 난 갈게." 그는 지갑에서 동전 하나를 꺼내 건물 옆면을 따라 밖으로 던지면서 말했다. "좀 있다가 클럽스의 가게에서 다시 봐."

독슨은 고개를 끄덕였다.

켈시어는 몸을 돌려 도로 지붕 벽 선반으로 걸어갔다. 다음 순간 그는 건물에서 뛰어내렸다.

주위 허공의 안개가 몸에 둘둘 감겨왔다. 그는 알로맨시의 두 번째 기본 금속인 강철을 불태웠다. 몸 주위에 그의 눈에만 보이는 반투명한 파란 선이 튕기듯 뻗어나갔다. 선 하나하나가 그의 가슴 한가운데서부터 가까운 금속의 근원을 향해 이끌려갔다. 모든 선은 상대적으로 희미했다. 작은 금속 자원들과 연결되었다는 표시였다. 문의 경첩, 못 그리고 다른 조각들. 자원이 되는 금속의 유형은 중요하지 않았다. 철이나 강철을 불태우면 가까이 있는 모든 금속에 파란 선을 뻗는다.

켈시어는 자기 동전을 향해 아래로 똑바로 뻗은 선을 골랐다. 강철을 불태워서, 그는 그 동전을 '밀었다'.

내려가던 몸이 즉시 멈추고, 파란 선을 따라 반대 방향인 위편 공중으로 다시 던져졌다. 그는 옆으로 손을 뻗어, 지나가는 창을 골라 거머쥐고 '밀어서' 몸의 방향을 옆으로 틀었다. 그렇게 조심스럽게 방향을 바꾸자 빈의 은신처 바로 맞은편 건물의 위쪽 가장자리를 넘어갈 수 있었다.

켈시어는 유연한 동작으로 착지했다. 쭈그려 앉은 자세로 떨어져선 처마가 있는 건물 지붕을 가로질러 달려갔다. 그는 맞은편 어둠 속에서 멈추어, 소용돌이치는 공기 속을 들여다보며 주석을 태웠다. 가슴 속에서 주석이 폭발하며 그의 감각이 예민해졌다. 갑자기 안개가 덜 짙어 보였다. 주위의 어둠이 조금이라도 옅어진 것은 아니었다. 그의 지각 능력이 강해졌을 뿐이었다. 그는 북쪽 멀리에 있는 커다란 건물을 간신히 알아볼 수 있었다. 벤처 아성.

켈시어는 주석을 계속 켜두었다. 주석은 천천히 타올랐으므로 닳아 떨어질 걱정은 하지 않아도 될 것이다. 그가 일어서자 안개가 몸에 살짝 감겨들었다. 안개는 굽어지고 빙빙 돌면서 가볍게, 거의 느낄 수 없을 정도로 그의 옆으로 흘러갔다. 안개는 그를 알고 있었다. 그가 자신들의 것이라고 주장했다. 안개는 알로맨시를 느낄 수 있었다.

그는 껑충 뛰면서 뒤에 있던 금속 굴뚝을 '밀어', 수평으로 넓게 도약했다. 뛰어오르는 순간 그는 동전을 한 개 던졌다. 작은 금속 조각은 어둠과 안개 속에서 반짝이며 움직였다. 그는 동전이 땅에 떨어지기 전에 동전을 '밀었다'. 그의 체중의 힘으로 동전은 쏜살같이 아래로 밀려갔다. 동전이 자갈에 떨어지는 순간, 켈시어의 '미는' 힘은 그의 몸을 위로 밀어 올렸다. 그의 도약 후반부는 우아한 호를 그렸다.

켈시어는 다른 건물의 처마가 있는 나무 옥상에 착지했다. 게멜이 처음 그에게 가르친 것이 '강철-밀기'와 '철-당기기'였다. 늙은 광인은 이렇게 말했다. '네가 뭔가를 "미는" 건 네 몸무게를 거기에 던지는 것과 같단다. 그리고 네 몸무게는 바꿀 수 없어. 너는 북쪽의 무슨 신비주의자가 아니라 알로맨서니까. 그 물건이 너에게 날아오는 걸 원하지 않는다면, 너보다 가벼운 건 "당기지" 마라. 그리고 네 몸이 반대 방향으로 날아가는 게 싫으면 너

보다 무거운 걸 "밀지" 말고.'

켈시어는 흉터를 긁은 다음 미스트클록을 꽉 여미면서 지붕 위에 웅크리고 앉았다. 나뭇결이 그의 맨발을 찔렀다. 그는 주석을 태울 때 모든 감각이 예민 해지지 않았으면, 적어도 모든 감각이 동시에 예민해지지는 않았으면 하고 바 랄 때가 많았다. 어둠 속에서 보려면 시력이 증진되어야 했고, 예민해진 청력 도 유용했다. 하지만 주석을 태우면 피부가 너무 예민해져 밤이 더 싸늘하게 느껴졌고, 발에 닿는 모든 자갈과 나무의 결이 낱낱이 감지되었다.

그의 앞에는 벤처 아성이 솟아 있었다. 어두컴컴한 도시와 비교하면 아성 은 빛으로 타오르는 것 같았다. 고위 귀족의 하루 일과는 보통 사람들과는 달랐다. 램프 기름과 촛불을 쓸 수 있는 심지어 낭비할 수 있는 능력은, 곧 부자는 계절이나 태양의 변덕 앞에 절할 필요가 없다는 뜻이었다.

아성은 웅장했다. 그 건물에서도 그 정도는 보였다. 부지 둘레에 방어벽 은 세워놓고 있었지만, 아성 자체는 방어 시설이라기보다 예술적인 건물이 었다. 튼튼한 지지벽이 옆쪽에서 둥그렇게 구부러져나가면서 복잡한 창문 과 연약한 첨탑들이 사이사이에 들어가 있었다. 밝은 스테인드글라스 창문 들은 직사각형 건물 옆면을 따라 높이 뻗어 있었고, 그 안에서 비쳐 나오는 환한 빛이 주위를 둘러싼 안개에 얼룩덜룩한 불빛을 던졌다.

켈시어는 철을 태우고, 강하게 폭발시켜 어둠 속에서 커다란 금속 자원을 찾았다. 아성에서 너무 멀리 떨어져 있었기 때문에 동전이나 경첩 같은 작 은 물건은 사용할 수 없었다. 이 정도의 거리를 뛰어넘으려면 더 큰 닻이 필 요할 것이다.

파란 선들은 대부분 희미했다. 켈시어는 느릿느릿 앞쪽으로 움직이는 선 두 개를 주의해서 보았다. 아마 옥상에서 경비를 서고 있는 경비병 한 쌍일 것이다. 켈시어가 느끼는 것은 그들의 흉갑과 무기였다. 알로맨시를 감안하 면서도 귀족들은 대부분 병사에게 여전히 금속 무장을 시켰다. 금속을 '밀 거나' '당길' 수 있는 미스팅들은 흔치 않았고, 완전한 미스트본은 훨씬 더 드물었다. 이런 적은 수의 위협에 대비하기 위해 병사와 경비병들을 상대적으로 무방비한 상태로 두는 건 비실용적이라고 생각하는 영주들이 많았다.

아니, 대부분의 고위 귀족들은 다른 수단을 써서 알로맨서에 대응했다. 켈시어는 미소를 지었다. 독슨은 로드 벤처가 헤이즈킬러 무리를 두고 있다고 했다. 사실이라면 켈시어는 밤이 다 가기 전에 그들과 만나게 될 것이다. 그는 잠시 군인들은 무시하고, 아성의 높은 꼭대기를 향해 뻗은 파랗고 또렷한 선에 집중했다. 지붕 위에 청동이나 구리가 깔려 있는 것 같았다. 켈시어는 철을 폭발시키고 깊이 숨을 들이쉰 후 그 선을 '당겼다'.

갑자기 그는 공중으로 휙 잡아당겨졌다.

켈시어는 계속 철을 태우면서 엄청난 속도로 아성 쪽으로 몸을 당겼다. 어떤 소문에서는 미스트본이 날 수 있다고 했지만, 아쉽게도 그것은 과장이었다. 금속을 '밀고' '당기는' 일은 대체로 난다기보다는 방향만 바꿔서 떨어지는 것에 가까운 느낌이었다. 알로맨서는 적합한 운동량을 얻기 위해서 세게 '당겨야' 하는데, 그러면 자기의 닻 노릇을 하는 금속을 향해 무시무시한 속도로 돌진하게 된다.

켈시어는 아성 쪽으로 쏜살같이 달려갔다. 안개가 몸 주위에 감겼다. 그는 아성 안쪽을 둘러싼 보호벽을 쉽게 통과했지만, 움직이면서 몸이 약간 땅 쪽으로 떨어졌다. 또 성가시게 몸무게 때문이었다. 체중은 그를 아래쪽으로 잡아당겼다. 아주 빠른 화살도 날아갈 때는 약간 땅 쪽으로 향하는 법이다.

몸무게가 아래로 당겨진다는 것은 그의 몸이 지붕 위로 바로 쏘아 오르는 대신 호를 그리며 흔들린다는 뜻이었다. 그는 옥상 몇십 피트 아래에 있는 아성 벽에 접근했다. 그가 날아가는 속도는 여전히 무시무시했다.

숨을 깊이 들이쉬고, 그는 백랍을 태웠다. 주석이 감각을 강화시키는 것같이 백랍은 육체적 능력을 강화시켰다. 그는 공중에서 몸을 돌려 발로 돌벽을 때렸다. 강화된 근육조차도 그런 취급을 당하자 괴로워했지만, 그는 뼈 하나

부러지지 않고 멈추었다. 그는 즉시 지붕 잡은 손을 놓고 몸이 떨어지기 시작하자마자 동전 하나를 떨어뜨리며 '밀었다'. 그다음 손을 뻗어 위에 있는 금속 자원을 골라서—스테인드글라스 창의 철사 덮개였다—'당겼다'.

동전은 땅 쪽으로 떨어지면서 갑자기 그의 몸무게를 지탱할 수 있게 되었다. 켈시어는 동전을 '밀고' 동시에 창문을 '당기면서' 몸을 위로 쏘아 올렸다. 그다음 두 금속을 모두 끄고, 어두운 안개 속에서 마지막 몇 피트는 가속도로 올라갔다. 클록이 조용히 퍼덕였다. 그는 아성의 위쪽 보조 통로 가장자리로 올라가 돌 울타리 위로 몸을 가볍게 튕겨 올린 후 벽 선반에 조용히 착지했다.

세 걸음도 떨어지지 않은 곳에 경비병 하나가 놀란 채 서 있었다. 켈시어는 일 초 만에 그의 위쪽 공중으로 뛰어올라, 경비병의 강철 흉갑을 살짝 '밀어' 남자의 몸 균형을 무너뜨렸다. 켈시어는 유리 단검 하나를 재빨리 뽑고 '철-당기기'로 경비병에게 다가갔다. 그는 양발로 남자의 가슴 위에 내려앉아 웅크린 후, 백랍으로 강해진 팔을 휘둘러 그를 베었다.

경비병은 목이 잘려 쓰러졌다. 켈시어는 그 남자 옆으로 유연하게 내려오며 어둠 속에서 경보 소리가 나지 않나 귀를 기울였다. 경보는 울리지 않았다.

켈시어는 피를 콸콸 쏟으며 죽어가는 경비병을 남겨두고 떠났다. 그 남자는 하위 귀족일 수도 있었다. 그렇다면 적이다. 대신 그가 스카 군인이었다면, 동전 몇 개에 유혹당해 자기 쪽 사람들을 배신한 자였다면…… 그렇다면 켈시어는 그런 작자를 영원 속에 보내주게 되어 훨씬 더 기뻤을 것이다.

그는 죽어가는 남자의 흉갑을 '밀고', 돌로 된 보조 통로에서 위로 뛰어올라 옥상으로 올라갔다. 발밑의 구리 지붕은 싸늘하고 번질거렸다. 그는 지붕을 타고 서둘러 건물 남쪽 면으로, 독슨이 말한 발코니를 찾아갔다. 발각되는 건 별로 걱정하지 않았다. 오늘 저녁에 온 목적 한 가지는 알로맨시의 열 번째 금속이자 대개 가장 강력한 금속으로 알려진 아티움을 훔치는 것이었다. 그러나 또 한 가지 목적은 소동을 일으키는 것이었다.

발코니는 쉽게 찾을 수 있었다. 폭도 면적도 넓은 발코니는 작은 그룹이 앉아서 즐기는 용도로 쓰이는 것 같았다. 하지만 지금은 조용했다. 경비병 두 명 말고는 아무도 없었다. 켈시어는 발코니 위의 밤안개 속에 조용히 웅크려 앉아, 몸을 가려주는 회색 클록을 걷고 발가락으로 금속 지붕 가장자리 면의 바깥쪽을 감았다. 두 경비병은 아래쪽에서 정신없이 잡담을 나누고 있었다.

'소동을 좀 피워볼까.'

켈시어는 경비병 사이의 벽 선반으로 똑바로 떨어졌다. 백랍을 태워 몸을 강화하며, 마음을 뻗어 두 사람에게 동시에 맹렬하게 '강철-밀기'를 했다. 그가 가운데 버티고 있었기 때문에 경비병들은 각각 반대 방향으로 밀려났다. 갑자기 보이지 않는 힘이 그들을 뒤로 밀어 발코니 울타리 너머의 어둠 속으로 던지자 그들은 놀라서 고함을 쳤다.

경비병들은 떨어지면서 비명을 질렀다. 켈시어는 발코니 문을 열어젖히고 안개의 벽이 그의 주위로 무너져 들어오게 했다. 안개의 덩굴손이 앞으로 기어들어오며 어두운 방을 차지했다.

'안쪽 세 번째 방.'

켈시어는 몸을 숙이고 앞으로 달려가며 생각했다. 두 번째 방은 조용하고 온실 같은 곳이었다. 재배된 관목과 작은 나무를 담고 있는 낮은 모판들이 방에 가득했고, 한쪽 벽은 식물이 쐴 햇빛을 공급받기 위해 천장부터 마루까지 거대한 창문으로 되어 있었다. 방은 어두웠지만 켈시어는 그 식물들이 모두 일반적인 갈색 식물과는 조금씩 다른 색깔이라는 걸 알았다. 어떤 것은 희고, 어떤 것은 불그스름하고, 심지어 몇 가지는 밝은 노란색 같았다. 갈색이 아닌 식물은 귀족들이 재배하는 아주 드문 물건이었다.

켈시어는 재빨리 움직여 온실을 지나, 다음 문가에서 불이 켜져 문의 윤곽이 빛나는 것을 보고 멈추었다. 그는 불 켜진 방에 들어갈 때 예민해진 눈이 갑자기 어두워질까 봐 주석을 끄고, 문을 활짝 열었다.

그는 빛 때문에 눈을 깜박이면서 양손에 유리 단검을 쥔 채 몸을 숙이고 안으로 들어갔다. 그러나 방은 비어 있었다. 서재가 확실했다. 책장 옆의 벽마다 등불이 타고 있었고, 구석에는 책상이 하나 있었다.

켈시어는 칼을 다시 집어넣고 강철을 태우며 금속 자원을 찾았다. 방구석에 커다란 금고가 있었지만, 너무 뻔했다. 동쪽 벽 안에서 다른 강한 금속 자원이 뚜렷하게 빛났다. 켈시어는 다가가서 손가락으로 벽의 회반죽을 더듬었다. 귀족 아성의 벽들이 흔히 그렇듯이 여기에도 은은하게 벽화가 그려져 있었다. 낯선 생물들이 붉은 태양 아래 느긋이 앉아 있었다. 가짜 벽 부분은 2제곱피트 안짝이었고, 벽화로 금이 가려지는 곳에 자리 잡고 있었다.

'언제나 또 비밀이 있지.' 켈시어는 생각했다.

그는 굳이 기계장치 여는 법을 알아내려고 하지 않았다. 그냥 강철을 태우고, 안으로 마음을 뻗어 함정 문의 잠금장치로 짐작되는 약한 금속 자원을 세게 잡아당겼다. 그것은 처음에는 저항하면서 그를 벽으로 마주 끌어당겼다. 그러나 그는 백랍을 태우면서 더 세게 잡아당겼다. 잠금장치가 딸깍 소리를 내며 벽의 패널이 활짝 열렸다. 벽 안에 설치된 작은 금고가 드러났다.

켈시어는 미소를 지었다. 백랍으로 강해진 사람이라면 충분히 운반할 수 있을 만큼 작아 보였다. 벽에서 빼낼 수만 있다면.

그는 위로 뛰어올라 금고에 '철-당기기'를 하며 벽에 발을 대고 내려왔다. 열린 벽의 양쪽 면에 한 발씩 걸치고 버텼다. 그는 몸을 고정시키고 계속 '당기'다가 백랍을 폭발시켰다. 다리에 힘이 넘쳐흘렀고, 그는 금고를 '당기면서' 철도 폭발시켰다.

그는 안간힘을 쓰며 조금 끙끙거렸다. 어느 쪽이 먼저 포기하느냐 하는 시험이었다. 금고냐, 그의 다리냐.

금고가 들썩거렸다. 켈시어는 더 세게 '잡아당겼다'. 근육들이 비명을 질렀다. 한순간이었지만 길게 느껴졌다. 아무 일도 일어나지 않았다. 다음 순간 금고가 흔들리더니 벽에서 뜯겨 나왔다. 켈시어는 뒤로 넘어지며 강철을 태우고 금고를 '밀어' 그것이 자기를 피해 가도록 했다. 그는 땅에 서툴게 착지했다. 금고가 위쪽으로 지저깨비들을 날리며 나무 바닥에 부딪치자, 땀이 이마에서 뚝뚝 떨어졌다.

놀란 경비병 한 쌍이 방으로 달려 들어왔다.

"더 일찍 왔어야지."

켈시어가 한 손을 들고 두 병사의 칼 중 하나를 '당기면서' 말했다. 칼은 칼집에서 휙 빠져나와 공중에서 빙글빙글 돌며 켈시어가 지정한 곳으로 쏜살같이 날아갔다. 그는 철을 끄고 옆으로 비켜서서 가속도로 날아오는 칼의 손잡이를 잡아챘다.

"미스트본이다!" 경비병이 비명을 질렀다.

켈시어는 미소를 짓고 앞으로 풀쩍 뛰었다.

경비병이 단검을 꺼냈다. 켈시어는 그 단검을 '밀어서' 남자의 손에서 무기를 뽑아내고, 칼을 휘둘러 경비병의 몸에서 머리를 베어냈다. 두 번째 경비병은 욕을 하며 자기 갑옷 끈을 잡아당겨 풀었다.

켈시어는 자기 칼을 휘두르자마자 '밀었다'. 칼은 그의 손가락에서 떨어져 나와 두 번째 경비병에게 쉿 소리를 내며 똑바로 날아갔다. 첫 경비병의 시체가 쓰러지는 순간 켈시어가 '미는' 것을 막으려고 푼 갑옷이 툭 떨어졌다. 무방비가 된 두 번째 경비병의 가슴에 켈시어의 칼이 박혔다. 남자는 조용히 비틀거리다가 쓰러졌다.

켈시어는 클록을 바스락거리며 시체들에게서 몸을 돌렸다. 지금 그의 분노는 로드 트레스팅을 죽였던 밤의 맹렬한 감정과는 달리 고요했으나 아직도 분노를 느끼고 있었다. 근질거리는 흉터 속에서 그리고 사랑한 여자의 떠오르는 비명 속에서. 켈시어는 '마지막 제국'을 유지하는 그 어떤 사람에게도 살아갈 권리를 인정해줄 생각이 없었다.

그는 백랍을 폭발시켜 몸을 강화한 후 쪼그려 앉아 금고를 들었다. 그는 무게 때문에 잠시 비틀거리다가 일어서서, 몸의 균형을 잡고 도로 발코니쪽으로 발을 끌며 걷기 시작했다. 금고 안에 아티움이 들어 있을 것이다. 어쩌면 아닐 수도 있었다. 그러나 다른 선택지를 찾아볼 시간이 없었다.

온실을 절반쯤 지나왔을 때 뒤에서 발자국 소리가 들렸다. 돌아서자 서재에 사람들이 넘쳐흐르는 게 보였다. 느슨한 회색 로브를 입고 칼 대신 결투용 지팡이와 방패를 갖춘 여덟 사람이었다. 헤이즈킬러들이었다.

켈시어는 금고를 땅에 떨어뜨렸다. 헤이즈킬러들은 알로맨서가 아니었지만 미스팅과 미스트본에 대항해 싸우는 훈련을 받았다. 그들은 몸에 금속을 한 조각도 지니지 않고 그의 속임수에 대비할 것이다.

켈시어는 뒤로 물러나 몸을 펴고 미소 지었다. 여덟 명의 사람들은 서재 안으로 들어와 흩어졌다. 그들의 움직임은 조용하고 정확했다.

'이거 재밌어지겠군.'

헤이즈킬러들은 둘씩 짝을 지어 온실 속으로 달려 들어오며 공격했다. 켈시어는 단검을 빼들고 아래쪽으로 몸을 숙여 첫 번째 공격을 피하고는 한 사람의 가슴을 베었다. 그러나 그 헤이즈킬러는 뒤로 펄쩍 뛰어 물러나더니 자기 지팡이를 휘둘러 켈시어가 다가오지 못하게 했다.

켈시어가 백랍을 폭발시키면서, 강화된 다리로 펄쩍 뛰어 뒤로 물러났다. 그는 한 손으로 동전 한 줌을 홱 꺼내 적들에게 '밀었다'. 금속 원반들은 앞으로 쏘아져 나가며 공중을 씽씽 갈랐다. 그러나 적들은 대비하고 있었다. 그들이 방패를 들자 동전들은 나무 부스러기를 위로 튀겼지만 사람은 해치지 못한 채 방패에 맞고 떨어졌다.

켈시어는 다른 헤이즈킬러들을 쳐다보았다. 그들은 방을 가득 채우고 그에게 다가왔다. 그들은 전투가 길어지면 그와 싸울 엄두를 낼 수 없었다. 그들은 싸움이 빨리 끝나기를 바라면서, 아니면 적어도 알로맨서들이 깨어나 싸울 때까지 그를 붙잡아둘 수 있기를 바라면서 그에게 동시에 달려드는 전술을 쓸 것이다. 그는 바닥에 내려앉으며 금고를 흘끗 보았다.

금고를 놔두고 떠날 수는 없었다. 싸움도 빨리 끝내야 했다. 그는 백랍을 폭발시키며 앞으로 뛰어들어 단검을 휘둘러보았다. 그러나 적수의 방어를 뚫고 들어갈 수 없었다. 켈시어는 간신히 몸을 숙이면서 물러나 지팡이 끝에 머리가 부서지는 꼴을 가까스로 피했다.

헤이즈킬러 세 명이 뒤에서 달려들어 그가 발코니 방으로 물러서지 못하게 막았다.

'훌륭해.'

켈시어는 여덟 명 전부를 동시에 감시하려고 시도하며 생각했다. 그들은 정확하고 조심스럽게 한 팀으로 움직이면서 그에게 다가왔다.

켈시어는 이를 갈며 다시 백랍을 폭발시켰다. 그는 백랍이 떨어져가고 있다는 것을 알아챘다. 기본 금속 여덟 가지 중에서 백랍은 가장 빠르게 타는 금속이었다.

'지금 그걸 걱정할 때가 아냐.'

뒤에서 헤이즈킬러들이 공격했고, 켈시어는 펄쩍 뛰어 비키면서 금고를 '당겨' 자기 몸을 방 한가운데로 세게 끌어당겼다. 그는 금고 근처의 땅에 닿자마자 '밀어서' 몸을 비스듬히 공중에 쏘아 올렸다. 그는 공격자 둘의 머리를 잡아당겨서 홱 꺾은 다음 잘 재배된 나무 묘판 옆에 착지했다. 그는 빙글 돌며 백랍을 폭발시키고, 적이 휘두를 공격을 예상하고 막기 위해 팔을 들어 올렸다.

결투용 지팡이가 그의 팔에 닿았다. 터질 듯한 고통이 팔뚝을 타고 내려왔지만, 백랍으로 강화된 뼈가 버텨주었다. 켈시어는 계속 움직였다. 다른 손을 앞으로 내밀어 적수의 가슴팍에 단검을 힘껏 밀어 넣었다.

남자는 놀라 뒤로 비틀거리며 켈시어의 단검을 뽑아내려고 했다. 연이어 두 번째 헤이즈킬러가 공격했지만 켈시어는 몸을 숙여 피하고 빈손을 아래로 뻗어 허리띠에서 동전 주머니를 떼어냈다. 헤이즈킬러는 켈시어의 남은 단검을 막아내려고 했지만, 그러는 대신 켈시어는 다른 손을 들어 올려 남자의 방패에 동전 주머니를 힘껏 던졌다.

그리고 동전을 방패 안으로 '밀었다'.

위력적인 '강철-밀기' 때문에 뒤로 던져지자 헤이즈킬러는 비명을 질렀다. 켈시어는 그의 강철을 폭발시키고 세게 '밀어서' 자기 몸도 뒤로 던져, 그를 공격하려던 한 쌍의 남자들에게서 멀어졌다. 켈시어와 그의 적은 서로 떨어지며 날아가 반대쪽으로 던져졌다. 켈시어는 맞은편 벽에 부딪쳤지만 계속 '밀었다'. 그의 적수와 동전 주머니, 방패, 모든 것을 거대한 온실 창에 밀어붙였다.

유리가 산산이 부서지면서 유리 조각 위에 서재에서 비치는 등불의 광채가 노닐었다. 헤이즈킬러의 절망적인 얼굴이 창 너머 어둠 속으로 사라지고, 깨진 창문으로 안개가 조용하지만 불길하게 기어들기 시작했다.

나머지 여섯 명이 가차 없이 앞으로 전진하는 바람에, 켈시어는 팔의 통증을 무시한 채 몸을 숙여 지팡이를 두 차례나 피해야 했다. 그는 작은 묘목에 긁히면서 몸을 돌려 비켜났지만 세 번째 헤이즈킬러의 지팡이 공격에 옆구리를 강타당했다.

그 공격으로 켈시어는 나무 묘판에 던져졌다. 그는 발을 헛디뎠다가, 불 켜진 서재 입구 부근에 쓰러지며 단검을 떨어뜨렸다. 고통에 숨을 들이키며 무릎을 꿇고, 옆구리를 움켜쥔 채 몸을 굴렸다. 다른 사람이었다면 그 일격에 갈비뼈가 박살 났을 것이다. 켈시어도 크게 멍이 들 것이다.

여섯 사람이 앞으로 나와 흩어져 그를 다시 둘러쌌다. 아픔과 분투로 눈이 흐려졌지만 켈시어는 비틀거리며 일어났다. 그는 이를 갈며 손을 아래로 뻗어 남은 금속 병 하나를 꺼냈다. 그 안에 든 것을 단숨에 마셔 백랍을 보충한 다음, 주석을 태웠다. 빛에 눈이 멀 지경이었고 팔과 옆구리의 고통이 더 날카롭게 느껴졌다. 그렇지만 폭발적으로 강화된 감각에 머리가 맑아졌다.

헤이즈킬러 여섯 명이 갑자기 협동 공격을 하며 다가왔다.

켈시어는 철을 태우고 금속을 찾아 손을 옆으로 움직였다. 가장 가까이 있는 원천은 서재 바로 안쪽 책상 위에 있는 두꺼운 은문진이었다. 켈시어는 그것을 날려 손으로 집고 몸을 돌려서, 공격 자세로 다가오는 사람들에게 팔을 뻗었다.

"좋아." 그는 으르렁거리듯 말했다.

켈시어는 강철을 불태워 순간적으로 힘을 썼다. 직사각형 잉곳(금속이나 합금을 녹여 주형에 넣고 덩어리로 만든 것)이 그의 손에서 떨어져 쏜살같이 공중을 날아갔다. 맨 앞에 있던 헤이즈킬러가 방패를 들어 올렸지만 너무 늦었다. 잉곳이 으드득 소리를 내며 남자의 어깨를 맞혔고, 그는 비명을 지르며 쓰러졌다.

켈시어는 옆으로 빙글 돈 다음 몸을 숙여 헤이즈킬러가 휘두르는 지팡이를 피하고 자기와 쓰러진 남자 사이에 헤이즈킬러 한 명이 들어가게 만들었다. 그는 철을 태우고, 잉곳을 자기 쪽으로 도로 '당겼다'. 잉곳이 공중을 날아 두 번째 헤이즈킬러의 옆머리를 때렸다. 남자는 쓰러지고 잉곳은 공중으로 튀어 올랐다.

남은 사람 중 하나가 욕설을 하며 공격하려고 앞으로 달려 나왔다. 켈시어는 아직 공중에 떠 있는 잉곳을 '밀어서' 자신을 공격하는 헤이즈킬러에게서 멀리 날아가게 했다. 헤이즈킬러는 방패를 들어 올렸다. 잉곳이 그의 뒤쪽 땅에 떨어지는 소리가 들렸고, 그는 백랍을 태우며 손을 위로 올려 헤이즈킬러가 휘두르는 지팡이를 잡았다.

헤이즈킬러는 끙끙거리며 켈시어의 강해진 힘에 맞서 싸웠다. 켈시어는 지팡이를 끌어당겨 빼앗으려고 하지 않았다. 대신 뒤에 있는 잉곳을 날카롭게 '당겨' 치명적인 속도로 자기 등 쪽으로 끌어들였다. 그는 마지막 순간 몸을 틀어 자기 운동량으로 헤이즈킬러의 몸을 빙글 돌려서…… 잉곳이 날아가는 경로로 똑바로 들여보냈다.

남자가 쓰러졌다.

켈시어는 백랍을 폭발시켜 공격을 버텼다. 아니나 다를까, 지팡이 하나가 어깨에 와서 부딪쳤다. 나무 지팡이가 쪼개져 그는 비틀거리며 무릎을 꿇었으나, 폭발시킨 주석 덕분에 의식을 유지할 수 있었다. 고통과 함께 명징한 정신이 번뜩였다. 그는 잉곳을 '끌어당겨' 죽어가는 남자의 등에서 빼내고는 옆으로 비켜서서 즉흥적으로 만든 무기가 자기 옆을 지나쳐 날아가게 했다.

가장 가까이 있던 헤이즈킬러 두 명은 방심하지 않고 몸을 웅크렸다. 잉곳은 그중 한 사람의 방패에 턱 박혔다. 그러나 켈시어는 균형을 잃고 몸이 날아갈까 봐 계속 '밀지' 않았다. 대신 그는 철을 태우며, 잉곳을 도로 자기 쪽으로 확 잡아챘다. 그는 철을 끄고 몸을 숙였다. 잉곳이 몸 위 공중으로 쉭 날아가는 것이 느껴졌다. 잉곳이 그에게 살금살금 다가오던 남자에게 부딪치자 와작 소리가 났다.

켈시어는 빙글 돌면서 철을 태운 다음 강철을 태워 마지막 두 사람에게 잉곳을 날렸다. 그들은 잉곳을 피해 물러났지만, 켈시어는 잉곳을 잡아당겨 그들 바로 앞의 땅에 떨어뜨렸다. 그들이 방심하지 않고 그것을 바라보느라 정신이 팔려 있을 때, 켈시어가 달려와 펄쩍 뛰어오르며 잉곳에 '강철-밀기'를 써서 자기 몸을 날려 그들 머리 위로 넘어갔다. 헤이즈킬러들이 욕을 하며 몸을 돌렸다. 켈시어는 땅에 내려앉으며 잉곳을 다시 '당겨서', 뒤에서 한 사람의 두개골을 박살냈다.

그 헤이즈킬러는 조용히 쓰러졌다. 잉곳은 어둠 속에서 몇 번 휘리릭 뒤집혔고, 켈시어가 그것을 공중에서 잡았다. 서늘한 표면이 피로 번질번질했다. 깨진 창으로 들어온 안개가 그의 발치에 흐르고 다리에 감겨 올랐다. 그는 손을 내려서, 마지막 남은 헤이즈킬러를 똑바로 겨누었다.

방 한쪽에서 쓰러진 사람 하나가 신음했다.

남은 헤이즈킬러는 뒤로 물러나더니 무기를 떨어뜨리고 쏜살같이 도망갔다. 켈시어는 미소를 지으며 손을 내렸다.

갑자기 잉곳이 그의 손가락에서 '밀려났다'. 잉곳은 쏜살같이 방을 가로질러 날아가더니 창문을 또 하나 부수었다. 켈시어가 욕을 하며 몸을 돌리자, 더 많은 사람들 한 무리가 서재로 쏟아져 들어오는 것이 보였다. 귀족옷을 입고 있었다. 알로맨서들이었다.

몇 명이 손을 들자 동전이 돌풍처럼 켈시어를 향해 쏟아졌다. 그는 강철을 폭발시키며 동전들을 '밀어내' 비껴가게 했다. 방에 동전들이 뿌려지면서 창문이 깨지고 나무가 쪼개져 날았다. 켈시어는 허리띠를 잡아당기는 힘을 느꼈다. 마지막 금속 병이 빠져나가 다른 방으로 '당겨졌다'. 건장한 남자들 몇 명이 몸을 웅크린 채 앞으로 달려와, 쏟아지는 동전 아래에 머물렀다. 써그. 햄처럼 백랍을 태울 수 있는 미스팅들이었다.

'갈 때가 되었군.'

켈시어는 또 한 번 쏟아지는 동전의 파도를 피하며 생각했다. 그는 옆구리와 팔에 느껴지는 고통에 이를 악물었다. 그는 뒤쪽을 슬쩍 보았다. 몇 초의 여유가 있었지만 발코니 쪽으로 도로 가지는 않을 작정이었다. 더 많은 미스팅들이 다가오자 켈시어는 깊은숨을 들이쉬고 천장부터 마루까지 통으로 된 깨진 창문 한 곳으로 돌진했다. 그는 안개 속으로 뛰어나가, 떨어지며 공중에서 몸을 돌리고 마음을 뻗어 떨어져 있던 금고를 단단히 '당겼다'.

그는 금고에 밧줄로 묶여 있는 듯이 공중에서 건물 옆면을 향해 훌쩍 뛰어내렸다. 켈시어의 몸무게가 금고를 당기자 금고가 온실 바닥을 갈아내며 앞으로 미끄러지는 것이 느껴졌다. 그는 건물 옆면에 쿵 부딪혔지만 창틀 위쪽에 버티고 서서 계속 '당겼다'. 그는 창에 거꾸로 매달려 선 채, 금고를 '당기면서' 힘을 주었다.

금고가 위쪽 바닥 가장자리를 넘어 나타났다. 불안하게 기우뚱거리더니 창밖으로 떨어져 곧장 켈시어를 향해 곤두박질쳤다. 그는 미소 지으며 철을 끄고 다리로 건물을 밀어내 미친 다이빙 선수처럼 안개 속에 몸을 던졌다. 어둠 속으로 거꾸로 떨어지면서, 위쪽의 깨진 창으로 나와 있는 화난 얼굴을 언뜻 보았다.

켈시어는 조심스럽게 금고를 '당겨' 공중에서 몸을 움직였다. 안개가 그의 주위에 감기자 시야가 흐려지며 떨어지고 있다는 느낌이 전혀 들지 않았다. 그저 허공 한가운데 떠 있는 것 같았다.

금고에 닿자, 그는 공중에서 몸을 돌려 금고를 '밀며' 자기 몸을 위쪽으로 던졌다.

금고는 바로 아래 자갈길에 떨어졌다. 켈시어는 금고를 약간 '밀어' 몸의 속도를 늦추고, 지상 겨우 몇 피트 위에서 멈추었다. 그는 잠시 안개 속에 떠 있었다. 클록의 리본들이 바람에 말리고, 펄럭였다. 그는 금고 옆 땅으로 내려왔다.

떨어지는 바람에 금고가 깨졌다. 켈시어는 부서진 금고 앞면을 비틀어 열면서, 주석으로 예민해진 귀로 건물 위쪽에서 나는 경고의 외침에 귀를 기울였다. 금고 안에는 작은 보석 주머니 한 개와 1만 박싱짜리 신용장 두 장이 있었다. 그는 그것을 전부 주머니에 넣었다. 그다음 금고 안쪽을 더듬거리다가 불현듯이 그날 밤에 벌인 일이 허사가 아닌가 걱정이 들 무렵, 그의 손가락이 그 물건과 마주쳤다. 맨 뒤쪽에 있던 작은 주머니.

주머니를 당겨 열자 짙은 구슬 같은 금속 조각 무더기가 보였다. 아티움이었다. '갱'에서 보낸 시간의 기억이 되살아나면서 흉터가 화끈해졌다.

그는 주머니를 꼭 쥐고 일어섰다. 약간 떨어진 곳에, 자갈길 위에 비틀린 채 누워 있는 사람이 보였다. 그는 누군지 살펴보았다. 아까 창밖으로 던져 버린 헤이즈킬러의 짓이겨진 유해였다. 켈시어는 시체 옆을 걸어 지나가며, '철-당기기'로 자신의 동전 주머니를 잡아당겨 도로 손에 넣었다.

'아니, 오늘 밤은 허사가 아니었어.'

켈시어의 관점으로는, 아티움을 찾지 못했다고 해도 귀족이 한 떼거리 죽었다면 어떤 밤이든 성공적인 밤이었다.

그는 한 손에 주머니를, 다른 손에 아티움 주머니를 쥐었다. 그는 계속 백랍을 태우고 있었다. 백랍이 그의 몸에 빌려준 힘이 없었다면 상처의 고통으로 이미 쓰러졌을 것이다. 그는 어둠 속으로, 클럽스의 가게를 향해 달려갔다.

6

나는 절대로 이 일을 바라지 않았다, 정말이다. 그러나 누군가가 '디프
니스'를 멈춰야 한다. 그리고 그 일을 이룰 수 있는 장소는 테리스뿐이라
고 한다.

하지만 이 사실에 학자들의 말까지 빌려 올 필요는 없다. 다른 사람
들은 아니지만, 나는 이제 우리의 목표를 느낄 수 있다, 감지할 수 있다.
그것은…… 저 산맥 속 먼 곳에서, 내 마음속에서, 고동치고 있다.

빈은 조용한 방에서 일어났다. 붉은 아침 햇빛이 덧문 틈으로 새어 들어
왔다. 그녀는 잠시 불안해하며 침대에 누워 있었다. 뭔가 잘못된 것같이 느
껴졌다. 낯선 장소에서 깨어서 그런 것은 아니었다. 린과 함께했던 여행 때
문에 그녀는 떠돌아다니는 생활 방식에 익숙했다. 불편한 원인을 깨닫는 데
잠시 시간이 걸렸다.

방이 비어 있었다.

비어 있을 뿐만 아니라 문이 열려 있었다. 한산했다. 그리고…… 편안했
다. 그녀는 기둥 위에 올려진 진짜 매트리스 위에 누워 있었다. 시트와 플러
시 천 퀼트 이불도 있었다. 방에는 견고한 나무 장식장이 있었고, 원형 러그
도 있었다. 다른 사람이 보면 답답하고 간소한 방이라고 생각할지도 모르지
만, 빈에게는 호화로워 보였다.

그녀는 얼굴을 찌푸리며 일어나 앉았다. 방 하나를 온전히 자기 혼자 차
지하다니 잘못된 일 같았다. 그녀는 언제나 패거리들로 채워진 비좁은 침대
방에 끼어 있었다. 여행할 때도 거지들의 골목이나 반역도 동굴에서 잤고,
린이 그녀와 함께 있었다. 혼자 있을 시간과 장소를 찾으려면 언제나 기를

쓰고 싸워야 했다. 그것을 이렇게 쉽게 얻게 되자 짧은 고독의 순간들을 누리기 위해 애쓴 지난 몇 년이 평가절하되는 것 같았다.

그녀는 침대에서 빠져나왔지만 덧문은 굳이 열지 않았다. 햇빛이 희미한 걸 보니 아직 이른 아침이었다. 그러나 벌써부터 사람들이 복도에서 움직이는 소리가 들렸다. 그녀는 살금살금 문가로 가 살짝 문을 열고 밖을 내다보았다.

전날 밤 켈시어가 떠난 후, 독슨은 클럽스의 가게로 빈을 데려왔다. 시간이 늦었기 때문에 클럽스는 곧장 그들을 각자 다른 방으로 데려갔다. 그러나 빈은 즉시 잠들지 않았다. 모두 잠들 때까지 기다렸다가, 주위 환경을 살펴보기 위해 슬쩍 빠져나왔다.

그 주택은 가게라기보다는 여관 같았다. 아래층에 전시장이 있고 뒤쪽에 커다란 작업장이 있었지만, 2층에는 객실들이 줄줄이 있는 긴 복도가 몇 개나 있었다. 3층도 있었고, 문과 문 사이의 간격이 더 넓은 걸 보니 방이 더 큰 것 같았다. 그녀는 함정 문이나 가짜 벽을 찾으려고 벽을 두드려보지는 않았다. 그런 소리를 내면 누군가 깨어날 것이다. 그러나 그녀의 경험상, 적어도 비밀 지하실과 빠져나갈 구멍은 있어야 제대로 된 은신처라 할 수 있었다.

전반적으로 그녀는 깊은 인상을 받았다. 아래층의 목공 장비와 반쯤 완성된 작품들은 은신처를 평판이 좋은 가게이자 영업 중인 가게로 위장했다는 뜻이었다. 은신처는 안전했고, 구색이 잘 갖춰져 있었으며, 손질도 잘되어 있었다. 문틈을 통해 지켜보는데 빈의 방 맞은편 문에서 지쳐빠진 젊은 남자 여섯 명 정도가 나왔다. 그들은 단순한 옷을 입고, 작업실로 가는 계단을 내려갔다.

'목수 도제들이야. 클럽스의 위장은 스카 기능공이구나.' 빈은 생각했다.

스카 대부분은 농장에서 힘들고 단조로운 생활을 했다. 도시에 사는 스카들조차도 보통은 천한 육체노동을 해야 했다. 그러나 얼마 안 되는 재주 있는 스카들은 사업을 할 수 있었다. 그들은 여전히 스카였다. 형편없는 보수를 받았고, 언제나 귀족들의 변덕에 좌지우지되었다. 그러나 그들은 다른 스카 대부분이 부러워할 만한 어느 정도의 자유를 갖고 있었다.

클럽스는 일류 목수인 것 같았다. 스카의 기준으로는 놀라운 생활수준을 누리는 사람이 과연 무엇 때문에 암흑가에 합류하는 위험을 무릅쓰게 되었을까?

'그는 미스팅이야. 켈시어와 독슨은 그를 "스모커"라고 불렀어.'

빈은 생각했다. 그녀는 그게 무슨 뜻인지 혼자서 알아내야 할 것이다. 경험상 켈시어같이 강력한 사람은 때때로 작은 지식은 주어도, 될 수 있는 한 오랫동안 그녀에게 지식을 전해주려 하지 않을 것이다. 그에게 그녀를 묶어두는 것은 그가 가진 지식이었다. 그것을 너무 많이, 너무 빨리 줘버리는 건 현명하지 않을 테니까.

바깥에서 발소리가 났다. 빈은 계속 문틈으로 내다보았다.

"슬슬 준비해야지, 빈."

독슨이 그녀의 방문을 지나가며 말했다. 그는 귀족이 입는 드레스셔츠와 슬랙스를 입고 있었고, 잠에서 완전히 깨어 단정하게 보였다. 그는 멈춰 서서 계속 말했다.

"복도 끝 방에 네가 쓸 깨끗한 욕조가 있고, 클럽스에게는 네가 갈아입을 옷을 좀 달라고 했어. 좀 더 적당한 옷을 구할 때까지 입기엔 괜찮을 거야. 천천히 목욕하렴. 켈은 오늘 오후에 회의하겠다고 했지만, 브리즈와 햄이 오기 전까지는 시작할 수 없으니까."

독슨은 갈라진 문틈으로 그녀를 바라보며 미소 짓더니 계속 복도를 걸어갔다. 들켜버린 빈이 얼굴을 붉혔다.

'이 사람들은 관찰력이 있는 사람들이야. 이건 기억해둬야겠어.'

복도가 조용해졌다. 그녀는 문밖으로 빠져나와 독슨이 가르쳐준 방으로 살금살금 내려갔다. 정말로 따뜻한 목욕물이 기다리고 있어서 반쯤 놀랐다. 그녀는 타일을 붙인 방과 금속 욕조를 살펴보며 얼굴을 찌푸렸다. 귀족 레이디의 욕조처럼 물에서 향기가 났다.

'이 사람들은 스카라기보단 귀족 같아.'

빈은 생각했다. 그녀는 그것을 어떻게 생각해야 할지 잘 몰랐다. 그러나 그들은 그녀가 자기들처럼 할 거라고 생각하고 있는 게 분명했다. 그래서 그녀는 문을 닫아 빗장을 지르고, 옷을 벗은 다음 욕조 속으로 기어들어갔다.

그녀에게서 이상한 냄새가 났다.

희미한 향기였지만, 빈은 여전히 자기 몸에서 이따금 훅 끼치는 냄새를 맡을 수 있었다. 귀족 여자가 지나갈 때의 냄새, 오빠가 도둑질할 때 열었던 향수 뿌린 서랍의 향기였다. 아침이 지나면서 냄새는 점점 희미해져갔지만 그녀는 여전히 그 냄새 때문에 불안했다. 다른 스카들과 구별되는 냄새였다. 이 패거리에서는 그런 목욕을 규칙적으로 해야 한다면, 향수는 빼달라고 요청해야 할 것이다.

아침밥은 그녀의 기대에 부응했다. 여러 연령대의 스카 여자 몇 명이 가게 부엌에서 베이랩을 준비하고 있었다. 얇고 납작한 빵의 속을 끓인 보리와 채소로 채우고 돌돌 만 것이었다. 빈은 부엌 문가에 서서 여자들이 일하는 모습을 지켜보았다. 그녀들은 보통 스카보다 훨씬 더 깔끔하고 몸단장을 잘했지만 아무도 빈 같은 냄새는 풍기지 않았다.

사실, 건물 전체가 묘하게 청결했다. 전날 밤에는 어둠 때문에 알아차리지 못했지만 마루가 깨끗이 문질러져 씻겨 있었다. 부엌 여자들이나 도제들이나 모든 일꾼의 얼굴과 손이 깨끗했다. 빈에게는 이상하게 느껴졌다. 그녀는 자기 손가락이 재 얼룩으로 검어진 쪽이 익숙했다. 린과 함께 있을 때는 얼굴을 씻더라도 재빨리 다시 재로 문질렀다. 깨끗한 얼굴을 하고 있으면 거리에서 눈에 띄었다.

'구석에 재가 없어.' 그녀는 마루를 쳐다보며 생각했다. '방이 쓸려 있어.'

그녀는 한 번도 이런 곳에 살아본 적이 없었다. 마치 귀족 집에 사는 것 같았다.

그녀는 도로 부엌 여자들을 흘끔 보았다. 그들은 흰색과 회색의 소박한 드레스를 입고, 머리 위에는 스카프를 두르고, 등 쪽으로 긴 머리를 늘어뜨렸다. 빈은 자기 머리를 만지작거렸다. 그녀는 소년처럼 머리를 짧게 잘랐다. 지금의 들쭉날쭉한 머리는 패거리 중 한 명이 잘라주었다. 그녀는 이 여자들과 비슷하지 않았다. 그런 적이 한 번도 없었다. 린의 명령에 따라, 빈은 패거리들이 그녀를 여자애라기보다 도둑으로 먼저 생각하게끔 하고 살았다.

'하지만 지금 난 뭐지?'

목욕을 해서 향기가 나지만 도제 직공의 갈색 바지와 단추 달린 셔츠를 입고 있는 그녀는 매우 뻘쭘했다. 나쁜 일이었다. 자기가 어색하게 느낀다면 남에게도 분명 어색해 보일 것이다. 눈에 띌 만한 일이 또 하나 늘었다.

빈은 돌아서서 작업실을 보았다. 이미 아침 작업을 시작한 도제들이 여러 점의 가구에 붙어서 일하고 있었다. 그들이 뒤쪽에서 일하는 동안 클럽스는 주 전시실에서 가구에 세부적인 마무리 손질을 했다.

뒤쪽 부엌문이 갑자기 쾅 열렸다. 빈은 반사적으로 옆으로 슬쩍 피하며, 벽에 등을 대고 부엌 안을 둘러보았다.

햄이 붉은 햇빛을 뒤집어쓰고 문가에 서 있었다. 그는 헐렁한 셔츠와 조끼를 입었는데, 둘 다 소매가 없었다. 그는 커다란 꾸러미 몇 개를 들고 있었다. 그의 몸은 검댕으로 더럽지 않았다. 빈이 몇 번 보는 동안 이 패거리는 아무도 더러운 모습을 보인 적이 없었다.

햄은 부엌을 지나 작업실로 들어왔다. 그는 꾸러미들을 내려놓으며 말했다.

"그런데 내 방 어딘지 누가 알아?"

"마스터 클래던트에게 물어보겠습니다." 도제 한 명이 말하고 앞방으로 들어갔다.

햄은 미소를 짓고 기지개를 펴더니 빈 쪽을 보았다.

"안녕, 빈. 있잖아, 나 때문에 숨을 필요 없어. 우린 같은 팀이야."

빈은 긴장을 풀었지만 있던 곳에 그대로 서 있었다. 거의 완성된 의자들이 줄줄이 늘어선 곳이었다.

"당신도 여기서 살 거예요?"

"스모커를 근처에 두려면 언제나 대가가 드니까." 햄은 그렇게 말하고 돌아서서 도로 부엌으로 사라졌다. 그는 잠시 후 커다란 베이랩 네 개를 무더기로 들고 들어왔다. "켈이 어디 있는지 누구 알아?"

"자고 있어요. 간밤에 늦게 들어와서 아직 일어나지 않았어요." 빈이 말했다.

햄이 베이랩을 한입 먹으며 투덜거렸다.

"독스는?"

"3층 자기 방에 있어요. 일찍 일어나서 내려와 먹을 걸 갖고 도로 위층으로 올라갔어요." 빈은 열쇠 구멍으로 들여다보니 그가 책상에 앉아 종이에 뭘 끼적이고 있더라는 말은 덧붙이지 않았다.

햄은 한쪽 눈썹을 치켜세웠다.

"넌 언제나 그렇게 모든 사람이 어디 있는지 계속 신경 쓰니?"

"네."

햄은 잠시 말을 못 하다가 싱긋 웃었다.

"이상한 애구나, 빈."

도제가 들어오자 그는 꾸러미를 주워 모으고 도제를 따라 위층으로 올라갔다. 빈은 일어서서 그들의 발소리에 귀를 기울였다. 그들은 첫 번째 복도에서 반쯤 가다 멈추었다. 그녀의 방에서 문 몇 개 떨어진 곳일 것이다.

끓인 보리 냄새가 그녀를 유혹했다. 빈은 부엌을 바라보았다. 햄은 부엌에 들어가서 음식을 갖고 왔다. 그녀도 똑같이 해도 될까?

자신 있게 보이려고 빈은 성큼성큼 부엌으로 걸어 들어갔다. 베이랩이 무더기로 접시에 쌓여 있었다. 도제들이 일할 때 가져다줄 것인 듯했다. 빈은 그중 두 개를 집었다. 부엌 여자들은 아무도 그녀를 막지 않았다. 몇 명은 그녀에게 정중하게 고개를 끄덕이기까지 했다.

'난 이제 중요한 인물인가 봐.'

그녀는 상당히 불편한 마음으로 생각했다. 그들은 그녀가…… 미스트본이라는 걸 알까? 아니면 그냥 손님이기 때문에 존경심을 담아 대하고 있는 것일까?

결국 빈은 세 번째 베이랩까지 집어 자기 방으로 도망갔다. 그건 그녀가 먹을 수 있는 양보다 많았다. 그러나 그녀는 보리를 긁어내고 납작한 빵을 남길 작정이었다. 빵은 나중에 필요하게 될 때까지 잘 간직할 것이다.

문에서 노크 소리가 났다. 빈은 문으로 가서 조심스럽게 문을 당겨 열었다. 젊은 남자 하나가 밖에 서 있었다. 전날 밤 클럽스가 카몬의 은신처로 돌아올 때 함께 왔던 소년이었다.

회색 옷을 입은 그는 마르고 크고 어색해 보였다. 그는 열네 살 정도 되는 것 같았지만 키 때문에 나이가 더 들어 보였다. 왠지 몰라도 그는 초조한 것 같았다.

"왜?" 빈이 물었다.

"음……"

빈은 얼굴을 찌푸렸다.

"뭐야?"

"너 오래." 그는 강한 동쪽 억양으로 말했다. "그 일 하게 위로 올라오래. 마스터 점프스와 같이 3층으로. 어, 나 가봐야겠어."

소년은 얼굴을 붉히더니 돌아서서 재빨리 계단으로 올라갔다.

빈은 말문이 막힌 채 자기 방 문가에 서 있었다.

'이런 식으로 해도 되는 거야?' 그녀는 궁금했다.

빈은 복도를 바라보았다. 소년은 그녀가 자기를 따라올 거라고 생각한 것 같았다. 결국 그녀는 그렇게 하기로 하고 조심스럽게 계단을 올라갔다.

복도 끝 열린 문에서 여러 사람의 목소리가 흘러나오고 있었다. 다가가서 모퉁이 주위를 둘러보자 훌륭하게 꾸민 방이 있었다. 멋진 러그와 편안한 의자들이 놓여 있고, 방 옆쪽에선 벽난로가 불타고 있으며, 의자들은 칠판대 위에 놓인 거대한 칠판을 바라보도록 배열되어 있었다.

켈시어가 일어서서 와인 한 잔을 손에 든 채 한쪽 팔꿈치를 벽돌 벽난로에 기대고 있었다. 몸의 각도를 약간 바꾸자, 그가 브리즈에게 이야기하고 있는 모습이 보였다. 수더는 정오쯤 도착했고, 클럽스의 도제들 절반쯤을 무단으로 부려서 자기 짐을 풀었다. 빈은 도제들이 잡동사니 상자로 위장한 짐을 브리즈의 방으로 들고 올라가는 모습을 자기 창문에서 지켜보았다. 브리즈 자신은 손가락 하나 움직이지 않았다.

햄이 그 방에 있었고 독슨도 있었다. 클럽스는 브리즈에게서 제일 멀리 있는, 커다랗고 속을 빵빵하게 채운 의자에 앉아 있었다. 빈을 데려온 소년은 클럽스 옆의 등받이 없는 의자에 앉았고, 그녀를 쳐다보지 않으려 애쓰고 있는 게 눈에 보였다. 마지막으로, 전처럼 흔한 스카 일꾼의 옷을 입은 예덴이 앉아 있었다. 그는 사치스러운 의자가 못마땅하다는 듯 등받이에 등을 기대지 않은 채 의자에 앉아 있었다. 빈이 생각하는 스카 일꾼답게 그의 얼굴은 검댕이 묻어 검었다.

빈 의자가 두 개 남아 있었다. 켈시어는 빈이 문가에 서 있는 것을 알아차리고 초대하는 듯한 미소를 지었다.

"음, 왔네. 들어와."

빈은 방을 살펴보았다. 창문이 하나 있었다. 하지만 덧문은 다가오는 어둠을 막으려는 듯이 닫혀 있었다. 빈 의자는 켈시어를 둘러싼 반원 안에만 있었다. 그녀는 체념하고 앞으로 나가 독슨 옆의 빈 의자에 앉았다. 의자가 너무 컸다. 그녀는 의자에 무릎을 꿇고 앉았다.

"이게 우리 전부야." 켈시어가 말했다.

"마지막 의자는 누구 거야?" 햄이 물었다.

켈시어는 미소를 짓고 윙크했지만 질문에 대답하지 않았다.

"좋아, 이야기를 시작하자. 우리 앞에는 꽤 큰 일이 놓여 있으니 계획의 윤곽을 빨리 잡을수록 좋을 거야."

"난 자네한테 계획이 있는 줄 알았지." 예덴이 언짢아하며 말했다.

"뼈대는 있어. 난 무슨 일을 해야 하는지 알고, 그걸 어떻게 해야 할지 아이디어도 몇 가지 있어. 하지만 이런 패거리를 모았으면 그냥 뭘 하라고 시키는 게 아니라고. 계획이 제대로 이루어지려면 해결해야 하는 문제의 목록부터 시작해서 다 함께 짜야 해."

"음. 먼저 그 뼈대를 분명히 알려줘. 계획은 예덴에게 군대를 모아주고, 루서델에 혼란을 일으키고, 궁전을 점령하고, 로드 룰러의 아티움을 훔치고, 그다음 정부가 무너지게 놔두는 거야?" 햄이 말했다.

"본질적으로는 그래." 켈시어가 말했다.

"그럼 우리에게 가장 큰 문제는 주둔군이야. 루서델에 혼란을 일으키고 싶다면, 치안을 유지하는 병력 2만 명을 여기 둬서는 안 돼. 성벽 위에서 무장하고 저항하는 세력이 있다면 예덴의 병력이 절대로 도시를 차지할 수 없다는 사실은 말할 것도 없고."

켈시어는 고개를 끄덕였다. 그는 분필 한 조각을 집어 들고 칠판에 '루서델 주둔군'이라고 썼다.

"다른 건?"

"아까 이야기한 혼란을 루서델에 일으킬 방법이 필요해." 브리즈가 와인 잔을 들고 몸짓하며 말했다. "친구, 네 본능은 옳아. 이 도시에는 미니스트리의 본부가 있고, '대가문'들이 여기서 자기들의 상업 제국을 운영해. 로드 룰러의 통치를 끝장내고 싶다면 루서델을 무너뜨려야 해."

"귀족 얘기를 하면 또 다른 문제가 나오는데." 독슨이 덧붙였다. "'대가문'들의 경비 병력은 모두 도시에 있어. 알로맨서는 말할 것도 없고. 우리가 예덴에게 도시를 넘겨주려면 귀족들을 처리해야 할 거야."

켈시어는 고개를 끄덕이며 칠판의 '루서델 주둔군' 옆에 '혼란'과 '대가문'이라고 썼다.

"미니스트리." 클럽스가 말했다. 그는 플러시 천 의자에 한껏 푹 기대앉아 있는 탓에 빈에게는 그의 부루퉁한 얼굴이 거의 보이지 않았다. "강철 심문관들이 입이라도 뻥긋할 수 있는 한 정부는 변하지 않을 거야."

켈시어는 칠판에 '미니스트리'라고 덧붙였다.

"또 다른 건?"

"아티움." 햄이 말했다. "그것도 저 위에 써두는 게 좋을 거야. 일단 전반적인 아수라장이 시작되면, 우리는 궁전을 신속히 점령하고 다른 누구도 보물 창고에 들어갈 기회를 잡지 못하도록 만들어야 해."

켈시어는 고개를 끄덕이며 '아티움: 비밀 보물 창고'라고 칠판에 썼다.

"예덴의 병력을 모을 방법도 찾아야지." 브리즈가 덧붙였다. "조용하지만 빠르게 모아야 하고, 그들을 어디선가 훈련시켜야 해. 로드 룰러가 찾지 못할 곳에서."

"또 스카 반역도가 루서델을 통제할 준비가 되어 있는지도 확인해야겠지." 독슨이 덧붙였다. "궁전을 점령하고 수비하는 건 멋진 이야깃거리가 되겠지. 하지만 일단 모든 일이 다 끝나면 예덴과 그의 부하들이 실제로 통치할 준비가 되어 있어야 할 거야."

'병력'과 '스카 반역도'가 칠판에 더해졌다.

"그리고 난 '로드 룰러'를 덧붙이겠어." 켈시어가 말했다. "다른 선택지가 없어진다면 적어도 그를 도시 밖으로 끌어낼 계획은 있어야 할 거야."

'로드 룰러'라고 목록에 쓴 다음 그는 모인 사람들을 다시 바라보았다.

"뭐 빠진 게 있나?"

"뭐, 만약 우리가 극복해야 할 문제들을 늘어놓고 있는 거라면, 거기 우리 모두 제정신이 아니라는 것도 써야 할 거야. 그 사실을 고칠 수 있을지는 의심스럽지만." 예덴이 냉담하게 말했다.

사람들은 빙긋 웃었고 켈시어는 칠판에 '예덴의 나쁜 태도'라고 썼다. 그런 다음 뒤로 물러서서 목록을 살펴보았다.

"이렇게 나눠놓으니까 그렇게 나쁘지 않아 보여. 그렇지?"

빈은 얼굴을 찌푸리며 켈시어가 지금 농담하는 건지 아닌지 판단하려고 애썼다. 그 목록은 그냥 주눅이 드는 정도가 아니라 가히 충격적이었다. 제국 군인 2만 명? 고위 귀족들의 선발 병력과 권력? 미니스트리? '강철 심문관' 한 명은 천 명의 병력보다 더 강력하다고들 했다.

그러나 마음이 더 불편해지는 구석은, 그들이 그 문제를 아주 사무적으로 바라보고 있다는 사실이었다. 어떻게 로드 룰러에게 저항한다는 생각을 할 수 있는 걸까? 그는…… 음, 그는 '로드'다. 그는 전 세계를 지배한다. 창조자, 보호자 그리고 인류의 징벌자다. 그는 그들을 '디프니스'에서 구했지만 사람들의 믿음 부족을 벌하기 위해 재와 안개를 가져왔다. 빈은 별로 종교적이지는 않았다. 영리한 도둑이라면 '강철 미니스트리'를 피해야 한다는 걸 아니까. 하지만 그녀조차도 그 전설은 알았다.

그렇지만 패거리는 그 '문제' 목록을 투지 어린 눈으로 바라보았다. 그들은 진지하게 즐거워하고 있었다. '마지막 제국'을 전복하는 것보다 밤에 해가 뜨게 만들 가능성이 차라리 더 크다는 걸 그들도 알고 있는 것 같았다. 그래도 그들은 여전히 시도할 것이었다.

"로드 룰러여, 맙소사." 빈이 속삭였다. "여러분 진심이군요. 진짜 할 생각이에요."

"맹세할 때 그 이름을 사용하지 마, 빈." 켈시어가 말했다. "신성모독도 그놈에겐 영광이야. 네가 그 괴물의 이름으로 욕을 하면, 네 신으로 인정하는 거야."

빈은 입을 다물고 약간 멍한 채로 도로 의자에 앉았다.

"아무튼 이 문제들을 어떻게 극복할지, 누구든지 무슨 생각이 있으면 말해. 물론 예덴의 태도는 제외하고. 우리 모두 그건 가망이 없다는 걸 아니까." 켈시어가 가볍게 미소를 지으면서 말했다.

방이 조용해지고, 사람들은 생각에 잠겼다.

"무슨 생각 있어? 생각할 다른 각도나 인상이라도?" 켈시어가 물었다.

브리즈가 고개를 저었다.

"이제 저기 다 적어놓고 나니 저 아이가 정곡을 찌르지 않았나 생각할 수밖에 없는데. 이건 벅찬 일이야."

"하지만 해낼 수 있어." 켈시어가 말했다. "도시를 무너뜨리는 방법부터 시작하자. 아주 위협적이어서 귀족들을 혼란에 던져 넣고, 궁전 경비대까지 도시로 나와 우리 병력에 노출되게 하려면 우리가 뭘 해야 할까? 우리가 병력을 진입시켜 공격하는 동안 미니스트리와 로드 룰러의 정신을 딴 데 팔도록 할 수 있는 일이 뭐가 있을까?"

"음, 전반적인 민중 혁명이 떠오르는데." 햄이 말했다.

"안 될 거야." 예덴이 단호하게 말했다.

"왜 안 돼?" 햄이 물었다. "민중이 어떤 취급을 받는지 알잖아. 그들은 빈민가에 살고, 하루 종일 공장과 대장간에서 일해. 그런데도 절반쯤은 여전히 굶고 있어."

예덴은 고개를 저었다.

"이해 못 하겠어? 반역도는 천 년 동안 이 도시의 스카들을 봉기시키려고 했어. 하지만 결코 이루지 못했어. 그들은 너무 짓밟혀왔어. 그들에겐 저항의 의지나 희망이 없어. 그래서 자네들에게 군대를 얻으려고 온 거야."

방이 조용해졌다. 그러나 빈은 천천히 고개를 끄덕였다. 그녀도 그것을 보았고 느꼈다. 인간은 감히 로드 룰러와 싸우지 않는다. 사회 변두리에 숨어 도둑질로 살아가는 신세일지라도 그녀는 그 사실을 알았다. 반역은 일어나지 않을 것이다.

"안타깝지만 그 말이 옳아." 켈시어가 말했다. "현재 상태에서 스카는 봉기하지 않을 거야. 이 정부를 타도하려면 대중의 도움 없이 해내야 해. 그들 가운데서 우리 편 군인을 징집할 수는 있겠지. 하지만 인민 전체에 의지할 수는 없어."

"우리가 어떤 재앙을 일으킬 수는 없을까? 화재라든지?" 햄이 물었다.

켈시어는 고개를 저었다.

"얼마 동안 무역을 방해할 수는 있겠지만, 우리가 원하는 효과를 낼 수 있을지 의심스러워. 게다가 스카들의 희생이 너무 커질 거야. 돌로 만들어진 귀족 아성이 아니라 빈민가가 불탈 테니까."

브리즈가 한숨을 쉬었다.

"그럼 우리한테 뭘 시킬 거야?"

켈시어가 눈을 반짝이며 미소 지었다.

"'대가문'들이 서로 등을 돌리게 만들면 어떨까?"

브리즈는 침묵했다.

"가문 전쟁이라……." 그가 생각에 잠겨 와인을 한 모금 마시며 말했다. "그런 일이 도시에서 일어난 지 좀 됐지."

"즉, 긴장이 태동할 시간이 충분히 있었다는 이야기지." 켈시어가 말했다. "고위 귀족들은 점점 더 강력해지고 있어. 로드 룰러는 이제 그들을 거의 통제하지 않아. 그래서 우리가 그의 통제를 깨뜨릴 가능성이 있는 거지. 루서델의 '대가문'들이 관건이야. 그들은 제국의 무역을 통제할 뿐만 아니라, 스카 대부분을 노예로 쓰고 있어."

켈시어는 칠판을 가리키며 '혼란'과 '대가문' 줄 사이를 손가락으로 짚었다.

"루서델 안에 있는 가문들을 서로 반목하게 할 수 있다면 도시를 무너뜨릴 수 있어. 미스트본은 가문 지도자들을 암살하기 시작할 거야. 재산에도 타격을 입겠지. 오래지 않아 거리에서 공공연하게 전투가 일어날 거야. 예 덴과 우리가 한 계약에는 그에게 도시를 직접 장악할 기회를 준다는 것도 있어. 이보다 더 나은 거 생각해낼 수 있어?"

브리즈는 미소를 지으며 고개를 끄덕였다.

"재치 있는 생각인데. 난 귀족들이 서로 죽이게 만든다는 아이디어가 좋아."

"자네는 언제나 다른 사람이 실제 일을 행하게 만드는 걸 더 좋아하지, 브리즈." 햄이 말했다.

"친구여, 삶의 의미는 다른 사람들이 자네 대신 자네 일을 하도록 만드는 방법을 찾는 거야. 기초 경제학에 대해 아무것도 모르나?"

햄은 한쪽 눈썹을 치켜세웠다.

"사실 난……."

"그냥 말장난이야, 햄." 브리즈가 눈을 굴리며 끼어들었다.

"그런 게 제일 나빠!" 햄이 대답했다.

"철학은 나중에 이야기하고, 햄. 일에 집중하자." 켈시어가 말했다. "내 제안을 어떻게 생각해?"

"그건 효과가 있을 거야." 햄이 도로 의자에 앉으며 말했다. "하지만 로드 룰러가 거기까지 사태가 굴러가게 놔둘지 모르겠는걸."

"그가 달리 쓸 방법이 없도록 만드는 게 우리가 할 일이야." 켈시어가 말했다. "그는 자기 귀족들이 자립하지 못하게 서로 옥신각신하도록 놔둔다고 해. 우리는 그 긴장을 부채질한 다음 어떻게든 주둔군이 도시 밖으로 빠져나가게 해야지. 귀족들이 진심으로 싸우기 시작하면, 로드 룰러가 그들을 막기 위해 할 수 있는 일이라곤 궁전 경비대를 거리에 들여보내는 것뿐일 거야. 우린 그가 바로 그렇게 해주기를 바라는 거고."

"그가 콜로스 군대를 보낼 수도 있어." 햄이 말했다.

"맞아." 켈시어가 말했다. "하지만 콜로스는 적당한 거리를 두고 배치할 수밖에 없어. 우리가 이용해야 할 결점이 그거지. 콜로스 병력은 대단한 전사들이지만, 문명화된 도시에서 떨어져 있어야 해. '마지막 제국'의 중심부는 노출돼 있지만 로드 룰러는 자기 힘에 자신이 있지. 왜 안 그러겠어? 몇 세기 동안 심각한 위협을 당한 적이 없는데. 대부분의 도시에는 적은 경찰력만이 필요할 뿐이야."

"2만 명은 절대로 '적은' 숫자가 아니잖아." 브리즈가 말했다.

"전국적인 규모로 볼 때 그렇다는 거지." 켈시어가 한 손가락을 들어 올리며 말했다. "로드 룰러의 병력은 대부분 반란 위협이 제일 심한 제국 변경에 배치되어 있어. 그러니까 우리는 그를 여기서, 바로 여기 루서델에서 칠 거야. 그럼 성공할 거야."

"주둔군만 처리할 수 있다면." 독슨이 말했다.

켈시어가 고개를 끄덕이고 돌아서서 '대가문'과 '혼란' 아래 '가문 전쟁'이라고 썼다.

"좋아, 그럼. 주둔군 이야기를 하자. 주둔군을 어떻게 할까?"

"음." 햄이 생각에 잠겨 말했다. "역사적으로 보면, 거대한 병력을 처리하는 최선의 방법은 이쪽도 거대한 병력을 갖는 거야. 우리가 예덴에게 군대를 모아줄 텐데 왜 그 군대로 주둔군을 공격하지 않지? 애초에 군대를 만드는 의미가 그거 아니야?"

"그건 효과 없을 거야, 해먼드." 브리즈가 말했다. 그는 자기의 빈 와인 잔을 바라보더니, 클럽스 옆에 앉은 소년 쪽으로 들어 올렸다. 소년은 즉시 종종걸음을 쳐서 잔을 다시 채워 왔다.

"주둔군을 이기고 싶으면 적어도 그만한 크기의 병력이 필요할 거야." 브리즈가 말을 계속했다. "우리 병력은 새로 훈련시켜야 하니까, 훨씬 더 큰 병력이 있으면 좋을 테고. 우린 예덴에게 군대를 모아줄 수 있겠지. 심지어 얼마 동안 도시를 장악할 수 있을 만큼 큰 병력을. 하지만 주둔군 요새 안에서 주둔군과 대결할 만한 군대를 만들어준다고? 그런 계획이라면 지금 포기하는 게 나을걸."

모임이 조용해졌다. 빈은 의자 속에서 꼼지락거리며 사람들을 한 명 한 명 차례로 바라보았다. 브리즈의 말은 엄청난 효과를 가져왔다. 햄이 뭐라고 말하려고 입을 열다가 다물더니, 뒤로 기대앉아 다시 생각에 잠겼다.

"좋아." 켈시어가 마침내 말했다. "주둔군은 좀 있다 얘기하고, 우리 군대 문제를 보자. 상당한 규모의 군대를 모아 로드 룰러에게서 숨겨두려면 어떻게 해야 할까?"

"그것도 어려울 거야." 브리즈가 말했다. "로드 룰러는 '중앙 지배지*'에 있으면 안전하다고 느낄 만한 훌륭한 이유가 있어. 도로와 수로마다 순찰을 끊임없이 도는 데다, 마을이나 농장과 마주치지 않고는 하루도 여행할 수 있는 길이 없어. 주의를 끌지 않고 군대를 모을 수 있는 곳이 아니지."

"반역도들에게는 북쪽 동굴들이 있어. 그곳에 사람을 좀 숨겨놓을 수 있을 거야." 독슨이 말했다.

예덴이 창백해졌다.

"아고이스 동굴**을 알고 있어?"

켈시어가 눈을 굴렸다.

"로드 룰러도 알고 있어, 예덴. 그곳 반역도들이 아직 위험하지 않아서 그가 신경을 쓸 정도가 아닌 것뿐이야."

"루서델과 루서델 주위에, 동굴들까지 포함해서, 사람들이 얼마나 많아, 예덴? 우리가 몇 명으로 시작해야 해?"

예덴은 어깨를 으쓱했다.

"아마 300······. 여자와 아이들까지 포함해서."

"그럼 그 동굴에는 얼마나 많이 숨길 수 있을 것 같아?" 햄이 물었다.

예덴은 다시 어깨를 으쓱했다.

"확실히 동굴에는 더 많은 무리가 들어갈 수 있어." 켈시어가 말했다. "만 명 정도. 나도 거기 가봤어. 반역도들은 몇 년 동안이나 그곳에 사람들을 숨겼지만, 로드 룰러는 그들을 없애려고 한 적이 한 번도 없었어."

"난 왜 그런지 알겠어." 햄이 말했다. "동굴전은 고약해. 특히 공격자에게는. 로드 룰러는 패배는 최소한으로 하는 걸 좋아해. 그는 자존심 빼면 시체야. 아무튼 만 명이면 괜찮은 숫자야. 그 정도면 궁전을 쉽게 장악할 수 있

---

* 중앙 지배지(CENTRAL DOMINANCE): '지배지(DOMINANCE)'는 '마지막 제국'을 열 부분으로 나눈 봉건식 영토다. 지배지를 지배하는 영주들은 모두 로드 룰러 수하에 있다.

** 아고이스 동굴(ARGUOIS CAVERNS): 중앙 지배지에 있는 동굴계. '하스신의 갱' 근처에 있다.

어. 성벽이 있는 곳이라면 도시도 지킬 수 있을 거야."

독슨은 예덴을 보았다.

"군대를 만들어달라고 했을 때, 어느 정도 크기를 생각하고 있었어?"

"만 명이면 훌륭한 수라고 생각해." 예덴이 말했다. "사실…… 내 생각보다 더 커."

브리즈는 잔을 살짝 기울여 안에 든 와인을 돌렸다.

"또 엇나가는 소리를 하는 것 같아 아주 싫지만—그건 보통 해먼드가 하는 일이지—아까 문제로 돌아가야겠어. 만 명 가지고는 주둔군에게 겁도 주지 못할 거야. 우린 잘 훈련되고 무장한 병력 2만 명을 처리할 방법을 논의하고 있다고."

"일리가 있는 말이야, 켈." 독슨이 말했다. 그는 어딘가에서 작은 공책을 찾아내 회의 내용을 기록하기 시작했다.

켈시어는 얼굴을 찌푸렸다.

햄이 고개를 끄덕였다.

"어떤 식으로 봐도 주둔군은 끊기 힘든 고리일 거야, 켈. 우린 귀족에게만 집중해야 할지도 몰라. 우리가 충분히 큰 규모로 혼란을 일으키면 주둔군도 진압하지 못할 수 있어."

켈시어는 고개를 저었다.

"그럴지 의심스러워. 주둔군의 주요 임무는 도시 질서 유지야. 그 병력을 처리하지 못하면 이 일을 절대로 해내지 못할 거야." 그는 말을 멈추더니 빈을 보았다. "어떻게 생각하니, 빈? 무슨 제안이 있니?"

그녀는 얼어붙었다. 카몬은 한 번도 그녀에게 의견을 물은 적이 없었다. 그녀는 의자를 약간 더 끌어당겨 몸을 파묻다가, 패거리의 다른 사람들이 모두 고개를 돌려 자기를 바라보고 있다는 걸 깨달았다.

"난……." 빈이 천천히 말했다.

"아이고, 그 가엾은 애한테 겁주지 마, 켈시어." 브리즈가 손을 저으며 말했다.

빈은 고개를 끄덕였다. 그러나 켈시어는 그녀에게서 눈을 돌리지 않았다.

"아니야, 정말이야. 네 생각을 말해봐, 빈. 훨씬 더 많은 적이 너를 위협하고 있어. 어떻게 할 거야?"

"음." 그녀는 천천히 말했다. "그와 싸우지 않을 거예요. 그건 확실해요. 어떻게든 이긴다고 해도, 너무 타격을 받고 약해져서 다른 누구도 싸워 물리칠 수가 없게 될 테니까요."

"사리에 맞네." 독슨이 말했다. "하지만 선택의 여지가 없을 수도 있어. 우리는 그 군대를 어떻게든 없애야 해."

"그럼 그냥 그 군대가 도시를 떠나면요?" 그녀가 물었다. "그것도 효과가 있지 않을까요? 내가 거물과 상대해야 한다면, 먼저 그가 나를 가만 놔두도록 그의 정신을 딴 데로 돌려볼 거예요."

햄이 빙긋 웃었다.

"루서델에서 주둔군이 떠날 정도의 행운이라. 로드 룰러는 가끔씩 순찰 부대를 파견하지만, 주둔군 전체가 떠난 건 내가 알기로는 반세기 전 커틀린에서 스카 반란이 일어났을 때뿐이야."

독슨이 고개를 저었다.

"빈의 아이디어는 그렇게 쉽게 무시할 만한 게 아니야. 사실 내 생각에도 우린 주둔군과 못 싸워. 적어도 그들이 견고하게 성을 지키고 있는 동안에는 말이야. 그러니까 어떻게든 놈들이 도시를 떠나도록 만들어야 해."

"그래." 브리즈가 말했다. "하지만 주둔군이 얽히게 될 정도라면 특별한 위기여야 할 거야. 그 문제가 별로 위협적이지 않다면 로드 룰러는 주둔군을 전부 보내지 않을 거야. 하지만 또 너무 위험하다면 주둔군을 움직이는 대신 콜로스를 보내겠지."

"가까운 도시 한 군데에서 반역이 일어나면?" 햄이 제안했다.

"그럼 아까와 똑같은 문제가 생겨." 켈시어가 고개를 저으며 말했다. "여기서 스카 반란을 일으킬 수 없다면 도시 밖에서도 절대로 못 해."

"그러면 속임수는 어떨까?" 햄이 물었다. "우린 상당 규모의 군인들을 모을 수 있다고 가정했잖아. 그들이 근처 어딘가를 공격하는 척하면, 로드 룰러는 그곳을 돕기 위해 주둔군을 내보낼 거야."

"그가 다른 도시를 보호하기 위해 주둔군을 보낼지 의심스러운데." 브리즈가 말했다. "그것 때문에 루서델 안에서 병력 없이 노출되어야 한다면 그렇게 하지 않을 거야."

모임은 다시 생각에 잠겨 조용해졌다. 빈은 주위를 둘러보다가, 켈시어의 눈이 그녀에게 머물러 있다는 것을 깨달았다.

"뭐지?" 그가 물었다.

그녀는 아래를 내려다보며 약간 꼼지락거렸다.

"'하스신의 갱'은 얼마나 멀리 떨어져 있어요?" 그녀가 머뭇거린 끝에 물었다.

패거리는 모두 말을 잃었다.

마침내 브리즈가 웃었다.

"오, 그 아이디어는 앙큼한걸. 귀족들은 '갱'에서 아티움이 생산된다는 걸 모르니 로드 룰러는 큰 소동을 벌일 수 없어. 소동을 벌이게 되면 그 '갱'에 매우 특별한 물건이 있다는 걸 드러내게 될 테니까. 그렇다면 콜로스는 못 쓴다는 뜻이지."

"콜로스는 어쨌든 제때 도착하지 못할 거야." 햄이 말했다. "'갱'은 겨우 이틀 걸리는 거리야. 그곳이 위협받으면 로드 룰러는 재빨리 반격해야 할 거야. 그런데 타격 거리 안에 있는 군대는 주둔군뿐일걸."

켈시어가 눈을 빛내며 미소 지었다.

"그리고 '갱'을 위협하는 데 많은 군대가 필요하지도 않아. 천 명이면 돼. 그들을 공격대로 보내고, 주둔군이 떠나면 더 큰 두 번째 군대를 진군시켜 루서델을 점령하는 거야. 주둔군이 속았다는 걸 깨달아도 제때 돌아와 우리가 성벽을 빼앗지 못하게 막을 수는 없을걸."

"하지만 우리가 그걸 지킬 수 있을까?" 예덴이 불안한 듯이 물었다.

햄은 열렬히 고개를 끄덕였다.

"스카 만 명이면 주둔군에 대항해 도시를 지킬 수 있어. 로드 룰러는 콜로스를 보내야 할걸."

"그때쯤에는 우리가 아티움을 손에 넣겠지." 켈시어가 말했다. "그리고 '대가문'들은 우리를 막을 처지가 못 될 거야. 내부 싸움 때문에 힘이 빠지고 약해져 있을 테니까."

독슨은 공책에 맹렬히 적고 있었다.

"그러면 예덴의 동굴이 필요해지겠군. 그 동굴은 우리 목표물을 양쪽 다 타격할 수 있는 거리에 있고, '갱'보다 루서델에 더 가까워. 우리 군대가 거기서 출발한다면, 주둔군이 '갱'에서 돌아오기 전에 여기 닿을 수 있어."

켈시어가 고개를 끄덕였다.

독슨은 계속 적었다.

"난 그 동굴들에 보급품을 비축해야겠어. 그곳 조건을 살펴보기 위해 여행을 해야겠지."

"그런데 어떻게 그곳에 군인들을 모으지?" 예덴이 물었다. "거기는 도시 밖 일주일 거리야. 그리고 스카는 자기 혼자 여행하지 못하게 되어 있어."

"거기엔 이미 우리를 도와줄 사람이 있어." 켈시어가 '루서델 주둔군' 아래 '"하스신의 갱" 공격'이라고 쓰면서 말했다. "북쪽으로 가는 운하용 보트를 운행하도록 위장해줄 친구가 있거든."

"자네들이 처음에 한 가장 중요한 약속을 지킬 수 있다면 말이지. 난 자네들에게 군대를 모아달라고 돈을 지불했어. 만 명은 엄청난 숫자야. 하지만 아직 그들을 어떻게 모을 것인지 제대로 된 설명을 듣지 못했어. 우리가 루서델에서 모병하려고 했을 때 생기는 문제점은 내가 이미 이야기했고." 예덴이 말했다.

"전체 대중이 우리를 지원할 필요는 없어." 켈시어가 말했다. "그냥 그중에서 약간의 비율이면 돼. 루서델 안과 주위에 있는 일꾼이 거의 백만 명이야. 우리에겐 세상에서 제일 위대한 수더가 있으니까, 이건 사실 계획에서 제일 쉬운 부분이 될 거야. 브리즈, 난 너와 네 알로맨서들이 우리가 멋지게 모병을 하도록 힘써줄 거라고 믿어."

브리즈는 와인을 마셨다.

"이봐, 켈시어. 난 네가 내 재능을 언급할 때 '힘' 같은 단어를 안 썼으면 좋겠어. 난 사람들을 격려할 뿐이야."

"그럼, 우리가 군대를 일으키도록 격려해줄 수 있어?" 독슨이 물었다.

"시간을 얼마나 줄 건데?" 브리즈가 물었다.

"1년." 켈시어가 말했다. "우린 다음 가을에 이 일을 진행할 계획이야. 일단 우리가 도시를 점령한 후 로드 룰러가 예덴을 공격하려고 병력을 모은다면, 그가 겨울에 일하게 만드는 편이 좋겠지."

"1년도 안 되는 시간에 반대하는 사람들 가운데서 만 명을 모은다." 브리즈가 미소 지으며 말했다. "확실히 큰 도전이군."

켈시어가 싱긋 웃었다. "자네가 그렇게 말하면 된다는 거나 마찬가지지. 루서델에서 시작하고, 그다음 주위 도시들로 가. 동굴에 모일 수 있을 정도로 가까이 있는 사람들이 필요하니까."

브리즈가 고개를 끄덕였다.

"무기와 물자도 필요할 거야. 그리고 사람들을 훈련시켜야 할 테고." 햄이 말했다.

"무기를 얻을 계획은 이미 세워놨어." 켈시어가 말했다. "훈련시킬 만한 사람들을 찾을 수 있을까?"

햄이 잠시 말을 멈추고 생각에 잠겼다.

"아마 될 거야. 로드 룰러의 진압 작전에서 싸웠던 스카 군인들을 내가 좀 알거든."

예덴이 창백해졌다.

"배신자들!"

햄은 어깨를 으쓱했다.

"그들도 대부분 자기가 한 일을 자랑스러워하진 않아. 하지만 대부분 먹고살고 싶어 하지. 세상 살기 힘들어, 예덴."

"내 부하들은 그런 자들과 절대 같이 일하지 않을 거야." 예덴이 말했다.

"해야 할걸." 켈시어가 준엄하게 말했다. "스카 반란은 대체로 부하들이 훈련을 형편없이 받았기 때문에 실패해. 우린 자네에게 좋은 장비를 갖추고 잘먹은 군대를 만들어줄 거야. 그런데 그들이 칼날을 잡아야 하는지 칼자루를 잡아야 하는지 배우지 못해서 학살되도록 놔둔다면 난 지옥에 갈 거야."

켈시어는 말을 멈추고 햄을 쳐다보았다.

"하지만 억지로 그런 일을 해야 했기 때문에 '마지막 제국'에 비판적이 된 사람을 찾는 쪽이 좋겠지. 난 주머니 속의 박싱에 충성을 바치는 사람들은 믿지 않으니까."

햄은 고개를 끄덕였고, 예덴은 조용해졌다. 켈시어는 몸을 돌려 칠판에 쓴 '병력' 아래 '햄: 훈련', '브리즈: 모병'이라고 썼다.

"네가 무기를 어떻게 얻을 계획인지 궁금해." 브리즈가 말했다. "대체 어떻게 로드 룰러의 의심을 사지 않고 만 명을 무장시킬 작정이야? 그는 무기의 흐름을 매우 주의 깊게 감시하는데."

"우리가 무기를 만들 수 있어." 클럽스가 말했다. "매일 전쟁용 스태프(Staff) 한두 개 만들 정도의 목재 여분은 충분해. 화살도 만들어줄 수 있을 거야."

"그 제안은 고마워, 클럽스." 켈시어가 말했다. "그건 좋은 아이디어라고 생각해. 하지만 스태프보다 더 많은 물건이 필요할 거야. 칼, 방패, 갑옷이 필요하고, 훈련을 시작하려면 빨리 준비해야겠지."

"그럼 그걸 어떻게 만들 거지?" 브리즈가 물었다.

"'대가문'들은 무기를 얻을 수 있어." 켈시어가 말했다. "그들은 아무 문제

없이 개인 수행원들을 무장시킬 수 있잖아."

"그들에게서 훔치자는 거야?"

켈시어는 고개를 저었다.

"아니, 이번만은 좀 합법적으로 일할 거야. 우리가 무기를 살 거야. 아니, 우리 대신 그걸 사줄, 우리에게 동조하는 귀족이 있어."

클럽스가 대놓고 웃었다.

"스카에게 동조하는 귀족이라고? 그런 일은 절대 안 일어날걸."

"음, 그럼 얼마 전에 '절대' 없을 그 일이 생긴 거네. 난 이미 우릴 도와줄 사람을 찾았거든."

방이 조용해지면서 벽난로 타닥거리는 소리만 들려왔다. 빈은 의자 속에서 약간 꿈지럭거리며 다른 사람들을 살펴보았다. 그들은 충격을 받은 것 같았다.

"누군데?" 햄이 물었다.

"이름은 로드 르노야." 켈시어가 말했다. "며칠 전에 그 지역에 도착했어. 그는 펠리스에 머물고 있어. 루서델에 자기 지위를 굳힐 정도로 영향력을 갖고 있지는 않아. 게다가 난 르노가 로드 룰러로부터 좀 떨어져 있는 곳에서 활동하는 쪽이 신중하다고 생각해."

빈은 고개를 갸웃했다. 펠리스는 루서델 밖 한 시간 거리에 있는 작은 교외 스타일의 도시였다. 그녀와 린은 수도로 옮겨오기 전에 그곳에서 일했다. 켈시어가 어떻게 이 로드 르노라는 사람을 설득했을까? 뇌물을 먹였을까, 아니면 사기를 쳤을까?

"난 르노를 알아." 브리즈가 천천히 말했다. "서부의 영주지. 그는 '가장 먼 지배지*'에서 아주 큰 힘을 갖고 있어."

---

* 가장 먼 지배지(FARMOST DOMINANCE): '서부 지배지(WESTERN DOMINANCE)' 너머 북서쪽에 있다.

켈시어가 고개를 끄덕였다. "최근에 로드 르노는 자기 가문을 고위 귀족으로 승격시키려고 결심했어. 공식적으로는 상업 활동을 확장하기 위해 남쪽으로 왔다고 되어 있지. 그는 남쪽의 좋은 무기를 북쪽으로 수송해서 돈을 많이 벌고 연줄도 충분히 만들어서 10년쯤 뒤에 루서델에 아성을 만들려고 해."

방이 조용했다.

"그런데 그 무기들이 우리에게 대신 오는 거군." 햄이 천천히 말했다.

켈시어가 고개를 끄덕였다.

"만약을 대비해서 선적 기록을 위조해야겠지."

"아주…… 어마어마한 위장인데, 켈." 햄이 말했다. "우리 편에서 일하는 로드 가문이라니."

"하지만 켈시어, 자네는 귀족들을 증오하잖아." 브리즈가 어리둥절한 모습으로 말했다.

"이 귀족은 달라." 켈시어가 교활한 미소를 지으며 말했다.

패거리는 켈시어를 살펴보았다. 그들은 귀족과 일하는 것을 마음에 들어 하지 않았다. 빈은 그걸 쉽게 알 수 있었다. 르노가 아주 강력하다는 건 별로 도움이 안 될 것이다.

갑자기 브리즈가 웃었다. 그는 의자에 기대며 와인을 다 비워버렸다.

"이 미친놈 같으니! 자넨 그를 죽였군, 안 그래? 르노를 죽이고 가짜로 바꿔치기했어."

켈시어의 미소가 더 커졌다.

예덴은 투덜거렸지만 햄은 미소만 지었다.

"아하, 이제 말이 되는군. 적어도 네가 '무모한 켈시어'라면 말이 돼."

"르노는 펠리스에 영구적인 저택을 둘 거야." 켈시어가 말했다. "뭐든 공식적인 일을 해야 할 필요가 있으면 그가 우리 행동을 위장해줄 거야. 예를 들어, 그를 이용해서 무기와 물자를 사면 돼."

브리즈는 생각에 잠겨 고개를 끄덕였다.

"효율적이군."

"효율적이라고?" 예덴이 물었다. "자넨 귀족을 죽였어, 매우 중요한 귀족을!"

"예덴, 자네는 전 제국을 전복시키려는 계획을 짜고 있잖아." 켈시어가 말했다. "그 작은 시도에서 나오는 귀족 사상자는 르노로 끝나지 않을걸."

"그래, 하지만 그로 변장한다고?" 예덴이 물었다. "그건 좀 위험하게 들리는데."

"이 사람아, 자네는 놀라운 결과를 얻고 싶어서 우리를 고용했잖아." 브리즈가 잔을 들면서 말했다. "우리 직업에서는 놀라운 결과를 얻으려면 보통 놀라운 위험을 감수해야 해."

"우리는 가능한 한 위험을 최소화해, 예덴." 켈시어가 말했다. "내가 고른 배우는 아주 훌륭해. 하지만 우리는 이 작업을 하면서 위험한 일들을 하게 될 거야."

"내가 자네들에게 그중 몇 가지를 그만두라고 명령한다면?" 예덴이 물었다.

"자넨 이 일을 언제든지 그만둘 수 있어." 독슨이 자기 장부에서 고개를 들지 않고 말했다. "하지만 일이 진행되는 동안에는 켈시어가 계획과 목표, 절차의 최종 결정권을 갖고 있어. 이게 우리가 일하는 방식이야. 우릴 고용할 때 그 정돈 알고 있었잖아?"

예덴은 유감스러운 듯이 고개를 저었다.

"그래서?" 켈시어가 물었다. "계속할까, 그만할까? 결정은 자네 몫이야."

"그만두는 건 마음대로 해도 돼, 친구." 브리즈가 기꺼이 도와주겠다는 목소리로 말했다. "우리가 기분 나쁠까 봐 걱정하지는 마. 나로서는, 공돈은 좋은 거라고 봐."

빈은 예덴의 얼굴이 약간 창백해지는 것을 보았다. 빈의 생각으로는, 켈시어가 돈만 가져가고 가슴을 찌르지 않은 것만 해도 그는 운이 좋았다. 그러나 여기서는 그런 식으로 일하지 않는다는 걸 그녀는 점점 더 확신하고 있었다.

"이건 미친 짓이야." 예덴이 말했다.

"로드 룰러를 타도하려는 거?" 브리즈가 물었다. "응, 맞아, 사실 그래."

"좋아." 예덴이 한숨을 쉬면서 말했다. "계속해."

"좋아." 켈시어가 '병력' 아래 '켈시어: 장비'라고 썼다.

"또, 르노로 위장하면 우린 루서델 상류 사회에 '내부 사람'이 하나 생겨. 이건 매우 중요한 이점이야. 전쟁을 시작할 거라면 '대가문'들의 정치를 주의 깊게 계속 파악할 필요가 있을 테니까."

"가문 전쟁은 자네 생각처럼 쉽게 일어나지 않을 수도 있어, 켈시어." 브리즈가 경고했다. "현재 고위 귀족들 대다수는 조심스럽고 분별력 있는 집단이야."

켈시어가 미소를 지었다.

"그러면 자네가 여기 끼어서 도와주니 다행이군, 브리즈. 자네는 사람들이 자네가 원하는 대로 하도록 만드는 데 전문가잖아. 나와 함께 고위 귀족들이 서로 공격하게 만들 계획을 짜자고. 주요 가문들의 전쟁은 두어 세기마다 일어나는 것 같아. 현재 귀족 집단이 노련하다는 건 그들이 더 위험한 짐승이라는 뜻일 뿐이야. 그러니 그들을 화나게 하는 건 그리 어렵지 않을 거야. 사실, 나는 이미 그 일을 시작했어……."

브리즈는 한쪽 눈썹을 치켜세우며 햄을 보았다. 써그는 약간 투덜거리면서 금으로 된 10박싱 동전을 꺼내 방 맞은편의 브리즈에게 튕겨 보냈다. 브리즈는 매우 만족스러운 것 같았다.

"그건 뭐야?" 독슨이 물었다.

"켈시어가 간밤의 소동에 얽혀 있는지 아닌지 내기했거든." 브리즈가 말했다.

"소동? 무슨 소동?" 예덴이 물었다.

"누가 벤처 가문을 습격했어. 소문으로는 다름 아닌 스트라프 벤처를 암살하기 위해 최고의 미스트본 세 명이 왔다더군."

켈시어는 코웃음을 쳤다.

"셋이라고? 스트라프는 정말 자기를 높이 평가하는군. 난 그 양반 근처에도 안 갔어. 아티움 때문에 거기 간 거야. 눈에 띌 만한 소동도 피울 겸 해서."

"벤처는 누구를 탓해야 할지 모르고 있어." 브리즈가 말했다. "하지만 미스트본이 얽혀 있기 때문에 모두 '대가문' 중 하나가 원흉일 거라고 추측해."

"바로 그거야." 켈시어가 즐거워하며 말했다. "고위 귀족들은 미스트본 공격을 매우 심각하게 받아들이지. 서로 암살할 때 미스트본을 쓰지 않는다는 암묵적인 합의가 있거든. 이런 공격이 몇 번 더 일어나면, 그들은 겁에 질린 짐승처럼 서로를 물어뜯을 거야."

그는 돌아서서 칠판의 '대가문' 아래 '브리즈: 계획'과 '켈시어: 전반적인 아수라장'을 덧붙였다.

"아무튼 어느 '가문'들이 동맹을 맺고 있는지 알아내려면 이곳 정치판을 계속 감시해야 할 거야. 그들이 벌이는 행사에 스파이를 보내야 한다는 뜻이지."

"정말 그럴 필요가 있어?" 예덴이 불편해하며 물었다.

햄은 고개를 끄덕였다.

"사실 루서델에서 어떤 작업을 해도 거쳐야 하는 표준적인 절차야. 얻어야 할 정보는 궁정 권력자들의 입술을 통해서 나오게 돼. 그 사회 안에서 움직여 다니는 열린 귀 한 쌍을 두면 언제나 돈벌이가 된다고."

"뭐, 그건 쉽겠는걸. 그냥 대역을 데려와 파티에 보내면 되잖아." 브리즈가 말했다.

켈시어가 고개를 저었다.

"불행히도, 로드 르노는 직접 루서델에 올 수가 없어."

예덴이 얼굴을 찌푸렸다.

"왜 안 돼? 자네의 대역은 자세히 조사하면 들통나나?"

"오, 그는 로드 르노처럼 보일 뿐이야. 사실 로드 르노와 꼭 빼닮았지. 하지만 '심문관' 근처에는 절대 가게 할 수 없어."

"아." 브리즈가 햄과 시선을 교환했다. "그들이군. 됐어, 그럼."

"뭐? 무슨 뜻이야?" 예덴이 물었다.

"자넨 알고 싶지 않을걸." 브리즈가 말했다.

"내가?"

브리즈가 고개를 끄덕였다.

"켈시어가 로드 르노를 대역으로 바꿔치기했다고 말했을 때, 자네가 얼마나 동요했는지 알아? 이건 열 배는 더 좋지 않아. 정말이야. 자네는 적게 알수록 마음이 더 편할 거야."

예덴은 켈시어를 바라보았다. 켈시어는 활짝 미소 짓고 있었다. 예덴은 창백해지더니 도로 의자에 등을 기댔다.

"아마 자네 말이 옳겠지."

빈은 방 안의 다른 사람들을 바라보며 얼굴을 찌푸렸다. 그들은 켈시어가 무슨 말을 하는지 아는 것 같았다. 그녀도 언젠가 로드 르노를 살펴봐야 할 것이다.

"아무튼 우린 사교 행사에 사람을 보내야 해. 그러니까 독스가 르노의 조카이자 상속자 역할을 할 거야. 최근에 로드 르노의 호의를 얻은 인척 가문의 자손이지."

"잠깐만, 켈. 너 나한테 이 이야기는 안 했잖아." 독슨이 말했다.

켈시어가 어깨를 으쓱했다.

"누군가 귀족들과 어울릴 얼간이 노릇을 해야 해. 네가 그 역할에 맞을 거라고 생각하는데."

"난 못 해. 겨우 두어 달 전에 '아이저' 작업을 하는 동안 꼬리를 잡혔다고." 독슨이 말했다.

켈시어가 얼굴을 찌푸렸다.

"뭐? 이번엔 무슨 이야기인지 알고 싶은데?" 예덴이 말했다.

"미니스트리가 그를 지켜보고 있다는 뜻이야." 브리즈가 말했다. "귀족으로 가장했는데, 그들이 알아냈어."

독슨이 고개를 끄덕였다.

"로드 룰러가 직접 나를 본 적이 한 번 있어. 그의 기억력은 완벽해. 그를 간신히 피한다고 해도, 결국 누군가가 반드시 날 알아볼 거야."

"그러면……" 예덴이 말했다.

"그러면 로드 르노의 상속자 역할을 할 만한 다른 사람이 필요하다는 거지." 켈시어가 말했다.

"날 보지 마." 예덴이 불안해하며 말했다.

"날 믿어. 아무도 자네는 안 봐." 켈시어가 단호히 말했다. "클럽스도 안 돼. 그는 이 지역에서 스카 기능공으로 너무 유명해."

"나도 안 돼." 브리즈가 말했다. "난 이미 귀족 사회에서 가명을 몇 개나 갖고 있어. 그중 하나를 쓸 수는 있겠지만 주요 무도회나 파티에는 나갈 수 없어. 나를 다른 가명으로 알고 있는 사람을 만나면 얼마나 당황스럽겠어."

켈시어는 얼굴을 찌푸리며 생각에 잠겼다.

"내가 할 수는 있어. 하지만 내가 연기를 전혀 못하는 건 알지?" 햄이 말했다.

"내 조카는 어때?" 클럽스가 옆에 있는 젊은이에게 고갯짓을 하면서 말했다.

켈시어는 그 소년을 살펴보았다.

"얘야, 네 이름이 뭐지?"

"레스티번스요."

켈시어는 한쪽 눈썹을 추켜세웠다.

"길고 복잡한 이름이군. 별명은 없어?"

"아직요."

"그건 고쳐야겠군. 언제나 동쪽 거리 속어를 쓰니?"

소년은 어깨를 움츠렸다. 이렇게 관심의 중심에 서게 된 것에 대해 그는 초조해하고 있었다.

"어렸을 때 거기 있었어요."

켈시어가 독슨을 보자, 그는 고개를 저었다.

"좋은 생각 같지 않아, 켈."

"내 생각도 그래." 켈시어가 빈을 보더니 미소 지었다.

"그러면 너만 남는 것 같은데. 귀족 아가씨를 얼마나 잘 흉내 낼 수 있겠어?"

빈은 약간 창백해졌다.

"오빠가 나한테 조금 가르쳐줬어요. 하지만 한 번도 실제로 해본 적은……."

"넌 잘할 거야." 켈시어는 '대가문' 아래 '빈: 잠입'이라고 쓰면서 말했다.

"좋아. 예덴, 자네는 이 일이 전부 끝나면 제국을 어떻게 통치해야 할지 계획을 세워야 할 거야."

예덴은 고개를 끄덕였다. 빈은 이 완전히 터무니없는 계획이 그를 얼마나 압도하는지 보고 그 남자가 약간 안됐다고 느꼈다. 그러나 켈시어가 이 계획 안에서 그녀가 할 역할에 대해 방금 한 말을 생각하면, 그에게 동정을 느낄 수가 없었다.

'귀족 아가씨인 척하라고?' 그녀는 생각했다. '더 잘할 수 있는 다른 사람이 분명히 있을 텐데…….'

브리즈는 여전히 예덴의 불편해하는 모습에 주의를 기울이고 있었다.

"그렇게 근심하지 마, 이 사람아." 브리즈가 말했다. "이봐, 자네가 실제로 도시를 지배할 일은 절대 없을 거야. 그런 일이 일어나기 훨씬 전에 우리 모두 붙잡혀서 처형당할걸."

예덴은 파리하게 미소 지었다.

"그런데 만약 성공한다면? 날 그냥 칼로 찌르고 자네들이 제국을 접수하는 걸 어떻게 막지?"

브리즈는 눈을 굴렸다.

"이 사람아, 우린 도둑이야. 정치가가 아니라. 나라라는 건 우리가 시간 들여 운영하기엔 너무 거추장스러운 물건이야. 일단 아티움을 손에 넣으면 우린 만족할 거야."

"부자가 되는 건 말할 필요도 없고." 햄이 덧붙였다.

"두 단어는 동음이의어야, 해먼드." 브리즈가 말했다.

"게다가 우린 자네에게 제국 전체를 줄 수 없어." 켈시어가 예덴에게 말했다. "희망 사항이지만, 일단 루서델이 불안정해지면 제국은 산산조각이 날 거야. 자네는 이 도시를 갖고, 아마 '중앙 지배지'의 상당 부분을 손에 넣겠지. 이 지역 군대들에게 뇌물을 먹여 지원받을 수 있다면."

"그럼…… 로드 룰러는?" 예덴이 물었다.

켈시어는 미소를 지었다.

"아직 그를 개인적으로 처리할 계획을 짜는 중이야. 열한 번째 금속을 어떻게 작동시키는지 알아내기만 하면 돼."

"그런데 자네가 못 하면?"

"뭐, 그를 속여 도시 밖으로 끌어낼 방법을 찾아봐야겠지." 켈시어가 칠판의 '스카 반란' 아래 '예덴: 준비와 통치'라고 쓰면서 말했다. "아마 그가 군대를 이끌고 '갱'으로 가서 그곳에 있는 걸 지키도록 만들 수 있을 거야."

"그다음엔 어쩌지?" 예덴이 물었다.

"그를 처리할 방법은 자네가 찾아." 켈시어가 말했다. "자넨 로드 룰러를 죽이라고 우릴 고용하진 않았어, 예덴. 그건 가능하다면 덤으로 내가 받고 싶은 특전일 뿐이야."

"너무 걱정 마, 예덴." 햄이 덧붙였다. "돈과 군대가 없으면 그도 대단한 일은 못 할 거야. 그는 강력한 알로맨서지만 전능하지는 않다고."

브리즈가 미소를 지었다.

"하지만 생각해보라고. 권좌에서 밀려난 적대적인 가짜 신이라면, 유쾌하지 않은 이웃일 거야. 어떻게든 그 문제를 해결해야 할걸."

예덴은 그 아이디어가 별로 마음에 안 드는 것 같았지만, 입씨름을 계속 하지는 않았다.

켈시어가 돌아섰다.

"그럼 그렇게 하고."

"어, 미니스트리는 어쩌고?" 햄이 말했다. "적어도 '심문관'들을 계속 살필 방법은 있어야 하지 않아?"

켈시어는 미소 지었다.

"그들은 우리 형이 알아서 할 거야."

"퍽이나 그러겠다." 새로운 목소리가 방 뒤쪽에서 말했다.

빈은 펄떡 뛰어 일어나 빙글 돌아서 그늘진 문가를 보았다. 그곳에 한 남 자가 서 있었다. 키가 크고 어깨가 넓었으며, 조각상처럼 단단해 보였다. 옷 차림은 수수했다. 소박한 셔츠와 바지에 느슨한 스카 재킷을 걸쳤다. 그는 불만이 가득한 태도로 팔짱을 끼었고, 딱딱하고 네모진 얼굴은 약간 낯익어 보였다.

빈은 켈시어를 보았다. 확실히 닮았다.

"마쉬?" 예덴이 일어섰다. "마쉬, 당신이군요! 켈시어는 당신이 이 일에 낄 거라고 장담했지만, 나는…… 도…… 돌아와서 반가워요!"

마쉬는 계속 무표정했다.

"내가 '돌아왔는지' 아닌지는 잘 모르겠어, 예덴. 다들 괜찮다면 동생과 둘 이서만 이야기하고 싶어."

켈시어는 마쉬의 거친 어조에 겁먹지 않은 것 같았다. 그는 패거리에게 고개를 끄덕였다.

"우리가 오늘 저녁에 할 얘기는 다 끝났어, 여러분."

사람들이 천천히 일어나서 떠나며 마쉬에게 자리를 내주었다. 빈은 그들 을 따라 문을 닫고 계단을 내려가 자기 방으로 돌아가는 척했다.

삼 분도 안 되어 그녀는 도로 문가로 와서, 방 안에서 오가는 대화에 조심스레 귀를 기울였다.

7

라셰크는 키가 큰 남자였다. 물론 테리스인들은 대부분 키가 크다. 그는 젊은데도 다른 행상인들에게 매우 존경받고 있었다. 그는 카리스마가 있고, 궁정 여인들이 본다면 아마도 다부지게 잘생겼다고 표현할 것이다.

그러나 그토록 증오를 역설하는 이에게 사람들이 주의를 기울인다는 게 놀랍다. 그는 클레니움을 한 번도 보지 못했으면서 그 도시를 저주한다. 그는 나에 대해 모르지만 이미 그의 눈에서는 분노와 적개심이 보인다.

3년이 지났는데도 마쉬의 모습은 많이 바뀌지 않았다. 그는 여전히 켈시어가 어릴 때부터 알던 그대로 엄격하고 위엄 있는 사람이었다. 그의 눈에는 여전히 실망의 빛이 번뜩였고, 그는 여전히 못마땅한 분위기를 띤 채로 말했다.

그러나 독슨의 말을 믿는다면, 마쉬의 태도는 3년 전 그날부터 많이 바뀌었다. 켈시어는 여전히 형이 스카 반역도 대표를 그만두었다는 것을 믿기 힘들었다. 그는 언제나 자기 일에 아주 열정적이었기 때문이다.

하지만 그 정열은 약해진 것 같았다. 마쉬는 앞으로 걸어와 비판적인 눈으로 칠판을 바라보았다. 그의 얼굴은 스카치고는 상대적으로 깨끗했지만, 옷은 검은 재로 약간 얼룩져 있었다. 그는 켈시어가 적은 것들을 훑어보며 잠시 서 있었다. 마침내 마쉬는 돌아서서 켈시어의 옆자리 의자에 종이 한

장을 던졌다.

"이건 뭐야?" 켈시어가 그것을 집어 들며 물었다.

"네가 간밤에 마구 죽인 열한 명의 이름이다. 적어도 네가 알고는 싶을지도 모른다고 생각했지."

켈시어는 타닥거리는 벽난로 속에 종이를 던졌다.

"'마지막 제국'을 위해 일하던 사람들인데 뭘."

"사람들이야, 켈시어." 마쉬가 쏘아붙였다. "그들에게는 생활이 있고, 가족들도 있어. 몇 명은 스카였어."

"배신자들이야."

"사람들이야. 삶이 자기에게 준 것에 최선을 다하려던 사람들." 마쉬가 말했다.

"뭐, 내가 하고 있는 일도 바로 그거야." 켈시어가 말했다. "그리고 다행히, 삶은 내게 그런 사람들을 건물 꼭대기에서 밀어버릴 수 있는 능력을 주었고. 그들이 귀족들처럼 내게 저항한다면 귀족처럼 죽게 해주지."

마쉬의 표정이 어두워졌다.

"어떻게 너는 이런 일에 그렇게 경망스러울 수가 있니?"

"왜냐하면, 마쉬. 나한테 남은 건 유머뿐이니까. 유머와 투지." 켈시어가 말했다.

마쉬는 조용히 코웃음 쳤다.

"형은 기분이 좋아야 하잖아." 켈시어가 말했다. "수십 년 동안 형의 설교를 들은 내가 마침내 내 재능으로 가치 있는 일을 하기로 결심한 건데. 이제 형이 여기 와서 도와준다니, 난……."

"난 도와주려고 온 게 아니야." 마쉬가 말을 가로막았다.

"그럼 왜 온 거야?"

"너한테 물어보려고."

마쉬는 앞으로 걸어 나와 켈시어 바로 앞에 섰다. 둘은 키가 비슷했지만,

마쉬의 엄격한 인상 때문에 언제나 그가 우뚝 커 보였다.

"너 어떻게 이럴 수가 있니?" 마쉬가 조용히 물었다. "난 '마지막 제국'을 타도하는 데 평생을 헌신했어. 너와 네 도둑 친구들이 파티를 할 때 나는 도망자들을 숨겨줬지. 네가 시시한 도둑질을 꾸미는 동안 습격을 준비했고. 네가 사치스럽게 사는 동안 난 용감한 사람들이 굶어 죽어가는 걸 지켜봤어."

마쉬는 손을 들어, 한 손가락으로 켈시어의 가슴을 찔렀다.

"어떻게 네가? 어떻게 네가 네 하찮은 '작업'을 위해 반역도들을 이용하려 들 수가 있어? 어떻게 이 꿈을 네가 부자가 될 방법으로 이용할 수가 있어?"

켈시어는 마쉬의 손가락을 밀어냈다.

"이 일은 그런 것 때문이 아니야."

"오, 그래?" 마쉬가 칠판 위의 '아티움'이라는 단어를 두드리며 물었다. "왜 이런 장난을 치지, 켈시어? 왜 '고용주'로 받는 척하면서 예덴을 끌어들여? 왜 스카에 대해서 신경 쓰는 척하지? 우리 둘 다 네가 진짜로 노리는 게 뭔지 알잖아."

켈시어는 이를 악물었다. 그에게 남아 있던 마지막 유머 한 조각이 사라져버렸다.

'형은 언제나 날 이렇게 만들 수 있었지.'

"형은 이제 날 몰라." 켈시어가 조용히 말했다. "이건 돈 때문이 아니야. 난 세상 그 누가 쓸 수 있는 것보다 더 많은 돈을 가져본 적도 있어. 이 일은 다른 것 때문이야."

마쉬는 바싹 다가서서 켈시어의 눈에서 진실을 찾아보려는 듯이 그의 눈을 바라보았다. 그가 마침내 말했다.

"넌 언제나 대단한 거짓말쟁이였지."

켈시어는 눈을 굴렸다.

"좋아, 마음대로 생각해. 하지만 나한테 설교는 하지 마. 제국을 타도하는 건 옛날 형의 꿈이었어. 하지만 이제 형은 착하고 시시한 스카가 돼서, 가게 안에 죽치고 앉아 귀족들이 방문하면 알랑거리지."

"난 현실과 직면한 거야." 마쉬가 말했다. "넌 한 번도 제대로 현실을 바라본 적이 없지. 이 계획이 진심이라고 해도 넌 실패할 거야. 습격, 절도, 죽음…… 반역도가 했던 일들은 아무것도 성취되지 못했어. 우리가 최선을 다해 노력해봤자 로드 룰러에게는 가벼운 짜증거리도 되지 않았다고."

"아, 하지만 난 짜증거리가 되는 일은 아주 잘해. 사실 '가벼운' 짜증 정도로 그치지 않지. 사람들 말로는 내가 완전한 좌절감을 줄 수 있다더군. 이 재능을 선한 대의를 위해 쓰는 편이 낫잖아, 응?"

마쉬는 한숨을 쉬며 돌아섰다.

"이건 '대의' 때문에 벌이는 일이 아니잖아, 켈시어. 복수 때문이고, 너 때문이지. 모든 게 언제나 그랬던 것처럼. 네가 돈을 추구하는 게 아니라는 건 믿겠어. 심지어 네게 돈을 주는 것 같은 예덴에게 군대를 모아줄 작정이라는 것도 믿겠어. 하지만 네가 '대의'를 운운하는 건 믿지 못하겠어."

"형의 틀린 지점이 바로 거기야." 켈시어가 조용히 말했다. "형이 나를 판단할 때 언제나 틀리는 지점이었어."

마쉬는 얼굴을 찌푸렸다.

"어쩌면 그렇겠지. 아무튼, 어떻게 이 일을 시작한 거야? 예덴이 너에게? 아니면 네가 그에게?"

"그게 중요해?" 켈시어가 물었다. "이봐, 마쉬. 난 미니스트리에 잠입할 사람이 필요해. 우리가 '심문관'들을 계속 감시할 방법을 찾아내지 못한다면 이 계획은 아무런 진전도 없을 거야."

마쉬가 다시 돌아섰다.

"너 정말로 내가 널 도울 거라고 생각하는 거야?"

켈시어는 고개를 끄덕였다.

"말이야 어떻든 간에 형은 그래서 여기 온 거잖아. 형이 나한테 이렇게 말한 적이 있어. 내가 가치 있는 목적에 전념한다면 위대한 일을 할 수 있을 거라고 생각한다고. 자, 내가 지금 하고 있는 일이란 이런 거야. 그리고 형은 도와줄 거고."

"그게 이제 그렇게 쉽지가 않아, 켈." 마쉬가 고개를 저으면서 말했다. "어떤 사람들은 이제 달라졌어. 다른 사람들은…… 죽어버렸지."

켈시어가 입을 다물었고 방이 조용해졌다. 심지어 벽난로의 불마저 꺼져 가기 시작했다.

"나도 그녀가 그리워."

"그렇겠지. 하지만 너한테 솔직히 말해야겠어, 켈. 그녀가 그런 일을 했는데도…… 때때로 나는 '갱'에서 살아나온 게 네가 아니었으면 하고 생각해."

"난 매일 같은 생각을 해."

마쉬는 시선을 돌려, 차갑고 통찰력 있는 눈으로 켈시어를 바라보았다. 시커의 눈이었다. 켈시어의 마음에서 어떤 모습이 떠오르는 것을 보았는지는 몰라도, 마침내 마쉬는 그것을 인정했다.

"난 가겠어." 마쉬가 말했다. "하지만 왠지 몰라도 넌 이번엔 정말 진지해 보이는구나. 네가 어떤 미친 계획을 짜냈는지 돌아와서 들어볼게. 그다음엔…… 뭐, 어떻게 되나 보자."

켈시어는 미소를 지었다. 겉보기와는 달리 마쉬는 좋은 사람이었다. 예전의 켈시어보다 더 나은 사람이었다. 마쉬가 문으로 향할 때, 켈시어는 문가 아래에서 그림자가 살짝 움직이는 것을 보았다. 그는 즉시 철을 태웠고, 반투명한 파란 선이 그의 몸에서 쏘아져 나가 가장 가까이 있는 금속 원천에 연결되었다. 물론 마쉬의 몸에는 아무것도 없었다. 동전 하나 없었다. 조금이라도 돈이 있어 보이는 사람이 시내의 스카 지역을 지나왔다면 매우 위험했을 것이다.

그러나 다른 누군가는 아직 몸에 금속을 갖고 다니지 말아야 한다는 것을 배우지 못했다. 파란 선은 가늘고 약했다. 나무를 잘 뚫지 못하기 때문이었다. 그러나 그 선은 복도에 있는 사람 허리띠의 자물쇠 위치를 켈시어에게 알려주었다. 그 사람은 조용한 발걸음으로 문에서 재빨리 멀어져갔다.

켈시어는 속으로 미소 지었다. 소녀는 매우 노련했다. 그러나 그녀가 거리에서 보낸 시간은 그녀에게 매우 큰 상처를 남기기도 했다. 그는 그 기술을 발전시키고 상처를 치유하도록 돕고 싶었다.

"내일 돌아올게." 마쉬가 문으로 가면서 말했다.

"너무 일찍 오지만 마." 켈시어가 윙크하며 말했다. "오늘 밤에 할 일이 좀 있거든."

빈은 어두운 자기 방에서 조용히 기다렸다. 쿵쿵거리는 발자국 소리가 계단에서 1층으로 내려왔다. 그녀는 문 옆에 웅크리고 앉아 두 사람 다 계단을 계속 내려오는 건지 아닌지 가늠하려고 했다. 복도는 고요해졌고, 마침내 그녀는 조용히 안도의 한숨을 내쉬었다.

머리에서 겨우 몇 인치 떨어진 곳에서 노크 소리가 났다.

그녀는 깜짝 놀라 땅에 쓰러질 뻔했다.

'대단한 사람이구나!' 그녀는 생각했다.

그녀는 재빨리 머리를 헝클고 눈을 문질러 자고 있었던 것처럼 꾸몄다. 셔츠를 바지 밖으로 내고, 노크 소리가 다시 날 때까지 기다렸다. 그다음 문이 열렸다.

켈시어는 복도에 단 하나뿐인 등불로 등 뒤에서 조명을 받으며 문틀에 기대서 있었다. 키 큰 남자는 그녀의 부스스한 상태를 보고 한쪽 눈썹을 치켜세웠다.

"네?" 빈은 졸린 듯한 소리를 내려고 하면서 물었다.

"그래, 넌 마쉬를 어떻게 생각하니?"

"모르겠어요. 많이 보지도 못했는데요. 그가 우리를 쫓아냈잖아요." 빈이 말했다.

켈시어가 미소 지었다.

"넌 나한테 들켰다는 걸 인정하지 않겠구나, 그렇지?"

빈은 마주 미소 지을 뻔했다. 린의 훈련 덕분에 그러지 않을 수 있었다. '너더러 자기를 믿으라고 하는 사람이 네가 제일 무서워해야 하는 사람이야.' 오빠의 목소리는 마치 그녀의 머릿속에서 속삭이는 것 같았다. 켈시어를 만난 다음부터 그 목소리는 더 강해졌다. 그녀의 본능이 날카롭게 곤두서 있는 것처럼.

켈시어는 그녀를 잠시 살펴본 후 문틀에서 뒤로 물러섰다.

"셔츠 집어넣고 날 따라오렴."

빈은 얼굴을 찌푸렸다.

"어디로 가요?"

"네 훈련을 시작하러."

"지금요?" 빈은 방의 어두운 덧문을 바라보며 물었다.

"물론이지. 산책하기에 더할 나위 없이 좋은 밤이야." 켈시어가 말했다.

빈은 옷매무새를 다듬고 복도에 있는 그에게 갔다. 실제로 그가 그녀를 가르쳐줄 작정이라면 시간이야 어떻든 불평할 이유가 없었다. 그들은 계단을 걸어 내려가 1층으로 갔다. 작업실은 어두웠고 반쯤 완성된 가구들이 어둠 속에 놓여 있었다. 그러나 부엌은 불이 켜져 있어 밝았다.

"잠깐만."

켈시어가 부엌으로 걸어가면서 말했다.

빈은 어두운 작업실 안에 멈춰 서서 켈시어 혼자 부엌문 여는 것을 지켜보았다. 안쪽이 살짝 보였다. 독슨, 브리즈, 햄이 클럽스와 도제들과 함께 넓은 테이블에 앉아 있었다. 양은 적었지만 와인과 맥주가 있었고, 사람들은 튀긴 보리 케이크와 반죽 입힌 채소로 차린 소박한 저녁 간식을 열심히 먹고 있었다.

웃음이 흘러나와 작업실까지 들려왔다. 카몬의 테이블에서 자주 들리던 요란하고 거친 웃음이 아니었다. 좀 더 부드러운 웃음, 진짜 기쁨과 온화한 즐거움을 담은 웃음이었다.

빈은 왜 자기가 부엌 바깥에 머물러 있는지 확실히 알지 못했다. 그녀는 마치 빛과 유머에 가로막힌 듯이 주저하다가, 들어가는 대신에 조용하고 엄숙한 작업실에 남아 있었다. 그러나 안에 들어가고픈 열망을 완전히 억누르지는 못한 채 어둠 속에서 지켜보았다.

켈시어는 잠시 후 자기 꾸러미와 작은 옷 뭉치를 갖고 돌아왔다. 빈이 호기심에 차서 그 옷 뭉치를 바라보자, 그는 미소를 지으며 그녀에게 그것을 주었다.

"선물이야."

빈의 손가락 안에 들어온 옷은 매끄럽고 부드러웠다. 그녀는 그것이 무엇인지 재빨리 깨달았다. 회색 천을 손가락으로 펼치자 미스트본 클록이 드러났다. 켈시어가 전날 밤 입은 옷처럼, 서로 분리돼 있는 리본 같은 긴 천 조각으로 만들어져 있었다.

"놀란 것 같아 보이네." 켈시어가 말했다.

"난…… 이건 어떻게든 벌어서 얻어야 할 거라고 생각했어요."

"벌어서 얻을 게 뭐가 있어?" 켈시어가 자기 클록을 펼치면서 말했다. "이건 너의 정체성이야, 빈."

그녀는 잠시 가만있다가, 어깨 위에 클록을 걸치고 매어보았다. 느낌이…… 이상했다. 어깨 위에서는 두껍고 무거웠지만, 팔과 다리 주위에서는 가볍고 자유로웠다. 맨 위에 리본이 붙어 있어 원하면 망토를 단단히 여밀 수 있었다. 그녀는…… 폭 감싸인 느낌, 보호받는 느낌이 들었다.

"느낌이 어때?" 켈시어가 물었다.

"좋아요." 빈이 간단히 말했다.

켈시어는 고개를 끄덕이며 유리병 몇 개를 꺼냈다. 그는 그녀에게 그중 두 개를 건네주었다.

"하나 마셔. 필요할 때에 대비해서 하나는 갖고 있고. 나중에 새로 병을 만드는 방법을 가르쳐줄게."

빈은 고개를 끄덕이며, 첫 번째 병을 비우고 두 번째 병을 허리띠에 집어넣었다.

"네가 입을 새 옷을 좀 맞추고 있어." 켈시어가 말했다. "금속이 하나도 붙어 있지 않은 옷을 입는 습관을 붙여야 하거든. 버클 없는 벨트, 끈 없이 미끄러뜨려 신고 벗는 신발, 죔쇠 없는 바지 같은 것들. 나중에, 네가 용기가 생기면 여자 옷도 갖다 줄게."

빈의 얼굴이 약간 붉어졌다.

켈시어가 웃었다.

"널 놀린 것뿐이야. 하지만 넌 이제 새로운 세계로 들어오고 있어. 도적 패거리보다는 젊은 아가씨로 보이는 쪽이 훨씬 더 유리한 상황이 생길지도 몰라."

빈은 고개를 끄덕이며 켈시어를 따라갔다. 켈시어는 가게 앞문으로 걸어가 문을 열었다. 움직이는 짙은 안개의 벽이 드러났다. 그는 그 안으로 걸어들어갔다. 빈은 깊이 숨을 들이쉰 다음, 그를 따라갔다.

켈시어가 그들 뒤의 문을 닫았다. 자갈 덮인 거리에서 소리는 더 작아지는 것 같았고, 움직이는 안개 때문에 모든 것이 조금 축축했다. 어느 쪽도 멀리까지는 보이지 않았고, 거리 끝은 무(無)로, 길들은 영원으로 사라지는 것 같았다. 머리 위에는 하늘이 없고 겹겹이 소용돌이치는 회색의 흐름뿐이었다.

"좋아, 시작하자." 켈시어가 말했다. 조용하고 텅 빈 거리에서 그의 목소리는 커다랗게 들렸다. 그의 어조에는 자신감이 있었다. 사방으로 안개에 둘러싸인 빈은 전혀 느낄 수 없는 감정이었다.

"네가 배울 첫 번째 수업은 알로맨시가 아니라 태도에 대한 거야." 켈시어가 거리를 걸어 내려가며 말했다. 빈은 옆에서 그를 따라갔다. 그는 앞으로 손을 휙 흔들어 보였다. "이거야, 빈. 이건 우리 거야. 밤과 안개, 이것들은 우리의 세상이야. 스카는 안개를 죽음처럼 피하지. 도둑과 군인들은 밤에 밖에 나가지만 그래도 그걸 두려워해. 귀족들은 아랑곳하지 않는 척하지만 마음 불편해하고."

그는 돌아서서 그녀를 바라보았다.

"안개는 네 친구란다, 빈. 널 숨기고, 널 보호해⋯⋯. 그리고 네게 힘을 줘. 스카들은 거의 모르는 '미니스트리' 교리는, 미스트본은 로드 룰러가 '승천' 하기 전 시절에 로드 룰러에게 충성을 지켰던 사람들의 후손들이라고 주장해. 하지만 다른 전설들은 우리가 로드 룰러의 힘마저도 넘어선 어떤 존재, 안개가 처음 이 땅에 온 그날 태어난 존재라고 속삭인단다."

빈은 약간 고개를 끄덕였다. 켈시어가 이렇게 공공연히 말하는 것을 들으니 기분이 이상했다. 거리 양쪽에는 잠자는 스카들이 가득 찬 건물들이 높이 솟아 있었다. 그러나 어두운 덧문과 조용한 공기 속에서, 빈은 '마지막 제국' 전체에서 가장 붐비는 도시에 자신과 켈시어 단둘만 남아 있는 것처럼 느꼈다.

켈시어는 계속 걸었다. 그의 탄력 있는 발걸음은 짙은 어둠과 어울리지 않았다.

"군인들은 걱정하지 않아도 되나요?" 빈은 조용히 물었다. 그녀 패거리는 언제나 주둔군의 밤 시간 순찰을 조심해야 했다.

켈시어는 고개를 저었다.

"우리가 부주의하게 들킨다고 해도, 제국의 어떤 순찰병도 감히 미스트본을 귀찮게 하지는 않을 거야. 그들은 우리 클록을 보면 못 본 척해. 기억해두렴, 미스트본은 거의 모두 '대가문' 사람들이야. 나머지는 루서델의 소가문 출신이고. 어느 쪽이든 그들은 매우 중요한 사람들이야."

빈은 얼굴을 찌푸렸다.

"그래서 경비병들이 미스트본을 그냥 못 본 척해요?"

켈시어는 어깨를 으쓱했다.

"옥상에 몰래 숨어 있는 사람을 보고 실제로는 그분이 매우 유명하고 높으신 로드나, 심지어 레이디라는 걸 아는 척하면 예의가 형편없는 거지. 미스트본은 너무 드물어서 가문들은 그들에게 성별 편견을 적용할 만한 여유도 없어.

아무튼 미스트본은 대부분 두 가지의 삶을 살아. 궁정에 드나드는 귀족의 삶과, 살금살금 다니며 간첩질을 하는 알로맨서의 삶. 미스트본의 정체는 철저히 지켜지는 가문의 비밀이야. 누가 미스트본이냐 하는 소문은 언제나 고위 귀족들 사이에서 수다의 초점이 되지."

켈시어는 다른 거리로 접어들었고, 빈은 여전히 약간 초조해하며 따라갔다. 그가 어디로 데려가고 있는지 알 수 없었기 때문이다. 밤에는 길을 잃기 쉬웠다. 어쩌면 목적지는 아예 없고, 그는 그녀에게 안개를 익혀주고 있는 것뿐인지도 모른다.

"좋아. 기본 금속을 익히자." 켈시어가 말했다. "네 금속 저장량을 느낄 수 있니?"

빈은 잠시 가늠해보았다. 집중하면 그녀는 자기 안에 있는 여덟 가지 힘의 원천을 구분할 수 있었다. 그 힘 하나하나가, 켈시어가 그녀를 시험하던 날의 그녀의 힘 두 가지를 합친 것보다 컸다. 그녀는 그 뒤로 '행운'을 잘 사용하지 않게 되었다. 자기가 한 번도 제대로 이해한 적 없는 무기를 이제껏 사용하고 있었다는 사실을 비로소 깨달았기 때문이었다. 게다가 그 무기는 우연히도 '강철 심문관'의 주의를 끌고 말았다.

"그걸 태워봐. 한 번에 하나씩." 켈시어가 말했다.

"태운다고요?"

"알로맨시 능력을 활성화시키는 걸 우리는 그렇게 불러." 켈시어가 말했다. "그 힘과 관련된 금속을 '태우는' 거지. 해보면 무슨 말인지 알게 될 거야. 네가 아직 모르는 금속부터 시작해봐. 언젠가 나중에는 감정을 '달래고' '격동시키는* 것도 해볼 거야."

빈은 고개를 끄덕이고 거리 한가운데 멈춰 섰다. 잠시 망설이다가, 그녀는 새로운 힘의 원천에 마음을 뻗었다. 그중 하나는 약간 낯익었다. 전에 알지도 못한 채 그걸 사용한 적이 있는 걸까? 그 힘은 어떤 것일까?

'알아내는 방법은 하나뿐…….'

정확히 어떻게 해야 하는지는 잘 몰랐지만, 빈은 그 힘의 원천을 움켜쥐고 써보려고 했다.

즉시 가슴속에서 뜨거운 불길이 치솟았다. 불편하지는 않았지만 분명하고 뚜렷하게 느낄 수 있었다. 온기와 함께 다른 느낌―원기가 회복되고 힘이 나는 느낌도 왔다. 그녀는…… 뭔지는 몰라도 좀 더 단단해졌다고 느꼈다.

"어떠니?" 켈시어가 물었다.

"느낌이 달라졌어요." 빈이 말했다. 손을 들어보자 사지가 너무 빨리 반응하는 것 같았다. 근육이 격렬히 움직였다. "몸이 이상해요. 이제 피곤하지 않고 정신도 맑아진 것 같아요."

"아, 백랍을 태웠구나." 켈시어가 말했다. "그건 네 육체적 능력을 강화시켜서 널 더 강하게 하고, 피로와 고통을 더 잘 견딜 수 있게 해준단다. 그걸 태우고 있으면 네 반응은 더 빨라지고, 몸은 더 강인해질 거야."

빈은 시험 삼아 몸을 풀어보았다. 근육은 더 커진 것 같지 않았지만, 그 속의 힘이 느껴졌다. 근육 속만 그런 것이 아니었다. 뼈, 살, 피부…… 그녀의 모든 부분에서 힘이 넘쳐났다. 그러나 저장량에 마음을 뻗어보자 그것이 줄어들고 있는 것이 느껴졌다.

"다 떨어져가고 있어요." 그녀가 말했다.

켈시어가 고개를 끄덕였다.

---

* 격동시키다(RAGE): 말 그대로 감정을 불태우고 격동시킨다. 아연(ZINC)을 사용하는 라이오터(RI-OTER)의 능력이다.

"백랍은 상대적으로 빨리 타버려. 네가 마신 병에는 계속 태울 때 약 십 분 정도 태울 수 있는 분량이 담겨 있어. 하지만 네가 자주 폭발시키면 더 빨리 없어지고, 주의해서 사용하면 더 천천히 없어지겠지."

"폭발시킨다고요?"

"해보면, 네 금속을 좀 더 강하게 태울 수 있어." 켈시어가 말했다. "그러면 금속은 훨씬 더 빠르게 닳고, 그 상태를 오래 유지하기는 어려워. 하지만 힘을 추가로 더 쓸 수 있지."

빈은 얼굴을 찌푸리고 그가 말한 대로 하려고 했다. 그렇게 노력을 기울이자, 가슴속에서 불꽃을 더 세게 피워 백랍을 폭발시킬 수 있었다.

대담하게 도약하기 직전 숨을 들이켠 것 같았다. 갑자기 기운과 힘이 밀려들었다. 몸이 다음 동작을 기대하며 긴장했고, 잠시 동안 천하무적이 된 기분이었다. 다음 순간 그 느낌은 지나갔고 몸이 천천히 이완되었다.

'재미있는데.' 그녀는 자기 백랍이 그 짧은 순간 얼마나 빨리 타버렸는지 알아차렸다.

"이제 알로맨시 금속들에 대해서 네가 알아야 할 것이 있어."

안개 속을 함께 걸어 나아가면서 켈시어가 말했다.

"금속은 순수할수록 효과가 커. 우리가 준비한 병에는 알로맨서들을 위해 특별히 준비해 파는 순수한 금속이 담겨 있어.

최대로 힘을 내고 싶다면 금속의 혼합 비율이 딱 맞아야 하기 때문에 백랍 같은 합금은 더 까다롭지. 사실 금속을 살 때 조심하지 않으면 완전히 잘못된 합금을 사고 말 수도 있어."

빈은 얼굴을 찌푸렸다.

"누가 날 속일 수도 있다는 뜻인가요?"

"일부러 그러는 건 아니고." 켈시어가 말했다. "문제는, 진지하게 따져보면 놋쇠, 백랍, 구리 같은 흔히 쓰는 용어 대부분이 실은 아주 모호하다는 거야. 예를 들어 백랍은 보통 납과 주석의 합금으로 알려져 있어. 사용처나 상황에 따라서 구리나 은이 좀 들어갈 수도 있고. 하지만 알로맨서의 백랍은 91퍼센트의 주석과 9퍼센트 납의 합금이야. 금속에서 최대의 힘을 얻고 싶으면 그 비율로 사용해야 해."

"그런데…… 만약 비율이 잘못된 금속을 태우면요?"

"혼합물 비율이 약간만 다른 정도라면 여전히 어느 정도 힘을 얻을 수 있을 거야. 하지만 너무 다르다면, 그걸 태우면 네가 고통스러워지겠지."

빈은 천천히 고개를 끄덕였다.

"난…… 전에 이 금속을 태워본 것 같아요. 때때로, 아주 조금씩요."

"미량 금속이야. 금속으로 오염된 물을 마시거나, 백랍 그릇을 사용해 먹어서 모인 거야." 켈시어가 말했다.

빈은 고개를 끄덕였다. 카몬의 은신처에 있던 머그잔 중 몇 개는 백랍으로 만들어져 있었다.

"좋아. 백랍을 끄고 다른 금속을 써보자." 켈시어가 말했다.

빈은 켈시어의 말에 따랐다. 힘이 사라지면서 그녀는 약하고, 지치고, 무방비 상태인 느낌이 되었다.

"이제 넌 네가 비축한 금속들이 서로 쌍을 짓는다는 걸 알아야 해." 켈시어가 말했다.

"두 가지 감정의 금속들처럼요." 빈이 말했다.

"바로 그거야. 백랍과 연결된 금속을 찾아봐."

"보여요." 빈이 말했다.

"모든 힘에는 두 가지 금속이 있어." 켈시어가 말했다. "하나는 '밀고', 하나는 '당기'는데, 두 번째 것은 보통 첫 번째 것을 써서 만든 합금이야. 감정은 네 몸 바깥으로 작용하는 정신적 힘인데, 그걸 쓰려면 아연으로 '당기고' 놋쇠로 '밀어'. 너는 방금 백랍을 써서 네 몸을 '밀었'어. 그건 내부적이고 육체적인 힘이야."

"햄처럼요. 햄은 백랍을 태우죠." 빈이 말했다.

켈시어는 고개를 끄덕였다.

"백랍을 태우는 미스팅들을 써그^(깡패)라고 불러. 상스러운 용어라고 나는 생각하지만, 사실 그 사람들은 좀 상스러운 경향이 있어. 우리의 소중한 해먼드는 예외지."

"그러면, 다른 내부적인 육체적 금속은 무슨 작용을 하나요?"

"시험해보렴."

빈이 기꺼이 그렇게 하자, 주위 세상이 갑자기 밝아졌다. 아니…… 음, 딱 맞는 말은 아니었다. 더 잘 보이고 더 멀리 보였지만, 안개는 여전히 그곳에 있었다. 안개는 그냥…… 더 반투명해졌다. 주위에 있던 은은한 빛이 왜인지 더 밝아 보였다.

다른 변화도 있었다. 옷이 느껴졌다. 그녀는 언제나 그 감촉을 느낄 수 있었지만 보통 때는 무시했다. 그러나 지금은 더 자세히 느껴졌다. 옷의 감촉이 느껴지고, 천이 몸에 딱 붙어 있는 곳들을 정확히 알 수 있었다.

배가 고팠다. 그녀는 그것도 무시하고 있었다. 그러나 이제는 배고픈 감각이 훨씬 더 다급하게 느껴졌다. 피부는 더 축축한 것 같았고, 맑은 공기에 섞인 먼지, 검댕, 쓰레기 냄새를 맡을 수 있었다.

"주석은 감각을 강화시켜." 켈시어가 말했다. 그의 목소리가 갑자기 아주 커진 것 같았다. "그리고 가장 느리게 타는 금속이야. 병 속에 있던 주석은 몇 시간 동안 충분히 태울 수 있어. 미스트본은 대부분 안개 속에 나올 때마다 주석을 계속 켜둬. 난 우리가 가게에서 나올 때부터 켜놓고 있었어."

빈은 고개를 끄덕였다. 여러 가지 감각이 압도적일 정도로 풍부하게 밀어닥쳤다. 어둠 속에서 삐걱거리고 옥신각신하는 소리들이 들려왔고, 그 소리에 누군가가 뒤에서 살금살금 다가온다고 생각한 빈은 놀라 펄쩍 뛸 뻔했다.

'이건 익숙해지는 데 시간이 좀 걸리겠어.'

"그건 계속 태우고 있어." 켈시어가 손짓으로 자기 옆에서 걸으라고 하면서 말했다. 그는 계속 거리를 내려갔다. "예민해진 감각에 적응해야 할 테니까. 계속 폭발시키지만 마. 금속이 다 떨어지는 시간이 매우 빨라질 뿐만 아니라, 끊임없이 금속을 폭발시키면…… 몸에 이상한 일들이 생기니까."

"이상하다고요?" 빈이 물었다.

"금속들은 몸에 부담을 줘, 특히 주석과 백랍은. 금속을 폭발시키면 이런 부담이 더 커질 뿐이야. 너무 오래, 너무 많이 부담을 주면 망가지기 시작해."

빈은 불편한 마음으로 고개를 끄덕였다. 켈시어는 조용해졌고, 그들이 계속 걸어가는 동안 빈은 자신의 새로운 감각과 주석이 드러낸 더 세밀해진 세계를 탐험했다. 아까는 그녀의 시력이 어둠 속 작은 공간으로 제한되어 있었다. 그러나 이제는 움직이고 소용돌이치는 안개의 담요에 싸여 있는 도시 전체가 보였다. 아성들은 멀리 있는 작고 어두운 산처럼 보였고, 어둠 속에 난 바늘구멍같이 창에서 나오는 빛의 얼룩이 보였다. 그리고 위로는…… 하늘에서 빛나는 빛들이 보였다.

그녀는 멈춰 서서 위를 쳐다보며 경이를 느꼈다. 주석으로 강화된 눈에도 불빛은 희미하고 흐릿했다. 그러나 그녀는 간신히 그것들을 알아볼 수 있었다. 수백 개, 수천 개를. 그것들은 방금 끈 촛불에서 죽어가는 깜부기불처럼 아주 작았다.

"별들이야." 켈시어가 그녀 옆에서 천천히 걸으며 말했다. "주석이 있어도 별로 자주 보이지는 않아. 아주 맑은 날이어야 해. 옛날 사람들은 매일 밤 위를 쳐다보고 별을 보는 데 익숙했지. 안개가 오기 전 얘기야. '재의 산*'이 하늘로 재와 연기를 내뿜기 전에."

빈은 그를 바라보았다.

"그런 걸 어떻게 알아요?"

---

* 재의 산(ASHMOUNT): '마지막 제국'의 거대한 화산들. 로드 룰러가 '승천의 우물'에서 힘을 얻을 때 만들어졌다.

켈시어는 미소를 지었다.

"로드 룰러는 그 시절 기억을 없애버리려고 매우 애썼지. 하지만 몇 가지는 아직 남아 있어."

사실은 그녀의 질문에 대답한 것이 아니라는 듯이, 그는 돌아서서 계속 걸어갔다. 빈은 그를 따라갔다. 주석을 태우자, 갑자기 주위의 안개가 그렇게 불길하게 보이지 않았다. 켈시어가 어떻게 그렇게 밤에 자신 있게 걸어 다닐 수 있는지 알 것 같았다.

"좋아." 켈시어가 마침내 말했다. "다른 금속을 시험해보자."

빈은 고개를 끄덕이며, 주석을 켜놓은 채로 놔두고 함께 태울 다른 금속을 골랐다. 그녀가 그 금속을 태우자 매우 이상한 일이 일어났다. 그녀의 가슴에서 수많은 희미한 파란 선이 솟아올라, 빙빙 도는 안개 속으로 쏜살같이 흘러갔다. 그녀는 얼어붙은 채 약간 숨을 헐떡이면서 자기 가슴을 내려다보았다. 선은 대부분 반투명한 실처럼 얇았지만, 두 개는 방적사처럼 두꺼웠다.

켈시어가 싱긋 웃었다.

"그 금속과 그 금속의 짝은 당분간 놔둬. 그건 다른 것들보다 좀 더 복잡해."

"어떻게……?" 빈은 파란 빛의 선들을 눈으로 좇으며 물었다. 선들은 물체를 마구잡이로 가리켰다. 문, 창문…… 심지어 두 개는 켈시어를 가리키고 있었다.

"나중에 하자." 그가 약속했다. "그걸 끄고 나머지 둘 중에서 하나 시도해봐."

빈은 그 이상한 금속을 끄고 그 금속의 짝도 무시한 후, 마지막 금속 중 하나를 골랐다. 즉시 이상한 진동이 느껴졌다. 빈은 멈춰 섰다. 소리는 들리지 않았지만, 그녀는 그 파동이 몸을 휩쓸고 지나가는 것을 느낄 수 있었다. 그 진동은 켈시어에게서 나오는 것 같았다. 그녀는 얼굴을 찌푸리며 그를 쳐다보았다.

"아마 청동일 거야. 내적이고 정신적인 '미는' 금속. 누가 가까운 곳에서 알로맨시를 사용하고 있으면 느끼게 해주지. 우리 형 같은 시커들이 사용해. 보통 그렇게 쓸모 있는 건 아니야. 네가 스카 미스팅을 찾고 있는 '강철 심문관'이 아니라면."

빈은 창백해졌다.

"심문관들이 알로맨시를 쓸 수 있어요?"

켈시어는 고개를 끄덕였다.

"그들은 모두 시커야. 시커들을 선택해서 심문관으로 만드는 건지, 아니면 심문관이 되는 과정에서 그 힘을 얻는지는 잘 모르겠어. 어느 쪽이든, 그들의 주 임무는 혼혈 아이들과 알로맨시를 부적절하게 사용하는 귀족들을 찾는 거니까 그들에게는 쓸모 있는 기술이야. 불행하게도 그들에게 '쓸모 있다'는 건 우리에게는 '상당히 성가시다'는 뜻이지."

빈은 고개를 끄덕이다가 얼어붙었다. 파동, 즉 맥박이 멈췄던 것이다.

"무슨 일이 일어난 거죠?" 그녀가 물었다.

"내가 구리를 태우기 시작했어." 켈시어가 말했다. "청동의 짝이지. 구리를 태우면 네가 힘을 쓰는 걸 다른 알로맨서들이 느끼지 못하게 감춰줘. 하고 싶으면 지금 태워보렴. 많은 걸 느끼지는 못하겠지만."

빈은 구리를 태워보았다. 안에서 약간 떨리는 느낌이 드는 것 외엔 아무런 변화가 없었다.

"구리는 필수적으로 배워야 하는 금속이야. 너를 심문관들에게서 숨겨주니까. 오늘 밤은 아무 걱정 할 필요 없을 거야. 심문관들은 우리가 훈련을 하러 나온 보통 미스트본이라고 생각할 테니까. 하지만 네가 스카 변장을 하고 금속을 태울 필요가 생기면, 먼저 구리를 켰는지부터 확인해봐." 켈시어가 말했다.

빈은 고마워하며 고개를 끄덕였다.

"사실 미스트본 중에는 구리를 내내 켜놓고 있는 사람이 많아. 천천히 타고 다른 알로맨서들에게 보이지 않게 해주니까. 구리는 널 청동에게서 숨겨주고 다른 자가 네 감정을 조작하지 못하게 막아주지." 켈시어가 말했다.

빈의 얼굴에 생기가 돌았다.

"네가 흥미를 느낄 줄 알았다. 구리를 켜놓은 사람은 누구든지 감정 알로맨시에 면역이 생겨. 게다가 구리의 영향력은 구리를 쓰는 사람 주위에 거품처럼 일어나. 이 구름을 구리구름이라고 부르는데, 안에 있는 사람은 누구든 시커의 감각으로부터 숨겨주지. 네가 면역되는 것처럼 감정 알로맨시 면역까지 시켜주지는 않겠지만."

"클럽스. 스모커가 하는 일이 그거로군요." 빈이 말했다.

켈시어가 고개를 끄덕였다.

"시커가 우리를 알아차린다 해도 도로 은신처로 도망쳐 사라질 수 있겠지. 또 들킬 걱정 없이 능력을 실습할 수도 있고, 도시의 스카 지역 가게에서 알로맨시의 맥박이 나온다면 지나가는 심문관이 재빨리 알아차릴 거 아냐."

"하지만 당신은 구리를 태울 수 있잖아요. 패거리에 넣을 스모커를 찾는 일을 왜 그렇게 걱정했어요?" 빈이 말했다.

"맞아, 난 구리를 태울 수 있어. 그리고 너도 할 수 있어." 켈시어가 말했다. "우리는 모든 힘을 쓸 수 있어. 하지만 우리가 모든 곳에 있을 수는 없어. 패거리 두목이 성공하려면 일을 나누는 법을 알아야 한단다. 특히 이렇게 큰 작업에서는. 보통은 습관적으로 은신처에 구리구름을 내내 깔아놔. 클럽스는 그 일을 자기가 전부 하지는 않아. 도제들 중에도 스모커가 몇 명 있어. 클럽스 같은 사람을 고용한다는 건, 작전 기지와 너를 언제나 숨겨줄 만큼 유능한 스모커 팀을 그에게서 제공받는 거라고 생각하면 돼."

빈은 고개를 끄덕였다. 하지만 그녀는 자기 감정을 보호하는 구리의 능력에 더 흥미가 있었다. 구리는 내내 켜놓을 수 있을 정도로 충분히 찾아두어야 할 것이다.

그들은 다시 걷기 시작했고, 켈시어는 그녀가 주석을 태우는 데 익숙해지도록 시간을 더 주었다. 그러나 빈의 마음은 다른 곳을 헤매기 시작했다. 뭔가…… 이상했다. 왜 켈시어는 이걸 그녀에게 전부 말해주고 있는 것일까? 그는 자기 비밀을 너무 쉽게, 거저 주고 있는 것 같았다.

'하나만 제외하고.' 그녀는 미심쩍게 생각했다. '파란 선이 나가던 그 금속. 그건 아직 가르쳐주지 않았어.'

아마 그는 계속 알려주지 않을 것이다. 빈에 대한 지배력을 유지하기 위해 감추어둔 힘일 테니까.

'분명히 강한 힘일 거야. 여덟 가지 중에서 제일 강력한 것이겠지.'

함께 조용한 거리를 걷는 중에, 빈은 망설이며 내부로 마음을 뻗었다. 그녀는 켈시어를 훔쳐본 다음 그 미지의 금속을 조심스럽게 태웠다. 다시, 선이 그녀 주위로 튀어 나갔다. 보기에는 마구잡이로 방향을 가리키는 것 같았다.

그 선들은 그녀와 함께 움직였다. 선의 한쪽 끝은 그녀의 가슴에 붙어 있었지만, 다른 쪽 끝은 거리의 여러 장소에 붙어 남아 있었다. 그녀가 걸어가면서 새로운 선들이 나타나고, 오래된 선들은 희미해지면서 뒤에서 사라졌다. 선들의 너비는 각양각색이었고, 어떤 선은 다른 선보다 더 밝았다.

빈은 호기심에 차서, 선들의 비밀을 알아내려고 마음으로 그 선들을 시험해보았다. 그녀는 특히 작고 무해해 보이는 선에 초점을 맞추었다. 그러자 집중하면 그것을 개별적으로 느낄 수 있다는 것을 깨달았다. 만질 수도 있을 것 같았다. 그녀는 마음을 밖으로 뻗어 그 선을 살짝 잡아당겨보았다.

선이 흔들리더니, 뭔가가 즉각 어둠 속에서 그녀에게로 날아왔다. 빈은 꺅 소리를 지르며 뛰어서 피하려고 했다. 그러나 그 물건은 곧장 그녀에게 쏜살같이 날아왔다. 녹슨 못이었다.

갑자기 뭔가가 못을 잡더니, 어둠 속으로 던져버렸다.

빈은 뒹굴던 자세에서 일어나 긴장한 채 웅크렸다. 미스트클록이 그녀 주위에서 펄럭였다. 그녀는 어둠 속을 살펴본 다음 켈시어를 쳐다보았다. 그는 부드럽게 웃고 있었다.

"네가 그걸 시험해볼 거라고 생각했어야 했는데." 그가 말했다.

빈은 당황해서 얼굴이 빨개졌다.

"자, 다친 데는 없어." 그가 손을 흔들어 그녀를 부르며 말했다.

"못이 날 공격했어요!"

그 금속이 물건을 살아나게 만들었을까? 그렇다면 정말 믿을 수 없는 힘이다.

"사실은 네가 너 자신을 공격한 거야." 켈시어가 말했다.

빈은 조심스럽게 일어나 그와 함께 다시 거리를 걸어 내려가기 시작했다.

"네가 무슨 일을 했는지 금방 설명해줄게." 그가 약속했다. "그보다 먼저, 네가 알로맨시에 대해 알아야 할 게 있어."

"또 규칙인가요?"

"오히려 철학 쪽이야. 그건 결과에 대한 거야." 켈시어가 말했다.

빈은 얼굴을 찌푸렸다.

"무슨 뜻이에요?"

"우리가 하는 행동은 전부 결과를 낳아, 빈." 켈시어가 말했다. "나는 알로맨시와 인생 양쪽 다 자기 행동의 결과를 제일 잘 판단할 수 있는 사람이 가장 성공한다는 걸 깨달았어. 예를 들어 백랍을 태운다고 치자. 결과가 어떻게 되지?"

빈은 어깨를 으쓱했다.

"더 강해지지요."

"네 백랍이 닳아가는데 무거운 걸 들고 있으면 무슨 일이 일어날까?"

빈은 잠시 입을 다물었다.

"떨어뜨릴 것 같아요."

"그런데 그게 너무 무겁다면, 넌 심하게 다칠 수도 있어. 싸우는 동안 지독한 부상을 당하고도 무시했던 미스팅 써그들은 매우 많았어. 그 결과 백랍이 닳아버리면 부상 때문에 바로 죽어버렸지."

"알겠어요." 빈이 조용히 말했다.

"하!"

빈은 충격 때문에 펄쩍 뛰면서 예민해진 귀를 허둥지둥 손으로 가렸다.

"아우!" 그녀는 켈시어를 노려보면서 불평했다.

켈시어가 미소 지었다.

"주석을 태우는 데에도 결과가 따르지. 누가 갑작스럽게 빛이나 소리를 내면 눈이 멀거나 얼어붙을 수 있어."

"하지만 그게 마지막 두 금속과 무슨 상관이죠?"

"철과 강철은 주위의 다른 금속들을 조종할 수 있는 능력을 줘." 켈시어가 설명했다. "철을 태우면 금속의 원천을 네 쪽으로 '당길' 수 있어. 강철은 '밀어낼' 수 있지. 아, 이제 다 왔어."

켈시어가 멈춰 서서 위를 쳐다보았다. 안개 사이로 거대한 성벽이 그들 위에 솟아 있었다.

"우리가 여기서 뭘 하나요?"

"'철-당기기'와 '강철-밀기'를 연습할 거야." 켈시어가 말했다. "하지만 우선 몇 가지 기초부터 하고."

그는 허리띠에서 뭔가를 꺼냈다. 가장 값싼 동전인 클립이었다. 그는 그녀 앞으로 동전을 들어 올리고 옆쪽으로 섰다.

"강철을 태워봐. 네가 조금 전 태운 금속의 짝이야."

빈은 고개를 끄덕였다. 다시 파란 선이 주위에 솟아올랐다. 그중 하나는 켈시어의 손에 들린 동전을 똑바로 가리키고 있었다.

"좋아. 그걸 밀어봐." 켈시어가 말했다.

빈은 맞는 선을 골라 마음을 뻗어 살짝 '밀었다'. 동전은 켈시어의 손가락에서 튕겨져 날아가, 빈에게서 똑바로 멀어졌다. 그녀는 그 동전에 계속 초점을 맞춰 '밀어'보려고 했다. 마침내 동전은 근처 집 벽에 툭 맞았다.

빈이 갑자기, 급격하게 뒤로 던져졌다. 켈시어가 그녀를 잡아 땅에 쓰러지지 않게 막아주었다.

빈은 비틀거리면서 몸을 바로 세웠다. 이제 그녀의 조종에서 풀려난 동전이 거리 건너편 땅에 땡그랑 떨어졌다.

"무슨 일이 일어났지?" 켈시어가 물었다.

그녀는 고개를 저었다.

"모르겠어요. 동전을 '밀었'더니 날아갔어요. 하지만 동전이 벽을 때리면서 내가 밀려났어요."

"왜?"

빈은 얼굴을 찌푸리고 생각에 잠겼다.

"내 생각엔…… 내 생각엔 동전이 아무 데도 갈 수가 없었어요. 그래서 내 쪽이 움직여야 했던 것 같아요."

켈시어는 만족스럽게 고개를 끄덕였다.

"그게 결과야, 빈. 너는 '강철-밀기'를 하면서 네 몸무게를 썼어. 너의 닻보다 네가 훨씬 무거우면 닻이 네게서 날아가게 돼. 동전이 그랬던 것처럼. 하지만 만약 그 물건이 너보다 무겁다면, 아니면 너보다 무거운 것에 부딪치면 너는 '밀려날' 거야. '철-당기기'도 비슷해. 네가 물체 쪽으로 '당겨지든가' 아니면 그게 네 쪽으로 '당겨지든가' 할 거야. 양쪽 무게가 비슷하다면 둘 다 움직이겠지.

이건 알로맨시 중에서도 위대한 기술이야, 빈. 강철이나 철을 태울 때 네가 얼마나 많이, 아니면 얼마나 적게 움직일지 알면 적수보다 커다란 이점을 갖게 돼. 이 두 가지가 네 능력 중에서 가장 쓸모가 많다는 것도 알게 될 거야."

빈은 고개를 끄덕였다.

"자, 기억해." 그가 말을 계속했다. "두 경우 다, 네가 '밀거나' '당기는' 힘은 곧장 네 쪽으로 오거나 네게서 멀어졌어. 네 마음으로 물건의 방향을 휙 돌려서 어디든지 네가 원하는 곳으로 가게 조종할 수는 없어. 알로맨시는 그런 식으로 작동하지 않아. 물리적 세계가 그런 식으로 작동하지 않기 때문이지. 알로맨시로건 네 손으로건, 뭔가 밀면 그 물체는 곧장 반대 방향으로 가게 돼. 힘, 반응, 결과. 알겠니?"

빈은 다시 고개를 끄덕였다.

"좋아." 켈시어가 기분 좋게 말했다. "이제 저 벽을 뛰어넘자."

"뭐라고요?"

그녀를 거리에 멍하니 서 있게 남겨둔 채, 그는 벽 기슭으로 다가갔다. 그녀는 그 모습을 지켜보다가 허둥지둥 그가 있는 곳으로 갔다.

"제정신이 아니군요!" 그녀는 조용히 말했다.

켈시어는 미소를 지었다.

"넌 오늘 나한테 그 말을 두 번째 하는 것 같은데, 주의력을 더 길러야겠어. 네가 다른 사람들 말에 귀 기울이고 있었다면 내 제정신이 오래전에 날 떠났다는 걸 알았을 거야."

"켈시어." 그녀가 벽을 올려다보며 말했다. "난 못해요……. 그러니까, 오늘 저녁 전까지만 해도 난 진짜로 알로맨시를 써본 적도 없다고요!"

"그래, 하지만 넌 아주 진도가 빠른 학생이야." 켈시어가 클로크 아래에서 뭔가 꺼내면서 말했다. 허리띠 같아 보였다. "여기, 이걸 차. 여기에는 금속 추가 매달려 있어. 뭐가 잘못돼도 아마 널 붙잡을 수 있을 거야."

"'아마'라고요?" 빈이 그 허리띠를 차면서 신경질적으로 말했다.

켈시어는 미소를 짓더니, 발치에 커다란 금속 잉곳을 떨어뜨렸다.

"그 잉곳 위에 똑바로 선 다음 '강철-밀기'를 기억해. '철-당기기'가 아니야. 벽 꼭대기에 닿을 때까지는 계속 '밀어'."

그다음 그는 몸을 구부렸다가, 뛰어올랐다.

켈시어는 공중으로 쏜살같이 날아갔다. 그의 어두운 그림자가 소용돌이치는 안개 속으로 사라졌다. 빈은 잠시 기다려보았으나, 그는 곤두박질쳐 떨어지지 않았다.

그녀의 예민해진 귀에도 사위가 조용했다. 안개는 주위에서 장난치듯 소용돌이쳤다. 그녀를 놀리고 그녀를 도발하며.

그녀는 잉곳을 내려다보고 강철을 태웠다. 파란 선이 희미하고 유령같이 빛났다. 그녀는 잉곳 위로 올라서서 양쪽 끝에 각각 발을 벌리고 섰다. 위쪽 안개 속을 쳐다본 다음 마지막으로 아래를 보았다.

마침내, 그녀는 깊은숨을 들이쉬고 온 힘을 다해 잉곳을 '밀었다'.

8

"그는 그들이 나아갈 길을 지켜야 해. 하지만 부수기도 해야 해. 그는 그들의 구세주가 될 거야. 하지만 그들은 그를 이단자라고 하겠지. 그의 이름은 '불화'가 될 테지만, 그들은 그것 때문에 그를 사랑할 거야."

빈은 공중으로 솟아올랐다. 그녀는 비명을 억누르고, 무섭지만 '밀기'를 계속해야 한다는 것을 기억했다. 돌벽은 겨우 몇 피트 떨어진 곳에서 흐릿할 정도로 맹렬하게 움직였다. 땅은 아래쪽에서 사라졌고, 잉곳을 가리키는 파란 선은 점점 더 희미해졌다.

'이게 사라지면 어떻게 되지?'

그녀의 속도가 느려지기 시작했다. 선이 희미해질수록 속도는 줄어들었다. 겨우 몇 초 날아간 다음, 그녀는 슬금슬금 멈추었다. 그리고 이제 거의 보이지 않게 된 파란 선 위의 공중에 매달린 채 서 있었다.

"난 언제나 이 위에서 보는 경치가 좋더라."

빈은 옆을 슬쩍 보았다. 약간 떨어진 곳에 켈시어가 서 있었다. 그녀는 어찌나 집중했던지 자기가 성벽 꼭대기에서 겨우 몇 피트 떨어진 곳에 떠 있다는 것도 알아차리지 못하고 있었다.

"도와줘요!"

그녀는 떨어지지 않으려고 필사적으로 계속 '밀면서' 말했다. 그녀 몸 아래의 안개는 저주받은 영혼들의 어두운 대양처럼 움직이며 빙빙 돌고 있었다.

"너무 걱정 마." 켈시어가 말했다. "닻이 삼각형 모양으로 놓여 있으면 공중에서 균형 잡기가 더 쉬워. 하지만 닻 하나로도 넌 잘할 수 있어. 네 몸은 균형을 잡는 데 익숙해져 있으니까. 네가 걷기를 배웠을 때부터 하던 일들이 알로맨시에도 어느 정도 통하는 거야. '밀기' 능력을 한껏 쓰면서 가만히 있으면 너는 아주 안정적으로 있을 수 있어. 네 정신과 몸은 아래에 있는 닻의 중심에서 조금이라도 벗어나면 자세를 바로잡고 네가 옆으로 떨어지지 않게 막아줄 거야.

하지만 네가 뭔가 다른 것을 '밀거나', 한쪽으로 너무 많이 움직이게 되면…… 음, 아래의 닻을 놓칠 테고 더 이상 똑바로 위로 밀 수 없겠지. 그럼 문제가 생길 거야. 아주 높은 장대 꼭대기에 달린 납추처럼 기울어지겠지."

"켈시어……" 빈이 말했다.

"네가 높은 곳을 두려워하지 않았으면 좋겠어, 빈." 켈시어가 말했다. "그건 미스트본으로서는 아주 불리한 거거든."

"난…… 높은…… 곳이…… 무섭지…… 않아요." 빈은 이를 갈며 말했다. "하지만 난 저 망할 거리 위 100피트 공중에 떠 있는 데 익숙하지도 않아요!"

켈시어는 싱긋 웃었지만, 빈은 자기 허리띠를 당기는 힘을 느꼈다. 그 힘은 공중에서 그녀를 켈시어 쪽으로 당겼다. 그는 그녀를 붙잡고 돌 울타리 위로 끌어올린 다음 자기 옆에 내려놓았다. 그는 한 팔을 벽면 위로 뻗었다. 일 초 후에 잉곳이 벽면을 긁으며 공중으로 날아올라와, 기다리고 있던 켈시어의 손으로 휙 들어왔다.

"잘했어. 이제 도로 내려가자."

그는 잉곳을 어깨 너머로 툭 넘기더니, 벽 맞은편의 어두운 안개 속에 던졌다.

"우리 정말 밖으로 나갈 거예요? 성벽 밖으로? 밤에?" 빈이 물었다.

켈시어는 그답게, 상대방 속을 긁는 방식으로 미소 지었다. 그는 걸어가서 성가퀴 위로 올라갔다. "네가 '밀거나' '당기는' 힘을 조절하는 건 어렵지만 할 수는 있어. 그냥 조금 떨어지다가 '밀어서' 속도를 늦추는 게 나을 거야. 조금 더 떨어진 다음 다시 '밀어'봐. 리듬만 제대로 타면 땅에 잘 내려갈 수 있어."

"켈시어." 빈이 벽으로 다가가며 말했다. "난⋯⋯."

"넌 지금 성벽 꼭대기에 있어, 빈." 그는 공중으로 걸어 나가며 말했다. 그는 멈춰 서서 아까 자기가 설명한 대로 공중에 뜬 채 균형을 잡았다. "내려가는 길은 두 가지 뿐이야. 네가 뛰어내리든가, 아니면 저기 순찰 경비병에게 왜 미스트본이 그들 계단을 쓸 필요가 있는지 설명하거나."

빈이 걱정스럽게 돌아보자, 짙은 안개 속에서 각등 불빛이 흔들거리며 다가오는 것이 보였다.

그녀는 다시 켈시어를 보았으나 그는 이미 사라지고 없었다. 그녀는 투덜거리며 벽면 너머로 몸을 굽히고 안개 속을 내려다보았다. 뒤에서 경비병들이 벽을 따라 걸으면서 서로 조그맣게 이야기하는 소리가 들렸다.

켈시어가 옳았다. 그녀가 선택할 길은 많지 않았다. 화가 난 채로 그녀는 성가퀴 위로 올라갔다. 그녀는 높은 곳을 그다지 두려워하지는 않았지만, 성벽 꼭대기에 서서 죽음의 높이를 내려다보고 있는데 누가 불안해하지 않겠는가? 심장이 떨리고 배 속이 꼬였다.

'켈시어가 내 길에서 비켜서 있으면 좋겠는데.'

그녀는 파란 선을 살펴 자기가 잉곳 위에 있다는 것을 확인하면서 생각했다. 그녀는 발걸음을 내딛었다.

그녀는 즉시 땅으로 떨어지기 시작했다. 그녀는 반사적으로 강철을 '밀었'지만, 궤도가 빗나갔다. 잉곳 위로 똑바로 떨어지는 것이 아니라 그 옆쪽으로 떨어지고 있었다. 결과적으로 '강철-밀기' 때문에 몸이 옆으로 더 멀리 밀리면서 그녀는 공중에서 굴러떨어지기 시작했다.

겁에 질려 그녀는 다시 '밀었다'. 이번에는 강철을 폭발시키며 더 세게 '밀었다'. 갑자기 힘을 쓰자 몸이 도로 위로 튀어 올랐다. 성벽 꼭대기와 같은 높이로 공중으로 튀어 오르면서 옆으로 호를 그렸다. 지나가던 경비병들이 놀라서 빙글 돌아보았으나, 그들의 얼굴이 곧 희미해지면서 빈은 다시 땅으로 떨어졌다.

공포로 엉망진창이 된 마음으로 그녀는 반사적으로 힘을 뻗어 잉곳을 '당겨'서 자기 몸을 그쪽으로 끌어가려고 했다. 그러나 물론, 잉곳이 순순히 그녀 쪽으로 쏘아져 올라왔다.

'죽었구나.'

다음 순간 몸이 휘청하더니 허리띠를 잡혀 위로 당겨졌다. 내려가는 속도가 점점 느려지다 마침내 조용히 공중에 떠 있게 되었다. 켈시어가 안개 속에서 나타나 그녀 아래쪽 땅 위에 서 있었다. 그는 물론 미소 짓고 있었다.

그는 그녀가 마지막 몇 피트를 떨어지게 놓아두었다가 붙잡은 다음, 부드러운 땅에 똑바로 세워놓았다. 그녀는 겁을 먹어 받은 숨을 쉬며 잠시 벌벌 떨며 서 있었다.

"자, 재밌었지." 켈시어가 가볍게 말했다.

빈은 대답하지 않았다.

켈시어는 근처 바위 위에 앉아 그녀가 정신 차릴 시간을 주었다. 결국 그녀는 백랍을 태워 굳세진 느낌으로 신경을 안정시켰다.

"잘했어." 켈시어가 말했다.

"난 죽을 뻔했어요."

"처음엔 모두 그래." 켈시어가 말했다. "'철-당기기'와 '강철-밀기'는 위험한 기술이야. 금속 조각을 몸 쪽으로 '끌어당기'다가 자기 몸을 찌를 수도 있고, 뛰다가 닻을 지나쳐 너무 앞에 떨어질 수도 있고, 그런 식으로 저지를 수 있는 실수가 수십 가지야.

내 경험이 전부는 아니지만, 누가 널 지켜볼 수 있을 때 그런 극단적인 상황을 일찍 겪어보는 편이 나아. 아무튼 알로맨서가 가능하면 몸에 금속을 지니지 않는 게 왜 중요한지는 이해했겠지."

빈은 고개를 끄덕이다가 동작을 멈추고 귀로 손을 가져갔다.

"내 귀걸이. 이것도 그만 차야겠어요."

"뒤에 클립이 있니?" 켈시어가 물었다.

빈은 고개를 저었다.

"그냥 작은 스터드예요. 뒤의 핀은 아래로 굽어져 있고요."

"그럼 괜찮을 거야." 켈시어가 말했다. "몸속에 있는 금속은 '밀거나' '당길' 수 없어. 일부분만 몸에 들어가 있어도 마찬가지야. 그렇지 않으면 네가 금속을 불태우는 동안 다른 알로맨서가 네 배 속에서 금속을 떼어낼 수 있을 거 아냐."

'알게 되어 다행이네.' 빈이 생각했다.

"심문관들이 강철 대못 한 쌍을 머리에 박은 채로 그렇게 자신 있게 걸어 다닐 수 있는 이유도 그거지. 그들의 몸에 박혀 있는 금속은 다른 알로맨서의 영향을 받지 않아. 귀걸이는 계속 달고 있으렴. 작아서 그걸로 큰일은 할 수 없겠지만, 비상시에 무기로 쓸 수 있을 거야."

"알았어요."

"이제 갈 준비 됐니?"

그녀는 성벽을 쳐다보고, 다시 뛰어오를 준비를 한 후에 고개를 끄덕였다.

"도로 올라가는 게 아니야. 이리 와." 켈시어가 말했다.

켈시어가 안개 속으로 걸어 나가기 시작하는 것을 보고 빈은 얼굴을 찌푸렸다.

'그럼 결국 목적지가 있었던 거야? 아니면 그냥 조금 더 걸어 다니기로 한

걸까?'

이상하게도, 그의 상냥하고 태연한 태도 때문에 오히려 그의 속을 읽을 수가 없었다.

안개 속에 혼자 남고 싶지는 않았기 때문에 빈은 서둘러 그를 따라잡았다. 루서델 주변의 풍경은 덤불과 잡초를 빼면 황량했다. 그들이 걸어갈 때, 아까 떨어진 화산재가 덮여 있는 가시와 마른 잎이 그녀의 다리에 스쳤다. 안개 이슬로 약간 젖은 덤불이 으드득거렸다.

때때로 그들은 도시 밖으로 실어낸 잿더미를 지나쳤다. 그러나 재는 대부분 도시를 가로질러 흐르는 채너럴 강에 던져졌다. 결국은 물이 재를 분해한다. 적어도 빈은 그렇게 추측했다. 그렇지 않다면 대륙 전체가 오래전에 파묻혔을 것이다.

빈은 켈시어 가까이 붙어서 걸어갔다. 그녀는 전에도 도시 밖을 여행해본 적이 있지만 언제나 보트맨 무리에 섞여 움직였다. 보트맨은 거룻배를 조종해 '마지막 제국'의 수많은 운하 길을 오르내리는 스카 일꾼들이었다. 귀족들은 배 끄는 길로 보트를 끌 때 대부분 말 대신 스카를 이용했기 때문에 그것은 매우 힘든 일이었다. 그렇지만 여행을 하고 있다는 생각을 하면 어느 정도 자유가 느껴졌다. 대부분의 스카들, 심지어 스카 도둑들도 절대 자기 농장이나 도시를 떠나지 않기 때문이었다.

도시에서 도시로 끊임없이 옮겨 다니는 삶은 린이 선택한 것이었다. 그는 강박적일 정도로 절대 통제받으려 하지 않았다. 보통 암흑가 패거리들이 운행하는 운하 배를 타고 이곳저곳으로 다녔고, 결코 한 장소에 1년 이상 머물지 않았다. 그는 계속 움직였고, 언제나 어디론가 갔다. 마치 무언가에서 도망치듯이.

그들은 계속 걸었다. 밤에는 황량한 언덕과 덤불로 덮인 들판마저도 분위기가 으스스했다. 빈은 아무 말도 하지 않았지만, 가능한 한 소리 내지 않으려고 했다. 그녀는 밤에 집 밖에 돌아다니는 것들의 이야기를 들으며 살

앉고, 사방을 가린 안개 때문에—지금은 주석으로 꿰뚫어볼 수 있다고 해도
—누군가가 그녀를 지켜보는 것같이 느껴졌다.

길을 가면서 그 느낌에 그녀는 점점 더 용기를 잃었다. 곧 어둠 속에서 여
러 가지 소리가 들렸다. 작고 희미한 소리였다. 잡초가 타닥거리는 소리, 메
아리치는 안개 속에서 발을 끌며 걷는 소리.

'넌 편집증적으로 굴고 있는 것뿐이야!' 그녀는 반쯤 상상 속에서 나온 소
리를 듣고 펄쩍 뛰면서 생각했다. 그러나 결국 그녀는 더 견딜 수 없었다.

"켈시어!" 그녀는 다급하게 속삭였지만, 소리는 예민해진 귀에 너무나 커
다랗게 들렸다. "여기 뭔가 있는 것 같아요."

"응?" 켈시어가 물었다. 그는 자기 생각에 빠져 있는 것 같았다.

"뭔가가 우리를 따라오고 있는 것 같아요!"

"아, 그래. 네 말이 맞아. 그건 안개유령이야."

빈은 가던 걸음을 뚝 멈추었다. 그러나 켈시어는 계속 걸어갔다.

"켈시어!" 그녀가 부르자 그는 멈춰 섰다.

"안개유령이 진짜 있다는 말이에요?"

"물론 있지." 켈시어가 말했다. "그 이야기들이 전부 어디서 나왔다고 생
각하니?"

빈은 충격을 받아 말문이 막힌 채 서 있었다.

"보고 싶니?" 켈시어가 물었다.

"안개유령을 본다고요?" 빈이 물었다. "당신⋯⋯." 그녀는 말을 멈추었다.

켈시어는 싱긋 웃더니, 다시 그녀에게로 걸어왔다.

"안개유령은 좀 보기 흉할 수도 있지만, 비교적 해는 없어. 대체로 스캐빈
저들이거든. 이리 와."

그는 왔던 길을 되짚어가며 그녀에게 따라오라고 손짓했다. 마지못한 걸
음으로, 그러나 소름 끼치는 호기심을 느끼며 빈은 그를 따라갔다. 켈시어
는 앞장서서 상대적으로 덤불이 없는 언덕 꼭대기로 활발하게 걸어갔다. 그

는 웅크려 앉더니 빈에게도 그렇게 하라고 손짓했다.

"안개유령의 청력은 별로 좋지 않아." 그녀가 자기 옆의 거칠고 재로 덮인 흙 속에 무릎을 꿇자 그가 말했다. "하지만 후각은, 아니 오히려 미각은 아주 날카로워. 아마 우리가 온 자취를 따라오면서 우리가 뭔가 먹을 수 있는 걸 버리나 보고 있을 거야."

빈은 눈을 가늘게 뜨고 어둠 속을 바라보았다.

"안 보이는데요." 그녀가 안개 속에서 어두운 그림자를 찾으며 말했다.

"저기." 켈시어가 나지막한 언덕을 가리켰다.

빈은 언덕 꼭대기에 웅크린 채 그녀를 지켜보고 있는 생물을 상상하고 얼굴을 찌푸리며 그런 모습을 한 뭔가가 있나 찾아보았다.

그때 언덕이 움직였다.

빈은 가볍게 펄쩍 뛰었다. 10피트 높이에 그 두 배 길이쯤 되는 검은 언덕이 발을 질질 끄는 기묘한 걸음걸이로 휘청거리며 앞으로 움직였다. 빈은 더 잘 보려고 앞으로 몸을 기울였다.

"주석을 폭발시켜봐." 켈시어가 말했다.

빈은 고개를 끄덕이며 알로맨시 힘을 더욱 폭발시켰다. 즉시 모든 것이 더 밝아졌다. 안개가 시야를 훨씬 덜 가렸다.

그녀는 그 모습을 보고 떨었다. 매혹되고, 혐오감을 품고, 크게 동요했다. 그 생물의 피부는 연기색에 반투명해서, 그 아래로 뼈가 보였다. 다리는 수십 개였는데 하나하나가 각기 다른 동물들에게서 취한 것 같았다. 인간의 손, 소의 발굽, 개의 뒷다리……. 다른 것들은 알아볼 수도 없었다.

그 생물은 그렇게 어울리지 않는 다리들로 걸었다. 걸었다기보다 어기적거리는 것에 더 가까웠지만. 그것은 서툰 지네처럼 움직이며 천천히 기어갔다. 사실 다리 중 여러 개는 어떤 기능을 하는 것 같지도 않았다. 그것들은 그 생물의 살에서 부자연스럽게 뒤틀린 채 튀어나와 있었다.

몸은 둥글넓적하고 길게 늘어나 있었다. 그러나 그냥 점액질 같지는 않았다……. 그 모습에는 이상하게 논리적인 구석이 있었다. 그 생물은 뚜렷한 골격을 갖고 있었으며, 주석으로 예민해진 눈을 가늘게 뜨고서 살펴보니 뼈를 감싸고 있는 반투명한 근육과 힘줄도 보이는 것 같았다. 그 생물은 움직일 때 기묘하게 뒤죽박죽인 근육들을 풀었고, 십여 개나 되는 갈비뼈를 드러냈다. 몸통을 따라 여러 개의 팔다리가 불안한 각도로 매달려 있었다.

그리고 머리들……. 여섯 개인 것 같았다. 피부는 반투명했지만, 말 머리가 사슴 머리 옆에 붙어 있는 것을 알아볼 수 있었다. 다른 머리가 그녀 쪽을 돌아보았는데, 그 머리에선 인간의 두개골이 보였다. 머리는 긴 등골 위에 놓여 있고, 등골은 동물 몸통 같은 것에 붙어 있었다. 그 몸통은 기이하게 뒤죽박죽된 뼈 위에 붙여져 있었다.

빈은 구역질이 나려고 했다.

"저건 무슨……? 어떻게……?"

"안개유령들은 몸을 펴서 늘일 수 있어." 켈시어가 말했다. "어떤 골격 위에도 피부를 씌울 수 있고, 흉내 낼 모델이 있다면 근육과 기관을 재창조할 수도 있지."

"그 말은……?"

켈시어는 고개를 끄덕였다.

"시체를 발견하면 그들은 그 시체를 둘러싸고 근육과 기관을 천천히 소화시켜. 그다음에는 자기가 먹은 것을 패턴으로 활용해서 죽은 생물을 똑같이 복사하지. 몸의 부분들은 약간 재배치해. 원치 않는 뼈는 체외로 배출하고, 반면에 자기 몸이 되었으면 하는 뼈는 덧붙이지. 그러면서 저기 보이는 것 같은 뒤죽박죽 이상한 생물이 되는 거야."

빈은 그 생물이 그녀의 자취를 따라 어기적거리며 들판을 가로지르는 것을 지켜보았다. 아랫배 부분에서 늘어져 펄럭대는 끈적끈적한 피부가 땅바닥에 질질 끌렸다.

'후각이야. 우리가 지나온 자리의 냄새를 따라오고 있는 거야.'

빈은 생각했다. 그녀가 주석을 보통 태우기로 되돌리자, 안개유령은 다시 한 번 어두운 언덕이 되었다. 그러나 그 검은 윤곽은 기묘한 모습을 더욱 돋보이게 만들 따름이었다.

"그럼 저들에게는 지능이 있나요? 시체를…… 찢어서 자기가 원하는 곳에 조각조각 붙일 수 있는 거라면?" 빈이 물었다.

"지능이라고? 아니, 이렇게 어린놈에게는 없어. 지능보다는 본능이지."

빈은 다시 몸을 떨었다.

"사람들이 이것에 대해 아나요? 그러니까, 전설과 다른 부분을?"

"'사람들'이라니 누구 말이니?" 켈시어가 물었다. "알로맨서들은 알고 있는 사람이 많고, 미니스트리도 분명 알고 있을 거야. 보통 사람들은…… 그들은 밤에 절대로 밖에 나가지 않아. 스카들은 대부분 안개유령을 두려워하고 저주하지만, 사실은 평생 한 마리도 보지 못하지."

"그 사람들에겐 다행이네요." 빈이 중얼거렸다. "왜 누군가 저런 걸 어떻게 해버리지 않는 거죠?"

켈시어는 어깨를 으쓱했다.

"안개유령은 그렇게 위험하지 않아."

"저게 인간 머리를 갖고 있잖아요!"

"아마 시체를 발견한 게지." 켈시어가 말했다. "다 자란 건강한 어른을 안개유령이 습격했다는 얘기는 한 번도 들어본 적이 없어. 그래서 아마 모두 그냥 놔두는 걸 거야. 물론 고위 귀족들은 저 생물을 나름대로 이용하는 방법을 만들어냈고."

빈은 의문을 담아 그를 바라보았지만, 그는 더 이상 말하지 않고 일어서서 산비탈을 걸어 내려갔다. 그녀는 그 기묘한 생물을 한 번 더 슬쩍 바라본 다음, 켈시어를 따라 출발했다.

"이걸 보여주려고 절 여기로 데리고 나온 건가요?" 빈이 물었다.

켈시어는 싱긋 웃었다.

"안개유령은 으스스해 보일지는 몰라도, 이렇게 오래 여행해서 보러 올 가치는 없어. 아니, 우리는 저기로 가고 있어."

그의 몸짓을 따라 시선을 옮기자 앞쪽 전망이 변한 것이 보였다.

"제국 가도(街道)? 우린 도시 앞쪽으로 둥그렇게 돌아왔군요."

켈시어는 고개를 끄덕였다. 잠깐 걸어가자—그동안 빈은 안개유령이 가까이 오지 않나 확인하려고 적어도 세 번은 뒤를 돌아보았다—덤불을 떠나 평평하게 다져진 제국 가도 위에 올라설 수 있었다. 켈시어는 멈춰 서서 길 양쪽을 살펴보았다. 빈은 그가 무엇을 하는 걸까 생각하며 눈살을 찌푸렸다.

그때 그 마차가 보였다. 가도 옆에 주차되어 있었고, 그 옆에서 한 남자가 기다리고 있었다.

"여어, 세이즈드." 켈시어가 앞으로 걸어 나가며 말했다.

남자는 허리를 굽혀 절했다.

"오셨군요, 마스터 켈시어." 그의 부드러운 목소리는 밤공기 속에서 또렷이 들렸다. 목소리의 음은 보통보다 조금 높았고, 억양은 거의 음악 같았다. "안 오신다고 생각할 뻔했습니다."

"날 알잖아, 세이즈." 켈시어가 그 남자의 어깨를 유쾌하게 철썩 치며 말했다. "난 시간 엄수의 화신이라고." 그는 돌아서서 빈 쪽으로 한 손을 흔들었다. "이 불안해하는 작은 아이는 빈이야."

"아, 네."

세이즈드가 느리고 또렷한 발음으로 말했다. 그의 억양에는 어딘가 이상한 구석이 있었다. 빈은 조심스럽게 다가가며 남자를 살펴보았다. 세이즈드의 얼굴은 길고 납작했고, 몸은 호리호리했다. 키는 심지어 켈시어보다도 컸다. 좀 비정상적일 정도로 키가 컸고, 팔은 몹시 길었다.

"당신 테리스인이군요."

빈이 말했다. 그의 귓불은 길게 늘어졌고, 귀 둘레에 스터드가 빙 둘러 박혀 있었다. 그는 테리스 남자 관리인이 입는 호화롭고 다채로운 로브를 입고 있었다. 그 옷은 주인집의 상징 색 세 가지를 번갈아 써서 수를 놓고 서로 겹쳐서 V자 모양으로 만든 것이었다.

"그래요, 아가씨." 세이즈드가 허리를 굽히며 말했다. "제 종족을 많이 아시나요?"

"하나도요. 하지만 고위 귀족이 테리스인 관리인과 수행원들을 더 좋아한다는 건 알아요." 빈이 말했다.

"사실 그렇습니다, 아가씨." 세이즈드가 말했다. 그는 켈시어를 보았다. "가야 합니다, 마스터 켈시어. 시간이 늦었는데 아직 펠리스까지 가려면 한 시간이나 걸립니다."

'펠리스라고. 그러면 가짜 로드 르노를 보러 가는 거구나.' 빈이 생각했다.

세이즈드는 그들에게 마차 문을 열어준 다음, 그들이 올라타자 문을 닫았다. 빈은 플러시 시트에 앉은 채, 세이즈드가 마차 위에 올라가 말을 출발시키는 소리를 들었다.

켈시어는 마차 안에 조용히 앉아 있었다. 안개가 들어오지 못하도록 창 가리개가 닫혀 있고, 모퉁이에 반쯤 가려진 작은 등불이 걸려 있었다. 빈은 그의 바로 맞은편 의자에 올라앉아 있었다. 그녀는 무릎을 꿇고 있었고, 몸을 감싸는 미스트클록이 꼭 여며져 그녀의 팔과 다리를 숨겼다.

'저 애는 언제나 저렇게 하는구나. 어디에 있든지 가능한 한 조그맣고 눈에 띄지 않는 자세를 취하려고 해.'

켈시어는 생각했다. 빈은 앉지 않고 웅크렸다. 걷지 않고 살금살금 돌아다녔다. 탁 트인 자리에 앉아 있어도 숨으려고 하는 것 같았다.

'하지만 용감한 아이야.'

켈시어가 훈련받을 때 그는 그렇게 기꺼이 성벽 밖으로 몸을 던지지 못했다. 늙은 게멜이 억지로 그를 밀어야 했다.

빈은 조용하고 어두운 눈으로 그를 지켜보고 있었다. 그가 자기에게 주의를 쏟는 것을 알아차리자, 그녀는 시선을 돌리고 클록 속으로 몸을 약간 더 움츠렸다. 그런데 뜻밖으로 그녀가 말했다.

"당신 형 말이에요." 그녀는 작고 속삭이는 듯한 목소리로 말했다. "두 분은 잘 지내지 못하는 것 같아요."

켈시어는 한쪽 눈썹을 치켜세웠다.

"맞아, 우린 사실 한 번도 잘 지낸 적이 없어. 부끄러운 일이지. 사이가 좋아야 하는데…… 그렇지 않아."

"형이 자주 때렸어요?" 빈이 물었다.

켈시어가 얼굴을 찌푸렸다.

"날 때린다고? 아니, 전혀 안 때렸어."

"그러면 형이 못 때리게 당신이 막았어요?" 빈이 물었다. "그래서 그가 당신을 안 좋아하는 걸 거예요. 어떻게 빠져나왔어요? 도망쳤나요, 아니면 당신이 형보다 더 셌나요?"

"빈, 마쉬가 날 때리려고 했던 적은 한 번도 없어. 그래, 우린 말다툼을 해. 하지만 진짜로 서로 다치게 하려 했던 적은 한 번도 없어."

빈은 반박하지 않았지만, 그녀의 눈을 보면 그를 믿지 않는다는 것을 알 수 있었다.

'삶이란 참……:'

켈시어는 다시 침묵하며 생각했다. 암흑가에는 빈 같은 아이들이 아주 많았다. 물론 대부분 그녀의 나이까지 오기도 전에 죽었다. 켈시어는 운이 좋은 아이였다. 그의 어머니는 고위 귀족의 재주 많은 첩이었고, 자기가 스카라는 사실을 주인에게 숨길 수 있을 정도로 영리한 여인이었다. 켈시어와 마쉬는 서얼이었지만 귀족 대접을 받는 특권을 누리며 자랐다. 그들의 아버지가 마침내 진실을 알게 될 때까지.

"왜 나한테 그런 것들을 가르쳐줬어요?" 빈이 그의 생각에 끼어들며 물었다. "그러니까, 알로맨시 말이에요."

켈시어는 얼굴을 찌푸렸다.

"가르쳐준다고 약속했잖니."

"이제 내가 당신 비밀을 다 아는데, 뭘로 날 도망가지 못하게 막으려고요?"

"아무것도 없어." 켈시어가 말했다.

다시 한 번 그녀가 불신이 가득 찬 눈길로 그를 노려보았다. 그의 대답을 믿지 않는다는 뜻이었다.

"나한테 말하지 않은 금속들이 있잖아요. 첫날 우리 모임에서, 금속이 열 가지 있다면서요."

켈시어는 고개를 끄덕이며 앞으로 몸을 숙였다.

"맞아. 하지만 너한테 뭘 숨기고 싶어서 나머지 두 가지를 뺀 게 아니야. 그건 그냥…… 익숙해지기가 어려워서 그래. 네가 기본 금속에 먼저 익숙해지면 더 쉬워질 거야. 하지만 마지막 두 가지에 대해 알고 싶다면, 일단 펠리스에 도착해서 가르쳐줄 수 있어."

빈의 눈이 가늘어졌다.

켈시어는 눈을 굴렸다.

"널 속이려는 게 아니야, 빈. 내 패거리에서 일하는 사람들은 그렇게 하고 싶기 때문에 해. 그리고 난 그들이 서로를 믿기 때문에 효과적으로 일할 수 있는 거야. 불신도, 배신도 없어."

"하나만 제외하고요. 당신을 '갱'에 가게 만든 배신요." 빈이 속삭였다.

켈시어는 얼어붙었다.

"그걸 어디서 들었니?"

빈은 어깨를 으쓱했다.

켈시어는 한숨을 쉬며 한 손으로 이마를 문질렀다. 사실 그는 이마를 문지르고 싶지 않았다. 자기 흉터를 긁고 싶었다. 손가락과 손을 온통 뒤덮고, 팔을 휘감고 올라 어깨까지 닿는 그의 흉터를. 그는 참았다.

"그건 이야기할 가치도 없는 일이야." 그가 대꾸했다.

"하지만 배신자가 있었잖아요." 빈이 말했다.

"확실한 건 몰라." 그 말은 자기 자신에게도 약하게 들렸다. "하지만 내 패거리들은 서로를 신뢰해. 그건 강제가 없다는 뜻이야. 네가 빠지고 싶으면 지금 당장 루서델로 돌아갈 수도 있어. 네게 마지막 두 가지 금속을 알려줄게. 그다음에 네가 가고 싶은 길로 갈 수 있어."

"난 혼자 살아남을 수 있을 만한 돈이 없어요." 빈이 말했다.

켈시어는 자기 클록 안에 손을 넣어 동전 주머니를 꺼내더니 그녀 옆자리로 던졌다.

"3천 박싱이야. 카몬에게서 가져온 돈."

빈은 의심을 띤 눈으로 주머니를 바라보았다.

"가져. 그걸 번 사람은 너야. 내가 모은 정보로는, 카몬이 최근에 거둔 성공의 대부분은 네 알로맨시가 뒤를 받쳐준 거였어. 그리고 오블리게이터의 감정을 '미는' 위험을 감수했던 사람은 너야."

빈은 움직이지 않았다.

'좋아.'

켈시어는 손을 올려 마부석 아래쪽을 두드리며 생각했다. 마차가 멈추고 곧 세이즈드가 창문에 나타났다.

"마차를 돌려주게, 세이즈. 우릴 도로 루서델로 데려다줘." 켈시어가 말했다.

"네, 마스터 켈시어."

얼마 후, 마차가 왔던 방향으로 되돌아가고 있었다. 빈은 침묵 속에서 지켜보고 있었지만 약간 자신감이 흔들리는 것 같아 보였다. 그녀는 동전 주머니를 쳐다보았다.

"난 진심이야, 빈." 켈시어가 말했다. "나와 같이 일하고 싶어 하지 않는 사람을 내 팀에 둘 수는 없어. 널 돌려보내는 건 벌이 아니야. 그냥 그럴 땐 그래야 하는 거야."

빈은 대답하지 않았다. 그녀를 가도록 두는 것은 도박이겠지만, 강제로 머물게 하는 것은 더 큰 도박일 것이다. 켈시어는 앉아서, 그녀의 마음을 읽으려고 그녀를 이해하려고 했다. 떠난다면 그녀가 그들을 '마지막 제국'에 밀고할까? 그는 그럴 거라고 생각하지 않았다. 그녀는 나쁜 사람이 아니었다.

다만 그녀는 다른 모든 사람이 나쁘다고 생각했다.

"난 당신 계획이 말도 안 된다고 생각해요." 그녀가 조용히 말했다.

"패거리 중에서 절반이 그래."

"당신은 '마지막 제국'을 물리칠 수 없어요."

"우리가 그럴 필요는 없어. 그냥 예덴에게 군대를 모아준 다음, 궁전을 점령하면 돼." 켈시어가 말했다.

"로드 룰러가 당신들을 막을 거예요. 당신은 그를 이길 수 없어요. 그는 불멸자예요." 빈이 말했다.

"우리에겐 열한 번째 금속이 있어. 우린 그를 죽일 방법을 찾아낼 거야." 켈시어가 말했다.

"미니스트리는 너무 강력해요. 그들은 당신들의 군대를 찾아서 없앨 거예요."

켈시어는 앞으로 몸을 기울여 빈의 눈 속을 들여다보았다.

"넌 성벽 꼭대기에서 뛰어내릴 정도로 날 믿었고, 난 널 붙잡았어. 이번에도 날 믿어야 해."

그녀는 '믿는다'는 단어를 별로 좋아하지 않는 것 같았다. 그녀는 약한 등잔불 불빛 속에서 그를 살펴보았다. 침묵이 불편해질 정도로 오랫동안 입을 다물고 있었다.

마침내 그녀는 동전 주머니를 낚아채 재빨리 자기 클룩 아래에 숨겼다.

"남아 있을게요. 하지만 당신을 믿어서 그런 건 아니에요." 그녀가 말했다.

켈시어가 한쪽 눈썹을 치올렸다. "그럼 왜?"

빈은 어깨를 으쓱했다. 그리고 이 말을 할 때, 그녀는 완벽하리만치 정직해 보였다.

"왜냐하면, 일이 어떻게 될지 보고 싶어서요."

어떤 가문이 루서델에 아성을 가지면 고위 귀족 지위를 얻었다. 그러나 아성을 가진다는 것이 곧 그 안에서 살아야 한다는 뜻은 아니었다. 특히, 그 안에서 내내 살아야 한다는 말은 아니었다. 루서델의 변두리 도시 중 한 곳에 다른 거주지를 두는 가문들이 많았다.

펠리스는 사람이 덜 붐비고, 더 깨끗하고, 제국 법률을 좀 더 느슨하게 준수하는 부유한 도시였다. 웅장한 부벽식(扶壁式) 아성 대신 부유한 저택과 별장들이 가득했다. 어떤 거리에는 나무들이 줄지어 서 있기도 했다. 대부분 사시나무였다. 왜 그런지 몰라도, 옅은 다갈색을 띤 흰색 사시나무 둥치는 재에 잘 변색되지 않았다.

빈은 마차 등불을 꺼달라고 하고 창문으로 안개에 가려진 도시를 지켜보았다. 그녀는 주석을 태워서 깔끔하게 정리되고 잘 손질된 거리를 살펴볼 수 있었다. 그녀는 펠리스의 이런 부분을 거의 본 적이 없었다. 그 도시가 아무리 화려해도, 그곳의 빈민가는 다른 모든 도시의 빈민가와 놀라울 정도로 비슷했다.

켈시어는 창으로 도시를 지켜보며 얼굴을 찌푸렸다.

"이 도시의 낭비가 마음에 안 드는 거군요." 빈이 추측했다. 그녀는 속삭이는 목소리를 냈으나 그 소리는 예민해진 켈시어의 귀에 들릴 것이다. "이 도시의 부유함을 보고 이걸 만들어내기 위해 일했을 스카를 생각하는 거죠?"

"그런 부분도 있지." 켈시어가 말했다. 그도 거의 속삭이는 목소리로 말했다. "하지만 다른 것도 있어. 여기에 돈이 얼마나 들어갔을지 생각하면, 이 도시는 아름다워야 마땅해."

빈은 고개를 갸웃했다.

"아름답잖아요."

켈시어는 고개를 저었다.

"집마다 여전히 검은 얼룩이 져 있고, 땅은 여전히 건조하고 죽어 있어. 나무들도 여전히 갈색 잎을 틔우고."

"물론 나무는 갈색이죠. 달리 무슨 색이겠어요?"

"녹색. 모두 녹색이어야 해." 켈시어가 말했다.

'녹색? 참 이상한 생각이네.'

빈은 생각했다. 그녀는 녹색 잎이 달린 나무들을 상상해보려 했지만 우스꽝스러운 이미지만 떠올랐다. 켈시어에게는 분명 이상한 구석이 있었다. 그러나 '하스신의 갱'에서 그렇게 오래 지낸 사람이라면 누구나 좀 이상해질 것이다.

그가 다시 그녀를 보았다.

"잊어버리기 전에 말해줄게. 네가 알로맨시에 대해 알아야 할 것 두 가지가 더 있어."

빈은 고개를 끄덕였다.

"첫째, 밤이 끝날 때는 사용하지 않은 몸 안의 금속을 전부 태워버려야 한다는 걸 명심해. 우리가 쓰는 금속들 중에서 어떤 것들은 소화하면 독이 될 수 있어. 네 배 속에 넣고 자지 않는 게 제일 좋아." 켈시어가 말했다.

"알았어요." 빈이 말했다.

"또 그 열 가지에 들어가지 않는 금속은 절대로 태우려고 하지 마. 불순한 금속과 합금을 쓰면 아플 수 있다고 너한테 경고했지. 만약 알로맨시에 쓸 수 없는 금속을 태우려고 하면, 치명적일 수도 있어."

빈은 진지하게 고개를 끄덕이며 생각했다.

'알아둬서 다행이야.'

"아, 다 왔구나." 켈시어가 창 쪽을 보면서 말했다. "새로 구입한 르노 저택이야. 네 클록은 벗어야 할 거야. 여기 있는 사람들은 우리에게 충실하지만 언제나 조심하는 편이 좋으니까."

빈도 전적으로 동감이었다. 그녀가 클록을 벗자 켈시어는 그것을 자기 꾸러미에 집어넣었다. 그녀가 마차 창으로 내다보니 안개 속에서 저택이 다가왔다. 구내에는 낮은 돌벽과 철문이 있었다. 세이즈드가 신분을 밝히자 한 쌍의 경비병이 길을 열었다.

문 너머 도로에 사시나무가 줄지어 서 있고, 앞쪽으로는 언덕 꼭대기에 있는 영주의 커다란 저택이 눈에 들어왔다. 저택 창문에서 유령 같은 불빛이 쏟아졌다.

세이즈드는 마차를 저택 앞에 대더니, 하인에게 고삐를 넘겨주고 마차에서 내렸다.

"르노 저택에 오신 것을 환영합니다, 미스트리스 빈."

그가 문을 열고 그녀가 내려오도록 돕겠다는 몸짓을 했다.

빈은 그의 손을 보았지만, 그 손을 잡지 않고 재빨리 내려왔다. 테리스인은 그런 거절에 기분이 상한 것 같지는 않았다.

저택으로 가는 계단은 가로등 두 줄이 늘어서 있어서 환했다. 켈시어가 마차에서 뛰어내릴 때, 빈은 한 무리의 사람들이 하얀 대리석 계단 꼭대기에 모여 있는 것을 보았다. 켈시어는 탄력 있는 큰 걸음으로 계단을 올라갔고, 빈은 뒤에서 따라가며 계단이 얼마나 깨끗한지 보았다. 재 때문에 더러워지지 않게 정기적으로 문질러 씻은 계단일 것이다. 이 건물을 유지하는 스카는 자기들 주인이 가짜라는 걸 알까? '마지막 제국'을 타도한다는 켈시어의 '자비로운' 계획이, 이 계단을 청소하는 평범한 사람들에게 무슨 도움이 되고 있을까?

마르고 늙은 '로드 르노'는 비싼 정복을 입고 귀족 안경을 쓰고 있었다. 듬성듬성한 회색 코밑수염이 입술 위에 붙어 있었고, 늙은 나이인데도 몸을 지탱할 지팡이는 갖고 있지 않았다. 그는 켈시어에게 정중하게 고개를 끄덕였으나 위엄 있는 분위기를 유지했다. 빈은 즉각 분명한 사실을 깨닫고 충격을 받았다.

'저 사람은 자기 일의 전문가야.'

카몬은 귀족으로 분장하는 데 능숙했지만, 그가 부리는 오만은 언제나 빈에게 좀 유치해 보였다. 카몬 같은 귀족들도 있는 반면, 더 위엄 있는 귀족들은 이 로드 르노 같았다. 침착하고 자신만만했다. 주위에 있는 사람들을 멸시하는 능력보다 고결한 태도에 귀족성이 배어 있는 사람들. 빈은 대역의 눈길이 그녀에게 닿았을 때 움찔하지 않으려고 애를 썼다. 그는 너무나 귀족 같아 보였고, 그녀는 그들의 주의를 피하도록 반사적으로 훈련되어 있었다.

"저택이 훨씬 더 좋아 보이는군." 켈시어가 르노와 악수하며 말했다.

"맞아, 나도 빠른 속도에 깊은 인상을 받았어. 청소반원들의 능력이 아주 뛰어나. 시간만 약간 더 있다면 로드 룰러를 초대해도 부끄럽지 않을 웅장한 저택이 될 거야." 르노가 말했다.

켈시어가 싱긋 웃었다.

"그런 디너파티도 이상하진 않겠군." 그는 뒤로 물러서서 빈 쪽을 가리켰다. "이쪽이 내가 말한 어린 아가씨야."

르노가 그녀를 살펴보자 빈은 시선을 돌렸다. 그녀는 사람들이 자기를 그런 식으로 쳐다보는 것을 좋아하지 않았다. 그들이 어떻게 자기를 이용하려 들지 생각하게 만드는 눈길이었다.

"이 문제는 더 이야기해봐야겠어, 켈시어." 르노가 대저택의 입구 쪽으로 고갯짓을 하며 말했다. "시간은 늦었지만……."

켈시어는 건물로 걸어 들어갔다.

"늦었다고? 아니, 겨우 자정인걸. 자네 하인들에게 음식을 좀 준비하라고 해. 레이디 빈과 나는 저녁을 못 먹었어."

끼니를 놓치는 건 빈에게 새삼스러운 일은 아니었다. 그러나 르노는 즉시 하인 몇 명에게 손짓을 했고, 그들은 재빨리 움직이기 시작했다. 르노가 건물로 걸어 들어가고 빈이 따라갔다. 그러나 그녀는 입구 통로에서 멈칫했다. 세이즈드는 참을성 있게 그녀 뒤에서 기다렸다.

빈이 따라오지 않는 것을 알아차리고 켈시어는 멈춰 서서 돌아보았다.

"빈?"

"여긴 너무…… 깨끗해요."

빈은 달리 묘사할 말을 생각해낼 수가 없었다. 작업을 하면서 귀족들의 집을 본 적은 종종 있었다. 그러나 그때는 밤이었고 짙은 어둠 속에서였다. 그녀는 앞에 펼쳐진 환한 광경을 볼 마음의 준비가 되어 있지 않았다.

르노 저택의 하얀 대리석 바닥은 십여 개의 등불 빛이 반사되어 마치 스스로 빛을 내는 것 같았다. 모든 것이…… 새것 같았다. 전통적인 동물 벽화들이 그려져 있는 곳만 빼면 벽은 새하얬다. 밝은 샹들리에가 이중 계단 위에서 반짝거렸고, 수정 조각품이나 사시나무 가지 묶음이 꽂힌 꽃병 같은 다른 장식품들도 검댕이나 얼룩이나 지문이 묻은 곳 하나 없이 반짝였다.

켈시어가 웃었다.

"자네의 노력을 높이 칭찬하는 반응이로군." 그가 로드 르노에게 말했다.

빈은 건물 안으로 안내받아 들어갔다. 그들은 오른쪽으로 돌아, 적갈색 가구와 커튼으로 장식되어 흰 색조가 약간 덜한 방으로 들어갔다.

르노가 멈추었다.

"레이디는 여기서 잠깐 다과를 즐겨도 될 거야. 자네와 논의해야 하는 좀…… 미묘한 문제가 있어." 그가 켈시어에게 말했다.

켈시어는 어깨를 으쓱했다.

"난 괜찮아." 그가 르노를 따라 다른 문으로 가면서 말했다. "세이즈, 내가 로드 르노와 이야기하는 동안 빈과 함께 있어주겠어?"

"물론이죠, 마스터 켈시어."

켈시어는 미소 지으며 빈을 바라보았다. 왠지 몰라도, 그녀는 자기가 엿듣지 못하게 하기 위해 그가 세이즈드를 남겨두고 갔다는 것을 알아차렸다.

그녀는 나가는 남자들을 향해 화난 시선을 쏘아붙였다.

"'믿음' 이야기는 다 뭐였어요, 켈시어?"

그러나 그녀는 자신이 불안을 느낀다는 것에 훨씬 더 화가 났다. 켈시어가 그녀를 모임에서 빼버렸다는 사실이 어째서 신경 쓰이는 걸까? 그녀는 무시당하고 쫓겨나면서 평생을 보냈다. 전에는 패거리 두목이 자기를 계획 회의에서 뺐다고 해서 마음이 안 좋았던 적이 한 번도 없었다.

빈은 빳빳한 천을 씌운 적갈색 의자에 앉아 몸 아래로 발을 끌어올렸다. 그녀는 문제가 무엇인지 알고 있었다. 켈시어는 그녀를 너무 많이 존중해주었고, 그녀로 하여금 자신을 중요하다고 느끼게 만들었다. 그녀는 자기가 그의 신뢰를 받을 상대가 될 자격이 있다고 생각하기 시작했다. 마음 뒤편에서 린의 웃음소리가 그런 생각을 쓸어버렸다. 그녀는 앉았다. 자신과 켈시어 양쪽 모두에게 화가 나고 부끄러움을 느꼈지만, 왜 그런지는 정확히 알 수 없었다.

르노의 하인들이 과일과 빵 접시를 가져다주었다. 그들은 그녀의 의자 옆에 작은 협탁을 세우고, 반짝이는 붉은 액체로 채워진 수정같이 맑은 잔까지 주었다. 그것이 와인인지 주스인지는 알 수 없었고, 알아볼 생각도 없었다. 그러나 음식은 집어 들었다. 낯선 손이 준비한 식사라고 해도 공짜 식사는 본능적으로 거절할 수가 없었다.

세이즈드가 걸어와 그녀의 의자 바로 뒤 오른편에 섰다. 그는 몸 앞쪽으로 양손을 움켜쥐고서 눈길을 앞으로 향한 채 딱딱한 자세로 기다렸다. 경의를 보이는 자세가 분명했지만, 그렇게 우뚝 선 자세는 그녀의 기분을 조금도 나아지게 하지 못했다.

빈은 주위 환경에 집중하려고 했지만 가구들이 얼마나 비쌀까 하는 생각만 들었다. 이렇게 화려하고 귀한 물건들 사이에 끼어 있으니 불편했다. 그녀는 자기가 깨끗한 러그 위에 두드러지게 묻은 검은 얼룩같이 느껴졌다. 마루에 빵 부스러기를 떨어뜨릴까 봐 빵을 먹을 수가 없었고, 시골길을 걸어오느라 재로 얼룩진 발과 다리가 실내 장식을 망칠까 봐 걱정스러웠다.

'다 스카가 힘들여 일해서 이렇게 깨끗한 거야. 내가 왜 이걸 어지른다고

마지막 제국

걱정해야 해?'

빈은 생각했다. 그러나 이것이 위장이라는 것을 알고 있었기 때문에 화낼 수는 없었다. '로드 르노'는 어느 정도 화려한 생활을 유지해야 한다. 그렇지 않으면 의심을 살 것이다.

게다가 그녀가 낭비에 분개할 수 없는 다른 이유가 있었다. 하인들이 행복해 보였다. 그들은 힘들고 단조로운 일을 억지로 한다는 느낌 없이, 사무적이고 전문적으로 바쁘게 일했다. 바깥 복도에서는 웃음소리가 들렸다. 이곳의 스카들은 혹사당하지 않았다. 그들이 켈시어의 계획에 가담했건 아니건 관계없었다.

그래서 빈은 앉아서 억지로 과일을 먹고 때때로 하품을 했다. 정말로 기나긴 밤이 되어가고 있었다. 하인들은 결국 그녀를 혼자 두고 나갔지만, 세이즈드는 계속 그녀 바로 뒤에 우뚝 서 있었다.

'이렇게는 못 먹겠어.' 그녀는 마침내 좌절감을 느끼며 생각했다. "내 어깨 뒤에 그렇게 서 있지 않으면 안 돼요?"

세이즈드는 고개를 끄덕이고 두 걸음 앞으로 나와 그녀의 의자 뒤가 아니라 옆에 섰다. 그는 아까와 마찬가지로 우뚝 서서 똑같이 뻣뻣한 자세를 취하고 있었다.

빈은 화가 나서 얼굴을 찌푸렸지만, 다음 순간 세이즈드의 입술 위에 떠오른 미소를 보았다. 그는 자기 장난에 눈을 반짝이며 그녀를 내려다보다가, 걸어와서 그녀 옆의 의자에 앉았다.

"유머 감각이 있는 테리스인은 한 번도 본 적이 없어요." 빈이 냉담하게 말했다.

세이즈는 한쪽 눈썹을 추켜세웠다.

"테리스인을 한 번도 본 적이 없다고 하셨던 것 같았는데요, 미스트리스 빈."

빈은 잠시 말을 잇지 못했다.

"뭐, 테리스인에게 유머 감각이 있다는 얘기는 한 번도 들어보지 못했어요.

당신들은 전혀 융통성이 없고 격식을 지키는 사람들로 알려져 있잖아요."

"우리는 알아차리기 어렵게 표현할 뿐입니다, 미스트리스."

세이즈드가 말했다. 그는 뻣뻣한 자세로 앉아 있었지만…… 어딘가 긴장이 풀린 부분이 있었다. 다른 사람들이 느긋하게 앉거나 누워 있을 때처럼 편안하게 정좌해 있는 것 같은 느낌이었다.

'그들은 그렇게 행동해야 하는 거야. "마지막 제국"에 완전히 충성하는 완벽한 시종으로.'

"무엇 때문에 신경을 쓰시나요, 미스트리스 빈?" 그녀가 세이즈드를 살펴보고 있을 때 그가 물었다.

'그는 얼마나 많이 알고 있을까? 심지어 르노가 가짜라는 걸 모를 수도 있지 않을까?' "그냥 당신이 어쩌다…… 여기에 왔는지 궁금해하고 있었어요." 그녀가 마침내 말했다.

"그 말씀은, 어쩌다 테리스인 관리인이 '마지막 제국'을 타도하려는 반역도에 끼어들게 되었나 하는 거지요?" 세이즈드는 부드러운 목소리로 물었다.

빈은 얼굴이 붉어졌다. 그는 정말 속속들이 알고 있는 것 같았다.

"복잡한 질문입니다, 미스트리스. 확실히 제가 처한 상황이 흔한 건 아니지요. 저는 믿음 때문에 여기에 이르게 되었다고 말하겠습니다." 세이즈드가 말했다.

"믿음이라고요?"

"네." 세이즈드가 말했다. "자, 미스트리스. 당신은 무엇을 믿으십니까?"

빈은 얼굴을 찌푸렸다.

"그건 어떤 질문이에요?"

"가장 중요한 질문인 것 같습니다."

빈은 잠시 가만히 앉아 있었지만, 그는 분명히 대답을 기다리고 있었다. 그래서 그녀는 결국 어깨를 으쓱했다.

"모르겠어요."

"사람들은 그렇게 말할 때가 많죠. 하지만 저는 그게 진실인 경우가 별로 없다는 걸 압니다. '마지막 제국'을 믿으십니까?" 세이즈드가 말했다.

"그게 강하다는 걸 믿어요." 빈이 말했다.

"제국의 불멸은요?"

빈은 어깨를 으쓱했다.

"지금까지는 그랬죠."

"그럼 로드 룰러는요? 그는 '신의 승천한 화신'인가요? 미니스트리의 가르침처럼 그가 '무한의 조각'이라고 믿으십니까?"

"난…… 전에는 한 번도 그런 생각을 해본 적이 없어요."

"그래야 했을 겁니다. 조사해보고 미니스트리의 가르침이 당신에게 맞지 않는다는 걸 알게 되면 저는 당신에게 대안을 드릴 수 있어 기쁘겠지요."

"무슨 대안이요?"

세이즈드는 미소 지었다.

"경우에 따라 다르죠. 저는 옳은 믿음은 좋은 클록과 같다고 생각합니다. 몸에 잘 맞으면 몸을 따뜻하고 안전하게 지켜주지만 맞지 않으면 입은 사람을 질식시켜 죽일 수도 있죠."

빈은 얼굴을 약간 찡그리고 가만히 있었지만, 세이즈드는 미소만 짓고 있을 뿐이었다. 마침내 그녀는 도로 식사에 주의를 기울였다. 잠깐 기다리자, 옆문이 열리고 켈시어와 르노가 돌아왔다.

"자, 그럼 이 아이에 대해 논의하지." 르노가 말했다. 그와 켈시어가 자리에 앉자 한 무리의 하인들이 켈시어에게 음식 접시를 또 하나 가져다주었다. "내 상속자 역할을 시킬 남자는 구하지 못할 거라고 했지?"

"불행히도 그래." 켈시어가 자기 음식을 재빨리 우적우적 먹으며 말했다.

"그러면 일이 엄청나게 복잡해지는데." 르노가 말했다.

켈시어가 어깨를 으쓱했다.

"빈을 그냥 자네 상속녀라고 하지, 뭐."

르노가 고개를 저었다.

"이 나이의 소녀라면 상속은 할 수 있어. 하지만 내가 이 아이를 골랐다고 하면 의심을 살 거야. 르노 가문에는 훨씬 더 알맞은 후계자가 될 합법적인 남자 사촌이 얼마든지 있어. 중년 남자가 궁정의 정밀 조사를 통과하는 것만 해도 충분히 어려울 거야. 그런데 어린 여자애면…… 아냐, 그녀의 배경을 조사할 사람이 너무 많아. 우리가 위조한 가계는 일시적인 조사라면 견뎌내겠지만, 누가 실제로 이 아이의 재산을 조사하기 위해 전령을 보낸다면……."

켈시어가 얼굴을 찌푸렸다.

"게다가 또 다른 문제가 있어." 르노가 덧붙였다. "내가 젊은 미혼 소녀를 상속자로 지명한다면, 그 즉시 그녀의 손은 루서델에서 귀족들이 가장 쥐고 싶어 하는 손이 될 거야. 그렇게 주의를 많이 끌면 정보를 얻기 어려울걸."

빈은 그 생각을 하자 얼굴이 붉어졌다. 놀랍게도, 그녀는 그 가짜 귀족 노인이 하는 말에 가슴이 내려앉았다.

'켈시어가 이 계획에서 내게 준 역할은 그것뿐이야. 내가 그걸 못하면 패거리에 무슨 쓸모가 있지?'

"그러면 뭐 방법이 있나?" 켈시어가 물었다.

"자, 이 아이가 내 상속자일 필요는 없어." 르노가 말했다. "대신 그냥 내가 루서델로 데려온 어린 친척 아이라면 어떨까? 이 아이의 부모는 촌수는 멀지만 내가 편애하는 친척이고, 내가 딸을 궁정에 소개하겠다고 그들에게 약속했다면? 내 숨은 동기는 이 아이를 고위 귀족 가문과 결혼시켜 권력층에 또 하나의 연줄을 만드는 거라고 다들 생각할 거야. 하지만 이 소녀 자체는 별로 주의를 끌지 않겠지. 지위가 낮을 테니까. 좀 촌스러운 건 말할 필요도 없고."

"그럼 다른 궁정 사람들보다 왜 좀 덜 세련됐는지도 설명이 되겠군." 켈시어가 말했다. "기분 나빠하지 마, 빈."

빈이 셔츠 주머니에 냅킨으로 싼 빵 한 조각을 숨기다 말고 쳐다보았다.

"왜 내가 기분 나빠요?"

켈시어가 미소 지었다.

"아무것도 아니야."

르노는 혼자 고개를 끄덕거렸다.

"그래, 이게 훨씬 더 잘 먹힐 거야. 모두들 르노 가문은 결국 고위 귀족이 될 거라고 생각하니까 예의상 빈을 자기네 계급으로 대해줄 거야. 하지만 빈 자신은 별로 중요하지 않으니 대부분 그녀를 무시하겠지. 이건 이 아이에게 시킬 일에 딱 맞는 이상적인 상황이야."

"마음에 들어." 켈시어가 말했다. "자네 나이에 상업에 관심 있는 남자가 무도회와 파티를 돌아다니는 고생을 할 거라고 생각하는 사람은 거의 없지만, 거절 메모 대신 젊은 사교계 명사를 보낼 수 있다면 자네 명성에도 도움이 되겠지."

"맞아. 하지만 이 아이는 좀 다듬어야겠어. 외모뿐만이 아니고." 르노가 말했다.

빈은 그들이 살펴보는 눈길 아래에서 움찔거렸다. 그녀의 역할은 계획대로 진행될 것 같았다. 그녀는 갑자기 그것이 무슨 뜻인지를 깨달았다. 르노 근처에만 있어도 마음이 불편했다. 그가 '가짜' 귀족인데도 그랬다. 방 전체에 진짜 귀족이 가득 차 있으면 그녀는 어떻게 반응하게 될까?

"세이즈드를 얼마 동안 빌려야 할 것 같군." 켈시어가 말했다.

"괜찮고말고, 사실 그는 내 시종이 아니라 자네 시종이잖아." 르노가 말했다.

"사실 난 세이즈드가 이제 누구의 시종도 아니라고 생각하지만. 안 그래, 세이즈?" 켈시어가 말했다.

세이즈가 고개를 들었다.

"주인 없는 테리스인은 무기 없는 군인과 같습니다, 마스터 켈시어. 저는 로드 르노에게 봉사하는 동안 즐거웠고, 확신하건대 다시 마스터에게 봉사하게 되어도 즐거울 겁니다."

"오, 자네는 나한테 다시 봉사하는 게 아니야." 켈시어가 말했다.

세이즈드는 한쪽 눈썹을 치켜세웠다.

켈시어는 빈 쪽으로 고갯짓을 했다.

"르노 말이 옳아, 세이즈. 빈은 어느 정도 지도를 해줄 필요가 있고, 내가 알기론 자네보다 덜 세련된 고위 귀족들도 널렸어. 이 아이가 준비하는 걸 도와줄 수 있을까?"

"이 젊은 레이디께 어느 정도 도움을 드릴 수 있을 거라고 생각합니다." 세이즈드가 말했다.

"좋아." 켈시어가 마지막 케이크 한 조각을 입에 집어넣으며 말한 후 일어섰다. "다 결정되어 기쁘군. 이제 피곤해지기 시작해서 말이야. 가엾은 빈은 과일 접시 한가운데 머리를 박고 졸 것 같은 모습이야."

"난 괜찮아요."

빈이 즉시 말했지만, 하품을 억누르는 바람에 신빙성이 약해졌다.

"세이즈드, 손님들에게 적당한 객실을 안내해주겠나?" 르노가 말했다.

"물론입니다, 마스터 르노."

세이즈드는 매끄러운 동작으로 자리에서 일어났다.

빈과 켈시어는 키 큰 테리스인을 따라 방에서 나왔고, 하인들 한 무리가 남은 음식을 가져갔다.

'내가 음식을 남겼어.'

빈은 약간 졸린 상태로 그것을 알아차렸다. 그녀는 그런 일이 일어났다는 사실을 어떻게 받아들여야 할지 알 수 없었다.

계단을 올라 측면 복도로 돌 때 켈시어가 빈 옆에 섰다.

"아까 거기에 널 남겨둬서 미안해, 빈."

그녀는 어깨를 으쓱했다.

"내가 계획을 모두 알아야 할 이유는 없으니까요."

"말도 안 돼." 켈시어가 말했다. "오늘 밤 네가 내린 결정으로 넌 다른 사람과 마찬가지로 팀의 중요한 일원이 되었어. 하지만 르노가 다른 사람이 없는 곳에서 한 말은 개인적인 것이었어. 그는 대단한 배우지만, 자기가 어떻게 로드 르노의 자리를 차지했는지 구체적으로 사람들이 아는 걸 매우 불편해해. 장담하지만, 우리가 한 논의는 계획에서 네가 하는 역할과 전혀 상관이 없어."

빈은 계속 걸어갔다.

"당신을…… 믿어요."

"좋아." 켈시어가 미소를 지으며 그녀의 어깨를 탁 쳤다. "세이즈, 남자 객실 구역으로 가는 길은 내가 알아. 결국 이 장소를 산 사람은 나잖아. 여기서부터는 내가 찾아갈 수 있어."

"그럼요, 마스터 켈시어." 세이즈드가 공손하게 고개를 끄덕이며 말했다. 켈시어는 빈에게 짧은 미소를 날리고 다른 복도 쪽으로 돌아서, 그 특유의 개성적이고 활기찬 걸음으로 걸어갔다.

빈은 그가 가는 것을 지켜본 후 세이즈드를 따라 다른 측면 통로로 들어갔다. 그녀는 알로맨시 훈련, 마차에서 켈시어와 나눈 이야기, 마지막으로 방금 전 켈시어가 한 약속을 곰곰 생각했다. 그녀의 허리띠에 매달려 있는 3천 박싱이라는 한재산 되는 동전의 무게가 매우 낯설게 느껴졌다.

마침내 세이즈드가 그녀에게 어떤 문을 열어주고는 안으로 들어가 등잔을 밝혔다.

"리넨은 새것입니다. 아침에 하녀들을 보내 목욕 준비를 해드리겠습니다." 그는 돌아서서 그녀에게 자기가 들고 있던 촛불을 건넸다. "다른 것이 필요하십니까?"

빈은 고개를 저었다. 세이즈드는 미소를 짓고 잘 자라는 인사를 한 후 도로 복도로 걸어 나갔다. 빈은 잠시 동안 조용히 서서 열심히 방을 살폈다. 그다음 돌아서서, 다시 한 번 켈시어가 간 방향을 흘끗 바라보았다.

"세이즈드?" 그녀가 복도를 살짝 내다보며 말했다.

시종이 멈춰 서서 돌아섰다.

"네, 미스트리스 빈?"

"켈시어는 좋은 사람이죠, 그렇죠?" 빈이 조용히 말했다.

세이즈드는 미소 지었다.

"아주 좋은 사람입니다, 미스트리스. 제가 아는 사람 중 최고입니다."

빈은 살짝 고개를 끄덕이며 조그맣게 말했다.

"좋은 사람……. 난 전에는 그런 사람을 본 적이 없는 것 같아요."

세이즈드는 미소 짓고 공손하게 고개를 숙인 다음 돌아서서 떠났다.

빈의 방문이 닫혔다.

2장

재의 하늘 아래

9

결국, 나의 오만 때문에 우리 모두가 멸망할까 봐 걱정스럽다.

빈은 동전을 '밀면서' 안개 속으로 몸을 쏘아 올렸다. 땅과 돌에서 날아올라 하늘의 어두운 흐름을 뚫고 치솟았다. 바람이 그녀의 클록을 펄럭였다.

'이건 자유야. 내가 언제나 그리워하고 있었지만 한 번도 몰랐던 자유.'

그녀는 서늘하고 축축한 공기를 가슴 깊이 들이쉬면서 생각했다. 눈을 아래로 감자 지나가는 바람이 느껴졌다.

내려가기 시작하면서 그녀는 눈을 떴다. 마지막 순간까지 기다렸다가 동전을 튕겼다. 동전이 길에 깔린 조약돌에 맞자 동전을 살짝 '밀어서' 내려가는 기세를 누그렸다. 그러다 순간 백랍을 번쩍 태우고 땅을 차고 달렸다. 펠리스의 조용한 거리들을 따라 쏜살같이 달렸다. 늦가을 공기가 서늘했지만, '중앙 지배지'의 겨울은 보통 온화했다. 몇 년 동안 눈 한 송이 떨어지지 않을 정도였다.

그녀는 뒤로 동전을 던진 다음, 그 동전에 대고 자기 몸을 위쪽과 오른쪽으로 가볍게 '밀었다'. 그녀는 낮은 돌벽에 내려앉아 걸음걸이를 거의 흐트러뜨리지 않고 벽 꼭대기를 따라 재빨리 달려갔다. 백랍을 태우면 근육만 강화되는 것이 아니라 모든 육체적 능력이 증가했다. 백랍을 조금씩 계속 태우면 그녀는 어떤 밤도둑도 부러워할 만한 균형 감각을 가질 수 있었다.

벽은 북쪽으로 꺾어졌고, 빈은 모퉁이에서 멈췄다. 몸을 낮춰 웅크리고, 맨발과 예민한 손가락으로 차가운 돌을 움켜쥐었다. 그녀는 구리를 계속 켜서 알로맨시를 숨기고 있었다. 그녀는 감각을 긴장시키기 위해 주석을 폭발시켰다.

정적. 사시나무들은 안개 속에서, 작업 선(線)에 서 있는 여윈 스카들처럼 비현실적으로 줄 서 있었다. 먼 곳의 영지들이 보였다. 영지 하나하나마다 벽이 세워져 관리되고 있었으며, 철저히 경비되고 있었다. 그 도시는 루서델보다 빛의 점의 숫자가 훨씬 적었다. 집의 대다수는 단기 거주지일 뿐이었고, 그곳의 주인들은 '마지막 제국'의 다른 지역을 방문하느라 나가 있었다.

갑자기 앞에서 파란 선들이 나타났다. 한쪽 끝은 모아져 그녀의 가슴을 가리키고, 다른 쪽 끝들은 안개 속으로 사라지고 있었다. 빈은 즉시 옆으로 뛰어 밤공기 속에서 쏘아져 지나가는 한 쌍의 동전을 피했다. 동전은 안개 속에 자취를 남기며 사라졌다. 그녀는 백랍을 폭발시켜 벽 옆 자갈 깔린 거리에 착지했다. 주석으로 강화된 귀에 긁는 소리가 들려왔다. 다음 순간, 어두운 사람의 형체가 하늘로 쏘아 올려졌다. 파란 선 몇 개가 그의 동전 주머니를 가리켰다.

빈은 동전 하나를 떨어뜨리고 적수를 쫓아 공중에 몸을 던졌다. 그들은 잠시 위로 올라가 아무것도 모르는 어느 귀족의 영지 위를 날아갔다. 빈의 적수가 별안간 공중에서 홱 진로를 바꿔, 그 대저택으로 향했다. 빈은 그를 따라갔다. 아래에 동전을 놓고 철을 태우며 저택의 창 걸쇠 중 하나를 '당겼다'.

적수가 먼저 저택에 닿았다. 건물 옆에 부딪치면서 쿵 소리가 나는 것이 들렸다. 그는 일 초 후에 떠났다.

불 하나가 켜지면서 어리둥절한 표정의 얼굴이 창밖으로 튀어나왔다. 빈은 공중에서 돌아 발부터 저택에 착지했다. 그녀는 즉시 수직면을 차고 출발했지만, 각도를 약간 바꾸어 같은 창문의 걸쇠를 '밀었다'. 유리에 금이 가면서 그녀는 중력이 도로 그녀를 잡아당기기 전에 어둠 속으로 쏘아져 나갔다.

빈은 사냥감을 계속 쫓으려고 눈에 힘을 준 채 안개 속을 날아갔다. 적수가 뒤쪽의 그녀를 향해 동전 두 개를 쏘아 보냈지만, 그녀는 생각할 필요도 없이 그것들을 '밀었다'. 동전과 연결된 흐릿한 파란 선이 아래로 떨어졌고, 적수는 다시 옆으로 움직였다.

빈은 동전을 떨어뜨리고 '밀었'으나, 느닷없이 그녀의 동전이 지면과 나란하게 뒤쪽으로 휙 날아갔다. 그녀의 적수가 '민' 것이었다. 동전이 그렇게 갑작스럽게 움직이자 빈의 도약 궤도가 바뀌어버려 그녀는 옆으로 날아갔다. 그녀는 투덜거리며 또 하나의 동전을 옆으로 가볍게 던져서 원래 궤도로 자신의 몸을 '밀었'다. 그러나 그 바람에 사냥감을 놓치고 말았다.

'좋아……'

그녀는 벽 바로 안쪽의 부드러운 땅을 차면서 생각했다. 그녀는 동전 몇 개를 손에 쥐고, 거의 꽉 찬 주머니를 공중에 던지고는 사냥감이 사라진 방향으로 강하게 '밀었다'. 동전 주머니는 안개 속으로 떨어지며 뒤쪽에 파랗고 희미한 알로맨시 선을 남겼다.

갑자기 앞쪽 관목에서 동전이 흩뿌려지며 그녀의 주머니를 향해 쏘아져 날아왔다. 빈은 미소 지었다. 적수는 날아가는 주머니가 빈이라고 추측한 것이다. 거리가 너무 멀어 그녀가 그의 동전을 볼 수 없는 것과 마찬가지로, 그도 그녀의 손안에 든 동전을 볼 수 없었다.

검은 그림자가 덤불에서 뛰어나와 돌벽 위로 튀어 올랐다. 빈은 조용히 기다렸다. 그림자는 벽을 따라 달려가 다른 쪽으로 미끄러져 내려갔다.

빈은 자기 몸을 곧장 위쪽 공중으로 쏘아 올린 후, 아래로 지나가는 그 그림자를 향해 동전 한 줌을 던졌다. 그는 즉시 '밀어서' 동전들을 쏜살같이 튕겨 보냈지만, 동전은 눈을 딴 데로 돌리기 위한 것일 뿐이었다. 빈은 그의 앞에 착지한 후 재빨리 칼집에서 두 개의 유리 단검을 꺼냈다. 그녀는 달려들며 그림자를 베었으나, 적수는 뒤로 뛰어 물러났다.

'뭔가 잘못됐어.'

빈은 허리를 숙이고 옆으로 몸을 던졌다. 반짝이는 동전 한 줌—그녀의 적수가 '밀어' 보냈던 그녀의 동전들이었다—이 하늘에서 도로 날아와 적수의 손에 들어갔다. 그는 돌아서서 그녀 쪽으로 동전을 뿌렸다.

빈은 조그맣게 악 소리를 내며 단검을 떨어뜨리고, 앞으로 손을 내지르며 동전을 '밀었다'. 그녀의 '미는' 힘이 상대와 연결되면서 즉시 그녀의 몸이 뒤로 튕겨 나갔다.

동전 하나가 공중에서 휘청하더니 그들 둘 사이에 곧장 매달렸다. 나머지 동전들은 충돌하는 힘들 때문에 옆으로 밀려 안개 속으로 사라졌다.

빈은 날아가면서 강철을 폭발시켰고, 적수가 뒤로 '밀려'가면서 신음하는 소리를 들었다. 적수는 벽에 부딪혔다. 빈도 나무에 쾅 부딪혔지만, 백랍을 폭발시키며 고통을 무시했다. 그녀는 나무로 몸을 버티면서 계속 '밀었다'.

두 알로맨서의 증폭된 힘 사이에 갇힌 동전이 공중에서 바들바들 떨렸다. 압력이 증가했다. 빈은 뒤에서 그녀를 버티던 작은 사시나무가 굽어지는 것을 느끼며 이를 갈았다.

적수의 '밀기'는 가차 없었다.

'지지…… 않을…… 거야!'

빈은 강철과 백랍을 함께 폭발시켰다. 그녀는 약간 신음하며 동전에 전력을 쏟았다.

한순간 침묵이 흐르다가, 빈은 뒤로 휘청거렸다. 밤공기 속에서 나무가 커다랗게 딱 소리를 내며 부러졌다.

빈은 땅으로 굴러떨어졌고, 나무 지저깨비들이 주위에 흩어졌다. 주석과 백랍으로도 정신이 맑아지지 않았다. 그녀는 길의 자갈 위를 구르다가 결국 어질어질한 상태로 누워버렸다. 검은 그림자가 다가왔다. 그의 주위에서 미스트클록 리본이 부풀어 올랐다. 빈은 휘청거리며 일어나서, 단검을 떨어뜨렸다는 것을 잊고 단검을 찾아 쥐려고 했다.

켈시어는 후드를 내리고 그녀의 단검 두 개를 내밀었다. 하나는 깨져 있었다.

"본능적으로 그런다는 거 알아, 빈. 하지만 '밀' 때 손을 앞으로 내밀 필요는 없어. 네가 쥐고 있는 걸 놓을 필요도 없고."

빈은 어둠 속에서 얼굴을 찡그리더니 어깨를 문지르고 고개를 끄덕이며 단검을 받아 들었다.

"동전 주머니는 잘했어. 잠깐 당했네." 켈시어가 말했다.

"그걸로 잘해봤자죠." 빈이 투덜거렸다.

"넌 이제 겨우 몇 달째잖아, 빈." 그는 경쾌하게 말했다. "모든 사정을 고려하면 네 진도는 환상적이야. 그렇지만 너보다 몸무게가 더 나가는 사람과의 '밀기' 시합은 피하는 걸 추천하겠어." 그는 잠시 말을 멈추고 빈의 작은 키와 마른 골격을 보았다. "거의 모든 사람과 그러지 말라는 뜻이야."

빈은 한숨을 쉬며 살짝 기지개를 폈다. 또 멍이 들었다.

'최소한 남한테 보이지는 않을 거야.'

이제 카몬이 얼굴에 남긴 멍이 완전히 사라졌기에, 세이즈드는 그녀에게 조심하라고 경고했다. 화장이 멍을 가릴 수 있는 정도는 제한되어 있고, 그녀가 궁정에 잠입하게 된다면 '제대로 품위 있는' 젊은 귀족 여성처럼 보여야 할 것이다.

"여기, 기념품."

켈시어가 그녀에게 뭔가를 건네주며 말했다.

빈은 그 물건을 받았다. 그들이 서로 '밀던' 동전이었다. '밀기'의 압력으로 인해 구부러지고, 납작해져 있었다.

"저택에 돌아가서 보자." 켈시어가 말했다.

빈이 고개를 끄덕이자 켈시어는 어둠 속으로 사라졌다.

'그의 말이 옳아. 난 내가 싸우게 될 상대들보다 체격도 작고, 몸무게도 덜 나가고, 팔 길이도 짧아. 누군가와 정면 대결을 한다면 내가 질 거야.'

아무튼 그 대안이라면 언제나 그녀의 방식밖에는 없었다. 조용히 싸우고 눈에 띄지 않고 숨어 있는 것. 그녀는 알로맨시 사용법도 같은 방식으로 배워야 했다. 켈시어는 그녀가 알로맨서로서 놀라울 정도로 빠르게 발전하고 있다고 계속 이야기했다. 그는 자기가 가르치기 때문에 그렇다고 생각하는 것 같았지만, 빈은 다른 이유가 있다고 생각했다. 안개…… 밤의 잠행……

모두 그녀에게 '딱 맞는다고' 느껴졌다. 그녀는 다른 미스트본과의 싸움에서 켈시어를 돕기 위해 제때 알로맨시를 통달해야 하는 건 걱정하지 않았다.

그녀가 걱정하는 것은 그 계획에서 자기가 맡은 다른 부분이었다.

한숨을 쉬며, 빈은 벽을 뛰어넘어 자신의 동전 주머니를 찾았다. 위쪽 저택의 불—르노의 집은 아니었지만 다른 귀족이 소유한 집이었다—이 켜져 있고 사람들이 주위를 서성거렸다. 하지만 아무도 감히 어둠 깊이 들어가지는 못했다. 스카는 안개유령을 두려워할 것이고, 귀족들은 그 소동을 미스트본이 일으켰다고 짐작할 것이다. 어느 쪽이든 정신 멀쩡한 사람이 대결하고 싶은 상대는 아니었다.

빈은 결국 강철 선으로 위쪽 나뭇가지에서 자기 주머니를 찾아냈다. 그녀는 주머니를 살짝 '당겨' 손으로 잡아당긴 후 거리로 되돌아갔다. 켈시어라면 동전 주머니를 남겨놓고 떠났을 것이다. 그 안에 담긴 25클립 정도에 시간을 들일 만한 가치는 없을 테니까. 그러나 평생의 대부분을 구걸하고 굶주렸던 빈은 동전도 감히 낭비할 수 없었다. 뛰어오르기 위해 동전을 던지는 일마저도 마음이 불편했다.

그래서 그녀는 르노 저택으로 돌아갈 때 동전을 아껴 썼다. 동전 대신 건물과 버려진 금속 조각을 '밀고 당겨서' 이동했다. 반쯤은 뛰어오르고 반쯤은 달리는 미스트본의 걸음걸이는 이제 자연스러워졌고, 그녀는 자기 동작에 대해 많이 의식할 필요가 없어졌다.

하지만 귀족 여성인 척하는 건 어떻게 해야 잘할 수 있을까? 그녀는 스스로에게조차 불안을 숨길 수가 없었다. 카몬은 오만했기 때문에 귀족 흉내를 잘 냈지만, 빈의 성격은 그렇지 않았다. 그녀가 알로맨시에서 거둔 성공은, 그녀에게 어울리는 자리는 예쁜 드레스를 입고 활보하는 궁정 무도회가 아니라 구석과 그늘 속이라는 것만 다시 한 번 증명해주었다.

그러나 켈시어는 그녀를 계획에서 놔주지 않았다. 빈은 르노 저택 바로 바깥에 웅크려 착지하고는 지쳐서 약간 헐떡거렸다. 그녀는 조금 불안한 느낌으로 불빛들을 바라보았다.

'넌 이 일을 하는 법을 배워야 해, 빈.' 켈시어는 계속 그녀에게 말했다. '넌 재능 있는 알로맨서야. 하지만 귀족에 맞서 싸워 이기려면 "강철-밀기"보다 더 많은 것이 필요해. 그들의 사교계에서 네가 안개 속에서처럼 쉽사리 움직일 수 있게 되면, 너는 비로소 불리한 지점을 벗어날 수 있을 거야.'

조용히 한숨을 내쉬면서, 빈은 웅크린 자세를 풀고 일어나 미스트클록을 벗은 다음 나중에 찾을 수 있도록 숨겨두었다. 그리고 계단을 걸어 올라 건물로 들어갔다. 세이즈드가 있는 곳이 어디냐고 묻자 저택의 하인들은 그녀를 부엌으로 안내했다. 그렇게 그녀는 저택에서 폐쇄되고 숨겨진 부분인 하인들의 구역으로 들어갔다.

심지어 건물 속 이러한 부분마저도 티 한 점 없이 깨끗하게 유지되고 있었다. 빈은 어떻게 르노가 이토록 진짜 같은 가짜가 되었는지 이해하기 시작했다. 그는 완벽하지 않은 상태를 허락하지 않았다. 그가 자기 저택에 내린 명령이 지켜지는 모습의 반만큼만 연기했다고 하더라도, 빈은 아무도 그 계략을 알아차리지 못할 거라고 확신했을 터였다. 하지만 그의 연기는 그 자체로 완벽했다.

'그렇지만 그에게도 결함이 있는 게 분명해. 두 달 전 회의에서 켈시어는 르노가 심문관의 정밀 조사를 버틸 수 없을 거라고 말했어. 심문관들은 그의 감정에서 그를 폭로할 만한 꼬투리를 잡아낼 수 있는 걸까?'

사소한 부분이었지만 빈은 그것을 잊어버리지 않았다. 켈시어는 정직과 신뢰에 대해 이야기했지만 여전히 자기 나름대로 비밀을 갖고 있었다. 모든 사람이 그랬다.

세이즈드는 정말로 부엌에 있었다. 그는 중년의 하녀와 함께 서 있었다. 그녀는 스카 여자치고는 키가 컸지만 세이즈드 옆에 서자 아주 작아 보였다. 빈은 그녀가 저택 하인이라는 것을 알아보았다. 그녀의 이름은 코산이었다. 빈은 단순히 그들 전부를 감시하기 위해서라도 이곳 직원들의 이름을 모두 외우려고 노력했다.

빈이 들어오자 세이즈드가 쳐다보았다.

"아, 미스트리스 빈. 딱 때맞춰 돌아오셨습니다."

그는 같이 서 있던 여자에게 손짓했다.

"이쪽은 코산입니다."

코산은 사무적인 태도로 빈을 뜯어보았다. 빈은 사람들이 자기를 그렇게 쳐다볼 수 없는 안개 속으로 돌아가고 싶어 죽을 지경이었다.

"이 정도면 충분히 길지 않았나." 세이즈드가 말했다.

"아마도요. 하지만 저는 기적을 일으키지는 못합니다, 마스터 바흐트." 코산이 말했다.

세이즈드는 고개를 끄덕였다. '바흐트'는 아마도 테리스인 시종의 정식 칭호인 것 같았다. 완전히 스카도 아니고 그렇다고 귀족도 절대 아닌 테리스인들은 제국 사회에서 매우 이상한 지위를 차지하고 있었다.

빈은 의심스러운 눈길로 두 사람을 바라보았다.

"머리를 하실 겁니다, 미스트리스. 코산이 머리를 잘라드릴 겁니다."

세이즈드가 차분한 어조로 말했다.

"오."

빈이 손을 머리에 올리며 말했다. 그녀의 머리카락은 그녀의 취향에 비해 너무 자라 있었다. 왠지 몰라도 세이즈드가 그녀의 머리카락을 남자애 머리처럼 바짝 자르도록 놔둘 것 같지는 않았다.

코산은 손짓으로 의자를 가리켰고, 빈은 머뭇거리며 거기에 앉았다. 빈은 누군가가 큰 가위를 머리에 이렇게 가까이 대고 일하는데도 얌전히 앉아 있어야만 하는 것은 매우 신경이 곤두서는 일임을 걸 깨닫게 되었다. 그러나 피할 길은 없었다.

손으로 빈의 머리칼을 몇 초 동안 훑고 나서, 코산은 곧 조용히 자르기 시작했다.

"아주 아름다운 머리카락이군요." 그녀는 혼잣말처럼 말했다. "두껍고 훌륭하고 짙은 검은색이에요. 이걸 그렇게 형편없이 잘라놓은 걸 보는 것만으로도 부끄러웠어요, 마스터 바흐트. 궁정 여성들 중에는 이런 머리카락을 가질 수만 있으면 죽어도 좋다고 할 사람이 여럿일걸요. 길게 늘어뜨릴 만큼 풍성하고, 쉽게 손질할 수 있을 정도로 곧아요."

세이즈드는 미소 지었다.

"앞으로는 그 머리카락을 좀 더 잘 보살피도록 해야겠지요."

코산은 혼자 고개를 끄덕이며 일을 계속했다. 마침내 세이즈드가 걸어와 빈에게서 겨우 몇 피트 떨어진 앞쪽에 앉았다.

"켈시어는 아직 안 돌아왔군요?" 빈이 물었다.

세이즈드는 고개를 끄덕였고, 빈은 한숨을 쉬었다. 켈시어는 그녀를 자기의 밤 습격에 데려갈 수 있을 정도로 숙련되었다고 생각하지 않았다. 빈과 함께 훈련은 하지만, 밤 습격은 그가 직접 하는 몇 가지 일 중의 하나였다. 켈시어는 루서델과 펠리스 양쪽을 번갈아가며 십여 개의 서로 다른 귀족 집의 영지에 모습을 나타냈다. 그는 '대가문'들 사이에 혼란을 조장하려고 변장이나 표면상의 목적에 여러 가지 변화를 주었다.

세이즈드가 호기심에 찬 표정으로 빈을 바라보고 있었다.

"왜요?"

빈이 세이즈드를 보며 물었다. 테리스인은 경의를 표하며 고개를 살짝 끄덕였다.

"미스트리스가 다른 제안을 들으실지 궁금해하고 있었습니다."

빈은 눈을 굴리며 한숨을 쉬었다.

"좋아요."

'난 여기 앉아 있는 수밖에 없는 것 같아.'

"당신에게 완벽하게 어울리는 종교가 있다고 생각합니다." 세이즈드가 보통 때는 절제돼 있던 얼굴을 열의로 물들이면서 말했다. "트렐 신의 이름을 따서 '트렐라기즘'이라 불리는 것인데요. '넬라잔'이라는 그룹이 트렐 신을 숭배합니다. 북쪽 먼 곳에 사는 민족이지요. 그들의 땅에서는 밤낮의 주기가 매우 이상합니다. 1년 중 몇 달 동안에는 하루 대부분이 어둡습니다. 그러나 여름에는 하루에 몇 시간만 어두울 뿐이지요.

넬라잔은 햇빛은 신성모독적이며 어둠 속에 아름다움이 있다고 믿었습니다. 그들은 별들을 보고 '트렐의 천 개의 눈'이 그들을 지켜보고 있다고 생각했습니다. 태양은 트렐의 형제 날트의 질투에 찬 외눈이었습니다. 날트는 눈이 하나뿐이었기 때문에, 자기 형제보다 더 빛나기 위해 그것을 밝게 불타도록 만들었습니다. 그러나 넬라잔은 날트에게 감명을 받지 않았고, 날트가 하늘을 보지 못하게 할 때에도 그들을 지켜보고 있는 조용한 트렐을 숭배하는 쪽을 택했습니다."

세이즈드는 조용해졌다. 빈은 어떻게 반응해야 할지 알 수 없어서 아무 말도 하지 않았다.

"이건 정말 좋은 종교입니다, 미스트리스 빈." 세이즈드가 말했다. "매우 부드럽지만 동시에 매우 강력합니다. 넬라잔은 진보한 민족은 아니었지만 매우 단호했습니다. 그들은 밤하늘 전체의 지도를 그렸습니다. 주요 별들을 모두 세고 위치를 재어가면서요. 당신에게는 그들의 방식이 맞을 겁니다. 특히 그들의 밤을 좋아하는 성향이요. 원하신다면 더 말해드리겠습니다."

빈은 고개를 저었다.

"괜찮아요, 세이즈드."

"잘 맞지 않습니까?" 세이즈드가 살짝 얼굴을 찌푸리며 말했다. "아, 좋습니다. 좀 더 생각해보아야겠습니다. 고맙습니다, 미스트리스……. 제게 매우 깊은 인내심을 발휘하시는 것 같군요."

"더 생각해보겠다고요?" 빈이 물었다. "그건 당신이 나를 개종시키려고 한 다섯 번째 종교예요, 세이즈. 대체 얼마나 더 있죠?"

"562가지입니다." 세이즈드가 말했다. "아니면 적어도, 제가 아는 신앙 체계의 숫자는 그렇습니다. 아마 불행히도 우리 민족이 수집할 수 있는 자취를 남기지 않고 이 세계에서 사라져버린 다른 종교들도 있을 것입니다."

빈은 잠시 말을 하지 못했다.

"그런데 그 종교들을 모두 외우고 있어요?"

"가능한 한 많이요." 세이즈드가 말했다. "그들의 기도문, 신앙, 신화 들을요. 많은 것이 매우 비슷합니다. 서로 분리되거나 갈라져 나온 것이어서요."

"그렇다 쳐도 어떻게 그걸 다 기억할 수가 있어요?"

"제겐…… 방법이 있습니다." 세이즈드가 말했다.

"하지만 이 일에 무슨 의미가 있어요?"

세이즈드는 눈살을 찌푸렸다.

"제 생각에는 대답은 명백합니다. 민족들은 값진 존재입니다, 미스트리스 빈. 그러므로 그들의 믿음도 값집니다. 천 년 전 승천 때부터 너무나 많은 신앙이 사라졌습니다. '강철 미니스트리'는 로드 룰러 외에 누구도 숭배하지 못하게 금지했고, 심문관들은 수백 가지 종교를 매우 열심히 파괴했습니다. 누군가가 기억하지 않는다면, 그것들은 완전히 사라질 것입니다."

"나더러 천 년 전에 사라진 종교들을 믿으라고요?"

빈이 믿을 수 없다는 듯이 말했다. 세이즈드는 고개를 끄덕였다.

'켈시어와 관계있는 사람들은 다 제정신이 아닌 건가?'

"'마지막 제국'은 영원히 존속할 수 없습니다." 세이즈드는 조용히 말했다. "마스터 켈시어가 마침내 제국의 종말을 가져올 사람이 될지는 모를 일입니다. 하지만 종말은 올 것입니다. 그리고 종말이 왔을 때—더 이상 '강철 미니스트리'가 지배하지 않게 될 때—사람들은 조상들의 믿음을 되찾으려 할 것입니다. 그날이 오면 그들은 '키퍼'들을 찾게 될 것이고, 그날이 오면 우리는 인류에게 그들의 잊힌 진실을 되돌려줄 것입니다."

"키퍼들요?" 빈이 물었다. 코산은 옆으로 돌아 그녀의 앞머리를 자르기 시작했다. "당신 같은 사람들이 더 있어요?"

"많지는 않습니다. 하지만 좀 있습니다. 다음 세대에 진실을 전하기에는 충분할 만큼요." 세이즈드가 말했다.

빈은 코산이 머리를 자르는 손 아래에서 움찔거리고 싶은 충동을 참으며 생각에 잠겼다. 코산은 확실히 뜸을 들이고 있었다. 린이 빈의 머리를 자를 때는 겨우 몇 번 빠르게 마구 자르면 끝이었다.

"기다리는 동안 우리는 수업 내용을 살펴볼까요, 미스트리스 빈?" 세이즈드가 물었다.

빈은 테리스인을 쳐다보았고, 그는 아주 살짝 미소 지었다. 그는 자기가 그녀를 포로로 잡았다는 것을 알고 있었다. 그녀는 숨을 수도 없고, 심지어 창가에 앉아 안개 속을 내다볼 수도 없었다. 앉아서 듣는 수밖에 없었다.

"좋아요."

"루서델의 '대가문' 열 개 이름을 권력 순서대로 전부 대실 수 있습니까?"

"벤처, 헤이스팅, 엘라리엘, 테키엘, 레칼, 에리켈러, 에리켈, 호트, 어베인 그리고 버비다스."

"좋습니다. 그럼 당신은?"

"저는 레이디 발레트 르노, 이 저택을 소유하고 있는 로드 테븐 르노의 아주 먼 친척이에요. 우리 부모님—로드 해드런과 레이디 펠레트 르노는 차카스에 살아요. '서부 지배지'에 있는 도시죠. 주요 수출품은 울이에요. 우리 가족은 염료 거래를 해요. 특히 그곳에 흔한 달팽이에서 나오는 블러시딥 레드와 나무둥치에서 나오는 캘로필드 옐로를 거래하죠. 먼 친척과 거래 협정의 일부로, 부모님은 저를 여기 루서델로 보냈어요. 제가 궁정에서 시간을 좀 보낼 수 있도록요."

세이즈드는 고개를 끄덕였다.

"당신은 이 기회에 대해 어떻게 느끼고 있습니까?"

"저는 놀라고 약간 압도되었어요. 사람들은 로드 르노의 환심을 사고 싶기 때문에 제게 주의를 기울일 거예요. 저는 궁정 양식에 익숙하지 않기 때문에 그들의 주의에 우쭐할 거예요. 저는 궁정의 환심을 사겠지만, 조용하게 있을 거고 말썽에 끼어들지 않을 거예요."

"당신의 기억술은 훌륭합니다, 미스트리스." 세이즈드가 말했다. "이 변변찮은 수행원은 당신이 우리의 수업을 피하는 데 전념하시는 대신 배우는 데 전념하신다면 얼마나 더 큰 성과를 거둘지 궁금합니다."

빈은 그를 노려보았다.

"테리스의 '변변찮은 수행원'들은 모두 당신만큼 주인에게 입에 발린 말을 하나요?"

"성과가 있는 분들에게만요."

빈은 잠시 그를 노려보다가 한숨을 쉬었다.

"미안해요, 세이즈. 당신 수업을 피하려는 건 아니에요. 난 다만…… 안개가…… 난 때때로 다른 데 정신이 팔려요."

"음, 다행히도 그리고 솔직하게 말씀드려서 당신은 매우 빨리 배우십니다. 그러나 궁정 사람들은 평생 예의범절을 공부한 사람들입니다. 시골 귀족 여성이라고 해도 알아야 할 것들이 있습니다."

"알아요. 나는 튀고 싶지 않아요." 빈이 말했다.

"오, 그건 피할 수가 없습니다, 미스트리스. 제국의 먼 지방에서 새로 온 사람? 그렇습니다, 그들은 당신을 알아볼 겁니다. 우리는 그들이 의심하지 않게만 하고 싶습니다. 당신은 존중받은 다음 무시되어야 합니다. 너무 바보처럼 연기하면 그건 그것대로 의심스러울 겁니다."

'대단하군.'

세이즈드는 말을 멈추고 고개를 살짝 곤두세웠다. 몇 초 후, 복도에서 발소리가 들렸다. 켈시어가 회심의 미소를 지으며 느긋하게 방으로 걸어 들어왔다. 그는 미스트클록을 벗더니, 빈을 보고 한순간 멈칫했다.

"왜요?" 그녀는 약간 더 깊이 의자에 몸을 파묻으며 물었다.

"헤어스타일이 멋져 보여서. 잘했어, 코산." 켈시어가 말했다.

"아무것도 아닙니다, 마스터 켈시어." 그녀의 목소리에 홍조가 묻어나는 것 같았다. "그냥 원래 소재를 살렸을 뿐입니다."

"거울 주세요." 빈이 손을 내밀며 말했다.

코산은 그녀에게 거울을 내밀었다. 빈은 거울을 받아 들었고, 자기가 본 모습에 몸이 굳었다. 그녀는…… 여자애처럼 보였다.

코산은 머리를 깔끔하게 정리하는 놀라운 위업을 이뤄냈고, 빈에게는 이제 뻗친 머리가 없었다. 그녀는 언제나, 자기 머리가 너무 길면 눈에 띌 거라고 생각하곤 했다. 코산은 그 일을 너무도 잘해냈다. 빈의 머리는 여전히 그렇게 긴 편은 아니었다. 아슬아슬하게 귀를 넘기는 정도의 길이였다. 그러나 적어도 얌전히 누워 있을 정도는 되었다.

'그들이 너를 여자애로 생각하면 안 좋을걸.'

린의 목소리가 경고했다. 그러나 이번만은 그 목소리를 무시하고 싶다는 생각이 들었다.

"우린 너를 진짜 숙녀로 바꿀 수 있겠는걸, 빈!" 켈시어가 웃으면서 말했다. 빈은 그를 노려보았다.

"먼저 미스트리스 빈이 저렇게 자주 얼굴을 찡그리지 않도록 설득해야 할 겁니다, 마스터 켈시어." 세이즈드가 한마디 했다.

"그거 어렵겠는걸. 애는 얼굴 찡그리는 걸 너무 좋아해. 아무튼 잘했어, 코산." 켈시어가 말했다.

"아직 약간 더 다듬어야 합니다, 마스터 켈시어."

코산이 말했다.

"그래그래, 계속해. 하지만 세이즈드는 잠깐 빌려 갈게." 켈시어가 말했다.

켈시어는 빈에게 윙크를 하고 코산에게 미소를 지은 다음 세이즈드와 함께 방에서 나갔다. 또다시 엿듣지 못하게 빈을 남겨둔 채.

켈시어는 부엌을 살짝 들여다보았다. 빈은 자기 의자에 퉁하니 앉아 있었다. 미용술은 정말 훌륭했다. 그러나 그의 찬사에는 숨은 동기가 있었다. 그는 빈이 너무 오랫동안 스스로 가치가 없다는 이야기를 들으며 살아왔다고 생각했다. 그녀가 조금만 더 자신을 가진다면, 그렇게 숨으려 애쓰지 않을 것이다.

그는 문이 저절로 닫히도록 놔두고, 세이즈드를 보았다. 테리스인은 늘 그렇듯이 느긋하고 참을성 있게 기다렸다.

"훈련은 어떻게 되어가나?" 켈시어가 물었다.

"아주 좋습니다, 마스터 켈시어. 아가씨는 이미 오빠 손에 훈련받아 배워 둔 것이 있습니다. 게다가 매우 영특한 소녀입니다. 통찰력이 있고 빨리 외웁니다. 저는 그런 환경에서 자란 사람에게 그런 기술을 기대하지는 않았습니다."

"거리의 아이들 중에는 영리한 애들이 많아. 안 그러면 일찍 죽거든." 켈시어가 말했다.

세이즈드는 엄숙하게 고개를 끄덕였다.

"하지만 매우 내성적이고, 제 수업의 전체 가치를 알지는 못하는 것 같습니다. 아주 고분고분하지만 실수나 오해를 재빨리 이용합니다. 만날 시간과 장소를 정확히 말하지 않으면 그녀를 찾아 저택 전체를 뒤져야 하는 일도 많습니다."

켈시어가 고개를 끄덕였다.

"그게 그 아이가 자기 삶에 대한 통제력을 약간이나마 유지하는 방식이라고 생각해. 아무튼 내가 진짜 알고 싶은 건 그 아이가 준비되었는지 아닌지야."

"잘 모르겠습니다, 마스터 켈시어." 세이즈드가 대답했다. "책상머리와 현장이 같은 건 아니잖습니까. 저는 그녀가 그…… 귀족 여성을 모방할 만큼 침착한지 잘 모르겠습니다. 아무리 어리고 경험 없는 귀족 여성이라도요. 우리는 저녁 식사를 연습했고, 대화 예절을 몇 번 복습했고, 소문들을 외웠습니다. 통제된 상황 안에서는 그 모든 것에 숙달된 듯이 보입니다. 심지어 르노가 귀족 손님들을 대접하는 차 모임에 잘 앉아 있기도 했습니다. 그렇지만 귀족들로 가득 찬 파티에 혼자 내보내보기 전까지는, 아가씨가 이 일을 할 수 있는지 정말로 알 수는 없을 겁니다."

"그 아이가 좀 더 연습할 수 있으면 좋겠어." 켈시어가 고개를 흔들며 말했다. "하지만 준비하느라 한주 한주 흘러갈 때마다 미니스트리가 동굴 속 우리의 신설 군대를 발견할 가능성이 더 커져."

"그러면 균형의 시험이로군요." 세이즈드가 말했다. "필요한 사람들을 충분히 모을 때까지는 오래 기다려야 하고, 발견되지 않으려면 충분히 빨리 움직여야 하는 겁니다."

켈시어가 고개를 끄덕였다.

"패거리 한 명을 위해 미적거릴 수는 없어. 빈이 형편없다면 스파이 노릇을 할 다른 사람을 찾아야 해. 가엾은 아이 같으니. 그 아이에게 알로맨시를 더 연습시킬 시간이 있으면 좋겠어. 겨우 첫 번째 네 가지 금속을 끝냈거든. 시간이 충분하지 않아!"

"제가 제안을 해도 된다면……."

"물론이지, 세이즈."

"아가씨를 미스팅 패거리 사람 몇 명에게 보내보죠." 세이즈드가 말했다. "브리즈라는 분은 매우 유명한 수다라고 들었고, 분명 다른 사람들도 그 비슷할 정도로 뛰어난 분들이겠지요. 그분들이 자기 능력을 쓰는 법을 미스트리스 빈에게 알려주게 하시지요."

켈시어는 잠시 동작을 멈추고 생각에 잠겼다.

"좋은 생각이야, 세이즈."

"하지만?"

켈시어는 도로 문 쪽을 슬쩍 보았다. 그 문 뒤에서 빈은 여전히 안달하며 코산의 손에 머리를 맡기고 있었다.

"난 잘 모르겠어. 오늘 훈련하고 있을 때, 우린 '강철-밀기' 맞대결을 하게 되었지. 그 아이는 내 몸무게의 반도 안 나가는데도 내게 상당한 힘을 쏟아붓게 만들었어."

"알로맨시에서는 사람마다 가진 힘이 다르지요." 세이즈드가 말했다.

"그래, 하지만 그 차이는 보통 이렇게 크지 않아." 켈시어가 말했다. "게다가 '밀기'와 '당기기' 쓰는 법을 배울 때 나는 몇 달이나 걸렸어. 그건 말처럼 쉽지 않아. 몸을 옥상으로 밀어 올리는 것같이 간단한 일조차 무게, 균형, 탄도를 이해해야 해.

하지만 빈…… 그 아이는 이 모든 걸 본능적으로 알고 있는 것 같아. 그래, 그녀는 겨우 처음 네 가지 금속의 재주만 전부 쓸 수 있어. 그렇지만 그 애가 발전하는 속도는 놀라울 정도야."

"특별한 소녀입니다."

켈시어는 고개를 끄덕였다.

"그 애가 자기 힘을 더 배울 시간이 있어야 하는데. 난 그 애를 우리 계획에 끌어들인 게 조금 죄스러워. 그 애는 우리와 함께 미니스트리 처형식에 끌려가고 말 거야."

"하지만 그런 죄책감 때문에 아가씨에게 귀족 사회 염탐을 시키지 않을 건 아니잖습니까."

켈시어가 고개를 끄덕였다.

"맞아, 그러진 않겠지." 그는 조용히 말했다. "우리는 우리가 가진 유리한 카드를 전부 사용해야 하니까. 다만…… 그 애를 지켜봐, 세이즈. 지금부터 자네는 그 애가 참석하는 행사에서 그 애의 시종이자 후견인으로 행동해. 그 애가 테리스인 시종을 데리고 다니는 건 이상하지 않을 거야."

"전혀 이상하지 않지요." 세이즈드가 동의했다. "사실 그 나이의 소녀를 에스코트 없이 궁중 행사에 보낸다면 그쪽이 더 이상할 겁니다."

켈시어는 고개를 끄덕였다.

"그 애를 지켜줘, 세이즈. 그 애는 강력한 알로맨서일지는 몰라도 아직 경험이 없어. 자네가 함께 있다고 생각하면 그 애를 저 귀족 소굴로 보내는 게 훨씬 덜 죄스러울 거야."

"제 생명을 바쳐서라도 보호하겠습니다, 마스터 켈시어. 약속드리지요."

켈시어는 미소를 지으며 감사의 표시로 세이즈의 어깨에 손을 얹었다.

"자네를 방해하는 사람이 누구일지 몰라도 안됐군."

세이즈드는 공손하게 고개를 숙였다. 그는 아무에게도 해를 끼칠 것 같지 않아 보였지만, 켈시어는 세이즈드가 감춘 힘을 알고 있었다. 알로맨서건 아니건 간에 분노에 불타는 키퍼와 싸워서 이길 수 있는 사람은 거의 없었다. 아마 그래서 미니스트리가 그 종파를 사실상 멸종시켰을 것이다.

"좋아." 켈시어가 말했다. "다시 수업을 시작하게. 로드 벤처가 주말에 무도회를 열 거야. 그리고 준비가 되었든 말든, 빈은 거기 가야 할 거야."

10

우리의 목적을 위해 얼마나 많은 나라가 단결했는지를 생각하면 놀랍다. 물론 여전히 반대자들이 있다. 그리고 유감스럽게도, 어떤 왕국들은 나의 힘으로 멈출 수 없는 전쟁에 빠져들었다.

그렇지만 전체적으로 이렇게 나라들이 통합되었다는 것은, 비록 변변치 않은 수준이라고 해도, 생각해보면 영광스럽다. 인류의 국가들이 이러한 끔찍한 위협 없이도 평화와 협력의 가치를 알 수 있었더라면 좋았을 거라고 생각한다.

빈은 후드를 올려 쓰고 루서델의 수많은 스카 빈민가 중 하나인 크랙스

거리를 걷고 있었다. 왜 그런지 몰라도 그녀는 공격적인 붉은 햇빛보다 후드 속의 조용한 열기가 더 좋았다.

그녀는 계속 길가에 붙어 서서 구부정한 자세로 눈을 내리깔고 걸었다. 그녀와 스쳐 지난 스카도 똑같이 낙담의 분위기를 풍겼다. 아무도 위를 쳐다보지 않았다. 등을 똑바로 펴거나 낙천적인 미소를 지으며 걷는 사람은 아무도 없었다. 빈민가에서 그런 모습은 그 사람을 의심하도록 만든다.

그녀는 루서델이 얼마나 답답할 수 있는지 거의 잊어버리고 있었다. 펠리스에서 보낸 몇 주 동안 그녀는 나무와 잘 닦인 돌에 익숙해졌다. 여기에는 하얀 것이라곤 없었다. 으스스한 사시나무도, 하얗게 닦인 화강암도 없었다. 모든 것이 검었다.

건물들은 반복해서 떨어지는 무수한 화산재로 얼룩져 있었다. 악명 높은 루서델의 대장간과 천 개의 귀족 저택 부엌에서 나오는 연기로 공기가 소용돌이쳤고, 도로의 자갈과 문간과 길모퉁이 등은 검댕으로 덮여 있었다. 빈민가를 깨끗이 쓰는 일은 드물었다.

'꼭…… 낮보다 밤에 모든 게 더 밝은 것 같아.'

빈은 누더기 스카 클록을 푹 뒤집어쓰고 길모퉁이를 돌면서 생각했다. 길모퉁이에서 몸을 움츠리고 손을 뻗으며 적선을 바라는 거지를 지나쳤다. 그러나 그들의 간청은 제 자신도 굶어 죽어가고 있는 사람들의 귀에 헛된 울림만 남기고 스러졌다. 그녀는 재가 눈에 들어가지 않게 하려고 모자나 후드를 내려 쓰고 머리와 어깨를 굽힌 채 일하고 있는 노동자들을 지나쳤다. 때때로 주둔군 도시 경비대를 지나칠 때도 있었다. 그들은 흉갑, 모자, 검은 클록으로 전신 갑옷을 갖추고 가능한 한 위압적으로 보이려 하며 걸었다.

이 마지막 무리는 오블리게이터들 대부분이 너무 불쾌해서 방문하지 못하는 지역 빈민가를 돌아다니며 로드 룰러의 수족으로 행세했다. 주둔군 병사들은 정말로 병자가 맞는지 확인하겠다며 거지에게 발길질을 하고, 돌아다니는 노동자들을 멈춰 세워서 왜 일하지 않고 거리에 나와 있느냐며 괴롭히는 등, 대체로 사람들에게 성가시게 굴었다. 빈은 한 무리가 지나갈 때 몸을 숙이고 후드를 더 꼭 잡아당겼다. 그녀 나이라면 아이를 배고 있거나 공장에서 일하고 있어야 했다. 그러나 그녀의 체격 때문에 옆에서 보면 실제보다 어려 보일 때가 많았다.

그 술책이 통했거나, 아니면 이 경비대는 도랑 파는 사람을 찾는 일에 흥미가 없었다. 그들은 그녀를 거의 보지도 않고 지나가게 해주었기 때문이다. 그녀는 몸을 숙이고 모퉁이를 돌아 재가 떠다니는 골목길을 걸어 내려간 후, 그 작은 거리 끝에 있는 무료 급식소로 갔다.

그런 급식소들이 대부분 그렇듯이, 그곳은 거무죽죽했고 형편없었다. 노동자들이 직접 돈을 받는 일이 드문 경제에서는 귀족들이 급식소를 유지해야 했다. 몇몇 지역 영주들—방앗간과 대장간의 소유자일 것이다—은 급식소 주인들에게 그 지역 스카에게 음식을 나눠줄 돈을 주었다. 노동자들은 일한 시간에 대한 식권을 받고, 정오경에 가서 점심을 먹도록 짧은 휴식 시간을 허락받았다. 중앙 급식소 덕분에 소상인들은 현지에서 끼니를 제공하는 데 드는 비용을 피할 수 있었다.

물론 급식소 주인은 직접 지불받았기 때문에, 재료를 아껴서 남는 것이라면 무엇이든 자기 주머니에 넣을 수 있었다. 빈의 경험으로는, 급식소 음식은 잿물 수준의 맛이었다.

다행히 그녀는 밥을 먹으러 온 것이 아니었다. 그녀는 노동자들이 식권을 내미는 문가의 줄에 들어가 조용히 기다렸다. 그녀 차례가 되자, 그녀는 작은 나무 원반을 내밀어 문가에 있는 스카 남자에게 주었다. 그는 매끄러운 동작으로 그 조각을 받으며, 거의 알아채지 못할 정도로 오른쪽으로 고개를 끄덕였다.

빈은 그가 가리킨 방향으로 걸어갔다. 더러운 식당을 지나고 발자국이 찍힌 재들이 흩어져 있는 마루를 지나서 맞은편 벽에 다가가자, 방구석에 붙어 있는 거친 나무 문이 보였다. 문가에 앉아 있던 남자가 그녀와 눈을 마주

치더니 가볍게 고개를 끄덕이고는 문을 밀어서 열었다. 빈은 문 너머의 작은 방으로 재빨리 들어갔다.

"빈, 우리 귀여운 것!" 브리즈가 방 한가운데의 테이블 가에 느긋이 앉아서 말했다. "어서 와! 펠리스는 어때?"

빈은 어깨를 으쓱하며 테이블 옆에 앉았다.

"아하, 네가 참 훌륭한 대화 상대라는 걸 거의 잊어버리고 있었네. 와인 마실래?" 브리즈가 말했다.

빈은 고개를 저었다.

"뭐, 난 좀 마시고 싶어."

브리즈는 그답게 사치스러운 옷을 입고, 결투용 지팡이는 무릎에 걸쳐놓고 있었다. 단 하나의 등잔이 방을 밝히고 있었지만 그 방은 방 바깥보다 훨씬 깨끗했다. 방 안에 있는 다른 네 남자 중에서 빈은 한 사람만을 알아보았다. 클럽스의 가게 도제였다. 문가의 두 사람은 경비병 같았고, 마지막 한 사람은 보통의 스카 노동자로 보였다. 검어진 재킷과 재가 묻은 얼굴을 보면 확실히 그랬다. 그러나 그의 오만한 태도를 보면 그도 암흑가의 일원이었다. 아마 예덴의 반역도 중 하나겠지.

브리즈는 잔을 들어 올리고 손톱으로 잔 옆을 두드렸다. 반역도는 그것을 음울하게 바라보았다.

"지금 넌 내가 알로맨시를 너한테 쓰고 있는지 궁금해하고 있겠지. 쓰고 있을 수도 있고 아닐 수도 있어. 그게 중요해? 난 네 두목의 초대를 받고 여기에 왔고, 그는 내가 편안하게 있을 수 있도록 보살피라고 네게 명령했잖아. 그리고 내가 편안해지려면 내 손에 든 와인 한 잔이 절대적으로 필요하다고."

스카 남자는 잠시 멈추었다가, 잔을 낚아채서 성큼성큼 걸어갔다. 그는 작은 목소리로 바보 같은 코트와 자원 낭비에 대해 투덜거렸다.

브리즈는 한쪽 눈썹을 치켜세우고 빈 쪽을 보았다. 그는 스스로에게 아주 만족하는 것 같았다.

"그래서, 그를 '민' 건가요?" 빈이 물었다.

브리즈는 고개를 저었다.

"구리 낭비야. 켈시어가 왜 너한테 오늘 여기로 오라고 했는지 얘기했니?"

"나한테 당신을 잘 지켜보라고 했어요." 빈은 브리즈에게 떠맡겨진 것에 약간 화가 나서 말했다. "자기는 나한테 모든 금속을 훈련시킬 시간이 없다고 했어요."

"좋아, 그럼 시작하자." 브리즈가 말했다. "먼저, 너는 '달래기'가 보통 알로맨시 이상의 기술이라는 걸 이해해야 해. 그건 조작이라는 미묘하고 고귀한 기술이야."

"정말 고귀하기도 하겠네요." 빈이 말했다.

"하, 너는 그 사람들처럼 말하는구나." 브리즈가 말했다.

"어떤 사람들요?"

"다른 모든 사람들." 브리즈가 말했다. "저 스카 양반이 날 어떻게 대하는지 봤지? 사람들은 우리를 좋아하지 않아, 애야. 자기들의 감정을 갖고 놀수 있는 사람, '신비스럽게' 어떤 일을 하도록 시킬 수 있는 사람이 있다는 생각이 그들의 마음을 불편하게 만들어. 그들은 깨닫지 못하지만 너는 깨달아야 하는 것은, 모든 사람들이 다른 사람을 조작하는 일을 한다는 거야. 사실 조작이란 우리의 사회적 상호작용의 핵심이란다."

그는 진정하는 듯싶더니, 결투용 지팡이를 올리고 그것을 약간 휘저으면서 말했다.

"생각해봐. 남자가 젊은 아가씨의 애정을 구할 때, 그는 뭘 하고 있는 거지? 자, 호의를 가지고 자기를 보도록 그녀를 조작하려 하고 있어. 오랜 두 친구가 한잔하려고 앉을 때, 무슨 일이 일어나고 있지? 그들은 이야기를 하면서 서로에게 인상을 주려고 해. 인간으로서의 삶은 가식과 영향력으로 가득 차 있어. 이건 나쁜 게 아니야. 사실 우리는 거기에 의존하고 있어. 이 상호작용들은 우리에게 다른 사람에게 반응하는 법을 가르쳐줘."

그는 말을 멈추고, 지팡이로 빈을 가리켰다.

"수더와 보통 사람의 차이는, 우리는 자기가 무슨 일을 하고 있는지 의식하고 있다는 거야. 우리는 또 약간의…… 이점을 갖고 있지. 하지만 그것이 카리스마 있는 개성이나 훌륭한 말발보다 그렇게나 더 '강력할까'? 내 생각은 달라."

빈은 얼굴을 찌푸렸다.

"게다가 아까 말한 것처럼, 좋은 수더가 되려면 알로맨시를 쓰는 능력을 훨씬 넘어서는 능숙함을 지녀야 해. 알로맨시는 네가 상대의 마음이나 심지어 감정조차 읽게 해줄 수 없어. 어떤 의미로는, 네게도 다른 사람과 마찬가지로 그런 건 보이지 않아. 너는 한 사람이나 한 지역을 겨냥해서 감정의 맥박을 발사하고, 네 대상들은 자기 감정을 바꿀 거야. 가능하면 네가 바라는 효과를 내겠지. 그렇지만 훌륭한 수더는 상대가 '달래'지기 전에 어떻게 느끼는지 알기 위해 자기 눈과 본능을 성공적으로 사용할 줄 알아야 해."

"상대가 어떻게 느끼고 있는지 무슨 상관이에요?" 빈은 짜증을 숨기려고 애쓰면서 말했다. "아무튼 그들을 '달랠' 거잖아요, 맞죠? 당신이 그렇게 하고 나면, 그들은 당신이 원하는 방식으로 느낄 거 아니에요?"

브리즈는 한숨을 쉬며 고개를 저었다.

"우리의 대화 중에서 내가 세 번이나 널 '달랬'다는 걸 네가 알면 넌 뭐라고 하겠니?"

빈은 말문이 막혔다.

"언제요?" 그녀는 날카롭게 물었다.

"그게 중요하니?" 브리즈가 물었다. "애야, 이건 네가 배워야 하는 수업이야. 어떤 사람이 어떻게 느끼고 있는지 읽을 수 없다면 너는 결코 감정 알로맨시를 미묘하게 부릴 수 없어. 너무 세게 밀어붙이면 눈먼 스카라도 자기가 어떻게든 조작되고 있다는 걸 깨달을 거야. 너무 부드럽게 건드린다면 눈에 보이는 효과를 내지 못하겠지. 아니면, 여전히 더 강력한 감정이 너의 대상을 사로잡고 있거나."

브리즈는 고개를 저었다.

"이건 모두 인간에 대한 이해가 있어야 해." 그는 말을 계속했다. "너는 어떤 사람이 어떻게 느끼고 있는지 읽어야 해. 그 감정을 제대로 된 방향으로 슬쩍 찔러서 바꾸고 그다음 그들이 새로 발견한 감정 상태를 네 이익이 될 수 있는 방향으로 돌려야 해. 애야, 그것이 우리가 하는 일의 도전이란다! 어려운 일이야. 하지만 그걸 잘할 수 있는 사람에게는……."

문이 열리고 뚱한 스카 남자가 와인을 아예 한 병 가지고 돌아왔다. 그는 브리즈 앞의 테이블에 와인병과 잔 하나를 놓고, 방 맞은편으로 가서 식당을 들여다보는 엿보기 구멍 앞에 섰다.

"엄청난 보상이 있지." 브리즈가 조용히 미소를 지으며 말했다. 그는 그녀에게 윙크를 하더니, 와인을 따랐다.

빈은 어떻게 생각해야 할지 잘 알 수 없었다. 브리즈의 의견은 잔인해 보였다. 그러나 린은 그녀를 잘 훈련시켰다. 그녀가 이 힘을 갖지 않는다면, 다른 사람이 그 힘을 그녀에게 행사할 것이다. 그녀는 켈시어가 가르쳐준 대로 구리를 태우기 시작했다. 브리즈가 더 이상 자신을 조작하지 못하도록 스스로를 보호하기 위해서.

문이 다시 열리고, 낯익은 조끼를 입은 형체가 저벅저벅 들어왔다.

"안녕, 빈." 햄이 친근하게 손을 흔들며 말했다. 그는 테이블로 걸어와 와인을 바라보았다.

"브리즈, 너 반역도가 이런 물건 살 돈이 없다는 거 알잖아."

"켈시어가 그들에게 배상해줄 거야." 브리즈는 무시하듯이 손을 저으며 말했다. "난 목이 마르면 일을 할 수 없을 뿐이라고. 이 근처는 어때?"

"안전해." 햄이 말했다. "하지만 만일을 대비해서 틴아이를 길모퉁이에 배치해뒀어. 네 빗장 걸린 문은 모퉁이의 비상구 뒤쪽에 있어."

브리즈는 고개를 끄덕였고, 햄은 돌아서서 클럽스의 도제를 보았다.

"코블, 네가 거기서 구리를 켜고 있었니?"

소년이 고개를 끄덕였다.

"착한 아이구나." 햄이 말했다. "그럼 다 됐어. 이제 우리는 켈의 연설을 기다리기만 하면 돼."

브리즈는 회중시계를 살펴보았다.

"켈은 몇 분 더 지나야 올 거야. 누굴 시켜서 자네에게 잔을 가져다줄까?"

"난 됐어." 햄이 말했다.

브리즈는 어깨를 으쓱하더니 자기 와인을 마셨다.

한순간 침묵이 흐르더니 마침내 햄이 말했다.

"저기······."

"싫어." 브리즈가 말을 막았다.

"하지만······."

"뭔지 몰라도 듣고 싶지 않아."

햄은 수더에게 단호한 시선을 보냈다.

"넌 날 만족하도록 '밀어넣을' 수는 없어, 브리즈."

브리즈는 눈을 굴리며 술을 마셨다.

"뭐예요? 햄이 뭘 말하려던 거예요?" 빈이 물었다.

"그 녀석이 말하게 부추기지 마, 애야." 브리즈가 말했다.

빈은 얼굴을 찌푸렸다. 그녀는 햄을 힐끗 쳐다보았고 햄은 미소 지었다.

브리즈는 한숨을 쉬었다.

"난 그냥 거기서 빼줘. 난 햄의 무의미한 입씨름에 끼고 싶은 기분이 아니야."

"그의 말은 무시해." 햄이 자기 의자를 빈 쪽으로 조금 끌고 오면서 열성적으로 말했다. "저기, 난 궁금해하고 있었어. '마지막 제국'을 타도하는 게 좋은 일을 하는 걸까, 나쁜 일을 하는 걸까?"

빈은 잠시 말문이 막혔다.

"그게 중요해요?"

햄은 움찔한 것 같았지만, 브리즈는 씩 웃었다.

"잘 대답했네." 수더가 말했다.

햄은 브리즈를 노려보고, 그다음 도로 빈을 보았다.

"당연히 중요하지."

"음, 난 우리가 좋은 일을 하고 있다고 생각해요. '마지막 제국'은 스카를 몇 세기 동안 억압해왔잖아요." 빈이 말했다.

"맞아." 햄이 말했다. "하지만 문제가 하나 있어. 로드 룰러는 신이야, 맞아?"

빈은 어깨를 으쓱했다.

"그게 중요해요?"

햄은 그녀를 노려보았다.

그녀는 눈을 굴렸다.

"좋아요. 미니스트리는 그가 신이라고 주장해요."

"사실 로드 룰러는 신의 한 부분일 뿐이야." 브리즈가 한마디 했다. "그는 '무한의 조각'이야. 모든 것을 알거나 어디든지 있는 존재가 아니라, 존재하는 의식의 독립적인 부분일 뿐이야."

햄은 한숨을 쉬었다.

"넌 얽히고 싶지 않다며."

"그냥 모두가 사실을 제대로 파악하게 하고 있을 뿐이야." 브리즈가 가볍게 말했다.

"아무튼, 신은 모든 것의 창조자야. 맞지?" 햄이 말했다. "그는 우주의 법칙을 좌우하고, 따라서 윤리학의 궁극적인 원천이야. 그는 절대적인 도덕률이야."

빈은 눈을 깜박였다.

"그 딜레마를 알겠니?" 햄이 물었다.

"네가 천치라는 건 알겠다." 브리즈가 중얼거렸다.

"헷갈려요." 빈이 말했다. "뭐가 문젠데요?"

"우리는 좋은 일을 하고 있다고 주장해." 햄이 말했다. "하지만 로드 룰러가 신이기 때문에 무엇이 좋은 것인지 정의해. 그래서 그에게 반대하는 우린 사실 악해. 하지만 그가 잘못된 일을 하고 있기 때문에, 이 경우 악은 사실 좋은 것이라고 할 수 있을까?"

빈은 얼굴을 찌푸렸다.

"어때?" 햄이 물었다.

"나, 머리가 아파지는 것 같아요." 빈이 말했다.

"너한테 경고했잖아." 브리즈가 또 한마디 했다.

햄은 한숨을 쉬었다.

"하지만 그건 생각해볼 가치가 있다고 생각하지 않니?"

"잘 모르겠어요."

"난 알아." 브리즈는 말했다.

햄은 고개를 저었다.

"여기서는 아무도 품위 있고 지적인 토론을 좋아하지 않아."

길모퉁이의 스카 반역도가 갑자기 활기차게 말했다.

"켈시어가 왔어!"

햄은 한쪽 눈썹을 치켜세우더니 일어섰다.

"나는 가서 주변을 감시해야겠어. 그 질문에 대해 생각해봐, 빈."

"알았어요……" 햄이 나갈 때 빈이 말했다.

"이리 와, 빈." 브리즈가 일어서며 말했다. "우리가 엿볼 구멍들이 벽에 있어. 착한 아이답게 내 의자를 가져다주렴, 응?"

브리즈는 그녀가 자기 말대로 하는지 뒤돌아보지도 않았다. 그녀는 잠시 어떻게 해야 할지 몰라 몸이 굳었다. 구리를 켜놓았기 때문에, 그는 그녀를 '달랠' 수 없었다. 하지만…… 결국 그녀는 한숨을 쉬고 방 옆쪽으로 의자 두 개를 다 가져갔다. 브리즈는 벽 안쪽의 길고 얇은 조각을 밀었다. 그러자 그 구멍으로 식당의 모습이 보였다.

한 무리의 더러워진 스카 남자들이 갈색 작업복 코트나 다 해진 클록을 입고 테이블 주위에 앉아 있었다. 피부가 재로 얼룩지고 자세는 축 가라앉은 어두운 무리였다. 그러나 그들이 회의에 참석했다는 것은 들으려는 마음이 있다는 뜻이었다. 예덴은 보통 때처럼 누더기 작업복 코트를 입고 방 앞쪽에 놓인 테이블에 앉아 있었다. 빈이 못 본 사이 그의 곱슬머리는 짧게 깎여 있었다.

빈은 켈시어가 멋지게 등장할 거라고 생각했다. 그러나 그는 그냥 조용히 부엌에서 나왔다. 그는 예덴의 테이블 앞에서 멈추어 미소 짓고 잠시 동안 예덴과 조용히 이야기한 다음, 앉아 있는 노동자들 앞으로 걸어갔다.

빈은 그가 이렇게 세속적인 옷을 입은 모습을 전에는 한 번도 본 적이 없었다. 많은 청중들과 마찬가지로 그는 갈색 스카 코트와 황갈색 바지를 입었다. 그러나 켈시어의 옷은 깨끗했다. 옷은 전혀 검댕으로 얼룩지지 않았고, 스카가 보통 쓰는 것과 똑같은 거친 천으로 만들어졌지만 깁거나 찢어진 부분이 없었다. 그것만으로도 극명한 차이를 보인다고 빈은 생각했다. 그가 정복을 입고 들어왔다면 효과가 지나쳤을 것이다.

그가 뒷짐을 지자, 노동자 무리가 조용해졌다. 빈은 엿보기 틈으로 지켜보면서 얼굴을 찌푸렸다. 그저 앞에 서 있기만 하는 것으로 굶주린 남자들로 가득 찬 방을 조용하게 만드는 켈시어의 능력은 경탄할 만했다. 아마 알로맨시를 쓰고 있겠지? 하지만 구리를 켜고 있는데도 빈은…… 켈시어의 존재감을 느꼈다.

일단 방이 조용해지자 켈시어가 입을 열었다.

"지금쯤 여러분은 모두 나에 대해 들었을 겁니다. 그리고 나의 대의에 적어도 조금은 동조하기 때문에 여기 왔을 겁니다."

빈 옆에서 브리즈가 술을 한 모금 마셨다.

"'달래기'와 '격동시키기'는 다른 종류의 알로맨시와는 달라." 그가 조용히 말했다. "대부분의 금속들과 같이, '밀기'와 '당기기'의 효과는 반대야. 그러나 감정 면에서는 '달래기'를 쓰건 '격동시키기'를 쓰건 똑같은 결과를 만들어낼 때가 많아.

이건 극도로 치우친 감정 상태에는 통하지 않아. 완전한 무감동이나 전적인 열정 같은 것 말이야. 그러나 대부분의 경우 네가 어떤 힘을 쓰는지는 중요하지 않아. 사람들은 단단한 금속 벽돌 같지 않지. 어떤 때든 간에, 사람들 안에는 서로 빙빙 돌아가는 십여 개의 다른 감정들이 있어. 경험 많은 수더는 자기가 원하는 감정, 그 사람을 지배하기를 바라는 감정만 빼고 모든 것을 눅일 수 있어."

브리즈는 슬쩍 눈길을 돌렸다.

"러드, 파란색 서빙하는 아이를 들여보내줘."

경비병 한 명이 고개를 끄덕이더니, 문을 열고 바깥에 있는 사람에게 뭔가를 속삭였다. 잠시 후, 빛바랜 파란 드레스를 입은 소녀가 군중 속을 돌아다니며 음료수를 채워주는 광경이 보였다.

"내 수더들은 군중과 섞여 있어." 브리즈는 다른 데 정신을 파는 목소리로 말했다. "서빙 소녀는 내 부하들에게 어떤 감정을 '달래서' 내보내야 하는지 가르쳐주는 신호야. 그들은 내가 하는 것과 똑같이 일할 거야……." 그의 말이 잦아들었다. 그는 군중 속을 들여다보며 집중했다.

"피로……." 그가 속삭였다. "이건 지금 당장 필요한 감정이 아니야. 배고픔…… 다른 데로 정신을 팔게 해. 의심…… 절대로 도움이 되지 않지. 그래, 그리고 수더들이 일할 때 라이오터들은 우리가 군중이 느끼기를 바라는 바로 그 감정을 흥분시켜. 호기심……. 지금 그들에게 필요한 건 그거야. 그래, 켈시어의 이야기에 귀를 기울여. 너희는 그에 대한 전설과 이야기를 들었어. 이제 그 남자를 직접 보고, 감명을 받아."

"당신들이 왜 오늘 여기 왔는지 저는 알고 있습니다." 켈시어는 조용히 말했다. 빈이 켈시어 하면 생각나는 화려한 어조나 동작도 별로 없었다. 그의 어조는 조용하지만 직접적이었다. "당신들은 방앗간, 광산, 대장간에서 하루 열두 시간씩 일합니다. 얻어맞고, 돈은 못 받고, 음식은 형편없지요. 그런데 무엇을 위해서지요? 하루가 끝나고 공동주택으로 돌아가 또 하나의 비극을 발견하기 위해서? 무신경한 작업 감독에게 살해당한 친구 한 명, 어느 귀족의 놀잇감으로 끌려간 딸 한 명, 불쾌한 하루를 보내던 지나가는 영주의 손에 죽은 형제 한 명."

"그래." 브리즈가 속삭였다. "좋아. 빨강, 러드. 밝은 빨강색을 입은 소녀를 들여보내."

또 다른 서빙 소녀가 방에 들어왔다.

"열정과 분노." 브리즈가 말했다. 거의 중얼거리는 듯한 목소리였다. "하지만 아주 약간만. 슬쩍 찌르기만…… 기억을 떠올리면서."

호기심을 느끼며 빈은 구리를 잠시 껐다. 대신 청동을 태우면서 브리즈가 알로맨시를 어떻게 사용하는지 느끼려고 했다. 그러나 그에게서는 아무런 진동도 나오지 않았다.

'당연하지.' 그녀는 생각했다. '클럽스의 도제 생각을 잊어버렸군. 그는 내가 알로맨시 진동을 하나도 느끼지 못하게 하고 있어.' 그녀는 도로 구리를 켰다.

켈시어가 말을 계속했다.

"친구들, 당신 혼자 비극을 겪는 것이 아닙니다. 당신과 똑같은 비극을 겪는 사람이 수백만 명 있습니다. 그리고 그들에게는 당신이 필요합니다. 나는 구걸하러 오지 않았습니다. 우리는 살면서 구걸은 충분히 해보았습니다. 그저 여러분에게, 생각해보라고 요청하는 겁니다. 여러분은 여러분의 힘을 어디에 쓰고 싶습니까? 로드 룰러의 무기를 만들어내는 데? 아니면 더 가치 있는 일을 하는 데?"

'켈시어는 우리 군대 이야기를 하고 있는 게 아니야. 심지어 그에게 합류하는 사람들이 하게 될 일 이야기도 아니야. 그는 노동자들이 세부 사항을 아는 걸 바라지 않아. 좋은 생각 같아. 그가 모집하는 사람들은 군대로 갈 수 있고, 나머지 사람들은 특별한 정보는 폭로할 수 없을 거야.' 빈은 생각했다.

"여러분은 왜 내가 여기 왔는지 알 겁니다." 켈시어가 말했다. "여러분은 내 친구 예덴을 알고, 그가 무엇을 대표하는지 압니다. 도시의 모든 스카들이 반역도에 대해서 압니다. 여러분은 이미 거기에 들어갈까 생각해본 적이 있을 겁니다. 여러분 대부분은 들어가지 않을 겁니다. 대부분은 검댕으로 얼룩진 방앗간, 불이 훨훨 타는 대장간, 그리고 죽어가는 집으로 돌아갈 겁니다. 이 끔찍한 삶이 낯익기 때문에, 돌아갈 겁니다. 그러나 여러분 가운데 어떤 사람들은…… 어떤 사람들은 나와 함께 갈 겁니다. 그리고 앞으로 올 시대에 기억될 사람들, 위대한 일을 해냈다고 기억될 사람들은 바로 그런 사람들입니다."

많은 노동자들이 시선을 교환했다. 그러나 어떤 사람들은 그저 반쯤 빈 수프 사발만 뚫어지게 바라보았다. 마침내 방 뒤쪽에 있던 어떤 사람이 말했다.

"당신은 바보입니다. 로드 룰러가 당신을 죽일 거예요. 신에게, 다름 아닌 그분의 도시에서 반역을 해서는 안 돼요."

방이 조용해졌다. 긴장. 빈이 꼿꼿이 앉아 있는 동안 브리즈가 혼잣말로 속삭였다.

방 안에서 켈시어는 잠시 동안 조용히 서 있었다. 마침내 그는 손을 들어 올리고 재킷 소매를 걷었다. 그의 팔에 난 엇갈린 흉터들이 드러났다.

"로드 룰러는 우리의 신이 아닙니다." 그가 조용히 말했다. "그리고 그는 나를 죽일 수 없어요. 죽이려고 했지만 실패했지요. 나는 그가 절대로 죽일 수 없는 존재니까요."

그 말과 함께 켈시어는 방향을 돌려 왔던 길로 방에서 걸어 나갔다.

"흠, 뭐, 약간 연극적이었어." 브리즈가 말했다. "러드, 빨간 아이를 도로 데려오고 갈색을 내보내."

갈색 옷을 입은 서빙 소녀가 군중 속으로 걸어 들어갔다.

"놀라움." 브리즈가 말했다. "그리고, 그래, 자부심. 분노를 '달래'. 지금 당장은……."

군중은 잠시 조용히 앉아 있었다, 식당은 으스스할 정도로 미동도 없었다. 마침내 예덴이 일어나 격려의 말을 했다. 그들에게 더 많은 말을 들어야 한다고 권하고, 그들이 무엇을 해야 하는지 설명했다. 그가 말하자 사람들은 다시 식사를 계속했다.

"녹색, 러드." 브리즈가 말했다. "흠, 그래. 다들 생각에 잠기게 만들자. 그리고 충성심 쪽을 약간 찔러주고. 아무도 오블리게이터에게 달려가게 만들고 싶지는 않잖아, 안 그래? 켈은 종적을 잘 감췄어. 하지만 오블리게이터가 덜 들을수록 더 좋지, 그렇지? 오, 그리고 넌 어때, 예덴? 넌 너무 초조해 보여. 그걸 '달래고', 네 불안을 줄이자. 네 열정만 남기자고. 그걸로 네 목소리의 바보 같은 어조를 충분히 감출 수 있었으면 좋겠는데."

빈은 계속 지켜보았다. 이제 켈시어가 사라지자 청중의 반응과 브리즈의 일에 집중하기가 더 쉬워졌다. 예덴이 말하는 동안, 바깥의 노동자들은 브리즈의 중얼거리는 지시에 딱 맞춰 반응하는 것 같았다. 예덴도 '달래기'의 효과를 보이고 있었다. 그의 태도는 좀 더 편안해졌고, 말하는 목소리에는 좀 더 자신감이 깃들었다.

호기심에 차서, 빈은 다시 구리를 껐다. 그녀는 집중하며 자기 감정에 브리즈의 손길이 와 닿는지 느껴보려고 했다. 그녀는 그가 편 알로맨시 영향권에 들어가 있을 것이다. 예덴만 제외하고, 그는 개개인을 골라잡을 시간이 없었으니까. 처음에는 느끼기가 매우 어려웠다. 그러나 브리즈가 앉아서 혼자 중얼거리는 동안, 그녀는 그가 묘사하는 바로 그 감정을 느끼기 시작했다.

빈은 깊은 인상을 받았다. 켈시어가 그녀의 감정에 알로맨시를 몇 번 사용했을 때, 그의 마음의 손길이 얼굴에 갑자기, 직접적으로 펀치를 먹이는 것 같았다. 힘은 강했지만, 미묘한 구석은 거의 없었다. 그러나 브리즈의 손길은 믿을 수 없을 만큼 섬세했다. 그는 어떤 감정들을 '달래고' 눅이면서도, 다른 감정들은 영향을 받지 않게 놓아두었다. 빈은 브리즈의 부하들이 자기 감정을 '격동시키는' 것도 느낄 수 있을 것 같았다. 그러나 이 손길들은 브리즈보다 훨씬 덜 미묘했다. 그녀는 예덴이 연설을 계속하는 동안 구리를 끈 채로 놓아두고 자기 감정에 와 닿는 손길들을 지켜보았다. 예덴은 자기와 합류하는 사람들은 가족과 친구들을 당분간—1년 정도—떠나 있어야 할 테지만 그동안 잘 먹게 될 것이라고 설명했다.

빈은 계속 브리즈에게 존경심이 일었다. 갑자기 그녀는 다른 사람들에게 자기를 떠맡겼다고 켈시어에게 화가 났던 것이 사그라들었다. 브리즈는 단 한 가지 일만 할 수 있었지만, 그것을 위해 엄청난 수행을 쌓았다. 켈시어는 미스트본으로서 모든 알로맨시 기술을 배워야 했다. 그가 어느 한 가지 힘에 그 정도로 집중하지 않은 것은 합리적이었다.

'내가 다른 사람들에게 배우도록 그가 날 보냈다는 걸 믿어야 해. 그들은 자기 분야의 달인들일 거야.' 빈은 생각했다.

빈은 식당으로 주의를 되돌렸다. 예덴이 마무리를 짓고 있었다. "여러분은 '하스신의 생존자' 켈시어의 이야기를 들었습니다. 그에 대한 소문은 사실입니다. 그는 도둑질을 하던 자신의 생활 방식을 포기하고, 스카 반역도들을 위해 일하는 데 주의를 돌렸습니다! 여러분, 우리는 장대한 것을 준비하고 있습니다. 정말로, '마지막 제국'에 대한 우리의 마지막 투쟁이 될 수도 있는 것입니다! 우리에게 오십시오. 당신의 형제들에게 오십시오. 다름 아닌 '생존자'에게 오십시오!"

식당이 조용해졌다.

"밝은 빨강." 브리즈가 말했다. "저 사람들이 자기가 들은 말을 열정적으로 되새기며 떠나면 좋겠어."

"그 감정들은 조금씩 사라지겠지요, 안 그래요?" 붉은 옷의 서빙 소녀가 청중 속으로 들어갈 때 빈이 말했다.

"그래." 브리즈가 뒤로 물러앉아 벽의 틈을 미끄러뜨려 닫으면서 말했다. "하지만 기억은 남아. 사람들이 어떤 기억과 강한 감정을 결부시키면 그걸 더 잘 기억하게 될 거야."

몇 초 후 햄이 뒷문으로 들어왔다.

"잘했어. 떠나는 사람들은 활기가 북돋아져 있고, 많은 수가 자리에 남아 있어. 동굴로 보낼 자원자가 꽤 많이 생길 거야."

브리즈는 고개를 저었다. "충분하지 않아. 독스가 이런 모임을 하나 조직하는 데 며칠이 걸려. 그리고 모임 한 번 할 때마다 스무 명 정도만 얻을 수 있어. 이런 속도로는 절대 제때 만 명을 못 맞출 거야."

"우리 모임이 더 필요하다고 생각해?" 햄이 물었다. "그건 힘들 거야. 이일은 매우 조심해야 하기 때문에 상당히 믿을 만한 사람들만 초대한다고."

브리즈는 잠시 그대로 앉아 있었다. 마침내 그가 나머지 와인을 비웠다. "모르겠어. 하지만 뭔가 생각해내야 해. 지금은 가게로 돌아가자. 켈시어는 오늘 저녁에 진도 점검 회의를 하려고 할 거야."

켈시어는 서쪽을 보았다. 오후의 해는 독기를 품은 빨간색으로 연기의 하늘 속에서 화난 듯이 빛났다. 바로 아래에 어두운 봉우리의 그림자 진 끄트머리가 보였다. 티리안, 가장 가까이 있는 화산이었다.

그는 클럽스의 가게 평지붕 위에 서서 아래 거리에서 노동자들이 집으로 돌아가는 소리에 귀를 기울이고 있었다. 평지붕은 때때로 재를 파내야 했고, 그래서 대부분의 스카 건물들은 뾰족지붕을 하고 있었다. 그러나 켈시어의 생각으로는 그 전경을 보기 위해서라면 약간의 곤란은 무릅쓸 가치가 있었다.

그의 발아래서, 스카 노동자들은 실의에 빠진 채 줄을 지어 터벅터벅 걸었다. 그들의 지나가는 발걸음이 작은 재 구름을 차올렸다. 켈시어는 그들에게서 눈을 돌려 북쪽 지평선 쪽, '하스신의 갱'을 바라보았다.

'아티움은 어디로 갈까?' 그는 생각했다. '아티움은 도시로 오지만 그다음 엔 사라져버려. 미니스트리는 아니야. 우리는 그들을 감시했어. 그리고 어 떤 스카도 그 금속을 만져본 적이 없어. 그건 아마 궁전 보물 창고로 갈 거 야. 적어도 그러기를 바라지.'

미스트본이 아티움을 태우는 동안은 사실상 무적이다. 그것이 그렇게 가 치 있는 이유 중 하나다. 그러나 그의 계획은 돈 때문만이 아니었다. 그는 아티움이 갱에서 얼마나 채굴되는지 알고 있었고, 독슨은 로드 룰러가 귀족 들에게 엄청난 가격을 받고 나눠 주는 양을 조사했다. 결과적으로는 채굴량 의 겨우 10분의 1만 귀족들의 손에 들어간 것이 밝혀졌다.

세상에서 생산되는 아티움의 90퍼센트는 천 년 동안 해를 거듭하며 모여 있었다. 그렇게 많은 금속을 갖게 된다면, 켈시어의 팀은 가장 강력한 귀족 가문도 위압할 수 있을 것이다. 예덴의 궁정 점거 계획은 아마 많은 점에서 소용없을 것이다. 사실, 그 자체로도 실패할 수밖에 없었다. 그러나 켈시어 의 다른 계획들은……

켈시어는 손에 든 작고 희끄무레한 막대기를 내려다보았다. 열한 번째 금 속. 그는 그것에 대해 어떤 소문들이 떠도는지 알고 있었다. 그가 퍼뜨렸으 니까. 이제 그것을 성공시키기만 하면 된다.

그는 한숨을 쉬고, 동쪽에 있는 로드 룰러의 궁전 크레딕 쇼 쪽으로 눈을 돌렸다. 그 이름은 테리스어로 '천 개의 첨탑 언덕'이었다. 적절한 이름이었 다. 제국의 궁전은 땅을 꿰뚫은 거대한 검은 창이 빽빽이 꽂혀 있는 긴 조각 을 닮았기 때문이었다. 어떤 첨탑들은 뒤틀려 있었고, 다른 것들은 곧았다. 어떤 것들은 두꺼운 탑이었고, 다른 것들은 가늘고 비늘 같았다. 높이는 제 각각이었지만 하나하나가 다 높았다. 그리고 끝은 전부 날카로운 점이었다.

크레딕 쇼. 3년 전 그 일이 끝난 곳이었다. 그리고 그는 그곳으로 돌아가 야 했다.

함정 문이 열리면서 그림자 하나가 지붕으로 올라왔다. 켈시어는 한쪽 눈썹을 치켜세우고 돌아보았다. 세이즈드가 겉옷을 털더니 특유의 공손한 태도로 다가왔다. 심지어 반역에 가담한 테리스인도 자기가 받은 훈련의 형식은 유지하고 있었다.

"마스터 켈시어." 세이즈드가 몸을 굽히며 말했다.

켈시어가 고개를 끄덕이자 세이즈드는 그의 옆으로 걸어와 제국 궁전 쪽을 바라보았다.

"아." 그는 마치 켈시어의 생각을 알고 있는 것처럼 중얼거렸다.

켈시어는 미소를 지었다. 세이즈드는 그가 찾아낸 사람들 중에서 정말로 귀중한 인재였다. 로드 룰러는 키퍼들을 사실상 '승천의 날' 그 순간부터 사냥해왔기 때문에 키퍼들은 반드시 비밀에 싸여 있어야 했다. 어떤 전설들에 따르면, 로드 룰러가 테리스 민족을 완전히 정복한 것—출산을 관리하고 관리직 프로그램에 종사하게 한 것까지 포함해서—은 단지 키퍼들에 대한 증오에서 나온 것이라고 했다.

"키퍼 한 명이 루서델에, 그것도 궁전에서 조금만 걸으면 되는 곳에 있는 걸 알면 그가 어떻게 생각할까 궁금해." 켈시어가 말했다.

"우리가 절대로 그 답을 알지 못하기를 바랍시다, 마스터 켈시어." 세이즈드가 말했다.

"이 도시로 기꺼이 와줘서 고마워, 세이즈. 그게 얼마나 위험한 일인지 알아."

"이건 좋은 일입니다. 그리고 이 계획은 관련된 모든 사람에게 위험합니다. 사실, 저는 살아 있는 것만으로도 위험하다고 생각합니다. 로드 룰러가 두려워하는 종파에 속해 있다는 건 건강에 해로운 일이지요." 세이즈드가 말했다.

"두려워한다?" 켈시어가 돌아서서 세이즈드를 쳐다보며 물었다. 켈시어의 키도 평균보다 컸지만, 테리스인이 여전히 머리 하나는 더 컸다. "그가 뭔가를 두려워하기나 하는지 난 잘 모르겠어, 세이즈."

"그는 키퍼들을 두려워합니다." 세이즈드가 말했다. "이유는 알 수 없지만, 확실히 두려워합니다. 아마 우리의 힘 때문일 겁니다. 우리는 알로맨서가 아니지요. 하지만…… 뭔가 다른 존재입니다. 그가 알지 못하는 것이죠.”

켈시어는 고개를 끄덕이고, 도로 돌아서서 도시 쪽을 바라보았다. 그에게는 계획도 할 일도 아주 많았다. 그리고 그 모든 것의 핵심에는 스카가 있었다. 가난하고 초라하고 굴종하는 스카.

“다른 얘기를 해줘, 세이즈. 힘에 관련된 이야기.” 켈시어가 말했다.

“힘?” 세이즈드가 물었다. “종교에 적용될 때 ‘힘’이란 상대적인 용어라고 생각합니다. 아마 마스터는 자이즘 이야기를 들으면 좋아하실 겁니다. 자이즘의 추종자들은 매우 충실하고 독실합니다.”

“그 이야기를 해줘.”

“단 한 사람이 자이즘을 창립했습니다.” 세이즈드가 말했다. “그의 진짜 이름은 실전(失傳)되었습니다. 그의 추종자들은 그를 단지 ‘자(Ja)’라고 부르지요. 그는 불화를 설교했기 때문에 그 지역 왕에게 살해되었습니다. 그는 불화를 아주 잘 설교하는 것 같았거든요. 그러나 ‘자’의 죽음은 오로지 추종 세력을 더 크게 만들었을 뿐입니다.

자이스트들은 자신이 공공연하게 헌신할수록 더 큰 행복을 얻는다고 생각했고, 열렬한 신앙고백을 자주 하는 것으로 유명합니다. 듣기로는, 자이스트와 이야기하면 좌절감이 느껴질 수 있다고 합니다. 그들은 거의 모든 문장을 ‘자를 찬양하라’로 끝내는 경향이 있기 때문이죠.”

“그거 좋군, 세이즈. 하지만 힘은 말로만 생기는 게 아니야.” 켈시어가 말했다.

“오, 맞는 말씀입니다.” 세이즈드가 찬성했다. “자이스트들은 믿음이 강했습니다. 전설에 따르면 미니스트리는 그들을 완전히 멸절시킬 수밖에 없었다고 합니다. 단 한 명의 자이스트도 로드 룰러를 신으로 받아들이지 않았기 때문입니다. 그들은 ‘승천’ 이후 오래 버티지 못했지만 그건 단지 그들이 너무나 노골적이어서 추적해 죽이기 쉬웠기 때문이었습니다.”

켈시어는 고개를 끄덕이더니, 세이즈드를 바라보며 미소 지었다.

"내가 개종하고 싶은지는 묻지 않는군."

"죄송합니다, 마스터 켈시어." 세이즈드가 말했다. "하지만 그 종교는 당신에게 어울리지 않는 것 같습니다. 당신은 그 종교의 경솔함에서 매력을 발견할지도 모릅니다. 하지만 그 신학이 지나치게 단순하다는 걸 아시게 될 겁니다."

"자넨 나를 너무 잘 아는 것 같아." 켈시어가 도시를 바라보며 말했다. "결국 왕국과 군대가 쓰러진 뒤에도 종교들은 여전히 싸우고 있었어, 안 그래?"

"그렇습니다. 더 회복력 있는 종교들은 5세기까지 버티기도 했지요." 세이즈드가 말했다.

"무엇 때문에 그들이 그렇게 강했지? 그들은 어떻게 그렇게 했지, 세이즈? 이 신학들이 사람을 그만큼 장악할 힘을 가진 건 무엇 때문이었을까?" 켈시어가 말했다.

"단 한 가지를 통해서만 이루어진 일은 아닌 것 같습니다." 세이즈드가 말했다. "어떤 종교들은 진실한 믿음 때문에 강했고, 어떤 종교들은 약속받은 희망 때문에 강했습니다. 또 어떤 것들은 강제적이었고요."

"하지만 그들은 모두 열정을 가졌잖아."

"그렇습니다, 마스터 켈시어." 세이즈드가 고개를 끄덕이며 말했다. "옳으신 말씀입니다."

"우리가 잃어버린 게 바로 그거야." 켈시어가 수십만 명을 품고 있는 도시를 건너다보면서 말했다. 그중 겨우 한 줌 정도만 감히 이 제국에 대항해 싸울 것이다. "그들은 로드 룰러를 믿지 않아. 그를 두려워할 뿐이야. 그들에게는 믿을 것이 하나도 남지 않았어."

"마스터 켈시어, 당신은 무엇을 믿으시는지 여쭤봐도 될까요?"

켈시어는 한쪽 눈썹을 추켜세웠다.

"나도 아직 잘 모르겠어." 그가 털어놓았다. "하지만 '마지막 제국'을 타도

하는 건 종교에 입문하는 데 좋은 길이 아닐까. 자네의 종교 목록에 귀족의 학살을 신성한 의무로 보는 종교 있나?"

세이즈드는 비난하듯이 얼굴을 찌푸렸다.

"그런 건 없는 것 같습니다, 마스터 켈시어."

"내가 하나 찾아내야겠군." 켈시어가 느긋하게 미소 지으며 말했다. "아무튼, 브리즈와 빈은 돌아왔나?"

"제가 여기 올라오기 직전에 도착했습니다."

"좋아." 켈시어가 고개를 끄덕였다. "내가 금방 내려간다고 말해줘."

빈은 무릎을 꿇은 채 속을 꽉 채운 회의실 의자에 앉아 마쉬를 곁눈질로 살폈다.

그는 켈시어와 아주 많이 닮았다. 다만…… 엄격했다. 화가 난 것 같지는 않았고, 클럽스처럼 부루퉁하지도 않았다. 그는 그냥 기분이 좋지 않았다. 그는 얼굴에 감정을 내보이지 않고 의자에 앉아 있었다.

켈시어만 빼고 다른 사람들은 모두 도착해서 자기들끼리 조용히 잡담을 나누고 있었다. 빈은 레스티번스와 눈이 마주치자 그에게 손을 흔들었다. 10대 소년은 다가와 그녀의 의자 옆에 쪼그려 앉았다.

"마쉬라는 건 별명이야?" 빈은 방의 소음보다 작게 속삭였다.

"그의 부모의 부름 없는 이름 아닐걸."

빈은 소년의 동부 사투리를 해석하느라 잠시 말을 하지 못했다.

"그럼 별명이 아닌 거네?"

레스티번스가 고개를 끄덕였다.

"하지만 하나 있고 가졌어."

"그게 뭐야?"

"'강철 눈', 다른 사람들은 그 이름을 그만 사용해. 너무 진짜 눈 속의 철과 닮았잖아, 응? 심문관 말이야."

빈은 다시 마쉬를 슬쩍 보았다. 그의 표정은 딱딱했고, 눈길은 마치 철로 만들어진 것처럼 흔들리지 않았다. 왜 사람들이 그 별명을 사용하지 않는지 알 것 같았다. '강철 심문관'이라는 말을 입 밖에 내는 것만으로도 그녀는 몸이 떨렸다.

"고마워."

레스티번스는 미소 지었다. 그는 솔직한 소년이었다. 낯설고, 열정적이고, 보고 있으면 조마조마했지만…… 정직했다. 마침내 켈시어가 도착하자, 그는 등받이 없는 자기 의자로 돌아갔다.

"좋아, 여러분. 우리에게 뭐가 있지?" 켈시어가 말했다.

"나쁜 소식 말고?" 브리즈가 물었다.

"들어보자고."

"12주가 되었는데 우리가 모은 사람은 아직 2천 명이 안 돼. 반역도들이 이미 가진 수와 합쳐도 원래 모으기로 한 숫자에는 미치지 못할 거야." 햄이 말했다.

"독스, 우리가 모임을 더 가질 수 있어?" 켈시어가 물었다.

"아마도."

독슨은 장부들이 쌓인 테이블의 자기 의자에 앉아 말했다.

"그런 위험을 감수해도 되는 거 확실해, 켈시어?"

예덴이 물었다. 그의 태도는 지난 몇 주 동안 나아졌다. 특히 켈시어가 모병한 사람들이 줄을 잇기 시작하자 확연히 달라졌다. 린이 언제나 말했듯이, 성과는 빠르게 친구를 만들었다.

"우린 언제나 위험에 처해 있어." 예덴이 계속 말했다. "암흑가 전체에 소문이 쫙 깔렸어. 우리가 더 이상 소란을 부리면 미니스트리에서도 뭔가 큰일이 벌어지고 있다고 깨달을 거야."

"그의 말이 맞을 거야, 켈." 독슨이 말했다. "게다가 귀를 기울이려는 스카들은 한정돼 있어. 그래, 루서델은 커. 하지만 여기서 우리의 활동은 제약돼 있지."

"좋아. 그러면 이 지역 다른 도시에서도 일을 시작하자. 브리즈, 자네 패거리를 두 개의 팀으로 효과적으로 나눌 수 있을까?"

"할 수 있을 것 같아." 브리즈가 머뭇거리며 말했다.

"루서델에서 한 팀을 굴리고 다른 팀은 주위 도시들에서 일하게 할 수 있어. 난 아마 모든 모임에 참석할 수 있을 것 같아. 모임이 동시에 벌어지지 않게만 조직한다면."

"그렇게 모임을 많이 가지면 우린 훨씬 더 노출될 거야." 예덴이 말했다.

"그리고 다른 문제도 만들게 돼. 우리는 미니스트리 내부에 잠입하기로 되어 있지 않았나?" 햄이 말했다.

"자아?" 켈시어가 마쉬를 보며 물었다.

마쉬는 고개를 저었다.

"미니스트리는 치밀해. 시간이 좀 더 필요해."

"그런 일은 일어나지 않을 거야." 클럽스가 투덜거렸다. "반역도들도 이미 시도해본 일이야."

예덴이 고개를 끄덕였다.

"우리는 미니스트리 내부에 스파이를 넣으려고 열 번도 더 시도했어. 그건 불가능해."

방 안이 조용해졌다.

"저한테 한 가지 생각이 있어요." 빈이 조용히 말했다.

켈시어가 눈썹을 치올렸다.

"카몬이요." 빈이 말했다. "켈시어가 나를 빼오기 전에 그는 한 가지 계획을 진행하고 있었어요. 사실 그것 때문에 오블리게이터가 우리 정체를 눈치 챘죠. 그 계획의 핵심은 다른 두목이 만들었어요. 테론이라는 이름의 패거리 두목이에요. 그는 미니스트리의 자금을 루서델로 수송하는 가짜 운하 수송대를 만들고 있었어요."

"그런데?" 브리즈가 물었다.

"바로 그 운하 보트가 새 미니스트리 견습들을 루서델로 데려갈 거예요. 마지막 훈련은 루서델에서 받으니까요. 테론은 그 길로 통하는 통로를 갖고 있어요. 뇌물을 받는 하위 오블리게이터 한 명이죠. 아마 그 오블리게이터의 지부에서 그 무리에다 '견습' 한 명을 덧붙이게 할 수 있을 거예요."

켈시어는 생각에 잠겨 고개를 끄덕였다.

"알아볼 가치가 있겠어."

독슨은 만년필로 종이 위에 뭔가를 끼적이며 말했다.

"내가 테론과 접촉해보고 아직 그의 정보원을 쓸 수 있는지 알아보겠어."

"우리 자원 수입 문제는 어때?" 켈시어가 물었다.

독슨은 어깨를 으쓱했다.

"햄은 예전에 군인이었던 교관 두 명을 찾아주었어. 그렇지만 무기는…… 음, 르노와 나는 접촉해서 거래를 시작하고 있지만 아주 민첩하게 움직일 수는 없어. 다행히 무기는 한 번에 대량으로 들여올 수 있을 거야."

켈시어가 고개를 끄덕였다.

"이제 다 된 거지, 맞지?"

브리즈는 목청을 가다듬더니 말했다.

"거리에…… 소문이 아주 많이 퍼져 있어, 켈시어. 여러 사람이 너의 열한 번째 금속에 대해 이야기하고 있어."

"좋아." 켈시어가 말했다.

"로드 룰러가 들을까 봐 걱정되지 않아? 네가 무슨 일을 할지 그가 사전에 안다면, 그에게…… 저항하는 건 훨씬 더 어려워질 텐데."

'그는 "죽인다"고 말하지 않았어. 저 사람들도 켈시어가 그 일을 할 수 있다고 생각하지 않아.' 빈은 생각했다.

켈시어는 미소만 지었다.

"로드 룰러에 대해서는 걱정하지 마. 난 모든 걸 잘 통제하고 있어. 사실, 나는 며칠 안에 로드 룰러를 개인적으로 방문할 생각이야."

"방문?" 예덴이 불편한 태도로 물었다. "자네가 로드 룰러를 방문할 거라고? 자네 미쳤……." 예덴은 말꼬리를 흐리더니, 방의 나머지 사람들을 슬쩍 훑어보았다. "알았어. 내가 깜박했어."

"켈은 자기가 무슨 일을 하는지 잘 알아." 독슨이 한마디 했다.

커다란 발소리가 복도에 울리더니, 잠시 후 햄의 경비병 한 명이 들어왔다. 그는 햄이 앉은 의자로 가서 짧게 뭐라고 속삭였다.

햄은 얼굴을 찌푸렸다.

"무슨 일이야?" 켈시어가 물었다.

"사건이 있어." 햄이 말했다.

"사건? 무슨 사건?" 독슨이 물었다.

"우리가 몇 주 전에 만났던 그 은신처 알지? 켈이 처음 자기 계획을 털어놓았던 곳?" 햄이 말했다.

'카몬의 은신처야.' 빈은 불안해졌다.

"음, 미니스트리가 거길 발견한 것 같아." 햄이 말했다.

11

라셰크는 테리스 문화 속에서 점점 커지는 어떤 분파를 대표하는 것 같다. 자신들의 특수한 힘을 들일, 농사나 석조조각 따위보다 더 큰일에 쓸 수 있다고 생각하는 젊은이들이 많다. 그들은 소란스럽고, 심지어 난폭하기까지 하다. 내가 알던 조용하고 분별력 있는 테리스 학자와 성자들과는 완전히 다르다.

이 테리스인들, 그들을 조심스럽게 지켜보아야 하겠다. 기회와 동기만 주어진다면 그들은 매우 위험해질 수 있다.

켈시어는 문가에 멈춰 빈의 시야를 막았다. 그녀는 허리를 굽히고 그를 지나쳐 은신처 안을 들여다보려고 했으나 중간에 사람이 너무 많았다. 문이 쪼개져서 위쪽 경첩이 떨어져나간 채 비스듬히 매달려 있다는 것만 알 수 있었다.

켈시어는 한참을 서 있었다. 마침내 그는 돌아서서 독슨을 지나쳐 그녀를 바라보았다.

"햄의 말이 옳아, 빈. 넌 이걸 안 보는 게 나을 거야."

빈은 일어서서 결연히 그를 바라보았다. 결국 켈시어는 한숨을 쉬고 방 안으로 걸어 들어갔다. 독슨이 그 뒤를 따랐고, 빈은 마침내 그들이 막고 있던 광경을 볼 수 있었다.

마루에는 시체가 흩어져 있었다. 시체들의 뒤틀린 사지는 독슨이 든 단 하나의 등잔불 빛 속에서 그늘을 드리운 채 유령처럼 늘어져 있었다. 시체들은 아직 썩지 않았다. 공격은 그날 아침에 일어났지만, 방에는 여전히 죽음의 냄새가 감돌고 있었다. 천천히 말라가는 피 냄새, 불행과 공포의 냄새.

빈은 문 입구에 서 있었다. 그녀는 전에도 죽음을 보았다. 자주 보았다. 거리에서, 골목길에서 일어나는 칼질. 은신처에서 벌어지는 구타. 굶어 죽은 아이들. 화가 난 영주가 손등으로 쳐서 어느 노파의 목이 꺾어진 것도 본 적이 있었다. 시체는 사흘 동안 거리에 놓여 있었고, 마침내 스카 시체 처리반이 치우러 왔다.

그러나 그런 사건들 중에서도 카몬의 은신처에서와 같이 일부러 도살한 듯한 분위기를 풍기는 것은 하나도 없었다. 이 사람들은 그냥 살해된 것이 아니라 갈기갈기 찢겨 있었다. 사지가 몸통에서 분리돼 있었고, 부서진 의자와 테이블의 조각들로 가슴이 꿰뚫려 있었다. 마루에서 검은 피에 덮이지 않은 부분은 얼마 되지 않았다.

켈시어는 그녀를 슬쩍 보았다. 분명 어떤 종류의 반응을 기대하는 것 같았다. 그녀는 서서 죽음을 건너다보며…… 멍한 기분이었다. 그녀가 어떤 반응을 보여야 할까? 이들은 그녀를 학대하고, 그녀의 물건을 훔쳐 가고, 그녀를 때린 남자들이었다. 그렇지만 그녀를 보호하고, 자기들 사이에 끼워주고, 포주에게 주어버렸을 수 있는데도 그러지 않고 먹여준 사람들이었다.

린이라면 그녀가 그 광경을 보며 느끼는 이율배반적인 슬픔을 꾸짖었을 것이다. 물론, 린은 언제나 화가 나 있었다. 어렸을 적 그들이 한 도시에서 다른 도시로 떠날 때 그녀가 울면, 아무리 잔인하고 무관심한 사람들일지라도 헤어지고 싶지 않다고 그녀가 말하면 린은 화를 냈다. 확실히 그녀는 아직도 그 약점을 극복하지 못했다. 그녀는 방 안으로 걸어 들어가며 죽은 사람들을 위해 눈물 한 방울 흘리지 않았다. 그러나 동시에 그들이 이런 죽음을 맞지 않으면 좋았을 거라고 생각했다.

게다가 피칠갑 자체도 충격적이었다. 그녀는 다른 사람들 앞에서 동요 없는 얼굴을 유지하려고 애썼지만, 때때로 자기도 모르게 움찔하며 난도질당한 시체들에게서 시선을 돌렸다. 그 공격을 감행한 자들은 아주…… 철저했다.

'미니스트리라고 해도 이건 극단적이야. 대체 어떤 사람이 이런 짓을 할까?' 그녀는 생각했다.

"심문관이야." 독슨이 시체 한 구 옆에 무릎을 꿇으며 조용히 말했다.

켈시어는 고개를 끄덕였다. 빈의 뒤에서, 세이즈드가 겉옷에 피가 묻지 않게 조심하면서 방으로 걸어 들어왔다. 빈은 테리스인의 행동을 보면서, 특별히 소름 끼치는 형식으로 전시된 시체로부터 다른 곳으로 생각을 돌렸다. 켈시어는 미스트본이었고, 독슨은 유능한 전사일 것이다. 햄과 그의 부하들은 그 지역을 지키고 있었다. 그러나 다른 사람들—브리즈, 예덴, 클럽스—은 뒤에 남아 있었다. 그 지역은 너무 위험했다. 심지어 켈시어는 들어오고 싶다는 빈도 막았다.

그러나 세이즈드는 주저하지 않고 데려왔다. 미묘한 행동이었지만, 그 때문에 빈은 새로운 호기심을 갖고 그 시종을 바라보았다. 왜 미스팅들에게조차 위험한 곳에서 테리스인 시종은 충분히 안전할 수 있는 걸까? 세이즈드가 전사였나? 싸우는 법을 어떻게 배웠을까? 테리스인들은 태어나면서부터 매우 주의 깊은 훈련 교관들 손에 키워지도록 되어 있었다.

세이즈드의 잔잔한 발걸음과 차분한 얼굴은 그녀에게 거의 단서를 주지 않았다. 그러나 그는 그 대학살에 별로 충격을 받은 것 같지 않았다.

'흥미로운데.' 빈은 그렇게 생각하며, 부서진 가구들 사이로 피 웅덩이가 없는 곳을 골라 걸어서 켈시어 옆으로 갔다. 켈시어는 한 쌍의 시체 옆에 쭈그리고 앉아 있었다. 빈은 순간 빠져든 충격 속에서, 그중 한 사람의 얼굴을 알아보았다. 울레프였다. 소년의 얼굴은 일그러지고 고통에 차 있었다. 앞가슴에는 부서진 뼈와 찢어진 살덩이들이 뭉쳐 있었다. 누군가가 갈비뼈를 손으로 억지로 떼어낸 것 같았다. 빈은 몸을 떨며, 시선을 다른 곳으로 돌렸다.

"좋지 않은걸." 켈시어가 조용히 말했다. "'강철 심문관'들은 평범한 도둑 패거리에겐 신경 쓰지 않아. 보통은 오블리게이터들이 그냥 병력을 데려와서 모두 잡아간 다음, 처형 날 좋은 구경거리로 써먹지. 심문관은 어떤 패거리에 특별한 흥미를 가졌을 때만 손을 대."

"당신 생각엔…… 당신 생각엔 예전의 그 심문관일 수도 있다는 건가요?" 빈이 말했다.

켈시어는 고개를 끄덕였다.

"'마지막 제국' 전체에 '강철 심문관'은 약 스무 명 정도밖에 없고, 그중 절반은 언제나 루서델 밖에 있어. 네가 심문관 한 명의 흥미를 끌고 나서 도망친 다음 네 옛날 은신처가 습격당한 건 우연이라고만 보기는 힘들다고 생각해."

빈은 조용히 서서 억지로 울레프의 시체를 내려다보며 슬픔에 맞서고 있었다. 그는 결국 그녀를 배신했지만, 한때는 거의 친구였다.

"그러면 그 심문관은 아직 저를 쫓고 있나요?" 그녀가 조용히 말했다.

켈시어는 고개를 끄덕이며 일어섰다.

"그럼 이건 제 잘못이네요. 울레프와 다른 사람들……." 빈이 말했다.

"이건 카몬 잘못이야." 켈시어가 단호하게 말했다. "오블리게이터에게 사기를 치려고 한 건 그놈이었잖아."

그는 말을 멈춘 후 그녀를 보았다.

"너, 괜찮겠니?"

빈은 울레프의 난도질당한 시체에서 눈을 떼고 위를 쳐다보았다. 강하게 버티려고 애쓰면서 그녀는 어깨를 으쓱했다.

"이 사람들 중 누구도 내 친구는 아니었어요."

"좀 인정 없는 말이구나, 빈."

"알아요." 그녀는 조용히 고개를 끄덕이면서 말했다.

켈시어는 그녀를 잠시 쳐다보더니, 방을 가로질러 독슨과 이야기하러 갔다.

빈은 다시 울레프의 상처를 바라보았다. 사람의 짓이 아니라 날뛰는 짐승이 저지른 짓 같았다.

'심문관에게는 조력자가 있었을 거야.' 빈은 속으로 생각했다. '아무리 심문관이라 해도 한 사람이 이 일을 전부 저질렀을 리 없어.' 입구 근처에 시체들이 무더기로 쌓여 있었다. 급히 세어보니 패거리의 대부분 혹은 전부가 죽은 것 같았다. 그들 모두를 단 한 사람이 그렇게 신속히 해치울 수는 없었다…… 아니, 있을까?

'우리는 심문관들에 대해 모르는 것이 아주 많아. 그들은 정상적인 규칙을 따르지 않아.' 켈시어는 그녀에게 그렇게 말한 적이 있었다.

빈은 다시 몸을 떨었다.

계단에서 발걸음 소리가 들렸고, 빈은 긴장해 쪼그려 앉고는 도망갈 준비를 했다.

낯익은 모습의 햄이 계단통에 나타났다.

"이 지역은 안전해." 그는 두 번째 등잔을 치켜들며 말했다. "오블리게이터나 주둔군 병사의 기척은 없어."

"그게 심문관들의 스타일이야." 켈시어가 말했다. "놈들은 자기들이 학살한 현장을 누군가 발견하기를 원해. 그들은 서명 대신 죽은 자를 남기지."

방은 조용해졌다. 세이즈드만 낮게 웅얼거리고 있었다. 그는 방의 왼쪽 끝에 서 있었다. 빈은 그에게로 가서 그의 리듬감 있는 억양에 귀를 기울였다. 마침내 그가 말을 그치더니 고개를 숙이고 눈을 감았다.

"그건 뭐였어요?" 빈이 물었다. 그가 다시 위를 쳐다보았다.

"기도입니다." 세이즈드가 말했다. "카지의 죽음의 기도문입니다. 죽은 자의 영혼을 깨워 육체에서 풀어주기 위한 것입니다. 영혼의 산으로 돌아갈 수 있도록요." 그는 그녀를 흘끗 쳐다보았다. "원하신다면 가르쳐드릴 수 있습니다, 미스트리스. 카지족은 흥미로운 사람들입니다. 죽음과 매우 친숙하지요."

빈은 고개를 흔들었다.

"지금 당장은 싫어요. 당신은 그들의 기도를 했어요……. 그럼 이것이 당신이 믿고 있는 종교인가요?"

"저는 모든 종교를 믿습니다."

빈은 얼굴을 찌푸렸다.

"서로 아무것도 충돌하지 않나요?"

세이즈드가 미소 지었다.

"오, 자주 많이 충돌합니다. 하지만 저는 그들 모두의 뒤에 있는 진실을 존중합니다. 그리고 각각 기억되어야 할 필요가 있다고 믿습니다."

"그럼, 어느 종교의 기도를 사용해야 한다고 어떻게 결정했죠?" 빈이 물었다.

"그게 그저…… 적절해 보였습니다." 세이즈드는 그늘진 죽음의 현장을 바라보면서 조용히 말했다.

"켈. 와서 이거 봐." 독슨이 방 뒤쪽에서 불렀다.

켈시어는 그에게 갔고 빈도 따라갔다. 독슨은 패거리의 잠자는 공간이었던 긴 복도 같은 방 옆에 서 있었다. 빈은 머릿속을 뒤져 지금과 비슷한 공동 방의 모습을 찾아보려고 애썼다. 그러나 그곳에는 단 한 구의 시체만이 의자에 묶여 있었다. 약한 빛 속에서 그녀는 그의 눈이 도려내진 것을 간신히 알아보았다.

켈시어는 잠시 조용히 서 있었다.

"내가 책임을 맡겼던 자야."

"밀레브예요." 빈이 고개를 끄덕이며 말했다. "그가 왜요?"

"그는 천천히 살해당했어. 마루에 흐른 피의 양이나, 사지가 꺾인 방식을 봐. 그는 비명을 지르고 몸부림칠 시간이 있었어." 켈시어가 말했다.

"고문이군." 독슨이 고개를 끄덕이며 말했다.

빈은 한기를 느끼며 켈시어를 쳐다보았다.

"우리 기지를 옮겨야 할까?" 햄이 물었다.

켈시어는 천천히 고개를 저었다.

"클럽스가 이 은신처 모임에 올 때는 절뚝거리는 모습을 숨기고 변장을 한 채 오갔을 거야. 누군가 길거리에서 본 모습만 가지고 묻고 돌아다녀서는 자신을 찾아낼 수 없게 만드는 게 스모커의 임무지. 이 패거리에서 아무도 우리를 배신할 수 없었어. 우린 여전히 안전할 거야."

아무도 명백한 사실을 말하지 않았다.

'심문관은 이 은신처도 발견할 수 없었어야 했어.'

켈시어는 다시 큰 방으로 돌아와 독슨을 옆으로 끌고 가선 조용한 목소리로 말했다. 빈은 그들이 무슨 말을 하는지 들으려고 조금씩 가까이 접근했지만, 세이즈드가 그녀의 어깨에 손을 얹어 말렸다.

"미스트리스 빈." 그는 꾸짖듯이 말했다. "만약 마스터 켈시어가 자기가 하고 있는 말을 우리에게 들려주고 싶었다면 더 큰 목소리로 말하지 않았을까요?"

빈은 그 테리스인을 화난 시선으로 쏘아보았다. 그다음 그녀는 마음의 손을 뻗어 주석을 태웠다.

갑자기 강해진 피의 악취에 그녀는 비틀거릴 뻔했다. 세이즈드의 숨소리

마지막 제국

가 들렸다. 방은 더 이상 어둡지 않았다. 두 개의 등잔에서 나오는 밝은 빛 때문에 눈에 눈물이 고였다. 텁텁하고 환기되지 않은 공기가 느껴졌다.

그리고 아주 또렷이, 독슨의 목소리가 들려왔다.

"……네가 하라던 대로 그를 두어 번 살펴보러 갔어. 그는 포웰 교차로 서쪽으로 세 번째 거리에 있을 거야."

켈시어는 고개를 끄덕였다.

"햄." 켈시어가 큰 소리로 말하는 바람에 빈은 펄쩍 뛰었다.

세이즈드는 꾸짖는 눈길로 그녀를 내려다보았다.

'그는 알로맨시에 대해서 알고 있어. 내가 뭘 하고 있는지 짐작했어.' 빈은 그의 표정을 읽으며 생각했다.

"응, 켈?" 햄이 뒤쪽 방에서 내다보며 말했다.

"다른 사람들을 도로 가게로 데려가. 조심하고." 켈시어가 말했다.

"물론이지." 햄이 장담했다.

빈은 켈시어를 바라보았고, 화가 난 채로 세이즈드, 독슨과 함께 안내받 아 은신처 밖으로 나왔다.

'마차를 가져왔어야 했어.' 켈시어는 자기의 느린 속도에 좌절하며 생각 했다. '다른 사람들은 카몬의 은신처에서 걸어 돌아갈 수 있었을 텐데.'

그는 강철을 태우고 목적지로 도약해 가고 싶어 속이 근질근질했다. 불행히 도, 한낮의 빛 속에서 도시를 가로질러 날아가면 눈에 띄지 않을 수가 없었다.

켈시어는 모자를 고쳐 쓰고 계속 걸었다. 지나가는 귀족은 특이한 광경이 아니었다. 대부분의 운 좋은 스카와 운이 덜 좋은 귀족들이 거리에 섞여 다 니는—서로 상대를 무시하려고 최선을 다하지만—상업 지구에서는 특히 그랬다.

'참자. 속도는 중요한 게 아니야. 그들이 그에 대해 알아냈다면 그는 이미 죽었어.'

켈시어는 커다란 교차로 광장에 들어섰다. 광장 모퉁이마다 우물이 하나씩 네 개 있었고, 거대한 구리 분수대―녹색 외피는 검댕이 엉기고 얼룩져서 거멓게 변했다―가 광장의 중심을 지배했다. 그 동상은 클록과 갑옷을 입고 극적으로 서 있는 로드 룰러를 묘사한 것이었다. 그의 발치 물속에는 죽은 '디프니스'가 형태 없이 표현되어 있었다.

켈시어는 그 분수를 지나쳤다. 분수 물에는 최근의 화산재 조각이 떠다녔다. 스카 거지들이 길가에서 소리를 질러댔다. 그들의 가련한 목소리가 들을 수 있을 정도와 짜증이 일어날 정도의 경계선을 아슬아슬 넘나들었다. 로드 룰러는 대개 그들을 용납하지 않았다. 심한 신체 손상을 당한 스카들만 구걸을 해도 좋다는 허락을 받았다. 그러나 그들의 가련한 삶은 농장 스카마저도 부러워하지 않을 것이었다.

켈시어는 튀는 행동이라는 것도 개의치 않고 그들에게 몇 클립을 던져주고는 계속 걸었다. 거리 세 개를 지나자 훨씬 더 작은 교차로가 나왔다. 그 가장자리에도 거지들이 진을 치고 있었다. 그러나 이 교차로 중앙에는 물을 튀기는 멋진 분수가 없었고, 모퉁이에도 사람을 끌어들이는 우물 따위는 없었다.

이곳의 거지들은 훨씬 더 불쌍했다. 큰 광장에서 자리싸움을 할 수도 없을 정도로 불구인 가엾은 사람들이었다. 영양실조에 걸린 아이들과 나이로 시들어버린 어른들이 불안한 목소리로 소리쳤다. 사지 중 두 개 혹은 그보다 많이 잃은 사람들이 모퉁이에 모여 있었다. 그늘 밑에서 검댕으로 얼룩진 그들의 모습은 거의 보이지도 않았다.

켈시어는 반사적으로 동전 지갑에 손을 뻗다가 속으로 자신에게 말했다.

'계속 가던 대로 가. 동전으로 그들을 전부 구할 수는 없어. 일단 "마지막 제국"이 사라지면 이 사람들을 구할 때가 올 거야.'

애처로운 외침들―켈시어가 자기들을 바라보고 있었다는 것을 깨닫자 거지들의 외침은 더 커졌다―을 무시하면서 켈시어는 차례차례 거지들의 얼굴을 살펴보았다. 그는 카몬을 단 한 번 잠깐 보았을 뿐이지만, 그를 알아볼 수 있을 거라고 생각했다. 그러나 어떤 얼굴도 제대로 보이지 않았고, 어떤 거지도 카몬만큼 허리가 퉁퉁하지 않았다. 그가 몇 주 동안 굶었다 하더라도 아직 그 배는 알아볼 수 있어야 했다.

'그는 여기 없어.'

켈시어는 불만스럽게 생각했다. 패거리의 새 두목인 밀레브에게 켈시어가 내린 명령—카몬을 거지로 만들라—은 잘 수행되었다. 독슨이 카몬을 살펴보고 확인했다.

카몬이 광장에 없다는 것은 단지 그가 더 좋은 자리를 얻었다는 뜻일 수도 있었다. 아니면, 미니스트리가 그를 발견했다는 뜻일 수도 있었다. 켈시어는 잠시 조용히 서서 거지들의 애타는 신음 소리에 귀를 기울였다. 하늘에서 몇 조각의 재가 떨어져 내려오기 시작했다.

뭔가 잘못됐다. 교차로 북쪽 모퉁이 근처에는 거지가 한 명도 없었다. 주석을 불태우자 공중에 피 냄새가 풍겼다.

그는 신발을 차서 벗어버리고 허리띠를 풀었다. 그다음 망토가 바삭거리며 떨어져나갔고, 뒤이어 좋은 옷들이 자갈길에 떨어졌다. 그러고 나자 그의 몸에 남아 있는 금속이라곤 동전 주머니뿐이었다. 그는 손에다 몇 개의 동전을 쏟은 후, 옷가지를 거지들에게 남겨둔 채 조심스럽게 앞으로 나아갔다.

죽음의 냄새는 더 강해졌다. 그러나 들리는 건 뒤에서 밀치는 거지들의 소리뿐이었다. 그는 조금씩 북쪽 거리로 다가갔다. 바로 왼쪽으로 좁은 골목길이 보였다. 그는 숨을 한번 들이쉬고, 백랍을 불태우며 몸을 숙여서 골목 안으로 들어갔다.

좁고 어두운 골목길은 쓰레기와 재로 막혀 있었다. 아무도 그를 기다리고 있지 않았다. 적어도 살아 있는 사람은 아무도.

거지가 된 패거리 두목 카몬이 훨씬 위쪽에 묶인 밧줄에 조용히 매달려 있었다. 그의 시체는 바람에 한가로이 빙글빙글 돌고 있었고, 재가 가볍게 그 주위로 떨어졌다. 그는 전통적인 방식으로 매달려 있지 않다. 로프는 갈고리에 묶여 있었는데, 그 갈고리가 그의 목에 박혀 있었다. 갈고리의 피 묻은 끝이 카몬의 턱 아래 피부를 뚫고 나왔고, 그의 머리는 뒤로 젖혀져 흔들거리고 있었다. 밧줄이 입 밖으로 나와 있었다. 손은 묶여 있고 아직도 통통한 몸은 고문의 흔적을 보여주고 있었다.

'이건 좋지 않아.'

뒤의 자갈길에서 발로 자갈 긁는 소리가 났다. 켈시어는 빙글 돌아 강철을 폭발시키고 앞으로 한 줌의 동전을 뿌렸다.

여자아이의 '꺅' 소리와 함께 작은 그림자가 땅으로 몸을 숙였다. 그녀는 강철을 태우며 동전들을 피했다.

"빈?" 켈시어가 말했다. 그는 투덜거리며 손을 뻗어 그녀를 골목길로 휙 끌어들였다. 모퉁이를 둘러보고 거지들을 지켜보았다. 거지들은 동전이 자갈길을 때리는 소리를 듣고 귀를 쫑긋 세우고 있었다.

"너 여기서 뭐 하고 있는 거야?" 그는 뒤를 돌아보며 날카롭게 물었다. 빈은 전에 입은 것과 같은 갈색 작업복과 회색 셔츠를 입고 있었다. 그러나 적어도 후드를 뒤집어쓰고 별 특징 없는 클록을 걸칠 정도의 눈치는 갖고 있었다.

"당신이 뭘 하고 있나 알고 싶었어요." 그녀가 그의 분노 앞에서 약간 움츠러들며 말했다.

"위험할 수도 있는 일이었어! 대체 무슨 생각을 하고 있었던 거야?"

켈시어의 말에 빈은 더 겁을 먹고 웅크렸다. 켈시어는 마음을 가라앉혔다.

'애가 호기심이 많다고 탓할 수는 없어.' 몇 명의 용감한 거지들이 동전을 따라 종종걸음으로 거리를 달려가는 것을 지켜보며 그는 생각했다. '그녀는 그냥……'

켈시어는 얼어붙었다. 너무나 미묘해서 눈치채지 못하고 지나갈 뻔했다. 빈은 그의 감정을 '달래고' 있었다.

그는 아래를 흘끗 보았다. 소녀는 벽 모퉁이에 기대서서 숨으려고 하고 있었다. 그녀는 너무나 소심해 보였다. 그러나 그는 그녀의 눈에 숨겨진 단호한 결심의 빛이 반짝이는 것을 포착했다. 그 아이는 자기를 무해한 존재로 보이도록 만드는 기술이 어떤 경지에 달해 있었다.

'이렇게 미묘하게! 어떻게 이렇게 빨리, 이렇게 잘하게 되었지?' 켈시어는 생각했다.

"알로맨시를 쓸 필요는 없어, 빈. 난 널 다치게 하지 않을 거야. 그거 알잖아." 켈시어가 부드럽게 말했다.

그녀의 얼굴이 붉어졌다.

"그러려던 게 아니고…… 그냥 습관이에요. 아직까지도요."

"괜찮아." 켈시어가 한 손을 그녀의 어깨에 올려놓으며 말했다. "그냥 기억해둬. 브리즈가 무슨 말을 하건 간에 친구들의 감정을 건드리는 건 예의 없는 짓이란다. 게다가 귀족들은 알로맨시를 공식적인 장소에서 쓰는 걸 모욕으로 받아들여. 네가 그걸 제어하는 법을 배우지 않으면 그런 습관 때문에 곤란해질 수도 있어."

그녀는 고개를 끄덕이고 일어서서 카몬을 살펴보았다. 켈시어는 그녀가 혐오감에 눈을 돌릴 거라고 예상했으나, 그녀는 음침한 만족의 표정을 띠고 조용히 서 있을 뿐이었다.

'아냐, 이 애는 약하지 않아. 겉보기에 어떤 모습이건 간에.' 켈시어가 생각했다.

"그들이 그를 여기서 고문했나요? 이 열린 바깥에서?" 그녀가 물었다.

카몬이 주위가 떠나갈 듯이 질러댔을 비명을 상상하며 켈시어는 고개를 끄덕였다. 바깥에 있던 거지들도 심란했을 것이다. 미니스트리는 처벌을 할 때 매우 눈에 띄게 하는 것을 좋아했다.

"왜 갈고리를 썼죠?" 빈이 물었다.

"그건 가장 큰 벌을 받을 만한 죄인들을 의식적으로 살해하는 방법이야. 알로맨시를 잘못 이용한 사람들."

빈이 얼굴을 찌푸렸다.

"카몬이 알로맨서였어요?"

켈시어는 고개를 저었다.

"그는 고문을 당하는 동안 뭔가 악랄한 짓을 했다고 인정한 게 틀림없어." 켈시어는 빈을 슬쩍 보았다. "그는 네가 어떤 존재인지 알고 있었을 거야, 빈. 널 의도적으로 이용한 거지."

그녀는 약간 창백해졌다.

"그러면…… 미니스트리는 내가 미스트본이라는 걸 아나요?"

"아마도. 그건 카몬이 그 사실을 알았는지 아닌지에 달려 있어. 그는 네가 보통 미스팅이라고 추측했을 수도 있어."

그녀는 얼마간 조용히 서 있었다.

"그럼 이 일이 내가 계획에서 맡은 역할에 무슨 영향을 끼칠까요?"

"우리는 계획한 대로 계속할 거야." 켈시어가 말했다. "널 캔턴 건물에서 본 오블리게이터는 두어 명 뿐이고, 스카 시종과 잘 차려입은 귀족 여성을 같은 사람이라고 연결 지을 사람은 매우 드물 거야."

"그렇지만 그 심문관은?" 빈이 가냘프게 물었다.

켈시어는 그 질문에 대답할 말이 없었다.

"이리 와." 그가 마침내 말했다. "우린 이미 너무 많은 주목을 끌었어."

12

남쪽의 섬들부터 북쪽의 테리스 언덕들까지, 모든 나라가 하나의 정부 아래 통일된다면 어떻게 될까? 인류가 영원히 옥신각신하지 않고 서로 연합한다면 어떤 놀라운 일이 성취될 수 있을까? 어떤 진보가 이루어질 수 있을까?

그건 소원만으로도 분에 넘치는 일이라고 나는 생각한다. 단 하나의, 통일된 인류 제국? 그런 일은 결코 일어날 수 없을 것이다.

빈은 자기가 입은 귀족 여성 드레스를 건드려보고 싶은 충동을 참았다. 옷 한 벌을 강제로 사나흘 동안 입은 뒤에도—세이즈드의 제안이었다—그 풍성한 옷은 불편하기만 했다. 옷은 그녀의 허리와 가슴을 꽉 조이고, 몇 겹의 주름진 천을 마루까지 닿게 늘어뜨려 매우 걷기 불편하게 만들었다. 그녀는 발을 헛디딜 것 같았고, 그렇게 부피가 있는 드레스를 입었는데도 목선의 낮은 커브는 물론이고 가슴을 꽉꽉 조여대는 통에 어쩐지 몸이 훤히 노출된 것 같은 기분이었다. 실제로는 단추를 잠그는 보통 셔츠를 입은 정도의 노출이었지만, 이건 왠지 다르게 느껴졌다.

그래도 그 드레스 때문에 엄청난 차이가 생겼다는 것은 인정할 수밖에 없었다. 그녀 앞 거울 속에 서 있는 소녀는 낯선 외계 생물이었다. 흰 주름과 레이스가 달린 연푸른색 드레스는 머리에 꽂은 사파이어 머리핀과 어울렸다. 세이즈드는 그녀의 머리카락이 적어도 어깨 길이까지 와야 자기 마음이 편하겠다고 주장했다. 그러나 그는 브로치 같은 머리핀을 사서 양쪽 귀 바로 위에 달라고 제안하기도 했다.

"귀족들은 자기들 결함을 숨기지 않는 경우가 많습니다." 그가 설명했다. "대신 거기에 하이라이트를 주지요. 당신의 짧은 머리를 포인트로 삼으십시오. 그러면 그들은 당신이 유행에 어울리지 않는다고 생각하는 대신 당신의 말에 감명을 받을 수도 있습니다."

또 그녀는 사파이어 목걸이도 찼다. 귀족의 기준으로는 소박한 것이겠지만 그래도 200박싱 이상 나가는 물건이었다. 강조를 위해 루비 팔찌가 덧붙여졌다. 듣자 하니 최근의 유행은 대비 효과를 위해 화사한 다른 색의 장신구를 딱 하나만 착용하는 것인 모양이었다.

이것들은 패거리의 자금으로 값이 지불되긴 했지만, 모두 그녀의 것이었다. 이 보석들과 이미 받은 3천 박싱을 들고 달아난다면, 그녀는 몇십 년 동안 잘살 수 있었다. 그녀는 인정하기 싫었지만 그건 매우 유혹적이었다. 조용한 은신처에 몸이 비비 꼬인 채 죽어서 시체로 남아 있던 카몬 부하들의 이미지가 그녀의 마음속에서 계속 떠올랐다. 그녀도 여기 남아 있으면 결국은 그런 꼴을 당하리라.

그런데 왜 그녀는 떠나지 않을까?

그녀는 거울에서 돌아서며 연푸른색 실크 숄을 둘렀다. 숄은 귀족 여성에게 클록 노릇을 했다. 왜 그녀는 떠나지 않을까? 아마 켈시어에게 한 약속 때문일 것이다. 그는 그녀에게 알로맨시의 재능을 알려주었고, 그녀에게 의존하고 있다. 어쩌면 다른 사람들에 대한 그녀의 의무감 때문일지도 모른다. 살아남기 위해서 패거리들은 각자 맡은 일을 해야 했다.

린의 훈련은 그녀에게 이 사람들은 바보들이라고 말했다. 그러나 그녀는 켈시어와 다른 사람들이 내놓은 가능성에 유혹되고 마음이 끌렸다. 결국, 그녀로 하여금 머물러 있게 만드는 것은 돈이나 스릴이 아니었다. 실제로 서로가 서로를 믿는 무리에 대한 음각된 전망, 있을 수 없을 것 같고 불합리하지만 여전히 매력적인 바로 그 전망이었다. 그녀는 머물러야 했다. 그것이 계속될지, 아니면 린의 점점 커지는 속삭임이 장담하듯 모든 것이 거짓말인지 알아내야 했다.

그녀는 돌아서서 방에서 나와 르노 저택 앞쪽으로 걸어갔다. 거기에서는 세이즈드가 마차와 함께 기다리고 있었다. 머물기로 결심했다는 것은 그녀가 자기 역할을 해야 한다는 뜻이었다.

귀족 여성으로서 첫 등장을 알릴 때가 왔다.

마차가 갑자기 흔들리는 바람에 빈은 놀라서 펄쩍 뛰었다. 그러나 마차는 정상적으로 계속 달렸고, 세이즈드도 마부석에서 움직이지 않았다.

위에서 소리가 났다. 빈은 긴장하며 금속을 폭발시켰다. 그림자 하나가 마차 꼭대기에서 떨어져 내려와 그녀 쪽 문 바로 바깥에 있는, 하인이 쉬는 자리에 내려앉았다. 켈시어는 창으로 머리를 들이밀면서 미소 지었다.

빈은 안도의 한숨을 내쉬며 도로 자기 자리에 앉았다.

"그냥 우리한테 태워달라고 할 수도 있었잖아요."

"필요 없어." 켈시어가 마차 문을 당겨 열고 안으로 훌쩍 들어오면서 말했다. 바깥은 이미 어두웠고, 그는 미스트클록을 입고 있었다. "난 세이즈드에게 미리 알렸어. 내가 여행 중 언젠가 들를 거라고."

"나한테는 말 안 하고요?"

켈시어는 문을 닫으면서 윙크를 했다.

"너는 지난주 그 골목길에서 날 놀라게 했잖아. 아직 너에게 빚이 있다고 생각했지."

"참 어른스러우시네요." 빈이 심드렁하게 말했다.

"난 언제나 철이 없다는 데 자신 있는 사람이야. 그래서…… 오늘 저녁 준비는 됐니?"

빈은 어깨를 으쓱하며 초조함을 숨기려고 했다. 그녀는 아래를 내려다보았다.

"나…… 음, 어떻게 보여요?"

"눈부셔." 켈시어가 말했다. "젊은 귀족 숙녀 같아. 초조해하지 마, 빈. 변장은 완벽해."

왠지 몰라도 그녀가 듣고 싶었던 대답은 그 말이 아닌 것 같았다.

"켈시어?"

"응?"

"난 한동안 이걸 물어보려고 했었어요." 그녀는 말하면서 창밖을 흘끔 보았다. 그러나 보이는 것은 안개뿐이었다. "당신이 이게 중요하다고 생각하는 건 알겠어요. 귀족들 사이에 스파이를 두는 거요. 하지만…… 음, 정말 이걸 이런 식으로 해야 하나요? 거리의 정보원에게서 우리가 필요로 하는 가문 정치에 관한 정보를 손에 넣을 수는 없었나요?"

"그럴 수도 있었겠지." 켈시어가 말했다. "하지만 그 사람들은 이유가 있어서 '정보원'이라고 불리는 거야, 빈. 네가 그들에게 무슨 질문을 하건 간에, 그 사람들은 거기서 네 진짜 동기의 단서를 찾을 거야. 심지어 그들을 만나기만 해도 그들이 다른 사람에게 팔 수 있는 정보 조각이 돼. 가능한 한 그들에게 의지하지 않는 쪽이 좋아."

빈은 한숨을 쉬었다.

"난 널 부주의하게 위험 속으로 보내는 게 아니야, 빈." 켈시어가 앞으로 몸을 기울이며 말했다. "우리에겐 귀족들 사이에 있는 스파이가 필요해. 정보원들은 보통 하인들에게서 정보를 얻지만, 귀족들 대부분은 바보가 아니야. 중요한 모임들은 어떤 하인도 엿들을 수 없는 곳에서 열려."

"그리고 내가 그런 모임에 갈 수 있을 거라고 기대하는 거고요?"

"어쩌면. 아닐 수도 있고." 켈시어가 말했다. "어느 쪽이든, 누군가를 귀족 속에 잠입시켜놓으면 언제나 유용하다는 걸 난 알게 됐어. 너와 세이즈드는 거리의 정보원들이 중요하다고 생각하지 않을 중요한 일들을 엿듣게 될 거야. 사실, 네가 아무것도 엿듣지 못하고 이런 파티들에 참석만 해도 넌 우리에게 정보를 주게 될 거야."

"어떻게 그렇게 돼요?" 빈이 얼굴을 찡그리며 물었다.

"너한테 흥미를 보이는 것 같은 사람들을 적어놔." 켈시어가 말했다. "우리는 그 가문들을 지켜보게 될 거야. 그들이 네게 주의를 기울인다면, 그건 아마 로드 르노에게 주의를 기울이고 있는 것일 테지. 왜 그들이 로드 르노에게 주의를 기울일까? 좋은 이유가 하나 있지."

"무기군요." 빈이 말했다.

켈시어는 고개를 끄덕였다.

"무기 상인이라는 지위 때문에 군사행동을 계획하고 있는 사람들에게 르노는 가치 있는 인물이 될 거야. 내가 주의를 집중해야 할 필요가 있는 가문들이지. 이미 귀족들 사이에 긴장감이 돌고 있어야 해. 귀족들이 어느 가문들이 어느 가문들에게 등을 돌리고 있는지 궁금해하기 시작했으면 좋겠어. '대가문'들 사이에는 1세기 넘게 전면전이 없었어. 하지만 마지막 싸움은 엄청나게 파괴적이었지. 우린 그런 걸 만들어낼 필요가 있어."

"아주 많은 귀족들이 죽는다는 뜻일 수도 있겠군요." 빈이 말했다.

켈시어가 미소 지었다.

"난 그걸 감수할 수 있어. 넌 어떤데?"

빈은 긴장 상태에서도 미소를 지었다.

"내가 이렇게 해야 하는 이유가 또 하나 있어." 켈시어가 말했다. "내 계획이 낭패를 본다면, 우리는 로드 룰러와 맞대면해야 할지도 몰라. 그가 있는 곳에 슬쩍 들여보낸 사람이 더 적을수록 더 좋을 거라는 느낌이 들어. 귀족들 틈에 숨어 있는 스카 미스트본이 있다는 것…… 아, 그건 강력한 이점이 될 수 있어."

빈은 약간 소름이 끼쳤다.

"로드 룰러…… 그도 오늘 밤 거기 나올까요?"

"아니, 오블리게이터들은 참석하겠지만 심문관은 없을 거야. 그리고 로드 룰러는 확실히 안 나와. 이런 파티는 그의 주의를 끌 만한 파티가 아니야."

빈은 고개를 끄덕였다. 그녀는 로드 룰러를 한 번도 본 적이 없었다. 그리고 절대로 보고 싶지 않았다.

"너무 걱정하지 마." 켈시어가 말했다. "그를 만나게 되더라도 넌 안전할 거야. 그는 마음을 읽을 수 없어."

"확실해요?"

켈시어는 잠시 입을 다물었다.

"음, 아니. 하지만 그가 마음을 읽을 수 있다고 해도 자기가 만나는 모든 사람의 마음을 읽지는 않아. 그의 앞에서 귀족인 척했던 스카 몇 명을 내가 알고 있는걸. 나도 전에는 몇 번 해봤어……." 그의 말이 잦아들었다. 그는

289
2장 재의 하늘 아래

상처로 덮인 손을 내려다보았다.

"그는 결국 당신을 붙잡았잖아요." 빈이 조용히 말했다.

"그리고 아마 다시 그렇게 할걸." 켈시어는 윙크를 하며 말했다. "하지만 지금 당장은 그에 대해 걱정하지 마. 오늘 저녁 우리의 목표는 레이디 발레트 르노를 등장시키는 거야. 너는 어떤 위험한 일이나 특별한 일도 할 필요 없어. 그냥 모습을 나타내고, 그다음에 세이즈드가 네게 나가자고 할 때 떠나. 비밀을 캐 오는 일은 나중에 걱정하자고."

빈이 고개를 끄덕였다.

"착한 아이야." 켈시어가 손을 뻗어 문을 열었다. "나도 아성 근처에 숨어서 지켜보며 귀를 기울이고 있을게."

빈은 고마운 마음으로 고개를 끄덕였다. 켈시어는 마차 문에서 뛰어올라, 어두운 안개 속으로 사라졌다.

빈은 벤처 아성이 어둠 속에서 얼마나 밝을지 예상하지 못했다. 육중한 건물은 뿌연 빛의 영기(靈氣)로 감싸여 있었다. 마차가 다가가자, 여덟 개의 거대한 불빛이 직사각형 건물 바깥을 따라 불타고 있는 것이 보였다. 그 불은 모닥불처럼 밝았지만 훨씬 더 안정적이었고, 그 뒤로는 거울이 배열돼 있어 빛이 똑바로 아성을 비추도록 되어 있었다. 빈은 그들의 목적이 뭔지 몰라서 어리둥절했다. 무도회는 건물 안에서 벌어지는데 왜 건물 바깥을 밝히지?

"머리를 안으로 넣으세요, 부탁합니다, 미스트리스 빈." 세이즈드가 위쪽 자기 자리에서 말했다. "제대로 된 젊은 숙녀들은 멍하니 바라보지 않습니다."

그는 볼 수 없겠지만 빈은 그를 한번 쏘아보았다. 그러나 머리는 도로 마차 안으로 들이밀었다. 초조하고 불안하게 기다리는 동안 마차는 거대한 아성의 앞으로 굴러갔다. 마차는 마침내 멈추었고, 벤처가(家) 하인이 즉시 그녀의 문을 열어주었다. 두 번째 하인이 다가와 그녀가 내려오는 것을 돕기 위해 한 손을 내밀었다.

빈은 그의 손길을 받아들이며, 주름장식으로 거대하게 부푼 드레스 아랫단을 가능한 한 우아한 동작으로 마차에서 빼내려고 했다. 발을 헛디디지 않으려고 애쓰며 조심스럽게 내려오면서, 그녀는 몸을 안정시켜주는 하인의 손에 고마움을 느꼈고, 왜 여자가 마차 밖으로 나올 때 남자가 도와줘야 한다고들 하는지 마침내 깨달았다. 그건 절대 바보 같은 관습이 아니었다. 바보 같은 부분은 옷이었다.

세이즈드는 마차를 넘겨주고, 그녀에게서 몇 발자국 떨어진 뒤쪽에 자리를 잡았다. 그는 보통 때보다 훨씬 더 좋은 로브를 입고 있었지만 그것 또한 여전히 V자 패턴이었다. 허리에는 허리띠가 달려 있고 소매는 넓어서 팔 전체를 감쌌다.

"앞으로 가십시오, 미스트리스." 세이즈드가 조용히 뒤에서 지시했다. "드레스가 자갈에 상하지 않도록 카펫 위로 걸으세요. 그리고 대문으로 들어가십시오."

빈은 불편함을 참으려고 애쓰면서 고개를 끄덕였다. 그녀는 앞으로 걸어가며 여러 가지 정장과 드레스를 입은 남녀 귀족들을 지나쳤다. 그들은 그녀를 보고 있지 않았지만 어쩐지 그녀는 벌거벗은 듯한 느낌이 들었다. 그녀의 발걸음은 드레스를 입고도 편안해 보이는 다른 아름다운 숙녀들의 우아한 발걸음 근처에도 가지 못했다. 파란색과 흰색의 부드러운 장갑 속에는 손에 땀이 나기 시작했다.

그녀는 억지로 계속 버텼다. 세이즈드는 문에서 그녀를 소개하며 안내원에게 그녀의 초대장을 보여주었다. 검은색과 붉은색 시종 제복을 입은 두 남자가 꾸벅 절을 하고 그녀에게 안으로 들어가라고 손짓했다. 한 무리의 귀족들이 로비에서 서성거리며 메인 홀로 들어갈 때를 기다리고 있었다.

'내가 지금 뭘 하고 있는 거야?'

그녀는 미친 듯이 생각했다. 그녀는 안개와 알로맨시에, 도적들과 강도들에게, 안개유령 그리고 두들겨 맞는 것에도 도전할 수 있었다. 그러나 이 귀족들과 숙녀들을 마주 보고…… 그들 눈에 보이고, 숨을 곳도 없이, 빛 속에서 그들 사이를 지나가는 건…… 무서웠다.

"앞으로, 미스트리스." 세이즈드가 진정시키려는 목소리로 말했다. "배운 것을 떠올리세요."

'숨어! 구석을 찾아! 그늘이건 안개건 뭐건 간에!'

빈은 계속 몸 앞에서 손을 굳게 마주 잡고, 앞으로 걸어갔다. 세이즈드는 그녀 옆에서 걸었다. 곁눈질을 하자 보통 때는 차분한 그의 얼굴에 걱정이 깃든 게 보였다.

'걱정할 만하지!'

그가 그녀에게 가르친 모든 것이 잠깐 사이에 날아간 것 같았다. 안개처럼 증발해버린 것 같았다. 그녀는 이름도 관습도 아무것도 기억할 수 없었다.

그녀는 현관 바로 안에서 멈췄다. 그때 검은 옷을 입은 거만해 보이는 귀족이 돌아서서 그녀를 보았다. 빈은 얼어붙었다.

그 남자는 무시하는 눈길로 그녀를 훑어보더니 시선을 돌렸다. 분명 '르노'라는 이름이 속삭여지는 것이 들려서, 그녀는 불안해하며 옆을 보았다. 몇 명의 여자들이 그녀를 보고 있었다.

그렇지만 그들이 그녀를 보고 있는 것 같다는 느낌이 전혀 들지 않았다. 그들은 드레스, 헤어스타일 그리고 보석 장신구를 살펴보고 있었다. 빈은 다른 쪽을 보았다. 거기선 더 젊은 한 무리의 남자들이 그녀를 지켜보고 있었다. 그들은 그녀의 목선과 예쁜 드레스와 얼굴의 화장을 보았다. 그러나 그들은 '그녀'를 보고 있지 않았다.

그들 중 아무도 빈을 볼 수 없었다. 그들은 그녀가 덮어쓴 얼굴만 볼 수 있었다. 그들에게 보여주고 싶었던 얼굴. 그들은 레이디 발레트를 보았다. 빈은 그곳에 없는 것 같았다.

마치…… 숨어 있는 것 같았다. 그들의 눈 바로 앞에서.

갑자기 긴장이 사라지기 시작했다. 그녀는 차분하게 긴 숨을 내쉬었다. 불안감이 빠져나가면서, 세이즈드에게 훈련받은 것들이 되돌아왔다. 그녀는 처음 맞는 공식 무도회에 놀란 소녀의 모습을 덮어썼다. 그녀는 옆으로 걸어가 한 수행원에게 숄을 건넸다. 세이즈드가 그녀 뒤에서 안도했다. 빈은 그에게 잠깐 미소를 보이고, 미끄러지듯이 메인 홀로 나아갔다.

그녀는 이 일을 할 수 있었다. 아직은 초조했지만, 공황의 순간은 끝났다. 그녀에게는 그늘이나 구석이 필요하지 않았다. 그저 사파이어, 화장, 파란 천의 가면만이 필요했다.

벤처 아성의 메인 홀은 웅장하고 인상적이었다. 홀은 네다섯 층은 될 듯싶은 위압적인 높이에, 길이가 너비의 몇 배나 길었다. 거대한 직사각형 스테인드글라스 창이 홀을 따라 줄줄이 나 있고, 이상하고 강렬한 빛이 바깥에서 창을 곧장 비추며 온 방 안에 작은 색채의 폭포를 던졌다. 거대하고 장식적인 돌기둥들이 창문과 창문 사이를 따라 줄줄이 벽 안에 세워져 있었다. 그 기둥들이 마루를 만나기 직전에 벽이 서서히 없어지고 움푹 들어가다 창문들 바로 아래서 1층 회랑이 되었다. 이 구역에는 수십 개의 하얀 천을 덮은 수십 개의 테이블이 그늘진 기둥 뒤, 돌출부 아래에 놓여 있었다. 복도의 먼 끝에는 벽 속에 설치된 낮은 발코니가 보였고, 거기엔 테이블들이 더 작게 무리 지어 놓여 있었다.

"로드 스트라프 벤처의 만찬 테이블입니다." 세이즈드가 먼 쪽 발코니를 향해 손짓하며 속삭였다.

빈은 고개를 끄덕였다.

"그럼 바깥의 저 빛들은요?"

"라임라이트입니다, 미스트리스." 세이즈드가 설명했다. "어떤 방법이 사용되는지는 잘 모릅니다. 어떻게 하는지는 몰라도 생석회 돌을 녹이지 않고도 그것이 빛을 내게끔 가열시키는 것 같습니다."

현악 오케스트라가 그녀 왼편의 무대에서 연주하며 홀 중앙에서 춤추는 커플에게 음악을 내보냈다. 오른쪽으론 서빙 테이블에 음식 접시가 놓여 있고 흰옷을 입고 서빙을 하는 남자들이 여기저기 종종거리며 접시를 들고 다녔다.

세이즈드는 한 수행원에게 다가가 빈의 초대장을 보여주었다. 남자는 고개를 끄덕이더니 더 젊은 하인의 귀에다 뭔가를 속삭였다. 그 젊은 하인은 빈에게 절하고 그녀를 방 안으로 안내했다.

"혼자 앉는 작은 테이블을 부탁했습니다." 세이즈드가 말했다. "이번 방문 동안 아가씨는 사람들과 섞일 필요가 없을 거라고 생각합니다. 그냥 모습을 보이기만 하면 됩니다."

빈은 고마운 마음으로 고개를 끄덕였다.

"혼자 떨어진 테이블은 당신에게 짝이 없다는 표시입니다." 세이즈드가 경고했다. "천천히 드십시오. 일단 식사가 끝나면, 남자들이 와서 당신에게 춤을 추자고 청할 겁니다."

"나한테 춤추는 법은 안 가르쳐줬잖아요!" 빈은 다급하게 속삭였다.

"시간이 없었습니다, 미스트리스." 세이즈드가 말했다. "걱정하지 마십시오. 당신은 그 남자들을 공손하고 타당하게 거절할 수 있습니다. 그들은 그저 당신이 처음 겪는 무도회에 정신을 못 차리고 있다고 생각할 테고, 해로운 일은 아무것도 없을 겁니다."

빈은 고개를 끄덕였다. 서빙하는 남자가 그들을 복도 중앙 가까이에 있는 작은 테이블로 안내했다. 빈은 단 하나 놓여 있는 의자에 앉았고, 세이즈드는 그녀의 식사를 주문했다. 그다음 걸어와선 그녀의 의자 뒤에 섰다.

빈은 새침하게 앉아 기다리고 있었다. 테이블은 대부분 회랑의 돌출부 바로 아래 놓여 있었다. 춤추는 곳과 아주 가까웠다. 그리고 테이블들 뒤쪽 벽 근처에 복도 같은 통로가 나 있었다. 커플들과 무리들이 이곳을 따라 지나가며 조용히 이야기했다. 때때로 누군가가 빈을 향해 몸짓이나 고갯짓을 했다.

마지막 제국

'자, 켈시어의 계획 중에서 이 부분은 제대로 되어가고 있어.'

그녀는 주목을 끌고 있었다. 그러나 하이 프렐란 한 명이 그녀 뒤의 통로를 따라 느긋이 걸어갈 때는 의자 속에 움츠리거나 푹 주저앉지 않으려고 노력해야 했다. 똑같은 회색 로브를 입고 눈 주위에 검은 문신을 하고 있었지만, 다행히도 그는 그녀가 만났던 하이 프렐란은 아니었다.

사실 파티에는 상당한 수의 오블리게이터들이 있었다. 그들은 어슬렁거리거나 파티 손님들과 섞였다. 그렇지만 그들에게는 어떤…… 무관심한 태도가 있었다. 언뜻 보아도 귀족 손님들과 구분이 되었다. 그들은 거의 샤프론(사교계 미혼 여성의 나이 든 보호자)처럼 그곳을 돌아다녔다.

'주둔군은 스카를 지켜보잖아. 아마 오블리게이터도 귀족들에게 비슷한 역할을 하는 걸 거야.' 빈은 생각했다.

이상한 광경이었다. 그녀는 언제나 귀족들이 자유롭다고 생각했다. 그리고 사실 그들은 스카들보다 훨씬 더 자신이 넘쳤다. 많은 사람들이 삶을 즐기고 있는 것 같았고, 오블리게이터는 실제로 경찰이나, 꼭 집어서 스파이처럼 행동하지도 않는 것 같았다. 그렇지만 그들은 그곳에 있었다. 배회하고 대화에 참여하며, 로드 룰러와 그의 제국을 끊임없이 상기시켜주는 상징으로서 그곳에 있었다.

빈은 오블리게이터들에게서 주의를 돌렸다. 그들이 존재한다는 사실은 여전히 그녀의 마음을 조금 불편하게 만들었다. 대신 그녀는 다른 것에 집중했다. 아름다운 창문들이었다. 지금 그녀가 앉아 있는 곳에서 맞은편과 위편으로 몇 개의 창문이 나 있는 게 보였다.

귀족들이 좋아하는 여러 장면들과 마찬가지로 그 창문들은 종교적이었다. 그런 종교적 그림은 충성심을 보이기 위한 것이거나, 아니면 요구하는 것이리라. 빈은 잘 알지 못했지만 아마 발레트도 그것은 모를 터였다. 그러니까 그건 괜찮았다.

다행히 어떤 장면들은 알아볼 수 있었다. 대부분 세이즈드의 가르침 덕분이었다. 그는 다른 종교들만큼이나 로드 룰러의 신화에 대해서도 알고 있는 것 같았다. 그러나 그가 그토록 억압적이라고 생각하는 그 종교를 공부한다는 건 이상해 보였다.

여러 창의 중심에 '디프니스'가 있었다. 그것은 어둡고 검었다. 혹은 창문에 쓰는 용어로 자줏빛이었다. 그것은 형체 없고 복수심에 불타는 촉수 같은 덩어리로 여러 창문에 걸쳐 기어 다녔다. 빈은 밝게 채색된 로드 룰러의 모습과 함께 그것을 쳐다보았다. 그녀는 자기도 모르게 그 배경 때문에 약간 얼어붙어 있었다.

'저건 뭐지? 디프니스? 왜 저걸 저렇게 형체 없이 그리지? 진짜 어떤 모습이었는지는 왜 보여주지 않을까?'

그녀는 전에는 '디프니스'에 대해 진짜 한 번도 궁금했던 적이 없었다. 그러나 세이즈드의 수업을 듣다 보니 궁금해졌다. 그녀의 본능은 사기라고 속삭였다. 로드 룰러는 자기가 과거에 파괴할 수 있었던 어떤 무시무시한 악을 만들어내서, 황제 자리를 얻은 것을 '정당화했다'. 그렇지만 그 끔찍하고 비비 꼬인 물체를 올려다보며 빈은 그 신화를 거의 믿을 수 있을 것 같았다.

만약 저런 게 존재했었다면? 그리고 존재했다면, 로드 룰러는 어떻게 그것을 이길 수 있었지?

그녀는 한숨을 쉬며 고개를 흔들었다. 그녀는 이미 너무 귀족 여성처럼 생각하고 있었다. 장식의 아름다움에 감탄하고 그것의 의미를 생각하면서, 그것들을 창조한 부에 대해서는 스쳐가는 생각만 할 뿐이었다. 이곳에서는 모든 것이 아주 놀랍고, 화려하고, 장식적이었다.

홀의 기둥들은 그냥 보통 기둥이 아니었다. 그것들은 조각된 걸작들이었다. 넓은 배너들이 천장에서 창문 바로 위까지 매달려 있고, 아치형으로 높은 천장에는 구조적 지지대가 교차되어 있는 데다 점점이 갓돌이 놓여 있었다. 너무 멀어서 아래에선 보이지 않았지만, 어째서인지 그녀는 그 갓돌 하나하나가 정교하게 조각되어 있다는 것을 알 수 있었다.

그리고 춤추는 사람들은 그 아름다운 배경과 어울렸다. 아니, 어쩌면 더욱 빛났다. 커플들은 부드러운 음악에 맞춰 걸음을 옮기며 우아하게 움직였다. 겉보기에는 전혀 힘들어 보이지 않는 동작들이었다. 심지어 춤을 추는 동안 서로 잡담하는 사람들도 많았다. 숙녀들은 드레스를 입고 자유로이 움직였다. 그중 많은 사람들이 그녀가 입은 주름장식 달린 옷 정도는 상대적으로 소박해 보이게 만드는 옷을 입고 있다는 걸 빈은 알아차렸다. 세이즈드의 말이 옳았다. 머리를 늘어뜨린 사람들과 비슷한 수의 사람들이 머리를 올리고 있었지만, 확실히 긴 머리가 유행이었다.

웅장한 홀에 둘러싸인 채 딱 맞는 정복을 입은 귀족들은 어딘가 다르게 보였다. 기품 있어 보였다. 이 사람들이 그녀의 친구들을 때리고 스카를 노예로 부리는 그 사람들과 똑같은 사람들인가? 그런 끔찍한 행동을 하기에는 그들은 너무…… 완벽하고, 너무 예의 바르게 보였다.

'저들이 심지어 바깥세상을 아는지도 모르겠어.' 그녀는 테이블 위에서 팔짱을 끼고 그들의 춤을 지켜보면서 생각했다. '아마 저들은 자기들의 아성과 무도회 너머는 볼 수 없을 거야. 내 드레스와 화장 너머를 볼 수 없는 것처럼.'

세이즈드가 그녀의 어깨를 두드렸다. 빈은 한숨을 쉬고 더 숙녀다운 자세를 취했다. 잠시 후 식사가 도착했다. 지난 몇 달 동안 비슷한 식사를 자주 해보지 않았다면, 너무나 낯선 맛들의 향연이어서 그녀는 아마 겁을 먹었을 것이다. 세이즈드의 수업은 춤을 생략했을지는 몰라도 만찬 에티켓에 대해서는 매우 광범위하게 가르쳤다. 빈은 그것이 고마웠다. 켈시어가 했던 말처럼, 그녀의 그날 저녁 주 목적은 모습을 나타내는 것이었다. 그리고 그녀가 적절한 모습을 보이는 것은 매우 중요했다.

그녀는 가르침 받은 대로 우아하게 먹다가, 느리고 세심하게 먹었다. 춤추자는 요청을 받는 생각을 하면 즐겁지가 않았다. 누군가 실제로 자기에게 말을 걸면 다시 공황에 빠질까 봐 반쯤은 두려워하고 있었다. 그러나 식사를 느리게 할 수 있는 시간에는 한계가 있었다. 특히 숙녀의 작은 배를 가진 사람에게는. 그녀는 곧 음식을 다 먹고, 접시에 포크를 교차시켜 다 먹었다는 표시를 했다.

첫 번째 신청남은 이 분도 안 되어 접근했다.

"레이디 발레트 르노십니까?" 그 젊은이가 아주 약간만 허리를 굽혀 절하면서 물었다. 그는 길고 검은 정장 코트 아래 녹색 조끼를 입고 있었다. "저는 로드 라이언 스트로브입니다. 같이 춤춰주시겠습니까?"

"마이 로드." 빈이 얌전하게 눈을 내리깔면서 말했다. "친절하시군요. 하지만 여긴 제 첫 무도회고, 이곳의 모든 것은 너무나 웅장해요! 저는 초조해서 무도회장에서 허둥거릴 것 같습니다. 아마도 다음에⋯⋯?"

"물론입니다, 마이 레이디." 그는 예의 바르게 고개를 끄덕이고 물러갔다.

"아주 잘하셨습니다, 미스트리스." 세이즈드가 조용히 말했다. "당신의 억양은 능수능란했습니다. 물론 당신은 다음 무도회에서 그와 춤을 추어야 할 것입니다. 그때까지는 춤을 훈련시켜드릴 수 있다고 생각합니다."

빈의 얼굴이 약간 붉어졌다.

"아마 그는 참석하지 않을 거예요."

"어쩌면요." 세이즈드가 말했다. "하지만 그럴 것 같지는 않습니다. 젊은 귀족들은 밤마다 여흥을 즐기는 걸 아주 좋아한답니다."

"그들이 이런 걸 매일 밤 하나요?"

"거의요." 세이즈드가 말했다. "결국 무도회는 사람들이 루서델에 오는 가장 중요한 이유니까요. 누군가 도시에 있고 무도회가 열린다면—그리고 거의 언제나 열리는데—보통은 다 참석합니다. 특히 그 사람이 젊고 결혼하지 않았다면요. 사람들은 당신이 그렇게 자주 참석할 거라고는 생각하지 않을 겁니다. 하지만 아마 일주일에 두세 번은 참석하셔야 할 것입니다."

"두세 번⋯⋯. 드레스가 더 필요하겠군요!" 빈이 말했다.

세이즈드가 미소 지었다.

"아, 이미 귀족 여성처럼 생각하시는군요. 자, 미스트리스. 제가 자리를 비워도 괜찮으시다면……"

"자리를 비운다고요?" 빈이 몸을 돌리며 물었다.

"시종들끼리 저녁을 먹으러요." 세이즈드가 말했다. "저 정도 급의 하인은 보통 일단 주인의 식사가 끝나면 나가게 됩니다. 당신을 혼자 남기고 가는 게 좀 꺼림칙하지만, 제 식탁은 고위 귀족의 오만한 하인들로 가득 찰 것입니다. 거기에서 마스터 켈시어가 제게 엿듣기를 바라는 대화들이 오가겠지요."

"나 혼자 놔두고 떠날 거예요?"

"당신은 지금까지 잘해오셨습니다, 미스트리스." 세이즈드가 말핸다. "큰 실수는 없었습니다. 적어도 궁정에 처음 나온 숙녀가 저지르지 않을 법한 실수는 없었습니다."

"어떤 거였는데요?" 빈은 불안해하며 물었다.

"그에 대해서는 나중에 이야기하지요. 그냥 테이블에 남아 와인을 홀짝거리세요. 와인 잔이 너무 자주 채워지지 않게 하시고요. 그러면서 제가 돌아올 때까지 기다리십시오. 다른 젊은이들이 다가오면, 처음에 하신 것처럼 우아하게 돌려보내십시오."

빈은 머뭇거리며 고개를 끄덕였다.

"약 한 시간 후에 돌아오겠습니다." 세이즈드가 약속했다. 그러나 그는 마치 뭔가를 기다리듯이 남아 있었다.

"음, 가도 돼요." 빈이 말했다.

"고맙습니다, 미스트리스." 그는 절을 하고 물러갔다. 그녀를 혼자 놔두고.

'혼자가 아니야.' 그녀는 생각했다. '켈시어가 저기 바깥 어딘가에 있어. 어둠 속에서 날 지켜보고 있어.' 이런 생각이 그녀를 위안해주었지만, 그래도 그녀 옆의 빈자리를 예민하게 의식하지 않을 수 없었다.

그녀에게 춤을 청하러 젊은이 세 명이 더 다가왔지만, 한 명 한 명이 그녀의 예의 바른 거절을 받아들였다. 그 뒤로는 아무도 오지 않았다. 그녀가 춤에 관심이 없다는 말이 돈 모양이었다. 그녀는 자기에게 다가왔던 네 명의 이름을 외웠다. 켈시어는 그들을 알고 싶어 할 것이다. 그녀는 세이즈드를 기다리기 시작했다.

이상하게도 그녀는 금세 지루해졌다. 방의 환기는 잘되고 있었지만, 몸은 여전히 몇 겹의 천 아래에서 더웠다. 다리 쪽이 특히 심했는데, 발목 길이의 속옷을 견뎌야 했기 때문이다. 실크가 피부에 닿는 감촉이 부드럽긴 했어도 긴 소매는 도움이 되지 않았다. 춤이 계속되었고, 그녀는 한동안 흥미를 갖고 지켜보았다. 그러나 그녀는 곧 오블리게이터들에게로 주의를 돌렸다.

흥미롭게도 그들은 파티에서 어떤 기능을 수행하고 있는 것 같았다. 그들은 잡담하는 귀족 그룹과 떨어진 곳에 서 있을 때가 많았지만, 때때로 그 무리에 참여하기도 했다. 그리고 가끔, 어떤 그룹은 말을 멈추고 오블리게이터를 찾았다. 그들은 공손한 몸짓으로 손을 흔들어 그를 불렀다.

빈은 얼굴을 찡그리며 자기가 놓치고 있는 것이 무엇인지 알아내려고 애썼다. 근처 테이블에 앉은 한 무리가 지나가던 오블리게이터에게 손을 흔들어 그를 불렀다. 그 테이블은 너무 떨어져 있어서 맨귀로는 들을 수 없었다. 그러나 주석과 함께라면…….

빈은 마음의 손길을 안으로 뻗어 금속을 불태우려다가 멈추었다.

'구리 먼저.' 그녀는 구리를 켜면서 생각했다. 그녀는 자기가 노출되지 않도록 구리를 거의 내내 켜놓고 있는 데 익숙해져야 했다.

알로맨시를 감춘 다음 그녀는 주석을 불태웠다. 즉각 눈이 멀 정도로 방의 불이 밝아지는 바람에 그녀는 눈을 감아야 했다. 악단의 음악이 더 커졌고, 주위의 수십 가지 대화가 웅웅거리던 소리에서 알아들을 수 있는 목소리로 바뀌었다. 그녀는 자기가 관심 있는 대화에 집중하기 위해 열심히 노력해야 했다. 그 테이블이 그녀에게 가장 가까운 테이블이었기 때문에, 그녀는 결국 자기가 원하는 대화를 찾아낼 수 있었다.

"……난 다른 어떤 사람보다도 먼저 그에게 약혼 소식을 알려줄 거라고 맹세해." 한 사람이 말했다. 빈은 눈을 가늘게 떴다. 그 테이블에 앉아 있는 귀족 남자 중 한 명이었다.

"좋습니다. 나는 이것을 목격하고 기록합니다." 오블리게이터가 말했다.

그 귀족 남성은 한 손을 뻗었고, 동전이 짤랑 소리를 냈다. 빈은 주석을 끈 다음 눈을 뜨고 오블리게이터가 테이블에서 물러나 돌아다니며 뭔가를 자기 로브 주머니에 집어넣는 걸 내내 지켜보았다. 동전들 같았다.

'재미있는데.' 빈은 생각했다.

불행히도 그 테이블의 사람들은 이내 일어나 각자 갈 길로 가버렸다. 빈이 염탐할 사람은 아무도 남지 않았다. 그녀는 곧 다시 지루해져선 그 오블리게이터가 자신의 일행이 있는 쪽으로 방을 가로질러 가는 것을 지켜보았다. 그녀는 하릴없이 두 오블리게이터들을 지켜보며 테이블을 두드리고 있다가, 뭔가를 알아차렸다.

그녀는 그들 중 한 사람을 알아보았다. 아까 돈을 가져간 사람이 아니라 그와 같이 있는 더 나이 든 사람이었다. 키가 작고 탄탄해 보이는 오블리게이터는 고압적인 분위기를 풍기며 서 있었다. 다른 오블리게이터도 그에게는 경의를 표하는 것 같았다.

처음에는 카몬과 함께 재정 캔턴을 방문했을 때 본 사람이라서 낯익은 거라고 생각했다, 그러자 빈은 공황 상태가 덮쳐오는 것을 느꼈다. 그러나 다음 순간, 이 사람은 그 사람이 아니라는 것을 깨달았다. 그녀는 전에 그를 본 적이 있었다. 그러나 그곳에서는 아니었다. 그는…….

'내 아버지야.' 그녀는 마비된 상태에서 깨달았다.

린은 1년 전 그들이 처음 루서델에 왔을 때 딱 한 번 그녀에게 아버지를 보여주었다. 그는 그 지역 대장간의 일꾼들을 조사하고 있었다. 린은 빈을 데려와서 그녀가 자기 아버지를 적어도 한 번은 봐야 한다고 주장하며 살짝 들여보냈다. 그녀는 린이 왜 그랬는지 아직도 이해하지 못했다. 아무튼 그녀는 그 얼굴을 기억했다.

그녀는 의자 안으로 쪼그라들어 숨고 싶은 충동을 참았다. 그 남자가 그녀를 알아볼 수 있는 방법은 없었다. 그는 심지어 그녀가 존재한다는 사실도 몰랐다. 그녀는 억지로 그에게서 주의를 돌려 창문들을 쳐다보았다. 그러나 기둥과 돌출부가 시야를 가려 창문을 제대로 볼 수가 없었다.

그렇게 앉아 있으면서, 그녀는 아까는 보지 못했던 것을 보았다. 먼 벽 전면(全面)의 바로 위에 높게 달린 덧붙여진 발코니였다. 그것은 벽 꼭대기 스테인드글라스 창과 창문 사이에 달려 있다는 것만 빼면 창문 아래 벽감의 대칭물 같았다. 그 위에선 아래의 파티를 내려다보며 커플과 싱글들이 그곳을 따라 거니는 모습을 볼 수 있었다.

그녀는 본능적으로 그 발코니 쪽으로 끌렸다. 그녀가 자기 모습을 보이지 않으면서 파티를 지켜볼 수 있는 곳이었다. 또 그곳에 서면 그녀의 테이블 바로 위에 있는 멋진 배너와 창들을 볼 수 있을 것이다. 넋이 팔린 것처럼 보이지 않고도 그 석조 세공물들을 살펴볼 수 있게 되는 것은 물론이고.

세이즈드는 그녀에게 머물러 있으라고 말했다. 그러나 앉아 있을수록 그녀는 자기도 모르게 그 숨겨진 발코니 쪽으로 눈이 갔다. 그녀는 일어나 움직이고 싶어서 근질근질했다. 다리를 펴고 바람을 좀 쐬고 싶었다. 그녀의 아버지가 있다는 것—그녀를 의식하는지 못하는지는 몰라도—은 그녀가 메인 플로어를 떠나고 싶은 또 하나의 동기로 작용할 뿐이었다.

'다른 사람은 아무도 내게 춤을 추자고 요청할 것 같지 않아. 그리고 켈시어가 원하는 일은 끝냈어. 난 귀족들에게 모습을 보였어.'

그녀는 잠시 가만히 있다가, 서빙을 보는 소년에게 손을 흔들었다. 그는 민첩하게 다가왔다.

"네, 레이디 르노?"

"저기에는 어떻게 올라가지?" 빈이 발코니 쪽을 가리키며 물었다.

"오케스트라 옆에 바로 계단이 있습니다, 마이 레이디." 소년이 말했다.

"그 계단을 올라가면 맨 위 층계참으로 갑니다."

빈은 고개를 끄덕여 고맙다고 한 뒤 단호하게 일어서서 방 앞쪽으로 갔다. 그녀가 지나갈 때 잠깐의 눈길밖에는 아무도 시선을 주지 않았다. 그래서 그녀는 복도를 가로질러 계단으로 갈 때 좀 더 자신 있게 걸었다.

돌 복도는 위로 굽어져 올라가며 꼬여 있었다. 계단은 짧지만 가팔랐다. 그녀의 손바닥보다 넓지 않은 작은 스테인드글라스 창문들이 바깥벽으로 나 있었지만 역광이 없어서 색깔은 어두웠다. 빈은 가만히 있느라 근질근질하던 에너지를 계속 쓰면서 열심히 계단을 올랐다. 그러나 그녀는 드레스의 무게와, 넘어지지 않으려고 옷자락을 들어 올린 채로 걷는 탓에 금방 헉헉거리기 시작했다. 하지만 백랍의 불꽃 덕분에 땀으로 화장을 망칠 정도로 힘들이지는 않아도 되었다.

가보니 그렇게 애를 써서 올라갈 가치가 있었다. 위층 발코니는 어두웠다. 작은 파란 유리로 덮인, 벽에 달린 등잔 몇 개로만 불이 밝혀진 채였다. 그곳에서는 스테인드글라스 창들의 멋진 모습이 보였다. 그 구역은 조용했고, 두 개의 기둥 사이 철 난간에 다가가 아래를 내려다볼 때 빈은 사실상 혼자 있는 것 같은 기분이었다. 아래 바닥의 돌 타일들이 그녀가 미처 알아보지 못한 문양을 이루고 있었다. 흰 바탕 위에 회색으로 굽이친 자유로운 형식의 문양이었다.

'안개인가?' 그녀는 난간에 기대면서 느긋하게 궁금해했다. 그것은 그녀 뒤의 등잔 받침대처럼 복잡하고 세밀했다. 그녀의 옆쪽으로는 기둥 꼭대기들이 발코니에서 뛰어내리려다 얼어붙은 듯한 모습의 돌짐승들로 조각되어 있었다.

"자, 이거 봐라. 와인 잔을 다시 채우러 갔다 올 때 이런 문제가 생긴다니까요."

갑자기 난 목소리에 빈은 펄쩍 뛰며 빙글 돌아섰다. 한 젊은 남자가 그녀 뒤에 서 있었다. 그가 입은 정복은 그녀가 본 것 중에 최고급은 아니었고,

2장 재의 하늘 아래

마찬가지로 조끼도 대부분의 다른 조끼처럼 밝지 않았다. 코트와 셔츠는 양쪽 다 너무 헐렁한 것 같았고, 머리는 약간 형클어져 있었다. 그는 와인 한 잔을 들고 있었는데, 정장 코트 바깥 주머니는 거기에 넣기에는 약간 큰 듯싶은 책 모양으로 부풀어 있었다.

"문제는, 돌아왔을 때 내가 가장 좋아하는 장소를 어떤 예쁜 소녀가 훔친 걸 발견하는 거죠. 자, 신사라면 숙녀가 자기 생각에 잠기게 내버려두고 다른 장소로 가겠지요. 하지만 여기는 발코니에서 가장 좋은 장소예요. 책을 읽기에 좋은 정도로 등잔이 가까운 유일한 장소거든요."

빈의 얼굴이 붉어졌다.

"미안합니다, 마이 로드."

"아, 이제 내가 죄책감이 드네. 이게 다 한 잔의 와인 때문이에요. 봐요, 여기엔 두 사람이 서기에 충분한 공간이 있어요. 그냥 약간만 옆으로 가줘요."

빈은 잠시 생각했다. 예의 바르게 거절할 수 있을까? 그는 분명히 그녀가 자기 옆에 머무는 쪽을 원하고 있었다. 그는 그녀가 누구인지 알고 있을까? 그녀는 그의 이름을 알아내서 켈시어에게 말해야 할까?

그녀가 약간 옆으로 걸어가자, 남자는 그녀 옆에 자리를 잡았다. 그는 옆 기둥에 몸을 기대더니 놀랍게도 책을 꺼내 읽기 시작했다. 그의 말이 옳았다. 등잔불 빛은 곧장 책장 위로 비쳤다. 빈은 잠시 서서 그를 지켜보았다. 그러나 그는 완전히 열중한 것처럼 보였다. 심지어 독서를 멈추고 그녀를 쳐다보지도 않았다.

'그가 나한테 조금이라도 주의를 기울일까?' 빈은 자기가 화난 것에 어리둥절해서 생각했다. '내가 더 멋진 드레스를 입었어야 하나 봐.'

그 남자는 책에 집중한 채 와인을 홀짝였다.

"언제나 무도회에서 책을 읽으시나요?" 그녀가 물었다.

젊은이가 그녀를 쳐다보았다.

"무도회에서 빠져나올 수 있을 때마다요."

"그건 무도회에 온 목적에 좀 어긋나는 것 아닌가요? 그냥 교제를 피할 거라면 왜 참석해요?" 빈이 물었다.

"당신이 여기 위에 있잖아요." 그가 지적했다.

빈의 얼굴이 붉어졌다.

"난 그냥 홀을 잠깐 보고 싶었을 뿐이에요."

"오, 그런데 왜 춤을 청한 남자 셋을 다 거절했죠?"

빈은 말이 막혔다. 그 남자는 미소를 짓더니 다시 자기 책으로 돌아갔다.

"넷이었어요." 빈이 씩씩거리며 말했다. "그리고 나는 춤을 잘 추는 법을 모르기 때문에 거절한 것뿐이에요."

남자는 책을 살짝 내리고 그녀를 바라보았다.

"흠, 당신은 겉보기보다 훨씬 겁이 없군요."

"겁이요?" 빈이 물었다. "난 젊은 숙녀가 옆에 서 있는데 제대로 자기소개 도 않고 책만 들여다보고 있는 사람이 아니에요."

그 남자는 생각에 잠겨 눈썹을 치켜세웠다.

"허, 봐요. 당신 우리 아버지같이 이야기하는군요. 보기는 훨씬 더 좋지만, 그만큼 딱딱거려요."

빈은 그를 노려보았다. 마침내 그가 눈을 굴렸다.

"좋아요, 그럼 내가 신사가 되어봅시다." 그는 세련되고 격식을 차린 걸음 을 내딛으며 그녀에게 절을 했다. "저는 로드 엘렌드입니다. 레이디 발레트 르노, 제가 책을 읽는 동안 이 발코니를 당신과 함께 나누는 기쁨을 누려도 되겠습니까?"

빈은 팔짱을 끼었다.

'엘렌드? 성일까, 이름일까? 내가 신경을 써야 하나? 그는 그냥 자기 자리 를 도로 찾고 싶었던 거잖아. 하지만…… 내가 춤 파트너들을 거절한 걸 어 떻게 알았지?' 왜인지 몰라도 켈시어는 이 대화에 대해 듣고 싶어 할 것이라 는 생각이 들었다.

이상하게도 그녀는 다른 사람들에게 한 것처럼 이 남자를 밀어내고 싶은 마음이 생기지 않았다. 대신에, 그가 도로 책을 들어 올리자 그녀는 또다시 무언가에 찔리는 듯한 짜증을 느꼈다.

"당신은 왜 무도회에 참여하지 않고 책을 읽는지 아직 나한테 말해주지 않으셨어요." 그녀가 말했다.

그 남자는 한숨을 쉬며 책을 다시 내렸다.

"나도 아주 춤을 잘 추는 사람은 아니기 때문이에요."

"아." 빈이 말했다.

"하지만 그건 부분적인 이유일 뿐이에요." 그가 손가락 하나를 들며 말했다. "당신은 아직 깨닫지 못했을 수도 있지만, 파티에 질리는 건 그렇게 어렵지 않아요. 일단 이런 무도회에 오륙백 번 참석하면 다 그게 그거같이 느껴지기 시작해요."

빈은 어깨를 으쓱했다.

"당신이 연습을 하면 춤을 더 잘 추는 법을 배우겠지요."

엘렌드는 한쪽 눈썹을 치켜세웠다.

"내가 책을 계속 보도록 해주지 않을 거죠, 맞죠?"

"그럴 생각은 없었어요."

그는 한숨을 쉬고, 책을 도로 그의 재킷 주머니에 집어넣었다. 옷이 책 모양으로 각이 잡힐 징조를 보이기 시작했다.

"좋아요, 그럼. 춤을 추러 가고 싶습니까?"

빈은 얼어붙었다. 엘렌드는 태연하게 미소 지었다.

'세상에! 이 사람은 믿을 수 없을 만큼 능수능란하거나, 사회적으로 무능해.' 그녀는 어느 쪽인지 판단할 수 없어서 신경에 거슬렸다.

"그건 싫겠죠?" 엘렌드가 말했다. "좋아요. 나를 신사라고 설정했으니까, 내가 제안해야 한다고 생각했어요. 하지만 저 아래 커플들이 우리가 자기네 발을 밟으며 돌아다니는 걸 좋아할지 의심스럽군요."

"동감이에요. 뭘 읽고 있었죠?"

"딜리스테니." 엘렌드가 말했다. "'기념비의 심판', 들어봤어요?"

빈은 고개를 저었다.

"아, 그래요. 들어본 사람이 많지 않아요." 그는 난간 너머로 몸을 기울여 아래를 내려다보았다. "그래서, 궁정 첫 경험은 어떻습니까?"

"매우…… 압도적이었어요."

엘렌드가 씩 웃었다.

"벤처 가문에 대해서 느낀 바를 말하는군요. 그들은 파티 여는 법을 알지요."

빈은 고개를 끄덕였다.

"당신은 그럼 벤처 가문을 안 좋아하는군요?" 그녀가 말했다. 아마 이 사람은 켈시어가 찾고 있는 적수 중 하나일 것이다.

"특별히 그런 건 아니에요." 엘렌드가 말했다. "벤처 가문은 고위 귀족 치고도 과시적인 편이죠. 그들은 그냥 파티를 열 수가 없고 '최고'의 파티를 열어야 해요. 그걸 준비하기 위해 하인들을 너덜너덜해지도록 굴리고, 파티 다음 날 아침 홀이 완벽히 깨끗하지 않으면 벌로 그 가엾은 것들을 때린다는 건 신경 쓰지 말아요."

빈은 고개를 곧추세웠다.

'귀족에게서 들을 거라고 생각한 말은 아닌데.'

엘렌드는 약간 당황한 듯이 말을 멈추었다.

"하지만 음, 그런 건 신경 쓰지 말아요. 그쪽 테리스인이 당신을 찾고 있는 것 같군요."

빈은 깜짝 놀라 발코니 옆면 너머를 훑어보았다. 지금은 비어 있는 그녀의 테이블 옆에 세이즈드의 키 큰 형체가 서빙하는 소년과 이야기하고 있었다.

빈은 작게 꺅 소리를 냈다.

"난 가봐야겠어요." 그녀가 층계 쪽으로 향하면서 말했다.

"아, 그럼 잘됐군요." 엘렌드가 말했다. "다시 독서로 돌아갑니다." 그는 그녀에게 작별 인사로 반쯤 손을 흔들었지만, 그녀가 첫 번째 계단을 내려가기도 전에 다시 책을 펼쳤다.

빈이 숨 가쁘게 도착하자 세이즈드가 그녀를 보았다.

"미안해요." 그녀가 다가가면서 유감스러워하며 말했다.

"제게 사과하지 마십시오, 미스트리스." 세이즈드가 조용히 말했다. "그것은 보기에도 이상하고 불필요합니다. 약간 돌아다니는 것은 좋은 생각이었다고 생각합니다. 당신이 그렇게 초조해 보이지만 않았다면 제 쪽에서 제안했을 겁니다."

빈은 고개를 끄덕였다.

"그럼 갈 시간인가요?"

"원하신다면 물러나기에 적절한 시간이죠." 그가 말하며 발코니 위를 처다보았다. "저 위에서 뭘 하고 계셨는지 물어봐도 되겠습니까, 미스트리스?"

"창문을 더 잘 보고 싶어서 올라갔어요. 하지만 결국 어떤 사람과 이야기를 하게 되었어요." 빈이 말했다. "그는 처음에는 나한테 흥미가 있는 것 같았지만, 이제 생각하면 별로 주의를 기울이려고 하지 않았던 것 같아요. 그건 상관없어요. 켈시어가 그의 이름에 신경 쓸 만큼 중요한 사람은 아닌 것 같아요."

세이즈는 멈춰 섰다.

"누구와 이야기를 하고 계셨습니까?"

"저기 구석에 있는 남자요. 발코니 위에." 빈이 말했다.

"로드 벤처의 친구 중 하나인가요?"

빈은 얼어붙었다.

"그중에 엘렌드라는 사람이 있나요?"

세이즈드는 눈에 띄게 창백해졌다.

"로드 엘렌드 벤처와 이야기를 하고 계셨습니까?"

"음…… 네?"

"그가 당신에게 춤을 추자고 했나요?"

빈은 고개를 끄덕였다.

"하지만 진심은 아닌 것 같았어요."

"오, 아가씨." 세이즈드가 말했다. "적당히 눈에 안 띄는 익명성을 유지하기에는 너무 지나칩니다."

"벤처?" 빈이 얼굴을 찌푸리며 물었다. "벤처 아성의 벤처?"

"가문의 상속자입니다." 세이즈드가 말했다.

"흠." 빈은 실제보다 약간 더 겁을 먹어 보였어야 한다는 것을 깨달으며 말했다. "그는 약간 사람을 약 올렸어요. 즐거운 방식이었지만요."

"이걸 여기서 논의해서는 안 됩니다." 세이즈드가 말했다. "당신은 그의 지위보다 훨씬, 훨씬 아래입니다. 오십시오. 물러납시다. 내가 저녁 식사에 가지 않았어야 하는 건데……."

그는 말꼬리를 끌더니 혼자 웅얼거리며 빈을 입구 통로로 안내했다. 그녀는 메인 홀을 한 번 더 들여다보았다. 숄을 도로 찾으면서, 그녀는 주석을 불태우며 밝아진 빛에 눈을 가늘게 뜨고 위의 발코니를 살펴보았다.

그는 책을 들고 있었다. 하지만 한 손에 덮은 채로 들고 있었다. 그리고 그가 자기 쪽을 내려다보고 있다고 그녀는 맹세라도 할 수 있었다. 그녀는 미소를 짓고, 세이즈드의 안내를 받아 마차로 갔다.

13

내가 단순한 짐꾼 때문에 동요해서는 안 된다는 걸 알고 있다. 그러나 그는 예언이 발원된 곳인 테리스 출신이다. 누군가가 사기꾼을 찾아낼 수 있다면, 그것은 그가 아닐까?

그렇지만 나는 길을 계속 가고 있다. 휘갈겨진 전조가 내게 운명을 만날 거라 주장하는 곳으로 걸어간다. 라셰크의 눈길을 내 등 뒤에 느끼며. 질투에 차고, 조롱하고, 증오하는.

빈은 책상다리를 한 채 로드 르노의 멋지고 편한 의자들 중 하나에 앉아 있었다. 그 풍성한 드레스를 벗어버리고 더 낯익은 셔츠와 바지로 돌아오니 기분이 좋았다.

그러나 세이즈드의 차분한 불만 때문에 그녀는 움찔거리고 싶었다. 그는 방 맞은편에 서 있었고, 빈은 자기가 곤란에 빠졌다는 인상을 받았다. 세이즈드는 그녀에게 깊이 있는 질문을 던졌고, 로드 엘렌드와 그녀 사이에 오간 모든 대화를 세세하게 캤다. 세이즈드의 조사는 물론 공손했지만, 단호하기도 했다.

빈이 생각하기에는 테리스인이 그 젊은 귀족과 자기가 나눈 대화에 대해 지나치게 걱정하는 것처럼 보였다. 사실 그들은 아무런 중요한 이야기도 하지 않았고, 엘렌드 자신도 '대가문'의 로드치고는 전혀 특별해 보이지 않았다.

그러나 그에게는 뭔가 이상한 것이 있었다. 빈이 세이즈드에게 털어놓지 않은 어떤 것이었다. 그녀는…… 엘렌드와 있을 때 편안함을 느꼈다. 그 얼마 되지 않는 동안 누렸던 경험을 되새겨보면, 그녀는 그때 진짜 레이디 발레트가 아니었다. 빈도 아니었다. 그녀의 그런 부분—겁 많은 패거리의 일원—도 발레트만큼이나 가짜였기 때문이다.

아니, 그녀는 그냥…… 누구건 간에 그녀였다. 그것은 이상한 경험이었다. 그녀는 켈시어와 다른 사람들과 같이 있는 시간 동안 때때로 비슷하지만 훨씬 더 제한된 기분을 느꼈다. 엘렌드는 그녀의 진정한 자아를 어떻게 그토록 빠르게, 그토록 철저하게 깨워 일으킬 수 있었을까?

'어쩌면 그가 나한테 알로맨시를 썼을지도 몰라!' 그녀는 그런 생각이 들어 깜짝 놀랐다. 엘렌드는 고위 귀족이었다. 아마 그는 수더일 것이다. 그 대화에는 그녀가 생각했던 것보다 더 많은 내용이 있었을 것이다.

빈은 자세를 고치고 의자에 앉아 얼굴을 찌푸렸다. 그녀는 구리를 켜놓았고, 그것은 그가 그녀에게 감정적인 알로맨시를 사용할 수 없었어야 한다는 뜻이었다. 어떻게 했는지는 몰라도 그는 그녀가 방어막을 내려놓게 만든 것이다. 그녀는 그 경험을 다시 생각하며, 자기가 얼마나 이상할 정도로 편안함을 느꼈는지 되새겼다. 되돌아보니 충분히 조심하지 않은 게 분명했다.

'다음에는 좀 더 조심해야겠어.' 그녀는 그들이 다시 만날 거라고 생각했다. 다시 만나고 싶었다.

하인 하나가 들어와 조용히 세이즈드에게 속삭였다. 재빨리 주석을 불태우자 그 대화가 들렸다. 켈시어가 마침내 돌아왔다.

"로드 르노에게 말을 전해줘요." 세이즈드가 말했다. 흰옷을 입은 하인은 고개를 끄덕이고 빠른 걸음으로 방에서 나갔다.

"나머지 사람들도 나가는 편이 좋겠습니다." 세이즈드가 차분하게 말하자, 방에 있던 수행원들이 날쌔게 움직여 밖으로 나갔다. 세이즈드의 조용한 철야 경호 때문에 그들은 말하지도 움직이지도 못한 채 긴장감이 가득 찬 방에서 기다리며 서 있어야 했다.

켈시어와 로드 르노는 함께 조용히 이야기를 나누며 도착했다. 언제나 그렇듯이 르노는 낯선 서부 스타일로 재단된 값비싼 정복을 입었다. 초로의 남자는 회색 코밑수염을 늘 얇고 깔끔하게 다듬어놓았다. 그리고 자신 있는 분위기로 걸었다. 귀족들 한가운데서 온 저녁을 보낸 후인데도, 빈은 그의 귀족적인 태도에 또다시 충격을 받았다.

켈시어는 아직 그의 미스트클록을 입고 있었다.

"세이즈?" 그가 들어오면서 말했다. "무슨 소식 있어?"

"유감스럽게도 그렇습니다, 마스터 켈시어." 세이즈드가 말했다. "미스트리스 빈이 오늘 밤 무도회에서 로드 엘렌드 벤처의 주의를 끈 것 같습니다."

"엘렌드?" 켈시어가 팔짱을 끼며 말했다. "그는 상속자 아니야?"

"상속자지." 르노가 말했다. "아마 4년 전 그의 아버지가 서부를 방문했을 때 나도 그 아이를 만났을 거야. 그런 지위의 사람으로서는 좀 채신머리가 없어서 약간 놀랐지."

'4년?' 빈이 생각했다. '그렇게 오랫동안 로드 르노를 흉내 내고 있었을 리가 없는데. 켈시어가 "갱"에서 도망친 게 겨우 2년 전인걸!' 그녀는 대역 배우를 바라보았다. 그러나 언제나 그렇듯이 그의 태도에서는 결함 한 점 찾을 수 없었다.

"그 소년이 빈을 어떻게 배려해주던가?" 켈시어가 물었다.

"춤을 추자고 청했습니다." 세이즈드가 말했다. "하지만 미스트리스 빈은 현명하게도 거절했습니다. 겉보기에는 그저 우연의 일치로 만난 것으로 보입니다. 하지만 저는 아가씨가 그의 눈길을 끌었을까 봐 걱정입니다."

켈시어가 씩 웃었다.

"자네가 이 애를 너무 잘 가르쳤군, 세이즈. 빈, 앞으로는 약간 덜 매력 있게 굴도록 해야겠어."

"왜요?" 빈은 짜증을 숨기려고 하면서 물었다. "우리는 내가 널리 호감을 사기를 원한다고 생각했는데요."

"엘렌드 벤처처럼 중요한 남자에게는 아니야, 애야." 로드 르노가 말했다. "우린 네가 동맹을 맺을 수 있도록 널 궁정으로 보낸 거야. 스캔들을 일으키려고 보낸 게 아니라."

켈시어는 고개를 끄덕였다.

"벤처는 젊고, 신랑감으로 좋고, 강력한 가문의 후계자야. 네가 그와 관계를 가지면 우리에게 심각한 문제가 생길 수 있어. 궁정의 여자들은 널 질투할 거고, 더 나이 든 사람들은 서열 차이를 인정하지 않을 거야. 너는 궁정의 많은 부분에서 소외될 거야. 우리가 필요한 정보를 얻기 위해서는 귀족들이 너를 잘 모르고, 중요하지 않게 보고, 그리고 가장 중요하게는, 위협적이지 않다고 보는 게 필요해."

"게다가, 얘야." 로드 르노가 말했다. "엘렌드 벤처가 네게 진짜 관심을 갖고 있을 것 같지는 않아. 그는 궁정의 괴짜로 알려져 있어. 예상치 못한 일을 해서 그런 쪽으로 자기 명성을 높이려고 하는 것뿐일 거야."

빈은 얼굴이 붉어지는 것을 느꼈다.

'그의 말이 아마 맞을 거야.'

그녀는 스스로에게 엄격하게 말했다. 그렇지만 그는 그들 셋에게 화나지 않을 수 없었다. 특히 켈시어의 경솔하고 무심한 태도에.

"그래." 켈시어가 말했다. "네가 벤처를 완전히 피하는 게 아마 제일 좋을 거야. 그를 화나게 만들든지 어떻게 해봐. 네가 잘하는 노려보는 눈길을 몇 번 줘봐."

빈은 켈시어를 단호한 표정으로 바라보았다.

"바로 그거야!" 켈시어가 웃으며 말했다.

빈은 이를 악물었다가 억지로 긴장을 풀었다.

"오늘 밤 무도회에서 아버지를 봤어요." 그녀는 켈시어와 다른 사람들이 로드 벤처에게서 다른 데로 정신을 돌리기를 바라면서 말했다.

"정말이야?" 켈시어가 흥미를 느끼는지 물었다.

빈은 고개를 끄덕였다.

"오빠가 전에 내게 알려줬던 그를 알아봤어요."

"이건 무슨 말이야?" 르노가 물었다.

"빈의 아버지는 오블리게이터야." 켈시어가 말했다. "그리고 이런 무도회에 올 정도로 연줄이 있다면 중요한 사람 같아. 그의 이름이 뭔지 아니?"

빈은 고개를 저었다.

"묘사를 해보면?"

"어…… 대머리에, 눈 문신에……."

켈시어가 씩 웃었다.

"언젠가 그를 보게 되면 알려줘, 알겠지?"

빈은 고개를 끄덕였고, 켈시어는 세이즈드를 보았다.

"자, 빈에게 춤을 추자고 한 귀족들의 이름을 가져왔나?"

세이즈드는 고개를 끄덕였다.

"아가씨가 저에게 목록을 주었습니다, 마스터 켈시어. 저는 시종들의 식사 자리에서 몇 가지 재미있는 소문도 듣고 왔습니다."

"좋아." 켈시어가 구석의 구식 시계를 보면서 말했다. "하지만 그건 내일 아침에 듣겠어. 나는 가봐야 해."

"간다고요?" 빈이 기운을 차리며 물었다. "하지만 방금 왔잖아요!"

"어딘가에 도착한다는 것의 웃긴 점이 바로 그거지, 빈." 그가 윙크하며 말했다. "일단 네가 거기 도착하면, 네가 진짜로 할 수 있는 일은 다시 떠나는 것뿐이야. 좀 자둬. 좀 피곤해 보여."

켈시어는 무리에게 손을 흔들어 작별을 고하고는 쾌활하게 휘파람을 불며 몸을 숙여 방 밖으로 나갔다.

'너무 태연해.' 빈은 생각했다. '그리고 너무 비밀스러워. 보통 어떤 가문을 칠 계획인지 정도는 우리한테 말해주는데.'

"난 이만 물러날게요." 빈이 하품을 하며 말했다.

세이즈드는 그녀를 의심쩍게 바라보았지만, 르노가 그에게 조용히 말하자 그녀가 가도록 놔주었다. 빈은 서둘러 계단을 올라 자기 방으로 가서 미스트클록을 걸쳐 입고, 발코니 문을 밀어서 열었다.

안개가 방으로 쏟아져 들어왔다. 그녀는 철을 폭발시켰고, 그 보답으로 희미한 파란 금속 선이 먼 곳을 가리키는 광경을 얻었다.

'어디로 가는지 봅시다, 마스터 켈시어.'

빈은 강철을 불태우며, 자기 몸을 차갑고 축축한 가을밤 속으로 '밀었다'. 주석으로 눈을 강화하자 숨을 쉴 때 젖은 공기가 목구멍을 간질였다. 그녀는 뒤쪽을 세게 '밀었고', 그다음 아래의 문을 약간 '당겼다'. 그렇게 하자 그녀의 몸은 강철 문 위로 날아오르는 호를 그렸다. 그다음 그녀는 그 문을 '밀어서' 공중으로 더 멀리 몸을 던졌다.

그녀는 켈시어를 가리키는 파란 꼬리를 계속 지켜보면서, 그에게 보이지 않을 정도로 충분한 거리를 두고 그를 따라갔다. 그녀에게는 금속이―동전조차―하나도 없었다. 또 자신의 알로맨시 사용을 숨기기 위해 구리를 계속 태우고 있었다. 이론적으로는 그녀가 내는 소리만이 켈시어에게 그녀의 존재를 알려줄 수 있었다. 그래서 그녀는 가능한 한 조용히 움직였다.

놀랍게도 켈시어는 도시로 향하지 않았다. 저택 문을 지난 후 그는 도시 밖 북쪽으로 향했다. 빈은 거친 땅 위에 착지해 조용히 달려서 따라갔다.

'어디로 가는 거지?' 그녀는 혼란에 빠져 생각했다. '펠리스를 돌고 있는 거야? 주변부의 저택 중 하나로 향하는 건가?'

켈시어는 잠깐 북쪽으로 더 가는 듯싶었는데, 그다음 갑자기 금속 선이 어두워지기 시작했다. 빈은 뭉툭한 나무 한 무리 옆에 멈추었다. 그 선은 빠른 속도로 흐려졌다. 켈시어가 갑자기 속도를 낸 것이다. 그녀는 속으로 투덜거리며 다시 쏜살같이 달리기 시작했다.

앞쪽에서 켈시어의 선이 어둠 속으로 사라졌다. 빈은 한숨을 쉬며 속도를 늦추었다. 그녀는 철을 폭발시켰지만, 멀리서 다시 사라져가는 그의 모습을 간신히 흘끗 볼 수 있을 정도밖에 되지 않았다. 그녀는 절대로 따라갈 수 없었다.

그러나 그녀가 폭발시킨 철은 다른 것을 보여주었다. 그녀는 얼굴을 찌푸리고 앞으로 계속 나아가다 고정되어 있는 금속 자원에 다다랐다. 작은 청동괴 두 개가 서로 2피트의 거리를 두고 땅에 박혀 있었다. 그녀는 하나를 손에 튕겨 올려 잡은 다음, 북쪽의 소용돌이치는 안개 속을 들여다보았다.

'그는 뛰어오르고 있어. 하지만 왜?' 그녀는 생각했다. 뛰어오르기는 걷는 것보다 빨랐지만 빈 황무지에서는 별 의미가 없어 보였다.

'만약 이게 아니라면……'

그녀는 앞으로 걸어갔고, 곧 땅속에 박혀 있는 청동괴 두 개를 더 발견했다. 빈은 뒤쪽을 흘끗 보았다. 어둠 속에서 정확히 알기는 어려웠지만, 네 개의 청동괴는 루서델을 곧장 가리키는 선을 만들고 있는 것 같았다.

'이렇게 하는 거였구나.' 그녀는 생각했다. 켈시어는 루서델과 펠리스 사이를 놀랄 만한 속도로 움직이는 신묘한 능력을 갖고 있었다. 그녀는 그가 말을 타고 다닌다고 생각했었지만, 더 나은 방법이 있는 것처럼 보였다. 그는—아니면 그 이전의 누군가는—두 도시 사이에 알로맨시의 길을 놓았던 것이다.

그녀는 첫 번째 청동괴를 손에 쥐었다. 만약에 그녀가 틀렸다면 착지의 기세를 완화시키기 위해 그 청동괴가 필요할 것이었다. 그녀는 두 번째 쌍 청동괴 앞으로 가서 그녀의 몸을 공중으로 발사했다.

그녀는 강철을 폭발시키며 세게 '밀어서' 할 수 있는 한 멀리, 위쪽 하늘로 몸을 띄웠다. 날아가면서 그녀는 다른 금속 원천을 찾으려고 철을 폭발시켰다. 금속 자원은 곧 나타났다. 두 개는 똑바로 북쪽에 있었고, 두 개는 그녀의 양쪽으로 더 멀리 있었다.

'옆에 있는 것들은 가는 길을 보정하기 위한 거구나.' 그녀는 깨달았다. 청동 고속도로에 머물고 싶다면 그녀는 계속 똑바로 북쪽을 향해 움직여야 했다. 그녀는 몸을 살짝 왼쪽으로 돌렸다. 그렇게 하면 주 도로의 근처에 있는 청동괴 두 개 사이를 곧장 지나갈 수 있었다. 그런 다음 다시 호를 그리는 도약을 하며 몸을 앞으로 내던졌다.

그녀는 재빨리 요령을 익혔다. 청동괴 지점에서 지점으로 뛰어 건너가며 땅 근처에도 떨어지지 않았다. 불과 몇 분 만에, 그녀는 리듬을 아주 잘 터득해서 옆에서 보정을 받을 필요조차 거의 없어졌다.

듬성듬성한 풍경을 전진하는 그녀의 속도는 믿을 수 없이 빨랐다. 안개가 옆을 스치며 날아갔고, 미스트클록은 그녀 뒤에서 휙휙 움직이며 펄럭거렸다. 그렇지만 그녀는 속도를 더 냈다. 그녀는 청동괴를 연구하는 데 시간을 너무 썼다. 켈시어를 따라잡아야 했다. 그러지 않으면 루서델에 도착해서도 어디로 갈지 모르게 될 것이다.

그녀는 알로맨시 동작의 흔적을 필사적으로 찾으면서, 무모할 정도의 속도로 청동괴에서 청동괴로 몸을 내던지기 시작했다. 십 분 정도 도약을 이어간 끝에 마침내 파란 선이 그녀 앞에 나타났다. 선 하나가 땅속의 청동괴를 향해 내려가는 것이 아니라 위를 향했다. 그녀는 안도하며 숨을 몰아쉬었다.

뒤이어 두 번째 선이 나타났다. 그리고 세 번째.

빈은 얼굴을 찌푸리고, 작게 쿵 소리를 내며 땅에 떨어졌다. 그녀는 주석을 폭발시켰다. 그러자 앞쪽 어둠 속에 거대한 그림자가 나타났다. 그 위는 빛이 공의 형태로 빛나고 있었다.

'루서델 성벽이야.' 그녀는 놀라워하며 생각했다. '이렇게 빨리? 나는 말 탄 사람보다 두 배나 빠른 속도로 여기까지 여행했어!'

그러나 그것은 그녀가 켈시어를 잃어버렸다는 뜻이었다. 얼굴을 찡그리며 그녀는 자기가 들고 온 청동괴를 사용해 성가퀴로 몸을 던져 올렸다. 일단 축축한 돌 위에 내려앉자 그녀는 뒤로 손을 뻗어 자기 손안으로 청동괴를 '당겼다'. 그다음 그녀는 벽의 다른 편으로 접근해 위로 뛰어서 돌난간에 쪼그려 앉아 도시를 살펴보았다.

'이제 어쩌지?' 그녀는 짜증을 내며 생각했다. '도로 펠리스로 돌아가? 클럽스의 가게에 가서 그가 거기로 갔는지 볼까?'

그녀는 머뭇거리며 잠시 앉아 있다가, 벽에서 몸을 던져 옥상을 가로질러 가기 시작했다. 그녀는 창문 걸쇠와 금속 조각들을 밀고, 청동괴를 이용해가며 아무렇게나 돌아다녔다. 긴 점프를 해야 할 때면 청동괴를 도로 손으로 끌어당겼다. 그녀가 도착하고서야 그녀는 자기가 무의식적으로 특정한 목적지에 향했다는 것을 깨달았다.

어둠 속에서 벤처 아성이 그녀 앞에 서 있었다. 라임라이트는 꺼졌고, 유령 같은 횃불 몇 개만이 경비 초소 위치에서 불타고 있었다.

빈은 옥상 가장자리에 쪼그려 앉아, 무엇 때문에 다시 이 거대한 아성으로 이끌려 왔는지 판단하려고 했다. 서늘한 바람에 그녀의 머리카락과 클록이 물결쳤고, 뺨에선 작은 빗방울 몇 개가 느껴지는 것 같았다. 그녀는 발끝이 차가워질 정도로 오랫동안 앉아 있었다.

그때 오른쪽에서 움직이는 기척이 있었다. 그녀는 즉시 웅크리고, 주석을 폭발시켰다.

켈시어는 집 세 채도 떨어지지 않은 곳의 옥상에 앉아 있었다. 그녀는 주위의 불빛으로 간신히 그를 볼 수 있었지만, 그는 그녀의 존재를 알아차린 것 같지 않았다. 그는 아성을 지켜보고 있었다. 너무 멀리 있어서 그의 표정은 읽을 수 없었다.

빈은 의심스러운 눈길로 그를 지켜보았다. 그는 그녀가 엘렌드와 만난 것을 무시했다. 그러나 아마 겉으로 보기보다 더 걱정이 된 것 같았다. 가슴을 찌르는 갑작스러운 공포 때문에 그녀는 긴장했다.

'그가 엘렌드를 죽이러 여기에 온 것일까?' 고위 귀족 상속자가 암살된다면 확실히 귀족들 사이에 긴장이 조성될 것이다.

빈은 불안해하며 기다렸다. 그러나 결국, 켈시어는 일어서서 조금 떨어진 곳으로 걸어가더니, 옥상에서 몸을 '밀어' 공중으로 떠올랐다.

빈은 자기 청동괴를 내려놓고—그걸 갖고 있으면 그녀가 드러날 테니까—그를 뒤쫓아 달렸다. 그녀의 철은 멀리서 움직이는 파란 선을 보여주었다. 그녀는 서둘러 거리 위로 뛰어올라 아래의 하수구 쇠창살을 써서 자기 몸을 '밀었다'. 그녀는 그를 다시는 잃어버리지 않으리라 결심했다.

그는 도시 한가운데로 움직였다. 빈은 얼굴을 찌푸리며 그의 목적지를 추측해보려고 했다. 그 방향에는 에리켈러 아성이 있었고, 그곳은 주요 무기 공급처였다. 켈시어는 그쪽 무기의 공급을 가로채기 위해 무언가 계획한 것 같았다. 르노 가문이 이 지역 귀족들에게 더 중요해지게 만들기 위해서.

빈은 어느 옥상에 내려앉아 멈춰선, 켈시어가 어둠 속으로 쏜살같이 멀어져가는 것을 바라보았다.

'그는 다시 빠르게 움직이기 시작했어. 난……'

손 하나가 그녀의 어깨에 놓였다.

빈은 꺅 소리를 지르고 백랍을 폭발시키면서 뒤로 펄쩍 뛰었다.

켈시어는 한쪽 눈썹을 치켜세우고 그녀를 바라보았다.

"숙녀 아가씨, 침대에 있기로 돼 있는 거 아니었어?"

빈은 옆쪽의 금속 선을 슬쩍 보았다.

"하지만……"

"내 동전 주머니야." 켈시어는 미소 지으며 말했다. "좋은 도둑은 돈을 훔치는 것만큼이나 영리한 속임수도 쉽게 훔칠 수 있거든. 네가 지난주에 날 따라붙은 다음부터 난 좀 더 조심하기 시작했지. 처음에는 네가 벤처가의 미스트본인 줄 알았어."

"그들에게도 미스트본이 있어요?"

"당연히 그럴걸." 켈시어가 말했다. "대부분의 '대가문'에는 미스트본이 있어. 하지만 네 친구 엘렌드는 미스트본이 아니야. 미스팅조차도 아니야."

"어떻게 알아요? 그가 숨기고 있을 수도 있잖아요."

켈시어는 고개를 저었다.

"그는 2년 전 습격에서 거의 죽을 뻔했어. 만약 알로맨시의 힘을 보여줄 기회가 있었다면, 그때였을 거야."

빈은 고개를 끄덕였다. 그녀는 여전히 아래를 내려다보며 켈시어와 눈을 마주치지 못했다.

그는 한숨을 쉬면서 기울어진 지붕에 앉아 한쪽 다리를 가장자리에 걸쳤다.

"앉아봐라."

빈은 그의 옆 기와지붕 위에 앉았다. 위에서는 서늘한 안개가 계속 소용돌이쳤고, 살짝 보슬비가 내리기 시작했다. 그러나 그 정도면 보통의 밤의 습도와 별반 다르지 않았다.

"난 이렇게 널 달고 다닐 수는 없어, 빈." 켈시어가 말했다. "너, 신뢰에 대해 우리가 했던 말 기억하니?"

"당신이 날 신뢰한다면 어디로 가는지 내게 말했을 거예요."

"꼭 그렇지는 않아." 켈시어가 말했다. "그냥 너와 다른 사람들이 나에 대해 걱정하지 않게 하려는 것이었을 수도 있어."

"당신이 하는 일은 다 위험하잖아요." 빈이 말했다. "우리에게 자세히 말하면 왜 우리가 더 걱정한다는 거죠?"

"어떤 일들은 다른 일들보다 더 위험하니까." 켈시어는 조용히 말했다.

빈은 말을 멈추고 옆쪽을 쳐다보았다. 켈시어가 향하던 곳, 도시의 중심부를.

크레딕 쇼, '천 개의 첨탑 언덕'. 로드 룰러의 궁전.

"로드 룰러와 대결하려고 했군요!" 빈이 조용히 말했다. "당신은 지난주에 그를 방문할 거라고 말했지요."

"'방문'은 너무 센 단어인가 봐." 켈시어가 말했다. "나는 궁전에 갈 거야, 하지만 진심으로 로드 룰러와 직접 마주치지 않길 바라고 있어. 나는 아직 그를 상대할 준비가 되지 않았거든. 그렇지만 넌 클럽스의 가게로 곧장 가."

빈은 고개를 끄덕였다.

켈시어는 얼굴을 찌푸렸다.

"너 또 날 따라오려고 할 거지, 안 그래?"

빈은 잠시 멈추었다가, 다시 고개를 끄덕였다.

"왜?"

"도움이 되고 싶으니까요." 빈이 조용히 말했다. "지금까지의 모든 일에서 내 역할은 본질적으로 파티에 가는 것뿐이었어요. 하지만 난 미스트본이에요. 당신이 나를 훈련시켰잖아요. 나는 뒤로 물러나 앉아 저녁을 먹고 사람들이 춤추는 걸 지켜보는 동안 다른 사람들이 위험한 일을 하도록 놔두지는 않을 거예요."

"네가 무도회에서 하고 있는 일은 중요한 거야." 켈시어가 말했다.

빈은 고개를 끄덕이고는 아래를 보았다. 그녀는 그를 그냥 보낸 다음에 따라갈 생각이었다. 그 이유 중 일부는 그녀가 말한 대로였다. 그녀는 이 패거리에 동지애를 느끼기 시작했고, 그것은 그녀가 지금까지 알았던 어떤 것과도 달랐다. 그녀는 그 패거리가 벌이는 일의 일부가 되고 싶었다. 도움이 되고 싶었다.

그러나 그녀의 또 다른 부분은 켈시어가 자기에게 모든 걸 말하고 있지는 않다고 속삭였다. 켈시어는 빈을 신뢰할지도 모른다. 아닐지도 모른다. 하지만 그는 비밀을 가지고 있는 게 확실했다. 열한 번째 금속과 로드 룰러가 그 비밀에 연관되어 있었다.

켈시어는 그녀와 눈을 마주쳤고, 그녀의 눈 속에서 그녀의 결심을 본 것이 분명했다. 그는 한숨을 쉬며 뒤로 등을 기댔다.

"난 진심이야, 빈! 너와 함께 갈 수는 없어."

"왜 안 돼요?" 그녀는 가장을 포기하고 물었다. "당신이 하는 일이 그렇게 위험하다면, 다른 미스트본이 당신 등 뒤를 지키면 더 안전하지 않겠어요?"

"아직 금속에 대해 다 모르잖아." 켈시어가 말했다.

"당신이 저한테 가르쳐주지 않았을 뿐이죠."

"넌 연습이 더 필요해."

"최고의 연습은 실제로 하는 거예요." 빈이 말했다. "우리 오빠는 나를 빈집털이 집단에 넣어서 도둑질을 훈련시켰어요."

켈시어는 고개를 저었다.

"그건 너무 위험해."

"켈시어." 그녀는 진지한 어조로 말했다. "우리는 '마지막 제국을 타도'하려고 계획하고 있잖아요. 어쨌든 나는 올해 말까지 살아남을 거라고 생각하지는 않아요.

당신은 팀에 두 명의 미스트본이 있는 게 얼마나 큰 이점인지 다른 사람들에게 계속 이야기하고 있어요. 자, 실제로 내가 미스트본이 되게 해주지 않는다면 그건 그렇게 큰 이점이 되지 못할 거예요. 당신은 얼마나 오래 기다릴 생각이에요? 내가 '준비'될 때까지? 난 그런 일은 결코 일어나지 않을 거라고 생각해요."

켈시어는 그녀를 잠시 바라보다가 미소 지었다.

"우리가 처음 만났을 때, 그 시간의 절반이 지나도록 난 네게서 한마디 말도 끌어내지 못했어. 이젠 네가 나한테 강의를 하는구나."

빈의 얼굴이 붉어졌다. 마침내 켈시어는 한숨을 쉬더니 클록 아래로 손을 뻗어 뭔가를 꺼냈다.

"내가 이런 것까지 생각하게 되다니 믿을 수가 없어." 그는 그녀에게 금속 조각을 건네주며 중얼거렸다.

빈은 작은 은빛의 금속 공을 살펴보았다. 그것은 매우 반사가 잘되고 밝게 빛나서 마치 한 방울의 액체처럼 보였다. 그러나 만져보면 단단했다.

"아티움이야." 켈시어가 말했다. "알려진 알로맨시 금속들 중에서 열 번째 금속이고 가장 강력한 금속이지. 그 방울은 내가 전에 너한테 준 박싱 가방 전체보다 더 큰 가치가 있어."

"이 작은 방울이요?" 그녀가 놀라며 물었다.

켈시어는 고개를 끄덕였다.

"아티움은 오직 한 곳에서만 나. '하스신의 갱'. 로드 룰러가 아티움의 생산과 분배를 통제하는 곳이지. 대가문들은 다달이 아티움을 돈으로 사야 해. 그게 로드 룰러가 그들을 지배하는 주요 방법 중 하나지. 어서 그걸 삼켜봐."

빈은 그 금속 조각을 바라보면서, 그렇게 귀중한 것을 낭비해도 되나 머뭇거렸다.

"넌 그걸 팔 수 없어." 켈시어가 말했다. "도둑 패거리들은 팔아보려고 시도하지만, 그러다 추적당해서 처형되지. 로드 룰러는 자신의 아티움 공급을 철저히 보호하려고 해."

빈은 고개를 끄덕이고 그 금속을 삼켰다. 즉시 새로운 힘의 우물이 그녀의 안에 나타나 태워지기를 기다리는 것이 느껴졌다.

"좋아." 켈시어가 일어서며 말했다. "내가 걷기 시작하자마자 그걸 태워."

빈은 고개를 끄덕였다. 그가 앞으로 걸어가기 시작하자, 그녀는 새로운 힘의 우물을 빼내어 아티움을 태웠다.

그녀의 눈에 켈시어는 약간 흔들리는 것 같았다. 다음 순간 반투명하고 유령 같은 이미지가 그의 앞에 깔린 안개 속으로 쏘아져 나갔다. 그 이미지는 꼭 켈시어 같았다. 그것은 켈시어 앞으로 몇 걸음 나아갔다. 매우 희미하게 뒤로 끌리는 잔상이 그 분신에서 켈시어에게로 연장되었다.

그것은 마치…… 거꾸로 된 그림자 같았다. 그림자는 켈시어가 한 모든 일을 했다. 다만, 그 이미지가 '먼저' 움직였다. 그림자가 돌고 나면 켈시어가 그것과 똑같은 길을 따라갔다.

그 이미지의 입이 움직이기 시작했다. 일 초 후, 켈시어가 말했다.

"아티움은 네게 조금 후의 미래를 들여다보게 해줘. 아니면 적어도 조금 후의 미래에 사람들이 무슨 일을 할지 보게 해주지. 거기에 더해서 네 정신을 강화시켜줘. 네가 새 정보를 다루게 해주고, 더 빠르고 차분하게 반응하도록 만들어주는 거야."

그림자는 멈추었다. 그다음 켈시어가 그곳으로 걸어가 마찬가지로 멈추었다. 갑자기 그림자가 손을 뻗어 그녀를 때렸고, 빈은 반사적으로 손을 올리며 움직였다. 켈시어의 진짜 손이 움직이기 시작한 것은 바로 그때였다. 그가 팔을 반쯤 휘둘렀을 때 그녀가 그의 팔을 잡았다.

"네가 아티움을 태우는 동안에는 아무것도 널 놀라게 할 수 없어. 너는 적이 바로 거기로 뛰어들어 오리라는 걸 자신하면서 단검을 휘두를 수 있어.

모든 타격이 어디로 떨어질지 볼 수 있기 때문에 쉽게 공격을 피할 수 있지. 아티움은 너를 거의 무적으로 만들어줘. 정신을 강화시키고, 새 정보를 전부 사용할 수 있도록 만들어줘."

갑자기 켈시어의 몸에서 수십 개의 다른 이미지들이 쏟아져 나왔다. 그것들은 각기 다른 방향으로 튀어 나갔다. 어떤 것은 지붕 위를 걸어 다니고, 어떤 것은 공중으로 뛰어올랐다. 빈은 그의 팔을 놓고 일어서서 혼란에 빠진 채 뒤로 물러났다.

"나도 방금 아티움을 태운 거야." 켈시어가 말했다. "나는 네가 무엇을 할지 볼 수 있고, 그건 내가 무엇을 할지를 바꿀 수 있어. 그다음엔 그것이 네가 무엇을 할지를 바꾸지. 그 이미지들은 우리가 취할지 모르는 모든 가능한 행동들을 반영해."

"혼란스러워요." 빈은 미친 듯이 뒤죽박죽이 된 이미지들을 지켜보며 말했다. 지난 것은 끊임없이 사라지고 새 것이 끊임없이 나타났다.

켈시어가 고개를 끄덕였다.

"아티움을 태우고 있는 사람을 이기는 유일한 길은 너도 그걸 태우는 거야. 그러면 어느 쪽도 이점을 갖지 못하게 되니까."

그 이미지들이 사라졌다.

"뭘 한 거예요?" 빈이 깜짝 놀라 물었다.

"아무것도. 네 아티움이 아마 다 닳았나 보지." 켈시어가 말했다.

빈은 깜짝 놀라며 그가 옳다는 것을 깨달았다. 아티움은 사라졌다.

"이건 아주 빨리 타는군요!"

켈시어는 고개를 끄덕이며 다시 앉았다.

"아마 네가 가장 빨리 한재산 날려본 경험일 거야, 그렇지?"

빈은 얼떨떨해서 고개를 끄덕였다.

"아주 큰 낭비 같아요."

켈시어는 어깨를 으쓱했다.

"아티움은 오직 알로맨시 때문에 가치가 있어. 만약 우리가 아티움을 태우지 않는다면 아티움에는 지금만큼의 재산 가치가 없을 거야. 물론 우리가 그걸 태우면 더 희귀해지지. 그건 흥미로운 관계야. 언젠가 햄에게 그 문제를 물어보렴. 그는 아티움 경제에 대해 이야기하기를 아주 좋아한단다.

아무튼, 너와 맞서는 어떤 미스트본이라도 아티움을 갖고 있을 거야. 하지만 그들은 그걸 사용하기를 주저할 거야. 게다가 그들은 그걸 아직 삼키지 않았을 거야. 아티움은 부서지기도 쉬운 데다 소화액이 몇 시간 내에 그걸 파괴시키거든. 그러니까 너는 보존과 효율성 사이의 선을 잘 타야 해. 네 적수가 아티움을 사용하고 있는 것 같으면 너도 네 것을 쓰는 게 좋아. 하지만 그가 자기 것을 다 쓰기 전에 네 저장량을 다 써버리도록 너를 유인하지 않도록 조심해라."

빈은 고개를 끄덕였다.

"이건 오늘 밤 나를 데리고 간다는 뜻인가요?"

"난 아마 후회할 거야." 켈시어는 한숨을 쉬며 말했다. "하지만 너를 뒤에 남겨둘 방도를 모르겠다. 너를 붙잡아 매달아두지 않는 한은. 그렇지만 경고한다, 빈. 이건 위험할 수 있어. '매우' 위험할 수 있어. 난 로드 룰러를 만날 생각은 없어. 하지만 그의 근거지로 슬금슬금 들어가려고는 해. 우리가 그를 이길 수 있는 단서를 어디서 찾을 수 있을지 알 것 같거든."

빈은 미소를 짓고, 켈시어가 자기 쪽으로 오라고 손짓을 하자 앞으로 걸어갔다. 그는 주머니에 손을 집어넣고 약병 하나를 꺼내 그녀에게 건네주었다. 안에 든 액체가 단 한 방울의 금속만 담고 있다는 것을 제외하면, 그것은 보통 알로맨시 약병과 다름없어 보였다. 그 아티움 방울은 그가 연습용으로 주었던 것보다 몇 배나 컸다.

"꼭 써야 하는 게 아니면 쓰지 마라." 켈시어가 경고했다. "다른 금속이 필요하니?"

빈은 고개를 끄덕였다.

"여기 오느라 강철을 대부분 태워버렸어요."

켈시어는 그녀에게 병을 또 하나 건네주었다.

"먼저, 내 동전 주머니부터 찾으러 가자."

14

때때로, 내가 미쳐가는 것인가 궁금하다.

아마도 그것은 내가 어떻게든 전 세계의 짐을 져야만 한다는 압박감 때문일 것이다. 어쩌면 내가 본 죽음 때문일지도 모른다. 잃어버린 친구들. 죽여야만 했던 친구들.

어느 쪽이든, 나는 이따금 그림자가 나를 따라오는 것을 본다. 이해할 수 없고 이해하고 싶지도 않은 어둠의 생물들이다. 그들은 내 혹사당한 마음이 꾸며낸 환영일까?

그들이 동전 주머니를 찾은 직후 비가 오기 시작했다. 세찬 비는 아니었지만 안개를 약간은 걷어주는 것 같았다. 빈은 몸을 떨며 후드를 뒤집어쓰고 옥상 위, 켈시어 옆에서 몸을 웅크렸다. 켈시어는 날씨에 세심하게 주의를 기울이지 않았고 그녀도 그랬다. 약간 축축하다고 해서 다치지는 않는다. 실은 비 내리는 소리가 그들이 다가가는 소리를 덮어주어서 오히려 도움이 될 것이다.

크레딕 쇼는 그들 앞에 놓여 있었다. 어둠 속에서 뾰족한 첨탑과 가파른 탑들이 검은 발톱처럼 서 있었다. 탑들의 굵기는 각기 달랐다. 어떤 것들은 안에 층계참과 커다란 방을 둘 정도로 넓었고, 어떤 것들은 그냥 하늘로 치솟은 얇은 강철 막대기일 뿐이었다. 그런 여러 가지 모습 때문에 커다란 궁

326
마지막 제국

전은 왜곡되고 중심을 벗어난 것처럼 보였지만, 한편으로는 거의 균형감 있게 대칭을 이룬 것처럼 보이기도 했다.

뾰족한 대못과 탑들은 축축하고 안개 어린 밤 속에 불길한 자세로 자리를 잡고 있었다. 오랜 풍상에 시달린 시체의 재로 인해 검어진 뼈 같았다. 그 모습을 바라보며, 빈은 무언가 느껴진다는 생각이 들었다…… 암울함, 건물 가까이에 있는 것만으로도 희망을 모조리 빨려버릴 것 같은.

"우리의 목표는 저 먼 오른쪽 첨탑 중 하나의 하부에 있는 복잡한 터널들이야." 켈시어가 말했다. 그의 목소리는 고요하게 떨어지는 비 너머로 간신히 전해졌다. "우리는 저 터널들 바로 한가운데 있는 방으로 가는 거야."

"그 안에 뭐가 있는데요?"

"나도 몰라." 켈시어가 말했다. "그게 우리가 알아내려는 거야. 사흘마다 한 번씩─그리고 오늘은 그날이 아니야─로드 룰러는 그 방을 방문해. 그는 세 시간 동안 머물러 있다가 방을 떠나. 나는 전에 한번 들어가려고 시도했어. 3년 전에."

"그 일이로군요." 빈이 속삭였다. "바로 그……."

"나를 잡히게 만든 일." 켈시어가 고개를 끄덕이며 말했다. "그래. 그때는 로드 룰러가 그 방에 귀중한 물건을 쌓아뒀을 거라고 생각했어. 지금은 그렇게 생각하지 않아. 하지만 난 여전히 호기심이 돌아. 그가 방문하는 방식은 너무나 규칙적이고 너무나…… 이상해. 저 방에는 뭔가가 있어, 빈. 뭔가 중요한 것이. 어쩌면 그의 힘과 불멸에 대한 비밀을 쥐고 있는 무엇인가가."

"왜 우리가 그걸 걱정해야 해요?" 빈이 물었다. "당신은 그를 이길 수 있는 열한 번째 금속을 갖고 있잖아요, 안 그래요?"

켈시어는 약간 얼굴을 찡그렸다. 빈은 대답을 기다렸다. 그러나 그는 대답을 해주는 대신 이렇게 말했다.

"저번에는 실패했어, 빈. 우리는 그곳 가까이 갔었지만, 너무 쉽게 갔어. 우리가 도착했을 때는 방 밖에서 심문관들이 우리를 기다리고 있었지."

"누군가가 그들에게 당신이 가고 있다고 이야기한 거군요?"

켈시어가 고개를 끄덕였다.

"우리는 그 일을 몇 달 동안 계획했어. 너무 자신감이 넘쳤지. 하지만 그럴 만한 이유가 있었어. 메어와 나는 최고였어. 그 일은 아무 결함 없이 진행되어야 했어." 켈시어는 말을 멈추었다가 빈을 바라보았다.

"오늘 밤이야. 나는 전혀 계획하지 않았어. 그냥 들어가는 거야. 누구든 우리를 막으려는 사람이 있으면 조용하게 한 뒤 그 방에 침입할 거야."

빈은 조용히 앉아 있었다. 그녀의 젖은 손과 축축한 팔에 차가운 빗물이 느껴졌다. 그녀는 고개를 끄덕였다.

켈시어는 슬며시 미소 지었다.

"반대는 없고?"

빈은 고개를 저었다.

"나는 당신이 나를 억지로 데려오게 만들었어요. 지금은 내가 반대할 자리가 아니에요."

켈시어가 씩 웃었다.

"내가 브리즈와 너무 오래 어울렸나 봐. 누군가가 내가 미쳤다고 말하지 않으면 기분이 이상해."

빈은 어깨를 으쓱했다. 그러나 그녀가 옥상 위에서 움직일 때, 그녀는 다시 그것을 느꼈다. 크레딕 쇼에서 나오는 우울감을.

"뭔가 있어요, 켈시어." 그녀가 말했다. "저 궁전은…… 잘못되었다고 느껴져요. 왜인지는 몰라도요."

"그게 로드 룰러야." 켈시어가 말했다. "그는 믿을 수 없이 강력한 수더 같은 기운을 내뿜어서 그에게 가까이 가는 사람들의 감정을 억누르지. 구리를 켜. 그러면 네게 면역이 생길 거야."

빈은 고개를 끄덕이고, 구리를 태웠다. 즉시 그 느낌이 사라졌다.

"됐어?" 켈시어가 물었다.

빈은 다시 고개를 끄덕였다.

"좋아, 그럼." 그가 그녀에게 한 줌의 동전을 주며 말했다. "나한테 가까이 붙어 있어. 그리고 네 아티움을 쓰기 좋게 준비해두고 있어. 만약을 대비해서."

그 말과 함께 그는 지붕에서 몸을 던졌다. 빈은 따라갔다. 그녀의 클록에 달린 술이 빗물을 튀겼다. 그녀는 떨어지면서 백랍을 태웠고, 알로맨시로 강화된 다리로 땅에 내려왔다.

켈시어는 달려 나갔고, 그녀도 따라갔다. 젖은 자갈길 위에서 그녀는 무모하리만치 속도를 냈다. 그러나 백랍으로 연료가 공급되는 그녀의 근육들은 정확하게 힘과 균형을 맞추어 반응했다. 그녀는 주석과 구리를 태우면서 안개 끼고 축축한 밤 속을 달렸다. 주석으로 그녀를 보이게 만들고, 구리로 그녀를 숨기기 위해서.

켈시어는 궁전 복합건물을 돌았다. 이상하게도 그 땅엔 바깥벽이 없었다. '물론 없겠지. 누가 감히 로드 룰러를 공격하겠어?'

'천 개의 첨탑 언덕'을 둘러싸고 있는 것은 자갈로 덮인 평평한 장소였다. 나무도 나뭇잎도 없었다. 저 불안감을 주는 비대칭적인 날개와 탑과 첨탑들이 모인 크레딕 쇼로부터 사람의 눈을 돌릴 만한 다른 어떤 건물도 서 있지 않았다.

"이제 간다." 켈시어가 속삭였다. 그녀의 주석으로 강화된 귀에 그의 목소리가 와 닿았다. 그는 몸을 돌려 나지막하고 벙커처럼 생긴 궁전의 한 부분으로 곧장 달려갔다. 접근하면서 빈은 화려하고 대문처럼 생긴 문 옆에 한 쌍의 경비병들이 서 있는 것을 보았다.

켈시어는 눈 깜짝할 사이에 남자들을 덮쳐서 한 사람을 나이프로 베어 쓰러뜨렸다. 두 번째 남자는 고함을 지르려고 했지만 켈시어가 껑충 뛰어올라 양발로 남자의 가슴을 쳤다. 인간의 것이 아닌 듯한 강한 발차기에 맞아 옆으로 날아간 경비병은 벽에 부딪고는 땅으로 스르르 쓰러졌다. 일 초 후 켈시어는 땅에 내려서서, 몸무게를 실어 문을 쾅 쳐서 열었다.

약한 등잔불 빛이 안쪽 돌 복도에서 쏟아져 나왔다. 켈시어는 몸을 숙이고 문을 지나갔다. 빈은 주석을 흐리게 하고, 웅크린 채로 달음질쳐서 따라갔다. 가슴이 쿵쾅거렸다. 도둑으로 보낸 시간 내내 그녀는 한 번도 이런 일을 해본 적이 없었다. 그녀의 삶은 습격이나 강도 짓이 아니라 살금살금 들어가 빈집털이를 하고 사기를 치는 삶이었다. 켈시어를 따라 복도를 내려가면서—그들의 발과 클록이 매끄러운 석조 부분에 젖은 자국을 남겼다—그녀는 초조하게 유리 단검을 빼들었다. 가죽이 감긴 손잡이 부분을 땀에 젖은 손바닥으로 움켜쥐었다.

한 사람이 경비병 방 같은 곳에서 나와 바로 앞 통로로 걸어 들어왔다. 켈시어는 앞으로 펄쩍 뛰어 그 병사의 배를 팔꿈치로 친 다음 그를 벽으로 쿵 던졌다. 그 경비병은 쓰러졌지만, 켈시어는 몸을 숙여 방 안으로 들어갔다.

빈은 그를 따라 혼돈 속으로 걸어 들어갔다. 켈시어는 방 모퉁이에 있던 가지 달린 촛대를 뽑아 '당겨서' 손에 넣은 다음, 그걸 가지고 빙빙 돌면서 병사들을 차례로 쓰러뜨렸다. 경비병들은 고함을 치고 서둘러 방 옆쪽으로 달려가 스태프를 집어 들었다. 반쯤 먹은 음식들로 덮여 있던 테이블은 사람들이 공간을 만들려고 옆으로 던져버렸다.

한 병사가 빈에게로 향했고, 그녀는 생각할 틈도 없이 반응했다. 그녀는 강철을 태우고 한 움큼의 동전을 뿌렸다. 그녀가 '밀자', 동전은 던지는 무기가 되어 앞으로 쏘아져 나가 경비병의 살을 찢고 그를 쓰러뜨렸다.

그녀는 철을 태우며 동전들을 도로 자기 손에 '끌어당겼다'. 그녀는 피 묻은 주먹을 쥐고 돌아서서 방에다 금속을 뿌려 세 명의 군인을 쓰러뜨렸다. 켈시어가 임시방편으로 만든 스태프를 가지고 나머지를 쓰러뜨렸다.

'난 방금 남자 넷을 죽였어.'

빈은 얼떨떨한 채로 생각했다. 그 전에는, 죽이는 것은 언제나 린 담당이었다.

뒤에서 바스락거리는 소리가 났다. 빈이 빙글 돌자 또 다른 병사 무리가 그녀의 맞은편 문으로 들어오는 것이 보였다. 옆에서 켈시어가 촛대를 떨어뜨리고 앞으로 나섰다. 방의 등잔 네 개가 갑자기 받침대에서 뽑혀 나와 곧장 그를 향해 날아왔다. 그는 몸을 숙이고 옆으로 피해서 등잔들이 서로 부딪쳐 깨어지게 만들었다.

방이 어두워졌다. 빈은 주석을 태웠다. 그녀의 눈은 바깥 복도에서 나오는 빛에 익숙해졌다. 그러나 경비병들은 비틀거리다 멈추었다.

일 초 후 켈시어가 그들 사이에 있었다. 단검이 어둠 속에서 번뜩였다. 사람들이 비명을 질렀다. 그다음 모든 것이 조용해졌다.

빈은 죽음에 둘러싸여 서 있었다. 피 묻은 동전들이 그녀의 뻣뻣한 손가락에서 뚝뚝 떨어졌다. 하지만 단검은 꼭 쥐고 있었다. 떨리는 팔을 진정시키기 위해서일 뿐일지라도.

켈시어가 한 손을 그녀의 어깨에 얹자 그녀는 펄쩍 뛰었다.

"이 사람들은 악한 자들이었어, 빈." 그가 말했다. "모든 스카들은 '마지막 제국'을 지키기 위해 무기를 드는 것이 가장 큰 죄라는 걸 마음속 깊은 곳에 알고 있어."

빈은 멍하니 고개를 끄덕였다. 그녀는…… 잘못되었다고 느꼈다. 아마 죽음 때문이었을 것이다. 그러나 지금 그녀는 실제로 건물 안에 있었다. 그녀는 자기가 로드 룰러의 힘을 여전히 느끼고 있다고 맹세할 수 있었다. 그녀가 구리를 태우고 있음에도, 뭔가가 그녀의 감정을 '밀면서' 그녀를 더욱 우울하게 만들고 있는 것 같았다.

"어서 와. 시간이 부족해." 켈시어가 다시 출발했다. 그는 시체들 위를 유연하게 뛰어서 갔고, 빈은 자기도 모르게 그를 따라가고 있었다.

'난 그에게 날 데려오라고 졸랐어.' 그녀는 생각했다. '나는 그처럼 싸우고 싶었어. 그러니까 이 일에 익숙해져야 할 거야.'

그들은 두 번째 복도로 뛰어들었고, 켈시어가 공중으로 뛰어올랐다. 그는 휘청하더니 앞으로 쏘아져 나갔다. 빈도 똑같이 했다. 뛰어올라 통로 멀리 아래쪽의 닻을 찾은 후 그걸 그녀의 몸을 공중으로 '끌어당기는' 데 이용했다.

옆으로 복도가 재빨리 스쳐 지나갔고, 주석으로 강화된 귓가를 지나치는 공기는 격렬한 울부짖음처럼 들렸다. 앞에서 군인 두 명이 복도로 들어왔다. 켈시어는 먼저 발로 한 명을 갈기고, 그다음 단도를 손으로 튕겨 올려 다른 한 명의 목에다 쑤셔 넣었다. 두 남자 모두 쓰러졌다.

'금속이 없어.' 빈은 땅에 착지하면서 생각했다. '이곳 경비병들은 아무도 금속을 갖고 있지 않아.' 헤이즈킬러. 그들은 그렇게 불렸다. 알로맨서들과 싸우기 위해 훈련된 사람들.

켈시어는 옆의 복도로 몸을 숙인 채 내려갔고, 빈은 그를 따라잡기 위해 전속력으로 달려야 했다. 그녀는 다리를 더 빠르게 움직이려고 백랍을 폭발시켰다. 앞에서 켈시어가 멈추었고, 빈은 휘청하며 그의 옆에서 멈추었다. 그들의 오른쪽에 아치형 문이 열려 있었고, 그 너머에서 좁은 복도의 등잔 불 빛보다 훨씬 더 밝은 빛이 비쳐 나오고 있었다. 빈은 주석을 끄고 켈시어를 따라 아치형 복도를 지나서 방으로 들어갔다.

거대한 돔 모양 천장의 방 구석에서 여섯 개의 화로가 불길을 태웠다. 단순한 복도와 대조되게, 이 방은 은으로 상감(象嵌)한 벽화들로 덮여 있었다. 벽화 각각은 분명 로드 룰러를 나타내고 있었다. 그림들은 덜 추상적이라는 점만 제외하면 그녀가 전에 본 스테인드글라스 창 같았다. 산이 보였다. 거대한 동굴. 빛의 웅덩이.

그리고 뭔가 매우 어두운 것.

켈시어는 앞으로 성큼성큼 걸어갔고, 빈은 방을 돌아보았다. 방 한가운데를 작은 구조물이 지배하고 있었다. 건물 안의 건물이었다. 조각된 돌과 유동적인 문양으로 장식된 1층짜리 건물이 그들 앞에 경건하게 서 있었다. 대체로 그 조용한 빈 방은 빈에게 엄숙함이라는 낯선 감각을 느끼게 했다.

켈시어는 앞으로 걸어갔다. 맨발로 매끄러운 검은 대리석 위를 밟았다.

빈은 초조하게 웅크린 자세로 따라갔다. 방은 빈 것 같았지만, 다른 경비병들이 있을 게 분명했다. 켈시어는 안쪽 건물에 설치된 커다란 오크 문으로 걸어갔다. 문 표면에는 빈이 알아볼 수 없는 글자들이 새겨져 있었다. 그는 손을 뻗어 그 문을 열었다.

그 안에는 '강철 심문관'이 한 명 있었다. 그 괴물이 미소 지었다. 뾰족한 부분부터 눈을 찔러 들어간 두 개의 거대한 대못 아래에서 입술이 으스스한 표정으로 말려 올라갔다.

켈시어는 잠깐 주춤하다가 외쳤다.

"빈, 달아나!"

심문관의 손이 앞으로 확 움직여 그의 목을 움켜잡았다.

빈은 얼어붙었다. 옆에서 검은 로브를 입은 다른 심문관 두 명이 열린 아치형 복도로 성큼성큼 걸어 들어왔다. 키가 크고 마르고 대머리고 눈에 박은 대못과 복잡한 미니스트리 눈 문신으로 금방 알아볼 수 있었다.

가장 가까이 있는 심문관이 켈시어의 목을 잡아 공중으로 들어 올렸다.

"켈시어, 하스신의 생존자." 그 괴물은 삐걱거리는 목소리로 말했다. 그러고는 빈을 보았다. "그리고…… 너. 난 너를 찾고 있었다. 어느 귀족이 너를 낳았는지 말한다면 이 자를 빨리 죽게 해주지, 혼혈."

켈시어는 기침을 하고 숨을 쉬기 위해 몸부림치면서 그 괴물의 손아귀를 비틀었다. 그 심문관은 대못 머리가 튀어나온 눈을 돌려 켈시어를 바라보았다. 켈시어는 뭔가 말하려는 듯이 다시 기침을 했다. 심문관은 호기심에 차서 켈시어를 약간 더 가까이 끌어당겼다.

켈시어의 손이 단검을 재빨리 꺼내 그 괴물의 목에다 밀어 넣었다. 심문관이 비틀거리자 켈시어는 그 괴물의 팔뚝을 주먹으로 갈겨 딱 소리와 함께 뼈를 부러뜨렸다. 심문관은 그를 떨어뜨렸고, 켈시어는 기침을 하면서 빛을 반사하는 대리석 바닥에 떨어졌다. 숨을 쉬기 위해 헐떡거리며, 켈시어는 강렬한 눈으로 빈을 쳐다보았다.

"도망가라고 했잖아!" 그는 쉰 목소리로 말하면서 뭔가를 그녀에게 던졌다.

빈은 멈춰 서서 손을 내밀어 동전 주머니를 받으려고 했다. 그러나 그것은 갑자기 공중에서 휘청하더니 오던 방향으로 쏘아져 날아왔다. 그 순간 그녀는 켈시어가 그것을 '던져준' 것이 아니라, 자기를 향해 '던졌다'는 사실을 깨달았다.

주머니는 켈시어의 알로맨시로 '밀려서' 그녀의 가슴을 때렸다. 그녀는 놀란 두 심문관을 지나쳐 방을 가로질러 던져지다가, 마침내 꼴사납게 바닥으로 떨어져선 대리석 위를 미끄러졌다.

빈은 약간 어질어질한 채로 위를 쳐다보았다. 멀리서 켈시어가 다시 일어났다. 그러나 주 심문관은 목에 박힌 단검에 별로 신경 쓰는 것 같지 않다. 다른 두 심문관들은 그녀와 켈시어 사이에 서 있었다. 한쪽은 그녀를 향했고, 빈은 그 괴물의 무시무시하고 초자연적인 시선에 소름이 쫙 끼쳤다.

"달아나!" 그 말이 둥근 천장의 방에 메아리쳤다. 그리고 마침내, 이번에는 그 말이 정곡을 찔렀다.

빈은 서둘러 일어났다. 공포가 그녀를 충격에 빠뜨리고, 그녀에게 비명을 질렀고, 그녀의 몸을 움직였다. 그녀는 가장 가까운 아치형 통로로 쏜살같이 달려갔지만 자기가 들어왔던 통로인지 확신하지 못했다. 그녀는 켈시어의 동전 주머니를 움켜쥐고 철을 태우면서, 복도 아래쪽에서 닻이 될 만한 것을 미친 듯이 찾았다.

'도망가야 해!'

빈은 처음 보이는 금속 조각을 그러쥐고 잡아당겨 땅에서 몸을 떼어냈다. 그녀는 공포로 철을 폭발시키며 제어할 수 없는 속도로 복도를 질주해 내려갔다.

갑자기 몸이 휘청하고 모든 것이 빙글 돌았다. 그녀는 거친 돌에 머리를 박으며 꼴사나운 각도로 넘어진 후 어지러워하면서 누워 있었다. 무슨 일이 일어났는지 알 수 없었다. 그 동전 주머니…… 누군가가 그것을 '당겨서' 그녀를 뒤로 끌어당겼다. 빈은 굴러서 일어나 복도를 따라 쏜살같이 내려오는 검은 그림자를 보았다. 심문관은 로브를 펄럭이며 빈에게서 가까운 곳에 가볍게 착지했다. 그는 무표정한 얼굴로 성큼성큼 다가왔다.

빈은 주석과 백랍을 폭발시켜 정신을 맑게 하고 고통을 밀어냈다. 그녀는 몇 개의 동전을 재빨리 꺼내 그 심문관에게 '밀었다'.

그가 한 손을 들어 올리자 두 개의 동전 모두 공중에서 얼어붙었다. 빈 자신의 '미는' 힘이 갑자기 그녀의 몸을 뒤로 던졌고, 그녀는 비틀거리다 돌 위를 미끄러져 가로질렀다.

그녀가 멈추는 순간 동전들이 마루에서 짤랑거리는 소리가 들렸다. 그녀는 머리를 뒤흔들었다. 온몸에 새로 생긴 십여 개의 멍이 맹렬히 타오르는 듯했다. 심문관은 버려진 동전들을 넘어, 그녀를 향해 매끄러운 걸음으로 다가왔다.

'빠져나가야 해!' 켈시어조차 심문관과 맞대결하는 것은 두려워했다. 그가 심문관과 싸울 수 없다면, 그녀에게 무슨 가능성이 있겠는가?

없었다. 그녀는 주머니를 떨어뜨리고 펄쩍 뛰어 일어난 다음 달렸다. 처음 보이는 문가를 몸을 숙여 지나쳤다. 문 너머의 방에는 사람이 없었지만, 한가운데에 금빛 제단이 있었다. 제단 위 모퉁이에는 네 개의 가지 촛대가 있었고, 다른 종교용품들도 흩어져 있었다. 공간은 비좁았다.

빈은 돌아서서, 예전에 켈시어가 쓴 속임수를 기억하며 촛대를 손으로 '당겼다'. 심문관은 방에 들어와 재미있다는 듯이 손을 들어 올리더니 그 가지 촛대를 '알로맨시 당기기'로 쉽사리 그녀의 손에서 빼앗았다.

'너무나 강해!' 빈은 공포를 느끼며 생각했다. 그는 아마 뒤의 등잔 버팀대를 '당겨서' 자기 몸을 버티고 있을 것이다. 그러나 그가 '철-당기는' 힘은 켈시어의 힘보다 훨씬 강력했다.

빈은 뛰어올라 몸을 살짝 위로 '당기면서' 제단을 넘어갔다. 문가에서 심문관이 짧은 기둥 위에 놓인 사발 하나에 손을 뻗어 한 줌의 작은 금속 삼각형 같은 것을 꺼내고 있었다. 그 삼각형은 모든 면이 날카로워서 그 괴물의 손도 십여 군데 찢겼다. 하지만 그는 그 상처를 무시하고 그녀를 향해 피 흐르는 손을 들어올렸다.

빈은 꺅 소리를 내며 제단 뒤로 몸을 숙였다. 뒤편 벽으로 금속 조각들이 뿌려졌다.

"너는 덫에 걸렸어." 심문관이 직직 긁는 듯한 소리로 말했다. "나와 함께 가자."

빈은 옆쪽을 슬쩍 보았다. 방에는 다른 문이 없었다. 심문관을 내다보는 순간 한 조각의 금속이 그녀의 얼굴로 날아왔다. 그녀는 그것을 '밀었'지만, 심문관이 너무 강했다. 그의 힘 때문에 뒤쪽 벽에 못 박히지 않으려면 몸을 숙이고 금속을 지나쳐 보내야 했다.

'뭔가 막을 것이 필요해. 금속으로 만들어지지 않은 물건.'

심문관이 방 안에 들어오는 소리를 들으면서, 그녀는 필요한 물건을 찾아냈다. 제단 옆에 가죽 장정이 된 커다란 책이 놓여 있었다. 그녀는 그것을 움켜쥐고 잠시 생각했다. 그녀가 부자라고 해도 죽으면 아무 소용없다. 그녀는 켈시어의 병을 꺼내 아티움을 삼키고 불태웠다.

심문관의 그림자가 제단 옆으로 돌아왔고, 일 초 후에 본체인 심문관이 따라왔다. 아티움 그림자는 손을 펼쳤고, 작고 반투명한 단도들이 그녀를 향해 흩뿌려져 쏘아졌다.

빈은 진짜 단도들이 뒤따라올 때 책을 들어 올렸다. 그녀가 그 책을 그림자 흔적 속으로 흔들 때, 진짜 단도가 막 그녀를 향해 쏘아져 오고 있었다. 그녀는 단도를 모두 막아냈다. 금속의 날카롭고 삐죽삐죽한 모서리가 책의 가죽 표지를 깊이 파고들었다.

심문관은 잠시 멈추었고, 괴물의 일그러진 얼굴에 혼란의 표정 같은 것이 떠올랐다. 다음 순간 수백 개의 그림자 이미지들이 그의 몸에서 솟아 나왔다.

'로드 룰러시여!' 빈은 생각했다. 그도 아티움을 갖고 있었던 것이다.

그것이 무슨 뜻인지 걱정할 새도 없이, 빈은 제단을 뛰어넘었다. 던지는 무기가 더 뒤따라올지 몰라 그 방어책으로 책 또한 여전히 지닌 채였다. 심문관이 몸을 돌렸다. 그녀가 다시 복도로 몸을 숙이고 들어가는 모습을 대못에 뚫린 눈이 좇았다.

　한 분대의 군인들이 그녀를 기다리며 서 있었다. 그러나 군인들은 미래의 그림자를 갖고 있었다. 빈은 그들의 무기가 어디로 떨어질지 거의 보지도 않고 열두 명의 남자들의 공격을 피해내며 그들 사이로 지나갔다. 그리고 잠시, 그녀는 고통과 공포의 대부분을 잊어버리는 대신 믿을 수 없을 만치 넘치는 힘을 느꼈다. 위에서 옆에서 스태프들이 날아들었지만 그녀는 수월히 피해냈다. 스태프들은 겨우 몇 인치 차이로 그녀를 놓치고 허공을 갈랐다. 그녀는 무적이었다.

　그녀는 줄줄이 선 남자들 사이를 빙글빙글 돌며 뚫고 나갔다. 그들을 죽이거나 다치게 하는 귀찮은 일은 하지 않았다. 그녀는 오로지 도망치고 싶었다. 마지막 한 명을 지나치면서 그녀는 모퉁이 하나를 돌았다. 그러자 두 번째 심문관의 몸이 그림자 이미지들과 함께 뛰어올랐다. 그는 위로 걸음을 내딛고 날카로운 무언가를 그녀의 옆구리에 콱 박아 넣었다.

　빈은 고통으로 헐떡였다. 그 괴물이 그녀의 몸에서 자기 무기를 손쉽게 뽑는 순간 역겨운 소리가 났다. 그것은 날카로운 흑요석 날이 붙은 긴 나무였다. 빈은 옆구리를 움켜쥔 채 뒤로 비틀거렸다. 어마어마한 양의 따뜻한 피가 상처에서 흘러나오는 게 느껴졌다.

　그 심문관은 낯익어 보였다.

　'다른 방에 있던 첫 번째 심문관이야.' 그녀는 고통 속에서 생각했다. '그건…… 켈시어가 죽었다는 뜻인가?'

　"네 아버지가 누구냐?" 심문관이 물었다.

　빈은 옆구리에 손을 대고 피를 멎게 하려고 했다. 상처 부위가 컸다. 심한 상처였다. 그녀는 전에도 그런 상처를 본 적이 있었다. 그들은 언제나 죽었다.

그렇지만 그녀는 아직 서 있었다.

'백랍이야.' 그녀는 혼란스러운 정신으로 생각했다. '백랍을 폭발시켜!'

그녀는 그렇게 했다. 그 금속은 그녀의 몸에 힘을 주었고, 그녀가 계속해서 제 발로 서 있을 수 있게 해주었다. 두 번째 심문관이 옆쪽에서 그녀에게 다가갈 수 있도록 군인들이 뒤로 물러났다. 빈은 공포 속에서 이쪽저쪽으로 심문관들을 건너다보았다. 둘 다 그녀를 향해 내려오고 있었다. 손가락 사이와 옆구리 아래로 피가 흐르고 있었다. 그녀 앞에 선 심문관은 여전히 그 도끼 같은 무기를 들고 있었다. 그 무기의 날은 피로 덮여 있었다. 그녀의 피로.

'난 죽을 거야.' 그녀는 공포에 사로잡혀 생각했다.

그때 소리가 들렸다. 빗소리. 희미한 소리였지만, 주석으로 예민해진 그녀의 귀는 뒤쪽에서 들려오는 빗소리를 잡아냈다. 그녀는 몸을 돌려서 휘청거리며 문을 지났다. 방 맞은편에 있는 거대한 아치형 길이 보였다. 방바닥에 안개가 고여 있고, 비가 바깥의 돌들을 후려치고 있었다.

'경비병들이 들어온 곳일 거야.' 그녀는 생각했다. 그녀는 계속 백랍을 폭발시키면서, 자기 몸이 아직도 얼마나 잘 작동하고 있는지에 놀라며, 빗속으로 비틀거리며 나아갔다. 그녀는 반사적으로 가죽 장정 책을 가슴에 대고 움켜쥐었다.

"도망가려는 생각이냐?" 앞장선 심문관이 뒤에서 물었다. 그의 목소리에는 재미있다는 기색이 깃들어 있었다.

멍하니, 빈은 하늘로 마음을 뻗어 궁전의 많은 첨탑 중 하나를 '당겼다'. 그녀는 공중으로 몸을 내던졌고, 곧 어두운 밤 속으로 휙 당겨지면서 심문관이 욕하는 소리를 들었다.

천 개의 탑이 그녀 주위에 서 있었다. 그녀는 하나를 '당기고', 그다음 다른 것으로 바꿨다. 비가 강해지면서 밤이 칠흑같이 검어졌다. 희미한 불빛을 반사해줄 안개는 없었고, 별들은 구름 속에 숨어버렸다. 빈은 자기가 어디로 가는지 볼 수 없었다. 그녀는 첨탑의 금속 끄트머리를 느끼기 위해 알로맨시를 써야 했고, 거기까지 가는 동안 아무것도 없기만 바라야 했다.

그녀는 첨탑 하나와 마주쳐서, 어둠 속에서 그것을 잡고 당겨서 멈추었다.

'상처를 싸매야 해…….' 그녀는 희미하게 생각했다. 몸이 뻣뻣해지기 시작했고, 백랍과 주석을 태우는데도 머리가 흐려졌다.

뭔가가 그녀 위쪽 첨탑에 쾅 부딪쳤고, 낮은 신음 소리가 들렸다. 빈은 심문관이 그녀 옆의 공기를 베는 순간, '밀었다'.

그녀에게는 아직 한 번의 기회가 있었다. 점프 도중에, 그녀는 자신을 옆으로, 다른 첨탑 쪽으로 '당기면서', 동시에 쥐고 있던 책을 '밀었다'. 그 책에는 아직 표지에 금속이 박힌 채였다. 책은 그녀가 가던 방향으로 계속 날아갔고, 금속 선이 어둠 속에서 약하게 빛났다. 그것이 그녀가 갖고 있던 유일한 금속이었다.

심문관은 그녀의 속임수에 넘어갔다. 빈은 한숨을 쉬고, 첨탑에 매달려 있었다. 비가 몸을 후드득 때렸다. 그녀는 구리가 아직 타고 있는지 확인했다. 그녀의 몸을 제자리에 고정시키기 위해 첨탑을 가볍게 '당기고', 상처를 싸매기 위해 셔츠 한 조각을 잘라냈다. 정신은 멍했지만 그녀는 그 상처가 얼마나 큰지 알아차렸다.

'오, 로드.' 그녀는 생각했다. 백랍이 없었다면 그녀는 오래전에 의식을 잃었을 것이다. 죽었을 것이다.

어둠 속에서 무슨 소리가 났다. 빈은 한기를 느끼며 위를 쳐다보았다. 사방의 모든 것이 어두웠다.

'그럴 리가 없어. 그가 그럴 수 있을 리가…….'

뭔가가 첨탑에 쾅 부딪쳤다. 빈은 비명을 지르며 뛰어서 물러났다. 그녀는 다른 첨탑을 '당겨서' 약하게 붙잡고, 다음 순간 즉시 그것을 도로 '밀었다'. 심문관은 그녀를 따라왔다. 그가 그녀 뒤쪽의 첨탑에서 첨탑으로 뛰어다닐 때마다 쿵 소리가 울렸다.

'날 찾아냈어. 그는 날 볼 수 없어, 들을 수 없어, 느낄 수도 없어. 그렇지만 그는 날 찾아냈어.'

빈은 첨탑 하나와 마주쳐서 그것을 한 손으로 잡고, 흐느적거리며 어둠 속에 매달려 있었다. 그녀의 힘은 거의 다 소진됐다.

'나는…… 도망쳐야 해…… 숨어야…….'

그녀의 손은 뻣뻣하게 곱았고, 정신도 거의 비슷한 느낌이었다. 손가락이 차가운 첨탑의 젖은 표면에서 미끄러졌고, 그녀는 자신의 몸이 어둠 속으로 자유낙하 하는 것을 느꼈다.

그녀는 비와 함께 떨어졌다.

그러나 짧은 거리만 떨어지다 뭔가 단단한 것에 쿵 부딪쳤다. 궁전의 특히 높은 부분을 덮은 지붕이었다. 어질어질한 채로, 그녀는 무릎으로 일어나 첨탑으로부터 멀리 기어가서 구석을 찾았다.

'숨어…… 숨어…… 숨어…….'

그녀는 다른 탑이 만들어낸 구석으로 힘없이 기어갔다. 그녀는 어두운 구석에 몸을 옹송그리고 팔로 몸을 두른 채, 재 섞인 빗물이 고인 깊은 구덩이에 누워 있었다. 그녀의 몸은 비와 피로 젖어 있었다.

그녀는 아주 잠깐 동안 자기가 도망쳤는지도 모른다고 생각했다.

어두운 모습이 옥상으로 쿵 떨어졌다. 비는 기세가 누그러지고 있었고, 그녀는 주석으로 두 개의 대못이 박힌 머리를 볼 수 있었다. 검은 로브에 휘감긴 몸 또한.

그녀는 너무 약해져서 움직일 수가 없었다. 너무 약해져서 옷이 몸에 찰싹 달라붙은 채로 물웅덩이 속에서 떨고 있을 수밖에 없었다. 심문관이 그녀 쪽을 보았다.

"참으로 말썽쟁이 생쥐로군." 그가 말했다. 그는 앞으로 발을 내딛었지만, 빈은 그의 말을 거의 들을 수 없었다.

다시 어두워지고 있었다…… 아니, 실은 그녀의 정신이 어두워지는 것이었다. 그녀의 시야가 어두워지고, 눈이 감기고 있었다. 그녀의 상처는 더 이상 아프지 않았다. 그녀는…… 심지어…… 생각할 수도…… 없었다…….

나뭇가지를 꺾는 것 같은 소리가 났다.

그다음 팔이 그녀를 안아들었다. 죽음의 팔이 아니라 따뜻한 팔이었다. 그녀는 억지로 눈을 떴다.

"켈시어?" 그녀는 속삭였다.

그러나 걱정으로 가득 차서 그녀를 마주 바라보는 얼굴은 켈시어의 얼굴이 아니었다. 다른, 더 친절한 얼굴이었다. 빈은 안도의 한숨을 쉬고, 끔찍한 밤의 폭풍 속에서 자신을 끌어당기는 강한 팔에 몸을 맡겼다. 그러자 이상할 정도로 평온한 느낌이 들었다.

15

나는 왜 크완이 나를 배신했는지 모른다. 지금까지도, 이 사건은 내 생각 속을 떠돌고 있다. 그는 나를 발견한 사람이었다. 그는 나를 처음으로 '영원의 영웅'이라고 부른 테리스 철학자였다. 자신의 동료들을 설득하려는 긴 투쟁을 한 그가, 지금 나의 통치에 반대해서 설교하는 유일한 테리스의 성인이라는 사실은 아이러니하고 초현실적으로 보인다.

"너와 함께 데려갔다고?" 독슨이 방으로 쾅 튀어 들어오며 날카롭게 물었다. "빈을 크레딕 쇼 안으로 데리고 들어갔어? 너 존나 미쳤냐?"

"그래." 켈시어가 쏘아붙였다. "네가 쭉 옳았어. 난 미친놈이고 정신 나간 놈이야. 난 '갱' 속에서 그냥 죽고 절대로 다시 돌아오지 말았어야 했어. 너희들 누구에게도 귀찮지 않게!"

독슨은 켈시어의 사나운 말에 움찔하며 입을 다물었다. 켈시어는 좌절감에 테이블을 쾅 때렸고, 그 일격으로 나무가 쪼개졌다. 그는 아직 백랍을 태우고 있었다. 그가 입은 몇 군데의 부상을 견디도록 그 금속이 도와주고 있었기 때문이다. 그의 미스트클록은 누더기가 되어 놓여 있었고, 몸은 대여섯 개의 작은 벤상처로 덮여 있었다. 오른쪽 옆구리 전체가 고통으로 불탔다. 그곳에는 커다란 멍이 들 것이다. 갈비뼈가 한 대도 부러지지 않았다면 운이 좋은 것일 테다.

켈시어는 백랍을 폭발시켰다. 몸 안의 불은 기분 좋게 느껴졌다. 덕분에 분노와 자기혐오에 빠질 수 있는 집중력이 생겼다. 도제 하나가 재빨리 움직여 켈시어의 가장 크게 벌어진 상처를 붕대로 싸맸다. 클럽스는 햄과 함께 부엌 옆에 앉아 있었다. 브리즈는 교외를 방문하느라 나가 있었다.

"로드 룰러의 이름으로, 켈시어." 독슨이 조용히 말했다.

'심지어 독슨조차도.' 켈시어가 생각했다. '내 가장 오랜 친구조차도 로드 룰러의 이름으로 맹세해. 우린 뭘 하고 있는 거지? 우리가 어떻게 여기에 맞서야 하지?'

"심문관 세 명이 우리를 기다리고 있었어, 독스." 켈시어가 말했다.

독슨의 얼굴이 창백해졌다.

"그런데 그 애를 거기다 남겨뒀어?"

"그 애는 내가 나가기 전에 나갔어. 나는 할 수 있는 한 오래 심문관들의 주의를 끌려고 했어. 하지만……."

"하지만?"

"세 놈 중 하나가 그녀를 따라갔어. 난 그놈을 어떻게 할 수가 없었어. 다른 두 심문관은 자기들 동료가 빈을 찾을 수 있도록 내 손발을 묶어놓는 역할이었나 봐."

"세 명의 심문관이라니." 독슨이 작은 브랜디 잔을 도제 한 명에게서 받아 들며 말했다. 그는 그것을 비웠다.

"우리가 들어가면서 너무 많은 소음을 낸 게 틀림없어." 켈시어가 말했다. "그랬거나, 아니면 어떤 이유로 이미 거기에 있었겠지. 그리고 우린 아직 그 방 안에 뭐가 있었는지 몰라!"

부엌은 조용해졌다. 바깥의 비는 다시 기세를 올려 꾸짖는 듯 혹은 분노하는 듯 건물을 공격하고 있었다.

"그래서……." 햄이 말했다. "빈은 어떻게 된 거야?"

켈시어는 독슨을 슬쩍 쳐다보았고, 그의 눈 속에서 비관을 보았다. 몇 년의 훈련을 거친 켈시어도 간신히 달아났다. 빈이 아직 크레딕 쇼에 있다면…….

켈시어는 날카롭고 비꼬이는 고통을 가슴속에서 느꼈다.

'넌 그녀도 죽게 놔뒀어. 처음엔 메어, 그다음엔 빈. 이 일이 다 끝나기 전에 너는 도대체 얼마나 많은 사람들을 학살로 이끌 거냐?'

"그녀는 도시 어딘가에 숨어 있을 수도 있어." 켈시어가 말했다. "심문관들이 자기를 찾고 있을까 봐 가게로 못 오고. 아니면…… 어떤 이유로 펠리스에 돌아갔을 수도 있어."

'아마 그녀는 저 밖 어딘가에서, 빗속에서 혼자 죽어가고 있을 거야.'

"햄." 켈시어가 말했다. "너랑 나는 다시 궁전으로 가보자. 독스, 레스티번스를 데리고 다른 도둑 패거리들을 방문해. 그들의 감시병들 중 하나가 뭔가 보았을 거야. 클럽스, 르노의 저택에 도제를 하나 보내서 그녀가 거기에 있나 봐."

침통한 채로 무리는 움직이기 시작했다. 그러나 켈시어는 분명한 것을 말할 필요가 없었다. 그와 햄은 경비 순찰대와 싸우지 않으면 크레딕 쇼에 가까이 갈 수 없을 것이다. 빈이 도시 어딘가에 숨어 있다고 해도, 심문관들이 그녀를 먼저 발견할 수도 있었다. 그들은 아마…….

켈시어는 얼어붙었다. 그의 갑작스러운 행동에 다른 사람들도 동작을 멈췄다. 그는 무언가를 들었다.

서두르는 발걸음이 울리고, 레스티번스가 계단을 뛰어 내려와 방으로 들어왔다. 그의 껑충한 형체가 비에 젖어 있었다.

"누가 오고 있어요! 어둠 속에서 나와 호출을 하면서요!"

"빈?" 햄이 희망에 차서 물었다.

레스티번스는 고개를 저었다.

"큰 남자예요. 로브 입고요."

'그럼 이걸로 다 끝났군. 나는 패거리에 죽음을 데려왔어. 심문관을 곧장 그들에게로 이끌고 온 거야.'

햄은 일어서면서 나무 스태프를 집어 들었다. 독슨은 한 쌍의 단검을 꺼냈고, 클럽스의 여섯 도제들은 두려움으로 눈이 커진 채 방 뒤쪽으로 움직이기 시작했다.

켈시어는 금속을 폭발시켰다.

부엌 뒷문이 쾅 열렸다. 젖은 로브를 걸친 키가 크고 어두운 형체가 빗속에 서 있었다. 그는 천으로 싼 그림자를 팔에 안고 있었다.

"세이즈드!" 켈시어가 말했다.

"그녀는 심하게 다쳤습니다." 세이즈드가 재빨리 방으로 걸어 들어오며 말했다. 그의 멋진 로브에서 빗물이 줄줄 흘렀다. "마스터 해먼드, 백랍을 주십시오. 그녀의 백랍이 고갈된 것 같습니다."

햄이 서둘러 달려갔고, 세이즈드는 빈을 부엌 테이블에 눕혔다. 그녀의 피부는 축축하고 창백했다. 그녀의 가냘픈 몸이 비에 흠뻑 젖어 있었다.

'이 아이는 이렇게 작구나.' 켈시어가 생각했다. '어린애티를 갓 벗었어. 어떻게 내가 데려가겠다는 생각을 할 수 있었지?'

그녀는 옆구리에 피가 철철 흐르는 커다란 상처를 입은 채였다. 세이즈드는 뭔가를 옆에다 놓았다. 빈의 몸 아래로 팔에 받쳐 들고 온 커다란 책이었다. 세이즈드는 해먼드에게서 병을 받아 몸을 굽히고 의식 없는 소녀의 입에 그 액체를 흘려 넣었다. 방은 조용해졌다. 아직 열린 문으로 쿵쾅거리는 빗소리가 새어 들었다.

빈의 얼굴에 약간 홍조가 돌고, 호흡이 안정되기 시작하는 것 같았다. 켈시어의 알로맨시 청동 감각으로는, 그녀의 맥이 가냘프게 뛰기 시작했다. 두 번째 심장 박동과 다르지 않은 맥박이었다.

"아, 좋습니다." 세이즈드가 빈의 임시 붕대를 풀면서 말했다. "그녀의 몸이 아직 알로맨시에 익숙하지 않아서 무의식적으로 금속을 태울 수준에는 이르지 못했을까 봐 걱정했습니다. 그녀에게는 희망이 있다고 생각합니다. 마스터 클래던트, 끓인 물 한 주전자와 붕대, 그리고 내 방에서 의료 가방을 가져다주십시오. 빨리, 지금 당장!"

클럽스는 고개를 끄덕이고, 그의 도제들에게 지시받은 대로 하라고 손짓했다. 켈시어는 세이즈드가 하는 일을 지켜보면서 움찔했다. 빈의 상처는 심했다. 그가 지금까지 당한 어떤 상처보다도 심했다. 벤상처는 그녀의 내장 속까지 깊이 파고들었다. 그것은 천천히, 그러나 꾸준히 사람을 죽이는 타입의 상처였다.

그러나 빈은 보통 사람이 아니었다. 백랍은 알로맨서 몸의 원기가 바닥이 나고도 한참 후까지 살아 있게 지켜주었다. 게다가 세이즈드는 보통 치료사가 아니었다. 키퍼들은 종교적인 의식만 그들의 무시무시한 기억력 속에 저장해둔 것이 아니었다. 그들의 메탈마인드*는 문화, 철학 그리고 과학에 대한 어마어마한 정보들을 담고 있었다.

수술이 시작될 때, 클럽스는 그의 도제들을 방에서 이끌고 나갔다. 그 절차는 놀랄 만큼 시간이 걸렸고, 햄은 세이즈드가 빈의 내장을 꿰매는 동안 상처에 압력을 가했다. 마침내 세이즈드가 바깥 상처를 봉합하고 깨끗한 붕대를 감은 다음, 햄에게 그 소녀를 조심스럽게 그녀의 침대에 올려다 두라

---

* 메탈마인드(METALMIND): 스카드리알의 세계에는 알로맨시와 또 다른 두 가지 금속술이 있다. 그중 하나인 페루케미(FERUCHEMY)를 익힌 페루케미스트가 힘이나 지식, 온기 등의 속성을 저장해놓을 수 있는 금속 조각이다.

345
2장 재의 하늘 아래

고 부탁했다.

세이즈드는 침통하게 고개를 저었다.

"모르겠습니다, 마스터 켈시어. 그녀는 살아남을 수도 있습니다. 그녀에게 백랍을 계속 공급해줘야 할 겁니다. 그래야 그녀의 몸이 새 피를 만드는 걸 도와줄 겁니다. 하지만 전 이 상처보다 작은 상처로 많은 강한 남성들이 죽는 것을 봐왔습니다."

켈시어가 고개를 끄덕였다.

"제가 너무 늦게 도착한 것 같습니다." 세이즈드가 말했다. "그녀가 르노 저택에서 사라진 것을 발견했을 때, 저는 최대한 빨리 루서델로 왔습니다. 그 여행을 서두르느라 메탈마인드 전부를 써버렸습니다. 그러고도 너무 늦었습니다……."

"아니야, 친구여." 켈시어가 말했다. "자네는 오늘 밤 잘했어. 나보다 훨씬 나았어."

세이즈드는 한숨을 쉬더니 손을 뻗어 수술 전에 옆으로 치워놓았던 커다란 책을 어루만졌다. 그 책은 빗물과 피로 젖어 있었다. 켈시어는 그것을 바라보며 얼굴을 찌푸렸다.

"그런데 그게 대체 뭐야?"

"모르겠습니다." 세이즈드가 말했다. "궁전에서 발견했습니다. 제가 저 아이를 찾고 있는 동안에요. 클레니로 씌어 있더군요."

클레니, 클레니움의 언어—클레니움은 고대의, '승천' 전의 로드 룰러의 고향이었다. 켈시어는 약간 생기가 돌았다.

"자네 그걸 번역할 수 있나?"

"아마도요." 세이즈드는 갑자기 매우 지쳐 보이는 모습으로 말했다. "하지만…… 당분간은 안 될 것 같습니다. 오늘 저녁을 이렇게 보냈으니, 저는 쉬어야 합니다."

켈시어는 고개를 끄덕이며, 세이즈드에게 방을 준비해주라고 도제 한 명을 불렀다. 테리스인은 고마운 마음으로 고개를 끄덕인 후 지친 듯이 계단을 올라갔다.

"그는 오늘 밤 빈의 생명 그 이상을 구했어." 독슨이 뒤에서 조용히 다가오며 말했다. "네가 한 일은 어리석었어, 심지어 너에게도."

"난 알아야 했어, 독스." 그가 말했다. "난 되돌아갈 수밖에 없었어. 만약 아티움이 진짜 그 안에 있다면?"

"네가 없다고 말했잖아."

"그렇게 말했지." 켈시어가 고개를 끄덕이며 말했다. "그리고 그건 거의 확신해. 하지만 내가 틀렸다면?"

"그건 변명이 되지 않아." 독슨은 화가 나서 말했다. "이제 빈은 죽어가고, 로드 룰러는 우리에게 신경을 곤두세우고 있어. 그 방에 들어가려다가 메어를 죽인 걸로 부족했어?"

켈시어는 말을 하지 못했다. 그러나 그는 너무 지쳐서 화도 나지 않았다. 그는 한숨을 쉰 다음, 주저앉았다.

"그것만이 아니야, 독스."

독슨은 얼굴을 찡그렸다.

"다른 사람들에게는 로드 룰러에 대해 이야기하는 걸 피해왔어." 켈시어가 말했다. "하지만…… 난 걱정이 돼. 계획은 훌륭하지만, 그가 살아 있는 한 우리는 결코 성공하지 못할 거라는 끔찍한 느낌이 떠나질 않아. 우린 그의 돈을 빼앗을 수 있고, 그의 군대를 빼앗을 수 있어. 그를 속여서 도시 밖으로 나가게 할 수도 있어…… 하지만 여전히 우리가 그를 막을 수 없을 것 같아 걱정이 돼."

독슨은 얼굴을 찌푸렸다.

"너, 그럼 이 열한 번째 금속 일은 진심이야?"

켈시어는 고개를 끄덕였다.

"나는 2년 동안 그를 죽일 방법을 찾아. 사람들은 할 수 있는 모든 걸 시도해보았지. 그는 보통의 상처 따윈 무시해버리고, 목을 베어도 화만 낼 뿐이야. 어느 초기 전쟁에서 한 무리의 군인들이 그가 묵던 여관을 태웠어. 로드 룰러는 해골이나 다름없는 꼴로 걸어 나와서, 몇 초 만에 치유되었어.

오직 열한 번째 금속의 이야기만이 조금이라도 희망을 줘. 하지만 난 그걸 작동시킬 수가 없어! 그래서 궁전으로 다시 가야 했던 거야. 로드 룰러는 그 방에 뭔가를 숨기고 있어. 난 그걸 느낄 수 있어. 그게 뭔지 우리가 안다면, 우린 그를 막을 수 있을 거야."

"빈을 데려갈 필요는 없었잖아."

"그녀가 날 따라왔어." 켈시어가 말했다. "내가 그 애를 놔두고 가면 그녀가 직접 끼어들려고 할까 봐 걱정이 됐어. 그 소녀는 고집불통인 데가 있어, 독스. 그 애는 대개 잘 숨기지만, 마음만 먹으면 완전히 벽창호처럼 굴어."

독슨은 한숨을 쉬고는 조용히 고개를 끄덕였다.

"그리고 우린 아직 그 방에 뭐가 있는지 모른다는 거지."

켈시어는 세이즈드가 테이블 위에 둔 책을 보았다. 빗물이 그것에 얼룩을 남겼지만, 그 책은 분명 물을 견디도록 만들어져 있었다. 물이 안으로 스며들지 않도록 책 매기가 단단히 되어 있고, 표지는 잘 보존된 가죽으로 되어 있었다.

"그래." 켈시어가 마침내 말했다. "우린 몰라."

'하지만 우리는 이걸 손에 넣었어. 저게 뭐건 간에.'

"그게 가치가 있었어, 켈?" 독슨이 물었다. "이 미친 묘기에, 정말 너 자신과 저 아이를 죽을 뻔하게 만들면서까지 할 만한 가치가 있었던 거야?"

"난 모르겠어." 켈시어가 정직하게 말했다. 그는 독슨에게로 시선을 돌려 친구와 눈을 마주쳤다. "빈이 살 수 있을지 없을지 알게 되면 그때 물어봐."

3장

피 흘리는 태양의 아이들

16

클레니움, 그 위대하고 경이로운 도시에서 나의 여행이 시작되었다고 생각하는 사람들이 많다. 그들은 여정을 시작할 때 내가 왕이 아니었다는 사실을 잊어버리곤 한다. 왕과는 거리가 멀었다는 사실을.

이 일은 황제나, 사제나, 예언자나, 장군이 시작하지 않았다는 것을 사람들이 기억했으면 좋겠다. 이것은 클레니움이나 코르델에서 시작되지 않았다. 동쪽의 위대한 국가들이나 서부의 맹렬한 제국들에서 시작되지도 않았다.

그것은 아무 특징도 없는 이름을 가진 작고 하찮은 도시에서 시작됐다. 한 젊은이, 말썽에 빠져드는 능력만 제외하면 어느 면으로 보나 눈에 띄는 구석이 없는 어느 대장장이의 아들과 함께 시작됐다.

그것은 나와 함께 시작됐다.

빈이 깨어났을 때 그녀는 하도 아파서 린이 또다시 자기를 때린 줄 알았다. 내가 뭘 했더라? 패거리의 다른 일원에게 너무 친하게 굴었나? 두목이 화낼 만한 바보 같은 말을 했나? 그녀는 조용히, 언제나 조용히, 다른 사람들에게서 떨어져 있어야 했다. 결코 주의를 끌지 않아야 했다. 그러지 않으면 린이 그녀를 때릴 것이다. '넌 배워야 해.' 그가 말했다. 그녀는 배워야 했다……

하지만 그렇다고 하더라도 너무 아픈 것 같았다. 이런 아픔은 오랫동안 겪어보지 못했다.

그녀는 약하게 기침을 하며 눈을 떴다. 그녀는 아주 편안한 침대에 누워 있었고, 침대 곁의 의자에는 흐느적거리는 듯한 10대 소년이 앉아 있었다.

'레스티번스야. 그게 이 애 이름이야. 나는 클럽스의 가게에 있어.'

레스티번스가 펄쩍 뛰어 일어났다.

"너 깨어나고 있어!"

그녀는 말을 하려고 했지만 기침만 다시 나올 뿐이었다. 소년은 서둘러 그녀에게 물을 한 잔 주었다. 빈은 그 물을 고맙게 마시다가, 옆구리에 느껴지는 고통 때문에 얼굴을 찡그렸다. 온몸을 흠씬 두들겨 맞은 것 같았다.

"레스티번스." 그녀는 마침내 쉰 목소리로 말했다.

"아니야 지금은 그거." 그가 말했다. "켈시어가 내 이름을 고쳤어. 스푸크로 바꿨어."

"스푸크?" 빈이 물었다. "어울리는데. 나 얼마나 오래 잤어?"

"2주." 소년이 말했다. "여기서 기다려." 그는 재빨리 나갔고, 뒤이어 먼 곳을 향해 소리치는 그의 목소리가 들렸다.

'2주라고?'

빈은 컵에서 물을 한 모금 마시면서 뒤죽박죽이 된 기억을 정리해보려고 했다. 오후의 붉은 햇빛이 창문을 통해 들이쳐 방을 밝혔다. 그녀는 컵을 치워놓고 옆구리를 살펴보았다. 그곳에는 희고 커다란 붕대가 감겨 있었다.

'심문관이 날 벤 곳이구나. 난 죽을 뻔했어.' 그녀는 생각했다.

떨어지다 지붕에 부딪쳐 옆구리가 멍들고 변색돼 있었다. 몸의 다른 곳에도 벤 자국, 멍, 긁힌 자국이 십여 군데나 있었다. 전체적으로 몸 상태가 끔찍하게 나빴다.

"빈! 너 깨어났구나!" 독슨이 방으로 걸어 들어오면서 말했다.

"간신히요." 빈은 신음 소리를 내며 도로 침대에 누웠다.

독슨은 씩 웃더니, 등받이 없는 의자로 걸어가 앉았다.

"어디까지 기억나니?"

"거의 다 기억나는 것 같아요. 우린 싸워서 궁전에 들어갔는데 거기 심문관들이 있었어요. 그들이 우리를 쫓아왔고, 켈시어가 싸웠……." 그녀는 말을 멈추고 독슨을 쳐다보았다. "켈시어는요? 그는⋯⋯."

"켈은 괜찮아." 독슨이 말했다. "그는 너보다 훨씬 나은 상태로 빠져나왔어. 3년 전부터 계획을 짰기 때문에 그는 그 궁전을 아주 잘 알아. 그리고⋯⋯."

독슨이 말끝을 흐리자 빈은 얼굴을 찌푸렸다.

"뭔데요?"

"그는 심문관들이 자기를 죽이는 데는 별로 집중하지 않는 것처럼 보였다고 했어. 그들은 켈을 쫓는 놈은 하나만 남기고, 너한테 둘을 보냈어."

'왜일까? 그냥 제일 약한 적에게 먼저 에너지를 집중하고 싶었던 걸까? 아니면 다른 이유가 있는 걸까?' 그녀는 뒤로 기대앉아 생각에 잠긴 채 그날 밤의 사건들을 검토해보았다.

"세이즈드. 그가 날 구했어요." 마침내 그녀가 말했다. "심문관이 막 나를 죽이려던 참이요. 하지만⋯⋯ 독스, 그는 어떤 존재예요?"

"세이즈드?" 독슨이 물었다. "그건 그가 대답하게 해줘야 할 문제 같은데."

"그가 여기 있어요?"

독슨은 고개를 저었다.

"그는 펠리스로 돌아가야 했어. 브리즈와 켈은 모병을 하느라 나가 있고, 햄은 지난주에 우리 군대를 점검하기 위해 떠났어. 적어도 한 달은 돌아오지 않을 거야."

빈은 고개를 끄덕이다 졸음이 오는 걸 느꼈다.

"남은 물을 다 마시렴." 독슨이 말했다. "그 안에는 고통을 줄이도록 도와주는 약이 들어 있어."

빈은 물을 마저 마신 다음 침대 위로 굴러 다시 잠의 품속으로 들어갔다.

깨어나자 켈시어가 와 있었다. 그는 침대 옆 스툴에 앉아 있었다. 무릎 위에 팔꿈치를 괴고 양손을 움켜쥔 채, 희미한 등잔불 빛으로 그녀를 지켜보고 있었다. 그녀가 눈을 뜨자 그는 미소를 지었다.

"돌아와서 반가워."

그녀는 즉시 침대맡 협탁 위에 놓인 물에 손을 뻗었다.

"일은 어떻게 돼가요?"

그는 어깨를 으쓱했다.

"군대는 늘어나고 있고, 르노는 무기와 비품을 구입하기 시작했어. 미니스트리에 대한 네 제안은 아주 좋았어. 우린 테론의 연줄을 찾아 우리 중 한 사람을 미니스트리 견습으로 넣겠다는 거래를 거의 성사시켰어."

"마쉬요? 그가 직접 그 일을 할까요?" 빈이 물었다.

켈시어는 고개를 끄덕였다.

"그는 항상…… 미니스트리에 좀 매혹되어 있었지. 오블리게이터를 흉내 낼 수 있는 스카는 마쉬밖에 없어."

빈은 고개를 끄덕이고 물을 마셨다. 켈시어는 어딘가 달라졌다. 미묘했다. 분위기와 태도가 약간 바뀌었다. 그녀가 아파 누워 있는 동안 뭔가가 변한 모양이었다.

"빈." 켈시어가 머뭇거리며 말했다. "너한테 사과해야겠어. 나 때문에 넌 죽을 뻔했어."

빈은 작은 소리로 코웃음 쳤다.

"당신 잘못이 아니에요. 내가 고집을 부려서 당신이 날 데려가게 만들었잖아요."

"내가 네 말을 듣지 말았어야 했어. 너를 다른 데로 보내야 한다는 내 원래 판단이 맞는 거였어. 사과를 받아주렴." 켈시어가 말했다.

빈은 조용히 고개를 끄덕였다.

"이제 난 무슨 일을 해야 해요? 계획은 계속 진행되어야죠, 맞죠?"

켈시어가 미소를 지었다.

"그렇고말고. 네가 회복되자마자 널 도로 펠리스에 데려다 놓고 싶어. 우리는 레이디 발레트가 아팠다는 거짓 이야기를 만들어냈지만, 다른 소문들이 돌기 시작했어. 네가 직접 방문객들에게 모습을 보이는 게 빠르면 빠를수록 좋을 거야."

"난 내일이라도 갈 수 있어요." 빈이 말했다.

켈시어는 씩 웃었다.

"그건 의심스러운데. 하지만 곧 갈 수 있을 거야. 지금 당장은 그냥 쉬어." 그는 일어나서 떠나려고 했다.

"켈시어?" 빈이 묻자, 그가 걸음을 멈추었다. 그는 돌아서서 그녀를 바라보았다.

빈은 하고 싶은 말을 표현하려고 애썼다.

"궁전…… 심문관…… 우리는 무적이 아니에요. 그렇죠?" 그녀의 얼굴이 붉어졌다. 그 말은 그녀의 귀에도 바보같이 들렸다.

그러나 켈시어는 미소만 지었다. 그녀가 무슨 말을 하는지 이해하는 것 같았다. 그는 조용히 말했다.

"그래, 빈. 우린 무적과는 거리가 멀어."

빈은 마차 창밖으로 지나가는 풍경을 지켜보았다. 르노 저택에서 보내온 차는 레이디 발레트를 태우고 루서델을 돌아다니게 되어 있었다. 사실, 그 차는 클럽스의 가게가 있는 거리에서 잠깐 멈춰 서서 빈을 태웠다. 그러나 이제 마차의 차창 가리개는 열려 있었다. 누가 신경 쓸지는 모르겠지만 그렇게 그녀의 모습을 다시금 세상에 보여주고 있었다.

마차는 도로 펠리스 쪽으로 향했다. 켈시어의 말이 옳았다. 그녀는 클럽스의 가게에서 사흘을 더 쉬고서야 여행할 정도로 건강이 회복됐다는 느낌이 들었다. 멍든 팔과 상처 입은 옆구리로 귀족 여성이 입는 드레스 속에 들어가야 하는 힘든 싸움을 벌이기가 두려워서 기다린 점도 있었다.

하지만 다시 일어나자 기분이 좋았다. 침대에서 몸이 회복될 때까지 마냥 기다리기만 하는 건 좀…… 잘못된 일처럼 느껴졌다. 보통 도둑이었다면 그렇게 오랜 기간 쉴 수 없었을 것이다. 도둑은 재빨리 일을 다시 시작하지 않으면 버려져서 죽는다. 음식 살 돈을 가져올 수 없는 자들은 은신처에서 공간을 차지할 자격도 없다.

'하지만 사람이 사는 방식이 꼭 그런 것만 있는 건 아니야.' 빈은 생각했다. 그녀는 여전히 그 깨달음이 불편했다. 켈시어와 다른 사람들에게는 그녀가 자기들의 자원을 빨아먹고 있다는 사실이 중요하지 않았다. 그들은 그녀의 약해진 상태를 이용하지 않고 오히려 그녀를 돌봐주었다. 각자 돌아가며 그녀의 침대 곁에서 시간을 보냈다. 간병인들 가운데 가장 눈에 띄었던 건 어린 레스티번스였다. 빈은 자기가 그를 잘 안다고 생각하지도 않았다. 그러나 빈이 혼수상태에 빠져 있는 동안 그 소년이 몇 시간씩 그녀를 지켜보았다고 켈시어는 말했다.

패거리 두목이 부하들 때문에 고민하는 세계를 어떻게 생각해야 할까? 암흑가에서는 각자가 스스로에게 일어나는 일을 책임졌다. 패거리에서 약자는 다른 사람들이 살아남기 위한 몫을 버는 데 방해물이 될 수 있으므로 죽는대도 할 수 없었다. 어떤 사람이 미니스트리에 잡히면, 그자의 운명에 맡겨두고 다만 패거리에 대해 너무 많은 정보를 폭로하지 않기만을 바랄 뿐이었다. 타인을 위험에 몰아넣었다고 죄책감을 느낄 필요는 없었다.

'그들은 바보들이야.' 린의 목소리가 속삭였다. '이 계획은 전부 재앙으로 끝날 거야. 그리고 떠날 수 있을 때 떠나지 않은 네 잘못 때문에 넌 결국 죽을 테고.'

린은 떠날 수 있을 때 떠났다. 빈이 자기도 모르게 갖게 된 힘 때문에 심문관들이 끝내는 그녀를 사냥하리라는 것을, 린은 아마도 알고 있었을 것이다. 그는 언제나 떠나야 할 때를 알고 있었다. 그가 다른 카몬 패거리와 함께 도살당하지 않은 것은 우연이 아니라고 그녀는 생각했다.

그녀는 머릿속에서 린이 재촉하는 것을 무시한 채, 마차를 타고 펠리스

쪽으로 갔다. 켈시어의 패거리와 함께 있는 자리를 아주 안전하다고 느껴서 그런 것은 아니었다. 사실 어떤 면으로는, 그 사람들과 함께 있을 때 그녀의 자리는 더 불안했다. 그들이 이제 빈을 필요로 하지 않게 되면 어쩌지? 그들에게 쓸모가 없어지면 어쩌지?

그들이 빈에게 기대하는 일을 그녀가 해낼 수 있다는 걸 증명해야 했다. 행사에 참석하고, 사교계에 잠입해야 했다. 그녀는 할 일이 너무 많아서 잠을 잘 시간조차 없었다.

게다가 알로맨시 수련도 다시 시작해야 했다. 겨우 몇 달도 지나지 않아 그녀는 자기 힘에 의존하게 되었고, 안개 속을 뛰어 돌아다니며 하늘에서 '당기고' '미는' 자유를 사랑하게 되었다. 크레딕 쇼는 그녀가 무적이 아니라는 것을 가르쳐주었다. 그러나 켈시어가 거의 상처 하나 없이 살아왔다는 사실은 그녀가 지금보다 훨씬 더 나아질 가능성이 있음을 증명해주는 것이기도 했다. 빈은 켈시어처럼 심문관들에게서 도망칠 수 있기 위해 연습을 더 하고, 힘을 키워야 했다.

마차는 굽이를 돌아 펠리스로 들어왔다. 낯익고 목가적인 교외를 보고 빈은 자기도 모르게 미소 지었다. 그녀는 열린 마차 창에 몸을 기대고 바람을 느껴보았다. 행운이 따른다면, 레이디 발레트가 도시 안에서 마차를 타고 다니는 모습을 보았다는 소문이 퍼질 것이다. 그녀는 짧은 모퉁이를 몇 번 돌아 르노 저택에 도착했다. 하인이 문을 열었을 때, 로드 르노가 그녀가 내려오는 걸 돕기 위해 마차 밖에서 기다리는 것을 보고 빈은 깜짝 놀랐다.

"마이 로드?" 그녀는 손을 내밀면서 말했다. "돌보셔야 할 더 중요한 일들이 있을 텐데요."

"말도 안 되는 소리. 영주에게는 자기가 가장 좋아하는 조카딸을 맹목적으로 사랑할 시간이 있어야지. 마차 여행은 어땠니?" 그가 말했다.

'그가 역할에 어긋나는 일을 하는 거 아닐까?' 그는 루서델에 있는 다른 사람들에 대해 묻지 않았고, 그녀의 부상에 대해 알고 있다는 암시도 하지 않았다.

"기분 전환이 되었어요, 삼촌." 계단을 올라 함께 저택 문으로 향하면서 그녀가 말했다. 빈은 아직 약한 다리에 힘을 더하기 위해 배 속에서 약간 태우고 있는 백랍에 고마움을 느꼈다. 켈시어는 그녀가 백랍의 힘에 의존하게 될까 봐 너무 자주 사용하지 말라고 경고했었다. 하지만 몸이 나을 때까지는 다른 대안이 없었다.

"아주 잘됐구나." 르노가 말했다. "네가 더 회복되고 나면 정원 발코니에서 점심을 같이 먹어야겠다. 겨울이 다가오고 있는데도 최근에는 따뜻하니까."

"매우 상쾌하겠군요." 빈이 말했다. 전에는 이 대역 배우의 귀족적인 태도가 위압적이라고 생각했다. 그러나 레이디 발레트의 모습 속으로 미끄러져 들어가면서 그녀는 전과 같이 침착해졌다. 르노 같은 사람에게 도둑 빈은 아무것도 아니었지만, 사교계의 명사 발레트는 달랐다.

"아주 좋아." 르노가 입구 통로 안쪽에서 멈추면서 말했다. "하지만 그건 며칠 후에 하기로 하자. 지금은 여행이 힘들어서 쉬고 싶을 것 같구나."

"사실 그래요, 마이 로드. 저는 세이즈드에게 가보고 싶어요. 세이즈드와 의논해야 할 일이 몇 가지 있거든요."

"아, 그는 도서관에 있을 거다. 내 프로젝트 하나를 맡아서 일하고 있거든." 르노가 말했다.

"고맙습니다." 빈이 말했다.

르노는 고개를 끄덕이고 나서 하얀 대리석 바닥에 결투용 지팡이를 딱딱 내짚으며 걸어갔다. 빈은 얼굴을 찌푸리며 그가 완전히 제정신인 걸까, 하고 생각했다. 어떤 사람이 정말 저렇게 완전한 타인의 모습을 덮어쓸 수 있을까?

'넌 하잖아.' 빈이 자신을 일깨웠다. '레이디 발레트가 될 때, 너는 완전히 다른 면을 보여주잖아.'

그녀는 돌아서서, 북쪽 계단을 올라가기 위해 백랍을 폭발시켰다. 꼭대기에 다다르자 폭발 상태를 끄고 보통 때처럼 백랍을 태웠다. 켈시어가 말한 대로 금속을 너무 오랫동안 폭발시키면 위험했다. 알로맨서가 그 상태에 몸을 의존하기 쉽기 때문이었다.

그녀는 몇 번 숨을 들이쉬었다. 백랍을 태우면서도 계단을 오르는 일은 힘들었다. 계단을 오른 후 그녀는 도서관으로 통하는 복도를 걸어 내려갔다. 세이즈드는 작은 방 안쪽에 있는 책상 옆에 작은 석탄 난로를 놓고 앉아 종이 공책 위에 뭔가를 쓰고 있었다. 그는 보통 때처럼 시종 로브를 입었고, 코끝에는 얇은 안경을 걸고 있었다.

빈은 문가에 멈춰 서서 자기 생명을 구해준 남자를 지켜보았다.

'왜 안경을 쓰고 있지? 전에는 안경 없이 읽는 걸 봤는데.'

그는 자기 일에 완전히 빠져 있는 것 같았다. 책상 위의 커다랗고 두꺼운 책을 주기적으로 참조한 다음, 공책에 메모를 했다.

"당신, 알로맨서군요." 빈이 조용히 말했다.

세이즈드는 동작을 멈추더니, 펜을 내려놓고 돌아보았다.

"무엇 때문에 그렇게 말씀하시지요, 미스트리스 빈?"

"당신은 루서델에 너무 빨리 왔어요."

"로드 르노의 마구간에는 빠른 전령 말이 몇 필 있지요. 그중 하나를 타고 갔습니다."

"나를 궁전에서 찾아냈잖아요." 빈이 말했다.

"마스터 켈시어는 자기 계획을 제게 이야기해주었고, 당신이 그를 따라 갔을 거라는 제 추측은 옳았습니다. 당신이 있는 곳을 찾아내는 데는 약간 행운이 따랐습니다. 시간이 많이 걸리지 않은 것이죠."

빈은 얼굴을 찌푸렸다.

"당신이 그 심문관을 죽였잖아요."

"죽여요?" 세이즈드가 물었다. "아뇨, 미스트리스. 제 힘으로는 그 괴물을 죽일 수 없습니다. 그냥…… 다른 데 정신을 팔게 했지요."

빈은 잠시 문가에 서서 왜 세이즈드가 그렇게 애매하게 말하는지 알아내려고 했다.

"그래서 당신은 알로맨서예요, 아니에요?"

그는 미소를 짓더니 책상 옆에서 스툴을 하나 꺼냈다.

"앉으시지요."

빈은 그의 말대로 방을 가로질러 가서 거대한 책장에 등을 돌리고 스툴에 앉았다.

"제가 알로맨서가 아니라고 말한다면 어떻게 생각하시겠습니까?" 세이즈드가 물었다.

"당신이 거짓말을 하고 있다고 생각할 거예요." 빈이 말했다.

"제가 전에 거짓말하는 걸 본 적이 있습니까?"

"가장 뛰어난 거짓말쟁이는 보통 때는 진실을 말하는 사람들이에요."

세이즈드는 안경을 쓴 눈으로 그녀를 바라보며 미소 지었다.

"그건 사실인 것 같습니다. 하지만 제가 알로맨서라는 증거를 갖고 계십니까?"

"당신은 알로맨시가 없으면 해낼 수 없는 일들을 했잖아요."

"오, 두 달 동안 미스트본 노릇을 했다고 벌써 세상에서 무슨 일이 가능한지 다 아시는 겁니까?"

빈은 말문이 막혔다. 바로 최근까지 그녀는 알로맨시에 대해 많이 알지 못했다. 세상에는 그녀의 생각보다 더 많은 것들이 있을 터였다.

'언제나 또 다른 비밀이 있어.' 켈시어가 늘 하는 말이었다.

"그럼 대체 '키퍼'가 뭐죠?" 그녀가 천천히 말했다.

세이즈드는 미소 지었다.

"아. 그건 훨씬 더 영리한 질문이로군요, 미스트리스. 키퍼들은…… 창고입니다. 우리는 뭐든지 기억합니다. 그것들이 미래에 사용될 수 있도록 말이지요."

"종교처럼요." 빈이 말했다.

세이즈드는 고개를 끄덕였다.

"종교적 진실은 저의 전문 분야입니다."

"하지만 당신은 다른 것들도 기억하죠?"

세이즈드가 고개를 끄덕였다.

"어떤 것들이요?"

"음." 세이즈드는 살펴보던 책을 닫으며 말했다. "예를 들어, 언어요."

빈은 상형문자로 덮인 표지를 즉시 알아보았다.

"내가 궁전에서 발견한 책이군요! 당신이 그걸 어떻게 갖고 있어요?"

"당신을 찾다가 우연히 발견하게 되었습니다." 테리스인이 말했다. "이 책은 매우 오래된 언어로 쓰여 있었습니다. 거의 천 년 동안 아무도 일상적으로 말하지 않은 언어로요."

"하지만 당신은 그걸 말할 수 있어요?" 빈이 물었다.

세이즈드가 고개를 끄덕였다.

"이걸 번역할 정도는 된다고 생각합니다."

"당신은…… 얼마나 많은 언어를 아나요?"

"172가지입니다." 세이즈드가 말했다. "그것들 대부분은 클레니처럼 더 이상 말하는 사람이 없습니다. 로드 룰러가 5세기에 벌인 통합 운동이 그렇게 만들었습니다. 사람들이 지금 말하는 언어는 사실 테리스 외딴곳의 방언입니다. 제 고향의 언어죠."

'172개라니.' 빈은 놀라면서 생각했다.

"그건…… 불가능해요. 한 사람이 그렇게 많이 기억할 수는 없어요."

"한 사람이 아닙니다." 세이즈드가 말했다. "한 키퍼지요. 제가 하는 일은 알로맨시와 비슷하지만 똑같지는 않습니다. 당신들은 금속에서 힘을 뽑아내지요. 저는…… 금속들을 사용해서 기억을 창조합니다."

"어떻게요?" 빈이 물었다.

세이즈드는 고개를 저었다.

"다른 때에 말할 수 있겠죠, 미스트리스. 나 같은 사람들…… '우리'는 우리의 비밀을 지키는 편을 좋아합니다. 로드 룰러는 놀랍고 당황스러울 정도로 열성적으로 우리를 사냥합니다. 우리는 미스트본보다 훨씬 덜 위협적입니다. 그렇지만 그는 알로맨서들은 무시하고 우리를 찾아 없애려고 합니다. 우리 때문에 테리스 사람들을 증오하면서요."

"증오한다고요?" 빈이 물었다. "당신들은 보통 스카보다 대접을 더 잘 받잖아요. 당신들은 존경받는 위치에 있어요."

"그건 사실입니다, 미스트리스." 세이즈드가 말했다. "그러나 어떤 면으로는 스카가 더 자유롭습니다. 테리스인 대부분은 태어날 때부터 시종이 되도록 키워집니다. 우리는 거의 남지 않았고, 로드 룰러의 사육자들은 우리의 재생산을 통제합니다. 테리스인 시종은 누구도 가족을 가질 수 없습니다. 심지어 아이도요."

빈은 코웃음을 쳤다.

"그걸 강제할 수는 없을 것 같은데요."

세이즈드는 말을 멈추고, 커다란 책 표지에 한 손을 얹었다.

"아니, 전혀 그렇지 않습니다." 그는 얼굴을 찌푸리며 말했다. "테리스인 시종들은 모두 거세당했습니다, 아가씨. 당신이 알고 계시는 줄 알았습니다."

빈은 잠시 얼어붙었다가, 맹렬하게 얼굴을 붉혔다.

"나…… 난…… 미안해요……."

"진정으로 확실히 말씀드리지만, 어떤 사과도 필요 없습니다. 저는 태어난 지 얼마 안 돼 거세되었습니다. 시종이 될 사람들에게는 그게 표준입니다. 저는 제 삶을 보통 스카의 삶과 바꿀 수 있다면 쉽게 바꾸겠다고 생각할 때가 많습니다. 제 민족은 노예보다 못합니다……. 그들은 출산 프로그램으로 창조되고, 태어났을 때부터 로드 룰러의 소망을 충족시키도록 훈련받는, 잘 조작되는 자동인형들입니다."

빈은 계속 얼굴을 붉힌 채, 눈치 없는 자신을 속으로 욕했다. 왜 아무도 그녀에게 말해주지 않았을까? 그러나 세이즈드는 화난 것 같지 않았다. 그는 어떤 일에도 결코 화난 것처럼 보이지 않았다.

'아마 그의…… "상태"의 영향인가 봐.' 빈은 생각했다. '사육자들이 원하는 건 그게 틀림없어. 유순하고 차분한 시종들.'

"하지만 당신은 반역도잖아요, 세이즈드." 빈은 얼굴을 찌푸리며 말했다. "당신은 로드 룰러와 싸우고 있어요."

"저는 일종의 일탈자입니다." 세이즈드가 말했다. "그리고 제 종족들은 로드 룰러가 믿는 것만큼 완전히 예속되지는 않았다고 생각합니다. 우리는 키퍼들을 그의 눈 바로 아래 숨겨둡니다. 그리고 우리 중 몇 명은 용기를 모아 우리가 받은 훈련을 깨버리기도 하지요."

그는 말을 멈췄다가 고개를 저었다.

"하지만 그건 쉬운 일이 아닙니다. 우리는 약한 민족입니다, 미스트리스. 우리는 기꺼이 명령대로 행하고, 예속될 자리를 빠르게 찾습니다. 심지어 당신이 반역도라고 불러준 저조차 즉각 시종의 지위와 복종의 자리를 찾았습니다. 우리는 우리가 바라는 것만큼 용감하지는 않은 것 같습니다."

"당신은 절 구해줄 만큼 용감했어요." 빈이 말했다.

세이즈드가 미소 지었다.

"아, 하지만 거기에도 복종의 요소가 있습니다. 저는 마스터 켈시어에게 당신을 안전하게 돌보겠다고 약속했습니다."

'아.'

그녀는 그가 그런 행동을 한 이유가 있는지 궁금했다. 어쨌든 누가 순전히 빈을 구하기 위해서 자기 생명을 위험으로 몰아넣겠는가? 그녀는 잠시 생각에 잠겨 앉아 있었고, 세이즈드는 자기가 보던 책으로 돌아갔다. 마침내 그녀는 다시 테리스인의 주의를 끌며 말했다.

"세이즈드?"

"네, 미스트리스?"

"3년 전에 누가 켈시어를 배신했나요?"

세이즈드는 동작을 멈췄다가, 만년필을 내려놓았다.

"그 사실은 불분명합니다, 미스트리스. 패거리들은 대부분 그것이 메어였을 거라고 추측하는 것 같습니다."

"메어? 켈시어의 아내요?" 빈이 물었다.

세이즈드는 고개를 끄덕였다.

"그렇게 할 수 있었던 사람은 그녀밖에 없는 것으로 보입니다. 게다가 로드 룰러 자신이 그녀가 연루되었다고 시사했습니다."

"하지만 그녀도 '갱'으로 보내지지 않았나요?"

"그녀는 거기서 죽었습니다." 세이즈드가 말했다. "마스터 켈시어는 '갱'에 대해 별로 이야기하지 않습니다. 하지만 저는 그 끔찍한 장소에서 그가 받은 상처가 그의 팔에 보이는 흉터보다 훨씬 깊다고 느낍니다. 그는 그녀가 배신자인지 아닌지 알지도 못하는 것 같습니다."

"우리 오빠는 기회가 딱 맞고 동기만 충분하면 누구라도 날 배신할 수 있다고 말했어요."

세이즈드는 얼굴을 찌푸렸다.

"그게 사실이라고 해도 저는 그렇게 믿으면서 살고 싶지 않습니다."

'하지만 그쪽이 켈시어에게 일어났던 일보다 더 나아 보여. 자기가 사랑한다고 생각했던 사람이 자기를 로드 룰러에게 팔아넘기는 일.'

"켈시어는 최근에 달라졌어요. 그는 전보다 더 속마음을 털어놓지 않는 것 같아 보여요. 나한테 일어난 일 때문에 죄책감을 느끼기 때문인가요?" 빈이 말했다.

"그런 이유도 있을 거라고 생각합니다." 세이즈드가 말했다. "하지만 작은 도둑 패거리를 이끄는 것과 커다란 반역을 준비하는 것 사이에 큰 차이가 있다는 사실을 깨닫는 중이기도 합니다. 그는 옛날에는 기꺼이 졌던 위험을 이제 질 수는 없습니다. 이 과정이 그를 더 좋은 쪽으로 바꾸고 있다고 생각합니다."

빈은 그렇게 확신할 수 없었다. 그러나 그녀는 자기가 얼마나 지쳤는지 깨닫고 좌절감을 느끼며 조용히 입을 다물었다. 스툴에 앉아 있는 것도 지금은 매우 힘들었다.

"가서 주무십시오, 미스트리스." 세이즈드는 펜을 집어 들고 두꺼운 책의 읽던 곳을 다시 찾으면서 말했다. "당신은 죽어도 이상하지 않은 고비에서 살아남았습니다. 당신의 몸에게 그 몸이 마땅히 받아야 할 고마움을 표하십시오. 몸을 쉬게 하십시오."

빈은 지쳐서 고개를 끄덕인 다음 일어나 그를 떠났다. 그는 오후의 햇빛 속에서 조용히 글을 쓰고 있었다.

17

때때로 나는 그곳에, 내가 태어난 그 여유로운 마을에 그대로 머물러 있었다면 내게 무슨 일이 일어났을지 궁금하다. 나는 아버지와 마찬가지로 대장장이가 되었을 것이다. 아마 가족을 갖고, 아들들을 두었을 것이다.

아마 다른 사람이 이 끔찍한 짐을 졌을 것이다. 나보다 이 짐을 훨씬 잘 질 수 있는 사람, 영웅이 될 자격이 있는 사람이.

르노 저택에 오기 전에는, 빈은 세련된 정원을 한 번도 본 적이 없었다. 빈집털이나 척후 임무에서 때때로 장식용 식물들을 본 적은 있었다. 그러나 그런 것에 크게 주의를 기울인 적은 없었다. 귀족들의 여러 흥밋거리와 마찬가지로 그런 것들은 바보 같아 보였다.

식물들이 의도적으로 배열되었을 때 얼마나 아름다울 수 있는지 그전에는 깨달은 적이 없었다. 르노 저택의 정원 발코니는 아래쪽 땅이 내려다보이는 타원형의 얇은 구조물이었다. 정원은 크지 않았다. 건물 뒤쪽으로 얇게 주변부를 형성한 정도라서 물을 주고 돌보는 데 크게 주의를 기울일 필요가 없었다.

하지만 그곳은 멋있었다. 일상적인 갈색과 흰색 대신, 더 깊고 더 생기 넘치는 색깔—빨강과 오렌지와 노랑의 색조— 을 자랑하는 잘 가꾸어진 식물들이 있었다. 색채는 식물의 잎에 집중되어 있었다. 관리인들은 식물이 복잡하고 아름다운 문양을 만들도록 계획했다. 발코니 가까이로 가면 다채로운 노란색 이파리를 가진 이국적인 나무들이 그늘을 드리우며 떨어지는 재를 막아주었다. 이번 겨울은 매우 온화해서 나무 대부분이 여전히 잎을 달고 있었다. 공기는 시원했고, 나뭇가지들이 바람에 살랑거리는 소리는 위안이 되었다.

사실, 자기가 얼마나 화났는지 거의 잊어버릴 만큼 위안이 되었다.

"차 더 마시겠니, 애야?" 로드 르노가 물었다. 그는 대답을 기다리지 않고 그냥 하인에게 손을 흔들었다. 그러자 하인이 앞으로 달려와 그녀의 잔을 다시 채웠다.

빈은 플러시 쿠션에 앉아 있었고, 쿠션이 놓인 고리버들 의자는 안락하게 만들어진 것이었다. 지난 4주 동안 그녀의 모든 변덕과 소망은 충족되었다. 하인들은 그녀를 따라다니면서 청소하는 건 물론이고, 그녀가 몸치장을 하고 먹고 목욕하는 것까지 돌봐주었다. 르노는 그녀가 부탁만 하면 뭐든지 주도록 했고, 그녀는 힘들거나 위험한 일, 심지어 약간이라도 불편한 일은 하지 않도록 되어 있었다.

다른 말로 하면, 그녀의 삶은 미칠 듯이 지루했다. 전에 르노 저택에 있을

3장 피 흘리는 태양의 아이들

때는 세이즈드에게 수업을 받고 켈시어에게 훈련받느라 시간이 빡빡했다. 낮 동안에 잤고, 저택 하인들과는 거의 접촉하지 않았다.

그러나 이제 그녀에게 알로맨시—적어도 밤 시간에 뛰어다니는 종류의 훈련—는 금지되었다. 그녀의 상처가 아직 다 치료되지 않았기 때문에 너무 많이 움직이면 다시 벌어질 것이었다. 세이즈드는 여전히 가끔씩 빈에게 수업을 진행했지만, 그 책을 번역하는 데 시간을 거의 보내고 있었다. 그는 도서관에 오랫동안 자리를 잡고 앉아 그답지 않게 흥분한 분위기를 띤 채 책장을 한장 한장 자세히 들여다보고 있었다.

'그는 새로운 종류의 지혜를 찾아내고 있어. 키퍼에게는 그게 스트리트스파이스*만큼 중독적인가 봐.' 빈은 생각했다.

그녀는 심술을 억누르고 차를 마시며 근처에 있는 하인을 바라보았다. 그들은 횃대에 앉아 빈을 가능한 한 편안하게 해줄—그리고 좌절시킬—기회만 노리고 있는 육식 새들 같았다.

르노도 별 도움이 되지 않았다. 빈과 함께 '점심을 먹는다'는 개념은 앉아서 식사를 하며 자기 일을 하는 것이었다. 장부에 메모를 하거나 편지를 구술하거나. 그녀가 참석한다는 사실이 그에게는 중요한 것 같았지만, 그는 그날 하루가 어땠는지 묻는 것 외에는 그녀에게 그다지 주의를 기울이지 않았다.

하지만 그녀는 억지로 단정한 귀족 여성 역할을 했다. 로드 르노는 이 계획에 대해 모르는 새 하인들을 고용했다. 집 안의 직원이 아니라, 정원사와 노동자들이었다. 켈시어와 르노는 다른 가문들이 하인 겸 스파이를 르노 저택에 적어도 몇 명 들여보내지 못하면 의심을 품게 될까 봐 걱정했다. 켈시어는 그런 스파이가 계획에 위협이 되리라고는 보지 않았지만, 그것은 빈이 가능할 때마다 변장을 유지하고 있어야 한다는 뜻이었다.

---

* 스트리트스파이스(STREETSPICE): 스카들이 쓰는 마약의 일종.

'사람들이 이렇게 산다는 걸 믿을 수가 없어.' 몇몇 하인들이 식사를 치우기 시작했을 때 빈은 생각했다. '귀족 여성들은 어떻게 이렇게 아무것도 안 하고 하루하루를 보낼 수가 있는 거지? 모든 사람들이 무도회에 참석하고 싶어 열심인 것도 당연해!'

"짧은 휴양은 즐거웠니, 애야?" 르노가 다른 장부 너머로 차를 따르며 물었다.

"네, 삼촌. 아주요." 빈은 입술을 앙다물고 말했다.

"넌 곧 쇼핑 여행을 가야 할 거야." 르노가 그녀를 쳐다보며 말했다. "켄톤 거리를 방문해보고 싶겠지? 네가 하고 있는 행상인 스터드(코나 귀 등에 피어싱으로 꽂는 작은 징 모양의 장신구)를 바꿀 새 귀걸이를 좀 사렴."

빈은 한 손을 귀로 가져갔다. 귀에는 어머니의 귀걸이가 아직 꽂혀 있었다. 그녀는 말했다.

"아뇨. 이걸 하고 있을게요."

르노는 얼굴을 찌푸렸지만 더 이상 말하지 않았다. 하인 하나가 다가와 그의 주의를 끌었기 때문이다. 그 하인은 르노에게 말했다.

"마이 로드. 루서델에서 방금 마차 한 대가 왔습니다."

빈은 생기가 돌았다. 그 말은 패거리의 일원이 도착했다는 뜻이었다.

"아, 잘됐군. 그들을 데려오게, 타운슨." 르노가 말했다.

"예, 마이 로드."

몇 분 후 켈시어, 브리즈, 예덴, 독슨이 발코니로 걸어 나왔다. 르노는 하인들에게 신중하게 손짓했다. 그들은 유리로 된 발코니 문을 닫고 패거리 끼리만 있게 놔둔 채 떠났다. 다른 사람이 엿듣지 못하도록 몇 명이 문 바로 안쪽에 자리를 잡았다.

"식사를 방해했나?" 독슨이 물었다.

"아뇨!" 빈은 로드 르노의 대답을 막아버리며 재빨리 말했다. "어서 앉으세요."

켈시어는 발코니 선반 위를 거닐면서 정원과 부지를 내다보았다.

"여기 경치가 아주 좋은걸."

"켈시어, 그거 현명한 짓이야? 정원사 중 몇 명은 나도 보장할 수 없는 사람들이야." 르노가 말했다.

켈시어가 씩 웃었다.

"이 거리에서 날 알아볼 수 있다면, 그들은 '대가문'들이 지금 주는 돈보다 더 많이 받아야 해."

하지만 그는 발코니 가장자리에서 물러나 테이블로 와선 의자 하나를 돌리더니 그 위에 거꾸로 앉았다. 지난 몇 주 동안 그는 대체로 예전의 낯익은 모습으로 돌아왔다. 그러나 여전히 변한 점들이 있었다. 그는 회의를 더 자주 열었고, 자기 계획을 패거리와 더 많이 논의했다. 그것 말고도 달라 보이는 점이 있었다. 그는 더…… 생각에 잠겨 있는 것 같았다.

'세이즈드 말이 옳았어.' 빈은 생각했다. '우리가 궁전을 공격한 것 때문에 난 죽을 뻔했지만, 켈시어는 더 좋은 쪽으로 바뀌었어.'

"여기서 이번 주 모임을 가져야 할 것 같다고 생각했어. 두 사람이 거의 참석을 못 하니까." 독슨이 말했다.

"아주 사려 깊으시군, 마스터 독슨." 로드 르노가 말했다. "하지만 불필요한 걱정이야. 우리는 잘해나가고 있어."

"아뇨." 빈이 끼어들었다. "우린 잘해나가고 있지 않아요. 우리 중 누군가는 정보가 필요하단 말이에요. 패거리에 어떤 일들이 일어나고 있어요? 모병은 어떻게 되어가나요?"

르노가 불만스럽게 그녀를 쳐다보았지만 빈은 무시했다. 그녀는 속으로 말했다.

'그는 진짜 로드가 아니야. 또 한 명의 패거리 일원일 뿐이야. 내 의견은 그의 의견과 마찬가지로 중요해! 이제 하인들이 갔으니 나는 내 마음대로 말할 수 있어.'

켈시어는 씩 웃었다.

"흠, 빈은 갇혀 있더니 전보다 노골적으로 말하게 되었군."

"난 아무것도 할 일이 없어요. 미칠 지경이에요." 빈이 말했다.

브리즈는 테이블 위에 자기 와인 잔을 올려놓았다.

"어떤 사람들은 네 상태가 아주 부럽다고 생각할 거야, 빈."

"그럼 그 사람들은 이미 미친 사람들일 거예요."

"오, 그들은 대체로 귀족들이지. 그래, 맞아. 그들은 완전히 미쳤어." 켈시어가 말했다.

"계획은 어떻게 되어가고 있어요?" 빈이 다시 일깨워주었다.

"모병은 아직 너무 느려. 하지만 점점 나아지고 있어." 독슨이 말했다.

"숫자를 늘리기 위해 보안을 더 포기해야 할지도 몰라, 켈시어." 예덴이 말했다.

'저것도 변했네.' 그녀는 예덴의 예의 바른 태도를 보고 큰 인상을 받았다. 그는 더 좋은 옷을 입고 있었다. 독슨이나 브리즈가 입은 것 같은 완전한 신 사용 정복은 아니었지만, 적어도 잘 재단된 재킷과 바지였다. 안에는 버튼이 달린 셔츠를 입었고, 옷에는 검댕 하나 묻어 있지 않았다.

"그건 도움이 안 돼, 예덴." 켈시어가 말했다. "운 좋게도 햄은 군대를 잘 훈련시키고 있어. 며칠 전에 그에게서 메시지를 받았어. 그는 군대의 발전에 감명을 받았대."

브리즈는 코웃음을 쳤다.

"조심해. 해먼드는 이런 일들을 좀 낙관적으로 보는 경향이 있어. 군대가 한쪽 발만 있는 벙어리들로 이루어져 있다 해도 그는 그들의 균형 감각과 귀 기울이는 자세를 칭찬할 거야."

"난 그 군대를 보고 싶어." 예덴이 열성적으로 말했다.

"곧 보게 될 거야." 켈시어가 약속했다.

"우리는 이 달 안에 마쉬를 미니스트리에 들여보내야 해." 독슨이 말했다.

세이즈드가 보초를 지나쳐 발코니로 들어오자 그는 테리스인에게 고개를 끄덕였다. "내 바람으로는, 마쉬가 '강철 심문관' 다루는 법을 어느 정도 알게 해줄 거야."

빈은 몸을 떨었다.

"그놈들은 골칫거리야." 브리즈가 동의했다. "놈들 두어 명이 너희 둘에게 했던 일을 생각하면 놈들이 안에 들어 있는 궁전을 함락시키는 일 따위 하나도 부럽지 않아. 그놈들은 미스트본만큼이나 위험해."

"그보다 더요." 빈이 조용히 말했다.

"진짜로 군대가 그들과 싸울 수 있어?" 예덴은 마음이 불편한 듯 말했다. "무슨 뜻이냐면, 그들은 불멸이잖아. 안 그래?"

"마쉬가 해답을 찾아낼 거야." 켈시어가 약속했다.

예덴은 말을 멈추더니 고개를 끄덕이며 켈시어의 말을 받아들였다.

'그래, 정말 변했구나.' 빈은 생각했다. 예덴조차도 켈시어의 카리스마에 오랫동안 버틸 수 없는 것 같았다.

"그동안 세이즈드가 로드 룰러에 대해 알게 된 걸 들어볼까." 켈시어가 말했다.

세이즈드는 두꺼운 책을 테이블 위에 놓고 자리에 앉았다.

"말씀드릴 수 있는 만큼 말씀드리겠습니다. 이 책이 당초 제가 추측했던 것 같은 책은 아니지만요. 처음에는 미스트리스 빈이 고대 종교에 관한 글을 찾았다고 생각했습니다. 하지만 이건 훨씬 더 세속적인 글이었습니다."

"세속적이라고? 어떻게?" 독슨이 물었다.

"이건 일기입니다, 마스터 독슨." 세이즈드가 말했다. "로드 룰러 자신이 쓴 것 같은 기록입니다. 아니면 로드 룰러가 된 사람이라고 해야겠지요. 심지어 미니스트리의 가르침들도 '승천' 전에는 그가 죽을 수 있는 인간이었다는 데 동의합니다.

이 책은 천 년 전 '승천의 우물'에서 벌어진 그의 마지막 전투 바로 직전의 삶을 이야기하고 있습니다. 대부분 그가 여행한 기록입니다. 그가 만난 사람들, 그가 방문했던 장소, 그리고 원정 여행 동안 마주쳤던 재판들에 관한 이야기입니다.

"흥미롭군." 브리즈가 말했다. "하지만 그게 어떻게 우리에게 도움이 되지?"

"저도 잘 모르겠습니다, 마스터 라드리안." 세이즈드가 말했다. "하지만 '승천' 뒤에 숨겨진 진짜 역사를 이해하면 쓸모가 있을 거라고 생각합니다. 최소한 우리는 로드 룰러의 정신에 대해 통찰할 수 있게 될 겁니다."

켈시어는 어깨를 으쓱했다.

"미니스트리는 그걸 중요하게 여겨. 빈은 그걸 중앙 궁전 건물에 있는 사원 같은 곳에서 발견했다고 했어."

"그렇다면 그게 진짜라는 데는 의문의 여지가 없겠군." 브리즈가 한마디 했다.

"위조문서 같지는 않습니다, 마스터 라드리안." 세이즈드가 말했다. "여기에는 세부적인 사항이 놀랄 만한 수준으로 담겨 있습니다. 특히 중요하지 않은 문제들, 짐꾼과 보급품 같은 것에 대한 이야기들이요. 게다가 여기에 나오는 로드 룰러는 심한 갈등을 겪고 있습니다. 미니스트리가 로드 룰러를 숭배하기 위해 이 책을 만들어냈다면, 자기들의 신에게 더 신성을 부여했을 것이라고 저는 생각합니다."

"자네가 번역을 다 끝내면 읽어보고 싶어, 세이즈." 독슨이 말했다.

"나도." 브리즈가 말했다.

"클럽스의 도제 중에는 가끔 필경사로 일하는 사람들이 있어. 모두 한 권씩 갖도록 필사시키면 돼." 켈시어가 말했다.

"그러면 매우 편하겠군." 독슨이 말했다.

켈시어는 고개를 끄덕였다.

"그럼 이제 뭐가 남지?"

모두 말을 멈추었다. 독슨이 빈에게 고갯짓을 했다.

"귀족 문제지."

켈시어는 약간 얼굴을 찡그렸다.

"난 다시 일할 수 있어요. 이제 거의 다 나았어요." 빈이 재빨리 말했다.

켈시어는 세이즈드를 쳐다보았고, 세이즈드는 한쪽 눈썹을 치켜세웠다. 그는 그녀의 상처를 주기적으로 살펴보고 있었다. 그가 보기에는 빈의 상처가 충분히 낫지 않은 것 같았다.

"켈, 난 미칠 것 같아요. 나는 도둑으로 자랐고 음식과 공간을 얻기 위해 앞다투어 경쟁해야 했어요. 하인들이 애지중지 보살피는 한가운데 앉아만 있으려니 못 참겠어요." 빈이 말했다.

'게다가 내가 아직 이 패거리에 쓸모 있다는 걸 증명해 보여야 해.'

"음, 우리가 오늘 여기 온 이유 중엔 네 문제도 있어." 켈시어가 말했다. "이번 주말에 무도회가 있는데……."

"갈게요." 빈이 말했다.

켈시어가 한 손가락을 들어 올렸다.

"내 말 끝까지 들어, 빈. 너는 최근에 많은 일을 겪었고, 이번 잠입은 위험할 수도 있어."

"켈시어. 내 삶은 지금까지 다 위험했어요. 난 갈 거예요." 빈이 단호하게 말했다.

켈시어는 빈에게 설득당한 것 같지 않았다.

"빈은 그 일을 해야 해, 켈." 독슨이 말했다. "우선 빈이 파티에 다시 가지 않으면 귀족들이 수상하게 여기기 시작할 거야. 또 그녀가 보는 걸 우리가 알아야 해. 직원들 속의 하인 스파이가 보고 들은 정보는 현장에서 직접 음모를 엿듣는 스파이의 정보와 같지 않아. 너도 그걸 알잖아."

"그럼 좋아." 마침내 켈시어가 말했다. "하지만 세이즈드가 괜찮다고 말할 때까지는 물리적 알로맨시를 쓰지 않겠다고 나한테 약속해야 해."

그날 저녁, 빈은 믿을 수 없을 정도로 무도회에 가고 싶었다. 그녀는 자기 방에서 독슨이 찾아준 앙상블 드레스(한 벌로 맞춰 입게 지은 옷)를 몸에 대보고 있었다. 적어도 한 달은 귀족 여성의 복장을 계속 입어야 할 것이므로 그녀는 예전 것보다 좀 더 편한 드레스를 찾기 시작했다.

'물론 이런 게 바보 같지 않다는 건 아냐.' 그녀는 네 벌의 드레스를 살펴보며 생각했다. '이 엄청난 레이스에 겹겹이 둘러싸인 천……. 단순한 셔츠와 바지가 훨씬 더 실용적이야.'

하지만 드레스에는 뭔가 특별한 것이 있었다. 바깥의 정원처럼, 드레스의 아름다움에도 뭔가가 있었다. 하나의 식물처럼 그저 물건으로 바라보자면 드레스들은 약간 인상적일 뿐이었다. 그러나 무도회에 참석한다고 생각하면 드레스들은 새로운 의미를 띠었다. 그것들은 아름다웠고, 그녀를 아름답게 만들 것이다. 그 옷들은 그녀가 궁중에 보일 얼굴이었다. 그녀는 잘 어울리는 것을 선택하고 싶었다.

'엘렌드 벤처가 거기 있으면 어떨까……' 세이즈드는 젊은 귀족들은 대부분 모든 무도회에 참석한다고 하지 않았나?

빈은 한 손을 드레스에다 얹었다. 은빛 자수가 놓인 검은 옷이었다. 그녀의 머리카락과 어울릴 것이다. 그렇지만 너무 어둡지는 않을까? 다른 여자들은 대부분 다채로운 드레스를 입었다. 어두운 색채는 남성의 정복에 쓰는 색으로 치부되었다. 그녀는 노란색 가운을 바라보았다. 그러나 그것은 너무…… 경박했다. 그리고 하얀 옷은 너무 장식적이었다.

그러자 붉은색 드레스가 남았다. 목선이 너무 낮았다. 그녀는 그렇게 많이 드러내 보이고 싶지는 않았다. 그러나 그 옷은 아름다웠다. 가늘고 고운데다 군데군데 반투명한 레이스로 만들어진 풀 슬리브(헐렁한 소매 디자인의 총칭)가 달린 옷에 그녀는 매혹되었다. 그러나 그것은 너무…… 노골적이었다. 그녀는 옷을 집어 들고 손가락으로 부드러운 천의 감촉을 느끼며 그 옷을 입은 자신의 모습을 상상했다.

'내가 어쩌다 이렇게 됐지?' 빈은 생각했다. '이 옷을 입고서는 숨을 수가 없어! 이 주름장식투성이 물건들……. 이건 내가 아니야.'

그렇지만…… 그녀의 마음속 한구석에는 다시 무도회로 돌아가고 싶은 마음이 있었다. 귀족 여성의 일상생활은 그녀를 막막하게 했지만, 그날 하룻밤의 기억은 매력적이었다. 춤을 추는 아름다운 커플들, 완벽한 분위기와 음악, 신기하고 수정 같은 창…….

'난 이제 내가 향수를 뿌리고 있다는 걸 느끼지도 못해.'

빈은 그것을 깨닫고 충격을 느꼈다. 그녀는 매일 향수 넣은 물에 목욕하는 것이 더 좋다는 것을 깨달았고, 하인들은 그녀의 옷에도 향수를 뿌려놓았다. 물론 모두 미묘한 정도였지만, 어딘가로 숨어들 때 그녀의 존재를 드러내기에는 충분했다.

머리카락은 더 길게 자랐다. 르노의 미용사는 그녀의 머리칼을 아주 약간만 동그랗게 말리면서 귀 주위로 떨어지도록 주의 깊게 잘랐다. 거울 속의 앙상하기만 한 모습도 더 이상은 없었다. 긴 시간 동안 병자 생활을 했지만 규칙적인 식사 덕분에 그녀는 살이 쪘다.

'내가 되어가는 건…….'

빈은 생각을 멈추었다. 그녀는 자기가 무엇이 되어가고 있는지 알지 못했다. 분명 귀족 여성은 아니었다. 귀족 여성들은 밤에 살금살금 나갈 수 없다고 화를 내지는 않았다. 그렇지만 그녀는 이제 부랑아 빈도 아니었다. 그녀는…….

'미스트본이야.'

빈은 아름다운 붉은색 드레스를 조심스럽게 침대 위에 올려놓고, 방을 가로질러 창밖을 내다보았다. 해 질 녘에 가까웠다. 곧 안개가 올 것이다. 그러나 보통 때와 같이 그녀가 알로맨시 연습에 나서지 못하게 하기 위해 세이즈드는 경비병을 배치해둘 것이다. 그녀는 아직 알로맨시를 써도 좋다고 허락받지 못했으니까. 그녀는 그 예방 조치에 불평하지 않았다. 세이즈드가 옳았다. 누가 지켜보지 않았다면 그녀는 아마 오래전에 약속을 깨버렸을지도 모른다.

오른편에서 희미한 움직임이 느껴졌다. 그녀는 이윽고 정원 발코니에 서 있는 사람의 모습을 간신히 알아볼 수 있었다. 켈시어였다. 빈은 잠시 서 있다가 방에서 나왔다.

그녀가 발코니 위로 올라오자 켈시어가 몸을 돌렸다. 그녀는 끼어들고 싶지 않아 그 자리에 멈추었지만, 켈시어는 그다운 미소를 보여주었다. 그녀는 앞으로 걸어가, 조각된 석조 발코니 난간에서 그와 만났다.

그는 돌아서서 서쪽을 보았다. 땅이 아니라 그 너머였다. 지는 해가 비추고 있는 도시 바깥의 황무지 쪽이었다.

"너한테는 이것들이 잘못된 것으로 보인 적 있니, 빈?"

"잘못돼요?" 그녀가 물었다.

켈시어가 고개를 끄덕였다.

"마른 식물, 화난 태양, 연기로 검어진 하늘."

빈은 어깨를 으쓱했다.

"그런 것들이 어떻게 옳거나 잘못될 수 있어요? 그건 원래 그런 거잖아요."

"그렇겠지." 켈시어가 말했다. "하지만 난 네 사고방식도 잘못됐다고 생각해. 세계는 이런 모습이 아니어야 해."

빈은 얼굴을 찌푸렸다.

"당신이 그걸 어떻게 알아요?"

켈시어는 조끼 주머니에 손을 넣더니 종잇조각 한 장을 꺼냈다. 그것을 부드러운 손길로 펼친 다음 빈에게 건네주었다.

그녀는 종이를 받아 조심스럽게 들어 올렸다. 종이는 아주 오래되고 닳아서 주름이 있는 곳은 부서질 것 같았다. 거기에는 아무 말도 쓰여 있지 않았다. 그냥 오래되고 빛바랜 그림뿐이었는데, 이상한 모습을 그린 것이었다. 식물 같았지만 빈이 한 번도 본 적 없는 것. 그것은 너무…… 엉성했다. 줄기는 두껍지 않았고, 잎은 너무 섬세했다. 꼭대기에는 나머지 부분과 다른 색의 낯선 이파리들이 모여 있었다.

"이건 꽃이라고 해." 켈시어가 말했다. "'승천' 전의 식물에서 자라곤 했어. 옛날 시와 이야기들에 그것이 묘사돼 있어. 하지만 이제 키퍼들과 반역도 현자들 외에는 알지 못하는 것들이야. 내가 들은 바로는, 이 식물들은 아름답고 상쾌한 향기를 가지고 있대."

"향기가 나는 식물이라고요? 과일처럼요?" 빈이 물었다.

"그럴 거라고 생각해. 어떤 보고에서는 심지어 '승천' 전의 시대에는 이 꽃들이 자라서 과일이 되었다고 주장하기도 해."

빈은 조용히 서서 얼굴을 찌푸린 채 그런 일을 상상해보려고 했다.

"그 그림은 내 아내 메어의 것이야." 켈시어가 조용히 말했다. "우리가 잡혀간 뒤 독슨이 그녀의 물건 속에서 찾아낸 거야. 그는 우리가 돌아올 거라는 희망을 갖고 그걸 간직했어. 내가 도망쳐 나온 후 그걸 내게 주었지."

빈은 그 그림을 다시 내려다보았다.

"메어는 '승천' 이전 시대에 매혹되어 있었어." 켈시어는 계속 바깥 정원을 내다보며 말했다. 멀리서 해가 지평선에 닿아 더욱 깊고 붉은 빛깔을 내고 있었다. "그녀는 그 종이 같은 것을 모았어. 옛 시절의 그림이나 글들. 그녀가 틴아이였다는 사실도 있겠지만 그런 매혹 또한 그녀를 암흑가로, 그리고 나에게로 이끄는 데 영향을 주었다고 생각해. 내게 처음으로 세이즈드를 소개해준 사람도 그녀였어. 그 당시에는 내 패거리가 아니었지. 그는 도둑질에는 흥미가 없었거든."

빈은 종이를 접었다.

"그런데 이 그림을 아직도 간직하고 있어요? 그녀가…… 당신에게 그런 짓을 한 뒤에도?"

켈시어는 잠시 침묵에 빠졌다가 그녀를 바라보았다.

"또 문가에서 엿들었구나, 응? 아, 걱정 마. 그건 다른 사람도 다 아는 사실이라고 생각해." 지는 해가 멀리서 활활 타오르고 있었다. 불그스름한 햇빛이 구름과 연기를 비추며 둘을 엇비슷하게 보이도록 만들었다.

"그래, 난 그 꽃을 간직했어." 켈시어가 말했다. "왜 그랬는지는 잘 모르겠어. 하지만…… 너는 어떤 사람이 널 배신했다는 이유만으로 그 사람을 사랑하다 그만둘 수 있니? 난 그럴 수 없을 것 같아. 그래서 배신이 그렇게 아픈 거야. 고통, 절망, 분노…… 그래도 난 그녀를 사랑했어. 아직도 사랑해."

"어떻게요?" 빈은 물었다. "어떻게 그럴 수가 있죠? 어떻게 당신은 사람들을 믿을 수가 있죠? 그녀가 당신한테 한 짓에서 배운 게 없어요?"

켈시어는 어깨를 으쓱했다.

"내 생각엔…… 내 생각엔 메어에게 배신당하는 것까지 포함해서 메어를 사랑하는 것 그리고 아예 그녀를 모르는 것 가운데서 고르라면, 난 사랑을 선택하겠어. 나는 위험을 무릅썼고, 그 도박에서 졌어. 그렇지만 가치 있는 위험이었어. 그건 내 친구들에 대해서도 마찬가지야. 우리 직업에서 의심은 건전한 거야. 하지만 그것도 어느 정도까지만이지. 나는 내 사람들이 나를 덮치면 어쩌나 걱정하기보다는 그냥 그들을 믿을 거야."

"바보 같아 보여요." 빈이 말했다.

"행복은 바보 같은 거 아니니?" 켈시어가 그녀 쪽을 바라보며 물었다. "빈, 너는 어디서 더 행복했니? 내 패거리에서? 아니면 카몬과 함께 있을 때?"

빈은 말문이 막혔다.

"난 메어가 날 배신했는지 잘 모르겠어." 켈시어가 다시 일몰을 바라보며 말했다. "메어는 언제나 자기가 그러지 않았다고 했어."

"그리고 그녀도 '갱'으로 보내졌죠, 맞죠?" 빈이 말했다. "그녀가 로드 룰러 편을 들었다면 그건 말이 안 돼요."

켈시어는 여전히 먼 곳을 바라보며 고개를 저었다.

"그녀는 내가 '갱'에 끌려가고 나서 몇 주 후에 그곳에 나타났어. 우리는 따로 갇혔어. 나는 그동안 무슨 일이 일어났는지, 왜 그녀가 결국 하스신에 보내졌는지 몰라. 그녀가 그곳에 끌려와 죽었다는 건 그녀가 진짜로 날 배신하지는 않았다는 사실을 말해주는 건지도 몰라. 하지만……."

그는 빈 쪽을 보았다.

"빈, 너는 로드 룰러가 우리를 붙잡았을 때 그가 한 말을 듣지 못했어. 로드 룰러…… 그는 메어에게 고맙다고 했어. 나를 배신해서 고맙다고. 그의 말은 으스스할 정도로 정직한 느낌을 띠었고, 그 내용은 우리가 세웠던 계획과 밀접하게 연결돼 있었어……. 음, 메어를 믿기가 어려웠지. 하지만 그렇다고 내 사랑이 변하진 않았어. 마음속 깊은 곳에서는 변하지 않았어. 1년 후 메어가 '갱'의 노예 감독관에게 맞아 죽었을 때 나도 거의 죽을 뻔했어. 그날 밤, 그녀의 시체가 실려 간 후 나는 '끊어졌어'."

"미쳐버렸나요?" 빈이 물었다.

"아니. '끊어진다'는 건 알로맨시 용어야." 켈시어가 말했다. "우리의 힘은 처음에는 잠재돼 있어. 그 힘은 정신적으로 상처가 되는 사건을 겪은 후에만 나타나. 아주 강렬한…… 거의 치명적인 사건. 철학자들의 말로는, 어떤 사람이 죽음을 보고 그것을 거부한 다음에야 금속을 부릴 수 있다고 해."

"그러면…… 나한테는 그게 언제 일어난 거죠?" 빈이 물었다.

켈시어는 어깨를 으쓱했다.

"그건 알 수 없지. 너처럼 자라났다면 네가 '끊어질' 기회는 충분했을 거야."

그는 혼잣말을 하듯 고개를 끄덕였다.

"나한테는 그게 그날 밤이었어. 나는 '갱'에 혼자 있었고, 그날 한 일 때문에 팔에서는 피가 흐르고 있었지. 메어는 죽었고, 나는 그게 내 책임일까 봐 두려웠어. 내가 믿음이 부족했기 때문에 그녀의 힘과 의지가 사라져버린 게 아닐까, 하고. 그녀는 내가 자기의 충성을 의심했다는 사실을 알면서 죽었어. 진짜 그녀를 사랑했다면 나는 아예 의심을 품지도 않았을 거야. 난 모르겠어."

"하지만 당신은 죽지 않았잖아요." 빈이 말했다.

켈시어는 고개를 끄덕였다.

"나는 그녀의 꿈이 이루어지는 걸 보겠다고 결심했어. 난 꽃들이 돌아온 세계, 녹색 식물들이 있는 세계, 하늘에서 검댕이 떨어지지 않는 세계를 만들 거야……." 그의 말꼬리가 흐려졌다. 그는 한숨을 쉬었다. "나도 알아. 내가 미쳤지."

"진짜 그래요. 이제 좀 말이 되네요." 빈이 조용히 말했다.

켈시어는 미소를 지었다. 해는 지평선 아래로 가라앉았고, 햇빛이 아직 서쪽에서 타오르는 동안 안개가 나타나기 시작했다. 안개는 한 군데에서 나타나지 않았고, 말하자면 그냥…… 자라났다. 안개는 반투명하고 비비 꼬인 덩굴손을 하늘에 펼쳤다. 앞뒤로 돌돌 말리고 길게 늘어나고 춤추고 섞였다.

"메어는 아이들을 갖고 싶어 했어." 켈시어가 갑자기 말했다. "15년 전 우리가 결혼했을 때. 나는…… 그녀에게 동의하지 않았지. 나는 만세에 길이 남을 가장 유명한 스카 도둑이 되고 싶었기 때문에 내 계획을 늦출 일 같은 건 할 생각이 없었거든.

아마 좋은 일이었을 거야, 우리가 아이들을 갖지 않은 건. 로드 룰러가 그 아이들을 발견해서 죽여버렸을 수도 있어. 하지만 발견하지 못했을 수도 있지. 독스와 다른 사람들은 살아남았으니까. 지금 와서 때때로 나는 그녀의 일부분이 나와 함께 있었으면 좋겠다고 생각해. 아이 하나. 딸 하나. 아마 메어와 똑같은 짙은 머리와 유연하지만 고집 있는 성격을 가졌겠지."

그는 말을 멈추고 빈을 내려다보았다.

"나는 네게 일어나는 일을 책임지고 싶지 않아, 빈. 다시는."

빈은 얼굴을 찌푸렸다.

"난 더 이상 이 저택에 갇혀서 시간을 보내지는 않을 거예요."

"그래, 넌 그럴 거야. 우리가 널 더 오래 잡아놓으려 한다면 넌 어느 날 밤 엄청나게 바보 같은 짓을 저질러놓고는 클럽스 가게에 나타나겠지. 우린 그런 면에서는 너무 비슷해, 너와 나는. 그냥…… 조심해."

빈은 고개를 끄덕였다.

"그럴게요."

그들은 몇 분 동안 그 자리에 서서 안개가 모이는 걸 지켜보고 있었다. 마침내 켈시어가 똑바로 일어나 기지개를 켰다.

"음, 나만 그런지는 모르겠지만 네가 우리와 함께하기로 결정해서 기뻐, 빈."

빈은 어깨를 으쓱했다.

"솔직히 말하면, 나도 그 꽃이라는 걸 직접 보고 싶어졌어요."

18

나는 고향을 떠날 수밖에 없는 상황에 처했다고 할 수도 있을 것이다. 확실히, 그대로 머물렀다면 나는 지금쯤 죽었을 것이다. 이유도 모른 채 달리고 내가 알지도 못하는 짐을 운반하던 시절, 나는 클레니움에 매몰되어 특색 없는 삶을 살 것이라고 생각했다.

다른 많은 것들처럼, 그 익명성이 이미 내게서 영원히 없어졌다는 사실을 나는 천천히 이해하고 있다.

그녀는 붉은 드레스를 입기로 결심했다. 그건 확실히 가장 대담한 선택이었지만 그쪽이 옳다고 느껴졌다. 결국 그녀는 진정한 자아를 귀족의 모습 속에 숨기는 것이다. 외모가 눈에 더 띌수록 그녀가 숨기는 더 쉬워질 것이다.

한 하인이 마차 문을 열었다. 빈은 깊은숨을 들이쉬었다. 붕대를 숨기기 위해 입은 특별한 코르셋은 가슴을 약간 갑갑하게 만들었다. 그녀는 하인의 손을 잡고 내려와 드레스를 펴고, 세이즈드에게 고개를 끄덕인 다음 다른 두 명의 귀족과 함께 엘라리엘 아성으로 가는 계단으로 올라갔다. 그것은 벤처 가문의 아성보다는 약간 더 작았다. 벤처 가문이 무도회장을 거대한 메인 홀에 모아둔 반면, 엘라리엘 아성은 파티 무도회장을 따로 둔 것 같았다.

빈은 다른 귀족 여성들을 보고 자신감이 약간 사라지는 것을 느꼈다. 그녀의 드레스는 아름다웠다. 그러나 다른 여성들은 드레스보다 훨씬 더 많은 장점을 갖고 있었다. 길고 흘러내리는 듯한 머리와 자신 있는 태도는 보석으로 장식한 그들의 모습에 어울렸다. 그들은 드레스 윗부분을 풍만한 곡선으로 채우고 아래쪽 주름의 화려한 프릴 속에서 우아하게 움직였다. 빈은 때때로 여성들의 발에 시선을 빼앗겼다. 그들은 그녀처럼 단순한 슬리퍼가 아니라 꽤 높은 힐이 달린 구두를 신고 있었다.

"왜 나는 저런 구두가 없는 거죠?" 카펫으로 덮인 계단을 지나면서 그녀가 조용히 물었다.

"힐을 신고 걸으려면 연습이 필요합니다, 미스트리스." 세이즈드가 대답했다. "겨우 춤추는 법을 배운 참이니까 당분간은 보통 신발을 신으시는 게 좋을 겁니다."

빈은 얼굴을 구겼으나 그의 설명에 납득됐다. 그러나 세이즈드가 춤에 대해 말하자 마음이 더욱 불편해졌다. 그녀는 지난번 무도회에서 춤추는 사람들이 보였던 물 흐르는 듯한 균형 감각을 떠올렸다. 그녀는 절대로 그렇게 할 수 없을 것이다. 그녀는 이제 간신히 기본 스텝을 익혔을 뿐이다.

'그건 중요하지 않을 거야. 그들은 나를 보러 온 게 아니라 레이디 발레트를 볼 테니까. 그녀는 이곳을 잘 모르고 낯설어하는 데다, 모두들 그녀가 최근에 아팠다고 생각해. 그녀가 춤을 못 춰도 그러려니 할 거야.'

그런 생각을 하며, 빈은 약간 더 안심이 되는 것을 느끼면서 계단 꼭대기로 올라왔다.

"정말이지, 미스트리스. 이번에는 훨씬 덜 초조해 보이십니다." 세이즈드가 말했다. "사실 흥분한 걸로 보이기까지 합니다. 발레트가 보이기에 적절한 태도라고 생각합니다."

"고마워요." 그녀는 미소 지으며 말했다. 그가 옳았다. 그녀는 흥분했다. 다시 계획에 끼게 된 것에 흥분했고, 심지어 귀족들과 그들의 휘황찬란하고 우아한 분위기 속으로 다시 돌아온 것에도 흥분했다.

그들은 나지막한 무도회장 건물에 들어갔다. 주 아성에서 뻗어 나간 몇 개의 낮은 관(館) 중 하나였다. 하인 한 명이 그녀의 숄을 가져갔다. 빈은 문가 바로 안쪽에 잠시 멈춰 서서 세이즈드가 그녀의 테이블과 식사를 준비하는 동안 기다렸다.

엘라리엘의 무도회장은 웅장하고 거대한 벤처의 홀과는 매우 달랐다. 어둑한 방은 겨우 1층 높이였고, 스테인드글라스 창이 많기는 했지만 모두 천장에 붙어 있었다. 원형의 채광용 장미창이 위쪽에서 빛났고, 지붕에 달린 작은 라임라이트들이 그 창들을 밝혔다. 테이블마다 촛불이 놓여 있었다. 위에서 빛이 비치는데도 방 안에 어둠이 남아 있었다. 수많은 사람들이 참석하고 있었는데도…… 은밀해 보였다.

이 방은 확실히 파티를 위해 설계된 방이었다. 제일 낮게 지어진 무도장이 한가운데에 놓여 있었는데, 그곳은 방의 나머지 부분보다 더 환하게 밝혀져 있었다. 두 단을 이룬 테이블들이 무도장을 둘러싸고 있었다. 첫 번째 단은 겨우 몇 피트 위쪽에 있었고, 두 번째 단은 좀 더 뒤쪽, 두 배가량 높은 곳에 위치해 있었다.

하인이 그녀를 방 가장자리 테이블로 안내했다. 그녀는 앉았고 세이즈드는 관례적으로 그녀 옆자리를 차지한 채 식사가 오기를 기다리기 시작했다.

"켈시어가 바라는 정보를 대체 내가 어떻게 얻어야 하나요?" 그녀는 어두운 방을 살펴보면서 조용히 물었다. 위에서부터 테이블과 사람들에게 비춰지는 깊고 수정 같은 색채는 인상적인 분위기를 만들어냈지만, 그것은 얼굴을 구별하기 어렵게 만드는 조명이기도 했다. 엘렌드도 여기 무도회에 온 사람들 속 어딘가에 섞여 있을까?

"오늘 밤 남자 몇이 춤을 추자고 할 겁니다." 세이즈드가 말했다. "그들의 초청을 받아들이십시오. 나중에 그들을 찾아 무리에 섞일 구실이 될 겁니다. 대화에 참여하실 필요는 없습니다. 그냥 들어야 합니다. 앞으로 무도회에서 젊은이 몇이 동반해달라고 청하기 시작할 겁니다. 그러면 그들의 테이블에 앉아 그들이 하는 모든 논의를 들을 수 있게 됩니다."

"그럼, 한 사람과 내내 앉아 있으란 말이에요?"

세이즈드는 고개를 끄덕였다.

"드물지 않은 일입니다. 그날 밤 그 사람하고만 춤추기도 할 겁니다."

빈은 얼굴을 찡그렸다. 하지만 그 이야기는 그만하고 그녀는 방을 다시 살펴보려고 했다.

'그는 아마 여기 오지도 않았을 거야. 자기는 가능한 한 무도회를 피한다고 했잖아. 여기 왔다고 해도 혼자 떨어져 있을 거야. 넌 다만……'

낮은 쿵 소리를 내며, 어떤 사람이 그녀의 테이블에 책 더미를 떨어뜨렸다. 빈은 깜짝 놀라 펄쩍 뛰었다. 엘렌드 벤처가 의자를 빼더니 느긋한 자세로 앉았다. 그는 의자 등받이에 몸을 기대고 테이블 옆의 가지 달린 촛대 쪽으로 비스듬하게 자리를 잡더니 책을 한 권 펼쳐서 읽기 시작했다.

세이즈드는 얼굴을 찌푸렸다. 빈은 미소를 숨기고 엘렌드를 쳐다보았다. 그는 여전히 머리 빗질이 깔끔하지 않은 것 같았고, 버튼을 위까지 잠그지 않은 채 정복을 입은 것도 전과 마찬가지였다. 옷은 초라하지 않았지만 파티에 온 다른 사람들처럼 부티가 나지는 않았다. 그 옷은 딱 맞게 잘 재단된 전통적 패션에 도전하려고 일부러 느슨하고 헐렁하게 재단한 것 같았다.

엘렌드는 책장을 휙휙 넘겼다. 빈은 참을성 있게 그가 아는 척하기를 기다렸지만, 그는 계속 읽기만 했다. 마침내 빈은 한쪽 눈썹을 치켜세웠다.

3장 피 흘리는 태양의 아이들

"당신한테 제 테이블에 앉아도 된다고 허락한 기억이 없는데요, 로드 벤처." 그녀가 말했다.

"나는 신경 쓰지 마요." 엘렌드가 앞도 쳐다보지 않고 말했다. "당신 테이블은 크고, 우리 둘 다 앉을 공간이 아주 많아요."

"아마 우리 양쪽에게는 그렇겠죠." 빈이 말했다. "하지만 저 책들은 잘 모르겠네요. 서빙을 하는 하인들이 제 식사를 어디에 놓아야 할까요?"

"당신 왼쪽에 약간 공간이 있어요." 엘렌드가 퉁명스럽게 말했다.

세이즈드의 주름이 깊어졌다. 그는 앞으로 걸어 나가 책들을 모아선 엘렌드의 의자 옆 바닥에 쌓아두었다.

엘렌드는 계속 책을 읽었다. 그러면서 그는 한 손을 들어 손짓을 했다.

"자, 봐요. 이래서 내가 테리스인 하인을 쓰지 않는다니까. 그들은 정말이지 참을 수 없을 정도로 능률적이라고요."

"세이즈드는 전혀 참을 수 없는 사람이 아니에요." 빈은 냉랭하게 말했다. "그는 좋은 친구고, 아마 당신보다 훨씬 더 나은 사람일 거예요, 로드 벤처."

엘렌드는 마침내 위쪽을 쳐다보았다.

"미안…… 합니다." 그는 솔직한 어조로 말했다. "사과할게요."

빈은 고개를 끄덕였다. 그러나 엘렌드는 책을 도로 펴고는 계속 읽었다.

'그냥 책만 읽고 있을 거면 왜 나와 함께 앉은 거야?'

"날 괴롭히기 전에는 이런 파티들에서 뭘 하셨어요?" 그녀가 화난 어조로 물었다.

"이것 봐요, 내가 어떻게 당신을 괴롭히고 있을 수가 있어요?" 그가 물었다. "정말이에요, 발레트. 나는 그냥 여기 앉아서 조용히 혼자 책을 읽고 있잖아요."

"'제' 테이블에서요. 당신은 테이블을 따로 잡을 수 있어요. 당신은 벤처가의 상속자잖아요. 우리가 저번에 만났을 때 그 사실을 밝히지는 않았지만요."

"맞아요." 엘렌드가 말했다. "하지만 벤처 집안이 짜증 나는 패거리라고 당신에게 말하지 않았나요. 난 그냥 그 묘사에 맞게 행동하려고 하고 있어요."

"그렇게 말한 사람은 당신이잖아요!"

"그거 편리하군요." 엘렌드가 책을 읽으며 슬쩍 미소 지었다.

빈은 좌절감에 빠져 한숨을 쉬며 얼굴을 찡그렸다.

엘렌드는 책 너머로 그녀의 모습을 살짝 엿보았다.

"그거 엄청 멋진 드레스군요. 거의 당신만큼 아름다워요."

빈은 입이 살짝 벌어진 채 얼어붙었다. 엘렌드는 장난스럽게 미소 짓더니, 다시 책으로 돌아갔다. 그는 자기가 어떤 반응을 얻을지 알고 있어서 그 말을 했다는 것처럼 눈을 반짝이고 있었다.

세이즈드는 반감을 숨기려는 노력도 하지 않은 채 테이블 옆에 우뚝 서 있었다. 그러나 그는 아무 말도 하지 않았다. 엘렌드는 너무도 중요한 인물이라서 겨우 시종이 뭐라 꾸짖을 수는 없는 일이었다.

빈이 마침내 다시 말문을 열었다.

"로드 벤처, 당신처럼 좋은 신랑감이 이런 무도회에 혼자 온다는 건 대체 뭐죠?"

"오, 혼자 오지는 않아요." 엘렌드가 말했다. "우리 가족은 보통 나와 동반할 여성 한두 명을 세워놔요. 오늘 밤 그 역할은 레이디 스테이스 블랜치스죠. 녹색 드레스를 입고 우리 건너편 낮은 줄에 앉아 있는 사람이에요."

빈은 방을 슬쩍 건너다보았다. 레이디 블랜치스는 멋진 금발 미인이었다. 그녀는 얼굴을 찡그린 채 계속 빈의 테이블을 쳐다보고 있었다. 빈은 얼굴이 붉어져서 시선을 돌렸다.

"음, 저기 내려가서 그녀와 함께 있어야 하지 않아요?"

"아마 그렇겠죠." 엘렌드가 말했다. "하지만 이봐요, 비밀을 하나 말해줄게요. 사실 난 별로 신사가 아니에요. 게다가 내가 그녀를 초대하지도 않았어요. 마차에 탈 때까지 나는 같이 갈 사람이 누군지 알지도 못했어요."

"알겠어요." 빈이 얼굴을 찌푸리며 말했다.

"그렇지만 내 행동은 개탄할 만한 일이죠. 불행히도 나는 그런 개탄할 만한 짓을 여러 번 하는 경향이 있어요. 예를 들면 만찬 테이블에서 책을 읽는 걸 좋아한다든가. 잠시 실례하겠어요. 가서 마실 걸 좀 가져오죠."

그는 일어서서 책을 주머니에 쑤셔 넣고, 방에 있는 바 테이블 한 곳으로 걸어갔다. 빈은 화가 나기도 하고 재밌기도 한 기분으로 그가 가는 것을 지켜보았다.

"이건 좋지 않습니다, 미스트리스." 세이즈드가 낮은 목소리로 말했다.

"그는 그렇게 나쁘지 않아요."

"그는 당신을 이용하고 있어요, 미스트리스." 세이즈드가 말했다. "로드 벤처는 독특하고 반항적인 태도로 악명이 높습니다. 많은 사람들이 그를 싫어해요. 그가 바로 이런 일을 하기 때문이죠."

"이런 일?"

"그는 자기 가족을 화나게 할 일이라는 걸 알기 때문에 당신과 같이 앉아 있는 겁니다." 세이즈드가 말했다. "오, 아가씨. 고통을 드리고 싶지는 않지만 당신은 궁정의 방식을 이해하셔야 합니다. 이 젊은이는 당신에게 로맨틱한 면으로는 흥미가 없습니다. 그는 자기 아버지가 가하는 제약에 짜증을 내는 젊고 거만한 영주입니다. 그래서 그는 무례하고 공격적으로 행동해서 반항을 합니다. 자기가 오랫동안 버릇없이 행동하면 아버지가 누그러질 걸 알거든요."

빈은 위가 꼬이는 것을 느꼈다.

'물론 세이즈드가 옳을 거야. 아니면 왜 엘렌드가 일부러 나를 찾겠어? 나는 바로 그가 필요로 할 만한 사람이야. 자기 아버지를 화나게 할 만큼 지체가 낮지만 진실을 보지 못할 정도로 경험이 없는 어린애지.'

식사가 도착했지만 빈은 이제 별로 식욕이 없었다. 그녀가 음식을 깨작거리기 시작했을 때, 엘렌드가 돌아와 혼합된 술로 채워진 커다란 잔을 내려놓았다. 그는 책을 읽으면서 조금씩 술을 마셨다.

'독서를 방해하지 않으면 그가 어떻게 반응하나 보자.' 빈은 짜증이 나서 생각했다. 그녀는 자기가 받은 수업을 떠올리며 우아하고 숙녀답게 음식을 먹었다. 아주 배부른 식사는 아니었다. 대부분 버터를 바른 비싼 채소들이었다. 그녀가 더 빨리 먹을수록 더 빨리 춤을 추러 갈 수 있었다. 그러면 적어도 엘렌드 벤처와 함께 앉아 있지 않아도 될 것이다.

젊은 영주는 그녀가 먹는 동안 몇 번 읽기를 멈추고 책 너머로 그녀를 살짝 훔쳐보았다. 그는 분명히 그녀가 무슨 말을 할 거라고 기대하고 있었지만, 그녀는 전혀 말하지 않았다. 그러나 음식을 먹으면서 그녀의 분노는 점차 사라졌다. 그녀는 엘렌드를 흘끗하면서, 약간 헝클어진 그의 외관을 살피고 진지하게 책을 읽는 모습을 보았다. 이 남자가 진짜로 세이즈드가 말한 것 같은 작위적이고 뒤틀린 감각을 숨길 수 있을까? 그는 진짜로 빈을 이용하는 것뿐일까?

'누구라도 널 배신할 거야.' 린이 속삭였다. '모든 사람이 널 배신할 거야.'

엘렌드는 그냥 너무나…… 진짜 같았다. 겉모습만 꾸며내거나 가면을 쓴 것이 아니라 그는 진짜 사람처럼 느껴졌고, 그녀가 자기에게 말을 걸기를 바라는 것 같았다. 마침내 그가 책을 내려놓고 그녀를 보자 빈은 개인적인 승리를 거둔 것 같은 기분이었다.

"왜 여기 왔지요, 발레트?" 그가 물었다.

"여기 파티예요?"

"아뇨, 루서델에요."

"여긴 모든 것의 중심이잖아요." 빈이 말했다.

엘렌드는 얼굴을 찌푸렸다.

"그럴지도 모르지요. 하지만 제국은 이런 조그만 곳을 중심으로 두기에는 아주 큰 장소예요. 우린 제국이 얼마나 큰지 진짜로 실감하지 못할 거예요. 여기까지 오는 데 얼마나 오래 걸렸어요?"

빈은 한순간 공황 상태에 빠진 느낌이었지만, 세이즈드의 수업이 재빨리 마음을 스치고 지나갔다.

"운하로 거의 두 달이요. 몇 번 쉬어가면서요."

"아주 긴 시간이로군요." 엘렌드가 말했다. "사람들 말로는 제국의 한쪽 끝에서 다른 쪽 끝으로 여행하려면 반년이 걸릴 거랍니다. 하지만 우리 대부분은 중심에 있는 이 작은 조각 외에는 모든 것을 무시하죠."

"나는⋯⋯." 빈은 말을 흐렸다. 그녀는 린과 함께 '중앙 지배지'를 전부 가로질렀다. 그러나 그곳은 지배지들 가운데 가장 작은 곳이었고, 그녀는 제국에서 가장 이국적인 장소들에는 한 번도 가보지 못했다. 중앙 지역은 도둑들에게 좋은 곳이었다. 이상하게도 로드 룰러에게 가장 가까운 장소는 가장 부유한 곳인 동시에 가장 부패한 곳이기도 했다.

"그럼 이 도시를 어떻게 생각하십니까?" 엘렌드가 물었다.

빈은 잠시 말문이 막혔다.

"여기는⋯⋯ 더러워요." 그녀는 정직하게 말했다. 흐린 빛 속에서 하인 한 명이 나타나 빈 접시를 가져갔다. "여기는 더럽고 북적거려요. 스카들은 끔찍한 취급을 받고요. 하지만 그건 어디나 마찬가지겠죠."

엘렌드는 머리를 곤추세우고 그녀에게 이상한 표정을 지어 보였다.

'스카 이야기는 하지 말 걸 그랬어. 그건 별로 귀족답지 않아.'

그는 앞으로 몸을 기울였다.

"여기 스카들이 당신 농장에 있는 스카들보다 더 심한 취급을 받고 있다고 생각합니까? 나는 그들이 도시에 있는 게 더 나을 거라고 언제나 생각했어요."

"음⋯⋯ 잘 모르겠어요. 난 들에 별로 자주 나가지 않아요."

"그럼 그들과 의사소통을 많이 해보지 않았군요?"

빈은 어깨를 으쓱했다.

"그게 왜 중요한가요? 그들은 그냥 스카일 뿐인데."

"그래요, 우린 언제나 그렇게 말하죠." 엘렌드가 말했다. "하지만 난 잘 모르겠어요. 아마 내가 너무 호기심이 많은가 봐요. 하지만 난 그들에게 흥미를 느껴요. 당신은 그들이 서로 이야기하는 걸 들어본 적이 있나요? 그들도 보통 사람처럼 말하나요?"

"뭐라고요?" 빈이 물었다. "물론 그렇게 말하죠. 그들이 달리 무슨 말을 하겠어요?"

"음, 당신은 미니스트리가 어떻게 가르치는지 알죠?"

그녀는 몰랐다. 하지만 미니스트리가 스카에 대해 좋은 말을 하지는 않을 것 같았다.

"난 미니스트리가 말하는 걸 뭐든지 전부 믿지는 않기로 했어요."

엘렌드는 다시 말을 멈추고 고개를 바로 세웠다.

"당신은…… 내가 예상했던 것과 다르군요, 레이디 발레트."

"사람들은 예상대로인 경우가 드물죠."

"그럼 농장 스카에 대해 말해줘요. 그들은 어떻게 생겼어요?"

빈은 어깨를 으쓱했다.

"다른 모든 곳의 스카와 비슷하죠."

"지성이 있나요?"

"어떤 사람들은요."

"하지만 당신이나 나 같지는 않죠, 맞죠?" 엘렌드가 물었다.

빈은 잠시 말을 하지 못했다.

'귀족 여성이라면 어떻게 대답할까.'

"그럼요, 물론 아니죠. 그들은 그냥 스카일 뿐인걸요. 당신은 왜 그렇게 그들에게 관심을 갖죠?"

엘렌드는…… 실망한 듯이 보였다.

"이유는 없어요." 그는 의자에 도로 앉아 책을 펴면서 말했다. "저기 남자들 몇 명이 당신에게 춤을 청하고 싶어 하는 것 같은데요."

3장 피 흘리는 태양의 아이들

돌아보자 정말로 한 무리의 젊은 남자들이 그녀의 테이블에서 가까운 곳에 서 있었다. 그들은 그녀가 돌아보자마자 눈길을 돌려버렸다. 몇 초 후, 그 중 한 사람이 다른 테이블을 가리키더니 그쪽으로 걸어가 젊은 숙녀에게 춤을 추자고 청했다.

"몇 사람이 아가씨를 주목했습니다, 마이 레이디." 세이즈드가 말했다. "하지만 절대로 다가오지는 않습니다. 제 생각엔, 로드 벤처가 여기 계시기 때문에 위축된 것 같습니다."

엘렌드가 코웃음을 쳤다.

"내가 절대로 누굴 위축시킬 존재가 아니라는 걸 그 작자들이 알아야 하는데."

빈은 얼굴을 찌푸렸지만, 엘렌드는 계속 책만 읽었다.

'좋아!'

그녀는 그 젊은이들 쪽으로 몸을 돌렸다. 그러다가 한 남자와 눈길이 마주치자 살짝 미소 지어주었다.

잠시 후, 그 젊은이가 다가왔다. 그는 뻣뻣하고 공적인 어조로 말했다.

"레이디 르노, 저는 로드 멜렌드 리제입니다. 저와 춤을 춰주시겠습니까?"

빈은 엘렌드 쪽으로 눈길을 쏘아 보냈지만, 그는 책에서 눈을 떼지 않았다.

"기꺼이 그러지요, 로드 리제." 빈은 그렇게 말하며 그 젊은이의 손을 잡고 일어섰다.

그는 그녀를 데리고 무도장으로 내려갔다. 무도장이 다가오자 빈은 다시 초조해졌다. 갑자기 한 주 연습한 것으로는 충분하지 않을 것 같다는 생각이 들었다. 음악이 그치면서 커플들이 무도장에 들어가거나 나갈 시간이 되었고, 로드 리제는 그녀를 앞으로 안내했다.

빈은 자신의 편집증을 가라앉히려고 안간힘을 썼다. 모두들 드레스와 서열만 보지 빈 자신은 보지 않는다는 사실을 계속 떠올렸다. 그녀는 고개를 들어 로드 리제의 눈을 보다가, 그 눈 안에 떠오른 불안을 보고 놀랐다.

음악이 시작되면서 사람들이 춤을 추기 시작했다. 로드 리제의 얼굴에 실망의 표정이 깃들었다. 그녀는 그의 손바닥이 자기 손안에서 땀으로 축축해지는 것을 느꼈다.

'와, 이 사람도 나만큼이나 초조해하고 있어! 어쩌면 나보다 훨씬 더할지도 몰라.'

리제는 엘렌드보다 젊었고, 빈과 더 비슷한 나이였다. 그는 무도회 경험이 많지 않은 것 같았다. 별로 춤을 많이 춰본 것 같지도 않았다. 스텝에 너무 집중하느라 동작이 뻣뻣했다.

'그럴 만하네.' 빈은 긴장을 풀고 세이즈드가 가르쳐준 동작에 따라 몸을 움직이면서 깨달았다. '경험 있는 사람들이라면 나처럼 낯선 사람에게 춤을 추자고 청하지는 않을 거야. 주의 깊게 지켜보고만 있겠지.'

'하지만 엘렌드는 왜 내게 주의를 기울이고 있을까? 그냥 세이즈드가 말한 대로 자기 아버지를 짜증 나게 하려는 술책일까? 그럼 왜 내가 하는 말에 흥미를 갖는 것 같지?'

"로드 리제, 엘렌드 벤처에 대해 많이 아시나요?" 빈이 말했다.

리제는 고개를 들었다.

"음, 나는……."

"춤에 그렇게 집중하지 마세요. 내 춤 교사는 너무 잘하려고 애쓰지 않을 때 춤이 더 자연스럽게 흘러간댔어요." 빈이 말했다.

리제의 얼굴이 붉어졌다.

'로드 룰러시여! 이 소년은 정말 풋풋하구나.' 빈은 생각했다.

"그의 혈통 때문에 위축될 필요 없어요. 내가 보기에는 그는 전혀 해를 끼칠 사람이 아닌걸요." 빈이 말했다.

"전 모르겠습니다, 마이 레이디. 벤처가는 영향력이 매우 큰 가문이죠." 리제가 말했다.

"네, 음, 하지만 엘렌드는 가문의 명성에 걸맞게 살지는 않아요. 그는 대놓고 그런 걸 무시하기를 매우 좋아하는 것 같아요. 모두에게 그러지 않나 요?"

리제는 어깨를 으쓱했다. 둘이 이야기를 하다 보니 그의 춤은 더 자연스 러워졌다.

"전 모르겠습니다. 당신이…… 저보다 그분을 더 잘 아는 것 같은데요, 마이 레이디."

"저는……." 빈은 말끝을 흐렸다. 그녀는 그를 잘 아는 것 같은 느낌이 들 었다. 한 남자와 두 번의 짧은 만남 뒤에 알 수 있는 정도보다 훨씬 더 잘 아 는 것처럼 느껴졌다. 그러나 그 점을 리제에게 설명하기란 쉽지 않았다.

'그렇지만 아마…… 르노가 엘렌드를 한 번 만났다고 했었지?'

"오, 엘렌드는 우리 가족의 친구예요." 빈은 수정 같은 채광창 아래를 돌 면서 말했다.

"그렇습니까?"

"네. 우리 삼촌이 친절하게도 파티에서 저를 지켜봐달라고 엘렌드에게 부탁하셨고, 지금까지 그는 매우 상냥했어요. 하지만 나는 그가 책만 읽지 말고 나를 소개하는 데도 신경을 더 써주면 좋겠어요."

리제에게 생기가 돌면서 그는 조금 더 자신감을 갖는 것 같았다.

"오, 그렇군요. 그럴 만하지요."

"그래요. 엘렌드는 내가 이곳 루서델에 있는 동안 내게 오빠처럼 대해주 었어요." 빈이 말했다.

리제는 미소를 지었다.

"엘렌드가 자기 얘기는 많이 하지 않기 때문에 당신에게 물어본 거예요." 빈이 말했다.

"벤처가 사람들은 요즘 모두 조용하지요. 몇 달 전 벤처 아성에 공격이 가 해진 뒤부터요." 리제가 말했다.

빈은 고개를 끄덕였다.

"그 일에 대해 많이 아시나요?"

리제가 고개를 저었다.

"누구도 내게는 아무 말도 해주지 않는걸요." 그는 아래를 내려다보고 그들의 발동작을 지켜보았다. "춤을 아주 잘 추시는군요, 레이디 르노. 고향 도시에서 여러 무도회에 참석하셨나 봅니다."

"괜한 칭찬을 하시네요, 마이 로드."

"아닙니다, 정말입니다. 당신은 아주…… 우아하십니다."

빈은 약간 자신감이 솟는 것을 느끼며 미소 지었다.

"그래요." 리제는 거의 혼잣말처럼 말했다. "당신은 레이디 샨이 말한 것과 전혀 다르군요……." 그러다 그는 말을 멈추었고, 몸이 약간 굳는 듯했다. 자기가 무슨 말을 하고 있는지 이제야 알아차린 것 같았다.

"뭔데요?" 빈이 말했다.

"아무것도 아닙니다." 리제가 말했다. 그의 얼굴에 홍조가 올라왔다. "미안해요. 아무것도 아니었어요."

'레이디 샨. 이름을 기억해두자.' 빈은 생각했다.

춤에 점차 흥이 오르면서 그녀는 리제를 더 찔러보았지만, 그는 확실히 경험이 너무 없어서 아는 것이 거의 없었다. 그는 가문들 사이에 긴장이 차오르고 있다는 것은 느끼고 있었다. 무도회가 연달아 열렸지만 사람들은 자신의 정적(政敵)이 연 파티에 참석하지 않기 때문에 비는 자리가 점점 더 많아졌다.

춤이 끝나자, 빈은 자기가 한 노력 때문에 기분이 좋았다. 켈시어에게 큰 가치가 있는 것을 찾아내지는 못했을지도 모른다. 그러나 리제는 시작일 뿐이었다. 그녀는 더 중요한 사람들에게 다가갈 것이다.

'그건 내가 이런 무도회에 훨씬 더 많이 참석하게 된다는 뜻이야.'

빈은 리제가 자기를 테이블로 데려다줄 때 생각했다. 무도회 자체는 불쾌하지 않았다. 특히 그녀가 춤에 더 자신감이 생긴 지금은. 그러나 무도회가 더 많아진다는 것은 안개 속에 나가 있을 기회가 더 적어진다는 뜻이었다.

'어차피 세이즈드가 나를 못 가게 할 테니까.' 빈은 리제가 절을 하고 물러가는 동안 예의 바른 미소를 지으며, 마음속으로는 한숨을 지으면서 생각했다.

엘렌드는 테이블에 책을 펼쳐놓았고, 그녀의 벽감에는 몇 개의 가지 촛대가 더 늘어나 있었다. 보아하니 엘렌드가 다른 테이블들에서 슬쩍 가져온 것 같았다.

'뭐, 우린 적어도 도둑질을 한다는 공통점을 갖게 되었네.' 빈은 생각했다.

엘렌드는 테이블 위에 몸을 굽히고 작은 주머니 크기의 책에다 표시를 하고 있었다. 그녀가 앉을 때도 그는 쳐다보지 않았다. 그녀는 세이즈드가 아무 데도 보이지 않는 것을 알아차렸다.

"그 테리스인은 저녁 식사를 하라고 보냈어요." 엘렌드가 뭔가 끼적이면서 멍하니 말했다. "당신이 아래에서 빙글빙글 돌고 있는 동안 그가 배곯아 가며 기다릴 필요는 없으니까요."

빈은 한쪽 눈썹을 치켜세우고 자기 테이블 위를 점령한 책들을 바라보았다. 그녀가 지켜보고 있는 동안에도 엘렌드는 펼쳐진 두툼한 책 하나를 옆으로 밀어놓고 또 다른 책을 가져왔다.

"그래, 아까 말한 빙글빙글 돌기는 어떻던가요?" 그가 말했다.

"정말 재미있던데요."

"당신은 거기 별로 능숙하지 않았다고 생각하는데요."

"능숙하지 않았어요. 하지만 연습했지요." 빈이 말했다. "이 정보를 놀라운 것으로 생각하실지는 모르지만, 어두운 방 뒤 구석에 책을 읽으며 앉아 있는 건 춤 솜씨가 느는 데 전혀 도움이 되지 않는답니다."

"그건 제안인가요?" 엘렌드가 책을 밀어놓고 또 다른 책을 고르며 물었다. "당신도 알겠지만, 남자에게 춤추자고 청하는 건 숙녀답지 않아요."

"오, 당신을 독서에서 끌어낼 생각은 없어요." 빈은 책 한 권을 자기 쪽으로 돌려 보며 말했다. 그녀는 눈살을 찌푸렸다. 책은 작고 빽빽한 필체로 쓰여 있었다. "게다가 당신과 춤추면 내가 방금 했던 일을 다 망칠 거예요."

엘렌드는 잠시 동작을 멈추더니 마침내 그녀를 쳐다보았다.

"일이라고요?"

"네." 빈이 말했다. "세이즈드 말이 맞았어요. 로드 리제는 당신이 다른 사람들을 위축시킨다고 생각했고, 당신과 관련이 있기 때문에 나도 자기를 위축시킨다고 여겼어요. 단지 짜증 나는 영주 한 분이 어느 숙녀의 테이블에서 공부하기로 결심했다는 이유만으로 젊은 남성들이 그녀를 모두 손댈 수 없는 여성으로 여기게 된다면, 젊은 숙녀의 사교계 생활에 매우 큰 재앙이 될 수 있죠."

"그래서……." 엘렌드가 말했다.

"그래서 나는 그에게 당신이 나를 궁정의 방식대로 남에게 보여주고 있는 것이라고 말했어요. 말하자면…… 오빠같이."

"오빠?" 엘렌드가 얼굴을 찌푸리며 물었다.

"매우 나이 차이 나는 오빠요." 빈이 미소 지으며 말했다. "그러니까, 당신 나이는 적어도 내 나이의 두 배는 될 거 아닌가요."

"당신 두 배라니……. 발레트, 난 스물한 살이에요. 당신이 열 살치고 매우 조숙한 게 아니라면, 나는 '당신 나이의 두 배'와는 거리가 멀어요."

"전 수학을 잘했던 적이 한번도 없어서요." 빈이 퉁명스럽게 말했다.

엘렌드는 한숨을 쉬면서 눈을 굴렸다. 가까운 곳에서 로드 리제는 자기 친구 무리와 조용히 이야기하고 있었다. 그들은 빈과 엘렌드 쪽을 손으로 가리키고 있었다. 곧 한 사람이 와서 그녀에게 춤을 추자고 청할 것 같았다. 빈은 그러기를 바랐다.

"레이디 샨을 알아요?" 빈은 기다리는 시간에 한가하게 물어보았다.

놀랍게도 엘렌드가 고개를 들었다.

"샨 엘라리엘?"

"그런 것 같군요. 그녀는 누구죠?" 빈이 말했다.

엘렌드는 자기 책으로 돌아갔다.

"중요한 사람은 아니에요."

빈은 한쪽 눈썹을 추켜세웠다.

"엘렌드, 난 사교계 생활이 이제 겨우 몇 달째지만 나조차도 그런 말은 믿지 않겠어요."

"음…… 난 그녀와 약혼했는지도 모르겠어요." 엘렌드가 말했다.

"당신, 약혼자가 있어요?" 빈은 화가 나서 물었다.

"잘 모르겠네요. 우리 관계는 그때부터 1년이 다 되도록 정말 아무것도 진전된 게 없어요. 지금쯤 모두가 그 일을 잊어버렸을걸요."

'대단하군.' 빈은 생각했다.

잠시 후 리제의 친구 한 명이 다가왔다. 짜증 나는 벤처가 상속자와 떨어지는 게 기뻐서 빈은 일어나 그 젊은 영주의 손을 잡았다. 무도장으로 걸어 나가면서 그녀는 엘렌드를 슬쩍 바라보았고, 그가 책 너머로 자기를 엿보고 있는 모습을 보았다. 그러나 그는 즉시 공공연하게 무관심한 분위기를 띠면서 자기 공부로 돌아갔다.

빈은 놀랄 만큼 탈진한 느낌으로 테이블에 돌아와 앉았다. 그녀는 신발을 벗고 발을 마사지하고 싶은 유혹을 참았다. 그것은 별로 숙녀답지 못한 일인 것 같았다. 그녀는 조용히 구리를 켠 다음 백랍을 태워 몸을 강화하고 피로를 조금 씻어냈다.

그녀는 우선 백랍을, 그다음에는 구리를 차츰 껐다. 켈시어는 구리를 켜 놓고 있으면 알로맨서라는 것을 들킬 리 없다고 그녀에게 장담했지만, 빈은 그렇게 확신하지 않았다. 백랍을 태우고 있을 때 그녀의 반응은 너무 빨랐고, 몸은 너무 강했다. 그녀의 생각으로는, 관찰력 있는 사람이라면 알로맨서건 아니건 간에 이런 모순을 알아차릴 수 있을 것 같았다.

백랍을 끄자 피로가 되돌아왔다. 그녀는 최근에 백랍을 계속 사용하지 않으려고 노력하고 있었다. 그녀의 상처는 옆구리를 잘못 뒤틀었을 경우에만 매우 아픈 정도까지 회복되었고, 그녀는 할 수 있는 한 자력으로 힘을 되찾고 싶었다.

어떤 면으로는 그날 저녁 그녀가 피로하다는 건 좋은 일이었다. 그것은 춤을 춘 시간이 늘어났다는 말이었다. 이제 그 젊은이들은 엘렌드가 그녀에게 로맨틱한 흥미를 가진 것이 아니라 그저 보호자 역일 뿐이라고 생각했고, 그래서 빈에게 춤을 청하는 데 주저함이 없었다. 거부하면 의도와 상관없이 정치적 입장 때문에 그러는 것으로 보일까 봐 걱정이 된 빈은 모든 요청에 응했다. 몇 달 전이었다면 그녀는 춤 때문에 탈진한다는 말을 비웃었을 것이다. 그러나 화끈거리는 발과 쑤시는 옆구리, 지친 다리는 춤의 피로 중 일부일 뿐이었다. 춤 상대와 나누는 비단결 같은 대화를 참아내는 것은 말할 것도 없고, 상대의 이름과 가문을 기억하려는 노력을 하다가 그녀는 진이 빠져버렸다.

'세이즈드가 내게 힐 대신 슬리퍼를 신게 한 건 좋은 일이었어.' 빈은 한숨을 쉬며 생각하고는 시원한 주스를 마셨다. 테리스인은 아직 저녁 식사에서 돌아오지 않았다. 게다가 엘렌드도 테이블에 없었다. 하지만 그의 책은 여전히 테이블 위에 흩어진 채 놓여 있었다.

빈은 두꺼운 책을 바라보았다. 그녀가 그걸 읽고 있는 것처럼 보이면 젊은 남자들이 잠시 동안 그녀를 건드리지 않을지도 모른다. 그녀는 손을 뻗어 그럴싸하게 보일 만한 책이 있나 훑어보았다. 가장 관심이 있던 엘렌드의 작은 공책—가죽 장정이 된 것—은 없었다.

대신 그녀는 커다랗고 파랗고 두툼한 책을 집어 테이블 옆으로 들고 무게를 가늠해보았다. 그녀는 글자가 커서 그 책을 골랐다. 종이란 진짜 그렇게 비싼 것일까? 필경사들이 한 페이지에 가능한 한 많은 글씨를 써넣어야 할 필요가 있을 정도로? 빈은 한숨을 쉬고 책을 대충 휙휙 넘겼다.

'사람들이 이렇게 큰 책을 읽는다니 믿을 수가 없어.' 그녀는 생각했다. 글자는 컸지만 페이지마다 단어들이 가득 차 있었다. 그 책을 전부 읽으려면 며칠은 걸릴 것 같았다. 린이 읽기를 가르쳐준 덕분에 그녀는 계약서를 이해하고, 쪽지를 쓸 수 있었다. 귀족 여성 연기도 할 수 있었다. 그러나 이렇게 두꺼운 책을 술술 읽을 수 있을 정도로 훈련받지는 않았다.

'제국의 정치적 지배의 역사적 관습.' 첫 번째 페이지에는 그렇게 쓰여 있었다. 책의 각 장에는 '5세기 영주 직위 프로그램'이나 '스카 농장의 발흥' 같은 제목이 붙어 있었다. 그녀는 책을 끝까지 대충 넘겨보며 끝 쪽이 아마 제일 흥미로울 거라고 생각했다. 마지막 장에는 '현재의 정치적 구조'라는 제목이 붙어 있었다. 그녀는 읽어보았다.

'지금까지는 농장 시스템이 그전의 방법들보다 훨씬 더 안정적인 정부를 만들어냈다. 각 지방 영주들이 자기 스카를 지배하고 책임지는 "지배지" 구조는 가혹한 규율이 실시되는 경쟁적인 환경을 조성했다.

로드 룰러는 이 시스템이 귀족들에게 자유를 허용하기 때문에 골칫거리라는 것을 깨달은 것 같다. 그러나 조직적 반란이 상대적으로 덜 일어난다는 것은 확실히 매혹적이었다. 2세기 동안, 그 시스템이 자리 잡은 다섯 개의 "내부 지배지"에서 큰 반란은 일어나지 않았다.

물론 이 정치 시스템은 더 큰 신정 통치의 확장일 뿐이다. 이 귀족정의 독립성은 오블리게이터의 집행이 다시 열성적으로 시행되면서 길들여졌다. 아무리 지위가 높은 영주라도 자신이 법 위에 있다고 생각하지 말라는 충고를 받았다. 심문관의 소환장은 누구에게나 올 수 있었다.'

빈은 얼굴을 찌푸렸다. 글 자체는 밋밋했지만 로드 룰러가 자기 제국에 대해서 이렇게 분석적인 논의를 허용했다는 것이 놀라웠다. 그녀는 도로 의자에 자리를 잡고 그 책을 펼쳐 들었지만 더 읽지는 못했다. 그녀는 몇 시간 동안 춤 상대들에게서 정보를 조금씩, 살며시 짜내느라 너무나 지쳐 있었다.

불행히도 정치학은 빈의 탈진 상태를 회복하는 데 도움이 되지 않았다. 엘렌드의 책에 푹 빠져 있는 것처럼 보이려고 최선을 다했건만 곧 또 한 사람이 그녀의 테이블로 다가왔다.

빈은 한숨을 쉬고, 다시 춤을 출 준비를 했다. 그러나 이번에 온 사람은 귀족이 아니라 테리스인 시종이라는 것을 곧 깨달았다. 세이즈드와 마찬가지로 그는 V자로 겹치는 디자인의 로브를 입었고 보석 장식을 매우 좋아하는 것 같았다.

"레이디 발레트 르노?" 키 큰 테리스인은 희미한 억양이 묻어나는 목소리로 물었다.

"그런데요." 빈이 머뭇거리며 말했다.

"저의 미스트리스이신 레이디 샨 엘라리엘이 자신의 테이블에 왕림해주시기를 요청합니다."

'요청해?' 빈은 생각했다. 이미 그 어조가 마음에 들지 않았고, 엘렌드의 전 약혼녀와 만나고 싶은 마음은 전혀 없었다. 그러나 불행히도 엘라리엘 가문은 가장 강력한 '대가문' 중 하나였다. 즉석에서 그녀의 요청을 거절했다간 곤란해질 것이다.

테리스인은 열심히 기다리고 있었다.

"좋아요." 빈은 최대한 우아하게 보이려고 애쓰면서 일어났다.

테리스인은 빈을 가까이 있는 다른 테이블로 데려갔다. 그 테이블에는 사람이 많았다. 다섯 명의 여자들이 테이블 주위에 둘러앉아 있었는데, 빈은 그중에 샨이 누구인지 금방 알아볼 수 있었다. 길고 검은 머리의 조각상 같은 사람이 레이디 엘라리엘임이 분명했다. 그녀는 대화에 참여하지는 않았지만 대화를 지배하고 있는 것 같았다. 그녀의 팔에서 드레스와 어울리는 라벤더색 팔찌가 반짝거렸다. 빈이 도착하자 그녀는 무시하는 눈길을 던졌다.

그러나 그 짙은 눈은 날카로웠다. 그 눈앞에서 빈은 벌거숭이가 된 것 같았다. 멋진 드레스가 벗겨지고, 다시 한 번 더러운 부랑아로 쪼그라드는 것 같았다.

"여러분, 우리끼리 잠시 실례할게요." 샨이 말했다. 여자들은 명령대로 즉시, 우아한 꽃보라처럼 테이블을 떠났다.

샨은 포크를 집어 들고 작은 디저트 케이크 조각을 잘게 잘라 먹기 시작했다. 빈은 머뭇거리며 서 있었다. 테리스인 시종은 샨의 의자 뒤에 자리를 잡았다.

"앉아도 좋아요." 샨이 말했다.

'다시 스카가 된 것 같은 기분이야. 귀족들도 서로를 이런 식으로 대하나?' 빈은 앉으면서 생각했다.

"아가씨, 당신은 선망의 대상이 되는 입장에 있어요." 샨이 말했다.

"왜요?"

"나를 '레이디 샨'이라고 불러요. 아니면 '마님'이라고 부르든가." 샨이 변함없는 어조로 말했다.

샨은 작은 케이크 조각을 먹으면서 빈의 대답을 기다렸다. 마침내 빈이 말했다.

"왜 그런가요, 마님?"

"왜냐하면 젊은 로드 벤처가 당신을 자기 게임에 써먹기로 했기 때문이죠. 그건 나도 당신을 쓸 가능성이 있다는 뜻이에요."

빈은 얼굴을 찌푸렸다.

'내 역할 안에 머무르는 걸 명심하자. 너는 쉽게 겁먹는 발레트야.'

"전혀 쓰이지 않는 편이 좋지 않을까요, 마님?" 빈은 조심스럽게 말했다.

"말도 안 돼요." 샨이 대답했다. "당신같이 교양 없는 얼간이라도 당신보다 더 높은 사람들에게 소용이 있다는 게 얼마나 중요한지 알아야죠." 샨은 그런 모욕적인 말도 평온하게 했다. 그녀는 당연히 빈이 동의할 거라고 여기고 있는 것 같았다.

빈은 어안이 벙벙한 채 앉아 있었다. 다른 어떤 귀족도 그녀를 이런 식으로 대하지는 않았다. 물론 그녀가 지금까지 만나본 '대가문' 사람은 엘렌드뿐이었지만.

"당신의 멍한 얼굴을 보니 당신 위치를 제대로 받아들이고 있는 것 같군요." 샨이 말했다. "잘해요, 아가씨. 그러면 당신을 내 동아리에 넣어줄지도 몰라요. 그러면 여기 루서델의 아가씨들에게서 많은 것을 배울 수 있을 거예요."

"예를 들면요?" 빈이 목소리에서 무뚝뚝한 기운을 빼려고 애쓰며 말했다.

"가끔은 자기 자신을 봐요, 아가씨. 머리카락은 무슨 끔찍한 병을 앓은 것 같고, 몸에는 뼈만 앙상해서 드레스가 가방처럼 매달려 있잖아요. 루서델에서 귀족 여성이 된다는 건…… 완벽해져야 한다는 뜻이에요. 이런 게 아니라." 그녀는 마지막 말을 할 때 무시하듯이 빈을 향해 손을 저었다.

빈은 얼굴이 빨개지는 걸 느꼈다. 이 여자의 모욕적인 태도에는 이상한 힘이 있었다. 샨의 모습에 자기가 아는 어떤 패거리의 두목들이 겹쳐지는 것을 깨닫고 빈은 깜짝 놀랐다. 그런 부류 중 가장 최근에 만난 자가 카몬이었다. 상대가 전혀 저항하지 않을 것을 알고 사람을 때릴 수 있는 남자들. 그런 사람들에게 저항하면 더 세게 얻어맞게 된다는 것을 모두 다 아는 인물들.

"저한테 뭘 원하시나요?" 빈이 물었다.

샨은 케이크를 반쯤 먹다 남기고 옆으로 포크를 치워놓으면서 한쪽 눈썹을 치올렸다. 테리스인이 접시를 가지고 그 자리를 떠났다.

"당신 정말 멍청한 사람이군요, 안 그래요?" 샨이 물었다.

빈은 잠시 말문이 막혔다.

"마님은 저한테 뭘 원하시는데요?"

"나중에 말해줄게요. 로드 벤처가 당신을 가지고 계속 수를 쓰기로 한다면." 엘렌드의 이름을 말할 때, 그녀의 눈 속에서 희미한 증오가 번뜩였다.

"지금은, 오늘 저녁 그와 한 대화를 말해줘요." 샨이 말했다.

빈은 대답을 하려고 입을 열었다. 하지만…… 뭔가 잘못됐다고 느꼈다. 아주 약간, 흔적만 감지할 수 있었다. 브리즈의 훈련을 받지 않았더라면 그만큼도 알아차리지 못했을 것이다.

'수다야? 흥미롭군.'

샨은 빈을 자기만족에 빠지게 하려 하고 있었다. 그러면 빈이 털어놓을 테니까? 빈은 엘렌드와 자신이 나눈 대화에 대해 다시 말하기 시작했지만, 흥미로울 만한 것은 다 빼고 말했다. 그러나 여전히 무언가 이상하게 느껴졌다. 샨이 그녀의 감정을 조작하는 방식이 좀 이상했다. 곁눈질로 빈은 샨의 테리스인 시종이 부엌에서 돌아오는 것을 보았다. 그러나 그는 샨의 테이블 뒤로 걸어오는 것이 아니라, 다른 방향을 향하고 있었다.

빈의 테이블로 가고 있었다. 그는 잠시 그 옆에 멈춰 서서 엘렌드의 책들을 뒤져보기 시작했다.

'그가 뭘 원하든 간에 그걸 찾도록 놔둘 수는 없어.'

빈은 갑자기 일어섰다. 그러자 마침내 샨이 눈에 띄는 반응을 보였다. 놀라서 위를 쳐다본 것이다.

"제 테리스인에게 제 테이블에 있겠다고 말해둔 게 방금 기억났어요! 거기 앉아 있지 않으면 그가 걱정할 거예요." 빈이 말했다.

"오, 로드 룰러의 이름으로 말하건대 그럴 필요는……." 샨이 낮은 목소리로 중얼거렸다.

"죄송합니다, 마님. 전 가봐야겠어요." 빈이 말했다.

좀 빤한 짓이었지만 그녀가 할 수 있는 최선의 행동이었다. 빈은 절을 하고 화가 난 샨을 뒤에 남겨둔 채 샨의 테이블에서 물러났다. 샨의 테리스인은 훌륭했다. 빈이 샨의 테이블에서 몇 발자국 물러나자 그는 빈을 알아차리고 계속 가던 길을 갔다. 그의 동작은 인상적일 정도로 매끄러웠다.

빈은 샨을 그렇게 무례하게 떠나온 것이 실수 아니었을까 생각하며 자기 테이블로 돌아왔다. 그러나 너무 피곤해져서 신경을 쓸 수가 없었다. 다른 무리의 젊은 남자들이 자신을 바라보고 있는 것을 알아차리고, 빈은 서둘러 앉아 엘렌드의 책 가운데 하나를 획 펼쳤다.

다행히 이번에는 그 술수가 더 잘 먹혀들었다. 젊은 남자들은 차츰 떠났고, 빈은 평화 속에 홀로 남았다. 그녀는 앞에 책을 펴놓은 채 뒤로 기대 앉아 조금 긴장을 풀었다. 저녁 시간이 늦어지면서 무도회장은 천천히 비어가기 시작했다.

'테리스인은 이 책들로 뭘 하고 싶었을까?' 그녀는 주스 잔을 들어 한 모금 마시면서 얼굴을 찌푸린 채 생각했다.

그녀는 테이블을 훑어보며 무언가 손댄 흔적이 있는지 알아보려고 했다. 하지만 엘렌드가 책들을 몹시 어지럽혀놓고 떠난 탓에 알 수 없었다. 두꺼운 책 아래 있는 작은 책 하나가 눈을 끌었다. 대부분의 다른 책들은 특정한 페이지가 펼쳐져 있어서 엘렌드가 그곳을 숙독하고 있다는 걸 알 수 있었다. 한데 이 책은 덮여 있었고, 그가 그 책을 펼쳤던 기억도 나지 않았다. 그러나 아까도 있었던 책이었다. 다른 책들보다 훨씬 얇았기 때문에 알아볼 수 있었다. 그러니 그 테리스인이 남겨두고 간 책은 아니었다.

호기심에 찬 빈은 손을 뻗어 큰 책 아래에 있는 그 책을 꺼내보았다. 검은 가죽 표지였고, 책등에는 '북쪽 지배지의 날씨 패턴'이라고 쓰여 있었다. 빈은 얼굴을 찡그리며 손으로 책을 훑어보았다. 표제지는 없었고, 저자도 적혀 있지 않았다. 책은 곧장 본문부터 시작했다.

'마지막 제국'을 전체적으로 바라볼 때 한 가지 사실은 확실하다. 자칭 신이 통치하는 국가이기 때문에, 제국은 통치상의 엄청난 실수를 무시무시할 정도로 많이 경험했다. 이런 실수는 대부분 성공적으로 감춰져서, 페루케미스트*의 메탈마인드 안이나 금서들 속에서나 찾을 수 있다. 그러나 가까운 과거를 살펴보기만 해도 드바넥스의 학살, '디프니스 교리'의 수정, 르네이트 사람들의 재배치 같은 실수를 볼 수 있다.

* 페루케미스트(FERUCHEMIST): 세 가지 금속술 중 하나인 페루케미를 쓰는 사람들. 페루케미는 '승천' 이전 테리스인들에게서 많이 찾아볼 수 있는 힘이었으나, '승천' 이후 로드 룰러가 테리스인 멸족 정책을 시행하면서 매우 드물어졌다. 페루케미스트는 금속에 특별한 속성을 저장할 수 있다.

로드 룰러는 나이를 먹지 않는다. 적어도 그것만큼은 부인할 수 없다. 그러나 이 글에서는 그가 전혀 무결한 존재가 아님을 증명한다고 주장하겠다. '승천' 이전의 시대에, 인류는 왕과 황제, 다른 군주들이 끊임없이 교체되는 주기 때문에 생겨난 혼란과 불확실성에 시달렸다. 이제 단 한 명의 불멸의 지배자가 다스리니 사회에 마침내 안정성과 계몽이 자리 잡을 기회가 생겼다고 생각할 사람이 있을지도 모른다. 그러나 로드 룰러의 가장 통탄할 만한 통치 속에 있는 '마지막 제국'에 안정성과 계몽 양쪽 속성이 모두 결여되어 있다는 것은 주목할 만한 사실이다.

빈은 그 페이지를 뚫어지게 들여다보았다. 어떤 단어들은 그녀가 아는 수준보다 어려웠지만 저자의 뜻은 파악할 수 있었다. 그가 말하고 있는 것은…….

그녀는 그 책을 탁 덮고 서둘러 제자리에 집어넣었다. 오블리게이터들이 엘렌드가 이런 책을 갖고 있다는 걸 알게 되면 어떤 일이 일어날까? 그녀는 이쪽저쪽을 슬쩍 살펴보았다. 물론 그들은 다른 무도회에서처럼 그곳의 군중과 섞여 있었다. 회색 로브와 문신을 한 얼굴로 그들을 알아볼 수 있었다. 귀족들과 함께 앉아 있는 오블리게이터들이 많았다. 친구들일까? 아니면 로드 룰러의 스파이일까? 오블리게이터가 근처에 있을 때는 누구도 썩 편해 보이지 않았다.

'엘렌드는 이런 책으로 뭘 하고 있는 거지? 자기도 강력한 귀족이면서? 왜 로드 룰러를 비방하는 글들을 읽는 걸까?'

웬 손이 그녀의 어깨에 놓이자, 빈은 배 속에서 백랍과 구리를 폭발시키며 반사적으로 빙글 돌았다.

"후아." 엘렌드가 뒤로 물러서서 손을 들어 올리며 말했다. "당신이 얼마나 깜짝깜짝 잘 놀라는지 누가 말해준 적 없나요, 발레트?"

빈은 긴장을 풀고 의자에 도로 앉아 금속들을 껐다. 엘렌드는 한가롭게 자기 자리로 가서 앉았다.

"헤베렌은 재미있었나요?"

빈이 얼굴을 찌푸리자 엘렌드는 그녀 앞에 놓여 있는 더 크고 두꺼운 책 쪽으로 고갯짓을 했다.

"아뇨. 지루해요. 그냥 남자들이 날 잠깐 혼자 놔두었으면 해서 읽는 척하고 있었던 거예요." 빈이 말했다.

엘렌드는 씩 웃었다.

"거봐요. 영리하게 굴려다가 헛똑똑이 짓을 했군요."

빈은 한쪽 눈썹을 치켜세웠다. 엘렌드는 책을 모아 테이블 위에다 쌓기 시작했다. 그는 그녀가 그 '날씨' 책을 건드렸다는 것을 눈치채지 못한 것 같았다. 그는 책을 조심스럽게 책 무더기 가운데 끼워 넣었다.

빈은 그 책에서 눈을 돌렸다.

'세이즈드와 이야기해보기 전에는 엘렌드에게 샨 이야기를 하면 안 될 것 같아.'

"나는 영리한 대로 잘 살고 있다고 생각하는데요. 어쨌든 무도회에 춤을 추러 왔으니까요." 그녀는 이렇게 말했다.

"춤이란 건 참 과대평가되고 있군요."

"당신도 영원히 궁정에 냉담한 채로 있을 수는 없을 거예요, 로드 벤처. 당신은 매우 중요한 가문의 상속자잖아요."

그는 한숨을 쉬고 기지개를 펴더니 도로 의자에 기댔다.

"당신 말이 옳은 것 같습니다." 그는 놀라울 정도로 솔직하게 말했다. "하지만 내가 더 오래 버틸수록 우리 아버지는 더 화가 나겠죠. 그건 그 자체로 가치 있는 목표예요."

"당신 아버지만 상처받는 게 아니에요. 당신이 책을 뒤지느라 너무 바빠서 한 번도 당신한테 춤 신청을 받지 못한 소녀들은 어쩌고요?" 빈이 말했다.

"내가 기억하기로는 누군가는 춤을 안 추려고 책을 읽는 척만 하고 있었

3장 피 흘리는 태양의 아이들

는데요." 엘렌드가 마지막 책을 자기 책 무더기 꼭대기에 얹으면서 말했다. "그 숙녀들은 나보다 더 친절한 춤 상대를 찾는 데 전혀 곤란을 겪지 않았을 겁니다."

빈은 한쪽 눈썹을 추켜세웠다.

"나는 새로 등장한 사람이고 서열이 낮기 때문에 곤란을 겪지 않은 거죠. 당신의 지위에 더 가까운 아가씨들은 친절하든 아니든 춤 상대를 찾는 게 어려울 거라고 생각해요. 내가 알기로는, 귀족 남성들은 자기보다 지위가 높은 여성들과 춤추는 걸 불편해하더군요."

엘렌드는 말문이 막혔다. 그는 응수할 말을 찾으려고 하는 것 같았다.

빈은 앞으로 몸을 숙였다.

"왜 그래요, 엘렌드 벤처? 왜 자기 의무를 피하려고 그렇게 애쓰는 거죠?"

"의무?" 엘렌드가 그녀를 향해 몸을 숙이고 물었다. 열성적인 자세였다. "발레트, 이건 의무가 아니에요. 이 무도회…… 이건 질 낮은 오락물이고 머리 식히기예요. 시간 낭비죠."

"그럼 여자들은요? 그들도 시간 낭비인가요?" 빈이 물었다.

"여자들?" 엘렌드가 물었다. "여자들은…… 뇌우(雷雨) 같죠. 보기에는 아름답고 때때로 귀를 기울여줄 만큼 친절하기도 하지요. 하지만 대체로 그들은 거북하기만 해요."

빈의 입이 살짝 벌어졌다. 그때 그녀는 그의 입가에 어린 미소와 눈의 반짝임을 알아차렸다. 빈은 자기도 미소 짓고 있다는 것을 깨달았다.

"그냥 날 화나게 하려고 이런 이야기를 하는 거죠!"

그의 미소가 더 커졌다.

"나는 그런 식으로 매력을 부리거든요." 그가 일어서더니, 애정을 담은 눈으로 그녀를 쳐다보았다. "아, 발레트. 분위기에 속아서 이런 놀음에 너무 심각하게 임하지 말아요. 여기엔 그런 노력을 들일 가치가 없어요. 하지만 이제 작별을 해야겠어요. 앞으론 다시 무도회에 나타나는 데 몇 달이나 걸리는 일이 없도록 해봐요."

빈은 미소 지었다.

"생각해보지요."

"부탁해요." 엘렌드가 몸을 굽혀 높다랗게 쌓인 책 무더기를 양팔에 안으면서 말했다. 그는 잠시 불안하게 서 있다가 자세를 안정시키고 옆쪽을 슬쩍 보았다. "혹시 알아요? 어쩌면 그런 날 하루쯤 당신이 진짜로 나를 춤추게 만들지."

빈은 미소를 지으며 고개를 끄덕였다. 그는 몸을 돌리고 걸어가 무도회장의 두 번째 단 둘레를 따라 돌아갔다. 그는 곧 두 명의 다른 젊은이와 마주쳤다. 빈은 그중 한 명이 친근한 태도로 엘렌드의 어깨를 철썩 치고는 그가 든 책 절반을 들어주는 모습을 호기심에 차 지켜보았다. 그들 셋은 이야기를 나누면서 함께 걷기 시작했다.

빈은 나머지 두 사람이 누군지 알아볼 수 없었다. 그녀가 생각에 잠겨 앉아 있을 때 마침내 세이즈드가 옆쪽 복도에서 나왔다. 빈은 열심히 그에게 손을 흔들었다. 그는 서두르는 발걸음으로 그녀에게 다가왔다.

"로드 벤처와 함께 있는 저 사람들은 누구죠?" 빈이 엘렌드 쪽을 가리키며 물었다.

세이즈드는 안경 뒤에서 눈을 가늘게 떴다.

"음…… 한 명은 로드 제이스티스 레칼입니다. 다른 사람은 이름은 모르겠지만 헤이스팅 가문 사람이군요."

"그런데 왜 놀란 눈치예요?"

"레칼과 헤이스팅 가문은 둘 다 벤처 가문의 정적들입니다, 미스트리스. 귀족들은 무도회 뒤에 열리는 더 작은 파티에서 서로 방문하고, 동맹을 맺고……" 테리스인은 말을 멈추고 다시 그녀를 바라보았다. "제 생각에는, 마스터 켈시어는 이 일에 대해 듣고 싶어 할 것 같습니다. 이제 우리도 갈 때입니다."

"맞아요." 빈이 일어나며 말했다. "내 발도 그렇다고 하네요. 가요."

세이즈드는 고개를 끄덕였고, 둘은 앞문으로 나아갔다.

"뭐 때문에 그렇게 오래 걸렸나요?"

숄을 가져오는 하인을 기다리면서 그녀가 물었다.

"몇 번 돌아왔었습니다, 미스트리스. 하지만 언제나 춤을 추고 계시더군요." 세이즈드가 말했다. "그래서 테이블 옆에 서 있는 것보다 하인들과 이야기하는 것이 훨씬 더 도움이 될 거라고 생각했습니다."

빈은 고개를 끄덕이며 숄을 받아 들고는 앞문 통로로 걸어 나가 카펫이 깔린 계단을 내려갔다. 세이즈드가 바로 뒤를 따랐다. 그녀는 빠르게 걸었다. 그녀는 명단을 전부 잊어버리기 전에 돌아가 자기가 외운 이름들을 켈시어에게 이야기해주고 싶었다. 그녀는 층계참에 잠시 멈춰 서서 하인이 마차를 몰고 오기를 기다렸다. 그러다 뭔가 이상한 것을 알아차렸다. 안개 속 멀지 않은 곳에서 작은 소란이 일어나고 있었다. 그녀는 앞으로 걸어가려고 했지만, 세이즈드가 한 손을 어깨에 얹어 그녀를 뒤로 잡아당겼다. 숙녀는 안개 속에서 헤매는 법이 아니었다.

그녀는 마음의 손길을 뻗어 구리와 주석을 태우려고 하다가 기다렸다. 소동이 점점 가까워지고 있었다. 그 소동의 정체는 경비병이 몸부림치는 작은 아이의 형체를 끌고 안개 밖으로 나타나면서 밝혀졌다. 검댕으로 얼굴이 얼룩진, 더러운 옷을 입은 스카 소년이었다. 군인은 빈에게 가까이 오지 않은 채 죄송하다는 듯이 그녀에게 고개를 끄덕인 후 경비병 대장 한 명에게로 다가갔다. 빈은 무슨 말이 오가는지 들으려고 주석을 태웠다.

"부엌 허드렛일을 하는 놈인데요." 군인은 조용히 말했다. "정문이 열리는 동안 마차가 잠깐 멈춰 있을 때를 틈타 안에 있던 귀족 한 분에게 구걸을 하려고 했습니다."

대장은 고개만 끄덕였다. 병사는 포로를 다시 안개 속으로 끌고 들어가 멀리 있는 안뜰 쪽으로 걸어갔다. 소년은 몸부림쳤고, 군인은 짜증이 나 툴

툴거리면서도 계속 소년을 꽉 붙잡고 있었다. 빈은 그가 가는 것을 지켜보았다. 세이즈드의 손이 그녀를 제지하려는 듯이 어깨에 얹혀 있었다. 물론 그녀는 그 소년을 도울 수 없었다. 소년은 그러지 말았어야 했다.

안개 속에서, 보통 사람의 시야 너머에서 군인은 단도를 뽑아 소년의 목을 그었다. 빈은 충격을 받아 소스라쳤다. 소년이 몸부림치는 소리가 점점 줄어들었다. 경비병은 시체를 땅에 떨어뜨린 다음 다리를 쥐고 끌고 가기 시작했다.

빈이 멍해져서 서 있는데 그녀의 마차가 다가왔다.

"미스트리스." 세이즈드가 재촉했으나 그녀는 그대로 서 있을 뿐이었다.

'그들이 그 아이를 죽였어.' 그녀는 생각했다. '바로 여기, 귀족들이 자기 마차를 기다리고 있는 데서 몇 걸음 떨어지지도 않은 곳에서. 마치…… 정말 일상적인 일처럼. 그냥 또 하나의 스카가 도살된 거야, 짐승처럼.'

어쩌면 짐승보다 더 못한 방식으로. 누구도 돼지를 아성 안마당에서 도살하지는 않을 것이다. 살인을 하던 순간 경비병의 태도는, 소년이 몸부림치는 데 짜증이 나서 더 적당한 장소를 물색할 여유가 없었다는 것만을 보여주었다. 빈 주위의 다른 귀족들 중에서 누가 그 사건을 눈치챘다고 해도, 아무도 거기에 주의를 기울이지 않고 마차를 기다리며 잡담이나 계속했을 것이다. 사실, 비명이 멈추고 나자 그들은 조금 더 수다스러워진 듯이 보였다.

"미스트리스." 세이즈드가 다시 말하며 그녀를 앞으로 밀었다.

그녀는 마차 속으로 안내받아 들어갔지만, 정신은 여전히 딴 데 팔려 있었다. 빛과 드레스들로 반짝이는 방 안에서 춤을 추는 즐거운 귀족들과 안뜰에서 일어난 죽음은 있을 수 없을 만치 대조적으로 보였다. 그들은 신경 쓰지 않는 걸까? 모르는 걸까?

'이게 "마지막 제국"이야, 빈.' 마차가 굴러가기 시작했을 때 그녀는 속으로 말했다. '실크를 조금 봤다고 재를 잊으면 안 돼. 거기 있는 사람들이 네가 스카라는 걸 알았다면, 그들은 그 가엾은 소년에게 저지른 것만큼 쉽게

너를 도살했을 거야.'

찬물을 끼얹는 듯한 생각이었다. 펠리스로 돌아가는 여행길 내내 그녀는 그 생각에 골몰했다.

19

크완과 나는 우연히 만났다. 그러나 그러면 '신의 섭리'라는 말을 쓸 것이다.

그날부터 나는 다른 테리스 철학자들을 많이 만났다. 그들은 모두 엄청난 지혜를 가졌고, 대단히 영민한 사람들이었다. 얼마나 중요한지가 손으로 만져질 듯이 실감 나던 사람들.

크완은 그렇지 않았다. 어떤 면에서는, 내가 영웅 같지 않은 것만큼 그도 예언자 같지 않았다. 그는 격식 있고 지혜로운 분위기를 전혀 띠고 있지 않았다. 종교적인 학자조차도 아니었다. 우리가 처음 만났을 때, 그는 위대한 클레니 도서관 안에서 자신의 터무니없는 관심거리를 공부하고 있었다. 그는 나무가 생각할 수 있는지 없는지 판단하려 하고 있었던 것 같다.

마침내 위대한 '영원의 영웅'에 대한 예언을 발견한 사람이 바로 그라는 사실은, 사건이 조금만 다르게 펼쳐졌더라면 나를 웃게 만들 일이었다.

안개 속에서 켈시어는 다른 알로맨서의 맥박을 느낄 수 있었다. 그 진동은 고요한 해안을 스치는 리듬감 있는 파도처럼 그를 엄습했다. 희미하지만 확실했다.

그는 낮은 정원 벽 위에 웅크리고 앉아 그 파동에 귀를 기울였다. 곱슬곱

슬한 흰 안개는 보통 때처럼 차분하고 무심하게 계속 퍼져갔다. 켈시어의 몸과 가장 가까운 부분만이 달랐는데, 그곳에서 안개는 그의 사지 주변을 감싼 정상적인 알로맨시의 흐름을 타며 돌돌 말리고 있었다.

켈시어는 어둠 속에서 눈을 가늘게 뜨고 주석을 폭발시키며 다른 알로맨서를 찾았다. 그림자 하나가 먼 벽 위에 웅크리고 있는 것을 본 것 같았지만 확신할 수는 없었다. 그러나 그는 그 알로맨시 파동을 알아보았다. 모든 금속은 타오를 때 분명한 신호를 내뿜고, 청동을 잘 연습한 사람은 그것을 알아볼 수 있다. 멀리 있는 그 사람은 켈시어가 테키엘 아성 주위에서 감지한 다른 네 명처럼 주석을 태우고 있었다. 그 다섯 틴아이들은 어둠 속을 지켜보며 침입자를 찾는 울타리를 형성했다.

켈시어는 미소 지었다. '대가문'들은 초조해하고 있었다. 테키엘 같은 가문이라면 다섯 명의 틴아이를 동원해 감시한다는 것이 그렇게 부담스러운 일은 아닐 것이다. 그러나 그 귀족 알로맨서들은 단순한 경비 임무에 동원된 것에 화가 나 있을 것이다. 그리고 틴아이 다섯 명이 감시를 하고 있다면 써그, 코인샷*, 러처** 들도 한 무리씩 대기하고 있을 가능성이 매우 높았다. 루서델은 조용히 비상 대기 상태에 들어가 있었다.

사실 '대가문'들이 너무 경계하게 된 바람에 켈시어는 그들이 친 방어벽의 틈을 찾기가 힘들었다. 그는 겨우 한 사람이었고 미스트본이라도 한계는 있었다. 지금까지 그가 성공한 것은 그가 선택한 방법이 기습이었기 때문이었다. 그러나 다섯 명의 틴아이가 경비를 서고 있다면, 켈시어가 그 경비에 포착될 위험을 심각하게 무릅쓰지 않으면 아성에 좀처럼 가까이 갈 수 없을 것이다.

다행히도 켈시어는 오늘 밤 테키엘의 방비를 시험할 필요가 없었다. 그

---

* 코인샷(COINSHOT): 강철을 미는 미스팅.
** 러처(LURCHER): 철을 당기는 미스팅.

3장 피 흘리는 태양의 아이들

러는 대신 그는 바깥쪽 땅으로 향하는 벽을 따라 기어가다 정원 벽 근처에서 멈췄다. 그리고 알로맨서가 가까이에 없는지 확인하기 위해 청동을 태우면서, 한 구역의 덤불 안으로 손을 뻗어 커다란 자루를 찾아냈다. 그 자루는 아주 무거웠기 때문에 그는 그것을 어깨 위로 둘러메기 위해 백랍을 태워야 했다. 그는 안개 속에서 소리가 나는지 긴장하며 어둠 가운데 잠시 멈춰 있다가, 자루를 아성 쪽으로 끌고 갔다.

그는 커다랗고 하얗게 칠한 정원 베란다 근처에서 멈췄다. 옆에 있는 작은 연못이 베란다를 비추고 있었다. 그는 자루를 어깨에서 들어 올려 안에 든 것을 땅에 쏟았다. 방금 죽은 시체였다.

그 시체—로드 차스 엔트론이라는 자의 시체였다—는 굴러가다 흙 속에 얼굴을 처박고 멈추었다. 단검이 낸 두 개의 상처가 등에서 번들거렸다. 켈시어는 스카 빈민가 바로 바깥 거리에서 반쯤 취한 남자를 기습해 귀족 한 명의 명줄을 끊은 것이었다. 로드 엔트론의 죽음을 안타까워하는 사람은 없을 것이다. 그는 왜곡된 쾌락을 추구하는 것으로 악명이 높았다. 예를 들자면, 스카의 혈투는 그가 특별히 즐기는 취미였다. 그가 그날 저녁을 보낸 곳도 그런 곳이었다.

우연찮게도 엔트론은 테키엘 가문의 주요 정치적 동맹이었다. 켈시어는 피 속에 시체를 남겨두었다. 정원사들이 제일 먼저 시체를 발견할 것이다. 그리고 일단 하인들이 그 죽음에 대해 알게 되면, 귀족들이 아무리 엄하게 단속을 한다 해도 사건을 조용히 묻어버리지는 못할 것이다. 그 살인은 격렬한 반응을 일으킬 것이고, 아마도 테키엘 가문의 적수인 이젠리 가문에게 즉각 비난이 쏟아질 것이다. 그렇지만 엔트론의 의심스러운 급사 때문에 테키엘 가문이 경계하게 될지도 모른다. 그들이 주변을 조사하기 시작하면 그날 밤의 혈투에서 엔트론의 도박 상대가 크루스 게펜리였다는 것을 알게 될 것이다. 게펜리 가문은 더 강한 동맹을 얻기 위해 테키엘에 청원하고 있었고, 크루스는 유명한 미스트본이자 매우 뛰어난 검사였다.

이렇게 음모는 시작될 것이다. 이젠리 가문이 엔트론을 살해했는가? 아니면 테키엘의 경각심을 고조시켜 더 낮은 귀족들 사이에서 동맹을 찾게 만들기 위해 게펜리 가문이 시도한 것일까? 어쩌면 제3의 해답이 있는 걸까? 즉, 테키엘과 이젠리 사이의 경쟁을 악화시키고 싶은 어느 가문의 짓일까?

켈시어는 정원 벽에서 뛰어 떨어져 나오며 얼굴에 붙인 가짜 턱수염을 긁었다. 테키엘 가문이 엔트론의 죽음을 누구 탓으로 돌리든 사실 중요하지 않았다. 켈시어의 진짜 목적은 귀족들로 하여금 의문을 품고, 걱정하고, 불신하고, 오해하게 만드는 것이었다. 혼란은 가문 전쟁을 만들어내는 데 가장 강력한 협력자였다. 마침내 그 전쟁이 일어나면 귀족들이 죽어나갈 것이고, 스카가 반역을 일으킬 때 맞서야 할 귀족의 수가 그만큼 줄어들 것이다.

테키엘 아성에서 조금 떨어진 곳에 오자마자, 켈시어는 동전을 튕겨 옥상으로 올라갔다. 때때로 그는 자기 발아래 집에 있는 사람들이 위에서 나는 발소리를 들을 때 무슨 생각을 할까 궁금해했다. 미스트본이 자기들 집을 경비병이나 도둑들 때문에 걸리적거릴 일 없는 편리한 고속도로로 쓰고 있다고 말하면 그들은 믿을까? 아니면 이 지붕을 두드리는 소리조차 늘 비난하는 안개유령의 탓으로 돌렸을까?

'아마 알아차리지도 못할 거야. 제정신인 사람들은 안개가 밖으로 나올 때 잠을 자겠지.'

그는 뾰족지붕 위에 내려앉아, 구석에서 회중시계를 찾아 시간을 살펴본 후 시계를—그리고 시계를 이루는 위험한 금속을—다시 집어넣었다. 많은 귀족들은 뻔뻔스럽게 허세를 부리기 위해 금속을 찼다. 그러한 관습은 로드 룰러가 시작하고 귀족들이 따라 한 것이었다. 그러나 켈시어는 시계든 반지든 팔찌든 몸에 꼭 필요한 것 말고는 어떤 금속도 갖고 다니는 걸 좋아하지 않았다.

그는 다시 공중에 몸을 띄워 수트워런스 쪽으로 갔다. 수트워런스는 도시의 먼 북쪽에 있는 스카 빈민가였다. 루서델은 거대하고 제멋대로 퍼져 나가는 도시였다. 몇십 년마다 새로운 부분이 생겨나고, 성벽은 스카들의 땀과 노동을 통해 팽창했다. 현대 운하 시대가 도래하면서 돌은 상대적으로 싸지고, 옮기기 쉬워지고 있었다.

'로드 룰러가 왜 성벽에 신경을 쓰는지도 모르겠어.' 켈시어는 거대한 건물과 나란히 있는 옥상을 따라 움직이며 생각했다. '누가 공격을 한다고? 로드 룰러가 모든 것을 지배하잖아. 서쪽의 섬들조차 더 이상 저항하지 않아.'

몇 세기 동안 '마지막 제국'에는 진짜 전쟁이 없었다. 때때로 일어나는 '반역'은 언덕이나 동굴에 숨어 있는 몇천 명이 주기적으로 습격하러 나오는 것이었다. 예덴의 반역도들도 힘에는 많이 의존하지 않을 것이다. 그들은 가문 전쟁으로 인한 혼란과 루서델 주둔군의 전략적 오판이 동시에 일어나 자기들에게 출구가 열릴 것을 기대하고 있었다. 대규모 군사행동으로 국면이 전개되면 켈시어는 질 것이다. 로드 룰러와 '강철 미니스트리'는 필요하다면 문자 그대로 수백만 명의 병력을 모을 수 있었다.

물론 켈시어에게는 다른 계획도 있었다. 그러나 그 계획에 대해 그는 말하지 않았고, 그저 고려만 하고 있었다. 아마 그 계획을 실현할 기회는 얻지 못할 것이다. 그러나 만약 기회가 온다면……. 아니, 아마 그 계획을 구현할 기회도 얻지 못할 것이다. 그러나 만약 기회가 온다면…….

그는 수트워런스 바로 바깥쪽 땅에 떨어졌다. 그다음 미스트클록을 여며 입고 자신 있는 발걸음으로 거리를 걸어갔다. 그의 연락 상대는 닫힌 가게의 문가에 앉아 가만히 파이프를 뻐끔대고 있었다. 켈시어는 한쪽 눈썹을 치켜세웠다. 담배는 비싼 사치품이었다. 호이드는 매우 낭비하는 성품이거나, 아니면 독스가 넌지시 암시한 것처럼 성공한 인물인 것 같았다.

호이드는 조용히 파이프를 치우더니 일어섰다. 그래봤자 키가 그리 커 보이지는 않았다. 뼈만 앙상한 대머리 남자는 안개 낀 어둠 속에서 고개를 깊이 숙였다.

"안녕하십니까, 마이 로드."

켈시어는 미스트클록 안에 조심스럽게 팔을 집어넣고 남자 앞에서 멈추었다. 거리의 정보원에게 자기가 만나고 있는 정체 모를 '귀족'의 팔에 하스신의 상처가 있다는 것을 알려서 좋을 일은 없었다.

"꽤 평판이 좋더군." 켈시어가 귀족의 거만한 억양을 흉내 내어 말했다.

"저는 최고 수준입죠, 마이 로드."

'너만큼 오래 살아남을 수 있는 놈이라면 누구라도 훌륭하겠지.' 켈시어는 생각했다. 영주들은 다른 사람들이 자기 비밀을 아는 것을 좋아하지 않았다. 정보원들은 보통 오래 살지 못했다.

"알아야 할 게 있어, 정보원. 하지만 우선 이 만남에 대해 절대 아무에게도 말하지 않겠다고 맹세해." 켈시어가 말했다.

"물론이죠, 마이 로드." 호이드가 말했다. 그러나 그는 밤이 채 끝나기도 전에 그 약속을 깰 것 같았다. 정보원들이 그리 오래 살지 못하는 또 하나의 이유였다. "하지만 지불 문제가 있습니다요……."

"돈은 주겠다, 스카." 켈시어가 날카롭게 말했다.

"물론입죠, 마이 로드." 호이드가 재빨리 고개를 끄덕이며 말했다. "제가 알기로는 르노 가문에 대한 정보를 요청하셨지요……."

"그래. 그곳에 대해 뭐가 알려져 있지? 어느 가문이 그곳과 보조를 맞추고 있지? 난 이런 것들을 알아야겠어."

"사실 알 만한 것이 많지는 않습니다, 마이 로드." 호이드가 말했다. "로드 르노는 이 지역에 새로 온 사람이고, 주의 깊은 사람입니다. 그는 당분간 동맹도 적도 만들지 않고 있습니다. 많은 양의 무기와 갑옷을 사들이고 있긴 하지만 그냥 다양한 가문과 상인들에게서 사들이는 것 같습니다. 그들 모두에게 환심을 사려고요. 영리한 전략입죠. 아마 그의 상품은 필요 이상으로 많아질 겁니다. 하지만 친구들도 아주 많아지겠죠, 그렇지요?"

켈시어는 코웃음을 쳤다.

"왜 내가 이런 소리에 돈을 내야 하는지 모르겠군."

3장 피 흘리는 태양의 아이들

"그의 상품이 너무 많아질 겁니다, 마이 로드." 호이드가 재빨리 말했다. "르노가 손해를 보면서 선적을 하고 있다는 걸 아시면 상당한 이익을 올리실 수 있을 겁니다."

"난 장사꾼이 아니야, 스카. 이익이나 선적 같은 건 상관하지 않아!" 켈시어가 말했다.

'이걸 곱씹어보라지. 이제 그는 내가 "대가문" 사람이라고 생각할 거야. 물론 미스트클록을 보고도 그런 의심을 품지 않았다면 지금 누리는 명성을 받을 자격이 없겠지.'

"물론입니다, 마이 로드." 호이드가 재빨리 말하기 시작했다. "더 있습니다, 물론……."

'자, 이제 한번 보자. 저잣거리에서는 르노 가문이 반역도의 소란과 연관되어 있다는 걸 알고 있을까?' 누군가가 그 비밀을 알아냈다면 켈시어의 패거리는 심각한 위험에 처해 있는 것이었다.

호이드는 조용히 기침을 하고, 손을 내밀었다.

"못 견디게 싫은 놈 같으니!" 켈시어는 쏘아붙이면서 호이드의 발치에 동전 주머니를 던졌다.

"네, 마이 로드." 호이드가 무릎을 꿇고 손으로 주위를 더듬으며 말했다. "죄송합니다, 마이 로드. 시력이 약해서요. 겨우 제 얼굴 앞에 들이댄 손가락이나 보일 정도랍니다."

'영리하군.' 켈시어는 호이드가 주머니를 찾아 품에 집어넣는 것을 보며 생각했다. 시력에 대한 말은 물론 거짓이었다. 그런 시력장애를 갖고 암흑가에서 오래 버틸 수 있는 사람은 없다. 그러나 자기 정보원이 반쯤 눈멀었다고 생각하는 귀족은 정체를 확인당할 걱정을 훨씬 덜게 될 것이다. 켈시어 자신도 걱정하지 않았다. 그는 독슨의 최고작이라 할 만한 변장을 하고 있었다. 턱수염 외에도 가짜지만 진짜 같은 코를 달고, 굽을 높인 구두를 신고, 피부색을 더 밝아 보이게 하는 화장을 하고 있었다.

"더 있다고 했지?" 켈시어가 말했다. "맹세하지만, 스카, 좋은 정보가 아니면……."

"좋은 겁니다." 호이드가 재빨리 말했다. "로드 르노는 조카딸인 레이디 발레트와 로드 엘렌드 벤처의 결혼을 고려하고 있습니다."

켈시어는 몸이 굳었다.

'이건 예상치 못한……'

"말도 안 돼. 벤처는 르노보다 훨씬 위에 있어."

"그 두 젊은이가 오랫동안 이야기하고 있는 모습이 한 달 전 벤처의 무도회에서 목격됐습니다."

켈시어는 비웃듯이 웃었다.

"그건 모두 다 알아. 그건 아무 뜻도 없어."

"그런가요?" 호이드가 물었다. "로드 엘렌드 벤처가 그 소녀를 자기 친구들에게 매우 칭찬했다는 걸 모든 사람이 다 압니까? 브로큰 퀼에서 어슬렁거리는 젊은 귀족 학자들의 모임이 있지요."

"젊은 남자들은 아가씨들 이야기를 하지. 그건 아무 의미도 없어. 동전은 돌려줘야겠어." 켈시어가 말했다.

"잠깐만요!" 호이드가 처음으로 초조한 듯이 말했다. "더 있습니다. 로드 르노와 로드 벤처는 비밀 거래를 하고 있습니다."

'뭐라고?'

"이건 사실입니다." 호이드가 말을 계속했다. "그리고 새 소식입니다. 저도 겨우 한 시간 전에 들었는걸요. 르노와 벤처 사이에는 모종의 관계가 있고, 어떤 이유 때문인지 로드 르노는 엘렌드 벤처가 레이디 발레트를 무도회에서 감독하도록 정할 수 있었습니다." 그는 목소리를 낮추었다. "심지어 로드 르노가 벤처 가문에 일종의…… 영향력을 갖고 있다는 이야기들도 사람들 입에 오르내립니다."

'오늘 밤 무도회에서 대체 무슨 일이 일어난 거야?' 하고 켈시어는 생각했지만, 입으로는 이렇게 말했다.

"모두 다 근거가 약한 것 같아. 스카, 너한테는 그렇게 한가한 추측밖에 없나?"

"르노 가문에 대해서는 별게 없습니다, 마이 로드." 호이드가 말했다. "잘 알아보려고 했습니다만, 이 가문에 대한 나리의 걱정은 무의미합니다! 나리는 정치적으로 좀 더 중심에 있는 가문을 고르셔야 합니다. 예를 들면 엘라리엘 가문처럼……."

켈시어는 얼굴을 찌푸렸다. 호이드가 엘라리엘을 언급하는 것은 켈시어의 동전에 대한 값어치를 할 만한 중요한 토막 소식이 있다는 암시였다. 다른 가문들에 대한 논의로 이야기를 움직여야 할 때였다. 그래야 켈시어가 르노에 대해 가진 관심에 호이드가 의심을 품지 않을 것이다.

"좋아." 켈시어가 말했다. "하지만 이게 내 시간을 들일 값어치가 없다면……."

"있습니다요, 마이 로드. 레이디 샨 엘라리엘은 수더입니다."

"증거는?"

"제 감정에 와 닿는 그녀의 손길을 느꼈습니다, 마이 로드." 호이드가 말했다. "일주일 전 엘라리엘 아성에서 화재가 났을 때, 그녀는 그곳에서 하인들의 감정을 진정시키고 있었습니다."

그 불을 지른 것은 켈시어였다. 불행히도 불은 위병소 너머까지 번지지 않았다.

"최근 엘라리엘 가문은 그녀에게 궁정 행사에서 힘을 더 사용해도 좋다는 허가를 내렸습니다." 호이드가 말했다. "그들은 가문 전쟁을 두려워하고 있기 때문에 그녀가 어디든 동맹을 맺을 수 있게 만들어주기를 바랍니다. 그녀는 언제나 오른쪽 장갑 속에 놋쇠를 깎아 만든 얇은 봉투를 갖고 다닙니다. 무도회에서 시커를 그녀에게 접근시켜보세요. 그러면 아실 겁니다. 마이 로드, 거짓말이 아닙니다! 정보원으로서 저의 생명은 순전히 제 명성에 달려 있습니다. 샨 엘라리엘은 수더입니다."

켈시어는 잠시 생각에 잠긴 것처럼 침묵했다. 그 정보는 그에게 쓸모없었다. 그러나 그의 진짜 목적인 르노 가문에 대해 알아내는 일은 이미 이루어졌다. 그가 깨달았든 그렇지 않든 호이드는 자기 동전을 정당하게 벌었다.

켈시어는 미소 지었다.

'이제 혼란의 씨를 조금 더 뿌려보자.'

"살멘 테키엘과 샨의 은밀한 관계는 어떤가?" 켈시어가 그럴듯한 젊은 귀족의 이름을 갖다 붙이며 말했다. "그녀가 그의 호의를 얻는 데 힘을 쓴 것 같은가?"

"오, 그렇고말굽쇼, 마이 로드." 호이드는 재빨리 말했다. 켈시어는 그의 눈에서 흥분이 반짝이는 것을 볼 수 있었다. 그는 켈시어가 정치적 소문 중에서 아주 달콤한 부분을 자기에게 공짜로 주었다고 생각하는 게 틀림없었다.

"지난주 헤이스팅과 엘라리엘의 거래를 성사시킨 사람이 아마 그녀겠군." 켈시어는 생각에 잠긴 척 말했다. 그런 거래는 없었다.

"분명 그럴 겁니다요, 마이 로드."

"좋아, 스카." 켈시어가 말했다. "그 동전은 자네 거야. 아마 자네를 또 부를 일이 있을 테지."

"고맙습니다, 마이 로드." 호이드가 깊숙이 허리를 숙여 절하면서 말했다.

켈시어는 동전 한 닢을 떨어뜨려 공중에 몸을 띄웠다. 옥상에 착지하며 호이드를 슬쩍 보니, 그는 그 동전을 주우려고 서둘러 달려가고 있었다. '약한 시력'에도 불구하고 호이드는 아무 어려움 없이 동전을 찾아냈다. 켈시어는 미소를 지은 후 계속 움직였다. 호이드는 켈시어가 지각했다고 뭐라 말하지 않았지만, 다음 약속 상대는 그렇게 너그럽지 않을 것이었다.

그는 동쪽에 있는 알스트롬 광장 쪽으로 갔다. 움직이면서 미스트클록을 벗고, 그다음 조끼를 벗어 그 아래 숨겨져 있던 낡아빠진 셔츠를 드러냈다. 그는 골목길에 내려앉으며 클록과 조끼를 버린 다음, 모퉁이에서 재를 두어 줌 쥐었다. 버석버석한 검은 재를 팔에 문질러 흉터를 가린 후 얼굴과 가짜 턱수염에도 묻혔다.

몇 초 후 골목길에서 비틀거리며 나온 남자는 호이드가 만났던 귀족과는 매우 달랐다. 아까는 깔끔했던 턱수염이 지금은 헝클어지고 너덜너덜하게 튀어나와 있었다. 켈시어는 수염 조각을 몇 개 골라 뽑아서 수염이 드문드문하고 병든 것처럼 보이게 만들었다. 그는 다리를 절름거리는 척하며 휘청거렸고, 광장의 조용한 분수 근처 어두운 그늘 속에 서 있던 사람을 불렀다.

"마이 로드?" 켈시어가 쉰 목소리로 물었다. "마이 로드, 맞으십니까?"

벤처 가문의 수장인 로드 스트라프 벤처는 귀족 중에서도 고압적인 사람이었다. 켈시어는 그의 옆에 한 쌍의 경비병이 서 있는 것을 보았다. 로드 벤처는 안개에 받는 지장이라곤 조금도 없는 것 같았다. 그가 틴아이라는 것은 공공연히 알려진 사실이었다. 벤처는 결투용 지팡이로 땅을 두드리며 앞으로 단호히 걸어 나왔다.

"늦었다, 스카!" 그가 날카롭게 말했다.

"마이 로드, 저…… 저…… 저는 골목길에서 기다리고 있었습니다, 마이 로드. 그러기로 한 대로요!"

"그렇게 하기로 한 적 없어!"

"죄송합니다, 마이 로드." 켈시어가 말하며 절을 하다가 그의 '절름거리는' 다리 때문에 휘청거렸다. "죄송합니다, 죄송합니다. 전 그냥 골목길에 있었습니다. 기다리시게 하려던 건 아니었습니다."

"우리가 안 보였나, 엉?"

"죄송합니다, 마이 로드." 켈시어가 말했다. "제 시력이…… 그게 별로 좋지 않습니다요. 저는 얼굴 앞에 손을 펼쳐 갖다 대야 간신히 보입니다."

'팁 고맙네, 호이드.'

벤처는 코웃음을 치고, 결투용 지팡이를 경비병에게 넘겨주더니 켈시어의 얼굴을 세게 갈겼다.

켈시어는 뺨을 잡고 비틀거리며 땅에 쓰러졌다.

"죄송합니다, 마이 로드." 그가 다시 중얼거렸다.

"다음에 나를 또 기다리게 하면 지팡이로 얻어맞을 게다." 벤처가 무뚝뚝하게 말했다.

'그래, 다음에 내가 누군가의 잔디밭에 시체를 버려야 할 때 어디로 가야 할지 알겠다.' 켈시어는 휘청거리며 일어나면서 생각했다.

"자, 일을 시작하자. 나한테 알려주겠다고 약속한 중요한 소식이 뭐지?" 벤처가 말했다.

"에리켈 가문의 일입니다요, 마이 로드. 나리가 예전부터 그들과 거래를 하신 걸 압니다." 켈시어가 말했다.

"그런데?"

"예, 마이 로드. 그들은 나리를 몹시 속여먹고 있습니다. 그들은 자기네 칼과 지팡이를 테키엘가에 나리가 지불하시는 가격의 절반에 팔고 있습니다!"

"증거는?"

"테키엘의 새 군비를 보시기만 하면 됩니다, 마이 로드." 켈시어가 말했다. "제 말은 사실입니다. 제게 있는 건 제 명성뿐입니다! 그게 없었더라면 저는 지금쯤 시체일 겁니다요."

켈시어의 말은 거짓이 아니었다. 적어도 완전히 거짓은 아니었다. 벤처가 쉽게 입증하거나 무시할 수 있는 정보를 퍼뜨려봤자 켈시어에게 소용없을 것이다. 그가 한 말 중 어떤 말은 사실이었다. 에리켈은 테키엘에게 약간 더 유리한 조건으로 팔고 있었다. 물론 켈시어는 그것을 부풀려 말했다. 게임이 잘된다면 그는 에리켈과 벤처 사이에 균열을 내고, 동시에 벤처가 테키엘을 질투하게 만들 수 있을 것이다. 그러면서 만약 벤처가 에리켈 대신 르노에게 무기를 사러 온다면…… 뭐, 덤으로 얻는 이익일 뿐이다.

스트라프 벤처는 코웃음을 쳤다. 그의 가문은 강력했다. 엄청나게 강력했다. 그리고 가문의 재산을 쌓는 데 특정한 산업이나 사업에 의지하지 않았다. 로드 룰러의 세금과 아티움의 값을 생각하면, '마지막 제국'에서 성취하기 매우 어려운 일이었다. 그래서 벤처는 켈시어에게 강력한 도구가 될 수 있었다. 이 작자에게 진실과 허구를 딱 맞게 섞어줄 수 있다면⋯⋯.

"그건 나한테 별로 소용없어." 벤처가 갑자기 말했다. "네가 진짜로 얼마나 많이 알고 있는지 보자, 정보원. '하스신의 생존자'에 대해 말해봐."

켈시어는 얼어붙었다.

"뭐라굽쇼, 마이 로드?"

"돈을 받고 싶지?" 벤처가 물었다. "자, '생존자'에 대해 말해라. 그가 루서델에 돌아왔다는 소문이 있더군."

"소문일 뿐입니다요, 마이 로드." 켈시어가 재빨리 말했다. "저는 그 '생존자'를 한 번도 만나본 적이 없습니다. 하지만 그가 루서델에 있을 것 같지는 않습니다요. 그가 정말로 살아 있다고 해도요."

"그놈이 스카 반역도들을 모으고 있다고 들었어."

"언제나 바보들이 스카들에게 반역을 속삭이지요, 마이 로드." 켈시어가 말했다. "그리고 언제나 '생존자'의 이름을 이용하려는 작자들이 있습니다. 하지만 저는 어떤 사람도 '갱'에서 살아 나올 수 있다고 믿지 않습니다. 원하신다면 이 문제에 대한 정보를 더 찾을 수 있습니다만, 제가 발견하는 것에 실망하실까 봐 두렵습니다. '생존자'는 죽었습니다. 로드 룰러⋯⋯ 그분은 그런 실수를 용납하지 않으시죠."

"맞다." 벤처는 생각에 잠긴 듯이 말했다. "하지만 스카들은 '열한 번째 금속'의 소문을 확신하는 것 같단 말이지. 그 이야기를 들어봤나, 정보원?"

"아, 네." 켈시어가 충격을 숨기며 말했다. "전설입죠, 마이 로드."

"난 한 번도 들어본 적이 없는 전설이야." 벤처가 말했다. "난 그런 것에 매우 주의를 기울이지. 이건 '전설'이 아니야. 매우 영리한 어느 작자가 스카들을 조종하고 있어."

"음…… 흥미로운 결론입니다, 마이 로드." 켈시어가 말했다.

"사실이야." 벤처가 말했다. "그리고 '생존자'가 '갱'에서 죽었다 치고, 누군가가 그의 시체를…… 뼈라도…… 입수했다면, 사람의 겉모습을 흉내 내는 방법들이 있어. 내가 무슨 말 하는지 알지?"

"예, 마이 로드."

"이걸 감시해봐." 벤처가 말했다. "네놈이 가져온 소문 따위에는 관심 없어. 스카를 이끄는 사람이건 뭐건 거기에 대한 걸 가져와. 그러면 내게 동전을 받을 수 있을 거다."

벤처는 어둠 속에서 돌아서서 부하들에게 손짓을 하고는 생각에 잠긴 켈시어를 남겨놓고 떠났다.

켈시어는 잠시 후 르노 저택에 도착했다. 펠리스와 루서델 사이의 금속 길 덕분에 두 도시 사이를 빠르게 여행할 수 있었다. 그 금속 대못들을 설치한 것은 그가 아니었다. 그는 누가 그렇게 했는지 몰랐다. 그는 만약 금속 길로 가다가 맞은편에서 오는 다른 미스트본과 마주친다면 어떻게 될까 자주 생각해보았다.

'아마 그냥 서로 무시하겠지. 미스트본들은 그런 걸 아주 잘하니까.' 켈시어는 르노 저택의 안마당에 내려앉으면서 생각했다.

그는 등잔불로 밝혀진 저택을 안개 사이로 바라보았다. 다시 찾아 입은 미스트클록이 잔잔한 바람에 살짝 펄럭였다. 빈 마차를 보고 빈과 세이즈드가 엘라리엘가에서 돌아왔다는 것을 알았다. 켈시어는 저택 안에서 그들을 볼 수 있었다. 그들은 거실에 앉아 로드 르노와 조용히 이야기하고 있었다.

"새로운 모습이네요." 켈시어가 방으로 들어가자 빈이 한마디 했다. 그녀는 여전히 아름다운 붉은색 드레스를 입고 있었지만, 숙녀답지 않은 자세로 앉아 있었다.

켈시어는 속으로 미소 지었다.

'몇 주 전이었다면 돌아오자마자 저 드레스부터 갈아입었겠지. 우리는 빈을 숙녀로 바꿀 수 있을 거야.'

그는 의자를 찾아 앉고, 숯으로 얼룩진 가짜 턱수염을 쓰다듬었다.

"이거 말하는 거야? 턱수염 유행이 금방 돌아올 거라고 들었거든. 난 유행의 선두에 서려는 것뿐이야."

빈이 코웃음을 쳤다.

"거지 의상 유행의 선두겠죠."

"오늘 저녁은 어땠나, 켈시어?" 로드 르노가 물었다.

켈시어는 어깨를 으쓱했다.

"대체로 다른 날과 비슷해. 다행히 르노 가문은 의심을 받지 않는 것 같아. 나 자신은 어떤 귀족들에게 관심의 대상이 된 것 같지만."

"자네가?" 르노가 물었다.

켈시어는 고개를 끄덕였다. 하인 한 명이 그에게 얼굴과 팔을 닦을 따뜻한 물수건을 가져다주었다. 하지만 하인들이 그의 청결 상태를 걱정하는 건지, 아니면 그가 재를 가구에 묻힐지도 몰라서 걱정하는 건지 알 수 없었다. 그는 팔을 닦아내어 흰 흉터들을 드러내고, 뒤이어 턱수염을 뜯어내기 시작했다.

"많은 스카들이 '열한 번째 금속'의 소문을 들은 것 같아." 켈시어가 말을 계속했다. "몇몇 귀족들이 퍼져가는 소문을 들었고, 가장 영리한 자들은 걱정하기 시작했지."

"그게 우리에게 어떤 영향을 미칠까?" 르노가 물었다.

켈시어는 어깨를 으쓱했다.

"귀족들이 서로에게 더 집중하고 내게는 신경을 안 쓰도록 반대 소문들을 퍼뜨려야지. 재밌게도 로드 벤처가 나한테 나 자신에 대한 정보를 찾아내라고 격려를 해주시긴 했지만 말이야. 이런 연기를 하면 매우 혼란스러워질 것 같아. 자네는 어떻게 해내는지 모르겠어, 르노."

"나는 그런 존재니까." 칸드라*가 짧게 말했다.

켈시어는 다시 어깨를 으쓱하고 빈과 세이즈드를 보았다.

"그래, 너희는 저녁을 어떻게 보냈니?"

"좌절이에요." 빈이 부루퉁한 어조로 말했다.

"미스트리스 빈은 좀 화나셨습니다." 세이즈드가 말했다. "루서델에서 돌아오는 길에 춤을 추면서 모은 정보들을 제게 말해주셨습니다."

켈시어는 씩 웃었다.

"흥미로운 게 별로 없나 보지?"

"세이즈드가 이미 다 알고 있었어요!" 빈이 쏘아붙였다. "몇 시간이나 남자들과 빙글빙글 돌고 수다를 떨었는데, 그게 다 쓸모없었어요!"

"전혀 쓸모없는 게 아니야, 빈." 켈시어가 가짜 턱수염을 마저 뜯어내며 말했다. "너는 연줄을 몇 개 만들었고, 모습을 보였고, 수다 떠는 연습을 했어. 정보라는 면에서는…… 뭐, 아직 아무도 너한테 중요한 건 말하지 않을 거야. 시간을 좀 들여."

"얼마나 많이요?"

"이제 네 건강이 더 나아지고 있으니까, 넌 무도회에 정기적으로 참석할 수 있어. 몇 달 후면 우리가 필요한 정보를 찾을 수 있게 충분히 연줄을 모아놓고 있어야 해."

빈은 한숨을 쉬며 고개를 끄덕였다. 하지만 정기적으로 무도회에 참석해야 한다는 점을 예전처럼 아주 질색하지는 않는 것 같았다.

세이즈드는 헛기침을 했다.

"마스터 켈시어, 이야기해야 할 것이 있습니다. 저녁 시간 내내 우리 테이블에 로드 엘렌드 벤처가 함께 있었습니다. 미스트리스 빈이 로드 엘렌드에게 받는 관심 때문에 궁정에서 위협을 받지 않는 방법을 찾아냈지만요."

---

* 칸드라(KANDRA): 로드 룰러가 승천 때 만든 종으로, 자기 몸의 모습을 바꿀 수 있다.

"그래, 알겠어." 켈시어가 말했다. "그 사람들에게 뭐라고 말했지, 빈? 르노와 벤처가 친구라고?"

빈은 살짝 창백해졌다.

"어떻게 알았어요?"

"나는 신비롭고 강력하거든." 켈시어는 손을 저으며 말했다. "아무튼 모든 사람이 르노 가문과 벤처 가문이 비밀 사업 거래를 하고 있다고 생각해. 그들은 벤처가 무기를 비축하고 있다고 추측할 거야."

빈은 얼굴을 찌푸렸다.

"그렇게까지 가려던 건 아니었는데⋯⋯."

켈시어는 고개를 끄덕이며 턱에서 풀을 문질러 뜯어냈다.

"궁정이란 곳이 그래, 빈. 사태가 감당할 수 없이 빠르게 돌아갈 수 있어. 하지만 이건 큰 문제가 아니야. 로드 르노 자네한테는 벤처 가문을 다룰 때 매우 주의해야 한다는 뜻이 되겠지만. 그들이 빈의 말에 어떤 반응을 보이는지 보고 싶어."

로드 르노가 고개를 끄덕였다.

"맞아."

켈시어는 하품을 했다.

"그럼, 다른 일이 없으면 이만. 하룻저녁에 귀족과 거지를 둘 다 연기했더니 엄청나게 피곤해져서⋯⋯."

"한 가지 더 있습니다, 마스터 켈시어." 세이즈드가 말했다. "저녁이 끝날 무렵, 미스트리스 빈은 로드 엘렌드 벤처가 레칼 가문과 헤이스팅 가문의 젊은 영주들과 함께 무도회를 떠나는 것을 보았습니다."

켈시어는 동작을 멈추고 얼굴을 찌푸렸다.

"그거 이상한 조합이군."

"저도 그렇게 생각합니다." 세이즈드가 말했다.

"아마 자기 아버지를 화나게 하려고 그러는 것뿐이겠지." 켈시어가 생각에 잠기며 말했다. "대중 앞에서 적과 친하게 지내는 것은……."

"아마도요." 세이즈드가 말했다. "그러나 그 셋은 좋은 친구들 같아 보였습니다."

켈시어는 고개를 끄덕이고 일어섰다.

"좀 더 조사해봐, 세이즈. 로드 벤처와 그의 아들이 우리를 모두 갖고 노는 걸 수도 있어."

"네, 마스터 켈시어." 세이즈드가 말했다.

켈시어는 방에서 나가, 기지개를 펴고 미스트클록을 하인에게 건네주었다. 동쪽 계단으로 걸어 올라갈 때 빠른 발걸음 소리가 났다. 돌아보자 빈이 그의 뒤를 바짝 따라오고 있었다. 빈은 번쩍이는 붉은 드레스를 치켜들고 계단을 올라왔다.

"켈시어." 그녀가 조용히 말했다. "다른 일이 있어요. 당신과 이야기 좀 하고 싶어요."

켈시어는 한쪽 눈썹을 추켜세웠다.

'세이즈드에게도 들려주기 싫은 일인가?'

"내 방으로 와." 그가 말했고, 그녀는 그를 따라 계단을 올라가 방에 들어갔다.

"무슨 일이야?" 그녀가 문을 닫자 그가 물었다.

"로드 엘렌드 일이에요." 빈이 약간 당황한 듯이 아래를 내려다보며 말했다. "세이즈드는 이미 그를 좋아하지 않기 때문에 다른 사람들 앞에서는 이걸 말하고 싶지 않았어요. 하지만 난 오늘 밤 이상한 걸 발견했어요."

"뭔데?" 켈시어는 책상에 뒤로 기댄 채 호기심에 차서 물었다.

"엘렌드는 책을 한 무더기 갖고 있었어요." 빈이 말했다.

'그냥 이름으로 부르는군.' 켈시어는 못마땅해하며 생각했다. '빈이 그 젊은이에게 빠지고 있어.'

"그가 책을 많이 읽는 건 유명해요." 빈이 말을 계속했다. "하지만 그 책들

3장 피 흘리는 태양의 아이들

중에서 어떤 것은…… 음, 그가 자리를 비웠을 때 나는 그 책들을 살펴봤어요."

'잘했군. 적어도 거리에서 배운 좋은 본능 몇 가지는 살아 있어.'

"그중 하나가 이상했어요." 그녀가 말했다. "제목은 뭔가 날씨에 대한 거였는데, 그 안의 글은 '마지막 제국'과 그 결점에 대해 말하고 있었어요."

켈시어는 한쪽 눈썹을 치올렸다.

"정확히 뭐라고 쓰여 있었는데?"

빈은 어깨를 으쓱했다.

"로드 룰러가 불멸이 된 후부터 그의 제국이 얼마나 더 발전하고 평화로워져야 했는지에 대한 거였어요."

켈시어는 미소를 지었다.

"『거짓 새벽의 책』이구나. 키퍼라면 누구든지 그걸 너한테 전부 읊어줄 수 있을 거야. 실제로 남아 있는 책이 있는 줄은 몰랐군. 그 책의 저자 들루즈 쿠브르는 더 지독한 책들도 계속 썼지. 그는 알로맨시의 신성을 모독하지 않았지만, 오블리게이터들은 그의 경우를 예외로 두어 갈고리에 목매달아 죽였어."

"그런데 엘렌드는 책으로 갖고 있었어요." 빈이 말했다. "다른 귀족 여성 한 명도 그 책을 찾으려고 하는 것 같아요. 그녀의 하인 한 명이 책들을 뒤지는 걸 봤거든요."

"어떤 귀족 여성?"

"샨 엘라리엘요."

켈시어는 고개를 끄덕였다.

"예전 약혼자군. 아마 벤처가 젊은이를 협박할 만한 걸 찾고 있었을 거야."

"그녀는 알로맨서 같아요, 켈시어."

켈시어는 그 정보에 대해 생각하느라 마음이 산만해져서 고개를 끄덕였다.

"그녀는 수더야. 벤처가의 상속자가 『거짓 새벽』 같은 책을 읽고 있다면 그런 책을 어떻게 해야 할지 잘 알고 있을걸. 그걸 직접 갖고 돌아다닐 정도로 어리석다니……."

"그게 그렇게 위험한가요?" 빈이 물었다.

켈시어는 어깨를 으쓱했다.

"적당히. 오래된 책이고 실제로 반역을 독려하는 건 아니니까, 아마 빠져나갈 수 있을 거야."

빈은 얼굴을 찌푸렸다.

"그 책은 로드 룰러에게 매우 비판적인 것 같았어요. 로드 룰러는 귀족들에게 그런 것을 읽도록 허락하나요?"

"사실은 '허락'하지 않아." 켈시어가 말했다. "하지만 때때로 귀족들이 그런 일을 하는 걸 무시하지. 책을 금지한다는 건 까다로운 일이야, 빈. 미니스트리가 어떤 책을 악명 높게 만들어놓을수록 그 책은 더 주의를 끌게 되고, 더 많은 사람들이 그걸 읽고 싶어지겠지. 『거짓 새벽』은 딱딱한 책이고, 미니스트리가 그 책을 금지하지 않았기 때문에 오히려 그 책은 잊혔어."

빈은 천천히 고개를 끄덕였다.

"게다가 로드 룰러는 스카보다 귀족에게 훨씬 더 관대해. 그는 귀족들을 오래전 죽은 자기 친구와 동맹자들의 아이들이라고 봐. 그가 '디프니스'를 이기도록 도운 사람들 말이야. 그는 가끔 그들이 아슬아슬한 글을 읽거나 가문의 일원을 암살해도 벌을 주지 않고 모른 체해."

"그러면…… 그 책은 걱정할 만한 건 아닌가요?" 빈이 물었다.

켈시어는 어깨를 으쓱했다.

"난 그렇게도 말하지 않겠어. 젊은 엘렌드가 『거짓 새벽』을 갖고 있다면, 공공연히 금지된 다른 책들도 가지고 있을 수 있겠지. 오블리게이터들이 그 증거를 갖게 되면 그들은 젊은 엘렌드가 귀족이든 아니든 그를 심문관에게 넘길 거야. 문제는 어떻게 그런 일이 일어나게 만드느냐야. 만약 벤처가의 상속자가 처형된다면, 그 사건은 확실히 루서델의 정치적 혼란에 일조하게 되겠지."

빈은 눈에 띄게 창백해졌다.

'그래.' 켈시어는 속으로 한숨을 쉬며 생각했다. '이 애는 확실히 그에게 반해 있어. 이걸 예측했어야 하는데. 젊고 예쁜 소녀를 귀족 사회에 들여보낸다? 틀림없이 맹금 한두 마리가 그녀를 낚아챌 텐데.'

"그를 죽이려고 당신에게 이 이야기를 한 건 아니에요, 켈시어!" 그녀가 말했다. "내 생각엔, 아마도…… 음, 그는 금지된 책들을 읽고 있고, 좋은 사람 같아 보여요. 아마 우리가 그를 동맹자 같은 걸로 이용할 수 있을 거예요."

'오, 아가야.' 켈시어가 생각했다. '그가 너를 버릴 때 네가 너무 큰 상처를 입지 않으면 좋겠는데. 너는 세상 물정을 좀 더 알아야 해.'

"그런 건 기대하지 마라." 그는 입 밖으로 내어 말했다. "로드 엘렌드는 금지된 책을 읽고 있을 수도 있지만, 그렇다고 우리 친구가 되는 건 아니야. 언제나 그와 같은 귀족들이 있었어. 자기 사상이 새롭다고 생각하는 젊은 철학자와 몽상가들 말이야. 그들은 친구들과 함께 술을 마시고 로드 룰러에 대해 투덜거리는 걸 좋아하지. 하지만 마음속에서는 여전히 귀족이야. 그들은 절대로 기득권층을 타도하지 못해."

"하지만……."

"아니야, 빈." 켈시어가 말했다. "날 믿어라. 엘렌드 벤처는 우리나 스카에게 상관하지 않아. 그는 단지 유행에 맞고 흥분되니까 아나키스트 노릇을 하는 신사일 뿐이야."

"그는 내게 스카 이야기를 했어요." 빈이 말했다. "그들이 지적인지, 진짜 사람들처럼 행동하는지 알고 싶어 했어요."

"그런데 그의 흥미가 연민 어린 것이던, 지적인 것이던?"

그녀는 말하지 못했다.

"봐라, 빈." 켈시어가 말했다. "그 남자는 우리 동맹자가 아니야. 사실 너한테는 그와 거리를 두고 있으라고 분명히 말해뒀던 걸로 기억하는데. 엘렌드 벤처와 시간을 보낼 때 너는 우리 작전과 네 동료 패거리를 위험에 처하게 하고 있는 거야, 알겠니?"

빈은 아래로 눈을 내리깔고 고개를 끄덕였다.

켈시어는 한숨을 쉬었다.

'왜 나는 빈이 그에게서 절대로 떨어지고 싶어 하지 않는다는 생각이 들지? 빌어먹을…… 지금 당장은 이 문제를 해결할 시간이 없어.'

"가서 좀 자렴. 이 문제에 대해서는 나중에 더 이야기할 수 있으니까." 켈시어가 말했다.

20

그것은 그림자가 아니다.

나를 따라오는 그 어두운 것, 나만 볼 수 있는 것…… 그것은 정말로 그림자가 아니다. 그것은 거무스름하고 반투명하지만, 그림자같이 뚜렷한 윤곽이 없다. 그것은 비현실적이다. 성글고 형체가 없다. 마치 어두운 수증기로 만들어진 것처럼.

아니면 아마도 안개로 만들어진 것처럼.

빈은 루서델과 펠리스 사이의 경치가 매우 지루해져갔다. 지난 몇 주간 똑같은 여행을 적어도 십여 번은 했기 때문이다. 똑같은 갈색 언덕, 듬성듬성한 나무들, 잡초가 무성한 덤불이 깔개처럼 깔려 있는 땅. 그녀는 이 길의 울퉁불퉁한 부분을 하나하나 다 알아볼 수 있을 듯 느끼기 시작했다.

그녀는 수많은 무도회에 참석했다. 그러나 무도회는 시작일 뿐이었다. 오찬이나 앉아서 즐기는 파티, 그 밖의 다른 형식의 일상적인 여흥도 무도회와 마찬가지로 널리 퍼져 있었다. 빈은 두 도시 사이를 하루에 두 번, 심지어 세 번도 여행할 때가 많았다. 보아하니 젊은 귀족 여성들에게는 하루에 여섯 시간 마차에 앉아 있는 것이 제일 큰일 같았다.

빈은 한숨을 쉬었다. 가까운 거리에서 스카 한 무리가 운하 옆 배 끄는 길을 따라 루서델을 향해 바지선을 끌면서 느릿느릿 걷고 있었다. 그녀의 생활은 훨씬 더 나쁠 수도 있었다.

그럼에도 그녀는 좌절감을 느꼈다. 아직 한낮이었지만 저녁때까지 중요한 행사는 하나도 없었고, 그래서 펠리스로 돌아가는 수밖에 없었다. 그녀는 금속 길을 이용하면 얼마나 더 빨리 갈 수 있을지 계속 생각하고 있었다. 안개 속을 다시 뛰어다니고 싶은 마음이 간절했지만 켈시어는 그녀의 훈련을 내켜 하지 않았다. 그는 그녀가 기술을 유지하기 위해서 하는 정도라면 매일 밤 잠깐은 밖에 나와도 좋다고 허락했다. 그러나 흥분을 일으키는 과격한 도약은 절대 허락하지 않았다. 대체로 땅에 서 있는 동안 작은 물건들을 '밀고' '당기는' 몇 가지 기본적인 동작이 전부였다.

회복이 더뎌지자 그녀는 좌절하기 시작했다. 그녀가 심문관과 마주친 지도 석 달이 넘었다. 겨울 중에서 가장 추운 기간이 눈송이 하나 떨어지지 않고 지나갔다. 완전히 회복되려면 얼마나 걸릴까?

'적어도 아직 무도회에는 갈 수 있잖아.' 그녀는 생각했다. 끊임없는 여행에 짜증을 내면서도 빈은 자기 의무를 즐기게 되었다. 귀족 여성인 척하는 것은 사실 보통의 도둑 일보다 훨씬 긴장이 덜했다. 비밀이 드러난다면 그녀는 생명을 빼앗기겠지만, 지금은 귀족들이 기꺼이 그녀를 받아들이는 것 같았다. 그녀와 춤을 추고, 함께 저녁을 먹고, 담소를 나누었다. 좋은 생활이었다. 약간 지루하긴 했지만 알로맨시로 돌아가면 따분함도 나아질 것이다.

그 생활은 그녀를 두 가지 면에서 좌절하게 만들었다. 첫 번째는 쓸모 있는 정보를 모으지 못하는 그녀의 무능력 때문이었다. 그녀는 질문의 답을 얻어내지 못하는 데 점점 더 짜증이 나고 있었다. 그녀는 엄청나게 많은 음모들이 진행되고 있다는 것을 알 정도의 경험은 쌓았지만, 그 속에 끼기에는 아직 너무 신참이었다. 그러나 여전히 외부인과 같은 그녀의 지위에 화가 나 있으면서도 켈시어는 결국은 상황이 바뀔 거라고 장담했다.

빈의 두 번째 커다란 짜증은 그렇게 쉽게 해결될 문제가 아니었다. 로드 엘렌드 벤처는 지난 몇 주 동안 몇 차례 무도회에 나타나지 않았는데, 아직도 그녀와 저녁 시간 전부를 보내는 행동을 되풀이했다. 이제 혼자 앉아 있는 일은 드물었지만, 다른 귀족들은 아무도 엘렌드 만한…… 깊이를 갖고 있지 않다는 것을 그녀는 재빨리 깨닫게 되었다. 아무도 엘렌드의 우스꽝스러운 재치나, 정직하고 진지한 눈을 갖고 있지 않았다. 다른 사람들은 진짜 같이 느껴지지 않았다. 그렇지만 그는 달랐다.

그는 그녀를 피하는 것 같지 않았다. 그렇지만 그녀와 시간을 보내려고 애를 쓰고 있는 것 같지도 않았다.

'내가 그를 잘못 봤나?' 마차가 펠리스에 다다랐을 때 그녀는 생각했다. 엘렌드가 때때로 이해되지 않았다. 불행히도 그가 망설이는 모습은 그의 전약혼녀의 성미를 바꾸지 못했다. 빈은 왜 켈시어가 너무 중요한 사람의 주의를 끌지 말라고 경고했는지 깨닫기 시작했다. 고맙게도 그녀는 샨 엘라리엘과 자주 마주치지는 않았다. 그러나 어쩌다 마주칠 때면 샨은 모든 기회를 이용해서 빈을 조롱하고 모욕하고 깎아내렸다. 그러면서 어찌나 차분하고 귀족적인 태도를 유지하는지, 그녀의 자세만 봐도 빈은 자기가 얼마나 열등한가를 생각하게 될 지경이었다.

'내가 발레트 역할에 너무 빠져 있나 봐.' 빈은 생각했다. 발레트는 위장일 뿐이었다. 그녀는 뭐든지 샨이 말하는 대로 해야 했다. 하지만 모욕에는 여전히 화가 났다.

빈은 고개를 저으며 샨과 엘렌드 양쪽 다 마음속에서 밀어냈다. 도시로 가는 도중 재가 떨어졌고, 지금은 그쳤지만 그 여파가 눈에 보였다. 작고 검은 재 조각들이 떠다니며 도시의 거리를 가로지르다가 돌개바람이 되어 빙글빙글 돌았다. 스카 노동자들이 돌아다니며 검댕을 통 속에 쓸어 넣어 도시 밖으로 가지고 나갔다. 그들은 때때로 귀족 마차가 지나는 길에서 비키기 위해 서둘러야 했다. 어떤 마차도 노동자들을 위해 속도를 늦춰주지 않았다.

'가엾은 애들.' 빈은 누더기를 걸친 아이들 한 무리를 지나치며 생각했다. 그 아이들은 사시나무에서 재를 떨어내기 위해 나무들을 흔들어대고 있었다. 재가 떨어져야 쓸어낼 수 있었고, 그래야 나무에 쌓여 있던 재가 지나가는 귀족의 머리 위로 갑자기 쏟아지는 일이 없을 것이다. 아이들은 둘씩 붙어서 나무 하나를 흔들며, 검은 소나기를 맹렬하게 자기들 머리 위로 내리게 했다. 작업 감독들이 조심스럽게 지팡이를 휘두르며 거리를 오르락내리락했다. 아이들이 계속 일하는지 확인하는 것이었다.

'엘렌드와 다른 사람들은 스카의 삶이 얼마나 나쁜지 이해하지 못할 거야. 그들은 자기들의 멋진 아성에서 살고 춤이나 추지, 로드 룰러가 얼마나 스카를 억압하는지 절대 이해하지 못해.'

그녀는 귀족들이 아름답다고 생각했다. 그들을 완전히 증오하는 켈시어와는 달랐다. 그중 어떤 사람들은 그들 나름대로 아주 친절해 보였다. 스카가 귀족의 잔인함에 대해 말한 것들 중에서 어떤 것은 과장된 이야기일 거라고 그녀는 생각하기 시작했다. 그렇지만 그 가엾은 소년의 처형 같은 사건이나, 저런 스카 아이들을 볼 때면 그녀는 이렇게 생각할 수밖에 없었다. 귀족들은 어떻게 그런 모습을 보지 못할 수가 있는 걸까? 그들은 어떻게 이해하지 못할 수가 있는 걸까?

마침내 마차가 르노 저택으로 들어가자, 그녀는 한숨을 쉬고 스카들에게서 눈을 돌렸다. 저택에 들어서자마자 그녀는 안뜰에 사람들이 많이 모여 있는 것을 알아차리고는 로드 룰러가 로드 르노를 체포하라고 군인들을 보낸 걸까 생각하며 새 금속 병을 움켜쥐었다. 그러나 그녀는 그 군중이 병사들이 아니라 소박한 노동자 옷을 입은 스카들이라는 것을 곧 깨달았다.

마차는 정문 안으로 굴러 들어갔고, 빈은 더욱 혼란스러워졌다. 스카들 사이에 가방과 배낭들이 무더기로 쌓여 있었다. 그중 많은 것들에 최근에 떨어진 재의 검댕 먼지가 묻어 있었다. 노동자들은 줄줄이 수레를 채우느라 바쁘게 움직였다. 빈의 마차는 저택 안에서 멈추었다. 그녀는 세이즈드가 문을 열어줄 때까지 기다리지 않고 직접 뛰어내려 드레스를 위로 당겨 잡은 다음 켈시어와 르노에게로 성큼성큼 걸어갔다. 그들은 스카들의 작업을 조사하고 있었다.

"물건들을 여기서 꺼내 동굴에 갖다 놓으시게요?" 두 남자에게 온 빈이 낮은 목소리로 물었다.

"나한테 인사해야지, 얘야." 로드 르노가 말했다. "혹시라도 누구한테 보일 가능성이 있는 동안에는 겉모습을 유지해야 해."

빈은 짜증을 눌러 담으며 명령대로 했다.

"당연한 거야, 빈." 켈시어가 말했다. "르노는 모아둔 무기와 보급품들로 뭔가를 해야 해. 그걸 어디론가 보내는 모습을 보지 않으면 사람들은 의심하기 시작할 거야."

르노는 고개를 끄덕였다.

"표면상으로는, 운하 바지선을 통해 전부 서쪽의 내 농장으로 보낼 거야. 하지만 바지선은 반도 동굴에 정선해 보급품과 많은 뱃사람들을 내려줄 거야. 남들 눈에 이상하지 않도록 바지선과 사람 몇 명은 계속 갈 거고."

"우리 군인들은 르노가 그 계획에 가담하고 있다는 건 알지도 못해." 켈시어가 미소를 지으며 말했다. "그들은 그가 귀족이고 내가 사기를 치고 있다고 생각해. 게다가 이건 우리가 직접 군대를 확인해볼 엄청난 기회가 될 거야. 동굴에서 일주일 정도 머문 다음 동쪽으로 가는 르노의 바지선 한 척을 타고 루서델로 돌아올 수 있어."

빈은 잠시 말문이 막혔다.

"'우리'라고요?"

그녀는 불현듯 바지선에서 몇 주를 보내는 장면을 상상하며 물었다. 바지선에서 똑같은, 지루한 풍경을 매일같이 지켜보는 건 루서델과 펠리스 사이를 왔다 갔다 하는 것보다 훨씬 더 싫을 터였다.

켈시어가 한쪽 눈썹을 치켜세웠다.

"넌 걱정스러운 것 같구나. 보아하니 무도회와 파티를 즐기게 된 사람이 하나 있나 본데."

빈의 얼굴이 빨개졌다.

"나는 여기 있어야 한다고 생각하고 있었을 뿐이에요. 내 말은, 아파서 그렇게 허송세월한 다음이니까……."

켈시어는 빙긋 웃으며 손을 들어 올렸다.

"너는 여기 머물러 있을 거야. 갈 사람은 예덴과 나야. 나는 병력을 점검해야 하고, 예덴이 교대해 군대를 지켜볼 거야. 그래야 햄이 루서델로 돌아오지. 또 형도 우리와 함께 가다가 미니스트리 신입들에 낄 지점인 베니아스에 내릴 거야. 네가 돌아와서 잘됐어. 우리가 떠나기 전에 네가 형과 시간을 좀 보냈으면 좋겠어."

빈은 얼굴을 찌푸렸다.

"마쉬와요?"

켈시어는 고개를 끄덕였다.

"그는 미스팅 시커야. 청동은 쓸모가 적은 금속이지. 특히 완전한 미스트본에게는. 하지만 마쉬는 너한테 몇 가지 기술을 알려줄 수 있다고 해. 아마네가 그와 함께 훈련할 마지막 기회일 거야."

빈은 모여 있는 캐러밴 쪽을 흘끗 보았다.

"그는 어디 있어요?"

켈시어가 얼굴을 찌푸렸다.

"형이 늦네."

'내 생각엔 집안 내력인 것 같은데.'

"그는 곧 올 거야, 얘야." 로드 르노가 말했다. "안에서 다과를 좀 먹고 있으면 어떻겠니?"

'다과는 최근에 아주 많이 먹었어.'

그녀는 짜증을 참으면서 생각했다. 저택 안으로 들어가는 대신 그녀는 안뜰을 가로질러 거닐며 각종 물건과, 그 물건들을 포장해서 지역 운하 부두로 수송할 수레에 싣고 있는 노동자들을 살펴보았다. 땅의 상태는 잘 관리되어 있었고, 재가 아직 치워지지는 않았지만 바싹 깎은 잔디 덕에 드레스가 끌리지 않게 높이 들고 다닐 필요는 없었다.

더구나 재를 옷에서 떨어내는 일은 놀라울 정도로 쉬웠다. 적당히 빨고 비싼 비누를 좀 쓰면, 그것이 흰색 옷이더라도 아예 처음부터 묻지 않은 것처럼 재를 깨끗이 씻어낼 수가 있었다. 귀족들이 언제나 새것 같은 옷을 입고 있을 수 있는 이유가 바로 그것이었다. 스카와 귀족을 나누는 것은 그렇게 쉽고 간단한 일이었다.

'켈시어 말이 옳아. 난 귀족 여성 노릇을 즐기게 되었어.' 빈은 생각했다. 자기 생활의 변화가 마음까지 바꾸려는 것 같아 걱정되었다. 한때 그녀가 당면했던 문제는 굶어 죽느냐, 매를 맞느냐 하는 것이었다. 그런데 이제는 마차 타는 시간이 길어지느냐, 수행원들이 약속 시간에 늦게 도착하느냐 하는 것들이었다. 그런 변화가 한 사람에게 어떤 영향을 끼칠 것인가?

그녀는 보급품 사이를 걸으며 혼자 한숨을 쉬었다. 어떤 상자들에는 칼, 전쟁용 스태프, 활 따위의 무기가 채워져 있을 것이다. 그러나 커다란 짐들은 대부분 부대에 드는 식품류였다. 켈시어는 군대를 만드는 데는 철보다 곡물이 훨씬 더 많이 든다고 말했다.

그녀는 상자 위의 재를 쓸어내지 않으려고 조심하며 상자 한 무더기를 손가락으로 훑었다. 그녀는 그 상자들이 오늘 바지선에 실려 보내지리라는 걸 알고 있었지만, 켈시어가 함께 가리라고는 예상치 못했다. 물론 조금 전까지는 갈 생각이 아니었을 것이다. 새로 태어난, 더 책임감 있는 켈시어도

3장 피 흘리는 태양의 아이들

마찬가지로 충동적인 사람이었다. 어쩌면 지도자에게는 좋은 속성일 것이다. 그는 새로운 아이디어라면 언제 떠오르건 간에 그것을 예전 계획에 합치기를 서슴지 않았다.

'나도 함께 가자고 해야 할지도 몰라.' 빈은 느긋하게 생각했다. '귀족 여성 노릇을 최근에 너무 많이 하고 있었어.' 며칠 전, 그녀는 혼자 있는데도 자기가 마차 안에서 단정한 자세로 등을 똑바로 하고 앉아 있다는 걸 깨달았다. 그녀는 자신의 본능을 잃는 것 같아 두려웠다. 이제 빈 노릇보다 발레트 노릇이 더 자연스러울 지경이었다.

하지만 그녀는 떠날 수 없었다. 그녀는 레이디 플래바인과 점심 약속이 있었다. 헤이스팅 무도회는 말할 것도 없었다. 그 무도회는 이번 달에 손꼽히는 사교계 행사가 될 것이다. 발레트가 참석하지 않는다면 그 피해를 회복하는 데만 몇 주가 걸릴 것이다. 게다가 그곳에는 언제나 엘렌드가 있었다. 빈이 다시 사라지면 그는 아마 그녀를 잊어버릴 것이다.

'그는 이미 너를 잊어버렸어.' 그녀는 속으로 생각했다. '그는 지난 파티 세 번 동안 너하고 말도 별로 하지 않았는걸. 정신 차려, 빈. 이것들 전부가 또 하나의 사기일 뿐이야. 전에 네가 저지른 것과 마찬가지로 게임일 뿐이라고. 너는 추파를 던지고 놀기 위해서가 아니라, 정보를 얻기 위해서 평판을 쌓고 있는 거야.'

그녀는 혼자 결연히 고개를 끄덕였다. 옆에서 스카 남자 몇이 수레 한 대에 짐을 싣고 있었다. 빈은 잠시 멈춰 선 채 커다란 상자 더미 옆에서 남자들이 일하는 모습을 지켜보았다. 독슨의 말에 따르면 군대 모집은 점차 기세를 더해가고 있었다.

'일에 탄력이 붙고 있어. 소문이 퍼지고 있을 거야.' 빈은 생각했다. 너무 멀리까지 퍼지지만 않는다면, 소문이 퍼지는 것은 좋은 일이었다.

그녀는 짐꾼들을 잠시 지켜보다가 뭔가…… 이상하다고 느꼈다. 그들은 일에 집중하지 않는 것 같았다. 얼마 후, 그녀는 그들이 어디에 정신이 팔렸는지 알 수 있었다. 그들은 일하는 도중에 계속 켈시어를 바라보며 속삭이고 있었다. 빈은 상자 옆에 몸을 숨긴 채 살짝 더 접근해서 주석을 태웠다.

"……아냐, 저건 확실히 그 사람이야. 나는 그 상처들을 봤어." 한 사람이 속삭였다.

"그는 키가 크잖아." 다른 사람이 말했다.

"당연히 키가 크지. 뭘 기대한 거야?"

"그는 나를 모집한 모임에서 말했었어. '하스신의 생존자'야." 다른 사람이 말했다. 그의 어조에는 경외감이 서려 있었다.

사람들은 상자를 더 모으러 갔다. 빈은 고개를 세우고 그 노동자들 쪽으로 움직이며 귀를 기울였다. 모두 켈시어 이야기를 하는 건 아니었지만, 놀라울 정도로 많은 수의 사람들이 켈시어에 관해 이야기하고 있었다. 또, '열한 번째 금속' 이야기도 많이 들렸다.

'그래서 그런 거야.' 빈은 생각했다. '반역도의 일에 탄력이 붙고 있는 게 아니야. 켈시어의 일이 그런 거야.' 남자들은 켈시어에 대해 거의 숭배하듯 조용한 어조로 말했다. 왜 그런지 몰라도 그 모습에 빈의 마음이 불편해졌다. 그녀는 누가 자기에게 비슷한 말들을 한다면 절대 참고 듣지 못할 것이다. 그러나 켈시어는 그런 것들을 당연하게 받아들였다. 그의 카리스마 넘치는 자아가 소문들을 더 부채질하고 있는 건지도 몰랐다.

'이 일이 전부 끝났을 때, 그가 이런 것들을 포기할 수 있을지 모르겠어.' 패거리의 다른 사람들은 확실히 지도자 역할에 별로 흥미가 없었다. 그러나 켈시어는 그것을 즐기는 것 같았다. 그가 정말로 스카 반역도에게 모든 걸 다 넘겨줄까? 그런 힘을 포기할 수 있는 사람이 있을까?

빈은 얼굴을 찌푸렸다. 켈시어는 좋은 사람이었다. 아마 좋은 통치자가 될 것이다. 그러나 그가 군대를 지배하려고 한다면…… 거기에선 배신의 냄새가 풍겼다. 그가 예덴에게 한 약속을 저버리는 것이었다. 그녀는 켈시어가 그렇게 하는 것을 보고 싶지 않았다.

"발레트." 켈시어가 불렀다.

빈은 움찔 놀라며 약간의 죄책감을 느꼈다. 켈시어는 저택 부지로 들어오고 있는 마차를 가리켰다. 마쉬가 도착한 것이다. 그녀는 마차가 멈출 때 되돌아 걸어가서 마쉬와 거의 동시에 켈시어에게 닿았다.

켈시어는 미소를 짓고, 빈 쪽으로 고개를 끄덕였다.

"아직 얼마 동안은 떠날 준비를 해야 할 거야." 그는 마쉬에게 말했다. "형한테 시간이 있다면, 이 아이에게 몇 가지 보여줄 수 있겠어?"

마쉬가 그녀 쪽을 보았다. 그는 켈시어와 같이 껑충한 체격에 금발이었다. 그러나 마쉬는 켈시어만큼 잘생기지 않았다. 아마 미소를 짓지 않기 때문일 것이다. 그는 위쪽, 저택 앞 발코니를 가리켰다.

"저 위에서 날 기다리렴."

빈은 대답하려고 입을 벌렸다가, 마쉬의 표정에 깃든 어떤 분위기에 다시 입을 다물어버렸다. 그는 그녀에게 옛 시절을 생각나게 했다. 몇 달 전, 그녀가 윗사람들에게 질문하지 않았던 때를. 그녀는 돌아서서 세 남자를 떠나 저택으로 들어갔다.

계단을 올라 앞쪽 발코니로 가는 길은 짧았다. 그녀는 하얗게 칠해진 나무 난간 옆 의자를 빼고 앉았다. 물론 발코니의 재는 이미 깨끗하게 닦여 있었다. 아래쪽에서 마쉬는 아직 켈시어, 르노와 이야기하고 있었다. 그들 너머, 구불구불 줄을 짓고 퍼져 나가는 캐러밴들 너머에서 빈은 붉은 태양빛에 비친 도시 바깥의 황량한 언덕들을 볼 수 있었다.

'겨우 몇 달 귀족 여성 노릇을 했다고 난 이미 세련되지 않은 걸 열등하다고 생각하는구나.' 린과 함께 여행하던 시절에는 한 번도 풍경이 '황량하다'고 생각해본 적이 없었다. '그런데 켈시어는 이 땅 전체가 귀족의 정원보다 더 비옥했다고 하지.'

그는 그런 것들을 다시 복구할 생각일까? 키퍼들은 언어와 종교를 암기할 수는 있을 테지만 오래전에 멸종한 식물들의 씨를 만들어낼 수는 없었다. 그들은 재가 떨어지는 것을 멈추거나 안개가 물러가게 만들 수도 없었다. '마지막 제국'이 사라진다고 해서 세계가 진짜로 그렇게 많이 바뀌는 걸까?

더구나 로드 룰러가 자기 장소에 대한 권리를 어느 정도 가졌다고 봐야 하는 게 아닐까? 그는 '디프니스'를 이겼거나, 적어도 그렇게 주장했다. 그는 세계를 구했고, 그 사실은 왜곡된 방식으로나마 세계를 그의 것으로 만들었다. 그들이 그에게서 그 세계를 빼앗을 무슨 권리가 있을까?

그녀는 다른 사람들에게 불안을 표현하지는 않았지만, 이런 것들이 자주 궁금했다. 그들은 모두 켈시어의 계획에 열성적인 것 같았다. 어떤 사람들은 그의 환상을 공유하기까지 하는 것 같았다. 그러나 그들이 그럴수록 빈은 더 머뭇거렸다. 그녀는 린에게서 낙관주의를 회의해야 한다고 배웠다.

그리고 머뭇거려야 할 계획이 있다면, 이것이야말로 그런 계획이었다.

그러나 그녀는 스스로에게 의문을 제기할 지점을 지나가고 있었다. 그녀는 자기가 패거리에 머문 이유를 확실히 알고 있었다. 그건 계획 때문이 아니었다. 사람들 때문이었다. 그녀는 켈시어가 좋았다. 독슨과 브리즈, 햄도 좋았다. 심지어 이상한 꼬마 스푸크와 화 잘 내는 그의 삼촌도 좋았다. 그녀가 같이 일해본 다른 어떤 패거리와도 달랐다.

'그게 그들 때문에 너까지 살해당할 이유가 되니?' 린의 목소리가 물었다.

빈은 움찔했다. 그녀는 최근 마음속에서 린의 속삭임을 훨씬 덜 듣고 있었지만, 그 속삭임은 여전히 그곳에 있었다. 16년의 삶 동안 그녀에게 주입된 린의 가르침은 쉽게 버릴 수 있는 게 아니었다.

몇 분 후에 마쉬가 발코니에 도착했다. 그는 그녀를 특유의 딱딱한 눈길로 슬쩍 쳐다본 다음 말했다.

"보아하니 켈시어는 오늘 저녁에 내가 너한테 알로맨시 훈련을 시켰으면 하는 것 같구나. 시작하자."

빈은 고개를 끄덕였다.

마쉬는 더 분명한 대답을 기대하면서 그녀를 바라보았다. 빈은 조용히 앉아 있었다.

'이봐요, 당신만 퉁명스러울 수 있는 건 아니라고요.'

"좋아." 마쉬가 그녀 옆에 앉으며 한 팔을 발코니 난간에 걸쳤다. 말을 계속하는 그의 목소리는 화가 좀 풀린 것 같았다. "켈시어는 네가 내적 정신 능력 훈련에는 시간을 거의 못 썼다더구나. 맞니?"

빈은 다시 고개를 끄덕였다.

"나는 완전한 미스트본들 중에서도 이 힘을 소홀히 하는 사람들이 많지 않나 생각해." 마쉬가 말했다. "그건 실수하는 거야. 청동과 구리는 다른 금속들처럼 번쩍거리지는 않을지 몰라도, 제대로 훈련받은 사람의 손에서는 매우 강력할 수 있어. 심문관들은 청동을 조작해서 일하고, 암흑가의 미스팅은 구리에 의지하기 때문에 살아남아.

두 가지 힘 중에서 단연코 청동이 더 미묘해. 너한테 그걸 제대로 사용하는 법을 가르쳐줄 수 있어. 내가 가르쳐주는 대로 연습한다면 너는 많은 미스트본들이 간과하는 이점을 갖게 될 거야."

"하지만 다른 미스트본들은 구리를 태울 줄 모르나요?" 빈이 물었다. "싸우는 상대들이 전부 그 힘에 면역되어 있다면 청동을 배우는 게 무슨 쓸모가 있죠?"

"너도 이미 그들처럼 생각하는구나." 마쉬가 말했다. "모든 사람이 미스트본은 아니야, 아가씨. 사실 매우 적은 사람들만 미스트본이야. 그리고 너희 부류가 생각하는 것과 달리 보통 미스팅들도 사람을 죽일 수 있단다. 너를 공격하는 사람이 코인샷이 아니라 써그라는 걸 알면 매우 쉽게 네 생명을 구할 수 있어."

"알았어요." 빈이 말했다.

"또 청동은 미스트본을 알아보도록 도와줄 거야." 마쉬가 말했다. "근처에 스모커가 없는데 누군가가 알로맨시를 사용하고 있다, 그렇지만 그들이 알로맨시 파동을 내보내는 건 느껴지지 않는다, 그렇다면 그들이 미스트본이라는 걸 알 수 있지. 아니면 심문관이거나. 어느 쪽이든 넌 달아나야 해."

빈은 조용히 고개를 끄덕였다. 옆구리 상처가 살짝 욱신거렸다.

"청동을 태우는 건 그냥 구리를 켜놓고 돌아다니는 것보다 엄청나게 큰 장점이 있어. 사실 구리를 사용할 때 너는 '스모크'를 하지만 어떤 면으로는 너 자신도 눈이 머는 거야. 구리는 네가 감정을 '밀거나' '당기는' 힘에 면역이 되게 해줘."

"하지만 그건 좋은 거잖아요."

마쉬는 고개를 약간 세웠다.

"그래? 그런데 어느 게 더 큰 이점일까? 어느 수더에게 면역은 되지만 그 수더의 의도는 모르는 것? 아니면, 청동을 태워서 그가 정확히 어떤 감정을 억누르려고 하는지 아는 것?"

빈은 잠시 말문이 막혔다.

"그렇게 정밀한 것까지 알 수 있어요?"

마쉬는 고개를 끄덕였다.

"주의를 기울이고 연습을 하면 너는 네 적수가 알로맨시를 태울 때 부리는 아주 작은 변화까지 알아차릴 수 있어. 수더나 라이오터가 영향을 주려고 하는 사람의 감정을 속속들이 알 수 있지. 또 누가 언제 금속을 폭발시키고 있는지도 알 수 있어. 아주 숙련된다면 그들의 금속이 언제 떨어지는지까지 알 수 있을지도 몰라."

빈은 생각에 잠겨 말을 잃었다.

"청동의 장점을 알기 시작했구나. 좋아, 이제 청동을 태워보렴." 마쉬가 말했다.

빈은 청동을 태웠다. 즉시 두 개의 율동적인 쿵쿵거림이 느껴졌다. 그 소리 없는 맥박들이 드럼의 울림이나 대양의 몰아치는 파도처럼 그녀에게로 거세게 밀려왔다. 그것들은 섞여서 뒤죽박죽이 되었다.

3장 피 흘리는 태양의 아이들

"뭐가 느껴지니?" 마쉬가 물었다.

"그게…… 두 가지 다른 금속이 타고 있는 것 같아요. 하나는 아래의 켈시어에게서 나오고 있어요. 다른 건 당신에게서 나오고 있고요."

"좋아. 연습을 좀 했구나." 마쉬가 호의적으로 말했다.

"많이는 못 했어요." 빈은 인정했다.

그는 한쪽 눈썹을 치켜세웠다.

"많이는 못 했다고? 넌 이미 맥박의 근원을 알아낼 수 있잖아. 그건 연습이 필요해."

빈은 어깨를 으쓱했다.

"저한테는 자연스럽게 보이는데요."

마쉬는 잠시 입을 다물었다.

"좋아." 그가 마침내 말했다. "두 맥박이 서로 다르니?"

빈은 집중해서 얼굴을 찌푸렸다.

"눈을 감아." 마쉬가 말했다. "다른 것에 신경 쓰지 마. 알로맨시 맥박에만 집중해."

빈은 그렇게 했다. 귀로 듣는 것과는 같지 않았다. 정말 달랐다. 그녀는 맥박들을 자세히 분별해내기 위해 집중해야 했다. 하나는…… 그녀를 때리고 있는 것 같은 느낌이었다. 다른 하나는 이상한 느낌으로, 맥박이 한 번 뛸 때마다 그녀를 자기 쪽으로 끌어당기고 있는 것 같았다.

"하나는 '당기는' 금속이에요, 그렇죠?" 빈이 눈을 뜨고 물었다. "그건 켈시어의 맥박이에요. 당신은 '밀고' 있어요."

"아주 잘했어." 마쉬가 말했다. "그는 네 훈련을 위해 내가 부탁한 대로 철을 태우고 있어. 난 물론 청동을 태우고 있지."

"그것들은 모두 그런가요? 제 말은, 다르게 느껴져요?" 빈이 물었다.

마쉬는 고개를 끄덕였다.

"넌 알로맨시의 특징으로 '당기는' 금속과 '미는' 금속을 구분할 수 있어.

사실 금속을 몇 가지 범주로 가르는 방식이 바로 그거야. 예를 들어, 주석이 '당기고' 백랍이 '민다'는 건 직관적으로 느낄 수 있는 건 아니야. 너한테 눈 떠도 좋다고 말하지 않았다."

빈은 눈을 감았다.

"맥박에 집중해." 마쉬가 말했다. "두 고동의 길이를 구별해봐. 둘 사이의 차이를 알겠니?"

빈은 얼굴을 찌푸렸다. 최대한 열심히 집중했지만 그녀의 금속 감각이…… 뒤죽박죽이 된 것 같았다. 애매했다. 몇 분 후에도 맥박의 길이는 여전히 같게 느껴졌다.

"아무것도 못 느끼겠어요." 그녀는 기가 꺾여서 말했다.

"잘했어." 마쉬가 단호하게 말했다. "나는 맥박 길이를 구별하느라 여섯 달을 연습해야 했어. 네가 처음 시도에서 그 일을 해냈다면, 난 내가 무능하다고 느꼈을 거야."

빈은 눈을 떴다.

"그럼 왜 나한테 그렇게 하라고 한 거죠?"

"넌 연습해야 하니까. '당기는' 금속과 '미는' 금속을 이미 구별할 수 있다면…… 그래, 넌 보아하니 재능이 있어. 켈시어가 자랑하는 만큼 재능이 있는 것 같아."

"그럼 내가 뭘 알아야 해요?" 빈이 물었다.

"결국 너는 서로 다른 두 맥박의 길이를 느낄 수 있게 될 거야. 청동이나 구리 같은 내적인 금속은 철과 강철 같은 외적 금속보다 더 긴 맥박을 내뿜는단다. 더 연습해보면 그 맥박 안의 세 가지 패턴을 느끼게 될 거야. 하나는 물리적 금속이고, 하나는 정신적 금속, 또 하나는 두 가지의 더 큰 금속이야.

맥박의 길이, 금속 그룹 그리고 '밀고' '당기는' 변화. 일단 이 세 가지를 알게 되면 너는 적수가 어떤 금속을 태우고 있는지 정확히 알 수 있을 거야. 긴 맥박과 빠른 패턴으로 너를 때리는 건 백랍일 거다. 내적이고 '미는' 물리적 금속이지."

"왜 이름이 그래요? 외적 금속, 내적 금속이라니요?" 빈이 물었다.

"금속은 네 가지 그룹으로 묶여. 적어도 낮은 금속 여덟 가지는 그래. 외적인 금속 둘, 내적인 금속 둘이 있고, 각각 한 가지는 '밀고' 한 가지는 '당기'는 거지. 철로는 네 바깥에 있는 것을 '당길' 수 있고, 강철로는 바깥에 있는 것을 '밀' 수 있지. 주석으로 너는 네 안의 어떤 것을 '당기'고, 백랍으로는 네 안의 뭔가를 '밀지'."

"하지만 청동과 구리는요?" 빈이 말했다. "켈시어는 그것들이 내적인 금속이라고 했지만 외적인 것에 영향을 미치는 것 같아요. 구리는 내가 알로맨시를 사용할 때 사람들이 느끼지 못하게 하잖아요."

마쉬는 고개를 저었다.

"구리는 네 적수를 변화시키지 않아. 네 적수에게 영향을 주는 네 안의 무엇인가를 변화시키지. 그래서 그게 내적인 금속인 거야. 하지만 놋쇠는 다른 사람의 감정을 직접 바꿔. 그래서 외적 금속이지."

빈은 생각에 잠겨 고개를 끄덕이다가, 눈을 돌려 켈시어 쪽을 보았다.

"당신은 모든 금속에 대해 아주 많이 아는군요. 하지만 당신은 미스팅일 뿐이잖아요, 맞죠?"

마쉬는 고개를 끄덕였다. 그러나 대답할 마음은 없는 것 같았다.

'그럼 뭐 하나 시험해보자.' 빈은 생각하며 청동을 껐다. 그녀는 알로맨시를 숨기기 위해 가볍게 구리를 태우기 시작했다. 마쉬는 반응하지 않았다. 그는 켈시어와 캐러밴들만 계속 내려다보고 있었다.

'난 그의 감각에 잡히지 않아야 해.' 그녀는 조심스럽게 아연과 놋쇠를 둘 다 태우면서 생각했다. 그녀는 브리즈가 훈련해준 것과 똑같이 마음을 뻗어 마쉬의 감정을 미묘하게 건드렸다. 그의 의심과 거리낌을 억누르고 동시에 아쉬움의 감각을 끌어냈다. 이론적으로는, 그가 더 말하고 싶어질 것이다.

"당신도 어딘가에서 알로맨시를 배웠겠지요?" 빈은 조심스럽게 말했다.

'그는 내가 무슨 짓을 했는지 분명 알 거야. 그는 화를 낼 거고……'

"나는 아주 어렸을 때 '끊어졌어'." 마쉬가 말했다. "그래서 연습할 시간이 많았단다."

"그런 사람들은 많을 거 아니에요." 빈이 말했다.

"나한테는…… 이유가 있었어. 설명하기는 힘들어."

"그건 언제나 그래요." 빈이 알로맨시 압력을 약간 강화시키며 말했다.

"넌 켈시어가 귀족에 대해 어떻게 느끼는지 아니?" 마쉬가 그녀를 보면서 물었다. 그의 눈은 얼음 같았다.

'사람들 말처럼 "강철 눈"이야.' 그녀는 생각했다. 그녀는 그의 질문에 고개를 끄덕였다.

"음, 나는 오블리게이터들에 대해서 비슷하게 느낀단다." 그가 눈길을 돌리며 말했다. "난 그들을 상처 입히기 위해서라면 뭐든지 할 거야. 그들은 우리 어머니를 데려갔어. 난 그때 '끊어졌'고, 그들을 파괴하겠다고 맹세했어. 그래서 나는 반역도에 합류했고 알로맨시에 대해 최대한 많은 것을 배우기 시작했지. 심문관들이 그것을 사용하기 때문에 난 그걸 알아야 했어. 내가 할 수 있는 모든 것을 알고 내 능력 안에서 최대한 잘해야 했지. 그런데 넌 나를 '달래고' 있니?"

빈은 깜짝 놀라서 갑자기 금속을 꺼버렸다. 마쉬는 그녀 쪽을 다시 돌아보았다. 그의 표정은 냉랭했다.

'도망쳐!' 빈은 생각했다. 거의 도망칠 뻔했다. 옛 본능들이 약간 파묻혀 있기는 해도 여전히 살아 있다는 것을 알게 되어 다행이었다.

"네." 그녀는 고분고분 대답했다.

"잘하는구나." 마쉬가 말했다. "내가 횡설수설하기 시작하지 않았다면 나도 결코 몰랐을 거야. 그만둬라."

"이미 그만뒀어요."

"잘했어." 마쉬가 말했다. "넌 두 번째로 내 감정을 바꾼 거다. 다시는 그러

3장 피 홀리는 태양의 아이들

지 마라."

빈은 고개를 끄덕였다.

"두 번째라고요?"

"첫 번째는 내 가게에서였지. 여덟 달 전에."

'맞아. 왜 난 그를 기억 못 했을까?'

"미안해요."

마쉬는 고개를 젓다가, 마침내 눈길을 돌렸다.

"넌 미스트본이니까. 네가 하는 일이 그런 거지. 저 아이도 같은 일을 해." 그는 켈시어를 내려다보았다.

그들은 잠시 조용히 앉아 있었다.

"마쉬, 내가 미스트본이라는 걸 어떻게 알았어요?" 빈이 물었다. "난 그때 는 '달래는' 법밖에 몰랐는데요."

마쉬는 고개를 저었다.

"넌 본능적으로 다른 금속들을 알고 있었어. 그날 너는 백랍과 주석을 태우고 있었어. 아주 조금이어서 거의 알아차릴 수 없을 정도였지만. 넌 아마 물과 주방 기구를 쓰면서 그 금속들을 얻었을 거야. 넌 다른 사람들이 그렇게 많이 죽어가는데 왜 네가 살아남았는지 생각해본 적 없니?"

빈은 잠시 말을 하지 못했다.

'난 많이 얻어맞으면서 살았어. 음식 없이 보낸 날도 많았고, 비나 화산재가 떨어지는 동안 골목길에서 보낸 밤들……'

마쉬는 고개를 끄덕였다.

"금속을 본능적으로 태울 정도로 알로맨시에 익숙한 사람들은 매우 적어. 심지어 미스트본조차도 그래. 그래서 내가 너한테 흥미를 가진 거야. 내가 네 거취를 계속 파악하고 독슨에게 너를 어디서 찾아야 할지 말해준 이유가 바로 그거였어. 그런데도 넌 내 감정을 다시 '밀' 거니?"

빈은 고개를 저었다.

"약속할게요."

마쉬는 얼굴을 찌푸린 채 차가운 시선으로 그녀를 살펴보았다.

"너무 엄격해요. 우리 오빠처럼요." 빈은 조용히 말했다.

"너희는 친했니?"

"난 오빠를 미워했어요." 빈이 속삭였다.

마쉬는 잠시 침묵하다가 눈길을 돌렸다.

"알겠다."

"당신은 켈시어를 미워해요?"

마쉬는 고개를 저었다.

"아니, 그 애를 미워하지 않아. 그 애는 경솔하고 자만심이 강하지. 하지만 내 동생이야."

"그걸로 충분해요?" 빈이 물었다.

마쉬는 고개를 끄덕였다.

"난…… 그걸 이해하기가 힘들어요." 빈은 스카와 상자, 자루 들이 펼쳐진 마당을 내다보며 솔직하게 말했다.

"네 오빠는 네게 잘 대해주지 않은 것 같구나."

빈은 고개를 끄덕였다.

"네 부모는? 한쪽은 귀족이고 다른 쪽은?" 마쉬가 물었다.

"미쳤어요." 빈이 말했다. "엄마는 머릿속에서 목소리를 들었어요. 그게 너무 심해져서 오빠는 우리만 엄마 곁에 두고 가는 걸 두려워했어요. 하지만 당연히 선택의 여지가 없었어요……."

마쉬는 아무 말도 하지 않고 조용히 앉아 있었다.

'그는 내게 어떤 반응을 보일까?' 빈은 생각했다. '그는 수더가 아니야. 하지만 내가 그에게서 끌어낸 얘기만큼 나한테서 끌어내고 있어.'

하지만 속을 털어놓자 기분이 후련했다. 그녀는 손을 위로 올려 무심코 귀걸이를 만지작거렸다.

"난 기억은 못 해요." 그녀가 말했다. "하지만 린은 어느 날 집에 갔는데 엄마가 피에 덮여 있는 것을 발견했다고 말했어요. 엄마는 내 아기 동생 메실리를 죽였어요. 하지만 나는 건드리지 않았대요. 나한테 귀걸이를 준 것 외에는. 린의 말로는…… 그의 말로는, 엄마가 나를 무릎에 앉히고 횡설수설하면서 내가 여왕이라고 선언하고 있었대요. 여동생의 시체는 우리 발치에 놓여 있었고요. 린은 엄마에게서 나를 빼앗았고 엄마는 달아났어요. 아마린이 내 생명을 구한 걸 거예요. 내가 그와 함께 머무른 데는 그런 이유도 있었다고 생각해요. 린과 함께 있는 게 나빴을 때도요."

그녀는 고개를 젓고 마쉬를 쳐다보았다.

"당신은 켈시어를 동생으로 둬서 얼마나 운이 좋은지 몰라요."

"그렇겠지." 마쉬가 말했다. "난 그냥…… 그 애가 사람들을 장난감처럼 다루지 않기를 바랄 뿐이란다. 난 오블리게이터를 죽인 걸로 유명해. 하지만 귀족이라고 해서 사람을 그냥 죽이는 건……." 마쉬는 고개를 저었다. "그것만이 아니야. 그는 사람들이 자기 비위를 맞추는 걸 좋아해."

그는 요점을 짚었다. 그러나 빈은 그의 목소리에서 뭔가를 느꼈다. 질투일까?

'당신이 형이잖아요, 마쉬. 당신에게 책임이 있어요. 당신은 도둑들과 일하는 대신 반역도에 합류했어요. 모든 사람이 켈시어를 좋아했다는 건 상처가 되었을 거예요.'

"하지만 그 애는 나아지고 있어." 마쉬가 말했다. "'갱' 때문에 바뀌었어. 그녀의…… 죽음 때문에 바뀌기도 했고."

'이건 무슨 소리지?' 빈은 약간 더 흥미를 느꼈다. 여기에도 확실히 뭔가가 있었다. 아픔. 죽은 제수를 향해 느끼는 감정 이상의 깊은 아픔.

'그거였구나. "모든 사람이" 켈시어를 더 좋아해서 그런 게 아니었어. 특별한 한 사람이었어. 당신이 사랑한 사람.'

"아무튼 켈시어에게서 과거의 오만한 태도는 사라졌어." 마쉬의 목소리가 더 단호해졌다. "그 애의 이번 계획은 미쳤어. 그리고 부분적으로는 그 애가 자기 재산을 쌓기 위해서 이 일을 하고 있다고 확신해. 하지만…… 음, 그 애는 반역도들에게 갈 필요는 없었어. 그는 좋은 일을 하려고 해. 아마 그 때문에 죽겠지만."

"그가 실패할 거라고 그렇게 확신한다면 왜 같이하나요?"

"왜냐하면 그가 나를 미니스트리에 집어넣어줄 테니까." 마쉬가 말했다. "내가 거기서 모을 정보는 켈시어나 내가 죽더라도 몇 세기 동안은 반역도 들에게 도움이 될 거야."

빈은 고개를 끄덕이며 안마당을 슬쩍 내려다보았다. 그녀는 머뭇거리다 가 말했다.

"마쉬, 난 그런 태도가 그에게서 전부 사라졌다고 생각하지는 않아요. 그가 스카들 앞에 등장하는 방식이나…… 스카들이 그를 바라보는 방식 이……."

"나도 알아." 마쉬가 말했다. "그건 그 애의 '열한 번째 금속' 계획과 함께 시작됐어. 별로 걱정할 필요는 없을 것 같은데. 이건 보통 때 켈이 하는 게 임일 뿐이야."

"그런데 그가 왜 이 여행을 떠나려고 하는지 궁금해요. 넉넉히 한 달은 현 장에서 떨어져 있게 될 텐데요." 빈이 말했다.

마쉬는 고개를 저었다.

"그 대신 인원이 가득 찬 군대 앞에서 연기를 하게 되겠지. 게다가 그 애 는 도시에서 벗어나 있을 필요가 있어. 그의 명성이 거추장스러울 정도로 커지고 있고, 귀족들도 '생존자'에게 너무 관심을 갖게 되었어. 만약 팔에 흉 터가 있는 사람이 로드 르노와 머물고 있다는 소문이 난다면……."

빈은 그의 말을 이해하고 고개를 끄덕였다.

"지금 당장은 그가 르노의 먼 친척 역할을 하고 있지만, 누군가가 그와 '생존자'를 연관 짓기 전에 떠나야 해. 켈이 돌아올 때면 자세를 납작 낮춰야

3장 피 흘리는 태양의 아이들

할 거야. 계단을 올라오는 대신 저택으로 몰래 숨어 들어와야 하고, 루서델에 있을 때는 후드를 올려 써야지."

마쉬는 말끝을 흐리더니 일어섰다.

"아무튼 너한테 기초는 가르쳐줬다. 이제 연습하기만 하면 돼. 미스팅들과 있을 때마다 너를 위해 금속을 태워달라고 하고 그들의 알로맨시 맥박에 집중하렴. 우리가 다시 만나면 너에게 더 많은 걸 가르쳐줄게. 하지만 네가 숙련될 때까지는 내가 달리 해줄 것이 없구나."

빈은 고개를 끄덕였고, 마쉬는 아무 작별 인사도 없이 문으로 나갔다. 몇 초 후, 그가 다시 켈시어와 르노에게 다가가는 것이 보였다.

'그들은 정말로 서로를 미워하지 않아.' 빈은 난간 위에서 팔짱을 끼며 생각했다. '그건 어떤 느낌일까?' 그에 관해 어느 정도 생각하다가, 그녀는 형제를 사랑한다는 개념에는 그녀가 찾아내야 하는 알로맨시의 맥박 길이와 같은 구석이 있다는 판단을 내리게 되었다. 즉, 그녀에게는 너무 낯설어서 당분간은 이해하기 힘들었다.

21

"'영원의 영웅'은 사람이 아니라 힘일 것이다. 어떤 나라도 그가 자기네 출신이라고 주장할 수 없을 것이고, 어떤 여자도 그를 잡아둘 수 없을 것이며, 어떤 왕도 그를 죽일 수 없을 것이다. 그는 아무에게도, 심지어 자기 자신에게도 속하지 않을 것이다."

보트가 천천히 운하를 따라 북쪽으로 움직이는 동안, 켈시어는 조용히 앉아 글을 읽고 있었다. '때때로, 내가 모든 사람이 생각하는 영웅이 아닐까 봐 걱정스럽다.' 그 글은 말했다.

우리에게 무슨 증거가 있는가? 지금은 예언으로 여겨지는, 오래전에 죽은 사람들의 말? 우리가 그 예언들을 받아들인다고 해도 그것과 나를 연결 짓는 해석은 보잘것없을 뿐이다. 내가 '서머 힐'을 방어해낸 것이 정말 '영웅이란 호칭으로 불릴 만한 과업'일까? 내가 몇 번 결혼했던 것은 나를 '세계의 왕들과 혈연 없는 연결'을 짓는 것으로 볼 수 있을 것이다. 그런 식으로 본다면, 내 삶의 사건들을 언급하는 것처럼 보이는 비슷한 문구들이 수십 개 있다. 그러나 다시 보면 모두 그저 우연의 일치일 뿐이다.

학자들은 지금이 그때라고, 징후들이 맞아떨어진다고 내게 장담한다. 그러나 나는 여전히 그들이 사람을 잘못 본 것이 아닐까 생각한다. 내게 의지하는 사람들이 너무나 많다. 그들은 전 세계의 미래가 내 손에 달려 있다고 말한다. 자신들의 전사, '영원의 영웅', 자신들의 구원자가 스스로를 의심한다는 걸 알면 그들은 어떻게 생각할까?

어쩌면 그들은 전혀 충격받지 않을 것이다. 어떤 면에서는, 내가 가장 걱정하는 것이 바로 그것이다. 아마 마음속으로 그들도 궁금해할 것이다, 나와 마찬가지로. 그들은 나를 거짓말쟁이로 보고 있을까?

라셰크는 그렇게 생각하는 것 같다. 내가 단순한 짐꾼 때문에 동요해서는 안 된다는 걸 알고 있다. 그러나 그는 예언이 발원된 곳인 테리스 출신이다. 누군가가 사기꾼을 찾아낼 수 있다면, 그것은 그가 아닐까?

그렇지만 나는 길을 계속 가고 있다. 휘갈겨진 전조가 내게 운명을 만날 거라 주장하는 곳으로 걸어간다. 라셰크의 눈길을 내 등 뒤로 느끼며. 질투에 차고, 조롱하고, 증오하는.

결국, 나의 오만 때문에 우리 모두가 멸망할까 봐 걱정스럽다.

켈시어는 얇은 책을 내렸다. 바깥의 노잡이들이 힘들여 노를 젓느라 선실이 약간 흔들렸다. 캐러밴 보트가 떠나기 전에 세이즈드가 로드 룰러의 일기장 번역본을 한 권 준 것이 다행이었다. 여행 중에는 달리 할 일이 없었다.

다행히도 그 일기책은 매우 흥미로웠다. 흥미롭고 오싹했다. 로드 룰러가 직접 쓴 원래의 글을 읽는 것은 충격적이었다. 켈시어에게 로드 룰러는 인간이라기보다는…… 괴물이었다. 파괴되어야 하는 사악한 힘이었다.

그러나 일기장에서 보이는 인물은 지극히 보통 사람처럼 보였다. 그 사람은 의문을 품고 깊이 생각했다. 그는 깊이가 있었고, 심지어 자기 나름의 성격을 가진 사람처럼 보였다.

'그러나 그의 이야기를 너무 믿지 않는 편이 좋을 거야.' 켈시어가 손가락으로 책장을 훑으며 생각했다. '자기 자신의 행동이 정당화되지 않는다고 생각하는 사람들은 매우 드무니까.'

하지만 로드 룰러의 이야기를 읽자 켈시어는 전에 들었던 전설이 생각났다. 스카들이 속삭이고, 귀족들이 논의하고, 키퍼들이 암기한 이야기들. 그 전설들은 한때, '승천' 전의 로드 룰러는 가장 위대한 인간이었다고 주장했다. 사랑받는 지도자, 모든 인류의 운명을 짊어진 사람.

불행히도 켈시어는 그 이야기가 어떻게 끝나는지 알고 있었다. '마지막 제국' 자체가 그 일기장의 유산이었다. 로드 룰러는 인류를 구하는 대신, 인류를 노예로 만들었다. 당사자가 직접 쓴 설명을 통해 로드 룰러의 자기 불신과 내적 투쟁을 보자 그 이야기가 훨씬 더 비극적으로 느껴질 따름이었다.

켈시어는 계속 읽으려고 그 작은 책을 들어 올렸다. 그러나 그가 탄 보트가 느려지기 시작했다. 그는 선실 창으로 운하를 내다보았다. 수십 명의 사람들이 그들의 수송대가 될 네 척의 바지선과 두 척의 거룻배를 끌고 운하 옆에 난 작은 길인 배 끄는 길을 따라 터벅터벅 걷고 있었다. 그것은 노동 집약적이고 능률적인 여행 방법이었다. 사람들이 운하를 가로질러 바지선을 끌면 그들이 직접 짐을 운반할 때보다 수백 파운드의 무게를 더 움직일 수 있었다.

하지만 사람들은 멈추었다. 앞에 잠금 기구가 보였다. 그 너머로 운하가 두 갈래로 갈려 나가는, 일종의 수로 교차로였다.

'마침내.' 켈시어는 생각했다. 몇 주나 걸렸던 여행이 끝났다.

켈시어는 전령을 기다리지 않았다. 그냥 자기가 탄 거룻배 갑판 위로 걸어 나가 동전 주머니에서 손으로 몇 개의 동전을 미끄러뜨렸다.

'약간 허세를 부려야 할 때지.' 그는 그렇게 생각하며 동전을 숲으로 떨어뜨렸다. 그는 강철을 불태우며 자기 몸을 공중으로 '밀었다'.

그는 비스듬한 위쪽으로 휘청거리며, 사람들이 만든 줄 전체를 볼 수 있는 높이까지 재빨리 올라갔다. 절반쯤 되는 사람들이 보트를 끌었고, 나머지 절반쯤은 걸어가며 교대 순서를 기다리고 있었다. 켈시어는 호를 그리며 날았고, 보급품을 실은 바지선 한 대 위를 넘어가면서 또다시 동전 몇 닢을 떨어뜨린 후, 몸이 내려가기 시작할 때 거기에 대고 '밀었다'. 예비 병사들은 위를 쳐다보며 경외감에 차서 켈시어가 운하 위로 날아오르는 모습을 가리켰다.

켈시어는 백랍을 태워 몸을 강화시키며 캐러밴을 이끄는 거룻배 갑판에 쿵 떨어졌다.

예덴이 놀라 선실에서 뛰쳐나왔다.

"로드 켈시어! 우리는, 어, 교차로에 도착했소."

"나도 알아." 켈시어가 말하며 보트들이 이룬 줄을 따라 뒤를 돌아보았다. 배 끄는 길 위에 있는 사람들이 흥분해서 그를 가리키며 웅성거리고 있었다. 알로맨시를 대낮에 이렇게 눈에 띄게, 이렇게 많은 사람들 앞에서 쓰자 기분이 이상했다.

'하지만 어쩔 수 없어.' 그는 생각했다. '이번 방문은 몇 달 동안 사람들이 나를 보게 될 마지막 기회야. 나는 깊은 인상을 주어야 해. 그들이 의지할 수 있는 것을 주고, 이게 모두 잘된다면……'

"동굴에서 온 사람들이 우리를 만날 준비가 됐는지 보러 갈까?" 켈시어는 예덴을 도로 바라보며 물었다.

"당연히 그래야죠." 예덴은 그렇게 말하고, 하인 한 명에게 손을 저어 자기 거룻배를 운하 옆으로 끌어올리고 판자를 걸치라고 신호했다. 예덴은 흥분한 것 같았다. 그는 정말 성실한 사람이었고, 그 점만은 켈시어도 존경할 만했다. 약간 존재감은 없다고 해도.

'살아오는 대부분의 기간 동안 내 문제는 그 반대였지.' 켈시어는 예덴과 함께 걸어 보트에서 내리면서 재미있다고 생각했다. '존재감은 넘치고 성실하지는 않았어.'

두 사람은 운하 노동자들의 줄을 따라 올라갔다. 사람들 앞쪽에서, 햄의 써그 한 명이 경례했다. 켈시어의 경비대장 노릇을 하던 사람이었다.

"교차로에 도착했습니다, 로드 켈시어."

"나도 알아." 켈시어는 되풀이했다. 앞에는 빽빽하게 선 자작나무들이 비탈을 따라 서서 언덕 안으로 들어가고 있었다. 운하는 숲을 피해서 돌아갔다. '마지막 제국'의 다른 지역에는 더 좋은 목재 산지들이 있었으니까. 숲은 외따로 서 있었고 대체로 무시당했다.

켈시어는 주석을 태우며, 갑자기 눈이 멀 정도로 밝아지는 햇빛에 움찔했다. 그러나 눈이 적응하면서 그는 숲 속을 세세히 볼 수 있었고, 그 안에서 이는 약간의 움직임도 볼 수 있었다.

"저기." 그는 동전을 공중에서 튕긴 다음 '밀면서' 말했다. 동전은 앞으로 휙 날아가 나무에 탁 맞았다. 미리 협의한 신호를 받자, 줄지어 선 나무들 사이에서 위장하고 있던 작은 무리가 나와 재로 얼룩진 땅을 가로질러 운하 쪽으로 왔다.

"로드 켈시어." 맨 앞에 있던 남자가 경례하며 말했다. "제 이름은 드무 대령입니다. 자, 신병들을 모아 함께 가십시다. 해먼드 장군이 여러분을 만나길 고대하고 있습니다."

드무 '대령'은 잘 훈련받은 젊은이였다. 갓 20대인 그는 조금만 덜 유능했다면 자만심으로 보였을 근엄함으로 자신의 작은 분대를 이끌었다.

'그보다 더 어린 사람들이 병사들을 이끌고 전투를 했지.' 켈시어는 생각했다. '내가 저 나이 때 그냥 멋 내기나 좋아했다고 해서 모든 사람이 그럴 거라는 뜻은 아니야. 가엾은 빈을 봐. 겨우 열여섯인데, 이미 진지하기로는 마쉬와 필적하지.'

그들은 숲 속으로 둘러 가는 길을 잡았다. 햄의 명령으로 부대마다 다른 길을 택했다. 발자국 때문에 길이 생기는 일이 없도록 하기 위해서였다. 켈시어는 뒤에 있는 200명가량의 사람들을 슬쩍 둘러보며 살짝 얼굴을 찌푸렸다. 그들은 발자국을 남길 테지만, 그걸 어떻게 할 수는 없었다. 이렇게 많은 사람들의 이동은 숨기기가 거의 불가능했다.

드무는 속도를 늦추고 손을 흔들었다. 그러자 그의 분대에서 몇 명이 재빨리 앞으로 움직였다. 그들은 자기들 대장의 군대예절 감각을 절반도 따라가지 못했지만, 그래도 켈시어는 감명받았다. 지난번에 방문했을 때는 사람들 대부분이 어중이떠중이인 데다, 스카 비렁뱅이들이 대체로 그렇듯 전혀 조직화되어 있지 않았다. 햄과 그의 장교들은 자기 일을 잘해냈다.

군인들이 가짜 덤불에서 움직이기 시작하자, 땅에 난 균열이 드러났다. 그 속은 어두웠고, 옆에는 수정 같은 화강암들이 튀어나와 있었다. 보통 산허리에 나는 그런 동굴이 아니라, 땅이 찢어져 곧장 아래로 통하는 길이었다.

켈시어는 조용히 서서 돌이 끈처럼 장식된 어두운 균열을 내려다보았다. 그는 살짝 몸을 떨었다.

"켈시어?" 예덴이 얼굴을 찌푸리며 물었다. "무슨 일이오?"

"'갱'이 생각나서. 그곳이 이렇게 생겼어. 땅속에 난 균열처럼."

예덴은 살짝 창백해졌다.

"오. 나는, 어⋯⋯."

켈시어는 아무것도 아니라는 듯 손을 흔들었다.

"이런 일이 올 줄 알았어. 난 1년 동안 그 동굴 속으로 기어 내려갔고, 언제나 밖으로 나왔지. 난 그들을 이겼어. 이건 내게 아무 영향도 없어."

자신의 말을 증명하기 위해, 그는 앞으로 걸어가 좁은 균열 속으로 내려 갔다. 그곳은 몸집이 큰 사람 하나가 미끄러져 들어갈 정도의 넓이였다. 내려가면서 그는 군인들이 자신을 조용히 지켜보고 있는 모습을 보았다. 드무의 분대와 새 모병자들 양쪽 모두 그를 보고 있었다. 아까 그는 일부러 그들에게 들릴 만큼 크게 말했다.

'그들에게 내 약점을 보여주고, 그다음 내가 그걸 극복하는 모습을 보여주겠어.'

그것은 용감한 생각이었다. 하지만 일단 표면 아래로 내려가자 마치 '갱'에 돌아온 기분이었다. 두 개의 돌벽 사이에 낀 채 떨리는 손가락으로 아래를 더듬으며 내려갔다. 차갑고 축축하고 어두웠다. 아티움을 찾아내야 하는 건 바로 노예들이었다. 알로맨서들이라면 더 효율적이었을지도 모르지만, 아티움 결정 근처에서 알로맨시를 사용하면 결정이 산산조각 났다. 그래서 로드 룰러는 죄인들을 이용했다. 그들을 갱 속으로 억지로 들여보내 아래로 기어 내려가게 만들었다. 아주 아래로…….

켈시어는 억지로 계속 전진했다. 여기는 하스신이 아니었다. 균열 속으로 몇 시간을 내려가야 하지도 않을 것이고, 수정으로 가장자리가 둘러진 구멍도 없을 것이다. 찢기고 피가 흐르는 팔로 구멍 안에 손을 넣어 그 안에 숨겨진 아티움 정동석(晶洞石)을 찾아야 할 일도 없었다. 정동석 하나면 일주일을 더 살아남을 수 있었다. 작업 감독의 매질 아래서, 가학적인 신의 통치 아래서, 붉어진 태양 아래서.

'난 다른 사람들을 위해 세상을 바꿀 거야. 세상을 더 나은 곳으로 만들겠어.' 켈시어는 생각했다.

내려가는 길은 힘들었다. 절대 인정하지 않겠지만, 힘들었다. 다행히 균열은 곧 넓어져 아래에서 더 큰 동굴이 되었고, 켈시어는 그곳에서 빛이 깜박이는 것을 보았다. 남은 길은 그냥 몸을 떨어뜨려 지나쳐서 고르지 않은 돌바닥에 착지했다. 그는 서서 기다리던 사람에게 미소를 지었다.

"입구가 지옥 같군, 햄." 켈시어가 손에서 먼지를 떨어내며 말했다.

햄은 미소를 지었다.

"네가 화장실을 봐야 해."

켈시어는 웃으며 다른 사람들에게로 다가갔다. 그 방에서 자연적인 터널 몇 개가 갈라져 나갔고, 켈시어가 내려온 균열의 끝 쪽에는 땅 위로 올라가기 쉽게 하기 위한 작은 줄사다리가 매달려 있었다. 예덴과 드무는 곧 사다리를 내려와 동굴로 들어갔다. 내려오느라 그들의 옷은 긁히고 더러워졌다. 그곳은 통과하기 쉬운 입구는 아니었다. 그러나 그것이 중요했다.

"널 만나니 좋군, 켈." 햄이 말했다. 소매가 있는 옷을 입은 그를 보니 기분이 이상했다. 네모지게 머리를 자르고 앞에 단추가 달린 군대 복장을 입으니 그는 좀 딱딱해 보였다.

"얼마나 데려왔어?"

"240이 간신히 넘어."

햄은 눈썹을 치올렸다.

"그럼 모병이 더 잘된 건가?"

"드디어." 켈시어가 고개를 끄덕이며 말했다. 군인들이 동굴로 떨어지기 시작했고, 햄의 보좌관 몇 명이 앞으로 나와 새로 온 사람들을 도와주고 옆쪽 터널로 안내했다.

예덴이 와서 켈시어와 햄에게 합류했다.

"이 동굴은 놀랍소, 로드 켈시어! 나는 이런 동굴에 와본 적이 한 번도 없어요. 로드 룰러가 이 아래 있는 사람들을 찾아내지 못한 것도 당연해!"

"이 동굴계는 아주 안전해." 햄은 자랑스럽게 말했다. "입구가 모두 세 군데인데, 그게 모두 이런 균열이야. 보급품만 적당하다면 침략군에 맞서 무기한으로 지킬 수 있는 장소야."

"게다가 이 언덕 아래 이 동굴계만 있는 것도 아니야." 켈시어가 말했다.

"설사 로드 룰러가 우리를 멸망시키려고 결심한다 해도, 그의 군대가 몇 주를 찾아도 우린 발견되지 않을 수 있어."

"놀라워." 예덴이 말했다. 그는 몸을 돌려 켈시어를 쳐다보았다. "내가 당신을 잘못 봤소, 로드 켈시어. 이 작전…… 이 군대…… 아, 당신은 아주 인상적인 일을 해냈소."

켈시어는 미소를 지었다.

"사실 자네가 날 제대로 봤어. 이 일을 시작했을 때 자네는 나를 믿었잖나. 우리는 오직 자네 덕분에 여기 있는 거야."

"내가…… 그랬던 것도 같군, 안 그래?" 예덴이 미소 지으며 말했다.

"어느 쪽이든 난 그 신임투표를 고맙게 생각해." 켈시어가 말했다. "사람들을 전부 이 아래로 데려오려면 시간이 어느 정도 걸릴 거야. 여기서 자네가 일을 지휘해도 괜찮겠나? 나는 잠깐 해먼드와 이야기 좀 하고 싶어."

"물론이죠, 로드 켈시어." 그의 목소리에는 존경과 약간의 아부까지도 섞여 있었다.

켈시어는 옆쪽으로 고갯짓을 했다. 햄은 약간 얼굴을 찌푸렸지만, 등잔을 집어 들고 켈시어를 따라 방에서 나갔다. 그들은 옆 터널로 들어왔다. 대화가 다른 이들에게 들릴 만한 거리를 벗어나자 햄은 멈춰 서서 뒤를 흘끔 바라보았다.

켈시어도 멈춰 서서 한쪽 눈썹을 치켜세웠다.

햄은 전실(前室) 쪽으로 고갯짓을 했다.

"예덴은 확실히 변했어."

"나는 사람들에게 그런 효과를 미치지."

"네가 경외감이 들 정도로 겸손한 덕분이겠지." 햄이 말했다. "난 심각해, 켈. 어떻게 그런 일을 했어? 저 남자는 사실상 널 증오했어. 그런데 이제는 큰형을 우상화한 아이처럼 너를 바라봐."

켈시어는 어깨를 으쓱했다.

"예렌은 전에는 한 번도 효율적인 팀에 끼어본 적이 없어. 그는 우리에게 실제로 승산이 있을지도 모른다고 깨닫기 시작한 것 같아. 반년 남짓한 사이에 우리는 그가 보았던 어떤 수보다 더 큰 규모의 반역도들을 모았어. 이런 결과는 완고한 사람도 바꿀 수 있지."

햄은 납득하지 못하는 것 같았다. 하지만 마침내 그는 어깨만 으쓱하고는 다시 걷기 시작했다.

"무슨 이야기를 하고 싶었던 거야?"

"사실은, 할 수 있다면 다른 두 입구에도 가보고 싶어." 켈시어가 말했다.

햄은 고개를 끄덕이고, 옆 터널을 가리키며 길을 앞장섰다. 그 터널은 대부분의 다른 동굴들처럼 인간의 손으로 판 것이 아니었다. 동굴계가 자연스럽게 자라난 것이었다. '중앙 지배지'에는 비슷한 동굴계가 수백 개 있었지만, 대부분 이 정도로 큰 규모는 아니었다. 그리고 오직 하나의 동굴계, '하스신의 갱'에서만 아티윰 정동석이 나왔다.

"아무튼 예렌 말이 옳아." 햄이 터널의 좁은 장소를 통해 길을 돌아가며 말했다. "자네가 이 사람들을 숨겨놓을 만한 멋진 장소를 골라냈어."

켈시어가 고개를 끄덕였다.

"몇 세기 동안 여러 반역도 무리들이 이 언덕들 아래의 동굴계를 사용했을 거야. 여기는 루서델과 놀라울 정도로 가깝지만 로드 룰러는 이곳에 공격을 가해서 한 번도 성공한 적이 없었어. 그는 이제 그냥 이 장소를 무시해. 너무 많이 실패했기 때문일 거야."

"그건 의심치 않네." 햄이 말했다. "이 아래 있는 온갖 구석진 곳과 병목같이 생긴 곳을 생각하면 여기는 전투하기 아주 고약한 곳일 거야."

그는 통로에서 벗어나 또 하나의 작은 동굴 방으로 들어갔다. 이곳에도 천장에 균열이 있었는데, 그곳으로 희미한 햇빛이 흘러들었다. 열 명의 병사로 이뤄진 분대가 방 안 경비를 서고 있었다. 그들은 햄이 들어가자마자 즉각 차렷 자세를 취했다.

켈시어는 흡족하게 고개를 끄덕였다.

"늘 열 사람이야?"

"입구 세 곳 모두." 햄이 말했다.

"좋아." 켈시어는 앞으로 걸어 나가며 병사들을 살펴보았다. 그는 소매를 걷어 올려 흉터를 드러냈고, 병사들이 그것을 흘끔대는 걸 보았다. 사실 그는 무엇을 살펴봐야 할지 몰랐으나 알고 있는 양 보이려고 했다. 그는 그들의 무기를 검사했다. 여덟 명은 스태프, 두 명은 칼이었다. 아무도 제복을 입고 있지는 않았지만, 몇 명의 어깨에서 먼지를 떨어주기도 했다.

마침내 그는 어깨에 휘장을 달고 있는 병사 한 명을 보았다.

"동굴 밖으로는 어떤 사람들을 내보내나?"

"해먼드 장군께서 직접 봉한 편지를 갖고 있는 사람들만 내보냅니다!"

"예외는 없고?" 켈시어가 물었다.

"없습니다!"

"그런데 내가 지금 나가려고 한다면?"

그 남자는 머뭇거렸다.

"어……."

"날 막아야지!" 켈시어가 말했다. "아무도 예외일 수 없네. 나도 안 되고, 자네 내무반 동료도 안 되고, 장교도 안 돼. 아무도 안 돼. 봉인을 갖고 있지 않으면 아무도 나갈 수 없어!"

"예, 알겠습니다!" 군인이 말했다.

"좋은 부하군." 켈시어가 말했다. "장군, 자네 군인들이 모두 이만큼 뛰어나다면 로드 룰러는 두려워해야 할 이유가 충분해."

군인들은 그 말에 약간 가슴이 부풀어 올랐다.

"계속하게, 여러분." 켈시어는 햄에게 따라오라고 손짓하며 말했다. 그는 방에서 나왔다.

"잘해줬군." 햄이 작은 소리로 말했다. "그들은 몇 주 동안 네가 방문하기를 기다리고 있었어."

켈시어는 어깨를 으쓱했다.

"난 그들이 입구 경비를 제대로 서고 있는지 보고 싶었을 뿐이야. 이제 부하들이 더 생겼으니, 이 출구 굴로 통하는 모든 터널에 경비병들을 배치했으면 좋겠어."

햄이 고개를 끄덕였다.

"하지만 좀 지나친 것 같은데."

"내 말대로 해줘." 켈시어가 말했다. "도망자나 불만분자가 한 사람만 있어도 우리 모두 로드 룰러에게 발각될 수 있어. 네가 이 장소를 방어할 수 있다고 느끼는 건 좋아. 하지만 바깥에서 군대가 야영을 하며 너희를 덫에 가둔다면 이 군대는 실질적으로 우리에게 아무 소용도 없어."

"좋아." 햄이 말했다. "세 번째 입구도 보고 싶어?"

"부탁해." 켈시어가 말했다.

햄은 고개를 끄덕이며 그를 데리고 또 다른 터널을 내려갔다.

"오, 한 가지 더." 조금 걸어가다가 켈시어가 말했다. "100명을 한 무리로 묶어. 모두 자네가 신뢰하는 사람들로. 숲으로 가서 근처를 밟고 돌아다니게 해. 누군가가 우리를 찾으러 온다면 많은 사람들이 이 지역을 지나갔다는 사실은 숨길 수 없을 거야. 하지만 자국을 엉망으로 만들어서 발자국들이 어디를 가리키는지 모르게 만들 수는 있을지도 몰라."

"좋은 생각이야."

"나야 지혜 꾸러미지." 켈시어는 또 하나의 동굴 방으로 걸어 들어가면서 말했다. 이번 방은 앞의 방 두 개보다 훨씬 더 컸다. 입구로 쓰는 균열이 아니라, 실질적인 연무장이었다. 여러 사람이 칼이나 스태프를 들고 서서 제복을 입은 교관들의 감독 아래 훈련을 하고 있었다. 장교에게 제복을 입히자는 것은 독슨의 아이디어였다. 모든 사람에게 군복을 입힐 여유는 없었다. 비용도 많이 들 것이고, 그렇게 많은 제복을 주문하면 의심스러울 것이

3장 피 흘리는 태양의 아이들

다. 그러나 제복을 입은 지휘관들의 모습은 병사들이 결속감을 느끼게 만드는 데 도움이 될 것이다.

햄은 계속 가지 않고 방 가장자리에서 멈추었다. 그는 군인들을 바라보며 작은 소리로 이야기했다.

"언젠가 이 이야기는 할 필요가 있어, 켈. 사람들은 군인이 된 것 같은 기분을 느끼기 시작하고 있어. 하지만…… 음, 그들은 스카야. 평생 방앗간이나 들판에서 일하면서 보낸 사람들이야. 실제로 전장에 데리고 나갔을 때 그들이 얼마나 잘 싸울지 모르겠어."

"모든 일이 제대로만 된다면 그들이 싸울 일은 많지 않을 거야." 켈시어가 말했다. "'갱'을 지키는 병사는 200명 정도뿐이야. 로드 룰러는 그곳에 많은 부하를 배치할 수 없어. 그러면 그 장소가 중요하다는 걸 암시하게 될 테니까. 우리 군사 천 명은 '갱'을 쉽게 빼앗을 수 있어. 그런 다음 주둔군이 도착하자마자 퇴각하는 거야. 나머지 9천 명도 '대가문' 경비병 분대나 궁전 경비대와 마주칠 수 있겠지만, 수적으로는 우리 부하들이 우세할 거야."

햄은 고개를 끄덕였으나 그의 눈에는 여전히 확신이 없었다.

"왜 그래?" 켈시어가 어느 동굴의 매끄럽고 수정 같은 입구에 기대면서 물었다.

"그리고 일을 다 끝냈을 땐, 켈?" 햄이 물었다. "일단 우리가 아티움을 챙기면 우리는 도시와 군대를 예덴에게 넘겨주겠지. 그다음엔 어쩌지?"

"그건 예덴에게 달렸지." 켈시어가 말했다.

"그들은 학살될 거야." 햄이 아주 작은 소리로 말했다. "'마지막 제국' 전체에 대항하는데 겨우 만 명 가지고 루서델을 지킬 수는 없어."

"난 네가 생각하는 것보다 더 좋은 기회를 만들어줄 작정이야, 햄." 켈시어가 말했다. "우리가 귀족들을 서로 반목하도록 해놓고 정부를 파괴할 수 있다면……."

"아마 그렇겠지." 햄은 여전히 확신 없이 말했다.

"넌 계획에 찬성했어, 햄." 켈시어가 말했다. "이건 우리가 원래 작정했던 대로잖아. 군대를 일으켜서 예덴에게 인도한다."

"알아." 햄이 한숨을 쉬고 동굴 벽에 기대면서 말했다. "내 생각에는……음, 실제로 군대를 이끌다 보니 생각이 달라졌어. 난 이렇게 지휘를 맡을 사람이 아니었나 봐. 난 장군이 아니라 경호원감이야."

'친구, 네가 어떻게 느끼는지 알아.' 켈시어가 생각했다. '난 예언자가 아니라 도둑이야. 때때로 우린 계획이 요구하는 역할을 해야만 하지.'

켈시어는 햄의 어깨에 한 손을 얹었다.

"넌 여기서 훌륭하게 잘해냈어."

햄은 잠시 움찔했다.

"잘'해냈다'고?"

"너 대신 두려고 예덴을 데려왔어. 독스와 나는 그를 군사령관으로 순환 근무를 시키는 게 좋겠다고 결정했어. 그런 식으로 하면 군대는 그를 지도자로 받아들이고 익숙해질 거야. 그리고 루서델에서 네가 다시 필요해. 누군가가 주둔군을 방문하고 정보를 모아야 하는데, 군대에 연줄이 있는 사람은 너밖에 없어."

"그래서 너와 함께 돌아가자고?" 햄이 물었다.

켈시어는 고개를 끄덕였다.

햄은 잠시 의기소침해 보였지만, 긴장을 풀고 미소를 지었다.

"마침내 이 제복을 벗을 수 있게 되겠군! 하지만 예덴이 잘해낼 수 있을 것 같아?"

"너도 네 입으로 지난 몇 달 동안 그가 많이 변했다고 말했잖아. 그리고 그는 관리자로서 정말 훌륭해. 우리 형이 떠난 뒤부터 반역도들과 아주 일을 잘해냈어."

"내 생각엔……."

켈시어는 유감스럽다는 듯이 고개를 저었다.

"우리 세력은 얇게 퍼져 있어. 햄, 너와 브리즈는 내가 믿을 수 있는 단 두 사람이고, 루서델에서는 네가 필요해. 예덴이 여기 일에 완벽하지는 않지만 군대는 결국 그의 것이 될 거야. 한동안 자기가 이끌어보는 게 나을 거야. 게다가 그에게도 할 일이 생기잖아. 그는 패거리에서 자기가 차지하는 위치에 대해 약간 예민해지고 있어." 켈시어는 잠시 말을 멈추더니 재미있다는 듯이 미소 지었다. "내가 다른 사람들에게 주의를 돌릴 때 그가 질투하는 것 같아."

햄이 미소를 지었다.

"변했다니까."

그들은 연무장을 뒤에 두고 다시 걷기 시작해 또 다른 꼬불꼬불한 돌 터널에 들어갔다. 이번 굴은 약간 아래쪽을 향하고 있었다. 그들이 볼 수 있는 빛이라곤 햄의 등잔뿐이었다.

"자네도 알지." 몇 분 걷다가 햄이 말했다. "이 장소에는 또 다른 좋은 점이 있어. 자네도 이미 알아차렸을지 모르지만, 이 아래는 가끔 정말 아름다워."

켈시어는 전에는 한 번도 알아채지 못했다. 그는 걸어가면서 옆을 훑어보았다. 방의 한쪽 면은 천장에서 떨어지는 무기물들로 만들어져 있었다. 더러운 고드름 같은 얇은 종유석과 석순들이 함께 녹아 난간 같은 것을 형성했다. 무기물들은 햄이 든 등잔 불빛에 반짝였고, 그들 앞에 놓인 길은 흘러가 떨어지며 녹은 강 모양으로 얼어붙어 있었다.

'아냐.' 켈시어는 생각했다. '아니, 난 이곳의 아름다움을 모르겠어, 햄.' 다른 사람들은 겹겹이 쌓인 색채와 녹은 바위에서 예술 작품을 볼 수도 있겠지만 켈시어는 '갱'만을 떠올릴 따름이었다. 대부분 똑바로 아래를 향하는 끝없는 굴들. 그는 균열을 통해 꿈지럭거리며 내려가 어둠 속에서 아래로 떨어져야 했다. 길을 밝혀주는 불빛은 하나도 없었다.

도로 기어 올라가지 말까 생각한 적도 많았다. 그럴 때면 그는 동굴 속에서 시체를 발견하곤 했다. 길을 잃었거나 그냥 포기해버린 다른 죄수의 시체였다. 켈시어는 그들의 뼈를 더듬어보며 마음속으로 더 많은 것을 맹세했다. 매주 그는 아티움 정동석을 하나 발견했다. 매주 그는 야만적으로 얻어맞아 죽는 처형을 피했다.

마지막 순간만 제외하고. 그는 살아 있을 가치가 없었다. 살해당했어야 했다. 그러나 메어가 그에게 아티움 정동석 하나를 주었다. 그녀는 자기가 그 주에 두 개를 찾아냈다고 장담했다. 그것을 내놓을 때까지 그는 그녀의 거짓말을 알아채지 못했다. 그녀는 그다음 날 맞아죽었다. 바로 그의 앞에서 맞아죽었다.

그날 밤 켈시어는 '끊었고', 미스트본의 힘을 갖게 되었다. 그다음 날 밤, 사람들이 죽었다.

많은 사람들이.

'하스신의 생존자. 살아 있어서는 안 될 사람. 그녀가 죽는 걸 지켜보고서도 나는 그녀가 날 배신했는지 아닌지 판단할 수가 없었어. 그녀는 날 사랑해서 그 정동석을 주었을까? 아니면 죄책감 때문에 그렇게 했을까?'

아니, 그는 동굴의 아름다움을 볼 수 없었다. 다른 사람들은 '갱' 때문에 미쳐갔다. 그들은 작고 폐쇄된 공간에 겁을 먹게 되었다. 그런 일은 켈시어에게는 일어나지 않았다. 그러나 그 미궁에 어떤 경이가 깃들어 있고 경치나 섬세한 아름다움이 아무리 놀랍더라도, 그는 결코 그것을 인정할 수 없으리라는 사실을 확실히 알았다. 메어가 죽었으므로.

'이 생각은 더 이상 하지 말자.' 켈시어는 결심했다. 동굴 안 그의 주변이 점점 더 어두워지는 것 같았다.

"좋아, 햄. 어서 말해. 무슨 생각을 하고 있는 건데."

"정말?" 햄이 열성적으로 말했다.

"그래." 켈시어가 체념하며 말했다.

"좋아. 그럼 내가 최근에 걱정하던 걸 말할게. 스카는 귀족과 달라?" 햄이 말했다.

3장 피 홀리는 태양의 아이들

"물론 다르지. 귀족들은 돈과 땅을 갖고 있어. 스카에겐 아무것도 없고." 켈시어가 말했다.

"경제적인 문제를 말하는 게 아니야. 난 육체적인 차이에 대해 이야기하고 있는 거야. 너도 오블리게이터들이 뭐라고 말하는지 알잖아, 그렇지?"

켈시어는 고개를 끄덕였다.

"그게 사실이야? 내 말은, 스카는 진짜로 아이를 많이 낳고, 귀족들은 재생산에 문제가 있다고 들었어."

'균형.' 그것은 그렇게 불렸다. 스카가 먹여 살리지 못할 만큼 많은 귀족이 생기지 않게 하고, 구타와 살해가 횡행해도 언제나 작물을 키우고 방앗간에서 일을 할 만큼 스카가 충분히 살아남도록 로드 룰러가 보장하는 방법일 것이다.

"난 언제나 미니스트리에서 그냥 하는 말이라고 생각했어." 켈시어는 솔직히 말했다.

"난 스카 여자들이 아이들을 열 명도 넘게 갖는 걸 알아." 햄이 말했다. "하지만 아이를 셋 이상 낳은 주요 귀족 가문 이름은 하나도 댈 수가 없어."

"그냥 문화적인 차이야."

"그러면 키 차이는? 사람들은 스카와 귀족을 보기만 해도 구별할 수 있다고 말하잖아. 혼혈 때문에 바뀐 것 같긴 하지만, 스카들은 대부분 여전히 키가 작아."

"그건 영양 문제야. 스카는 충분히 못 먹잖아."

"알로맨시는?"

켈시어는 얼굴을 찌푸렸다.

"거기에 육체적인 차이가 있다는 건 인정해야 해." 햄이 말했다. "조상 다섯 세대 안에 귀족의 피가 흐르지 않는다면 스카는 절대로 미스팅이 될 수 없어."

적어도 그것만은 사실이었다.

"스카는 귀족과 다르게 생각해, 켈." 햄이 말했다. "우리 군인들조차 좀 소심해. 그런데 그들은 스카 중에서 용감한 자들이라고! 보통의 스카들에 대해서 예덴이 한 말이 옳아. 그들은 결코 반역하지 않을 거야. 만약…… 만약 우리가 진짜로 육체적으로 다른 점이 있다면? 귀족들이 우리를 지배하는 게 옳다면?"

켈시어는 복도에서 얼어붙었다.

"너, 진심은 아니겠지."

햄도 멈추었다.

"내 생각엔…… 아냐, 진심은 아냐. 하지만 때때로 궁금해. 귀족들은 알로맨시를 가졌어, 맞지? 그들은 지배하도록 태어난 건지도 몰라."

"누가 그렇게 태어나게 했다는 거야? 로드 룰러?"

햄이 어깨를 으쓱했다.

"아니야, 햄." 켈시어가 말했다. "그건 옳지 않아. '이건' 옳지 않아. 그걸 깨닫기 어렵다는 건 알아. 세상이 너무 오랫동안 이런 식으로 돌아갔으니까. 하지만 스카가 사는 방식은 매우 심각하게 잘못돼 있어. 넌 그걸 믿어야 해."

햄은 잠시 침묵하다가 고개를 끄덕였다.

"가자. 다른 입구도 방문해보고 싶어." 켈시어가 말했다.

그 주는 천천히 지나갔다. 켈시어는 병력과 훈련, 음식, 무기, 보급품, 정찰병, 경비병 그리고 자기가 생각해낼 수 있는 다른 모든 것을 조사했다. 더 중요한 일은 사람들을 방문하는 것이었다. 그는 그들을 칭찬하고 격려했다. 그리고 그들 앞에서 알로맨시를 자주 썼다.

'알로맨시'에 대해서는 많은 스카들이 들어보았지만 그것이 무엇을 할 수 있는지 제대로 아는 스카는 거의 없었다. 귀족 미스팅들은 다른 사람들 앞에서 자기 힘을 거의 쓰지 않았고, 혼혈들은 훨씬 더 조심해야 했다. 보통

3장 피 흘리는 태양의 아이들

의 스카는 도시에 산다고 해도 '강철-밀기'나 '백랍-태우기' 같은 것을 알지 못했다. 켈시어가 공중을 날거나 초자연적인 힘으로 대련하는 것을 보았을 때, 그들은 그저 형체 없는 '알로맨시 마법'으로 여길 것이다. 켈시어는 그런 오해에 전혀 신경 쓰지 않았다.

하지만 그 주 내내 그러한 모든 활동을 하면서도, 그는 햄과 나눈 대화를 결코 잊지 못했다.

'그는 어떻게 스카가 열등한 게 아닌가 하는 의심을 품을 수가 있었을까?' 켈시어는 중앙 회합 동굴 속 높은 테이블에 앉아 밥을 깨작거리면서 생각했다. 그 거대한 '방'은 7천 명의 군대 전체가 들어갈 수 있을 만큼 컸지만, 옆방에 앉아 있거나 터널 중간에 나가 있는 사람들이 많았다. 높은 테이블은 방의 먼 끝에 솟아 있는 바위 위에 놓여 있었다.

'아마 내가 너무 걱정이 많은 걸 거야.' 햄은 제정신인 사람이 고려하지 않을 일들에 대해 생각하는 경향이 있었다. 그것도 그의 철학적 딜레마일 뿐이리라. 사실 그는 이미 예전의 불안을 잊어버린 것같이 보였다. 그는 예덴과 함께 웃고, 즐겁게 식사를 했다.

예덴으로 말하면, 마르고 키 큰 이 반역도 지도자는 자기가 입은 장군 제복에 아주 만족하는 것처럼 보였다. 그리고 그 주 내내 햄에게서 군사작전에 대한 설명을 듣고 매우 진지하게 받아 적으면서 시간을 보냈다. 그는 자신의 직무에 아주 자연스럽게 빠져들고 있는 것 같았다.

그 잔치를 즐기지 못하고 있는 사람은 켈시어 혼자뿐인 것 같았다. 그날 저녁의 음식은 특별히 그 행사를 위해 바지선에 실어 온 것으로, 귀족 기준으로는 초라했지만 군인들에게는 익숙해져 있던 음식보다 훨씬 뛰어난 것들이었다. 사람들은 그 음식을 즐겁고 기쁘고 떠들썩하게 먹었고, 소량 배급된 맥주를 마시며 그 순간을 축하했다.

그럼에도 켈시어는 걱정이 되었다. 이 사람들은 자기들이 무엇을 위해 싸운다고 생각할까? 그들은 열성적으로 훈련받는 것 같았지만, 단지 규칙적인 끼니 때문일 수도 있었다. 그들은 진짜로 자기들에게 '마지막 제국'을 타도할 자격이 있다고 믿을까? 그들은 스카가 귀족보다 열등하다고 생각할까?

켈시어는 그들이 품는 의구심을 감지할 수 있었다. 위험이 임박했다는 것을 깨달은 사람이 많았고, 그들이 달아나는 것을 막고 있는 것은 엄격한 출입 규칙뿐이었다. 그들은 훈련에 대해 열심히 이야기하기는 했지만 최종 임무에 대해 말하는 것은 피했다. 궁전과 도시 성벽을 점거하고, 루서델 주둔군을 물리치는 것.

'자기들이 성공할 수 있다고 생각하지 않는 거야.' 켈시어는 추측했다. '그들에겐 확신이 필요해. 나에 대한 소문은 시작이야. 하지만……'

그는 햄을 쿡 찔러 그의 주의를 끌었다.

"훈련에서 문제를 일으킨 부하들이 있었어?" 켈시어가 조용히 물었다.

햄은 이상한 질문을 받았다는 듯이 얼굴을 찌푸렸다.

"물론 두어 명 있지. 이렇게 큰 무리가 모이면 언제나 반골들이 있는 법이야."

"특별히 누가 있나?" 켈시어가 물었다. "떠나고 싶어 한 사람들? 우리가 하는 일에 대해 반대 의견을 노골적으로 말할 사람이 필요해."

"지금 당장 영창에 두 명 있어." 햄이 말했다.

"여기는 없어?" 켈시어가 물었다. "가급적이면 우리가 볼 수 있는 테이블에 앉아 있는 사람으로?"

햄은 잠시 생각에 빠져 군중을 훑어보았다.

"두 번째 테이블에 붉은 클록을 입고 있는 녀석. 두어 주 전에 달아나려다 잡혔어."

문제의 그 남자는 깡마르고 초조해 보였다. 그는 등을 굽힌 쓸쓸한 자세로 테이블에 앉아 있었다.

켈시어는 고개를 저었다.

"약간 더 카리스마 있는 사람이 필요해."

햄은 생각에 잠겨 턱을 문질렀다. 그러더니 동작을 멈추고 또 다른 테이블 쪽으로 고갯짓을 했다.

"빌그. 오른쪽으로 네 번째 테이블 너머에 앉아 있는 덩치 큰 남자."

"누군지 알겠어." 켈시어가 말했다. 빌그는 조끼를 입고 턱수염을 잔뜩 기른 건장한 남자였다.

"그는 아주 영리해서 명령에 불복종하지는 않아." 햄이 말했다. "하지만 조용히 말썽을 일으키고 있어. 그는 우리가 '마지막 제국'에 대항해 이길 가능성이 있다고 생각하지 않아. 나는 그를 가뒀었지만 단지 공포를 표현했다는 이유만으로 정말로 큰 벌을 줄 수는 없는 법이네. 만약 내가 그렇게 했다면 군대의 절반을 똑같이 가둬놔야 했을 거야. 더구나 그는 그냥 버리기엔 너무 훌륭한 병사야."

"완벽하군." 켈시어가 말했다. 그는 아연을 태우고 빌그 쪽을 보았다. 아연으로 그 남자의 감정을 읽을 수는 없었지만 그 금속을 태우는 동안 단 한 명의 개인을 '달래거나' '격동시키기' 위해 고립시킬 수는 있었다. 수백 가지 '끌어당길' 금속 중에서 단 한 조각만 고립시킬 수 있는 것과 같이.

그렇다고 해도, 이렇게 큰 군중 속에서 빌그를 가려내기는 어려웠다. 그래서 켈시어는 그냥 그 테이블 사람들 전체에 초점을 맞춰 그들의 감정을 나중에 사용할 수 있도록 '손안에' 넣어두었다. 그다음 그는 일어섰다. 천천히, 동굴이 조용해졌다.

"여러분, 떠나기 전에 나는 마지막으로 이 방문에서 얼마나 깊은 감명을 받았는지 표현하고 싶습니다." 동굴의 자연적인 음향 효과 덕분에 그의 말은 증폭되어 방 안에 울렸다.

"여러분은 훌륭한 군대가 될 겁니다." 켈시어가 말했다. "해먼드 장군을 훔쳐가서 미안합니다. 그러나 그 자리에 매우 능력 있는 사람을 남겨둘 겁니다. 여러분 중 많은 사람이 예덴 장군을 알 겁니다. 그가 오랜 세월 동안 반역의 지도자로 봉사해온 것을 여러분도 알고 있을 겁니다. 나는 그가 여러분을 더 군인답게 훈련시킬 수 있는 능력을 가졌다고 믿습니다."

그는 빌그와 그 테이블의 사람들을 '격동시키기' 시작했다. 그들의 감정을 흥분시키면서, 그들이 동의하지 못한다고 느낀다는 사실에 기대를 걸었다.

"나는 여러분에게 커다란 임무를 수행하도록 요청합니다." 켈시어는 빌그를 보지 않고 말했다. "루서델 밖의 스카들, 아니, 사실 모든 곳에 있는 대부분의 스카들은 여러분이 그들을 위해 하려는 일을 전혀 모릅니다. 그들은 여러분이 견디고 있는 훈련이나 여러분이 준비하고 있는 전투에 대해 모릅니다. 그러나 그들은 보상을 줄 것입니다. 언젠가, 그들은 여러분을 영웅이라 부를 것입니다."

그는 빌그의 감정을 더 '격동시켰다'.

"루서델 주둔군은 강합니다." 켈시어가 말했다. "그러나 우리는 그들을 이길 수 있습니다. 특히 우리가 도시 성벽을 재빨리 점령한다면 말입니다. 여러분이 왜 여기 왔는지 잊지 마십시오. 단순히 칼을 휘두르거나 헬멧을 쓰는 법을 배우려고 온 게 아닙니다. 이것은 전 세계가 한 번도 보지 못한 혁명을 위한 것입니다. 우리 자신을 위해 정권을 잡고, 로드 룰러를 쫓아내기 위한 것입니다. 여러분의 목표를 시야에서 놓치지 마십시오."

켈시어는 말을 멈추었다. 곁눈질을 하자 빌그의 테이블에 있는 사람들의 어두운 표정이 보였다. 침묵 속에서 마침내, 켈시어는 투덜거리는 소리를 들을 수 있었다. 그 소리는 동굴의 음향 효과 때문에 많은 이들의 귀에 전해졌다.

켈시어는 얼굴을 찌푸리고 빌그 쪽을 보았다. 동굴 전체가 훨씬 더 조용해지는 것 같았다.

"무슨 말을 했나요?" 켈시어가 물었다.

'이제 결단의 순간이다. 그는 저항할 것인가, 겁을 먹을 것인가?'

빌그는 뒤를 돌아보았다. 켈시어는 '격동'을 폭발시켜 그를 맞혔다. 보상이 돌아왔다. 빌그가 얼굴이 벌게진 채 자기 테이블에서 일어난 것이다.

"예, 대장님." 건장한 남자가 쏘아붙였다. "제가 말했습니다. 저는 우리 가운데 어떤 사람들은 우리 '목표'를 시야에서 놓쳤다고 말했습니다. 우리는 그 생각을 매일 합니다."

"왜 그렇지요?" 켈시어가 물었다. 군인들이 너무 멀리 있어서 듣지 못하는 사람들에게 소식을 전해주면서 동굴 뒤편에서 속삭임들이 우르르 울렸다.

빌그는 숨을 깊이 들이쉬었다.

"왜냐하면, 대장님. 대장님은 우리를 자살하라고 보내고 있다고 생각합니다. '마지막 제국'의 군대는 주둔군 하나보다 규모가 훨씬 큽니다. 우리가 벽을 점령하느냐 못하느냐는 중요하지 않을 겁니다. 아무튼 우리는 결국 학살당할 테니까요. 2천 명의 군인으로는 제국을 타도하지 못합니다."

'완벽해.' 켈시어가 생각했다. '미안하네, 빌그. 하지만 누군가는 그 말을 해야 했고, 분명한 건 내가 그 말을 할 수는 없었어.'

"우리에게 의견 차이가 있다는 걸 알겠습니다." 켈시어가 큰 소리로 말했다. "나는 여기 있는 사람들과 이 사람들의 목적을 믿습니다."

"나는 당신이 망상에 현혹된 바보라고 믿습니다." 빌그가 소리쳤다. "그리고 이런 망할 동굴에 온 나는 더 큰 바보였고요. 우리의 성공 가능성을 그렇게 확신한다면, 왜 아무도 떠나지 못하게 합니까? 당신이 죽으라고 우리를 보낼 때까지 우리는 여기 갇혀 있어야 해요!"

"당신은 나를 모욕했소." 켈시어가 쏘아붙였다. "당신은 왜 사람들이 떠나도 좋다는 허락을 받지 못하는지 아주 잘 알고 있습니다. 왜 가고 싶어 합니까? 당신은 동료들을 로드 룰러에게 팔아넘기고 싶어 그렇게 몸이 단 겁니까? 7천 명의 생명과 바꿔서 박싱 몇 개를 빨리 벌려고?"

빌그의 얼굴이 더 붉어졌다.

"나는 절대 그런 일을 하지 않을 겁니다. 하지만 당신이 나를 죽으라고 보내도록 놔두지도 않을 겁니다! 이 군대는 헛수고요."

"당신은 반란을 선동하는군." 켈시어가 말했다. 그는 돌아서서 군중을 훑어보았다. "장군이 자기 명령을 받는 부하와 싸울 수는 없습니다. 여기 우리 반역도들의 명예를 지키기 위해 기꺼이 싸울 전사가 있습니까?"

당장 스무 명가량의 사람들이 일어섰다. 켈시어는 그중 한 명을 알아보았다. 그는 나머지 사람들보다 키가 작았지만 켈시어가 전에 주목했던 소박한 성실성이 있었다.

"드무 대령."

즉각 젊은 대령이 앞으로 뛰어나왔다.

켈시어는 자기 칼을 그에게 던져 주었다.

"칼을 쓸 줄 아나, 청년?"

"예, 대장님!"

"누가 빌그에게 무기와 징 박은 조끼를 갖다 줘." 켈시어는 빌그를 보았다. "귀족들에게는 이런 전통이 있어. 두 사람 사이에 논쟁이 일면 결투로 해결하지. 내 전사를 이기게. 그럼 자넨 마음대로 떠나도 돼."

"만약 그가 저를 이기면요?" 빌그가 물었다.

"그러면 자네는 죽겠지." 켈시어가 말했다.

"여기 머물러도 난 죽을 거야." 빌그가 근처의 병사에게서 칼을 받아 들며 말했다. "그 조건을 받아들이겠소."

켈시어는 고개를 끄덕이고, 몇몇 사람에게 테이블을 옆으로 밀어서 높은 테이블 앞에 트인 자리를 만들라고 손짓했다. 사람들이 일어서서 시합을 보려고 웅성웅성 모여들기 시작했다.

"켈, 뭐하고 있는 거야!" 햄이 그의 옆에서 속삭였다.

"해둬야 할 일을 하는 거야."

"해둬야 한다니…… 켈시어, 저 아이는 빌그와 상대가 안 돼! 난 드무를 믿어. 그러니까 승진시켰지. 하지만 그는 그렇게 뛰어난 전사가 아니야. 빌그는 군대에서 가장 뛰어난 전사 중 하나라고!"

"사람들도 그걸 알아?"

"물론이지." 햄이 말했다. "이 시합을 취소시켜. 드무는 빌그 체격의 절반밖에 안 돼. 팔 길이, 힘, 기술에서 다 불리하단 말이야. 드무는 살해당할 거야!"

켈시어는 그 요청을 무시했다. 빌그와 드무가 무기를 들어 올리고, 한 쌍의 군인이 그들의 가죽 흉갑을 매어주는 동안, 그는 조용히 앉아 있었다. 그들이 준비를 끝내자 켈시어는 전투를 시작하라는 신호로 한 손을 흔들었다.

햄은 신음했다.

싸움은 길지 않을 것이다. 두 사람 다 장검을 들었고 소형 갑옷을 입었다. 빌그는 자신감을 갖고 앞으로 걸어 나오며 드무를 향해 시험 삼아 몇 차례 칼을 휘둘러보았다. 소년은 그래도 솜씨가 있었다. 그는 그 일격들을 막아냈다. 그러나 그러면서 자기 능력을 많이 드러내 보이고 말았다.

깊이 숨을 들이쉬고, 켈시어는 강철과 철을 태웠다.

빌그는 칼을 휘둘렀지만, 켈시어는 그 칼날을 옆으로 슬쩍 밀어서 드무에게 빠져나갈 공간을 주었다. 소년은 찔러 들어가려고 했지만 빌그는 쉽사리 그 일격을 물리쳐버렸다. 그다음 몸집이 더 큰 전사가 마구 칼을 휘두르며 공격하자 드무는 뒤로 비틀거렸다. 드무는 마지막으로 날아오는 칼날의 궤도에서 뛰어 비켜나려고 했으나, 그의 몸은 너무 느렸다. 칼날이 끔찍하고 불가피하게 그의 몸 위로 떨어졌다.

켈시어는 철을 폭발시키고, 뒤의 등잔 받침대를 '당겨서' 자기 몸을 지탱한 후 드무의 조끼에 박힌 철 징을 움켜쥐었다. 켈시어는 드무가 뛰어오를 때 '당겨서' 소년을 뒤로 홱 잡아당겼다. 소년은 작은 호를 그리며 빌그에게서 떨어졌다.

드무는 어색하게 휘청거리며 착지했고, 빌그의 칼은 돌바닥에 부딪쳤다. 빌그는 놀라서 쳐다보았고, 감탄으로 낮게 웅얼거리는 소리가 군중 속에 퍼져갔다.

빌그는 으르렁거리며 무기를 높이 쥐고 앞으로 달려 나왔다. 드무는 빌그가 강력하게 휘두른 칼을 막아냈지만, 빌그는 소년의 무기를 거침없이 옆으로 쓸어내 쳐내버렸다. 빌그는 다시 칼을 휘둘렀고, 드무는 반사적인 방어 동작으로 한 손을 올렸다.

켈시어는 '밀어서' 빌그가 칼을 휘두르는 도중에 멈추게 했다. 드무는 손을 앞으로 내밀고 일어섰다. 마치 빌그의 공격을 재빨리 막아낸 것처럼 보였다. 둘은 잠시 그렇게 서 있었다. 빌그는 칼을 앞으로 밀려고 하고, 드무는 경외감에 차서 자기 손을 쳐다보았다. 좀 더 똑바로 선 채로, 드무는 망설이며 앞으로 손에 힘을 주었다.

켈시어는 '밀어서' 빌그를 뒤로 던져버렸다. 커다란 전사는 놀라서 큰 소리를 외치며 땅으로 굴러떨어졌다. 잠시 후 그가 일어났을 때 켈시어는 그를 화나게 하기 위해 감정을 '격동시킬' 필요가 없었다. 그는 분노로 소리 지르며, 두 손으로 칼을 쥐고 드무를 향해 달려 나갔다.

'어떤 사람들은 물러날 때를 모른단 말이야.' 빌그가 칼을 휘두를 때 켈시어는 생각했다.

드무는 피하기 시작했다. 켈시어는 소년을 옆으로 떠밀어 칼이 날아오는 궤도에서 벗어나게 했다. 그다음 드무는 돌아서서 자기 무기를 두 손에 쥐고 빌그를 향해 휘둘렀다. 켈시어는 드무의 무기가 호를 그리는 순간, 붙잡아 강하게 '당겼다'. 철이 강력하게 폭발하면서 강철이 앞으로 날아갔다.

두 칼이 맞부딪치면서, 켈시어가 강화한 드무의 일격이 빌그의 무기를 그의 손에서 날려 보냈다. 커다란 딱 소리가 나고, 덩치 큰 악당이 마루에 쓰러졌다. 드무의 일격을 맞고 완전히 균형을 잃어 나뒹그러진 것이다. 빌그의 무기는 돌바닥에 튀어 멀리 떨어졌다.

드무는 앞으로 나가 얼떨떨한 빌그 위로 무기를 들었다. 그다음, 그는 멈추었다. 켈시어는 철을 태우고 마음의 손을 뻗어 무기를 움켜쥐고는 아래로 '당겨서' 억지로 치명타를 가하게 하려고 했다. 그러나 드무는 저항했다.

켈시어는 멈추었다.

'이자는 죽어야 해.' 그는 화가 나서 생각했다. 땅 위에서 빌그는 조용히 신음하고 있었다. 켈시어는 그의 뒤틀린 팔을 간신히 볼 수 있었다. 팔뼈가

3장 피 흘리는 태양의 아이들

강력한 일격으로 부러졌다. 팔에서 피가 흐르고 있었다.

'아니야. 이걸로 충분해.' 켈시어는 생각했다.

그는 드무의 무기를 풀어주었다. 드무는 칼을 내리고 빌그를 뚫어지게 내려다보다가, 양손을 올리고 경이감이 깃든 눈길로 쳐다보았다. 그의 팔이 살짝 떨리고 있었다.

켈시어가 일어났고, 군중은 다시 한 번 조용해졌다.

"여러분은 내가 여러분을 준비도 없이 로드 룰러에게 보낼 거라고 생각합니까?" 켈시어는 커다란 목소리로 날카롭게 물었다. "내가 그냥 여러분을 죽으라고 보낼 거라고 생각합니까? 여러분은 옳은 것을 위해 싸웁니다, 여러분! 여러분은 나를 위해 싸웁니다. 여러분이 '마지막 제국'의 병사들과 싸울 때 여러분에게 도움을 주지 않고 놔두지는 않을 것입니다."

켈시어는 손에 쥔 작은 금속 막대기를 공중으로 찌르듯이 쳐들었다.

"여러분은 이것에 대해 들어보았을 것입니다, 안 그렇습니까? 여러분은 '열한 번째 금속'의 소문을 압니까? 자, 내게 그것이 있습니다. 그리고 나는 이걸 사용할 겁니다. 로드 룰러는 죽을 것입니다!"

사람들이 환호하기 시작했다.

"우리의 도구는 이것만이 아닙니다!" 켈시어가 소리쳤다. "여러분 군인들은 여러분 내부에 엄청난 힘을 갖고 있습니다! 여러분은 로드 룰러가 사용하는 신비로운 마법에 대해 들어보았습니까? 자, 우리에게도 그런 마법이 있습니다! 마음껏 먹읍시다, 나의 전사들이여. 그리고 다가올 전투를 두려워하지 맙시다. 전투를 기대합시다!"

방에서 환호가 폭발하며 분출됐고, 켈시어는 손을 흔들어 맥주를 더 나눠주라고 신호했다. 하인 두어 명이 앞으로 달려 나와 빌그가 방에서 나가도록 도왔다.

켈시어가 앉았을 때, 햄은 얼굴을 심하게 찡그린 채였다.

"난 이런 거 마음에 들지 않아, 켈." 그가 말했다.

"알아." 켈시어가 조용히 말했다.

햄이 뭔가를 더 말하려는데, 갑자기 예덴이 그를 밀어젖히고 몸을 숙였다.

"놀라웠어! 난…… 켈시어, 난 몰랐어! 다른 사람에게 자네 힘을 전해줄 수 있다는 걸 나한테 말했어야지. 자, 이 힘이 있는데 우리가 어떻게 질 수가 있겠어?"

햄이 한 손을 예덴의 어깨에 얹어 그를 도로 자기 자리로 밀어냈다.

"먹어." 그는 명령했다. 그런 다음 켈시어를 보다가 그는 의자를 더 가까이 끌어당기고 낮은 목소리로 말했다.

"넌 방금 내 군대 전체에 거짓말을 했어, 켈."

"아니야, 햄." 켈시어는 조용히 말했다. "나는 '내' 군대에 거짓말을 했어."

햄은 말문이 막혔다. 그의 얼굴이 어두워졌다.

켈시어는 한숨을 쉬었다.

"일부분만 거짓일 뿐이야. 그들은 전사가 될 필요가 없어. 그들은 우리가 아티움을 손에 넣을 때까지만 위협적으로 보이면 될 뿐이야. 아티움이 있으면 우리는 주둔군에게 뇌물을 먹일 수 있고, 우리 부하들은 싸울 필요도 없을 거야. 내가 그들에게 한 약속과 사실상 같은 거야."

햄은 대답하지 않았다.

"떠나기 전에 자네가 몇십 명을 골라주면 좋겠어. 가장 믿을 만하고 헌신적인 병사들로." 켈시어가 말했다. "군대가 어디 있는지 폭로하지 않겠다는 맹세를 시킨 다음 그들을 루서델로 보낼 거야. 그리고 오늘 저녁의 일을 스카들에게 퍼뜨리게 할 거야."

"그럼 이건, 네 자의식 때문인 거야?" 햄이 쏘아붙였다.

켈시어가 고개를 저었다.

"때때로 우리는 불쾌한 일을 해야 할 때가 있어, 햄. 내 자의식은 상당히 클지 모르지만 이건 완전히 다른 일이야."

햄은 잠시 앉아 있다가 다시 식사를 시작하는 듯했다. 그러나 그는 먹지 않았다. 그냥 앉아서 높은 테이블 앞의 땅을 적신 피만 바라보고 있었다.

'아, 햄. 모든 걸 자네에게 설명할 수 있다면 좋겠어.' 켈시어가 생각했다.

음모 뒤의 음모, 계획 너머의 계획.

언제나 또 다른 비밀이 있었다.

22

처음에는 '디프니스'가 심각한 위험이 아니라고, 적어도 자기들에게는 아니라고 생각하는 사람들이 있었다. 그러나 '디프니스'는 병충해를 가져왔고, 나는 그 병충해가 거의 모든 땅을 감염시키는 것을 보았다. 그 앞에서 군대는 소용없다. 그 힘 앞에서 대도시들은 쓰러진다. 수확량은 떨어지고, 땅은 죽는다.

나는 이런 것과 싸운다. 내가 이겨야 하는 괴물은 이런 것이다. 내가 너무 오래 걸릴까 봐 두렵다. 이미 파괴된 부분이 너무 많아서 인류가 생존할 수 있을까 두렵다.

많은 학자들의 예언대로, 이것이 진정 세계의 종말일까?

우리는 이번 주에 테리스에 도착했고 그곳의 전원은 아름다웠다는 것을 말해두어야겠다. 이 풍요로운 녹색 땅 위에, 북쪽의 거대한 산맥이 대머리 같은 산 정상의 눈과 숲으로 뒤덮인 지층을 보여주며 이곳을 지켜보는 신들처럼 서 있다. 내가 있던 남쪽 땅은 대체로 평평하다. 그곳에도 산이 몇 개 있어 지형에 변화를 준다면 덜 따분해 보일 거라고 생각한다.

이곳 사람들은 대부분 목동이다. 벌목꾼과 농민들도 드물지는 않지만, 일단은 목축지다. 이렇게 두드러지게 농사를 주업으로 삼고 있는 장소가, 지금 전 세계가 의지하고 있는 예언과 신학을 생산해낼 수 있었다는 것이 이상하게 느껴진다.

우리는 힘든 산길을 안내해줄 테리스 짐꾼 한 무리를 뽑았다. 그렇지만 이들은 보통 사람들이 아니다. 그 이야기는 사실인 것 같다. 어떤 테리스인들은 아주 흥미롭고 놀라운 능력을 지니고 있다.

어떻게 하는지는 몰라도, 그들은 다음 날 쓸 힘을 저장해둘 수 있다. 밤에 자기 전 그들은 한 시간 동안 침낭 속에 누워 있다. 그 시간 동안 그들은 갑자기 매우 약해진 것처럼 보인다. 거의 반세기의 나이를 먹은 것 같다. 그러나 다음 날 아침 깨어날 때면 그들은 튼튼한 근육질의 몸이 된다. 보아하니 그들의 힘은 그들이 언제나 차고 있는 금속 팔찌와 귀걸이와 관련이 있는 것 같다.

짐꾼들의 지도자는 라셰크라고 하고, 좀 과묵한 편이다. 그러나 언제나 호기심이 많은 브래치스는 힘을 저축하는 이런 놀라운 일이 어떻게 가능한지 알고 싶다는 희망에서 그에게 이것저것 캐물어보겠다고 약속했다.

내일 우리는 순례 여행의 마지막 단계를 시작한다. '테리스의 먼 산들'로 가는 것이다. 거기서 평화를 발견할 수 있다면 좋겠다. 나 자신과, 우리의 가엾은 대지 양쪽 모두의 평화를.

그 일기장을 읽으면서 빈은 재빨리 몇 가지 결론을 내리고 있었다. 첫 번째 결론은 자기는 읽기를 좋아하지 않는다는 굳은 믿음이 틀리지 않았다는 것이다. 세이즈드는 그녀의 불평에 귀를 기울이지 않았다. 그는 빈이 충분히 연습하지 않았다고만 주장했다. 그는 읽기가 단검을 다루거나 알로맨시를 사용하는 것만큼 실용적인 기술이 아니라는 것을 전혀 알지 못한단 말인가?

그렇지만 그녀는 그의 명령대로 계속 읽었다. 자기가 할 수 있다는 것을 고집스럽게 증명하기 위해서일 뿐일지라도. 일기책에 나오는 많은 단어들이 그녀에게는 어려웠고, 그녀는 르노 저택에서 소리 내어 읽을 수 있는 외딴 구석을 찾아 그것을 읽으며 로드 룰러의 이상한 문체를 해독해야 했다.

계속 읽으면서 그녀는 두 번째 결론을 내렸다. 로드 룰러는 어떤 신보다도 훨씬 더 불평이 많다. 일기책은, 로드 룰러의 여행에 대한 지루한 메모들로 채워져 있지 않을 때면 그의 마음속 숙고와 긴 도덕적 횡설수설로 빽빽하게 채워져 있었다. 빈은 애초에 그 책을 발견하지 않았으면 좋았을걸 하고 바라기 시작했다.

그녀는 한숨을 쉬며 고리버들 의자에 도로 앉았다. 서늘한 초봄 바람이 낮은 정원을 통과해 불어와 그녀 왼쪽의 작은 분수 개울을 지나갔다. 공기는 쾌적할 정도로 촉촉했고, 머리 위 나무들은 오후의 태양을 막을 그늘을 드리워주었다. 귀족 노릇은—비록 가짜 귀족일지라도—확실히 특권을 갖고 있었다.

등 뒤에서 조용한 발소리가 났다. 멀리 떨어진 곳에서 나는 소리였지만, 빈은 언제나 주석을 약간 태우는 버릇을 들였다. 그녀는 어깨 뒤를 슬쩍 돌아보았다.

"스푸크?" 어린 레스티번스가 정원 길을 걸어 내려오는 것을 보고 그녀는 놀라서 말했다. "너 여기서 뭐 하고 있어?"

스푸크는 얼어붙은 채 얼굴을 붉혔다.

"독스와 함께 왔고 머물지는 않아."

"독슨? 그도 여기 왔어?" 빈이 말했다.

'그는 켈시어의 소식을 갖고 있을 거야.'

스푸크는 고개를 끄덕이며 다가왔다.

"무기는 가지러 왔고, 당분간 있을 시간은 주고."

빈은 멈칫했다.

"무슨 말인지 모르겠어."

"우리는 무기를 내려놓아야 해." 스푸크가 사투리를 쓰지 않고 말하려고 애썼다. "여기다 당분간 저장해두는 거야."

"아." 빈은 일어나서 그녀의 드레스를 털었다. "가서 그를 봐야겠어."

스푸크는 갑자기 불안해하는 듯이 보였고 또다시 얼굴을 붉혔다. 빈은 고개를 똑바로 세웠다.

"뭐 다른 일 있니?"

느닷없이 스푸크는 조끼 안에 손을 넣어 뭔가를 꺼냈다. 빈은 반사적으로 백랍을 폭발시켰지만, 그의 손에 들린 물건은 분홍색과 흰색의 손수건이었다. 스푸크는 그것을 냅다 그녀의 손에 쥐여주었다.

빈은 머뭇거리다가 그것을 받았다.

"이건 왜?"

스푸크는 다시 얼굴이 빨개지더니, 돌아서서 쏜살같이 달아나버렸다.

빈은 말문이 막힌 채 그가 가는 것을 지켜보았다. 그녀는 손수건을 내려다보았다. 부드러운 레이스로 만들어져 있었지만 특이한 점은 없어 보였다.

'쟤도 참 이상한 아이야'라고 생각하며 그녀는 손수건을 소매 속에 넣어두었다. 그녀는 일기책을 집어 들고 정원 길을 걸어 올라가기 시작했다. 이제는 드레스를 입는 데 익숙해져서 밑단이 덤불이나 돌에 쓸릴까 봐 신경쓰지 않아도 되었다.

'이건 그 자체로 가치 있는 기술이라고 생각해.' 드레스에 나뭇가지 하나 걸리지 않은 채 저택의 정원 입구에 닿자 빈은 생각했다. 그녀는 창이 많은 유리문을 밀어 열고 들어가 처음 만난 하인을 불러 세웠다.

"마스터 델턴이 도착하셨어?" 그녀가 독슨의 가짜 이름을 써서 물었다. 그는 루서델 안에서 르노가 잡은 상업적인 연줄 노릇을 하고 있었다.

"네, 마이 레이디. 로드 르노와 회의하고 계세요." 하인이 말했다.

빈은 하인을 보냈다. 그녀라면 회의장에 밀고 들어갈 수 있을 테지만, 그럴 필요는 없어 보였다. 레이디 발레트는 르노와 델턴의 상업적인 모임에 참석할 이유가 없었다.

빈은 생각에 잠겨 아랫입술을 씹었다. 세이즈드는 언제나 보이는 모습에 신경 써야 한다고 말했다.

'좋아. 난 기다리겠어. 그 이상한 애가 이 손수건으로 나한테 뭘 기대하는 지는 세이즈드가 말해줄 수 있을 거야.' 그녀는 생각했다.

그녀는 상냥하고 숙녀다운 미소를 유지하며 위쪽 서재로 갔다. 하지만 마음속으로는 르노와 독슨이 무슨 이야기를 하고 있을지 추측해보려 했다. 무기를 내려놓고 간다는 것은 구실이었다. 독슨은 그렇게 일상적인 일 때문에 직접 오지는 않았을 것이다. 아마 켈시어가 늦어지고 있나 보다. 아니면 독슨이 드디어 마쉬에게 연락을 받았는지도 모른다. 다른 오블리게이터 신참들과 함께 있는 켈시어의 형은 곧 루서델에 도착할 것이다.

'독슨과 르노가 나를 부르러 사람을 보낼 수도 있었을 텐데.' 그녀는 짜증을 내며 생각했다. 발레트는 자주 삼촌과 함께 손님들을 접대했다.

그녀는 고개를 저었다. 켈시어는 그녀를 패거리의 완전한 일원으로 대우했지만, 다른 사람들은 분명 그녀를 아직 아이로 대하고 있었다. 그들은 다정했고 그녀를 잘 받아주었다. 그러나 그녀를 그들 사이에 끼워줄 생각은 하지 않았다. 의도적으로 그러는 것은 아니겠지만 그렇다고 해서 좌절감이 덜하지는 않았다.

앞쪽 서재에서 빛이 비쳤다. 세이즈드가 안에 앉아 일기책의 마지막 페이지를 번역하고 있는 것 같았다. 빈이 들어가자 그는 고개를 들어 보았고, 미소를 지으며 공손하게 고개를 끄덕였다.

'이번에는 안경을 안 썼네.' 빈은 생각했다. '왜 얼마 전에는 안경을 썼던 거지? 오래전도 아닌데.'

"미스트리스 빈." 그가 일어나서 그녀에게로 의자를 가져오며 말했다. "일기책 공부는 어떻게 되어가고 있습니까?"

빈은 손에 든 느슨하게 장정이 된 책을 내려다보았다.

"좋다고 생각해요. 하지만 왜 내가 이걸 읽느라 이렇게 고생해야 하는지 모르겠어요. 켈과 브리즈에게도 책을 줬지요, 아닌가요?"

"물론 드렸죠." 세이즈드가 의자를 자기 책상 옆에 놓으면서 말했다. "하지만 마스터 켈시어는 패거리의 모든 사람들에게 그 일기를 읽으라고 부탁하셨습니다. 그렇게 하신 게 옳다고 저는 생각합니다. 그 글을 읽는 눈이 더 많을수록 그 안에 숨겨져 있는 비밀을 찾아낼 가능성이 더 커지기 때문입니다."

빈은 살짝 한숨을 쉬고, 드레스를 바로 펴고 앉았다. 하얀색과 파란색이 섞인 드레스는 아름다웠다. 일상복인데도 그녀의 무도회 드레스보다 사치스러움의 면에서 뒤떨어지지 않았다.

"이건 인정하셔야 합니다, 미스트리스." 세이즈드가 앉으면서 말했다. "이 글은 놀랍습니다. 이 작품은 키퍼의 꿈과 같은 것입니다. 저는 제가 알지도 못했던 저의 문화들을 발견하고 있습니다!"

빈은 고개를 끄덕였다.

"난 그들이 테리스에 도착하는 부분까지 읽었어요."

'그다음 부분에는 보급품 이름이 더 적게 적혀 있었으면 좋겠어. 솔직히, 어둠의 사악한 신치고 그는 확실히 지루해.'

"예, 예." 세이즈드가 그답지 않게 열정적으로 말했다. "그가 테리스를 '풍요로운 녹색 땅'으로 묘사한 걸 보셨습니까? 키퍼 전설들도 그 이야기를 합니다. 테리스는 지금은 얼어붙은 동토(凍土)입니다. 어떤 식물도 거기서 살아남을 수 없습니다. 그러나 한때 그곳은 녹색이고 아름다웠습니다. 그 글에서 말하는 것처럼요."

'녹색이고 아름답다니.' 빈은 생각했다. '왜 녹색이 아름다울까? 파란색이나 자줏빛 식물처럼 이상하기만 할 것 같은데.'

그러나 일기책에는 그녀의 호기심을 자극하는 뭔가가 있었다. 세이즈드와 켈시어 둘 다 이상할 정도로 입을 열지 않는 무엇인가.

"방금 로드 룰러가 몇 명의 테리스 짐꾼을 얻는 부분을 읽었어요." 빈은 조심스럽게 말했다. "그는 그들이 밤 동안 약해져 있기 때문에 낮 동안 강해진다고 이야기했어요."

세이즈드의 기분이 갑자기 더 가라앉는 것 같았다.

"예, 그렇지요."

"거기에 대해 뭔가 아나요? 그건 키퍼와 관계가 있나요?"

"그렇습니다." 세이즈드가 말했다. "그러나 그건 비밀로 남아 있어야 한다고 생각합니다. 미스트리스 빈, 당신을 신뢰하지 못해서가 아닙니다. 하지만 키퍼에 대해 아는 사람이 적을수록 우리에 대한 소문도 더 적게 날 것입니다. 로드 룰러가 우리를 완전히 멸족시켰다고 생각하는 게 가장 이상적이겠죠. 지난 천 년 동안 그의 목표가 그랬듯이요."

빈은 어깨를 으쓱했다.

"좋아요. 켈시어가 우리에게 원하는, 이 글에서 찾아내기를 바라는 비밀 중 하나라도 테리스인의 힘과 연관되어 있지 않았으면 좋겠네요. 만약 연관돼 있다면 난 그걸 못 보고 완전히 놓쳐버릴 테니까요."

세이즈드는 말이 없었다.

"아, 좋아요." 빈은 아직 읽지 않은 부분을 가볍게 훑으면서 무심하게 말했다. "그는 테리스인 이야기를 하는 데 많은 시간을 보낸 것 같아요. 나는 켈시어가 돌아와도 별로 조언을 못 해줄 것 같네요."

"좋은 지적을 하셨습니다. 약간 연극적이긴 했지만요." 세이즈드가 천천히 말했다.

빈은 당돌하게 미소 지었다.

"좋습니다." 세이즈드가 한숨을 쉬며 말했다. "제 생각엔 당신이 마스터 브리즈와 그렇게 많은 시간을 보내게 놔두지 말았어야 했습니다."

"그 일기장에 나오는 사람들, 그들은 키퍼들인가요?" 빈이 말했다.

세이즈드는 고개를 끄덕였다.

"우리가 지금 키퍼라고 부르는 존재는 그때는 훨씬 더 흔했습니다. 아마당시의 그들 숫자는 현대 귀족 가운데 미스팅이 차지하는 비율보다도 컸을 겁니다. 우리의 기술은 '페루케미'라 불리고, 물리적인 속성을 금속 조각 안에 저장할 수 있는 능력을 준답니다."

빈은 얼굴을 찌푸렸다.

"당신도 금속을 태우나요?"

"아뇨, 미스트리스." 세이즈드는 고개를 흔들며 말했다. "페루케미스트들은 알로맨서와 다릅니다. 우리는 금속을 '태워'버리지 않습니다. 저장 장소로 쓰지요. 크기와 합금에 따라 다르지만 금속 조각은 각각 특정한 물리적 성질을 저장할 수 있습니다. 페루케미스트는 속성을 모아두고 그 저장량을 나중에 이용합니다."

"속성? 힘 같은 건가요?" 빈이 물었다.

세이즈드가 고개를 끄덕였다.

"글에서는, 테리스 짐꾼들이 저녁 시간 동안 약해져 있다고 했죠. 다음 날 쓰기 위해 팔찌에 힘을 저장해두면서요."

빈은 세이즈드의 얼굴을 살펴보았다.

"그래서 그렇게 귀걸이를 많이 하고 있는 거군요!"

"예, 미스트리스." 그가 손을 뻗어 소매를 걷어 올리며 말했다. 로브 아래 위팔 주위에 두꺼운 철 팔찌가 끼워져 있었다. "저는 제 저장고 중에 어떤 것들은 숨겨둡니다. 하지만 팔찌와 귀걸이, 다른 보석 장신구를 많이 차는 것은 언제나 테리스 문화의 일부였습니다. 한번은 로드 룰러가 테리스인들이 어떤 금속도 만지거나 소유하지 못하도록 금지하려고 한 적이 있었지요. 사실, 그는 금속을 차는 것을 스카가 아닌 귀족의 특권으로 만들려고 했습니다."

빈은 얼굴을 찌푸렸다.

"그거 이상하네요. 사람들 생각에는 귀족들이 알로맨시에 취약해지기 때문에 금속을 차고 싶어 하지 않을 것 같은데."

"그렇습니다." 세이즈드가 말했다. "그러나 의상을 금속으로 강조하는 것

3장 피 흘리는 태양의 아이들

은 오랫동안 제국의 유행이었습니다. 제 생각에는 그 유행이 테리스인에게서 금속을 만질 권리를 박탈하려는 로드 룰러의 의도 때문에 시작된 것 같습니다. 그는 직접 금속 반지와 팔찌를 끼기 시작했고, 귀족들은 언제나 그를 따라 유행을 만들었습니다. 요즘은 가장 부유한 사람들이 힘과 자부심의 상징으로 금속을 자주 차지요."

"바보 같은데요." 빈이 말했다.

"유행이란 게 그런 일이 많답니다, 미스트리스." 세이즈드가 말했다. "그렇지만 그 계책은 실패했습니다. 금속처럼 보이게 색칠한 나무만 찬 귀족들도 많았고, 테리스인들은 결국 테리스인이 금속을 만지지 못하게 만들려는 로드 룰러의 결심을 느즈러지게 하는 데 성공했지요. 관리인들에게 금속을 다루는 일을 금지시킨다는 건 너무나 비실용적이었습니다. 그러나 그것은 로드 룰러가 키퍼들을 멸족시키려는 시도를 막지 못했습니다."

"그는 당신들을 두려워하는군요."

"그리고 미워합니다. 페루케미스트뿐만 아니라 모든 테리스인을." 세이즈드는 아직 번역되지 않은 부분에 한 손을 얹었다. "그 비밀도 역시 여기서 찾을 수 있으면 좋겠습니다. 왜 로드 룰러가 테리스 사람들을 박해하는지 아무도 기억하지 못합니다. 그러나 저는 그것이 그 짐꾼들과 뭔가 관계가 있지 않을까 의심스럽습니다. 짐꾼들의 지도자인 라셰크는 로드 룰러와는 매우 대조적인 사람인 것 같습니다. 로드 룰러는 이야기 속에서 그에 대해 자주 말합니다."

"그는 종교 이야기를 해요. 테리스 종교요. 예언에 대해 뭔가 아나요?" 빈이 말했다.

세이즈드는 고개를 저었다.

"그 질문에 대답을 드릴 수 없습니다, 미스트리스. 왜냐하면 저는 테리스 종교에 대해 당신보다 더 아는 것이 없기 때문입니다."

"하지만 당신은 종교들을 모으잖아요. 그런데 당신 자신의 종교를 몰라요?" 빈이 말했다.

"그렇습니다." 세이즈드가 침통하게 말했다. "아시겠습니까, 미스트리스? 이것이 키퍼들이 생겨난 이유입니다. 몇 세기 전에, 우리 민족은 얼마 되지 않는 마지막 테리스 페루케미스트들을 숨겼습니다. 로드 룰러의 테리스 민족 숙청은 아주 폭력적으로 변해가고 있었습니다. 그가 사육 프로그램을 시작하기 전이었습니다. 그때 우리는 관리인이나 하인이 아니었습니다. 심지어 스카도 아니었습니다. 우리는 파괴되어야 할 존재들이었습니다.

그렇지만 우리를 완전히 말살하지 못하도록 뭔가가 로드 룰러를 막았습니다. 왜인지는 모르겠습니다. 어쩌면 그가 종족 학살은 너무 친절한 벌이라고 생각했는지도 모르지요. 아무튼 그는 자신이 통치하기 시작한 처음 두 세기 동안 우리의 종교를 성공적으로 파괴했습니다. 그다음 세기 동안 키퍼들의 조직이 형성되었습니다. 조직의 일원들은 사라져가는 것들을 발견하고 미래를 위해 그것들을 기억하는 데 열중했습니다."

"페루케미로요?"

세이즈드는 고개를 끄덕이며 손가락으로 오른쪽 팔에 찬 팔찌를 문질렀다.

"이건 구리로 만들어졌습니다. 기억과 생각을 저장할 수 있지요. 키퍼들마다 지식으로 채워진 이런 팔찌를 몇 개씩 갖고 다닙니다. 노래, 이야기, 기도, 역사, 언어. 많은 키퍼들은 특별한 관심 분야가 있습니다. 제 분야는 종교지요. 그러나 우리는 수집된 것을 모두 기억합니다. 우리 중 한 명이라도 로드 룰러가 죽을 때까지 살아남는다면, 세상 사람들은 자기들이 잃었던 모든 것을 다시 찾을 수 있게 될 겁니다."

그는 말을 멈추고 소매를 내렸다.

"음, 잃어버린 모든 것까지는 아니더라도요. 아직 우리가 갖지 못한 것들이 있습니다."

"당신 자신의 종교. 그건 전혀 찾지 못했군요, 그렇죠?" 빈이 조용히 말했다.

세이즈드가 고개를 끄덕였다.

"로드 룰러는 이 일기책에서 자기를 '승천의 우물'로 안내했던 것이 바로 우리의 예언자들이라고 시사합니다. 그러나 이것조차 우리에게는 새로운 정보입니다. 우리는 무엇을 믿었을까요? 무엇을, 아니면 누구를 숭배했을 까요? 이 테리스 예언자들은 어디서 왔고, 어떻게 미래를 예지했을까요?"

"미안…… 해요."

"우리는 계속 찾아보고 있습니다, 미스트리스. 우리는 결국 대답을 찾을 거라고 생각합니다. 찾지 못한다고 해도 우리는 여전히 인류에게 매우 귀중 한 봉사를 할 것입니다. 다른 민족들은 우리가 온순하고 굽실거린다고 하지 만, 우린 그와 싸우고 있습니다. 우리 나름의 방식으로요."

빈은 고개를 끄덕였다.

"그러면 당신은 다른 어떤 것들을 저장할 수 있지요? 힘과 기억, 또 다른 건요?"

세이즈드는 그녀를 바라보았다.

"이미 제가 너무 많이 말한 것 같습니다. 이제 당신은 우리가 하는 일의 구조를 아셨습니다. 로드 룰러가 이런 것들을 자기 글에서 언급한다면 헷갈 리지 않으실 겁니다."

"시력이군요." 빈은 활기를 띠며 말했다. "그래서 나를 구출하고 나서 몇 주 동안 안경을 쓰고 있었군요. 나를 구해준 그날 밤 당신은 더 잘 보아야 할 필요가 있었어요. 그래서 시력 저장분을 다 써버렸어요. 그다음에는 몇 주 동안 약한 시력으로 지내면서 다시 그 힘을 채웠지요."

세이즈드는 그 말에 대답하지 않았다. 그는 펜을 집고 자기가 하던 번역 작업으로 다시 돌아가려는 것 같았다.

"다른 말씀이 있으십니까, 미스트리스?"

"네, 사실은요." 빈이 손수건을 소매 속에서 꺼내면서 말했다. "이게 뭔지 아세요?"

"손수건으로 보입니다만, 미스트리스."

빈은 우스꽝스럽게 한쪽 눈썹을 치올렸다.

"아주 웃기네요. 당신은 켈시어 근처에 너무 오래 있었나 봐요, 세이즈드."

"압니다." 그는 조용히 한숨을 쉬며 말했다. "저도 그가 절 타락시켰다고 생각합니다. 그렇지만 당신 질문은 이해하지 못하겠습니다. 이 손수건에 뭔가 독특한 점이 있는 겁니까?"

"내가 알고 싶은 게 그거예요." 빈이 말했다. "스푸크가 조금 전 그걸 내게 줬어요."

"아, 그러면 그건 말이 되는군요."

"뭐가요?" 빈이 날카롭게 물었다.

"미스트리스, 귀족 사회에서 손수건은 젊은 남자가 진지하게 구혼하고 싶은 숙녀에게 주는 전통적인 선물입니다."

빈은 충격에 빠져 말문이 막힌 채 손수건을 바라보았다.

"뭐라고요? 그 애가 미쳤나?"

"그 나이 때 젊은 남자들은 대부분 좀 미쳐 있다고는 생각합니다." 세이즈드가 미소를 지으며 말했다. "하지만 이건 전혀 예상치 못한 일이군요. 당신이 방에 들어갈 때 그가 당신을 어떻게 바라보는지 알아차린 적이 있습니까?"

"그냥 걔가 이상하다고 생각했어요. 걔는 무슨 생각을 하고 있는 거예요? 나보다 훨씬 어리잖아요."

"그 소년은 열다섯 살입니다, 미스트리스. 아가씨보다 한 살밖에 어리지 않습니다."

"두 살이죠." 빈이 말했다. "난 지난주에 열일곱이 되었어요."

"아무튼 그는 당신보다 그렇게 많이 어리지 않습니다."

빈은 눈을 굴렸다.

"나는 그 애의 관심을 받아줄 시간이 없어요."

3장 피 홀리는 태양의 아이들

"어떤 사람은 당신이 그런 기회를 가질 수 있어 고마울 거라고 생각할 겁니다, 미스트리스. 모든 사람이 그렇게 운이 좋은 건 아닙니다."

빈은 말문이 막혔다.

'그는 거세당했어, 이 바보야.'

"세이즈드, 미안해요. 난……."

세이즈드는 한 손을 저었다.

"저는 그에 대해 아쉬워할 만큼 충분히 알지도 못합니다, 미스트리스. 아마 제 쪽이 행운일 겁니다. 암흑가의 삶은 가족을 이루고 살기 쉽지 않습니다. 예를 들면, 가엾은 마스터 해먼드는 몇 달 동안 아내분과 떨어져 있습니다."

"햄이 결혼했어요?"

"물론이죠." 세이즈드가 말했다. "마스터 예덴도 그렇다고 들었습니다. 그들은 가족들을 암흑가 활동에서 격리시켜서 보호합니다. 그러나 그러려면 긴 시간을 떨어져서 보내야 합니다."

"또 누가 있어요? 브리즈? 독슨?" 빈이 물었다.

"마스터 브리즈는 가족을 이루기에는 너무…… 자율적이시죠. 제가 알기로는 마스터 독슨은 자신의 애정 생활에 대해 말한 적이 없습니다. 하지만 그의 과거에는 뭔가 고통스러운 일이 있었을 겁니다. 예측하실 수 있겠지만, 농장 스카에게는 드물지 않은 일이죠."

"독슨이 농장 출신이에요?" 빈이 놀라서 물었다.

"물론입니다. 당신은 친구들과 이야기를 하면서 시간을 보내지 않으십니까, 미스트리스?"

'친구들. 내게 친구들이 있다니.' 그것은 이상한 깨달음이었다.

"아무튼 저는 제 일을 계속해야겠습니다." 세이즈드가 말했다. "너무 내쫓는 것 같아 죄송합니다만, 번역이 거의 끝나가기 때문에……."

"물론이죠." 빈은 일어서서 드레스의 주름을 폈다. "고마워요."

독슨은 손님용 서재에 앉아 책상 위에 깔끔하게 정리된 서류 한 무더기를 두고 종이 위에 조용히 뭔가를 쓰고 있었다. 그는 표준적인 귀족 정복을 입었고, 그 옷을 입으면 언제나 다른 사람들이 그 옷을 입었을 때보다 더 편안해 보였다. 켈시어는 멋있고, 브리즈는 티 한 점 없이 깔끔하면서 사치스러워 보였지만, 독슨은…… 그는 그 옷을 입었을 때 그냥 자연스러워 보일 뿐이었다.

빈이 들어오자 그가 쳐다보았다.

"빈? 미안. 널 부르러 사람을 보냈어야 했는데. 왠지 몰라도 네가 나갔을 거라고 생각했어."

"난 요즘 자주 나가요." 그녀가 문을 닫으면서 말했다. "오늘은 집에 머물러 있었어요. 점심 식사에 대해 수다를 떠는 귀족 여성들 얘기에 귀를 기울이면 짜증이 날 것 같아서요."

"상상이 된다." 독슨이 미소 지으며 말했다. "앉으렴."

빈은 고개를 끄덕이고 한가로이 방으로 걸어 들어갔다. 방은 조용했고, 따뜻한 색깔과 짙은 나무로 장식되어 있었다. 바깥은 여전히 좀 밝았지만, 독슨은 이미 저녁 커튼을 쳐놓고 촛불 빛으로 일하고 있었다.

"켈시어에게서 무슨 소식 있나요?" 빈은 앉으면서 물었다.

"아니." 독슨이 서류를 옆으로 밀어놓으면서 말했다. "하지만 예상 못 한 일도 아니야. 그는 동굴에 오래 머물지 않을 테니 전령을 보내는 것도 좀 우습지. 그는 알로맨서니까 말을 탄 사람보다 일찍 돌아올 수도 있는걸. 어느 쪽이든 그는 며칠 늦을 것 같아. 켈은 늘 그렇잖아."

빈은 고개를 끄덕인 후 잠시 조용히 앉아 있었다. 그녀는 켈시어와 세이즈드와 함께 보낸 만큼 독슨과 시간을 보낸 적이 없었다. 심지어 햄과 브리즈와 보낸 만큼도 같이한 적이 없었다. 하지만 그는 친절한 사람처럼 보였다. 매우 안정적이고 영리했다. 다른 사람들이 대부분 어떤 종류의 알로맨

3장 피 흘리는 태양의 아이들

시 힘으로 패거리에 공헌하고 있는 반면, 독슨은 그의 조직력만으로도 가치가 있었다.

빈의 드레스같이 뭔가를 구입해야 할 필요가 있으면 독슨은 그 물건이 준비되게끔 배려했다. 건물을 빌려야 할 필요가 있거나, 비품을 마련하거나, 허가증을 획득할 때 독슨은 그 일을 해냈다. 그는 앞에 나서지도 않았고, 사기를 치는 귀족도 아니었고, 안개 속에서 싸우거나 군인들을 모집하지도 않았다. 그러나 그가 없다면 패거리 전부가 뿔뿔이 흩어지지 않을까 하고 빈은 생각했다.

'그는 좋은 사람이니까, 내가 물어도 화내지 않을 거야.' 그녀는 속으로 자신에게 말했다.

"독스, 농장에서 사는 건 어땠어요?"

"음? 농장?"

빈은 고개를 끄덕였다.

"당신은 농장에서 자랐잖아요, 맞죠? 농장 스카지요?"

"그래." 독슨이 말했다. "아니면 적어도 농장 스카였지. 그게 어땠냐고? 어떻게 대답해야 할지 모르겠어, 빈. 그건 힘든 생활이야. 하지만 스카들은 대부분 힘든 생활을 해. 나는 농장을 떠날 수 없었어. 허락받지 못하면 스카 우리 공동체 밖으로 나가지도 못했어. 우린 거리의 스카들보다는 규칙적으로 먹어. 하지만 우린 방앗간 노동자만큼이나 힘들게 일했어. 어쩌면 그것보다 더.

농장은 도시와는 달라. 거기선 모든 영주가 절대적인 주인 노릇을 해. 엄밀히 따지면 로드 룰러가 스카를 소유하고, 귀족들은 그들을 빌리고 원하는 만큼 죽여도 된다는 허락을 받지. 영주들은 자기 수확물을 거둬들이는 것만 확인하면 돼."

"당신은 그 이야기를 아주…… 침착하게 하는 것 같아요." 빈이 말했다.

독슨은 어깨를 으쓱했다.

"난 거기 산 지 꽤 됐어, 빈. 난 농장 생활이 내게 굉장히 큰 상처가 됐는지 잘 모르겠어. 그건 그냥 생활이야. 우린 더 나은 삶을 몰랐어. 사실 지금은 농장 영주들 가운데 우리 영주가 꽤 관대한 편이었다는 걸 알지."

"그럼 왜 떠났어요?"

독슨은 잠시 말을 잇지 못했다.

"한 가지 사건 때문이었지." 그가 말했다. 그의 목소리가 아련해지는 것 같았다. "너도 법에서 영주는 자기 마음에 든 어떤 스카 여자와도 잘 수 있다는 걸 알지?"

빈은 고개를 끄덕였다.

"다 끝났을 때 그 여자를 죽이기만 하면 되죠."

"아니면 그 후 곧. 그 여자가 혼혈 아이를 낳을 수 없을 만큼 일찍 죽이기만 하면 되지." 독슨이 말했다.

"그럼, 영주가 당신이 사랑하던 여자를 데려갔군요?"

독슨은 고개를 끄덕였다.

"나는 그 이야기를 별로 하지 않아. 말을 할 수 없어서가 아니라, 말해봤자 무의미하다고 생각하기 때문이야. 영주의 육욕에, 심지어 영주의 무관심 때문에 사랑하는 사람을 잃은 스카가 나만도 아니고. 사실 자기가 사랑하는 사람이 귀족한테 죽임당한 경험이 없는 스카를 찾기가 오히려 힘들 거라고 나는 내기라도 걸 수 있어. 그건 그냥…… 그런 거야."

"그 여자는 누구였어요?" 빈이 물었다.

"농장 소녀였어. 내가 아까 말한 대로 내 이야기는 그렇게 별다른 건 아니야. 기억나는 건…… 그녀와 시간을 보내기 위해 밤에 우리 같은 집 사이를 살금살금 지나가던 일이야. 공동체 전체가 협조해서 우리를 작업 감독에게서 숨겨주었어. 알다시피 나는 어두워진 후에 밖에 나오면 안 됐어. 나는 그녀를 위해 처음으로 안개를 무릅쓰고 나왔고, 내가 밤에 밖에 나가는 게 바보짓이라고 생각하는 사람들이 많았지만 다른 사람들은 미신을 극복하고

3장 피 흘리는 태양의 아이들

날 격려해줬어. 로맨스가 그들을 고무시켰던 것 같아. 카레이엔과 나는 모든 사람에게 살아야 할 목적이 있다는 걸 상기시켜주었어.

카레이엔이 로드 데빈셰에게 끌려갔다가 다음 날 아침에 시체로 돌아왔을 때 뭔가가 그냥…… 스카 우리 안에서 죽어버렸어. 나는 그다음 날 저녁에 떠났어. 더 나은 삶이 있을지 없을지 알지 못했지만 거기 머물 수가 없었어. 카레이엔의 가족과 함께 그곳에 머물며, 로드 데빈셰가 우리가 일하는 것을 지켜보게 할 수는……."

독슨은 한숨을 쉬면서 고개를 저었다. 빈은 마침내 그의 얼굴에서 감정을 볼 수 있었다.

"그거 아니? 이따금 우리가 시도한다는 사실만으로도 나는 놀라워. 그들이 우리에게 저지른 모든 짓, 죽음, 고문, 고통을 생각하면 너는 우리가 희망이나 사랑 같은 걸 포기하리라고 생각할 거야. 그러나 우리는 그러지 않아. 스카는 여전히 사랑에 빠져. 여전히 가족을 가지려 하고, 여전히 싸워. 내 말은, 여기에 우리가 있다는 거야…… 켈의 정신 나간 작은 전쟁에 참전하고, 우리 모두를 학살해버릴 신에게 저항하면서."

빈은 그가 묘사한 공포를 이해하려고 애쓰면서 조용히 앉아 있었다.

"당신은…… 당신 영주는 친절했다고 말했던 것 같은데요."

"오, 그랬지." 독슨이 말했다. "로드 데빈셰는 자기 스카를 거의 때려죽이지 않았고, 인구 수가 통제를 완전히 벗어났을 때에만 노인들을 없앴어. 귀족들 사이에서 그의 평판은 흠잡을 데 없었지. 너도 그를 어느 무도회에서 보았을 수 있어. 농한기라 그는 최근에 루서델에서 겨울을 지냈거든."

빈은 한기를 느꼈다.

"독슨, 그건 끔찍해요! 어떻게 귀족들이 자기들 사이에 그런 괴물을 놔둘 수 있죠?"

독슨은 얼굴을 찌푸리더니 앞으로 약간 몸을 숙이고 책상 위에 팔을 올려놓았다.

"빈, 그들은 모두 그래."

"어떤 스카들이 그렇게 말하는 건 알아요, 독스." 빈이 말했다. "하지만 무도회에 오는 사람들, 그들은 그렇지 않아요. 난 그 사람들을 만나보고 그들과 함께 춤을 췄어요. 독스, 그들 중 많은 사람이 좋은 사람들이에요. 난 그들이 세상이 스카에게 얼마나 끔찍한지 잘 모른다고 생각해요."

독슨은 이상한 표정으로 그녀를 바라보았다.

"내가 진짜 너한테서 듣고 있는 말 맞지, 빈? 너는 왜 우리가 그들과 맞서 싸우고 있다고 생각하니? 그 사람들, 그자들 모두가 무슨 일을 할 수 있는지 깨닫지 못했니?"

"아마 잔인하게 굴겠죠. 무관심하고요." 빈이 말했다. "그러나 그들은 괴물이 아니에요. 모두 그렇지는 않아요. 당신의 전 농장 영주와는 달라요."

독슨은 고개를 저었다.

"넌 제대로 보지 못하고 있을 뿐이야, 빈. 귀족은 어느 날 스카 여자를 강간한 후 살해하고, 그다음 날 덕성이 높다고 칭송받을 수 있어. 스카는 그들에게 사람이 아닐 뿐이야. 귀족 여성들은 자기 영주가 스카 여자와 자는 걸 간통으로 생각하지도 않아."

"난……." 빈은 자신이 없어져서 말끝을 흐렸다. 이것은 그녀가 마주치기 싫었던 귀족 문화의 한 부분이었다. 구타라면 아마 용서할 수 있을 것이다. 하지만 이건…….

독슨은 고개를 저었다.

"넌 그들에게 속아 넘어가고 있어, 빈. 도시에는 사창가가 있기 때문에 이런 사건이 덜 보이지. 하지만 살인은 여전히 일어나. 어떤 매음굴은 아주 가난한 귀족 출신 여자들을 사용해. 그렇지만 대부분은 심문관의 심기를 거스르지 않기 위해 스카 창녀들을 주기적으로 죽여버려."

빈은 마음이 조금 약해지는 것을 느꼈다.

"난…… 그런 매음굴들을 알아요, 독스. 우리 오빠는 언제나 날 그런 데 팔아버리겠다고 위협했어요. 하지만 매음굴이 있다고 해서 모든 남자가 거기 가는 건 아니잖아요. 많은 노동자들은 스카 사창가에 가지 않잖아요."

"귀족들은 달라, 빈." 독슨은 단호하게 말했다. "그들은 끔찍한 괴물이야. 너는 켈시어가 그들을 죽일 때 왜 내가 반대하지 않는다고 생각하니? 왜 내가 그와 함께 그들의 정부를 타도하기 위해 일하고 있다고 생각하니? 너와 같이 춤추는 그 예쁘장한 사내애들에게 스카 여자와 얼마나 자주 자는지 물어봐야 할걸. 그들도 그 여자들이 얼마 후 살해된다는 걸 알아. 그들은 모두 그 짓을 했어. 이때가 됐건 저때가 됐건."

빈은 아래를 내려다보았다.

"그들은 구제할 수 없어, 빈." 독슨이 말했다. 그는 그 주제에 대해 켈시어만큼 열정적으로 말하는 것 같지 않았다. 그는 그냥…… 체념한 것 같아 보였다. "나는 그들이 모두 죽어야 켈이 행복해질 거라고 생각해. 우리가 거기까지 가야 하는지, 거기까지 갈 수는 있는 건지 잘 모르겠어. 하지만 나는, 나 자신은 그들의 세계가 무너지는 것을 보면 보통 행복한 정도가 아닐 거야."

빈은 조용히 앉아 있었다.

'그들이 모두 그럴 리 없어.' 그녀는 생각했다. '그렇게 아름답고, 그렇게 기품 있는 사람들이. 엘렌드는 절대 스카 여자를 데리고 잔 다음 죽이지 않았을 거야. ……아닌 걸까?'

23

나는 매일 밤 몇 시간밖에 자지 못한다. 우리는 매일 갈 수 있는 만큼 최대한 많이 여행하면서 앞으로 밀고 나가야 한다. 그러나 마침내 누웠을 때, 나는 잠이 달아나는 것을 깨닫는다. 낮 동안 나를 괴롭히던 생각은 고요한 밤에 더욱 악화될 뿐이다.

그리고 무엇보다도 내 잠을 물리치는 것은 위에서 들려오는 쿵쿵 소리, 산의 맥박 소리다. 한 박자 들려올 때마다 나를 더 가까이 끌어당기는 그 소리.

"사람들 말로는 게펜리 형제의 죽음이 로드 엔트론을 살해한 것에 대한 보복이었대요." 레이디 클리스가 조용히 말했다. 빈의 그룹 뒤편 무대에서는 연주자들이 음악을 연주하고 있었다. 그러나 시간이 늦었고, 춤을 추는 사람은 거의 없었다.

레이디 클리스의 파티 손님 동아리는 그 소식에 얼굴을 찌푸렸다. 그곳에는 빈과 빈의 짝을 포함해 여섯 명 정도가 있었다. 빈의 짝은 밀렌 데이븐플루라는 이름의, 소가문 작위의 젊은 상속자였다.

"클리스, 정말입니까?" 밀렌이 말했다. "게펜리 가문과 테키엘 가문은 동맹입니다. 왜 테키엘이 게펜리 귀족 두 사람을 암살하겠어요?"

"정말 왜 그랬을까요?" 클리스가 음모를 꾸미듯 앞으로 몸을 기울이며 말했다. 그 바람에 거대하게 쪽 찐 금발 머리가 약간 흔들렸다. 클리스는 한 번도 제대로 된 패션 감각을 보여준 적이 없었지만, 소문의 진원지로서는 훌륭했다.

"로드 엔트론이 테키엘의 정원에서 죽은 채 발견된 거 기억해요?" 클리스가 물었다. "테키엘 가문의 어느 적이 그를 죽인 게 분명해 보였죠. 하지만 게펜리 가문은 테키엘에게 동맹을 청하고 있었어요. 분명 그 가문 중에서 어느 분파가, 테키엘 가문에게 흥분할 일이 일어난다면 그들이 더 열심히 동맹을 찾으리라고 생각한 거예요."

"그럼 게펜리가 일부러 테키엘의 협력자를 죽였다는 말인가요?" 클리스의 데이트 상대인 르네가 물었다. 그는 생각에 잠겨 넓은 이마를 쥐어뜯었다.

3장 피 흘리는 태양의 아이들

클리스는 르네의 팔을 두드렸다.

"그 문제는 너무 걱정 말아요, 자기." 그녀는 그렇게 충고한 다음 도로 열성적인 대화에 빠져들었다. "모르겠어요? 로드 엔트론을 비밀리에 죽임으로써 게펜리는 자기들에게 필요한 동맹을 얻기를 바랐어요. 그러면 동쪽들판을 지나는 저 테키엘 운하 길에 접근할 수 있는 권리를 얻을 수 있겠지요."

"하지만 그건 역효과였어요." 밀렌이 생각에 잠겨 말했다. "테키엘은 그 계략을 발견하고 아더스와 칼린스를 죽였지요."

"지난 무도회에서 아더스와 두어 번 춤을 췄는데." 빈이 말했다.

'이제 그는 죽었어. 그의 시체는 스카 빈민가 외곽 거리에 누워 있어.'

"오, 그는 춤을 잘 췄나요?" 밀렌이 물었다.

빈은 어깨를 으쓱했다.

"그다지요."

'당신이 물어볼 건 그것밖에 없나요, 밀렌? 사람이 죽었는데, 내가 당신보다 그를 더 좋아했는지에만 관심이 있어요?'

"뭐, 이제 그는 벌레들과 춤을 추고 있겠군요." 그룹의 마지막 남자인 타이든이 말했다.

밀렌은 그 재담에 형식적인 웃음을 날려주었다. 그 말이 받기에는 과분한 대접이었다. 타이든이 유머를 시도하면 유감스러울 때가 많았다. 그는 댄스홀의 귀족들보다 카몬 패거리의 깡패들과 있으면 더 잘 어울릴 것 같은 부류의 사람이었다.

'물론 독스는 그들의 속을 보면 모두 그렇다고 말하지만.'

빈과 독슨의 대화는 여전히 그녀의 머릿속을 지배하고 있었다. 귀족들의 무도회에 갔던 첫날 밤, 그녀가 거의 살해당할 뻔했던 그 밤에 그녀는 모든 것이 얼마나 가짜 같은지에 대해 생각했었다. 처음의 그 인상을 어떻게 잊어버릴 수 있었을까? 어떻게 그들의 침착함과 화려함을 존경하기 시작하며 홀딱 속아 넘어갈 수가 있었을까?

이제는, 어떤 귀족이든 그녀의 허리에 팔을 두를 때마다 그녀는 움찔했다. 마치 그들의 마음속에 깃든 부패를 느낄 수 있는 것처럼. 밀렌은 얼마나 많은 스카를 죽였을까? 타이든은 어떨까? 그는 창녀와 하룻밤을 즐길 만한 사람 같았다.

그러나 그녀는 여전히 그들과 함께 어울렸다. 그러다 그날 저녁에 결국, 그녀는 검은 드레스를 입었다. 왜인지 몰라도 그녀는 다른 여자들의 밝은 색깔과, 그녀들의 더 밝은 미소와 구별되고 싶다고 느꼈다. 그러나 다른 사람과 동행하는 것을 피할 수는 없었다. 빈은 드디어 그녀의 패거리들이 필요로 하던 신뢰를 얻기 시작했다. 켈시어는 테키엘 가문에 대한 자신의 계획이 맞아 들어가고 있다는 사실을 알면 기뻐할 것이다. 게다가 그녀가 알아낸 것은 그뿐만이 아니었다. 그녀는 패거리의 일에 있어 중요하고 쓸모가 있을 만한 수십 가지의 작은 토막 소식을 모아놓고 있었다.

그중에는 벤처 가문에 대한 것도 있었다. 그 가문은 가문 전쟁이 확전될 것을 예상하고 벙커에 진을 치고 있었다. 그 증거 가운데 하나는 엘렌드를 무도회에서 보는 일이 전보다 뜸해졌다는 사실이었다. 빈은 신경 쓰지 않았다. 그는 무도회에 오더라도 보통 그녀를 피했고, 그녀도 정말로 그와 이야기하고 싶은 건 아니었다. 독슨이 한 말 때문에 그녀는 엘렌드에게 예의를 지키지 못할지도 모른다는 생각이 들었다.

"밀렌?" 로드 르네가 물었다. "당신 아직 내일 셸드라이* 게임 하러 우리에게 올 예정인가요?"

"물론이죠, 르네." 밀렌이 말했다.

"지난번에도 약속하지 않았나요?" 타이든이 말했다.

"이번엔 갈 겁니다." 밀렌이 말했다. "지난번엔 일이 생겼어요."

* 셸드라이(SHELLDRY): '마지막 제국'에서 행해지는 게임 중 하나.

"그건 다시는 일어나지 않을 일이고?" 타이든이 물었다. "우리에게 네 번째 사람이 없으면 플레이를 할 수 없다는 걸 알잖소. 당신이 오지 않을 거라면 우린 다른 사람에게 부탁할 수도……."

밀렌은 한숨을 쉬더니 한 손을 들고 거칠게 옆쪽으로 손짓을 했다. 그 움직임이 빈의 주의를 끌었다. 그녀는 대화에 절반쯤만 귀를 기울이고 있었던 것이다. 빈은 옆으로 시선을 돌렸다가 충격으로 펄쩍 뛰어오를 뻔했다. 오블리게이터가 이쪽으로 다가오고 있었다.

지금까지 그녀는 무도회에서 용케 오블리게이터를 피할 수 있었다. 몇 달 전 처음으로 하이 프렐란과 마주치고 심문관의 경계심을 산 후, 그녀는 오블리게이터 가까이 가기만 해도 불안했다.

그 오블리게이터는 으스스한 미소를 지은 채 다가왔다. 그 인상은 아마도 앞으로 팔짱을 낀 팔과 회색 소매 속에 감추어진 손 때문일 것이다. 나이 들어가는 피부와 함께 주름진 눈 주위의 문신 때문일 것이다. 그의 눈이 그녀를 쳐다보는 방식 때문일 것이다. 그 눈은 그녀의 겉모습을 꿰뚫어볼 수 있을 것처럼 보였다. 이자는 그냥 귀족이 아니었다. 이자는 오블리게이터였다. 로드 룰러의 눈, 그의 법을 집행하는 자.

오블리게이터는 빈의 그룹 앞에서 멈추었다. 그의 문신 표시는 미니스트리의 주요 관료 조직 가운데 하나인 정교 캔턴의 일원이라는 것을 가리키고 있었다. 그가 잔잔한 목소리로 물었다.

"무슨 일이신지요?"

밀렌은 동전 몇 개를 꺼냈다.

"나는 내일 셸드라이를 하기 위해 이 두 사람과 만나기로 약속합니다." 그는 동전을 나이 먹은 오블리게이터에게 건네면서 말했다.

그것은 오블리게이터를 부른 이유치고는 아주 바보 같아 보였다. 아니, 적어도 빈은 그렇게 생각했다. 그러나 오블리게이터는 웃거나 그 요구가 경박하다고 지적하지 않았다. 그는 미소만 짓고는 동전을 일급 도둑만큼이나 교묘하게 손안에 감추었다.

"나는 이것을 증언합니다, 로드 밀렌." 그가 말했다.

"만족합니까?" 밀렌은 다른 둘에게 물었다.

그들은 고개를 끄덕였다.

오블리게이터는 빈에게 눈길 한 번 더 주지 않고 돌아서서 한가로이 걸어가버렸다. 그가 발을 끌며 걷는 모습을 바라보며 빈은 조용히 숨을 내뱉었다. '그들이 궁정에서 일어나는 모든 일을 알 수밖에 없구나.' 그녀는 깨달았다. '귀족들이 그들을 불러서 이렇게 간단한 일도 증언하라고 한다면…….' 미니스트리에 대해 알면 알수록, 그녀는 로드 룰러가 얼마나 영리하게 그것을 조직해놓았는지 절감했다. 그들은 모든 상업 계약에 대해 증언했다. 독슨과 르노는 거의 매일 오블리게이터들과 마주해야 할 것이다. 그들만이 결혼과 이혼과 땅의 구매를 재가하거나, 칭호의 상속을 비준할 수 있었다. 오블리게이터가 어떤 사건을 목격하지 못했다면 그 사건은 일어나지 않은 것이었고, 오블리게이터가 서류를 봉인하지 않았다면 그 서류는 쓰이지 않은 것이나 마찬가지일 것이다.

대화가 다른 주제로 흘러가자 빈은 고개를 저었다. 그날은 힘든 밤이었고, 그녀의 머릿속은 펠리스로 돌아가는 길에 옮겨 적을 정보로 가득 차 있었다.

"실례합니다, 로드 밀렌." 그녀는 한 손을 그의 팔에 얹으며 말했다. 하지만 그를 만지자 살짝 떨렸다. "저는 지금 물러나야 할 것 같아요."

"마차까지 데려다드리지요." 그가 말했다.

"그럴 필요는 없을 거예요." 그녀가 상냥하게 말했다. "기분 전환도 좀 하고 싶고, 어차피 제 테리스인을 기다려야 하는걸요. 전 그냥 제 테이블에 가서 앉아 있을게요."

"그러시군요." 그가 예의 바르게 고개를 끄덕이며 말했다.

"꼭 가야 하면 가요, 발레트." 클리스가 말했다. "하지만 그러면 내가 가져온 미니스트리 소식을 절대 모르게 될걸요……."

빈은 그 자리에서 멈추었다.

"무슨 소식인데요?"

클리스는 눈을 반짝이며 사라져가는 오블리게이터를 바라보았다.

"심문관들이 벌레처럼 윙윙대고 있어요. 그들은 지난 몇 달 동안 스카 도둑 떼들을 보통 때보다 두 배나 자주 습격했어요. 처형할 죄수들조차 잡지 않았다고요. 그들은 그 도둑들을 그 자리에서 모두 죽이고 떠났을 뿐이에요."

"그걸 어떻게 압니까?" 밀렌이 회의적으로 물었다. 그는 등이 아주 곧았고 고결해 보였다. 그러나 실제 모습이 어떤지는 절대로 모를 일이다.

"나한테 소식통이 있거든요." 클리스가 미소를 지으며 말했다. "그런데 그 심문관들이 바로 오늘 오후에 또 다른 떼거리를 찾았어요. 여기서 멀지 않은 곳에 본부를 두고 있대요."

빈은 한기를 느꼈다. 이곳은 클럽스의 가게에서 그렇게 멀리 떨어져 있지 않았다……

'아냐, 그들일 리가 없어. 독슨과 다른 사람들은 아주 영리해. 켈시어가 도시에 없더라도 다들 안전할 거야.'

"저주받을 도둑들." 타이든이 씹어뱉었다. "망할 스카는 자기 분수를 몰라요. 도둑질에 가까울 정도로 우리 주머니에서 음식과 옷을 많이 가져가지 않나요?"

"그 괴물들이 도둑으로 살아남을 수 있다는 것도 놀라워요." 타이든의 젊은 아내 카를리가 보통 때처럼 가르랑거리는 목소리로 말했다. "대체 어떤 무능력자들이 스카에게 도둑 따위를 맞나 몰라요."

타이든은 얼굴이 붉어졌고, 빈은 호기심을 느끼며 그를 바라보았다. 카를리는 자기 남편을 쿡 찌를 때를 제외하면 말을 거의 하지 않는다.

'그가 도둑질을 당한 게 틀림없어. 사기당했나?'

그 정보는 나중에 조사하도록 간직해놓고, 빈은 그만 가려고 몸을 돌렸다. 그러다 그룹에 새로 온 사람과 정면으로 마주쳤다. 샨 엘라리엘.

엘렌드의 전 약혼자는 언제나 그렇듯이 흠 하나 없었다. 긴 적갈색 머리칼에는 빛이 날 정도로 윤이 흘렀다. 그녀의 아름다운 모습을 보며 빈은 자기가 얼마나 깡말랐는지를 깨달을 뿐이었다. 웬만큼 자신감 있는 사람이라도 쭈뼛거리게 만들 수 있는 자만심에 찬 샨은, 빈이 깨달은 것같이 귀족들 대부분이 완벽한 여자라고 생각하는 바로 그런 존재였다.

빈의 그룹에 있던 남자들은 존경의 표시로 고개를 끄덕였고, 여자들은 그렇게 중요한 사람이 대화에 합류하러 와준 것에 영광스러워하며 절을 했다. 빈은 옆쪽으로 슬쩍 빠져나가려고 했지만, 샨은 그녀의 바로 앞에 서 있었다.

샨이 미소를 지었다.

"아, 로드 밀렌." 샨은 빈의 동반자에게 말했다. "당신의 원래 데이트 상대가 오늘 저녁에 아팠다니 안된 일이에요. 당신에게는 다른 선택지가 별로 없었겠군요."

밀렌의 얼굴이 붉어졌다. 샨의 말은 교묘하게 그를 어려운 입장으로 몰아넣었다. 매우 강력한 권력을 가진 여성의 노여움을 살지도 모르는데 빈을 변호해야 하나? 아니면 데이트 상대를 모욕하면서 샨에게 동의해야 하나?

그는 비겁자의 탈출로를 택했다. 즉, 그녀의 말을 무시했다.

"레이디 샨, 저희 자리에 와주셔서 기쁩니다."

"그렇겠지요." 샨은 침착하게 말했다. 그녀는 빈이 불편해하는 모습을 바라보며 기쁨으로 눈을 반짝이고 있었다.

'망할 년!' 빈은 생각했다. 샨은 지루해질 때마다 빈을 찾고는 오락 삼아 궁지에 몰아넣는 것 같았다.

"하지만 여기서 이야기를 나누러 온 게 아니라 아쉽군요." 샨이 말했다. "불쾌하실지도 모르지만, 난 이 르노 댁 아가씨에게 용건이 있어요. 우리끼리 실례해도 되겠지요?"

"물론입니다, 마이 레이디." 밀렌이 움찔하면서 말했다. "레이디 발레트,

오늘 밤 함께해주셔서 감사합니다."

빈은 그와 다른 사람들에게 고개를 끄덕였다. 상처를 입어 무리에서 버림받은 동물이 된 것 같은 느낌이 약간 들었다. 진심으로 그녀는 오늘 저녁 샨과 있고 싶지 않았다.

일단 그들 둘만 남게 되자 빈이 말했다.

"레이디 샨, 저에 대해 느끼시는 흥미는 근거가 없다고 생각해요. 저는 정말로 최근에 엘렌드와는 별로 시간을 보내지 않았어요."

"나도 알아요." 샨이 말했다. "내가 당신 능력을 과대평가한 것 같아요, 아가씨. 일단 자기보다 그렇게 높은 지위에 있는 남자의 호의를 샀다면 그토록 쉽게 놓치지는 않을 거라고 생각하는 게 인지상정인데 말이죠."

'질투하는 거야?' 빈은 샨의 알로맨시가 자기 감정에 와 닿는 피할 수 없는 손길을 느끼고 움찔하는 것을 억누르며 생각했다. '자기 자리를 빼앗았다고 날 증오하는 게 아닐까?'

그러나 그건 귀족들의 방식이 아니었다. 빈은 순간적인 외도 상대일 뿐 아무것도 아니었다. 샨은 엘렌드의 애정을 다시 붙잡는 데는 흥미가 없었다. 자기를 무시한 남자를 역습할 방법만 생각하고 있었다.

"현명한 여자라면 자기가 가진 유일한 장점을 발휘할 수 있는 자리에 들어가겠죠." 샨이 말했다. "다른 중요한 귀족이 당신에게 조금이라도 주의를 기울일 거라고 생각한다면 오산이에요. 엘렌드는 궁정에 충격을 주는 걸 좋아해요. 그리고 당연히, 그러기 위해서 자기가 찾을 수 있는 가장 소박하고 멍청한 여자를 선택했죠. 이 기회를 잡아요. 다른 기회가 금방 오지는 않을 테니까."

빈은 그녀의 모욕과 알로맨시에 이를 갈았다. 샨은 분명 자기가 주고 싶은 모욕을 무엇이든 억지로 들이대는 데 있어 예술의 경지에 올라 있었다.

"자, 엘렌드가 갖고 있는 책들에 대한 정보를 알아 와요. 읽을 수는 있죠, 그렇죠?" 샨이 말했다.

빈은 짧게 고개만 끄덕였다.

"좋아요. 그가 가진 책 제목을 외우기만 하면 돼요." 샨이 말했다. "바깥 표지는 보지 말아요. 내용과 다른 것일 수 있으니까. 처음 몇 페이지를 읽은 다음 그걸 나한테 보고해요."

"만약 당신이 뭘 계획하고 있는지 내가 엘렌드에게 말한다면요?"

샨이 웃었다.

"아가씨, 당신은 내가 뭘 계획하고 있는지 모르잖아요. 게다가 당신은 궁정에 섞이고 있는 것 같아 보이던데. 나를 배신하면 생각하기도 싫은 일이 일어난다는 걸 분명히 깨닫게 되겠죠."

그 말과 함께 샨은 즉각 주위 귀족들에서 한 무리의 추종자들을 모아 떠나버렸다. 샨의 '달래기'가 약해지면서 빈은 좌절과 분노가 일어나는 것을 느꼈다. 자아가 이미 너무 망가진 탓에 샨의 모욕을 견딜 수 없어서 그저 들입다 달아났던 적도 있었다. 하지만 오늘 밤에는 역습할 방법이 있었으면, 하고 빈은 바랐다.

'침착해. 이건 좋은 일이야. 넌 "대가문"들의 음모에서 졸이 되었어. 하위 귀족들은 대부분 이런 기회가 오기를 꿈꿀 거야.'

그녀는 한숨을 쉬며 밀렌과 함께 있던 테이블로 돌아갔다. 이제 그 테이블은 비어 있었다. 오늘 저녁의 무도회는 놀라우리만치 멋진 헤이스팅 아성에서 열리고 있었다. 높고 둥근 중앙 아성에는 여섯 개의 보조 탑이 있었고, 보조 탑은 모두 주 건물에서 조금 떨어진 곳에 세워진 채 벽 꼭대기에 만들어진 길로 주 건물에 연결되어 있었다. 일곱 개의 탑 전부에 구불구불한 곡선 문양의 스테인드글라스가 달려 있었다.

무도회장은 넓은 중앙 탑 꼭대기에 있었다. 다행히, 스카의 힘으로 돌리는 도르래 플랫폼 시스템 덕택에 귀족 손님들은 꼭대기까지 걸어가지 않아도 되었다. 무도회장 자체는 빈이 방문해본 것 중에서도 그리 웅장한 편은 아니었다. 아치형 천장의 주위에 색칠된 유리가 둘러져 있는, 거의 정사각형에 가까운 방일 뿐이었다.

'재미있네, 사람이 얼마나 쉽게 질릴 수 있는지.' 빈은 생각했다. '그래서 귀족들이 그렇게 끔찍한 일을 하는 걸 거야. 그들은 아주 오랫동안 사람을 죽여왔기 때문에 더 이상 그런 걸로 동요하지 않아.'

그녀는 하인에게 세이즈드를 불러다 달라고 부탁한 다음 발을 쉬게 하려고 앉았다.

'켈시어가 얼른 돌아왔으면 좋겠어.' 그녀는 생각했다. 켈시어가 주위에 없으면 빈을 포함한 모든 패거리들의 의욕이 떨어지는 것 같았다. 그렇다고 그녀가 일하기 싫어하는 것은 아니었다. 켈시어의 산뜻한 재치와 낙관주의는 다만 그녀가 계속 활동하는 것을 도와줄 뿐이었다.

빈은 무심코 위를 쳐다보다가 엘렌드 벤처가 겨우 조금 떨어진 곳에 서서 젊은 귀족들 몇 사람과 이야기를 하고 있는 모습을 보았다. 그녀는 얼어붙었다. 그녀의 어떤 부분—빈의 부분— 은 도망쳐서 숨고 싶었다. 드레스와 몸통 전부 테이블 아래에 들어갈 수 있을 것이다.

그러나 이상하게도 발레트로서의 면이 더 강했다.

'그와 이야기를 해야 해.' 그녀는 생각했다. '샨 때문이 아니라, 내가 진실을 알아야 하기 때문이야. 독슨의 이야기는 과장일 거야. 그래야만 해.'

그녀가 언제부터 그렇게 상황에 직면하기를 두려워하지 않게 되었을까? 일어서면서도 빈은 자기의 굳은 결심에 놀랐다. 그녀는 걸으면서 자신의 검은 드레스를 잠깐 살펴보고는 무도회장을 가로질렀다. 그녀가 다가가자 엘렌드와 함께 있던 귀족 한 명이 그의 어깨를 두드리며 빈 쪽으로 고갯짓을 했다. 엘렌드가 돌아섰고, 다른 두 남자는 물러갔다.

"아니, 발레트." 그녀가 엘렌드의 앞에 멈추자 그가 말했다. "난 늦게 도착했어요. 당신이 여기 왔는지도 몰랐군요."

'거짓말쟁이. 당연히 당신은 알고 있었어. 발레트는 헤이스팅 무도회에 빠지지 않으리라는 걸.' 어떻게 말을 꺼내지? 어떻게 묻지?

"당신은 요즘 날 피하고 있더군요." 그녀가 말했다.

"글쎄요, 그렇게 말할 일은 아닌데. 난 바빴을 뿐이에요. 집안 문제들, 알 잖아요. 게다가 난 내가 무례하다고 당신에게 경고했고 그리고……." 그의 말끝이 흐려졌다. "발레트? 괜찮은 거예요?"

빈은 자기가 살짝 코를 훌쩍이고 있다는 것을 깨달았고, 이어 뺨을 타고 눈물이 흐르는 것을 느꼈다.

'바보 천치!' 그녀는 레스티번스의 손수건으로 눈을 가볍게 찍어내며 생각했다. '화장 다 망치겠다!'

"발레트, 당신 떨고 있군요!" 엘렌드가 걱정 어린 목소리로 말했다. "자, 같이 발코니에 가서 신선한 공기를 좀 쐬죠."

그녀는 그가 음악 소리와 떠드는 사람들에게서 떨어진 곳으로 자기를 이끌고 가도록 내버려두었다. 그들은 조용하고 어두운 대기 속으로 걸어 들어 갔다. 그 발코니는 중앙 헤이스팅 탑 꼭대기에서 뻗어 나온 여러 발코니 중 하나였고, 비어 있었다. 난간의 일부인 석등이 딱 하나 서 있었고, 귀퉁이에는 고상한 것으로만 골라진 식물들이 줄지어 있었다.

언제나 그렇듯이 안개가 널리 퍼져서 공중에 떠돌았다. 하지만 발코니는 아성의 온기에 매우 가까워서 안개가 약했다. 엘렌드는 안개에는 아무런 주의도 기울이지 않았다. 대부분의 귀족들처럼 그도 안개의 공포를 어리석은 스카들의 미신이라고 생각했다. 빈도 그렇게 생각했다.

"자, 왜 그러죠?" 엘렌드가 물었다. "인정할게요. 난 당신을 무시하고 있었어요. 미안해요. 당신은 그런 대접을 받을 짓을 하지 않았어요. 나는 그냥…… 음, 당신은 사람들과 너무 자연스럽게 잘 어울려서 나 같은 말썽꾼이 옆에 있을 필요가 없을 것 같았어요."

"당신은 스카 여자와 잔 적이 있나요?" 빈이 물었다.

엘렌드는 말을 멈추며 움찔했다.

"이게 다 그 일 때문이에요? 누가 당신에게 그런 말을 했죠?"

"잔 적이 있어요?" 빈이 날카롭게 물었다.

엘렌드의 몸이 굳었다.

'로드 룰러시여, 사실이구나.'

"앉아요." 엘렌드가 그녀에게 의자를 하나 가져다주며 말했다.

"사실이군요, 안 그래요?" 빈이 앉으면서 말했다. "당신은 그 짓을 했어요. 그가 옳았어요. 당신들은 모두 괴물이에요."

"나는……." 그가 한 손을 빈의 팔에 얹었지만 그녀는 그 손을 밀어냈다. 그러다 눈물이 얼굴에서 떨어져 드레스에 얼룩을 만들었다. 그녀는 손을 올려 눈물을 닦았다. 손수건이 화장품 색깔로 물들었다.

"그건 내가 열세 살 때였어요." 엘렌드는 조용히 말했다. "우리 아버지는 내가 '남자'가 되어야 할 때가 왔다고 생각했어요. 난 그 소녀를 나중에 죽인다는 것도 몰랐어요, 발레트. 솔직히, 난 몰랐어요."

"그리고 그다음엔요?" 그녀는 점점 화를 끓이며 날카롭게 물었다. "얼마나 많은 소녀들을 죽였죠, 엘렌드 벤처?"

"아무도요! 다시는 안 했어요, 발레트. 처음에 무슨 일이 일어났는지 알게 된 후로는 안 했어요."

"그걸 나더러 믿으라고요?"

"모르겠어요." 엘렌드가 말했다. "이봐요, 궁정 여자들이 남자들은 모두 짐승이라고 꼬리표 붙이는 게 유행이라는 건 알아요. 하지만 날 믿어요. 모두가 그런 건 아니에요."

"당신들은 다 그렇다고 들었어요." 빈이 말했다.

"누구한테? 시골 귀족들? 발레트, 그들은 우리를 몰라요. 그들은 우리가 운하 시스템을 대부분 통제하고 있기 때문에 우리를 질투해요. 아마 질투할 권리도 있을 거예요. 하지만 그들이 질투한다고 우리가 무서운 사람들이 되는 건 아니에요."

"어느 정도 비율이에요?" 빈이 물었다. "얼마나 많은 귀족들이 그런 일을 하나요?"

"아마 3분의 1 정도." 엘렌드가 말했다. "잘은 모르겠어요. 그런 사람들은 나와 함께 시간을 보내는 부류가 아니니까."

그녀는 그를 믿고 싶었다. 그런 바람 때문에라도 그녀는 더 회의적으로 변했어야 할 것이다. 그러나 언제나 아주 진지하다고 생각했던 그 눈을 들여다보면서, 그녀는 마음이 흔들리는 것을 느꼈다. 기억할 수 있는 한 처음으로, 그녀는 린의 속삭임을 완전히 밀어내고 그의 말을 믿었다.

"3분의 1이라고요." 그녀가 속삭였다.

'아주 많아, 하지만 전부 그런 것보다는 나아.' 그녀는 다시 손을 올려 눈가를 찍어냈고, 엘렌드는 그녀의 손수건을 보았다.

"누가 그걸 주었나요?" 그가 호기심에 차서 물었다.

"어느 구혼자가요." 빈이 말했다.

"나에 대해 그런 소리를 한 사람이 그 사람인가요?"

"아뇨, 그건 다른 사람이에요." 빈이 말했다. "그는…… 모든 귀족들이, 아니 모든 루서델 귀족들이 끔찍한 사람들이라고 말했어요. 궁정 여자들은 자기 남자가 스카 창녀들과 자는 건 간통으로 치지도 않는다고 했어요."

엘렌드는 코웃음을 쳤다.

"당신의 정보원은 여자들에 대해 잘 모르는군요. 그러면 나는 자기 남편이 스카든 귀족이든 다른 여자와 바람피우고 있는데 괴로워하지 않는 숙녀가 하나라도 있는지 찾아보라고 이야기하겠어요."

빈은 고개를 끄덕이고, 깊은숨을 들이쉬며 속을 진정시켰다. 그녀는 자기 꼴이 우스꽝스럽다고 느꼈지만…… 한편으론 마음이 안정되었다. 엘렌드는 의자 곁에 무릎을 꿇고 앉아 여전히 걱정스러운 눈으로 그녀를 보고 있었다.

"그럼 당신 아버지는 그 3분의 1에 속하나요?" 그녀가 말했다.

엘렌드는 창백한 빛 속에서 얼굴이 붉어진 채 아래를 내려다보았다.

"우리 아버지는 모든 종류의 정부(情婦)를 좋아해요. 스카건 귀족이건 그에게는 중요하지 않아요. 난 여전히 그날 밤 생각이 나요, 발레트. 난……몰랐으면 좋겠어요."

"그건 당신 잘못이 아니에요, 엘렌드." 그녀가 말했다. "당신은 자기 아버지가 하라고 시킨 일을 한 열세 살짜리 소년이었을 뿐이에요."

엘렌드는 눈길을 돌렸지만, 그녀는 이미 그의 눈 속에 깃든 분노와 죄책감을 보았다.

"누군가 이런 일이 일어나는 걸 막아야 해요." 조용히 말하는 그의 목소리에 깃든 격정에 빈은 충격을 받았다.

'이 사람은 다른 사람을 배려하는 사람이야.' 그녀는 생각했다. '켈시어 같은, 아니면 독슨 같은 사람. 좋은 사람이야. 왜 그들은 이걸 알지 못할까?'

마침내 엘렌드는 한숨을 쉬고 일어나 자기가 앉을 의자를 끌어냈다. 그는 의자에 앉아 팔꿈치를 난간에 괴고 손으로 자신의 헝클어진 머리를 훑었다.

"당신이 내가 처음으로 무도회에서 울린 숙녀는 아마 아닐 겁니다." 그가 말했다. "하지만 당신은 내가 울리고 나서 진지하게 마음을 쓰게 만든 첫 번째 숙녀입니다. 내 신사적 기량이 새로운 깊이에 이르렀군요."

빈이 미소를 지었다.

"당신 때문이 아니에요." 그녀가 뒤로 몸을 기대며 말했다. "그냥…… 몇 달 동안 몹시 힘이 빠졌어요. 그 일을 알게 되자 감당할 수가 없었죠."

"루서델의 부패는 없애야 해요." 엘렌드가 말했다. "로드 룰러는 그걸 보지도 않아요. 그러고 싶지 않으니까요."

빈은 고개를 끄덕이다가 엘렌드를 보았다.

"그런데 요즘 왜 나를 피한 거예요?"

엘렌드는 다시 얼굴이 붉어졌다.

"당신이 함께할 새 친구들을 충분히 사귀었다고 생각한 것뿐이에요."

"그게 대체 무슨 뜻이죠?"

"나는 당신이 함께 어울려 시간을 보내는 사람들을 별로 좋아하지 않아요, 발레트." 엘렌드가 말했다. "당신은 루서델 사교계에 매우 잘 어울려 들어갔고, 난 보통 궁중 정치 속에 빠지면 사람이 바뀐다는 걸 알아요."

"말로 하긴 쉽죠." 빈이 쏘아붙였다. "특히 당신이 정치의 정점에 있을 때는요. 당신은 정치를 무시할 수 있는 여유가 있지만, 우린 그렇게 운이 좋지 않아요."

"맞아요."

"게다가 당신도 나머지 사람과 마찬가지로 정치적으로 행동하고 있는걸요. 아니면, 처음에 당신이 내게 느낀 흥미가 당신 아버지를 괴롭히고 싶은 욕망 때문에 불붙은 게 아니라고 얘기할 건가요?"

엘렌드는 양손을 들어 올렸다.

"좋아요. 날 적절하게 꾸짖어준 것 같아요. 나는 바보고 멍청이였어요. 그건 집안 내력이에요."

빈은 한숨을 쉬고 뒤로 기대앉아, 눈물에 젖은 뺨 위로 안개의 서늘한 속삭임을 느꼈다. 엘렌드는 괴물이 아니었다. 그 점에서는 그를 믿었다. 아마 그녀가 바보일 것이다. 하지만 켈시어는 그녀에게 영향을 미치고 있었다. 그녀는 주위 사람들을 믿기 시작했고, 엘렌드 벤처보다 더 믿고 싶은 사람은 아무도 없었다.

그리고 엘렌드와 곧장 연결된 일만 아니라면 귀족-스카 사이의 관계에 대한 공포는 더 극복하기 쉽다는 걸 그녀는 깨달았다. 귀족의 3분의 1이 스카 여자들을 살해하고 있다고 하더라도, 어떤 부분은 사회적으로 고칠 수 있을 것이다. 귀족들을 다 제거하지는 않아도 될 것이다. 그것은 귀족들이나 쓰는 전술이었다. 빈은 어떤 혈통을 가진 사람에게든 그런 일이 일어나지 않게 해야 했다.

'로드 룰러시여.' 빈은 생각했다. '나도 다른 사람들처럼 생각하기 시작했어. 우리가 세상을 바꿀 수 있다고 생각하나 봐.'

그녀는 둘둘 말리는 중인 안개 쪽으로 등을 대고 앉아 있는 엘렌드를 건너다보았다. 그는 시무룩해 보였다.

'내가 나쁜 기억을 끌어냈어.' 빈은 죄책감을 느끼며 생각했다. '그가 자기 아버지를 그토록 미워하는 것도 당연해.' 그녀는 그의 기분이 나아지게 해 주고 싶었다.

"엘렌드, 그들은 그냥 우리와 같아요." 그녀가 그의 주의를 끌었다.

그는 동작을 멈추었다.

"뭐가요?"

"농장 스카요." 빈이 말했다. "예전에 나한테 그들에 대해 물어봤잖아요. 나는 겁이 나서 귀족 여성들이 보일 법한 반응을 연기했어요. 하지만 내가 더 말할 게 없다고 하니까 당신은 실망한 것 같았죠."

그는 앞으로 몸을 기울였다.

"그럼 당신은 스카들과 시간을 보냈어요?"

빈은 고개를 끄덕였다.

"많은 시간을 보냈죠. 우리 가족한테 물어보면 '너무 많이 보냈다'고 할 거예요. 그래서 가족이 나를 여기로 보냈는지도 몰라요. 나는 스카 몇 명을 아주 잘 알아요. 특히 어떤 나이 든 남자를요. 그는 어떤 사람, 자기가 사랑했던 여자를 잃었어요. 그날 저녁의 오락거리로 예쁜 여자를 원했던 귀족에게요."

"당신 농장에서요?"

빈은 재빨리 고개를 저었다.

"그는 도망쳐서 우리 아버지 땅으로 왔어요."

"그런데 당신들은 그를 숨겼어요?" 엘렌드는 놀라서 물었다. "도주 스카는 처형하도록 되어 있는데!"

"나는 그의 비밀을 지켜줬어요." 빈이 말했다. "그와 오래 안 사이는 아니에요. 하지만…… 음, 이건 당신한테 장담할 수 있어요, 엘렌드. 그의 사랑은 어떤 귀족의 사랑만큼이나 강했어요. 여기 루서델에 있는 사람들 대부분의 사랑보다 더 강한 건 확실해요."

"그럼 지성은?" 엘렌드는 열심히 물었다. "그들은 좀…… 굼떠 보이나요?"

"물론 아니죠." 빈은 쏘아붙였다. "난 당신보다 더 영리한 스카를 몇 명 안다고 생각해요, 엘렌드 벤처. 교육받지 않았을지 몰라도, 그래도 그들은 지적이에요. 그리고 화가 나 있죠."

"화가 나요?" 그가 물었다.

"그들 중 몇 명은요." 빈이 말했다. "자기들이 취급당하는 방식 때문에요."

"그러면 그들도 아나요? 우리와 자기들 사이의 불공평에 대해 알고 있나요?"

"어떻게 모를 수가 있겠어요?" 빈이 손을 들어 손수건으로 코를 풀면서 말했다. 그러나 그녀는 자기가 얼마나 많은 화장을 거기에 문질러댔는지 깨닫고 손을 멈추었다.

"여기 있어요." 엘렌드가 그녀에게 자기 손수건을 건네주며 말했다. "나한테 더 말해줘요. 당신은 이런 걸 어떻게 알고 있어요?"

"그들이 나한테 말했어요." 빈이 말했다. "그들은 나를 믿었어요. 그들이 화내고 있다는 건 그들이 자기들 삶에 대해 불평하곤 했기 때문에 알게 되었어요. 그들이 지적이라는 건 그들이 귀족들에게 숨겨온 것을 보고 알아요."

"어떤 것인가요?"

"암흑가의 운동 조직 같은 거예요." 빈이 말했다. "스카는 도망자들이 운하를 통해 농장에서 농장으로 여행하도록 도와줘요. 귀족들은 절대 스카의 얼굴에 주의를 기울이지 않으니 눈치를 못 채죠."

"흥미로운데요."

"게다가 도둑질 패거리들도 있어요. 그 스카들은 매우 영리할 거라고 생각해요. 로드 룰러의 바로 코앞에 있는 '대가문'들에서 물건을 훔치면서 오블리게이터와 귀족들에게서 숨을 수 있으려면요."

"그래요, 나도 알아요." 엘렌드가 말했다. "그런 사람을 하나 만날 수 있었으면 좋겠어요. 그들이 어떻게 그렇게 잘 숨어 있는지 묻고 싶거든요. 그들은 매혹적인 사람들일 거예요."

빈은 더 말할 뻔하다가 입을 닫았다.

'이미 너무 많이 말해버린 건지도 몰라.'

엘렌드는 그녀를 바라보았다.

"당신도 매혹적이에요, 발레트. 당신이 나머지 사람들 때문에 타락했을 거라고 추측하다니 내가 바보였어요. 오히려 당신이 그들을 타락시킬 수 있을 거예요."

빈은 미소를 지었다.

"하지만 이제 난 가야겠어요." 엘렌드가 일어서며 말했다. "사실 오늘 밤 파티에는 특별한 목적이 있어서 온 거거든요. 내 친구들 몇과 함께할 거예요."

'맞아!' 빈은 생각했다. '엘렌드가 전에 만났던 사람들, 켈시어와 세이즈드가 그와 어울리는 게 이상하다고 말한 사람들 중에 헤이스팅 사람도 하나 있었어.'

빈도 일어서며 엘렌드에게 손수건을 돌려주었다. 그는 그것을 받지 않았다.

"당신이 그걸 갖고 있고 싶어 할지도 몰라요. 그건 그냥 손수건 기능만 하라고 준 게 아니니까."

빈은 손수건을 내려다보았다.

'귀족이 숙녀에게 진지하게 구혼할 때는 손수건을 줍니다.'

"아! 고마워요." 그녀가 손수건을 도로 받아 넣으며 말했다.

엘렌드는 미소를 지으며 그녀 가까이로 다가갔다.

"누군지 몰라도 그 구혼자는 내 어리석음 때문에 먼저 주도권을 쥘 수 있었군요. 하지만 나는 그와 경쟁할 기회를 포기할 정도로 바보 같지는 않습니다." 그는 윙크하더니 살짝 절을 하고는 중앙 무도장으로 걸어갔다.

빈은 잠시 기다렸다가 앞으로 걸어가 발코니 출입구로 미끄러지듯 나갔다. 엘렌드는 예전과 똑같은 두 사람을 만나고 있었다. 레칼가 사람과 헤이스팅가 사람이었다. 벤처 가문의 정적들. 그들은 잠시 멈춰 섰다가, 방 옆의 층계를 향해 함께 걸어갔다.

'그 계단이 향하는 곳은 하나밖에 없어.' 빈은 다시 미끄러지듯 방으로 들어가며 생각했다. '보조 탑들이야.'

"미스트리스 발레트?"

빈은 깜짝 놀라 돌아보고 세이즈드가 다가오는 것을 알았다.

"갈 준비가 되셨습니까?" 그가 물었다.

빈은 그에게로 재빨리 다가갔다.

"로드 엘렌드 벤처가 그의 헤이스팅과 레칼 친구들과 함께 방금 저 층계로 내려가 사라졌어요."

"흥미롭군요." 세이즈드가 말했다. "그런데 왜…… 미스트리스, 당신 화장이 어떻게 된 겁니까!"

"신경 쓰지 마요. 난 그들을 따라가야겠어요." 빈이 말했다.

"다른 손수건 있습니까, 미스트리스?" 세이즈드가 물었다. "지금까지 바쁘셨군요."

"세이즈드, 내 말 들은 거예요?"

"네, 미스트리스. 원한다면 그들을 따라갈 수 있다고 생각하지만, 사람들 눈에 띄실 겁니다. 그게 정보를 얻는 최선의 방법일지는 잘 모르겠습니다."

"공공연하게 그들을 따라가지는 않을 거예요." 빈은 조용히 말했다. "알로맨시를 쓰려고요. 하지만 그러려면 당신 허락이 필요해요."

세이즈드가 잠시 말을 멈추었다.

"알겠습니다. 옆구리는 어떻습니까?"

"거기는 나은 지 오래예요." 빈이 말했다. "이제 거기는 신경 쓰이지도 않아요."

세이즈드는 한숨을 쉬었다.

"좋습니다. 어차피 마스터 켈시어가 돌아오면 당신 훈련을 본격적으로 시작할 작정이었으니까요. 다만…… 조심하십시오. 미스트본에게 하기엔 이상한 말이라고는 생각하지만, 그래도 부탁드립니다."

"그럴게요. 한 시간 후 저 발코니에서 만나요." 빈이 말했다.

"행운을 빕니다, 미스트리스." 세이즈드가 말했다.

빈은 이미 발코니로 달려가고 있었다. 그녀는 모퉁이를 돌아 돌난간과 그 너머의 안개 앞에 섰다. 아름답고, 소용돌이치는 빈 공간.

'너무 오랜만이야.'

그녀는 소매 속에 손을 집어넣어 금속 병을 꺼내면서 생각했다. 그녀는 그 병을 꿀떡 비우고 동전 한 줌을 꺼냈다.

그런 다음 기쁨에 겨워, 그녀는 난간 위로 뛰어올라 어두운 안개 속에 몸을 던졌다.

바람이 드레스를 펄럭일 때 주석이 시력을 주었다. 탑과 주 아성 사이를 달리는 버팀벽 같은 벽 쪽으로 눈을 돌렸을 때, 백랍이 기운을 주었다. 동전을 아래쪽 어둠 속으로 던졌을 때, 강철이 힘을 주었다.

그녀는 공중에서 휘청거렸다. 공기저항 때문에 드레스가 펄럭여서 뒤에 천 뭉치를 끌고 가는 듯한 느낌이었다. 그러나 그녀의 알로맨시는 그 정도는 해결할 수 있을 정도로 강했다. 엘렌드의 탑은 다른 탑 하나를 지난 곳에 있었다. 그녀는 그 탑과 중앙 탑 사이를 잇는 벽 위의 통로로 올라가야 했다. 빈은 강철을 폭발시키며 몸을 약간 더 높이 '민' 다음, 또 하나의 동전을 그녀 뒤의 안개 속으로 던졌다. 동전이 벽을 때리는 순간, 그녀는 그 힘을 이용해 자기 몸을 앞으로 쏘아냈다.

그녀는 목표로 했던 벽에 조금 못 미친 아래쪽에 부딪쳤으나, 주름 잡힌 천이 충격을 완화해주었다. 그녀는 위쪽 통로 가장자리를 간신히 붙잡았다.

힘을 강화하지 않은 빈이었다면 벽 위로 몸을 올리기 힘들었을 테지만, 알로맨서 빈은 쉽게 그 벽을 넘었다.

그녀는 검은 드레스 안에서 웅크린 채 재빨리 벽 위로 난 통로를 가로질러 움직였다. 경비병은 없었지만 정면의 탑 아래쪽에 불 켜진 초소가 있었다.

'저 길로는 갈 수 없어.' 그녀는 위쪽을 바라보았다. 탑에는 방이 몇 개 있는 것 같았는데, 그중 두어 곳에는 불이 켜져 있었다. 빈은 동전을 한 닢 떨어뜨리고 몸을 위로 쏘아 올린 후, 창문 받침대를 '당겨서' 몸을 위로 넘기고는 돌로 된 창문 선반 위에 가볍게 착지했다. 밤이라 덧문이 닫혀 있었다. 그 안에서 무슨 일이 진행되는지 듣기 위해서는 가까이 기대어 주석을 폭발시켜야 했다.

"……무도회는 언제나 밤이 깊을 때까지 계속되니까. 아마 경비를 두 번서야 할 거야."

'경비병들이군.'

빈은 뛰어서 창 꼭대기를 '밀었다'. 창이 덜걱거리면서 그녀의 몸이 탑 옆으로 쏘아 올려졌다. 그녀는 다음 창의 선반 바닥을 붙잡고 몸을 끌어올렸다.

"……지각한 걸 후회하지는 않아." 낯익은 목소리가 안에서 말했다. 엘렌드였다. "그녀는 자네보다 훨씬 더 매력적이거든, 텔덴."

남자 목소리가 웃었다.

"강력한 엘렌드 벤처, 마침내 예쁜 얼굴에 사로잡히다."

"그녀는 얼굴만 예쁜 게 아니야, 제이스티스." 엘렌드가 말했다. "마음씨도 착해. 자기 농장에서 스카 도망자들을 도와줬어. 우리는 그녀를 데려와서 함께 이야기해야 한다고 생각해."

"말도 안 돼." 깊은 목소리의 남자가 말했다. "이봐, 엘렌드. 자네가 철학 이야기를 하고 싶다면 상관 안 해. 젠장, 네가 술 마실 때 몇 잔 같이 마실 수도 있어. 하지만 아무나 우리 사이에 끼우도록 놔두지는 않을 거야."

"나도 텔덴 말에 찬성이야. 다섯 명이면 충분해." 제이스티스가 말했다.

"자, 봐." 엘렌드의 목소리가 말했다. "난 너희가 공정하지 않다고 생각해."

"엘렌드……." 다른 목소리가 괴로운 듯이 말했다.

"좋아." 엘렌드가 말했다. "텔덴, 내가 준 책 읽었어?"

"읽으려고는 했어. 좀 두껍더군." 텔덴이 말했다.

"하지만 좋지, 그렇지?" 엘렌드가 말했다.

"아주 좋아." 텔덴이 말했다. "왜 로드 룰러가 그걸 그렇게 싫어하는지 알겠어."

"레달레빈의 작품이 더 나아. 더 간결해." 제이스티스가 말했다.

"나는 트집을 잡아 반대하려는 건 아니야." 다섯 번째 목소리가 말했다. "하지만 우리가 할 일은 이게 다야? 책 읽는 거?"

"읽는 게 뭐가 어때서?" 엘렌드가 물었다.

"그건 좀 지루해." 다섯 번째 목소리가 말했다.

'잘했어.' 빈은 생각했다.

"지루해?" 엘렌드가 물었다. "여러분, 이 아이디어들, 이 글들, 이건 이 사람들의 전부야. 이 사람들은 자기 글 때문에 처형당하리라는 걸 알고 있었어. 자네들은 그들의 열정을 느낄 수 없어?"

"열정은 있지." 다섯 번째 목소리가 말했다. "유용성은 없어."

"우리는 세계를 바꿀 수 있어." 제이스티스가 말했다. "우리 중 둘은 가문의 상속자들이고, 다른 셋은 2순위 상속자야."

"언젠가 우리는 책임 있는 자리를 맡은 사람들이 될 거야." 엘렌드가 말했다. "우리가 이 공정함과 외교능력과 절제라는 아이디어들을 실행한다면, 우린 로드 룰러에게도 압력을 행사할 수 있을 거야!"

다섯 번째 목소리가 코웃음 쳤다.

"자네는 강력한 가문의 후계자일지도 몰라, 엘렌드. 하지만 나머지 우리는 그렇게 중요하지 않아. 텔덴과 제이스티스는 아마 절대 상속받지 못할 거고, 기분 나쁘라고 하는 소리는 아니지만 케부는 거의 영향력이 없을 거야. 우리는 세계를 바꿀 수 없어."

"우리는 우리 가문들이 일하는 방식을 바꿀 수 있어." 엘렌드가 말했다. "가문들이 옥신각신하기를 멈춘다면 우린 정부에서 진짜 권력을 얻을 수 있을 거야. 로드 룰러의 변덕에 휘둘리기만 하는 게 아니라."

"매년 귀족들은 더 약해져가." 제이스티스가 동의하며 말했다. "우리의 스카는 우리 땅과 마찬가지로 로드 룰러의 것이야. 그의 오블리게이터들은 우리가 누구와 결혼할 수 있고 무엇을 믿을 수 있는지 결정해. 우리 운하조차도 공식적으로는 '그의' 재산이야. 미니스트리 암살자들은 너무 공공연히 대놓고 말하거나 너무 성공한 사람들을 죽이지. 이건 사는 게 아니야."

"나도 그 점에서는 자네에게 동의해." 텔덴이 말했다. "계급 불균형에 대한 엘렌드의 횡설수설은 나한테는 바보같이 보여. 하지만 로드 룰러 앞에서 통일전선을 펴야 하는 것의 중요성은 알겠어."

"바로 그거야." 엘렌드가 말했다. "그게 우리가 해야 하는……."

"빈!" 어떤 목소리가 속삭였다.

빈은 깜짝 놀라 하마터면 창문 선반에서 떨어질 뻔했다. 그녀는 경계하며 주위를 돌아보았다.

"네 위에." 그 목소리가 속삭였다.

그녀는 위를 쳐다보았다. 켈시어가 바로 위 다른 창문 선반에 매달려 있었다. 그는 미소 짓고 윙크하더니 아래에 있는, 벽 위로 난 통로 쪽으로 고갯짓을 했다.

켈시어가 그녀 옆을 지나쳐 안개 속으로 떨어질 때 빈은 엘렌드의 방을 다시 슬쩍 보았다. 그러다 마침내 거기서 떨어져, 아까 던져두었던 동전으로 추락의 속도를 늦추면서 그녀는 켈시어를 따라 내려갔다.

"돌아왔군요!" 그녀는 착지하면서 반갑게 말했다.

"오늘 오후에 돌아왔어."

"여기서 뭐 하고 있어요?"

"이 안의 우리 친구들을 살펴보고 있었지." 켈시어가 말했다. "마지막으로 보았을 때와 그리 많이 바뀌지 않은 것 같군."

"마지막?"

켈시어는 고개를 끄덕였다.

"네가 그들에 대해 이야기한 다음부터 저 소모임을 두어 번 염탐했어. 신경 안 써도 될 걸 그랬어. 그들은 위협이 안 돼. 그냥 함께 마시고 토론하는 한 무리의 새끼 귀족들일 뿐이야."

"하지만 그들은 로드 룰러를 타도하고 싶어 해요!"

"별로." 켈시어가 코웃음을 치며 말했다. "그들은 귀족들이 하는 일을 하고 있을 뿐이야. 동맹을 계획하는 일. 다음 세대가 권력을 잡기 전에 자기들 나름의 가문 연합체를 구축하기 시작하는 건 그리 드문 일이 아니야."

"이건 달라요." 빈이 말했다.

"그래?" 켈시어가 재미있어하며 물었다. "그걸 벌써 알 수 있을 정도로 오래 귀족 노릇을 했니?"

빈의 얼굴이 붉어졌다.

그는 웃으면서 그녀의 어깨에 다정하게 팔을 둘렀다.

"오, 그러지 마. 그들은 귀족치고는 충분히 좋은 아이들 같아. 그들 중 누구도 죽이지 않는다고 약속할게, 됐지?"

빈은 고개를 끄덕였다.

"아마 그들을 이용할 방법을 찾을 수 있을 거야. 그들은 다른 대부분의 귀족들보다 열린 마음을 가진 것 같아. 다만 네가 실망하지 않기를 바라, 빈. 그들은 여전히 귀족이야. 귀족으로 태어나고 싶어서 태어난 건 아니겠지만, 그렇다고 귀족의 본성이 바뀌지는 않아."

'독슨과 똑같아.' 빈은 생각했다. '켈시어는 엘렌드에 대해 최악의 경우를 가정하고 있어.' 하지만 그녀에게 엘렌드가 다른 귀족과 진짜로 다르다고 기대할 만한 이유가 있을까? 켈시어와 독슨처럼 싸움을 하기 위해서는 적들이 모두 악하다고 생각하는 편이 더 효율적이고 정신적인 면에서도 더 좋을 것이었다.

"그런데 네 화장은 어떻게 된 거냐?" 켈시어가 물었다.

"그건 이야기하고 싶지 않아요." 빈이 엘렌드와 나눈 대화를 다시 상기하며 말했다.

'왜 내가 울어야만 했을까? 난 정말 바보 천치야! 그리고 스카와 잤냐는 질문을 불쑥 해버린 건 또 어떻고.'

켈시어는 어깨를 으쓱했다.

"좋아, 그럼. 우린 가야 해. 젊은 벤처와 그 동료들이 뭐든 쓸모 있는 문제를 논의할 것 같지는 않아."

빈은 동작을 멈추었다.

"난 세 번이나 그들의 이야기를 들었어, 빈." 켈시어가 말했다. "원한다면 네게 요약해줄 수도 있어."

"좋아요." 그녀는 한숨을 쉬며 말했다. "하지만 세이즈드에게 도로 파티에서 만나자고 말해뒀어요."

"그럼, 가렴." 켈시어가 말했다. "네가 살금살금 돌아다니면서 알로맨시를 사용하고 있었다고 그에게 말하지 않겠다고 약속할게."

"세이즈드는 내가 해도 된다고 했어요." 빈은 방어적으로 말했다.

"그가 그랬어?"

빈은 고개를 끄덕였다.

"내 실수로군." 켈시어가 말했다. "파티를 떠나기 전에 세이즈가 네게 클록을 가져다주도록 시켰어야 할 거야. 네 드레스 앞에 온통 재가 묻었어. 클럽스의 가게에서 다시 보자. 너와 세이즈드는 거기서 내리고, 마차는 계속 달려서 도시 밖으로 나가도록 해. 그런 모양새가 그럴듯할 거야."

빈은 다시 고개를 끄덕였고, 켈시어는 윙크를 하고 벽에서 안개 속으로 뛰어내렸다.

3장 피 흘리는 태양의 아이들

24

결국 나는 나 자신을 믿어야 한다. 나는 진실과 선을 알아보는 능력을 억눌러버린 사람들을 보았고, 내가 그런 사람이라고는 생각하지 않는다. 나는 여전히 어린아이의 눈에서 눈물을 볼 수 있고, 그 아이가 괴로워할 때 고통을 느낄 수 있다.

만약 내가 여기서 진다면, 내가 구원받을 희망을 놓쳐버렸는지 알게 될 것이다.

빈과 세이즈드가 도착했을 때 켈시어는 이미 가게에 와 있었다. 그는 햄, 클럽스, 스푸크와 함께 부엌에 앉아 늦은 밤의 술 한잔을 즐기고 있었다.

"햄!" 빈은 뒷문으로 들어가면서 반갑게 말했다. "돌아왔군요!"

"응." 그는 잔을 들며 기분 좋게 말했다.

"당신이 엄청나게 오랫동안 없었던 것 같아요!"

"내 말이 그 말이야." 햄이 진지한 목소리로 말했다.

켈시어는 씩 웃더니 일어서서 자기 잔을 다시 채웠다.

"햄은 장군 노릇을 하느라 좀 지쳤어."

"나는 제복을 입어야 했어." 햄이 기지개를 펴며 투덜거렸다. 그는 이제 평소에 입던 조끼와 바지를 입고 있었다. "농장 스카라도 그런 종류의 고문을 견딜 수는 없었을 거야."

"가끔 예복 드레스를 입어보세요." 빈이 앉으면서 말했다. 앞에 묻은 먼지를 떨어냈더니 드레스는 걱정했던 만큼의 절반도 망친 것 같지 않았다. 어두운색 천을 바탕으로 검회색 재가 여전히 좀 보였고, 돌에 문질러진 부분은 섬유가 거칠어져 있었다. 그러나 양쪽 다 별로 눈에 띄지 않았다.

햄이 웃었다.

"내가 없는 동안 완전히 젊은 숙녀가 된 것 같구나."

"아니에요." 빈이 말할 때 켈시어가 와인 한 잔을 건네주었다. 그녀는 잠깐 동작을 멈추었다가 한 모금 마셨다.

"미스트리스 빈은 겸손하신 겁니다, 마스터 해먼드." 세이즈드가 자리에 앉으며 말했다. "미스트리스는 궁중 기술에 아주 능숙해지고 있습니다. 제가 아는 많은 진짜 귀족들보다 더 낫습니다."

빈의 얼굴이 붉어졌고, 햄은 다시 웃었다.

"겸손이라니, 빈? 너 어디서 그런 나쁜 습관을 배웠니?"

"나한테서는 절대 아니야." 켈시어가 세이즈드에게 와인 한 잔을 내밀며 말했다. 테리스인은 손을 들어 올려 공손히 거절했다.

"물론 너한테 배운 건 아니겠지, 켈." 햄이 말했다. "아마 스푸크가 가르쳐 줬을 거야. 이 패거리에서 입을 다물고 있을 줄 아는 사람은 그 애뿐인 것 같거든. 그렇지, 애야?"

스푸크는 얼굴을 붉히고, 빈을 쳐다보지 않으려 애쓰고 있었다.

'언젠가 저 애 문제도 해결해야 할 거야.' 그녀는 생각했다. '하지만……오늘 밤은 아니야. 켈시어가 돌아오고, 엘렌드는 살인자가 아닌 밤이야. 오늘은 긴장을 푸는 밤이야.'

계단에서 발소리가 울리더니 잠시 후 독슨이 방으로 걸어 들어왔다.

"파티야? 그런데 아무도 나를 안 불렀어?"

"네가 바빠 보여서." 켈시어가 말했다.

"게다가 우린 네가 너무 책임감이 강해서 우리 같은 악당들 한 무리와 같이 앉아 술을 마시지 못한다는 걸 알거든." 햄이 덧붙였다.

"누군가가 이 패거리를 운영해야 하니까." 독슨은 쾌활하게 말하며 자기가 마실 술을 직접 따랐다. 그러다 그는 잠깐 동작을 멈추더니 햄을 향해 얼굴을 찌푸렸다. "그 조끼는 낯익어 보이는데……."

햄이 미소를 지었다.

"내 제복 코트 소매를 뜯어냈어."

"설마요!" 빈도 미소를 지으며 말했다.

햄은 스스로에게 만족한 듯이 고개를 끄덕였다.

독슨은 한숨을 쉬면서 자기 잔을 계속 채웠다.

"햄, 그 물건들에는 돈이 들어."

"돈이야 모든 물건에 들지." 햄이 말했다. "하지만 돈이 뭐야? 노동이라는 추상적 개념의 물질적 표현이야. 음, 그 제복을 그렇게 오래 입은 건 아주 형편없는 노동이었어. 이제 이 조끼와 나 사이엔 등가교환이 이루어졌다고 말하겠어."

독슨은 눈만 굴렸다. 큰방에서 가게 앞문이 열리고 닫히더니, 브리즈가 경비를 서는 도제에게 인사를 건네는 소리가 들렸다.

"그런데, 독스." 켈시어가 찬장에 등을 기대며 말했다. "나도 '노동이라는 추상적 개념의 물질적 표현'이 좀 필요해질 것 같아. 내 정보원 회의를 하기 위해 작은 창고를 빌리고 싶어."

"그건 아마 준비할 수 있을 거야." 독슨이 말했다. "우리가 빈의 옷장 예산을 제어할 수만 있다면, 난……." 그는 갑자기 말을 멈추고 빈을 쳐다보았다. "이 아가씨야, 너 그 드레스에 무슨 짓을 한 거냐!"

빈은 얼굴을 붉히며 의자 속에서 졸아들었다.

'내가 생각했던 것보다 더 티가 나나 봐…….'

켈시어가 씩 웃었다.

"이제 더러워진 옷에 익숙해져야 할지도 몰라, 독스. 빈은 오늘 저녁을 기해 미스트본 임무에 복귀했어."

"흥미롭군." 브리즈가 부엌으로 들어오며 말했다. "이번에는 세 명의 '강철 심문관'과 동시에 싸우는 건 피하라고 내가 제안해도 될까?"

"최선을 다할게요." 빈이 말했다.

526

마지막 제국

브리즈는 테이블로 걸어와 특유의 점잖은 태도로 의자 하나를 골랐다. 통통한 남자는 결투용 지팡이를 들어 올려 햄을 가리켰다.

"지성의 휴가 기간이 끝난 게 보이는군."

햄이 미소를 지었다.

"거기 가 있는 동안 나는 훌륭한 질문 두어 개를 생각해냈는데 오로지 자네를 위해 아껴두고 있었다네, 브리즈."

"기대돼죽겠군." 브리즈가 말했다. 그는 레스티번스 쪽으로 지팡이를 향했다. "스푸크, 마실 것 좀."

스푸크는 달려가서 브리즈에게 와인 한 잔을 가져다주었다.

"스푸크는 참 좋은 아이야." 브리즈가 마실 것을 받아 들며 말했다. "이 애한테는 알로맨시를 쓸 필요도 없다니까. 자네들 나머지 악당들이 이렇게 잘 협조해주면 좋을 텐데."

스푸크는 얼굴을 찌푸렸다.

"잘해주기는 아닌 놀림거리예요."*

"네가 방금 한 말을 못 알아듣겠다, 얘야." 브리즈가 말했다. "그러니까 나는 그냥 그게 말이 되는 척하고 넘어가겠어."

켈시어는 눈을 굴렸다. "한 모금에 스트레스 풀기야." 그가 말했다. "돌봐줌은 필요 없어."

"짜증 나게 하는 건 오른쪽으로 밀고 타고." 스푸크가 고개를 끄덕이며 말했다.

"둘이 대체 무슨 소리를 횡설수설하는 거야?" 브리즈가 짜증 난 듯이 말했다.

"영리함이 있어야 있지." 스푸크가 말했다. "이걸 조금 가지게 꼬집고 싶어요."

---

* 이어지는 스푸크와 켈시어, 해먼드 등의 대화는 동쪽 거리의 사투리다.

3장 피 흘리는 태양의 아이들

"늘 그렇지." 켈시어가 동의했다.

"늘 좀 가지고 있으면 좋겠어." 햄이 미소와 함께 덧붙였다. "영리함의 소원은 아닌 데서 나오니까."

브리즈는 매우 화가 나서 독슨을 보았다.

"친구여, 우리 동료들이 마침내 미친 것 같아."

독슨은 어깨를 으쓱하더니, 완벽하게 정색을 하고 말했다. "있는 게 아니고 있고."

브리즈는 말문이 막혀서 앉았고, 방에서는 웃음이 터졌다. 브리즈는 화가 나서 눈을 굴리고 고개를 흔들며 패거리들이 다 어린애 같다고 투덜댔다.

빈은 웃느라고 와인에 사레들릴 뻔했다.

"대체 뭐라고 말한 거예요?"

그녀는 옆에 앉아 있는 독슨에게 물었다.

"난 잘 몰라." 그가 털어놓았다. "그냥 그렇게 말하는 게 그럴듯해 보였어."

"자네는 아무 말도 안 한 것 같아, 독스." 켈시어가 말했다.

"오, 말을 하긴 했죠. 다만 아무 뜻도 없었을 뿐이죠." 스푸크가 말했다.

켈시어는 웃었다.

"그건 언제나 사실이야. 난 독스가 나한테 하는 말의 절반은 무시해도 별 지장이 없다는 걸 깨달았어. 내가 돈을 너무 많이 쓰고 있다고 때때로 불평하는 것만 제외하고 말이야."

"이봐!" 독슨이 말했다. "다시 한 번, '누군가'는 책임감이 있어야 한다고 지적해야겠는데? 솔직히 자네들이 박싱을 흘려보내는 방식은……."

빈은 미소를 지었다. 독슨의 불평마저도 온화해 보였다. 클럽스는 언제나처럼 심술궂은 모습을 한 채 옆 쪽 벽 근처에 조용히 앉아 있었다. 그러나 빈은 그의 입술에 미소가 슬쩍 감도는 것을 보았다. 켈시어는 일어나 와인을 또 한 병 따고, 잔들을 다시 채우며 패거리들에게 스카 군대의 준비 상황에 대해 이야기했다.

빈은 와인을 마시면서…… 만족감을 느꼈다. 그녀는 어두워진 작업장으로 통하는 열린 문을 보았다. 그녀는 아주 잠깐, 어둠 속에서 어떤 사람을 본 것 같다는 상상을 했다. 사람을 믿지 않고 의심하는 어느 겁에 질린 소녀의 환상을. 소녀의 머리카락은 삐쭉빼쭉하고 짧았고, 그녀는 소박하고 옷깃을 집어넣지 않은 더러운 셔츠와 갈색 바지를 입고 있었다.

빈은 클럽스의 가게에서 보낸 두 번째 밤을 기억했다. 다른 사람이 밤늦게 대화를 나누는 것을 지켜보며 어두운 작업실에 서 있던 때를. 정말로 그 소녀가 그녀였을까? 차가운 어둠 속에 숨고, 질투를 숨긴 채 웃음과 우정의 현장을 지켜보지만 감히 거기에 합류하지는 못하던 소녀?

켈시어가 뭔가 아주 재치 있는 말을 하는 바람에 방 전체에 웃음이 터졌다.

'당신이 옳아요, 켈시어.' 빈은 미소를 지으며 생각했다. '이쪽이 더 나아요.'

그녀는 아직 그들 같지 않았다. 완전히 같지는 않았다. 여섯 달로는 린의 속삭임을 침묵시킬 수 없었고, 그녀는 자신이 켈시어만큼 사람을 잘 믿는다고 생각할 수 없었다. 그러나…… 그녀는 마침내 왜 그가 자기 식대로 일을 하는지 이해하게 되었다. 적어도 조금은.

"좋아." 켈시어가 의자를 끌어내 거꾸로 앉으면서 말했다. "군대는 일정대로 준비될 것 같고, 마쉬는 자리를 잡았어. 이 계획은 계속 돌아가야 해. 빈, 무도회 소식은?"

"테키엘 가문은 취약해요." 그녀가 말했다. "동맹들은 흩어졌고, 남은 시체를 뜯어먹으러 독수리들이 날아들고 있어요. 어떤 사람들은 테키엘이 사업이 망하고 빚이 많이 생겨서 이달 말쯤에 아성을 팔아야 할 거라고 속삭여요. 그들은 로드 룰러의 아성세(牙城稅)를 계속 지불할 방법이 없어요."

"그러면 도시에서 '대가문' 하나가 효율적으로 제거되는군." 독슨이 말했다. "그들이 손실을 만회하고자 한다면 미스팅과 미스트본을 포함해 테키엘 귀족 대부분이 바깥쪽 농장으로 이사해야 할 거야."

"좋은데." 햄이 말했다. 켈시어 패거리가 도시에서 겁을 주어 쫓아낼 수 있는 귀족 가문이 많으면 많을수록 도시를 점령하기도 쉬울 것이다.

"그래도 아직 도시에 아홉 '대가문'이 남는군." 브리즈가 말했다.

"하지만 그들은 밤에 서로 죽이기 시작했어." 켈시어가 말했다. "공공연한 전쟁에서 겨우 한발 떨어져 있는 거야. 우린 곧 여기서 대탈출이 시작되는 걸 보게 될걸. 암살당할 위험을 감수하고서라도 루서델에서 권세를 유지하려는 사람이 아니라면 누구든지 2년 안에는 도시를 떠나게 될 거야."

"하지만 강한 가문들은 별로 겁먹은 것 같지 않아요." 빈이 말했다. "어쨌든 그들은 여전히 무도회를 열고 있어요."

"아, 그들은 끝까지 계속 그럴 거야." 켈시어가 말했다. "무도회는 동맹과 만나고 적들을 감시할 엄청난 핑계가 되거든. 가문 전쟁은 주로 정치적이기 때문에 그들에게는 정치적 전장이 필요해."

빈은 고개를 끄덕였다.

"햄. 우리는 루서델 주둔군을 감시해야 해." 켈시어가 말했다. "아직도 내일 네 군대 인맥들을 찾아가볼 생각이야?"

햄은 고개를 끄덕였다. "아무것도 약속할 수는 없지만 연줄을 다시 다질 수는 있을 거야. 나한테 조금 시간을 줘. 그러면 군대가 뭘 하려는지 알 수 있을 거야."

"좋아." 켈시어가 말했다.

"나도 햄과 함께 가고 싶어요." 빈이 말했다.

켈시어가 잠시 침묵했다.

"햄과 함께?"

빈이 고개를 끄덕였다.

"난 아직 써그와 훈련을 받아보지 못했어요. 햄은 내게 몇 가지 기술을 가르쳐줄 수 있을 거예요."

"넌 이미 백랍을 태우는 법을 알잖아. 우린 그걸 연습했어." 켈시어가 말했다.

"알아요." 빈이 말했다. 어떻게 설명해야 할까? 햄은 오로지 백랍만 가지고 기술을 썼다. 그러니 그는 백랍을 다루는 기술에서는 필경 켈시어보다 나을 것이다.

"오, 그 애 좀 그만 괴롭혀." 브리즈가 말했다. "아마 무도회와 파티에 싫증이 났나 보지. 잠깐 그 애를 흔한 거리의 부랑아로 돌아가게 해줘."

"좋아." 켈시어가 눈을 굴리면서 말했다. 그는 자기 잔에 또 한 잔을 따랐다. "브리즈, 네가 얼마간 떠나 있는다면 그동안 네 수더들이 얼마나 잘해낼 수 있을까?"

브리즈는 어깨를 으쓱했다.

"물론 나는 팀에서 가장 효율적인 사람이지. 하지만 내가 다른 사람들을 훈련시켰어. 그들은 나 없이도 효율적으로 모병을 할 수 있을 거야. 특히 이제는 '생존자'에 대한 이야기가 대중에 널리 퍼졌으니까."

"그런데 우리 그 이야기 좀 해야겠어, 켈." 독슨이 얼굴을 찌푸리며 말했다. "나는 너와 '열한 번째 금속'에 대한 이런 신비주의적인 믿음이 별로 마음에 들지 않아."

"그건 나중에 논의해도 돼." 켈시어가 말했다.

"내 부하들에 대해서는 왜 물어?" 브리즈가 말했다. "드디어 흠 한 점 없는 내 패션 감각에 질투를 느껴서 나를 없애려고 결심한 거야?"

"그렇게 말해도 되겠지." 켈시어가 말했다. "난 널 예덴 대신 몇 달 동굴에 보내려고 생각하고 있어."

"예덴 대신이라고?" 브리즈가 놀라서 물었다. "나더러 군대를 이끌라는 거야?"

"왜 안 돼?" 켈시어가 말했다. "너는 명령 내리는 일을 아주 잘하잖아."

"뒤편에서지, 이 사람아." 브리즈가 말했다. "난 앞에 나서지 않아. 내가 '장군'이 된다니, 그게 얼마나 터무니없는 소리인 줄 알아?"

"그냥 좀 생각해봐." 켈시어가 말했다. "우리는 그때쯤 모병이 다 끝나야 해. 그러니까 네가 동굴에 가고 예덴이 돌아와 여기서 자기 연줄들과 접촉하는 게 가장 효율적일 거야."

브리즈는 얼굴을 찌푸렸다.

"그런 것 같군."

"너무 신경 쓰지 말고." 켈시어가 일어나며 말했다. "난 와인을 턱없이 모자라게 마신 것 같아. 스푸크, 착한 아이답게 저장고로 달려 내려가서 또 한 병 가져다줄래?"

소년은 고개를 끄덕였고, 대화는 더 가벼운 주제들로 돌아왔다. 빈은 방 한쪽에 있는 석탄 난로의 온기를 느끼면서 의자에 자리를 잡았다. 걱정, 싸움, 계획을 하지 않아도 되는 평화를 그저 즐기는 이 순간이 만족스러웠다.

'린이 이런 걸 알 수만 있었다면.' 그녀는 느긋하게 귀걸이를 만지작거리며 생각했다. '그랬다면 그에게도 세상은 달랐을 거야. 우리 남매에게 다른 세상이 펼쳐졌을 거야.'

다음 날 햄과 빈은 루서델 주둔군을 방문하러 떠났다.

몇 달이나 귀족 여성을 연기한 후라서, 빈은 거리의 옷을 다시 입으면 이상하게 느껴질 거라고 생각했다. 그러나 전혀 그렇지 않았다. 맞다, 기분이 약간 다르기는 했다. 제대로 앉거나, 드레스가 더러운 벽이나 바닥에 쓸리지 않게 걸어야 한다고 걱정하지 않아도 되었다. 하지만 일상적인 옷은 여전히 자연스럽게 느껴졌다.

그녀는 소박한 갈색 바지에 느슨한 흰색 셔츠를 허리에 쑤셔 넣고, 그 위에 가죽 조끼를 겹쳐 입었다. 여전히 기르는 중인 머리는 모자 안으로 밀어 넣었다. 무심한 행인들은 그녀를 소년으로 생각할 것이다. 햄은 그것이 문제가 된다고 생각하는 것 같지 않았지만.

실제로 아무 문제도 되지 않았다. 빈은 사람들이 자기를 뜯어보고 평가하는 데 익숙해졌지만, 거리에서는 아무도 그녀에게 눈길조차 주지 않았다.

발을 끌며 걷는 스카 노동자들, 무관심한 지체 낮은 귀족들, 심지어 클럽스 같은 지위 높은 스카들까지, 그들 모두가 그녀를 무시했다.

'난 남에게 보이지 않는다는 게 어떤 것이었는지 거의 잊어버리고 있었구나.' 빈은 생각했다. 다행히도, 걸을 때 아래를 내려다보고, 사람들이 지나는 길에서 비켜나고, 자신에게 이목을 끌지 않도록 구부정하게 다니는 옛 태도가 쉽사리 되돌아왔다. '길거리 스카 빈'이 되는 것은 늘 흥얼거리던 오래되고 낯익은 멜로디를 기억해내는 일만큼이나 간단했다.

'이건 정말 또 다른 변장일 뿐이구나.' 빈은 햄 옆에서 걸어가며 생각했다. '나의 화장은 주의 깊게 뺨에 문지른 가벼운 재 한 겹, 내 드레스는 한참 입은 오래된 옷처럼 보이려고 문질러진 바지 한 벌.'

그렇다면 진짜 그녀는 누구일까? 부랑아 빈? 숙녀 발레트? 둘 다 아닐까? 그녀의 친구 중 누구라도 진짜 그녀를 알까? 그녀는 진짜 자기 자신을 알까?

"아, 난 여기가 그리웠어." 햄이 그녀 곁에서 즐겁게 걸으면서 말했다. 햄은 언제나 행복해 보였다. 군대를 이끌던 때의 얘기를 들어도 그녀는 그가 불만을 품은 모습을 상상할 수 없었다.

"좀 이상하군." 그가 빈을 보면서 말했다. 그는 빈이 주의 깊게 만들어낸 의기소침한 분위기로 걷고 있지 않았다. 그는 다른 스카들 사이에서 자신이 튄다는 걸 신경 쓰는 것 같지도 않았다. "난 아마 이 장소가 그립지 않아야 할 거야. 무슨 뜻이냐면, 루서델은 '마지막 제국'에서 가장 더럽고 가장 붐비는 도시거든. 하지만 여기엔 또 뭔가가 있어……."

"당신 가족이 여기 사나요?" 빈이 물었다.

햄은 고개를 저었다.

"내 가족은 도시 바깥의 더 작은 도시에 살아. 아내는 거기서 재봉사 일을 해. 사람들에게는 내가 루서델 주둔군에 있다고 말하지."

"가족이 그립지 않아요?"

"물론 그립지." 햄이 말했다. "힘들긴 해. 난 한 번에 몇 달 정도밖에 가족과 함께 지내지 못해. 하지만 이런 게 나아. 내가 일을 하다 살해당하더라도 심문관들은 내 가족을 추적해내기 어려울 거야. 켈에게도 그들이 어느 도시에 사는지 말하지 않았거든."

"미니스트리가 그렇게까지 수고할 거라고 생각하나요?" 빈이 물었다. "그러니까, 당신은 이미 죽었을 거 아니에요."

"난 미스팅이야, 빈. 그건 내 후손들 전부 어느 정도 귀족의 피를 가진다는 뜻이야. 내 아이들은 알로맨서일지도 몰라. 그 애들의 아이들도 그렇고. 아니, 심문관은 미스팅 한 명을 죽일 때면 그 아이들까지 확실하게 말살시켜. 내 가족을 안전하게 지키는 길은 그들에게서 떨어져 있는 것뿐이야."

"그냥 당신 알로맨시를 안 쓸 수도 있잖아요." 빈이 말했다.

햄은 고개를 저었다.

"내가 그럴 수 있는지 잘 모르겠어."

"그 힘 때문에요?"

"아니, 돈 때문에." 햄은 솔직히 말했다. "써그 혹은 귀족들이 부르기 좋아하는 대로라면 '백랍팔(Pewterarms)'은 사람들이 가장 많이 찾는 미스팅이야. 유능한 써그는 보통 사람 여섯 명까지 상대할 수 있어. 그리고 짐을 더 잘 들고, 더 잘 견디며, 다른 어떤 근육질의 용병보다 빠르게 움직여. 패거리를 작게 유지해야 할 때는 그게 많은 의미를 지니지. 코인샷 두어 명을 써그 대여섯 명과 섞어봐. 그러면 너는 작고 기동성 좋은 군대를 갖게 되는 거야. 사람들은 그런 호위를 받기 위해서라면 많은 돈을 낼 거야."

빈은 고개를 끄덕였다.

"돈이 얼마나 유혹적인지 알아요."

"그건 유혹 이상이야, 빈. 내 가족은 빽빽한 공동주택에서 살 필요가 없고, 굶어 죽을 걱정을 하지 않아도 돼. 내 아내는 위장용으로만 일해. 그들은 스카로서는 좋은 삶을 누리고 있어. 일단 충분히 벌면 우리는 '중앙 지배지'

에서 다른 데로 이사 갈 거야. '마지막 제국'에는 많은 사람들이 모르는 장소들이 있어. 돈이 충분한 사람이라면 귀족처럼 살 수 있는 곳들. 걱정 없이 그냥 살 수 있는 곳들."

"그거…… 매력적으로 들리네요."

햄은 고개를 끄덕이며 방향을 바꿔 주 성문으로 향하는 더 큰 주 도로로 앞장서 갔다.

"사실 나는 켈을 통해 그런 꿈을 얻었어. 그건 그가 언제나 하고 싶다고 말하던 일이었어. 내가 켈보다 더 행운이 있기만 바랄 뿐이야……."

빈은 얼굴을 찌푸렸다.

"모두들 그가 부자였다고 말하던데, 그는 왜 떠나지 않은 거죠?"

"나도 몰라." 햄이 말했다. "언제나 다른 계획이 있었고, 그 계획 하나하나는 그전 것보다 더 컸어. 켈 같은 패거리 두목이라면 그 게임에 중독될 수도 있을 것 같아. 돈은 그에게 중요해 보이지도 않았어. 결국 그는 로드 룰러가 그 숨겨진 성소에 헤아릴 수 없는 비밀을 저장해두었다는 말을 들었지. 만약 그 계획 전에 그와 메어가 떠나버렸다면…… 음, 그러나 그들은 그러지 않았어. 난 잘 모르겠어. 아마 그들은 걱정거리가 없는 곳에서는 행복한 삶을 살지 못했을지도 몰라."

그 개념은 그에게 강한 흥미를 불러일으키는 것 같았다. 빈은 그의 마음 속에서 다른 '질문'들이 생겨나는 것을 알 수 있었다.

'켈 같은 패거리 두목이라면, 그 게임에 중독될 수도 있을 것 같아…….'

예전에 느꼈던 불안이 되돌아왔다. 켈시어 자신이 제국의 왕관을 거머쥔 다면 어떻게 될까? 그는 아마 로드 룰러만큼 나쁘지는 않을 것이다. 하지만…… 그녀는 그 일기책을 점점 더 많이 읽고 있었다. 로드 룰러는 처음부터 폭군은 아니었다. 그는 한때 좋은 사람이었다. 삶이 잘못 꼬여버린 좋은 사람.

'켈시어는 달라. 그는 옳은 일을 할 거야.' 빈은 마음속으로 강하게 말했다.

3장 피 흘리는 태양의 아이들

그래도 그녀는 의구심이 들었다. 햄은 이해하지 못할지도 모르나, 빈은 그 유혹을 알 수 있었다. 귀족은 타락한 존재지만, 상류 사교계에는 중독적인 부분이 있었다. 빈은 그 아름다움에, 그 음악에, 그 춤에 사로잡혔다. 그녀가 받는 매혹은 켈시어의 것과 같지는 않았다. 그녀는 정치적 게임에도, 심지어 사기에도 켈시어만큼 관심이 없었다. 그러나 그녀는 왜 그가 루서델을 뒤에 남기고 떠나기 싫어하는지 이해할 수 있었다.

그 싫은 마음이 옛날의 켈시어를 파괴했다. 그러나 그 덕분에 더 나은 것이 생겨났다. 더 단호하고 덜 이기적인 켈시어. 그녀는 그러기를 바랐다.

'물론 전에 그가 세운 계획도 그가 사랑하는 여자를 희생으로 몰아넣었어. 그래서 그가 귀족을 그렇게 미워하는 걸까?'

"햄, 켈시어는 언제나 귀족을 미워했나요?" 그녀가 물었다.

햄은 고개를 끄덕였다.

"하지만 지금은 더하지."

"때때로 그를 보면 겁이 나요. 그는 귀족들이 누구건 간에 전부 죽이고 싶어 하는 것처럼 보여요."

"나도 그를 걱정하고 있어." 햄이 말했다. "이 '열한 번째 금속' 일…… 그건 마치 자기를 무슨 성인으로 만들고 있는 것 같아." 그는 잠시 말을 멈추고 그녀를 바라보았다. "너무 걱정하지 마라. 브리즈와 독스 그리고 나는 이미 여기에 대해서 이야기를 했어. 우리는 켈에 맞설 거야. 우리가 그를 좀 통제할 수 있는지 보자고. 그의 뜻은 좋지만 때때로 그는 좀 너무 나가버리는 경향이 있어."

빈은 고개를 끄덕였다. 앞쪽은 성문을 지나가도 좋다는 허락을 얻기 위해 관례적으로 줄을 서 있는 사람들이 붐비고 있었다. 그녀와 햄은 그 침통한 무리들 옆을 조용히 걸어 지나쳤다. 부두로 보내지는 노동자들, 강이나 호수 근처에 있는 바깥 방앗간에서 일하기 위해 보내지는 사람들, 여행을 하려고 하는 소귀족들. 모두 도시를 떠날 만한 이유가 있을 것이다. 로드 룰러는 자기 왕국 안에서의 여행을 엄격하게 통제했다.

'가엾은 아이들.' 빈은 들통과 솔을 든 누더기 차림의 아이들 무리를 지나치면서 생각했다. 그들은 아마 벽을 기어 올라가 안개 때문에 자란 이끼를 난간에서 긁어내는 일을 할 것이다. 성문 근처에서는 공무원 한 명이 욕을 하며 어떤 남자를 줄에서 떠밀고 있었다. 그 스카 노동자는 거세게 쓰러졌지만, 결국 도로 일어나 발을 끌며 줄 끝에 가서 섰다. 도시 밖으로 나가지 못하면 그는 그날 일을 하지 못할 것 같았다. 그리고 일이 없으면 그의 가족에게 줄 식권 또한 없을 것이다.

빈은 햄을 따라 문을 지나가 성벽과 나란히 난 거리를 내려갔다. 그 끝에는 커다란 건물 여러 채가 보였다. 빈은 한 번도 주둔군 사령부를 살펴본 적이 없었다. 패거리 사람들은 대부분 그곳에서 넉넉히 거리를 두곤 했다. 그러나 다가가면서 그녀는 그곳의 방어 태세에 깊은 인상을 받았다. 건물 전체를 둘러친 벽에는 커다란 대못들이 박혀 있었다. 그 안에 있는 건물들은 컸고 강화되어 있었다. 문에는 군인들이 서서 지나가는 사람들을 적대적으로 쳐다보고 있었다.

빈은 걸음을 멈추었다.

"햄, 우리 어떻게 이 안으로 들어갈 거예요?"

"걱정 마." 그가 그녀 옆에 멈춰 서며 말했다. "주둔군 사람들은 날 알아. 더구나 그들은 겉모습만큼 나쁘지 않아. 주둔군 사람들은 그냥 겁주는 얼굴을 하고 있을 뿐이야. 너도 생각할 수 있겠지만 그들은 썩 호감을 사지는 못해. 저 안의 군인들은 대부분 스카야. 더 나은 삶을 누리는 대신 로드 룰러에게 팔려간 사람들이지. 도시에서 스카 폭동이 일어날 때마다 지역 주둔군들은 불만분자들에게 심하게 얻어맞아. 그래서 방어 시설이 있는 거야."

"그러면…… 당신은 이 사람들을 알아요?"

햄은 고개를 끄덕였다.

"난 브리즈나 켈과는 달라, 빈. 난 얼굴 표정을 바꾸면서 가장을 하지는 못해. 난 그냥 나야. 이 군인들은 내가 미스팅이라는 걸 몰라. 하지만 내가 암흑가에서 일하는 건 알아. 난 이 작자들 중 많은 사람들과 오랫동안 알아 왔어. 그들은 꾸준히 날 모병해 가려고 했어. 보통 나같이 이미 주류 사회 바깥에 있는 사람을 자기 군대에 합류시키면 운이 좋은 거거든."

"하지만 당신은 그들을 배신할 거잖아요." 빈이 햄을 길옆으로 끌어가면 서 조용히 말했다.

"배신?" 그가 물었다. "아니, 그건 배신이 아니야. 저 사람들은 용병들이야, 빈. 그들은 싸우기 위해서 고용되었고, 폭동이나 반역도에 끼어 있다면 친 구들, 심지어 친척들이라도 공격할 거야. 군인들은 이런 일을 이해하는 법 을 배워. 우리는 친구들일지도 몰라. 하지만 싸우게 되면, 우리 중 아무도 상 대를 죽이는 걸 주저하지 않을 거야."

빈은 천천히 고개를 끄덕였다. 그건…… 냉혹해 보였다.

'하지만 삶은 그런 거야. 냉혹해. 린이 가르쳐준 것 중에서 그 부분은 거짓 이 아니었어.'

"가엾은 녀석들." 햄이 주둔군을 보며 말했다. "우리는 그들 같은 사람들 을 이용할 수도 있었어. 동굴로 떠나기 전에 나는 내 말을 받아들일 것 같았 던 몇 명을 모병하는 데 성공했어. 나머지는…… 음, 그들은 자기 길을 골랐 지. 나처럼 그들은 자기 아이들에게 더 좋은 삶을 주려고 하고 있을 뿐이야. 하지만 차이가 있다면, 그들은 그렇게 하기 위해 기꺼이 '그'를 위해 일한다 는 거지."

햄은 다시 그녀를 보았다.

"좋아, 너는 백랍 태우기에 대한 조언을 받고 싶니?"

빈은 열렬히 고개를 끄덕였다.

"군인들은 보통 나와 대련을 해." 햄이 말했다. "넌 내가 싸우는 모습을 볼 수 있어. 내가 알로맨시를 사용하고 있을 때 봐야 하니까 청동을 태우렴. 네 가 '백랍팔'에 대해 처음 배우게 될 제일 중요한 요소는 금속을 쓰는 타이밍

이야. 내가 보기엔 젊은 알로맨서들은 언제나 백랍을 폭발시키는 경향이 있어. 더 강하면 더 좋을 줄 아는 거지. 그렇지만 적에게 타격을 줄 때 한방 한방 늘 세게 때리고 싶지는 않을 거야.

힘은 싸움에서 큰 부분이지만 유일한 부분은 아니야. 언제나 최대한 세게 타격을 가하려 한다면 너는 더 빨리 지치고 적에게 네 한계가 어디까지인지 정보를 주게 되겠지. 영리한 사람은 전투를 끝낼 때 가장 강하게 주먹을 날려. 자기 적이 제일 약해졌을 때 말이야. 그리고 전쟁처럼 전투가 확장된 형태에서는, 가장 오래 살아남는 군인이 가장 영리한 군인이야. 그 사람은 힘 조절을 할 수 있는 사람이겠지."

빈은 고개를 끄덕였다.

"하지만 알로맨시를 사용하고 있으면 더 천천히 지치지 않나요?"

"그래." 햄이 말했다. "사실 백랍만 충분하다면 몇 시간 동안은 거의 최고 효율로 싸울 수 있어. 하지만 백랍을 그렇게 오래 유지하려면 연습이 필요하고, 결국은 금속이 다 떨어지겠지. 그때 너는 엄청난 피로 때문에 죽을 수도 있어.

아무튼 내가 설명하려는 건, 백랍을 태우는 강도를 변화시키는 게 보통은 제일 좋다는 거야. 필요한 만큼보다 힘을 더 사용했다가는 균형이 무너질 수 있으니까. 또 나는 백랍에 너무 의지해서 훈련과 연습을 무시해버린 써그들도 봤어. 백랍은 육체적 능력을 강화시키긴 하지만 타고난 기술을 강하게 해주는 건 아니야. 네가 무기를 들 줄 모르거나, 싸우면서 재빨리 생각하는 훈련이 되어 있지 않으면 넌 아무리 강해도 질 거야.

난 주둔군에서는 아주 조심해야 해. 그들에게 내가 알로맨서라는 걸 알리고 싶지는 않거든. 그게 중요하게 작용하는 순간이 얼마나 많은지 알면 넌 놀랄걸. 내가 어떻게 백랍을 쓰는지 지켜봐. 나는 그냥 힘을 얻으려고 그걸 폭발시키지는 않을 거야. 비틀거리게 된다면 즉각적으로 균형 감각을 얻기 위해 백랍을 태우겠지. 일격을 피할 때, 몸을 숙여 좀 더 신속하게 피할 수 있게 백랍을 태울지도 몰라. 언제 힘을 주어야 할지만 알아도, 네가 부릴 수 있는 수십 가지의 작은 속임수들이 생겨."

빈은 고개를 끄덕였다.

"좋아." 햄이 말했다. "그럼 가자. 주둔군들에게는 네가 내 친척 딸이라고 말할 거야. 넌 나이치고는 충분히 어려 보이니까 그들은 두 번 생각하지도 않을걸. 우선 내가 싸우는 걸 지켜보고, 나중에 이야기하자."

빈은 다시 고개를 끄덕였고, 둘은 주둔군에 다가갔다. 햄은 경비병 한 명에게 손을 흔들며 인사했다.

"안녕, 비바이던. 난 오늘 비번이야. 서티스 있어?"

"여기 있어, 햄." 비바이던이 말했다. "하지만 오늘이 대련하기 좋은 날인지는 잘 모르겠는데……."

햄이 한쪽 눈썹을 치켜세웠다.

"응?"

비바이던은 다른 군인 한 명과 눈길을 교환했다.

"가서 대위 데려와." 그가 상대 군인에게 말했다.

조금 후에, 무척 바빠 보이는 군인 한 명이 옆 건물에서 다가오더니 햄을 보자마자 손을 흔들었다. 그의 제복에는 색 줄무늬가 몇 개 더 달려 있었고, 어깨에도 금색 금속 조각이 몇 개 더 달려 있었다.

"햄."

새로 온 사람이 정문으로 걸어 나오며 말했다.

"서티스." 햄이 미소를 지으며 그 남자와 손을 움켜쥐었다. "이제 대위군, 응?"

"지난달에 그렇게 됐어." 서티스가 고개를 끄덕이며 말했다. 그러다 그는 잠시 멈추었고, 빈을 바라보았다.

"내 조카딸이야. 좋은 애지." 햄이 말했다.

서티스가 고개를 끄덕였다.

"우리끼리 잠시 이야기할 수 있을까, 햄?"

햄은 어깨를 으쓱하고는 건물 정문 옆의 좀 더 한적한 장소로 끌려갔다. 빈은 알로맨시로 그들이 무슨 말을 하고 있는지 들을 수 있었다.

'나, 주석 없을 땐 어떻게 살았을까?'

"이봐, 햄." 서티스가 말했다. "자네 당분간 대련하러 올 수 없을 거야. 주 둔군이…… 바빠질 거야."

"바빠져?" 햄이 물었다. "왜?"

"이유는 말할 수 없어." 서티스가 말했다. "하지만…… 음, 우린 자네 같은 군인이라면 정말 지금 당장에라도 쓸 수 있어."

"싸움이야?"

"응."

"전 주둔군이 주의를 기울이고 있다면 뭔가 심각한 거겠구먼."

서티스는 잠시 조용해졌다가 어조를 낮춰 다시 말했다. 소리가 너무 작아서 빈은 그의 말을 듣기 위해 긴장해야 했다.

"반역이야." 서티스가 속삭였다. "바로 여기 '중앙 지배지'에서. 우리도 방금 통지를 받았어. 스카 반역도의 군대가 나타나서 북쪽의 홀스텝 주둔군을 공격했어."

빈은 갑자기 등골이 써늘해졌다.

"뭐라고?" 햄이 말했다.

"놈들은 그 위쪽에 있는 동굴에서 온 게 틀림없어." 군인이 말했다. "마지막 소식은 홀스텝 방어 시설은 버텨내고 있다는 거였어. 하지만 햄, 그들은 겨우 천 명이야. 증원군을 필사적으로 기다리겠지만, 콜로스는 절대로 제때 닿지 못할 거야. 발트루 주둔군은 5천 명의 군인을 보냈어. 하지만 우린 그 일을 그들에게만 맡기지는 않을 거야. 이건 아주 큰 규모의 반란군인 것 같아. 로드 룰러께서 우리에게 가서 도우라고 허락하셨어."

햄이 고개를 끄덕였다.

3장 피 흘리는 태양의 아이들

"그래서…… 어쩔래?" 서티스가 물었다. "진짜 싸움이야, 햄. 진짜 전투는 돈이 되지. 자네 같은 기술을 가진 사람이라면 정말로 쓸 수 있어. 자네를 당장 장교로 만들고, 자네 분대를 따로 주겠어."

"나…… 난 생각 좀 해봐야겠어." 햄이 말했다. 그는 자신의 감정을 숨기는 데 서툴렀기에, 그가 놀라는 모습이 빈에게는 어색하게 보였다. 그러나 서티스는 알아채지 못한 것 같았다.

"오래 걸리지 마." 서티스가 말했다. "우린 두 시간 후에 진군할 계획이야."

"할게." 햄은 얼떨떨한 소리로 말했다. "내 조카딸을 데려다주고 뭐 좀 챙겨 올게. 자네들 떠나기 전에는 돌아올 거야."

"좋아." 서티스가 말했다. 그가 햄의 어깨를 철썩 치는 모습이 보였다.

'우리 군대가 드러났어.' 빈은 공포에 휩싸여 생각했다. '그들은 준비가 되지 않았는데! 그들은 주둔군과 곧장 대면하는 게 아니라 루서델을 조용하고 신속하게 점령하도록 되어 있었어.

그 사람들은 학살당할 거야! 무슨 일이 일어난 거지?'

25

다른 방법이 있을 때라면, 아무도 내 손이나 명령으로 인해 죽지 않는다. 그렇지만 나는 그들을 죽인다. 때때로 나는 내가 이런 저주받은 현실주의자가 아니었으면 하고 바란다.

켈시어는 꾸러미 안에 물병을 또 하나 던져 넣었다.

"브리즈, 우리가 모병했던 은신처 목록을 모두 만들어. 가서 미니스트리가 곧 그들의 위치를 누설할 수 있는 죄수들을 잡을지도 모른다고 경고해."

마지막 제국

브리즈는 이번만은 재치 있는 말을 하려는 욕심을 억누르고 고개를 끄덕였다. 그의 뒤에서는 도제들이 재빨리 클럽스의 가게 안을 돌아다니며 켈시어가 명령한 보급품들을 모으면서 준비를 하고 있었다.

"독스, 놈들이 예덴을 붙잡지 않는 한 이 가게는 안전할 거야. 클럽스의 틴아이 세 명 전부 계속 경비를 서도록 해. 문제가 있으면 빗장 은신처로 가."

독슨은 알았다고 고개를 끄덕이며 서둘러 도제들에게 명령을 내렸다. 한 명은 르노에게 경고할 소식을 갖고 이미 떠났다. 켈시어는 저택은 안전할 거라고 생각했다. 펠리스에서는 바지선 한 무리만 떠났는데, 거기에 탄 사람들은 르노가 계획에 끼어 있다고 생각하지 못했다. 르노는 꼭 그래야 할 필요가 없는 이상은 빠져나가지 않을 것이다. 르노가 사라지면 르노 자신과 발레트 둘 다 주의 깊게 준비한 배역에서 퇴장해야만 한다.

켈시어는 한 줌의 비상식량을 꾸러미에 채워 넣은 다음 등에 둘러멨다.

"나는 어쩌지, 켈?" 햄이 물었다.

"넌 약속한 대로 주둔군으로 돌아가. 그건 영리한 생각이었어. 우리는 거기 있을 정보원이 필요해."

햄은 불안한 듯이 얼굴을 찌푸렸다.

"지금 네 기분을 생각해줄 시간이 없어, 햄." 켈시어가 말했다. "사기 칠 필요는 없어. 그냥 하던 대로 하면서 듣기만 하면 돼."

"주둔군과 함께 가게 되면 그들에게 등을 돌리지는 않을 거야. 정보는 듣겠어. 하지만 내가 자기들 동맹이라고 생각하는 사람들을 공격하지는 않을 거야." 그가 말했다.

"좋아." 켈시어가 짧게 말했다. "하지만 네가 우리 쪽 군인도 죽이지 않을 방법을 찾아냈으면 하고 진심으로 바라. 세이즈드!"

"예, 마스터 켈시어?"

"얼마나 많은 속도를 저장할 수 있나?"

세이즈드는 서둘러 주위를 돌아다니는 수많은 사람들을 보며 살짝 얼굴을 붉혔다.

"아마 두세 시간 치요. 속도는 모으기 매우 어려운 속성입니다."

"충분히 긴 시간은 아니군." 켈시어가 말했다. "난 혼자 가겠어. 내가 돌아올 때까지 독스가 지휘를 맡아."

켈시어는 빙글 돌아서다가 멈추었다. 빈은 주둔군에 갔을 때 입었던 것과 똑같은 바지와 셔츠를 입고 모자를 쓴 채 그의 뒤에 서 있었다. 그녀는 그의 꾸러미와 비슷한 꾸러미를 어깨에 둘러메고 결연히 그를 쳐다보았다.

"힘든 여행이 될 거야, 빈." 그가 말했다. "넌 전에 이런 여행을 한 번도 해본 적이 없잖아."

"괜찮아요."

켈시어는 고개를 끄덕였다. 그는 테이블 밑에서 자기 트렁크를 끌어낸 다음 열어서 주머니를 꺼냈다. 그리고 빈에게 작은 백랍 방울을 부어주었다. 그녀는 말없이 그것을 받았다.

"이 구슬 다섯 개를 삼켜."

"다섯 개요?"

"일단은." 켈시어가 말했다. "더 먹어야 할 필요가 생기면 달리다가 멈출 수 있게 나한테 소리쳐."

"달린다고요?" 소녀가 물었다. "운하 보트를 타고 가는 거 아니에요?"

켈시어가 얼굴을 찌푸렸다.

"우리에게 왜 보트가 필요하겠니?"

빈은 주머니를 내려다본 다음 물이 든 컵을 움켜쥐고 구슬들을 삼키기 시작했다.

"꾸러미 속에 물을 충분히 넣었는지 확인해." 켈시어가 말했다. "가져갈 수 있는 한 많이 가져가렴." 그는 그녀에게서 떨어져선 독슨에게로 걸어가 그의 어깨에 한 손을 얹었다. "해가 질 때까지 세 시간 정도 남았어. 속력을 낸다면 내일 정오까지는 도착할 수 있을 거야."

독슨이 고개를 끄덕였다.

"그 정도면 충분할 거야."

'아마 그럴 거야.' 켈시어는 생각했다. '발트루 주둔군은 홀스텝에서 겨우 사흘 진군 거리에 있어. 밤새 말을 타도 전령은 이틀 안에 루서델까지 올 수 없어. 내가 군대에 도착할 때쯤에는……'

독슨은 켈시어의 눈에 어린 불안을 읽은 것이 분명했다.

"어느 쪽이든, 그 군대는 지금 우리한테 소용없어." 그가 말했다.

"나도 알아." 켈시어가 말했다. "이건 그 사람들의 생명을 구하려는 일일 뿐이야. 될 수 있는 한 빨리 소식 전할게."

독슨은 고개를 끄덕였다.

켈시어는 돌아서며 백랍을 폭발시켰다. 그의 꾸러미가 갑자기 텅 빈 것처럼 가볍게 느껴졌다.

"백랍을 태우렴, 빈. 우린 떠날 거다."

그녀는 고개를 끄덕였다. 켈시어는 그녀에게서 알로맨시 맥박이 나오는 것을 느꼈다.

"폭발시켜." 그는 트렁크에서 미스트클록 두 개를 꺼내 그녀에게 하나 던져 주며 명령했다. 그는 다른 하나를 입은 다음 앞으로 걸어 나가 부엌으로 향하는 뒷문을 확 열었다. 붉은 태양이 머리 위에서 밝게 비췄다. 미친 듯이 서두르던 패거리 일원들이 잠시 멈추고 돌아서서 켈시어와 빈이 건물에서 떠나는 모습을 지켜보았다.

소녀는 서둘러 앞으로 걸어와선 켈시어의 옆에서 보조를 맞췄다.

"햄은 내가 필요할 때만 백랍을 사용하는 법을 배워야 한다고 했어요. 그의 말로는 교묘하게 쓰는 게 더 낫대요."

켈시어는 얼굴을 돌려 소녀를 마주 보았다.

"지금은 교묘하게 쓸 때가 아니야. 나한테 가까이 따라붙으려고 노력하

3장 피 흘리는 태양의 아이들

고, 달릴 때 절대로 백랍이 떨어지지 않게 해라."

빈은 고개를 끄덕였는데 갑자기 약간 불안해하는 것처럼 보였다.

"좋아." 켈시어가 숨을 깊이 들이쉬며 말했다. "가자."

켈시어는 초인적인 속도로 골목길을 달려 내려갔다. 빈은 껑충 뛰어 움직이기 시작했고, 그를 따라 골목길을 벗어나 거리로 나왔다. 백랍은 그녀 안에서 맹렬하게 불타고 있었다. 이렇게 폭발시키다간 겨우 한 시간 만에 구슬 다섯 개를 다 써버릴 것 같았다.

거리는 스카 노동자와 귀족 마차로 붐볐다. 켈시어는 터무니없는 속도를 유지한 채로 교통 따위는 무시한 채 거리 한가운데로 뛰어들었다. 빈은 자기가 무슨 일에 빠져든 건지 점점 더 걱정이 되는 가운데 그를 따라갔다.

'켈시어 혼자 가게 할 수는 없어.' 그녀는 생각했다. 물론 지난번에 자기를 억지로 데려가게 했을 때는 반쯤 죽은 채로 병상에 한 달 동안 누워 있는 꼴이 되고 말았지만.

켈시어는 마차들 사이를 누비고 행인들을 스치며 거리가 온전히 자기 것인 양 달려 내려갔다. 빈은 최대한 그를 따라갔다. 발밑의 땅이 흐릿했고, 사람들은 너무 빨리 지나가버려 얼굴이 보이지도 않았다. 어떤 사람들은 그녀를 보고 소리쳤다. 화가 난 목소리였다. 그러나 그런 목소리 두어 개는 이내 끊겨버렸고, 곧 조용해졌다.

'클록 때문이야.' 빈은 생각했다. '그래서 이걸 입는구나. 그래서 언제나 우리가 이걸 입는 거야. 미스트클록을 보는 귀족들은 우리가 지나는 길에서 비켜야 한다는 걸 아는 거야.'

켈시어는 방향을 바꿔 곧장 도시 북문 쪽으로 달려갔다. 빈은 따라갔다. 켈시어는 문으로 다가가면서도 속도를 줄이지 않았다. 줄 선 사람들이 그를 손으로 가리키기 시작했다. 검문소 경비병들이 놀란 얼굴로 돌아보았다.

켈시어는 뛰어올랐다.

켈시어가 머리 위로 지나가는 바람에 갑옷을 입은 경비병 한 명이 켈시어의 알로맨시 무게에 부딪혀 소리를 지르며 땅에 쓰러졌다. 빈은 숨을 들이쉬고, 동전을 떨어뜨려 몸에 약간의 부양력을 준 다음 뛰어올랐다. 그녀는 쉽게 두 번째 경비병을 제쳤다. 동료가 땅 위에서 꿈틀대고 있자 경비병은 놀라서 위쪽을 쳐다보았다.

빈은 그 군인의 갑옷을 '밀어' 공중으로 몸을 더 높이 던졌다. 그 남자는 비틀거리긴 했지만 버티고 서 있었다. 빈은 켈시어와는 비교도 되지 않게 가벼웠기 때문이다.

그녀는 벽 위에 있던 군인들이 놀라 소리를 지르는 걸 들으며 벽을 쏜살같이 넘었다. 그녀는 아무도 자기를 알아보지 못했기만을 바랐다. 누가 알아보았을 것 같지는 않았다. 공중으로 날아오르느라 모자가 날아가버렸지만 궁중 숙녀 발레트에 익숙한 사람들은 절대 그녀를 더러운 바지를 입은 미스트본과 연결 짓지 못할 것이다.

빈의 클록은 지나가는 공기 속에서 화난 듯이 펄럭거렸다. 켈시어는 그녀 앞에서 공중에 호를 그리기를 끝낸 후 내려가기 시작했고, 빈은 곧 뒤를 따랐다. 햇빛 속에서 알로맨시를 쓰는 건 매우 낯설었다. 부자연스럽기까지 했다. 빈은 떨어지면서 실수로 아래를 내려다보았다. 편안하게 소용돌이치는 안개 대신 멀리 아래에 있는 땅이 보였다.

'너무 높아!' 빈은 공포심에 사로잡혀 생각했다. 다행히 그녀는 완전히 방향 감각을 잃지는 않았고, 켈시어가 착륙할 때 쓴 동전을 '밀' 수 있었다. 그녀는 하강 속도를 감당할 수 있는 수준으로 늦추어 잿빛 땅에 쿵 하고 떨어졌다.

켈시어는 즉각 고속도로로 달려갔다. 빈은 상인과 여행자들을 무시하고 그를 따라갔다. 이제 도시 밖에 나왔기 때문에 그녀는 켈시어가 속력을 늦출 거라고 생각했다. 그는 그렇게 하지 않았다. 오히려 속력을 높였다.

갑자기 그녀는 깨달았다. 켈시어는 동굴까지 걸어갈 생각도, 심지어 가볍게 달려갈 생각도 아니었다.

3장 피 홀리는 태양의 아이들

그곳까지 내내 전력 질주하려고 하고 있었다.

운하로는 2주가 걸리는 여행이었다. 그들에게는 얼마나 걸릴까? 그들은 빠르게, 무시무시한 속도로 움직이고 있었다. 전속력으로 달리는 말보다는 확실히 느리겠지만, 말은 절대로 그 속도를 오래 유지할 수 없다.

빈은 달리면서 피로를 느끼지 않았다. 그녀는 백랍에 의지했고, 약간의 긴장감만이 몸에 전해질 뿐이었다. 몸 아래에서 땅을 차는 자신의 발걸음도 거의 느껴지지 않았다. 그녀는 상당한 시간 동안 그 속도를 유지할 수 있겠다고 생각했다.

그녀는 켈시어에게 따라붙어 그와 보조를 맞추었다.

"제가 생각했던 것보다 더 쉬운데요."

"백랍이 네 균형 감각을 강화시켜준 거야." 켈시어가 말했다. "그렇지 않았다면 넌 당장 발이 걸려 넘어지고 있을걸."

"우리가 뭘 발견하게 될까요? 내 말은, 동굴에서요."

켈시어는 고개를 저었다.

"말해봐야 소용없지. 힘을 아껴둬."

"하지만 난 전혀 피곤하지 않아요!"

"열여섯 시간 후에 네가 뭐라고 하나 보자." 고속도로에서 벗어나자 켈시어는 훨씬 더 속력을 내 루스-대븐 운하 옆의 넓은 배 끄는 길 위로 달려갔다.

'열여섯 시간!'

빈은 켈시어 뒤로 약간 처져서 달릴 공간을 확보했다. 켈시어는 속력을 더 내어 미친 듯한 속도로 달렸다. 그가 옳았다. 다른 상황이었다면, 그녀는 고르지 못한 땅 위에서 금방 발을 헛디뎠을 것이다. 그러나 백랍과 주석이 이끌어준 덕분에 그녀는 간신히 선 자세로 버틸 수 있었다. 그것도 저녁이 어두워지고 안개가 나오면서 점점 더 주의해야 하는 일이 되었다.

때때로 켈시어는 동전을 던지고 언덕 꼭대기에서 다른 꼭대기로 몸을 던졌다. 그러나 그는 거의 대부분 운하 옆에 붙어 고른 속도로 달렸다. 몇 시간이 지나자 빈은 켈시어가 예언했던 피로를 느끼기 시작했다. 그녀는 속력을 유지하고는 있었지만, 그 아래 숨어 있는 것을 느낄 수 있었다. 몸 내부에서의 저항, 멈춰서 쉬고 싶은 열망. 백랍의 힘을 쓰는데도 몸에서 힘이 떨어져가고 있었다.

그녀는 백랍이 바닥나지 않게 조심했다. 백랍의 힘이 사라져버리면 피로가 너무 강력하게 엄습해서 다시 길을 떠날 수 없게 될까 봐 두려웠다. 그다지 목이 마르지 않았는데도, 켈시어는 그녀에게 어마어마한 양의 물을 마시라고 명령해두었다.

밤은 어둡고 고요해져서 어떤 여행자도 감히 안개 속에 나서지 않았다. 그들은 밤에 묶여 있는 운하 보트와 바지선들, 이따금씩 나오는 운하 일꾼들의 야영지를 지나갔다. 그들은 길 위에서 안개유령을 두 번 보았다. 첫 번째 것 때문에 빈은 끔찍하게 놀랐다. 켈시어는 사람과 동물의 찌꺼기들이 소화돼 그 뼈가 골격을 이루고 있는 안개유령의 무섭고 반투명한 형상을 완전히 무시하고 지나쳤다.

그는 여전히 달리고 있었다. 시간이 흐려졌고, 달리기가 빈의 존재와 행동을 전부 지배하게 되었다. 움직이는 데 너무 주의를 기울이다 보니 그녀는 앞쪽의 안개 속에서 달리는 켈시어에게 겨우 초점을 맞출 수 있었다. 그녀의 몸은 아직 강했지만, 동시에 끔찍하게 탈진한 상태로 느껴졌다. 발걸음은 전부 빨랐지만, 내딛기 싫은 일이 되었다. 그녀는 쉬고 싶어 죽을 지경이었다.

켈시어는 그녀에게 휴식 시간을 주지 않았다. 그는 믿을 수 없는 속도를 유지한 채 계속해서 달리면서 그녀 또한 계속 달리게끔 만들었다. 빈의 세계에서는 시간이 느껴지지 않았고, 고통이 덮쳐오며 그녀의 기력이 빠르게 없어지기 시작했다. 그들은 때때로 속도를 늦춰서 물을 마시거나 백랍 구슬을 더 삼켰다. 그러나 그녀는 결코 달리기를 멈추지 않았다. 마치…… 마치 멈출 수 없는 것 같았다. 빈은 탈진 상태로 정신이 압도되는 것을 느꼈다. 폭발하는 백랍밖에 느껴지지 않았다. 그것을 빼면 그녀는 아무것도 아니었다.

그녀는 빛 때문에 놀랐다. 해가 뜨면서 안개가 사라지기 시작했다. 그러나 켈시어는 날이 밝았다고 해서 멈추지 않았다. 어떻게 그럴 수 있겠는가? 그들은 달려야 했다. 그들은 그냥⋯⋯ 달려야⋯⋯ 했다⋯⋯.

'난 죽을 거야.'

그 생각이 처음 빈에게 떠오른 것은 아니었다. 달리면서 사실 그 생각은 계속 마음속을 맴돌고 있었다. 썩은 시체를 먹는 새처럼 그녀의 두뇌를 쿡쿡 쪼아대고 있었다. 그녀는 계속 움직였다. 달렸다.

'난 달리는 게 싫어. 그래서 언제나 시골이 아닌 도시에서 살았어. 그러면 달릴 필요가 없으니까.' 그녀는 생각했다.

그녀 안의 어느 부분이 그 생각은 전혀 이치에 맞지 않는다는 것을 깨달았다. 그러나 지금 그녀의 상태는 명석함과는 거리가 멀었다.

'켈시어도 미워. 그는 계속 가기만 해. 해가 뜬 지 얼마나 오래됐지? 몇 분? 몇 시간? 몇 주? 몇 년? 정말이지 내 생각엔⋯⋯.'

켈시어가 그녀 앞에서 속도를 늦춰 멈추었다.

빈은 얼떨떨해져서 그와 부딪칠 뻔했다. 그녀는 비틀거리며 서툰 발걸음으로 속도를 늦췄다. 마치 달리기 외에는 모든 것을 잊어버린 듯이. 그녀는 멈추었고, 그다음 말문이 막힌 채로 자기 발을 내려다보았다.

'이건 잘못됐어. 난 그냥 여기 서 있으면 안 돼. 난 움직이고 있어야 해.' 그녀는 생각했다.

그녀는 자기가 다시 움직이기 시작하는 것을 느꼈지만, 켈시어가 그녀를 붙잡았다. 그녀는 그의 손아귀 속에서 몸부림치며 약하게 저항했다.

'쉬어.' 그녀 안에서 뭔가가 말했다. '긴장을 풀어. 넌 그게 뭔지 잊어버렸어. 하지만 그건 참 좋은 거야⋯⋯.'

"빈! 백랍을 끄지 마. 그걸 계속 태우지 않으면 넌 의식을 잃을 거야." 켈시어가 말했다.

빈은 방향감각을 잃고 고개를 흔들며 그의 말을 이해하려고 애썼다.

"주석! 주석을 폭발시켜, 당장!" 그가 말했다.

그녀는 그렇게 했다. 거의 잊어버리고 있던 두통으로 머리가 갑자기 불타오르는 것 같았고, 햇빛에 눈이 멀어버릴 것 같아서 그녀는 눈을 감아야 했다. 다리는 아팠고 발은 더 심했다. 그러나 갑작스럽게 감각이 깨어나면서 제정신이 들었다. 그녀는 눈을 깜박이며 켈시어를 쳐다보았다.

"좀 나아?" 그가 물었다.

그녀는 고개를 끄덕였다.

"넌 지금까지 네 몸에 믿을 수 없을 정도로 심한 짓을 했어." 켈시어가 말했다. "몇 시간 전에 그만뒀어야 했어. 하지만 넌 백랍으로 계속 버텼어. 넌 회복될 거야. 심지어 더 나아질 거야. 네 한계를 이렇게 밀어붙였기 때문에 더 좋아질 거야. 하지만 지금 당장은 백랍을 계속 태우면서 깨어 있어야 해. 잠은 나중에 잘 수 있어."

빈은 고개를 다시 끄덕였다.

"왜……." 그녀는 쉰 목소리로 말했다. "우리, 왜 멈췄어요?"

"들어봐."

빈은 귀를 기울였다. 목소리들이…… 들렸다. 고함을 치고 있었다.

그녀는 켈시어를 쳐다보았다.

"전투인가요?"

켈시어는 고개를 끄덕였다.

"홀스텝 시는 한 시간 정도 더 북쪽에 있어. 하지만 우리가 향하던 목적지는 찾은 것 같아. 가자."

그는 그녀를 놓아주고는 동전을 하나 떨어뜨리고 운하를 뛰어넘었다. 빈은 가까이 있는 언덕을 달려 올라가는 그를 뒤따라갔다. 켈시어는 언덕 꼭대기에 올라가서 맞은편을 건너다보았다. 그런 다음 그는 일어서서 동쪽의

3장 피 흘리는 태양의 아이들

뭔가를 뚫어지게 바라보았다. 언덕에 오르자 빈도 그 전투—전투라기엔 초라했지만—를 쉽게 볼 수 있었어요. 멀리서, 바람의 움직임이 코에 냄새를 실어다 주었다.

피. 맞은편 계곡에는 시체들이 흩뿌려져 있었다. 사람들은 여전히 계곡 먼 곳에서 싸우고 있었다. 서로 맞지도 않는 옷을 입고 엉망진창이 된 작은 무리가 훨씬 더 큰 규모의, 제복을 입은 군대에 둘러싸여 있었다.

"우리가 너무 늦었어." 켈시어가 말했다. "우리 군대는 홀스텝 주둔군을 없애버린 다음 동굴로 되돌아오려고 한 게 틀림없어. 하지만 발트루 시가 겨우 며칠 거리에 떨어져 있었고, 그곳의 주둔군은 5천 명이었어. 우리가 오기 전에 그 군인들이 여기 온 거야."

빛이 밝은데도 주석을 사용하며 눈을 가늘게 뜨고 보자, 빈은 그의 말이 맞는다는 걸 알 수 있었다. 더 큰 군대는 제국의 제복을 입고 있었고, 시체의 줄을 보고 판단하건대 그 군대가 스카 군대가 지나갈 때를 노려 기습을 한 듯싶었다. 스카 군대에는 승산이 없었다. 그녀가 지켜보는 동안 스카들은 손을 들기 시작했다. 그러나 군인들은 신경 쓰지 않고 그들을 계속 죽였다. 남은 농부들 가운데 어떤 사람들은 필사적으로 싸웠지만, 그들도 금방 쓰러지고 있었다.

"이건 학살이야." 켈시어가 분노해서 말했다. "발트루 주둔군은 무리 전체를 말살시키라는 명령을 받은 게 틀림없어." 그는 앞으로 걸어 나갔다.

"켈시어!" 빈이 그의 팔을 잡으며 말했다. "뭐 하려는 거예요?"

그는 그녀를 돌아보았다.

"저 아래 아직 사람들이 있어. 내 사람들이야."

"뭘 어쩌려고요? 군대 전체를 혼자 공격할 거예요? 무슨 목적으로? 당신 반역도들에겐 알로맨시가 없어요. 그들은 빠르게 달아나 도망칠 수 없어요. 당신은 전군을 막을 수 없고요, 켈시어."

그는 몸을 흔들어 그녀의 손에서 벗어났다. 그녀는 계속 잡고 있을 힘이 없었다. 그녀는 비틀거리다가, 재를 한 움큼 피워 올리며 검고 거친 흙 속으로 쓰러졌다. 켈시어는 전장을 향해 언덕을 몰래 내려가기 시작했다.

빈은 한쪽 무릎으로 일어났다.

"켈시어." 피로 때문에 조용히 흔들리는 몸으로 그녀가 말했다. "우리는 무적이 아니에요. 기억해요?"

그는 멈추었다.

"당신은 무적이 아니에요." 그녀가 속삭였다. "당신이 그들 모두를 막을 수는 없어요. 당신은 그 사람들을 구할 수가 없어요."

켈시어는 두 주먹을 불끈 쥔 채 조용히 서 있었다. 그다음, 천천히, 그는 고개를 숙였다. 반역도들은 많이 남지 않았지만, 멀리서 대학살은 계속되었다.

"동굴이 있잖아요." 빈이 속삭였다. "우리 군대는 뒤에 사람들을 남겼을 거예요, 맞죠? 그들은 왜 군대가 스스로를 노출시켰는지 우리에게 말해줄 수 있을 거예요. 당신은 뒤에 남아 있는 사람들을 구할 수 있을 거고요. 로드 룰러의 부하들은 분명히 군대 본부를 수색할 테니까요. 이미 수색하고 있지 않다면요."

켈시어가 고개를 끄덕였다.

"좋아, 가자."

켈시어는 동굴 속으로 떨어져 내려갔다. 멀리 위에서 아래로 약간 비쳐 드는 햇빛만 존재하는 깊은 어둠 속에서 뭔가를 보려면 주석을 폭발시켜야 했다. 빈이 위에서 떨어지며 균열에 긁히는 소리가 그의 강화된 귀에 천둥소리처럼 들렸다. 동굴 속에는…… 아무것도 없었다. 아무 소리도, 아무 빛도.

'그럼 빈이 틀렸구나. 아무도 뒤에 남아 있지 않아.' 켈시어가 생각했다.

켈시어는 천천히 숨을 내쉬며 좌절과 분노를 내보낼 수단을 찾으려고 했다. 그는 전장에 있던 사람들을 포기했다. 그는 그 순간 이성이 하는 말을 무시하며 고개를 흔들었다. 그의 분노는 아직도 너무나 생생했다.

빈은 그의 옆쪽으로 떨어졌다. 한계까지 무리한 그의 눈에 그녀의 모습은 그림자에 지나지 않았다.

"비었어." 그가 선언했다. 그의 목소리는 동굴 속에서 공허하게 울렸다. "네가 틀렸어."

"아뇨, 저기요." 빈이 속삭였다.

갑자기 그녀는 자리를 떠나, 고양이같이 유연하게 마루를 재빨리 가로질렀다. 켈시어는 그녀를 어둠 속에서 부르다가 이를 갈며, 어느 통로를 내려가는 그녀의 소리를 듣고 따라갔다.

"빈, 여기로 돌아와! 거기는 아무것도 없……."

켈시어는 멈추었다. 그는 앞쪽 복도에서 불이 깜박이는 것을 간신히 알아볼 수 있었다.

'젠장할! 빈은 어떻게 이렇게 먼 데서 저걸 봤지?'

그는 여전히 앞에 있는 빈의 소리를 들을 수 있었다. 켈시어는 더 조심스럽게 길을 나아가며 금속 저장량을 점검했다. 미니스트리 편에서 남겨놓았을 덫이 걱정되었기 때문이다. 그가 불빛에 더 가까이 다가가자, 한 목소리가 앞에서 소리쳤다.

"거기 누구냐? 암호를 대라!"

켈시어는 계속 걸어갔다. 불이 밝아지면서, 앞쪽 복도에서 역광을 받으며 창을 들고 있는 사람이 보였다. 빈은 어둠 속에서 웅크리고 기다렸다. 켈시어가 지나가자 그녀가 묻는 듯이 쳐다보았다. 그녀는 그 순간에는 '백랍 끌어내기*'를 멈춘 상태를 극복한 것처럼 보였다. 그러나 마침내 그들이 멈춰서 쉬게 되자, 그녀는 그 피로를 느꼈다.

---

* 백랍 끌어내기(PEWTER-DRAG): 백랍의 힘을 이용해 전력 질주하는 말의 속도를 내는 것. 그러나 그 후 회복하기 위해서는 긴 휴식과 많은 음식이 필요하다.

"당신들 소리가 들린다!" 경비병이 초조한 듯이 말했다. 그의 목소리는 약간 낯익은 것 같았다. "정체를 대라."

'드무 대령이군.' 켈시어는 깨달았다. '우리 군인이야. 덫이 아니야.'

"암호를 말해라!" 드무가 명령했다.

"난 암호가 필요 없다." 켈시어가 빛 속으로 걸어 들어가며 말했다.

드무는 창을 내렸다.

"로드 켈시어? 당신이 오셨군요…… 그건 군대가 성공했다는 뜻입니까?"

켈시어는 그 질문을 무시했다.

"왜 저 뒤에서 입구를 지키고 있지 않는 건가?"

"우리는…… 안쪽 동굴계로 후퇴하는 편이 더 방어하기 쉽겠다고 생각했습니다, 마이 로드. 우린 많이 남지 않았습니다."

켈시어는 복도 통로 쪽을 뒤돌아보았다.

'로드 룰러의 부하들이 술술 털어놓을 포로를 발견할 때까지 얼마나 오래 걸릴까? 결국 빈이 옳았어. 우린 이 사람들을 안전한 곳으로 데려가야 해.'

빈은 일어서서 다가가 그 젊은 군인을 고요한 눈으로 살펴보았다.

"여기에 몇 명이나 있나요?"

"2천 명 정도입니다." 드무가 말했다. "우리는…… 틀렸습니다, 마이 로드. 죄송합니다."

켈시어가 그를 돌아보았다.

"틀렸다고?"

"우리는 예덴 장군이 경솔하게 행동하고 있다고 생각했습니다." 드무는 수치심으로 얼굴을 붉히며 말했다. "우리는 뒤에 남았습니다. 우리는…… 우리가 예덴 장군보다 당신에게 충성을 다하고 있다고 생각했습니다. 그러나 우리도 나머지 군대와 함께 갔어야 했습니다."

"군대는 죽었다." 켈시어가 간결하게 말했다. "자네 부하들을 모아, 드무. 우리는 지금 떠나야 한다."

그날 밤 켈시어는 나무둥치에 앉아 주위에 안개를 둘러친 채 마침내 그날의 사건들을 억지로 대면했다.

그는 몸 앞에 손을 맞잡은 채로 앉아 군대 병사들이 잠드는 희미한 소리에 마지막까지 귀를 기울이고 있었다. 다행히 누군가가 군대에 신속하게 출발할 채비를 갖추게 할 생각을 했다. 사람들마다 침낭과 무기, 2주 치의 충분한 음식이 있었다. 켈시어는 누가 그런 선견지명이 있었는지 발견하는 즉시 고속으로 승진시켜줄 생각이었다.

지휘할 만한 사람이 더 이상 많지 않아서가 아니었다. 남은 2천 명 중에는 전성기를 넘겼거나 전성기가 아직 오지도 않은 군인들이 우울할 정도로 많았다. 예덴의 계획이 제정신이 아니라는 걸 알 정도로 현명하거나, 겁을 먹을 정도로 젊은 사람들.

켈시어는 고개를 흔들었다.

'너무 많이 죽었어.'

그들은 이 대실패를 겪기 전에 거의 7천 명을 모았었다. 그러나 이제 그들은 대부분 죽었다. 예덴은 밤에 홀스텝 주둔군을 기습함으로써 군대를 '시험'하려고 한 것 같았다. 무엇 때문에 그가 그런 어리석은 결정을 내리게 되었을까?

'나야. 이건 내 잘못이야.' 켈시어는 생각했다. 그는 그들에게 초자연적인 도움을 약속했다. 그는 자기 자신을 이상화시켰고, 예덴을 패거리에 끌어들였고, 불가능한 일을 해내는 것을 너무나 아무렇지도 않게 말했다. 켈시어가 준 자신감을 생각하면, 예덴이 '마지막 제국'을 정면으로 공격할 수 있다고 생각한 것이 뭐가 이상하겠는가? 군인들이 켈시어가 한 약속을 생각하며 그와 함께 간 것이 뭐가 이상하겠는가?

이제 사람들이 죽었고, 그 책임은 켈시어에게 있었다. 그에게 죽음은 새롭지 않았다. 실패도 더 이상 새롭지 않았다. 그러나 그는 배 속이 뒤틀리는 것을 참을 수 없었다. 그렇다, 그 사람들은 '마지막 제국'과 싸우며 죽어갔다. 그것은 스카가 바랄 수 있는 한 가장 좋은 죽음이었다. 그러나 켈시어가 신적인 존재로서 자기들을 보호해줄 거라고 기대하며 죽어갔으리라는 사실…… 그것은 충격적이었다.

'넌 이게 어려우리라는 걸 알았잖아. 넌 네가 스스로 진 짐에 대해 알고 있었어.' 그는 자기 자신에게 말했다.

하지만 그에게 무슨 권리가 있었는가? 그 자신의 패거리인 햄, 브리즈 그리고 다른 사람들까지도 '마지막 제국'은 무적이라고 생각했다. 그들은 켈시어에 대한 믿음 때문에 따라왔고, 그가 자신의 계획을 마치 도둑질 계획처럼 말했기 때문에 따라왔다. 자, 이제 그 계획을 세우도록 주문했던 고객은 죽었다. 전장을 살펴보기 위해 보낸 정찰병은 좋든 싫든 예덴의 죽음을 확인할 수 있었다. 그 군인들은 햄의 장교 몇 명과 함께 그의 목을 창에 꽂아 길옆에 세워두었다.

계획은 끝났다. 그들은 실패했다. 군대는 사라졌다. 반역은 없을 것이고, 도시 점거도 없을 것이다.

발걸음 소리가 다가왔다. 켈시어는 자기에게 일어설 힘이나 있을까 생각하며 쳐다보았다. 빈은 그가 앉은 그루터기 옆에 몸을 말고 누워, 미스트클록을 쿠션 삼아 딱딱한 땅 위에서 잠들어 있었다. 오랫동안 '백랍 끌어내기'를 하는 바람에 소녀는 탈진했고, 그녀는 켈시어가 그날 밤을 보내기 위해 멈추자고 말한 순간 사실상 무너졌다. 그는 자기도 그럴 수 있었으면 좋겠다고 생각했다. 그러나 그는 그녀보다 '백랍 끌어내기'를 한 경험이 훨씬 많았다. 결국은 쓰러지겠지만, 약간은 더 버틸 수 있었다.

사람의 형체가 안개 속에서 켈시어를 향해 절뚝거리며 다가왔다. 늙은 사람이었다. 켈시어가 모병한 어떤 사람보다도 늙었다. 그는 그전부터 반역도였던 것이 틀림없었다. 켈시어가 사람들을 데려오기 전부터 동굴 속에 살던 스카일 것이다.

그 사람은 켈시어가 앉은 둥치 옆에 있는 커다란 돌을 골라 한숨을 쉬며 그 위에 앉았다. 그렇게 나이 든 사람이 따라올 수 있었던 것도 놀라웠다. 켈시어는 그 무리를 가능한 한 동굴계에서 멀리 떨어진 곳으로 데려가려고 빠른 속도로 움직였다.

"사람들은 선잠을 잘 거요. 그들은 안개 속에 나와 있는 데 익숙하지 않으니까." 노인이 말했다.

"그들에겐 선택의 여지가 별로 없어요." 켈시어가 말했다.

노인은 고개를 끄덕였다.

"그런 것 같군." 그는 잠시 앉았다. 나이 든 눈은 무슨 생각을 하는지 알 수가 없었다. "자넨 날 알아보지 못하지, 그렇지?"

켈시어는 잠시 몸이 굳었다가 고개를 저었다.

"미안합니다. 내가 당신을 모병했나요?"

"어떤 의미로는 그렇지. 나는 로드 트레스팅의 농장에 있던 스카요."

켈시어는 놀라서 입이 조금 벌어졌다. 그는 마침내 노인의 벗겨진 머리와, 지쳤음에도 어쩐지 강인해 보이는 태도가 약간 낯익다는 것을 깨달았다.

"그날 밤 같이 앉아서 이야기했던 노인장이시군요. 당신 이름이……."

"메니스. 자네가 트레스팅을 죽인 후 우린 동굴 속으로 물러났고, 거기서 반역도들이 우리를 받아들여줬지. 다른 많은 사람들이 들어갈 만한 다른 농장을 찾아 떠났소. 우리 가운데 얼마는 머물렀고."

켈시어는 고개를 끄덕였다.

"이 뒤에는 당신이 있었군요, 그렇지요? 이렇게 준비한 것 말입니다." 그는 야영지를 향해 손짓하며 말했다.

메니스는 어깨를 으쓱했다.

"싸울 수 없는 사람들도 있으니, 다른 일들을 한 거지."

켈시어는 앞으로 몸을 숙였다.

"무슨 일이 일어났죠, 메니스? 왜 예덴이 이런 일을 했어요?"

메니스는 그저 고개만 저었다.

"사람들은 대부분 젊은이들이 바보일 거라고 생각하지만, 나는 나이가 약간 든 사람이 아이일 때보다 훨씬 더 바보 같을 수 있다는 걸 알게 되었지. 예덴…… 음, 그는 너무 쉽게 감명을 받는 종류의 사람이었어. 자네에게 감명받고, 자네가 그를 위해 남긴 명성에 감명받았지. 그의 장군 가운데 몇 명은 부하들에게 실전 훈련을 시켜주는 것이 좋겠다고 생각했어. 그리고 그들은 홀스텝 주둔군을 한번 야습하는 게 영리한 수라고 생각했지. 보아하니 그들 생각보다 상황이 어려웠군."

켈시어는 고개를 저었다.

"그들이 성공했더라도, 군대가 드러나는 순간 그들은 우리에게 쓸모가 없어졌을 겁니다."

"그들은 자네를 믿었어." 메니스가 조용히 말했다. "그들은 자기들이 실패할 리가 없다고 생각했어."

켈시어는 한숨을 쉰 후 머리를 뒤로 기대고는 움직이고 있는 안개 속을 바라보았다. 그는 천천히 숨을 내쉬었고, 그 공기는 머리 위의 흐름에 섞여 들었다.

"그래서 우린 어떻게 되지?" 메니스가 물었다.

"우리는 여러분을 작은 그룹으로 나눌 겁니다." 켈시어가 말했다. "소그룹으로 루서델에 돌아가 스카들 속으로 돌려보내겠죠."

메니스는 고개를 끄덕였다. 그는 지치고 탈진한 것 같았다. 그러나 그는 물러나지 않았다. 켈시어는 그 느낌을 이해할 수 있었다.

"자네는 트레스팅 농장에서 나눈 대화를 기억하나?" 메니스가 물었다.

"약간요. 당신은 내가 말썽을 피우지 못하게 설득하려고 했지요." 켈시어가 말했다.

"하지만 자네를 막지 못했지."

"내가 잘하는 건 말썽 피우는 일밖에 없으니까요, 메니스. 당신은 내가 거

3장 피 흘리는 태양의 아이들

기서 한 일이 억울합니까? 당신들을 이렇게 만든 것 때문에?"

메니스는 잠시 말을 멈추었다가 고개를 끄덕였다.

"하지만 어떤 면으로는 그 억울함이 고맙다네. 난 내 삶이 끝났다고 믿었어. 매일 내게 일어날 힘이 없을 거라고 생각하면서 깨어났고. 하지만……그래, 난 동굴 속에서 다시 목적을 발견했어. 그건 고맙다네."

"내가 군대에 그런 짓을 한 뒤에도요?"

메니스는 코웃음을 쳤다.

"그렇게 자네를 과대평가하지 말게, 젊은이. 그 군인들은 스스로 죽음으로 걸어 들어간 거야. 자네가 그들에게 동기를 부여했을지는 모르지만, 자네가 그들 대신 선택한 건 아니야.

하지만 이건 스카 반역도들이 반역에서 처음 학살당한 일도 아니야. 지금까지는 아니야. 어떤 면으로는 자넨 많은 걸 성취했어. 상당한 크기의 군대를 모았고, 그 군대를 누구나 기대할 수 있는 수준 이상으로 무장시키고 훈련시켰어. 사태가 자네 예상보다 좀 빠르게 굴러가긴 했지만 자네는 스스로를 자랑스러워해야 한다네."

"자랑스러워하라고요?" 켈시어가 동요하는 마음을 가라앉히기 위해 일어서며 물었다. "이 군대는 루서델에서 몇 주나 걸려야 갈 수 있는 골짜기에서 의미 없는 싸움을 하다 죽어가는 것이 아니라, '마지막 제국'을 타도하는 걸 돕기로 되어 있었어요."

"'마지막 제국'을 타도한다……." 메니스는 얼굴을 찌푸리며 쳐다보았다. "자네 정말 그런 걸 기대했던 건가?"

"물론이죠. 아니면 내가 왜 이런 군대를 모았겠습니까?" 켈시어가 말했다.

"저항하기 위해서. 싸우기 위해서." 메니스가 말했다. "그게 이 청년들이 동굴에 온 이유야. 그건 이기고 지고의 문제가 아니었어. 그건 로드 룰러와 싸우기 위해 어떤 일이든 뭔가 한다는 것의 문제였어."

켈시어는 얼굴을 찌푸리며 돌아섰다.

"당신은 처음부터 군대가 질 거라고 예상했습니까?"

"달리 어떤 결말이 있었겠나?" 메니스가 물었다. 그는 고개를 저으며 일어났다. "어떤 사람들은 다른 꿈을 꾸기 시작했는지도 모르지, 청년. 그렇지만 로드 룰러는 이길 수 없어. 전에 난 자네에게 충고를 했었지. 어떤 전투를 선택해서 싸울지 조심하라고 말했어. 자, 나는 이 전투에 싸울 가치가 있었다는 걸 깨달았어.

이제 또 한마디 충고를 하지. 켈시어, '하스신의 생존자'여. 그만둘 때를 알아야 해. 자네는 잘했어. 누가 예상했던 것보다도 더 잘했어. 자네의 스카들은 붙잡혀서 학살당하기 전에 주둔군 전체에 맞먹는 세력의 군인들을 죽였어. 이건 스카가 수십 년, 아마 수백 년 동안 본 것 중에 가장 위대한 승리야. 이제는 그만두고 이 판에서 나갈 때야."

그 말과 함께 노인은 경의를 표하며 고개를 끄덕이고는 발을 끌면서 도로 야영지 중앙으로 돌아갔다.

켈시어는 말문이 막힌 채 일어서 있었다.

'스카가 수십 년 만에 알게 된 가장 위대한 승리……'

그것이 그가 싸운 상대였다. 로드 룰러도 아니고, 귀족도 아니었다. 그는 천 년의 길들여진 상태, 5천 명의 죽음을 '위대한 승리'라고 포장하는 천 년의 사회, 그 사회의 생활에 대항해서 싸웠다. 스카에게 삶이란 그토록 희망이 없는 것이었기 때문에, 그들은 예상된 패배 속에서 위안을 찾는 존재로 전락했다.

"그건 승리가 아니었어요, 메니스. 난 당신에게 승리를 보여주겠어요." 켈시어가 속삭였다.

그는 억지로 미소 지었다. 기쁨 때문이 아니고 만족 때문도 아니었다. 부하들의 죽음 때문에 느끼는 비통함에도 불구하고 그는 미소 지었다. 켈시어는 그 일을 자기가 한 것이기 때문에 미소 지었다. 그것이 그가 로드 룰러와 자기 스스로에게 자신이 지지 않았다는 것을 증명하는 방식이었다.

아니, 그는 그만두고 이 판에서 나가지 않을 것이다. 그는 아직 끝나지 않았다. 아직까지는.

4장

안개의 바다 속에서

26

나는 매우 지쳐가고 있다.

빈은 클럽스의 가게 안 침대에 누워 있었다. 머리가 쿵쿵 울렸다.

다행히 두통은 약해지고 있었다. 아직도 그 끔찍한 첫날 아침에 일어났던 일들이 생생하게 기억났다. 그때는 고통이 너무 심해 움직이는 건 물론이고 생각을 하는 것조차 힘들었다. 켈시어가 어떻게 계속 버티면서 남은 군대를 안전한 장소로 이끌었는지 그녀는 알 수 없었다.

그게 2주 전 일이었다. 꽉 채운 15일. 그런데 아직도 그녀는 머리가 아팠다. 켈시어는 그 경험이 그녀에게 좋을 것이라고 말했다. 그는 빈이 '백랍 끌어내기'를 연습할 필요가 있었다고 주장했다. '백랍 끌어내기'는 가능하다고 생각한 한계 너머에서 몸이 기능하도록 훈련시킨다고 했다. 그렇지만 그의 말을 듣고도, 빈은 이 정도의 고통을 가져오는 일이 과연 그녀에게 '좋을까' 의심스러웠다.

물론 유용한 기술일 수도 있었다. 두통이 조금 가시자 그녀는 그 사실을 인정할 수 있었다. 그녀와 켈시어는 하루도 걸리지 않아 전장까지 달려갈 수 있었다. 돌아오는 여행에는 2주가 걸렸다.

빈은 일어나 지친 몸으로 기지개를 켰다. 그들은 사실 돌아온 지 하루도 되지 않았다. 아마 켈시어는 패거리의 다른 사람들에게 사건을 설명해주느라 밤 늦게까지 깨어 있었을 것이다. 그러나 빈은 곧장 침대로 가는 쪽이 좋았다. 딱딱한 땅 위에서 며칠을 보내며, 그녀는 자기가 편안한 침대 같은 사치스러운 물건을 어느새 당연한 것으로 받아들이게 되었다는 사실을 깨달았다.

그녀는 하품을 하고 관자놀이를 다시 문지른 다음 로브를 걸치고 욕실로 갔다. 클럽스의 도제들이 잊지 않고 욕조에 물을 채워준 것을 보자 기뻤다. 그녀는 문을 잠그고 로브를 벗은 후, 가벼운 향내가 나는 따뜻한 목욕물 속에 들어갔다. 정말로 이 향기가 기분 나쁘다고 생각한 적이 있었단 말인가? 그 냄새 때문에 그녀는 더 이목을 끌었다. 그건 사실이다. 그러나 여행하는 동안 몸에 쌓였던 먼지와 때를 없앤 것에 비하면 작은 대가에 지나지 않았다.

하지만 긴 머리카락은 여전히 짜증을 불러일으켰다. 그녀는 머리를 감고, 엉키고 뭉친 부분을 빗질로 풀었다. 궁정 여성들은 어떻게 머리를 계속 등에 늘어뜨린 채 참고 다닐 수 있는지 궁금했다. 하인의 시중을 받으며 빗질을 하고 몸치장을 하는 데 시간이 얼마나 들까? 빈의 머리는 아직 어깨에도 닿지 않았는데 더 기르자니 끔찍했다. 머리카락은 뛰어오를 때 주위에 흩날리며 얼굴을 때릴 테고, 적에게 그녀를 붙잡을 곳을 만들어줄 것이다.

목욕을 끝낸 후 그녀는 자기 방으로 돌아가 편한 옷을 입고 아래층으로 내려갔다. 작업실에는 도제들이 북적거렸고 위층에선 가정부들이 일하고 있었지만, 부엌은 조용했다. 클럽스와 독스, 햄, 브리즈는 앉아서 아침을 먹다가 빈이 들어오자 일제히 그녀를 쳐다보았다.

"왜요?" 빈은 문가에 멈춰 서서 뚱하게 물었다. 목욕 덕분에 두통이 좀 가라앉았지만, 머리 뒤편은 여전히 약하게 쿵쿵 울려댔다.

네 남자는 시선을 교환했다. 햄이 제일 먼저 말했다.

"우린 우리 계획의 현재 상태를 논의하고 있었어. 이제 우리 고용주와 군대 양쪽 다 사라졌잖아."

브리즈는 한쪽 눈썹을 치켜세웠다.

"상태? 흥미로운 방식으로 말하는구먼, 해먼드. 나 같으면 그 대신 '실행 불가능성'이라고 말했을 거야."

클럽스는 특유의 강한 억양으로 투덜거렸고, 네 명 다 그녀 쪽을 보았다. 그녀의 반응을 보려고 기다리는 것 같았다.

'이 사람들은 내가 무슨 생각을 하는지 왜 그렇게 신경을 쓸까?'

그녀는 그렇게 생각하며 방으로 걸어 들어가 의자에 앉았다.

"너 뭐 좀 먹고 싶지 않니?" 독슨이 일어서며 말했다. "클럽스의 가정부들이 베이랩을 몇 개 만들어뒀는데……."

"맥주요." 빈이 말했다.

독슨의 몸이 굳었다.

"정오도 안 됐어."

"맥주요. 지금 당장. 부탁해요." 그녀는 앞으로 몸을 숙이면서 테이블에 팔을 올리고 손으로 머리를 고였다.

햄은 씩 웃을 만한 배짱이 있었다.

"백랍 끌어내기?"

빈은 고개를 끄덕였다.

"그 상태는 지나갈 거야." 그가 말했다.

"내가 먼저 죽지 않는다면요." 빈이 투덜거렸다.

햄은 다시 씩 웃었지만, 억지로 경박한 모습을 자아내는 것 같았다. 독스는 그녀에게 머그잔을 건네준 다음 앉아서 다른 사람들을 둘러보았다.

"그래, 빈. 넌 어떻게 생각하니?"

"모르겠어요." 그녀는 한숨을 쉬며 말했다. "전체 계획의 중심은 군대였어요, 맞죠? 브리즈, 햄, 예덴은 군대를 모집하는 데 시간을 다 쏟아부었어요. 독슨과 르노는 보급품을 준비했고요. 이제 군대가 다 사라졌으니…… 음, 그러면 미니스트리에 잠입한 마쉬와, 켈의 귀족 습격만 남아요. 그리고 양쪽 다 우리는 필요 없어요. 패거리는 불필요해요."

방 안이 조용해졌다.

"우울할 정도로 직설적으로 말하는군." 독슨이 말했다.

"백랍 끌어내기의 효과지." 햄이 말했다.

"아무튼 언제 돌아왔어요?" 빈이 물었다.

"간밤에, 네가 잠든 후에." 햄이 말했다. "주둔군은 돈을 덜 들이려고 나 같은 임시직 군인들을 일찍 돌려보냈어."

"그럼 주둔군은 아직 도시 밖에 있어?" 독슨이 물었다.

햄이 고개를 끄덕였다.

"우리의 남은 군대를 추적하고 있어. 루서델 주둔군 덕분에 발트루 병사들은 숨을 돌렸어. 사실 그들은 그 싸움에서 맹공을 당했거든. 루서델 병력 대부분이 오랫동안 밖에 머물면서 반역도를 수색해야 할 거야. 우리 주력에서 큰 무리 몇 개가 갈라져 나와 전투가 시작되기 전에 도망친 것 같아."

그 대화에 사람들은 안심하며, 또 다시 긴 침묵에 빠졌다. 빈은 맥주를 마시면 몸이 더 나아질 거라는 생각 때문에서가 아니라 그저 악에 받쳐서 맥주를 한 모금 마셨다. 몇 분 후, 계단에서 발소리가 났다.

켈시어가 질풍같이 부엌으로 들어왔다.

"좋은 아침이야, 모두들." 그가 늘 하듯이 쾌활하게 말했다. "또 베이랩이구먼, 알겠어. 클럽스, 넌 정말이지 좀 더 상상력이 있는 가정부를 고용해야 해." 말은 그렇게 하면서도 그는 원통형 베이랩을 하나 집어 크게 한입 베어 물더니, 자기 잔에다 마실 것을 직접 따르면서 기분 좋게 미소 지었다.

패거리는 계속 조용했다. 사람들은 시선을 교환했다. 켈시어는 계속 선 채로 찬장에 기대서 베이랩을 먹었다.

"켈, 우리 이야기 좀 해야겠어." 독슨이 마침내 말했다. "군대는 없어졌어."

"그래. 나도 알아." 켈시어가 계속 먹으면서 말했다.

"계획은 다 끝났어, 켈시어." 브리즈가 말했다. "시도는 좋았지만, 우린 실패했어."

켈시어가 동작을 멈췄다. 그는 얼굴을 찌푸리고 베이랩을 아래로 내렸다.

"실패했다고? 왜 그렇게 말하는 거야?"

"군대가 없어졌잖아, 켈." 햄이 말했다.

"군대는 우리 계획의 일부분이었을 뿐이야. 우리는 차질을 겪었어, 그건 사실이야. 하지만 절대 끝난 건 아니야."

"아 그만 좀 해, 이 사람아!" 브리즈가 말했다. "넌 어떻게 거기 그렇게 유쾌하게 서 있을 수가 있어? 우리 부하들이 죽었어. 넌 신경도 안 써?"

"신경 쓰지, 브리즈." 켈시어가 침통한 목소리로 말했다. "그렇지만 끝난 일은 끝난 일이야. 우리는 계속 움직여야 해."

"바로 그거야!" 브리즈가 말했다. "움직여서 이 정신 나간 자네 '계획'에서 나가야지. 물러날 때야. 자넨 그걸 좋아하지 않겠지. 하지만 명백한 사실이야."

켈시어는 카운터에 자기 접시를 얹었다.

"날 '달래지' 마, 브리즈. 절대로 날 '달래지' 마."

브리즈는 입을 약간 벌린 채로 몸이 굳었다.

"좋아." 그가 마침내 말했다. "난 알로맨시를 쓰지 않겠어. 진실만 말하겠어. 내가 무슨 생각을 하는지 알아? 넌 그 아티움을 손에 넣을 생각이 전혀 없었던 것 같아. 넌 우리를 이용하고 있었어. 네가 우리에게 돈을 약속했기 때문에 우리는 네 편에 가담했어. 하지만 넌 우리를 부자로 만들어줄 생각이 전혀 없었지. 이건 다 네 자기만족을 위해 한 일이야. 이제까지 없었던 가장 유명한 패거리 두목이 되고 싶었던 거야. 네가 그런 소문들을 퍼뜨리고 군대를 모은 이유가 그거였어. 넌 부의 맛을 보았지. 이제는 전설이 되고 싶은 거야."

브리즈는 조용해졌지만 눈은 매서웠다. 켈시어는 팔짱을 낀 채 서서 패거리를 바라보았다. 몇 명이 시선을 돌렸는데, 그들의 부끄러워하는 눈이 그들이 브리즈의 말을 어떻게 생각하고 있는지를 보여주었다. 빈도 그중 하나였다. 그들 모두가 반박을 기다리는 가운데 침묵이 고집스럽게 이어졌다.

다시 계단에서 발소리가 나더니 스푸크가 갑자기 부엌으로 뛰어 들어왔다.

"위로 와서 봐요! 사람들이 분수 광장에 모였어요!"

소년의 말에 켈시어는 놀라지 않았다.

"분수 광장에 사람들이 모여 있다고?" 햄이 천천히 말했다. "그 말은……."

"가자." 켈시어가 일어서며 말했다. "우린 지켜봐야 해."

"난 이 일을 안 하는 게 좋겠어, 켈." 햄이 말했다. "이유가 있어서 이런 일들을 피하는 거야."

켈시어는 그를 무시했다. 그는 패거리 맨 앞에서 걸었다. 모두, 심지어 브리즈조차도 일상적인 스카 옷과 클록을 입고 있었다. 재가 가볍게 떨어지기 시작했다. 무심한 재 조각이 눈에 보이지 않는 나무에서 떨어지는 잎사귀처럼 하늘에서 천천히 떨어져 내렸다.

커다란 스카 무리가 거리를 막고 있었다. 대부분 공장이나 방앗간에서 나온 노동자들이었다. 빈이 알기로는, 노동자들이 일에서 놓여나 도시의 중앙 광장에 모일 수 있다면 그 이유는 단 한 가지밖에 없었다.

공개 처형.

그녀는 그런 곳에 한 번도 가본 적이 없었다. 스카건 귀족이건 도시의 모든 사람들이 처형식에 참석해야 했으나 도둑 패거리들은 그냥 숨어 있는 법을 알고 있었다. 멀리서 종들이 울려 행사를 알렸고, 오블리게이터들이 길 가장자리를 감시했다. 그들은 소환령에 복종하지 않는 사람들을 찾기 위해 방앗간이든 대장간이든 아무 집이나 가리지 않고 들어갈 것이고, 그런 사람을 찾아내면 사형에 처할 것이다. 이렇게 많은 사람들을 모으는 것은 엄청난 수고가 필요한 일이었다. 그러나 어떻게 보면, 이런 일들은 단순히 로드 룰러가 얼마나 강력한지를 증명하기 위해 하는 짓에 지나지 않았다.

빈의 패거리가 분수 광장 쪽에 가까워지자 거리는 훨씬 더 붐볐다. 건물마다 옥상이 가득 찼고, 거리를 채운 사람들은 앞으로 계속 몸을 밀어댔다.

'사람들이 모두 들어갈 방법이 없는데.'

루서델은 다른 어떤 도시와도 달랐다. 루서델의 인구는 어마어마했다. 그

자리에 직접 참석했다고 해서 전부 처형식을 볼 수 있는 건 아니었다.

하지만 어쨌든 사람들은 그 자리에 왔다. 부분적으로는 어쩔 수 없이 나와야 했기 때문일 것이고, 부분적으로는 처형을 지켜보는 동안에는 일하지 않아도 되었기 때문일 것이다. 그리고 어쩌면, 부분적으로는 인간이 갖고 있는 병적인 호기심 때문이 아닐까 하고 빈은 생각했다.

사람들이 더 빽빽해지자 켈시어, 독슨, 햄은 구경꾼들을 떠밀어 패거리가 갈 길을 내기 시작했다. 어떤 스카들은 패거리에게 분개한 눈길을 던졌지만 흐린 눈으로 그저 순순히 물러나는 사람들이 더 많았다. 켈시어의 흉터가 드러나지 않았는데도 어떤 사람들은 그를 보자 놀라고 흥분한 것 같았다. 그런 사람들은 기꺼이 옆으로 길을 비켜주었다.

마침내 패거리는 광장을 둘러싼 건물 여러 채의 바깥쪽 줄에 다다랐다. 켈시어는 건물 하나를 골라 그쪽으로 고갯짓을 했고, 독슨이 앞으로 나아갔다. 문가에 있던 남자 한 명이 그가 들어가는 것을 막으려 했으나 독슨은 지붕 쪽을 가리킨 다음 암시하듯이 동전 주머니를 들어 올렸다. 몇 분 후, 패거리가 옥상 전체를 차지했다.

"우리를 '스모크'해줘, 클럽스." 켈시어가 조용히 말했다.

울퉁불퉁한 얼굴의 장인은 고개를 끄덕였고, 곧 알로맨시 청동 감각이 패거리를 보지 못하게 만들었다. 빈은 지붕 가장자리로 걸어가 웅크리고는 짧은 돌난간에 손을 댄 채 아래쪽 광장을 살펴보았다.

"사람이 정말 많네요……."

"넌 평생 도시에서 살았잖아, 빈." 그녀 옆에 선 햄이 말했다. "전에도 이런 군중들을 봤을 텐데."

"네, 하지만……." 그것을 어떻게 설명할 수 있을까? 꽉꽉 들어찬 채로 움직이는 군중은 그녀가 보았던 어떤 광경과도 비슷하지 않았다. 엄청나게 넓고 거의 끝이 없어 보였으며, 대중에게서 뻗어 나온 꼬리들이 중앙 광장에서 갈라져 나온 모든 거리를 채우고 있었다. 스카들이 어찌나 밀착해 섰는지, 숨 쉴 공간이 있다는 게 신기할 정도였다.

귀족들은 광장 중앙에 있었다. 군인들이 스카와 분리해놓아서 그들은 광장의 나머지 부분보다 약 5피트 더 높은 중앙 분수 파티오 가까이에 모여 있었다. 누군가가 만든 귀족용 자리에 그들은 쇼나 경마를 보러 온 것처럼 느긋하게 앉아 있었다. 재를 막을 파라솔을 든 하인을 데리고 있는 사람도 많았지만, 어떤 사람들은 가볍게 내리는 재를 그냥 무시했다.

귀족들 옆에 서 있는 사람들은 오블리게이터들이었다. 보통 오블리게이터는 회색 옷을 입었고 심문관은 검은색 옷을 입었다. 빈은 몸을 떨었다. 심문관은 여덟 명이 있었다. 여원 그들은 오블리게이터들보다 머리 하나는 더 컸다. 그러나 그 검은 괴물들과 그들의 친척 뻘인 오블리게이터들을 갈라놓는 건 단지 키만은 아니었다. 강철 심문관에게는 어떤 분위기가, 특유의 자세가 있었다.

빈은 돌아서서 보통의 오블리게이터들을 뜯어보았다. 그들은 대부분 자랑스럽게 행정직 로브를 입고 있었다. 지위가 높을수록 로브는 더 훌륭해졌다. 빈은 눈을 가늘게 뜨고 주석을 태우다가 상당히 낯익은 얼굴을 알아보았다.

"저기요. 저 사람이 제 아버지예요." 그녀가 한 사람을 가리키며 말했다.

켈시어는 정신을 차렸다.

"어디?"

"오블리게이터 맨 앞에요." 빈이 말했다. "금색 로브-스카프를 두른 키 작은 사람이요."

켈시어는 침묵에 빠졌다.

"저 사람이 네 아버지라고?" 마침내 그가 물었다.

"누구?" 독슨이 눈을 가늘게 뜨며 물었다. "난 저자들 얼굴을 구별하지 못하겠어."

"테비디안." 켈시어가 말했다.

"로드 프렐란*?" 독슨이 충격을 받은 듯 말했다.

"뭐라고요? 그게 어떤 사람이에요?" 빈이 물었다.

브리즈가 빙긋 웃었다.

"로드 프렐란은 미니스트리의 지도자란다, 애야. 그는 로드 룰러의 오블리게이터들 가운데 가장 중요한 사람이야. 엄밀히 말하면 심문관들보다도 지위가 높아."

빈은 멍해져서 앉았다.

"로드 프렐란이라. 이거 점점 대단해지는군." 독슨이 고개를 저으며 중얼거렸다.

"봐요!" 갑자기 스푸크가 어딘가를 가리키며 말했다.

스카 군중들이 무거운 발을 끌며 움직이기 시작했다. 빈은 그들이 너무 빽빽하게 몰려서 있어서 움직이지 못할 거라고 생각했지만 그녀의 생각이 틀린 것 같았다. 사람들은 물러나 중앙 연단으로 향하는 커다란 통로를 만들었다.

'그들이 뭘 하는……'

그때 그녀는 느꼈다. 거대한 담요가 내리누르는 듯한 억압적인 마비가 그녀 주위의 공기를 막아 그녀를 질식시키고, 그녀에게서 의지를 앗아가는 것 같았다. 즉시 구리를 태웠는데도 전과 마찬가지로, 로드 룰러의 '달래기'가 느껴졌다. 그가 더 가까이 다가오면서 그녀의 모든 의지, 모든 소망, 모든 감정의 힘을 없애버리려고 하는 것이 느껴졌다.

"그가 오고 있어요." 스푸크가 그녀 옆에 웅크려 앉으며 속삭였다.

한 쌍의 거대한 흰 종마가 끄는 검은 마차가 옆길에 나타났다. 그것은 피할 수 없는…… 운명 같은 느낌을 주며 스카들이 비켜서 만든 통로를 굴러 내려왔다. 빈은 마차가 지나는 모습에 사람들 몇 명이 그 자리에 못 박히

---

* 로드 프렐란(LORD PRELAN): 오블리게이터 중 가장 높은 직위다.

는 것을 보았다. 만약 어떤 사람이 마차가 가는 길에 떨어진다면 마차는 속도를 늦추지 않고 그대로 달려 그를 치어 죽일 거라고 빈은 생각했다.

로드 룰러가 도착하자 스카들은 조금 더 축 처졌다. 잔물결 같은 움직임이 눈에 보일 정도로 군중에 몰아닥쳤다. 강력한 '달래기'에 영향을 받은 그들의 자세가 늘어져갔다. 배경에서 웅웅거리던 속삭임과 수다는 약해졌고, 거대한 광장은 비현실적인 침묵에 잠겼다.

"정말 강력하군." 브리즈가 말했다. "나는 최대한 해봤자 겨우 200명 정도만 '달랠' 수 있어. 여기 있는 사람들은 수만 명쯤 될 거야!"

스푸크는 옥상 가장자리에서 내다보았다.

"난 떨어져버리고 싶어요. 그냥 놔버리고……."

그 순간, 그는 말을 멈추었다. 그는 잠에서 깨어나듯이 고개를 흔들었다. 빈은 얼굴을 찌푸렸다. 무언가 느낌이 달랐다. 조심스럽게 구리를 끄자 더 이상 로드 룰러의 '달래기'가 느껴지지 않았다. 삭막하고 공허한, 끔찍한 우울감은 희한하게도 사라졌다. 스푸크는 위를 쳐다보았고, 나머지 패거리들은 조금 더 똑바로 섰다.

빈은 주위를 둘러보았다. 아래에 있는 스카들은 변하지 않은 것 같았다. 그러나 그녀의 친구들은…….

그녀의 눈이 켈시어에 가 닿았다. 패거리의 두목은 등을 똑바로 펴고 서서 다가오는 마차를 결연히 바라보고 있었다. 그의 얼굴에는 집중의 표정이 어려 있었다.

'켈시어는 우리 감정을 "격동시키고" 있어.' 빈은 깨달았다. '로드 룰러의 힘에 대항하고 있는 거야.' 그들 작은 무리만을 보호하는 것도 켈시어에게는 힘든 투쟁일 게 분명했다.

'브리즈 말이 맞아. 우리가 어떻게 이런 힘에 대항해서 싸울 수가 있어? 로드 룰러는 십만 명의 사람들을 동시에 "달래고" 있어!' 빈은 생각했다.

그러나 켈시어는 계속 싸우고 있었다. 만약을 대비해 빈은 구리를 켰다.

그다음 아연을 태우며 켈시어를 돕기 위해 마음을 뻗어, 주위에 있는 사람들의 감정을 '격동시켰다'. 움직일 수 없는 거대한 벽을 '당기는' 듯한 느낌이었다. 그렇지만 그것도 도움이 된 게 틀림없었다. 켈시어가 긴장을 약간 풀고 그녀에게 감사의 눈길을 보냈기 때문이었다.

"저것 봐." 독슨이 말했다. 그는 자기 주위에서 일어난 보이지 않는 전투에 대해선 아무것도 모르는 것 같았다. "죄수 수레야." 그는 로드 룰러 뒤에난 통로를 따라 내려오는 열 개의 수레를 가리켰다. 수레는 모두 컸고, 세로로 박힌 창살로 막혀 있었다.

"누구 알아볼 수 있는 사람 있어?" 햄이 앞으로 몸을 기울이며 말했다.

"난 보는 거 안 하고 있어요." 스푸크가 불편한 표정으로 말했다. "삼촌, 진짜로 태우죠, 맞죠?"

"그래, 내 구리는 켜져 있어." 클럽스는 짜증을 내며 말했다. "너희는 안전해. 어쨌든 우리는 로드 룰러에게서 충분히 멀리 떨어져 있으니 상관없을 거야. 저 광장은 거대해."

스푸크는 고개를 끄덕이더니, 주석을 태우기 시작하는 것 같았다. 잠시 후 그는 고개를 저었다.

"아무도 못 알아보겠어요."

"하지만 넌 병사를 모집할 때 함께 있지 않았던 적이 많잖아, 스푸크." 햄이 눈을 가늘게 뜨며 말했다.

"맞아요." 스푸크가 대답했다. 억양은 아직 남아 있었지만 그는 정상적으로 말하려고 노력하고 있었다.

켈시어는 돌출부로 발을 내딛으며 한 손을 들어 눈에 비치는 햇빛을 막았다.

"죄수들이 보인다. 아니, 알아볼 수 있는 얼굴은 없어. 포로로 잡힌 군인들이 아니야."

"그럼 누구지?" 햄이 물었다.

"대부분 여자와 아이들 같아." 켈시어가 말했다.

"군인 가족들?" 햄이 겁에 질려 물었다.

켈시어는 고개를 저었다.

"그런 것 같지는 않아. 죽은 스카의 신원을 밝혀낼 시간은 없었을 거야."

햄은 혼란스러운 듯이 얼굴을 찌푸렸다.

"아무나 잡은 거야, 해먼드." 브리즈가 조용히 한숨을 쉬며 말했다. "본보기지. 반역도들을 숨겨줬다는 이유로 스카들을 벌하기 위해 대충 처형하는 거야."

"아니야, 심지어 그것도 아니야." 켈시어가 말했다. "스카 반역도들이 대부분 루서델에서 모집되었다는 것을 로드 룰러가 알거나 신경 쓰는지도 의심스러워. 그는 지방 반란이 또 한 번 일어난 것뿐이라고 생각하는 것 같아. 이건…… 이건 모두에게 누가 권력을 쥐고 있는지 일깨워주는 수단일 뿐이야."

로드 룰러의 마차가 중앙 파티오가 세워진 단 위로 굴러왔다. 그 불길한 마차는 정확히 광장 한가운데 멈춰 섰다. 그러나 로드 룰러는 마차 안에 남아 있었다.

죄수 수레도 멈추었고, 오블리게이터와 군인 한 무리가 안에 실린 죄수들을 내리기 시작했다. 검은 재가 계속 떨어지는 가운데, 첫 번째 죄수 무리가 주변보다 높은 중앙 단 위로 끌려 올라갔다. 죄수들은 대부분 약한 몸부림밖에 치지 못했다. 심문관 한 명이 죄수들에게 단 위에 있는 네 개의 사발 같은 분수 옆에 모이도록 손짓하면서 그 일을 지휘했다.

네 명의 죄수들이 흐르는 분수 옆에 한 명씩 무릎 꿇려졌고, 네 명의 심문관들이 흑요석 도끼를 쳐들었다. 네 개의 도끼가 떨어졌고, 네 개의 머리가 잘려나갔다. 아직 군인들이 잡고 있는 시체가 분수 받침대 속에 마지막 피를 뿜어냈다.

분수는 붉게 번쩍이면서 공중에 물줄기를 뿜었다. 군인들은 시체를 옆으로 던진 다음, 네 명을 더 앞으로 데려왔다.

스푸크는 속이 안 좋은 듯 눈길을 돌렸다.

"왜…… 왜 켈시어가 아무것도 하지 않죠? 그러니까, 그들을 구하기 위해서요."

"바보같이 굴지 마." 빈이 말했다. "저 아래엔 심문관이 여덟 명이나 있어. 로드 룰러는 말할 것도 없고. 그런데도 켈시어가 무슨 일을 하려고 한다면, 그는 바보 천치일 거야."

'켈시어가 그런 생각을 했다고 해도 난 놀라지 않겠지만.'

빈은 켈시어가 달려 내려가 군대 전체와 혼자 맞서서 싸우려 했던 때를 떠올렸다. 그녀는 옆을 슬쩍 보았다. 켈시어는 처형을 막으러 달려 내려가고 싶은 것을 억지로 참고 있는 것 같았다. 옆에 있는 굴뚝을 양손의 손마디가 하얗게 될 정도로 세게 붙잡고 있었다.

스푸크는 구역질이 나는지, 아래쪽에 있는 사람들 머리 위에 토하지 않으려고 옥상 위 다른 곳으로 비틀거리며 갔다. 햄은 작게 신음했고 클럽스마저도 슬퍼진 것 같았다. 독슨은 죽음을 목격하는 것이 일종의 기도인 것처럼 침울하게 지켜보았다. 브리즈는 고개만 저을 뿐이었다.

그러나 켈시어…… 켈시어는 화가 나 있었다. 얼굴은 붉어지고, 근육은 긴장해 있었으며, 눈은 불타올랐다.

네 명이 더 죽었고, 그중 한 명은 어린아이였다.

"이거야." 켈시어는 화가 나서 중앙 광장을 향해 손을 저으며 말했다. "이게 우리 적이야. 여기에는 자비가 없어. 외면하고 피할 길도 없어. 이건 우리가 몇 가지 예상 못 한 굴곡을 겪는다고 해서 간단히 버릴 수 있는 계획이 아니야."

네 명이 더 죽었다.

"저들을 봐!" 켈시어가 귀족들이 가득 차 있는 관람석을 가리키며 날카롭게 말했다. 그들은 대부분 지루해 보였는데, 몇 명은 처형 구경을 즐기고 있는 것 같았다. 참수형이 계속되는 동안 그들은 서로 쳐다보고 농담을 했다.

"너희가 내게 의문을 품는 건 알아." 켈시어가 패거리를 보면서 말했다. "너희는 내가 귀족에게 너무 심하다고 생각하지. 내가 그들을 너무 많이 죽이고, 그리고 죽이면서 좋아한다고 생각해. 하지만 솔직히 저기 웃고 있는 사람들을 보면서 그들이 내 칼날에 죽임당할 죄를 짓지 않았다고 말할 수 있어? 난 그들에게 정의를 실현하는 것뿐이야."

네 명이 더 죽었다.

빈은 주석으로 강화된 눈으로 급하게 관람석을 훑어보았다. 엘렌드는 한 무리의 젊은 남자들 속에 앉아 있었다. 그들은 아무도 웃고 있지 않았고, 그들만 그런 것도 아니었다. 맞다. 많은 귀족들은 그 일을 가볍게 여겼다. 하지만 공포에 질린 것처럼 보이는 소수도 있었다.

켈시어는 말을 계속했다.

"브리즈, 넌 아티움에 대해 물었지. 솔직히 말할게. 그건 내 목표에서 그다지 중요하지 않은 부분이었어. 나는 세상을 바꾸고 싶어서 이 패거리를 모았어. 우리는 아티움을 손에 넣을 거였어. 새 정부를 지원하기 위해서 필요할 테니까. 하지만 이 계획은 나나 너희 중 누구를 부자로 만드는 일은 아니었어.

예덴이 죽었어. 그는 우리가 내세운 구실이었어. 우리가 여전히 도둑 행세를 하면서도 좋은 일을 할 수 있는 수단이었지. 이제 그가 죽었으니 원한다면 너희는 포기해도 돼. 발을 빼라고. 하지만 그래서는 아무것도 바뀌지 않을 거야. 투쟁은 계속될 테고 사람들은 여전히 죽어가고, 너희는 그걸 무시할 뿐이겠지."

네 명이 더 죽었다.

"이제 가식은 집어치우자." 켈시어가 그들을 차례로 한 명씩 뚫어지게 바라보며 말했다. "이제 이 일을 하려면 우린 스스로에게 솔직하고 정직해져야 해. 이게 돈 문제가 아니라는 걸 인정해야 해. 이건 저런 짓을 멈추느냐

마느냐의 문제야." 그는 붉은 분수가 서 있는 안뜰을 가리켰다. 무슨 일이 벌어지는지 보이지도 않을 만큼 멀리 떨어져 있는 곳에서의 스카 수천 명의 죽음을 뜻하는, 눈에 보이는 신호였다.

"나는 내 싸움을 계속할 작정이야." 켈시어가 조용히 말했다. "너희 중 몇 명은 내 지도력을 의심하고 있다는 거 알아. 너희는 내가 스카들에게 나 자신을 너무 과대광고를 하고 있다고 생각하지. 너희는 내가 또 다른 로드 룰러가 될 작정이라고 수군거려. 내가 자만에 빠져 제국 타도는 뒷전으로 여긴다고."

그는 말을 멈추었다. 빈은 독슨과 다른 사람들의 눈에서 죄책감을 읽었다. 스푸크가 여전히 속이 좋지 않은 모습으로 무리에 돌아왔다.

네 명이 더 죽었다.

"너희는 틀렸어." 켈시어가 조용히 말했다. "너희는 날 믿어야 해. 우리가 이 계획을 시작할 때, 모든 일이 아주 위험해 보였지만 너희는 나를 믿어줬어. 나는 여전히 그 믿음이 필요해! 사태가 어떻게 보이든, 승산이 아무리 형편없어도 우리는 계속 싸워야 해!"

네 명이 더 죽었다.

패거리는 천천히 켈시어 쪽으로 시선을 돌렸다. 빈이 아연을 껐는데도, 로드 룰러의 감정을 '미는' 힘에 저항하는 것은 더 이상 켈시어에게 별 문제가 되지 않는 것 같았다.

'아마…… 아마 그는 그 일을 해낼 수 있을 거야.' 빈은 자기도 모르게 그렇게 생각했다. 로드 룰러를 패배시킬 수 있는 사람이 있다면, 그 사람은 켈시어일 것이다.

"난 너희가 유능하기 때문에 너희를 선택한 게 아니야." 켈시어가 말했다. "너희는 확실히 뛰어나지만, 내가 너희를 한명 한명 선택한 이유는 너희가 양심을 가진 사람들이라는 걸 분명히 알기 때문이었어. 햄, 브리즈, 독스, 클럽스…… 너희는 정직한 걸로, 심지어 자선으로 유명한 사람들이야. 나는 이 계획이 성공한다면 실제로 노력을 해줄 사람들이 필요하리라는 걸 알고 있어.

아니, 브리즈. 이건 돈이나 영광 때문에 벌이는 일이 아니야. 이건 전쟁이야. 우리가 천 년 동안 싸워온 전쟁, 내가 끝내려고 하는 전쟁. 원한다면 떠나도 좋아. 너희가 가고 싶다면 내가 누구라도 보내줄 거라는 거 알지? 아무 질문도 하지 않고, 어떤 압력도 가하지 않고."

그의 눈이 엄격해졌다.

"하지만 너희가 머물겠다면 내 권위에 의심을 품는 걸 그만두겠다고 약속해야 해. 계획 자체에 대해 걱정되는 점이 있다면 말할 수는 있어. 하지만 내 지도력에 수군거리는 모임은 더 이상 있어선 안 돼. 너희가 머물겠다면, 날 따라줘야 해. 알겠어?"

한 명 한 명씩, 그는 패거리 일원들과 눈을 맞추었다. 그들은 한 명씩 그에게 고개를 끄덕였다.

"난 우리가 정말로 너한테 의심을 품었다고는 생각하지 않아, 켈." 독슨이 말했다. "우린 그냥…… 우린 걱정이 됐고, 난 그게 당연한 거라고 생각해. 군대는 우리 계획의 중심이었어."

켈시어는 북쪽의 도시 성문을 향해 고개를 끄덕였다.

"저기 위쪽 멀리 뭐가 보여, 독스?"

"성문?"

"최근에 저게 어떻게 달라졌지?"

독슨은 어깨를 으쓱했다.

"보통 때와 다르지 않은데. 인원이 약간 부족하긴 하지만……."

"왜지?" 켈시어가 말을 가로막았다. "왜 인원이 부족할까?"

독슨은 잠시 말문이 막혔다.

"주둔군이 사라져서?"

"바로 그거야." 켈시어가 말했다. "햄은 주둔군이 몇 달 동안 남은 우리 군대를 추적하느라 나가 있을 테고, 병력의 겨우 10퍼센트 정도만 남겨놓았다고 했어. 말이 되는 일이야. 주둔군은 반역자들을 막기 위해 만들어졌지. 루서델은 노출될지 모르지만, 아무도 루서델을 공격하지 않아. 아직까지 아무도 그런 적이 없어."

패거리 사이에 암묵적인 이해가 오갔다.

"도시 점거라는 우리 계획의 1부는 이루어졌어." 켈시어가 말했다. "우리는 루서델에서 주둔군을 몰아냈어. 우리는 그러느라 생각보다 훨씬 더 많은 비용을 치러야 했어. 마땅히 치러야 할 비용보다 훨씬 많이. '잊힌 신들'에게 그 청년들이 죽지 않았으면 하고 빌고 싶어. 불행히도 우리는 이미 벌어진 일을 바꿀 수 없어. 우린 그들이 우리에게 준 기회를 이용할 수밖에 없어.

계획은 아직 진행 중이야. 도시의 치안군 주력은 사라졌어. 가문 전쟁이 본격적으로 시작되면 로드 룰러는 그걸 막느라 힘들어질 거야. 그가 그 전쟁을 막기를 바랄 때 얘기겠지만. 어떤 이유에서인지, 그는 100년 주기로 뒤로 물러나 귀족들이 서로 싸우게 놔두는 경향이 있어. 그들이 서로의 목을 노리게 놔두면 귀족이 자기 목을 노리지 못한다는 걸 아는 거지."

"하지만 만약 주둔군이 돌아오면?" 햄이 물었다.

"내 생각이 옳다면 로드 룰러는 몇 달 동안 주둔군이 우리 군대 패잔병들을 뒤쫓도록 놔두고 그사이 귀족들에게는 약간 김을 뺄 기회를 줄 거야. 그 외에도 예상보다 훨씬 많은 것을 얻게 되겠지. 가문 전쟁이 시작되면 우리는 그 혼란을 틈타 궁전을 점령할 거야."

"무슨 군대가 있어서, 이 사람아?" 브리즈가 말했다.

"아직 남은 병력이 좀 있어." 켈시어가 말했다. "게다가 우리는 병사를 더 모집할 시간이 없어. 이제 주의해야 해. 우리는 동굴을 쓸 수 없어. 그러니 도시에 병력을 숨겨야 할 거야. 병력의 수가 더 적어진다는 뜻이지. 하지만 그건 중요하지 않을 거야. 주둔군이 언젠가는 돌아올 테니까."

아래쪽에서 처형이 계속되는 가운데, 무리의 사람들은 시선을 교환했다.

빈은 조용히 앉아 켈시어의 말뜻이 무엇인지 짐작하려고 했다.

"분명한 건, 켈." 햄이 천천히 말했다. "주둔군은 돌아올 테고, 우리는 그들과 싸울 만큼 큰 군대를 손에 넣지 못할 거야."

"하지만 우린 로드 룰러의 보물 창고를 손에 넣을 거야." 켈시어가 미소 지으면서 말했다. "네가 주둔군들에 대해서 언제나 한 말이 뭐였더라, 햄?"

써그는 잠시 침묵을 지키더니, 미소 지었다.

"그들은 용병들이라고 했지."

"우린 로드 룰러의 돈을 빼앗을 거야." 켈시어가 말했다. "그건 우리가 그의 군대도 빼앗는다는 뜻이지. 이 일은 여전히 유효해, 여러분. 우린 할 수 있어."

패거리는 좀 더 자신감을 갖게 된 것 같았다. 그러나 빈은 광장으로 눈을 돌렸다. 분수의 색이 너무 붉어서 완전히 피로 채워져 있는 듯이 보였다. 그 모든 장면을, 로드 룰러는 칠흑처럼 검은 마차 안에서 지켜보고 있었다. 창문은 열려 있었고, 빈은 주석을 태워 간신히 그 안에 앉아 있는 그늘진 사람의 형체를 볼 수 있었다.

'저게 우리의 진짜 적이야.' 그녀는 생각했다. '없어진 주둔군도 아니고 도끼를 든 심문관들도 아니야. 저 사람이야. 일기책에 나오는 저 사람.

우린 그를 이길 방법을 찾아야 해. 아니면 우리가 하는 다른 모든 일들의 의미가 없어질 거야.'

27

왜 라셰크가 그렇게 내게 억울해하는지 마침내 알아낸 것 같다. 그는 나 같은 외부인, 즉 외국인은 '영원의 영웅'이 될 수 있다고 믿지 않는다.

그는 내가 학자들을 속이고 부당하게 '영웅'의 피어싱을 했다고 믿는다.

라셰크의 생각에 따르면, 순혈 테리스인만이 '영웅'으로 선택받을 수 있다. 이상하게도 나는 그의 증오 때문에 훨씬 더 단호해졌다는 것을 깨닫는다. 그에게 내가 이 일을 해낼 수 있다는 것을 증명해야 한다.

그날 저녁, 패거리는 기분이 가라앉은 채 클럽스의 가게에 돌아왔다. 처형은 몇 시간이나 계속되었다. 미니스트리나 로드 룰러는 맹렬한 비난이나 설명을 하지 않았다. 그저 처형하고 또 처형하고 또 처형했을 뿐이다. 일단 포로들이 다 죽자, 로드 룰러와 그의 오블리게이터들은 탈것에 올라 떠나버렸다. 단 위에는 한 무더기의 시체가 남았고 분수에는 피 섞인 물이 흘렀다.

켈시어 패거리가 부엌에 돌아왔을 때, 빈은 더 이상 두통 때문에 괴롭지 않다는 것을 깨달았다. 그녀의 고통은 이제…… 시시해 보였다. 베이랩이 테이블 위에 남아 있었다. 사려 깊은 하녀 한 명이 덮개를 덮어놓았다. 아무도 거기에 손을 뻗지 않았다.

"좋아." 켈시어가 습관적으로 늘 하던 대로 찬장에 기대었다. "이제 자세히 계획을 세워보자. 우리가 어떻게 일을 진행해야 할까?"

독슨은 방 옆에서 한 무더기의 서류를 가져와 자리에 앉았다.

"주둔군이 없어졌으니 우리의 주요 표적은 귀족들이야."

"사실이야." 브리즈가 말했다. "우리가 정말 겨우 몇천 명의 군인으로 보물 창고를 점거할 생각이라면, 궁전 경비대가 정신을 딴 데 팔게 만들면서 귀족들이 도시를 차지하지 못하게 막는 일이 필요할 거야. 따라서 가문 전쟁은 가장 중요해져."

켈시어는 고개를 끄덕였다.

"내 생각이 바로 그거야."

"하지만 가문 전쟁이 끝나면 무슨 일이 일어나요?" 빈이 말했다. "어떤 가문들은 이길 테고, 그다음엔 우리가 그들을 처치해야 하잖아요."

켈시어는 고개를 저었다.

"난 가문 전쟁이 언제까지나 끝나지 않게 할 작정이야, 빈. 아니면 적어도 한참 동안은. 로드 룰러는 명령을 하고 미니스트리는 그의 추종자들을 감시하지. 하지만 귀족들은 실제로 스카에게 일하도록 강요하는 자들이야. 그러니 우리가 충분히 많은 수의 귀족 가문들을 실각시킨다면 정부는 저절로 무너질 수도 있어. 우리는 '마지막 제국' 전체와 싸울 수는 없어. 그건 너무 커. 하지만 그걸 산산조각 내고 흩어진 조각들이 서로 싸우게 만들 수는 있을 거야."

"'대가문'들에게 재정적인 부담을 줘야 해." 독슨이 서류를 휙휙 넘기면서 말했다. "귀족제는 주로 재정적인 이유로 구성된 제도고, 자금이 없으면 어떤 가문이든 무너질 거야."

"브리즈, 네 가명들을 좀 써야 할지도 몰라." 켈시어가 말했다. "지금까지는 패거리에서 가문 전쟁을 일으키려고 작업을 하는 사람은 사실상 나뿐이었어. 하지만 주둔군이 돌아오기 전에 이 도시를 무너뜨리려면 이제 우리 모두가 더 공을 들여야 해."

브리즈는 한숨을 쉬었다.

"알았어. 아무도 내 가명과, 내가 다른 사람이라는 사실을 눈치채지 못하게 매우 조심해야 해. 나는 파티나 행사에 갈 수 없어. 그렇지만 각 가문을 방문할 수는 있을 거야."

"너도 마찬가지야, 독스." 켈시어가 말했다.

"그럴 거라고 생각했어." 독슨이 말했다.

"너희 둘 다 위험할 거야." 켈시어가 말했다. "하지만 속도가 매우 중요해. 빈은 계속 우리 핵심 스파이 노릇을 할 거야. 그리고 빈이 어느 정도 나쁜 소문을 퍼뜨리기 시작했으면 좋겠어. 귀족들을 불안하게 할 소문이라면 무엇이라도."

햄이 고개를 끄덕였다.

"그럼 우린 고위층에 주의를 집중해야겠군."

"맞아." 브리즈가 말했다. "가장 강력한 가문들을 약체로 보이게 만들면 그들의 적이 빠르게 공격하겠지. 강력한 가문들이 사라지고 난 뒤에야 그들이 진짜로 경제를 지탱하고 있는 사람들이었다는 걸 깨닫게 될 거야."

방은 잠시 조용해졌다. 몇 명이 고개를 돌려 빈을 바라보았다.

"왜요?" 그녀가 물었다.

"벤처가 이야기를 하고 있는 거야, 빈." 독슨이 말했다. "거기가 '대가문' 중에서 가장 강력한 가문이야."

브리즈는 고개를 끄덕였다.

"벤처가 무너지면 '마지막 제국' 전체가 그 진동을 느끼게 되겠지."

빈은 잠시 조용히 앉아 있었다.

"그들이 모두 나쁜 사람들은 아니에요." 그녀가 마침내 말했다.

"아마 그렇겠지." 켈시어가 말했다. "하지만 로드 스트라프 벤처는 확실히 나쁜 놈이고, 그의 가족은 '마지막 제국' 맨 꼭대기에 앉아 있어. 벤처가는 사라져야 해. 그리고 넌 이미 벤처가의 가장 중요한 사람과 연줄이 있어."

'당신은 내가 엘렌드와 떨어져 있기를 바란다고 생각했는데요.' 그녀는 화가 나서 생각했다.

"그냥 귀를 열어둬, 애야." 브리즈가 말했다. "그 녀석이 자기 가문의 재정에 대해 이야기하게 만들 수 있는지 보자. 우리에게 조그만 지렛대 하나만 찾아줘. 그럼 나머지는 우리가 알아서 할게."

'엘렌드가 그렇게 싫어하던 게임과 똑같아.'

그러나 처형 장면은 여전히 마음속에 생생했다. 그런 일은 막아야 했다. 게다가 엘렌드조차도 자기 아버지를 혹은 자기 가문을 별로 좋아하지 않는다고 말했다. 만약…… 만약 그녀가 뭔가 발견할 수 있다면.

"할 수 있는 일이 있나 볼게요." 그녀가 말했다.

앞문에서 노크 소리가 났고, 도제 한 명이 문가에 나갔다. 얼마 후 세이즈드가 부엌으로 들어왔다. 그는 자신의 특징을 감추기 위해 스카 클록을 입고 있었다.

켈시어는 그가 입은 클록을 살펴보았다.

"일찍 왔네, 세이즈."

"저는 일찍 오는 습관을 들이려고 노력합니다, 마스터 켈시어." 테리스인이 대답했다.

독슨은 한쪽 눈썹을 치켜세웠다.

"그건 다른 누군가가 익혀야 할 습관인데."

켈시어는 코웃음을 쳤다.

"사람이 언제나 시간에 맞춘다는 건, 그 사람이 당연히 해야 할 일밖에는 하지 못하고 있다는 뜻이야. 세이즈, 그 사람들은 어때?"

"예상보다는 좋습니다, 마스터 켈시어." 세이즈드가 대답했다. "하지만 그들이 영원히 르노가 창고에 숨어 있을 수는 없습니다."

"나도 알아." 켈시어가 말했다. "독스, 햄, 이 문제를 풀려면 너희가 필요해. 우리 군대는 2천 명 남았어. 너희가 그들을 루서델로 들여보냈으면 좋겠어."

독슨은 생각에 잠겨 고개를 끄덕였다.

"방법을 찾아볼게."

"그들을 계속 훈련시키려는 거야?" 햄이 물었다.

켈시어는 고개를 끄덕였다.

"그러려면 그들을 분대로 나눠서 숨겨야 할 거야. 한 사람 한 사람 개별적으로 훈련시킬 자원은 없으니까. 음…… 한 팀에 200명 정도? 서로 가까운 빈민가들에 숨기면?"

"어느 팀도 다른 팀에 대해 알지 못하게 해야 해." 독슨이 말했다. "우리가 여전히 궁전을 습격할 작정이라는 것도 몰라야 해. 사람들이 도시에 그렇게 많이 들어오면 그중 어떤 사람들은 이런저런 이유로 결국 오블리게이터에게 끌려갈 가능성이 있어."

켈시어가 고개를 끄덕였다.

"각 팀에게 당신들이 해산되지 않은 유일한 팀이고, 미래의 어느 때 필요해질 경우에 대비해 유지되는 것뿐이라고 말해."

"넌 모병을 계속해야 한다고 그랬잖아." 햄이 말했다.

켈시어는 다시 고개를 끄덕였다.

"우리가 이 일에 착수하기 전에 병력이 적어도 두 배는 많아져야 해."

"우리 군대가 실패했다는 걸 고려하면 그렇게까지는 힘들 거야." 햄이 말했다.

"무슨 실패?" 켈시어가 물었다. "그들에게 진실을 말해. 우리 군대는 주둔군을 성공적으로 무력화시켰다고."

"그러다가 대부분 죽었지만." 햄이 말했다.

"그 부분은 얼버무릴 수 있어." 브리즈가 말했다. "사람들은 처형에 분개할 테고 그래서 기꺼이 우리 말에 귀를 더 기울일 거야."

"다음 몇 달 동안 네 주요 임무는 병력을 더 모으는 거야, 햄." 켈시어가 말했다.

"시간이 많지는 않군. 하지만 최선을 다해보지." 햄이 말했다.

"좋아." 켈시어가 말했다. "세이즈, 그 쪽지는 왔어?"

"왔습니다, 마스터 켈시어." 세이즈드가 클록 아래에서 편지 한 통을 꺼내 켈시어에게 건네주었다.

"그게 뭔데?" 브리즈가 호기심에 차서 물었다.

"마쉬가 보낸 메시지야." 켈시어가 편지를 뜯고 내용을 훑어보며 말했다. "형은 도시 안에 있고, 몇 가지 소식이 있대."

"무슨 소식?" 햄이 물었다.

"여기엔 말하지 않았어." 켈시어가 베이랩을 움켜쥐며 말했다. "하지만 오늘 밤 자기를 어디서 만나야 할지 알려줬어." 그는 걸어가서, 평범한 스카 클룩을 집어 들었다. "어두워지기 전에 그 장소를 정찰해봐야겠어. 같이 갈래, 빈?"

그녀는 고개를 끄덕이고 일어섰다.

"나머지는 계획을 계속 실행하고 있어." 켈시어가 말했다. "난 두 달 후에 이 도시가 긴장하다 못해 마침내 무너지고, 로드 룰러조차 그것을 다시 이어 맞출 수 없기를 바라."

"우리에게 말하지 않은 것이 있죠, 안 그래요?" 빈은 창에서 눈을 돌려 켈시어를 바라보았다. "계획의 어떤 부분 말이에요."

켈시어는 어둠 속에서 그녀를 흘끗 바라보았다. 마쉬가 고른 접선 장소는 가장 가난한 스카 빈민가인 트위스츠 안에 있는 버려진 건물이었다. 켈시어는 그들이 만나기로 한 건물 건너편에 있는 다른 버려진 건물을 찾아냈고, 그와 빈은 그 건물의 꼭대기 층에서 마쉬가 오는지 살피기 위해 거리를 지켜보며 기다리고 있었다.

"왜 그런 걸 묻니?" 켈시어가 마침내 말했다.

"로드 룰러 때문에요." 빈이 창턱에서 썩어가는 나무를 찔러보며 말했다. "난 오늘 그의 힘을 느꼈어요. 다른 사람들은 그걸 느낄 수 없었을 거예요. 미스트본처럼 느끼진 못했을걸요. 하지만 당신은 느꼈겠죠." 그녀는 다시 위를 쳐다보고 켈시어와 눈을 맞추었다. "우리가 궁전을 점거하기 전에 그를 도시에서 몰아낼 계획인 거, 여전히 맞는 거죠?"

"로드 룰러는 걱정하지 마." 켈시어가 말했다. "'열한 번째 금속'이 그를 처리할 거야."

빈은 얼굴을 찌푸렸다. 바깥에서는 해가 마지막으로 맹렬하게 불타며 가라앉고 있었다. 안개가 곧 올 것이고, 마쉬도 조금 있으면 도착할 것이다.

"'열한 번째 금속'이라.' 그녀는 패거리의 다른 사람들이 그 말에 보였던 회의적인 반응을 떠올렸다.

"그거 진짜예요?" 빈이 물었다.

"'열한 번째 금속'? 물론이지. 너한테 보여줬잖아. 기억나니?"

"내 말은 그게 아니에요. 그 전설은 진짜예요? 아니면 당신이 거짓말하고 있는 거예요?"

켈시어는 살짝 눈살을 찌푸리며 그녀를 바라보더니, 이윽고 히죽 웃었다.

"빈, 너 아주 직설적인 애구나."

"나도 알아요."

켈시어의 웃음이 더 커졌다.

"그 대답은 '아니야'야. 난 거짓말을 하고 있는 게 아냐. 찾아내는 데 시간이 좀 걸리긴 했지만, 전설은 진짜야."

"그럼 우리에게 보여준 그 금속 조각이 진짜 '열한 번째 금속'이에요?"

"난 그렇다고 생각해." 켈시어가 말했다.

"하지만 당신은 그걸 쓰는 법을 모르잖아요."

켈시어는 잠시 몸이 굳는 듯하더니, 다음 순간 고개를 끄덕였다.

"맞아. 난 몰라."

"그건 별로 위안이 안 되는데요."

켈시어는 어깨를 으쓱하고는 시선을 돌려 창밖을 내다보았다.

"만약 내가 그 비밀을 제때 찾아내지 못한다고 해도 네 생각만큼 로드 룰러가 큰 문제일까 싶어. 그는 강력한 알로맨서지만 모든 걸 알지는 못해. 그가 모든 걸 안다면 우리는 벌써 시체 신세겠지. 그는 전능하지도 않아. 전능했다면 도시를 좌절시키고 복종시키기 위해 그 스카들을 다 처형할 필요도 없었겠지.

난 그가 뭔지 몰라. 하지만 신보다는 인간에 가깝다고 생각해. 그 일기책의 글…… 그건 보통 사람의 글이었어. 그의 진짜 힘은 군대와 돈에서 나오는 거야. 우리가 그걸 없앤다면, 그는 자기 제국이 무너지는 걸 막을 방법이 없을 거야."

빈은 얼굴을 찌푸렸다.

"그가 신은 아닐지도 몰라요. 하지만…… 그는 이상한 존재예요, 켈시어. 뭔가 다른 존재예요. 오늘 그가 광장에 있을 때, 나는 구리를 태웠는데도 그가 내 감정을 만지는 손길을 느꼈어요."

"그건 불가능해, 빈." 켈시어가 고개를 흔들며 말했다. "만약 그랬다면 심문관들은 스모커가 주위에 있어도 알로맨시를 느낄 수 있었을 거야. 그랬다면 그들이 스카 미스팅을 모조리 사냥해서 죽였을 것 같지 않니?"

빈은 어깨를 으쓱했다.

"넌 로드 룰러가 강하다는 걸 알아." 켈시어가 말했다. "그래서 여전히 그를 감지할 수 있다고 느끼는 거야. 그런 거야."

'그의 말이 옳겠지.' 그녀는 창틀을 또 한 조각 떼어내며 생각했다.

'어쨌든 그는 나보다 훨씬 오랫동안 알로맨서 노릇을 했잖아.

하지만…… 난 뭔가 느꼈어, 안 그래? 그리고 나를 죽일 뻔한 그 심문관도…… 어떻게 했는지는 몰라도 그는 어둠과 비 한가운데서 나를 찾아냈어. 그도 분명히 뭔가를 느낀 거야.'

그녀는 그 문제를 넘어갈 수가 없었다.

"'열한 번째 금속' 말이에요. 그걸 태워보고 그게 어떤 일을 하는지 볼 수 없어요?"

"그건 그렇게 간단하지 않아." 켈시어가 말했다. "내가 열 가지에 들어가지 않는 금속은 절대 태우지 말라고 한 거 기억나니?"

빈은 고개를 끄덕였다.

"다른 금속을 태우는 건 치명적일 수도 있어." 켈시어가 말했다. "잘못 혼합한 합금만 먹어도 아플 수 있어. 만약 '열한 번째 금속'에 대한 내 생각이 틀렸다면……."

"당신은 죽겠군요." 빈이 조용히 말했다.

켈시어는 고개를 끄덕였다.

'그러면 자신 있는 척하는 만큼 확실하진 않은 거군. 그렇지 않았다면 당신은 그걸 이미 시험해봤을 텐데.' 그녀는 판단했다.

"일기책에서 찾고 싶은 게 그거군요." 빈이 말했다. "'열한 번째 금속'을 사용하는 법의 단서."

켈시어가 고개를 끄덕였다.

"우린 그쪽 면에서는 별로 운이 좋지 않았던 것 같아. 아직까지 그 일기책은 알로맨시에 대해 아무 언급도 하지 않았어."

"페루케미에 대해서는 말하고 있지만요." 빈이 말했다.

켈시어는 창문 옆에 서서 한쪽 어깨를 벽에 기대고 그녀를 바라보았다.

"그럼 세이즈드가 네게 페루케미에 대해 말했니?"

빈은 시선을 떨어뜨렸다.

"제가…… 그에게 좀 강요했어요."

켈시어가 씩 웃었다.

"너한테 알로맨시를 가르치다니, 내가 세상에 뭘 풀어놨는지 모르겠다. 물론 날 훈련시킨 사람도 나한테 똑같은 말을 했지만."

"그 사람 걱정이 옳았네요."

"물론 그랬지."

빈은 미소를 지었다. 건물 밖 햇빛은 거의 사라졌고, 아주 얇은 안개 조각들이 공중에서 생겨나기 시작했다. 안개는 유령처럼 공중에 떠서 천천히 커져갔다. 밤이 다가오면서 안개의 영향력이 펼쳐지고 있었다.

"세이즈드는 페루케미에 대해 많은 이야기를 해줄 시간은 없었어요." 빈이 조심스레 말했다. "그건 어떤 일을 할 수 있는 건가요?" 그녀는 켈시어가 자기 거짓말을 꿰뚫어볼 거라고 생각하면서 두려움 속에서 기다렸다.

"페루케미는 완전히 내적인 거야." 켈시어는 퉁명스러운 목소리로 말했다. "그건 우리가 백랍과 주석으로 할 수 있는 것과 똑같은 일을 할 수 있어. 기운, 인내력, 시력…… 하지만 속성들은 각각 따로 저장해야 해. 그건 다른 여러 가지도 강화시킬 수 있어. 알로맨시가 할 수 없는 것들도. 기억, 물리적 속도, 명료한 생각…… 심지어 물리적 무게나 나이처럼 이상한 것도 페루케미로 바꿀 수 있어."

"그럼 그건 알로맨시보다 더 강력한가요?" 빈이 물었다.

켈시어는 어깨를 으쓱했다.

"페루케미에는 외적인 힘은 전혀 없어. 그건 감정을 '밀고' '당길' 수 없고, '강철-밀기'나 '철-당기기'도 할 수 없어. 그리고 페루케미의 가장 큰 한계는 네가 그 모든 능력을 너 자신의 몸에서 끌어내 저장해야 한다는 거야.

잠시 동안 두 배로 강해지고 싶니? 그럼 너는 몇 시간 동안 약한 몸으로 힘을 저장해야 해. 빨리 치료하는 능력을 저장하고 싶으면 엄청나게 많은 시간을 아픈 채로 보내야 해. 알로맨시에서는 금속 자체가 우리의 연료야. 우리는 보통 태울 수 있는 금속만 충분하면 계속 능력을 쓸 수 있어. 하지만 페루케미에서 금속은 저장 장치일 뿐이야. 진짜 연료는 너 자신의 몸이야."

"그러면 다른 사람이 저장한 금속을 그냥 훔치면 되잖아요, 안 그래요?" 빈이 말했다.

켈시어는 고개를 저었다.

"그런 식으로 능력을 쓸 수는 없어. 페루케미스트들은 자기가 창조한 금속 저장고에만 접근할 수 있어."

"오."

켈시어는 고개를 끄덕였다.

"그러니까 그건 아니야. 난 페루케미가 알로맨시보다 더 강력하다고 말하지는 않겠어. 그 두 가지 기술 다 강점과 한계가 있어. 예를 들어 알로맨서는 금속을 아주 강하게 폭발시킬 수 있지만 그렇기에 그가 쓸 수 있는 최대 기운은 정해져 있지. 페루케미스트들에게 그런 한계는 없어. 만약 페루케미스트가 한 시간 동안 보통 힘보다 두 배 강하게 행동할 수 있는 기운을 충분히 저장해둔다면, 그는 좀 더 짧은 시간 동안 세 배 강해지는 쪽을 선택할 수 있을 거야. 아니면 훨씬 더 짧은 기간 동안 네 배, 다섯 배, 여섯 배 더 강해질 수도 있겠지."

빈은 눈살을 찌푸렸다.

"그건 아주 큰 강점인 것 같은데요."

"맞아." 켈시어가 그렇게 말하며 클록 안쪽에 손을 뻗어 몇 방울의 아티움이 들어 있는 병을 꺼냈다. "하지만 우리에겐 이게 있어. 페루케미스트가 다섯 명의 힘만큼 강하든 50명만큼 강하든 그건 문제가 되지 않아. 그가 다음에 무엇을 할지 안다면 내가 그를 이길 테니까."

빈은 고개를 끄덕였다.

"여기."

켈시어가 병마개를 뽑아 방울 하나를 꺼냈다. 그는 병을 또 하나 꺼냈는데, 그 병은 평범한 알코올용액으로 채워져 있었다. 그는 그 병 안에 아티움 방울을 떨어뜨렸다. "이거 하나 가져가. 너한테 이게 필요할지도 몰라."

"오늘 밤에요?" 빈이 병을 받아들며 물었다.

켈시어는 고개를 끄덕였다.

"하지만 마쉬뿐이잖아요."

"그럴 수도 있어." 그가 말했다. "하지만 그게 아니라 오블리게이터들이 형을 붙잡아 그 편지를 쓰도록 강요했을 수도 있어. 아니면 그를 붙잡아 고문해서 모임에 대해 알아냈을 수도 있고. 마쉬는 매우 위험한 장소에 있어. 귀족을 모두 오블리게이터와 심문관들로 바꾼 다음 네가 무도회에서 하는 것과 똑같은 일을 한다고 생각해봐."

빈은 몸을 떨었다.

"당신 말이 맞는 것 같아요." 그녀는 아티움 병을 숨기며 말했다. "저기, 저 뭔가 잘못됐나 봐요. 이 물건이 얼마나 값어치가 있을까 하는 생각을 멈출 수가 없어요."

켈시어는 즉시 대답하지 않았다.

"난 그게 얼마나 가치 있는 물건인지 잊기가 어려워." 그가 조용히 말했다.

"난……." 빈은 말끝을 흐리며 그의 손을 내려다보았다. 그는 보통 때처럼 긴 소매 셔츠를 입고 손에는 장갑을 끼고 있었다. 그의 명성 때문에, 눈에 띄는 흉터를 대중 앞에 보이는 것은 위험했다. 그러나 빈은 그의 팔에 수천 개의 작고 하얀 긁힌 자국이 서로 겹쳐져 나 있다는 걸 알고 있었다.

"아무튼 일기책에 대해서는 네 말이 옳아." 켈시어가 말했다. "난 거기에 '열한 번째 금속'이 언급되어 있기를 바랐어. 하지만 페루케미에 대해서 이야기하면서도 알로맨시 이야기는 나오지 않아. 두 힘은 많은 면에서 비슷하니까 그가 그 두 가지를 비교할 줄 알았는데."

"그는 누군가가 그 책을 읽을까 봐 걱정한 게 아닐까요. 자기가 알로맨서라는 걸 드러내고 싶지 않았고요."

켈시어는 고개를 끄덕였다.

"아마 그렇겠지. 그가 아직 '끊지' 못했을 수도 있어. 그 테리스 산맥 속에서 일어난 일이 뭔지는 몰라도, 그 일 때문에 그는 영웅에서 폭군으로 변했어. 그러면서 그의 힘도 깨어났을지 모르지. 세이즈가 번역을 끝내기 전까지는 알 수 없을 것 같아."

"다 되어간대요?"

켈시어는 고개를 끄덕였다.

"아주 약간 남았어. 중요한 부분이었으면 좋겠는데. 지금까지는 그 글에 약간 좌절감을 느끼고 있어. 로드 룰러는 자기가 그 산맥 속에서 무엇을 성취하도록 되어 있는지도 아직 말하지 않았어! 그는 자기가 전 세계를 보호하기 위해서 무슨 일을 하고 있다고 주장해. 하지만 그건 그냥 그의 자만심이 자아내는 말일 수도 있어."

'그 글을 쓴 사람은 별로 자만심이 강해 보이지 않았어. 사실 그 반대였지.' 빈은 생각했다.

바깥이 어두워지고 있었고, 빈은 제대로 보기 위해 주석을 켜야 했다. 주석으로 시력을 강화했을 때 나타나는 명암의 기묘한 혼합물로 채색된 창문 너머로, 거리가 보였다. 그녀는 논리적으로는 그곳이 어둡다는 것을 알았지만, 여전히 볼 수 있었다. 그냥 빛 속에서 보는 것과는 달랐다. 모든 것이 흐릿하게 보였다. 그러나 그것도 시력이었다.

켈시어가 자기 회중시계를 살펴보았다.

"얼마나 남았어요?" 빈이 물었다.

"반시간 더." 켈시어가 말했다. "형이 제때 온다고 치면. 하지만 형이 그럴까 의심스러워. 결국 내 형이잖아."

빈은 고개를 끄덕이고, 몸을 움직여 깨진 창틀에 팔꿈치를 괴고는 팔짱을 끼어 기댔다. 매우 작은 일이었지만 그녀는 켈시어가 준 아티움을 갖고 있다는 데 위안을 느꼈다.

그녀의 몸이 잠시 굳었다. 아티움 생각을 하자 중요한 다른 것이 생각났다. 그녀가 몇 번이나 신경 쓰였던 것.

"당신 나한테 아홉 번째 금속에 대해서는 한 번도 가르쳐주지 않았어요!" 그녀가 그를 돌아보며 비난했다.

켈시어는 어깨를 으쓱했다.

"그건 그렇게 중요하지 않다고 말했잖아."

"그래도요. 그게 뭐예요? 아티움의 합금이죠? 그렇죠?"

켈시어는 고개를 흔들었다.

"아니, 마지막 금속 두 가지는 기본 금속 여덟 가지와 패턴이 달라. 아홉 번째 금속은 금이야."

"금?" 빈이 물었다. "그것뿐이에요? 그거라면 내가 오래전에 직접 시도해볼 수 있었잖아요!"

켈시어가 씩 웃었다.

"네가 그러고 싶었다면 말이지. 하지만 금을 태우는 건 좀…… 불편한 경험이야."

빈은 눈을 가늘게 떴다가 돌아서서 다시 창밖을 내다보았다.

'두고 봅시다.' 그녀는 생각했다.

"넌 어쨌든 그걸 시험해보겠지, 안 그래?" 켈시어가 미소를 지으며 말했다.

빈은 대답하지 않았다.

켈시어는 한숨을 쉬더니, 장식 띠 속에 손을 넣어 금박싱 한 닢과 줄을 꺼냈다.

"너한텐 아마 이게 하나 필요할 거야." 그가 줄을 들어 보이며 말했다. "하지만 만약 네가 직접 금속을 모은다면 그 금속이 순수한지 아니면 제대로 합금이 되었는지 확인하기 위해 먼저 조금 태워보렴."

"만약 그렇지 않으면요?" 빈이 물었다.

"어떤지 알게 될 거야." 켈시어는 그렇게 장담하며 동전을 줄로 긁어내기 시작했다. "'백랍 끌어내기' 때문에 느꼈던 두통 기억하니?"

"네?"

"나쁜 금속은 더 심해." 켈시어가 말했다. "훨씬 심해. 살 수 있을 때 금속을 사놔. 모든 도시에서 가루로 된 금속을 알로맨서들에게 파는 상인들의 작은 무리를 찾을 수 있을 거야. 그 상인들은 자기들 금속이 전부 순수한지 확인하는 데 사활을 걸고 있어. 두통을 앓게 된 성격 나쁜 미스트본은 무시할 수 있는 고객이 아니니까." 켈시어는 동전을 다 긁어낸 다음 금 몇 조각을 작은 사각형 천 안에 모았다. 그는 손가락 위에 한 조각을 붙인 후 그것을 삼켰다.

"이건 괜찮아." 그가 그녀에게 천을 넘겨주며 말했다. "먹어봐. 하지만 기억해둬. 아홉 번째 금속을 태우는 건 이상한 경험일 거야."

빈은 갑자기 약간의 불안감을 느끼며 고개를 끄덕였다.

'직접 시도해보지 않으면 절대 모를 거야.'

그녀는 그렇게 생각하고 그 먼지 같은 조각들을 입속에 털어 넣었다. 그런 후 물병의 물을 약간 마셔 그것들을 목구멍 아래로 씻어 내렸다.

새 금속 저장고가 몸 안에 나타났다. 낯설었고, 그녀가 아는 아홉 가지와 는 달랐다. 그녀는 켈시어를 쳐다보고 숨을 들이쉰 다음 금을 태웠다.

그녀는 동시에 두 장소에 있었다. 그녀-A는 자기 자신을 볼 수 있었고, 그 녀-B는 자기 자신을 볼 수 있었다.

그녀 중 한 명은 언제나 그녀였던 소녀가 변하고 모습을 바꾼 낯선 여자 였다. 그 여자는 주의 깊고 신중했다. 절대로 어떤 사람의 말만 믿고 낯선 금속을 태우지는 않을 여자였다. 바보 같기도 했다. 자신을 그토록 오래 살 아남게 해준 것을 대부분 잊어버렸다. 그녀는 다른 사람들이 준비해준 잔으 로 물을 마셨고, 낯선 사람들과 친교를 가졌다. 자기 주위 사람들을 계속 파 악하지도 않았다. 그래도 대부분의 사람들보다는 훨씬 더 주의 깊었지만, 그녀는 경계 본능을 아주 많이 잃어버렸다.

다른 소녀는 빈이 언제나 남몰래 혐오해왔던 모습이었다. 사실, 어린아이 였다. 뼈만 앙상할 정도로 깡말랐고 외로웠고 남을 혐오했고 사람을 믿지 않았다. 그녀는 아무도 사랑하지 않았으며, 아무도 그녀를 사랑하지 않았 다. 그녀는 언제나 자기는 그런 건 신경 쓰지 않는다고 조용히 말했다. 그녀 에게 살아야 할 가치가 있을까? 있어야 했다. 삶이란 그녀가 보는 것처럼 끔 찍해서는 안 되는 것이었다. 하지만 그럴 수밖에 없었다. 다른 것은 없었다.

빈은 둘 다였다. 그녀는 두 장소에 서서 양쪽 몸을 다 움직였다. 그녀는 이 소녀와 저 소녀 양쪽 모두인 존재였다. 그녀는 머뭇거리다가, 불안정한 손을 서로 내밀어 상대의 얼굴을 만졌다. 한 손에 한 명씩.

숨이 탁 막히면서 그 환영은 사라졌다. 그녀는 갑자기 자신이 무가치하다 는 감정과 함께 혼란스러움이 치솟는 것을 느꼈다. 방에는 의자가 없었기 때 문에 그녀는 그냥 땅 위에 웅크렸다. 벽에 등을 대고 팔로 무릎을 감쌌다.

켈시어가 걸어와 웅크려 앉더니 그녀의 어깨에 한 손을 얹었다.

"괜찮아."

"그건 뭐였죠?" 그녀가 속삭였다.

"금과 아티움은 다른 금속 쌍들처럼 서로를 보완하는 짝이야." 켈시어가 말했다. "아티움은 네게 아주 짧은 미래를 보여줘. 금은 비슷한 방식으로 작동하지만, 네게 과거를 보여주지. 아니면 적어도 과거의 어떤 사건이 실제와 달랐더라면 생겨났을 또 다른 너 자신을 네게 슬쩍 보여주는 거야."

빈은 몸을 떨었다. 동시에 두 사람이 되는 경험, 그녀 자신을 두 번 돌아보는 경험은 무서울 정도로 으스스했다. 여전히 몸이 떨렸고, 그녀의 정신은…… 더 이상 제정신으로 느껴지지 않았다.

다행히 그 감각은 사라지는 것 같았다.

"나한테 앞으로 당신 말에 귀 기울이라고 얘기해줘요. 적어도 당신이 알로맨시에 대해 말할 때는." 그녀가 말했다.

켈시어는 씩 웃었다.

"가능한 한 오래 네가 그런 생각을 하지 않게 하려고 했는데. 하지만 언젠가 너는 그걸 시도해봐야 했어. 넌 극복할 거야."

빈은 고개를 끄덕였다.

"그건…… 이미 거의 사라진 것 같아요. 하지만 그건 그냥 환영이 아니었어요, 켈시어. 그건 현실이었어요. 나는 그녀를, 또 다른 나를 만질 수 있었어요."

"그렇게 느껴질 수도 있어." 켈시어가 말했다. "하지만 그런 여자는 여기 없었어. 적어도 나한테는 보이지 않았어. 그건 환각이야."

"아티움의 환영은 그냥 환각이 아니에요." 빈이 말했다. "그 그림자는 사람이 무엇을 할지 진짜로 보여주잖아요."

"맞아." 켈시어가 말했다. "난 모르겠어. 금은 이상해, 빈. 내 생각엔 아무도 그걸 이해하는 것 같지 않아. 날 훈련시킨 게멜은 금의 그림자가 존재하지 않지만 존재할 수는 있었을 사람이라고 말했어. 네가 과거의 어떤 선택을 하지 않았다면 그렇게 되었을 수도 있는 사람. 게멜은 약간 머리가 이상했기 때문에 그의 말을 어디까지 믿어야 할지는 모르겠어."

빈은 고개를 끄덕였다. 그러나 금에 대해 더 많은 것을 금방 알아낼 수는 없을 것 같았다. 선택의 여지가 있다면, 그녀는 금을 절대 다시 태울 생각이 없었다. 그녀는 얼마 동안 감정의 동요를 가라앉히며 앉아 있었고, 켈시어는 다시 창가로 갔다. 마침내 그의 얼굴에 생기가 도는 게 보였다.

"그가 왔어요?" 빈이 천천히 일어나며 물었다.

켈시어가 고개를 끄덕였다.

"여기 남아서 좀 더 쉴래?"

빈은 고개를 저었다.

"좋아, 그럼." 그가 회중시계와 줄, 다른 금속 들을 창틀에 놓으며 말했다. "가자."

그들은 창문을 통해 밖으로 나가지 않았다. 켈시어는 조심스러운 태도를 유지하려고 했다. 트위스트 지역은 사람이 거의 없기 때문에 빈은 왜 그가 신경 쓰는지 알 수 없었다. 그들은 불안정한 계단을 내려와 건물에서 나온 다음, 침묵 속에서 거리를 가로질렀다.

마쉬가 고른 건물은 빈과 켈시어가 앉아 있던 곳보다 훨씬 더 낡은 곳이었다. 앞문은 없어진 채였는데, 마루에 흩어진 쓰레기 조각들 사이에서 그 잔해를 찾아볼 수 있었다. 안쪽에 있는 방은 먼지와 검댕 냄새가 심해 그녀는 재채기를 참아야 했다.

방 저편에 서 있던 사람이 그 소리에 빙글 돌아보았다.

"켈?"

"나야. 빈하고." 켈시어가 말했다.

빈은 마쉬 가까이로 다가가면서 그가 어둠 속에서 눈을 가늘게 뜨는 것을 볼 수 있었다. 그녀는 앞이 잘 보이지만 그에게는 그녀와 켈시어가 그림자처럼 보이리란 것을 알면서 그를 바라보니 기분이 이상했다. 건물 맞은편 벽은 무너졌고, 거의 바깥만큼 진한 안개가 마음대로 방 안을 떠돌고 있었다.

"미니스트리 문신을 했군요!" 빈이 마쉬를 보며 말했다.

"물론이지." 마쉬가 말했다. 그의 목소리는 여전히 엄격했다. "나는 캐러밴을 만나기 전에 문신을 했어. 견습 역할을 하려면 그래야 했거든."

문신은 넓지는 않았다. 그가 낮은 서열의 오블리게이터 역할을 하고 있었기 때문이다. 그러나 그 패턴을 다른 것으로 잘못 볼 수는 없었다. 눈가장을 두른 어두운 선들이 마치 기어가는 번개의 균열처럼 바깥쪽으로 뻗어 있었다. 훨씬 두꺼운 밝은 빨간색 선이 그의 얼굴 옆쪽으로 내리그어져 있었다. 빈은 그 패턴이 무엇인지 알아보았다. 그것은 심문 캔턴에 있는 오블리게이터들의 선이었다. 마쉬는 미니스트리에 잠입한 데 그친 것이 아니라, 잠입하기 가장 위험한 기관을 고른 것이다.

"하지만 그건 지울 수 없잖아요." 빈이 말했다. "그 문신은 너무 눈에 띄어요. 어디를 가든 당신은 오블리게이터나 사기꾼 취급을 받을 거예요."

"그건 형이 미니스트리에 잠입하기 위해 치른 대가의 일부야, 빈." 켈시어가 조용히 말했다.

"그건 중요하지 않아." 마쉬가 말했다. "아무튼 이 일을 하기 전에는 아무 의미도 없는 생활을 하고 있었으니까. 이봐, 좀 서두르는 게 어떨까? 난 곧 다른 데로 가야 해. 오블리게이터들은 늘 바쁘고, 내겐 자유 시간이 겨우 몇 분밖에 없어."

"알았어. 그럼 잠입은 성공한 거지?" 켈시어가 말했다.

"아주 성공적이야." 마쉬가 간결하게 말했다. "사실 너무 성공적이지. 나는 그 무리에서 눈에 띄어버린 것 같아. 다른 견습들처럼 5년 동안 훈련받은 게 아니니까 내게 불리한 부분이 있을 거라고 생각했어. 그래서 가능한 한 철저하게 질문에 대답하고, 내 의무를 정확히 수행하고 있어. 하지만 내가 견습들 몇 명보다 미니스트리에 대해 더 많이 알고 있는 것 같아. 나는 이 신입 집단보다 분명 더 유능하고, 프렐란들이 그걸 눈여겨본 거야."

켈시어가 씩 웃었다.

"형은 언제나 눈에 띄는 성취를 거두는 사람이었지."

마쉬는 조용히 코웃음을 쳤다.

"아무튼 시커 기술은 말할 것도 없고 내 지식 덕분에 나는 이미 눈에 띄게 유명해졌어. 프렐란들이 내게 어느 정도 주의를 기울이는 게 좋을지 잘 모르겠어. 심문관이 다그치기 시작하면 우리가 만들어낸 배경은 좀 얄팍해 보일 거야."

빈은 얼굴을 찌푸렸다.

"미스팅이라고 그들에게 말했어요?"

"물론 말했지." 마쉬가 말했다. "미니스트리, 특히 심문 캔턴은 귀족 시커들을 부지런히 뽑아. 내가 시커라는 사실만으로도 그들은 내 배경에 대해 별로 많이 묻지 않아. 내가 신입들 대부분보다 나이를 상당히 먹었는데도, 그들은 나를 뽑게 돼서 즐거워하고 있어."

"게다가 형은 더 비밀스러운 미니스트리 분파에 들어가기 위해 자기가 미스팅이라는 걸 말해야 했어." 켈시어가 말했다. "서열이 높은 오블리게이터들은 대부분 어느 종류의 미스팅이야. 그들은 자기 동류를 좋아하는 경향이 있어."

"그럴 만한 이유가 있지." 마쉬는 빠르게 말했다. "켈, 미니스트리는 우리가 생각했던 것보다 훨씬 더 유능해."

"무슨 말이야?"

"그들은 자기 미스팅들을 써먹어." 마쉬가 말했다. "아주 잘 써먹지. 그들은 도시 전체에 기지를 두었어. 그들이 부르는 이름으로는 '달래기' 지소(支所)야. 지소 하나마다 미니스트리 수더 두 명이 들어가 있어. 그들의 임무는 주위를 축 처지게 하는 영향력을 펼치는 것뿐이야. 그 지역 모든 사람들의 감정을 차분하고 우울하게 만드는 거지."

켈시어가 조용히 속삭였다.

"얼마나 많아?"

"수십 개야." 마쉬가 말했다. "도시 내 스카 지역들에 집중돼 있어. 스카들이 지쳐빠졌다는 건 그들도 알아. 하지만 그 상태를 더 확실하게 유지하고 싶은 거야."

"지옥에 갈 놈들!" 켈시어가 말했다. "언제나 루서델 스카들이 다른 곳 스카들보다 더 기가 꺾여 있는 것 같다는 생각을 했어. 우리가 병사를 모집하기가 그렇게 힘들었던 게 당연하군. 사람들의 감정이 끊임없이 '달래기'의 영향을 받고 있었어!"

마쉬가 고개를 끄덕였다.

"미니스트리의 수더들은 뛰어나, 켈. 아주 뛰어나. 심지어 브리즈보다 나아. 그들이 하는 일은 하루 종일 '달래는' 것뿐이야. 그걸 매일 해. 그리고 그들은 상대가 어떤 일을 하게 만들려는 게 아니라 강렬한 감정적 범위 안에 들어가지 못하도록 만드는 것이기 때문에 알아차리기가 매우 어려워.

팀마다 그들을 숨겨주는 스모커가 한 명, 지나가는 알로맨서들을 감시하는 시커 한 명이 있어. 장담하건대 심문관들은 여기서 실마리를 아주 많이 얻어낼 거야. 우리 부하들은 대부분 어느 지역에 오블리게이터가 있다는 걸 알면 금속을 태우지 않을 정도로 영리하지만, 빈민가에서는 더 해이해지지."

"지소 목록을 우리에게 만들어줄 수 있어?" 켈시어가 물었다. "우린 그 시커들이 어디 있는지 알아야 해, 마쉬."

마쉬는 고개를 끄덕였다.

"시도해볼게. 지금도 난 지소 한 군데에 가는 길이야. 그들은 비밀을 지키기 위해 항상 밤에 인원을 교대해. 상위 서열들이 내게 흥미를 가지면서 그들은 내가 자기들 일에 익숙해지도록 지소들을 방문하게 하고 있어. 널 위해서 목록을 만들 수 있나 알아볼게."

켈시어는 어둠 속에서 고개를 끄덕였다.

"다만…… 그 정보를 어리석게 써서는 안 돼, 알겠지?" 마쉬가 말했다. "우린 조심해야 해, 켈. 미니스트리는 이 지소들을 아주 오랫동안 비밀로 지켜왔어. 이제 지소에 대해 알게 됐으니 우리는 상당히 큰 이점을 갖게 된 거야. 그걸 낭비하지 마."

"그럴게." 켈시어가 약속했다. "심문관들은 어때? 그들에 대해 뭔가 알아냈어?"

마쉬는 잠시 가만히 서 있었다.

"그들은…… 이상해. 켈, 난 모르겠어. 그들은 알로맨시 힘을 전부 갖고 있는 것 같아. 그래서 내 추측에는 옛날에 미스트본이었을 것 같아. 그들에 대한 다른 정보를 많이 알아낼 수가 없어. 그들이 나이를 먹는다는 건 알지만."

"정말?" 켈시어가 흥미를 느끼면서 말했다. "그럼, 그들은 불멸이 아니야?"

"응." 마쉬가 말했다. "오블리게이터들 말로는 심문관이 때때로 바뀐대. 그 괴물들은 매우 오래 살지만, 결국 나이가 들어서 죽어. 귀족 서열에서 새 심문관들을 모집해야 하지. 켈, 그들은 사람이야. 단지…… 변한 거야."

켈시어는 고개를 끄덕였다.

"그들이 나이 들어 죽을 수 있다면, 그들을 죽일 수 있는 다른 방법도 있을 거야."

"내 생각도 그래." 마쉬가 말했다. "내가 무슨 정보를 찾을 수 있나 볼게. 하지만 너무 희망을 품지는 마. 심문관들은 보통 오블리게이터들과 많이 만나지는 않아. 두 그룹 사이에는 정치적 긴장이 있어. 로드 프렐란이 교회를 이끌지만, 심문관들은 자기들이 교회를 맡아야 한다고 생각해."

"재미있군." 켈시어가 천천히 말했다. 그의 정신이 그 새로운 정보를 처리하는 소리가 들리는 것 같았다.

"어쨌든 난 가야 해." 마쉬가 말했다. "난 여기까지 계속 뛰어와야 했고, 아무튼 약속에 늦게 생겼어."

켈시어가 고개를 끄덕였고 마쉬는 나가려고 했다. 오블리게이터가 입는 짙은 로브를 입은 마쉬가 돌무더기 위로 걸어갔다.

"마쉬." 그가 문에 다다랐을 때 켈시어가 말했다.

마쉬가 돌아보았다.

"고마워." 켈시어가 말했다. "난 이게 얼마나 위험한 일인지 상상도 가지 않아."

"널 위해서 이 일을 하고 있는 게 아니야, 켈." 마쉬가 말했다. "하지만…… 그 감정은 고마워. 일단 정보가 더 들어오면 또 편지를 보내볼게."

"조심해." 켈시어가 말했다.

마쉬는 안개 낀 밤 속으로 사라졌다. 켈시어는 무너져가는 방 안에서 몇 분 동안 형의 뒷모습을 바라보며 서 있었다.

'그것도 거짓말이 아니었어. 그는 정말로 마쉬를 걱정하는구나.' 빈은 생각했다.

"가자." 켈시어가 말했다. "널 르노 저택에 도로 데려다 놔야 해. 레칼 가문이 며칠 안에 또 파티를 열 테고, 넌 거기 가야 해."

28

때때로 나의 동료들은 내가 걱정과 의문이 너무 많다고 말한다. 그러나 영웅으로서의 내 위상을 생각할 때 내가 결코 의문을 품지 않았던 것이 한 가지 있다. 우리 원정의 궁극적인 목표에 대해서다.

'디프니스'는 파괴되어야 한다. 나는 그것을 보고 느꼈다. 우리가 거기에 붙인 '디프니스'라는 이름은 너무 약한 말이라고 생각한다. 그렇다. 그것은 깊이를 알 수 없을 정도로 깊다. 하지만 끔찍하기도 하다. 그것에 지성이 있다는 것을 깨달은 사람은 별로 없지만, 나는 몇 차례 그것과 직접 마주쳤을 때 그것의 정신을 느꼈다. 정신이라고 말하기에는 보잘것없지만.

그것은 파괴, 광기, 부패의 존재다. 그것은 앙심이나 적의 때문이 아니라, 그저 그것이 그런 존재기 때문에 이 세상을 파괴할 것이다.

레칼 아성의 무도회장은 피라미드 내부 같은 모습이었다. 무도장은 방 한가운데 있는 허리 높이의 단 위에 세워져 있었고, 만찬 테이블은 무도회장을 둘러싼 네 개의 비슷한 단 위에 있었다. 하인들은 단 사이에 난 도랑 같은 통로를 종종걸음 치며 달려서 만찬을 즐기는 귀족들에게 음식을 가져다주었다.

피라미드 같은 방의 안쪽 주위를 따라 4단의 발코니들이 설치되어 있었다. 한 단 올라갈 때마다 꼭짓점에 조금씩 더 가까워졌고, 무도회장 위로 약간씩 더 뻗어 나와져 있었다. 큰 방은 조명이 환했지만, 발코니들은 돌출부 탓에 그늘져 있었다. 발코니 하나하나를 작은 스테인드글라스 창들이 둘러싸고 있는, 아성의 가장 독특한 예술적 특징을 제대로 볼 수 있게끔 의도한 설계였다.

레칼 귀족들은 다른 아성들의 창문이 더 클지 몰라도 레칼 아성의 것이 가장 세밀하게 만들어졌다고 자랑했다. 빈은 그 모습이 인상적이라는 것을 인정할 수밖에 없었다. 그녀는 지난 몇 달 동안 스테인드글라스 창을 아주 많이 봐왔기 때문에 그것을 당연한 것으로 생각하기 시작했다. 그러나 레칼 아성의 창문들은 그녀가 본 것 대부분을 초라하게 느껴지도록 만들었다. 창 하나하나가 휘황찬란한 색채들이 깃든 화려하고, 세밀하고, 경이로운 작품들이었다. 이국적인 동물들이 활보했고, 먼 곳의 풍경들이 보는 이를 유혹했고, 유명한 귀족들의 초상화가 자랑스럽게 자리 잡고 있었다.

물론 '승천'에 봉헌된 필수적인 그림들도 있었다. 빈은 이제 이런 그림들을 더 쉽게 알아볼 수 있었는데, 자기가 일기책에서 읽은 장면들이 묘사된 것을 보고 놀라기까지 했다. 에메랄드그린의 언덕. 꼭대기에서 희미한 파도 같은 선들이 나오는 가파른 산맥. 깊고 어두운 호수. 그리고…… 암흑. '디 프니스'. 모든 것을 파괴하는 혼돈의 존재.

'그는 그걸 이겼어. 하지만…… 그건 뭐였을까?'

빈은 생각했다. 아마 일기책을 마지막까지 읽으면 더 많은 사실이 드러날 것이다.

빈은 고개를 젓고, 그 벽감과 거기 달린 검은 창문을 떠났다. 그녀는 순백의 드레스를 입고 두 번째 발코니를 따라 거닐었다. 그녀가 스카로 살 때에는 상상조차 할 수 없었던 복장이었다. 그때는 재와 검댕이 생활의 너무 많은 부분을 차지했기에, 아주 깨끗한 흰색이 어떻게 보인다는 개념조차 없었던 것 같았다. 그때의 기억 때문에 그녀는 그 드레스에 훨씬 더 경탄했다. 그녀는 결코 그 기억을 잃지 않기를 바랐다. 과거의 삶이 어땠는지 기억하는 내면의 감각을. 그것은 그녀가 지금 가진 것에 대해 진짜 귀족이 느끼는 것보다 훨씬 더 많은 고마움을 느끼게 해주었다.

그녀는 사냥감을 찾으며 발코니를 따라 계속 걸었다. 배경의 조명을 받아 창에서 화려한 색채들이 비쳤고, 반짝이는 빛이 마루를 가로질렀다. 창문은 대부분 발코니를 따라 난 작은 전망용 벽감 안에서 빛났고, 그녀 앞의 발코니에는 어둠과 색채가 얼룩얼룩한 무늬를 짓고 있었다. 빈은 이제 창문에서 주의를 돌렸다. 레칼 아성에서 열린 첫 번째 무도회 때 창문은 많이 봐두었다. 오늘 밤에는 따로 주의를 기울여야 할 일이 있었다.

그녀는 동쪽 발코니 통로를 절반쯤 내려갔을 때 사냥감을 발견했다. 레이디 클리스는 한 무리의 사람들과 이야기하고 있었다. 그래서 빈은 걸음을 멈추고 창을 열심히 바라보는 척했다. 클리스의 무리는 곧 흩어졌다. 사람들이 한 번에 클리스를 견딜 수 있는 시간은 보통 그 정도였다. 키 작은 클리스는 발코니를 따라 빈 쪽으로 걸어오기 시작했다.

그녀가 가까이 오자 빈은 놀란 듯이 돌아섰다.

"오, 레이디 클리스! 저녁 내내 당신이 안 보이더군요."

클리스는 신이 나서 돌아섰다. 소문을 퍼뜨릴 사람이 또 생겼다는 생각에 흥분한 게 분명했다.

"레이디 발레트!" 그녀가 뒤뚱뒤뚱 걸어오며 말했다. "지난주 로드 카베의 무도회에 안 나왔더군요! 전에 앓던 병이 재발한 건 아니겠지요?"

"아니에요. 그날 저녁은 삼촌과 함께 보냈어요." 빈이 말했다.

"오, 그렇군요." 클리스가 실망하며 말했다. 병이 재발했다는 쪽이 더 나은 이야깃거리가 되었을 것이다. "음, 그거 다행이네요."

"레이디 트렌-페드리 블루즈에 대해 재미있는 소식을 갖고 있다면서요?" 빈이 조심스럽게 말했다. "나도 최근에 좀 재미있는 이야기들을 들었답니다." 그녀는 소소한 소식들을 교환할 용의가 있다는 암시를 담아 클리스를 바라보았다.

"오, 그거요!" 클리스가 열을 올리며 말했다. "음, 난 트렌-페드리가 에이메 가문과 연합하는 데 전혀 흥미가 없다고 들었어요. 그녀의 아버지는 곧 결혼식을 올릴 거라고 시사하고 있지만요. 하지만 에이메 가문 아들들이 어떤지 알죠? 아, 페드렌은 완전히 어릿광대예요."

마음속으로 빈은 눈을 굴렸다. 클리스는 빈이 나누고 싶은 소식이 있다는 것도 알아차리지 못하고 이야기만 계속하고 있었다.

'이 여자한테 교묘하게 구는 건 농장 스카한테 목욕물 향수를 팔려는 것과 비슷하겠어.'

"그거 흥미롭군요." 빈이 클리스의 말을 가로막았다. "트렌-페드리가 망설이는 건 에이메 가문과 헤이스팅 가문의 관계 때문이겠지요."

클리스는 말을 멈추었다.

"왜 그게 그렇게 돼요?"

"음, 우리 모두 헤이스팅 가문이 무슨 계획을 짜고 있는지 알잖아요."

"우리 모두 안다고요?" 클리스가 물었다.

빈은 당황한 척했다.

"오, 아직 알려지지 않은 모양이군요. 부탁해요, 레이디 클리스. 내가 한 말은 잊어줘요."

"잊는다고요?" 클리스가 말했다. "오, 그건 이미 잊어버렸어요. 하지만 이 봐요, 거기서 그냥 멈추면 안 돼요. 무슨 뜻이에요?"

"난 말하면 안 돼요." 빈이 말했다. "우리 삼촌 이야기를 엿들은 것뿐이라 서요."

"당신 삼촌이요?" 클리스는 더 열성적으로 물었다. "그분이 뭐라 그러셨 어요? 날 믿을 수 있다는 거 알잖아요."

"음…… 삼촌은 헤이스팅 가문이 '남쪽 지배지' 농장 쪽으로 많은 자원을 재배치하고 있다고 말했어요. 우리 삼촌은 아주 좋아하셨어요. 헤이스팅은 기존 계약을 몇 개 취소했고, 그 자리에 대신 들어갈 계약을 우리 삼촌이 맺 고 싶어 하시거든요."

"재배치라……." 클리스가 말했다. "도시에서 물러나려는 계획이 아니라 면 그렇게 하지 않을 텐데……."

"그들을 비난할 수 있겠어요?" 빈이 조용히 물었다. "그러니까 누가 테키 엘 가문에 일어났던 것 같은 위험을 감당하고 싶겠어요?"

"정말 누가……." 클리스가 말했다. 그녀는 얼른 자리를 떠서 그 소식을 퍼뜨리고 싶은 열망으로 몸을 떨다시피 했다.

"아무튼, 제발요. 이건 전해 들은 말일 뿐이에요. 아무에게도 이 이야기를 해서는 안 돼요." 빈이 말했다.

"그럼요." 클리스가 말했다. "음…… 실례할게요. 가서 다과를 좀 먹어야 겠어요."

"그럼요." 빈은 그녀가 발코니 계단 쪽으로 서둘러 가는 모습을 지켜보았다.

빈은 미소를 지었다. 물론 헤이스팅 가문은 그런 준비를 하지 않았다. 헤 이스팅은 도시에서 가장 강한 가문 중 하나였고, 앞으로도 철수할 것 같지 않았다. 하지만 독슨은 가게에 돌아와 서류를 위조하고 있었다. 그 서류가 가야 할 곳으로 제대로 간다면, 빈의 말처럼 헤이스팅이 철수를 계획하고 있다는 암시를 줄 것이다.

모든 게 잘된다면 도시 전체가 곧 헤이스팅이 철수할 거라고 예상할 것이다. 동맹자들은 그 사태를 대비해 계획을 짤 것이고, 자기들도 철수하기 시작할지 모른다. 헤이스팅가에서 무기를 사려던 사람들은 그 가문이 도시에서 철수하면 계약을 지킬 수 없을 것을 우려하여 다른 거래처를 찾게 될 것이다. 헤이스팅이 철수하지 않으면 그들은 우유부단해 보일 것이다. 그들의 동맹은 없어지고, 수입은 적어지고, 다음에 무너질 가문은 그들이 될 것이다.

그러나 헤이스팅가는 작업하기 가장 쉬운 가문이었다. 헤이스팅은 극도로 속임수를 잘 쓰는 것으로 유명했기 때문에 사람들은 그 가문이 남몰래 퇴각을 계획하고 있다고 믿을 것이다. 거기에 더해, 헤이스팅은 상업 중심 가문이었다. 그것은 그들이 살아남기 위해 계약에 의존하는 부분이 아주 크다는 뜻이었다. 이렇게 수입원이 분명하고 단일 종목이 우세한 가문은 약점도 분명했다. 로드 헤이스팅은 자기 가문의 영향력을 키우기 위해 지난 몇 십 년 동안 열심히 일했다. 그러면서 그는 자기 가문의 힘을 한계에 이르기까지 확장했다.

다른 가문들은 훨씬 더 안정적이었다. 빈은 한숨을 쉬고 돌아서서 복도를 걸어 내려가며, 방 맞은편 발코니들 사이에 놓인 거대한 시계를 보았다.

벤처는 쉽게 무너지지 않을 것이다. 그 가문이 강력한 권력을 가진 것은 순전히 재산의 힘이었다. 벤처가도 상업 계약을 맺기는 하지만 다른 가문들처럼 그 계약에 의존하지는 않았다. 벤처가는 충분히 부유하고 강력했기 때문에 상업상 재난이 일어나도 그 가문을 거칠게 흔드는 데 그칠 것이다.

한편으로는 벤처가의 안정성은 좋은 일이기도 했다. 적어도 빈에게는 그랬다. 그 가문은 눈에 보이는 약점이 없기 때문에 그녀가 벤처가를 무너뜨릴 방법을 발견할 수 없다고 해도 패거리가 아주 실망하지는 않을 것이다.

마지막 제국

결국 그들은 반드시 벤처 가문을 파괴해야만 하는 것은 아니었다. 벤처 가문이 무너지면 계획이 더 순조롭게 진행될 뿐인 것이다.

무슨 일이 일어나든 간에, 빈은 벤처 가문이 테키엘 가문과 같은 운명을 겪지 않도록 해야 했다. 테키엘가의 명성은 사라졌고, 재정은 불안정했다. 테키엘은 도시에서 철수하려 했지만 마지막에 이런 약점을 보이는 행위를 하는 것은 치명적이었다. 테키엘의 귀족 중 몇 명은 떠나기도 전에 암살당했다. 나머지는 운하 보트의 타버린 잔해 속에서 발견되었다. 강도가 습격한 것처럼 보였지만, 빈은 감히 그렇게 많은 귀족을 학살할 수 있는 도둑 패거리를 알지 못했다.

켈시어는 아직도 그 살인 뒤에 어느 가문이 있는지 찾아낼 수 없었다. 그러나 루서델 귀족들은 범인이 누군지 신경 쓰지 않는 것 같았다. 테키엘 가문은 약해졌고, 귀족들에게 있어서 '대가문'이 스스로를 유지하는 데 실패했다는 것보다 더 당황스러운 사태는 없었다. 켈시어가 옳았다. 점잖은 무리들은 무도회에서 만나지만, 귀족들은 자기들에게 이익만 된다면 기꺼이 상대의 가슴 한복판을 찌를 것이다.

'도둑 패거리들 같아. 사실 귀족들도 내가 자랄 때 주변에 있던 사람들과 그렇게 다르지 않아.' 그녀는 생각했다.

정중한 행동과 그 밖의 세세한 차이점들 때문에 분위기가 덜 위험하게 느껴질 뿐이었다. 그런 위장 아래에는 음모와 암살, 그리고 미스트본이 있었다. 아마 가장 중요한 것은 미스트본이었을 것이다. 그녀가 최근 참석한 모든 무도회에 엄청난 수의 경비병들이 보인 것은 우연이 아니었다. 갑옷을 입었든 입지 않았든, 파티들은 이제 경고와 힘의 과시라는 또 다른 목적 또한 띠고 있었다.

'엘렌드는 안전해.' 그녀는 생각했다. '그가 자기 가족을 어떻게 생각하든 간에, 그들은 루서델 계급 구조 속에서 자리를 잘 지켜냈어. 그는 그 가문의 상속자야. 그러니 그들은 그가 암살당하지 않게 잘 보호할 거야.'

그녀는 그 생각이 조금 더 설득력이 있었으면 하고 바랐다. 그녀는 샨 엘라리엘이 무언가 획책하고 있다는 것을 알았다. 벤처가는 안전할지 모르지만, 엘렌드 자신은 약간…… 이따금 무신경했다. 샨이 개인적으로 그에게 해를 입혔을 때 그것이 벤처가에 큰 타격이 될지 그렇지 않을지는 모른다. 하지만 빈은 확실히 큰 타격을 받을 것이다.

"레이디 발레트 르노. 늦으신 것 같군요." 어떤 목소리가 말했다.

빈이 돌아보자 엘렌드가 왼쪽 벽감 안에 느긋이 앉아 있었다. 그녀는 미소를 지으며 시계를 내려다보았다. 정말로 그를 만나기로 약속한 시간이 몇 분 지났다.

"내 친구들한테 나쁜 습관이 옮았나 봐요." 그녀가 벽감 안쪽으로 걸어 들어가며 말했다.

"이거 봐요, 난 그게 나쁜 일이라고 말하지 않았어요." 엘렌드가 미소를 지으며 말했다. "아니, 오히려 약간 늦는 쪽이 숙녀가 궁정에서 지켜야 할 의무라고 말하겠어요. 여자의 변덕을 받들어 모셔야 한다고 강요받는 건 신사들에게 유익한 일이에요. 적어도 우리 어머니는 언제나 내게 그렇게 말하기를 좋아하셨죠."

"그분은 현명한 여성인 것 같군요." 빈이 말했다.

벽감은 두 사람이 옆으로 서 있기에 딱 알맞을 정도의 크기였다. 그녀는 그의 건너편에 섰다. 발코니는 그녀 왼편으로 조금 더 튀어나와 있었고, 오른쪽에는 경이로운 라벤더 창이 있었다. 그들의 발은 거의 닿을 지경이었다.

"오, 그건 잘 모르겠네요. 어머니는 결국 우리 아버지와 결혼했으니까요." 엘렌드가 말했다.

"그렇게 해서 '마지막 제국'에서 가장 강력한 가문에 들어오셨죠. 당신은 그보다 더 잘 행동하기 어려울 거예요. 당신 어머니는 로드 룰러와 결혼하려고 해볼 수도 있었겠지만요. 하지만 내가 마지막으로 들은 바로는, 로드 룰러는 결혼 시장에 없었지요."

"안된 일이군요." 엘렌드가 말했다. "그의 인생에 여자가 있었다면 조금은 덜 우울해 보였을 텐데요."

"그건 어떤 여자냐에 달렸을 거예요." 빈은 옆을 흘끗 쳐다보았다. 궁정 사람들이 작은 무리를 지은 채 한가로이 지나갔다. "이봐요, 여기는 썩 은밀한 장소는 아니에요. 사람들이 우릴 이상한 눈으로 보고 있어요."

"내가 있는 여기로 걸어 들어온 건 당신인걸요." 엘렌드가 지적했다.

"맞아요. 음, 우리가 어떤 소문을 만들어낼지 생각하지 못했어요."

"소문나든 말든 상관없어요." 엘렌드가 똑바로 서며 말했다.

"그래야 당신 아버지가 화를 낼 테니까?"

엘렌드는 고개를 저었다.

"난 그 일에 더 이상 신경 쓰지 않아요, 발레트." 엘렌드가 한 발 앞으로 나오는 바람에 그들은 더 가까워졌다. 빈은 그의 숨결을 느낄 수 있었다. 그는 그대로 잠시 서 있다가 말했다. "당신에게 키스하게 될 것 같아요."

빈은 살짝 몸을 떨었다.

"그러고 싶지 않을걸요, 엘렌드."

"왜요?"

"당신은 나에 대해 얼마나 알아요?"

"내가 알고 싶은 만큼은 모르죠."

"당신이 알아야 할 만큼도 모르잖아요." 빈이 그의 눈 속을 들여다보며 말했다.

"그럼 나한테 말해줘요." 그가 말했다.

"난 못 해요. 지금 당장은 안 돼요."

엘렌드는 잠시 그대로 서 있다가 가볍게 고개를 끄덕이며 물러섰다. 그는 발코니 통로로 걸어 나갔다.

"그럼 우리 잠깐 산책이나 할까요?"

"좋아요." 빈은 안도했지만, 약간 실망스럽기도 했다.

"이게 제일 좋다고 생각해요. 그 벽감 불빛은 책 읽기엔 정말 끔찍했어요."

"절대로 하지 마요." 빈이 그의 주머니에 있는 책을 바라보며 말했다. 그녀도 통로로 나가 그의 옆으로 갔다. "다른 사람이랑 있을 때 읽어요. 나랑 있을 땐 말고."

"하지만 우리 관계는 그렇게 시작했잖아요!"

"그리고 그렇게 끝날 수도 있어요." 빈이 그의 팔을 잡으며 말했다.

엘렌드는 미소 지었다. 발코니를 걷고 있는 커플은 그들만이 아니었고, 다른 커플들은 아래쪽 무도장에서 희미한 음악에 맞춰 천천히 돌고 있었다.

'참 평화로워 보여. 그렇지만 며칠 전에 이 사람들 대다수가 여자와 아이들의 목이 베어지는 걸 멍하니 서서 지켜보기만 했지.'

그녀는 엘렌드의 팔과, 곁에 선 그의 체온을 느꼈다. 켈시어는 자기가 세상에서 느낄 수 있는 기쁨을 다 느껴야 하기 때문에 그렇게 많이 미소 짓는 거라고 말한 적이 있었다. '마지막 제국'에서는 아주 드물어 보이는 행복의 순간들을 누리기 위해서. 엘렌드 옆에서 잠시 걸으면서, 빈은 켈시어가 어떻게 느끼는지 이해할 것 같다고 생각했다.

"발레트……." 엘렌드가 천천히 말했다.

"왜요?"

"당신이 루서델에서 떠났으면 좋겠어요."

"뭐라고요?"

그는 멈춰 서서 그녀를 바라보았다.

"나는 이 일을 아주 많이 생각해봤어요. 당신은 깨닫지 못했을지도 모르지만 이 도시는 위험해지고 있어요. 아주 위험해져가요."

"나도 알아요."

"그러면 동맹 없는 작은 가문은 지금 '중앙 지배지'에 발붙일 데가 없다는 것도 알겠군요." 엘렌드가 말했다. "당신 삼촌이 여기 와서 출세하시려는 건

마지막 제국

용감한 일이지만, 때를 잘못 골랐어요. 난…… 나는 이곳 사태가 금방 걷잡을 수 없게 될 거라고 생각해요. 그런 일이 일어났을 때 나는 당신의 안전을 보장할 수 없어요."

"우리 삼촌은 자기가 무슨 일을 하는지 잘 알고 계세요, 엘렌드."

"이건 달라요, 발레트." 엘렌드가 말했다. "가문들이 모두 무너지고 있어요. 테키엘 가족은 강도들에게 몰살당한 게 아니에요. 그건 헤이스팅가의 작품이었어요. 이 일이 끝날 때까지 우리는 또 여러 사람의 죽음을 보게 될 거예요."

빈은 잠깐 말을 잇지 못했다. 그녀는 산을 다시 생각하고 있었다.

"하지만…… 당신은 안전하죠, 맞죠? 벤처 가문…… 거긴 다른 곳과 다르잖아요. 거기는 튼튼해요."

엘렌드는 고개를 저었다.

"우리는 다른 가문들보다 훨씬 더 취약해요, 발레트."

"하지만 당신들 재산은 엄청나잖아요." 빈이 말했다. "당신들은 계약에 의존하지 않잖아요."

"우리 약점은 다른 사람 눈에는 띄지 않을지 몰라도 확실히 우리 안에 도사리고 있어요, 발레트. 우리는 겉치레를 잘하기 때문에 다른 사람들은 우리가 실제 가진 것보다 더 많은 것을 갖고 있다고 생각하죠. 하지만 로드 룰러의 귀족 가문에 매기는 세금 아래서는…… 음, 우리가 이 도시에서 그런 힘을 유지하는 방법은 수입뿐이에요. 비밀 수입이죠."

빈이 눈살을 찌푸리자, 엘렌드는 더 가까이 몸을 숙여 거의 속삭이는 소리로 말했다.

"우리 가문은 로드 룰러의 아티움을 캐내요, 발레트. 그게 우리 재산이 나오는 곳이에요. 어떤 의미로는 우리 가문의 안정성은 완전히 로드 룰러의 변덕에 달려 있어요. 그는 아티움을 직접 모으는 일을 하고 싶어 하지 않아요. 하지만 납입 일정이 어긋나면 매우 동요하지요."

'더 알아내!' 본능이 그녀에게 말했다. '이게 그 비밀이야. 켈시어에게 필요한 건 이거야.'

"오, 엘렌드." 빈이 속삭였다. "나한테 이걸 말하지 말아야 해요."

"왜요? 난 당신을 믿어요." 그가 말했다. "이봐요, 당신은 지금 사태가 얼마나 위험한지 알아야 해요. 최근에 아티움 공급이 어려워졌어요……. 음, 몇 년 전 어떤 일이 일어났고, 그때부터 사태가 달라졌죠. 우리 아버지는 로드 룰러의 할당량을 맞출 수가 없게 됐고, 지난번에 그랬을 때는……."

"뭔데요?"

"음, 그냥 사태가 곧 벤처가에 매우 불리해질 수 있다고만 이야기할게요." 엘렌드가 불안한 듯이 말했다. "로드 룰러는 아티움에 의지하고 있어요, 발레트. 그것은 그가 귀족들을 지배하는 주요한 방법 중 하나예요. 아티움이 없는 가문은 미스트본을 막아낼 수 없게 돼요. 아티움을 많이 비축해둠으로써 로드 룰러는 시장을 지배하고, 스스로의 부를 쌓고 있어요. 그는 시장에서 아티움을 희귀하게 만든 후 남는 조각을 엄청난 값에 팔아치워서 자기 군대의 자금을 대요. 당신이 알로맨시 경제에 대해 더 잘 안다면 훨씬 이해가 잘될 텐데요."

'오, 사실 난 당신 생각보다 더 잘 알아요. 그리고 이제는 내가 알아야 하는 정도보다 훨씬 더 많이 알게 되었어요.'

오블리게이터 하나가 그들 옆 발코니 통로를 따라 걸어오자, 엘렌드는 말을 멈추고 유쾌하게 미소 지었다. 그 오블리게이터는 지나가면서 그들을 바라보았다. 그의 눈은 문신의 거미줄 안에서 생각에 잠긴 것 같았다.

엘렌드는 오블리게이터가 지나치자마자 도로 그녀를 보았다.

"당신이 떠났으면 좋겠어요." 그가 되풀이했다. "사람들은 내가 당신에게 주의를 기울인다는 걸 알아요. 내가 우리 아버지를 괴롭히려고 그런 것뿐이라고 사람들이 추측해주었으면 좋겠지만 그래도 그들은 여전히 당신을 이용하려 들 수 있어요. '대가문'들은 단지 나와 우리 아버지를 노리기 위해 당신 가문을 부숴버리는 데 조금도 거리낌이 없을 거예요. 당신은 가야 해요."

"난…… 생각해볼게요." 빈이 말했다.

"생각할 시간이 별로 없어요." 엘렌드가 경고했다. "난 당신이 이 도시에서 일어나는 일에 너무 많이 연루되기 전에 떠났으면 좋겠어요."

'난 이미 당신 생각보다 훨씬 많이 연루되어 있는걸요.'

"생각해보겠다고 했잖아요. 이봐요, 엘렌드. 당신 스스로를 더 걱정해야 할걸요. 샨 엘라리엘이 당신에게 타격을 주기 위해 무슨 일인가를 꾸미는 것 같아요."

"샨?" 엘렌드가 재미있어하며 말했다. "그녀는 해를 끼치지 않아요."

"난 그렇게 생각하지 않아요, 엘렌드. 당신은 좀 더 조심해야 해요."

그가 웃었다.

"우리 좀 봐요……. 서로 상대에게 상황이 얼마나 끔찍한지 설득하려고 하면서, 또 서로 상대의 말은 한마디도 들으려고 하지 않는군요."

빈은 잠시 말문이 막힌 듯하더니 이내 미소 지었다.

엘렌드는 한숨을 쉬었다.

"당신은 내 말을 듣지 않겠죠, 그렇죠? 당신이 떠나게 하기 위해 내가 할 수 있는 일이 있나요?"

"지금 당장은 없어요." 그녀가 조용히 말했다. "이봐요, 엘렌드. 우리 그냥 함께 있는 시간을 즐길 수 없을까요? 이 사태가 이대로 계속된다면 우리는 이런 기회를 한동안 갖지 못할지도 몰라요."

그도 말문이 막혔다가 마침내 고개를 끄덕였다. 그녀는 그가 여전히 불안해하는 것을 알 수 있었지만, 그는 다시 산책을 시작했다. 그는 걸어가면서 그녀에게 부드럽게 팔을 맡겼다. 그들은 한동안 조용히 함께 걸었다. 그러다 뭔가가 빈의 주의를 끌었다. 그녀는 그의 팔에서 손을 떼고 팔을 아래로 내려 그의 손을 감쌌다.

빈이 자신의 손가락에 끼인 반지를 두드리자 그는 당황한 듯 눈가를 찌푸리고 그녀를 바라보았다.

"이건 정말로 금속이네요." 그녀는 들은 이야기가 있음에도 약간 놀라서 말했다.

엘렌드는 고개를 끄덕였다.

"순금이지요."

"당신은 걱정이 안 되나요⋯⋯."

"알로맨서들?" 엘렌드가 물었다. 그는 어깨를 으쓱했다. "난 모르겠어요. 난 그런 자들과 한 번도 맞서본 적이 없으니까. 농장에서 당신은 금속을 끼지 않나요?"

빈은 고개를 저으며 머리에 꽂은 머리핀 하나를 똑똑 두들겼다.

"나무에 칠을 한 거예요." 그녀가 말했다.

엘렌드는 고개를 끄덕였다.

"아마 현명한 일이겠죠. 하지만 루서델에 오래 머물면 머물수록 당신은 우리가 여기서 하는 일치고 지혜의 이름으로 이루어지는 건 거의 없다는 사실을 깨닫게 될 거예요. 로드 룰러는 금속 반지를 껴요. 따라서 귀족들도 그렇게 하죠. 어떤 학자들은 그게 모두 그의 계획에 들어 있는 일이라고 생각해요. 로드 룰러는 귀족들이 자기를 흉내 내리라는 걸 알기 때문에 금속을 차고, 그런 식으로 자기 심문관들에게 귀족을 제압할 힘을 준다는 거죠."

"당신은 그 말이 맞는다고 생각해요?" 빈이 물었다. 그녀는 걸어가며 다시 그의 팔을 잡았다. "그러니까, 학자들 말이에요."

엘렌드는 고개를 저었다.

"아뇨." 그는 더 작은 목소리로 말했다. "로드 룰러⋯⋯ 그는 그냥 오만한 거예요. 옛날에는 자기들이 얼마나 용감하고 강한지 증명하기 위해 갑옷을 입지 않고 전투에 나간 전사들이 있었다고 책에서 읽었어요. 그것과 똑같다고 생각해요. 훨씬 더 미묘한 수준이라는 건 인정하지만요. 로드 룰러는 자기 힘을 과시하기 위해서 금속을 차는 거죠. 자기가 겁이 없고, 우리가 무슨 짓을 해도 전혀 위협받지 않는다는 것을 보여주기 위해서요.

'자, 그는 스스로 로드 룰러가 오만하다고 말하고 있어. 그가 조금 더 털어놓게 만들 수 있을지도 몰라…….' 빈은 생각했다.

엘렌드는 말을 멈추고 시계를 보았다.

"오늘 밤 시간이 많지 않아서 유감이에요, 발레트."

"맞아요. 가서 당신 친구들을 만나야겠죠." 빈은 말을 꺼내고 그의 반응을 재보려 했다.

그는 별로 놀란 것 같지 않았다. 그녀 쪽으로 한쪽 눈썹을 치켜세웠을 뿐이었다.

"사실 그래요. 당신은 매우 관찰력이 좋군요."

"별로 관찰하지 않아도 보여요." 빈이 말했다. "우리가 헤이스팅, 벤처, 레칼, 엘라리엘…… 어느 아성에 있든 간에 당신은 늘 같은 사람들과 어울리느라 달아났으니까요."

"내 술친구들이에요." 엘렌드가 미소를 지으며 말했다. "현재의 정치적 분위기에서는 별로 있을 것 같지 않은 모임이지만, 우리 아버지를 화나게 하는 데는 도움이 되는 모임이죠."

"만나서 뭘 하나요?" 빈이 물었다.

"주로 철학 이야기를 해요." 엘렌드가 말했다. "우린 좀 답답한 사람들이죠. 당신이 우리 중 한 사람이라도 안다면 그것도 그리 놀랍지는 않을 거예요. 우리는 정부, 정치학 그리고…… 로드 룰러에 대해 이야기해요."

"그에 대해 무슨 이야기를 해요?"

"음, 그가 '마지막 제국'에 내리는 명령 중에 어떤 것들은 별로 우리 마음에 들지 않아요."

"그럼 당신들은 그를 타도하고 싶어 하는 거군요!" 빈이 말했다.

엘렌드는 그녀에게 이상하다는 눈길을 보냈다.

"그를 타도해요? 왜 그런 생각을 해요, 발레트? 그는 로드 룰러예요. 신이죠. 그가 세상을 지배하는 걸 우리가 어떻게 할 수는 없어요." 그는 계속 걸으며 그녀에게서 눈길을 돌렸다. "아뇨, 내 친구들과 나, 우리는 그저…… '마지막 제국'이 조금 달라지기를 바랄 뿐이에요. 지금 당장 세상을 바꿀 수는 없겠지만, 우리 모두 내년까지 살아남는다면 언젠가는 로드 룰러에게 영향을 줄 수 있는 자리에 오르게 될 거예요."

"무슨 영향을요?"

"음, 며칠 전의 그 처형을 생각해봐요." 엘렌드가 말했다. "난 그 처형이 무슨 쓸모가 있는지 모르겠어요. 스카가 반역을 했다. 그 보복으로 미니스트리가 몇백 명을 마구잡이로 처형했다. 대중을 훨씬 더 화나게 만드는 것 외에 무슨 효과가 있겠어요? 자, 다음번엔 반역의 규모가 더 커질 거예요. 그러면 로드 룰러는 더 많은 사람들의 목을 베라고 명령할까요? 스카가 한 명도 남지 않을 때까지 얼마나 그런 일이 계속될까요?"

빈은 생각에 잠겨서 걸었다.

"그래서 당신은 무슨 일을 하려고요, 엘렌드 벤처? 만약 당신이 그런 자리에 오른다면요." 그녀가 마침내 말했다.

"나도 모르겠어요." 엘렌드가 털어놓았다. "난 책을 많이 읽었어요. 내가 읽으면 안 되는 책들까지도 읽었죠. 그러나 쉬운 해답을 전혀 찾지 못했어요. 하지만 사람들 목을 베는 걸로는 어떤 문제도 해결되지 않는다고 확신해요. 로드 룰러는 오랫동안 활동해왔으니 더 나은 방법을 찾아냈을 거라고 당신은 생각하겠죠. 그렇지만…… 아무튼 이 이야기는 나중에 계속해야겠어요……." 그는 발걸음을 늦추더니 그녀를 바라보았다.

"벌써 시간이 되었나요?" 그녀가 물었다.

엘렌드는 고개를 끄덕였다.

"나는 그 친구들을 만나기로 약속했고, 그들도 내가 나올 거라고 생각하고 있어요. 늦는다고 이야기는 할 수 있을 것 같지만……."

빈은 고개를 저었다.

"가서 당신 친구들과 술을 마셔요. 난 괜찮아요. 아무튼 나도 이야기를 나눠야 하는 사람이 몇 명 더 있으니까요." 그녀는 다시 일해야 했다. 브리즈와 독슨은 몇 시간씩 계획을 짜고 그녀가 퍼뜨려야 할 거짓말을 준비했다. 그들은 클럽스의 가게에서 파티 후 그녀가 보고하기를 기다리고 있을 것이다.

엘렌드는 미소를 지었다.

"당신 걱정을 그렇게 많이 하지 않아도 될 것 같군요. 누가 알겠어요? 당신의 정치적 움직임을 보면 르노 가문이 곧 이 도시의 실권자가 되고 난 그저 비천한 거지가 될지도 모르지요."

빈은 미소를 지었고, 그는 절을 하며 그녀에게 윙크를 하더니 계단 쪽으로 갔다. 빈은 천천히 발코니 난간으로 걸어가 아래에서 춤을 추고 만찬을 즐기는 사람들을 내려다보았다.

'그는 혁명가는 아니구나. 켈시어가 또 옳았어. 켈시어는 자기가 옳다는 것이 밝혀지는 일에 싫증을 낼 때가 올까.' 그녀는 생각했다.

그래도 그녀는 엘렌드에게 크게 실망하지는 않았다. 모든 사람이 신이자 황제인 존재를 타도할 수 있다고 생각할 정도로 정신이 나간 건 아니다. 엘렌드가 자발적으로 스스로를 다른 사람들과 분리해서 생각하고 있다는 단순한 사실만으로도, 그는 좋은 사람이었다. 자신의 신뢰를 받을 만한 여자를 얻을 자격이 있는 사람이었다.

그러나 불행하게도, 그에게 있는 여자는 빈이었다.

'그러면 벤처 가문은 남몰래 로드 룰러의 아티움을 파내고 있는 거구나. "하스신의 갱"을 감독하고 있는 자들은 그들이 분명해.' 그녀는 생각했다.

알고 보니 벤처 가문의 위치는 무시무시할 정도로 위태로웠다. 그들의 재정 상태는 로드 룰러를 기쁘게 할 수 있느냐 없느냐에 직결되어 있었다. 엘렌드는 자기가 조심하고 있다고 생각했지만, 빈은 걱정이 되었다. 그는 샨 엘라리엘을 별로 진지하게 생각하지 않았다. 그것만은 빈이 확신할 수 있다. 빈은 돌아서서 맹렬한 걸음으로 발코니를 떠나 무도장이 있는 층으로 내려갔다.

샨의 테이블은 쉽게 찾을 수 있었다. 그 여자는 언제나 자기를 따라다니는 귀족 여성들로 이뤄진 큰 무리와 함께 앉아 있었다. 마치 농장을 감독하는 영주같이 중심을 차지한 모습이었다. 빈은 잠깐 얼어붙었다. 그녀는 샨에게 직접 다가간 적이 한 번도 없었다. 그러나 엘렌드를 보호할 사람이 있어야 했다. 그는 너무 멍청해서 자기 몸을 보호할 수 없었다.

빈은 앞으로 성큼성큼 걸어갔다. 그녀가 다가가자 샨의 테리스인이 빈을 뜯어보았다. 그는 세이즈드와 너무 달랐다. 그와는…… 기백이 달랐다. 이 남자는 돌로 조각한 생물처럼 밋밋한 표정을 유지했다. 숙녀 몇이 빈에게 비난하는 시선을 쏘았다. 그러나 샨을 포함한 대부분은 그녀를 무시했다.

"레이디 샨?" 그녀가 물었다.

샨은 얼음장 같은 눈길로 그녀를 바라보았다.

"사람을 보내 당신을 부르지 않았는데요, 시골 아가씨."

"네, 하지만 말씀하신 것 같은 책을 발견……."

"이제 당신의 봉사는 필요 없어요." 샨이 몸을 돌리며 말했다. "내가 직접 엘렌드 벤처를 처리할 수 있어요. 날 그만 귀찮게 하고 착한 꼬마 멍청이 노릇이나 해요."

빈은 얼떨떨해져서 서 있었다.

"하지만, 마님 계획은……."

"더 이상 당신이 필요하지 않다고 내가 말했죠? 전에 내가 당신한테 심하게 대했다고 생각해요, 아가씨? 그건 내가 그나마 당신한테 호의를 베풀 때였어요. 이제 날 귀찮게 하기만 해봐요."

빈은 그녀의 멸시하는 시선 앞에서 반사적으로 기가 꺾였다. 그녀는…… 넌더리를 내고, 심지어 화를 내고 있는 것 같았다. 질투일까?

'그녀가 알아차린 게 분명해. 마침내 나와 엘렌드가 그냥 장난질을 하고 있는 게 아니라는 걸 깨달은 거야. 내가 그를 좋아한다는 걸 알고, 내가 그

에게 자기 비밀을 지킬 거라고 믿지 않아.'

빈은 테이블에서 물러났다. 샨의 계획을 알아내기 위해서는 다른 방법을 써야 할 것 같았다.

말은 자주 그렇게 해도, 엘렌드 벤처는 자신이 무례한 사람이라고 생각하지 않았다. 그는 오히려…… 말의 탐구자라고 해야 할 것이다. 그는 대화를 시험해보고 사람들이 어떻게 반응하는지 보려고 말머리를 돌려보는 것을 좋아했다. 옛날의 위대한 사상가들처럼, 그는 경계를 밀어보고 비인습적인 방식들을 실험했다.

그는 브랜디 잔을 눈앞에 들어 올려 잡은 채로 살펴보며 골똘히 생각했다.

'물론 그 옛날 학자들 대부분은 결국 반역으로 처형당했지.' 썩 성공적인 역할 모델이라고 할 수는 없었다.

친구들과 나누던 저녁의 정치적 대화가 끝나자, 그는 친구 몇 명과 함께 레칼 아성의 남성 대기실로 물러났다. 대기실은 무도장에 붙어 있는 작은 방으로, 짙은 녹색 계열로 꾸며져 있었고 의자는 편안했다. 그가 조금 더 기분이 좋은 상태였다면 책을 읽기 좋은 장소였을 것이다. 제이스티스는 그의 맞은편에 앉아 만족한 듯이 파이프를 뻐끔대고 있었다. 레칼가의 젊은이가 그렇게 침착해 보이는 모습을 보자 그는 기뻤다. 지난 몇 주간은 그에게 힘든 시기였기 때문이다.

'가문 전쟁이라니. 왜 이리 끔찍한 시기에 일어난담. 왜 지금이야? 모든 일이 잘되어가고 있었는데……' 엘렌드가 생각했다.

잠시 후 텔덴이 술잔을 다시 채워서 들어왔다.

"그거 알아? 이곳 하인들 중 한 명도 자네에게 새 술을 가져다주지 않았어." 제이스티스가 파이프를 들고 손짓을 하며 말했다.

"난 다리 운동도 좋아해." 텔덴이 세 번째 의자에 앉으면서 말했다.

"그리고 자네는 돌아오는 길에 자그마치 세 명의 여성에게 추파를 던졌

4장 안개의 바다 속에서

지. 내가 세어봤어." 제이스티스가 말했다.

텔덴이 미소를 지으며 잔을 기울였다. 몸집이 커다란 텔덴은 절대 그냥 '앉지' 않았다. 어디에나 편하게 걸터앉았다. 텔덴은 상황이 어떻든 간에 느긋하고 편안한 모습을 보일 수 있었다. 잘 다린 정복을 입고 멋지게 머리카락을 다듬은 그는 부러울 정도로 잘생긴 남자였다.

'아마 나도 그런 데 좀 더 신경을 써야 할까 봐.' 엘렌드는 속으로 생각했다. '발레트는 내 머리 모양을 안 좋아해. 하지만 머리를 다듬으면 그녀가 더 좋아할까?'

엘렌드는 미용사나 재단사에게 가려고 마음먹은 적은 많았지만 곧 다른 일들에 주의가 쏠려버리는 경향이 있었다. 서재에서 길을 잃어버리거나 혹은 책을 너무 오래 읽고 있다가 또다시 약속 시간에 늦었음을 깨닫는 것이다.

"오늘 저녁 엘렌드는 조용하군." 텔덴이 한마디 했다. 다른 신사들은 어두침침한 대기실에 몇 개의 무리를 지은 채 앉아 있었다. 의자들은 은밀한 이야기를 나눌 수 있을 정도의 간격을 두고 여기저기 흩어져 있었다.

"최근 엘렌드는 그럴 때가 많지." 제이스티스가 말했다.

"아, 그래." 텔덴이 살짝 얼굴을 찌푸리며 말했다.

엘렌드는 그것이 암시라는 걸 알 수 있을 정도로 그들과 친했다.

"이봐, 왜 그러는 거야? 할 말이 있으면 말로 하지그래?"

"정치적 문제지, 친구여. 자네가 아는지 모르는지 모르겠지만 우린 귀족이야." 제이스티스가 말했다.

엘렌드가 눈을 굴렸다.

"좋아, 말할게." 제이스티스가 손으로 머리를 훑으며 말했다. 그가 초조할 때 보이는 습관이었다. 엘렌드는 그 습관이 어느 정도는 점차 빠지기 시작한 그의 머리 탓일 거라고 믿었다.

"넌 르노 댁 아가씨와 시간을 아주 많이 보내고 있어, 엘렌드."

"그건 단순하게 설명할 수 있어. 난 그녀를 좋아하게 됐어." 엘렌드가 말했다.

"좋지 않아, 엘렌드. 좋지 않아." 텔덴이 고개를 저으며 말했다.

"왜?" 엘렌드가 물었다. "너도 계급 차이를 무시하면서 즐겁게 지내는 것 같은데, 텔덴. 난 네가 방에서 서빙하는 여자애들 절반은 희롱하는 모습을 봤다고."

"난 우리 가문의 상속자가 아니잖아." 텔덴이 말했다.

"그리고 이 여자애들은 믿을 만해. 우리 가족이 이 여자들을 고용했어. 우리는 그들의 가문, 배경, 동맹을 다 안다고." 제이스티스가 말했다.

엘렌드는 눈살을 찌푸렸다.

"무슨 말을 하고 싶은 거야?"

"그 아가씨는 좀 이상해, 엘렌드." 제이스티스가 말했다. 그는 보통 때처럼 초조한 모습으로 돌아갔다. 그의 파이프는 눈에 띄지 않게 테이블의 파이프홀더에 놓여 있었다.

텔덴은 고개를 끄덕였다.

"그녀는 너와 너무 빨리 가까워졌어, 엘렌드. 뭔가 원하는 게 있는 거야."

"예를 들자면 어떤 것?" 엘렌드는 점점 부아가 치밀었다.

"엘렌드, 엘렌드. 하기 싫다는 말만으로 정치라는 게임을 피할 수는 없어. 그게 널 끌어들일 테니까. 르노는 가문 간의 긴장이 시작될 때 이 도시로 이사 왔고, 모르는 인척을 함께 데려왔어. 그 아가씨는 갑자기 루서델에서 가장 중요하면서 정해진 짝이 없는 젊은 남자에게 즉시 구애하기 시작했지. 이 일이 이상해 보이지 않아?"

"사실은 내가 먼저 다가갔어. 그녀가 내 책 읽는 자리를 차지했기 때문에." 엘렌드가 말했다.

"하지만 그녀가 얼마나 빠르게 네게 달라붙었는지 생각하면 의심스럽다는 건 인정해야 해." 텔덴이 말했다. "엘렌드, 로맨스 장난을 치고 싶으면 한 가지를 배워야 해. 네가 바란다면 여자들과 놀아도 좋지만, 여자들과 너무 가까워지면 안 돼. 모든 말썽은 거기서 시작된다고."

엘렌드는 고개를 저었다.

"발레트는 달라."

다른 두 명은 시선을 교환했고, 텔덴이 어깨를 으쓱하더니 도로 자기 술잔을 집었다. 그러나 제이스티스는 한숨을 쉬고 일어나 기지개를 폈다.

"어쨌든 난 가야 할 것 같아."

"한 잔 더 해." 텔덴이 말했다.

제이스티스는 고개를 젓고 한 손으로 머리를 훑었다.

"우리 부모님이 무도회가 있는 밤에 어떻게 구는지 알잖아. 나가서 손님 몇 명에게만이라도 작별 인사를 건네지 않으면 난 몇 주 동안 그것 때문에 갈궈질 거야."

제이스티스는 그들에게 작별 인사를 하고 도로 대무도장으로 걸어갔다. 텔덴은 자기 잔을 들어 마시며 엘렌드를 쳐다보았다.

"그녀 생각하는 거 아냐." 엘렌드가 성마르게 말했다.

"그럼 무슨 생각인데?"

"오늘 밤 모임. 이번 모임 결과가 좋은 건지 모르겠어."

"흥." 덩치 큰 텔덴은 손을 저으며 말했다. "넌 제이스티스만큼 까다로워지고 있어. 그냥 느긋하게 친구들과 시간을 보내고 싶어서 모임에 나오던 사람이 대체 어떻게 된 거야?"

"제이스티스는 걱정하고 있어." 엘렌드가 말했다. "그의 친구들 중 몇 명이 예상보다 빠르게 가문을 책임지게 될지도 모르잖아. 그는 우리 중 누구도 준비되지 않았다는 것 때문에 걱정하는 거야."

텔덴은 코웃음을 쳤다.

"그렇게 과장하지 마." 그는 빈 잔을 치우러 온 서빙하는 소녀에게 미소와 함께 윙크를 날리며 말했다. "내 느낌으로는 이건 다 그냥 지나갈 파도야. 몇 달 후면 되돌아보면서 무엇 때문에 그렇게 조바심을 쳤나 생각하게 될걸."

마지막 제국

'케일 테키엘은 돌아보지 못하겠지.' 엘렌드는 생각했다.

그러나 대화는 힘이 빠져갔고, 텔덴은 결국 가버렸다. 엘렌드는 잠깐 더 앉아 『사회의 규칙』을 읽으려고 책을 펼쳐 들었지만 책에 집중하기가 어려웠다. 그는 손가락으로 브랜디 잔을 돌리고는 있었지만 많이 마시지는 않았다.

'발레트는 이제 떠났을까……' 그는 자기 모임이 끝나면 발레트를 찾아보려고 했다. 하지만 그녀는 그녀 나름대로 은밀한 모임에 간 것 같았다.

'그 아가씨는 위험할 정도로 정치에 관심이 많아.' 그는 한가롭게 생각했다. 아마 그의 질투에 지나지 않을지도 모른다. 궁정에 겨우 몇 달 드나들었는데, 그녀는 이미 그보다 더 노련해 보였다. 그녀는 겁이 없고, 대담하고…… 흥미로웠다. 그가 예측할 수 있는 어떤 궁정 아가씨의 전형에도 들어맞지 않았다.

'제이스티스의 말이 옳은 게 아닐까?' 그는 의문을 품었다. '발레트는 확실히 다른 여자들과 다른 데다가, 내가 자기에 대해 모르는 점들이 있다고 암시했어.'

하지만 엘렌드는 그 생각을 마음속에서 밀어냈다. 맞다, 발레트는 다르다. 그러나 그녀는 어떤 면에서는 순진하기도 했다. 열성적이고, 경탄과 투지가 가득했다.

엘렌드는 그녀가 걱정되었다. 그녀는 루서델이 얼마나 위험해질 수 있는지 모르는 게 분명했다. 이 도시에는 단순한 파티와 쩨쩨한 음모들보다 훨씬 더 많은 정치적 음모들이 있었다. 누군가가 그녀와 그녀의 삼촌에게 미스트본을 보낸다면 무슨 일이 생길까? 르노에게는 연줄이 거의 없었고, 펠리스에서 암살 몇 번 일어난다고 해서 궁정 사람들이 눈 하나 깜짝할 리 없었다. 발레트의 삼촌은 제대로 방비 조치를 취할 수 있을까? 알로맨서를 걱정해본 적이나 있을까?

엘렌드는 한숨을 쉬었다. 그는 발레트가 이곳을 꼭 떠나도록 만들어야 했다. 선택할 길은 그것밖에 없었다.

마차가 벤처 아성에 닿을 때쯤, 엘렌드는 자기가 너무 취했다고 생각했다. 그는 침대와 베개에 푹 파묻힐 생각으로 자기 방에 올라갔다.

그러나 침실로 가려면 아버지의 서재를 지나쳐야 했다. 서재 문은 열려 있었고, 시간이 늦었는데도 빛이 쏟아져 나오고 있었다. 엘렌드는 카펫이 깔린 마루 위를 조용히 걸으려고 했지만, 그가 들키지 않고 살며시 갈 수 있었던 적은 한 번도 없었다.

"엘렌드? 이리 들어와라." 아버지의 목소리가 서재에서 들려왔다.

엘렌드는 조용히 한숨을 쉬었다. 로드 스트라프 벤처는 놓치는 것이 별로 없었다. 그는 틴아이였다. 그는 날카로운 감각으로 바깥에서 엘렌드의 마차가 다가오는 소리도 들었을 것이다.

'지금 아버지에게 가지 않으면, 내가 내려와서 이야기할 때까지 하인을 보내 괴롭힐 뿐이겠지……'

엘렌드는 돌아서서 서재로 걸어 들어갔다. 그의 아버지는 의자에 앉아 텐순과 조용히 이야기하고 있었다. 텐순은 벤처의 칸드라였다. 엘렌드는 그 생물이 가장 최근에 손에 넣은 몸에 좀체 익숙해지지 않았다. 그 몸은 한때 헤이스팅 집안의 어느 하인의 몸이었다. 엘렌드는 텐순이 자기를 보자 몸을 떨었다. 그 생물은 절을 한 다음 조용히 방에서 물러갔다.

엘렌드는 문틀에 기댔다. 스트라프의 의자는 몇 개의 책장 앞에 놓여 있었다. 엘렌드는 자기 아버지가 저 책들 중 단 한 권도 읽어보지 않았을 거라고 장담할 수 있었다. 방에는 두 개의 등잔이 불을 밝힌 채였는데, 등갓은 거의 닫혀 있어서 빛이 약간만 새어나오게 돼 있었다.

"오늘 밤 무도회에는 참석한 모양이구나. 새로 알게 된 소식이 있니?" 스트라프가 말했다.

엘렌드는 손을 위로 뻗어 이마를 문질렀다.

"제가 브랜디를 너무 많이 마시는 경향이 있다는 거요."

스트라프는 그 농담에 웃지 않았다. 그는 완벽한 제국 귀족이었다. 키가 크고 어깨는 단단했으며, 언제나 잘 재단된 조끼와 정복을 입었다.

"넌 그…… 여자와 다시 만났느냐?" 그가 물었다.

"발레트요? 흠, 네. 성에 찰 정도로 오래 보지는 못했지만요."

"난 네가 그 여자와 시간을 보내면 안 된다고 금지했다."

"네, 기억해요." 엘렌드가 말했다.

스트라프의 표정이 어두워졌다. 그는 일어서서 책상으로 걸어왔다.

"오, 엘렌드. 넌 언제 철이 들겠니? 순전히 나를 괴롭히려고 그렇게 바보같이 군다는 걸 내가 모를 줄 아니?"

"사실 전 얼마 전에 '철'이 들었어요, 아버지. 제 타고난 성격이 아버지를 화나게 하는 데 더 잘 맞을 뿐인 것 같아요. 그걸 미리 알았으면 좋았을 텐데요. 어렸을 때 그렇게 노력하지 않았어도 됐을 텐데 말이죠."

그의 아버지는 코웃음을 치고는 편지 한 통을 들어 올렸다.

"조금 전 스택슬스에게 받아쓰도록 했다. 이건 내일 오후 로드 테가스의 오찬 약속을 받아들인다는 편지야. 가문 전쟁이 일어난다면, 우리는 가능한 한 빠르게 헤이스팅가를 파괴해버릴 위치에 확실히 서야 하고, 테가스는 강한 동맹이 될 수 있어. 그에게는 딸이 하나 있지. 네가 그녀와 오찬을 같이 했으면 좋겠다."

"생각해볼게요." 엘렌드가 머리를 두드리며 말했다. "내일 아침에 제 상태가 어떨지 모르겠어요. 브랜디를 너무 많이 마셨다고 말씀드렸죠?"

"넌 거기 가야 한다, 엘렌드. 이건 부탁이 아니야."

엘렌드는 잠시 몸이 굳었다. 마음 한구석으로는 아버지에게 날카로운 말을 쏘아붙이며 저항하고 싶었다. 어디서 오찬을 하는지 그가 신경 쓰기 때문이 아니라, 훨씬 더 중요한 어떤 것 때문에.

'헤이스팅은 도시에서 두 번째로 강력한 가문이야. 우리가 그들과 동맹을 맺으면 루서델이 혼돈에 빠지지 않도록 두 가문이 함께 지킬 수 있을 거야.

우리는 가문 전쟁을 더 악화시키지 않고 멈출 수 있어.'

그가 읽은 책들이 그를 그렇게 만들어주었다. 그 책들은 그를 반항적인 멋쟁이에서 학자 지망생으로 바꿔놓았다. 불행히도 그가 아무것도 몰랐던 시절이 너무 길었다. 스트라프가 자기 아들의 변화를 눈치채지 못한 게 뭐가 이상하겠는가? 엘렌드 자신도 겨우 깨닫기 시작하고 있는데.

스트라프는 계속 그를 노려보고 있었다. 엘렌드는 눈길을 돌렸다.

"생각해볼게요." 그가 말했다.

스트라프는 경멸하듯이 손을 젓고 돌아섰다.

자존심을 조금이라도 세우기 위해 엘렌드는 말을 계속했다.

"헤이스팅가를 걱정하지 않으셔도 될 것 같아요. 그들은 도시에서 달아나려고 준비하는 것 같거든요."

"뭐라고? 어디서 그런 이야기를 들었니?" 스트라프가 물었다.

"무도회에서요." 엘렌드는 대수롭지 않은 듯이 말했다.

"넌 중요한 소식은 아무것도 듣지 못했다고 말했잖느냐."

"저기, 전 그런 말은 한마디도 하지 않았어요. 그냥 아버지와 소식을 나누고 싶지 않았을 뿐이에요."

로드 벤처는 얼굴을 찌푸렸다.

"내가 왜 네 말에 신경을 쓰는지도 모르겠다. 네가 알아온 소식은 분명 쓸데없을 거야. 난 네게 정치 훈련을 시키려고 했다, 이 녀석아. 정말이다. 하지만 지금은…… 음, 네가 죽는 걸 볼 때까지 살고 싶구나. 네가 다스리게 되면 우리 가문은 지독한 시련을 맛보게 될 테니까."

"전 아버지가 생각하는 것보다는 더 잘 알아요, 아버지."

스트라프는 웃으며 도로 걸어가 의자에 앉았다.

"글쎄다, 얘야. 봐라, 넌 여자 하나 제대로 눕히지 못하지 않았느냐. 내가 알기로는 네가 단 한 번 시도했던 때도, 내가 직접 널 매음굴로 데려갔을 때였지."

엘렌드의 얼굴이 붉어졌다.

'조심해. 아버지는 저 이야기를 일부러 꺼내는 거야. 내가 그 일에 얼마나 괴로워하는지 아니까.' 그는 속으로 생각했다.

"가서 자라, 이 녀석. 꼴이 말이 아니다." 스트라프는 손을 저으며 말했다.

엘렌드는 잠시 서 있다가 마침내 아버지를 피해 복도로 달아났다. 그는 혼자 조용히 한숨지었다.

'그 사람들과 네가 다른 점이 바로 이거야, 엘렌드. 네가 읽은 책을 지은 그 학자들은 혁명가들이었어. 그들은 처형당할 위험마저 기꺼이 무릅썼는데, 넌 네 아버지한테 반항도 제대로 하지 못하는구나.'

그는 지친 채 자기 방으로 걸어갔다. 방에서는 하인 한 명이 그를 기다리고 있었다. 이상한 일이었다. 엘렌드는 얼굴을 찌푸렸다.

"음?"

"로드 엘렌드, 손님이 오셨습니다." 하인이 말했다.

"이 시간에?"

"로드 제이스티스 레칼입니다, 마이 로드."

엘렌드는 고개를 살짝 들었다.

'대체 무슨……?'

"거실에서 기다리고 있는 거겠지?"

"네, 마이 로드." 하인이 말했다.

엘렌드는 잠자리를 아쉬워하며 방에서 나와 복도로 내려갔다. 제이스티스는 조바심하며 그를 기다리고 있었다.

"제이스티스? 네 용건이 아주 중요한 거였으면 좋겠는데." 엘렌드는 피곤한 모습으로 거실에 들어서며 말했다.

제이스티스는 잠시 불편하게 발을 이리저리 꼬았다. 그는 보통 때보다 더 초조해 보였다.

"왜 그래?" 인내심이 약해진 엘렌드가 날카롭게 물었다.

"그 아가씨 얘기야."

"발레트?" 엘렌드가 물었다. "너 발레트 이야기를 하러 여기 온 거야? 이 시간에?"

"넌 친구들을 좀 더 믿어야 해." 제이스티스가 말했다.

엘렌드는 코웃음을 쳤다.

"여자에 대한 너희 지식을 믿으라고? 기분 나빠하지 마, 제이스티스. 하지만 난 그럴 생각이 없어."

"난 그 아가씨에게 미행을 붙였어, 엘렌드." 제이스티스가 불쑥 말했다.

엘렌드는 숨을 멈췄다.

"뭐?"

"그녀의 마차에 미행을 붙였어. 아니, 적어도 도시 성문에서 그 마차를 지켜보라고 명령했지. 마차가 도시를 떠날 때 그녀는 그 안에 없었어."

"무슨 말을 하는 거야?" 엘렌드의 주름살이 더 깊어졌다.

"마차에 타고 있지 않았다니까, 엘렌드." 제이스티스가 되풀이했다. "그녀의 테리스인이 경비병에게 서류를 꺼내 보여주는 동안 내 부하가 몰래 가서 마차 차창을 들여다봤는데, 그 안에는 아무도 없었어.

도시 안 어딘가에서 마차를 내렸겠지. 그녀는 다른 가문의 스파이야. 자네를 통해 자네 아버지를 노리려는 거야. 그자들은 자네를 매혹시킬 수 있는 완벽한 여자를 만들어냈어. 검은 머리에, 조금 신비롭고, 일반적인 정치 구조 바깥에 있는 여자지. 자네가 그녀에게 흥미를 느끼면 소문이 나도록 낮은 가문 태생으로 만들었고, 그런 다음 그녀에게 자네를 기습하도록 한 거야."

"제이스티스, 그런 말도 안 되는……."

"엘렌드." 제이스티스가 말을 가로막았다. "한 번 더 말해줘. 처음에 그녀를 어떻게 만났다고?"

엘렌드는 잠시 말을 멈추었다.

"그녀는 발코니에 서 있었어."

"자네가 책 읽는 자리에 있었지. 거기가 보통 자네가 가는 곳이라는 건 누구든지 알아. 우연의 일치라고?" 제이스티스가 말했다.

엘렌드는 눈을 감았다.

'발레트는 아니야. 그녀가 이런 모든 일에 끼어들었을 리가 없어.' 그러나 다른 생각이 즉각 떠올랐다. '아티움에 대해 그녀에게 말했어! 내가 왜 그렇게 바보 같은 짓을 했지?'

그것이 사실일 리 없었다. 그는 자기가 그렇게 쉽게 사기당했다고 믿지 않을 것이다. 그렇지만…… 정말로 위험을 무릅쓸 수 있을까? 맞다, 그는 나쁜 아들이었다. 그러나 가문의 배신자는 아니었다. 그는 벤처가가 무너지는 것을 보고 싶지 않았다. 언젠가 가문을 이끌고, 세상을 바꾸고 싶었다.

그는 제이스티스에게 작별 인사를 한 다음 심란한 걸음으로 다시 자기 방으로 걸어갔다. 너무 지쳐서 가문 간의 정치에 대해 생각할 수가 없었다. 하지만 막상 침대에 들어가니 잠들 수가 없었다.

결국 그는 일어나 하인 한 명을 불렀다.

"아버지께 내가 거래를 하고 싶다고 말씀드려." 엘렌드는 하인에게 설명했다. "아버지가 원하시는 대로 내일 오찬에 가겠다고." 엘렌드는 저녁용 로브를 입고 침실 문 옆에 선 채로 잠깐 말을 멈추고 생각했다.

"그 대가로 내가 스파이 두어 명을 빌리고 싶다고 말씀드려." 마침내 그가 말했다. "누군가를 미행하게 하고 싶으니까."

29

다른 사람들은 모두 내가 크완을 처형했어야 한다고 생각한다. 나를 배신했기 때문이다. 사실을 말하면, 지금이라면 아마 그를 죽였을 것이다. 그가 어디로 가버렸는지만 안다면. 하지만 그때는 그럴 수가 없었다.

그는 내게 아버지 같은 존재가 되어 있었다. 오늘날까지도 나는 왜 그가 갑자기 내가 그 '영웅'이 아니라고 판단했는지 모르겠다. 어째서 그는 내게 등을 돌리고 '월드브링어들*의 전체 비밀회의'에 나를 고발했을까?

그는 차라리 '디프니스'가 이기는 편이 낫다고 생각했을까? 크완이 지금 주장하는 것처럼 내가 진짜 영웅이 아니라고 해도, '승천의 우물'에 내가 있었다는 사실이 '디프니스'가 계속해서 땅을 파괴할 때 일어날 일보다 더 나쁠 리 없다.

거의 끝나가고 있었다. 빈은 일기책을 읽었다.

'우리 야영지에서는 그 동굴이 보인다. 거기에 가려면 몇 시간 더 걸어야 하겠지만, 나는 그 장소가 맞는다는 것을 안다. 어째서인지는 몰라도 느낄 수 있다. 저 위에서 맥박이 치는 것을 느낀다. ……내 마음 속에서.

날씨는 아주 춥다. 저 바위들도 얼음으로 만들어졌을 거라고 나는 장담할 수 있다. 어떤 곳의 눈은 너무 깊게 쌓여 길을 파고들어 가야 했다. 바람은 그치지 않고 분다. 페덕이 걱정스럽다. 그는 안개로 된 그 괴물의 공격을 받은 다음부터 전과 달라졌다. 그가 절벽을 헤매거나 땅에 많이 나 있는 얼음 틈새로 미끄러져 들어갈까 봐 걱정된다.

그러나 테리스인들은 경이롭다. 그들을 데려온 것은 행운이었다. 보통 짐꾼이라면 아무도 그 여행에서 살아남지 못했을 것이기 때문이다. 테리스인들은 추위에 신경 쓰지 않는 것 같다. 이상한 신진대사 때문에 그들은 악천후에 저항할 초자연적인 능력이 생긴 것일까? 그들은 자기 몸에 열을 '저장'해두었다가

---

* 월드브링어들(WORLDBRINGERS): 로드 룰러 승천 이전에 있던 테리스인 영적 지도자들의 종파.

나중에 쓰는 것이 아닐까?

그러나 그들은 자기들의 힘에 대해 이야기해주지 않을 것이다. 난 그것이 라셰크 탓이라고 확신한다. 다른 짐꾼들은 그를 지도자로 생각하지만 그가 그들을 완전히 지배하고 있는 것 같지는 않다. 페딕은 습격당하기 전에 테리스인들이 우리를 여기 얼음 속에 버려둘까 봐 두려워했다. 그러나 그런 일이 일어나리라고는 생각하지 않는다. 나는 테리스 예언의 섭리로 여기에 왔다. 이들은 자기들 중 한 명이 나를 싫어하게 되었다고 스스로의 종교에 거역하지는 않을 것이다.

나는 마침내 라셰크와 정면으로 맞섰다. 물론 그는 나와 이야기하려고 하지 않았지만, 내가 그에게 강요했다. 부추김을 받자 그는 클레니움과 내 민족에 대한 증오를 엄청나게 길게 쏟아냈다. 그는 우리가 자기네 민족을 노예나 다름없게 만들었다고 생각한다. 그는 테리스인들이 훨씬 더 많은 것을 가질 자격이 있다고 생각하며, 자기 민족이 초자연적인 힘을 가졌기 때문에 '지배'해야 한다고 계속 말한다.

나는 그의 말이 두렵다. 그 안에 어느 정도 진실이 있음이 보이기 때문이다. 어제, 짐꾼 한 명이 거대한 바위를 대충 들어 올려 길옆으로 가볍게 던져버렸다. 나는 평생 그런 대단한 힘을 보지 못했다.

테리스인들은 매우 위험할 수도 있다고 생각한다. 우리는 그들을 불공평하게 다루어온 것 같다. 그러나 라셰크 같은 사람의 영향력은 억제되어야 한다. 그는 테리스인 외의 모든 민족이 자기를 억누르고 있다는 비합리적인 생각에 빠져 있다. 그는 너무 젊어서 그렇게 화를 내는 것 같기도 하다.

날씨는 아주 춥다. 이 일이 다 끝나면 한 해 내내 따뜻한 곳에서 살고 싶어질 것이다. 브래치스는 그런 장소들이 있다고 말해주었다. 거대한 산들이 불을 뿜어내는 남쪽 섬들.

이 일이 다 끝나면 어떻게 될까? 나는 다시 보통 사람이 될 것이다. 중요하지 않은 사람. 생각만 해도 좋다. 따뜻한 해와 바람 없는 하늘보다 더 바람직해 보인다. 나는 '영원의 영웅' 노릇을 하며 도시에 들어가 무장한 적개심이나 미친 듯한 경배를 받게 되는 일에 넌더리가 난다. 노인들 한 무리가 내가 하게 될 것이라고 말한 일 때문에 사랑받고 증오받는 일에 나는 질렸다.

나는 잊히고 싶다. 망각. 그래, 그건 좋을 것이다.

만약 사람들이 이 글을 읽는다면, 권력은 무거운 짐이라는 것을 그들에게 알리고 싶다. 권력의 사슬에 묶이지 않도록 애써라. 테리스의 예언자들은 내가 세계를 구할 힘을 갖게 된다고 말한다. 그러나 그들은 내가 세계를 파괴할 힘 또한 갖게 될 것이라고 암시한다.

나는 마음속의 소망을 뭐든지 이룰 능력을 갖게 될 것이다. '그는 어떤 필멸자도 가져서는 안 될 권위를 갖게 될 것이다.' 그러나 학자들은 내가 그 힘으로 잇속을 차리려고 하면 그 힘은 내 이기심에 오염되고 말 것이라고 경고했다.

이런 것이 사람이 질 수 있는 짐일까? 사람이 저항할 수 있는 유혹일까? 나는 지금은 강하다고 느끼지만, 내가 그 힘을 건드렸을 때 무슨 일이 일어날까? 나는 분명 세계를 구할 것이다. 그러나 내가 세계를 가지려 하게 되는 건 아닐까?

나는 세상이 다시 태어나기 전날 저녁에, 얼어붙은 펜으로 이런 공포를 끼적인다. 라셰크는 나를 증오하며 지켜본다. 동굴은 위에서 맥박 친다. 내 손가락은 떨린다. 추위 때문이 아니다.

내일, 다 끝날 것이다.'

빈은 열심히 페이지를 넘겼다. 그러나 그 작은 책의 뒷장은 비어 있었다. 그녀는 책장을 되넘겨 마지막 몇 줄을 다시 읽었다. 다음 글은 어디에 있을까?

세이즈드는 아직 마지막 몇 줄을 끝내지 못했을 것이다. 그녀는 일어서서 한숨을 쉬며 기지개를 켰다. 그녀는 그 일기책의 새로 번역된 부분을 앉은 자리에서 다 읽었다. 자기 자신조차 놀랄 위업이었다. 르노 저택의 정원이 앞에 펼쳐져 있었다. 잘 가꾸어진 오솔길, 가지 굵은 나무들, 조용한 냇물이 어우러져 가장 글을 읽기 좋은 장소를 만들어주고 있었다. 해는 하늘에 낮게 걸려 있고, 추워지기 시작했다.

그녀는 저택으로 가는 구불구불한 길을 따라 올라갔다. 싸늘한 저녁이었지만 로드 룰러가 묘사한 것 같은 장소는 상상하기 어려웠다. 그녀는 먼 봉우리 위에 쌓인 눈을 본 적은 있어도 눈이 내리는 것은 거의 본 적이 없었다. 눈이 내려도 보통은 얼음같이 찬 진눈깨비일 뿐이었다. 매일매일 그렇게 많은 눈을 경험하고, 그 눈이 거대하고 치명적인 눈사태가 되어 자기 위로 무너질지도 모르는 위험 속에 있는 것은…….

마음속 한구석에서는 아무리 위험해도 그런 장소를 방문해보고 싶었다. 그 일기책에 로드 룰러의 여행 묘사가 전부 담겨 있지는 않지만, 여행하면서 만난 경이로운 것들이 어느 정도 들어 있기는 했다. 북쪽의 얼음 벌판, 거대하고 검은 호수, 테리스 폭포…… 모두 놀라웠다.

'그런 것들이 어떻게 보이는지 좀 더 자세히 써놓았으면 좋잖아!' 그녀는 화를 내며 생각했다. 그러나 사실 그녀는 글을 통해 그에게서 이상한…… 친근감을 느끼기 시작했다. 그녀는 책을 읽고 마음속에 그려진 사람과 그렇게 많은 죽음을 일으킨 음울한 괴물을 연결시키기가 힘들다는 것을 깨달았다. '승천의 우물'에서 무슨 일이 일어난 것일까? 그는 무엇 때문에 그렇게 철저하게 변한 것일까? 그녀는 그것을 알아야 했다.

저택에 도착하자 그녀는 세이즈드를 찾으러 갔다. 그녀는 도로 드레스를 입고 있었다. 패거리 사람들을 제외하면 누구라도 그녀가 바지를 입고 있는 것을 이상하게 생각할 것이다. 그녀는 로드 르노의 실내 시종을 미소와 함께 지나치고, 대문 계단을 열심히 올라 서재를 찾았다.

세이즈드는 그 안에 없었다. 그의 작은 책상엔 아무도 없었고, 등잔은 꺼져 있었으며, 잉크병은 비어 있었다. 빈은 짜증이 나서 얼굴을 찡그렸다.

'어디 있는지는 몰라도 번역을 하고 있는 편이 좋을걸!'

그녀는 계단을 다시 내려가며 세이즈드가 어디 있는지 물었다. 한 하녀가 그녀에게 부엌으로 가보라고 했다. 빈은 눈살을 찌푸리며 뒤쪽 복도로 내려갔다.

'간식이라도 먹고 있는 걸까?'

세이즈드는 작게 무리 지은 하인들 사이에 서서 테이블 위에 놓인 목록을 가리키며 낮은 목소리로 말하고 있었다. 그는 빈이 들어오는 것을 알아채지 못했다.

"세이즈드?" 빈이 그의 말을 가로막았다.

그는 돌아보았다.

"네, 미스트리스 발레트?" 그가 살짝 허리를 굽히며 물었다.

"뭐 하고 있어요?"

"로드 르노의 음식 저장량을 살펴보고 있습니다, 미스트리스. 미스트리스를 돕도록 파견되기는 했지만 저는 여전히 로드의 시종이고, 달리 할 일이 없을 때 신경 써야 할 임무가 있습니다."

"곧 다시 번역할 거지요?"

세이즈드는 고개를 똑바로 들었다.

"번역요? 미스트리스, 그건 끝났습니다."

"그럼 마지막 부분은 어디 있어요?"

"당신께 드렸는데요." 세이즈드가 말했다.

"아뇨, 안 줬어요. 지금 본 부분은 그들이 동굴에 들어가기 전날 밤에 끝나요."

"그게 끝입니다, 미스트리스. 일기책은 거기까지 쓰였습니다."

"뭐라고요? 하지만……."

세이즈드는 다른 하인들을 보았다.

"이건 은밀히 이야기해야 할 것 같습니다." 그는 하인들에게 목록을 가리키며 몇 가지를 더 지시한 다음 빈에게 함께 가자고 고갯짓을 했다. 그는 부엌 뒷문으로 나가 보조 정원에 들어갔다.

빈은 잠시 말문이 막혀 서 있다가 서둘러 부엌에서 나가 그가 있는 곳으로 걸어갔다.

"그렇게 끝날 리가 없어요, 세이즈. 우린 무슨 일이 일어났는지 모르잖아요!"

"추측은 할 수 있다고 생각합니다." 세이즈드가 정원 길을 걸어 내려가며 말했다. 동쪽 정원은 빈이 자주 다니는 장소들처럼 풍성한 느낌은 아니었다. 그 대신 갈색 잔디가 매끄러웠고, 때때로 관목이 나왔다.

"뭘 추측해요?" 빈이 물었다.

"음, 로드 룰러는 세계를 구하기 위해 해야 했던 일을 한 것이 틀림없습니다. 우리가 아직 여기 살아 있으니까요."

"그렇겠죠. 하지만 그 후 그는 그 힘을 자기 손에 넣었어요. 아마 그렇게 되었겠죠. 그는 그 힘을 이기적인 용도로 사용하고 싶은 유혹에 저항할 수 없었을 거예요. 하지만 왜 다른 글이 없을까요? 왜 그는 자기가 성취한 것에 대해 더 말하지 않았을까요?"

"그 힘 때문에 그가 너무 많이 변했겠지요." 세이즈드가 말했다. "아니면 더 이상 기록할 필요를 느끼지 않았을지도 모릅니다. 그는 자기 목표를 성취했고, 부수적인 이익으로는 불멸이 되었으니까요. 어떤 사람이 영원히 살게 되면 후대를 위해 일지를 적을 필요가 없어질 것 같다고 생각합니다."

"그건 그냥……." 빈은 좌절감에 이를 갈았다. "그건 이야기의 결말로는 매우 불만족스러워요, 세이즈드."

그는 재미있다는 표정으로 미소 지었다.

"조심하세요, 미스트리스. 독서를 너무 좋아하게 되면 학자가 되실 수도 있습니다."

빈은 고개를 저었다.

"내가 읽는 책이 다 이렇게 끝난다면 절대로 그렇게 되지 않을걸요!"

"이 말이 조금이라도 위안이 될지 모르겠지만, 당신만 일기책의 내용에 실망하신 건 아닙니다. 마스터 켈시어가 이용할 수 있는 내용도 별로 없었습니다. '열한 번째 금속'에 대한 이야기는 전혀 없었습니다. 제가 그 책에서 가장 이익을 얻은 사람이라 좀 죄책감이 듭니다."

"하지만 테리스 종교에 대해서도 많이 쓰여 있지는 않았잖아요."

"많지는 않죠." 세이즈드가 동의했다. "하지만 진실로 그리고 애석하게도, '많지 않은' 것도 우리가 전에 알던 것보다는 훨씬 많습니다. 저는 이 정보를 물려줄 기회가 없으면 어쩌나 하는 것만 걱정됩니다. 제 형제자매 키퍼들이 살펴보게 될 장소로 일기책을 번역한 공책 한 권을 보냈습니다. 이 새로운 지식이 제가 죽을 때 함께 죽는다면 유감스러울 테니까요."

"죽지 않을 거예요." 빈이 말했다.

"오? 마이 레이디께서는 낙관주의자가 되셨나요?"

"나의 테리스인은 갑자기 말대꾸쟁이가 되셨나요?" 빈이 비꼬았다.

"그 테리스인은 언제나 그랬던 것 같습니다." 세이즈드는 가볍게 미소를 띠며 말했다. "그가 형편없는 시종이 된 이유 중 하나랍니다. 적어도 대부분의 주인들 눈에는 그랬지요."

"그럼 그들이 바보였겠지요." 빈은 솔직하게 말했다.

"그런데 우린 이제 저택으로 돌아가야 한다고 생각합니다, 미스트리스." 세이즈드가 말했다. "안개가 도착할 때 정원에 나와 있는 모습을 보이면 안 될 것 같습니다."

"난 금방 다시 나와서 안개 속으로 들어갈 텐데요."

"정원에서 일하는 하인들 중에는 당신이 미스트본이라는 것을 모르는 사람이 많습니다, 미스트리스. 그 비밀은 잘 지켜야 한다고 생각합니다." 세이즈드가 말했다.

"알아요. 그럼 돌아가죠." 빈이 돌아서며 말했다.

"현명한 생각입니다."

그들은 잠시 동쪽 정원의 미묘한 아름다움을 즐기며 걸었다. 풀은 보기 좋게 줄지어 배치된 채 말끔히 손질되어 있었고, 때때로 나타나는 관목들은 정원에 강조의 효과를 주었다. 남쪽 정원은 시냇물과 나무, 이국적인 식물들로 꾸며져 훨씬 더 웅장했다. 그러나 동쪽 정원은 나름대로 평화로운 분위기를 띠고 있었다. 단순하고 고요했다.

"세이즈드?" 빈이 조용한 목소리로 말했다.

"네, 미스트리스?"

"모든 게 변하겠지요, 그렇죠?"

"뭘 말씀하시는 겁니까?"

"모든 게요." 빈이 말했다. "우리가 1년 안에 모두 죽지 않는다고 해도 패거리 사람들은 흩어져서 다른 일을 하겠지요. 햄은 가족에게 돌아갈 테고, 독스와 켈시어는 새로운 모험을 계획할 테고, 클럽스는 다른 패거리에게 가게를 빌려주고 있을 거고…… 우리가 그렇게 돈을 많이 들인 이 정원들도 다른 누군가의 소유가 되겠지요."

세이즈드는 고개를 끄덕였다.

"말씀하신 대로 될 가능성이 높겠지요. 하지만 일이 잘된다면, 내년 이맘때쯤엔 스카 반역도가 루서델을 지배하고 있을 겁니다."

"아마 그렇겠죠. 하지만 그래도…… 세상은 변하겠지요."

"그건 모든 생명의 본성입니다, 미스트리스. 세계는 변해야 하지요." 세이즈드가 말했다.

"알아요." 빈은 한숨을 쉬며 말했다. "난 그저…… 음, 지금 내 생활이 진짜 좋아요, 세이즈드. 패거리와 시간을 보내는 게 좋고, 켈시어와 훈련하는 것도 좋아요. 주말에 무도회에서 엘렌드와 만나는 게 정말 좋고, 당신과 함께 이 정원을 걷는 게 진짜 좋아요. 이런 것들이 변하지 않으면 좋겠어요. 나는 내 삶이 1년 전으로 돌아가지 않았으면 좋겠어요."

"그렇게 되라는 법은 없습니다, 미스트리스. 더 좋은 쪽으로 변할 수도 있지요." 세이즈드가 말했다.

"그렇게는 안 될 거예요." 빈이 조용히 말했다. "변화는 이미 시작되고 있어요. 켈시어는 내 훈련이 거의 다 끝나간다고 넌지시 말했어요. 앞으로 연습할 때는 나 혼자 해야 할 거예요."

엘렌드는 내가 스카라는 것도 몰라요. 그리고 내가 할 일은 그의 가문을 파괴하는 거죠. 벤처 가문이 내 손에 무너지지 않는다고 해도 다른 사람들이 무너뜨릴 거예요. 나는 샨 엘라리엘이 뭔가 계획하고 있다는 걸 알지만, 그 계획에 대해서 아무것도 알아낼 수 없었어요.

하지만 이건 시작일 뿐이에요. 우리는 '마지막 제국'과 맞서고 있어요. 우린 아마 실패하겠죠. 솔직히 다른 전개가 어떻게 가능한지 모르겠어요. 우리는 싸울 테고 어느 정도 성과를 거두겠지만, 많은 것이 바뀌지는 않을 거예요. 그리고 우리 중에서 살아남은 사람들은 심문관들에게서 도망치면서 여생을 보내겠지요. 모든 게 바뀔 거예요, 세이즈드. 난 그걸 막을 수가 없어요."

세이즈드는 애정 어린 미소를 지으며 조용히 말했다.

"그러면 미스트리스, 그냥 지금 갖고 계신 것을 즐기십시오. 미래는 당신을 놀라게 할 거라고 생각합니다."

"아마 그렇겠죠." 빈은 자신 없는 목소리로 말했다.

"아, 희망을 가지셔야 합니다, 미스트리스. 당신은 이미 약간의 행운을 얻으셨을 겁니다. '승천' 전에 아스탈시라는 집단이 있었습니다. 그들은 사람마다 정해진 양의 불운을 가지고 태어난다고 주장했지요. 그래서 불행한 사건이 일어나면 오히려 축복받았다고 생각했습니다. 그다음에는 삶이 더 좋아질 수밖에 없으니까요."

빈은 한쪽 눈썹을 치켜세웠다.

"좀 멍청한 소리로 들리는데요."

"저는 그렇게 믿지 않습니다." 세이즈드가 말했다. "음, 아스탈시는 꽤 발달한 곳이었습니다. 그들은 과학과 종교를 아주 깊이 있게 융합했습니다. 색깔마다 가리키는 행운의 종류가 다르다고 생각했고, 빛과 색깔을 아주 세세히 묘사했습니다. '승천' 전 세상의 모습을 우리가 짐작하기에 제일 좋은 자료는 그들에게서 얻은 것입니다. 그들은 색깔을 등급별로 나누어 가장 깊은 파란색의 하늘과 여러 가지 푸른 색조의 식물들을 묘사하는 데 사용했습니다.

하지만 저는 운명과 행운에 대한 그들의 철학도 매우 발달했다고 생각합니다. 그들에게는 현재의 비참한 삶이 앞으로 올 행운의 조짐이었을 뿐입니다. 당신에게 잘 맞을지도 모릅니다, 미스트리스. 운명이 언제나 나쁠 리는 없다는 확신이 당신께 이로울 수도 있습니다."

"난 모르겠어요." 빈은 회의적으로 말했다. "불운이 제한되어 있다면 행운도 제한되어 있지 않겠어요? 좋은 일이 일어날 때마다 나는 행운을 다 써버린 게 아닐까 걱정하게 될 거예요."

"흠, 그건 당신의 시각에 달렸다고 생각합니다, 미스트리스." 세이즈드가 말했다.

"당신은 어떻게 그렇게 낙천적일 수 있어요? 당신과 켈시어 둘 다요." 빈이 물었다.

"모르겠습니다, 미스트리스. 어쩌면 우리의 삶이 당신의 삶보다 편했기 때문이겠지요. 아니면 우리가 더 바보 같은 것뿐인지도 모르고요." 세이즈드가 말했다.

빈은 조용해졌다. 그들은 건물 쪽으로 난 꼬불꼬불한 길을 조금 더 걸어갔다. 그러나 걸음을 재촉하지는 않았다.

"세이즈드. 비 오던 그날 밤 당신이 날 구했을 때, 페루케미를 쓴 거죠? 그렇죠?" 마침내 그녀가 말했다.

세이즈드는 고개를 끄덕였다.

"맞습니다. 심문관은 당신에게 온통 정신이 팔려 있었기 때문에 그의 뒤로 살금살금 다가가 그를 돌로 때릴 수 있었습니다. 저는 보통 사람보다 몇 배 더 강해져 있었고, 그래서 제 일격으로 그는 벽에 처박혔습니다. 뼈가 몇 군데 부러졌을 거라고 생각합니다."

"그게 끝이에요?" 빈이 물었다.

"실망하신 것 같군요, 미스트리스." 세이즈드가 미소 지으며 말했다. "좀 더 극적인 걸 기대하셨던 것 같군요?"

빈은 고개를 끄덕였다.

"그냥…… 당신은 페루케미에 대해서 아무것도 말해주지 않았어요. 그래서 더 신비스러워 보이는 것 같아요."

세이즈드는 한숨을 쉬었다.

"당신에게 숨길 만한 것이 정말 거의 없습니다, 미스트리스. 페루케미의 진짜 독특한 힘은 기억을 저장하고 회복할 수 있는 능력인데, 그건 이미 추측하셨을 겁니다. 나머지 힘은 사실 백랍과 주석이 당신에게 주는 힘과 다르지 않습니다. 약간 별난 것들이 몇 가지 있기는 합니다. 페루케미스트가 자기 몸을 더 무거워지게 하거나, 스스로의 나이를 바꾸지요. 하지만 그런 특성은 싸울 때는 거의 응용할 수 없습니다."

"나이요?" 빈은 활기가 돌았다. "자기를 더 젊게 만들 수 있어요?"

"그런 건 아닙니다, 미스트리스. 명심하세요. 페루케미스트들은 자기 몸에서 힘을 끌어내야 합니다. 예를 들어 그들은 진짜 나이보다 열 살쯤 더 먹은 모습과 그렇게 느끼는 몸으로 몇 주 정도 지낼 수 있습니다. 그런 다음에는 같은 기간 동안 10년 더 젊어 보이는 모습이 될 수 있지요. 하지만 페루케미에서는 균형이 이루어져야 합니다."

빈은 잠시 그 문제를 골똘히 생각하다가 물었다.

"당신이 무슨 금속을 쓰느냐가 중요한가요? 알로맨시처럼?"

"그건 그렇지요. 무엇을 저장할 수 있는지 금속이 결정하니까요." 세이즈드가 말했다.

빈은 고개를 끄덕이고 계속 걸으면서 그의 말에 대해 곰곰이 생각했다.

"세이즈드, 당신 금속을 약간 줄 수 있어요?" 마침내 그녀가 물었다.

"제 금속 말씀이신가요, 미스트리스?"

"당신이 페루케미에서 저장고로 쓰는 금속이요. 그걸 태워보고 싶어요.

그러면 내가 그 힘을 좀 쓸 수 있을지도 몰라요." 빈이 말했다.

세이즈드는 호기심을 보이며 미간을 찡그렸다.

"누가 전에 시도해본 적이 있나요?"

"분명 누군가 해보았을 겁니다. 하지만 솔직히 말씀드리면, 특별한 예를 생각해낼 수가 없군요. 제 기억 코퍼마인드를 한번 검색해보면……."

"그냥 내가 지금 해보면 안 돼요?" 빈이 물었다. "기본 금속으로 만든 물건이 있겠지요? 아주 가치 있는 것이 저장돼 있지는 않은 물건?"

세이즈드는 멈춰 서더니 자신의 매우 큰 귓불로 손을 가져가 빈이 달고 있는 것과 아주 비슷한 귀걸이를 하나 풀어냈다. 그는 귀걸이의 작은 뒤판을 빈에게 건네주었다. 귀걸이를 귀에 고정시키는 데 쓰이는 것이었다.

"순수 백랍입니다, 미스트리스. 그 안에 적당한 힘을 저장해두었지요."

빈은 고개를 끄덕이고 작은 장신구를 삼켰다. 그녀는 자신의 알로맨시 저장고를 탐색해보았지만, 그 작은 금속 뒤판은 아무 작용도 하지 않는 것 같았다. 그녀는 망설이다가 백랍을 태웠다.

"어떻게 되었나요?" 세이즈드가 물었다.

빈은 고개를 저었다.

"아무것도요. 난……." 그녀는 말끝을 흐렸다. 무엇인가가 있었다. 무언가 다른 것이.

"뭔가요, 미스트리스?" 세이즈드가 그답지 않게 열정을 띤 목소리로 물었다.

"난…… 그 힘을 느낄 수 있어요, 세이즈. 아주 희미해요. 내가 손에 넣기에는 너무 멀리 있어요. 하지만 내 안에 다른 저장고가 생겼다고 맹세할 수 있어요. 당신의 금속을 태우고 있을 때만 그 저장고가 나타나요."

세이즈드는 얼굴을 찌푸렸다.

"희미하다고 말씀하셨습니까? 마치…… 저장고의 그림자는 보이지만 그힘 자체에는 접근할 수 없는 것처럼?"

빈은 고개를 끄덕였다.

"어떻게 알아요?"

"다른 페루케미스트의 금속을 사용해보려고 할 때 그런 느낌이거든요, 미스트리스." 세이즈드가 한숨을 쉬며 말했다. "이런 결과가 나오지 않을까 생각해봤어야 하는데요. 그건 당신의 힘이 아니기 때문에 그 힘에 접근할 수 없는 겁니다."

"아." 빈이 말했다.

"너무 실망하지 마십시오, 미스트리스. 알로맨서들이 우리 민족에게서 힘을 훔칠 수 있었다면 그 사실은 이미 알려졌을 겁니다. 하지만 훌륭한 생각이었습니다." 그는 돌아서서 저택 쪽을 가리켰다. "벌써 마차가 도착했군요. 우리는 회의에 늦은 것 같습니다."

빈은 고개를 끄덕였다. 그들은 저택 쪽으로 서둘러 걸었다.

'재미있군.' 켈시어는 르노 저택 앞의 어두운 안마당을 미끄러지듯 가로지르며 생각했다. '내 집에 들어가는데 귀족 아성을 습격하는 것처럼 몰래 들어가야 하다니.'

그러나 그의 유명세 탓에 피할 수 없는 일이 되어버렸다. 도둑 켈시어만 하더라도 충분히 유명했다. 반역 선동자이자 스카들의 영적 지도자인 켈시어는 훨씬 더 악명이 높았다. 물론 그런 악명이 그가 밤의 혼란을 일으키고 퍼뜨리는 것을 막지 못했다. 조금 더 조심하면 될 뿐이었다. 점점 더 많은 가문들이 도시에서 철수하고 있었고, 강력한 가문들은 점점 더 피해망상에 사로잡히고 있었다. 어떤 면에서는 그래서 그들을 조작하기가 쉬웠다. 반면에 그들의 아성 근처로 숨어드는 일은 매우 위험해졌다.

거기에 비교하면 르노 저택은 사실상 방어망이 없었다. 물론 경비병들은 있었지만 미스팅은 없었다. 르노 가문은 저자세를 취해야 했다. 알로맨서가 너무 많으면 남들 눈에 미심쩍게 보일 것이다. 켈시어는 그늘을 계속 따라가며 조심스럽게 건물 동쪽 면을 에워갔다. 그런 다음 동전 하나를 '밀어서'

르노의 발코니로 올라갔다.

켈시어는 가볍게 착지한 후 유리로 된 발코니 문 안을 들여다보았다. 휘장이 닫혀 있었지만 독슨, 빈, 세이즈드, 햄과 브리즈가 르노의 책상 주위에 서 있는 것이 보였다. 정작 르노는 회의에 끼지 않고 방구석에 앉아 있었다. 그가 로드 르노 역할을 하기로 계약을 하기는 했지만, 자신이 해야 하는 일 이상으로 계획에 참여하려고 하지는 않았다.

켈시어는 고개를 저었다.

'여기는 암살자가 들어오기 너무 쉬워. 빈은 계속 클럽스의 가게에서 자도록 해야겠어.' 르노 걱정은 하지 않았다. 칸드라의 본성상 암살자의 칼날을 걱정할 필요는 없었다.

켈시어가 문을 가볍게 두드리자, 독슨이 성큼성큼 걸어와 문을 열었다.

"놀라운 분이 들어오시노라!" 켈시어가 미스트클록을 뒤로 휘날리며 잽싸게 방으로 들어오면서 선언했다.

독슨은 코웃음을 치며 문을 닫았다.

"정말 놀랄 만한 꼴이군, 켈. 특히 무릎에 숯 검댕을 묻히고서는."

"오늘 좀 기어 다녀야 했거든." 켈시어가 무심히 손을 저으며 말했다. "레칼 아성 방어벽 바로 아래를 지나는 안 쓰는 배수로가 있어. 놈들은 거길 좀 수리해놔야 할 거야."

"그들이 걱정할 필요가 있을까 싶은데." 브리즈가 책상 뒤에서 말했다. "너희 미스트본은 대부분 너무 거만해서 기어 다니지 못할 테니까. 네가 직접 그렇게 했다는 게 놀랍다."

"너무 거만해서 기어 다니지 못한다고?" 켈시어가 말했다. "말도 안 돼! 아니, 오히려 이렇게 말하겠어. 우리 미스트본들은 너무 거만해서 겸손하지 못하게 여기저기 기어 다닌다고. 물론 위엄 있는 방식으로지만."

독슨은 얼굴을 찌푸리며 책상으로 다가왔다.

"켈, 그건 말도 안 돼."

"우리 미스트본들은 말이 되는 소리만 할 필요는 없어." 켈시어가 오만하게 말했다. "그런데 이건 뭐야?"

"네 형이 보낸 거야." 독슨이 책상 위에 놓인 커다란 지도를 가리키며 말했다. "오늘 오후 정교 캔턴에서 클럽스에게 다리가 부러진 테이블을 수리하라고 맡겼는데, 그 다리 안쪽 공간에 들어 있었어."

"흥미롭군." 켈시어가 지도를 살펴보며 말했다. "아마 '달래기' 지소 목록이겠지?"

"맞아." 브리즈가 말했다. "굉장한 발견이야. 난 이렇게 자세하고 주의 깊게 그려진 도시 지도를 한 번도 본 적이 없어. 이건 서른네 군데의 '달래기' 지소를 전부 보여줄 뿐 아니라 심문관이 활동하는 위치와 다른 캔턴들이 신경 쓰고 있는 장소도 알려줘. 네 형과 어울려본 적은 별로 없지만, 그는 분명 천재야!"

"켈과 한 핏줄이라는 게 믿기 어려울 정도지, 응?" 독슨이 미소 지으며 말했다. 그는 앞에 메모지를 두고 '달래기' 지소 목록을 만들고 있었다.

켈시어가 코웃음을 쳤다.

"마쉬는 천재일지 모르지. 하지만 난 잘생겼다고. 이 숫자들은 뭐야?"

"심문관이 습격한 날짜. 빈의 패거리 본거지가 목록에 올라 있는 거 보이지?" 햄이 말했다.

켈시어는 고개를 끄덕였다.

"마쉬는 대체 어떻게 이런 지도를 훔칠 수 있었을까?"

"훔친 게 아니야." 독슨은 글을 쓰면서 말했다. "지도와 같이 쪽지가 하나들어 있었어. 하이 프렐란들이 준 것 같아. 그들은 마쉬에게 깊은 인상을 받아서 그에게 도시를 조사하고 새 '달래기' 지소를 설치할 장소를 추천해달라고 했어. 미니스트리는 가문 전쟁에 대해 좀 걱정을 하는 것 같아. 그래서 사태를 계속 제어하기 위해 수더들을 더 파견하고 싶어 하나 봐."

"테이블 다리를 수리하면 이 지도를 도로 넣어 보내야 할 겁니다." 세이즈드가 말했다. "일단 오늘 저녁 회의가 끝나면 제가 가능한 한 빨리 지도를 베껴보겠습니다."

'그리고 그것을 외우기도 하겠지. 그렇게 해서 모든 키퍼들의 기록에 넣고.' 켈시어는 생각했다. '자네가 외우는 일을 그만두고 가르치기 시작하는 날이 곧 올 거야, 세이즈. 자네 민족이 마음의 준비를 해두었기를.'

켈시어는 눈길을 돌려 지도를 살펴보았다. 지도는 브리즈의 말처럼 훌륭했다. 마쉬는 이 지도를 보내기 위해 정말 엄청난 위험을 무릅썼을 것이다. 무모한 위험이었을지도 모른다. 그러나 이것이 담고 있는 정보는…….

'이 지도를 빨리 돌려보내야겠어. 가능하면 내일 아침에.' 켈시어는 생각했다.

"이게 뭐죠?" 빈이 커다란 지도 위로 몸을 기울여 뭔가를 가리키며 조용히 물었다. 그녀는 귀족 여성이 입는 드레스를 입었다. 무도회 드레스보다 약간 장식이 덜한 예쁜 원피스였다.

켈시어는 미소 지었다. 그는 빈이 무서울 정도로 어색한 모습으로 드레스를 입고 있던 때를 기억했다. 그러나 그녀는 그런 옷을 점점 좋아하게 된 것 같았다. 그녀는 여전히 귀족 태생의 숙녀와 똑같이 움직이지는 않았다. 그녀는 우아했지만, 그것은 궁정 숙녀의 신중한 우아함이 아니라 포식자의 민첩한 우아함이었다. 그래도 이제 빈에게는 재단 방식과 관계없이 드레스가 어울려 보였다.

'메어, 당신은 언제나 귀족 여성과 도둑 사이의 선을 걷도록 가르칠 수 있는 딸을 갖고 싶어 했지.' 켈시어는 생각했다. 메어와 빈은 서로 좋아했을 것이다. 둘 다 인습에 사로잡히지 않는 경향이 깃들어 있었다. 그의 아내가 아직 살아 있었다면, 그녀는 빈에게 귀족 여성 흉내를 내기 위해 알아야 할 것들, 심지어 세이즈드도 모르는 일들을 가르칠 수 있었을 것이다.

'물론 메어가 아직 살아 있다면 난 이런 일을 하고 있지 않겠지. 감히 그러지 못했을 거야.'

"여기 봐요! 이 심문관 습격 날짜는 새 거예요. 이건 어제로 표시돼 있어요." 빈이 말했다.

독슨은 켈시어에게 빠르게 눈길을 보냈다.

'아무튼 언젠가는 그녀에게 말해야 할 테니까……'

"그건 테론 패거리였어. 어느 심문관이 어제 저녁 그들을 습격했어." 켈시어가 말했다.

빈은 창백해졌다.

"내가 알아야 하는 사람인가?" 햄이 물었다.

"테론 패거리는 카몬과 함께 미니스트리에 사기를 치려고 했던 팀이었어요. 이건…… 그들이 아직 내 뒤를 밟고 있을지도 모른다는 뜻이에요." 빈이 말했다.

'그 심문관은 그날 밤 우리가 궁전에 잠입했을 때 빈을 알아봤어. 그녀의 아버지가 누군지 알아내려고 했고. 그 무시무시한 놈들이 귀족들을 불편하게 만들어서 다행이야. 그렇지 않았다면 빈이 무도회에 가는 것도 걱정스러웠을 거야.'

"테론 패거리도 저번과 같았나요?" 빈이 말했다.

독슨이 고개를 끄덕였다.

"생존자는 없었어."

어색한 침묵이 흘렀고, 빈은 새파랗게 질려 있었다.

'가엾은 아이야.' 켈시어는 그렇게 생각했지만, 그들은 이 일을 계속할 수밖에 없었다.

"좋아. 이 지도를 어떻게 이용하지?"

"여기에는 가문들의 방어 체제에 대해 미니스트리가 적어놓은 메모도 있어. 그건 쓸모가 있을 거야." 햄이 말했다.

"그러나 심문관들의 습격에 일정한 패턴은 보이지 않아. 그들은 정보를 받은 곳으로만 가는 모양이야." 브리즈가 말했다.

"'달래기' 지소 근처에서는 너무 활발하게 활동하지 않는 편이 좋겠어." 독스가 펜을 내려놓으면서 말했다. "다행히 클럽스의 가게와 가까이 있는 지소는 없어. 지소는 대부분 빈민가에 있어."

"그냥 지소를 피하는 데 멈춰서는 안 돼. 우린 그곳들을 없앨 준비를 해야 해." 켈시어가 말했다.

브리즈가 얼굴을 찌푸렸다.

"그렇게 하려면 무모한 수를 둬야 해."

"하지만 적이 입을 피해를 생각해봐." 켈시어가 말했다. "마쉬는 지소 하나마다 적어도 수더 세 명과 시커 한 명이 있다고 말했어. 미니스트리의 미스팅은 130명이야. 그 정도 수를 모으려면 '중앙 지배지' 전체에서 모집을 해야 했을 거야. 그들을 한 번에 몽땅 없애버릴 수 있다면……."

"우리가 그렇게 많이 죽일 수는 없어." 독슨이 말했다.

"남은 군대를 쓰면 할 수 있어. 그들은 빈민가에 숨어 있어." 햄이 말했다.

"더 좋은 생각이 있어." 켈시어가 말했다. "우리가 다른 도둑 패거리를 고용하면 돼. 열 패거리를 고용하면 지소 세 곳을 없앨 수 있어. 그러면 미니스트리 수더와 시커들을 이 도시에서 겨우 몇 시간이면 제거할 수 있어."

"하지만 시기를 논의해야 해." 독슨이 말했다. "브리즈 말이 옳아. 오블리게이터를 하룻저녁에 그렇게 많이 죽이려면 전력을 거의 다 투입해야 해. 심문관들이 복수하는 데 오래 걸리지도 않을 테고."

켈시어는 고개를 끄덕였다.

'네 말이 맞아, 독스. 시기가 가장 중요해.'

"이렇게 하면 어떨까? 적당한 패거리를 찾아두고, 우리가 시기를 결정할 때까지 기다렸다가 때가 되면 '달래기' 지소 장소를 알려주는 거야."

독슨은 고개를 끄덕였다.

"좋아. 우리 군인들 이야기를 해보자. 햄, 그들은 어떻게 하고 있어?"

"사실 내가 기대했던 것 이상이야." 햄이 말했다. "그들은 동굴에서 훈련을 받았기 때문에 꽤 능숙해. 그리고 네 뜻을 어기고 예덴을 따라 전투하러 나서지 않았기 때문에 자기들이 더 '충실한' 군대라고 생각해."

브리즈는 코웃음을 쳤다.

"전술적 실수로 군대의 4분의 3을 잃었다는 사실을 참 편하게 호도하는 군."

"그들은 좋은 사람들이야, 브리즈." 햄이 단호히 말했다. "죽은 사람들도 그렇고. 그들을 나쁘게 말하지 마. 하지만 이대로 군대를 숨겨두는 건 염려스러워. 오래지 않아 어느 팀이든 발각될 거야."

"그래서 어디서 다른 팀을 찾아야 할지 아무도 모르게 만든 거지." 켈시어가 말했다.

"그 군대 이야기 말인데." 브리즈가 르노의 책상 옆에 놓인 의자 하나에 앉으며 말했다. "해먼드를 보내 군대를 훈련시키는 게 중요하다는 건 알겠어. 하지만 솔직히 말해서 독슨이나 내가 그들을 방문해야 하는 이유가 뭐야?"

"자기들 지도자가 누군지는 알아야지." 켈시어가 말했다. "햄에게 이상이 생기면 다른 사람이 지휘를 해야 하잖아."

"넌 왜 안 되고?" 브리즈가 물었다.

"난 그냥 참아줘. 그게 제일 좋을 거야." 켈시어가 미소를 지으며 말했다.

브리즈는 눈을 굴렸다.

"널 참는다니, 그건 우리가 지금도 엄청나게 하고 있는 일 같은데……."

"아무튼 빈, 귀족들 소식은 있어? 벤처가에서 쓸 만한 소식을 찾아냈니?" 켈시어가 말했다.

그녀는 잠시 말문이 막혔다.

"아뇨."

"다음 주 무도회는 벤처 아성에서 열리지? 맞지?" 독슨이 물었다.

빈은 고개를 끄덕였다.

켈시어는 빈을 바라보았다.

'이 아이가 안다고 해도 우리에게 말할까?' 그녀가 그의 눈을 맞바라보았지만, 그는 그 안에서 아무것도 읽어낼 수 없었다. '제기랄, 여자애는 거짓말에 너무 능숙하다니까.'

"좋아, 계속 지켜봐." 그가 그녀에게 말했다.

"알았어요."

그날 밤, 켈시어는 피곤한데도 잠이 오지 않았다. 불행히도 나가서 복도를 서성거릴 수는 없었다. 믿을 만한 하인들만 그가 이 저택에 있다는 것을 알고 있었고, 그는 점점 더 유명해졌기 때문에 더욱 잘 숨어야 했다.

유명세라. 그는 한숨을 쉬며 발코니 난간에 기대어 안개를 지켜보았다. 어떤 면에서는 그조차 자기가 하는 일이 걱정스러웠다. 다른 사람들은 그가 요구한 대로 입 밖에 내어 묻지 않았지만, 그는 자신이 점점 유명해지는 것을 그들이 여전히 신경 쓰고 있음을 알았다.

'그게 최선의 방법이야. 이런 게 다 필요 없을 수도 있지만…… 만약 필요해지면 그 고생을 한 것도 기쁘게 느껴질 거야.'

문가에서 부드러운 노크 소리가 났다. 그는 누굴까 궁금해하며 돌아섰다. 세이즈드가 방에 머리를 들이밀고 있었다.

"죄송합니다, 마스터 켈시어. 하지만 경비병 한 명이 제게 와서 당신이 발코니에 있는 모습이 보였다고 말했습니다. 그는 당신이 발각될까 봐 걱정하고 있었습니다."

켈시어는 한숨을 쉬고는 발코니에서 물러나 문을 닫고 휘장을 쳤다.

"난 익명성을 잘 이용하는 사람이 아니야, 세이즈. 도둑으로서 나는 숨는데 정말 자질이 없어."

세이즈드는 미소를 짓고 나가려고 했다.

"세이즈드?" 켈시어가 부르자 테리스인은 그 자리에 멈춰 섰다. "잠이 오지 않아. 나한테 새로 제안할 건 없나?"

세이즈드는 소리 없이 활짝 웃으며 방으로 걸어 들어왔다.

"물론 있지요, 마스터 켈시어. 최근에 저는 '베네트의 진실'에 대해 당신이 들어보셔야 한다고 생각하고 있었습니다. 마스터에게 아주 잘 맞을 것 같습니다. 베네트는 남쪽 섬들에 살던 매우 발달한 민족이었습니다. 용감한 뱃사람이고 뛰어난 지도 제작자들이었지요. '마지막 제국'이 아직도 사용하는 옛 지도들 중에는 베네트 탐험가들이 만든 것들도 있습니다.

그들의 종교는 그들이 한 번에 몇 달씩 바다에 나가 있는 배 위에서 믿음을 지킬 수 있도록 만들어졌습니다. 선장은 그들의 성직자이기도 한데, 신학적 훈련을 받지 않은 사람은 아무도 그들을 지휘할 수 없었습니다."

"반란은 많지 않았겠군."

세이즈드가 미소 지었다.

"좋은 종교였습니다, 마스터 켈시어. 그 종교는 지식의 발견에 집중했습니다. 이 민족에게 지도 제작은 신성한 의무였습니다. 그들은 세계의 모든 장소가 알려지고, 이해되고, 목록으로 만들어지면 사람은 마침내 평화와 조화를 찾을 수 있을 거라고 믿었습니다. 그런 이상을 가르치는 종교는 많지만 베네트처럼 실제로 그것을 행할 수 있었던 종교는 사실 거의 없었습니다."

켈시어는 미간을 찌푸리며 발코니 커튼 옆 벽에 등을 기댔다.

"평화와 조화라. 난 지금 당장은 둘 중 아무것도 필요 없어, 세이즈." 그가 천천히 말했다.

"아." 세이즈가 탄식했다.

켈시어는 위를 쳐다보다가 천장을 노려보았다.

"자네…… 발라에 대해 다시 말해줄 수 있나?"

"물론이죠." 세이즈드가 켈시어의 책상 옆으로 의자 하나를 끌어와 앉으면서 말했다. "특별히 알고 싶으신 것이 있습니까?"

켈시어는 고개를 저었다.

"잘 모르겠어. 미안, 세이즈. 나 오늘 밤엔 기분이 이상해."

"제 생각엔 언제나 기분이 이상하신 것 같습니다." 세이즈드가 슬쩍 미소를 띠며 말했다. "그런데 흥미로운 종교를 골라 물어보시는군요. 발라는 다른 어떤 종교보다도 오랫동안 로드 룰러의 지배하에서 버텼지요."

"그래서 묻는 거야." 켈시어가 말했다. "난…… 그들을 그렇게 오래 버티도록 만든 게 뭔지 알아야겠어, 세이즈. 그들은 무엇 때문에 계속 싸웠지?"

"그들은 제일 완강했던 것 같습니다."

"하지만 그들에게는 지도자도 없었어. 로드 룰러는 첫 원정 때 발라 종교 회의를 전부 학살해버렸어." 켈시어가 말했다.

"오, 그들에게는 지도자들이 있었습니다, 마스터 켈시어. 맞습니다, 죽은 사람들입니다. 하지만 지도자들이었습니다." 세이즈드가 말했다.

"어떤 사람들은 그들의 헌신이 터무니없다고 할 거야. 발라 지도자들이 없어졌을 때 그 민족은 망했어야 했어. 더 완강하게 계속 저항하는 게 아니라."

세이즈드는 고개를 저었다.

"사람에게는 그것보다 더 큰 회복력이 있다고 생각합니다. 우리의 믿음은 제일 약해야 할 때인데도 제일 강할 때가 많습니다. 그것이 희망의 본성이지요."

켈시어는 고개를 끄덕였다.

"발라에 대해 설명이 더 필요하십니까?"

"아냐. 고마워, 세이즈. 난 그저 세상이 희망 없어 보일 때도 싸우는 사람들이 있었다는 사실을 기억할 필요가 있었어."

세이즈드는 고개를 끄덕이며 일어섰다.

"알 것 같습니다, 마스터 켈시어. 그럼 안녕히 주무십시오."

켈시어는 멍하게 고개를 끄덕였다. 테리스인은 물러갔다.

30

테리스인들 대다수는 라셰크처럼 나쁘지 않다. 그러나 그들이 어느 정도는 그를 믿는 것이 눈에 보인다. 이들은 철학자나 학자가 아니라 단순한 사람들이고, 자신들의 예언이 '영원의 영웅'은 이방인일 거라고 말하는 것을 이해하지 못한다. 그들은 라셰크가 가리키는 것만 본다. 자기들이 표면적으로는 우수한 민족이므로, 복종이 아니라 '지배하는' 민족이어야 한다는 것을.

이런 열정과 증오 앞에서는 선한 사람들도 속을 수 있다.

벤처가의 무도회장에 돌아오자 빈은 진정한 웅장함이 무엇인지 다시 떠올리게 되었다.

그녀는 아성들을 아주 많이 방문해보았기에 이제 그 휘황찬란함에 무감각해지기 시작했다. 그러나 벤처 아성은 특별했다. 다른 아성들이 따라가려고 애를 써도 결코 이룰 수 없는 뭔가가 있었다. 벤처 아성이 부모라면, 다른 아성들은 교육을 잘 받은 아이들 같았다. 아성들은 전부 아름다웠지만, 어떤 것이 제일 훌륭한지는 너무도 명백했다.

한 면마다 육중한 기둥들이 한 줄로 늘어선 거대한 벤처 홀은 보통 때보다 더 웅장해 보였다. 빈은 그 이유를 알 수 없었다. 그녀는 하인이 숄을 받아주기를 기다리면서 그 문제를 생각하고 있었다. 보통 때처럼 라임라이트가 스테인드글라스 창 바깥에서 빛나며 방에다 색색의 빛 조각을 뿌렸다. 기둥이 있는 돌출부 아래 차려진 테이블들은 티 하나 없이 깨끗했다. 복도 맨 끝에 있는 작은 발코니에 놓인 영주의 테이블은 변함없이 장엄해 보였다.

'이건…… 너무 완벽해.' 빈은 마음속으로 눈살을 찌푸리며 생각했다. 모든 것이 약간 과장되어 있는 것 같았다. 식탁보조차 보통 때보다 더 희고 더 반듯하게 다려진 것 같았다. 하인들의 제복은 유달리 깔끔해 보였다. 문가에는 일반 군인들 대신 헤이즈킬러들이 서 있었다. 그들은 일부러 나무 방패를 들고 갑옷을 입지 않은 모습으로 보는 사람들에게 깊은 인상을 주었다. 그 모든 것이 합쳐져서 평소에도 완벽했던 벤처 아성이 더 완벽해 보였다.

"뭔가 잘못됐어요, 세이즈드." 하인이 테이블을 차리러 떠나자 그녀는 속삭였다.

"무슨 말씀이십니까, 미스트리스?"

"여기 온 사람들이 너무 많아요." 빈은 마음이 불편해졌던 이유 가운데 한 가지를 알아차리고 말했다. 지난 몇 달 동안 무도회 참석자들은 점점 줄어들고 있었다. 그러나 이번에는 마치 모든 귀족이 벤처가의 행사를 위해 돌아온 것처럼 사람이 많았다. 그리고 그들은 모두 제일 좋은 옷을 빼입고 있었다.

"뭔가가 진행되고 있어요. 우리가 모르는 일이." 빈이 조용히 말했다.

"예." 세이즈드도 조용히 대답했다. "저도 느껴집니다. 저는 시종들 만찬에 일찍 가봐야 할 것 같습니다."

"좋은 생각이에요." 빈이 말했다. "난 오늘 저녁에 식사를 건너뛰어야 할지도 모르겠어요. 우리가 약간 늦게 와서 사람들이 이미 이야기를 시작한 것 같아요."

세이즈드가 미소 지었다.

"왜요?"

"절대로 식사를 건너뛰지 않으시던 시절이 기억나서요, 미스트리스."

빈은 코웃음 쳤다.

"내가 이런 무도회에서 음식을 훔쳐서 주머니를 채우려고 한 적이 없다는 거나 기뻐해요. 솔직히 그러고 싶은 마음도 들었다고요. 자, 가요."

세이즈드는 고개를 끄덕이고 시종들의 만찬 자리로 떠났다. 빈은 잡담하는 무리들을 훑어보았다.

'고맙게도 샨의 기척은 안 보이네.' 그녀는 생각했다. 하지만 불행하게도 클리스 또한 보이지 않았다. 소문을 퍼뜨리려면 다른 사람을 골라야 했다. 그녀는 천천히 앞으로 가며 로드 이드렌 시리스에게 미소를 지었다. 그는 엘라리엘가의 친척이자 빈과 몇 번 춤을 춘 적이 있는 사이였다. 그는 그녀에게 뻣뻣하게 목례를 하며 알은척했다. 그녀는 그와 함께 서 있는 귀족 무리에 합류했다.

빈은 그 무리의 다른 사람들에게 미소를 지었다. 여자 세 명에 영주 한 명이었다. 그녀는 대충은 그들을 모두 알고 있었고, 로드 예스탈과는 춤을 춘 적도 있었다. 그러나 오늘 저녁에는 네 명 모두 그녀에게 차가운 시선을 보냈다.

"한동안 벤처 아성에 와보지 못했네요." 빈이 시골 소녀 역할에 몰입하며 말했다. "여기가 얼마나 웅장한지 잊어버리고 있었어요!"

"정말 그래요." 한 숙녀가 말했다. "실례해요. 가서 마실 걸 가져오겠어요."

"같이 가요." 다른 숙녀가 잽싸게 말했다. 둘 다 무리를 떠났다.

빈은 그들이 가는 모습을 지켜보며 얼굴을 찡그렸다.

"아, 우리 식사가 도착했군요. 갈까요, 트리스?" 예스탈이 말했다.

"물론이죠." 마지막 숙녀가 예스탈과 함께 걸어갔다.

이드렌은 안경을 고쳐 쓰더니 성의 없이 빈에게 사과의 시선을 보낸 후 떠났다. 빈은 말문이 막힌 채 서 있었다. 그녀는 처음 무도회 몇 번을 빼면 이렇게 눈에 띄게 차가운 대접을 받아본 적이 없었다.

'무슨 일이 일어나고 있는 거지?' 그녀의 두려움이 커져갔다. '샨이 한 일일까? 그녀가 방에 가득 찬 사람들 모두가 나를 적대시하도록 만든 걸까?'

아니, 그렇게 느껴지지는 않았다. 그러려면 공이 너무 많이 들 것이다. 게다가 그녀 주변에만 그런 이상한 분위기가 맴도는 것이 아니었다. 모든 귀족 무리들…… 오늘 저녁에는 달라 보였다.

빈은 또 한 무리에 섞이려고 시도해봤지만 결과는 훨씬 더 나빴다. 그녀가 그 무리에 들어가자마자 사람들은 티가 날 정도로 그녀를 무시했다. 빈은 너무나 어색해져서 스스로 물러났다. 그녀는 와인을 마시겠다며 도망 나왔다. 걸어가면서 그녀는 예스탈과 이드렌이 있었던 첫 번째 무리가 아까와 똑같은 구성원으로 다시 모인 것을 보았다.

빈은 동쪽 돌출부 그늘 안에 멈춰 서서 군중을 살펴보았다. 춤을 추고 있는 사람들은 거의 없었고, 그나마 있는 사람들은 모두 정해진 커플들이었다. 또 그룹이나 테이블에 모인 사람들이 서로 섞이는 일도 거의 없었다. 무도회장이 가득 찼는데도, 대부분의 참석자들은 다른 사람들 모두를 명백하게 무시하려고 하는 것 같았다.

'이건 좀 더 자세히 살펴봐야겠어.' 그녀는 계단통으로 걸어가면서 생각했다. 조금 올라가니 무도회장 위 벽에 자리 잡은 회랑같이 긴 발코니가 나왔다. 낯익은 파란 등잔이 석조 세공을 부드럽고 구슬프게 비추었다.

빈은 멈춰 섰다. 맨 오른쪽 기둥과 벽 사이에 엘렌드의 작은 공간이 있었다. 그곳은 등잔 한 개로 환히 밝혀져 있었다. 그는 언제나 거기서 책을 읽으며 벤처가 무도회를 흘려보냈다. 그는 파티를 베풀 때의 거창한 분위기와 여러 가지 의식을 좋아하지 않았다.

그 공간은 비어 있었다. 그녀는 난간 쪽으로 다가가 목을 빼고 웅장한 복도 맞은편을 바라보았다. 성주(城主)의 테이블은 발코니와 같은 높이의 돌출부 위에 마련되어 있었다. 그녀는 엘렌드가 그곳에 앉아 자기 아버지와 식사를 하는 모습을 보고 충격을 받았다.

'저건 뭐지?' 그녀는 믿을 수가 없었다. 벤처 아성에서 대여섯 번 참석한 무도회에서 그녀는 단 한 번도 엘렌드가 가족과 같이 앉아 있는 모습을 본 적이 없었다.

아래쪽에서 낯익고 다채로운 색깔의 로브를 입은 사람이 군중 속을 움직여 다니는 것을 빈은 보았다. 그녀는 세이즈드를 향해 손을 흔들었지만, 그가 이미 그녀를 본 것 같았다. 그를 기다리면서 빈은 발코니 맞은편에서 낯익은 목소리를 희미하게 들은 것 같았다. 돌아서서 살펴보자 아까 놓쳤던 키 작은 여자 모습이 보였다. 클리스는 소영주들로 이뤄진 작은 무리와 이야기를 하고 있었다.

'그럼 클리스는 저기로 갔구나. 그녀는 나와 이야기하겠지.' 빈은 일어서서 클리스가 대화를 끝내거나 세이즈드가 도착하기를 기다렸다.

세이즈드가 먼저 왔다. 그는 계단통으로 올라와 힘겹게 숨을 몰아쉬었다.

"미스트리스." 그는 난간 옆에서 그녀와 마주치자 낮은 목소리로 말했다.

"발견한 게 있으면 말해줘요, 세이즈드. 이 무도회는…… 소름이 끼쳐요. 모두 너무 근엄하고 차가워요. 파티가 아니라 장례식에 온 것 같아요."

"적절한 비유입니다, 마이 레이디." 세이즈드가 조용히 말했다. "우리가 중요한 발표를 놓쳤습니다. 헤이스팅가에서 이번 주에 정기 무도회를 열지 않겠답니다."

빈은 눈썹을 찡그렸다.

"그래서요? 전에도 무도회를 취소한 가문들이 있었잖아요."

"엘라리엘가도 취소했습니다. 보통 그다음 차례는 테키엘이겠지요. 그러나 그 가문은 무너졌습니다. 슈나가는 더 이상 무도회를 열지 않겠다고 이미 발표했습니다."

"무슨 말을 하는 거예요?"

"미스트리스, 이번이 당분간 마지막 무도회가 될 것 같습니다……. 아마 아주 오랫동안 열리지 않겠지요."

빈은 홀에 난 장중한 창들을 내려다보았다. 그 아래서 사람들은 따로 떨어져 무리를 짓고, 거의 적대적인 모습으로 서 있었다.

"일이 그렇게 진행되고 있는 거군요." 그녀가 말했다. "그들은 동맹을 완성하고 있어요. 모든 사람들이 자기의 가장 강한 친구나 지원자들과 어울리고 있죠. 그들은 이게 마지막 무도회라는 걸 알고 다들 참석하러 왔지만, 정치 공작을 할 시간이 남지 않았다는 것도 아는 거죠."

"그렇게 보입니다, 미스트리스."

"모두들 방어적으로 굴고 있어요." 빈이 말했다. "말하자면 자기 벽 뒤로 숨은 거죠. 그래서 아무도 나랑 이야기하고 싶어 하지 않는 거예요. 우리는 르노가를 너무 중립적인 세력으로 만들었어요. 내게는 파벌이 없고, 아무에게나 정치적 판에 돈을 걸기는 힘든 시절이 된 거죠."

"이 정보를 마스터 켈시어에게 알려야 합니다, 미스트리스." 세이즈드가 말했다. "마스터 켈시어는 오늘 밤 다시 정보원 노릇을 할 계획입니다. 이 상황을 모른다면 그의 신용은 심각한 타격을 입을 겁니다. 우리는 지금 떠나야 합니다."

"안 돼요." 빈이 세이즈드를 돌아보며 말했다. "나는 못 가요. 다른 사람들이 전부 머물러 있는 동안엔 안 돼요. 귀족들은 모두 이 마지막 무도회에 모습을 보이는 것이 중요하다고 생각하고 있어요. 그러니 그들이 떠나기 시작할 때까지 나는 떠나면 안 돼요."

세이즈드는 고개를 끄덕였다.

"맞는 말씀입니다."

"당신은 가요, 세이즈드. 마차를 빌려 켈에게 가서 우리가 알게 된 소식을 말해요. 나는 조금 더 머물러 있다가 내가 나가도 르노가가 약해 보이지 않는 적당한 시점이 되면 떠날게요."

세이즈드는 잠시 침묵했다.

"저는…… 모르겠습니다, 미스트리스."

빈은 눈을 굴렸다.

"당신이 절 도와준 건 고맙지만 제 손을 계속 잡아줘야 할 필요는 없어요. 자기를 돌봐줄 시종 없이 무도회에 온 사람도 많아요."

세이즈드는 한숨을 쉬었다.

"잘 알겠습니다, 미스트리스. 하지만 마스터 켈시어가 있는 곳에 갔다가 바로 돌아오겠습니다."

빈은 고개를 끄덕이고 그에게 인사를 했다. 그는 돌계단을 내려갔다. 빈은 엘렌드의 자리에서 발코니에 기댄 채 세이즈드가 아래층에 나타났다가 앞문으로 사라질 때까지 지켜보았다.

'이제 어쩌지? 이야기할 사람을 찾는다고 해도 이젠 소문을 퍼뜨리는 게 아무 의미가 없어.'

그녀는 공포감을 느꼈다. 귀족들이 하는 경솔한 짓거리를 그녀가 이토록 좋아하게 되리라고 누가 생각했을까? 그 경험은 귀족들이 할 수 있는 짓이 어떤지 아는 그녀의 경계심조차 흐리게 만들었다. 그렇지만 그 경험에는…… 꿈같은 즐거움이 있었다.

이런 무도회에 또 참석할 수 있을까? 귀족 여성 발레트는 어떻게 될까? 드레스와 화장을 벗어 던지고 거리의 도둑 빈으로 되돌아가야 할까? 켈시어의 새 왕국에 웅장한 무도회 같은 것이 들어설 틈은 없을 것이다. 그것이 나쁜 일은 아닐 것이다. 그녀가 무슨 권리로 다른 스카들이 굶주리는 동안 춤을 출 수 있겠는가? 그러나…… 아성과 춤추는 사람들, 드레스와 축제 기분이 없어진다니, 세상에서 아름다운 것이 하나 사라지는 느낌이었다.

그녀는 한숨을 쉬며 난간에 기대어 자기 드레스를 내려다보았다. 드레스는 짙고 반짝이는 파란색이었고, 스커트 단에는 하얀 동그라미 문양이 수놓여 있었다. 소매가 없는 드레스였지만, 그녀는 팔꿈치 너머까지 올라오는 파란 실크 장갑을 끼고 있었다.

한때 그녀는 그 복장이 화가 날 정도로 육중하다고 생각했다. 그러나 이제는 아름답다고 생각했다. 그 옷이 가슴이 풍성해 보이도록 만들어진 것이 좋았다. 마른 윗몸을 강조하면서도 허리에서 확 펴져 천천히 커다란 종 모양이 되고, 걸을 때 사그락사그락 소리가 나는 게 좋았다.

그녀는 이 옷이 그리울 것이다. 이런 것들이 모두 그리울 것이다. 그러나 세이즈드가 옳았다. 시간이 가는 것을 막을 수는 없었다. 순간을 즐길 수 있을 뿐이었다.

'그가 저녁 내내 저 높은 테이블에 앉아 나를 무시하도록 그냥 두진 않겠어.' 그녀는 결심했다.

빈은 돌아서서 발코니를 따라 걷다가 클리스와 서로 지나치자 고개를 끄덕여 인사를 했다. 발코니의 끝은 복도였고, 그 복도는 굽어져서 빈의 추측대로 성주의 테이블이 놓여 있는 받침대 위로 통했다.

그녀는 잠시 그 복도에 서서 밖을 내다보았다. 영주와 숙녀들은 웅장한 복장으로 앉아, 위층에 초대받아 로드 스트라프 벤처와 함께하는 특권을 기분 좋게 누리고 있었다. 빈은 기다리면서 엘렌드의 주의를 끌려고 했다. 마침내 손님 한 명이 그녀가 있는 것을 알아차리고 엘렌드를 쿡 찔렀다. 그는 놀라서 돌아보았다. 빈을 보자 그는 얼굴을 약간 붉혔다.

그녀는 짧게 손을 흔들었고, 그는 잠시 나갔다 오겠다고 하며 일어섰다. 빈은 급히 석조 통로 안쪽으로 약간 더 들어갔다. 그와 남몰래 이야기를 하고 싶었기 때문이다.

"엘렌드!" 그가 통로로 걸어 들어오자 그녀가 말했다. "당신 아버지와 함께 앉아 있군요!"

그는 고개를 끄덕였다.

"이 무도회는 특별한 행사가 되어버렸어요, 발레트. 그리고 우리 아버지는 내가 격식에 따라야 한다고 매우 고집을 부리셨죠."

"우리가 이야기할 시간이 있을까요?"

엘렌드는 잠시 침묵했다.

"그럴 시간이 있을까 모르겠네요."

빈은 눈살을 찌푸렸다. 그는…… 속마음을 숨기는 것 같았다. 보통 때는 약간 닳고 주름진 정복을 입고 있었는데, 지금은 딱 맞는 멋진 정복 차림이었다. 머리도 빗질이 되어 있었다.

"엘렌드?" 그녀가 앞으로 걸어 나오며 말했다.

그는 한 손을 들어 그녀가 오지 못하게 막았다.

"세상이 바뀌었어요, 발레트."

'아니. 이건 바뀌면 안 돼. 아직은 안 돼!'

"세상? 뭐가 '세상'이죠? 엘렌드, 무슨 이야기를 하고 있는 거예요?"

"나는 벤처가 상속자입니다. 그리고 위험한 시기가 오고 있어요. 헤이스팅가는 오늘 오후 수송대를 전부 잃었지만 그건 시작일 뿐입니다. 이번 달 안으로 아성들은 공공연히 전쟁에 돌입할 겁니다. 내가 무시할 수 있는 일이 아니에요, 발레트. 난 이제 집안의 골칫거리 노릇을 그만둬야 해요." 그가 말했다.

"그건 좋아요. 하지만 그렇다고……."

"발레트." 엘렌드가 말을 가로막았다. "당신도 골칫거리에요. 매우 큰 골칫거리죠. 당신을 전혀 좋아하지 않았다고 거짓말을 하지는 않겠어요. 난 당신을 좋아했고, 아직도 좋아해요. 하지만 난 처음부터 이 일이 지나가는 불장난 이상은 될 수 없다는 걸 알고 있었어요. 당신도 알았겠죠. 진실을 말하면, 우리 가문에는 내가 필요해요. 그건 당신보다 더 중요해요."

빈은 창백해졌다.

"하지만……."

그는 만찬 자리로 돌아가려고 몸을 돌렸다.

"엘렌드, 제발 날 외면하지 말아요." 그녀가 조용히 말했다.

그는 멈춰 서더니 다시 그녀를 바라보았다.

"발레트, 난 진실을 알아요. 당신이 자기 정체를 거짓으로 말했다는 거요. 솔직히 신경은 쓰지 않아요. 난 화나지 않았어요. 실망하지도 않았고요. 사실 난 그럴 거라고 예상했어요. 당신은 그냥…… 게임을 하고 있었던 것뿐이에요. 우리 모두 그렇듯이." 그는 말을 멈추고 고개를 젓더니 그녀에게서 몸을 돌렸다. "내가 그렇듯이."

"엘렌드?" 그녀는 그에게 손을 뻗었다.

"당신에게 공공연히 망신을 주게 만들지 마요, 발레트."

빈은 멍해진 채로 동작을 멈추었다. 그리고 잠시 뒤, 너무 화가 나서 멍한 상태에서 벗어났다. 너무 화가 나고, 너무 좌절하고…… 너무 겁을 먹었다.

"떠나지 마요. 당신까지 날 떠나면 안 돼요." 그녀가 속삭였다.

"미안해요. 하지만 난 친구들을 만나러 가봐야겠어요……. 재미있었어요." 그가 말했다.

그리고 그는 떠났다.

빈은 어두운 통로에 혼자 서 있었다. 그녀는 자기 몸이 조용히 떨리는 것을 느끼고, 돌아서서 휘청거리며 큰 발코니로 다시 나갔다. 옆쪽에서 엘렌드가 가족에게 저녁 인사를 하고는 아성의 생활 구역으로 통하는 뒤쪽 통로로 향하는 모습이 보였다.

'그가 나한테 이럴 수는 없어. 엘렌드는 아니야. 지금은 안 돼……'

그러나 그녀가 거의 잊어버렸던 마음속의 목소리가 말하기 시작했다.

'당연히 그는 너를 떠났지.' 린이 속삭였다. '당연히 널 포기했어. 모두 널 배신할 거야, 빈. 내가 너한테 뭐라고 가르쳤지?'

'아냐! 이건 정치적 긴장 때문일 뿐이야. 일단 이 일이 끝나면 그를 설득해서 돌아오게 만들 수 있을 거야……' 그녀는 생각했다.

'나는 절대 네게 돌아가지 않았어. 그도 마찬가지일 거야.' 린이 속삭였다. 그 목소리는 너무나 현실적이었다. 마치 옆에서 말하는 것 같았다.

빈은 발코니 난간 위로 몸을 기대고 철 격자를 이용해 힘을 얻어서 몸을 지탱했다. 그가 그녀를 부숴버리도록 놔두지는 않을 것이다. 거리의 삶도 그녀를 부술 수 없었다. 자만심 강한 귀족 한 명이 그렇게 하도록 놔둘 수는 없었다. 그녀는 계속 스스로에게 그렇게 말했다.

하지만 왜 이것이 굶주림보다, 카몬이 때린 주먹보다 훨씬 더 아플까?

"어머, 발레트 르노." 뒤에서 목소리가 났다.

"클리스. 난…… 지금 당장은 이야기할 기분이 아니에요." 빈이 말했다."

"아, 그럼 엘렌드 벤처가 마침내 당신을 찾았군요. 걱정 마요, 아가씨. 그는 곧 벌을 받을 거예요." 클리스가 말했다.

클리스의 목소리에 깃든 이상한 분위기 때문에 빈은 얼굴을 찌푸리며 돌아섰다. 그녀는 평상시처럼 보이지 않았다. 너무…… 침착해 보였다.

"당신 삼촌에게 내 메시지를 전해줘요. 알겠죠, 아가씨?" 클리스가 가볍게 부탁했다. "당신 삼촌같이 가문 동맹이 없는 사람은 앞으로 몇 달 동안 정보를 모으기 힘들 거라고 말해줘요. 좋은 정보원이 필요하면 나를 부르라고 해줘요. 난 재미있는 걸 많이 알아요."

"당신은 정보원이었군요!" 빈이 순간 자기 고통은 제쳐두고 말했다. "하지만 당신은……."

"바보 같은 소문요?" 그녀가 물었다. "아니, 나 맞아요. 궁정의 소문쟁이로 알려져 있을 때 저절로 알게 되는 것들은 아주 재미있지요. 사람들은 명백한 거짓말을 퍼뜨리려고 내게 와요. 당신이 지난주에 한 헤이스팅가 이야기 같은 거죠. 왜 내가 그런 거짓말을 퍼뜨리기를 바랐지요? 가문 전쟁 동안 르노가가 무기 시장에 도전하려고요? 그러면…… 헤이스팅 바지선들이 최근에 당한 습격의 배후에 르노가 있을 수도 있겠네요?"

클리스의 눈이 반짝였다.

"당신 삼촌한테 나는 적은 돈만 받아도 입 다물 수 있다고 전해줘요."

"내내 날 속이고 있었군요……." 빈이 멍하니 말했다.

"물론 그렇죠, 아가씨." 클리스가 빈의 팔을 쓰다듬으며 말했다. "우리가 궁정에서 하는 일이 그거잖아요. 당신도 결국 알게 될 거예요. 만약 살아남는다면요. 이제 착하고 어린 아가씨답게 내 메시지를 전해줘요, 알겠죠?"

클리스는 돌아섰다. 그녀의 땅딸막하고 야한 드레스가 갑자기 빈에게 눈부신 의상으로 보였다.

"기다려요! 아까 엘렌드에 대해 한 말은 뭐죠? 그가 곧 벌을 받게 될 거라고요?" 빈이 말했다.

“흠?” 클리스가 돌아섰다. “아니…… 그건 맞아요. 당신, 샨 엘라리엘의 계획을 캐묻고 다녔죠, 안 그래요?”

‘샨?’ 빈의 불안이 커졌다.

“그녀가 뭘 계획하고 있는데요?”

“우리 아가씨, 이건 정말 비싼 비밀이랍니다. 당신에게 말해줄 수는 있어요. 하지만 그 대가로 내가 뭘 얻을 수 있죠? 나처럼 크지 않은 가문의 여자는 어디에서든 생활 유지비를 만들어내야 해요…….”

빈은 사파이어 목걸이를 풀었다. 그녀가 차고 있던 유일한 보석이었다.

“여기요, 이걸 가져요.”

클리스는 생각에 잠긴 표정으로 목걸이를 받았다.

“흠, 네. 아주 훌륭하군요.”

“뭘 알고 있죠?” 빈이 날카롭게 물었다.

“불행히도 젊은 엘렌드는 가문 전쟁에서 벤처가의 첫 번째 사망자가 될 것 같아요.” 클리스가 목걸이를 소매 주머니에 넣으면서 말했다. “불행한 일이죠. 그는 정말 선한 젊은이 같아 보이니까요. 아마 너무 선하겠죠.”

“언제? 어디서? 어떻게?” 빈이 따져 물었다.

“질문이 이렇게 많은데, 목걸이는 하나뿐이군요.” 클리스가 느긋이 말했다.

“지금 당장 난 가진 게 그것밖에 없어요!” 빈은 솔직하게 말했다. 그녀의 동전 주머니에는 ‘강철-밀기’를 하기 위한 청동 동전들밖에 없었다.

“하지만 내 말대로 이건 매우 가치 있는 비밀이에요.” 클리스가 말을 계속했다. “당신에게 말하면 내 생명도…….”

‘그만해! 바보 같은 귀족들 게임 따위!’ 빈은 맹렬히 화가 나서 생각했다.

그녀는 아연과 놋쇠를 태워 감정적인 알로맨시를 강력하게 폭발시켜서 클리스를 쳤다. 그 여자의 모든 감정 중에서 공포만 남기고 나머지는 ‘달래서’ 없애버린 후, 그 공포를 잡고 확고하게 당겼다.

“말해요!” 빈이 으르렁거리듯이 명령했다.

클리스는 숨을 들이쉬었다. 그녀의 몸이 땅에 쓰러질 듯 흔들렸다.

"알로맨서! 르노가 이렇게 먼 친척을 루서델에 데려온 게 이상한 일이 아니었군요!"

"말해요!" 빈이 한 걸음 앞으로 나서면서 말했다.

"그를 돕기엔 너무 늦었어요." 클리스가 말했다. "나한테 피해가 돌아올 가능성이 있으면 절대 이런 식으로 비밀을 팔지는 않는다고요."

"나한테 말해!"

"오늘 저녁 엘라리엘 알로맨서들에게 암살될 거예요." 클리스가 속삭였다. "그는 이미 죽었을 수도 있어요. 그 일은 그가 성주의 테이블에서 물러나자마자 일어나게 돼 있으니까요. 하지만 복수를 하고 싶다면 당신은 로드 스트라프 벤처도 처리해야 할걸요."

"엘렌드의 아버지?" 빈이 놀라서 물었다.

"물론이죠, 바보 같은 아가씨." 클리스가 말했다. "로드 벤처는 가문의 상속자 칭호를 아들 대신 자기 조카에게 줄 수 있는 구실이 절실할걸요. 벤처는 엘라리엘의 암살자들이 들어오기 쉽게 젊은 엘렌드의 방 근처 옥상에서 병사 몇 명만 철수시키면 되지요. 그리고 엘렌드가 그 작은 철학 모임을 여는 동안 일어날 일이니까, 로드 벤처는 헤이스팅 한 명과 레칼 한 명도 없앨 수 있게 되고요!"

빈은 빙글 돌아섰다.

'내가 뭔가 해야 해!'

"물론 로드 벤처도 놀랄 일이 있죠." 클리스는 씩 웃으며 일어났다. "내가 듣기로는 젊은 엘렌드가 매우…… 세심하게 고른 책들을 갖고 있다더군요. 젊은 로드 벤처는 곧 여자에게 말할 때 훨씬 더 조심하게 될 거예요."

빈은 다시 돌아서서 클리스 쪽을 보았다. 클리스는 그녀에게 윙크를 했다.

"당신이 알로맨서라는 건 비밀로 지킬게요, 아가씨. 내가 내일 오후까지 돈을 받을 수 있게만 해줘요. 숙녀는 먹을 것을 사야 해요. 그리고 당신이

보다시피, 난 먹을 게 많이 필요하거든요.

벤처가 이야기를 하자면…… 음, 내가 당신이라면 그들과 거리를 둘 거예요. 오늘 밤 샨의 암살자들이 소란을 피울 거거든요. 궁정 사람들 절반이 그 젊은이 방에서 무슨 대소동이 일어나는지 보게 된다고 해도 난 놀라지 않겠어요. 궁정 사람들이 그 책을 보면 엘렌드는…… 음, 당분간 오블리게이터들이 벤처가에 매우 흥미를 가질 거라고만 말해둘게요. 엘렌드가 이미 죽었으리라고 생각하니 너무 안타깝죠. 귀족의 공개 처형을 못 본 지 상당히 오래됐는데!"

'엘렌드의 방. 그들은 거기 있을 거야!' 빈은 필사적으로 생각했다. 그녀는 돌아서서 드레스를 움켜쥐고 미친 듯이 바스락거리며 발코니 보도를 내려가 조금 전 자기가 나왔던 통로로 도로 들어갔다.

"어디 가요?" 클리스가 놀라서 물었다.

"이 일을 막아야 해요!" 빈이 말했다.

클리스가 웃었다.

"너무 늦었다고 내가 이미 말했잖아요. 벤처는 매우 오래된 아성이고, 영주 구역으로 통하는 뒤쪽 통로들은 완전히 미궁이에요. 길을 모르면 몇 시간 동안 헤매기만 할걸요."

빈은 무력감을 느끼며 주위를 둘러보았다.

"게다가 아가씨, 그 젊은이는 방금 당신을 차버리지 않았어요?" 클리스가 돌아서서 걸어가며 덧붙였다. "당신이 그에게 무슨 은혜를 갚을 게 있다고?"

빈은 그 자리에 얼어붙었다.

'그녀 말이 맞아. 내가 그에게 무슨 은혜를 갚을 게 있다고?'

대답은 즉시 나왔다.

'난 그를 사랑해.'

그 생각을 하자 힘이 났다. 빈은 클리스의 웃음을 무시하고 앞으로 마구 달려 나갔다. 그녀는 그 일을 막아야 했다. 그녀는 통로를 통과해 뒤쪽 복도로 들어갔다. 그러나 곧 클리스의 말이 옳다는 것을 깨달았다. 어두운 돌 복도들은 아무 장식도 없고 춥기만 했다. 그녀는 절대로 그 시간까지 길을 찾지 못할 것이다.

'지붕이야. 엘렌드의 방에는 외부 발코니가 있을 거야. 난 창문이 있어야 해.' 그녀는 생각했다.

그녀는 아무 복도로 황급히 달려 내려가며 신발을 차서 벗어 던지고 스타킹을 벗은 후, 드레스를 입은 채로 가능한 한 빠르게 달렸다. 그녀는 자기 몸이 빠져나갈 만큼 큰 창문을 미친 듯이 찾고 있었다. 갑자기 더 큰 복도가 나타났다. 펄럭이는 횃불만 빼고 텅 비어 있었다.

방 맞은편에 거대한 라벤더 장미창이 있었다.

'저 정도면 충분해.' 빈은 강철을 폭발시키며, 뒤에 있는 거대한 철문을 '밀면서' 공중으로 몸을 던졌다. 그녀는 잠시 앞으로 날아가다가 장미창의 철제 창틀을 강력하게 '밀었다'.

앞뒤로 동시에 '밀자' 그녀는 공중에서 휘청거리며 멈추었다. 그녀는 빈 통로에 매달려 뭉개지지 않도록 백랍을 폭발시키면서 안간힘을 썼다. 장미창은 거대했지만 대부분 유리로 되어 있었다. 창이 얼마나 강할까?

매우 강했다. 빈은 중압감 아래에서 신음했다. 뒤에서 딱 하는 소리가 났다. 문이 문틀에서 뒤틀리기 시작했다.

'넌…… 무너져야…… 해!' 그녀는 화가 나서 강철을 폭발시켰다. 돌 조각들이 창문 주위로 떨어졌다.

그리고 빠직 소리와 함께 장미창이 돌벽에서 확 빠져나왔다. 창은 뒤편 밤의 어둠 속으로 떨어졌고, 빈은 그 뒤를 따라 쏜살같이 밖으로 빠져나왔다.

서늘한 안개가 몸을 감쌌다. 그녀는 살짝 방 안의 '문'을 당겨 몸이 너무 멀리 가버리지 않도록 한 다음, 떨어지는 창에 대고 강하게 '밀었다'. 어두운 색 유리를 낀 커다란 창이 그녀 아래로 추락하면서 안개가 소용돌이쳤다.

빈은 위쪽 지붕을 향해 똑바로 날아갔다.

빈이 옥상 가장자리를 넘어 날아오름과 동시에 창이 땅에 떨어져 깨졌다. 드레스가 바람 속에서 미친 듯이 펄럭였다. 그녀는 청동으로 도금된 지붕 위에 웅크린 자세로 쿵 떨어졌다. 손가락과 발가락 아래 느껴지는 금속이 서늘했다.

그녀는 청동을 태웠다. 마쉬가 가르쳐준 대로 청동을 사용하며 알로맨시의 기척을 찾았다. 그러나 없었다. 암살자들은 스모커를 데리고 있었다.

'지금 이 건물을 전부 뒤져볼 수는 없어!' 빈은 청동을 폭발시키며 필사적으로 생각했다. '그들은 어디 있을까?'

그때, 이상하게도 뭔가가 느껴지는 것 같았다. 어둠 속의 알로맨시 맥박이었다. 희미하고 숨겨져 있었지만, 그것으로 충분했다.

빈은 자기 본능을 믿고 일어서서 옥상을 가로질러 뛰어갔다. 달려가는 중에 그녀는 백랍을 폭발시키며 드레스의 목 근처를 세차게 잡아당겨 앞면을 아래로 찢어버렸다. 그녀는 비밀 주머니에서 자신의 동전 주머니와 금속 병을 꺼낸 다음 계속 달리면서 드레스, 페티코트, 페티코트에 붙은 레깅스까지 전부 찢어 옆으로 던져버렸다. 그다음에는 코르셋과 장갑이 날아갔다. 그 아래에 그녀는 얇고 소매 없는 하얀 시프트 원피스와 흰 반바지를 입고 있었다.

그녀는 미친 듯이 달렸다.

'너무 늦으면 안 돼. 제발, 안 돼.'

앞쪽 안개 속에서 사람들이 나타났다. 그들은 비스듬히 달린 옥상 채광창 옆에 서 있었다. 빈이 달려올 때도 비슷한 창문을 몇 개 지나쳐 왔다. 한 사람이 채광창을 가리켰고, 그의 손에서 무기가 번쩍였다.

빈은 고함을 지르며, 청동 옥상에 몸을 '밀어' 호를 그리면서 뛰어올랐다. 그녀는 놀란 사람들 한가운데 내려앉은 다음, 동전 주머니를 둘로 찢으며 위로 거칠게 밀었다.

동전들이 아래 창에서 나오는 빛을 반사하며 공중에 흩뿌려졌다. 번쩍이는 금속 소나기가 빈 주위에 떨어졌고, 그녀는 그것을 '밀었다'.

동전들이 그녀를 중심으로 곤충 떼처럼 횡횡 날아갔다. 동전 하나하나가 안개 속에 긴 흔적을 남겼다. 동전을 몸에 맞자 사람들은 비명을 질렀고, 검은 사람 형체 몇 개가 아래로 떨어졌다.

몇 명은 떨어지지 않았다. 어떤 동전들은 보이지 않는 알로맨시의 손에 옆으로 '밀려' 빗겨 나갔다. 선 채로 남아 있는 사람은 네 명이었다. 그중 두 명은 미스트클록을 입고 있었다. 그중 한 명은 낯이 익었다.

샨 엘라리엘. 빈은 클록을 볼 필요도 없이 알아차렸다. 샨같이 중요한 여성이 이런 암살에 올 이유는 하나뿐이었다. 그녀는 미스트본이었다.

"네가?" 샨은 충격에 빠져 물었다. 그녀는 검은 바지와 셔츠를 입고, 짙은 머리는 뒤로 묶었다. 그녀의 미스트클록은 낡았어도 우아해 보였다.

'미스트본이 둘이라니. 이거 안 좋은데.' 빈은 생각했다. 암살자 한 명이 그녀에게 결투용 지팡이를 휘두르자 그녀는 재빨리 몸을 숙여 피했다.

빈은 옥상을 가로질러 미끄러졌다. 몸을 '당겨' 잠시 멈추었다가, 차가운 청동에 한 손을 대고 빙글 돌았다. 그녀는 마음을 뻗어 어둠 속으로 빠져나가지 않은 동전 몇 개를 손안으로 도로 세게 끌어'당겼다'.

"그년을 죽여!" 샨이 날카롭게 말했다. 빈이 쓰러뜨린 두 남자가 신음하며 옥상에 누워 있었다. 그들은 죽지 않았다. 한 명은 이미 휘청거리며 일어나고 있었다.

'써그구나. 다른 두 명은 코인샷이겠지.' 빈은 생각했다.

그녀가 옳다는 것을 증명하려는 듯, 한 남자가 빈의 금속 병을 '밀려고' 했다. 다행히 그 병 안에는 그의 닻이 될 정도로 금속이 많지 않았다. 그래서 그녀는 그것을 쉽게 붙잡을 수 있었다.

샨은 다시 채광창으로 주의를 돌렸다.

'그렇게는 안 돼!' 빈이 앞으로 달려 나갔다.

그녀가 다가가자 코인샷이 고함을 질렀다. 빈은 동전 하나를 튕겨 그를 겨냥해 쏘았다. 물론 그는 '밀어'냈다. 그러나 빈은 청동 지붕과 폭발시킨 강철을 닻 삼아 자기 몸을 거기에 걸어놓고 확고하게 '밀었다'.

남자의 '강철-밀기'가 동전을 타고 빈에게, 다시 지붕에 전해졌다. 그 결과 그는 공중으로 날아가버렸다. 그는 어둠 속으로 튕겨져 나가며 비명을 질렀다. 그는 미스팅일 뿐인지라 자기 몸을 도로 옥상으로 '당길' 수는 없었다.

다른 코인샷 두 명이 빈에게 동전을 뿌리려고 했지만 그녀는 그것들을 쉽게 '밀어'버렸다. 불행히도 그는 자기 동료만큼 어리석지는 않았고, 그녀가 '밀기' 시작하자 곧 동전을 놓아버렸다. 그러나 그가 그녀를 맞힐 수는 없었다. 왜 그는 계속⋯⋯.

'미스트본이 또 있었지!' 어두운 안개 속에서 한 사람이 허공에 유리 단검을 번뜩이며 뛰쳐나오자 빈은 몸을 숙여 바닥을 굴렀다.

그 남자는 여전히 피가 흐르는 옆구리를 잡고 휘청거리다 발을 헛디며 곧장 채광창 안으로 떨어졌다. 그 바람에 색이 엷게 든 질 좋은 유리가 깨졌다. 빈은 주석으로 강화된 청력으로 아래쪽에서 사람들이 놀라 지르는 비명소리를 들을 수 있었다. 써그가 땅에 부딪치는 요란한 소리가 뒤따랐다.

빈은 위를 쳐다보며 얼떨떨한 샨에게 사악하게 미소 지었다. 그녀 뒤에서 두 번째 미스트본이 조용히 욕설을 뱉고 있었다.

"너⋯⋯ 네가⋯⋯." 샨은 말을 더듬었다. 그녀의 눈이 어둠 속에서 분노로 위험하게 빛났다.

'경고를 받아들여요, 엘렌드. 도망가요. 난 이제 가야 해요.' 빈은 생각했다.

그녀는 동시에 두 명의 미스트본과 싸울 수는 없었다. 켈시어도 이길 수 없는 밤이 대부분이었다. 강철을 폭발시키며, 빈은 뒤로 몸을 띄웠다. 샨은 한발 앞으로 나서서 단호하게 빈을 쫓아 자기 몸을 '밀었다'. 두 번째 미스트본도 그녀를 따랐다.

'제기랄!' 빈은 공중에서 빙글 돌아 아까 장미창을 깬 곳 근처 옥상 가장

자리를 '밀며' 생각했다. 아래쪽 등잔들이 밝힌 안개 속에서 사람들이 허둥지둥 움직이고 있었다. 로드 벤처는 그 소동이 자기 아들이 죽었다는 뜻이라고 생각한 것 같았다. 그는 놀라게 될 것이다.

빈은 몸을 다시 공중으로 쏘아 올려 안개 낀 허공으로 뛰어나갔다. 두 명의 미스트본이 뒤쪽에 착지했다가 그녀와 마찬가지로 떠나는 소리가 들렸다.

'이건 좋지 않은데.' 빈은 안개 낀 기류 속을 날아가면서 두려움에 싸여 생각했다. 동전은 하나도 남지 않았고, 단검도 없었다. 그 상태에서 두 명의 제대로 훈련받은 미스트본과 싸우고 있는 것이다.

그녀는 철을 태우며 미친 듯이 어둠 속에서 닻이 될 만한 것을 찾았다. 파란 선이 그녀 아래 오른쪽에 나타나 천천히 움직였다.

빈은 그 선을 잡아당겨 몸의 탄도(彈道)를 바꾸었다. 그녀는 아래로 쏜살같이 내려갔다. 그녀 아래쪽에서 벤처가의 벽이 검은 그림자처럼 다가왔다. 그녀의 닻은 벽 위에 있던 어느 불운한 경비병의 흉갑이었다. 그 경비병은 그녀에게 끌려가지 않으려고 필사적으로 흉벽의 성가퀴를 붙잡고 있었다.

빈은 발로 남자를 세게 찬 다음 안개 낀 공중에서 빙글 돌아 몸 방향을 바꾸어 서늘한 돌 위에 내려앉았다. 경비병은 돌 위에 쓰러져 비명을 질렀다. 그는 또 다른 알로맨시 힘이 자기를 끌어'당기'자 필사적으로 그 돌을 움켜쥐었다.

'미안, 친구.' 빈은 그 남자의 손을 차서 성가퀴에서 떼어내며 생각했다. 그는 즉각 위로 튕겨 오르더니 강력한 밧줄에 묶여 끌어당겨지는 것처럼 공중으로 날아갔다.

위쪽 어둠에서 몸이 충돌하며 쿵 소리가 나고, 사람 한 쌍이 벤처가의 안뜰로 흐느적거리며 떨어지는 것이 보였다. 빈은 미소를 지으며 벽을 따라 달려갔다.

'저게 샨이면 정말 좋을 텐데.'

빈은 위로 뛰어올라 정문 관리실 위에 내려앉았다. 아성 근처에서 사람들이 흩어져 도망치려고 마차에 오르는 모습이 보였다.

'이걸로 가문 전쟁이 시작되는구나. 내가 공식적으로 가문 전쟁을 개전할 사람이 될 거라곤 생각도 못 했어.' 빈이 생각했다.

사람 하나가 위쪽 안개에서 그녀를 향해 곤두박질쳤다. 빈은 비명을 지르며 백랍을 폭발시키고 옆으로 뛰어 비켜났다. 샨이 정문 관리실 위에 민첩하게 착륙했다. 그녀의 미스트클록 술이 한껏 부풀어 올랐다. 그녀는 단검 두 개를 모두 꺼내 들고 있었고, 눈은 분노로 불탔다.

빈은 옆으로 뛰어 피하고, 정문 관리실을 굴러 내려가 아래쪽 벽 위에 내려앉았다. 한 쌍의 경비병이 반쯤 벌거벗은 소녀가 자기들 가운데로 떨어지는 것을 보고 놀라서 뒤로 뛰어 물러났다. 샨은 그들 뒤에 있는 벽으로 떨어지더니, 경비병 한 명을 '밀어서' 빈 쪽으로 던졌다.

빈도 그 남자의 흉갑을 '밀자' 그는 비명을 질렀다. 그러나 남자 쪽이 훨씬 무거웠기 때문에 그녀의 몸이 뒤로 던져졌다. 그녀는 자기 속도를 늦추기 위해 그 경비병을 끌어'당겼고', 그 남자는 요란한 소리를 내며 벽 위로 떨어졌다. 빈은 그의 옆에 유연하게 착지해, 경비병의 손에서 굴러 떨어지는 스태프를 움켜쥐었다.

샨이 번뜩이는 단검을 빠르게 회전시키며 공격했다. 빈은 다시 뒤로 뛰어 물러날 수밖에 없었다.

'솜씨가 대단한데!' 빈이 초조해하며 생각했다. 빈은 단검 훈련을 거의 받지 않았다. 지금은 켈시어에게 좀 더 연습시켜달라고 할걸 그랬다는 생각이 들었다. 그녀는 스태프를 휘둘렀지만, 전에 그 무기를 한 번도 써본 적이 없었기 때문에 공격은 터무니없이 빗나갔다.

샨은 단검을 휘둘렀고, 빈은 몸을 피하면서도 뺨이 타오르는 듯한 아픔을 느꼈다. 그녀는 충격으로 스태프를 떨어뜨리고 얼굴에 손을 갖다 댔다. 피가 흐르는 게 느껴졌다. 그녀는 뒤로 휘청거리며, 샨의 얼굴에 미소가 떠오르는 것을 보았다.

그때 빈은 그 병이 떠올랐다. 켈시어가 주었고, 아직 그녀가 갖고 있는 병. 아티움.

그녀는 허리에 밀어 넣었던 병을 움켜쥐는 일조차 하지 않았다. 그녀는 강철을 태워 그 병을 자기 앞 공중으로 '밀어'냈다. 그다음 즉각 철을 태워 아티움 방울을 잡아당겼다. 병이 깨지면서 구슬은 뒤쪽에 있던 빈을 향해 날아왔다. 그녀는 그것을 입에 물고, 방울을 억지로 삼켰다.

샨은 멈추었다. 다음 순간, 빈이 손 쓸 틈도 없이 그녀도 자기 병을 들이 켰다.

'당연히 그녀도 아티움을 갖고 있었겠지!'

그러나 얼마나 많이 갖고 있었을까? 켈시어는 빈에게 아티움을 많이 주지 않았다. 겨우 삼십 초 정도 버틸 수 있는 양이었다. 샨은 앞으로 뛰어오며 미소를 지었다. 그녀의 긴 머리가 공중에 치솟았다. 빈은 이를 갈았다. 선택의 여지가 별로 없었다.

그녀는 아티움을 태웠다. 즉시, 샨의 모습이 수십 개로 늘어나면서 환영 같은 아티움 그림자가 되어 앞으로 날아왔다. 미스트본의 교착 상태였다. 아티움이 먼저 떨어지는 쪽이 약해질 것이다. 내가 정확히 무엇을 할 것인지 상대가 알고 있으면 도망칠 수 없다.

빈은 뒤로 재빨리 움직이며 샨을 계속 지켜보았다. 귀족 여성은 큰 걸음으로 걸어왔고, 반투명한 환영들이 그녀 주위에서 어지러운 거품처럼 움직였다. 그녀는 차분해 보였다. 자신만만했다.

'아티움을 많이 갖고 있구나.' 빈은 자기 저장량이 타서 없어지는 것을 느끼며 생각했다. '여기서 빠져나가야 해.'

어슴푸레한 긴 나무가 갑자기 빈의 가슴을 꿰뚫었다. 진짜 화살이 막 그녀가 서 있던 공중을 지날 때, 그녀는 옆으로 몸을 피했다. 화살촉 없이 만들어진 화살 같았다. 정문 관리실 쪽을 흘끗 보니 병사 몇 명이 활을 들어 올리고 있었다.

그녀는 욕을 하며 옆쪽의 안개 속을 슬쩍 보았다. 그러자 샨의 미소가 보였다.

'내 아티움이 다 타서 없어지기만 기다리고 있는 거야. 샨은 내가 도망치기를 바라. 나를 붙잡을 수 있다는 걸 아니까.'

다른 선택지는 하나뿐이었다. 공격하는 것.

빈이 앞으로 달려 나가자 샨은 놀라 얼굴을 찡그렸다. 진짜 화살이 도착하기 직전에 유령 화살이 돌에 딱 부딪쳤다. 빈은 두 화살 사이를 뛰어서 피했다. 아티움으로 강화된 그녀의 정신은 정확히 어떻게 움직여야 할지 알고 있었다. 양쪽 화살이 공중에서 다 느껴질 정도로 너무나 가깝게 그녀를 스쳐 지났다.

샨이 단검을 휘둘렀고, 빈은 옆으로 몸을 틀어 베어 들어오는 일격은 피했으나 다른 일격을 위팔로 받는 바람에 깊은 자상을 입었다. 몸을 빙글 돌리자 그녀의 피가 공중에 흩날렸다. 핏방울 하나하나가 반투명한 아티움의 이미지를 여러 개 뿜어냈다. 그녀는 백랍을 폭발시키며 샨의 배를 정통으로 때렸다.

샨은 고통으로 신음하며 몸을 약간 굽혔다. 그러나 그녀는 쓰러지지 않았다.

'아티움이 거의 다 떨어졌어. 겨우 몇 초 남았어.' 빈은 필사적으로 생각했다.

그녀는 자기 아티움을 미리 꺼버리고 모습을 드러냈다.

샨은 사악하게 미소 지으며 웅크린 자세로 다가왔다. 그녀의 오른손은 자신 있게 단도를 휘두르고 있었다. 샨은 빈의 아티움이 다 떨어졌고, 그래서 그녀의 모습이 드러난 거라고 생각했다. 빈은 취약하다고.

바로 그 순간, 빈은 마지막 아티움 조각을 불태웠다. 샨은 아주 잠깐 당황해서 멈추며 빈에게 틈을 보였다. 동시에 머리 위 안개 속에서 유령 화살이 빠르게 날아왔다.

빈은 뒤따라오는 진짜 화살을 붙잡았다. 거칠거칠한 나무 때문에 손가락이 불에 타는 듯이 아팠다. 그녀는 화살을 샨의 가슴팍에 박아 넣었다. 화살대는 가슴을 파고들다 몸 밖으로 1인치 정도 남긴 채 빈의 손안에서 꺾어졌다. 샨은 뒤로 휘청거렸지만 아직 서 있었다.

'망할 백랍.' 빈은 발치에 있는 의식을 잃은 병사의 칼집에서 거칠게 검을 빼냈다. 그녀는 투지로 이를 갈며 앞으로 뛰어나갔다. 샨은 아직 멍한 채로 칼을 '밀어'내기 위해 한 손을 들었다.

빈은 칼을 놓아버렸다. 칼은 한눈을 팔게 하려는 수에 지나지 않았다. 그녀는 부러진 화살의 나머지 절반을 샨의 가슴에 때려 박았다. 먼저 화살이 박힌 부분 바로 옆이었다.

이번에는 샨이 쓰러졌다. 그녀는 일어나려고 했지만, 화살대 중 하나가 그녀의 심장에 심각한 타격을 준 것 같았다. 그녀의 얼굴이 창백해졌다. 그녀는 잠시 몸부림을 쳤으나, 결국 죽어 돌 위에 쓰러졌다.

빈은 선 채로 깊이 숨을 들이쉬며 뺨에서 피를 닦아냈다. 그러나 헛수고였다. 피투성이 팔 때문에 얼굴이 더 엉망이 되었다. 뒤쪽에서 병사들이 소리를 지르며 더 많은 화살을 시위에 메웠다.

빈은 아성 쪽을 흘끗 돌아보며 엘렌드에게 마음속으로 작별 인사를 한 다음, 자기 몸을 어둠 속으로 '밀었다'.

31

다른 이들은 자신이 기억될지 그렇지 않을지를 걱정한다. 나는 그런 두려움은 없다. 그 테리스 예언을 무시한다 해도, 나는 이 세상에 그토록 많은 혼란과 갈등과 희망을 가져왔기 때문에 잊힐 가능성은 거의 없다.

나는 사람들이 나를 어떻게 말할지 걱정한다. 역사가들은 과거를 가지고 원하는 대로 만들 수 있다. 천 년 동안, 나는 인류를 강력한 악에서 보호한 사람으로 기억될까? 아니면 오만하게도 스스로를 전설로 만들려 했던 폭군으로 기억될까?

"난 몰라." 켈시어가 어깨를 으쓱하며 미소를 지었다. "브리즈는 아주 좋은 위생 장관이 될 거야."

패거리는 씩 웃었지만 브리즈는 그저 눈만 굴렸다.

"솔직히 왜 내가 계속 너희의 웃음거리가 되는지 모르겠어. 왜 이 패거리에서 유일하게 품위 있는 사람을 조롱거리로 삼는 거야?"

"왜냐하면, 이 사람아." 햄이 브리즈의 억양을 흉내 내며 말했다. "지금까지는 우리에게 제일 좋은 놀림거리니까."

"오, 제발." 브리즈가 말했다. 스푸크는 웃느라 마루에 쓰러질 지경이었다. "이건 퇴행일 뿐이야. 그 말이 재밌다고 생각하는 사람은 10대 소년 하나뿐이었다고, 해먼드."

"난 군인이야." 햄이 잔을 들며 말했다. "자네의 재치 있는 말솜씨로는 아무 타격도 입지 않아. 너무 멍청해서 그런 건 이해를 못 하거든."

켈시어는 찬장에 기대선 채 씩 웃었다. 밤에 일할 때 겪는 한 가지 문제는 클럽스의 부엌에서 열리는 저녁 모임을 놓치게 된다는 것이다. 브리즈와 햄은 보통 때처럼 친근한 농담을 계속했고, 독스는 테이블 끝에 앉아 장부와 보고서들을 검토했다. 스푸크는 햄 옆에 앉아 대화에 참여하려고 최선을 다했다. 클럽스는 구석 자리에 앉아 모임을 감독하고 이따금 미소를 짓기도 했지만, 보통은 그 방에서 가장 자주 얼굴을 찡그리는 능력을 발휘했다.

"저는 이제 나가야겠습니다, 마스터 켈시어." 세이즈드가 방의 시계를 보며 말했다. "미스트리스 빈도 떠날 준비가 됐을 겁니다."

켈시어가 고개를 끄덕였다.

"나도 가야겠어. 할 일이……."

바깥 부엌문이 쾅 열렸다. 빈이 어두운 안개 속에 실루엣을 보이며 서 있었다. 그녀는 드레스용 속옷만 입고 있었다. 얇은 흰 셔츠와 반바지였다. 둘 다 피가 튀어 있었다.

"빈!" 햄이 외치며 일어섰다.

그녀의 뺨에는 길고 가는 자상이 나 있었고, 한쪽 위팔에는 붕대를 감고 있었다.

"난 괜찮아요." 그녀는 녹초가 된 채로 말했다.

"네 드레스는 어떻게 된 거야?" 독슨이 바로 날카롭게 물었다.

"이거 말이죠?" 빈이 미안해하는 표정을 지으며 찢어지고 검댕이 묻은 파란 천 뭉치를 들어 올렸다. "이거…… 걸리적거려서요. 미안해요, 독스."

"로드 룰러시여, 애야!" 브리즈가 말했다. "드레스 같은 건 잊어버리고…… 너한테 무슨 일이 생긴 거냐!"

빈은 고개를 저으며 문을 닫았다. 그녀의 복장을 본 스푸크의 얼굴이 타오르듯 빨개졌다. 세이즈드는 즉시 그녀에게 다가가 뺨의 상처를 살펴보았다.

"내가 나쁜 짓을 한 것 같아요. 내가…… 샨 엘라리엘을 죽인 것 같아요." 빈이 말했다.

"네가 뭘 했다고?" 켈시어가 물었다. 세이즈드는 조용히 혀를 차며 뺨의 작은 상처는 남겨두고 그녀 팔의 붕대를 풀고 있었다.

세이즈드의 손이 닿자 빈은 살짝 움찔했다.

"그녀는 미스트본이었어요. 우린 싸웠고, 내가 이겼어요."

'완전히 훈련받은 미스트본을 죽였다고? 넌 겨우 여덟 달밖에 연습하지 않았는데!' 켈시어는 충격을 받았다.

"마스터 해먼드, 제 의료 가방을 가져다주시겠습니까?" 세이즈드가 부탁했다.

햄이 고개를 끄덕이며 일어섰다.

"빈이 입을 것도 갖고 오면 좋을 것 같아." 켈시어가 제안했다. "스푸크가 가엾게도 심장마비로 곧 죽을 것 같거든."

"이게 뭐가 어때서요?" 빈이 자기 옷 쪽으로 고갯짓을 하며 물었다. "내가 입었던 도둑 옷 중에는 이것보다 몸을 더 많이 드러내는 것도 있었는데요."

"그건 속옷이잖아, 빈." 독스가 말했다.

"그래서요?"

"세상의 원칙이야. 젊은 숙녀들은 속옷을 입고 돌아다니지 않는다. 그 속옷이 보통 옷과 얼마나 닮았는지는 상관없어."

빈은 어깨를 으쓱하고는 세이즈드가 팔에 붕대를 대는 동안 가만히 앉아 있었다. 그녀는…… 기진맥진해 보였다. 싸움 때문만은 아니었다.

'파티에서 무슨 일이 일어난 거지?'

"그 엘라리엘네 여자와 어디서 싸웠지?" 켈시어가 물었다.

"벤처 아성 밖에서요." 빈이 눈을 내리깔며 말했다. "경비병 몇 명이 날 본 것 같아요. 귀족들도 봤을지 몰라요. 확실하진 않아요."

"말썽거리가 되겠구나." 독슨이 한숨을 쉬며 말했다. "물론 그 뺨의 상처는 화장을 해도 눈에 아주 띌 거고. 솔직히 너희 알로맨서들은…… 넌 이런 싸움을 하고 난 다음 날 어떻게 보일지 걱정이 안 되니?"

"난 살아남는 데만 집중하고 있었어요, 독스." 빈이 말했다.

"독스는 그냥 너를 걱정하기 때문에 불평하고 있는 거야. 그는 그런 식이거든." 켈시어가 말했다. 그때 햄이 가방을 가지고 돌아왔다.

"양쪽 상처 다 즉시 꿰매야 합니다, 미스트리스. 팔의 상처는 뼈까지 닿은 것 같습니다." 세이즈드가 말했다.

빈이 고개를 끄덕이자 세이즈드는 마취제로 그녀의 팔을 문지른 다음 치료에 착수했다. 그녀는 많이 불편하지 않은 듯 참아냈다. 백랍을 폭발시키고 있는 게 분명했다.

'아주 기진맥진해 보여.' 켈시어는 생각했다. 빈은 팔다리만 길쭉하고 지나치게 연약해 보이는 아이였다. 해먼드가 그녀의 어깨에 클록을 둘러주었지만 그녀는 너무 지친 나머지 알지도 못하는 것 같았다.

'내가 이 아이를 이 일에 끌어들였어.'

물론 그녀는 이런 말썽에 휘말려들지 않도록 자제했어야 했다. 마침내 세이즈드가 능률적인 바느질을 끝낸 다음 팔의 상처 주위에 새 붕대를 감았다. 그의 손길은 뺨의 상처로 옮겨갔다.

"왜 미스트본과 싸웠어?" 켈시어가 엄격하게 물었다. "도망쳤어야지. 넌 심문관들과 싸웠을 때 배운 게 없니?"

"그녀에게 등을 보이고 도망칠 수는 없었어요." 빈이 말했다. "게다가 그녀가 나보다 아티움을 더 많이 갖고 있었어요. 내가 공격하지 않았다면 그쪽에서 나를 쫓아왔을 거예요. 우리가 동등한 조건에서 겨루고 있을 때 역습을 해야 했어요."

"하지만 애초에 왜 거기 말려든 거야?" 켈시어가 날카롭게 물었다. "그녀가 널 공격했어?"

빈은 자기 발치를 내려다보았다.

"내가 먼저 공격했어요."

"왜?" 켈시어가 물었다.

빈은 잠시 가만히 앉아 세이즈드가 뺨을 치료하도록 내맡기고 있다가, 마침내 말했다.

"그녀가 엘렌드를 죽이려고 했어요."

켈시어는 화가 나서 훅 숨을 내쉬었다.

"엘렌드 벤처? 그 멍청한 남자애 하나 때문에 네 목숨과 우리 계획과 우리 생명까지 걸었다고?"

빈은 고개를 들고 그를 노려보았다.

"그래요."

"너 어디가 잘못된 거냐, 애야?" 켈시어가 물었다. "엘렌드 벤처는 이만한 가치가 없어."

그녀가 화가 나 일어서는 바람에 세이즈드는 뒤로 물러섰다. 클록이 마루에 떨어졌다.

"그는 좋은 사람이에요!"

"그는 귀족이야!"

"당신도 그래요!" 빈이 쏘아붙였다. 그녀는 부엌과 패거리들 쪽으로 좌절한 듯이 팔을 휘저었다. "이게 뭐라고 생각해요, 켈시어? 스카의 생활이에요? 당신들이 스카에 대해 뭘 알아요? 귀족들 정복을 입고, 밤에 적들을 살금살금 미행하고, 친구들과 테이블 주위에 둘러앉아 근사한 저녁을 먹으면서 자기 전에 술 한잔? 스카의 생활은 이렇지 않아요!"

그녀는 한발 앞으로 나서 켈시어를 노려보았다. 그는 그녀의 격앙된 모습에 놀라 눈만 껌벅였다.

"당신이 스카에 대해 뭘 알아요, 켈시어?" 그녀가 물었다. "마지막으로 차가운 비에 떨면서 골목길에서 자본 게 언제예요? 죽을병에 걸렸다는 걸 아는 옆자리 거지의 기침 소리를 들으면서? 패거리 사람이 당신을 강간하지 않을까 겁을 먹고 밤에 깼던 적이 마지막으로 언제죠? 무릎을 꿇고, 굶주리고, 옆에 있는 패거리의 빵 조각 하나를 먹고 싶어서 그 사람을 칼로 찌를 용기가 있었으면 하고 바란 적이 있어요? 오빠가 때릴 때 그 앞에서 겁을 먹으면서도 적어도 나한테 주의를 기울이는 사람이 있다는 데 감사해야 했던 적이 있어요?"

그녀는 살짝 씩씩거리는 상태로 조용해졌다. 패거리 사람들이 그녀를 멍하니 바라보았다.

"나한테 귀족에 대해 말하지 마요. 당신이 모르는 사람들에 대해서도 얘기하지 마요. 당신들은 스카가 아니에요. 그냥 작위가 없는 귀족일 뿐이에요."

그녀는 돌아서서 성큼성큼 걸어 방을 나갔다. 켈시어는 충격을 받은 채 그녀가 가는 모습을 지켜보았다. 계단을 밟는 발소리가 났다. 그는 얼떨떨해져서 일어나면서, 놀랍게도 부끄러움과 죄책감이 울컥 솟구치는 것을 느꼈다.

그리고 이번만은, 아무 할 말이 없었다.

빈은 자기 방으로 가지 않았다. 그녀는 지붕으로 올라갔다. 조용하고 불빛 없는 밤의 어둠 속에 안개가 웅크리고 있었다. 그녀는 구석에 앉았다. 평평한 옥상의 거친 돌 가장자리가 거의 벗다시피 한 등에 닿았다. 아래로 나무들이 보였다.

추웠지만 상관없었다. 팔은 약간 아팠지만 대체로 감각이 없었다. 그녀는 마음도 그렇게 감각이 없었으면 좋겠다고 생각했다.

그녀는 팔짱을 끼고 쪼그려 앉아 안개를 바라보았다. 무엇을 느끼는지는 물론이고 무슨 생각을 해야 할지도 몰랐다. 켈시어에게 성질을 폭발시키지 말았어야 했다. 그러나 지금까지 일어났던 모든 일들…… 그 싸움, 엘렌드의 배신…… 그 일들은 그녀를 좌절시키기만 했다. 그녀는 누군가에게 화를 내야 했다.

'그냥 너 자신에게 화를 냈어야지.' 린의 목소리가 속삭였다. '그 사람들이 너와 가까워지게 놔둔 사람은 너잖아. 이제 그들 모두 너를 떠나버릴 거야.'

그녀는 그 목소리가 마음을 베는 것을 막지 못했다. 그녀는 몸을 떨며 앉아 눈물을 떨구었다. 모든 것이 어떻게 이렇게 빨리 무너져 내릴까 싶었다.

옥상 함정 문이 낮게 끼긱 소리를 내며 열리더니, 켈시어의 머리가 나타났다.

'오, 로드 룰러시여! 난 지금 그의 얼굴을 마주 보고 싶지 않아요.' 그녀는 눈물을 닦아내려 했지만 갓 꿰맨 뺨의 상처만 자극했을 뿐이었다.

켈시어는 함정 문 밖으로 나와 문을 닫은 다음 일어섰다. 안개를 올려다보는 그의 모습은 크고 당당했다.

'난 그에게 주제넘은 말을 했어. 그들 모두에게.'

"안개를 지켜보면 위안이 되지, 안 그래?" 켈시어가 물었다.

빈은 고개를 끄덕였다.

"내가 예전에 뭐라고 했더라? 안개는 널 보호해주고, 네게 힘을 주고……
널 숨겨주지……."

그는 아래를 내려다보다가 빈 쪽으로 걸어와 그녀 앞에 쪼그려 앉더니
클록을 내밀었다.

"숨길 수 없는 것들도 있지, 빈. 알아. 나도 해봤으니까."

그녀는 클록을 받아 들어 어깨에 둘렀다.

"오늘 밤에 무슨 일이 있었니? 진짜 무슨 일이 일어난 거야?" 그가 물었다.

"엘렌드가 더 이상 나와 만나고 싶지 않대요."

"아." 켈시어가 그녀 곁에 앉으면서 말했다. "그건 네가 그의 전 약혼녀를
죽이기 전이니, 후니?"

"그 전이요." 빈이 말했다.

"그래도 넌 그를 보호해주었고?"

빈은 고개를 끄덕이며 조용히 훌쩍였다.

"나도 알아요, 내가 바보예요."

"우리보다 바보는 아니야." 켈시어가 한숨을 쉬며 말했다. 그는 안개 속을
올려다보았다. "나도 메어를 사랑했어. 그녀가 나를 배신한 후에도. 내가 느
낀 감정을 바꿀 수 있는 건 아무것도 없어."

"그래서 이렇게 마음이 아픈 거예요." 빈은 켈시어가 전에 했던 말을 떠올
렸다.

'마침내 알 것 같아.'

"어떤 사람이 널 아프게 했다고 해서 그를 사랑하지 않을 수는 없는 거지.
그럴 수 있다면 세상 살기가 얼마나 쉽겠니." 그가 말했다.

그녀는 다시 훌쩍이기 시작했고, 그는 아버지같이 다정하게 그녀에게 팔
을 둘렀다. 그녀는 꼭 다가붙었다. 그의 온기로 고통을 밀어내고 싶었다.

"나도 사랑했어요, 켈시어." 그녀가 속삭였다.

"엘렌드? 알아."

"아뇨, 엘렌드 말고요." 빈이 말했다. "린이요. 그는 나를 때리고 또 때리고 또 때렸어요. 내게 욕을 하고 고함을 치고, 날 배신할 거라고 말했어요. 매일 나는 오빠가 얼마나 미운지를 생각했어요.

하지만 난 오빠를 사랑했어요. 아직도 사랑해요. 오빠가 가버렸다고 생각하면 너무 마음이 아파요. 언제나 자기는 날 떠날 거라고 말했는데도."

"오, 애야." 켈시어가 그녀를 꼭 끌어안았다. "미안하다."

"모두가 날 떠나요." 그녀가 속삭였다. "난 엄마를 기억하지도 못해요. 알죠. 엄마는 날 죽이려고 했어요. 엄마 머릿속에서 목소리들이 났고, 그 목소리들 때문에 엄마는 갓난아기였던 내 여동생을 죽였어요. 아마 그다음엔 나를 죽였을 거예요. 하지만 린이 엄마를 막았죠.

어느 쪽이든, 엄마는 날 떠났어요. 그 후 난 린에게 달라붙었어요. 하지만 린도 떠났어요. 난 엘렌드를 사랑하지만, 그는 더 이상 내가 필요하지 않대요." 그녀는 켈시어를 쳐다보았다. "당신은 언제 갈 거예요? 언제 날 떠날 거죠?"

켈시어는 슬퍼 보였다.

"난…… 빈, 난 모르겠어. 이 일, 이 계획……."

그녀는 그의 눈 속을 들여다보면서 그가 숨긴 비밀을 알아내려고 했다.

'나한테 뭘 감추고 있지요, 켈시어? 위험한 건가요?'

그녀는 다시 눈을 문지르며 그의 품에서 떨어져 나왔다. 바보가 된 느낌이었다.

켈시어는 자기 옷을 내려다보면서 고개를 저었다.

"이것 봐, 넌 지금 내 멋지고 더러운 가짜 정보원 옷에 온통 피를 묻혔다고."

빈이 미소를 지었다.

"최소한 그중에 귀족의 피도 있어요. 샨의 피가 꽤나 많이 묻었거든요."

켈시어가 씩 웃었다.

"아마 네가 나한테 한 말이 옳을 거야. 그래, 난 귀족에게 별로 회심할 가능성이 있다고 느끼지 않아, 그렇지?"

빈의 얼굴이 붉어졌다.

"켈시어, 내가 아까 한 말은 아예 하지 말았어야 했어요. 당신들은 좋은 사람들이고, 이 계획은…… 음, 당신들이 스카를 위해 뭘 하려고 하는지 알아요."

"아냐, 빈." 켈시어가 고개를 흔들며 말했다. "네가 한 말이 맞아. 우리는 진짜 스카는 아니야."

"하지만 그것도 좋아요." 빈이 말했다. "당신이 진짜 스카였다면 이런 계획을 짤 경험이나 용기가 없었을 거예요."

"그들에게 경험이 없을지는 몰라. 하지만 용기가 없는 건 아냐." 켈시어가 말했다. "맞아, 우리 군대는 졌어. 하지만 그들은 최소한의 훈련만 받고도 월등히 많은 병력과 망설임 없이 맞섰어. 그래, 스카에게 용기가 없는 건 아냐. 기회가 없을 뿐이야."

"그럼 반은 스카고 반은 귀족인 태생 때문에 당신은 기회를 얻었군요, 켈시어. 그리고 당신은 그 기회를 당신의 반쪽인 스카를 돕는 데 쓰기로 했어요. 무엇보다도 그 선택이 당신에게 스카 자격을 주는 거예요."

켈시어가 미소를 지었다.

"스카 자격이라. 그 말 좋은데. 하지만 나는 어느 귀족을 죽일지 고르는 데 들이는 시간을 좀 줄이고, 어느 농부들을 도울지 걱정하는 시간을 좀 더 늘려야 할 거야."

빈은 고개를 끄덕이고 클록을 꼭 두르면서 안개 속을 쳐다보았다.

'안개는 우리를 보호하고…… 우리에게 힘을 주고…… 우리를 숨겨주고……'

그녀는 오랫동안 숨어야 할 필요성을 느끼지 못했다. 그러나 지금은, 아래층에서 그 말을 하고 난 다음에는, 안개 한 줌이 되어 날아가버리고 싶었다.

'그에게 말해야 해. 그게 계획의 성공과 실패를 가를 수도 있어.' 그녀는 숨을 깊이 들이마셨다.

"벤처 가문에는 약점이 하나 있어요, 켈시어."

그의 얼굴에 생기가 돌았다.

"그래?"

빈은 고개를 끄덕였다.

"아티움이요. 벤처가는 그 금속을 거두고 운반해요. 그들의 재산의 원천이 바로 그거예요."

켈시어는 잠시 말이 없었다.

"당연하지! 그래서 세금을 낼 수 있었고, 그래서 그렇게 강력했군……. 로드 룰러는 자기 대신 일을 처리할 사람이 필요했을 거야……."

"켈시어?" 빈이 물었다.

그는 다시 그녀를 바라보았다.

"꼭 해야 하는 일이 아니면…… 아무것도 하지 마세요, 알았죠?"

켈시어는 얼굴을 찡그렸다.

"난…… 무슨 약속을 할 수 있을지 잘 모르겠어, 빈. 다른 방법을 생각해 보기는 할게. 하지만 지금 같은 상황에서 벤처가는 무너져야 해."

"이해해요."

"하지만 네가 말해줘서 기뻐."

그녀는 고개를 끄덕였다.

'이제 나도 엘렌드를 배신했구나.'

하지만 원한 때문에 배신한 것이 아니라고 확신하자 마음이 평화로웠다. 켈시어가 옳았다. 벤처 가문은 무너뜨려야 할 권력이었다. 그런데 이상하게도, 그 가문의 비밀을 그녀가 털어놓자 그녀가 비밀을 품고 있을 때 괴로워했던 것보다도 켈시어가 더 괴로워하는 것 같았다. 그는 앉아서 묘하게 우울한 표정으로 안개 속을 들여다보고 있었다. 그는 손을 내려 멍하니 팔을 붉었다.

'그 상처들이구나. 그는 벤처 가문 생각을 하고 있던 게 아니었어. "갱"이었어. 그녀였어.'

"켈시어?"

"응?" 안개를 지켜보는 그의 눈은 아직도 약간…… 멍해 보였다.

"난 메어가 당신을 배신한 것 같지 않아요."

그는 미소 지었다.

"네가 그렇게 생각해주니 기쁘다."

"아뇨, 진심이에요." 빈이 말했다. "당신들이 궁전 한가운데 갔을 때 심문관들이 기다리고 있었죠, 맞죠?"

켈시어는 고개를 끄덕였다.

"그들은 우리도 기다리고 있었어요."

켈시어는 고개를 저었다.

"너와 내가 들어갈 때는 경비병 몇 명과 싸우고 소리도 좀 냈지. 메어와 들어갈 때는 소리 하나 내지 않았어. 우리는 1년 동안 계획을 세우고 비밀스럽게, 살며시, 아주 조심하면서 갔어. 누군가가 우리에게 덫을 놓았던 거야."

"메어는 알로맨서였잖아요, 맞죠?" 빈이 물었다. "그들은 당신들이 오는 걸 느낄 수 있었던 것뿐이에요."

켈시어가 고개를 저었다.

"우린 스모커도 데리고 갔어. 그의 이름은 레드였어. 심문관은 그를 곧장 죽여버렸지. 그가 배신자였는지도 생각해봤지만, 그건 말이 안 돼. 레드는 그날 밤 우리가 그를 데려갈 때까지 그런 잠입 계획이 있다는 걸 알지도 못했어. 메어만이 우리를 배신할 만한 것들을 알고 있었어. 날짜, 시간, 목적. 더구나 로드 룰러가 그렇게 말했어. 넌 그를 보지 못했지, 빈. 그가 메어에게 고맙다고 하면서 미소를 짓더군. 그의 눈은…… 정직했어. 로드 룰러는 거짓말을 하지 않는다고 하잖아. 그가 왜 거짓말을 할 필요가 있겠어?"

빈은 잠시 조용히 앉아 그의 말에 대해 생각했다.

"켈시어." 그녀가 천천히 말했다. "심문관들은 우리가 구리를 태워도 우리의 알로맨시를 느낄 수 있는 것 같아요."

"그럴 리가 없어."

"난 오늘 밤 느꼈어요. 샨의 구리구름을 뚫고 그녀와 다른 암살자들이 있는 곳을 찾아냈어요. 그래서 제때 엘렌드에게 갈 수 있었던 거예요."

켈시어가 얼굴을 찌푸렸다.

"잘못 느꼈겠지."

"전에도 그런 일이 있었어요." 빈이 말했다. "구리를 태우고 있었는데도 로드 룰러의 손길이 내 감정에 와 닿는 걸 느낄 수 있었어요. 그리고 나를 사냥하던 심문관은 내가 숨어 있을 때 찾을 수 없어야 하는데도 날 찾아냈어요. 장담할 수 있어요. 켈시어, 만약 그 일이 가능하다면 어때요? '스모킹'으로 기적을 숨기는 게 구리가 켜져 있느냐 아니냐 하는 단순한 문제가 아니라면? 그냥 당신이 얼마나 강한지에 달려 있다면요?"

켈시어는 생각에 잠겨 앉아 있었다.

"그건 가능할 수도 있겠어."

"그럼 메어는 당신을 배신할 필요가 없었어요!" 빈은 열정적으로 말했다. "심문관들은 매우 강해요. 당신들을 기다리고 있던 심문관들은 아마 당신들이 금속을 태우고 있는 걸 느꼈을 거예요! 그래서 그들은 알로맨서가 궁전에 숨어들려고 한다는 걸 알았어요. 그다음 로드 룰러는 그녀에게 고맙다고 했죠. 당신들이 있는 곳을 드러낸 사람이 그녀니까! 그녀는 알로맨서였고, 주석을 태웠고, 심문관들을 당신들에게 안내했어요."

켈시어의 얼굴에 혼란스러운 표정이 떠올랐다. 그는 돌아서서 똑바로 그녀 앞에 앉았다.

"그럼 지금 해봐. 내가 무슨 금속을 태우고 있는지 말해봐."

빈은 눈을 감고 청동을 태웠다. 귀를 기울이며…… 마쉬가 가르쳐준 대로 느껴보았다. 그녀는 브리즈나 햄, 스푸크가 그녀에게 내보낸 파동에 집중하며 보낸 시간을, 혼자 했던 훈련을 떠올렸다. 그리고 알로맨시의 흐릿한 리듬을 골라내려고 애썼다. 시도했다…….

순간, 뭔가를 느낀 것 같았다. 매우 낯설고 느린 맥박이었다. 멀리서 들려오는 북소리처럼 희미했고, 전에 느껴본 어떤 알로맨시 리듬과도 달랐다. 그러나 켈시어에게서 나오는 것은 아니었다. 그것은 멀리…… 훨씬 멀리 떨어진 곳에 있었다. 그녀는 그 파동이 나오는 방향을 알아내려고 더 집중했다.

그런데 갑자기 다른 것이 그녀의 주의를 끌었다. 켈시어에게서 나오는 더 낯익은 리듬이었다. 희미한 데다 그녀 자신의 심장 고동과 섞여서 알아차리기가 어려웠다. 하지만 박자가 대담하고 빨랐다.

그녀는 눈을 떴다.

"백랍! 백랍을 태우고 있죠!"

켈시어가 놀라서 눈을 깜박거렸다.

"믿을 수가 없어. 다시!" 그가 속삭였다.

그녀는 눈을 감았다.

"주석." 그녀가 잠시 후 말했다. "이제는 강철. 내가 말하자마자 바꿨군요."

"말도 안 돼!"

"내 말이 맞잖아요." 빈이 열성적으로 말했다. "구리구름을 뚫고 알로맨시 맥박을 느낄 수 있다고요! 아주 희미하지만 충분히 집중하기만 하면 돼요……."

"빈." 켈시어가 말을 막았다. "알로맨서들이 전에 이걸 시험해보지 않은 것 같니? 천 년이나 흘렀는데, 누군가가 구리구름을 꿰뚫을 수 있다는 사실을 알아차렸을 것 같지 않아? 나도 그걸 시도해봤어. 나는 내 마스터의 구리구름을 뚫고 뭔가 느껴보려고 몇 시간씩이나 집중했었어."

"하지만…… 하지만 왜……?" 빈이 말했다.

"네 말처럼 힘과 관계가 있을 거야. 심문관들은 보통 미스트본보다 훨씬 더 세게 '밀고' '당길' 수 있어. 그들이 아주 강해서 다른 사람의 금속을 압도해버리는 거겠지."

"하지만 켈시어, 난 심문관이 아니잖아요." 빈이 조용히 말했다.

"하지만 넌 강해. 터무니없을 정도로 강해. 넌 오늘 완전히 훈련된 미스트본을 죽였잖아!" 그가 말했다.

"행운이었어요. 그녀를 속였을 뿐이에요." 빈은 얼굴을 붉히며 말했다.

"알로맨시는 속임수 빼면 시체야, 빈. 아니, 너에게는 특별한 것이 있어. 난 첫날부터 알았어. 내가 네 감정을 '밀고' '당기려고' 할 때 네가 움츠러들었던 그날부터."

빈의 얼굴이 붉어졌다.

"그럴 리가 없어요, 켈시어. 내가 당신보다 청동을 좀 더 연습한 걸 거예요……. 모르겠어요, 난 그냥……."

"빈." 켈시어가 말했다. "넌 아직 너무 소심해. 넌 뛰어난 알로맨서야. 그것만큼은 분명해. 네가 구리구름을 뚫고 볼 수 있는 이유가 그거라면…… 음, 난 모르겠어. 하지만 자부심을 갖는 법을 좀 배워, 얘야! 내가 너한테 가르칠 수 있는 게 있다면 그건 자신만만해지는 법일 거야."

빈이 미소 지었다.

"가자." 그는 일어서서 한 손을 내밀어 그녀가 일어나도록 도왔다. "뺨의 상처를 다 꿰매놓지 않으면 세이즈드가 밤새 속을 태울 거야. 그리고 햄은 네가 치른 전투 이야기를 듣고 싶어 죽을 지경일걸. 샨의 시체를 벤처 아성에 남겨놓고 온 건 잘했어. 아무튼 엘라리엘 가문이 그녀가 벤처가의 땅에서 죽은 채로 발견되었다는 소식을 들으면……."

빈은 그의 손에 이끌려 일어났다. 그러나 그녀는 불안한 듯이 함정 문 쪽을 슬쩍 보았다.

마지막 제국

"난…… 내려가고 싶은지 아직 잘 모르겠어요, 켈시어. 그들을 볼 낯이 없어요."

켈시어가 웃었다.

"오, 걱정 마라. 네가 가끔 바보 같은 말을 하지 않는다면 절대 이 무리와 놀 수 없을 거야. 어서 와."

빈은 머뭇거리다가, 그에게 이끌려 따스한 부엌으로 들어갔다.

"엘렌드, 어떻게 이런 때에 책을 읽을 수가 있어?" 제이스티스가 물었다.

엘렌드는 책에서 고개를 들었다.

"책을 읽으면 마음이 차분해져."

제이스티스는 한쪽 눈썹을 치켜세웠다. 젊은 로드 레칼은 조바심을 치며 카우치에 앉아 팔걸이를 손가락으로 두드리고 있었다. 창 가리개는 내려져 있었다. 엘렌드의 독서등 불빛을 감추기 위해서기도 했고, 안개를 막기 위해서기도 했다. 엘렌드는 결코 인정하지 않았지만, 그는 소용돌이치는 안개를 보면 좀 불안해졌다. 귀족들은 그런 것을 두려워하면 안 된다. 하지만 그렇다고 해서 짙고 어두운 안개가 소름 끼치게 느껴진다는 사실이 변하지는 않았다.

"네 아버지는 네가 돌아가면 매우 화를 내시겠군." 제이스티스가 여전히 팔걸이를 두드리며 말했다.

엘렌드는 어깨를 으쓱했다. 그 말에 그는 약간 초조해졌지만, 아버지 때문이 아니라 오늘 밤 일어난 일 때문이었다. 어떤 알로맨서들이 엘렌드와 그의 친구들 모임을 엿보고 있었던 것 같다. 그들은 무슨 정보를 얻었을까? 그가 읽은 책이 무엇인지 알까?

다행히 그중 한 명이 발을 헛디뎌 엘렌드의 채광창으로 떨어졌다. 그다음에는 혼란과 난장이 벌어졌다. 병사들과 무도회에 온 손님들이 반쯤 공황에 빠져 주위를 뛰어다녔다. 엘렌드가 처음 떠올린 것은 책 생각이었다. 위험한 책들. 그가 갖고 있다는 것을 오블리게이터들이 알게 되면 심각한 곤란을 겪을 수 있는 책들.

그 혼란 속에서 그는 책들을 모조리 가방에 쓸어 넣고 제이스티스를 따라 궁전 옆문으로 내려왔다. 마차를 잡아 궁전 부지 바깥으로 빠져나오는 건 극단적인 대처법이었는지도 모른다. 그러나 그 일은 터무니없을 정도로 쉬웠다. 벤처가의 땅에서 도망치는 그 많은 마차 속에서 엘렌드가 제이스티스와 함께 마차를 타고 있다는 것을 알아차린 사람은 한 명도 없었다.

'지금쯤은 모두 죽어 쓰러졌겠지.' 엘렌드는 생각했다. '사람들은 벤처가가 자기들을 공격하려고 했던 것이 아니라 실제로는 아무 위험도 없다는 걸 알게 될 테고. 그냥 부주의한 스파이들일 거야.'

그는 지금쯤 돌아갔어야 했다. 그러나 그는 궁전에 들어가지 않는 편이 편했고, 다른 스파이들이 있나 살펴본다는 완벽한 변명거리도 있었다. 그리고 엘렌드 자신이 보낸 스파이도 있었다.

문에서 갑자기 노크 소리가 나는 바람에 제이스티스는 펄쩍 뛸 듯이 놀랐다. 엘렌드가 책을 덮고 마차 문을 열었다. 벤처 가문의 스파이 대장 중 한 명인 펠트가 마차로 올라와 코밑수염이 난 호전적인 얼굴을 엘렌드에게 공손히 숙이고는 이어서 제이스티스에게도 숙였다.

"무슨 일이지?" 제이스티스가 물었다.

펠트는 스파이 특유의 예리하고 유연한 동작으로 앉았다.

"그 건물은 표면적으로는 목공 가게였습니다, 마이 로드. 제 부하 한 명이 그곳에 대해 들어본 적이 있습니다. 그곳은 마스터 클래딘트라는 자가 운영하는 곳입니다. 솜씨가 여간 좋은 게 아닌 스카 목수죠."

엘렌드가 얼굴을 찌푸렸다.

"왜 발레트의 시종이 거기에 갔지?"

"그 가게는 위장인 것 같습니다, 마이 로드." 펠트가 말했다. "그 시종이 거기로 들어간 다음부터 명령하신 대로 그곳을 관찰하고 있었습니다. 그러나 매우 조심해야 했습니다. 그곳 옥상과 꼭대기 층에는 감시소가 몇 군데 있었습니다."

엘렌드는 얼굴을 찌푸렸다.

"단순한 목공소 치고는 묘한 예방 조치라고 생각할 수밖에 없군."

펠트는 고개를 끄덕였다.

"그것만이 아닙니다, 마이 로드. 우리는 최고로 뛰어난 부하 한 명을 건물 안으로 살짝 들여보내는 데 성공했습니다. 누가 그를 목격한 것 같지는 않습니다. 그러나 그는 안에서 나누는 이야기를 들을 수 없었습니다. 창은 봉해져 있고 방음이 되어 있습니다."

'그것도 묘한 예방 조치로군.' 엘렌드는 생각했다.

"그게 무슨 의미라고 생각하나?" 그가 펠트에게 물었다.

"그곳은 암흑가의 은신처가 되었습니다, 마이 로드." 펠트가 말했다. "그 중에서도 매우 훌륭한 곳입니다. 우리가 주의 깊게 감시하지 않고 무엇을 찾아야 할지 확신하지도 못하고 있었더라면, 아마 아무런 흔적도 찾지 못했을 겁니다. 제 추측으로는 안에 있는 사람들은, 그 테리스인까지도 모두 스카 도둑 패거리들입니다. 자금이 풍부하고 매우 노련한 패거리입니다."

"스카 도둑 패거리라고? 레이디 발레트도?" 제이스티스가 물었다.

"그런 것 같습니다, 마이 로드." 펠트가 말했다.

엘렌드는 말문이 막혔다.

"스카…… 도둑 패거리라니……." 그는 얼떨떨해진 채로 말했다.

'그들이 왜 자기 패거리 사람을 무도회에 보냈을까? 사기를 치기 위해서?'

"마이 로드?" 펠트가 물었다. "급습하기를 바라십니까? 패거리 전체를 잡을 만큼 부하는 충분합니다."

"아냐. 자네 부하들을 도로 불러들여." 엘렌드가 말했다. "그리고 오늘 밤 자네가 본 일은 아무에게도 말하지 말게."

"예, 마이 로드." 펠트가 마차에서 나가며 말했다.

"로드 룰러시여!" 마차 문이 닫히자마자 제이스티스가 말했다. "그녀가 보통 귀족 여성 같지 않았던 게 당연했어. 시골에서 자라서 그런 게 아니었어. 그녀는 도둑이었던 거야!"

엘렌드는 고개를 끄덕였다. 그는 생각에 잠겼으나 사실 무엇을 생각해야 할지도 알 수 없었다.

"너, 나한테 사과해야 해." 제이스티스가 말했다. "그녀에 대해서는 내 말이 맞았잖아, 응?"

"아마 그렇겠지." 엘렌드가 말했다. "하지만…… 어떤 면에선 네가 틀렸어. 그녀는 날 염탐하려던 게 아니었어. 그냥 도둑질을 하려는 거였겠지."

"그래서?"

"이 문제에 대해 생각 좀 해봐야겠어." 엘렌드는 그렇게 말하며 손을 뻗어 마차를 움직이라고 노크했다. 마차가 다시 벤처 아성을 향해 굴러가기 시작하자 그는 도로 앉았다.

발레트는 겉모습과 같은 인물이 아니었다. 그러나 그는 이미 그 소식에는 대비가 되어 있었다. 제이스티스의 말 때문에 의심스러워졌을 뿐만 아니라, 아까 발레트 자신도 엘렌드의 비난을 부인하지 않았었다. 그건 분명했다. 그녀는 그에게 거짓말을 하고 있었다. 연기를 하고 있었다.

그는 맹렬히 화가 나야 했다. 논리적으로는 그것을 알았고, 마음속 한 부분은 그녀의 배신 때문에 아팠다. 그러나 이상하게도 그가 가장 크게 느낀 감정은…… 안도감이었다.

"왜 그래?" 제이스티스가 눈살을 찌푸리며 엘렌드를 살펴보았다.

엘렌드는 고개를 흔들었다.

"넌 이것 때문에 내가 며칠을 걱정하게 만들었어, 제이스티스. 난 이제 너무 질려서 제대로 활동도 하지 못할 지경이라고. 다 내가 발레트를 배신자라고 생각했기 때문이야."

"하지만 배신자잖아, 엘렌드. 그녀는 자네에게 사기를 치려는 거였다고!"

"그래. 하지만 적어도 다른 가문의 스파이는 아닌 것 같아. 최근에 계속 일어난 음모, 정치, 험담 앞에서 도둑질 같은 단순한 범죄는 오히려 기분 전환이 되는걸."

"하지만……."

"돈 문제일 뿐이잖아, 제이스티스."

"돈은 어떤 사람들에게는 꽤 중요해, 엘렌드."

"발레트만큼 중요하진 않아. 그 가엾은 아가씨…… 요즘 내내 나한테 사기를 쳐야 해서 불안해하고 있었던 거야!"

제이스티스는 잠시 말없이 앉아 있다가, 마침내 고개를 저었다.

"엘렌드, 누군가가 너한테서 도둑질을 하려고 했다는 걸 알고 안도할 수 있는 사람은 너밖에 없을 거야. 그 여자애가 내내 거짓말을 하고 있었다는 걸 너한테 다시 일깨워줘야겠어? 넌 그녀에게 애착을 갖고 있었을지도 몰라. 하지만 그녀의 감정이 진짜일지는 의심스러워."

"네 말이 맞을지도 몰라." 엘렌드가 인정했다. "하지만…… 난 모르겠어, 제이스티스. 난 이 아가씨를 알 것 같아. 그녀의 감정…… 그건 아주 진짜 같고, 아주 정직해 보였어. 거짓이 아닌 것 같았어."

"의심스러워." 제이스티스가 말했다.

엘렌드는 고개를 저었다.

"우리는 아직 그녀를 심판할 수 있을 만큼 정보가 충분하지 않아. 펠트는 그녀가 도둑이라고 생각하지만, 그런 무리라면 누군가를 무도회에 보낼 만한 다른 이유가 있을 거야. 그녀는 그냥 정보원일 거야. 아니면 도둑일 수도 있어. 하지만 나를 도둑질하려는 의도는 아니었을 거야. 그녀는 다른 귀족들과 섞이면서 시간을 엄청나게 많이 보냈어. 내가 그녀의 목표였다면 왜 그랬겠어? 사실, 그녀는 상대적으로 나와 별로 시간을 같이 보내지 않았어. 그리고 내게 선물을 달라고 조른 적도 한 번도 없었어."

그는 말을 멈추고, 자신과 발레트의 만남을 유쾌한 사고였다고 생각했다. 그들의 삶 양쪽을 다 무시무시하게 꼬이게 만든 사건. 그는 미소를 짓다가 고개를 저었다.

"아냐, 제이스티스. 우리에게 보이는 것보다 더 큰 비밀이 있을 거야. 그녀의 어떤 면이 아직 아귀가 맞지 않아."

"내 생각엔…… 엘." 제이스티스가 얼굴을 찌푸리며 말했다.

엘렌드는 똑바로 앉았다. 한 가지 생각이 그에게 떠올랐다. 발레트의 동기를 추측하는 일보다 훨씬 더 중요한 생각이었다.

"제이스티스, 그녀는 스카야!" 그가 말했다.

"그래서?"

"그래서 그녀는 날 속였지. 우리 둘 다 속였지. 그녀는 귀족 역할을 거의 완벽하게 해냈으니까."

"경험 없는 귀족 역할이었겠지."

"내 옆에 진짜 스카 도둑이 있었다고! 그녀에게 어떤 질문을 할 수 있었을지 생각해봐." 엘렌드가 말했다.

"질문? 무슨 질문?"

"스카의 삶에 대한 질문." 엘렌드가 말했다. "하지만 그건 중요한 게 아니야, 제이스티스. 그녀는 우리를 속였어. 우리가 스카와 귀족 여성의 차이를 알 수 없다면, 그건 스카가 우리와 별로 다를 리 없다는 뜻이야. 그들이 그 정도로 우리와 다르지 않다면 우리가 지금처럼 그들을 다룰 권리가 어디 있지?"

제이스티스는 어깨를 으쓱했다.

"엘렌드, 넌 이 문제를 제대로 보고 있는 것 같지 않아. 우리는 가문 전쟁 한가운데 있어."

엘렌드는 멍하니 고개를 끄덕였다.

'난 오늘 저녁 그녀에게 아주 심하게 대했어. 너무 심했던 거 아닐까?'

그는 자기가 그녀와 함께 있는 것 이상을 바라지 않았다고 그녀가 믿게 만들고 싶었다. 부분적으로는 진실이었다. 그 자신의 불안 때문에 그녀를 믿을 수 없다고 생각했기 때문이었다. 그리고 당시에는 그녀를 믿을 수 없었다. 어느 쪽이건, 그녀가 도시를 떠나기를 바랐다. 그가 할 수 있는 최선의 일은 가문 전쟁이 다 끝날 때까지 관계를 끊는 것이라고 생각했다.

'그렇지만 그녀가 진짜로 귀족 여성이 아니라면, 그렇다면 그녀를 떠나야 할 이유가 없어.'

"엘렌드? 너 내 말은 듣고 있는 거야?" 제이스티스가 물었다.

엘렌드는 그를 쳐다보았다.

"난 오늘 밤 나쁜 일을 한 것 같아. 난 발레트를 루서델 밖으로 나가게 하고 싶었어. 하지만 이제 생각하니 그녀에게 이유 없이 상처를 입힌 거야."

"허튼소리 하지 마, 엘렌드!" 제이스티스가 말했다. "오늘 밤 알로맨서들이 우리 모임을 엿듣고 있었어. 그들이 우리를 염탐하는 대신 죽이기로 했었다면 무슨 일이 일어날 수 있었는지 알아?"

"아, 그래. 네 말이 맞아." 엘렌드는 멍하니 고개를 끄덕이며 말했다. "아무튼 발레트가 떠났다면 그게 제일 좋았겠지. 앞으로 다가올 시간에는 나와 가까운 사람은 누구든 위험에 빠질 테니까."

제이스티스는 말을 멈추고 더 짜증 난다는 표정을 지었다가, 마침내 웃어 버렸다.

"넌 정말 어쩔 수가 없구나."

"난 최선을 다하고 있어." 엘렌드가 말했다. "하지만 진지하게 말하는데, 걱정해봐야 소용없어. 그 스파이들은 정체가 드러났고, 아마 그 혼란 속에서 도망쳤거나 아니면 잡혔을 거야. 우리는 이제 발레트가 숨기고 있던 비밀의 일부분을 알아. 그러니까 그만큼 앞서 있는 것이기도 해. 매우 생산적인 밤이었어!"

"넌 매우 낙관적인 방식으로 문제를 바라보는구나……."

"다시 말하지만, 난 최선을 다할 거야." 그래도 그는 벤처 아성에 돌아갈 때쯤이면 마음이 더 편해져 있을 것이다. 무슨 일이 일어났는지 자세히 듣기 전에 궁전에서 빠져나왔다면 그것은 무모한 일이 되었을 것이다. 그러나 그때 엘렌드는 별로 신중하게 생각하지 않고 있었다. 더구나 펠트와 만나기로 미리 정했었고, 그 혼란은 성에서 빠져나오기에 완벽한 기회가 돼주었다.

마차가 천천히 벤처가 정문으로 다가갔다.

"넌 가야 해." 엘렌드가 마차 문을 빠져나오며 말했다. "책을 가져가."

제이스티스는 고개를 끄덕이며 배낭을 움켜쥐고, 엘렌드에게 작별 인사를 한 후 마차 문을 닫았다. 엘렌드는 마차가 도로 문을 통과해 멀어질 때까지 기다렸다가, 돌아서서 아성까지 남은 길을 걸어갔다. 놀란 정문 경비병들 때문에 쉽게 들어갈 수 있었다.

구내는 여전히 불빛으로 환했다. 경비병들은 이미 아성 앞에서 그를 기다리고 있었고, 한 무리가 안개 속으로 뛰어나와 그를 맞았다. 그러더니 그를 둘러쌌다.

"마이 로드, 아버님께서……."

"알았어." 엘렌드가 말을 가로막고 한숨을 쉬었다. "날 곧장 아버지에게 데려가야 한다는 거지?"

"예, 마이 로드."

"그럼 어서 안내하게, 대장."

그들은 건물 옆쪽에 있는 영주 전용 출입구로 들어갔다. 로드 스트라프 벤처는 서재에 서서 한 무리의 경비대 장교들과 이야기하고 있었다. 엘렌드는 그들의 창백한 얼굴을 보고 그들이 엄한 꾸짖음을 당했다는 것을 알 수 있었다. 어쩌면 구타 위협도 받았을 것이다. 그들은 귀족이었기 때문에 벤처는 그들을 처형할 수 없었다. 그러나 그는 더 야만적인 훈련 방식을 매우 좋아했다.

로드 벤처는 날카로운 몸짓으로 병사들을 해산시킨 다음, 적대적인 눈으로 엘렌드 쪽을 바라보았다. 엘렌드는 병사들이 가는 모습을 보며 눈살을 찌푸렸다. 모든 것이 너무…… 긴장된 것 같았다.

"그래서?" 로드 벤처가 날카롭게 물었다.

"뭐가 그래서예요?"

"넌 어디 있었니?"

"아, 나갔다 왔어요." 엘렌드가 퉁명스럽게 말했다.

로드 벤처는 한숨을 쉬었다.

"좋아. 원한다면 위험 속으로 달려가려무나, 이 녀석아. 어떤 면에서는 그 미스트본이 널 해치우지 못한 게 안타깝구나. 내 엄청난 좌절감을 덜 수 있었을 텐데."

"미스트본? 무슨 미스트본이요?" 엘렌드가 눈살을 찌푸리며 물었다.

"너를 암살하려던 미스트본 말이다." 로드 벤처가 신랄하게 말했다.

엘렌드는 놀라서 눈을 깜박였다.

"그럼…… 그냥 스파이 무리가 아니었나요?"

"그래, 아니었지." 벤처가 약간 사악한 미소를 지으며 말했다. "너와 네 친구들을 찾으러 여기 온 완전한 암살 팀이었다."

'로드 룰러시여!' 엘렌드는 혼자 밖에 나갔던 것이 얼마나 어리석은 일이었는지 깨달았다. '가문 전쟁이 이렇게 빨리, 그것도 이 정도로 위험해질 거라곤 예상하지 못했어! 적어도 나한테는…….'

"미스트본이었다는 건 어떻게 알았죠?" 엘렌드가 정신을 차리고 물었다.

"그 여자가 도망가고 있을 때 우리 경비병들이 간신히 죽였어." 스트라프가 말했다.

엘렌드는 얼굴을 찌푸렸다.

"완전한 미스트본을요? 보통 군인들이 죽였다고요?"

"궁수들이었어. 그녀를 기습한 것 같아." 로드 벤처가 말했다.

"그럼 내 채광창을 뚫고 떨어진 남자는요?" 엘렌드가 물었다.

"죽었어. 목이 부러졌다."

엘렌드는 다시 눈살을 찌푸렸다.

'우리가 달아날 때 그 남자는 아직 살아 있었어. 뭘 숨기고 있는 거죠, 아버지?'

"그 미스트본은 제가 아는 사람인가요?"

"그렇게 말해야겠구나." 로드 벤처가 책상 앞의 의자에 앉으면서 말했다. 그는 위를 쳐다보지 않았다. "샨 엘라리엘이었다."

엘렌드는 충격을 받아 얼어붙었다.

'샨?' 그는 멍하니 생각했다. 그들은 약혼했지만, 그녀는 자기가 알로맨서라고 말한 적이 한 번도 없었다. 그 말의 뜻은······.

그녀는 처음부터 첩자였던 것이다. 엘라리엘가는 자기 가문을 이어갈 외손자만 태어나면 엘렌드를 죽일 계획이었을 것이다.

'네 말이 옳았어, 제이스티스. 정치를 무시한다고 피할 수는 없어. 난 내 생각보다 훨씬 오래전부터 이 게임에 끼어 있었어.'

그의 아버지는 분명 기뻐하고 있었다. 엘렌드를 암살하려던 엘라리엘가의 고위 일원이 벤처가의 땅에서 죽은 채 발견되었다······. 이런 승리를 거두었으니, 로드 벤처는 며칠 동안 참을 수 없이 오만하게 굴 것이다.

엘렌드는 한숨을 쉬었다.

"그럼 산 채로 잡은 암살자는 없나요?"

스트라프는 고개를 끄덕였다.

"하나는 도망치려다가 안마당에 떨어졌어. 그놈은 달아났다. 그놈도 아마 미스트본이었을 거야. 지붕 위에 또 한 명이 죽어 있었고. 하지만 다른 놈들도 있었는지 없었는지는 잘 모르겠다." 그가 말을 멈추었다.

"왜요?" 엘렌드는 아버지의 눈에 약간의 혼란이 깃든 것을 보고 물었다.

"아무것도 아니다." 스트라프는 무시하라고 손짓하며 말했다. "다른 두 미스트본과 싸우던 세 번째 미스트본이 있었다고 주장하는 경비병들이 몇 명 있어. 하지만 그 보고는 의심스럽다. 적어도 우리 미스트본은 아니었어."

엘렌드의 몸이 굳었다.

'다른 두 미스트본과 싸우던 세 번째 미스트본이라……'

"누가 암살 계획을 알아내고 막으려고 한 것 같군요."

로드 벤처는 코웃음을 쳤다.

"왜 다른 가문의 미스트본이 널 보호해주려고 하겠니?"

"그냥 죄 없는 사람이 살해당하는 걸 막고 싶었을 수도 있죠."

로드 벤처는 웃으며 고개를 흔들었다.

"넌 정말 바보로구나, 이 녀석아. 너도 그건 알겠지, 응?"

엘렌드는 얼굴이 붉어지는 것을 느끼며 몸을 돌렸다. 로드 벤처는 그에게 더 할 이야기가 없는 것 같았다. 그래서 엘렌드는 서재에서 나왔다. 창문이 깨지고 경비병들이 서 있을 자신의 방으로 다시 들어갈 수는 없었다. 그래서 그는 손님용 침실로 가면서 헤이즈킬러 한 조(組)를 불렀다. 만약을 대비해 그의 문과 발코니 밖을 지킬 병력이었다.

그는 아버지와 나눈 대화를 생각하며 침구를 펼쳤다. 세 번째 미스트본에 대해서는 그의 아버지가 옳았을 것이다. 죄 없는 사람이라 구해준다는 건 세상 돌아가는 방식이 아니었다.

'하지만…… 그게 세상이 돌아가야 하는 방식이야. 아마 그렇게 될 수 있을 거야.'

엘렌드는 하고 싶은 것들이 아주 많았다. 하지만 그의 아버지는 건강했고, 그 정도로 강한 권력을 가진 영주치고는 젊었다. 엘렌드가 가문의 대표자가 되려면 몇십 년은 있어야 할 것이다. 그가 그렇게 오래 살아남을 수 있을지는 모르겠지만. 그는 발레트에게 가고 싶었다. 그녀와 이야기하고, 그의 좌절감을 설명하고 싶었다. 그녀는 그가 무슨 생각을 하는지 이해할 것이다. 왜인지는 몰라도, 그녀는 언제나 다른 사람보다 그를 더 잘 이해하는 것 같았다.

'그런데 그녀가 스카라고!' 그는 그 생각을 떨쳐버릴 수가 없었다. 그녀에게 할 질문, 그녀에게서 알아내고 싶은 것들이 아주 많았다.

'나중에 하자.' 그는 침대로 올라가면서 생각했다. '지금 당장은 가문의 단결에 집중하자.' 그에 관해 발레트에게 한 말은 거짓이 아니었다. 그는 자기 가문이 가문 전쟁에서 살아남도록 해야 했다.

그 후에는…… 음, 아마 그들은 거짓말과 사기를 피해 갈 방법을 찾을 수 있을 것이다.

32

많은 테리스인들이 클레니움에 대해 억울한 감정을 갖고 있지만, 한편으론 질투하기도 한다. 짐꾼들이 놀라운 스테인드글라스 창과 넓은 홀들이 있는 클레니 대성당이 얼마나 경이로운지 이야기하는 것을 들은 적이 있다. 또 그들은 우리 옷차림을 매우 좋아하는 것 같다. 나는 도시에서 젊은 테리스인들이 그들의 가죽과 모피를 잘 만들어진 신사 정복과 바꾸는 것을 많이 보았다.

클럽스의 가게에서 거리 두 개를 지난 위에, 주위 건물들과 비교할 때 드물게 높은 건물이 하나 있었다. 빈은 그곳이 공동주택일 거라고 생각했다. 스카 가족들이 꽉꽉 들어차 있는 장소. 하지만 안에는 한 번도 들어가본 적이 없었다.

그녀는 동전 하나를 떨어뜨리고, 6층짜리 건물 측면을 따라 몸을 쏘아 올렸다. 그녀가 가볍게 옥상에 내려앉자, 어둠 속에 웅크리고 있던 사람이 깜짝 놀랐다.

"나야, 나." 빈이 경사진 지붕을 조용히, 살금살금 걸어 가로지르며 속삭였다.

스푸크는 어둠 속에서 그녀에게 미소 지었다. 그는 패거리에서 제일 뛰어난 틴아이기 때문에 보통 제일 중요한 때 경비를 섰다. 최근에는 초저녁 동안이 중요했다. '대가문'들 사이의 분쟁이 가장 노골적인 싸움으로 변하기 쉬운 때였다.

"여전히 열심히들 붙고 있어?" 빈은 가만히 물어보며 주석을 폭발시켜 도시를 살펴보았다. 밝은 아지랑이가 멀리서 빛나며 안개가 이상한 빛으로 물들었다.

스푸크는 그 빛을 가리키며 고개를 끄덕였다.

"헤이스팅 아성. 엘라리엘 병사들이 오늘 밤 공격."

빈은 고개를 끄덕였다. 헤이스팅 아성이 무너지는 건 얼마 전부터 예상되던 바였다. 그곳은 지난 한 주 동안 서로 다른 가문들의 공격을 대여섯 번이나 번갈아가며 받았다. 동맹들은 철수하고 재정은 파산했으니, 가문이 무너지는 건 시간문제였다.

이상하게도 낮 동안에는 어떤 가문도 공격하지 않았다. 그 전쟁에는 비밀을 유지하는 척하는 분위기가 감돌았다. 마치 귀족들이 로드 룰러의 지배를 존중하여, 낮에 서로를 공격해 그의 화를 돋우는 일이 없게 하려는 것 같았다. 싸움은 모두 밤에, 안개의 장막 아래에서 이루어졌다.

"있어 이것 원하고." 스푸크가 말했다.

빈은 멈칫했다.

"어, 스푸크. 좀…… 정상적으로 말해줄 수 있겠니?"

스푸크는 멀리 희미하게 보이는 어두운 건물 쪽으로 고갯짓을 했다.

"로드 룰러, 그가 싸움 원하고 있는 듯."

빈은 고개를 끄덕였다.

'켈시어가 옳았어. 미니스트리나 궁전은 가문 전쟁에 별다른 반응을 보이지 않고 있고, 주둔군은 루서델에 돌아오지 않고 뜸을 들이고 있어. 로드 룰러는 가문 전쟁이 일어날 거라고 예상했고, 그것이 계속되기를 바라고 있어. 들판을 태워 새롭게 만드는 들불처럼.'

이번에는 그렇게 되지 않을 것이다. 불길 하나가 죽으면 다른 불길이 시작될 테니까. 켈시어가 도시를 공격할 것이다.

'마쉬가 "강철 심문관"을 막는 법을 찾아낼 수 있다면, 우리가 궁전을 점령할 수 있다면, 그리고 켈시어가 로드 룰러를 처리할 방법을 찾을 수 있다면……'

빈은 고개를 저었다. 그녀는 켈시어를 낮게 평가하고 싶지 않았지만, 이 일이 어떻게 돌아갈지 전혀 알 수 없었다. 주둔군은 아직 돌아오지 않았지만 겨우 한두 주면 돌아올 수 있는 가까운 거리에 있다는 보고가 들어왔다. 몇몇 귀족 가문은 무너지고 있었으나 켈시어가 바란 것같이 전반적으로 혼란에 빠진 분위기는 아닌 듯했다. '마지막 제국'은 압박을 받고 있었다. 그러나 그것이 부서질지는 의심스러웠다.

그렇지만 중요한 건 그게 아닐지도 모른다. 켈시어 패거리는 가문 전쟁을 부추긴다는 놀라운 일을 해냈다. '대가문' 세 개가 완전히 없어졌고, 나머지도 심각하게 약화되었다. 귀족들이 자기들끼리 벌인 분쟁의 여파에서 회복되려면 수십 년이 걸릴 것이었다.

'우린 놀라운 일을 해냈어. 우리가 궁전을 공격하지 못하게 되거나 공격이 실패로 돌아간다고 해도, 우린 이미 놀라운 일을 이뤄낸 셈인 거야.'

마쉬가 미니스트리에 대한 정보를 보고하고, 세이즈드가 일기책을 번역함으로써 반역도들은 새롭고 쓸모 있는 정보를 갖게 되었다. 그들이 앞으로 저항할 때 도움이 될 것이다. 켈시어가 바랐던 결과는 아니었다. '마지막 제국'이 전복되지는 않았다. 그러나 그것만 해도 큰 승리였다. 스카들은 오랫동안 그것을 용기의 원천으로 삼을 수 있을 것이다.

그리고 빈은, 자신이 그 일부라는 사실을 스스로 자랑스럽게 느끼고 있다는 것을 깨닫고 깜짝 놀랐다. 앞으로 그녀는 진짜 반역이 시작되도록 도울 수 있을 것이다. 스카가 그렇게 처절하게 패배하지 않은 장소에서.

'그런 장소가 존재한다면 말이지……' 빈은 스카를 고분고분하게 만드는 것은 루서델과 그곳의 '달래기' 지소만이 아니라는 것을 깨닫기 시작했다. 모든 것이었다. 오블리게이터들, 들판과 방앗간에서 끊임없이 해야 하는 노동, 천 년 동안의 억압으로 부추겨진 사고방식. 왜 스카 반역이 언제나 그렇게 규모가 작았는지, 그럴 만한 이유가 있었다. 사람들은 '마지막 제국' 에 당해낼 수 없다는 것을 알았다. 적어도 안다고 생각했다.

심지어 자기를 '자유로운' 도둑이라고 생각하는 빈도 똑같이 믿었다. 오로지 켈시어의 정신 나간 것 같은 과장된 계획만이 그렇지 않다고 그녀를 설득할 수 있었다. 아마 그래서 켈시어는 패거리의 목표를 그렇게 높이 잡았던 것이리라. 그는 이렇게 도전적인 목표만이, 방식은 이상할지 몰라도, 그들에게 자신이 저항할 수 있음을 깨닫게 만들리라는 걸 알고 있었다.

스푸크가 그녀를 흘끗 보았다. 그는 그녀와 함께 있으면 여전히 불편해했다.

"스푸크, 엘렌드가 나와 관계를 끊었다는 거 알지." 빈이 말했다.

스푸크는 약간 활기가 도는 얼굴로 고개를 끄덕였다.

"하지만 난 여전히 그를 사랑해." 빈은 유감스러운 듯이 말했다. "미안, 스푸크. 그렇지만 사실이 그래."

그는 기가 꺾여 아래를 내려다보았다.

"너 때문에 그런 게 아니야." 빈이 말했다. "정말이야, 그런 건 아니야. 그건 그냥…… 음, 사람은 자기가 누구를 사랑할지 정할 수가 없는 거야. 정말이야. 내가 차라리 사랑하지 말걸, 하는 사람들도 있어. 그들은 그런 사랑을 받을 자격이 없었어."

스푸크는 고개를 끄덕였다.

"이해해요."

"내가 그 손수건 계속 갖고 있어도 될까?"

그는 어깨를 으쓱했다.

"고마워. 그건 나한테 아주 큰 의미가 있어." 그녀가 말했다.

그는 고개를 들어 안개 속을 바라보았다.

"난 바보 아니에요. 난…… 아무 일도 일어나지 않을 거 알았어요. 난 봐요, 빈. 여러 가지를 봐요."

그녀는 그를 위로하려고 그의 어깨에 손을 얹었다. '난 봐요'……. 그와 같은 틴아이에게 적절한 말이었다.

"넌 알로맨시가 된 지 오래됐니?" 그녀가 물었다.

스푸크는 고개를 끄덕였다.

"나 다섯 살에 '끊었'어요. 거의 기억도 안 나요."

"그때부터 주석으로 계속 연습한 거야?"

"대체로요." 그가 말했다. "나한테 좋은 일이었어요. 날 보게 하고, 듣게 하고, 느끼게 해요."

"네가 가르쳐줄 수 있는 비결이 있니?" 빈은 희망을 갖고 물었다.

그는 잠시 말이 없었다. 기울어진 옥상 가장자리에 앉은 채 그 너머로 한 발을 덜렁거리며 생각에 잠겼다.

"주석 태우기…… 보는 거 아니에요. 안 보는 거예요."

빈은 눈살을 찌푸렸다.

"무슨 뜻이야?"

"태울 때, 모든 게 들어와요." 그가 말했다. "모든 게 아주 많이. 여기, 저기, 신경 쓸 것들. 만약 원하는 힘 있으면, 신경 쓸 거 양쪽 다 무시해요."

'주석을 잘 태우고 싶으면 신경을 끄는 법을 배워야 한다.' 그녀는 최선을 다해 자기가 아는 말로 번역해보았다. '무엇을 보느냐가 중요한 것이 아니다. 무엇을 무시할 수 있느냐가 중요한 것이다.'

"흥미로운데." 빈은 생각에 잠겨 말했다.

스푸크는 고개를 끄덕였다.

"볼 때는, 안개가 보이고 집이 보이고 나무가 느껴지고 아래 있는 쥐들이 들려요. 하나만 선택하고 다른 건 신경 쓰지 마요."

"좋은 충고야." 빈이 말했다.

스푸크는 고개를 끄덕였다. 그때 그들 뒤에서 쿵 소리가 났다. 그들은 둘 다 깜짝 놀라 아래로 몸을 숙였다. 켈시어가 옥상을 가로질러 걸어오며 씩 웃었다.

"우리가 올라갈 때 위에 있는 사람들에게 경고할 좋은 방법을 찾아야겠어, 정말. 감시소에 올 때마다 난 누군가를 놀라게 해서 옥상에서 떨어뜨릴까 봐 걱정한다고."

빈은 일어서서 옷에서 먼지를 떨었다. 그녀는 미스트클록과 셔츠, 바지를 입었다. 드레스를 입지 않은 지 며칠이 되었다. 그녀는 르노 저택에서만 형식적으로 잠깐 얼굴을 내비쳤다. 켈시어는 암살자가 걱정되어 그녀를 저택에 오래 머물게 할 수 없었다.

'적어도 클리스의 침묵은 샀으니까.' 하지만 빈은 그 대가를 생각하면 화가 났다.

"갈 때가 됐나요?" 그녀가 물었다.

켈시어는 고개를 끄덕였다.

"거의 다 됐어. 난 도중에 어디 들렀다 갔으면 좋겠어."

빈은 고개를 끄덕였다. 마쉬는 자기가 미니스트리를 위해 찾아놓은 장소를 두 번째 접선 장소로 고른 것 같았다. 접선할 기회로는 완벽했다. 마쉬는 그 건물 안에 밤새 있을 구실이 있었기 때문이다. 표면상으로는 근처의 알로맨시 활동을 '찾기' 위해 그곳에 있는 것이었다. 그는 대부분의 시간을 수더 한 명과 함께 있겠지만, 자정쯤에 틈이 날 것이고 마쉬는 그때 한 시간 정도 혼자 있을 기회가 생길 거라고 생각했다. 그가 몰래 나갔다 돌아오기에는 빠듯한 시간이었지만, 잠행하는 미스트본 한 쌍이 그를 잠깐 방문할 시간으로는 충분했다.

그들은 스푸크에게 작별 인사를 하고 몸을 '밀어' 어둠 속으로 떠났다. 그러나 그들은 옥상에서 멀리 가지 않았다. 켈시어가 앞장서서 거리로 내려와 걸었다. 기운과 금속을 아끼기 위해서였다.

'이상해. 이젠 텅 빈 거리도 소름 끼치지 않아.' 빈은 켈시어와 처음 알로 맨시를 연습하던 밤을 떠올리며 생각했다.

안개의 습기 때문에 바닥의 조약돌이 미끄러웠고, 사람 없는 거리의 끝은 먼 아지랑이 속으로 사라져 있었다. 어둡고 조용하고 쓸쓸했다. 전쟁이 일어나도 많이 바뀌지 않았다. 공격하는 병사들 무리는 집단으로 다니면서 재빨리 상대를 쳐서 적 가문의 방어망을 돌파하려 했다.

그러나 밤의 도시가 띤 공허함에도 빈은 그 안에서 마음이 편안해졌다. 안개가 그녀와 함께 있었다.

"빈, 너에게 고맙다고 말하고 싶어." 걸어가면서 켈시어가 말했다.

그녀는 그를 보았다. 웅장한 미스트클록을 입은 키 크고 자신만만한 남자를.

"나한테 고맙다고요? 왜요?"

"네가 메어에 대해 해준 말 말이야. 난 그날의 일을…… 그녀의 일을 아주 많이 생각했어. 구리구름을 뚫고 볼 수 있는 네 능력으로 모든 걸 설명할 수 있는지는 모르겠어. 하지만…… 음, 이런저런 선택지를 고려해보면 메어가 나를 배신하지 않았다고 믿는 게 좋을 것 같아."

빈은 미소를 지으며 고개를 끄덕였다.

그는 슬픈 듯이 고개를 저었다.

"바보 같지, 응? 마치…… 지금까지 몇 년 동안 나는 자기기만에 굴복할 이유만 기다리고 있었던 것 같아."

"난 모르겠어요. 옛날이라면 아마 당신이 바보라고 생각했을 거예요. 하지만…… 신뢰라는 게 좀 그렇잖아요, 안 그래요? 고의적인 자기기만 같은 거? 당신은 누군가가 배신할 거라고 속삭이는 목소리를 듣지 말아야 해요. 그리고 친구들이 당신을 상처 입히지 않기만 바라야죠."

켈시어가 씩 웃었다.

"네가 그 주장에 힘이 되어주고 있는 것 같진 않은데, 빈."

그녀는 어깨를 으쓱했다.

"나한텐 말이 되는데요. 불신은 신뢰와 똑같아요. 동전의 양면일 뿐이죠. 두 가지 가정 사이에서 하나를 선택해야 할 때 사람들이 왜 믿는 쪽을 택하는지 알 것 같아요."

"하지만 넌 아니고?" 켈시어가 물었다.

빈은 다시 어깨를 으쓱했다.

"난 이제 잘 모르겠어요."

켈시어는 머뭇거렸다.

"그…… 너의 엘렌드 말이다. 그는 네게 겁을 줘서 도시를 떠나게 하려고 했을 뿐인지도 몰라, 그렇지? 그는 너를 위해 그런 말들을 했을 거야."

"어쩌면 그렇겠죠." 빈이 말했다. "하지만 그의 태도는 평소와 달랐어요……. 그가 날 쳐다보는 태도가요. 그는 내가 자기에게 거짓말을 했다는 걸 알고 있었어요. 하지만 내가 스카라는 걸 안 것 같지는 않아요. 아마 내가 다른 어느 가문의 스파이라고 생각한 것 같아요. 어느 쪽이든 그가 나와 관계를 끊고 싶다는 소망은 진심인 것 같았어요."

"그가 널 떠나리라는 걸 이미 확신하고 있었기 때문에 그렇게 생각했을 거야."

"난……." 빈은 말끝을 흐리며, 자신이 걸어가는 잿빛의 미끄러운 거리를 슬쩍 내려다보았다. "난 모르겠어요. 그리고 그건 당신 잘못이라고요. 예전에 난 모든 걸 이해했어요. 이젠 모든 게 혼란스러워요."

"그래, 우리가 널 아주 제대로 망쳐놨지." 켈시어가 미소를 지으며 말했다.

"당신은 그 사실에 미안해하는 것 같지 않은데요."

"응, 조금도." 켈시어가 말했다. "아, 다 왔다."

그는 커다랗고 넓은 건물 옆에서 멈추었다. 이것도 스카 공동주택인 것 같았다. 건물 안은 어두웠다. 스카는 등잔 기름을 살 돈이 없었기 때문에 저녁 식사를 만든 후에는 건물의 중앙 난로를 끌 것이다.

"여기요?" 빈이 머뭇거리며 말했다.

켈시어는 고개를 끄덕이고 위로 걸어가 가볍게 문을 두드렸다. 문이 조심스럽게 열리는 바람에 빈은 깜짝 놀랐다. 말랐지만 단단해 보이는 스카의 얼굴이 안개 속을 내다보았다.

"로드 켈시어!" 남자가 낮은 소리로 말했다.

"내가 방문한다고 했지." 켈시어가 미소 지으며 말했다. "오늘 밤이 좋을 것 같더라고."

"어서 들어오세요, 들어오세요." 그 남자가 문을 당겨 열었다. 그는 뒤로 물러서서 켈시어와 빈이 들어올 때 안개가 자기 몸에 닿지 않도록 주의했다.

빈은 전에도 스카 공동주택에 가본 적이 있었다. 그러나 전에는 한 번도 그렇게…… 암울하게 보인 적이 없었다. 안개와 씻지 않은 몸에서 나는 냄새가 너무나 압도적이어서, 그녀는 구역질을 하지 않기 위해 주석을 꺼야 했다. 작은 석탄 난로에서 발해지는 파리한 빛에 한 무리의 사람들이 한데 뭉쳐 마루에서 자고 있는 모습이 보였다. 그들은 방을 쓸어 재가 들어오지 못하게 했지만 할 수 있는 일은 거기까지였다. 여전히 검은 얼룩이 옷, 벽, 얼굴 들을 덮고 있었다. 가구는 거의 없었다. 담요가 모든 사람에게 돌아갈 만큼 많지 않다는 것은 말할 필요도 없었다.

'전에 난 이렇게 살았어.' 빈은 경악하며 생각했다. '패거리의 은신처도 마찬가지로 사람이 빽빽했지. 어떨 때는 더 많았어. 이건…… 내 삶이었어.'

사람들은 일어나 방문객을 보았다. 켈시어가 어느새 소매를 걷어붙였다는 것을 빈은 알아차렸다. 그의 팔에 난 흉터들은 깜부기불에도 눈에 보였다. 손목부터 팔꿈치를 지나 세로로 뻗어 올라가고 십자 무늬를 그리며 서로 겹쳐지는 흉터는 아주 두드러지게 눈에 띄었다.

즉시 사람들이 속삭이기 시작했다.

"'생존자'야……."

"그분이 오셨어!"

"'안개의 군주' 켈시어야……."

'이건 새로운 칭호네.' 빈은 한쪽 눈썹을 치올리며 생각했다. 켈시어가 미소를 지으며 앞으로 걸어 나가 스카들을 만날 때, 그녀는 뒤에 머물러 있었다. 사람들은 말없이 흥분하며 그 주위에 모여들고, 손을 뻗어 그의 팔과 클록을 만져보았다. 다른 사람들은 그저 서서 그를 엄숙하게 지켜보았다.

"나는 희망을 퍼뜨리러 왔다." 켈시어는 그들에게 조용히 말했다. "오늘 밤 헤이스팅가가 무너졌다."

놀라움과 경외감에 차서 중얼거리는 소리들이 들렸다.

"여러분 가운데 많은 사람들이 헤이스팅가의 대장간과 강철 공장에서 일했다는 건 알고 있다." 켈시어가 말했다. "사실, 이 일이 여러분에게 무슨 의미를 갖게 될지 말해줄 수는 없다. 그러나 이것은 우리 모두의 승리다. 한동안 여러분은 적어도 풀무 앞이나 헤이스팅가 작업 감독들의 채찍 아래서 죽지는 않을 것이다."

거기 모인 소규모의 군중이 웅얼거렸다. 마침내 어떤 목소리가 빈에게 충분히 들릴 정도로 크게 불안을 토로했다.

"헤이스팅가가 사라졌다고요? 그러면 누가 우리를 먹여 살리죠?"

'정말 겁을 먹었구나.' 빈은 생각했다. '난 절대 저렇지는 않았…… 아니, 저랬나?'

"여러분에게 음식을 더 보내겠다. 적어도 한동안 굶지 않을 정도로는 충분하게 보내겠다." 켈시어가 약속했다.

"당신은 우리에게 참 많은 일을 해주셨습니다." 다른 남자가 말했다.

"허튼소리. 만약 나한테 보답하고 싶다면 조금 더 똑바로 서고, 조금 더 용감해져라. 그들은 무너질 수 있다."

"당신 같은 사람들은 무너뜨리실 수 있지요, 로드 켈시어." 한 여자가 속삭였다. "하지만 저희는 못합니다."

"너희는 놀라게 될 거야." 켈시어가 말했다. 그때 아이들을 앞으로 데리고 나오는 부모들에게 군중이 길을 내주기 시작했다. 모든 사람이 자기 아들들과 켈시어를 직접 만나게 해주고 싶어 하는 것 같았다. 빈은 복잡한 심경으로 그 모습을 지켜보았다. 패거리 사람들은 약속을 지켜 입을 다물고 있기는 했지만 스카들 사이에서 켈시어의 명성이 높아지는 것을 여전히 꺼림칙하게 생각하고 있었다.

'그는 정말로 저들을 사랑하는 것 같아.' 빈은 켈시어가 작은 아이를 들어 올리는 모습을 지켜보며 생각했다. '이건 쇼인 것 같지 않아. 이게 그의 본모습이야. 그는 사람들을 사랑하고 스카를 사랑해. 하지만…… 그건 자기와 동등한 사람에게 느끼는 사랑이라기보다는 부모가 자식에게 느끼는 사랑 같은 거야.'

그게 그렇게 잘못되었을까? 결국 그는 스카에게 아버지 같은 존재였다. 스카들이 늘 가져야만 했던 귀족 군주였다. 그럼에도 희미한 불빛에 비치는, 흠모하고 숭배하는 눈으로 켈시어를 바라보는 스카 가족들의 더러운 얼굴을 보며 빈은 불편한 감정을 억누를 수 없었다.

켈시어는 결국 그 무리에게 자기는 약속이 있다고 말하며 작별 인사를 했다. 빈과 그는 그 좁은 방을 떠나 신선한 공기 속으로 나왔다. 켈시어는 마쉬와 만나는 새 '달래기' 지소로 가는 동안 계속 조용했다. 그러나 그의 발걸음은 약간 더 가벼워진 것 같았다.

결국 빈이 말을 꺼내야 했다.

"그 사람들을 자주 방문해요?"

켈시어는 고개를 끄덕였다.

"적어도 하룻밤에 두 집씩은 가지. 내가 하는 다른 일들을 단조롭지 않게 해주거든."

'귀족들을 죽이고 거짓 소문을 퍼뜨리는 일 말이죠. 그래요, 스카 방문은

712

훌륭한 휴식이 되겠네요.' 빈은 생각했다.

만날 장소는 겨우 큰길 몇 개 지나서였다. 켈시어는 입구에 멈춰 서서, 눈을 가늘게 뜨고 어둠 속을 바라보았다. 그러다 그는 아주 희미하게 빛나는 어느 창문을 가리켰다.

"마쉬는 다른 오블리게이터들이 가버리면 불을 켜놓겠다고 했어."

"창으로 가요, 아니면 계단으로 가요?" 빈이 물었다.

"계단으로. 문은 잠겨 있지 않을 테고 이 건물 전체가 미니스트리의 소유니까 다른 사람은 없을 거야." 켈시어가 말했다.

켈시어의 말이 옳았다. 건물은 버려진 건물 특유의 퀴퀴한 냄새가 나지는 않았지만, 아래 몇 층이 쓰이지 않은 것도 분명했다. 빈과 켈시어는 재빨리 계단을 올라갔다.

"마쉬는 '가문 전쟁'에 대한 미니스트리의 반응을 이야기해줄 수 있을 거야." 켈시어가 꼭대기 층에 닿았을 때 말했다. 등잔불이 높은 곳에서 문틈으로 일렁였다. 그는 문을 열면서 계속 말했다. "주둔군이 아주 빨리 돌아오지는 않기를 바라. 피해는 줄 만큼 주었지만 그래도 그 전쟁은 좀 더 가야……."

그는 문가에 얼어붙은 듯이 서서 빈의 시야를 가렸다.

빈은 즉각 백랍과 주석을 태우며 몸을 낮춰 웅크리고 공격자들이 있나 귀를 기울였다. 아무도 없었다. 침묵뿐이었다.

"안 돼……." 켈시어가 속삭였다.

그때 빈은 짙은 붉은색의 액체가 가느다란 선으로 켈시어의 발 옆에 흘러 주위로 스며드는 것을 보았다. 그것은 약간 고였다가, 첫 번째 계단을 타고 흘러내리기 시작했다.

"오, 로드 룰러시여……."

켈시어는 휘청거리며 방으로 들어갔다. 빈은 그를 따라갔지만 자기가 보게 될 광경을 이미 알고 있었다. 시체는 방 한가운데 놓여 있었다. 껍질이 벗겨지고, 사지가 잘리고, 머리는 완전히 으스러졌다. 사람의 시체임을 알아볼 수 없을 정도였다. 벽에는 붉은 액체가 뿌려져 있었다.

'정말로 시체 하나에서 이렇게 많은 피가 나온 거야?' 전에 카몬의 은신처 지하실에서 본 광경과 똑같았다. 다만 희생자가 한 사람일 뿐이었다.

"심문관이에요." 빈이 속삭였다.

켈시어는 핏덩이에 상관 않고 마쉬의 시체 곁에 무릎을 꿇었다. 그는 피부가 벗겨진 시체를 만질 듯이 한 손을 들었으나, 그대로 넋이 나가 얼어붙은 채 가만히 있었다.

"켈시어." 빈이 긴박하게 말했다. "얼마 되지 않았어요. 심문관들이 아직 근처에 있을 수도 있어요."

그는 움직이지 않았다.

"켈시어!" 빈이 날카롭게 말했다.

켈시어는 고개를 저으며 주위를 둘러보았다. 그녀와 눈이 마주치자 제정신이 드는 것 같았다. 그는 비틀거리며 일어섰다.

"창으로 가요." 빈이 방을 가로질러 달려가며 말했다. 그러나 벽 옆의 작은 책상에 무언가 놓여 있는 것을 보고 그녀는 멈추었다. 나무 테이블 다리 아래에 백지 한 장이 반쯤 가려진 채 감추어져 있었다. 빈이 그것을 낚아채는 동안 켈시어는 창문에 닿았다.

그는 뒤를 돌아보았다. 방을 마지막으로 한번 훑어본 다음, 어둠 속으로 뛰어내렸다.

'안녕, 마쉬.' 빈은 그를 따라가며 안타까운 작별 인사를 했다.

"'심문관들은 나를 의심하는 것 같다.'" 독슨이 읽었다. 테이블 다리 안에서 찾아낸 종이 한 장은 하얗고 깨끗했다. 피는 켈시어의 무릎과 빈의 클록 아래쪽을 더럽혔지만 그 종이에는 묻지 않았다.

독슨은 클럽스의 부엌 테이블에 앉아 계속 읽었다.

"나는 너무 많은 질문을 했다. 그리고 그들은 나를 견습으로 훈련시킨 부패한 오블리게이터에게 메시지를 적어도 하나는 보냈다. 나는 반역도들이 알아야 했던 비밀들을 찾아내고 싶었다. 미니스트리는 어떻게 미스트본을 모집해 심문관으로 만드는가? 심문관들은 왜 보통 알로맨서보다 더 강력한가? 그들의 약점이 있는가? 있다면 무엇인가?

불행히도 심문관들에 대해서 더 알게 된 것은 거의 없다. 하지만 정규 미니스트리 계층 사이의 정치 공작에는 계속 놀랐다. 보통 오블리게이터들은 로드 룰러의 규칙을 매우 교묘하게나 성공적으로 적용해서 얻는 특권 외에는 바깥 세계에는 신경도 쓰지 않는 것 같다.

그러나 심문관들은 다르다. 그들은 보통 오블리게이터들보다 로드 룰러에게 훨씬 더 충성한다. 이것도 아마 두 집단 사이의 알력 중 하나일 것이다.

그렇지만 나는 진실에 가까워졌다고 느낀다. 켈시어, 그들은 비밀을 갖고 있다. 약점을. 나는 확신한다. 다른 오블리게이터들도 그렇게 속삭이지만, 아무도 그 약점을 모른다.

내가 너무 많이 찔러보고 다닌 것 같아 걱정이다. 심문관들이 내게 따라붙고 나를 감시하고 나에 대해 묻고 다닌다. 그래서 이 쪽지를 준비해둔다. 하지만 이런 예방 조치는 불필요할 것이다.

그렇지 않을지도 모르고.'"

독슨은 위를 쳐다보았다.

"이게 끝이야."

켈시어는 부엌 맞은편에 서서 평소처럼 찬장에 등을 기대고 비스듬히 서 있었다. 그러나…… 지금 그의 자세는 가볍지 않았다. 그는 팔짱을 끼고 고개를 살짝 숙인 채였다. 눈으로 본 것조차 믿지 못하게 만들던 슬픔은 사라지고, 다른 감정이 그 자리에 들어선 것 같았다. 그가 귀족들에 대해 말할 때 그의 눈 뒤에서 어둡게 타들어가던 감정.

그녀는 그가 서 있는 모습을 보고 자기도 모르게 몸을 떨었다. 그녀는 새

삼 그의 옷차림을 보았다. 어두운 잿빛의 미스트클록, 소매가 긴 검은색 셔츠, 짙은 회색 바지. 밤에 볼 때 그 옷은 위장복일 뿐이었다. 그러나 불이 밝혀진 방에서 그 검은색 복장은 위협적으로 보였다.

그가 똑바로 서자 방 전체가 긴장했다.

"르노에게 떠나라고 해." 켈시어가 작게 말했다. 그러나 그의 목소리는 철같이 단단했다. "미리 짜놓은 탈출 이유를 써서 둘러대면 돼. 가문 전쟁 때문에 자기 집안 영토로 물러난다고. 하지만 내일은 철수해야 해. 보호 조치로 써그와 틴아이를 한 명씩 그에게 붙여서 보내. 하지만 언젠가 도시 밖에서 운하 보트를 버리고 우리에게 돌아오라고 해."

독슨은 침묵하다가, 빈과 다른 사람들을 둘러보았다.

"좋아……."

"마쉬는 모든 걸 알고 있었어, 독스." 켈시어가 말했다. "그들은 그를 죽이기 전에 갈기갈기 찢어버렸어. 심문관들이 일하는 방식이지."

그는 그 말의 여운이 남도록 기다렸다. 빈은 한기를 느꼈다. 은신처가 위태로워진 것이다.

"그럼 예비 은신처로 갈까?" 독슨이 물었다. "그 장소를 아는 건 너와 나뿐이잖아."

켈시어가 단호히 고개를 끄덕였다.

"십오 분 안에 도제들까지 전부 이 가게에서 나갔으면 좋겠어. 이틀 후 예비 은신처에서 봐."

독슨은 켈시어를 쳐다보며 눈살을 찌푸렸다.

"이틀이라고? 켈, 무슨 일을 꾸미고 있는 거야?"

켈시어는 성큼성큼 문으로 걸어가 문을 홱 열고 안개가 흘러 들어오게 한 다음 다시 패거리를 보았다. 그 눈은 심문관의 대못만큼이나 날카로웠다.

"그들은 내 가장 아픈 곳을 때렸어. 나도 똑같이 해주겠어."

왈린은 어둠 속으로 몸을 밀어 넣었다. 비좁은 동굴 속으로 길을 찾아 더듬으며, 아주 작은 틈 사이에 몸을 억지로 집어넣었다. 그는 베이고 긁힌 수많은 상처를 무시하고 손가락으로 바위를 더듬어가며 아래로 계속 내려가고 있었다.

'계속 가야 해, 계속 가야 해……' 남아 있는 온전한 정신이 오늘이 그의 마지막 날이라고 말하고 있었다. 그가 마지막으로 성공한 후 엿새가 흘렀다. 일곱 번째도 실패한다면 그는 죽을 것이다.

'계속 가야 해.'

아무것도 보이지 않았다. 동굴 표면에서 너무 멀리 내려와 있었기 때문에 햇빛이 반사된 파편조차도 보이지 않았다. 그러나 빛이 없어도 길은 찾을 수 있었다. 방향은 두 가지밖에 없었다. 올라가거나 내려가거나. 옆으로 가는 동작은 중요하지 않았고, 쉽게 무시할 수 있었다. 계속 내려가고 있는 한에는 길을 잃을 리 없었다.

그동안 내내, 그는 손가락으로 수정이 싹틀 때 분명히 느껴지는 거친 감촉을 찾고 있었다. 이번에는 돌아갈 수 없었다. 성공할 때까지는, 그때까지는…….

'계속 가야 해.'

움직이는 도중 그의 손에 부드럽고 차가운 것이 닿았다. 바위 두 개 사이에 박힌 채 썩어가는 시체였다. 왈린은 계속 움직였다. 좁은 동굴 속에서 시체는 드물지 않게 발견되었다. 어떤 시체들은 죽은 지 얼마 되지 않았지만, 대부분은 뼈만 남아 있었다. 왈린은 진짜 운 좋은 사람들은 죽은 사람들 쪽이 아닐까 하고 자주 생각하곤 했다.

'계속 가야 해.'

동굴 속에 진짜 '시간' 같은 건 없었다. 보통 그는 잠을 자러 위로 돌아왔다. 동굴 밖에는 채찍을 든 작업 감독들이 있었지만 그들은 음식을 갖고 있었다. 목숨만 간신히 붙어 있게 만들 정도로 적은 양이었지만, 아래에서 너무 오래 머물다 맞게 될 굶주림보다는 나았다.

'계속 가야……'

그는 얼어붙었다. 그는 바위 속 좁은 틈에 꽉 낀 채 꿈지럭거리며 길을 나아가는 중이었다. 그러면서도 그의 손가락은 벽을 더듬고 있었다. 언제나, 그에게 거의 의식이 없을 때조차 그것의 감촉을 찾고 있던 손가락이, 뭔가를 찾아냈다.

수정 싹을 더듬는 그의 손이 기대감으로 떨렸다. 그래, 그래, 그것들이었다. 그것들은 벽을 타고 넓은 원형으로 자랐다. 가장자리는 크기가 작았지만 가운데로 가면서 점차 커졌다. 원형 패턴의 바로 한가운데서 수정들은 안쪽으로 굽어진 채 벽 안에 주머니같이 움푹 파인 곳을 감싸고 있었다. 그 부분의 수정들은 길었고, 가장자리가 전부 들쑥날쑥하고 날카로웠다. 돌짐승의 목구멍을 따라 늘어선 이빨 같았다.

숨을 한 번 들이쉬고 로드 룰러에게 기도하며, 왈린은 주먹 크기의 원형 틈에 손을 집어넣었다. 수정들이 그의 팔을 찢었다. 길고 얕은 자상이 그의 피부를 갈랐다. 그는 그 고통을 무시하고 팔을 더 안쪽으로, 팔꿈치까지 집어넣은 다음 손가락으로 더듬었다…….

있었다! 그의 손가락이 주머니의 중심에 있는 작은 돌을 발견했다. 수정이 떨어지면서 신비로이 만들어진 돌이었다. 하스신 정동석.

그는 그 돌을 탐욕스레 움켜쥐고 빼냈다. 수정이 늘어선 구멍에서 팔을 빼낼 때 그의 팔이 다시 긁혔다. 그는 기쁨으로 거친 숨을 몰아쉬며 그 작고 둥근 공을 부드럽게 쥐었다.

또 일곱 날. 또 일곱 날을 살 수 있다.

배고픔과 피로로 더 약해지기 전에, 왈린은 또다시 위로 올라가는 고된 행로를 시작했다. 그는 크레바스 속에 낀 채로 벽의 튀어나온 부분을 밟고 올라갔다. 천장이 열릴 때까지 오른쪽이나 왼쪽으로 움직여야 할 때도 있었다. 그러나 위로 올라가는 길은 언제나 열렸다. 정말로 두 방향밖에 없었다.

위 또는 아래.

그는 다른 사람들의 기척을 경계하기 위해 귀를 기울이고 있었다. 그는 동굴을 기어오르다 정동석을 훔치려는 더 젊고 더 강한 남자들에게 살해당한 사람을 본 적이 있었다. 다행히 그는 아무와도 마주치지 않았다. 좋은 일이었다. 그는 나이 먹은 사람이었다. 농장 영주에게서 절대 음식을 훔쳐서는 안 된다는 것을 알 만한 나이였다.

자업자득일 것이다. 그는 '하스신의 갱'에서 죽어 마땅할 것이다.

'하지만 오늘 죽지는 않을 거야.' 그는 마침내 달콤하고 신선한 공기를 맡으며 생각했다. 위에 올라오자 밤이었다. 그러나 상관없었다. 그는 더 이상 안개에 신경 쓰지 않았다. 심지어 구타도 많이 괴롭지는 않았다. 너무 지쳐서 신경을 쓸 수가 없었다.

왈린은 틈에서 벗어나 기어오르기 시작했다. '하스신의 갱'이라고 알려진 작고 납작한 계곡 속에 난 수십 개의 균열 가운데 하나였다. 순간, 그가 얼어붙은 듯이 멈추었다.

한 사람이 그의 위쪽 어둠 속에 서 있었다. 그는 조각조각으로 길게 잘린 것처럼 보이는 커다란 클록을 입고 있었다. 그 남자는 왈린을 바라보았다. 검은 옷을 입은 그는 조용하고 강력해 보였다. 다음 순간 그는 손을 아래로 내밀었다.

왈린은 움찔했다. 그러나 남자는 왈린의 손을 잡더니 그를 틈 밖으로 끌어냈다.

"가라!" 그 남자는 소용돌이치는 안개 속에서 조용히 말했다. "경비병들은 대부분 죽었다. 최대한 죄수를 많이 모아 이 장소를 빠져나가라. 정동석은 갖고 있나?"

왈린은 다시 움찔하며 가슴 쪽으로 손을 움츠렸다.

"좋아." 이방인이 말했다. "그걸 깨뜨려. 그 안에는 금속 덩어리가 있을 거다. 매우 값진 물건이야. 너희가 어느 도시에 가게 되든지 그걸 암흑가에 팔아라. 오랫동안 먹고살 돈을 충분히 벌 수 있을 테니까. 얼른 가! 경보가 울릴 때까지 얼마나 시간이 남았을지 모르니까."

왈린은 당황해서 비틀거리며 뒤로 물러났다.

"누…… 누구십니까?"

"곧 너도 나와 같은 존재가 된다." 이방인은 틈 쪽으로 걸어가며 말했다. 그의 몸을 감싼 검은 클록 리본들이 안개와 섞이며 그의 주위에서 부풀어 올랐다. 그는 왈린 쪽을 돌아보았다. "나는 생존자다."

켈시어는 그 죄수가 허둥지둥 멀리 도망가는 소리를 들으며 아래를 내려다보고, 바위 속의 어두운 틈을 살펴보았다.

"이제 내가 돌아왔다." 켈시어가 속삭였다. 흉터가 불타는 듯이 아팠고, 기억이 마음속에서 넘쳐흘렀다. 몇 달 동안 바위틈 속을 꿈틀거리며 뚫고 지나가던 기억들. 수정 칼날에 팔을 찢기고, 매일 정동석을 찾으며…… 딱 하나만, 그래야 그가 살 수 있었으니까.

정말 저 비좁고 조용하고 깊은 곳으로 내려갈 수 있을까? 그 어둠 속에 다시 들어갈 수 있을까? 켈시어는 팔을 들어 상처를 바라보았다. 피부 위의 흉터는 여전히 희고 선명했다.

그래. 그녀의 꿈을 위해, 그는 할 수 있었다.

그는 균열로 걸어가 마음을 단단히 먹고 그 안으로 내려간 다음 주석을 태웠다. 즉시 아래에서 무언가 갈라지는 소리가 났다.

주석은 그의 아래에 난 균열을 보여주었다. 금은 넓어졌지만, 갈라져서 비비 꼬인 틈을 사방으로 퍼뜨리고 있기도 했다. 어떻게 보면 동굴이었고, 어떻게 보면 균열이었으며, 어떻게 보면 터널이었다. 그는 언제나 자신의 첫 번째 아티움 수정 구멍을, 아니 그 구멍이 남긴 상처를 볼 수 있었다. 긴 은빛 수정들이 부러지고 부서지던 광경.

아티움 수정 근처에서 알로맨시를 쓰면 수정은 부서진다. 그래서 로드 룰러는 아티움을 모으기 위해 알로맨서가 아니라 노예들을 부린다.

'이제 실전 테스트다.' 켈시어는 균열 속으로 더 깊이 몸을 끼워 넣어 아래로 들어가며 생각했다. 철을 불태우자 곧 몇 개의 파란 선이 아래쪽을 가리키는 것이 보였다. 아티움 구멍 쪽이었다. 그 구멍 안에는 아티움이 없을 테지만 수정 자체가 희미하게 파란 선을 내뿜었다. 수정에도 아티움이 조금 남아 있었다.

켈시어는 파란 선 하나에 집중해 가볍게 '밀었다'. 주석으로 강화된 귀에 아래쪽 균열 속에서 뭔가가 부서지는 소리가 들렸다.

켈시어는 미소 지었다.

거의 3년 전, 메어를 때려죽인 작업 감독들의 시체 위에 서 있을 때, 그는 철을 이용해서 수정 구멍들이 어디 있는지 느낄 수 있다는 것을 처음으로 알아차렸다. 그 당시 그는 자신의 알로맨시 힘을 거의 이해하지 못했지만, 그때조차도 그의 마음속에는 계획이 하나 움트고 있었다. 복수의 계획.

그 계획은 점점 발전하며 자라나 그가 원래 생각했던 것보다 훨씬 거대해졌다. 그러나 가장 중요한 부분 하나는 마음속 한구석에 남아 있었다. 그는 그 수정 구멍들을 찾을 수 있었다. 그리고 알로맨시를 사용해 부술 수 있었다.

'마지막 제국' 전체에서 아티움이 생산되는 곳은 그 구멍들밖에 없었다.

"하스신의 갱", 너는 나를 파괴하려고 했지.' 그는 균열 속으로 더 깊이 내려가면서 생각했다. '이제 은혜를 갚아주지.'

33

이제 거의 다 왔다. 이상하게도, 이렇게 높은 산에 오르자 마침내 '디프니스'의 숨 막히는 손길에서 자유로워진 것 같다. 내가 그 손길을 느껴본 지도 한참 되었다.

우리는 이제 페딕이 발견한 호수 위로 올라왔다. 바위 선반 위에서 그것이 보인다. 유리 같은, 거의 금속 같은 광택을 내는 그 호수는 이 위에서 더 섬뜩하게 보인다. 그가 호숫물 표본을 가져오게 놔둘 걸 그랬다는 생각이 들 정도다.

아마 그가 보인 흥미 때문에 우리를 따라오던 안개 생물이 화를 낸 것 같다. 아마도…… 그 생물이 그를 보이지 않는 칼로 찔러 공격한 이유는 그것이리라.

이상하게도 그 공격은 내게 위안이 되었다. 최소한 다른 사람도 그것을 보았다는 걸 아니까. 그것은 내가 미치지 않았다는 뜻이다.

"그래서…… 다 끝난 거예요?" 빈이 물었다. "우리 계획 말이에요."

햄은 어깨를 으쓱했다.

"심문관들이 마쉬에게 자백을 받아냈다면 그들은 모든 걸 알고 있을 거야. 아니면 적어도 알 만큼은 알고 있겠지. 궁전을 습격하기로 계획한 것도 알 테고, 우리가 가문 전쟁을 위장용으로 사용하리라는 것도 알 거야. 우린 이제 로드 룰러를 도시 밖으로 절대 끌어내지 못할 테고, 그가 도시를 지키려고 궁전 경비대를 보내는 일도 절대 없겠지. 상황이 좋지 않아 보여, 빈."

빈은 조용히 앉아 그 정보를 소화하고 있었다. 햄은 더러운 바닥 위에 양반다리로 앉아 맞은편 벽돌 벽에 몸을 기대고 있었다. 예비 은신처는 겨우 방 세 개짜리 눅눅한 지하 창고였고, 공기에서는 먼지와 재 냄새가 났다. 독슨은 안전가옥에 들어오기 전에 다른 하인들을 다 보내버렸지만, 클럽스의 도제들은 남아 방 하나를 차지했다.

브리즈는 맞은편 벽 옆에 서 있었다. 그는 종종 더러운 마루와 먼지 앉은 의자 쪽을 불편한 듯이 바라보다가, 계속 서 있기로 했다. 빈은 왜 그가 그런 데 신경을 쓰는지 알 수 없었다. 실질적으로 땅속 구덩이나 마찬가지인

곳에서 사는 동안 정복을 깨끗이 유지하기란 어차피 불가능할 텐데.

자진 감금 상태에 분개한 사람은 브리즈만이 아니었다. 빈은 도제들 몇이 마치 미니스트리에 잡힌 것 같다고 투덜대는 소리를 들었다. 그러나 창고에서 보낸 이틀 동안, 반드시 필요한 때가 아니라면 모두 안전가옥에 머물러 있었다. 그들은 어떤 위험에 처해 있는지 이해하고 있었다. 마쉬는 심문관들에게 패거리 사람들의 용모를 가르쳐주었거나 가명을 말했을 수도 있었다.

브리즈는 고개를 저었다.

"여러분, 이제 이 작전을 그만둬야 할 때인 것 같아. 우리는 열심히 노력했고, 군대를 모으겠다는 원래 계획이 그렇게 무참하게 끝났다는 사실을 고려하면 아주 놀라운 일을 해냈다고 생각해."

독슨은 한숨을 쉬었다.

"음, 확실히 남은 자금으로 오래 버틸 수는 없어. 특히 켈이 우리 돈을 스카들에게 줘버린다면." 그는 방에 있는 단 하나뿐인 가구인 테이블 옆에 앉았다. 그의 앞에는 그의 중요한 장부, 공책, 계약서 들이 깔끔하게 쌓여 정리돼 있었다. 그는 패거리와 관계가 있거나 그들의 계획을 드러낼지도 모르는 서류들을 놀랄 만큼 효율적으로 챙겨서 나왔다.

브리즈는 고개를 끄덕였다.

"나는 다른 계획으로 넘어가기를 간절히 바라고 있어. 이 일은 전부 재미있었고 즐거웠고 성취감을 주는 온갖 감정을 느끼게 해주었어. 하지만 켈시어와 일하면 좀 진이 빠지는 것 같아."

빈은 눈살을 찌푸렸다.

"당신은 이 패거리에 계속 있지 않을 건가요?"

"그건 그가 다음에 짜는 계획에 달렸지." 브리즈가 말했다. "우리는 네가 아는 다른 패거리들과 달라. 우리는 명령을 받아서 일하는 게 아니라 우리가 원할 때 일해. 덕분에 우리는 맡을 일을 고르는 안목이 매우 높아졌지. 보상은 막대하지만 위험도 커."

햄은 먼지에 전혀 개의치 않고 뒷머리에 팔로 괸 다음 미소 지었다.

"우리가 어떻게 이런 계획을 함께하게 되었는지 좀 놀랐지, 응? 위험은 아주 높고 보상은 거의 없는데."

"사실상 없지." 브리즈가 말했다. "우린 이제 절대로 아티움을 손에 넣지 못할 거야. 켈시어의 이타주의적인 연설과 스카를 돕기 위해 하는 일도 괜찮았지만, 난 언제나 우리가 그 보물 창고를 한번 휩쓸기를 바라고 있었어."

"맞아." 독슨이 그의 공책에서 눈을 들어 쳐다보며 말했다. "하지만 어쨌든 할 만한 가치는 있지 않았어? 우리가 한 일과 이뤄낸 것들은?"

브리즈와 햄은 잠시 침묵했다가, 둘 다 고개를 끄덕였다.

"그래서 우리가 머물러 있었던 거야." 독슨이 말했다. "켈도 말했잖아. 우리가 가치 있는 목표를 성취하기 위해 색다른 일을 시도할 줄 알기 때문에 우리를 뽑은 거라고. 너희는 좋은 사람들이야. 심지어 너도 그래, 브리즈. 나 좀 그만 노려봐."

빈은 익숙하고 친근한 농담에 미소 지었다. 이들도 마쉬를 애도하고 있었다. 그러나 이 사람들은 상실을 딛고 전진하는 법을 아는 사람들이었다. 그런 면에서 결국 그들은 진정한 스카였다.

"가문 전쟁 말인데." 햄이 느긋하게 미소 지으며 말했다. "귀족들이 얼마나 많이 죽었을 것 같아?"

"적어도 몇백." 독슨이 쳐다보지도 않고 말했다. "탐욕스러운 귀족들 서로의 손에 전부 죽었지."

"이 일 전체는 낭패로 끝났고, 나도 의심을 품고 있었다는 걸 인정할게." 브리즈가 말했다. "하지만 가문 전쟁으로 상거래는 중단됐고, 정부가 엉망이 된 건 말할 것도 없고……. 그래, 네 말이 맞아, 독슨. 할 만한 가치가 있는 일이었어."

"그래." 햄이 브리즈의 딱딱한 목소리를 흉내 내며 말했다.

'난 이 사람들이 그리울 거야.' 빈은 안타까워하며 생각했다. '켈시어는 다

음 계획에도 날 데려가겠지.'

계단이 삐걱거리는 바람에 빈은 반사적으로 다시 그늘로 들어갔다. 금방이라도 부서질 것 같은 문이 홱 열리면서 검은 옷을 입은 낯익은 사람의 형체가 성큼성큼 들어왔다. 그는 팔 위에 미스트클록을 걸치고 있었다. 그의 얼굴은 믿을 수 없을 정도로 지쳐 보였다.

"켈시어!" 빈이 앞으로 나서며 외쳤다.

"안녕, 모두들." 그가 지친 목소리로 말했다.

'난 저 지친 분위기를 알아. "백랍-끌어내기"를 쓴 거야. 그는 어디 갔었던 거지?' 빈이 생각했다.

"늦었어, 켈." 독슨은 여전히 장부에서 고개를 들지 않은 채 말했다.

"나야 일관성 빼면 시체지." 켈시어가 미스트클록을 마루에 던져놓고 기지개를 켠 다음 앉으면서 말했다. "클럽스와 스푸크는 어디 있어?"

"클럽스는 뒷방에서 자고 있어." 독슨이 말했다. "스푸크는 르노와 함께 갔어. 그가 경계를 하기 위해 우리의 최고 틴아이를 데려가는 쪽을 네가 좋아할 거라고 생각했어."

"좋은 생각이야." 켈시어가 깊은 한숨을 내쉬고 눈을 감으며 벽에 기대섰다.

"세상에, 네 꼴은 끔찍하군." 브리즈가 말했다.

"겉보기처럼 나쁘지는 않아. 천천히 돌아왔거든. 오는 도중에 멈춰서 몇 시간 자기도 했는걸."

"그래, 그런데 어디 갔었어?" 햄이 날카롭게 물었다. "우린 네가 밖에서 뭔가…… 음, 바보 같은 짓을 할까 봐 무진장 걱정하고 있었다고."

"사실 우리는 네가 바보 같은 짓을 하고 있다는 걸 기정사실로 받아들이고 있었어. 이번 건수는 얼마나 바보 같은 짓으로 밝혀질지 궁금해하던 중이었고. 그래서 무슨 일을 했지? 로드 프렐란을 암살했나? 귀족 수십 명을 학살했어? 아니면 로드 룰러의 등짝에서 클록이라도 훔쳐 왔어?"

"난 '하스신의 갱'을 파괴했어." 켈시어가 조용히 말했다.

방 전체가 경악에 찬 침묵으로 덮였다.

"이봐." 브리즈가 마침내 말했다. "지금쯤 우리는 켈을 과소평가하지 않는 법을 알고 있어야 하지 않을까?"

"그걸 파괴해?" 햄이 물었다. "어떻게 '하스신의 갱'을 파괴해? 그건 땅에 난 한 무더기의 균열일 뿐이잖아!"

"음, 사실 갱 자체를 파괴한 건 아니고." 켈시어가 설명했다. "아티움 정동석을 만들어내는 수정들을 부쉈을 뿐이야."

"전부?" 독슨이 놀라서 말문이 막힌 듯이 물었다.

"내가 찾을 수 있는 건 전부." 켈시어가 말했다. "정동석 구멍 몇백 개 정도 되던걸. 사실 알로맨시를 쓰니까 그 아래로 내려가기 훨씬 쉽더군."

"수정이라뇨?" 빈은 무슨 말인지 알 수가 없어 물었다.

"아티움 수정 말이야, 빈." 독슨이 말했다. "거기서 정동석이 생겨나. 실제로 어떻게 그렇게 되는지는 아무도 모를 거야. 그 정동석 한가운데 아티움 구슬이 있어."

켈시어가 고개를 끄덕였다.

"로드 룰러가 알로맨서를 그냥 내려보내 아티움 정동석을 '당겨' 올 수 없는 이유가 바로 그 수정들 때문이야. 수정 근처에서 알로맨시를 쓰면 수정이 깨지거든. 그게 다시 자라려면 수백 년이 걸리지."

"수백 년 동안 아티움을 만들어낼 수 없다는 말이야." 독슨이 덧붙였다.

"그럼 당신은……." 빈은 말끝을 흐렸다.

"난 앞으로 300년 동안 '마지막 제국'의 아티움 생산을 완전히 끝장낸 거지."

'엘렌드, 벤처 가문. 그들이 "갱"을 책임지고 있어. 로드 룰러가 이걸 알게 되면 어떻게 반응할까?'

"이 미친놈." 브리즈가 눈을 휘둥그레 뜨고 조용히 말했다. "아티움은 제국 경제의 토대야. 로드 룰러가 귀족들에 대한 지배권을 유지하는 주된 방법이 아티움 통제니까. 우리가 그의 저장고에 가지는 못했지만, 결국 똑같은 효과를 내겠군. 이 축복받을 미친놈…… 이 축복받을 천재야!"

켈시어가 쓴웃음을 지었다.

"양쪽 칭찬 다 고마워. 심문관들이 클럽스의 가게를 쳤나?"

"우리 감시원들이 지켜본 결과 치지 않았어." 독슨이 말했다.

"잘됐군." 켈시어가 말했다. "어쩌면 그들은 마쉬의 자백을 받지 못했을 거야. 적어도 자기들의 '달래기' 지소가 피해를 입었다는 건 깨닫지 못할 거야. 너희가 괜찮다면 난 이만 자러 갈게. 우린 내일 계획할 일이 많아."

패거리는 얼어붙었다.

"계획이라고?" 독스가 마침내 물었다. "켈…… 우리는 물러나야 할 때라고 생각하고 있었어. 우리는 가문 전쟁을 일으켰고, 너는 방금 제국 경제를 뿌리 뽑아버렸어. 우리의 위장은 드러났고 계획도 손상되었는데…… 음, 설마 우리가 뭔가 더 하길 바라는 건 아닐 테지, 그렇지?"

켈시어는 미소를 짓더니, 비틀거리며 일어나 뒷방으로 들어갔다.

"내일 이야기하자."

"그가 뭘 계획하고 있는 것 같아요, 세이즈드?" 빈이 창고 벽난로 옆의 스툴에 앉아서 물었다. 테리스인은 저녁 식사를 준비하고 있었다. 켈시어는 밤새 자고 그날 오후에야 일어났다.

"전 정말 모릅니다, 미스트리스." 세이즈드가 스튜를 맛보며 대답했다. "하지만 도시가 이렇게 위태로운 지금이 '마지막 제국'에 저항하는 작전을 펼 절호의 기회인 것 같습니다."

빈은 생각에 잠겨 앉아 있었다.

"우리가 아직 궁전을 점거할 수 있을지도 몰라요. 켈시어는 언제나 그러고 싶어 했어요. 하지만 로드 룰러가 이미 경고를 받았다면, 그 일은 이루어지지 못할 거예요. 게다가 우리에겐 도시에서 큰일을 벌일 수 있을 정도의 군대가 없어요. 햄과 브리즈는 모병을 다 끝내지 못했어요."

세이즈드는 어깨를 으쓱했다.

"아마 켈시어가 로드 룰러에 대한 계획을 짜고 있을 거예요." 빈이 골똘히 생각하며 말했다.

"아마 그렇겠죠."

"세이즈드? 당신은 전설들을 모으죠, 그렇죠?" 빈이 천천히 말했다.

"키퍼로서 저는 여러 가지를 모읍니다. 민담, 전설, 종교." 세이즈드가 말했다. "제가 어렸을 때 다른 키퍼가 자기 지식을 모두 읊어주었습니다. 제가 그것을 저장한 다음 거기에 새로운 지식을 덧붙일 수 있도록요."

"켈시어가 이야기하는 이 '열한 번째 금속' 전설에 대해 들어본 적 있어요?"

세이즈드는 잠시 침묵했다.

"아뇨, 미스트리스. 그 전설은 저도 마스터 켈시어에게 처음 들었습니다."

"하지만 켈시어는 그 전설이 진짜라고 확신해요. 그리고 난…… 그를 믿어요. 왠지는 모르겠지만." 빈이 말했다.

"제가 들어보지 못한 전설들도 존재할 가능성이 매우 높습니다." 세이즈드가 말했다. "키퍼들이 모든 걸 알고 있다면 왜 계속 탐색을 해야 하겠습니까?"

빈은 고개를 끄덕였지만 아직 자신이 없는 태도였다.

세이즈드는 계속 수프를 저었다. 그는 그런 사소한 일을 하면서도 아주…… 위엄 있어 보였다. 패거리가 하인들을 해산시켰기 때문에, 그는 하인들을 대신해서 일하고 있었다. 그러나 아무리 단순한 일이라도 상관하지 않고 시종 로브를 입은 채 그것을 척척 수행했다.

계단에서 빠른 발소리가 나자 빈은 활기를 띠며 미끄러지듯 의자에서 일어났다.

"미스트리스?" 세이즈드가 물었다.

"누가 계단에 있어요." 빈이 문으로 가며 말했다.

도제 한 명이 벌컥 문을 열고 큰 방에 들어왔다. 빈이 알기로는 테이즈라는 이름이었다. 이제 레스티번스가 없었기 때문에 테이즈가 패거리의 망보기를 중심적으로 맡고 있었다.

"사람들이 광장에 모이고 있어요." 테이즈가 계단 쪽으로 몸짓을 하며 말했다.

"무슨 일이지?" 독슨이 다른 방에서 들어오며 물었다.

"분수 광장에 사람들이 모여요, 마스터 독슨." 소년이 말했다. "거리에서 들은 소문으로는 오블리게이터들이 더 많은 사람을 처형하려고 계획하고 있대요."

'"갱" 사건을 응징하려는 거야. 빠르기도 하지.' 빈이 생각했다.

독슨의 표정이 어두워졌다.

"가서 켈을 깨워."

"난 그들을 지켜볼 생각이야." 켈시어가 방으로 걸어 들어오며 말했다. 그는 단순한 스카 복장과 클록을 입고 있었다.

빈은 속이 뒤틀렸다.

'또?'

"너희는 모두 각자 좋을 대로 해도 돼." 켈시어가 말했다. 오래 쉰 다음이라 그는 훨씬 상태가 좋아 보였다. 탈진 상태는 가셨고, 빈이 그의 특징이라 생각하는 활기가 돌았다.

"처형은 아마 내가 '갱'에서 한 일의 앙갚음일 거야." 켈시어가 말을 계속했다. "난 그 사람들의 죽음을 지켜봐야겠어. 간접적으로는 내가 그렇게 만들었으니까."

"네 잘못이 아니야, 켈." 독슨이 말했다.

"모두 우리 잘못이야." 켈시어가 직설적으로 말했다. "우리가 한 일이 잘못된 건 아니야. 하지만 우리가 아니었으면 저 사람들은 죽지 않아도 됐을 거야. 이 사람들의 죽음을 참고 목격하는 게 우리가 그들을 위해 할 수 있는 최소한의 행동이라고 생각해."

그는 문을 열고 계단을 올라갔다. 천천히, 나머지 패거리도 그를 따라갔다. 그러나 클럽스와 세이즈드 그리고 도제들은 안전가옥에 남아 있었다.

빈은 퀴퀴한 냄새가 나는 계단을 올라 스카 빈민가 한가운데의 더러운 거리에서 다른 사람들과 만났다. 하늘에서 재가 떨어져 느긋하게 공중에 떠돌았다. 켈시어는 이미 거리를 걸어 내려가고 있었고, 나머지 사람들—브리즈, 햄, 독슨과 빈—은 재빨리 그를 따라잡았다.

안전가옥은 분수 광장에서 멀지 않았다. 그러나 켈시어는 목적지에서 도로 몇 개 떨어진 곳에 멈추었다. 멍한 눈을 한 스카들이 주위에서 걸으며 패거리를 거칠게 밀쳐댔다. 멀리서 종이 울렸다.

"켈?" 독슨이 물었다.

켈시어는 고개를 들었다.

"빈, 저거 들려?"

그녀는 눈을 감고 주석을 태웠다.

'집중해. 스푸크의 말처럼. 질질 끄는 발소리와 웅얼거리는 목소리 사이로 들어. 문 닫히는 소리와 사람들 숨소리 너머로 들어. 귀를 기울이면……'

"말들이 와요. 마차도요." 그녀가 주석을 줄이고 눈을 뜨며 말했다.

켈시어는 주위의 건물들을 쳐다보다가 빗물 홈통 하나를 움켜쥐고 춤추듯이 올라갔다. 브리즈는 눈을 굴리더니 독슨을 쿡쿡 찌른 다음 건물 앞쪽으로 고갯짓을 했다. 그러나 백랍을 쓸 수 있는 빈과 햄은 손쉽게 켈시어를 따라 지붕으로 갔다.

"저기야." 켈이 약간 떨어진 어느 거리를 가리키며 말했다. 빈은 창살이 달린 죄수 수레들이 일렬로 광장을 향해 굴러가는 모습을 간신히 알아볼 수 있었다.

독슨과 브리즈는 창문을 통해 경사진 옥상으로 올라왔다. 켈시어는 계속 지붕 가장자리에 서서 죄수를 태운 수레들을 뚫어지게 바라보고 있었다.

"켈, 무슨 생각 하고 있는 거야?" 햄이 조심조심 물었다.

"우리는 아직 광장 가까운 곳에 있어. 그리고 심문관들은 죄수들과 함께 오고 있지 않아. 그들은 지난번처럼 궁전에서 내려올 거야. 저 사람들을 지키는 병사가 백 명이 넘을 리는 없고." 그가 천천히 말했다.

"백 명은 많은 수야, 켈." 햄이 말했다.

켈시어는 그 말을 듣지 못한 것 같았다. 그는 또 한 걸음 앞으로 나가 지붕 끄트머리에 섰다.

"난 이 일을 막을 수 있어……. 그들을 구할 수 있어."

빈이 그의 옆으로 걸어 올라갔다.

"켈, 죄수들과 함께 있는 경비병들은 많지 않을지 모르지만, 분수 광장이 겨우 몇 블록 떨어진 곳에 있어요. 거긴 군인들로 가득 차 있어요. 심문관들은 물론이고요!"

뜻밖에도 햄은 그녀 편을 들지 않았다. 그는 돌아서서 독슨과 브리즈를 보았다. 독슨은 잠깐 얼굴을 굳혔다가 어깨를 으쓱했다.

"모두들 미쳤어요?" 빈이 날카롭게 물었다.

"잠깐만." 브리즈가 눈을 가늘게 뜨며 말했다. "난 틴아이는 아니지만, 저 죄수들 중 몇 명은 너무 잘 차려입은 것 같지 않아?"

켈시어가 얼어붙더니 저주의 말을 중얼거렸다. 돌연 그는 아무런 경고도 없이 지붕 꼭대기에서 뛰어내려 아래쪽 거리로 떨어졌다.

"켈! 무슨……." 다음 순간 빈의 몸도 굳어졌다. 그녀는 주석으로 강화된 눈으로 붉은 햇빛 속에서 천천히 다가오는 수레의 행렬을 지켜보았다. 수레들 가운데 한 채의 앞쪽에 앉은 사람이 낯익었다.

스푸크였다.

"켈시어, 지금 뭐가 어떻게 돼가는 거예요!" 빈이 그의 뒤를 따라 거리를 달려 내려가며 날카롭게 물었다.

그는 아주 약간 속도를 늦추었다.

"저기 첫 번째 수레에 르노와 스푸크가 있어. 미니스트리가 르노의 운하 수송선들을 친 게 틀림없어. 저 수레 속에 든 사람들은 우리가 저택에서 일하도록 고용한 하인과 직원, 경비병 들이야."

'운하 수송선……. 미니스트리는 르노가 가짜라는 걸 알아낸 게 틀림없어. 마쉬가 결국 자백했구나.' 빈은 생각했다.

뒤이어 햄이 건물에서 거리로 나왔다. 브리즈와 독슨은 좀 더 늦게 나왔다.

"빨리 해야 해!" 켈시어가 다시 속도를 내며 말했다.

"켈!" 빈이 그의 팔을 움켜쥐었다. "켈시어, 당신은 그들을 구할 수 없어요. 경비가 너무 삼엄한 데다, 대낮 도시 한복판이에요. 당신만 죽고 말 거예요."

거리 한가운데서 빈의 손에 잡힌 채 멈춰 선 그가 돌아보았다. 실망한 기색으로 그녀의 눈 속을 들여다보았다.

"빈. 넌 이게 다 무엇 때문인지 이해하지 못하는구나, 응? 전혀 이해하지 못했어. 넌 전장 옆 산비탈에서 나를 한 번 막았었지. 이번엔 안 돼. 이번엔 내가 뭔가 할 수 있어."

"하지만……."

그는 팔을 흔들어 그녀의 손을 떼어냈다.

"넌 아직 우정에 대해 배워야 할 것이 있어, 빈. 언젠가 네가 그것이 무엇인지 깨달았으면 좋겠어."

다음 순간 그는 수레 쪽으로 돌진했다. 햄은 광장 쪽으로 가고 있는 스카들을 밀어 다른 방향으로 길을 내며 질주했다.

빈은 떨어지는 재 속에서 잠시 멍하니 서 있었다. 독슨이 그녀를 붙잡았다.

"이건 미친 짓이에요." 그녀는 중얼거렸다. "우린 이 일을 해낼 수 없어요, 독스. 우린 무적이 아니라고요."

독슨이 코웃음을 쳤다.

"우리는 무력하지도 않아."

브리즈가 뒤에서 씩씩거리며 다가와 옆길을 가리켰다.

"저기로 가자. 내가 군인들을 볼 수 있는 위치를 잡아줘야지."

그들은 빈을 함께 끌고 갔다. 빈은 갑자기 불안과 부끄러움이 섞인 감정을 느끼며 그들의 손에 몸을 맡겼다.

'켈시어……'

켈시어는 병 안에 있던 것을 삼키고 빈 병 한 쌍을 던져버렸다. 병은 그의 옆 공중에서 반짝거리며 빛나다가, 그대로 떨어져선 자갈에 부딪쳐 깨져버렸다. 몸을 숙이고 마지막 골목길 하나를 통과하자 오싹할 정도로 텅 빈 커다란 도로가 별안간 나타났다.

죄수를 실은 수레들이 그를 향해 굴러오고 있었다. 수레는 두 개의 거리가 교차하면서 생겨난 작은 안마당 같은 광장으로 들어왔다. 네모난 수레 모두 철창이 쳐져 있었다. 수레마다 낯익은 사람들로 가득 채워져 있었다. 하인들, 경비병들, 가정부들. 그중에서 어떤 사람들은 반역도였지만, 다른 많은 사람들은 그냥 보통 사람들이었다. 그들 가운데 죽을 짓을 한 사람은 없었다.

'스카는 이미 너무 많이 죽었어. 수백, 수천. 수만.' 그는 금속을 불태우며 생각했다.

'오늘은 안 돼. 더 이상은 안 돼.'

그는 동전 하나를 떨어뜨리고 '밀어서', 커다란 호를 그리며 공중으로 도약했다. 병사들은 그들 한가운데 내려앉는 켈시어를 손으로 가리키며 쳐다보았다.

병사들이 놀라서 돌아보는, 조용하고 짧은 순간이 흐르고 있었다. 켈시어는 그들 가운데 웅크렸다. 재 조각이 하늘에서 떨어졌다.

다음 순간 그는 '밀었다'.

그는 소리를 지르며 강철을 폭발시키고, 일어서서 바깥쪽으로 '밀었다'. 알로맨시 힘이 터져나오자, 군인들은 입고 있던 흉갑 때문에 던져졌다. 수십 명이 공중으로 날아가 동료들이나 벽에 부딪혔다.

사람들이 비명을 질렀다. 켈시어는 빙글 돌아서 한 무리의 군인들을 '밀고' 그 힘으로 죄수 수레를 향해 날아갔다. 그는 백랍을 폭발시키며 수레와 격돌했고 손으로 금속 문을 움켜쥐었다.

죄수들은 놀라서 뒤로 옹송그리며 모여들었다. 켈시어의 백랍은 여전히 폭발하고 있었다. 그는 힘을 써서 문을 뜯어낸 다음, 다가오는 한 무리의 군인에게 그 문을 던졌다.

"어서 도망가!" 그는 죄수들에게 말하고 뛰어내려 거리에 가볍게 착지한 후 빙글 돌았다.

그리고 갈색 로브를 입은 키 큰 그림자와 맞닥뜨렸다. 켈시어는 잠시 그 자리에 굳었다가, 키 큰 괴물이 위로 손을 뻗어 후드를 내리고 대못에 찔린 한 쌍의 눈을 드러내자 뒤로 물러났다.

심문관은 미소 지었다. 옆 골목길에서 발소리가 다가오는 것이 들렸다. 수십. 수백.

"천벌 받을 놈들!" 브리즈는 군인들이 광장을 휩쓸자 욕설을 했다.

독슨은 브리즈를 옆 골목길로 끌고 들어갔다. 빈은 그들을 따라 들어가 그늘 속에 웅크리고 바깥 교차로에서 군인들이 소리치는 것에 귀를 기울였다.

"뭐죠?" 그녀가 날카롭게 물었다.

"심문관이야!" 브리즈가 켈시어 앞에 서 있는 로브를 입은 그림자를 가리키며 말했다.

"뭐라고?" 독슨이 일어섰다.

'함정이야.' 빈은 공포를 느끼며 깨달았다. 군인들이 숨겨진 옆길에서 나타나 광장을 가득 메우기 시작했다.

'켈시어, 거기서 나와요!'

켈시어는 쓰러진 경비병을 '밀어' 몸을 뒤로 휙 날려서 죄수 수레 위에 올라탔다. 그는 웅크린 자세로 내려앉은 다음 새로 나타난 병사들을 바라보았다. 갑옷을 입지 않고 스태프를 든 자들이 많았다. 헤이즈킬러들이었다.

심문관이 재가 가득한 공중으로 자기 몸을 '밀어' 쿵 소리를 내며 켈시어 앞에 내려앉았다. 그 괴물은 미소 지었다.

'같은 놈이다. 전의 그 심문관이야.'

"그 여자애는 어디 있지?" 괴물이 조용히 말했다.

켈시어는 그 질문을 무시했다.

"왜 혼자뿐이지?" 켈시어가 물었다.

괴물의 미소가 커졌다.

"제비뽑기를 했거든."

심문관이 한 쌍의 흑요석 도끼를 뽑아들자 켈시어는 백랍을 폭발시키고 옆으로 재빨리 피했다. 군인들이 서둘러 광장을 봉쇄했다. 사람들이 외치는 소리가 들렸다.

"켈시어! 로드 켈시어! 제발!"

심문관이 켈시어에게 돌진하자 그는 조용히 욕설을 내뱉었다. 그는 손을 뻗어 아직 꽉 차 있는 수레 한 채를 '밀고' 공중으로, 한 무리의 군인들 위로 몸을 띄웠다. 그는 땅에 내려앉자마자 수레 안에 있는 사람들을 풀어주러 달려갔다. 그러나 그가 도착한 순간 수레가 흔들렸다. 켈시어가 위를 쳐다보았다. 강철 눈의 괴물이 수레 위에서 그를 내려다보며 웃고 있었다.

켈시어는 머리 옆쪽으로 도끼날이 휘두르며 일으키는 바람을 느끼고 몸을 뒤로 '밀었다'. 그는 매끄럽게 착지했지만 한 분대의 병력이 공격해오는 바람에 즉시 옆으로 뛰어올라야 했다. 내려앉으면서 그는 손을 뻗어 수레

한 채를 닻으로 사용해 자기 몸을 '당기고', 아까 던졌던 철문도 '당겼다'. 빗장이 걸린 문은 공중으로 떠올라 몰려오던 병사들과 부딪쳤다.

심문관이 뒤에서 공격하자 켈시어는 뛰어서 피했다. 철문이 아직도 빙글빙글 돌면서 켈시어 앞쪽의 자갈을 가로질러 위태롭게 달려가고 있었다. 켈시어는 그 문을 넘어 지나가며 '밀어'서 공중으로 잽싸게 날아올랐다.

'빈이 옳았어.' 켈시어는 좌절감을 느끼며 생각했다. 아래쪽에서는 심문관이 그를 초자연적인 눈으로 좇으며 지켜보고 있었다. '이 일은 하지 말았어야 했어.' 아래에서 한 무리의 군인들이 그가 풀어준 스카들을 잡아 모으고 있었다.

'도망쳐야겠어. 심문관을 따돌려보자. 전에도 했던 일이야.'

하지만…… 그럴 수 없었다. 이번만은 그러지 않을 것이다. 그는 이제까지 너무 많은 것을 타협했다. 다른 모든 것을 잃는다 해도 저 죄수들만은 풀어주어야 했다.

그리고 그가 공중에서 떨어지기 시작했을 때, 한 무리의 사람들이 교차로로 돌진하는 것이 보였다. 그들은 무기를 갖고 있었지만 제복은 없었다. 맨 앞에서 낯익은 사람이 달리고 있었다.

'햄! 거기 갔었구나.'

"무슨 일이죠?" 빈이 광장을 들여다보려고 목을 빼며 초조한 목소리로 물었다. 켈시어의 몸은 다시 싸움판 속으로 떨어져 내렸다. 검은 클록이 꼬리처럼 뒤에서 흩날렸다.

"우리 군부대야! 햄이 그들을 데려온 게 틀림없어." 독슨이 말했다.

"얼마나 많아요?"

"200명씩 편제해두었어."

"그럼 수에서 밀리겠군요."

독슨이 고개를 끄덕였다. 빈은 일어섰다.

"내가 나갈게요."

"아니, 넌 안 돼." 독슨은 단호하게 그녀의 클록을 붙잡고 끌어당겼다. "네가 마지막으로 저 괴물들을 만났을 때 겪은 일을 되풀이하게 할 수는 없어."

"하지만……."

"켈은 괜찮을 거야. 그는 햄이 죄수들을 풀어줄 때까지만 시간을 벌고 그 다음엔 달아날 거야. 지켜보라고." 독슨이 말했다.

빈은 도로 물러났다.

옆에서 브리즈는 혼자 중얼거리고 있었다.

"그래, 너희는 겁이 난다. 거기에 집중해. 다른 모든 감정을 '달래서' 없애버려. 계속 겁먹고 있어. 저건 심문관과 미스트본의 싸움이다. 너희는 저기 개입하고 싶지 않다……."

빈은 다시 광장을 보았다. 군인 한 명이 스태프를 떨어뜨리고 도망가는 모습이 보였다.

'다른 방식의 싸움도 있어.' 그녀는 깨닫고 브리즈 옆에 무릎을 꿇었다.

"전 어떻게 도울까요?"

켈시어는 다시 심문관에게서 물러나 뒤로 피했다. 햄의 부대가 제국 군인들과 충돌하며 칼을 휘둘러 죄수 수레로 향하는 길을 뚫고 있었다. 그 공격은 군인들의 주의를 끌었다. 그들은 켈시어와 심문관이 일대일 전투를 하도록 내버려두고 갈 수 있어 아주 홀가분해 보였다.

옆에서는 스카들이 작은 안마당 주위의 거리를 막기 시작하는 것이 보였다. 켈시어와 심문관의 싸움이 위쪽 분수 광장에서 기다리고 있던 사람들의 주의를 끈 것이다. 다른 제국군 분대들이 이 싸움판을 향해 길을 밀고 들어오는 모습도 보였지만, 거리에 모여선 수천 명의 스카 때문에 그들은 매우 느리게 전진할 수밖에 없었다.

심문관이 도끼를 휘두르자 켈시어는 피했다. 괴물은 점점 화가 나는 듯했다. 옆에서는 햄의 작은 부대가 죄수 수레 한 채에 닿았다. 그들은 자물쇠를 깨서 문을 열고 죄수들을 풀어주었다. 햄의 나머지 부하들은 죄수들이 달아나는 동안 제국 군인들을 붙잡아두고 있었다.

켈시어는 미소를 지으며, 화가 난 심문관을 바라보았다. 괴물은 조용히 으르렁거렸다.

"발레트!" 어떤 목소리가 외쳤다.

켈시어는 충격을 받고 그쪽을 돌아보았다. 잘 차려입은 귀족 한 명이 군인들을 밀고 싸움 한복판으로 들어오고 있었다. 그는 결투용 지팡이를 들고 두 명의 경호원에게 보호받고 있었다. 사면초가에 몰려 있었지만 그는 대체로 공격을 잘 피하고 있었다. 귀족들과 스카들 양쪽 모두 귀족 혈통이 분명한 남자를 쓰러뜨리려고 열심이지는 않았다.

"발레트!" 엘렌드 벤처가 다시 소리쳤다. 그는 군인 한 명을 보았다.

"누가 르노가 수송대를 습격하라고 했나! 이건 누구 권한이야!"

'대단한데.' 켈시어는 심문관에 대한 경계를 늦추지 않은 채 생각했다. 그 괴물은 일그러진 혐오스러운 표정으로 켈시어를 바라보았다.

'넌 계속 날 증오하렴.' 켈시어가 생각했다. '난 햄이 죄수들을 풀어줄 때까지만 널 붙잡아놓으면 돼. 그다음엔 널 따돌릴 수 있어.'

심문관은 손을 뻗더니 아무렇지도 않게 도망치는 하인 한 명의 목을 베어버렸다.

"안 돼!"

켈시어가 외쳤다. 시체는 심문관 발치에 쓰러졌다. 그 괴물은 또 한 명의 희생자를 붙잡고 도끼를 치켜들었다.

"좋아!" 켈시어는 성큼성큼 앞으로 걸어가며 말했다. 그는 어깨띠에서 한 쌍의 병을 꺼냈다. "좋아. 나랑 싸우고 싶다고? 와라!"

괴물은 웃으면서 붙잡았던 여자를 옆으로 밀쳐놓더니 켈시어에게로 성큼성큼 걸어왔다.

켈시어는 양쪽 병의 코르크를 빼버리고 동시에 두 병을 다 비운 다음 빈 병을 옆으로 던져버렸다. 금속들이 그의 가슴속에서 폭발하고 분노와 함께 타올랐다. 그의 형이 죽었다. 아내도 죽었다. 가족, 친구, 영웅 들. 모두가 죽었다.

'네가 나한테 복수를 재촉한단 말이지? 좋아, 맛 좀 봐라!'

켈시어는 심문관 몇 피트 앞에서 멈추었다. 주먹을 불끈 쥐고 그는 강철을 폭발시켜 거세게 '밀었다'. 보이지 않는 어마어마한 힘의 파도에 부닥친 그의 주위 사람들이 자기가 가진 금속 때문에 뒤로 날아갔다. 제국 군인과 죄수와 반역도들이 꽉꽉 들어찬 광장 한복판, 켈시어와 심문관 주위에 작은 공터가 생겼다.

"그럼, 시작하자." 켈시어가 말했다.

34

나는 결코 두려움을 받고 싶지 않았다.

한 가지 후회하는 것이 있다면, 내가 불러일으킨 공포다. 공포는 폭군의 도구다. 불행히도 세계의 운명이 걸려 있을 때는, 쓸 수 있는 도구는 다 써야 한다.

죽은 사람들, 죽어가는 사람들이 자갈 바닥에 쓰러져 있었다. 스카가 길을 꽉꽉 메웠다. 죄수들은 그의 이름을 소리치고, 햇빛에 희부옇게 흐려진 거리에서 열기가 올라왔다.

그리고 재가 하늘에서 떨어졌다.

켈시어는 백랍을 폭발시키며 단검을 빼들고 맹렬히 앞으로 달려갔다. 그는 심문관과 동시에 아티움을 태웠고, 둘 다 오랜 시간 버틸 정도로 충분한 아티움을 갖고 있는 것 같았다.

켈시어는 뜨거운 공중을 두 번 긋고는 팔이 흐릿해질 정도로 빠르게 심문관을 공격했다. 심문관은 미친 듯이 몰아치는 아티움 그림자의 소용돌이 속으로 피한 다음 도끼를 휘둘렀다.

켈시어는 펄쩍 뛰어올랐다. 백랍 덕분에 그는 인간이 뛸 수 없는 높이까지 뛰어올라 심문관이 휘두르는 무기 바로 위를 스쳐 지났다. 그는 손을 뻗고 뒤에서 싸우는 군인들을 '밀어' 몸을 앞으로 던졌다. 그는 양발로 심문관의 얼굴을 세게 차고 다시 공중으로 튕겨 나갔다.

심문관은 비틀거렸다. 켈시어는 떨어지면서 군인 한 명을 '당겨' 자기 몸을 뒤로 재빨리 뺐다. 그 군인은 '철-당기기'의 힘 때문에 선 자리에서 뽑혀 나와 켈시어를 향해 빠르게 날아오기 시작했다. 양쪽 다 공중을 날았다.

켈시어는 여전히 그 군인을 '당기'면서도 철을 태워 오른쪽에 있는 한 분대의 군인들을 '당겼다'. 그 결과 회전이 일어났다. 켈시어는 옆으로 날아가고, 그 군인은 켈시어의 몸에 밧줄로 묶인 듯이 잡힌 채 사슬 끝에 달린 철 공처럼 커다란 호를 그리며 휘둘렀다.

그 불운한 군인은 비틀거리던 심문관과 충돌했다. 그들 둘 다 빈 죄수 수레의 철창에 처박혔다.

군인은 의식을 잃고 땅에 쓰러졌다. 심문관은 강철 감옥에서 튕겨 나와 손과 무릎으로 바닥을 짚으며 땅에 떨어졌다. 괴물의 얼굴에서 피 한 줄기가 흘러 눈가의 문신을 가로질렀다. 그러나 심문관은 미소를 지으며 위를 쳐다보았다. 그 괴물은 일어설 때 조금도 어지러워 보이지 않았다.

켈시어는 소리 죽여 욕설을 하며 땅에 내려앉았다.

믿을 수 없는 속도로, 심문관이 빈 상자 같은 수레 감옥의 철창 한 쌍을 움켜쥐고 감옥 전체를 수레바퀴에서 떼어냈다.

'제기랄!'

그 괴물은 빙글 돌아 거대한 강철 감옥을 겨우 몇 피트 떨어진 곳에 서 있던 켈시어에게 던졌다. 피할 시간이 없었다. 그의 바로 뒤에는 건물이 있었다. 뒤로 몸을 '밀면' 건물과 충돌할 것이다.

감옥이 부딪치는 순간, 그는 뛰어올라 '강철-밀기'로 빙글빙글 도는 감옥의 열린 문 안에 들어갔다. 그는 감옥 안에서 몸을 돌려 금속 철창의 정중앙에 자리를 잡으며, 감옥이 벽에 부딪혀 튕겨 나오는 순간 바깥 사방으로 '밀어냈다'.

감옥은 구르다가 땅 위에서 미끄러지기 시작했다. 감옥이 천천히 미끄러져 멈출 때 켈시어는 몸을 떨어뜨려 지붕 밑면에 내려앉았다. 군인들이 바다처럼 모여 싸우는 가운데 심문관이 그를 지켜보는 모습이 보였다. 심문관의 몸은 구부러지고 달려오고 움직이는 아티움 이미지의 구름에 둘러싸였다. 심문관은 존경의 표시로 켈시어에게 머리를 가볍게 끄덕였다.

켈시어는 고함을 지르며 사방을 '밀었다'. 자기 몸이 으깨지지 않도록 백랍을 폭발시켜야 했다. 감옥이 폭발하며 금속 상판이 공중으로 날아가고 철창들이 바깥으로 터져 뜯겨 나왔다. 켈시어는 뒤쪽 철창을 '당기고' 앞에 있는 철창을 '밀어'서 금속 막대들을 심문관 쪽으로 쏘아 보냈다.

괴물은 한 손을 들어 그 커다란 막대를 노련하게 쪼개버렸다. 그러나 켈시어는 빗장 다음에 자기 몸을 '강철-밀기'로 심문관에게 쏘아 보내고 있었다. 심문관은 어느 불운한 병사를 닻으로 사용해 몸을 옆으로 '당겼다'. 그 병사는 싸우다가 상대에게서 떨어져 나오자 비명을 질렀다. 그러나 심문관이 그 병사를 '밀어' 땅에 처박으며 뛰어오르자 그는 숨이 막힌 듯했다.

심문관은 공중으로 쏜살같이 날았다. 켈시어는 한 무리의 군인들을 '밀어서' 속도를 늦추며 심문관을 따라갔다. 뒤쪽에서 감옥 상판이 도로 땅에 떨어지는 바람에 돌 조각들이 위로 튀어 올랐다. 켈시어는 그 상판에 대고 힘을 폭발시키며 심문관을 쫓아 몸을 위로 던졌다.

재 조각들이 쏜살같이 그를 스쳐 지나갔다. 앞쪽에서 심문관이 아래쪽의 뭔가를 '밀어' 몸을 돌렸다. 그 괴물은 즉시 방향을 바꿔 켈시어에게로 날아오고 있었다.

'박치기를 하자고? 머리에 대못을 박아 넣지 않은 사람에게 불리한걸.' 켈시어는 황급히 병사 한 명을 '당겨' 아래로 요동을 치며 몸을 낮추었다. 심문관이 머리 위로 비스듬히 스쳐 지났다.

켈시어는 백랍을 폭발시킨 다음 그가 위로 끌어'당긴' 군인과 부딪쳤다. 둘 다 공중에서 빙글 돌았다. 다행히 햄의 부하 군인은 아니었다.

"미안, 친구." 켈시어는 몸을 옆으로 '밀면서' 이야기를 나누듯이 말했다.

켈시어가 전장 위로 날아오르기 위해 '밀었기' 때문에, 군인은 쏜살같이 멀어져서 결국 어느 건물 벽에 충돌했다. 아래쪽에서 햄의 주력군이 마침내 마지막 죄수 수레에 닿았다. 불행히도 제국군 몇 분대가 멍하니 구경 중인 스카 군중을 밀치고 들어왔다. 그중 하나는 흑요석 활촉을 단 화살로 무장한 대규모 궁수 팀이었다.

켈시어는 욕을 내뱉으며 자유낙하로 떨어졌다. 궁수들이 정렬했다. 싸우고 있는 군중 속으로 곧장 화살을 쏠 준비를 하는 것 같았다. 자기편 군인들도 어느 정도 죽겠지만, 주로 큰 타격을 받는 쪽은 달아나는 죄수들일 것이다.

켈시어는 자갈 위로 떨어졌다. 그는 옆으로 손을 뻗어 아까 부순 감옥에서 튀어나온 창살들을 '당겼다'. 창살들이 그를 향해 날아왔다.

궁수들이 시위를 당겼다. 그러나 그는 그들의 아티움 그림자를 볼 수 있었다.

켈시어는 창살을 놓고 몸을 옆으로 아주 약간 '밀었다'. 창살이 궁수들과 도망치는 죄수들 사이로 날아갔다.

궁수들이 활을 쏘았다.

켈시어는 철과 강철 양쪽 다 폭발시키며 창살을 끌어당겼다. 창살 하나하나마다 한쪽 끝을 '밀고' 반대쪽 끝을 '당겼다'. 창살들이 공중에서 휘청거리더니, 금세 풍차처럼 미친 듯이 맹렬하게 돌기 시작했다. 날아오던 화살 대부분이 회전하는 쇠막대기에 맞아 옆으로 튕겨 나갔다.

못 쓰게 된 화살들이 땅에 흩어졌고, 그 위로 창살이 철컹 떨어졌다. 궁수들이 얼이 빠진 채 일어났을 때 켈시어는 옆으로 다시 뛰면서 가볍게 창살을 '당겨' 자기 앞쪽 공중으로 튕겨 올렸다. 그런 다음 '밀어서' 궁수들에게 날려 보냈다. 군인들이 비명을 지르며 죽어가자 그는 돌아서서 진짜 적을 찾았다.

'그 괴물이 어디 숨어 있지?'

그는 아수라장 속을 살펴보았다. 사람들이 싸우고 달리고 도망치고 죽었다. 켈시어의 눈에 보이는 사람들 한 명 한 명마다 미래를 예언하는 아티움 그림자가 달려 있었다. 그러나 이번에는 그림자가 전장에서 움직이는 사람들 수를 두 배로 만드는 바람에 혼란을 가중시키기만 했다.

더 많은 군사들이 속속 도착하고 있었다. 햄의 부하들은 대부분 쓰러졌고, 나머지는 거의 다 퇴각하고 있었다. 다행히 그들은 갑옷만 버리면 스카무리 속에 섞여들 수 있었다. 켈시어는 마지막 죄수 수레 쪽이 더 걱정되었다. 그 안에는 르노와 스푸크가 있었다. 햄의 무리가 전장 속으로 들어온 길은 수레 진행 방향의 뒤쪽이었다. 르노에게 가려면 앞에 있는 다섯 채의 다른 수레를 지나쳐야 했다. 그 수레들 안에도 아직 사람들이 갇혀 있었다.

햄은 스푸크와 르노를 풀어줄 때까지 전장을 떠날 생각이 없는 게 분명했다. 그리고 햄이 싸우는 곳에서 반역도 군사들은 물러나지 않고 버텼다. '백랍팔'이 '써그*'라고도 불리는 이유가 그것이었다. 그들은 싸울 때 기교 따위는 쓰지 않았다. 교묘한 '철-당기기'나 '강철-밀기'도 없었다. 햄은 그저 힘과 스피드만으로 돌격해 적의 군인들을 자기 진로에서 밖으로 던져버렸다. 그는 자기 앞의 군인들을 줄줄이 초토화시키며 50명으로 이뤄진 분대를 이끌고 마지막 죄수 수레로 가고 있었다. 수레에 닿은 후에는 부하 한 명

* 써그(THUG): '폭력배'라는 뜻이 있다.

이 자물쇠를 부수는 동안 햄이 적군 병사들을 물리치기 위해 뒤로 조금 물러섰다.

켈시어는 자부심을 느끼며 미소 지었으나 눈으로는 여전히 심문관을 찾고 있었다. 그의 부하들은 거의 보이지 않았지만, 적군 병사들은 스카 반역도들의 투지에 눈에 띄게 동요하고 있는 것 같았다. 켈시어의 부하들은 열정적으로 싸웠다. 그들에게는 수많은 장애물이 있었지만 이 한 가지 이점만은 여전히 그들 편이었다.

'그들을 설득해 마침내 싸우도록 했을 때 이런 일이 일어나는 거야. 그들 모두 내면에 이런 불길을 감추고 있어. 해방시키기가 어려울 뿐……'

르노는 감옥에서 나와 자기 하인들이 수레에서 도망쳐 달려가는 모습을 지켜보며 수레 옆으로 걸어갔다. 갑자기 잘 차려입은 사람 하나가 혼전 속에서 빠져나와 르노의 멱살을 잡았다.

"발레트는 어디 있습니까?" 엘렌드 벤처가 재우쳐 물었다. 주석으로 강화된 켈시어의 귀에 그의 필사적인 목소리가 들렸다. "그녀는 어느 수레에 있죠?"

'저 녀석이 정말로 날 화나게 만들기 시작하는군.' 켈시어는 수레 쪽으로 달려가며 생각했다. 그는 자기 몸을 '밀어' 군인들 사이로 길을 뚫었다.

심문관이 한 무리의 군인들 뒤에서 뛰어나왔다. 그 생물이 감옥 위로 내려앉자 수레 전체가 흔들렸다. 그는 갈고리 같은 양손에 각각 흑요석 도끼를 하나씩 움켜쥐고 있었다. 괴물은 켈시어의 눈을 마주 보고 미소 짓더니, 감옥 위에서 떨어지며 르노의 등을 도끼로 찍었다.

칸드라는 눈을 크게 뜨며 쓰러졌다. 심문관은 그다음 엘렌드를 보았다. 켈시어는 그 괴물이 청년의 정체를 알아보는지 확신할 수 없었다. 심문관은 엘렌드가 르노의 가족이라고 생각한 것 같았다. 아니면 상관하지 않았을지도 모른다.

켈시어는 순간 멈추었다.

심문관은 엘렌드를 치려고 도끼를 들어 올렸다.

'그 아이가 저 녀석을 사랑해.'

켈시어는 몸 안에서 강철을 폭발시키고 돋우고 격렬하게 태웠다. 그의 가슴이 화산처럼 타올랐다. 그는 뒤쪽 군인들에게 그 힘을 폭발시켜 수십 명을 뒤로 날리면서 심문관 쪽으로 쏜살같이 달려갔다. 그 괴물이 도끼를 휘두르기 시작할 때 그가 부딪쳤다.

도끼가 날아가 몇 피트 떨어진 곳 돌바닥에 딸각거리며 떨어졌다. 두 개의 도끼가 땅에 떨어졌을 때, 켈시어는 심문관의 목을 움켜쥔 뒤였다. 심문관은 목에서 켈시어의 손을 필사적으로 떼어내려 했다.

'마쉬 말이 맞았어.' 켈시어는 그 난장판 속에서 생각했다. '이놈은 자기 생명을 아끼고 있어. 죽일 수 있는 거야.'

심문관은 거칠게 헉헉거렸다. 눈에서 튀어나온 금속 대못 머리가 켈시어의 얼굴에서 겨우 몇 인치 떨어진 곳에 있었다. 곁눈질로 켈시어는 엘렌드 벤처가 휘청거리면서 뒤로 물러나는 모습을 보았다.

"그 아가씨는 무사해!" 켈시어가 이를 악물고 말했다. "그녀는 르노가 바지선에 타고 있지 않았어. 도망가!"

엘렌드는 잠시 머뭇거리며 멈춰 서 있었다. 마침내 그의 경호원 한 명이 나타났고, 젊은이는 경호원의 손에 이끌려 갔다.

'내가 방금 귀족 하나를 구했다니 믿어지지 않는군. 얘야, 넌 이 일에 단단히 감사해야 할 거다.' 켈시어는 심문관을 목 졸라 죽이려고 기를 쓰며 생각했다.

천천히 근육에 힘을 주며, 심문관은 켈시어의 손을 억지로 떼어냈다. 그 생물은 다시 미소 짓기 시작했다.

'심문관은 정말 강하군!'

심문관은 켈시어를 뒤로 밀어내더니 병사 한 명을 '당겨서' 자갈 바닥 위로 몸을 홱 미끄러뜨렸다. 심문관은 시체 하나와 부딪치며 뒤로 몸을 날려

도로 일어났다. 켈시어의 손아귀 때문에 그의 목이 붉었다. 손톱에 살점이 점점이 뜯겨 나가 있었다. 그러나 그 생물은 아직도 미소 짓고 있었다.

켈시어도 병사 하나를 '밀어' 위로 몸을 던졌다. 곁눈질로 그는 르노가 수레에 기대 있는 것을 보았다. 켈시어는 칸드라와 눈이 마주치자 살짝 고개를 끄덕였다.

르노는 한숨을 쉬며 등에 도끼를 꽂은 채 땅에 쓰러졌다.

"켈시어!" 햄이 군중 너머로 외쳤다.

"가! 르노는 죽었어." 켈시어가 그에게 말했다.

햄은 르노의 시체를 흘끗 보더니 고개를 끄덕였다. 그는 자기 부하들에게 퇴각 명령을 내렸다.

"'생존자'여." 거친 목소리가 말했다.

켈시어는 몸을 휙 돌렸다. 심문관이 백랍을 태울 때의 유연한 걸음걸이로 성큼성큼 앞으로 걸어 나왔다. 그의 몸은 아지랑이 같은 아티움 그림자에 둘러싸여 있었다.

"'하스신의 생존자'여. 너는 내게 싸우겠다고 약속했다. 내가 스카를 더 죽여야 하느냐?" 심문관이 말했다.

켈시어는 금속을 폭발시켰다.

"난 우리가 다 끝났다고 한 적 없어." 그가 미소 지었다. 그는 불안했고 고통을 느끼고 있었지만, 한편으론 고무되어 있기도 했다. 평생 동안 그는 마음속 한구석에 당당하게 싸우고 싶다는 염원을 품고 있었다.

그는 언제나 자기가 심문관을 해치울 수 있는지 알고 싶었다.

빈은 일어서서 필사적으로 군중 너머를 보려고 했다.

"왜 그래?" 독슨이 물었다.

"엘렌드를 본 것 같아요!"

"여기서? 그건 좀 터무니없는 소리로 들리는데, 안 그래?"

빈의 얼굴이 붉어졌다.

'아마 그렇겠지.'

"하지만 더 자세히 봐야겠어요." 그녀는 골목길 옆 벽을 움켜쥐었다.

"조심해. 저 심문관이 너를 보면……" 독스가 말했다.

빈은 고개를 끄덕이고 재빨리 벽을 타고 올랐다. 일단 충분히 높은 곳에 이르자 그녀는 교차로에 낯익은 사람들이 보이는지 찾아보았다. 독슨의 말이 옳았다. 엘렌드는 아무 데도 보이지 않았다. 심문관이 감옥을 떼어낸 수레가 옆으로 넘어져 있었다. 싸움과 스카 군중으로 완전히 둘러싸인 말들이 쿵쾅거리며 걸어 다녔다.

"뭐가 보이니?" 독스가 위로 소리쳤다.

"르노가 쓰러졌어요!" 빈이 눈을 가늘게 뜨고 주석을 태우며 말했다. "등에 도끼가 박힌 것 같아요."

"그건 그에게 치명적일 수도 있고 아닐 수도 있어." 독슨은 애매하게 말했다. "난 칸드라에 대해서는 잘 몰라."

'칸드라?'

"죄수들은 어때?" 독스가 소리쳤다.

"모두 풀려났어요." 빈이 말했다. "수레는 다 비었어요. 독스, 저기 스카가 아주 많아요." 분수 광장에 있던 사람들 모두가 그 작은 교차로로 몰려온 것 같았다. 그 지역은 약간 내려앉은 작은 분지 같은 곳이었고, 수천 명의 스카가 위로 비탈진 거리를 사방으로 꽉꽉 메우고 있었다.

"햄은 없어요!" 빈이 말했다. "죽었는지 살았는지 아무 데도 안 보여요! 스푸크도 없어요."

"그럼 켈은?" 독슨이 다급하게 말했다.

빈은 잠시 숨을 골랐다.

"그는 아직 심문관과 싸우고 있어요."

켈시어는 백랍을 폭발시키며 심문관의 눈에서 튀어나온 납작한 금속 원반을 피해 심문관을 주먹으로 때렸다. 그 생물은 비틀거렸고, 켈시어는 심문관의 배 속 깊이 주먹을 박아 넣었다. 심문관이 으르렁거리며 켈시어의 뺨을 갈겼다. 그 일격에 그는 아래로 떨어졌다.

켈시어는 고개를 흔들었다.

'이걸 죽이려면 어떻게 해야 하지?' 그는 몸을 '밀어' 일어나 뒤로 피하면서 생각했다.

심문관이 성큼성큼 걸어왔다. 몇몇 군인들은 햄과 그의 부하들을 찾아 군중을 수색하려고 했지만, 그냥 가만히 서 있는 군인들이 많았다. 강력한 알로맨서 둘이 벌이는 싸움은 소문으로는 들어봤어도 직접 본 적은 없었기 때문이었다. 군인들과 농부들은 멍하니 서서 경외감을 느끼며 그 결투를 지켜보았다.

'그는 나보다 강해.' 켈시어는 심문관을 주의 깊게 지켜보며 인정했다. '하지만 힘이 전부는 아니지.'

켈시어는 손을 뻗어 작은 금속들을 움켜쥐고 끌어'당겼다'. 철모, 질 좋은 강철 칼, 동전 주머니, 단검 들. 그는 '강철-밀기'와 '철-당기기'를 조심스럽게 사용하며 그 물건들을 심문관에게 던졌다. 그러면서 아티움을 계속 태워, 그가 조종하는 물건 하나하나가 심문관의 눈에 아티움 이미지의 연속적인 잔상으로 펼쳐지도록 만들었다.

심문관은 낮은 소리로 욕설을 하며 수많은 물건들을 튕겨냈다. 그러나 켈시어는 심문관 자신의 '밀기'를 이용해 물건 하나하나를 도로 끌어'당겼다'가 방향을 바꿔 다시 그 생물에게 던졌다. 심문관은 바깥으로 힘을 터뜨려 모든 물건을 동시에 '밀어'버렸다. 그러자 켈시어는 물건들을 놓아버렸다. 하지만 심문관이 '밀기'를 그치자마자 켈시어는 자기 무기들을 도로 '당겼다'.

제국 군인들은 그들 주위에 둥그런 원을 그리며 서서 조심스럽게 지켜보았다. 켈시어는 그들을 사용했다. 군인들의 흉갑을 '밀면서' 자기 몸을 공중에서 앞뒤로 요동치게 만들었다. 몸의 위치를 빠르게 변화시키며 끊임없이 움직여 그는 심문관의 방향감각을 잃게 만들고 원하는 곳으로 금속 조각들을 날려 보낼 수 있었다.

"내 허리띠 버클 잘 보고 있어." 독슨이 빈 옆의 벽돌에 달라붙으면서 부탁했다. 그의 몸이 조금 불안하게 흔들렸다. "내가 만약 떨어지면, 천천히 떨어지도록 날 '당겨'줘, 응?"

빈은 고개를 끄덕였다. 그러나 그녀는 독스에게 별로 주의를 기울이고 있지 않았다. 그녀는 켈시어를 지켜보고 있었다.

"켈시어는 대단해요!"

켈시어는 발을 절대 땅에 대지 않으면서 공중에서 앞뒤로 휘청거렸다. 금속 조각들이 그가 '밀고' '당기는' 힘에 응답하면서 그의 주위에서 웅웅거렸다. 어찌나 교묘하게 조종하는지, 모르고 보는 사람은 그 물건들이 살아 있는 생물이라고 생각할 것이다. 심문관은 날아오는 물건들을 맹렬하게 쳐냈지만, 그것들 전부를 계속해서 파악하기가 힘겨운 듯했다.

'난 켈시어를 과소평가했어.' 빈은 생각했다. '난 그가 너무 많은 기술을 쓰기 때문에 미스팅들보다 노련하지 않을 거라고 생각했어. 하지만 전혀 그렇지 않았어. 그의 특기는 이거였어. "밀기"와 "당기기"를 전문적으로 구사하는 것.

그리고 철과 강철은 그가 나에게 개인 훈련을 해준 금속들이야. 속속들이 알고 있을 거야.'

켈시어는 빙글 돌아 금속의 소용돌이 속으로 날아갔다. 뭔가가 땅에 떨어질 때마다 그는 그것을 도로 튕겨 올렸다. 물건들은 언제나 직선으로 날았지만, 그는 계속 움직이며 자기 몸을 '밀어' 물건들을 계속 공중에 띄우고, 주기적으로 심문관에게 쏘아 보냈다.

심문관은 혼란에 빠져 빙글 돌았다. 그 생물은 자기 몸을 위로 '밀려고' 했지만, 켈시어는 심문관의 머리 위로 큰 금속 조각 몇 개를 쏘아 보냈다. 심문관은 날아오르는 것을 포기하고 그 물건들을 '밀어야' 했다.

강철 창살이 심문관의 얼굴을 때렸다.

심문관이 비틀거렸다. 얼굴 옆쪽 문신이 피로 얼룩졌다. 강철 철모가 심문관의 옆구리를 때리는 바람에 심문관은 뒤로 튕겨 나갔다.

켈시어는 맹렬한 분노가 치솟는 것을 느끼며 금속 조각들을 빠르게 쏘기 시작했다.

"네가 마쉬를 죽인 놈이냐?" 그는 소리쳤지만 대답을 들으려고 귀를 기울이지는 않았다. "몇 년 전 내가 붙잡혔을 때, 네가 거기 있었나?"

심문관은 날아오는 물건들을 막아내려고 한 손을 들고 쇄도하는 금속들을 '밀어'냈다. 뒤로 절뚝거리다가 뒤집힌 나무 수레에 등을 댔다.

그 생물이 신음하는 소리가 들렸다. 갑자기 '미는' 힘이 터져 나오며 군중을 휩쓸고, 군인들을 넘어뜨리고, 켈시어의 금속 무기들을 날려버렸다.

켈시어는 무기들을 놔버리고 앞으로 달려갔다. 그는 길바닥에 느슨하게 박혀 있는 자갈들을 집어 올리며 갈팡질팡하는 심문관에게 돌진했다.

심문관은 그가 달려오는 것을 보았고, 켈시어는 자갈을 휘두르며 고함을 쳤다. 그의 힘은 백랍보다 분노 때문에 더 타오르는 것 같았다.

그는 심문관의 눈을 정면으로 때렸다. 심문관의 머리가 뒤로 팍 꺾이면서 뒤집힌 수레 바닥에 처박혔다. 켈시어는 다시 때리고, 고함을 치고, 심문관의 얼굴에 계속 자갈을 던졌다.

심문관은 고통으로 울부짖으며 갈고리 같은 손을 켈시어에게 뻗었다. 그는 앞으로 뛰어오를 듯이 움직였으나 갑자기 멈추었다. 그 생물의 머리가 나무 수레에 박혀 있었다. 두개골 뒤에서 튀어나온 대못 끄트머리가 켈시어의 공격으로 판자 속에 두들겨 박힌 것이다.

켈시어는 미소 지었다. 그 생물은 분노로 비명을 지르며 나무에서 머리를 빼내려고 애썼다. 켈시어는 옆을 살피며 조금 전 땅바닥에 떨어져 있는 것을 보았던 그 물건을 찾았다. 그는 시체 한 구를 옆으로 차내고 흑요석 도끼를 잽싸게 주웠다. 거칠게 이가 빠진 날이 붉은 햇빛 속에서 빛났다.

"네놈이 내가 싸우게 강요해주어 기쁘다." 그는 조용히 말한 다음 양손으로 도끼를 휘둘렀다. 그는 일격에 도끼날을 심문관의 목으로 힘껏 밀어 넣었고, 도끼날은 목을 통과해 그 뒤의 나무에 가서 박혔다.

심문관의 몸이 자갈 위로 쓰러졌다. 대못으로 나무에 박힌 채 수레에 그대로 남은 머리가 문신을 한 눈으로 비정상적이고 소름 끼치는 시선을 던지고 있었다.

켈시어는 돌아서서 군중을 보았다. 갑자기 믿을 수 없을 정도로 피로했다. 몸은 수십 개의 멍과 자상 때문에 아팠고, 클록은 언제 뜯겨 나갔는지도 알 수 없었다. 그러나 그는 도전적으로 군인들을 바라보며 상처가 난 팔을 숨김없이 내보였다.

"'하스신의 생존자'야!" 누군가가 속삭였다.

"그가 심문관을 죽였어……." 다른 사람이 말했다.

다음 순간 합창이 시작되었다. 주위 거리에 있는 스카들이 그의 이름을 절규하듯 외치기 시작했다. 군인들은 주위를 둘러보고는 공포감을 느끼며 자기들이 포위되었다는 것을 깨달았다. 농부들은 군인들을 밀어붙이기 시작했다. 켈시어는 그들의 분노와 희망을 느낄 수 있었다.

'이 일은 내가 생각했던 대로 굴러가지 않아도 될 것 같아.' 켈시어는 의기 양양하게 생각했다. '아마 난……'

그때, 그것이 부딪쳐왔다. 태양 앞을 가리는 구름처럼, 조용한 밤에 갑자기 몰아치는 폭풍우처럼, 촛불을 눌러 끄는 두 개의 손가락처럼. 억압적인 손길이, 싹트는 스카의 감정들을 눌러 죽였다. 사람들은 움찔했고 그들의 외침은 사그라졌다. 켈시어가 그들의 마음속에 지핀 불은 너무 새로웠다.

'거의 다 되었는데……' 그는 생각했다.

앞쪽에서, 검은 마차 한 대가 언덕 꼭대기를 넘어 분수 광장에서 내려오기 시작했다.

로드 룰러가 도착한 것이다.

우울한 감정이 물결처럼 때리는 바람에 빈은 손을 놓칠 뻔했다. 그녀는 구리를 폭발시켰지만, 언제나 그렇듯이 여전히 로드 룰러의 억압적인 손길이 느껴졌다.

"로드 룰러!" 독슨이 말했다. 하지만 빈은 그 말이 욕설인지, 아니면 그 광경을 보고 하는 말인지 알 수 없었다. 싸움을 보기 위해 빽빽하게 들어차 있던 스카들은 어찌어찌 검은 마차가 지나갈 수 있는 공간을 만들었다. 마차는 사람들이 만든 통로 사이로 굴러 내려와 시체가 흩어진 광장 쪽으로 향했다.

군인들은 뒤로 물러났고, 켈시어는 쓰러진 수레에서 뒷걸음질 쳐 물러나며 자신을 향해 다가오는 마차를 마주 보았다.

"켈시어는 뭘 하고 있는 거죠?" 빈이 작은 돌출부에 몸을 받치고 있는 독슨을 바라보며 물었다. "왜 도망치지 않죠? 이건 심문관이 아니에요. 싸울 수 있는 상대가 아니라고요!"

"바로 그거야, 빈." 독슨이 경외감에 휩싸인 채 말했다. "그가 기다리던 건 바로 이거였어. 로드 룰러와 대결할 기회, 자신의 전설을 증명할 기회."

빈은 다시 광장 쪽을 보았다. 마차가 멈추었다.

"하지만……." 그녀가 조용히 말했다. "'열한 번째 금속'을 그가 갖고 있나요?"

"그랬을 거야."

'켈시어는 언제나 로드 룰러는 자기 몫이라고 말했어.' 빈은 생각했다. '그는 우리가 귀족과 주둔군, 미니스트리에 공을 들이도록 놔뒀어. 하지만 이건…… 켈시어는 이 일을 직접 해치우려고 항상 계획하고 있었던 거야.'

로드 룰러가 마차에서 걸어 나왔다. 빈은 주석을 불태우며 앞으로 몸을 기울였다. 그의 모습은······.

사람 같았다.

그는 귀족 정복과 좀 비슷하지만 훨씬 더 과장된 흑백의 제복을 입고 있었다. 발까지 닿는 코트가 그의 뒤에서 끌렸다. 그의 조끼는 다른 색 없이 순수한 검은색에 밝은 흰색의 무늬로만 강조점을 두었다. 빈이 들었던 것처럼, 그의 손가락들은 반지로 빛났다. 그가 가진 힘의 상징이었다.

'나는 너희보다 훨씬 더 강하다. 그러므로 금속을 차도 상관없다.' 그 반지들은 선언하고 있었다.

로드 룰러는 잘생겼고 칠흑 같은 머리에 피부는 창백했다. 그는 키가 컸고 말랐고 자신만만했다. 그리고 젊었다. 빈이 예상했던 것보다 더 젊었고, 심지어 켈시어보다도 더 젊었다. 그는 시체들을 피하며 광장을 성큼성큼 가로질렀다. 군인들이 뒤로 물러서며 스카들을 밀어냈다.

갑자기 작은 무리가 군인들의 줄을 뚫고 뛰쳐나왔다. 그들은 서로 어울리지 않는 반역도들의 갑옷을 입고 있었고, 그들을 이끄는 사람은 약간 낯이 익었다. 햄의 써그들 중 한 명이었다.

"내 아내를 위해!" 써그는 창을 쥐고 돌진하며 말했다.

"로드 켈시어를 위해!" 다른 네 명이 외쳤다.

'오, 안 돼······.' 빈은 생각했다.

그러나 로드 룰러는 그들을 무시했다. 선두에 있던 반역도가 반항적으로 소리치며 로드 룰러의 가슴에 창을 찔러 넣었다.

로드 룰러는 창에 몸이 꿰뚫린 채 그 병사를 지나쳐 그냥 계속 걸어갔다.

반역도는 잠시 얼어붙었다가 동료의 창을 빼앗아 움켜쥐고는 로드 룰러의 등을 찔렀다. 또다시 로드 룰러는 그들을 무시했다. 경멸할 가치조차 없다는 태도였다.

선두에 선 반역도가 비틀거리며 뒤로 물러나다 동료들이 심문관의 도끼

아래서 비명을 지르기 시작하자 휙 돌아섰다. 그도 곧 같은 신세가 되었고, 심문관은 잠시 그의 시체 위에 서서 신나게 난도질을 해댔다.

로드 룰러는 두 개의 창을 몸에 꽂은 채 계속 앞으로 걸어왔다. 마치 아무 것도 알아차리지 못했다는 듯이. 켈시어는 서서 기다렸다. 찢어진 스카 옷을 입은 그는 누더기 같은 모습이었다. 그러나 그는 당당했다. 그는 로드 룰러의 육중한 '달래기' 손길 아래서도 몸을 굽히거나 절하지 않았다.

로드 룰러는 켈시어에게서 겨우 몇 피트 떨어진 곳에 멈춰 섰다. 몸에 꽂힌 창 가운데 하나가 켈시어의 가슴을 스칠 정도였다. 두 사람 주위로 검은 재가 가볍게 떨어졌다. 재 조각들이 희미한 바람에 소용돌이치며 휘날렸다. 광장은 무시무시할 정도로 고요했다. 심문관마저도 자신의 소름끼치는 작업을 중단했다. 빈은 거친 벽돌에 달라붙어 아슬아슬할 정도로 앞으로 몸을 기울였다.

'어떻게 좀 해봐요, 켈시어! 그 금속을 써요!'

로드 룰러는 켈시어가 죽인 심문관을 흘끗 보았다.

"저들은 다시 채워 넣기 매우 힘들다." 특유의 억양이 깃든 목소리가 주석으로 강화된 빈의 귀에 쉬이 들려왔다.

멀리서도 그녀는 켈시어의 미소를 볼 수 있었다.

"난 너를 한 번 죽였다." 로드 룰러가 다시 켈시어를 보며 말했다.

"죽이려고 했지." 켈시어는 대답했다. 그의 목소리는 광장 맞은편까지 들릴 정도로 크고 단호했다. "하지만 넌 날 죽이지 못했다, 폭군이여. 나는 아무리 네가 열심히 죽이려고 해도 결코 죽일 수 없는 것을 상징하기 때문이다. 나는 희망이다."

로드 룰러는 업신여기듯 코웃음을 쳤다. 그는 무심하게 한 팔을 들어 올리더니, 손등으로 켈시어를 갈겼다. 너무나 강력한 일격이라 짝 소리가 광장 전체에 울려 퍼졌다.

켈시어는 휘청하면서 빙글 돌더니, 피를 뿌리며 쓰러졌다.

"안 돼!" 빈이 비명을 질렀다.

로드 룰러는 자기 몸에서 창 한 자루를 뽑아내 켈시어의 가슴에 박아 넣었다.

"처형을 시작해라." 그는 자기 마차 쪽으로 몸을 돌리고 두 번째 창을 뽑아내 옆으로 던졌다.

뒤이어 혼란이 몰아쳤다. 심문관에게 재촉을 받은 군인들이 돌아서서 군중을 공격했다. 다른 심문관들이 검은 말을 타고 위쪽 광장에서 내려왔다. 그들이 든 흑단 도끼가 오후 햇살을 받아 번뜩였다.

빈은 그 광경을 전부 무시했다.

"켈시어!" 그녀는 비명을 질렀다. 그의 시체는 앞가슴으로 창이 튀어나온 채 쓰러졌던 곳에 그대로 누워 있었다. 주위에 진홍색 피가 고였다.

'안 돼, 안 돼, 안 돼!' 그녀는 건물에서 뛰어내리면서 몇몇 사람을 '밀어' 학살이 일어나는 쪽으로 몸을 던졌다. 그녀는 이상할 정도로 텅 빈 광장 한가운데 내려앉았다. 로드 룰러는 가버렸고, 심문관들은 스카를 죽이느라 바빴다. 그녀는 서둘러 켈시어에게로 갔다.

그의 왼쪽 얼굴은 거의 남아 있지 않았다. 그러나 그 오른쪽…… 그 얼굴은 아직 희미하게 미소 짓고 있었다. 죽은 자의 한쪽 눈이 붉고 검게 물든 하늘을 바라보고 있었다. 재 조각이 가볍게 그의 얼굴 위로 떨어졌다.

"켈시어, 안 돼요……." 빈의 얼굴에 눈물이 흘렀다. 그녀는 그의 몸을 받치고 맥박을 찾아 더듬었다. 맥은 뛰지 않았다.

"당신은 살해당하지 않을 거라고 했잖아요!" 그녀는 외쳤다. "당신 계획은 어떻게 됐어요? '열한 번째 금속'은 어떻게 된 거냐고요? 난 어떡해요?"

그는 움직이지 않았다. 빈은 눈물 때문에 앞이 잘 보이지 않았다.

'이런 일이 있을 리 없어. 그는 언제나 우리는 무적이 아니라고 말했어……. 하지만 그건 내 얘기였어. 그가 아니야. 켈시어는 아니야. 그는 무적이야.

무적이었어야 했어.'

누군가가 그녀를 붙잡는 바람에 그녀는 비명을 지르며 몸을 빼내려고 꿈 지럭거렸다.

"이제 가야 해, 애야." 햄이 말했다. 그리고 그는 잠시 멈춰 서서, 패거리의 두목이 죽었다는 사실을 스스로에게 납득시키려는 듯이 켈시어를 바라보 았다.

다음 순간 그는 그녀를 끌어냈다. 빈은 계속 약한 몸부림을 치고 있었지 만 점점 감각이 없어지고 있었다. 마음 뒤편에서 린의 목소리가 들려왔다.

'봐. 그는 널 떠날 거라고 그랬잖아. 내가 너한테 경고했잖아.

너한테 분명히 말했어⋯⋯.'

5장

믿는 자들

35

나는 내가 잘못된 선택을 하면 무슨 일이 일어날지 안다. 마음을 강하게 먹어야 한다. 그 힘을 나를 위해 써서는 안 된다.

왜냐하면, 그렇게 하면 무슨 일이 일어나는지 보았기 때문이다.

'나와 함께 일하려면 한 가지만 약속해주면 좋겠어. 날 믿을 것.' 켈시어는 이렇게 말한 적이 있었다.

빈은 안개 속에 움직이지 않고 매달려 있었다. 안개는 조용한 강물처럼 그녀 주위를 흘렀다. 위, 앞, 옆, 아래. 사방이 안개였다.

'날 믿어, 빈.' 그가 말했다. '넌 그 벽을 뛰어내릴 정도로 날 믿었고, 난 널 붙잡았지. 넌 이번에도 날 믿어줘야 해.

내가 널 붙잡을게.

내가 널 붙잡을게…….'

마치 그녀가 아무 데도 존재하지 않는 것 같았다. 안개 속에서, 안개로. 그녀가 얼마나 안개를 부러워했는지. 안개는 생각하지 않았다. 걱정하지도 않았다.

아파하지 않았다.

'난 당신을 믿었어요, 켈시어.' 그녀는 생각했다. '정말 믿었어요. 하지만 당신은 내가 떨어지게 내버려뒀어요. 당신 패거리엔 배신이 없다고 약속했잖아요. 이게 뭐예요? 당신의 배신은 어쩌고?'

그녀는 공중에 떠 있었다. 주석이 꺼지자 안개가 더 잘 보였다. 안개는 약간 젖어 있었고, 피부에 닿자 죽은 자의 눈물처럼 서늘했다.

'더 이상 뭐가 중요한데?' 그녀는 위를 쳐다보면서 생각했다. '모든 게 뭐가 중요해? 당신 나한테 뭐라고 말했죠, 켈시어? 내가 정말로 이해하지 못했다고? 아직 우정에 대해 알아야 할 것이 있다고요? 당신은요? 당신은 그와 싸우지도 않았어요.'

그녀의 마음속에서, 그는 그곳에 다시 서 있었다. 로드 룰러가 무시하듯 일격에 그를 때려눕혔다. '생존자'는 다른 사람들과 마찬가지로 죽었다.

'당신이 날 버리지 않을 거라고 약속하지 못하고 망설인 이유가 이거였나요?'

그녀는 자기가 그냥…… 가버릴 수 있으면 좋겠다고 생각했다. 떠내려가고 싶었다. 안개가 되고 싶었다. 그녀는 한때 자유를 바랐고, 그것을 찾았다고 생각했다. 그녀가 틀렸다. 이 슬픔, 그녀 안에 뻥 뚫린 이 커다란 구멍은 자유가 아니었다.

전에 린이 그녀를 버렸을 때와 마찬가지였다. 무슨 차이가 있을까? 적어도 린은 정직했다. 그는 언제나 자기가 빈을 떠날 거라고 장담했다. 켈시어는 그녀를 이끌어주었고, 그녀에게 믿고 사랑하라고 말했다. 그러나 진실한 쪽은 언제나 린이었다.

"난 더 이상 이런 걸 바라지 않아. 날 그냥 데려갈 수는 없니?" 그녀는 안개에게 속삭였다.

안개는 아무 대답도 하지 않았다. 그녀를 희롱하듯 무신경하게 빙빙 돌고 있을 뿐이었다. 안개는 언제나 변화했다. 하지만 어떻게 보면, 언제나 똑같았다.

"미스트리스?" 아래에서 어떤 목소리가 주저하며 그녀를 불렀다. "미스트리스, 위에 계십니까?"

빈은 한숨을 쉬고 주석을 태운 다음 강철을 끄고는 몸을 떨어뜨렸다. 안개 속으로 떨어지는 동안 그녀의 미스트클록이 펄럭였다. 그녀는 조용히 안전가옥 옥상에 착륙했다. 세이즈드는 약간 떨어진 곳에 서 있었다. 망보기들이 건물 위로 올라올 때 쓰는 강철 사다리 옆이었다.

"네, 세이즈드?" 그녀는 지친 듯이 물으며 손을 뻗어, 삼각대 다리처럼 그녀를 받쳐주기 위한 닻으로 사용하고 있던 동전 세 개를 '당겨' 올렸다. 동전 한 닢은 뒤틀리고 구부러져 있었다. 그녀와 켈시어가 몇 달 전 '밀기' 시합을 했던 바로 그 동전이었다.

"죄송합니다, 미스트리스. 그냥 어디 가셨는지 궁금했습니다." 세이즈드가 말했다.

그녀는 어깨를 으쓱했다.

"이상할 정도로 조용한 밤인 것 같습니다." 세이즈드가 말했다.

"애도의 밤이에요." 켈시어가 죽은 후 수백 명의 스카가 학살당했고, 도망가려고 달리다가 수백 명이 더 짓밟혔다.

"그의 죽음에 무슨 의미가 있는지 모르겠어요." 그녀는 조용히 말했다. "우리가 구한 사람보다 죽은 사람이 훨씬 더 많은 것 같아요."

"악한 사람들에게 살해된 겁니다, 미스트리스."

"햄은 '악' 같은 것이 있기는 하냐고 가끔 묻죠."

"마스터 해먼드는 질문하는 걸 좋아하시죠." 세이즈드가 말했다. "하지만 그분조차도 그 대답에 의문을 품지는 않으십니다. 악한 사람들이 있습니다. 좋은 사람들이 있는 것처럼요."

빈은 고개를 저었다.

"난 켈시어를 잘못 봤어요. 그는 좋은 사람이 아니었어요. 그냥 거짓말쟁이였죠. 그는 로드 룰러를 이길 계획 따위 전혀 세워놓지 않았어요."

"어쩌면 그렇겠죠." 세이즈드가 말했다. "아니면, 어쩌면 그분은 그 계획을 완수할 기회를 갖지 못했던 것일 테고요. 어쩌면 우리가 그 계획을 이해하지 못하고 있는 것뿐인지도 모르지요."

"당신은 아직 그를 믿고 있는 것같이 말하는군요." 빈은 돌아서서 평지붕 가장자리로 걸어가 조용하고 어두운 도시를 내다보았다.

"저는 지금도 믿습니다, 미스트리스." 세이즈드가 말했다.

"어떻게요? 어떻게 그럴 수가 있어요?"

세이즈드는 고개를 저으며 걸어와 그녀 곁에 섰다.

"믿음은 좋은 시절과 밝은 나날에만 가능한 것은 아니라고 저는 생각합니다. 실패 후에도 계속 어떤 것을 믿지 않는다면 도대체 믿음이란 무엇일까요? 신앙은 또 무엇이고요?"

빈은 눈살을 찌푸렸다.

"언제나 성공하는 사람이나 사물은 누구라도 믿을 수 있습니다, 미스트리스. 하지만 실패는…… 확실하고 진실하게 믿는 것이 힘들어지지요. 가치를 가질 만큼 어려운 일이라고 생각합니다."

빈은 고개를 저었다.

"켈시어는 그런 믿음을 받을 자격이 없어요."

"진심으로 하시는 말씀이 아니군요, 미스트리스." 세이즈드가 차분하게 말했다. "당신은 아까 일어난 일 때문에 화가 나신 겁니다. 상처받았고요."

"오, 진심이에요." 빈은 뺨에 눈물이 흐르는 것을 느꼈다. "그는 우리 믿음을 받을 자격이 없어요. 한 번도 없었어요."

"스카들의 생각은 다릅니다. 그들 사이에는 그분에 대한 전설이 빠르게 퍼져가고 있습니다. 저는 곧 여기로 돌아와 그것을 수집해야 합니다."

빈은 미간을 찌푸렸다.

"켈시어에 대한 이야기를 모을 거라고요?"

"물론입니다. 저는 모든 종교를 수집하니까요." 세이즈드가 말했다.

빈은 코웃음을 쳤다.

"우리는 지금 종교 이야기를 하고 있는 게 아니잖아요, 세이즈드. 이건 켈시어 이야기라고요."

"그건 동의할 수 없습니다. 스카에게 그분은 확실히 종교적인 인물입니다."

"하지만 우린 그를 알잖아요." 빈이 말했다. "그는 신이나 예언자가 아니었어요. 그냥 사람이었지."

"신이나 예언자 중 많은 분들이 그냥 사람이라고 생각합니다." 세이즈드가 조용히 말했다.

빈은 고개만 저을 뿐이었다. 그들은 그곳에 잠시 서서 어둠 속을 지켜보고 있었다.

"다른 사람들은 어때요?" 그녀가 마침내 물었다.

"그분들은 다음에 할 일을 논의하고 계십니다." 세이즈드가 말했다. "각자 따로 루서델을 떠나 다른 도시에서 숨을 곳을 찾는 것으로 결정된 것 같습니다."

"그럼…… 당신은요?"

"저는 북쪽으로 여행해야 합니다. 제 고향, '키퍼들의 장소'로 가서 제가 갖게 된 지식을 나눠야지요. 제 형제자매들에게 그 일기장 이야기를 해야 합니다. 특히 우리의 선조, 라셰크라는 사람에 대한 이야기 말입니다. 이 이야기에는 알아야 할 것이 많다고 생각합니다."

그는 잠시 말을 멈추고 그녀를 바라보았다.

"다른 사람을 데려갈 수 있는 여행은 아닙니다, 미스트리스. '키퍼들의 장소'는 비밀로 지켜야 합니다. 당신에게도요."

'당연하지. 당연히 그도 가버리는구나.' 빈은 생각했다.

"전 돌아올 겁니다." 그가 약속했다.

'분명 그러겠지. 다른 모든 사람들이 그런 것처럼.'

패거리들은 한동안 그녀로 하여금 자기가 누군가에게 필요한 사람이라고 느끼게 만들었다. 그러나 그녀는 언제나 그것이 끝나리라는 걸 알고 있었다. 다시 거리로 돌아갈 때였다. 다시 혼자가 될 때였다.

"미스트리스……." 세이즈드가 천천히 말했다. "저거 들리십니까?"

그녀는 어깨를 으쓱했다. 그러나…… 뭔가가 들렸다. 목소리들. 빈은 얼굴을 찌푸리고 건물 반대편 끝으로 걸어갔다. 목소리들은 점점 커져 주석

없이도 쉽게 들리게 되었다. 그녀는 옥상 너머를 바라보았다.

열 명 정도 되는 스카들이 무리 지어 아래쪽 거리에 서 있었다.

'도둑질 패거리인가?' 빈은 생각했다. 세이즈드가 그녀가 있는 곳으로 왔다. 많은 스카들이 겁을 먹고 집을 떠나면서 무리의 숫자는 점점 더 불어나고 있었다.

"이리 오시오." 무리 맨 앞에 선 스카 남자가 말했다. "안개를 두려워하지 말아요! '생존자'도 자신을 '안개의 군주'라고 하시지 않았습니까? 우리가 안개를 두려워할 필요가 없다고 말씀하시지 않았습니까? 사실 안개는 우리를 보호해주고, 우리에게 숨을 곳을 줄 겁니다. 심지어 우리에게 힘을 줄 겁니다!"

눈에 뚜렷이 보이는 파급 효과는 없었지만, 더 많은 스카가 집에서 나와 합류하며 무리가 점점 커지기 시작했다.

"가서 다른 사람들을 데려와요." 빈이 말했다.

"좋은 생각입니다." 세이즈드가 재빨리 사다리로 가면서 말했다.

"여러분의 친구, 아이들, 아버지, 어머니, 아내, 연인 들." 그 스카 남자가 등잔을 켜고 위로 치켜들면서 말했다. "그들이 여기서 반 시간도 안 되는 거리에 죽어 누워 있습니다. 더구나 로드 룰러는 학살 현장을 치우려는 체면치레조차 하지 않습니다."

군중은 동의의 소리로 웅성거리기 시작했다.

"만에 하나 그곳을 치운다 해도, 그 무덤을 파는 게 설마 로드 룰러의 손이겠습니까? 아뇨! 우리의 손일 것입니다. 로드 켈시어는 그렇게 말씀하셨습니다."

"로드 켈시어!" 몇 명이 동의의 함성을 질렀다. 여자와 아이들이 따라붙으면서 무리는 이제 더욱 커지고 있었다.

사다리가 찰캉거리는 소리가 햄의 도착을 알렸다. 곧 세이즈드, 브리즈, 독슨, 스푸크, 게다가 클럽스까지 합류했다.

"로드 켈시어!" 아래의 그 남자가 선언했다. 다른 사람들이 횃불을 밝혀 안개를 환히 비추었다. "로드 켈시어가 오늘 우리를 위해 싸우셨다! 불멸이라던 심문관을 죽이셨다!"

군중은 찬성의 뜻으로 웅얼거렸다.

"하지만 그런 다음 죽었잖아요!" 누군가 외쳤다.

침묵.

"그렇지만 우리가 그분을 돕기 위해 무엇을 했지요?" 지휘자가 물었다. "우리 가운데 많은 사람이 거기 있었습니다. 수천 명이요. 우리가 도왔나요? 아니죠! 그분이 우리를 위해 싸우실 때조차 우리는 기다리고 지켜보았습니다. 멍하니 서서 그분이 쓰러지게 놔두었습니다. 그분이 돌아가시는 걸, 그저 지켜만 보았습니다!

그런데 정말 그랬을까요? '생존자'가 뭐라고 말씀하셨습니까? 로드 룰러는 절대 그를 진짜로 죽일 수 없다고 하셨지요? 켈시어는 '안개의 군주'이십니다. 그분이 지금 우리와 함께 있지 않습니까?"

빈은 다른 사람들을 둘러보았다. 햄은 주의 깊게 지켜보고 있었지만, 브리즈는 어깨만 으쓱할 뿐이었다.

"저 남자는 미친 게 분명해. 광신도야."

"정말입니다, 친구들이여!" 아래의 남자가 소리쳤다. 군중은 여전히 불어 갔고, 불붙은 횃불은 점점 더 많아졌다. "나는 진실을 말하고 있습니다! 로드 켈시어가 바로 오늘 밤 내게 나타나셨습니다! 언제나 우리와 함께 있을 것이라고 말씀하셨어요. 그분이 또다시 쓰러지도록 놔둘 겁니까?"

"아니오!" 대답이 나왔다.

브리즈는 고개를 저었다.

"그들 속에 저런 게 있다고 생각하지 않았어. 너무 작은 게 안타깝군……."

"그게 뭔데?" 독스가 물었다.

빈은 돌아보며 눈살을 찌푸렸다. 멀리 한 다발의 빛이 보였다. 안개 속에 타오르는 횃불들…… 같았다. 또 다른 빛이 동쪽 스카 빈민가 근처에서 보였다. 세 번째가 나타났다. 그다음 네 번째. 조금 있으면 전 도시가 불타오르는 것처럼 보일 듯했다.

"이 미친 천재 녀석……." 독슨이 속삭였다.

"뭔데?" 클럽스가 얼굴을 찌푸리며 물었다.

"우리가 놓친 게 있었어." 독스가 말했다. "아티움, 군대, 귀족…… 켈시어의 계획은 그런 게 아니었어. 이게 그의 계획이었어! 그는 우리 패거리가 '마지막 제국'을 뒤엎을 거라고 결코 기대하지 않았어. 우리는 너무 작으니까. 하지만 전 도시의 인구라면……."

"그가 이걸 일부러 했다는 말이야?" 브리즈가 물었다.

"그분은 언제나 저한테 같은 질문을 하셨습니다." 세이즈드가 뒤에서 말했다. "언제나 종교가 어떻게 그렇게 큰 힘을 얻게 된 거냐고 물으셨죠. 매번 저는 그분께 같은 대답을 드렸습니다……." 세이즈드는 고개를 들고 그들을 바라보았다. "저는 그분께, 믿는 자들이 열정을 느낄 만한 무언가를 종교가 갖고 있기 때문이라고 말씀드렸습니다. 무언가…… 아니면 누군가를요."

"그런데 왜 우리한테 말하지 않았지?" 브리즈가 물었다.

"알고 있었으니까." 독슨이 조용히 말했다. "그는 우리가 절대로 찬성하지 않을 걸 알고 있었어. 자기가 죽어야 한다는 걸."

브리즈는 고개를 저었다.

"안 속아. 그럼 대체 왜 우리한테 일을 시킨 거야? 자기 혼자 할 수도 있는 일이었잖아."

'대체 왜 우리한테…….'

"독스, 켈시어가 빌린 그 창고 어디예요? 그가 정보원 회의를 한 곳이요." 빈이 돌아서며 말했다.

독슨은 잠시 멈칫했다.

"사실 그렇게 멀지는 않아. 큰길 두 개를 지나 내려가면 있지. 그는 예비 은신처 근처에 그런 장소를 갖고 싶다고 했어……."

"나한테 알려주세요!" 빈이 건물 가장자리를 재빨리 넘어오며 말했다. 모여 있는 스카들이 계속 고함을 치고 있었다. 한 번 외칠 때마다 소리가 전보다 더 커져 있었다. 일렁이는 횃불들이 안개를 밝은 아지랑이로 바꾸며, 온 거리가 빛으로 불타올랐다.

독슨은 그녀를 데리고 거리를 내려갔고, 나머지 패거리도 그 뒤를 줄줄 따라갔다. 창고는 빈민가 공업 지역에 암담하게 주저앉아 있는 크고 낡은 건물이었다. 빈은 그 건물로 걸어가, 백랍을 폭발시키고 자물쇠를 부쉈다.

문은 천천히 열렸다. 독슨이 등잔을 들자 그 빛에 반짝이는 금속 무더기가 드러났다. 칼, 도끼, 스태프, 철모 들이 불빛 속에서 빛나고 있었다. 믿을 수 없을 만치 반짝이는 새 물건들이었다.

패거리는 놀라서 방 안을 뚫어지게 바라보았다.

"이런 이유 때문이었어요." 빈이 조용히 말했다. "이 정도로 많은 무기를 사기 위해 르노라는 위장이 필요했던 거예요. 그는 반역도들이 도시를 점령하려면 이게 필요하다는 걸 알고 있었어요."

"그럼 왜 군대를 모은 거야? 그것도 위장이었을 뿐인가?" 햄이 말했다.

"제 생각엔 그런 것 같아요." 빈이 말했다.

"틀렸습니다." 어떤 목소리가 동굴 같은 창고 안에서 울렸다. "거기에는 훨씬 더 많은 뜻이 있었습니다."

패거리는 놀라 펄쩍 뛰었고, 빈은 금속을 폭발시켰다……. 다음 순간, 그 목소리를 알아들었다.

"르노?"

독슨이 등잔을 더 높이 들었다.

"모습을 보이게."

사람 그림자 하나가 창고 뒤쪽에서 움직였다. 그 사람은 그늘에 머물러 있었지만, 말을 하는 목소리는 분명히 아는 목소리였다.

　"그는 반역이 일어났을 때 훈련된 사람들로 핵심 조직을 만들기 위해 그 군대가 필요했습니다. 그 부분에서 그의 계획은 여러 가지 사건 때문에 방해를 받았지요. 하지만 그것은 그가 당신들을 필요로 했던 이유의 일부일 뿐입니다. 귀족 가문들은 무너져 정치 구조에 공백을 남겨야 했습니다. 주둔군은 스카를 학살하지 못하도록 도시를 떠나야 했습니다."

　"처음부터 모두 계획한 거야." 햄은 경이감을 느끼며 말했다. "켈시어는 스카가 들고일어나지 않으리라는 걸 알고 있었어. 그들은 너무 오랫동안 억압받아왔고, 로드 룰러가 그들의 육체와 영혼 양쪽을 다 소유하고 있다고 생각하도록 훈련을 받았어. 그들은 결코 반역을 하지 않을 터였어……. 그가 그들에게 새로운 신을 주지 않았다면."

　"맞습니다." 르노가 앞으로 걸어 나오며 말했다. 빛이 그의 얼굴에 반사되어 반짝이자 빈은 놀라서 숨을 들이켰다.

　"켈시어!" 그녀는 비명을 질렀다.

　햄이 그녀의 어깨를 움켜쥐었다.

　"잘 봐, 얘야. 저건 켈시어가 아니야."

　그 생물은 그녀를 바라보았다. 얼굴은 켈시어였으나, 눈은…… 달랐다. 그 얼굴에는 켈시어 특유의 미소가 없었다. 그 얼굴은 공허해 보였다. 죽어 있었다.

　"미안합니다." 그것이 말했다. "그 계획에서 제가 맡은 부분은 이것이었고, 켈시어가 원래 제게 연락했던 이유도 이것이었습니다. 저는 그가 죽으면 그의 뼈를 먹고…… 그런 다음 그의 추종자들에게 모습을 보여 믿음과 힘을 주도록 되어 있었습니다."

　"당신은 뭐죠?" 빈은 겁에 질려 물었다.

　르노-켈시어가 그녀를 쳐다보았다. 그의 얼굴이 순간 희미하게 빛나더니, 반투명해졌다. 젤리 같은 피부를 통해 그의 뼈가 보였다. 그 모습은 그녀에게 무언가를 생각나게 했다……

"안개유령이군요."

"칸드라입니다." 그 생물이 말했다. 반투명해졌던 피부가 되돌아왔다. "당신들은 다 자란…… 안개유령이라고 말할 수도 있겠지요."

빈은 안개 속에서 보았던 그 생물을 떠올리며 역겨워서 눈길을 돌렸다. 켈시어는 말했다. 스캐빈저들이야. 죽은 동물의 시체를 먹고, 뼈와 이미지를 훔치지.

'전설들은 내 생각보다 더 사실이었어.'

"당신들도 이 계획에 속해 있었지요." 칸드라가 말했다. "당신들 모두요. 왜 그에게 패거리가 필요했느냐고 물었죠? 그는 도덕성이 있는 사람들, 돈보다 사람을 더 걱정하는 법을 배울 수 있는 사람들이 필요했습니다. 그는 당신들을 군대와 군중 앞으로 데려가 지도력을 익히도록 했습니다. 그는 당신들을 이용하고 있었습니다…… 하지만 당신들을 훈련하고 있는 것이기도 했습니다."

그 생물은 독슨과 브리즈 그리고 햄을 보았다.

"관료, 정치가, 장군. 앞으로 태어날 새 나라에는 당신들의 재능을 가진 사람이 필요합니다." 칸드라는 조금 떨어져 있는 테이블 위에 붙은 커다란 종이 쪽으로 고갯짓을 했다.

"당신들은 저대로 따르면 됩니다. 나는 가서 다른 일들을 해야 합니다."

그것은 떠나려는 듯이 몸을 돌리다가, 빈 옆에서 멈춰 서서 그녀를 보았다. 충격적일 정도로 켈시어와 똑같은 얼굴이 그녀를 바라보았다. 그러나 그 생물은 르노도 켈시어도 아니었다. 감정이라곤 없어 보였다.

칸드라는 작은 주머니를 들어 올렸다.

"그는 당신에게 이것을 주라고 부탁했습니다."

그것은 그 주머니를 그녀의 손 위에 올려놓은 후 계속 길을 갔다. 그것이 창고를 떠날 때 패거리는 멀찍이 물러나 그것을 피했다.

브리즈가 제일 먼저 테이블로 가기 시작했지만 햄과 독슨이 더 빨랐다. 빈은 주머니를 내려다보았다. 그녀는…… 그 안에 담겨 있는 것을 보기가 두려웠다. 그녀는 서둘러 앞으로 가 패거리에 합류했다.

그 종이는 도시의 지도였다. 마쉬가 보낸 것을 베낀 지도 같았다. 맨 위에 글이 몇 줄 있었다.

친구들, 너희들은 할 일이 많아. 그것도 빨리 해야 해. 너희는 이 창고의 무기들을 정리해서 나눠준 다음 다른 빈민가에 있는 비슷한 창고 두 개도 똑같이 정리해야 해. 옆방에 여행하기 쉽게 말들을 갖춰놓았어.

일단 무기를 나눠준 다음에는 성문을 지키고, 남아 있는 주둔군을 진압해. 브리즈, 네 팀이 해야 해. 주둔군으로 먼저 진군해 가서 성문을 평화롭게 점령해.

도시 안에 강한 군사력을 갖고 있는 '대가문'이 아직도 네 개나 남아 있어. 지도에 표시해놓았어. 햄, 네 팀이 이걸 처리해줘. 우리 이외의 무장 세력이 도시에 남아 있어서는 안 돼.

독슨, 전쟁 초반에는 뒤에 남아 있어. 일단 소문이 퍼지면 스카들이 점점 더 많이 창고로 오게 될 거야. 내가 바라는 건 거리에서 모인 스카들이 들어가면서 브리즈와 햄의 군대 규모가 커지는 거고, 거기에 우리가 훈련한 병력이 들어가는 거야. 너는 보통 스카들이 무기를 갖도록 확실히 나눠줘야 해. 클럽스가 궁전을 공격할 수 있도록.

'달래기' 지소들은 이미 사라졌을 거야. 르노는 너희를 찾아 여기로 데려오기 전에 이미 우리 암살자 팀에게 적절한 명령을 전달했어. 시간이 있다면 햄의 써그 몇 명을 보내 그 지소들을 살펴봐. 브리즈, 네 수더들이 스카 속에 섞여서 용기를 갖도록 독려해줘야 할 거야.

이게 전부인 것 같아. 재미있는 일이었어, 안 그래? 너희가 날 기억할 때, 이걸 기억해줘. 미소를 지어야 한다는 걸. 자, 빨리 움직여.

너희가 지혜롭게 통치하기를.

지도에는 도시가 여러 지역으로 나뉘어 그려져 있었고, 지역마다 패거리 일원들의 이름이 붙어 있었다. 빈은 자기와 세이즈드가 제외되었다는 것을 알아차렸다.

"난 우리 집 옆의 그 무리에게로 돌아가겠어." 클럽스가 으르렁거리는 목소리로 말했다. "그들을 여기 데려와서 무기를 나눠줄 거야." 그는 절뚝거리며 나가려고 했다.

"클럽스?" 햄이 돌아서며 말했다. "기분 나쁘게 들리면 미안한데, 하지만…… 그는 왜 너를 군 지휘관에 포함시켰을까? 전쟁에 대해서 알고 있어?"

클럽스는 코웃음을 치더니, 바지를 걷어 올리고 종아리와 허벅지 옆에 난 길고 비틀린 흉터를 보여주었다. 그가 절뚝거리는 원인이 된 상처가 분명했다.

"내가 이걸 어디서 얻었다고 생각해?" 그는 그렇게 말하고는 멀어져갔다.

햄은 놀라서 되돌아섰다.

"이런 일이 일어나고 있다는 게 믿어지지가 않아."

브리즈는 고개를 저었다.

"난 내가 사람을 조작하는 일을 좀 안다고 생각했는데, 이건…… 이건 놀라워. 경제는 무너지기 직전이고, 살아남은 귀족들은 곧 시골에서 공공연히 전투를 하게 될 거야. 켈은 우리에게 심문관을 죽이는 법도 알려주었어. 우린 다른 자들도 쓰러뜨려 목을 베기만 하면 돼. 로드 룰러에 대해서는……."

사람들이 빈을 쳐다보았다. 그녀는 손에 쥐고 있던 주머니를 내려다보다가 열었다. 아티움 구슬들이 채워져 있는 게 분명한 더 작은 주머니가 그녀의 손안에 떨어졌다. 그다음엔 종이에 싸인 작은 금속 막대기가 나왔다. '열한 번째 금속'이었다.

빈은 종이를 풀었다.

종이에는 이렇게 쓰여 있었다.

'빈, 원래 네가 오늘 밤 맡을 임무는 도시에 남아 있는 고위 귀족들을 암살하는 거였어. 하지만 음, 너는 그들을 살려줘야 할지도 모른다고 날 설득시켰어.

나는 이 축복받은 금속을 어떻게 써야 하는지 전혀 알아내지 못했어. 태워도 안전해. 태워도 죽지 않아. 하지만 별로 쓸모 있는 효과가 나타나는 것 같지는 않아. 네가 이 편지를 읽고 있다면, 나는 로드 룰러와 맞서 싸울 때까지 그걸 사용하는 법을 알아내지 못한 거겠지. 그건 중요한 것 같지 않아. 사람들에겐 믿을 것이 필요하고, 그들에게 그런 것을 주려면 이 방법밖에 없어.

널 버렸다고 나한테 화내지 말아줘. 내 삶은 덤이었어. 나는 몇 년 전 메어가 죽었을 때 죽었어야 했어. 난 이 일을 해낼 준비가 되어 있어.

넌 다른 사람들에게 필요할 거야. 이제 네가 그들의 미스트본이야. 너는 앞으로 다가올 몇 달 동안 그들을 보호해야 해. 귀족들은 우리 갓 태어난 왕국의 통치자들에게 암살자를 보낼 테니까.

안녕. 메어에게 네 이야기를 할게. 메어는 언제나 딸을 갖고 싶어 했어.'

"뭐라고 적혀 있어, 빈?" 햄이 물었다.

"음…… 자기는 '열한 번째 금속'을 어떻게 쓰는지 모른대요. 미안하다고 했어요. 그는 로드 룰러를 이길 방법을 찾지 못했어요."

"도시 전체가 그와 싸울 거야." 독스가 말했다. "설마 그가 우리 모두를 죽일 수야 있겠어? 우리가 그를 죽일 수 없다면, 묶어서 지하 감옥에 처박아놓기라도 하겠어."

다른 사람들도 고개를 끄덕였다.

"좋아!" 독슨이 말했다. "브리즈와 햄, 너희는 다른 창고로 가서 무기를 나뉘줘. 스푸크, 가서 도제들을 불러와. 전령 역할을 할 사람들이 필요하니까. 가자!"

모두들 흩어졌다. 곧 그들이 아까 본 스카들이 횃불을 높이 들고 창고로 쏟아져 들어왔다. 그들은 그곳에 가득 찬 무기를 보고는 경외감에 입을 벌렸다. 독슨은 능률적으로 일했다. 새로 온 사람 가운데 몇 명을 무기를 나눠 줄 사람으로 임명하고, 다른 사람들은 친구와 가족들을 모아 오라고 보냈다. 사람들은 무기를 고르며 준비를 하기 시작했다. 모든 사람이 바빴다. 빈만 제외하고.

그녀는 세이즈드를 쳐다보았다. 그는 그녀에게 미소 지었다.

"때로는 충분히 기다려야만 하지요, 미스트리스." 그가 말했다. "그다음에야 우리는 왜 계속 믿어야 했는지 알게 됩니다. 마스터 켈시어가 좋아하던 속담이 있습니다."

"언제나 또 다른 비밀이 있지." 빈은 속삭였다. "하지만 세이즈, 나만 제외하고 모든 사람에게 할 일이 있어요. 나는 원래 귀족들을 암살하도록 되어 있었지만, 켈은 이제 내게 그 일을 시키고 싶어 하지 않아요."

"귀족은 무력화되어야 합니다. 하지만 꼭 죽여야 할 필요는 없지요." 세이즈드가 말했다. "아마 당신의 역할은 켈시어에게 그 사실을 알려주는 것이었는지도 모르지요."

빈은 고개를 저었다.

"아뇨, 난 그것보다는 더 많은 일을 해야 해요, 세이즈." 그녀는 좌절감을 느끼며 빈 주머니를 움켜쥐었다. 안에서 뭔가가 바스락거렸다.

그녀는 주머니를 내려다보다가 열었다. 그 안에는 아까 보지 못했던 종잇조각이 있었다. 그녀는 그것을 빼내 조심스레 펼쳤다. 그것은 켈시어가 그녀에게 보여주었던 그림이었다. 꽃 그림. 메어는 언제나 이걸 갖고 다녔다고 했다. 해가 붉지 않고, 식물들이 녹색인 미래를 꿈꾸면서…….

빈은 고개를 들었다.

'관료, 정치가, 군인……. 모든 왕국에 필요한 것이 또 하나 있어.

훌륭한 암살자.'

그녀는 돌아서서 금속 병을 꺼낸 다음 안에 든 것을 마시며 그 물로 아티움도 두어 알 삼켰다. 그녀는 무기 더미로 걸어가 작은 화살 묶음을 집어 들었다. 거기에는 돌촉이 달려 있었다. 그녀는 촉에서 반 인치 정도를 남긴 채 살대를 꺾어내고, 깃이 붙은 나머지는 버렸다.

"미스트리스?" 세이즈드가 염려하며 물었다.

빈은 그를 지나쳐 걸어가 무기들을 살펴보았다. 그녀는 셔츠같이 생긴 갑옷 안에서 원하던 것을 찾아냈다. 서로 맞물린 커다란 금속 고리들이었다. 그녀는 백랍으로 강화된 손가락과 단검을 써서 고리를 한 줌 떼어냈다.

"미스트리스, 뭘 하려고 그러십니까?"

빈은 테이블 옆의 트렁크로 걸어가 그 안에 금속 가루가 한가득 있는 것을 보았다. 그녀는 백랍 가루 몇 줌을 주머니에 집어넣었다.

"난 로드 룰러가 걱정돼요." 그녀는 상자에서 줄을 꺼내 '열한 번째 금속'을 몇 조각 긁어내며 말했다. 그녀는 잠시 손을 멈추고 낯선 은빛 금속을 바라보다가, 물병의 물을 한 모금 마시며 그 조각들을 삼켰다. 그리고 예비 금속 병 속에도 두어 조각 넣었다.

"분명 반역도들이 그를 처치할 수 있을 겁니다." 세이즈드가 말했다. "그는 부하들이 없으면 그렇게 강하지 않을 거라고 생각합니다."

"그 말은 틀렸어요." 빈이 일어나 문으로 가면서 말했다. "그는 강해요, 세이즈. 켈시어는 내가 느끼는 방식으로 그를 느낄 수 없었어요. 그는 몰랐어요."

"어디 가십니까?" 세이즈드가 뒤에서 물었다.

빈은 문에서 멈추어 뒤돌아섰다. 안개가 그녀의 몸 주위에 서렸다.

"궁전 안에 군인과 심문관들이 지키는 방이 하나 있어요. 켈시어는 그 안에 들어가려고 두 번이나 시도했어요." 그녀는 다시 어두운 안개 쪽으로 돌아섰다. "오늘 밤, 난 그 안에 뭐가 있는지 봐야겠어요."

36

나는 라셰크의 증오가 오히려 고맙다. 덕분에 나는 나를 혐오하는 사람들이 있다는 사실을 잘 기억할 수 있었다. 내 자리는 인기나 사랑을 얻기 위한 자리가 아니다. 내 자리는 인류의 생존을 보장하기 위한 것이다.

빈은 조용히 크레딕 쇼 쪽으로 걸어갔다. 안개에 반사되고 퍼지는 수천 개의 횃불 빛으로 뒤쪽 하늘이 불타고 있었다. 도시 위에 빛나는 돔이 씌워진 것 같았다.

노란색 불빛이었다. 켈시어가 언제나, 태양색은 마땅히 그래야 한다고 말했던 색.

그녀와 켈시어가 전에 침입했던 궁전 출입구는 불안해 보이는 경비병 네명이 지키고 있었다. 그들은 그녀가 다가오는 것을 지켜보았다. 빈은 안개에 젖은 돌 위를 천천히, 조용히 걸어갔다. 그녀의 미스트클록이 바스락거리는 소리가 장엄하게 울렸다.

경비병 한 명이 창을 내려 그녀에게 겨누었다. 빈은 그 경비병 바로 앞에서 멈추었다.

"난 당신들을 알아요." 그녀가 조용히 말했다. "당신들은 공장을, 광산을, 대장간을 참아냈어요. 하지만 언젠가 그들이 당신을 죽이고 당신 가족이 굶어 죽도록 내버려두리라는 걸 알고 있었어요. 그래서 당신들은 죄책감을 느끼면서도 단호하게 로드 룰러에게로 가서 그의 경비병이 되었지요."

네 사람은 혼란스러운 얼굴로 서로를 쳐다보았다.

"내 뒤의 불빛은 스카들의 거대한 반역에서 뿜어지는 불빛이에요." 그녀가 말했다. "도시 전체가 로드 룰러에게 저항해 일어나고 있어요. 나는 당신들이 그런 선택을 했다고 해서 당신들을 탓하지는 않아요. 하지만 변화의 시기가 오고 있어요. 저 반역도들에게는 당신들의 훈련과 지식이 도움이 될 거예요. 그들에게 가세요. 그들은 '생존자의 광장'에 모여 있어요."

"'생존자의…… 광장'?" 한 병사가 물었다.

"아까 '하스신의 생존자'가 살해당한 곳이요."

네 명은 머뭇거리며 시선을 교환했다.

빈은 그들의 감정을 살짝 '격동시켰다'.

"당신들은 더 이상 죄책감을 갖고 살지 않아도 돼요."

마침내 한 남자가 앞으로 걸어 나오더니 자기 제복에서 궁전 경비대의 휘장을 뜯어냈다. 그는 성큼성큼 단호하게 어둠 속으로 걸어갔다. 다른 세 명은 잠시 어쩔 줄 몰라 하다 그를 따라갔다. 빈은 열린 궁전 입구에 혼자 남아 있었다.

빈은 복도를 걸어 내려가, 마침내 전에 보았던 그 경비실 옆에 왔다. 그녀는 잡담 중이던 경비병 한 무리를 지나치면서도 아무도 다치지 않게 하고 안으로 성큼성큼 걸어 들어갔다. 경비병들은 놀라 굳었다가 경계의 고함을 질렀다. 그들은 복도로 마구 몰려들었지만 빈은 위로 뛰어오르며 등잔 버팀대를 '밀어' 복도를 쏜살같이 날아 내려갔다.

사람들의 목소리가 점점 멀어졌다. 아무리 달려도 그들은 그녀를 따라잡을 수 없을 것이다. 그녀는 복도 끝에 닿자 가볍게 아래로 몸을 떨어뜨렸다. 그녀를 감싸던 클록이 몸 주위로 부풀어 올랐다. 그녀는 서두르지 않는 발걸음으로 확고하게 계속 걸었다. 달려갈 이유가 없었다. 어쨌든 그들은 그녀를 기다리고 있을 테니까.

그녀는 아치형 길을 지나, 돔 지붕이 덮인 중앙 방으로 걸어 들어갔다. 벽에는 은으로 된 벽화가 줄지어 있고, 구석에서는 화로가 타고 있었다. 바닥은 흑단 같은 대리석이었다.

그리고 두 명의 심문관이 길을 막고 서 있었다.

빈은 조용히 방을 가로질러 걸었다. 그녀가 가려고 했던 곳, 건물 안에 있는 건물로 다가갔다.

"내내 널 찾고 있었다. 그런데 네가 우리에게 두 번이나 와 주는구나." 심문관 한 명이 귀에 거슬리는 목소리로 말했다.

빈은 한 쌍의 심문관에게서 20피트 정도 떨어진 곳에 멈춰 섰다. 그들은 미소 지으며 자신만만하게 우뚝 서 있었다. 그들 둘 다 그녀보다 2피트쯤 컸다.

빈은 아티움을 태운 다음 클록 아래서 손을 꺼내 화살촉 두 줌을 공중으로 날렸다. 그녀는 철을 폭발시키며, 화살촉에 붙은 부러진 살대를 느슨히 감싸고 있던 금속 고리를 강력하게 '밀었다'. 화살촉들은 방을 가로지르며 앞으로 쏘아져 날아갔다. 앞에 선 심문관이 씩 웃으면서 한 손을 위로 올려 무시하듯 그 무기들을 '밀어'냈다.

그가 '밀자' 원래 붙어 있지 않던 고리들이 화살 자루에서 떨어져 뒤로 날아갔다. 그러나 화살촉은 더 이상 뒤에서 '밀지' 않아도 계속 앞으로 날아갔다. 관성이 여전히 치명적인 화살촉들을 실어 날랐다.

선두에 선 심문관의 몸이 앞으로 홱 쓰러지면서 경련을 일으켰다. 다른 심문관은 선 채로 버티며 으르렁거렸으나 그도 다리가 약해져 몸이 약간 흔들렸다. 빈은 백랍을 폭발시키며 앞으로 달려갔다. 남은 심문관이 그녀를 막으려고 움직였지만, 그녀는 클록 안에 손을 넣고 백랍 가루 한 줌을 듬뿍 쥐어 던졌다.

심문관은 혼란에 빠져 멈춰 섰다. 그의 '눈'에는 파란 선들이 엉킨 더미밖에 보이지 않을 것이다. 금속 가루 한 점마다 선이 하나하나 이어져 있을 터였다. 더구나 금속 원천이 한 곳에 집중되어 있으니 눈이 멀 정도로 선들이 정신없이 뻗어 있을 것이다.

심문관이 화가 나서 몸을 돌리는 순간, 빈은 달려서 그를 지나쳤다. 그리고 그가 그 가루들을 '밀어' 날려버리는 찰나, 빈은 유리 단검 하나를 꺼내 그에게 던졌다. 파란 선과 아티움 그림자가 난장을 이룬 혼란 속에서 그는 그것을 보지 못했고 단검은 그의 허벅지를 정통으로 꿰뚫었다. 그는 쓰러지며 귀에 거슬리는 목소리로 욕을 했다.

'효과가 있어서 다행이다.' 빈은 신음하고 있는 첫 번째 심문관의 몸을 뛰어넘으며 생각했다. '심문관의 눈은 어떨지 확신할 수 없었는데.'

그녀는 백랍을 폭발시키고 문에 몸을 던지며 가루를 또 한 줌 위로 뿌렸다. 남아 있는 심문관이 그녀의 몸에 금속을 겨누지 못하게 하기 위해서였다. 그녀는 돌아서서 그 둘과 싸우려 하지 않았다. 그 괴물 하나가 켈시어를 얼마나 곤란하게 만들었는지 본 다음이었기 때문에, 그녀의 이번 잠입 목표는 심문관을 죽이는 것이 아니라 정보를 모아 달아나는 것이었다.

빈은 건물 안의 건물로 마구 달려 들어가다 이국의 모피로 만들어진 깔개 위에서 발을 헛디딜 뻔했다. 그녀는 미간을 찌푸리며 방 안을 황급히 둘러보았다. 로드 룰러가 그 안에 숨겨놓은 것을 찾기 위해서였다.

'분명히 여기 있을 거야.' 그녀는 필사적으로 생각했다. '그를 이길 단서, 이 싸움에서 이길 방법이.' 그녀는 로드 룰러의 비밀을 찾아서 달아날 수 있을 정도로 오랫동안, 심문관들이 저희가 입은 상처에 정신이 팔려 있기만을 바랐다.

방에는 출구가 하나밖에 없었다. 그녀가 들어온 입구였다. 방 한가운데 난로가 피워져 있었다. 벽은 이상한 덫 여러 개로 장식되어 있었다. 빈 곳에는 대부분 모피들이 매달려 있었는데, 가죽이 이상한 무늬로 염색돼 있었다. 색이 바래고 캔버스가 누레진 그림 몇 폭이 있었다.

빈은 로드 룰러에게 쓸 수 있는 무기가 될 만한 것을 급히 찾았다. 불행히도 쓸모 있는 것은 하나도 보이지 않았다. 방은 이국적이었지만 평범해 보였다. 사실 그곳은 서재나 은신처처럼 편안한 집 같은 느낌을 주었다. 그곳에는 이상한 물건과 장식들이 꽉 들어차 있었다. 어떤 이국 짐승의 뿔과 바닥이 매우 넓고 납작한 이상한 신발 한 켤레 같은 것들. 마치 과거의 기억들을 모아놓은 산림쥐의 구멍 같았다.

뭔가가 방 한가운데에서 움직이는 바람에 그녀는 놀라 펄쩍 뛰었다. 난로 옆에 회전의자가 놓여 있었다. 그 의자가 천천히 돌자 의자에 앉아 있는 쭈글쭈글한 노인이 나타났다. 그 노인은 머리가 벗겨지고 검버섯이 있었다. 70대 정도로 보였다. 값비싸 보이는 어두운색의 옷을 입고 있었다. 그는 화가 나서 빈에게 얼굴을 찌푸렸다.

'이것뿐이군.' 빈은 생각했다. '난 실패했어. 여기엔 아무것도 없어. 이제 나가야 해.'

그러나 달아나려고 몸을 돌렸을 때, 뒤에서 거친 손이 그녀를 잡았다. 그녀는 욕설을 하며 몸부림을 치다가 아래를 내려다보았다. 심문관의 피투성이 다리가 보였다. 백랍을 폭발시켰다 해도 그 다리로는 걸을 수 없어야 했다. 그녀는 몸을 비틀어 빠져나오려고 했지만 심문관이 더욱 강하게 그녀를 움켜쥐었다.

"이건 뭐냐?" 노인이 일어서며 날카롭게 물었다.

"죄송합니다, 로드 룰러." 심문관이 공손하게 말했다.

'로드 룰러라고! 하지만…… 난 그를 봤는걸. 그는 젊은 남자였어.'

"그 여자애를 죽여." 노인이 손을 저으며 말했다.

"마이 로드, 이 아이에게…… 특별한 흥미가 있습니다. 제가 이 아이를 좀 붙잡아둬도 되겠습니까?" 심문관이 말했다.

"무슨 특별한 흥미?" 로드 룰러가 한숨을 쉬며 다시 앉았다.

"저희는 정교 캔턴에 대해 청원을 드리려 합니다, 로드 룰러." 심문관이 말했다.

"그걸 또?" 로드 룰러가 지친 듯이 말했다.

"부탁드립니다, 마이 로드." 심문관이 말했다. 빈은 계속 백랍을 폭발시키며 몸부림을 쳤다. 그러나 심문관은 그녀의 팔을 옆구리에 눌러 못 박듯이 잡았다. 뒤쪽으로 발길질을 해보았지만 소용이 없었다.

'이놈은 정말 강해!' 그녀는 좌절감에 빠져 생각했다.

그때 그것이 떠올랐다. '열한 번째 금속'. 그 힘은 그녀 안에 낯선 저장고를 만든 채로 도사리고 있었다. 그녀는 고개를 들어 노인을 노려보았다.

'이게 꼭 효과가 있어야 할 텐데.'

그녀는 '열한 번째 금속'을 태웠다.

아무 일도 일어나지 않았다.

빈은 가슴이 내려앉았다. 그녀는 절망 속에서 몸부림쳤다. 그때 그녀는 그 남자를 보았다. 로드 룰러 바로 옆에 다른 남자가 서 있었다. 어디서 왔지? 그녀는 그가 들어오는 것을 보지 못했다.

그는 수염을 무성하게 길렀고, 양모로 된 두꺼운 외투를 걸쳤는데 안에는 털가죽을 댄 클록을 입고 있었다. 값비싼 옷차림은 아니었지만 구색을 잘 갖추고 있었다. 그는…… 만족한 듯이 조용히 서 있었다. 행복하게 미소지었다.

빈은 고개를 들었다. 그 남자가 어딘지 낯익었다. 그의 생김새는 켈시어를 죽인 남자와 매우 비슷했다. 그러나 이 남자는 나이가 더 많고…… 더 생기가 있었다.

빈은 옆을 보았다. 그녀 옆에는 낯선 사람이 하나 더 있었다. 젊은 귀족 남자. 정복을 입은 모습으로 보아 그는 상인이었다. 그것도 매우 부유한 사람이었다.

'무슨 일이 벌어지고 있는 거야?'

'열한 번째 금속'이 다 타버렸다. 새로 나타났던 사람들은 모두 유령처럼 사라졌다.

"알았다." 늙은 로드 룰러가 한숨을 쉬며 말했다. "네 요청을 받아들이마. 몇 시간 후에 보자. 이미 테비디안이 궁전 바깥의 일들을 논의하자고 회의를 요청했다."

"아, 예……." 두 번째 심문관이 말했다. "그도 함께 있으면 좋겠군요. 정말 좋을 겁니다."

빈은 계속 꿈지럭거렸다. 심문관은 그녀를 밀어 땅에 넘어뜨린 다음 손을 들어 올렸다. 그 손은 그녀에게는 보이지 않는 무언가를 움켜쥐고 있었다. 그는 손을 휘둘렀고, 그녀의 머릿속에 고통이 번뜩였다.

백랍을 폭발시키고 있는데도, 모든 것이 까매졌다.

엘렌드는 북쪽 입구 통로에서 아버지를 찾아냈다. 북쪽 입구는 벤처 아성 입구들 가운데 좀 작고, 사람 기를 덜 죽이는 입구였다. 물론 웅장한 그랜드 홀에 비교할 때만 그렇지만.

"지금 뭐가 어떻게 돼가는 거죠?" 엘렌드가 재빨리 정복 코트를 입으면서 날카롭게 물었다. 자고 일어난 그의 머리는 마구 헝클어진 채였다. 로드 벤처는 경비대 대장들, 운하 감독들과 함께 서 있었다. 군인과 하인들이 흰색과 갈색의 통로를 따라 부지런히 움직였다. 그들은 불안과 두려움을 내보이며 미친 듯이 돌아다니고 있었다.

로드 벤처는 엘렌드의 질문을 무시하고 전령을 부르더니 동쪽 강 부두로 말을 타고 가라고 명령했다.

"아버지, 무슨 일입니까?" 엘렌드가 되풀이했다.

"스카들의 반역이다." 로드 벤처가 짧게 내뱉었다.

'뭐라고?' 엘렌드가 생각하는 동안 로드 벤처는 손을 흔들어 다른 병사 한 무리를 불렀다. '불가능해.' 루서델에서 스카 반역이라니……. 생각할 수도 없는 일이었다. 스카는 그런 과감한 행동을 할 기질이 없었다. 그들은 그저…….

'발레트도 스카야. 너까지 다른 귀족들처럼 생각하면 안 돼, 엘렌드. 넌 눈을 떠야 해.'

주둔군은 시내에 없었다. 다른 반역도 무리를 학살하러 떠나 있었다. 스카는 몇 주 전의 섬뜩한 처형뿐 아니라 오늘 일어난 학살 또한 지켜봐야만 했다. 그들은 한계점에 다다를 정도로 압력을 받고 있었다.

'테마드르가 예상한 게 이거였어.' 엘렌드는 그제야 깨달았다. '다른 정치 이론가 대여섯 명도 예상했지. 그들은 신이 보우하시건 말건 "마지막 제국"이 영원히 지속되지는 못할 거라고 말했어. 사람들은 언젠가는 들고일어났을 거야……. 그 일이 마침내 일어나고 있어. 난 역사적인 사건을 직접 겪고 있어!

그리고…… 잘못된 편을 들고 있어.'

"운하 감독들은 왜요?" 엘렌드가 물었다.

"우린 도시를 떠날 거다." 로드 벤처가 간결하게 말했다.

"아성을 포기하고? 그런 행동을 하면 체면이 섭니까?" 엘렌드가 물었다.

로드 벤처는 코웃음을 쳤다.

"이건 용기 문제가 아니야, 이 녀석아. 생존이 왔다 갔다 하는 문제야. 저 스카들은 성문을 공격하고 남아 있는 주둔군을 학살하고 있어. 놈들이 귀족 머리를 베러 올 때까지 기다릴 생각은 없다."

"하지만……."

로드 벤처는 고개를 저었다.

"어쨌든 우린 떠날 거였다. 며칠 전에 '갱'에…… 무슨 일이 일어났어. 로드 룰러가 그걸 아시면 좋아하지 않을 거다.' 그는 뒤로 물러서며 운하용 배의 선두에 설 선장에게 손짓했다.

'스카의 반역이라니.' 엘렌드는 아직도 머리가 멍한 채로 생각했다. '테마드르가 자기 글에서 뭐라고 경고했지? 마침내 진짜 반역이 일어나면, 스카들은 제멋대로 학살할 것이다……. 귀족들은 전부 생명을 빼앗길 것이다.

그는 반역이 재빨리 지나가겠지만 그 과정에서 시체 무더기를 남길 거라고 예측했어. 수천이, 수만이 죽을 거라고.'

"자, 이 녀석아. 가서 네 물건을 챙겨라." 로드 벤처가 명령했다.

"전 안 갈 겁니다." 엘렌드는 자기 말에 자기가 놀랐다.

로드 벤처가 얼굴을 찌푸렸다.

"뭐라고?"

엘렌드는 그를 쳐다보았다.

"전 안 갈 겁니다, 아버지."

"하, 넌 가게 될 거다." 로드 벤처가 특유의 눈길로 엘렌드를 노려보며 말했다.

엘렌드는 그 눈 속을 들여다보았다. 엘렌드의 안전을 걱정하기 때문에 화를 내는 눈이 아니라, 엘렌드가 감히 반항하기 때문에 화가 난 눈이었다. 그렇지만 이상하게도 엘렌드는 조금도 겁이 나지 않았다.

'이걸 멈출 사람이 있어야 해. 반역은 세상을 개선할 수 있을지도 모르지만, 그것도 스카가 자기 동맹자들을 학살하지 않을 때나 가능한 얘기야. 그리고 귀족은 스카와 동맹을 맺어야 해. 로드 룰러에 대항하는 동맹을. 그는 우리의 적이기도 해.'

"아버지, 전 진심이에요. 전 여기 있을 겁니다." 엘렌드가 말했다.

"말도 안 되는 소리! 이 녀석, 계속 날 놀릴 테냐?"

"이건 무도회나 오찬 문제가 아니에요, 아버지. 더 중요한 문젭니다."

로드 벤처는 잠시 침묵했다.

"건방 떨려고 하는 소리가 아니라고? 익살도 아니고?"

엘렌드는 고개를 끄덕였다.

갑자기 로드 벤처가 미소를 지었다.

"그럼 여기 있어라, 얘야. 좋은 생각이야. 내가 우리 병력을 모으러 가는 동안 누군가가 여기서 우리 존재감을 유지해야 해. 그래…… 아주 좋은 생각이야."

아버지의 눈에 어린 미소를 보고 엘렌드는 약간 멈칫하며 얼굴을 찡그렸다.

마지막 제국

'아티움 때문이야. 아버지는 내가 자기 대신 벌을 받도록 하려는 거야! 그리고…… 로드 룰러가 날 죽이지 않는다고 해도, 난 반역에 휩쓸려 죽을 거야. 어느 쪽이든 아버지는 나를 없애고 싶은 거야.

난 정말로 이런 데 소질 없구나, 안 그래?'

로드 벤처는 득의양양하게 웃더니 몸을 돌렸다.

"적어도 병사들은 좀 남겨두고 가세요." 엘렌드가 말했다.

"네가 데리고 있어도 돼." 로드 벤처가 말했다. "이 아수라장 속에서는 보트 한 척 빠져나가기도 버거우니까. 행운을 빈다, 애야. 내가 없어도 로드 룰러에게 안부 전해다오."

그는 다시 웃더니, 자기 종마 쪽으로 갔다. 말은 안장이 채워진 채 밖에서 기다리고 있었다.

엘렌드는 홀에 서 있었다. 그는 갑자기 주의의 표적이 되었다. 자기들이 버려졌다는 것을 깨닫고 불안해하는 경비병과 하인들이 엘렌드에게 필사적인 눈길을 보냈다.

'내가…… 지휘해야 해.' 엘렌드는 충격을 받았다. '이제 어쩌지?'

바깥의 안개는 타오르는 불빛으로 훤했다. 경비병 몇이 다가오는 스카 군중에게 소리를 지르고 있었다.

엘렌드는 열린 문으로 걸어가, 바깥의 혼란을 내다보았다. 겁에 질린 사람들이 자신이 얼마나 위험한 상황에 처했는지를 깨달으면서 뒤쪽 홀이 조용해졌다.

엘렌드는 오랫동안 서 있다가 빙글 돌아보았다.

"대장! 남은 병력과 하인들을 모아. 아무도 뒤에 남겨두지 말고 레칼 아성으로 나아가게."

"레칼…… 아성 말입니까, 마이 로드?"

"그쪽이 더 방어하기 쉬워." 엘렌드가 말했다. "게다가 우리 양쪽 다 병력이 너무 적어. 고립되면 우린 파멸할 거야. 함께 뭉치면 버틸 수 있을지도 몰라. 우리 민간인들을 보호해주는 대신 레칼에 병력을 빌려주겠다고 제안할 거야."

"하지만······ 마이 로드, 레칼은 로드의 적입니다." 그 군인이 말했다.

엘렌드는 고개를 끄덕였다.

"그래, 하지만 어느 쪽이든 먼저 제안을 해야 해. 이제, 어서 움직이게!"

남자는 경례를 한 후 달려갔다.

"아, 그리고 대장?" 엘렌드가 말했다.

군인이 멈춰 섰다.

"제일 뛰어난 병사 다섯 명을 내 근위병으로 골라주게. 자네가 지휘를 맡아줘. 그 다섯 명과 나는 또 다른 임무를 수행할 거야."

"마이 로드? 무슨 임무입니까?" 대장이 혼란스러워하며 물었다.

엘렌드는 안개에서 등을 돌렸다.

"우리는 항복할 거야."

빈은 물에 젖은 채 깨어났다. 그녀는 기침을 하다가 뒤통수에 날카로운 고통을 느끼며 신음했다. 흐릿한 눈을 뜨고 눈을 깜박여 누군가가 끼얹은 물을 털어냈다. 그리고 즉시 백랍과 주석을 태워 완전히 정신을 차렸다.

거친 손 한 쌍이 그녀를 공중에 들어 올렸다. 심문관이 그녀의 입안에 뭔가를 찔러 넣는 바람에 그녀는 기침을 했다.

"삼켜라." 그는 그녀의 팔을 비틀며 명령했다.

빈은 비명을 지르며 고통을 버티려 애썼지만 허사였다. 결국 그녀는 항복하고 금속 조각을 삼켰다.

"이제 그걸 태워." 심문관이 더 세게 팔을 비틀며 명령했다.

빈은 그래도 저항했다. 몸 안에서 낯선 금속 저장고가 느껴졌다. 심문관은 그녀에게 쓸모없는 금속을 태우게 하려는 것일 수도 있었다. 그러면 몸이 아프거나, 더 나쁜 경우 죽을 수도 있었다.

'하지만 포로를 죽이려면 더 쉬운 방법도 많잖아.' 그녀는 고통 속에서 생각했다. 팔이 너무 아파 비틀려 뜯겨 나갈 것 같았다. 마침내 빈은 굴복했고, 그 금속을 태웠다.

즉시 몸 안의 모든 금속 저장고가 사라졌다.

"좋아." 심문관은 그녀를 땅에 던졌다. 돌바닥에는 한 양동이는 될 듯싶은 물이 고여 있었다. 심문관은 돌아서서 감방을 나가 문을 쾅 닫고 빗장을 걸더니, 맞은편에 있는 문 안으로 사라졌다.

빈은 기어서 일어나 팔을 문지르며 무슨 일이 일어나고 있는지 정리해보려고 했다.

'내 금속들!' 그녀는 필사적으로 몸속을 뒤졌지만 아무것도 찾을 수 없었다. 어떤 금속도 느껴지지 않았다. 심지어 방금 먹은 금속조차도.

'그게 뭐였지? 열두 번째 금속일까?' 어쩌면 알로맨시는 켈시어나 다른 사람들이 늘 그녀에게 말해주었던 것처럼 제한되어 있는 것이 아닐지도 모른다.

그녀는 깊이 숨을 들이쉰 후 무릎을 꿇고 앉아 마음을 차분하게 가라앉혔다. 뭔가가…… 그녀를 '밀고' 있었다. 로드 룰러의 존재였다. 켈시어를 죽일 때만큼 강력하지는 않지만, 그녀는 그의 존재감을 느낄 수 있었다. 그러나 그녀는 구리를 태울 수 없었다. 로드 룰러의 강력하며 거의 전능한 손아귀에서 숨을 방법이 없었다. 우울감이 그녀의 몸을 비틀고, 그녀에게 그냥 눕고 포기하라고 말하고 있었다…….

'안 돼! 난 나가야 해. 약해지면 안 돼!'

그녀는 억지로 일어서서 주위를 살펴보았다. 그녀가 들어 있는 감옥은 감방이라기보다는 우리 같았다. 사면 중 삼면에 창살이 박혀 있었고, 안에는 가구라곤 하나도 없었다. 잠잘 깔개조차 없었다. 감방, 아니 우리가 양쪽으로 하나씩 더 있었다.

그녀는 옷이 벗겨진 채 속옷만 입고 있었다. 아마도 그녀가 금속을 숨기고 있지는 않은지 확인하기 위한 것이었으리라. 그녀는 방을 둘러보았다. 방은 길고 좁았고, 돌벽이 삭막했다. 한쪽 구석에 등받이 없는 의자가 하나 있었지만 그 외에는 텅텅 비어 있었다.

'금속을 조금이라도 찾을 수 있다면……'

그녀는 주위를 살펴보기 시작했다. 본능적으로 그녀는 철을 태워 파란 선들을 보려고 했다. 그러나 당연히 그녀의 몸속에는 태울 철이 없었다. 그녀는 바보짓을 했다고 생각하며 고개를 저었으나 그것은 그녀가 얼마나 알로맨시에 의지하게 되었는가를 나타내줄 뿐이었다. 그녀는…… 눈먼 사람이 된 것 같은 기분이었다. 목소리를 듣기 위해 주석을 태울 수도 없었다. 팔과 머리의 고통을 막고 힘을 줄 백랍을 태울 수도 없었다. 가까운 곳에 알로맨서가 있는지 찾기 위해 청동을 태울 수도 없었다.

아무것도, 그녀에게는 아무것도 없었다.

'넌 전처럼 알로맨시 없이 활동해야 해.' 그녀는 스스로에게 엄하게 말했다. '넌 지금도 할 수 있어.'

그러면서도 그녀는 우연히 버려진 핀이나 못이 있지 않을까 하고 감방 바닥을 살펴보았다. 아무것도 발견하지 못하자 그녀는 창살로 주의를 돌렸다. 그러나 창살에서 철 한 조각도 벗겨낼 방법이 없었다.

'여기 이렇게 금속이 많은데, 그런데 하나도 쓸 수가 없어!' 그녀는 좌절에 빠져 생각했다.

그녀는 도로 땅에 앉아 젖은 옷 속에서 덜덜 떨며 돌벽에 등을 대고 몸을 웅크렸다. 밖은 여전히 어두웠다. 방 창문으로 안개 몇 줄기가 무심히 흘러들었다. 반역도들은 어떻게 되었을까? 그녀의 친구들은? 바깥 안개가 보통 때보다 약간 더 밝아 보이는 것 같았다. 어둠 속의 횃불 빛일까? 주석 없이 알 수 있을 정도로 그녀의 감각은 예민하지 않았다.

'내가 무슨 생각을 했던 거야?' 그녀는 절망하며 생각했다. '켈시어가 실패했던 걸 내가 성공할 거라고 여겼어? 그는 "열한 번째 금속"이 쓸모없다는

걸 알고 있었어.'

그렇다. 그 금속은 뭔가 효력이 있었다. 그러나 로드 룰러를 죽일 수 없는 것은 분명했다. 그녀는 앉은 채로 무슨 일이 일어났는지 이해하기 위해 깊이 생각했다. '열한 번째 금속'이 그녀에게 보여준 환영은 묘하게 낯이 익었다. 그 환영들이 나타난 방식이 아니라, 빈이 그 금속을 태울 때의 느낌이 그랬다.

'금이야. "열한 번째 금속"을 태운 순간 켈시어가 내게 금을 태우게 한 때와 비슷한 느낌이 들었어.'

'열한 번째 금속'이 정말 '열한 번째'이기는 한 걸까? 금과 아티움은 언제나 빈에게는 묘하게 한 쌍으로 보였다. 다른 금속들도 모두 비슷한 짝을 지었다. 기본 금속과 그 합금이 한 쌍이고, 서로 반대 작용을 했다. 철은 '당기고' 강철은 '민다'. 아연은 '당기고' 황동은 '민다'. 그건 자연스러웠다. 아티움과 금만 제외하면 모든 금속이.

만약 '열한 번째 금속'이 아티움이나 금의 합금이라면?

'그건…… 금과 아티움이 짝이 아니라는 얘기야. 그 금속들은 각각 다른 효력을 내. 비슷하지만 다르지. 그건 마치…….'

다른 금속들처럼, 네 개의 더 큰 기본 범주로 묶인다면? 철, 강철, 주석, 백랍. 정신에 영향을 미치는 금속은 청동, 구리, 아연, 황동이었다. 그리고…… 시간에 영향을 주는 금속들이 있는 것이다. 금과 금의 합금, 아티움과 아티움의 합금.

'그러면 다른 금속이 있다는 말이야. 아직 발견되지 않은 금속……. 아티움이나 금은 너무 비싸서 다른 합금으로 만들기 어려우니까.'

하지만 그걸 알아봤자 무슨 소용이 있는가? 그녀의 '열한 번째 금속'은 아마도 금과 한 쌍일 것이다. 켈시어는 그녀에게 금속 가운데 금이 제일 쓸모없다고 말했다. 금은 빈에게 자기 자신을 보여주었다. 아니, 적어도 손에 만져질 듯이 현실적으로 느껴지는 그녀의 환영을 보여주었다. 그러나 그것은 그녀가 가졌던 가능성의 환영에 불과했다. 달라졌을지도 모르는 과거.

'열한 번째 금속'의 효과도 비슷했다. 그것은 빈의 과거를 보여주는 대신 다른 사람의 비슷한 이미지들을 보여주었다. 그렇지만 그녀는…… 그것으로는 아무것도 알 수가 없었다. 로드 룰러가 '될 수도' 있었던 모습을 보여준다고 해서 무슨 차이가 있을까? 그녀가 이겨야 하는 것은 현재의 로드 룰러, '마지막 제국'을 통치하는 폭군이었다.

문에 사람 형체가 하나 나타났다. 후드를 쓰고 검은 로브를 입은 심문관이었다. 그의 얼굴은 그늘에 가려져 어두웠지만, 후드 앞쪽으로 대못 머리가 튀어나와 있었다.

"갈 때가 됐다." 그가 말했다. 괴물이 열쇠고리를 꺼내 감방 문을 여는 동안, 문가에선 또 한 명의 심문관이 기다리고 있었다.

빈은 긴장했다. 문이 끽 소리를 내며 열리자 그녀는 재빨리 튕겨 일어나 앞으로 움직였다.

'백랍이 없으면 내가 이렇게 느렸던가?' 그녀는 공포를 느끼며 생각했다. 그녀가 지나치려고 하는데 심문관이 그녀의 팔을 낚아챘다. 그의 움직임은 무심하다 못해 태평할 지경이었다. 그녀는 그 이유를 알 수 있었다. 그의 손은 초자연적일 정도로 빠르게 움직였다. 그에 비교하면 그녀는 더욱 더 느려 보였다.

심문관은 그녀를 끌어올리고 팔을 비틀어서 손쉽게 제압했다. 그는 사악한 미소를 지었다. 그 얼굴은 흉터로 울퉁불퉁했다. 그 흉터는…….

'화살촉 상처야.' 그녀는 충격에 빠졌다. '하지만…… 벌써 나았다고? 어떻게 그럴 수 있지?'

그녀는 몸부림쳤지만, 백랍이 없는 약한 몸은 심문관의 힘에 상대가 되지 않았다. 심문관은 그녀를 들어 날랐고, 두 번째 심문관은 뒤로 물러나 후드 아래에서 대못 머리로 그녀를 바라보았다. 그녀를 나르는 심문관은 미소 짓고 있었으나 두 번째 심문관은 입매가 일자였다.

빈은 두 번째 심문관을 지나치면서 침을 뱉었고, 침은 한쪽 대못 머리에 정통으로 맞았다. 그녀를 잡고 있던 심문관은 그녀를 들고 방에서 나가 좁은 통로로 들어갔다. 크레딕 쇼 한가운데서 비명을 질러봤자 소용없다는 걸 알면서도 그녀는 도와달라고 소리를 쳤다. 적어도 심문관을 짜증 나게 하는 데는 성공한 것 같았다. 심문관이 그녀의 팔을 비틀었기 때문이었다.

"조용히 해." 그녀가 고통으로 신음하자 그가 말했다.

빈은 입을 다물고 대신 그들의 위치를 찾는 데 집중했다. 그들은 궁전의 낮은 층 어딘가에 있는 것 같았다. 탑이나 첨탑 안으로 보기에는 복도가 너무 길었다. 장식품들은 호화로웠지만 방은…… 사용되지 않는 것 같았다. 자주 지나다니는 사람들은 있어도, 그들이 벽화를 보는 일은 거의 없는 것 같았다.

마침내 심문관들이 계단실로 들어가 위로 올라가기 시작했다.

'첨탑이구나.' 그녀는 생각했다.

올라가는 걸음마다 빈은 로드 룰러가 더 가까워지는 것을 느낄 수 있었다. 그는 존재만으로도 그녀의 감정을 꺾고, 외로운 우울감 외에는 그녀가 아무것도 느끼지 못하도록 만들었다. 그녀는 더 이상 몸부림치지 않고 심문관의 손아귀 안에서 축 늘어졌다. 영혼에 와 닿는 로드 룰러의 압력에 저항하는 데만도 전력을 쏟아야 했다.

터널 같은 계단을 잠시 오르다가 심문관들은 더 큰 원형의 방으로 그녀를 데리고 들어갔다. 로드 룰러의 '달래기' 압력을 받으면서도, 그리고 귀족 아성들을 이미 방문해보았으면서도, 빈은 잠시 넋을 놓고 주위를 둘러보았다. 그녀는 그렇게 웅장한 방을 본 적이 없었다.

거대하고 땅딸막한 원통 모양의 방이었다. 넓은 원을 그리며 방을 두른 벽은 완전히 유리로 만들어져 있었다. 아래쪽 불빛에 비친 방은 유령 같은 빛으로 빛났다. 구체적인 장면은 그려져 있지 않지만, 유리에는 채색이 되어 있었다. 통으로 만들어진 것 같은 유리 속에서 여러 가지 색깔이 길고 가는 자취를 그리며 흘러가고, 한데 섞였다. 그것은 마치…….

'마치 안개 같아.' 그녀는 경이감을 느끼며 생각했다. '안개가 색색으로 방 전체를 휘감고 원을 그리며 도는 것 같은 모습이야.'

로드 룰러는 방 한가운데의 높은 왕좌에 앉아 있었다. 늙은 로드 룰러가 아니었다. 더 젊은 쪽, 켈시어를 죽인 잘생긴 남자의 모습이었다.

'대역 같은 건가? 아냐, 전에 느꼈던 것처럼 그의 힘을 느낄 수 있어. 전과 같은 사람이야. 그럼 눈에 보이는 모습을 바꿀 수 있는 건가? 잘생긴 얼굴을 사람들에게 내밀고 싶으면 젊어지나?'

회색 로브를 입고 눈에 문신을 한 오블리게이터들이 방 맞은편에 작게 무리 지어 서서 이야기하고 있었다. 일곱 명의 심문관들은 강철 눈을 가진 그림자들처럼 줄지어 서서 기다리고 있었다. 빈을 데려온 두 명을 합하면 그들은 전부 아홉 명이었다. 그녀를 붙잡고 있던 흉터 난 얼굴의 심문관이 다른 심문관에게 그녀를 건네주었다. 그도 비슷한 방법으로 그녀가 도망갈 수 없도록 붙들었다.

"이제 집중하지." 로드 룰러가 말했다.

오블리게이터 한 명이 앞으로 걸어 나와 허리를 굽혔다. 빈은 한기를 느꼈다. 그 사람이 누군지 알아보았기 때문이다.

'로드 프렐란 테비디안. 내 아버지.' 머리가 벗겨진 마른 남자를 바라보며 그녀는 생각했다.

"마이 로드." 테비디안이 말했다. "용서하십시오, 하지만 저는 이해할 수가 없습니다. 이 문제는 이미 논의했잖습니까."

"심문관들이 더 덧붙일 게 있다는군." 로드 룰러가 지친 목소리로 말했다.

테비디안은 혼란에 빠져 얼굴을 찌푸리며 빈을 바라보았다.

'내가 누군지 몰라. 저 사람은 자기가 누군가의 아버지라는 것도 전혀 몰라.' 그녀는 생각했다.

"마이 로드." 테비디안이 그녀에게서 눈길을 돌리며 말했다. "창밖을 보십시오! 더 급하게 논의할 일이 있지 않습니까? 도시 전체가 반역을 일으키고 있습니다. 스카의 횃불이 어둠 속에 타오르고, 스카가 감히 안개 속으로 나왔습니다. 그들은 폭동을 일으키고, 신성모독을 하고, 귀족들의 아성을 공격하고 있습니다."

"놔둬." 로드 룰러는 무신경한 목소리로 말했다. 그는 정말로…… 지쳐 보였다. 그는 왕좌에 굳건히 앉아 있었지만, 자세와 목소리에는 여전히 피로가 어려 있었다.

"하지만 마이 로드! '대가문'들이 무너지고 있습니다." 테비디안이 말했다.

로드 룰러는 무시하듯 손을 한 번 저었다.

"100년마다 그들이 없어지는 건 좋은 일이야. 좀 더 불안정해지면서 귀족들이 너무 자신만만하게 굴지 못하게 되지. 보통은 귀족들이 바보 같은 전쟁을 벌여 서로 죽이도록 놔두지만, 이 폭동도 괜찮을 거야."

"그런데…… 스카들이 궁전으로 오면요?"

"그럼 내가 처리하지." 로드 룰러가 조용히 이야기했다. "너희는 여기에 더 토를 달지 마라."

"예, 마이 로드." 테비디안이 절을 하고 뒤로 물러갔다.

"자, 보이고 싶은 게 뭐냐?" 로드 룰러가 심문관들 쪽을 보며 말했다.

흉터가 난 심문관이 앞으로 걸어 나왔다.

"로드 룰러, 저희는 당신께서 이…… 자들에게서 미니스트리의 지휘권을 빼앗아 심문관들에게 주십사 청원을 드리고자 합니다."

"이것도 논의했던 일이잖아." 로드 룰러가 말했다. "너와 네 형제들은 더 중요한 일에 필요해. 너희를 단순한 행정 업무에 낭비하기는 싫다고 말했을 텐데."

"하지만 보통 인간들이 당신의 미니스트리를 통치하도록 하시는 바람에 당신의 신성한 궁중 한가운데 부지불식간에 부패와 악덕이 들어와버렸습니다!"

"쓸데없는 소리입니다!" 테비디안이 내뱉듯 말했다. "카르, 당신은 그런 말을 자주 하지만 한 번도 증거를 내놓은 적이 없소."

카르는 천천히 몸을 돌렸다. 채색된 둥근 창으로 든 빛에 비친 미소가 소름 끼쳤다. 빈은 몸을 떨었다. 그 미소는 거의 로드 룰러의 '달래기'만큼이나 그녀를 동요하게 만들었다.

"증거라고?" 카르가 물었다. "자, 보시오. 로드 프렐란, 이 소녀를 알아보겠소?"

"하, 물론 모르죠!" 테비디안은 손을 저으며 말했다. "스카 소녀와 미니스트리 정부가 무슨 상관이 있습니까?"

"모두 다." 카르가 말했다. "오, 그래…… 모두 다 상관이 있지. 애야, 로드 룰러에게 네 아버지가 누군지 말씀드려라."

로드 룰러는 살짝 활기를 띠며 몸을 앞으로 기울이고 그녀를 바라보았다.

"넌 로드 룰러에게 거짓말을 할 수는 없다, 애야." 카르가 조용하지만 귀에 거슬리는 목소리로 말했다. "저분은 몇 세기를 사셨고, 죽어야 하는 인간이 아는 것과 달리 알로맨시를 쓰는 법을 알게 되셨다. 저분은 네 심장이 뛰는 방식으로 세상을 보시고, 네 눈에서 네 감정을 읽을 수 있으시다. 네가 거짓말을 하면 그 순간 느낄 수 있으셔. 저분은 아신다…… 그래, 저분은 아셔."

"난 아버지를 전혀 몰라요." 빈은 완강하게 말했다. 심문관이 뭔가를 알고 싶어 한다면 그걸 비밀로 지키는 쪽이 좋을 것 같았다. "난 길거리의 부랑아일 뿐이에요."

"길거리 부랑아 미스트본이라고?" 카르가 물었다. "허, 그거 재미있군. 안 그렇습니까, 테비디안?"

로드 프렐란은 멈칫했고, 찡그린 미간의 주름살이 깊어졌다. 로드 룰러는 천천히 일어나서 연단 계단을 걸어 내려와 빈 쪽으로 다가왔다.

"예, 마이 로드." 카르가 말했다. "전에 이 아이의 알로맨시를 느끼셨지요.

그녀가 다 성숙한 미스트본이라는 것을 아십니다. 놀라울 정도로 강력한 미스트본이죠. 하지만 그녀는 자기가 거리에서 자랐다고 주장합니다. 어떤 귀족 가문이 이런 아이를 버릴까요? 자, 이 아이의 힘을 보면 아주 순수한 혈통을 가진 것이 분명합니다. 적어도…… 부모 중 한쪽은 아주 순수한 혈통이어야 하겠죠."

"무슨 소리를 하고 싶은 거요?" 테비디안이 창백해진 얼굴로 날카롭게 물었다.

로드 룰러는 둘 다 무시했다. 그는 빛이 반사되는 바닥에 흐르는 색채들 위를 걸어, 빈 바로 앞까지 와서 섰다.

'너무 가까워.' 그녀는 생각했다. 그의 '달래기'가 어찌나 강력한지 그녀는 공포조차 느끼지 못했다. 깊고, 압도적이고, 무시무시한 슬픔밖에 느껴지지 않았다.

로드 룰러는 섬세한 양손을 내밀어 빈의 뺨을 잡고 얼굴을 위로 젖혀 자기 눈을 들여다보게 했다.

"애야, 네 아버지가 누구지?"

"난……."

그녀의 마음속에서 절망이 뒤틀렸다. 슬픔, 고통, 죽고 싶은 마음.

로드 룰러는 그녀의 얼굴을 자기 얼굴에 가까이 대고 그녀의 눈 속을 들여다보았다. 그 순간 그녀는 진실을 알았다. 그녀는 그의 한 조각을 볼 수 있었다. 그의 힘을 느낄 수 있었다. 그의…… 신과 같은 힘을.

그는 스카 반역을 걱정하지 않았다. 왜 그가 걱정하겠는가? 원한다면 그는 혼자서 도시 주민 전체를 학살할 수도 있었다. 빈은 정말로 그렇다는 것을 알았다. 시간은 걸릴지 모르지만, 그는 영원히, 지치지 않고 죽일 수 있었다. 그는 반역을 두려워할 필요가 없었다.

그는 한 번도 두려워해야 했던 적이 없었다. 켈시어는 끔찍한, 끔찍한 실수를 했다.

"네 아버지 말이다, 얘야." 로드 룰러가 재촉했다. 그의 명령은 물리적인 무게처럼 그녀의 영혼을 짓눌렀다.

빈은 자기도 모르게 말했다.

"……오빠는 나한테 우리 아버지가 저기 있는 저 사람이라고 말했어요. 로드 프렐란이요." 그녀의 뺨을 타고 눈물이 흘러내렸다. 로드 룰러가 그녀에게서 돌아섰을 때도, 그녀는 왜 자기가 울고 있는지 알 수 없었다.

"거짓말입니다, 마이 로드!" 테비디안이 움찔하며 말했다. "저 여자애가 뭘 알겠습니까? 저 아이는 어리석은 소녀일 뿐입니다."

"솔직히 말해라, 테비디안." 로드 룰러가 오블리게이터에게 천천히 걸어가며 말했다. "스카 여자와 잔 적이 있나?"

오블리게이터의 몸이 잠시 굳었다.

"저는 법을 지켰습니다! 매번 나중에 그 여자들을 죽였습니다."

"넌…… 거짓말을 하는군." 로드 룰러는 놀란 듯이 말했다. "확신하지도 못하면서."

테비디안은 눈에 띄게 몸을 떨고 있었다.

"저…… 저는 그 여자들을 다 죽였다고 생각합니다, 마이 로드. 제가…… 제가 놓쳤을 수도 있는 여자가 딱 하나 있었습니다. 처음에는 그녀가 스카인 줄 몰랐습니다. 그녀를 죽이라고 보낸 군인은 너무 너그러워서 그녀를 놓아주었습니다. 하지만 저는 결국 그 여자를 찾아냈습니다."

"말해라. 그 여자가 아이를 뱄나?" 로드 룰러가 말했다.

방 전체가 조용해졌다.

"네, 마이 로드." 하이 프렐란이 말했다.

로드 룰러는 눈을 감고 한숨을 쉬었다. 그는 다시 왕좌 쪽으로 향했다.

"그는 너희 차지다." 그가 심문관들에게 말했다.

즉각 여섯 명의 심문관이 기쁨으로 울부짖듯 소리치며 방을 가로질러 달렸다. 그들은 로브 아래 칼집에서 흑요석 칼을 뽑아 들었다. 심문관들이 덤

벼들자 테비디안은 양팔을 들고 비명을 질렀다. 심문관들은 매우 기뻐하며 그들의 야만성을 발휘했다. 죽어가는 사람에게 되풀이해서 단검을 찔러 넣는 바람에 피가 흩날렸다. 다른 오블리게이터들은 움찔하여 공포에 휩싸인 채 그 광경을 바라보았다.

빈을 잡아 온 심문관과 카르는 뒤에 남아 그 학살을 지켜보며 미소를 짓고 있었다. 왜인지 모르겠지만 또 한 명의 심문관도 뒤에 남아 있었다.

"네 주장은 증명되었다, 카르." 로드 룰러가 지친 듯이 왕좌에 앉으며 말했다. "내가 인류의…… 복종을 너무 믿었나 보다. 나는 실수를 하지 않았다. 나는 한 번도 실수한 적이 없다. 그러나 변화를 주어야 할 때다. 하이 프렐란들을 모아 여기로 데려와라. 필요하면 잠에서 깨워서라도. 그들은 내가 심문 캔턴에 미니스트리의 명령권과 지휘권을 주는 모습을 목격할 것이다."

카르의 미소가 커졌다.

"혼혈 아이는 없애야 한다."

"물론입니다, 마이 로드." 카르가 말했다. "그러나…… 먼저 이 아이에게 묻고 싶은 질문이 몇 가지 있습니다. 이 아이는 스카 미스팅들의 팀에 들어가 있었습니다. 이 아이가 우리를 도와 다른 자들을 찾아줄 수 있다면……."

"좋다. 결국 그건 너의 임무니까." 로드 룰러가 말했다.

37

태양보다 더 아름다운 것이 있을까? 나는 잠이 얕아 보통 여명 전에 깨기 때문에 태양이 뜨는 것을 볼 때가 많다.

온화하고 노란 태양이 지평선 위를 내다보는 모습을 볼 때마다, 나는 조금 더 단호해지고 조금 더 희망을 갖게 된다. 어떤 면으로는, 그것이 나를 여기까지 계속 전진하게 만든 힘이다.

'켈시어, 이 저주받을 미친놈.' 독슨은 테이블 지도 위에 메모를 끼적이며 생각했다. '넌 왜 언제나 어슬렁거리며 빠져나가고 나한테 뒤치다꺼리를 맡기는 거야?'

그러나 그는 자신의 좌절이 진심이 아니라는 것을 알고 있었다. 단지 그가 켈의 죽음에 정신을 집중하지 못하게 막는 방법일 뿐이었다. 그건 효과가 있었다.

계획에서 켈시어가 맡았던 부분, 즉 미래상의 제시와 카리스마 있는 지도력의 발휘는 끝났다. 이제 독슨 차례였다. 그는 켈시어의 원래 전략을 가져와 수정했다. 그는 혼란을 통제할 수 있는 수준으로 제어하도록 주의했고, 가장 좋은 장비를 가장 믿을 수 있어 보이는 사람들에게 나눠주었다. 그는 전반적인 폭동이 일어나 폭도들이 음식과 물을 훔쳐가기 전에, 파견대를 보내 저장고들을 함락시켰다.

간단히 말해서, 그는 언제나 하던 일을 했다. 그는 켈시어의 꿈을 현실로 바꾸었다.

방 앞쪽에서 소란이 일었고, 독슨은 그쪽을 쳐다보았다. 전령 한 명이 뛰어 들어왔다. 그는 즉시 창고 한가운데서 독슨을 찾아냈다.

"무슨 소식이 있나?" 그 남자가 다가오자 독슨이 물었다.

전령은 고개를 저었다. 제국 군복을 입은 젊은 남자였다. 눈에 띄도록 재킷은 벗고 있었다.

"죄송합니다, 대장님." 그가 조용히 말했다. "경비병들은 아무도 그 아가씨가 나오는 것을 보지 못했습니다. 그리고…… 음, 아가씨가 궁전 지하 감옥으로 실려 가는 것을 보았다고 주장하는 사람이 하나 있었습니다."

"그 애를 꺼내 올 수 있겠나?" 독슨이 물었다.

고레이들이라는 이름의 그 군인은 얼굴이 창백해졌다. 조금 전까지만 해도 고레이들은 로드 룰러의 부하였다. 사실 독슨은 자기가 그 남자를 얼마나 믿고 있는지도 잘 몰랐다. 하지만 그 군인은 전에 궁전 경비병이었기 때문에 다른 스카들이 들어갈 수 없는 장소에 갈 수 있었다. 경비병들은 아직 그가 편을 바꿨다는 것을 몰랐다.

'정말로 편을 바꿨다면 말이지만.' 독슨은 생각했다. 하지만…… 의심을 하며 시간을 보내기에는 이제 세상이 너무 빨리 움직이고 있었다. 독슨은 이 남자를 쓰기로 결심했다. 최초의 본능을 믿어야 했다.

"그래서?" 독슨이 다시 물었다.

고레이들은 고개를 저었다.

"심문관이 그녀를 포로로 잡고 있습니다, 대장님. 저는 그 아가씨를 풀어 줄 수가 없습니다. 그럴 권한이 없어서…… 저는…… 전……."

독슨은 한숨을 쉬었다.

'그 빌어먹을 바보 같으니! 그 아이는 더 분별이 있었어야 했어. 켈시어가 물들인 거야.'

그는 손을 저어 병사를 다른 데로 보내고, 해먼드가 칼자루가 부러진 칼을 어깨에 걸치고 안으로 들어오자 그를 쳐다보았다.

"다 됐어." 햄이 말했다. "방금 엘라리엘 아성이 무너졌어. 하지만 레칼은 아직 버티고 있는 것 같아."

독슨은 고개를 끄덕였다.

"곧 궁전에서 네 부하들이 필요해질 거야."

'궁전으로 더 빨리 치고 들어갈수록 빈을 구할 가능성이 더 높아져.'

그러나 그의 본능은 그녀를 돕기에는 너무 늦었다고 말하고 있었다. 주력 군이 모이고 정렬하려면 몇 시간은 걸릴 것이다. 사실 지금 당장은 구출 작전에 필요한 만큼 사람을 빼낼 수가 없었다. 켈시어라면 그녀를 따라갔을 것이다. 그러나 독슨은 그렇게 경솔한 짓을 할 수 없었다.

그가 언제나 말했듯이 패거리에서 적어도 한 사람은 현실적이어야 했다. 궁전은 상당한 준비가 없으면 공격할 수 없는 장소였다. 빈의 실패가 그것을 증명했다. 그때 그녀는 자기 한 몸만 챙겼어야 했다.

"부하들에게 준비시킬게." 햄이 고개를 끄덕이며 칼을 옆으로 던졌다. "하지만 새 칼이 필요할 것 같아."

독슨은 한숨을 쉬었다.

"써그들이란. 언제나 물건을 부숴먹지. 그럼 가서 찾아봐."

햄은 자리를 떴다.

"만약 세이즈드를 보면 좀 전해줘⋯⋯."

독슨은 그를 부르려다 멈칫했다. 한 무리의 스카 반역도들이 머리에 천 가방을 씌우고 몸을 묶은 포로를 끌고서 방으로 행진해 들어왔다. 독슨의 주의가 그쪽으로 쏠렸다.

"이건 뭐지?" 독슨이 물었다.

반역도 한 명이 포로를 찔렀다.

"중요한 사람 같습니다, 마이 로드. 무장하지 않고 우리에게 오더니 대장님께 데려가달라고 부탁했습니다. 자기를 대장님에게 데려가면 금을 주겠다고 약속했습니다."

독슨은 한쪽 눈썹을 치켜세웠다. 졸병이 천 가방을 벗겼다. 그러자 엘렌드 벤처가 나타났다.

독슨은 놀라서 눈을 깜박였다.

"너는?"

엘렌드는 주위를 돌아보았다. 불안해하고 있는 것 같았지만, 모든 상황을 고려하면 자제를 잘하는 편이었다.

"우리가 만난 적이 있나요?"

"그런 건 아니고." 독슨이 말했다.

'제기랄, 지금 당장은 포로에게 할애할 시간이 없어.'

하지만 벤처가의 아들이라면…… 독슨은 싸움이 끝난 다음 강력한 귀족을 움직일 지렛대가 필요했다.

"저는 평화협정을 제안하러 왔습니다." 엘렌드 벤처가 말했다.

"……뭐라고?" 독슨이 물었다.

"벤처가는 당신들에게 저항하지 않을 겁니다. 나머지 귀족들과도 이야기해서 그들이 귀를 기울이도록 할 수 있을 것 같습니다. 그들은 겁에 질렸어요. 그들을 학살할 필요는 없습니다."

독슨은 코웃음을 쳤다.

"우리에게 적대적인 무장 세력을 이 도시 안에 남겨놓을 수는 없어."

"귀족을 없애버린다면 당신들은 오래 버틸 수 없을 겁니다." 엘렌드가 말했다. "우리는 경제를 조종하죠. 우리가 없으면 제국이 무너질 겁니다."

"이 모든 일이 다 그걸 위해서인 것 같은데. 이봐, 난 시간이……."

"제 말을 끝까지 들으셔야 합니다." 엘렌드 벤처가 필사적으로 말했다. "혼란과 유혈로 반역을 시작한다면 당신들은 질 겁니다. 저는 이 분야를 공부했습니다. 제가 무슨 이야기를 하는지 잘 알고 있습니다. 초기의 투쟁 동력이 다 떨어지면 사람들은 파괴할 만한 다른 것을 찾기 시작할 겁니다. 그들은 자기 자신을 공격할 겁니다. 당신들의 군대를 통제해야 합니다."

독슨은 멈칫했다. 엘렌드 벤처를 멋쟁이 흉내를 내는 바보인 줄만 알고 있었다. 그러나 지금 그는…… 진지해 보이기만 했다.

"제가 당신들을 돕겠습니다." 엘렌드가 말했다. "귀족들의 아성은 그냥 남겨두고 미니스트리와 로드 룰러에 힘을 집중하세요. 당신들의 진짜 적은 그쪽이니까요."

"좋아. 벤처 아성에서 우리 군대를 빼지." 독슨이 말했다. "이제 그들과 싸울 필요는 없을 거야……."

"제가 레칼 아성으로 제 병력을 보냈습니다." 엘렌드가 말했다. "모든 귀족들에게서 병력을 물려주세요. 귀족들은 측면을 공격하지 않을 겁니다. 그들은 저택에 숨어 걱정만 하고 있을 겁니다."

'그 말은 맞는 것 같군.'

"생각해보지……."

엘렌드가 더 이상 자기에게 주의를 기울이지 않는다는 것을 알아차리고 독슨은 말끝을 흐렸다.

'빌어먹게 대화하기 힘든 놈이로군.'

엘렌드는 새 칼을 갖고 돌아온 해먼드를 바라보고 있었다. 엘렌드는 이마를 찌푸리다가 눈을 크게 떴다.

"당신이 누군지 알겠어요! 처형 때 로드 르노의 하인들을 구출한 사람이죠!"

엘렌드는 다시 독슨을 보더니 갑자기 열을 올리며 말했다.

"그럼 발레트를 아십니까? 발레트라면 당신들에게 제 말을 들으라고 설득할 텐데요."

독슨은 햄과 눈길을 나누었다.

"무슨 일이죠?" 엘렌드가 물었다.

"빈…… 그 아이는 몇 시간 전에 궁전으로 갔어. 미안하네, 청년. 그녀는 아마 지금쯤 로드 룰러의 지하 감옥에 있을 거야. 살아 있다고 해도 말이야."

카르는 빈을 도로 감방에 던져 넣었다. 그녀는 땅에 세게 부딪혔다. 바닥을 구르느라 느슨했던 속셔츠가 몸 주위에서 비비 꼬였고, 기어이 머리를 감방 뒷벽에 찧었다.

심문관은 미소 지으며 문을 쾅 닫았다.

"참 고맙군." 그가 철창 사이로 말했다. "너는 방금 우리가 숙원을 이루는 걸 도왔어."

빈은 그를 노려보았다. 로드 룰러의 '달래기' 효과가 이제 좀 약해졌다.

"벤달이 여기 없는 게 유감이야." 카르가 말했다. "그는 테비디안이 스카 혼혈 자식들을 뒀다고 확신하면서 네 오빠를 오랫동안 쫓아다녔는데. 가엾은 벤달…… 로드 룰러가 '생존자'를 우리 몫으로 남겨두기만 했다면 우리가 복수할 수 있었을 거야."

그는 그녀를 대충 훑어보더니 대못 박힌 머리를 가로저었다.

"뭐, 좋아. 결국 그는 불명예를 씻었으니까. 우린 너희 오빠를 믿었다. 하지만 벤달은…… 그땐 그도 확신이 없었지만…… 결국 널 찾아냈어."

"오빠라고?" 빈이 서둘러 일어나며 물었다. "오빠가 날 팔았어?"

"널 팔아?" 카르가 말했다. "그 녀석은 네가 몇 년 전에 이미 굶어 죽었다고 다짐하며 죽었어! 미니스트리 고문자들의 손안에서 밤낮으로 그렇게 외쳐댔다고. 심문관이 고문할 때의 고통을 버티기는 쉽지 않은데……. 너도 곧 알게 되겠지만." 그는 미소 지었다. "하지만 먼저 보여줄 것이 있다."

경비병 한 무리가 벌거벗은 사람을 묶어 방으로 끌고 들어왔다. 그 사람은 온몸에 멍이 든 채 피를 흘리고 있었다. 그들은 그를 빈 옆의 감방에 밀어 넣었다. 그는 돌바닥을 비틀거리며 걸어서 들어왔다.

"세이즈드?" 빈이 철창으로 달려가며 외쳤다.

테리스인은 몸을 가누지 못하고 누워 있었다. 병사들이 그의 손발을 돌바닥에 붙은 작은 금속 고리에 묶었다. 그는 심하게 얻어맞아서 거의 의식이 없었고, 완전히 벌거벗고 있었다. 빈은 그의 벗은 몸에서 눈길을 돌렸지만, 그 직전에 그의 다리 사이를 보고 말았다. 그의 남성이 있어야 할 곳에는 빈 흉터뿐이었다.

'모든 테리스인 시종은 거세되었습니다.' 그는 그녀에게 말했었다. 그 상처는 새로 난 것이 아니었다. 그러나 멍과 벤상처, 긁힌 상처는 방금 난 것이었다.

"저놈이 널 찾으러 몰래 궁전에 들어오는 걸 붙잡았지." 카르가 말했다.

"네 안전을 염려하는 것 같더군."

"그에게 무슨 짓을 한 거야?" 그녀가 조용히 물었다.

"오, 거의 안 했지…… 지금까지는." 카르가 말했다. "자, 왜 너한테 오빠 이야기를 했는지 궁금하겠지? 비밀을 털어놓게 만들기도 전에 네 오빠의 넋이 가버렸다는 걸 인정하면 넌 내가 바보라고 생각하겠지. 하지만 봐라, 난 실수를 인정하지 않을 정도로 바보는 아니란다. 네 오빠를 더 오래 고문했어야 하는데…… 더 오래 고통을 주면서 말이야. 그게 정말 실수였지."

그는 사악하게 미소 지으며 세이즈드 쪽으로 고갯짓을 했다.

"다시는 그런 실수를 하지 않을 거다, 얘야. 아니지…… 이번에는 다른 전략을 시험해보겠어. 우리가 이 테리스인을 고문하는 걸 보여주마. 그가 오랫동안 강렬하게 고통받도록 아주 조심해서 다뤄주지. 우리가 알고 싶은 걸 네가 말해주면 그만두겠어."

빈은 공포로 떨었다.

"안 돼…… 제발……."

"아, 그래." 카르가 말했다. "우리가 그에게 무슨 일을 할지 좀 생각해보는 시간을 갖는 게 어떨까? 로드 룰러께서 내게 오라고 명령하시니까. 가서 미니스트리의 공식 대표직을 받게 되겠지. 돌아오면 시작하자."

그는 돌아섰다. 검은 로브가 땅에 스쳤다. 경비병들이 그를 따라 나갔다. 방 바로 바깥에 있는 경비실에서 경비를 설 것 같았다.

"오, 세이즈드." 빈이 철창 옆에 무너지듯 무릎을 꿇으며 말했다.

"자, 미스트리스." 세이즈드가 놀라울 정도로 또렷한 목소리로 말했다. "속옷만 입고 돌아다니는 게 어떻다고 했지요? 아이고, 마스터 독슨이 여기 있었다면 정말로 당신을 꾸짖었을 겁니다."

"미안해요, 세이즈드." 그녀가 말했다. "왜 날 따라왔어요? 나 혼자 바보짓을 하게 놔뒀어야지요!"

그는 멍든 얼굴을 그녀 쪽으로 돌렸다. 한쪽 눈은 부풀어 있었지만, 다른 쪽 눈은 그녀의 눈을 들여다보고 있었다.

"미스트리스." 그는 엄숙하게 말했다. "저는 마스터 켈시어에게 당신을 안전하게 돌보겠다고 맹세했습니다. 테리스인은 맹세를 쉽게 하지 않습니다."

"하지만…… 붙잡힐 줄 알았어야지요." 그녀가 부끄러워서 눈을 내리깔고 말했다.

"물론 알았죠, 미스트리스." 그가 말했다. "달리 어떻게 그들이 저를 당신에게 안내하도록 만들 수 있었겠습니까?"

빈은 고개를 들었다.

"당신을…… 내게 안내한다고요?"

"예, 미스트리스. 미니스트리와 우리 민족은 공통점을 한 가지 갖고 있다고 생각합니다. 둘 모두 우리가 성취할 수 있는 일들을 과소평가한다는 거죠."

그는 눈을 감았고, 뒤이어 그의 몸이 변했다. 그 몸은…… 오그라드는 것 같았다. 근육이 약해지고 앙상해졌고, 살이 뼈에 매달려 축 늘어졌다.

"세이즈드!" 빈이 소리 지르며 그에게 손을 내밀려고 철창을 몸으로 밀었다.

"괜찮습니다, 미스트리스." 그가 무서울 정도로 약하고 희미한 목소리로 말했다. "그저…… 기운을 모을 시간이 필요할 뿐입니다."

'기운을 모은다고?' 빈은 잠시 행동을 멈추고 손을 내렸다. 그녀는 몇 분 동안 세이즈드를 지켜보았다. '혹시 그게……'

그는 아주 약해 보였다. 마치 그의 근육과 기운이 빨려 나가서…… 다른 곳으로 모이는 것처럼?

세이즈드는 눈을 확 떴다. 그의 몸이 도로 정상으로 돌아왔다. 다음 순간 그의 근육이 계속 자라며 커지고 강력해졌다. 심지어 햄의 근육보다 더 커졌다.

세이즈드는 우람한 근육질의 목 위에 얹혀 있는 듯한 얼굴로 그녀에게 미소 지었다. 그러더니 쉽사리 줄을 끊었다. 그가 일어섰다. 인간 같지 않을 정도로 거대하고, 근육으로 둘러싸인 몸이었다. 그녀가 알던 마르고 학자 같은 모습과는 너무나 달랐다.

'로드 룰러가 일기장에서 그들의 힘에 대해 이야기했지.' 그녀는 놀라며 생각했다. '라셰크란 사람은 혼자 바위를 들어 올려 길에서 던져버렸다고 말했어.'

"하지만 그놈들이 당신 장신구를 모두 빼앗았잖아요. 금속을 어디에 숨겨둔 거예요?" 빈이 말했다.

세이즈드는 미소를 짓더니 두 우리를 갈라놓는 철창을 움켜쥐었다.

"당신에게서 힌트를 얻었습니다, 미스트리스. 금속을 삼켰지요." 그 말과 함께 그는 철창을 비집어 열었다.

그녀는 우리로 달려 들어가 그를 껴안았다.

"고마워요."

"당연하죠." 그는 부드럽게 그녀를 옆으로 밀어내더니, 육중한 손바닥으로 자기 감방 문을 쾅 쳤다. 자물쇠가 부서지고 문이 확 열렸다.

"이제 빨리 갑시다, 미스트리스." 세이즈드가 말했다. "안전한 곳으로 가야 합니다."

잠시 후 세이즈드를 감방에 던져 넣었던 경비병 두 명이 문가에 나타났다. 그들은 그 자리에 얼어붙어서, 자기들이 때린 약한 남자 대신 서 있는 거대한 야수 같은 남자를 쳐다보았다.

세이즈드는 빈의 철창에서 떼어낸 막대기 하나를 잡고 앞으로 뛰어올랐다. 그러나 그의 페루케미는 힘만 주고 속도는 더해주지 않는 모양이었다. 그는 느릿느릿하게 움직였고, 경비병들은 도와달라고 외치며 쏜살같이 도망갔다.

"이제 가십시다, 미스트리스." 세이즈드가 막대기를 옆으로 던지면서 말했다. "제 힘은 오래가지 않을 겁니다. 제가 삼킨 금속은 페루케미를 많이 저장할 수 있을 정도로 크지 않았습니다.

말을 하는 도중에 그는 쪼그러들기 시작했다. 빈은 그를 지나쳐 방 바깥으로 재빨리 나갔다. 방 너머의 경비실은 아주 작았고, 의자 한 쌍만 겨우 놓여 있었다. 그러나 의자 한쪽 아래에 클록이 있었다. 경비병 한 명이 저녁 식사를 하면서 둘둘 말아놓은 모양이었다. 빈은 그 클록을 흔들어 푼 다음 세이즈드에게 던져주었다.

"고맙습니다, 미스트리스." 그가 말했다.

그녀는 고개를 끄덕이고, 문으로 가서 밖을 내다보았다. 바깥에 있는 더 큰 방은 비어 있었고 거기에서 두 개의 복도가 갈라져 나왔다. 하나는 가까이 있었고, 하나는 멀리 뻗어 나가 있었다. 왼쪽 벽에는 나무 트렁크들이 줄지어 놓여 있었으며, 방 한가운데엔 커다란 테이블이 있었다. 빈은 그 테이블 옆에 일렬로 놓인 날카로운 도구들과 거기에 말라붙은 피를 보며 몸을 떨었다.

'빨리 움직이지 않으면 우리 둘 다 저 꼴이 날 거야.' 그녀는 세이즈드에게 앞으로 가라고 손을 저었다.

그녀는 걸어가다가 얼어붙었다. 복도 멀리서 한 무리의 병사들이 나타났기 때문이었다. 아까 있던 경비병이 그들을 안내하고 있었다. 주석이 있었다면 그들의 소리를 더 일찍 들었을 것이다.

빈은 뒤를 보았다. 세이즈드는 절뚝거리며 경비실을 가로지르고 있었다. 그의 페루케미 힘은 사라져버렸다. 군인들은 분명 그를 철저히 때린 다음 감방에 던져 넣었을 것이다. 그는 간신히 걷고 있었다.

"가세요, 미스트리스!" 그가 앞쪽을 가리키며 말했다. "도망쳐요!"

'넌 아직 우정에 대해 배워야 할 것이 있어, 빈.' 켈시어의 목소리가 마음속에서 속삭였다. '언젠가 네가 그것이 뭔지 깨달았으면 좋겠어…….'

'난 그를 남겨둘 수 없어. 그러지 않을 테야.'

빈은 군인들 쪽으로 달려갔다. 그녀는 조금 전 테이블에서 고문용 칼 한 쌍을 슬쩍했다. 밝은 광이 나는 강철이 그녀의 손가락 사이에서 번뜩였다.

그녀는 테이블 위로 뛰어올라 다가오는 병사들 쪽으로 뛰어내렸다.

알로맨시가 없었지만 그녀는 그럭저럭 날듯이 뛰었다. 금속이 없어도 몇 달 동안 훈련한 것이 도움이 되었다. 그녀는 떨어지면서 놀란 군인 한 명의 목에 칼 한 자루를 때려 박았다. 예상보다 더 세게 땅에 부딪혔지만, 그녀는 가까스로 일어나 두 번째 군인이 욕을 하면서 휘두른 칼을 피할 수 있었다.

칼은 그녀 뒤쪽의 돌에 맞고 쨍그랑 울렸다. 빈은 빙글 돌아서서 다른 병사 한 명의 허벅지를 베었다. 그는 고통스러워하며 뒤로 비틀비틀 물러났다.

'너무 많아.' 그녀는 생각했다. 적어도 스물네다섯 명은 되는 것 같았다. 그녀는 세 번째 군인에게로 뛰어오르려 했지만 다른 사람이 쿼터스태프(단순한 봉 모양의 무기로, 주로 떡갈나무로 만든다)를 휘둘러 빈의 옆구리를 맞혔다.

고통으로 끙 소리를 내고 칼을 떨어뜨리며 그녀는 옆으로 날아갔다. 추락에 대비해 몸을 강화시켜 줄 백랍이 없었기 때문에 그녀는 쾅 소리와 함께 단단한 돌에 부딪혀 구르다 벽 앞에서 멈추었다. 어질어질했다.

그녀는 일어서려고 기를 썼으나 실패했다. 옆에서 세이즈드가 쓰러지는 것을 간신히 볼 수 있었다. 그의 몸이 갑자기 약해진 것 같았다. 그는 다시 힘을 모으려 했지만 시간이 충분치 않을 것이었다. 병사들이 곧 그를 덮칠 것이다.

'적어도 난 하려고 했어.' 그녀는 군인 또 한 무리가 가까운 복도에서 달려 내려오는 소리를 들으며 생각했다. '적어도 그를 포기하지는 않았어. 난…… 켈시어가 한 말의 뜻을 알 것 같아.'

"발레트!" 낯익은 목소리가 외쳤다.

빈은 충격을 받아 위를 쳐다보았다. 엘렌드와 여섯 명의 병사들이 방으로 뛰어 들어왔다. 엘렌드는 별로 어울리지 않는 귀족 정복을 입고 결투용 지팡이를 들고 있었다.

"엘렌드?" 빈이 멍해져서 물었다.

"괜찮아요?" 그는 걱정 어린 목소리로 물으며 그녀 쪽으로 걸어왔다. 그제야 그는 미니스트리 군인들을 알아차렸다. 그들은 귀족과 맞닥뜨리게 되자 약간 당황한 것 같았지만 수적으로는 여전히 그들이 우세했다.

"이 아가씨는 내가 데려가겠다!" 엘렌드가 말했다. 그의 말은 용감했지만, 그는 군인이 아니었다. 무기라곤 귀족들이 쓰는 결투용 지팡이 하나뿐이었고, 갑옷도 입지 않았다. 그와 함께 있는 다섯 명의 군인은 벤처가의 붉은 제복을 입고 있었다. 엘렌드의 아성에서 온 병사들이었다. 그러나 그들이 방에 들어올 때 선두에 서서 안내하던 군인 한 명은 궁정 경비대 제복을 입고 있었다. 빈은 그를 희미하게나마 알아볼 것 같았다. 그의 제복 재킷에는 어깨 휘장이 없었다.

'아까 그 남자야.' 그녀는 얼이 빠진 채 생각했다. '내가 스카 편으로 가라고 설득했던 사람……'

미니스트리 지휘관은 결정을 내린 것 같았다. 그는 엘렌드의 명령을 무시하고 퉁명스럽게 손짓을 했고, 군인들은 방 가장자리에서 조금씩 움직였다. 엘렌드의 병사들을 둘러싸려는 움직임이었다.

"발레트, 당신은 도망가요!" 엘렌드가 결투용 지팡이를 들어 올리며 긴박하게 말했다.

"갑시다, 미스트리스." 세이즈드가 옆에 와서 그녀를 일으키려고 했다.

"저 사람들을 버릴 수는 없어요!" 빈이 말했다.

"그래야 합니다."

"하지만 당신은 나 때문에 왔잖아요. 우리는 엘렌드에게도 똑같은 일을 해야 해요!"

세이즈드는 고개를 저었다.

"그건 다릅니다, 아가씨. 저는 당신을 구할 가능성이 있다는 걸 알고 있었습니다. 하지만 당신은 여기서 도움이 안 됩니다. 연민은 아름답지만, 지혜도 배워야 합니다."

그녀는 세이즈드의 손에 끌려 일어났다. 엘렌드의 병사들은 충직하게 미니스트리 병사들을 막으러 움직이고 있었다. 엘렌드는 그들의 선두에 섰다. 싸우기로 굳게 결심한 것 같았다.

'다른 방법이 있을 거야!' 빈은 필사적으로 생각했다. '있어야 해……'

그때, 그것이 보였다. 벽을 따라 늘어선 트렁크 중 하나에 버려진 것처럼 놓여 있는 낯익은 회색 천 조각. 트렁크 옆에 술 한 올이 걸쳐져 있었다.

미니스트리 군인들이 공격을 시작할 때 그녀는 세이즈드의 손을 놓았다. 뒤에서 엘렌드가 소리를 질렀고, 무기들이 부딪는 소리가 쟁쟁 울렸다.

빈은 트렁크 위쪽에 들어 있는 옷들을 밖으로 던졌다. 그녀의 바지와 셔츠였다. 그러자 그곳, 트렁크 바닥에, 그녀의 미스트클록이 놓여 있었다. 그녀는 눈을 꼭 감고 클록 옆의 주머니에 손을 넣었다.

손가락에 유리병이 하나 닿았다. 마개가 아직 꽂혀 있었다.

그녀는 병을 꺼내며 전투가 한창인 쪽을 바라보았다. 미니스트리 병사들은 약간 물러나 있었다. 그중 두 사람이 상처를 입고 바닥에 누워 있었다. 그러나 엘렌드의 부하는 세 명이 쓰러졌다. 다행히 방 크기가 작아서 엘렌드의 병사들은 아직 포위당하지 않은 채였다.

엘렌드는 땀을 흘리며 서 있었다. 팔에는 벤상처가 났고, 결투용 지팡이는 갈라지고 쪼개졌다. 그는 자기가 쓰러뜨린 남자의 칼을 서툰 손놀림으로 쥐면서, 훨씬 더 많은 적 병력을 바라보았다.

"저 젊은이에 대해서는 제가 틀렸습니다, 미스트리스." 세이즈드가 작은 소리로 말했다. "사과…… 드립니다."

빈은 미소를 지은 후, 병마개를 뽑고 한숨에 금속을 들이켰다.

그녀의 몸 안에서 힘이 우물처럼 치솟았다. 불길이 타오르고, 금속이 격렬하게 반응했다. 약해지고 지친 그녀의 몸에 해가 솟아오르듯 힘이 돌아왔다. 고통은 무시할 만한 것이 되었으며, 어지러움은 사라지고 방이 더 밝아졌다. 발아래 돌조차 더 현실감 있게 느껴졌다.

군인들이 다시 공격해오기 시작하자 엘렌드는 칼을 들었다. 단호했지만 희망을 가질 만한 자세는 아니었다. 빈이 그의 머리 위를 지나 날아오자 그는 엄청나게 충격을 받은 것 같았다.

그녀는 군인들 가운데 내려앉으며 바깥쪽으로 '강철-밀기'를 폭발시켰다. 양쪽의 군인들이 벽에 처박혔다. 한 남자가 그녀에게 쿼터스태프를 휘둘렀지만 그녀는 무시하듯 손으로 쳐내버린 다음 그 남자의 얼굴을 주먹으로 세게 때렸다. 딱 소리가 나며 그의 머리가 뒤로 돌아갔다.

그녀는 쿼터스태프가 떨어질 때 붙잡아 빙글빙글 돌리다가 엘렌드를 공격하는 군인 대장을 때렸다. 쿼터스태프가 부서졌고, 그녀는 시체와 함께 쿼터스태프의 잔해가 땅에 떨어지게 내버려두었다. 그녀가 벽에 두 사람을 더 '밀어'붙이자, 뒤쪽에 있던 병사들이 비명을 지르며 돌아서서 재빨리 달아났다. 마지막 병사는 빈이 철모를 '당기'는 바람에 놀라 방에서 나가지 못했다. 그녀는 뒤에서 몸을 고정시키며 철모를 도로 그에게 '밀었다'. 철모는 그 병사의 가슴에 처박혔고, 병사는 도망치는 동료들 쪽으로 날아가 그들을 덮쳤다.

빈은 신음하는 사람들 가운데 서서 근육을 긴장시킨 채 흥분으로 숨을 내쉬었다.

'아…… 켈시어가 어떻게 여기에 중독됐는지 알 것 같아.'

"발레트?" 엘렌드가 얼이 빠진 채 물었다.

빈은 기쁨에 차서 뛰어올라 그를 껴안았다. 그녀는 그에게 꼭 달라붙은 채 그의 어깨에 얼굴을 묻었다.

"돌아왔군요." 그녀가 속삭였다. "돌아왔어요, 돌아왔어, 돌아왔어……."

"음, 네. 그리고…… 당신은 미스트본이군요. 그거 꽤 흥미로운데요. 당신도 알겠지만, 보통은 친구에게 그런 일은 미리 말해주는 게 예의랍니다."

"미안해요." 그녀가 여전히 그에게 달라붙은 채 웅얼거렸다.

"뭐, 됐어요." 그가 완전히 딴 데 정신이 팔린 목소리로 말했다. "그런데, 발레트? 당신 옷은 어떻게 된 겁니까?"

"저기 마루에 있어요." 그녀가 그를 쳐다보며 말했다. "엘렌드, 날 어떻게 찾았어요?"

"당신 친구인 마스터 독슨이라는 사람이 당신이 궁전으로 잡혀갔다고 말해줬어요. 그리고 자, 여기 이 멋진 신사분, 이분 이름이 고레이들인 것 같은데, 이분이 어쩌다 보니 궁전 경비병이어서 여기로 오는 길을 알고 있었죠. 이분이 도와주고 내가 어느 정도 지위가 있는 귀족이다 보니 별문제 없이 건물에 들어올 수 있었는데, 이 복도에서 비명 소리가 나는 게 들리더군요……. 그다음에는, 음, 그런데 발레트? 가서 옷을 좀 입으면 안 될까요? 이건…… 넋이 빠지는데요.

그녀는 그를 쳐다보며 미소 지었다.

"당신이 날 찾아냈군요."

"그게 소용이 있었는지는 모르겠지만요." 그가 비꼬는 투로 말했다. "당신에겐 우리 도움이 별로 필요 없었던 것 같아요……."

"그건 중요하지 않아요." 그녀가 말했다. "당신은 돌아왔어요. 전에는 아무도 돌아온 적이 없었어요."

엘렌드는 살짝 눈살을 찌푸리며 그녀를 내려다보았다.

세이즈드가 빈의 옷과 클록을 들고 다가왔다.

"미스트리스, 우리는 나가야 합니다."

엘렌드가 고개를 끄덕였다.

"도시 안에 안전한 곳은 없어요. 스카들이 반란을 일으키고 있어요!" 그는 잠시 멈칫하며 그녀를 바라보았다. "하지만, 어, 당신은 이미 그걸 알고 있겠군요."

빈은 고개를 끄덕이며 마침내 그를 놓아주었다.

"내가 그 반란을 시작하도록 도왔는걸요. 하지만 위험에 대해서는 당신 말이 옳아요. 세이즈드와 함께 가요. 그는 반역도 지도자들을 잘 알아요. 그가 당신을 보증하는 한 그들은 당신을 해치지 않을 거예요."

엘렌드와 세이즈드 둘 다 얼굴을 찌푸리는 가운데 빈은 바지를 입었다. 주머니에서 그녀는 어머니의 귀걸이를 찾았다. 그녀는 그것을 도로 귀에 걸었다.

"세이즈드와 함께 가라고요? 하지만 당신은 어쩌고요?" 엘렌드가 물었다.

빈은 헐렁한 오버셔츠를 입은 후 위를 쳐다보았다. ······돌천장을 사이에 두고도 그가 위에 있다는 것을 느낄 수 있었다. 그는 그곳에 있었다. 너무나 강력했다. 그와 직접 얼굴을 맞대고 그녀는 그의 힘을 확실히 느꼈다. 그가 살아 있는 한 스카 반란의 전도(前途)는 암울했다.

"난 다른 할 일이 있어요, 엘렌드." 그녀가 세이즈드에게서 미스트클록을 받아 들며 말했다.

"그를 이길 수 있다고 생각하십니까, 미스트리스?" 세이즈드가 말했다.

"해봐야 해요." 그녀가 말했다. "'열한 번째 금속'은 효과가 있었어요, 세이즈. 나는······ 뭔가 보았어요. 켈시어는 그 금속에 비밀이 있다고 확신했어요."

"하지만······ 미스트리스, 로드 룰러는······."

"켈시어는 이 반역을 일으키기 위해 죽었어요." 빈이 단호하게 말했다. "나는 이게 성공하도록 만들어야 해요. 이게 내 역할이에요, 세이즈드. 켈시어는 내 역할이 뭔지 몰랐지만 난 알고 있어요. 난 로드 룰러를 막아야 해요."

"로드 룰러를?" 엘렌드가 충격을 받고 물었다. "안 돼요, 발레트. 그는 불멸이에요!"

빈은 위로 손을 뻗어 엘렌드의 머리를 쥐고 그를 끌어당겨 키스했다.

"엘렌드, 당신 가문이 로드 룰러에게 아티움을 전달했지요. 그걸 어디 두는지 알아요?"

"네." 그는 혼란에 빠져 말했다. "그는 아티움 방울들을 바로 여기 동쪽 보물 창고에 둬요. 하지만······."

5장 믿는 자들

"당신이 그 아티움을 가져가야 해요, 엘렌드. 새 정부가 처음으로 군대를 일으키는 귀족에게 정복되지 않고 계속 성장하려면 재산과 힘이 필요할 거예요."

"안 돼요, 발레트." 엘렌드가 고개를 흔들며 말했다. "당신을 안전한 곳으로 데려가야 해요."

그녀는 그에게 미소를 지은 후 세이즈드를 보았다. 테리스인은 그녀에게 고개를 끄덕였다.

"나한테 가지 말라고 하진 않을 거죠?" 그녀가 물었다.

"예." 그가 조용히 말했다. "당신이 옳을 것 같아 두렵습니다, 미스트리스. 로드 룰러가 꺾이지 않는다면…… 음, 당신을 막지 않겠습니다. 그러나 행운을 빌어드리겠습니다. 벤처 도련님이 일단 안전한 곳으로 가는 걸 본 후 당신을 도우러 오겠습니다."

빈은 고개를 끄덕이고, 불안해하는 엘렌드에게 미소를 지은 뒤 위를 쳐다보았다. 지친 우울감을 맥박 치듯 퍼뜨리며 위에서 기다리고 있는 어두운 힘을.

그녀는 구리를 태우며 로드 룰러의 '달래기'를 밀어냈다.

"발레트……." 엘렌드가 조용히 말했다.

그녀는 다시 그를 돌아보았다.

"걱정하지 말아요. 그를 죽일 수 있는 방법을 알 것 같아요." 그녀가 말했다.

38

세계가 다시 태어나기 전날 밤, 나는 얼음이 더께 진 펜으로 이런 공포감을 끼적거리고 있다. 라셰크는 나를 미워하며 지켜보고 있다. 동굴은 맥박 치며 위에서 기다린다. 내 손가락이 떨린다. 추위 때문이 아니다.

　내일 다 끝날 것이다.

빈은 크레딕 쇼 위의 공중으로 몸을 밀었다. 주위에 첨탑과 탑들이 솟아 있는 모습이 마치 그늘진 나무 아래 유령이 웅크린 모습 같았다. 어둡고, 곧고, 불길했다. 왜인지 몰라도 그 모습을 보자 그녀는 흑요석 창끝을 가슴에 꽂고 죽은 채 거리에 누워 있던 켈시어가 생각났다.

그녀가 안개 속을 뚫고 날아가자 안개가 빙빙 돌고 소용돌이쳤다. 안개는 여전히 농밀했지만, 주석 덕분에 지평선의 희미한 빛을 볼 수 있었다. 아침이 가까웠다.

아래쪽에선 더 큰 불빛이 만들어지고 있었다. 빈은 얇은 첨탑을 하나 잡고 관성을 타며 매끄러운 금속 주위로 몸을 빙글 돌렸다. 그러자 모든 방향에서 그곳의 모습을 볼 수 있었다. 수천 개의 횃불들이 어둠 속에 타오르며 반딧불이처럼 서로 섞이고 어우러졌다. 그들은 거대한 물결을 이루어 궁전으로 모여들었다.

'이런 힘에 맞서면 궁전 경비대에게는 승산이 없어.' 그녀는 생각했다. '하지만 싸워서 궁전 안에 들어가면 스카 군대의 파멸은 확실해져.'

그녀는 옆을 보았다. 손가락 아래에 차갑게 놓인, 안개에 젖은 첨탑을. 마지막으로 크레딕 쇼의 첨탑 사이를 뛰어다녔을 때, 그녀는 피를 흘리고 의식을 반쯤 잃은 상태였다. 세이즈드가 도착해서 그녀를 구해주었다. 그러나 이번에는 그가 도와줄 수 없을 것이다.

약간 떨어진 곳에 왕좌가 있는 탑이 보였다. 그곳을 찾기는 어렵지 않았다. 탑 바깥에서 모닥불이 타오르며 불빛을 비추어, 안에 있는 사람들에게 통으로 된 스테인드글라스 창을 밝혀주었다. 그녀는 그 안에서 그를 느낄 수 있었다. 어쩌면 심문관이 방에서 나간 후에 자기가 그를 습격할 수 있을지도 모른다는 희망을 품고 그녀는 잠시 기다렸다.

'켈시어는 "열한 번째 금속"이 열쇠라고 믿었어.' 그녀는 생각했다.

그녀에게 한 가지 아이디어가 있었다. 그것은 효과가 있을 것이다. 그래야만 했다.

"이 순간부터 심문 캔턴에 미니스트리의 지휘 권한을 부여한다." 로드 룰러는 커다란 목소리로 선언했다. "테비디안에게 배정되었던 사건들은 이제 카르에게 갈 것이다."

왕좌가 있는 방은 조용해졌다. 고위 오블리게이터들은 그날 밤의 사건에 넋이 나가 있었다. 로드 룰러는 한 손을 흔들어 회의가 끝났다는 신호를 했다.

'드디어!' 카르는 생각했다. 그는 머리를 들었다. 눈에 박힌 대못이 언제나 그렇듯이 맥박 치며 아파왔다. 그러나 오늘 밤의 고통은 기쁨의 고통이었다. 심문관들은 두 세기를 기다리며 조심스럽게 정치 공작을 하고, 보통 오블리게이터들 사이의 부패와 불화를 교묘하게 부추겼다. 마침내 그것이 통했다. 심문관들은 더 이상 열등한 인간들의 명령에 고개 숙이지 않을 것이다.

그는 돌아서서 미니스트리 성직자 무리 앞에서 미소 지었다. 심문관의 시선이 일으킬 불편한 감정을 잘 알면서 하는 일이었다. 이제 그는 예전에 보던 것처럼 사물을 볼 수는 없었다. 그러나 그는 더 나은 것을 받았다. 아주 정교하며 세부까지 조종할 수 있는 알로맨시 능력이었다. 그 능력 덕분에 그는 자기 주위의 세계를 놀라울 정도로 정확하게 이해할 수 있었다.

거의 모든 물건에 금속이 들어 있었다. 물, 돌, 유리…… 심지어 사람의 몸에도 있었다. 이 금속들은 알로맨시의 영향을 받기에는 너무 농도가 옅었다. 사실 대부분의 알로맨서들은 그것을 느낄 수도 없었다.

그러나 카르는 심문관의 눈으로 이런 물질들의 금속선을 볼 수 있었다. 거의 보이지 않을 정도로 가늘고 파란 실들. 하지만 그것은 그에게 세상의 윤곽을 보여주었다. 그의 앞 오블리게이터들은 질질 끌리는 파란색 덩어리였고, 불편함과 분노와 공포 같은 감정이 그들의 자세에서 보였다. 불편함,

분노, 공포…… 셋 다 아주 달콤했다. 온몸이 피로에 적셔지면서도 카르의 웃음은 커졌다.

그는 너무 오래 깨어 있었다. 심문관으로 살려면 육체를 소모해야 했고, 자주 쉬어야 했다. 그의 형제들은 이미 발을 끌면서 방에서 나가고 있었다. 일부러 왕좌의 방 가까운 곳에 지어진 휴게실로 가는 것이었다. 그들은 즉시 잘 것이다. 아까 낮의 처형과 밤에 겪은 흥분 때문에 극도로 피곤할 것이다.

그러나 심문관과 오블리게이터들이 떠나는 동안 카르는 뒤에 남아 있었다. 곧 그와 로드 룰러만 남아 다섯 개의 거대한 화로로 밝혀진 방에 서 있었다. 바깥의 모닥불은 하인들이 끄는 바람에 천천히 사그라들어 검고 어두운 유리의 전경만을 남겼다.

"마침내 원하는 걸 얻었군." 로드 룰러가 조용히 말했다. "이제는 내가 이 문제에서 평화를 누릴 수 있겠지."

"예, 로드 룰러." 카르가 고개를 숙이며 말했다. "그렇게 생각합니다……."

공중에서 이상한 소리가 울렸다. 딸깍하는 작은 소리였다. 카르는 얼굴을 찌푸리며 위를 쳐다보았다. 작은 금속 원반이 마루에 튕기며 굴러와 마침내 그의 발치에서 멈추었다. 그는 동전을 집어 들고, 작은 구멍이 뚫린 거대한 창을 올려다보았다.

'뭐지?'

창문으로 수십 개의 동전이 횡횡 날아들었다. 금속의 딸강 소리와 유리의 쨍그랑 소리가 공중에 흩뿌려졌다. 카르는 놀라서 뒷걸음질 쳤다.

창의 남쪽 부분이 깨지면서 유리가 안쪽으로 터졌다. 날아드는 사람 한 명에게 뚫릴 정도로 유리는 동전 때문에 약해져 있었다.

색색의 유리 파편이 공중에서 빙글빙글 돌면서 사방에 흩어지고, 펄럭이는 미스트클록을 입고 한 쌍의 번쩍이는 검은 단검을 든 작은 그림자가 들어왔다. 그 소녀는 웅크리듯 착지하고는 유리 조각 위를 미끄러져 다가왔다. 그녀 뒤에 난 틈에서 안개가 부풀어 올랐다. 안개는 그녀의 알로맨시에 끌려 몸 주위에서 소용돌이치며 앞으로 둘둘 말렸다. 그녀는 마치 밤의 전령처럼 안개 속에 잠시 웅크리고 있었다.

다음 순간, 그녀는 앞으로 튕겨 나가 곧장 로드 룰러에게 달려들었다.

빈은 '열한 번째 금속'을 태웠다. 전처럼 로드 룰러의 과거 모습이 나타났다. 그것은 흡사 안개 속에서 나와 왕좌 옆의 단 위에 서 있는 것 같은 모습으로 형성되었다.

빈은 심문관을 무시했다. 운 좋게도 그 괴물은 천천히 반응했다. 그녀가 연단의 계단을 반쯤 올라간 후에야 그녀를 쫓아올 생각을 한 것 같았다. 그러나 로드 룰러는 별 흥미 없는 표정으로 그녀를 바라보며 조용히 앉아 있었다.

'창 두 자루로 가슴을 꿰뚫어도 아무 신경을 안 썼지.' 빈은 연단 꼭대기까지 남은 마지막 몇 단을 뛰어오르며 생각했다. '그는 내 단검을 두려워하지 않아.'

그래서 그녀가 그들과 함께 그를 습격할 생각을 하지 않았던 것이다. 그러는 대신, 그녀는 무기를 들어 올려 곧장 과거 모습의 심장에다 꽂았다.

단검은 표적을 맞혔다. 그리고 공기를 뚫고 지나가듯 그 사람을 뚫고 지나갔다. 그 이미지를 바로 통과해 미끄러지는 바람에 연단에서 떨어질 뻔한 빈이 앞으로 비틀거렸다.

그녀는 빙글 돌아서, 그 이미지를 다시 베었다. 또다시 그녀의 단검은 아무런 해도 입히지 못한 채 그것을 뚫고 지나갔다. 그 이미지는 심지어 떨리거나 일그러지지조차 않았다.

'내 금 이미지는 건드릴 수 있었는데.' 그녀는 좌절하며 생각했다. '왜 이건 건드릴 수 없지?'

그 금속은 분명 금과 같은 방식으로 작용하지 않았다. 그 그림자는 그녀의 공격을 전혀 의식하지 못한 채 조용히 서 있었다. 그녀는 로드 룰러의 과

마지막 제국

거 모습을 죽이면 현재의 몸도 죽지 않을까 생각했다. 불행히도, 과거의 자아는 아티움의 그림자처럼 실체가 없는 것 같았다.

그녀는 실패했다.

카르가 그녀에게 부닥쳐 왔다. 심문관의 강력한 손아귀가 그녀의 어깨를 그러잡았고, 그가 달려들 때의 관성이 그녀를 연단에서 떨어뜨렸다. 그들은 연단 뒤의 계단을 비틀거리며 내려왔다.

빈은 신음하며 백랍을 폭발시켰다.

'난 네가 조금 전 포로로 잡았던 힘없는 소녀가 아니야, 카르.'

그들이 왕좌 뒤의 땅에 떨어지는 순간, 그녀는 투지를 불태워 그를 위로 차올렸다.

그녀의 발차기에 공중으로 날아가면서, 심문관은 끙 소리를 내며 잡고 있던 그녀의 어깨를 풀어주었다. 그녀의 미스트클록이 그의 손에서 빠져나왔다. 그러나 그녀는 튕기듯 일어서서 비틀거리며 그에게 거리를 두었다.

"심문관들! 내게 오라!" 로드 룰러가 일어서서 외쳤다.

빈은 비명을 질렀다. 그 강력한 목소리 때문에 주석으로 강화된 귀가 매우 아팠다.

'여기서 나가야 해.' 그녀는 휘청거리며 생각했다. '그를 죽일 다른 방법을 찾아야 해……'

카르가 뒤에서 그녀를 덮쳤다. 이번에는 팔로 그녀를 완전히 감싸고 쥐어짜듯 죄었다. 빈은 고통으로 비명을 지르며 백랍을 폭발시켜 그를 밀어냈다. 그러나 카르는 억지로 그녀를 잡아 일으켰다. 그는 잽싸게 한 팔을 그녀의 목에 감고 다른 팔로 그녀의 팔을 등 뒤에 고정시켰다. 그녀는 화가 나서 저항하고, 꿈틀대고, 몸부림쳤다. 그러나 그의 손아귀는 단단했다. 그녀는 자신의 몸과 카르를 한꺼번에 공중에 던지려고 문 자물쇠에 황급히 '강철-밀기'를 썼지만, 닻이 너무 약한 탓에 카르는 약간만 휘청거렸다. 그의 손은 풀리지 않았다.

로드 룰러가 왕좌에 앉으면서 씩 웃었다.

"카르와 맞서선 승산이 없을 게다, 얘야. 그는 아주 오래전에 군인이었지. 아무리 상대가 강하다고 해도 손에서 빠져나가지 못하게 사람을 잡는 법을 안단다."

빈은 계속 몸부림을 치면서 숨을 쉬려고 헐떡였다. 하지만 로드 룰러의 말은 진짜였다. 그녀는 카르의 머리를 박치기하려 했지만 그는 이 또한 대비하고 있었다. 그가 내는 소리가 들렸다. 그녀의 목을 조르는 그의 빠른 숨소리는 거의…… 열정적이었다. 창에 비친 반영(反影)으로, 그들 뒤에서 문이 열리는 것이 보였다. 또 한 명의 심문관이 성큼성큼 방으로 들어왔다. 창에 비친 그는 눈의 대못이 번쩍거렸고, 짙은 색 로브는 흐트러져 있었다.

'다 끝났어.'

부서진 유리벽으로 기어들어 마루에 흐르다 눈앞의 땅에 고인 안개를 지켜보며, 그녀는 한순간 초현실적인 기분이 되어 생각했다. 이상하게도, 안개는 보통 때처럼 그녀의 몸 주위에서 둘둘 말리지 않았다. 마치 무엇인가가 안개를 밀어내고 있는 것 같았다. 빈에게는 그 모습이 자신의 패배에 대한 마지막 증거처럼 보였다.

'미안해요, 켈시어. 당신을 실망시켰어요.'

두 번째 심문관이 동료 곁으로 걸어오더니 팔을 내밀어 카르의 등에 있는 무엇인가를 움켜쥐었다. 뜯어지는 소리가 났다.

빈은 즉시 땅에 떨어져 헐떡이며 숨을 몰아쉬었다. 그녀는 땅을 구르며 백랍으로 재빨리 몸을 회복했다.

카르가 서서 그녀를 내려다보며 불안정하게 움직이고 있었다. 그러다 갑자기 옆으로 축 처져서 넘어지더니 땅에 쫙 뻗었다. 두 번째 심문관이 그의 뒤에 서 있었다. 그는 커다란 금속 대못 같은 것을 들고 있었다. 심문관의 눈에 있는 것과 똑같았다.

빈은 카르의 움직이지 않는 몸을 보았다. 로브의 등 쪽이 찢어져 어깨뼈

마지막 제국

사이에 난 피투성이 구멍을 드러내고 있었다. 금속 대못이 들어갈 정도 크기의 구멍이었다. 카르의 흉터 난 얼굴은 창백했다. 죽은 듯했다.

'대못이 또 하나 있었어!' 빈은 경이감을 느끼며 생각했다. '다른 심문관이 카르의 등에서 그걸 뽑아내자 카르가 죽었어. 비밀은 그거였구나!'

"뭐냐?" 로드 룰러가 일어나 외치더니 자기 왕좌를 뒤로 차버렸다. 돌의자가 계단에서 굴러떨어져 대리석을 부수고 바닥에 금이 가게 만들었다. "배신이라니! 내 심문관이!"

새 심문관이 로드 룰러에게 달려들었다. 달려가는 기세에 그의 로브 두건이 뒤로 벗겨지면서 대머리가 드러났다. 새로 온 심문관의 얼굴에는 어딘가 낯익은 데가 있었다. 두개골 앞에 튀어나와 있는 대못 머리와, 등 뒤에 튀어나온 소름끼치는 대못, 그리고 민머리와 낯선 옷에도 불구하고 그 사람은 약간 켈시어를 닮았다.

'아냐, 켈시어가 아냐.' 그녀는 깨달았다.

'마쉬!'

마쉬는 심문관의 초자연적인 속도로 연단 계단을 둘씩 올라갔다. 빈은 숨이 막혀 죽을 뻔했던 순간의 여파를 떨쳐버리며 기를 쓰고 일어났다. 그녀가 느낀 놀라움 쪽이 더 무시하기 어려웠다. 마쉬가 살아 있었다.

마쉬가 심문관이었다.

'심문관들은 그를 의심했기 때문에 조사하지 않았던 거구나. 그들은 그를 심문관으로 뽑으려는 생각이었어!' 이제 그는 로드 룰러와 싸울 생각인 것 같았다. '마쉬를 도와야 해! 아마…… 아마 그는 로드 룰러를 죽일 수 있는 비밀을 알 거야. 심문관을 죽이는 법도 알아냈잖아!'

마쉬가 연단 꼭대기에 다다랐다.

"심문관들!" 로드 룰러가 외쳤다. "와서……."

로드 룰러는 문 바로 바깥에 놓여 있는 물건을 보고 얼어붙었다. 마쉬가 카르의 등에서 뽑은 것 같은 강철 대못이 작은 무더기를 지어 쌓여 있었다.

일곱 개 정도 되어 보였다.

마쉬는 미소를 지었다. 그 표정은 소름 끼칠 정도로 켈시어가 히죽거리던 모습과 비슷했다. 빈은 연단 아래 도착해서는 동전으로 '밀어' 몸을 연단 꼭대기로 던져 올렸다.

그녀가 반쯤 올라왔을 때 로드 룰러의 분노가 무시무시하게, 전력으로 그녀를 때렸다. 그 우울함과 분노가 거름이 된 영혼의 질식 상태가 구리를 뚫고 마치 물리적인 힘처럼 그녀를 쳤다. 그녀는 헐떡거리며 구리를 폭발시켰지만 로드 룰러의 힘을 감정에서 완전히 밀어낼 수는 없었다.

마쉬는 약간 비틀거렸고, 로드 룰러는 켈시어를 죽일 때처럼 손등을 휘둘렀다. 다행히 마쉬는 제때 정신을 회복해 몸을 숙여 그 일격을 피했다. 그는 로드 룰러 주위를 빙글 돌아서 로브 같은 황제의 검은 옷 등 부분을 잡으려고 손을 뻗었다. 마쉬가 홱 잡아당기자 옷의 등솔기를 따라 천이 뜯어졌다.

마쉬는 얼어붙은 듯이 서 있었다. 대못이 박힌 그의 눈에서는 표정을 읽을 수 없었다. 로드 룰러는 빙글 돌며 팔꿈치로 마쉬의 배를 쳐서 그를 방 맞은편으로 던져버렸다. 로드 룰러가 몸을 돌리자 빈도 마쉬가 본 광경을 볼 수 있었다.

아무것도 없었다. 근육질인 것 빼고는 정상적인 등이었다. 심문관들과는 달리 로드 룰러는 척추에 대못을 박지 않았다.

'오, 마쉬…….' 빈은 가슴이 내려앉을 듯한 우울감에 빠져들며 생각했다. 멋진 발상이었다. '열한 번째 금속'을 이용하려던 빈의 바보 같은 시도보다 훨씬 더 영리했다. 그러나 그것도 마찬가지로 잘못된 시도였던 것이다.

마쉬가 마침내 땅에 부딪자 그의 머리에서 쾅 소리가 났다. 그는 마루를 가로지르며 미끄러져 먼 벽에 부딪혔다. 그는 거대한 창에 몸을 댄 채 쓰러져서 움직이지 않았다.

"마쉬!" 그녀는 외쳤다. 그녀는 자기 몸을 그에게 '밀면서' 뛰어갔다. 그러나 그녀가 날아갈 때, 로드 룰러가 무심코 하는 동작처럼 손을 들었다.

빈은 강력한…… 무엇인가가 와서 부딪치는 것을 느꼈다. '강철-밀기'가 그녀 배 속의 금속들을 철썩 때리는 것 같은 느낌이었다. 그러나 물론 그럴 리가 없었다. 켈시어는 어떤 알로맨서도 다른 사람의 몸 안에 있는 금속에 영향을 미칠 수는 없다고 장담했다.

그러나 그는 어떤 알로맨서도 구리를 태우고 있는 사람의 감정에 영향을 줄 수 없다고 말한 적도 있었다.

떨어진 동전들이 로드 룰러를 중심으로 쏘아져 나오며 바닥을 쏜살같이 가로질렀다. 문이 문틀에서 떼어지고 부서지면서 방에서 떨어져나갔다. 믿을 수 없게도, 채색 유리 조각들조차 떨면서 연단에서 미끄러져 나갔다.

빈은 옆으로 던져졌다. 배 속의 금속들이 그녀의 몸에서 떨어져나올 것만 같았다. 그녀는 땅에 쿵 부딪쳤다. 그 일격에 그녀는 거의 의식을 잃을 뻔했다. 쓰러진 그녀는 어질어질하고, 혼란스럽고, 당황한 채로 단 한 가지밖에 생각할 수 없었다.

'이런 힘이라니……'

로드 룰러가 연단을 걸어 올라가자 딸각딸각 소리가 났다. 그는 조용한 동작으로 찢어진 정복 코트와 셔츠를 벗어버렸고, 손가락과 손목의 반짝거리는 장신구들을 제외하면 허리 위로 맨몸이 되었다. 그녀는 얇은 팔찌 몇 개가 그의 위팔 피부를 관통하고 있는 것을 알아차렸다.

'영리하군.' 그녀는 간신히 일어서며 생각했다. '저것들이 "밀거나" "당겨지지" 않게 하는 거군.'

로드 룰러는 애석하다는 듯이 고개를 저었다. 깨진 창문으로 들어와 바닥에 흐르는 서늘한 안개 속에 그의 발걸음이 자취를 남겼다. 그는 너무나 강해 보였다. 몸통은 근육으로 터질 것 같았고, 얼굴은 잘생겼다. 그녀는 그의 알로맨시 힘이 구리로도 막을 수 없을 정도로 자신의 감정을 물어뜯는 걸 느꼈다.

"무슨 생각을 한 거냐, 애야?" 로드 룰러가 조용히 물었다. "날 이기겠다고? 내가 '조립'으로 힘을 얻은 보통 심문관이라고?"

빈은 백랍을 폭발시킨 후 돌아서서 달려 나갔다. 마쉬의 몸을 낚아채 방 맞은편 벽의 유리를 뚫고 나갈 생각이었다.

그러나 그때, 그가 맹렬한 회오리바람을 느릿느릿 보이게 할 정도의 속도로 움직여서 그녀를 가로막았다. 백랍을 완전히 폭발시켜도 빈은 그보다 빠르게 달릴 수 없었다. 그가 팔을 뻗어 그녀의 어깨를 움켜쥐고 뒤로 끌어당기는 동작은 거의 건성으로 하는 행동처럼 보였다.

그는 그 방을 지지하는 거대한 기둥 중 하나에다 그녀를 인형처럼 던져버렸다. 빈은 필사적으로 닻이 될 것을 찾았지만, 그는 아까 방에서 모든 금속을 날려버렸다. 그것만 빼고……

그녀는 로드 룰러의 피부를 뚫지 않은 팔찌 하나를 '당겼다'. 그는 즉시 팔을 위로 휙 추켜올리더니, '밀기'를 내뿜어 그녀가 공중에서 볼품없이 빙글빙글 돌게 만들었다. 그가 또 한 번 강력하게 그녀를 '밀자' 그녀는 뒤로 날아갔다. 배 속의 금속이 확 뒤틀리고, 유리가 떨리고, 어머니의 귀걸이가 그녀의 귀에서 뜯겨 나갔다.

그녀는 공중에서 몸을 돌려 발부터 떨어지려고 했으나 무시무시한 속도로 돌기둥에 처박혀버렸고, 백랍은 그녀에게 도움이 되지 못했다. 역겨운 뚝 소리가 나더니 고통이 창처럼 오른쪽 다리에서 순식간에 찔러 올라왔다.

그녀는 땅에 쓰러졌다. 확인하고 싶지 않았지만, 몸에서 느껴지는 고통으로 보아 몸 아래로 튀어나온 다리가 이상한 각도로 부러진 것 같았다.

로드 룰러는 고개를 저었다. 안 돼, 빈은 깨달았다. 그는 장신구를 찬다고 걱정하지 않았다. 그의 능력과 힘을 생각하면, 누군가가 빈처럼 로드 룰러의 장신구를 닻으로 이용하려 드는 것은 어리석은 일일 것이다. 그런 시도는 그가 그녀의 도약을 조종할 수 있게 만들어줄 뿐이었다.

그는 깨진 유리 위로 발을 달그락거리며 걸어왔다.

"누가 날 죽이려고 한 게 이게 처음이라고 생각하느냐, 애야? 나는 불에 타고 머리가 베어져도 살아남았다. 찔리고, 난자되고, 충돌하고, 사지가 잘려보기도 했단다. 심지어 처음엔 껍질이 벗겨지기까지 했지."

그는 고개를 저으며 마쉬 쪽을 돌아보았다. 이상하게도 빈이 전에 보았던 로드 룰러의 인상으로 되돌아왔다. 그는…… 지쳐 보였다. 심지어 탈진한 것으로 보이기까지 했다. 몸 때문은 아니었다. 그의 몸은 여전히 근육질이었다. 그의…… 분위기가 그랬을 뿐이었다. 그녀는 돌기둥에 몸을 기댄 채 일어서려고 했다.

"나는 신이다." 그가 말했다.

'일기책에 나오는 그 겸손한 인간과는 너무 달라.'

"신은 살해될 수 없다. 타도할 수도 없다. 너희의 반역…… 내가 그런 것을 전에 본 적이 없을 것 같으냐? 내가 내 군대 전체를 파괴해본 적이 없을 것 같으냐? 너희 인간들이 의심을 멈추려면 무엇이 필요할까? 너희 어리석은 스카들이 진실을 알도록 내가 얼마나 많은 세기 동안 나를 증명해왔느냐? 내가 너희를 얼마나 많이 죽여야 했느냐!"

다리가 잘못된 방향으로 비틀리는 바람에 빈은 비명을 질렀다. 그녀는 백랍을 폭발시켰지만 그래도 눈에 눈물이 괴었다. 그녀의 금속은 떨어져가고 있었다. 백랍은 곧 다 떨어질 것이고, 백랍이 없으면 의식을 차리고 있을 수 없을 것이다. 그녀는 기둥에 몸을 대고 푹 주저앉았다. 로드 룰러의 알로맨시가 그녀를 내리누르자 다리에서 고통이 둥둥 울렸다.

'그는 너무 강해.' 그녀는 절망 속에서 생각했다. '그가 옳아. 그는 신이야. 우리는 무슨 생각을 하고 있었던 걸까?'

"어떻게 감히 네가?" 로드 룰러가 보석으로 장식한 손으로 마쉬의 축 처진 몸을 들어 올리며 물었다. 마쉬는 약간 신음하며 머리를 들려고 애썼다.

"어떻게 감히 네가?" 로드 룰러가 다시 날카롭게 물었다. "난 네게 그런 것을 주었는데! 너를 보통 사람들보다 우수하게 만들었다! 네가 우월해지도록 만들었다!"

빈이 머리를 획 들었다. 고통과 절망으로 흐릿해진 눈 속에서, 무언가가 그녀 안에 묻혀 있던 기억의 방아쇠를 당겼다.

'그는 계속 말하고 있다…… 자기 민족이 우월해야 한다고…….'

그녀는 몸 안으로 마음을 뻗어, 마지막 남은 '열한 번째 금속' 저장고를 찾았다. 로드 룰러가 마쉬를 한 손으로 붙잡는 모습을 눈물로 얼룩진 눈으로 보면서, 그녀는 저장고를 태웠다.

로드 룰러의 과거 모습이 그 옆에 나타났다. 모피 클록을 입고 두꺼운 부츠를 신은 남자. 턱수염이 무성하고 강한 근육을 가진 남자. 귀족이나 폭군이 아니었다. 영웅도, 심지어 전사도 아니었다. 추운 산속 생활에 맞춰 옷을 입은 남자 목동이었다.

아니면, 아마도 짐꾼일 것이다.

"라셰크." 빈이 속삭였다.

로드 룰러는 깜짝 놀라 그녀 쪽으로 획 돌아섰다.

"라셰크." 빈이 다시 말했다. "당신 이름은 그거지, 안 그래? 당신은 일기장을 쓴 사람이 아니었어. 사람들을 보호하기 위해 파견된 영웅도 아니었어…… 그의 하인이었어. 그를 증오하던 짐꾼."

그녀는 잠시 말을 멈추었다.

"당신이…… 당신이 그를 죽였어." 그녀가 속삭였다. "그날 밤 일어난 일은 그런 거였어! 그래서 그 일기가 그렇게 갑자기 끊겨버린 거야! 당신은 영웅을 죽이고 그의 자리를 빼앗았어. 그 대신 동굴로 들어가 그 힘을 자기 것으로 만든 거야. 하지만…… 세상을 구하는 대신 당신은 세상을 조종했지."

"넌 아무것도 몰라!" 그가 여전히 마쉬의 축 늘어진 몸을 한 손에 잡은 채 소리쳤다. "넌 그 일에 대해 아무것도 몰라!"

"당신은 그를 증오했어." 빈이 말했다. "테리스인이 영웅이 되어야 한다고 생각했지. 당신은 그가…… 당신 나라를 탄압한 나라 출신의 사람이 당신네 전설을 이루어낸다는 사실을 견딜 수가 없었어."

로드 룰러는 한 손을 들었고, 빈은 갑자기 믿을 수 없는 무게가 자신을 내리누르는 것을 느꼈다. 알로맨시 힘이 그녀의 배 속과 몸속의 금속들을 '밀면서' 그녀의 등을 기둥에 충돌시키려 하고 있었다. 그녀는 비명을 지르면서도 정신을 차리려고 애쓰며 마지막 백랍 조각을 폭발시켰다. 안개가 부서진 창문을 지나 마루를 가로질러 슬금슬금 다가오더니 그녀 주위에 둘둘 감겼다.

부서진 문을 통해 밖에서 무언가 희미하게 공중에 울리는 소리가 들렸다. 마치…… 환호 같았다. 수천 명이 합창하는 기쁨의 함성. 그들이 그녀를 응원하는 것 같았다.

'그게 무슨 상관이지?' 그녀가 생각했다. '난 로드 룰러의 비밀을 알아. 하지만 그게 나한테 뭘 알려주지? 그가 짐꾼이었다는 것? 하인이라는 것? 테리스인이라는 것?

……페루케미스트라는 것.'

그녀는 어릿어릿한 눈을 떠 다시 로드 룰러의 위팔에서 빛나는 팔찌 한 쌍을 보았다. 금속으로 만들어진 팔찌. 그의 피부를 뚫고 들어간 팔찌. 그 팔찌들이…… 그것들이 알로맨시의 영향을 받지 않도록. 왜 그랬을까? 그는 아마 허세로 금속을 찼을 것이다. 자기 금속을 '밀거나' '당길' 수 있는 사람에 대해서는 걱정하지도 않았을 것이다.

혹은, 그의 주장으로는 그랬다. 하지만 만약 그가 찬 다른 모든 금속들…… 반지, 팔찌, 귀족들에게 퍼져 나간 유행…… 이것이 눈을 딴 데로 돌리도록 하기 위한 것일 뿐이라면?

위팔을 감고 있는 한 쌍의 팔찌에 집중하지 못하게 사람들의 눈을 딴 데로 돌린 것이다.

'정말로 그렇게 쉬운 것이었을까?' 로드 룰러의 무게가 그녀를 완전히 짓눌러버리려고 위협하는 가운데 그녀는 생각했다.

백랍이 거의 다 떨어졌다. 생각도 간신히 할 수 있을 지경이었다. 그러나 그녀는 철을 태웠다. 로드 룰러는 구리구름을 통과할 수 있었다. 그렇다면 그녀도 할 수 있었다. 이유는 몰라도 그것들은 같았다. 그가 한 사람의 몸속에 든 금속에 영향을 미칠 수 있다면, 그녀도 할 수 있었다.

그녀는 철을 폭발시키며 최대한 세게 '미는' 데 집중했다. 그녀는 눌려 찌부러지지 않으려고 애쓰면서 백랍을 계속 폭발시켰다. 언제부터인가 그녀는 자기가 더 이상 숨을 쉬지 않는다는 것을 알았다. 위아래로 가슴을 오르락내리락할 수가 없었다.

안개가 그녀 주위에서 빙글빙글 돌면서 그녀의 알로맨시 때문에 춤을 추었다. 그녀는 죽어가고 있었다. 그것을 알 수 있었다. 이제는 고통마저 거의 느껴지지 않았다. 그녀는 짓눌리고 있었다. 숨이 막혔다.

그녀는 안개를 들이마셨다.

두 개의 선이 새로 나타났다. 그녀는 고함을 지르며, 전에는 자기에게 있는 줄도 몰랐던 힘으로 '당겼다'. 철을 점점 더 세게 폭발시켰다. 로드 룰러 자신의 '미는' 힘이 그녀에게 지렛대가 되어주었다. 그의 팔찌를 '당기기' 위해 필요한 분노, 절망, 고통이 그녀의 마음속에서 마구 섞였고, 오로지 '당기기'만이 유일한 초점이 되었다.

그녀의 백랍이 다 떨어졌다.

'그가 켈시어를 죽였어!'

팔찌가 떨어져 나왔다. 로드 룰러는 고통으로 소리쳤다. 빈의 귀에는 희미하고 아득한 소리로 들렸다. 그녀를 내리누르던 무게가 갑자기 가벼워지더니 그녀를 풀어주었다. 그녀는 바닥에 떨어져 헐떡거렸다. 시야가 빙빙 돌았다. 땅에 떨어진 피 묻은 팔찌가 그녀의 힘에서 풀려나 대리석 위를 미끄러져 빈 앞에 와 닿았다. 그녀는 앞을 보며 시야를 맑게 하기 위해 주석을 사용했다.

로드 룰러는 그 자리에 그대로 서 있었다. 그의 눈은 공포로 커졌고, 팔에는 피가 묻어 있었다. 그는 마쉬를 땅에 떨어뜨리고는 짓이겨진 팔찌와 그녀가 있는 쪽으로 달려왔다. 백랍이 없는 상태에서도 그녀는 마지막 힘으로 그 팔찌를 '밀어' 로드 룰러의 몸 너머로 쏘아 보냈다. 그는 겁에 질린 채 빙글 돌아서서 깨진 유리벽 바깥으로 팔찌가 날아가는 것을 지켜보았다.

멀리서 해가 지평선 위로 떠올랐다. 팔찌는 붉은 햇빛 앞에 떨어지며 잠시 빛나다가 도시의 거리로 떨어져 내렸다.

"안 돼!" 로드 룰러가 창문 쪽으로 걸어가며 외쳤다.

그의 근육들이 축 처지더니 세이즈드의 근육이 그랬던 것처럼 오그라들었다. 그는 화를 내며 빈을 향해 돌아섰다. 그러나 그의 얼굴은 더 이상 젊지 않았다. 그는 젊었을 때의 모습이 그대로 성숙해진 중년의 모습을 하고 있었다.

그는 창 쪽으로 걸어갔다. 머리가 세고, 눈 주위에 작은 거미줄처럼 주름이 나타나기 시작했다.

발걸음이 약해졌다. 그는 노령의 무게로 몸을 떨기 시작했다. 등이 굽어지고, 피부가 늘어지고, 머리가 축 처졌다.

그는 바닥에 쓰러졌다.

빈은 몸을 뒤로 눕혔다. 그녀의 정신은 고통 때문에 흐릿했다. 그녀는 그곳에…… 얼마 동안 누워 있었다. 아무 생각도 할 수 없었다.

"미스트리스!" 어떤 목소리가 말했다. 세이즈드가 이마를 땀으로 적신 채 그녀 옆에 있었다. 그는 그녀의 목구멍에 뭔가를 흘려 넣었고, 그녀는 그것을 삼켰다.

그녀의 몸은 무슨 일을 해야 할지 알았다. 그녀는 반사적으로 백랍을 폭발시켜 몸을 강하게 했다. 주석을 폭발시키자 갑자기 감각이 증대되면서 그녀는 충격을 받아 깨어났다. 그녀는 세이즈드의 근심스러운 얼굴을 쳐다보며 헐떡였다.

"조심하세요, 미스트리스." 그가 그녀의 다리를 살펴보며 말했다. "뼈에 금이 갔습니다. 한 군데뿐인 것 같지만요."

"마쉬, 마쉬를 돌봐줘요." 그녀가 탈진한 채 말했다.

"마쉬?" 세이즈드가 물었다. 그는 약간 떨어져 있는 바닥에서 조금씩 몸을 움직이는 심문관을 보았다.

"잊힌 신들이시여!" 세이즈드는 마쉬의 옆으로 가며 말했다.

마쉬는 신음하며 일어나 앉았다. 그는 한 팔로 배를 살살 받쳤다.

"이게…… 뭐지……?"

빈은 약간 떨어진 땅바닥에 놓인 시든 사람의 형체를 보았다.

"그예요, 로드 룰러. 그는 죽었어요."

세이즈드가 호기심에 차 눈살을 찌푸리며 일어섰다. 그는 갈색 로브를 입었고, 단순한 나무창을 가져왔다. 빈은 그런 보잘것없는 무기로 자기와 마쉬를 거의 죽일 뻔했던 생물과 대결하려던 세이즈드의 생각에 고개를 흔들었다.

'물론 어떻게 보면 우리 모두 똑같이 쓸모없었어. 로드 룰러가 아니라 우리가 죽는 게 당연했어.

나는 그의 팔찌를 당겨서 떼어냈어. 왜지? 왜 그가 할 수 있는 일을 내가 할 수 있는 거지?

왜 난 다르지?'

"미스트리스……." 세이즈드가 천천히 말했다. "그는 죽지 않은 것 같습니다. 그는…… 아직 살아 있습니다."

"뭐라고요?" 빈이 얼굴을 찡그리며 말했다. 그 순간에는 생각조차 하기 힘들었다. 질문은 나중에 정리할 시간이 있을 것이다. 세이즈드의 말이 옳았다. 그 노인은 죽지 않았다. 가련한 모습으로 바닥을 기어 깨진 창 쪽으로 가고 있었다. 그의 팔찌가 사라진 방향이었다.

마쉬가 비틀거리며 일어났다. 그는 손을 흔들어 세이즈드의 보살핌을 거절했다.

"난 금방 나을 거야. 저 애를 돌봐줘."

"날 일으켜줘요." 빈이 말했다.

"미스트리스······." 세이즈드가 못마땅한 듯이 말했다.

"제발요, 세이즈드."

그는 한숨을 쉬며 그녀에게 나무창을 건네주었다.

"여기요. 여기 기대세요." 그녀는 창을 받아 들었고, 그는 그녀가 일어나도록 도와주었다.

빈은 창 자루에 몸을 기댄 채 마쉬와 세이즈드와 함께 로드 룰러 쪽으로 절뚝거리며 걸어갔다. 기어 다니던 로드 룰러는 방 가장자리에 닿아 부서진 창으로 도시를 내다보았다.

빈의 발걸음 아래서 깨진 유리 조각들이 바사삭거렸다. 사람들이 아래에서 다시 환호했지만, 그녀는 그들을 볼 수도 없었고 왜 환호하는지도 알 수 없었다.

"잘 들으세요." 세이즈드가 말했다. "잘 들어요, 우리 신이 될 수도 있었을 양반아. 저 환호 소리가 들립니까? 저 환호는 당신을 위한 게 아닙니다. 저 사람들은 한 번도 당신에게 환호하지 않았어요. 그들은 오늘 밤 새 지도자를, 새 자부심을 찾았어요."

"내······ 오블리게이터들······." 로드 룰러가 속삭였다.

"당신 오블리게이터들은 당신을 잊어버릴 거야." 마쉬가 말했다. "그건 내가 처리하겠다. 다른 심문관들은 죽었어. 내 손으로 죽여버렸지. 하지만 프렐란들이 모여서 당신이 심문 캔턴에 권력을 이양하는 모습을 봤어. 나는 루서델에 단 하나 남은 심문관이야. 이제 내가 당신 교회를 통치할 거다."

"안 돼······." 로드 룰러가 속삭였다.

마쉬와 빈, 세이즈드는 녹초가 된 채 모여 서서 노인을 내려다보고 있었다. 아침 빛 가운데, 빈은 아래쪽에서 엄청난 수의 사람들이 커다란 연단 앞에 모여 있는 것을 보았다. 그들은 경의의 표시로 무기를 높이 치켜들고 있었다.

로드 룰러는 *군중*에게 눈길을 던졌다. 그러자 마침내 자기가 실패했다는 깨달음을 얻은 것 같았다. 그는 다시 자신을 이긴 사람들이 둥그렇게 서 있는 곳을 올려다보았다.

"너희는 이해하지 못해." 그가 씨근거렸다. "너희는 내가 인류를 위해 무엇을 하는지 몰라. 너희가 알지 못했어도, 나는 너희 신이었다. 나를 죽임으로써 너희는 스스로 파멸을 불러왔어……."

빈은 마쉬와 세이즈드를 흘끗 쳐다보았다. 그들은 천천히 고개를 끄덕였다. 로드 룰러는 기침을 하기 시작했다. 그는 더 늙어가고 있는 것 같았다.

빈은 부러진 다리의 고통으로 이를 악물며 세이즈드에게 기댔다.

"당신에게 우리 친구의 메시지를 가져왔어." 그녀가 조용히 말했다. "그는 자기가 죽지 않는다는 걸 당신에게 알려주길 바랐어. 그는 죽일 수 없어.

그는 희망이니까."

그녀는 창을 들어 로드 룰러의 심장에 찔러 넣었다.

에필로그

이상하게도, 때때로 나는 내면의 평화를 느낀다. 그런 괴로움을 모두 겪은 끝에 내가 본 것은 결국 압박과 혼란과 우울이 일그러지고 뒤섞인 내 영혼일 뿐이라고 당신들은 생각할 것이다. 사실 그것뿐일 때도 많았다.

그러나 이제는 평화가 흐른다.

나는 이따금 그것을 느낀다. 고요한 아침에 얼어붙은 절벽들과 유리 같은 산들을 내다보며, 너무나 웅장해서 비할 바 없는 해돋이를 지켜보며 지금 느끼는 것처럼.

예언이 있다면, '영원의 영웅'이 있다면, 그렇다면 내 길을 가리켜줄 뭔가가 있을 거라고 마음이 속삭인다. 뭔가가 지켜보고 있다. 뭔가가 보살펴주고 있다. 이 평화로운 속삭임은 내가 매우 믿고 싶은 진실을 말한다.

내가 실패하면, 다른 사람이 와서 내 일을 완수할 것이다.

"마스터 마쉬, 제가 내릴 수 있는 유일한 결론은 로드 룰러가 페루케미스트이자 알로맨서였다는 것입니다." 세이즈드가 말했다.

빈은 스카 빈민가 가장자리의 빈 건물 위에 앉아 얼굴을 찌푸렸다. 세이즈드가 조심스럽게 부목을 대준 부러진 다리가 옥상 가장자리에 매달려 공중에서 달랑거리고 있었다.

그녀는 그날 대부분을 자면서 보냈다. 곁에 서 있는 마쉬도 그런 것 같았다. 세이즈드는 빈이 살아남았다는 메시지를 나머지 패거리들에게 전했다. 다른 사람들 중에 심한 부상자는 없는 것 같았다. 빈은 기뻤지만, 아직 그들에게 가보지는 않았다. 세이즈드는 그들에게 그녀가 쉬어야 한다고 말했고, 그들은 엘렌드의 새 정부를 세우느라 바빴다.

"페루케미스트이자 알로맨서라." 마쉬는 생각에 잠겨 말했다. 그는 정말로 재빨리 회복되었다. 빈은 아직 멍이 들어 있고 뼈에 금이 가고 싸움에서 입은 벤상처들이 그대로 있었는데, 그는 이미 부러진 갈비뼈가 다 나은 것 같았다. 그는 한 팔을 무릎에 괴고 아래로 몸을 기울여 눈 대신 대못으로 도시를 내다보았다.

'그는 어떻게 볼 수 있는 걸까?' 빈은 궁금했다.

"예, 마스터 마쉬." 세이즈드가 설명했다. "그러니까, 페루케미스트는 젊음을 저장할 수 있습니다. 하지만 아주 쓸모없는 일입니다. 1년 더 젊게 보이고 젊은 기분을 느끼는 능력을 저장하기 위해서는 1년을 더 늙어 보이고 늙은 몸인 채로 살아야 하니까요. 키퍼들이 그 능력을 위장용으로 사용한 경우는 많았습니다. 나이를 바꿔 다른 사람들을 속이고 숨는 거죠. 그러나 아무도 그 능력이 그 이상 소용 있다고 생각한 적은 없습니다.

그러나 페루케미스트이자 동시에 알로맨서라면 자기 금속 저장고를 태우면서 그 안의 에너지를 열 배로 쓸 수 있을지도 모릅니다. 미스트리스 빈은 제 금속을 태워보려고 한 적이 있었지만 그 힘에 접근할 수 없었습니다. 하지만 직접 페루케미스트 저장고를 보충할 수 있고, 그런 다음 여분의 힘을 얻기 위해 태운다면……."

마쉬는 얼굴을 찌푸렸다.

"자네 말을 못 따라가겠네, 세이즈드."

"죄송합니다." 세이즈드가 말했다. "알로맨시와 페루케미 이론 양쪽에 대한 배경지식이 없으면 아마 이해하기 힘드실 겁니다. 제가 더 잘 설명해보겠습니다. 알로맨시와 페루케미의 가장 큰 차이가 뭘까요?"

"알로맨시는 금속에서 힘을 뽑아내지. 페루케미는 사람의 몸에서 힘을 뽑고." 마쉬가 말했다.

"바로 그겁니다." 세이즈드가 말했다. "제가 추측하기로는, 로드 룰러는 이 두 가지 능력을 결합시킨 것 같습니다. 그는 페루케미에서만 쓸 수 있는 속성 한 가지를 사용했습니다. 자기 나이를 바꾸는 속성이죠. 하지만 알로맨시로 연료를 공급했습니다. 자기가 만들었던 페루케미 저장고를 태워서 실제로 자기가 쓸 새 알로맨시 금속을 만든 겁니다. 그가 그것을 태우면 더 젊어지는 거죠. 제 추측이 옳다면, 그는 대부분의 힘을 자기 몸보다는 금속에서 뽑아 쓰고 있었기 때문에 젊음을 무한정 얻을 수 있었을 겁니다. 그는 때때로 나이를 먹는 시간을 약간만 보내면 되는 거지요. 자기가 태울 페루케미 저장분을 확보해 계속 젊은 채로 있기 위해서요."

"그러면 그 저장고를 태우기만 해도 처음보다 더 젊어질 수 있었을까?" 마쉬가 말했다.

"그는 남는 젊음을 다른 페루케미 저장고 안에 두었을 거라고 생각합니다." 세이즈드가 설명했다. "아시다시피 알로맨시는 매우 화려합니다. 알로맨시 힘은 보통 터지고 폭발하면서 나오지요. 하지만 로드 룰러는 그 젊음을 한꺼번에 쓰고 싶지는 않았을 겁니다. 그래서 천천히 뽑아 쓰면서 젊음을 지킬 수 있도록 금속 조각 안에 저장해놓았겠지요."

"그 팔찌?"

"예, 마스터 마쉬. 그렇지만 페루케미의 힘은 쓸수록 그만큼 줄어드는 결과를 가져옵니다. 예를 들면, 자기 몸을 보통 사람보다 네 배 강하게 만들려면 두 배 강하게 만들 때와는 달리 비례하는 기운보다 더 많은 기운이 들죠. 로드 룰러의 경우, 그가 나이를 먹지 않기 위해서는 점점 더 많은 젊음을 써야 한다는 뜻이 됩니다. 미스트리스 빈이 그 팔찌를 빼내자 그는 믿을 수 없을 정도로 빠르게 나이를 먹었습니다. 그의 몸이 원래 그래야 할 상태로 돌아간 것이지요."

빈은 서늘한 저녁 바람 속에 앉아 벤처 아성 쪽을 바라보았다. 아성은 불빛으로 환했다. 정부 수립 후 하루도 지나지 않았는데 엘렌드는 이미 스카와 귀족 지도자들을 만나고, 새 나라에 쓸 법전의 초안을 잡고 있었다.

빈은 조용히 앉은 채 자기 귀걸이를 만지작거렸다. 그녀는 그 귀걸이를 왕좌의 방에서 되찾았고, 귀의 찢어진 상처가 낫기 시작하자마자 도로 걸었다. 그녀도 왜 자기가 그걸 간직하는지 알 수 없었다. 아마도 그 귀걸이가 그녀와 린을, 그리고 그녀를 죽이려 했던 어머니를 연결시켜주는 고리이기 때문이리라. 아니면, 그저 미스트본이 되기 전의 그녀의 시간과 현재를 연결시켜주기 때문인지도 몰랐다.

아직 알로맨시에 대해서는 배워야 할 것이 많았다. 천 년 동안 귀족들은 심문관과 로드 룰러의 말만 믿었다. 그들은 어떤 비밀들을 감추었고, 어떤 금속들을 숨겨두었을까?

"그러면 로드 룰러는…… 불멸이 되려고 속임수를 쓴 것뿐이네요." 그녀가 마침내 말했다. "그가 진짜 신은 아니었다는 뜻이에요, 맞죠? 그는 운이 좋았을 뿐이에요. 페루케미스트면서 알로맨서인 사람이라면 누구든지 그가 한 일을 할 수 있었을 거예요."

"그런 듯합니다, 미스트리스." 세이즈드가 말했다. "그래서 그가 키퍼들을 그렇게 두려워했을 겁니다. 그는 페루케미 기술이 알로맨시처럼 유전이라는 것을 알기 때문에 페루케미스트들을 사냥하고 죽였지요. 테리스 혈통이 제국 귀족의 혈통과 섞인다면 그에게 도전할 수 있는 아이가 나올 확률이 높아지니까요."

"그래서 번식 프로그램을 시행했군." 마쉬가 말했다.

세이즈드가 고개를 끄덕였다.

"절대 테리스인과 보통 사람이 혼혈 아이를 낳지 못하도록 해야 했으니까요. 페루케미의 잠재력을 물려주지 않기 위해서요."

"하지만 로드 룰러의 힘이 페루케미와 알로맨시의 혼합으로 나온 거라면 '승천의 우물'에서는 무슨 일이 일어났던 걸까요?" 빈이 얼굴을 찌푸리며 말했다. "누군지는 모르지만, 그 일기책을 쓴 사람은 어떤 힘을 발견했던 걸까요?"

"그건 모르지요, 미스트리스." 세이즈드가 조용히 말했다.

"당신 설명으로 모든 것이 풀리지는 않아요." 빈이 고개를 저으며 말했다. 그녀는 자신의 이상한 능력에 대해서는 아직 말하지 않았지만, 로드 룰러가 왕좌의 방에서 했던 일을 이야기했다. "그는 아주 강력했어요, 세이즈드. 난 그의 알로맨시를 느낄 수 있었어요. 그는 내 몸속의 금속을 '밀' 수 있었어요! 아마 그는 저장고를 태워서 자기 페루케미를 강하게 만들 수 있었겠죠. 하지만 그는 어떻게 그렇게 강한 알로맨시 힘을 갖게 되었을까요?"

세이즈드는 한숨을 쉬었다.

"이 질문들에 대답할 수 있는 단 한 사람이 오늘 아침 죽어버리지 않았을까 생각합니다."

빈은 멈칫했다. 로드 룰러는 세이즈드의 민족이 수 세기 동안 찾아 헤맸던 테리스 종교의 비밀을 갖고 있었다.

"미안해요. 내가 그를 죽이지 말았어야 했나 봐요."

세이즈드는 고개를 저었다.

"어쨌든 곧 나이를 먹어 죽었을 겁니다, 미스트리스. 당신이 한 일은 옳았습니다. 그렇게 해서 저는 로드 룰러가 자기가 억압했던 스카 중 한 명에게 쓰러졌다고 기록할 수 있겠지요."

빈의 얼굴이 붉어졌다.

"기록한다고요?"

"물론입니다. 저는 여전히 키퍼입니다, 미스트리스. 저는 이런 것들……역사와 사건들, 진실들을 물려줘야 합니다."

"……나에 대해서는 많이 말하지 않을 거죠? 그렇죠?" 왜인지는 몰라도 다른 사람에게 자기 이야기를 한다고 생각하자 그녀는 마음이 불편해졌다.

"저라면 별로 걱정하지 않을 겁니다, 미스트리스." 세이즈드가 미소를 지으며 말했다. "형제들과 저는 매우 바쁠 것 같습니다. 저장해야 할 것도 아주 많고, 세상에 이야기해야 할 것도 아주 많습니다……. 당신에 대한 세세한 이야기는 꼭 해야 할 때가 오면 전해질 거라고 생각합니다. 저는 일어난일을 기록하겠지요. 하지만 원하신다면 한동안은 저 혼자 간직할 겁니다."

"고마워요." 빈이 고개를 끄덕이며 말했다.

"로드 룰러가 동굴 속에서 발견했다는 그 힘은 알로맨시였을 뿐인지도 몰라." 마쉬가 생각에 잠겨 말했다. "'승천' 이전에는 알로맨서에 대한 기록이 없다면서."

"그럴 가능성도 있군요, 마스터 마쉬." 세이즈드가 말했다. "알로맨시의 기원에 대한 전설은 거의 없고, 남아 있는 전설도 거의 모두가 알로맨서들이 처음에 '안개와 함께 나타났다'고 전합니다."

빈은 얼굴을 찌푸렸다. 그녀는 언제나 '미스트본'이라는 칭호가 알로맨서들이 밤에 활동하는 경향 때문에 생긴 거라고 추측하고 있었다. 안개와 더 강한 연관이 있을 거라고는 한 번도 생각해보지 못했다.

'안개는 알로맨시에 반응해. 알로맨서가 근처에서 자기 능력을 쓰면 안개가 회오리치지. 그리고…… 내가 마지막에 뭘 느꼈더라? 마치 안개에서 뭔가를 뽑아 쓴 것 같아.'

무엇을 했는지 몰라도 그녀는 그 일을 되풀이할 수 없을 것이다.

마쉬는 한숨을 쉬고 일어섰다. 그는 겨우 몇 시간 깨어 있었을 뿐이지만 벌써 지쳐 보였다. 그는 대못의 무게 때문에 처진 것처럼 아래로 약간 머리를 숙이고 있었다.

"그거…… 아픈가요, 마쉬?" 그녀가 물었다. "그 대못 말이에요."

그는 멈칫했다.

"그래. 열한 개 모두…… 둥둥 울려. 왠지는 몰라도 내 감정에 반응해서 고통이 오는 것 같아."

"열한 개요?" 빈이 충격에 빠져 물었다.

마쉬가 고개를 끄덕였다.

"머리에 두 개, 가슴에 여덟 개, 하나는 그걸 한꺼번에 봉해놓기 위해 등에다 박지. 심문관을 죽이는 방법은 그것밖에 없어. 위에 있는 대못과 아래의 대못을 분리해야 해. 켈은 목을 베어서 그 일을 해냈지만, 그냥 가운데 대못을 잡아 빼는 게 더 쉬워."

"우린 당신이 죽은 줄 알았어요. '달래기' 지소에서 흥건한 피와 시체를 발견하고는……." 빈이 말했다.

마쉬는 고개를 끄덕였다.

"살아남았다는 말을 전하려고 했지만 그들은 그 첫날에 나를 아주 단단히 감시했어. 켈이 그렇게 빨리 움직일 줄은 몰랐어."

"우리 모두 몰랐지요, 마스터 마쉬." 세이즈드가 말했다. "우리 모두 전혀 몰랐습니다."

"켈은 정말 그 일을 해냈어, 안 그래?" 마쉬가 경탄으로 고개를 저으며 말했다. "그 망할 놈. 난 그놈이 한 일 두 가지는 절대 용서하지 않을 거야. 첫 번째는 '마지막 제국'을 타도하겠다는 내 꿈을 훔쳐 가서 실제로 성공시켜 버린 것."

빈은 멈칫했다.

"두 번째는요?"

마쉬는 대못이 박힌 머리를 그녀 쪽으로 돌렸다.

"그 일을 하느라 자기가 죽어버린 것."

"여쭤봐도 될지 모르겠습니다만, 마스터 마쉬. 미스트리스 빈과 마스터 켈시어가 '달래기' 지소에서 발견한 그 시체는 누구였습니까?"

마쉬는 다시 도시를 바라보았다.

"사실 시체는 여러 구였어. 새 심문관을 만드는 방법은…… 지저분해. 이야기하지 않는 게 낫겠어."

"물론입니다." 세이즈드가 고개를 숙이며 말했다.

"하지만 켈시어가 로드 르노를 흉내 내느라 쓴 그 생물에 대해서는 내게 말해줄 수 있겠지?" 마쉬가 말했다.

"칸드라 말입니까?" 세이즈드가 말했다. "키퍼들도 그들에 대해서는 별로 아는 게 없는 것 같습니다. 칸드라는 안개유령과 관계가 있습니다. 아마 같은 생물일 겁니다. 나이를 더 먹은 것뿐이죠. 악명 때문에 그들은 보통 남의 눈에 띄지 않는 쪽을 선호합니다. 어떤 귀족 가문들에서는 때때로 그들을 고용하지만요.”

빈은 얼굴을 찌푸렸다.

“그러면…… 켈은 왜 그냥 이 칸드라에게 자기를 흉내 내 대신 죽도록 시키지 않았을까요?”

“아, 그건…….” 세이즈드가 말했다. “그러니까, 미스트리스. 칸드라가 누군가를 흉내 내기 위해서는 먼저 그 사람의 살을 삼키고 뼈를 흡수해야 합니다. 칸드라는 안개유령과 비슷합니다. 자기 자신은 뼈가 없지요.”

빈은 몸을 떨었다.

“아…….”

“그런데 그는 돌아왔어.” 마쉬가 말했다. “그 생물은 더 이상 내 동생의 시체를 쓰고 있지 않아. 다른 자를 먹었어. 하지만 너를 찾으러 돌아왔어, 빈.”

“저를요?” 빈이 물었다.

마쉬가 고개를 끄덕였다.

“켈시어가 죽기 전에 너에게 계약을 이전시켰다는 이야기를 했어. 그 짐승은 너를 자기 주인으로 생각하는 것 같아.”

빈은 몸을 떨었다.

‘그…… 것은 켈시어의 시체를 먹었어.’

“난 그걸 곁에 두고 싶지 않아요. 멀리 보내버릴 거예요.” 그녀가 말했다.

“그렇게 서두르지 마십시오, 미스트리스.” 세이즈드가 말했다. “칸드라는 값비싼 하인입니다. 그들에게는 아티움을 지불해야 합니다. 켈시어가 계약을 연장하는 조건으로 칸드라를 샀다면, 그걸 낭비하는 게 어리석은 일일 겁니다. 앞으로 몇 달 동안 칸드라는 매우 쓸모 있는 동맹자가 될 수 있습니다.”

빈은 고개를 저었다.

“상관없어요. 저것이 무슨 짓을 하는지 알고 나니 주위에 두고 싶지 않아요.”

세 사람은 침묵에 빠졌다. 마침내 마쉬가 한숨을 쉬며 일어났다.

"어쨌든, 괜찮다면 나는 아성에 가서 모습을 보여야겠어. 새 왕이 내가 미니스트리를 대표해 협상하기를 바라니까."

빈은 얼굴을 찌푸렸다.

"왜 미니스트리가 발언권을 얻을 자격이 있는지 모르겠어요."

"오블리게이터들은 아직 매우 강력합니다, 미스트리스." 세이즈드가 말했다. "그리고 그들은 '마지막 제국'에서 가장 효율적이고 잘 훈련된 관료 집단입니다. 폐하가 그들을 당신 편으로 끌어들이려고 하신다면, 그리고 마스터 마쉬가 이 일을 도울 수 있다는 걸 아신다면 현명하신 겁니다."

마쉬는 어깨를 으쓱했다.

"물론 내가 정교 캔턴을 지배할 수 있게 된다면 미니스트리는…… 다음 몇 년 동안 많이 바뀌어야겠지. 나는 천천히 조심스럽게 움직일 거야. 하지만 내가 일을 다 끝내면…… 오블리게이터들은 자기들이 무엇을 잃어버렸는지도 모르게 될걸. 그렇지만 다른 심판관들이 문제를 제기할 수도 있지."

빈은 고개를 끄덕였다.

"루서델 바깥에는 심문관이 얼마나 많죠?"

"모르겠어." 마쉬가 말했다. "나는 심문관 형제단에 들어간 지 얼마 되지 않아서 그걸 없애버렸으니까. 그렇지만 '마지막 제국'은 넓어. 제국에는 심판관이 스무 명 정도 있다고 이야기하는 사람들이 많지만 구체적인 숫자를 꼭 집어 말할 수는 없어."

빈이 고개를 끄덕이자 마쉬는 떠났다. 그러나 심문관들의 비밀을 알게 되자 그들은 이제 훨씬 가벼운 걱정거리가 되었다. 그녀는 다른 것을 더 걱정하고 있었다.

'너희는 내가 인류를 위해 무엇을 하는지 몰라. 너희가 알지 못했어도, 나는 너희 신이었다. 나를 죽임으로써 너희는 스스로 파멸을 불러왔어……'

로드 룰러의 마지막 말. 당시에는 그가 '인류를 위해 하는' 일이라는 게

'마지막 제국' 이야기인 줄 알았다. 그러나 그녀는 더 이상 그렇게 확신할 수가 없었다. 그의 눈에는…… 그 말을 할 때 그의 눈에는 자부심이 아니라 공포가 어려 있었다.

"세이즈?" 그녀가 말했다. "'디프니스'가 뭐예요? 일기책의 '영웅'이 이긴다는 거 말예요."

"저도 알고 싶습니다, 미스트리스."

"하지만 그건 오지 않았죠, 맞죠?"

"그런 것 같습니다." 세이즈드가 말했다. "전설들은 '디프니스'를 막을 수 없다면 세계 자체가 파괴될 것이라고 입을 모아 말합니다. 물론 과장된 이야기들일 수도 있습니다. '디프니스'의 위험은 사실 로드 룰러 자신뿐이었을지도 모릅니다. '영웅'의 싸움은 양심의 싸움일 뿐이었겠죠. 그는 세계를 지배하느냐 자유롭게 놓아두느냐 사이에서 선택해야 했습니다."

빈에게는 그 이야기가 맞는 것처럼 들리지 않았다. 뭔가가 더 있었다. 그녀는 로드 룰러의 눈 속에 있던 두려움을 떠올렸다. 공포를.

'그는 "한"이 아니라 "하는"이라고 말했어. "내가 인류를 위해 무엇을 하는지". 그건 그가 여전히 그 일을 하고 있다는 뜻이야. 그게 무슨 일이건 간에.'

'너희는 스스로 파멸을 불러왔어……'

그녀는 저녁 공기 속에서 떨었다. 해가 지고 있었다. 불이 환한 벤처 아성을 보기가 훨씬 더 쉬워졌다. 엘렌드는 당분간 벤처 아성을 본부로 선택했다. 크레딕 쇼로 옮겨 갈지 어떨지 모르지만, 그는 아직 결정하지 않았다.

"그에게 가봐야 합니다, 미스트리스." 세이즈드가 말했다. "당신이 괜찮다는 걸 확인시켜야지요."

빈은 즉시 대답하지 않았다. 그녀는 도시 위를 내다보며, 어두워지는 하늘을 배경으로 둔 밝은 아성을 지켜보았다.

"당신도 거기 있었어요, 세이즈드?" 그녀가 물었다. "그의 연설을 들었어요?"

"예, 미스트리스." 그가 말했다. "일단 보물 창고에 아티움이 없다는 것을 확인하자 로드 벤처는 우리에게 와서 자기를 도와줘야 한다고 주장했습니다. 저는 거기에 찬성하는 쪽입니다. 우리는 양쪽 다 전사들이 아니고, 저에게는 아직 페루케미 저장고가 없습니다."

'아티움이 없다니.' 빈은 생각했다. '이 모든 일을 겪은 다음에, 아티움을 하나도 발견하지 못했어. 로드 룰러는 그걸 갖고 대체 뭘 했을까? 아니면…… 다른 사람이 그걸 먼저 손에 넣은 걸까?'

"마스터 엘렌드와 제가 군대를 찾아냈을 때, 반역도들은 궁전 군인들을 학살하고 있었습니다. 궁전 경비대 중 몇 명은 항복하려 했지만 우리 군인들이 받아주지 않았습니다. 그건…… 심란해지는 광경이었습니다, 미스트리스. 당신의 엘렌드…… 그는 자기가 본 광경을 좋아하지 않았습니다. 그곳에서 그가 스카 앞에 섰을 때 저는 스카들이 그도 죽일 거라고 생각했습니다."

세이즈드는 잠시 말을 멈추고 고개를 조금 더 꼿꼿이 세웠다.

"하지만…… 그가 했던 말들, 미스트리스…… 새 정부의 꿈, 유혈과 혼란에 대한 비난…… 음, 미스트리스. 그걸 되풀이할 수는 없을 것 같습니다. 저는 그 말들을 정확히 기억할 수 있도록 메탈마인드를 갖고 있었으면 하고 생각했습니다."

그는 한숨을 쉬며 고개를 저었다.

"그렇지만 마스터 브리즈가 그 폭동을 진정시키는 데 매우 큰 역할을 했다고 생각합니다. 일단 한 무리가 마스터 엘렌드에게 귀를 기울이기 시작하자 다른 무리들도 귀를 기울였고, 거기서부터…… 뭐, 귀족이 왕이 된 건 좋은 일이라고 생각합니다. 마스터 엘렌드는 우리의 통치에 합법성을 부여하고, 그를 우리 얼굴로 내세우면 귀족과 상인들의 지원을 더 받을 수 있을 거라고 생각합니다."

빈은 미소를 지었다.

"켈은 우리에게 화를 낼 거예요, 그렇죠? 자기가 이 일을 전부 다 했는데,

우리는 방향을 바꿔서 귀족을 왕좌에 앉혔다고."

세이즈드는 고개를 저었다.

"아, 하지만 더 중요한 점을 고려해야 한다고 생각합니다. 우리는 왕좌에 귀족을 앉히기만 한 게 아니지요. 우리는 좋은 사람을 앉혔습니다."

"좋은 사람……. 네, 이제는 그런 사람을 몇 명 아는 것 같아요." 빈이 말했다.

빈은 벤처 아성 위에 서린 안개 속에 무릎을 꿇고 있었다. 금이 간 다리 때문에 밤에 돌아다니기 어려웠지만, 그녀는 대부분의 힘을 알로맨시에서 끌어 쓰고 있었다. 착지만 조심해서 부드럽게 하면 괜찮았다.

밤이 왔고, 안개가 그녀를 둘러쌌다. 그녀를 보호하고, 숨겨주고, 그녀에게 힘을 주며…….

엘렌드 벤처는 아래쪽 책상에 앉아 있었다. 빈이 사람 몸을 던져 넣은 후로 아직 수리하지 않은 채광창 아래였다. 그는 그녀가 위에서 웅크리고 있는 것을 알아채지 못했다. 누가 알아챌 수 있을 것인가? 누가 자기 활동 범위 안에 있는 미스트본을 본 적이 있는가? 그녀는 어떤 의미로는 '열한 번째 금속'이 만들어낸 그림자 이미지 같았다. 형체가 없고, 진짜가 될 수도 있었던 것.

될 수도 있었던…….

전날의 사건들은 정리하기가 힘들었다. 감정 쪽은 훨씬 더 엉망진창이었기 때문에 빈은 자신의 감정을 이해하려 들지도 않았다. 그녀는 아직 엘렌드에게 가보지 않았다. 그럴 수가 없었다.

그녀는 그를 내려다보았다. 그는 등잔불 빛의 영역 안쪽에 놓인 책상에 앉아 뭔가를 읽으면서 작은 공책에 메모를 하고 있었다. 아까 그가 주재한 회의는 잘된 것 같았다. 모든 사람들이 기꺼이 그를 왕으로 받아들이는 것 같았다. 그러나 마쉬는 그들의 지원 뒤에는 정치적 계산들이 있다고 속삭였다. 귀족들은 엘렌드를 그들이 조종할 수 있는 꼭두각시로 보았고, 스카 지도부 안에서도 이미 당파들이 나타나고 있었다.

그러나 엘렌드는 마침내 자기가 꿈꾸던 법전의 초안을 잡을 기회가 생겼다. 그는 자신이 그토록 오랫동안 공부해온 학자들의 이론을 적용해서 완벽한 나라를 창조해보려는 시도를 할 수 있었다. 그리고 빈은 결국은 그가 꿈같은 이상보다 훨씬 더 현실적인 선에서 타협을 해야 하지 않을까 생각했다. 사실 그것은 중요하지 않았다. 그는 좋은 왕이 될 것이다.

'물론 로드 룰러와 비교하면 잿더미를 쌓아놓는다 해도 좋은 왕이겠지…….'

그녀는 엘렌드에게 가고 싶었다. 따뜻한 방 안으로 떨어져 내리고 싶었다. 그러나…… 뭔가가 그녀를 막았다. 그녀는 최근에 운의 부침을 너무 많이 겪었고, 감정적인 긴장에 너무 많이 시달렸다. 알로맨시 면에서도 알로맨시를 제외한 면에서도. 그녀는 자기가 뭘 원하는지 더 이상 확실히 알 수 없었다. 자기가 빈인지 발레트인지, 아니면 둘 중 어느 쪽이 되고 싶은지도 확신할 수 없었다.

그녀는 안개 속에서, 조용한 어둠 속에서 추위를 느꼈다. 안개는 힘을 주고, 보호해주고, 숨겨준다…… 그녀가 세 가지 중 아무것도 원하지 않을 때조차도.

'난 그럴 수 없어. 그와 함께 있어야 하는 사람, 그 사람은 내가 아니야. 그건 환영이고 꿈이었어. 나는 그늘 속에서 자란 아이야. 혼자여야 하는 여자애. 난 이런 걸 받을 자격이 없어.

나는 그와 사귈 자격이 없어.'

다 끝났다. 그녀가 예상했던 것처럼, 모든 것이 변하고 있었다. 사실 그녀는 절대 훌륭한 귀족 여성 노릇은 하지 못했다. 그녀가 잘하는 일로 돌아갈 시간이었다. 파티와 무도회가 아니라 안개 속에서 벌어지는 일들로.

가야 할 때였다.

그녀는 떠나기 위해 돌아섰다. 눈물이 괴는 것을 무시하고, 그녀는 스스로에게 절망했다. 그녀는 그를 떠났다. 그녀는 어깨를 늘어뜨린 채 절뚝거리며 금속 지붕 위를 걸어 안개 속으로 사라지려 했다.

그러나 그때……

'그 녀석은 네가 몇 년 전에 이미 굶어 죽었다고 다짐하며 죽었어.'

온갖 혼란스러운 일을 겪느라 빈은 심문관이 린에 대해서 한 말을 거의 잊어버리고 있었다. 하지만 이제 그 기억이 떠오르자 그녀는 멈춰 섰다. 안개가 스쳐 지나며 소용돌이치고, 그녀를 어루만졌다.

린은 그녀를 버리지 않았다. 그는 자신들의 적이 불법으로 낳은 아이, 즉 빈을 찾고 있던 심문관들에게 붙잡혔다. 그들은 그를 고문했다.

그리고 그는 그녀를 보호하다 죽었다.

'린은 날 배신하지 않았어. 언제나 그러겠다고 했지만 결국 그러지 않았어.' 그는 완벽한 오빠와는 거리가 멀었지만, 그래도 그녀를 사랑했다.

마음 한구석에서 목소리가 속삭였다. 린의 목소리였다.

'돌아가.'

다른 생각이 들기 전에 그녀는 절뚝거리며 깨진 채광창으로 도로 달려가서 아래쪽 마루에 동전 한 닢을 떨어뜨렸다.

엘렌드는 호기심에 차서 소리 난 곳을 돌아보았다. 그는 동전을 보더니 고개를 들었다. 일 초 후, 빈은 창에서 떨어져 내려갔다. 그녀는 몸을 위로 '밀어' 낙하 속도를 늦추고는 성한 다리 한쪽으로만 착지했다.

"엘렌드 벤처." 그녀는 일어서면서 말했다. "얼마 전부터 당신에게 이야기하려던 것이 있어요." 그녀는 말을 멈추고, 눈을 깜박여 눈물을 씻어버렸다. "당신은 책을 너무 많이 읽어요. 특히 숙녀가 있는 곳에서."

그는 미소 지으며 의자를 박차고 일어나 그녀를 굳게 껴안았다. 빈은 눈을 감고 그의 품의 온기만을 느꼈다.

그리고 그녀가 진짜로 원한 것은 그것뿐이었음을 깨달았다.

844

아르스 아르카눔
(ARS ARCANUM, 신비의 기술)

알로맨시에 대한 간략한 참조표

금속	효과	미스팅의 이름
℃ 철	근처의 금속을 당긴다	러처
강철	**근처의 금속을 민다**	**코인샷**
주석	감각을 강화시킨다	틴아이
백랍	**육체적 능력을 강화시킨다**	**백랍팔, 써그**
아연	감정을 격동시킨다	라이오터
황동	**감정을 달랜다**	**수더**
구리	알로맨시를 숨긴다	스모커
청동	**알로맨시를 드러낸다**	**시커**

● 외부에 힘을 미치는 금속은 기울임체로, '미는' 금속은 굵은 글씨로 나타냈다

강철(외적/물리적/미는 금속): 강철을 태우는 사람은 반투명한 파란 선이 가까이 있는 금속 원천을 가리키는 것을 볼 수 있다. 선의 크기와 밝기는 금속 원천의 크기와 그것과의 거리에 달려 있다. 강철의 원천만이 아니라 모든 종류의 금속에서 보인다. 알로맨서는 마음속으로 이 선을 '밀어'서 그 금속의 원천을 자기에게서 밀어 보낼 수 있다. 강철을 태울 수 있는 미스팅은 코인샷이라고 한다.

구리(내적/정신적/당기는 금속): 구리를 태우는 사람은 보이지 않는 구름을 내뿜는다. 그 구름 안에 있는 사람은 누구든지 시커의 감각에 잡히지 않는다. '구리구름' 안에 있으면 알로맨서는 원하는 대로 어떤 금속이든 태울 수 있지만 누군가가 청동을 태워 알로맨시 맥박을 느낄까 봐 걱정하지 않아도 된다. 부수적인 효과로, 구리를 태우는 사람은 어떤 종류의 감정적 알로맨시('달래기'나 '격동시키기')에도 면역이 된다. 구리를 태울 수 있는 미스팅은 스모커라고 한다.

라이오터: 아연을 태울 수 있는 미스팅.

러처 : 철을 태울 수 있는 미스팅.

백랍(내적/물리적/미는 금속): 백랍을 태우는 사람은 자기 신체의 물리적 속성을 강화시킨다. 그들은 더 강해지고, 더 오래 버틸 수 있고, 더 민첩해진다. 백랍은 몸의 균형 감각과 상처에서 회복되는 능력도 증진시킨다. 백랍을 태울 수 있는 미스팅은 백랍팔이나 써그라고 한다.

백랍팔: 백랍을 태울 수 있는 미스팅.

수더: 황동을 태울 수 있는 미스팅.

스모커: 구리를 태울 수 있는 미스팅.

시커: 청동을 태울 수 있는 미스팅.

써그: 백랍을 태울 수 있는 미스팅.

아연(외적/정신적/당기는 금속): 아연을 태우는 사람은 다른 사람의 감정을 '격동시켜서' 흥분시키고 특정한 감정을 더욱 강력하게 만든다. 아연을 태워서 마음이나 감정을 읽을 수는 없다. 아연을 태우는 미스팅은 라이오터라고 한다.

주석(내적/육체적/미는 금속): 주석을 태우는 사람은 감각이 증진된다. 그들은 더 멀리 보고 더 예민하게 냄새 맡으며, 촉각은 훨씬 더 정확해진다. 안개를 꿰뚫어 볼 수 있고, 증진된 감각으로 보는 것보다 야간에 훨씬 더 먼 곳까지 볼 수 있게 하는 부수적 효과도 있다. 주석을 태울 수 있는 미스팅은 틴아이라고 한다.

철(외적/물리적/미는 금속): 철을 태우는 사람은 반투명한 파란 선이 가까이 있는 금속 원천을 가리키는 것을 볼 수 있다. 선의 크기와 밝기는 금속 원천의 크기와 그것과의 거리에 달려 있다. 철의 원천만이 아니라 모든 종류의 금속에서 보인다. 알로맨서는 이 선 중 하나를 잡아당겨 그 금속의 원천을 자기에게로 '당길' 수 있다. 철을 태울 수 있는 미스팅은 러처라고 한다.

청동(내적/정신적/미는 금속): 청동을 태우는 사람은 근처에서 누군가 알로맨시를 쓰고 있으면 그것을 느낄 수 있다. 근처에서 금속을 태우는 알로맨서는 '알로맨시 맥박'을 내뿜는다. 청동을 태우는 사람에게만 들리는 북소리 같은 느낌이다. 청동을 태울 수 있는 미스팅은 시커라고 한다.

코인샷: 강철을 태울 수 있는 미스팅.

틴아이: 주석을 태울 수 있는 미스팅.

황동(외적/정신적/미는 금속): 황동을 태우는 사람은 다른 사람의 감정을 '달랠' 수 있다. 즉 그 감정을 적셔서 특정한 감정이 약해지도록 만든다. 세심한 알로맨서는 단 한 가지 감정만 남기고 다른 감정을 '달래서' 없애버릴 수 있다. 본질적으로는 어떤 사람이 자기들이 원하는 대로 느끼게끔 만드는 것이다. 그러나 황동은 알로맨서가 마음이나 감정을 읽도록 만들어주지는 않는다. 황동을 태우는 미스팅은 수더라고 부른다.

www.brandonsanderson.com에
이 책의 모든 부분에 대한 저자의 주석 확장판이 있습니다.

옮긴이 **송경아**

연세대학교를 졸업하고 동 대학원 국어국문학과 박사 과정을 수료했다. 지은 책으로 『책』 『엘리베이터』 『테러리스트』가, 옮긴 책으로는 『오솔길 끝 바다』 『천년의 기도』 『뒤집힌 세계』 『무게』와 「어글리」 3부작, 「리치드」 3부작, 「수키 스택하우스」 시리즈 등이 있다.

미스트본 1부
마지막 제국

초판 1쇄 인쇄 2017년 3월 2일
초판 1쇄 발행 2017년 3월 6일

지은이 브랜던 샌더슨
옮긴이 송경아
펴낸이 이수철
주　간 하지순
편　집 정사라
디자인 이다은
마케팅 정범용
관　리 전수연

펴낸곳 나무옆의자
출판등록 제396-2013-000037호
주소 서울시 마포구 성미산로1길 67 다산빌딩 301호
전화 02) 790-6630 팩스 02) 718-5752

페이스북 www.facebook.com/namubench9
인쇄 제본 현문자현　종이 월드페이퍼

ISBN 979-11-86748-88-6　04840
　　　979-11-86748-87-9 (세트)